장편소설

뿌리 끝에서 만나리

이 동 희

풀길

장편소설

뿌리 끝에서 만나리

차 례

작가의 말   6

서장 / 단군은 누구인가 왜 단군인가
단군은 죽었다   9
지금 우리에게 단군의 피가 흐르고 있는가   15

1부 / 뿌리와 날개
이것이 아니다   23
뿌리와 날개   54
먼 시간 속으로   83
천지개벽   106
혼돈   136
하늘에서 땅으로   159
율려律呂   180
단군 시대   204
열왕기列王記   232
단군의 무덤   270
화두   300
속 열왕기   320
핏줄   341

2부 / 우리 다시 만나리
피와 살   364
안식년   390
원색 세미나   412
나를 찾아서   432
땅 끝에서   448
흔적 순례   469
환상열차   495
잃어버린 땅   516
막걸리   539
자유의 땅   556
신화냐 역사냐   573
먹이냐 파리똥이냐   594
두 밤   618
다시 만남   640
매듭 풀이   661
뒷북   684

부록 / 좌절의 시대   691
평론   왜 단군 이야기인가   박덕규   806
해설   두 뿌리의 만남   김치홍   811

작가의 말

　단군은 나의 오랜 화두이다.
　여러 가지 형식으로 주제화하여 보았지만 늘 미흡하고 아쉬웠다. 공감을 얻지 못하였다. 그러나 계속 들켜쥐고 있는 이 이야기 보따리를 이제 내려놓을 때가 되었다. 시간이 그렇게 되었다.
　처음에는 어떤 의무감 같은 생각에서 시작하였다. 나의 꿈을 키운 교정의 동상을 보면서 누가 되었든 어떤 인물이 아닌 동물, 우직한 곰의 앞발을 든 모습은 하나의 희화였다. 풍경으로서의 곰상은 단군신화를 현재화시켜주고 있었던 것이다.
　언젠가부터 단군은 신화가 아니고 역사이며 현실임을 인식하게 되면서 무거운 시대적 화두가 되었다. 빼앗긴 나라를 되찾은 광복과 동시에 분단을 안고 사는 우리 민족에게 단군은 무엇인가.
　분단과 함께 우리의 모든 가치와 의미는 다 바래지고 적의敵意밖에 남은 것이 없다. 총칼을 겨누고 싸우며 같은 민족임도 포기하여 역사도 저버린 채 살고 있다.
　남과 북이 변함없이 선호하고 거부감이 없는 것이 있다면 쌀과 술이다. 그것을 누구라도 동의할 것이다. 그리고 또 하나 있는 것을 아는지 모르겠다. 단군이다. 단군! 그것을 깨달으면서 소리를 질렀다. 너무도 귀중한 우리의 꿈이요 역사적 자산이다. 이 시대 최대의 명제이다. 이를 우리는 어찌 해야 할까. 꿈은 이루어야 한다. 아니 이루어진다. 우리는 만나야 한다. 다시 만나게 될 것을 믿는다.

이 이야기를 쓰기 위하여 여러 곳을 헤매고 다니었다. 분단의 벽이 헐린 동서 베르린에 가서 맥주 깡통에 그려진 곰 그림을 보며 베르린 탄생 설화를 듣고 이스라엘 YMCA에서 공연한 민속춤-형제가 동거함이 어찌 그리 아름다운고-을 함께 추고 몽골의 겔에서 마유주를 마시며, 징기스칸이 단군의 후예라는 이야기를 들었다. 눈물이 났다. 불끈 주먹이 쥐어지기도 하였다. 미국 세도나의 황금 도색을 하여 세워놓은 거대한 단군상 앞에서 아리조나 사막을 하염없이 바라보기도 하였다. 제일 가기 어려운 북한에도 갔었다. 개천절 남북 공동행사에 참석하여 단군릉과 그 속 현실玄室에 안치된 단군 내외를 만나기도 하고……

그동안 남과 북의 사정이 많이 달라지게 되었다. 그 때 갈 때만 해도 남북의 교류가 많았었다. 남에서 북으로의 일방적인 것이었는지 모르지만, 예외 없이 지참금을 갖다 바치면서였다. 남북 개천절 공동행사 단군학술회의를 하기 위해 가는데도 그 때 돈 300만원을 무조건 내라고 하였던 것이다. 누구든 다 예외가 없었다. 그 전후에 갔던 장관이나 대통령은 더 많이 내었다.

좌우간 그 때 갔던 단군학회는 남북이 한 자리에서 단군학술회의를 하였다. 회의가 끝나고 이미 결론이 내려진 결의문 낭독을 하였다. 양쪽에서 한 목소리로 결의문을 읽고 박수를 치는 것이었다. 남에서 간 사람들은 그만큼이라도 접근되길 다행이라고 생각하였는지 어쨌는지 회의를 마치고 밖으로 나와 화면으로만 보던 광장을 거닐며 사진을 찍어대고 고구려 벽화가 보존된 박물관, 단군과 동명성왕이 모셔져 있는 평양 숭녕전, 단군 환웅 환인이 모셔져 있는 구월산 삼성사, 단군굴이 바라다보이는 보현사 등을 답사하였다.

북에서 머문 며칠이 줄곧 뇌리에 박혀 있다. 그러한 이야기들을 포함해서 끌고 다니던 자료들을 이제 다 접으며 발돋움해 본다. 그 뿌리 끝에서 우리 다시 만나리라. 오랜 화두의 소설적 희망이다.

이야기가 되는지 모르겠다. 단군의 모티브를 다 집합시켜 보았다. 가능한 이야기를 다 연결해 보았다. 글 가운데 소설 얘기를 많이 하였다. 소설가를 등장시켜 소설작법 얘기도 하면서 종횡무진 소설론을 펴 보았다. 소설론 창작론 시간에 전하지 못하고 60년도 더 쓰면서 실천하지 못한 것 또는 작품에 반영하지 못한 소설적 삶의 방법이다.

부록 「좌절의 시대」는 소설 속의 소설이다. 서장은 수필 형식이라고 할 수 있다. 그리고 작품 중에 발췌하여 넣은 「단군성적순례」는 지난 번 작품에서 한번 사용한 파스티슈의 또 다른 방법임을 밝히며 감사의 뜻을 표하고 혹시 모를 무례에 대하여 해량을 구한다.

전환의 시기마다 새벽잠을 깨웠다. 광복과 분단 80년 그리고 6. 25 한국전쟁 75년의 해를 맞아 새 각오와 구도로 이야기를 다시 시도해 본다. 계속하고 있는 단군 테마의 누가기록이다.

뒷산의 산비둘기가 자꾸 재촉한다. 시간이 너무 빨리 간다.

강호제현의 질정叱正을 바란다.

4358(2025)년 6월 1일

귀경재 歸耕齋에서

저자

서장
단군은 누구인가 왜 단군인가

단군은 죽었다

단군은 누구인가.
단군은 우리의 조상인가. 신인가. 인간인가.
아니 단군은 사람인가. 단군은 사람의 아들인가. 신의 아들인가. 「삼국유사」의 얘기대로 웅녀의 아들이며 그래서 우리는 곰의 자손인가.
우리의 국조國祖 단군檀君에 대하여 확실히 아는 것이 없다. 참으로 답답한 노릇이다. 단군이 신인지 인간인지 아닌지 조차도 구분을 못하고 있다. 역사학자는 단군의 존재를 신화로 해석하고 있고 종교학자들은 단군을 미신으로 돌리고 있다. 일부 종교인들은 단군의 목을 치고 있다.
얼마 전의 일이지만, 한 단군 단체에서 학교 교정 등 여러 곳에 국조 단군상을 건립하였는데 경기도 오학초등학교에 세워진 단군의 목을 자른 사건이 도하 언론에 보도(1999. 5.)되어 〈농민문학〉 1999 가을호 '단군은 누구인가' 특집에 그 끔찍한 모습을 실은 적이 있다. 또 그 전에는 서울시에서 88올림픽을 앞두고 남산에 단군성전 건립계획을 발표하였다가 기독교 단체의 반대로 무산되었다. 기독교 단체에서는 단군은 신도 아니고 역사적 인물도 아니라고 하였다. 미신이라고 하였다.

역사학자들도 다 그런 것은 아니다. 흔히 말하는 대로 강단 사학자들이 있고 재야 사학자들이 있다고 한다면 강단 사학자들은 대다수가 그렇다는 것이다. 꼭 그렇게 이분법적으로 구분할 수는 없는지 모르지만 우리 나라에 있어서 대학의 교수들을 강단 사학자들이라고 말하고 있다.

그리고 다른 사람들, 비전공인 비전문가들이라고 할까 또는 우리 역사에 대하여 관심이 없는 사람들은 단군을 먼 옛날의 이야기 전설이나 동화 속의 할아버지로 알고 있고 또 그 밖의 많은 사람들은 이래도 좋고 저래도 좋고 상관이 없다. 우리의 국조를 이리 돌리고 저리 돌리고 하는 동안에 나라는 빼앗기고 갈라지고 옛 역사도 넘어가고 있다. 참으로 한심한 백성들이 되고 말았다. 그야말로 신주 개 물려 보낸 꼴이 아니고 뭔가.

우리는 어디서 왔는가. 그리고 우리는 누구인가. 나는 누구인가. 어디서 왔으며 어디로 가고 있는가. 나의 뿌리는 무엇인가.

그것을 모르고서야 어떻게 사람이라고 할 수 있으며 백성이라고 할 수가 있는가. 민족이라고 할 수 있으며 문화민족이라고 할 수 있는가. 속물이나 다름 없고 미개인이라고 할 수밖에 없는 것이 아닌가 말이다.

단군의 사당이 황해도 구월산九月山 삼성사三聖祠에 있다. 환인 환웅 단군 세 분을 모셔놓은 그 삼성사가 4244(1911)년 패쇄되었던 것을 알고 있는가. 일제는 우리나라를 강제로 병합하고 바로 우리의 조상을 모신 사당을 쳐부순 것이다. 왜 그랬는지 아는가. 삼성三聖에 대한 생각은 우리의 옛 기록인 「삼성기」에서 비롯되었고, 단군의 얘기는 「삼국유사三國遺事」에 기록되어 있어 우리가 잘 알고 있는 것이다.

자꾸 위로 거슬러 올라갈 것이 없다. 분명한 실체가 있다.

단군의 무덤이 있다. 단군릉이다. 북한에 있다. 평양 대박산 기슭에 단군릉을 거대한 돌무덤으로 개건改建하여 놓았다. 개건이란 다시 고쳐 세웠다는 것으로 기존의 무덤을 개축했다는 말이다. 유골도 나왔다. 그것도 단군 내외의 유골을 얌전히 보존하여 놓았다. 필자도 가서 두 눈으로 보고 왔다.

무덤이 있고 유골이 있다는 것은 무엇을 말하는가.

단군은 신이 아니라는 이야기다. 단군의 이야기는 신화가 아니라는 것이다. 단군은 사람이라는 것이고, 이땅에 언제부터 언제까지 살았었다는 이야기이고 그리고 언제 죽었다는 이야기이다. 그래서 무덤 속에 묻혀 있다. 그 유골을 파놓고 보여주고 있다.

유골을 보면 그것이 사람인지 아닌지 알 수 있다. 참으로 야박하고 너무나 지독한 이야기가 되는데 우리 조상에 대해서, 아니 우리 조상이라면 이렇게 표현할 수가 없는 것이지만 안 되는 것이지만, 우리 동족간에 너무도 불신이 쌓여 있어 서로의 말을 믿지 않고 있다. 그것이 현실이다. 이게 도무지 인간의 도리가 아니지만 현실이 그렇다. 동족의 말을 서로 믿지 않고 있는 것이다.

우리 현실이 그렇다는 것이다. 참으로 중요한 사실이 엄연한 현실에 부딪히고 있다.

그 얘긴 다시 더 하기로 하고 좌우간 사람은 누구나 다 죽는다. 단군은 사람이었다. 그러기 때문에 단군은 죽었다는 것이다. 삼단논법이 아닌가. 여기에서도 돌아가셨다고 하는 것이 우리 어법이겠지만, 참으로 불경스러운 것은 인정하지만 그보다 더 중요한 객관적 사실을 직결하고자 하는 것이다.

너무도 분명한 논리가 아닌가. 무덤이 있고 유골이 있다는 것은 살다가 죽었다는 것이고 그것은 너무도 분명한 사실이며 논리이다.

또 다른 이야기가 하나 있다. 어천절御天節이다. 우선 어천절을 아는가, 묻고 싶다. 개천절開天節은 국경일로 모르는 사람이 없겠지만 단군이 이 나라를 건국한 날이다. 단군의 개국 이념을 길이 되새기고자 단군기원에 관한 여러 학설 가운데서 「동국통감」의 당요 무진년설에 따라 서력기원 전 2333년을 단군기원으로 정하고 10월 3일을 개천절로 정하여 이를 경축해 오고 있는 것이다. 대종교를 중심으로 개천절을 경축일로 제정하여 매년 행사를 거행하자 상해임시정부가 국경일로 제정하였고 광복 후 대한민국 정부에서는 이를 계승하여 국경일로 다시 제정하여 경축식을 행하여 오고 있다. 처음에는 음력 10월 3일이던 것을 양력으로 바꾸었다.

개천절은 그렇고, 그러면 어천절은 무엇인가. 어천절은 단군이 붕어崩御하신 날이다. 승하昇遐하신 날이다.

매년 음력 3월 15일 강화도 마니산 참성단에서 어천제御天祭를 올린다. 대종교에서 주관하고 있다. 다른 여러 단체에서도 태백산 천제단 등 여러 곳에서 어천제를 지내기도 하고 어천절 행사를 연다. 양력 3월 15일로 지키기도 한다. 현정회顯正會에서는 매년 3월 15일 사직공원 단군성전에서 제향을 올리고 행사를 하여오고 있다. 한 해(4334년)에는 '단군은 인간이다' 라는 주제로 현정회 이항녕 이사장(당시)이 강연을 하였다.

필자도 솔직히 말해서 얼마 전까지 어천절을 몰랐었다. 단군의 이야기를 쓰기 위해 취재를 하다가 알게 되었고 그 때부터 어천제에 참가도 하였다.

벌써 여러 해 지난 일인데, 4월 8일(음 3월 15일) 12시부터 올리는 어천제에 참례하기 위해 강화도 마니산 정상에 올라갔었다. 유난히 황사가 많이 날리던 황해바다와 북한땅을 바라보다 내려왔다. 아래로 내려와서는 대종교 단군단체 여러 인사들과 나눈 보리밥 점심을 하며 개천절 남북공동개최에 대한 논의를 하였다.

이날 오후 세종문화회관에서는 단군숭모음악회가 열리었고 천부경 율려 등의 음악 무용 발표회가 있었다. 실감을 위해서 구체적 기억을 떠올려 말하는 것이다.

　어천절에 대한 얘기였다. 다시 말해서 어천절은 단군이 이땅에 살다가 죽은 날이다. 단군이 신이라면 계속 살아 있어야 할 것이다. 그런데 단군은 죽은 것이다. 제삿날이 있고 무덤이 있다. 그것이 사실이라고 한다면, 몇 번이나 반복해 말하고 있지만, 단군은 신이 아니고 사람이다. 사람의 아들이다. 단군은 실존의 인물이며 단군의 이야기는 실제의 역사이다.

　이런 결론에 대하여 동의를 한다면 말할 것이 없지만, 그렇지 못하겠다고 한다면 얘기는 길어지고 복잡해진다.

　단군이 실존의 인물이냐 허구의 인물이냐 또는 단군의 무덤이 진짜냐 가짜냐, 그것을 가려야 하기 때문이다. 그 둘 중의 하나는 사실이 아니고 진실이 아니기 때문이다. 단군이 신이며 산신령이며 단군의 이야기가 신화이고 설화이고 전해오는 옛날 이야기라고 한다면 단군릉은 거짓이다. 반대로 단군릉이 실제로 단군의 무덤이라고 한다면 단군은 실존의 인물이다. 같은 논리로 단군이 신이라고 한다면 어천제는 허위이며 어천절이 실제로 단군의 제삿날이라고 한다면 단군은 실존의 인물이다.

　거대한 화강석 돌무덤으로 개건하여 놓은 북한의 제1의 상징물인 단군릉을 부정할 것인가. 그리고 우리의 오랜 전통이 된 어천절을 부정할 것인가. 그 둘 다를 부정할 수가 있는 근거를 내놓지 못하는 한 단군은 이땅에 살다가 죽은 역사적 인물이 된다. 그래서 단군은 우리에게 살아 있는 것이다.

　그러나 이것이 결론이 되기에는 아직 이르다. 단군의 존재에 대한 하나의 전제와 명제가 될 뿐이다. 달리 말하면 그러한 결론은 위와 같은 추상적 명제의 삼단논리를 뒤집을 수 있는 근거가 나올 때까지 유효한 것이다.

　그동안 계속 그렇게 내려왔고 그래서 두 주장이라고 할까 의견은 평행선을 걸어왔다. 이 소설도 그런 얘기이다. 그러나 여태까지도 그래왔듯이 우리의 마음 속에 살아 있고 우리의 피 속에 흐르고 있는 단군의 숨결을 몰아낼 필요는 없는 것이다. 더구나 단군의 목을 쳐서는 안 된다. 어떤 종교 종파의 이해와 해석을 떠나서 우리 민족의 논리 마음 속 그 깊은 곳에서 울어나오는 생각으로 말해야 할 것이다. 그리고 실천해야 할 것이다.

그런데 왜 단군인가.

지금 우리에게 단군의 피가 흐르고 있는가

단군은 우리의 국조國祖이다. 우리 민족의 시조始祖이다.
그러나 우리는 단군에 대하여 확실히 아는 것이 없고 수 없는 잡설만 난무하고 있다. 어디 하나 정설이 없다. 학교의 교과서들에도 그 답이 나와 있지 않다. 그러니 제대로 가르칠 수가 없다.
자기의 할아버지에 대해서 잘 모르고 있다면 근본을 모르는 불효막심한 존재로 생각한다. 그러나 우리 나라의 국조에 대해서 모르고 있다면 우리는 천하에 불충한 국민이며 미개민족이 아닐 수 없다.
참으로 답답하고 한심한 일이 아닐 수 없다. 우리의 조상이 누구인가, 우리가 어디서 왔는가를 모르는 사람들이 너무나 많다. 어디서 왔는지를 모르니 어디로 갈지도 모른다. 정체성도 없고 주체성도 없이 이리 저리 흔들리며 주변국들에게 역사를 왜곡 날조 당한 채 나라도 빼앗기고 성도 이름도 빼앗기며 살고서도 정신을 못 차리고 있다가 이제 고대사를 통째로 내어주는 지경에 처해 있다. 역사가 없으면 나라가 없다. 나라가 없으면 백성도 없다. 뿌리를 모르고 유랑민처럼 정처 없이 떠돌기 때문이다. 우리에게 이상이 없고 구심점이 없기 때문이다.
일본은 역사의 기록을 무시하고 독도가 자기의 땅이라고 멀쩡하게 떼를 쓰고 있다. 중국은 동북공정東北工程이라는 이름으로 우리의 고대사를 자기의 것으로 만들고 있다. 이 대명천지에 무슨 해괴한 작태인지, 분통이 터진다. 그러나 그것을 탓하기에 앞서 그런 원인과 토양을 누가 제공하였는가를 생각해 보아야 할 것이다.

엄연한 우리의 조상 단군 할아버지를 다른 사람이 아닌 우리 스스로가 부인하고 짓밟아 버렸다. 김부식은 「삼국사기」를 쓰면서 단군의 존재 자체를 인정하지 않고 우리 역사의 시작의 인물에서 빼어버렸다. 그것이 중국에 대한 사대주의의 소치라고 치부하고 지나기에는 너무나 참담하다. 일연은 「삼국유사」에서 우리의 국조 단군을 동화로 기술하였다. 곰과 호랑이 마늘과 쑥 이야기 속 웅녀의 아들 단군은 누구란 말인가. 우리 역사의 출발을 옛날 옛적 이야기로 만들어 놓고 있다.

일제시대 일본이 우리 역사를 신화로 날조한 것은 국력이 없어서 그랬다 치더라도 「한단고기桓檀古記」를 일본에 넘겨준 것은 무엇인가. 우리가 팽개쳐 버린 「한단고기」를 일본의 변호사 가시마 노보루(鹿島昇)가 번역하여 단군을 자기들의 조상으로 만들어 놓고 있고 우리가 다시 그것을 역수입하여 번역해 놓은 것을 위서僞書라고 하여 다시 짓밟아버리었다. 단군의 역사를 기록한 「규원사화揆園史話」「단기고사檀奇古史」등도 위서라고 짓밟고 있다.

그대들은 대체 누구란 말인가. 뿌리가 없는 나무가 있으며 근원이 없는 강이 있으며 역사가 없는 나라가 있는가. 나라가 없는 백성이 있는가. 뿌리를 모르고 유랑민처럼 정처 없이 떠돌며 우리는 지금 어디로 가고 있는 것인가.

지금 우리에게는 민족의 이상이 없고 구심점이 없다. 홍익인간弘益人間 이화세계理化世界는 우리의 원대한 이상이었다. 그것은 쾌쾌 묵은 궤짝 속에 든 우리 조상의 고리타분한 사상이 아니라 아직 실현되지 않은 우리 겨레의 꿈이다. 그것을 실현하지 못하였으므로 낯설며 너무도 벅찬 우리의 이상이다. 위대한 우리 민족의 철학 단군사상이다. 우리의 피 속에 연면히 흐르고 있는 숙명적인 민족사상이다.

세계는 강대국 힘의 논리에 지배되고 있고 분쟁과 전쟁이 끊이지 않고 있다. 지구는 오존층이 파괴되고 온난화로 몇 년 후가 될지 인류는 수장의 위기에 처하고 있다. 모든 것이 불확실하고 미래는 불안하기

짝이 없다. 단군시대 신시시대가 너무나 그립다. 그러나 시계바늘을 거꾸로 돌릴 수는 없고 그러자는 것도 아니다. 가령 홍익인간 이화세계의 원대한 개국 이념으로 이 시대 사회의 병리를 치유해 나가고 느리게 사는 것도 우리의 맥박을 유지시키는 하나의 방법이 아닐까, 생각해 보기도 한다.

우리의 뿌리 우리의 조상 우리의 이상을 우리 스스로 부인하면 우리는 어떻게 되는가. 뿌리가 없고 꿈도 없고 온 곳도 모르고 갈 곳도 모르는 한심한 족속이 되고 마는 것이다. 우리는 동족끼리 형제끼리 처절한 전쟁을 하며 피를 흘렸다. 75년이 지난 현재까지 싸움은 끝나지 않고 있으며 이 광란의 질주는 언제 멈출지 모른다. 우리는 지금 어디로 달려가고 있는가.

우리 사회는 올바른 가치관의 상실로 혼란에 빠져 있다. 어디 가나 어른이 없으며 겁나는 사람이 없다. 지표가 없는 채 조직과 숫자에 의해 좌우되며 당리 당략에 매달려 공동선은 외면당하고 있다. 나라의 지도자들도 넓은 이익을 찾지 못하고 눈 앞의 이해관계에서 벗어나지 못하고 한심한 말장난만 하고 있다. 어려운 경제가 문제가 아니고 똑바른 정신이 문제이다.

우리의 뿌리를 알고 우리의 사상을 되찾아 그것으로 이 시대의 길을 열어야 하겠다. 리시온 사상이 산지사방 흩어진 이스라엘 민족을 천년만에 다시 만나고 뭉치게 하였다. 다시 모여 그 때 또 싸우더라도 우리는 하나가 되어야 한다. 우리의 뿌리가 우리의 구심점이 되어야 하겠다.

그것이 우리 역사를 지키고 나라를 지키고 민족을 지키는 길이며 그것은 민족의 염원인 꿈에도 소원인 통일을 실현하는 길이 될 것이라 믿는다. 우리 민족의 통일을 남이 시켜 주길 기다려서는 안 된다. 우리의 민족 해방 광복은 민족 분단으로 이어졌고 그것이 누구 때문인지 모르는 사람은 없다. 미국이나 소련-이름이 바뀌고 체제도 바뀌었지만

-은 잿밥에만 눈독을 들이는 방관자 구경꾼들이었다. 얽힌 실타래를 풀어야 할 주체는 다름 아닌 바로 우리, 우리 민족인 것이다. 난마亂麻를 한 올 한 올 풀어 가야 할 것이다. 너무 늦지 않게, 너무 늦어 다 망해 나자빠져 갈기갈기 찢기기 전에 말이다.

몇 년 전 개천절 민족공동행사 참가차 평양 대박산의 단군릉을 참배하였다. 그날 단군릉 광장에서 동포들과 같이 아리랑 춤을 추며 생각했다. 남과 북이 완전 일치되는 것이 있다면 그것은 단군이다.

단군의 기록이 최초로 나오는 「삼국유사」까지 1300년 그리고 그 때서부터 3000년의 시간 저쪽의 인물인 단군에 대한 역사적 인식은 어떻게 되었든 우리의 피 속에 흐르고 있는 단군정신은 남과 북이 다르지 않았다. 단군은 민족의 뿌리이며 구심점이고 우리의 희망이며 그 자체가 이상이다. 그런 깨달음과 동시에 생각이 되었다. 단군이 동화이든 신화이든 하나의 돌부처 같은 우상이라고 하더라도 우리의 핏속에 흐르고 있는 숙명적인 민족의 지표이다.

거기에서 만나야 할 것이다. 만나서 얼싸 안고 울어야 할까 웃어야 할까. 어떻든 만나야 할 것이다. 만나 이루어야 할 것이다.

오랜 이 화두는 우리의 소원이 성취될 때까지 계속 추구하고 반복하고 있는 작업이다. 우리 다시 만나게 될 것을 굳게 믿는다.

단군은 누구인가 하는 화두는 나의 정체성에 대한 물음이다. 나는 누구인가, 나는 어디서 왔는가.

나의 뿌리를 찾는 작업은 오랜 동안의 나의 과제였다. 우리는 어디서 왔는가. 어디로 가고 있는가. 그리고 우리는 무엇인가. 나는 누구인가. 나는 어디서 왔으며 지금 허위 허위 어디를 달려가고 있는가. 이 소설은 그런 화두를 풀어나가고자 하였다. 아버지의 아버지, 할아버지의 할아버지의 할아버지, 뿌리를 찾아 가다보면 거기서 단군할아버지와 연결이 되고 그 뿌리 끝에서 우리 민족이 다시 만난다는 이야기이다. 그런 기대가 이 소설을 쓰게 한 것이다. 분단은 지금 남과 북만이 아니다. 신라가 분단되었고 고구려가 분단되어 1,300여년을 유랑하고 있는 것이다. 어디 그 뿐인가.

얘기만 가지고 되는 것은 아니다. 얼마만큼 리얼리티를 제시하는가 가 문제이다. 우선 단군이 나와 우리의 뿌리가 되고 할아버지가 되기 위하여는 먼저 그 존재 규명이 되어야 한다.

그러면 지금 우리에게 단군의 피가 흐르고 있는 것인가. 청진기를 대어보아야 알 것인가. 피를 뽑아 DNA 검사를 해보아야 할 것인가.

우선 단군의 관棺 앞에서부터 더듬어 내려와 보고자 한 것이다. 청진 기 대신 카메라를 메고 두 눈을 똑 바로 뜨고 무덤을 찾아가 보았다.

개천절 남북 공동 개최의 합의가 이루어져 개천절민족공동행사준비 위원회와 단군민족통일협의회 남북 해외 공동 주최로 '개천절 민족 공동 행사'를 4335(2002)년 평양에서 개최하였다. 이듬해는 서울에서 개최하며 북측 대표들이 내려와 공동 행사를 갖기로 하였지만 그것은 지켜지지 않았다. 필자는 남측의 대표단 일원으로 그해 10월 1일부터 5 일까지 이 행사에 참가하여 단군릉 숭령전 삼성사 등 유적지를 순례하 게 되었다.

단군은 누구인가. 해묵은 화두의 답을 찾고 그런 역사의 수수께끼가 풀리기를 기대하고 있었다. 단군 유적들을 자료로 연결 상상으로 쓴 소설의 후속 작업을 위한 취재 답사이기도 했다.

북에서 날아온 고려항공기를 타고 평양 순안 비행장까지 1시간도 안 되어 도착하였다. 참으로 가까운 거리였다. 비행장에는 단군민족통일 협의회 류미영柳美英 회장을 비롯한 여러 북측 인사들이 도열하여 맞아 주었다. 평양 시내로 들어와서 보통문을 지나 김일성 김정일 부자가 강변을 거닐고 있는-그런 그림이 걸려 있었다-보통강려관에 여장을 풀고 여기서 4박 5일 동안 지정 좌석이 정해진 버스로 출입을 하였다.

2일째 되는 10월 2일 아침 7시에 묘향산을 가기 위해 시내를 벗어났 다. 출근 시간인데 교통 체증은 전혀 없었고 버스와 유궤전차 무궤전차 지하철이 있었지만 도보와 자전거로 출근하는 사람들이 많았다.

때마침 5대 명산 조선 8경 묘향산은 단풍이 들어 있어 비로봉(1,909미터) 아래 묘향천 상원동 만폭동 일대는 만산 홍엽이었다. 향산식당에서 점심을 먹고 오후에는 11세기 초의 우리나라 건축술을 대표하는 보현사를 찾아 경내의 8각13층탑 만세루 수충사를 둘러보았다. 향로봉 중턱에 자리잡고 있는 단군굴(단군사 또는 단군성동)과 단군대를 바라보며 설명을 들었다.

3일 개천절날은 아침 8시에 출발해 단군릉으로 갔다. 평양시 강동구 대박산 기슭에 거대한 단군릉을 1994년 개건하여 놓았다. 45정보의 면적에 개건비 구역, 석인상 구역, 무덤 구역으로 조성되어 있는데 무덤은 집안集安의 장군총 규모의 3배, 높이 22미터 한 변의 길이 50미터의 돌각담 무덤이었다. 피라미드였다. 그 속의 현실(묘실墓室)에는 단군의 초상이 걸려 있고 단군 내외의 유골을 유리관에 넣어 보여주고 있었다. 부분 부분의 유골을 맞추어 복원해 놓은 것이다. 그것을 또 전자상자성공명법電子常磁性共鳴法을 적용하여 5011년(1993년 현재) 전의 것이라고 고증해 놓고 있었다.

묘실을 돌아보고 난 후 단군릉 앞에서 고풍한 뿔나팔 연주에 맞추어 제를 올리고 개천절 민족 공동 행사를 거행하였다. 남측에서는 우리 대표단 외에 천주교 사제들 해외 동포들 그리고 북측이 동원한 학생 일반 시민들이 무덤구역을 꽉 메웠다. 여성들은 자주색 비로드 치마저고리 일색이었고 남자들은 중절모를 쓰고 있었다.

식은 남북 대표의 기념사가 있었고 또 남북 대표들의 연설이 있었다. 하나 같이 민족 분단 이래 처음으로 열리는 이번 개천절 공동 행사는 우리 민족이 둘이 아닌 하나임을 확인하였고 개천절 민족 공동 행사가 온 겨레가 통일의 길을 달려가는 계기가 될 것이라는 확신을 피력하였다.

행사가 끝나고 개건비 구역 광장에서 민속 음악 무용 공연이 있었는데 아리랑이 연주되는 끝 무렵에는 모두들 나와서 춤마당을 이루었다. 다 함께 춤을 추었다. 이런 것이 통일이구나 하는 소박한 느낌도 들었다.

대동강변 능라도가 바라보이는 옥류관에서 점심을 먹고 조선력사박물관을 관람한하였다. 거기에도 단군릉 속의 묘실 단군의 관이 실물 크기의 모조품으로 전시되고 있었는데 단군의 유골이 화석으로 보존될 수 있었던 이유를 상세히 설명해 놓았고 단군은 실재 인물이며 단군민족 고조선의 중심지는 평양임을 부각해 놓았다. 강서고분 발해 유적 등에서 김일성 주체사상에 이르기까지 다음 일정에 쫓기어 대충 돌아보고 나왔다.

오후 3시부터는 인민문화궁전에서 단군 및 고조선에 관한 남북 역사학자들의 공동 학술회의가 있었다. 평행선을 가고 있는 남북의 단군 인식에도 불구하고 토론도 없이 회의 끝에 공동성명문을 발표하였다. 결론 부분은 남북 대표가 한 목소리로 낭독하였다. 단군은 실재한 역사적 인물이며 우리 민족의 첫 국가인 단군조선을 세운 건국시조이고 고조선의 중심지가 평양이라는 점을 확인하는 내용이 핵심이었다.

4일은 황해도 구월산의 삼성사를 가보았다. 일제가 한일합방이 되고 불태워버렸는데 4334(2001)년에 복원하여 놓은 것이다. 원시조인 단군, 단군의 아버지 환웅, 단군의 할아버지 환인, 삼성三聖의 천진天眞을 모셔 놓았다.

아사봉이 바라보이는 옛 아사달 구월산 중턱의 단풍이 곱게 물들어 있었다. 그리하여 이날 삼성사 삼성전의 단군 할아버지는 마치 우리의 바로 몇 대 위의 할아버지인양 가깝게 느껴지며 민족의 핏줄을 진하게 연결해 주는 것이었다.

이날 저녁은 환영 만찬을 하던 청류관에서 환송연이 있었다. 남측 대표인 개천절민족공동행사준비위원회 한양원韓良元 위원장은 이번 개천절 민족 공동행사는 통일 의지와 우리가 한 민족 한 핏줄이라는 민족 동질감을 확인하는 뜻깊은 행사였다고 평가하였고 남북이 박수를 보냈다.

숙소로 돌아와 밤늦게까지 술을 마시며 그리고 이튿날 5일 아침 일찍부터 서둘러 순안 비행장에서 다시 고려항공을 타고 북한 상공을 날아올라 이번 행사 보도를 한 〈로동신문〉을 보며 생각해 보았다. 단군은 누구인가. 민족이란 무엇인가. 핏줄은 무엇인가. 그것은 우리가 만들어 가야 하는 것이 아닐까. 자주 같이 행사도 하고 밥도 먹고 술도 마시고 노래도 부르고 춤도 추면서 서먹한 대로 안 통하는 대로 답답한 대로 한 발 한 발 다가가는 것이다.

또 하나의 생각이 떠올랐다. 2일째 되는 날 쑥섬으로 가는 길에 지하철 부흥역에서 영광역까지 한 정거장을 가기 위해 에스컬레이터를 타고 내려가고 또 올라가다가였다. 옆으로 에스컬레이터를 타고 올라오고 내려오며 우리에게 손을 흔드는 평양 시민들에게 손을 내밀어 악수를 청했다. 한 청년이 손을 잡아주었다. 한 여성도 수줍게 웃으며 손을 잡아주었다. 손이 뜨거웠다. 뜨거운 피가 전류처럼 흐르고 있었다. 그것이었다. 그것이 민족이었다. 단군의 피였다.

서툴게나마 앞에서 꺼낸 화두를 정리해보았다. 단군은 전자상자성공명법으로 측정하여 확인되는 유골의 진부眞否가 아니라 오늘 남북의 거리를 서성거리는 불특정 무작위의 선혈 속에 흐르고 있는 우리의 의지라고. 너무 성급하고 엉성한 생각인지 모르지만 그 미지의 손과 손이 맞닿는 순간 그들 체온이 주는 느낌은 너무나 감동적이었다. 지금까지도 그 온기의 손을 흔들어 보고 있다.

지금, 우리에게 단군의 피가 흐르고 있다면 여기서부터 시작을 하여야 될 것이다. 여기 우리 근원에서 다시 만나 이루어야 할 것이다. 실낱같은 의지 가냘픈 희망이라 하더라도 그것을 굳게 믿고 싶다.

뿌리 끝에서 우리 다시 만나리.

1부
뿌리와 날개

이것이 아니다

 우리는 어디서 왔는가. 어디로 가고 있는가. 그리고 우리는 무엇인가. 나는 누구인가. 나는 어디서 왔으며 지금 어디를 허위 허위 달려가고 있는가.
 의문이 꼬리를 문다. 하루에도 몇 번씩 일어나는 의문이다. 눈앞을 막기도 한다.
 참으로 많은 시간이 빨리 흘러가 버린 것이다. 계속 안주하고 있었다. 아니 정신 못 차리고 달려가고 있었다. 어디를 가는 것인지, 무엇을 하는 것인지, 이제 멈출 때가 되었다. 다시 시작하여야 한다. 밑바닥부터 새로 시작해야 한다. 아래로 아래로 내려가자. 뿌리를 찾아 물을 주고 마른 나무가지에 잎을 피워야 할 것이다. 그러지 않으면 죽는 것이다. 언젠가부터 그런 죽음이 보이기 시작한 것이다.
 우선 뿌리부터 찾자. 찾기에 앞서 똑바로 알아야 할 것이다. 썩은 뿌리를 살려내고 죽은 나무에 꽃을 피워야 할 것이다.
 너무 거창한 데에 집착하고 있었는지 모른다. 나 자신으로부터 너무 멀리 떠나 있었는지 모른다.

나라를 다시 세우자고 하였다. 역사를 바로 세우자고 하였다. 역사를 바로 잡자고 한다. 분명한 사실은 역사가 바로 돼 있지 않고 뒤틀려 있다는 것이다. 왜곡되고 축약되고 병들어 신음하고 있는 것이다. 바로 일으켜 세워야 하고 세우기 전에 바로 찾아야 하고 그러기 전에 바로 알아야 할 것이다. 그리하여 똑바른 방향을 찾아 역사의 수레바퀴를 돌려야 하는 것이다. 날개를 달아야 하는 것이다.

입고 있는 옷의 첫 단추가 잘못 끼워져 있다면 빼어서 다시 끼워야 할 것이며 마당의 지게작대기가 넘어져 있다면 그것을 똑바로 일으켜 세워놓아야 할 것이다. 이것은 산골짜기의 노옹촌부老翁村婦도 잘 아는 일이다. 그런데 역사를 움직이는 사람들, 심지어 역사를 연구하는 사람들까지 그것을 모르고 있다면, 아니 그것을 알고도 몰라라 하고 있다면 이 나라가 어찌 되는 것인가.

악순환이 반복되고 있다. 대폿집에서만 떠들어대고 정작 원탁회의에서는 박수만 치고 있는 것이다. 민족 역사에 죄를 짓는 일이다.

"좋소."
"그냥 대강 넘어갑시다."

마이크를 잡고 항의하는 사람들에게 여기저기서 고함을 쳐대기도 한다.

"끌어내!" "끌어내려!"
"마이크 꺼."

적악積惡을 하는 것이다.

역사는 미래와의 끊임없는 대화라고 하였던가. 역사라고 할 것 없이 국사라고 하자. 뿌리라고 하자. 우리는 누구의 자손이며 시조는 누구인가. 우리는 과연 단군의 자손인가. 아버지의 아버지의 아버지의…… 할아버지의 할아버지의 할아버지는 단군 할아버지인가. 우리의 피 속에는 단군 할아버지의 피가 흐르고 있는 것인가. 다만 형식적으로 긴 수염의 산신령 같은 노인을 하나 그려서 세워놓은 것인가. 역사가 아니고 신화인가. 뿌리부터 흔들리고 있는 것이다. 우리는 지금 어느 나라의 식민지 백성인가.

도형은 그런 생각을 하다가 연구실 창문을 열었다. 바람 한 점 없다. 연일 오존 경보가 내리고 스모그 현상이 극에 달한 매연층 위로 청계산 정상이 섬처럼 떠 있다. 시야도 흐리고 눈도 무척 침침하였다.

가슴이 답답하여 견딜 수가 없다. 방금 받은 전화로 인해서이다.

30년 근속, 새삼스러울 것은 없었다. 10년마다 오는 전갈인 것이다. 개교 기념식이 시작되기 20분 전까지 나와 수상자 지정석에 미리 앉아 달라는 것이다. 오는 3일이 개교기념일이다. 기념식은 2일에 갖는다.

10년 20년 근속 때 넥타이를 단정히 매고 나가 재단 이사장이 주는 상을 받은 기억이 난다. 20년 때는 상패와 함께 두 달 치 월급을 부상으로 받았다. 30년이라고 해서 별다를 것은 없을 것이다. 10년 때도 그랬고 20년 때도 그랬고 〈내가 여기 얼마를 더 있을 것인가〉 회의를 가졌지만 어느 사이 또 10년이 흘러 30년을 맞은 것이다. 늘 그렇게 10년 단위로 생각한 것은 아니지만 뭐가 그렇게 바쁜지 정신 못 차리고 이리 뛰고 저리 뛰고 뒤뚱뒤뚱하다가 그날을 맞곤 하였던 것이다.

오늘도 그랬다. 그러나 이제 그에게 40년은 없다. 그 안에 정년을 하게 되기 때문이다. 정년도 물론 재임명을 받아야 하고 여태까지 그랬던 것처럼 곡예를 잘 하였을 경우에 가능한 일이다. 참 그동안 무수한 위기를 용케도 잘 넘기었다. 줄을 잘 탄 것이다.

좌우간 다시 언제까지 여기 머물 것인가.

그는 나무에 앉은 새가 되었다.

세월이 금방 그렇게 흐른 것이다. 그가 이 ㄷ대학의 부속중고등학교에 교사로 부임을 하여 13년, 대학으로 온 지 17년, 그렇게 30년이 되었고 대학의 입학부터 따지면 이 학원에 40년 가까이 얼찐거리고 있는 것이다.

그가 원하여 선택한 ㄷ대학이며 또 그가 선택한 역사학과이고 교직도 그가 원한 것이었다. 지금의 시각으로는 특별한 선택일 것도 없는지 모르지만 땅을 팔아 학비를 대준 아버지의 희망은 그런 것이 아니었다. 아버지는 판검사나 변호사가 되거나 의사가 되라고 했고 고시에 합격을 하라고 했다. 법과를 가고 의과를 가라는 것이었다.

그런 아버지의 희망과는 달리 그의 마음 속 깊숙이 박힌 열망을 저버릴 수가 없었다. 초등학교 때 그에게 가장 용기를 주고 희망을 심어주었던 석선생이 역사 시간뿐만 아니라 다른 시간에도 기회만 있으면 말하였다. 우리 땅을 다시 찾아야 한다, 그러기 위해서는 실력이 있어야 한다, 역사연구를 해야 한다, 칠판에 너덜거리는 지도를 걸어 놓고 침이 마르도록 역설하였다. 그 지도는 토끼 모양을 한 한반도의 지도가 아니고 백두산 너머 만주 벌판 끝까지의 광활한 영토가 그려져 있었다. 고조선 지도였다. 그리고 그를 애원하는 듯이 바라보았다. "그 일을 할 사람은 바로 너다." 그런 시선을 줄기차게 보내는 것이었다.

둘 중의 하나를 선택하여야 했던 것이다. 아버지의 희망과 선생님의 열망은 현실과 이상 같이 거리가 먼 것이었다. 그 중간은 찾아지지가 않았다.

"돈이 문제냐? 명예가 문제냐? 나 하나 나의 가족의 편안함과 행복이 문제냐?"

5, 6학년 담임을 계속 맡았던 석선생은 그런 눈앞의 명리를 떠나서 조국과 민족을 위해 목숨을 걸어야 한다고 하였다. 우선 일본 학자들의 실력을 능가하여야 한다고 하였다. 그리고 이런 얘기도 하였다.

"우리 나라 역대 왕들 중에 큰 대자가 들어가는 왕이 두 분이 계시다. 광개토대왕과 세종대왕이시다. 왜 그런 줄 아느냐?"

모두들 안다고 하였다. 그도 크게 소리를 질렀었다.

"알아요. 압니다."

그동안 줄곧 그랬지만 지금도 그가 학과를 잘못 선택하고 길을 잘못 들었다고 생각하지는 않았다. 다만 그에게 신념이 있었느냐, 투철한 신념의 행동을 하였느냐, 그것이 문제였다.

그것을 잊고 있었던 것은 아니지만 그에게는 용기가 없었고 행동이 없었다. 불만만 있었고 비판만 있었고 그것을 행동으로 옮기지는 못하였다. 그만하면 발표도 많이 하고 논문도 많이 쓰고 책도 많이 내었다. 강사 교사 전임강사 조교수 부교수 교수 사다리의 칸들을 올라갈 대로 다 올라갔다. 보직도 더러 맡아보았다. 학회의 임원, 회장이 되기도 했고 국내외의 학술회의도 많이 참석하고 그 주재도 하였다. 그러나 그는 그 때 그 석선생의 애원, 열망을 한 발짝도 실현에 옮기지 못하고 있는 것이었다.

총무과에서 온 전화를 받고 도형은 그것이 떠올랐다. 가슴이 답답하였다. 그동안 생각을 안 한 것은 아니었다. 노력을 안 한 것도 아니었다. 그러나 결과는 아무 것도 없었다. 얼마나 머물고 생각하는 것이 문제가 아니었다. 엉거주춤하고 자리를 지키기만 한다는 것이 무슨 의미가 있는가.

회의가 일기 시작한다. 자리에 대한 것이라기보다 삶 자체에 대한 회의였다. 여태까지 헛 산 것 같은 생각이 들기고 하고 무슨 경고를 받은 것 같기도 했다. 10년 20년 30년, 그렇게 세 번째 경고, 마지막 경고 같기도 했다.

똑똑똑 노크 소리가 먼 데서의 울림처럼 들린다. 아까부터 들리고 있었던 것 같다.

"선생님! 저예요."

연희다. 아니 희연이다. 한희연, 졸업생이며 같은 전공의 강사이다.

"어! 어쩐 일이야?"

"강의가 있었어요."

도형은 창문을 닫고 소파로 갔다.

"앉아요."

모처럼 석선생 생각을 하고 있었는데 희연이 나타난 것이다. 참 묘한 연결이었다.

희연은 가방을 한 옆으로 두고 앉는다. 흰색 투피스에 남색 스카프가 잘 어울렸다.

"그런데 뭘 그렇게 골똘히 생각하고 계셨어요."

희연은 활짝 웃어 보이며 묻는다.

"허허허허…… 그런 것 같애?"

"노크를 세 번째 했어요. 계실 시간인데 웬 일인가 하고 두 번이나 가다가 돌아와 문을 밀어봤지요."

"경고를 받았어."

"그러셨어요? 역시 무슨 일이 있으셨군요. 어쩐지 꼭 들리고 싶었어요."

이심전심인가, 그가 아끼는 제자인 희연이 이런 울적한 때 나타나 준 것이 참으로 고맙고 대견스러웠다.

"허허허허…… 그랬었군!"

"그런데 경고라니요? 무슨?"

"세 번째야."

"정말 무슨 일이세요?"

"차차 얘기하자고."

"퇴근하셔야지요?"

"그래야지."

"제가 약주 한 잔 사드리면 안 될까요?"

"무슨 일이 있어요?"

"저 오늘 강사료 탔어요."

"벼룩의 간을 내어 먹지."

"그러지 마세요. 저 세 군데나 뛰고 있어요."

희연은 세 대학에 출강하고 있었다. 다 그가 연결을 하고 추천을 한 것이다.

"하하하하…… 좌우간 나가자고."

그는 일어서서 보던 것들을 가방에 대략 챙겨 넣고 희연과 밖으로 나왔다. 저녁 노을이 캠퍼스를 걸어나오는 그들의 얼굴을 붉게 비추었다.

"어디로 갈까?"

캠퍼스의 내리받이 길을 한참 내려와서 그가 물었다.

"선생님 좋으신 데로 가세요."

희연은 생글생글 웃으면서 말한다.

"어디 왁자지껄한 데로 갈까?"

"개골목에 가시겠어요?"

"그럴까?"

"아니 정말이세요, 선생님?"

개골목은 학교 앞 바로 길 건너 골목 안을 말한다. 이 대학 학생들이 바글바글한 싸구려 먹자 골목이었다.

"왜 개골목인지 알아?"

"골목 이름 아니에요?"

"그 골목에 들어가면 개가 돼서 나온다고 해서 개골목이라는 거야."

"호호호호 맞아요. 그런 것 같으네요. 그런데 정말 괜찮으시겠어요, 선생님?"

"아무 데나 가까운 데 가서 조금만 하자고."

그는 어디 조용한 데로 가서 조곤조곤 술을 마시며 얘기를 하기보다는 시끄러덤벙한 곳에 가서 마구 떠들고 싶은 심정이었다. 그래야 답답한 가슴이 풀릴 것 같았다.

"그래요, 선생님!"

두 사람은 교문을 나와 긴 신호가 바뀌기를 기다려 건널목을 두 번 건너서 개골목으로 갔다. 아직 해도 꼴딱 지지 않았는데 술을 마시고 노래를 불러대고 게걸대는 학생들이 많았다.

술이 취해서 비틀거리다가 그와 맞닥뜨린 한 학생은 고개를 돌리고 ROTC 복장의 한 학생은 거수 경례를 하며 소리를 지르는 것이었다.

"충성!"

"이 사람아 간 떨어지겠어."

그가 웃으면서 말했다.

그의 강의를 듣는 학생이었다.

"죄송합니다."

두 사람은 연기가 자욱한 집으로 들어갔다. 벌써부터 북적대었다. 소주에 매운 낙지볶음을 시켰다. 희연이 그의 식성을 잘 알았다. 깍두기와 술이 먼저 나왔다.

"잔 받으세요, 선생님."

희연이 그에게 술을 따른다.

"세작을 해야지."

그가 술을 조금 받아서 잔을 부시고 그것을 다시 희연의 잔에 부었다.

희연도 자신의 잔을 술로 부시어 버리고 따른다. 그리고 잔을 들고 그를 쳐다본다.

"뭘 위하여로 할까요, 선생님?"

"가만, 안주를 좀 먹어야지."

"안주가 아직 안 나왔잖아요?"

"뭐가 됐든 안주를 먼저 먹고 술을 들라고 했어"

"선생님의 아버님께서 그러셨지요?"

여러 번 들어 다들 아는 이야기였다.

"그럼. 무쪽이라도 하나 집어먹고 들자고."

"참, 선생님 아니시랄까봐! 한 번쯤 그냥 지나가면 안 되세요?"

"안 되지. 하하하하……"

"호호호호……"

두 사람은 웃어대며 깍두기를 하나씩 입에 넣고 다시 잔을 들었다.

"조국과"

"민족을 위하여!"

그의 말을 희연이 받으며 잔을 부딪었다.

"그런데 뭐예요? 무슨 경고예요?"

희연은 술을 한 잔도 다 들기 전에 그것부터 묻기 시작한다.

"술을 좀 마시고 얘기하자고."

"건강 문제는 아니시지요?"

"좌우간 뭐가 됐든 술부터 들자고."

"건강에 관한 문제인지 아닌지 그것만 말씀하세요."

"그래. 그건 아니야."

"그럼 됐어요. 인제 어서 드세요. 다시 건배예요. 선생님의 건강을 위하여."

"그건 아니라는데 그래."

"건강은 건강할 때 지키라고 그랬어요. 호호호호……"

낙지볶음 시킨 것이 나왔다. 고추가루와 마늘 더버기였다.

"생각해줘서 고마워요."

그는 희연에게서 어떤 진한 혈육 같은 것을 느낀다. 피는 물보다 진하다고 하였던가.

〈아니 피가 아니지. 피는 아니야.〉

그가 잔을 내고 희연에게 따랐다. 그녀가 반배를 한다. 어느 새 얼굴이 발갛게 되었다. 그가 잔을 다시 주려 하자 희연은 그 잔에 술을 따른다.

"아니, 자넨 주법을 아직도 못 배웠나?"

"가끔 그냥 지나가요, 선생님!"

"그러면 안 되지."
그는 그러며 잔을 내고는 희연에게 건넨다.
"자, 들고 싶은 만큼만 받아."
그는 억지로 반을 따른다.
"아이 참 선생님도!"
그녀는 술을 받아 놓고 이상한 소리를 한다.
"선생님 별명이 무엇인지 아세요?"
"내게 별명이 있던가?"
"정말 모르세요?"
"몰라."
"고불이래요."
"그게 뭔데?"
"정말 모르셨어요?"
"얘기 해봐."
"고집불통이요. 모르셨어요, 정말?"
그는 정색을 하고 희연을 바라보았다.
"뭐라고 그랬어?"
"왜 화나셨어요?"
"그건 내 별명이 아니고……"
그는 말을 잇지 못한다.
"그럼, 누구의 별명이에요?"
"그런 분이 있었어."
"무슨 말씀이세요?"
"그런분이 계셨어."
참 이상하게 연결되는 날이었다. 그는 희연을 물끄러미 바라보았다. 석선생과 연희를 떠올리면서.
"그래요? 누군데요, 그분이?"

희연이 실실 웃으며 묻는다. 웃는 모습까지 어쩌면 그렇게 닮았는지. 연희를 빼어 꽂았다.

석선생의 얼굴이 떠오르고 연희의 모습이 떠오른다. 빛 바랜 옛날 사진처럼 희미한 모습이다.

그들 둘 사이에 그를 앉혀 본다. 옆에 또 희연을 앉혀 본다. 희연은 연희의 혈육이었다. 너무나 닮은 얼굴이어서 착각을 일으키게 하고 있었다. 희연이 어떻게 여기까지 오게 되었는지 참 이상한 운명이었다. "저의 어머니와 고향이 같으시지요?" 희연이 그렇게 물어보던 기억이 난다.

도형은 희연을 바라보다가 시선을 떨구고 잔을 들었다. 그리고 혼자 마시었다. 전혀 예외가 없는 훈장이었다. 훈시사항이 지켜지지 않으면 밤중까지라도 관철을 시키었고, 몇 날 며칠이고 뿌리를 뽑고야 말았다. 성이 돌 석石자이기도 하였지만 융통성이 전혀 없는 석선생을 돌대가리라고도 하고 고집불통이라고 하였다. 선생에 대한 별명이면서 훈장이었다. 그런데 어느 사이 그에게도 그런 별명이 붙여지다니, 참으로 서글픈 일이 아닐 수 없었다. 어떻게 생각하면 대견스럽기도 하였다. 자신에게도 그런 훈장이 걸리다니!

그리고 그것을 또 희연을 통하여 처음으로 알게 되었다는 것이 너무나 운명적이었다. 그 때 석선생과 연희가 사제간이었던 것처럼 어쩌다가 그와 희연은 사제의 연을 맺게 되었던 것이다. 가장 아끼는 애제자였던 것이다. 생각 같아서는 연희의 얘기 석선생의 얘기를 술상에 쏟아놓고 싶었지만 그럴 수가 없었다. 석선생이 이 자리에 있었다면 참으로 속시원한 방법을 일러주었을 텐데 그것은 먼 이야기가 되어버렸고 좌우간 이제서야 선생의 애원을 떠올리고 있는 것이었다. 그동안 무얼 하고 있었단 말인가. 무엇이 그렇게 바빠서 이리 뛰고 저리 뛰고 하면서 석선생의 열망을 까맣게 잊어버리고 있었단 말인가. 딴 생각을 하고 딴 짓을 하고 있었던 것이다. 어릴 때 해찰을 하지 말라는 말을 많이 들었다. 모를 심을 때나 보리를 벨 때도 그랬고 공부를 할 때도 그랬지만 어디 심부름을 가면서 갔다오면서 기웃기웃 구경할 것 다 하고 있을 때 듣던 말이다. 몇십 년을 두고 그는 해찰만 하고 있었던 것이다.

"아니, 뭘 그렇게 생각하고 계세요?"

희연이 그를 파보는 것이었다.

"아, 그랬던가? 자, 술 마시자고."

"그래요."

그리고 희연이 불쑥 묻는다.

"선생님 고향 얘기 좀 물어봐도 돼요? 호호호호……"

웃으면서. 꾀리를 붙이는 것이었다.

도형은 늘 거기에 응하지 않았기 때문이다.

"아니야. 그것은 다음에 언제 얘기하자고."

도형은 역시 같은 대답이었다.

"그러세요, 그럼."

희연은 잔을 들고 그에게 술을 따랐다. 그녀는 오늘 도형의 입장을 이해해야 했다.

"경고에 대한 얘기는 물어도 될까요?"

도형은 잔을 다시 희연에게 주며 술을 덜퍽 따랐다.

도형은 그제서야 30년 근속 얘기를 하고 뜸을 들이던 얘기를 풀어놓았다.

"나 말이야. 이제 눈치 보지 말고 살 나이가 되지 않았어?"

"원래 눈치는 보지 말아야 했지요."

"그럴 수가 없었어. 결국 늘 술집에서만 떠들고 논문을 많이 썼지만 반박만 받고 묵사발만 되었지. 이제 그런 애길 빙빙 돌리지 말고 정면으로 목숨을 걸고라도 얘기할 때가 된 것 아니야? 오늘 내가 나에게 받은 경고는 바로 그거야."

"그래서요?"

희연은 그게 무슨 경고냐고 하려다가 그렇게 물었다. 참으로 사치스러운 고민을 하고 있다는 얘기도 삼가하였다. 도형의 표정을 누구보다도 잘 읽어 왔던 그녀는 그렇게 한 박자를 더 두었던 것이다.

"이제 좀 탈출을 해야 되겠어?"

"어떻게요?"

"어떻게 하는 것이 좋겠나?"

"여행을 떠나시지요. 저랑요."

"뭐야? 농담이 아니야."

"저도 아니예요, 농담. 호호호호호…… 진담이에요."

"심각한 얘기야, 이건."

도형은 버럭 소리를 지른다.

"저도요."

"정말 이럴 거야?"

"예. 알겠습니다."

희연은 차렷 자세로 고쳐 앉으며 억지로 술을 비우고 잔을 올렸다. 도형은 다시 하던 얘기를 계속하였다.

"이러다, 그저 누구나 그러는 것처럼, 논문 봉정식이나 하고 주례사 같은 입술에 붙은 찬사들을 듣고 물러 나와서 흰 머리를 풀풀 날리며 명예교수다 무슨 고문이다 뭐다 하고 주저앉는 것이 아닌지 모르겠어."

"그것이 명예스러운 것 아닌가요? 호호호호……"

그녀는 또 웃으면서 말하였다. 그를 위로하기 위해서였다.

"아무 빛도 없이?"

그는 계속 무거운 표정이었다.

"베스트 셀러를 하나 써 보시지요.『역사란 무엇인가』『서구의 몰락』『고대사의古代史疑』같은 책들처럼 말이지요.『단군, 신화냐 역사냐

」『단군은 죽었다』 어때요? 호호호호……"

희연이 다시 웃으면서 말하였다.

"글쎄, 베스트 셀러가 그렇게 쉬운 것은 아니지."

"호호호호…… 시도해 보셔야지요. 저 사실은요, 오늘 그런 말씀을 드리고 싶었어요."

"그래?"

"하박사님 시상식에 안 오셨더군요."

"그랬던가?"

그는 수첩을 꺼내어 메모하여 놓은 것을 보면서 말하였다. 깜빡하였던 것이다. 국민문화연구소에서 시행하는 '우관상' 시상식이 어제였던 것이다. 아나키즘, 자유사회주의 운동을 주도했고 민족운동 농민운동을 이끌었던 우관又觀 이정규의 뜻을 기리는 상이었다. 수상자도 잘 아는 처지였던 것이다. 정년 퇴임한 하기락 박사와는 연구소의 같은 멤버이며 동지였던 것이다. 물론 새까만 후배이지만. 그런 관계보다도 그의『조선철학사』에서 다룬 상고시대 배달겨레의 역사에 대하여 깊은 교감이 있었고 만날 때마다 그 시대에 대한 논의를 하였던 것이다. 주로 도형이 물어보고 배우는 처지였지만 서로 의견이 같았다고 할까, 많은 사람들-학자들-과 의견이 달랐던 것이다.

"선생님이 오실 줄 알고 갔었어요."

"그랬었군!"

"하박사님의 수상연설 내용이 무엇인지 아세요?"

희연은 하얀 소책자를 내놓으며 말하는 것이었다. 「조국 통일 발의문」이었다. 4·6판 6, 70페이지의 자그만 책자였다. '겨레의 역운歷運과 20세기의 현실을 딛고 일어서서 우리는 어떻게 조국을 다시 통일할 것인가' 하는 과제를 풀어나가고 있었다.

"그분의 생각이기도 하지만 이교수님이 늘 펴시던 논지였어요."

그랬다. 그동안 위서의 논란이 끊이지 않고 있는 여러 사서史書들까지 다 동원하여 환인 환웅 단군왕검으로 이어지는 배달겨레의 대통을 세워 놓고 『삼국사기』를 쓴 유교도 김부식金富軾이 모화 사대주의에 젖어 단군을 빼어버리고 『삼국유사』를 쓴 불교도 일연一然의 기록마저 신화로 돌려 사실로 인정하지 아니하는 식민사관에 중독된 얼빠진 사가史家들을 통렬히 꾸짖고 있었다.

"바로 이거야."

그는 술잔을 밀어놓고 읽어 내려갔다.

―우리 민족사는 인체에 비한다면 허리부분 이상의 반만 년의 잘려 나간 반신불수가 되고 말았으니 이를 하루 속히 1만 년의 온전한 역사로 복원할 것이 절실히 요망되고 있다. 왜냐 하면 한 민족이 자기의 뿌리가 어디로부터 내려왔는지도 모르고 아무렇게나 되는대로 살아가려면 모르거니와 자기의 뿌리와 연결시켜 그 현존을 확실히 자각하면서 살려고 한다면, 위의 요망사항은 필수적 전제가 되리라 믿는다.

'우리는 조국을 잃은 실향민' 대목이었다.

―우리가 잃은 것은 비단 역사적 연대만이 아니다. 우리 조상들이 개척하여 지켜온 동서 2만여 리 남북 5만 리의 저 광활한 시베리아와 만주땅이 지금은 남의 나라 영토로 귀속되지 않았는가. 그나 그뿐인가. 상고 조선 이래의 주체적 정신문화가 지금은 흔적조차 없이 사분오열 돼 있지 않은가. 우리는 지금 조상들의 나라, 곧 조국을 잃은 실향민이 되고 말았다. 그 물질적 정신적 유산을 송두리째 상실한 무적자無籍者, 아니 조국의 유산을 잃었다는 이 웃지 못할 엄청난 사실마저 잊어버리고 사는 얼빠진 방랑자이며 실종자라고 하겠다.

"그래, 이거야."

"그러실 줄 알았어요."

"자네 정말 마음에 드는구만! 이것을 오늘 같은 날 가져오다니!"

도형은 희연을 참으로 대견스럽게 바라보는 것이었다. 그렇게 고마울 수가 없었다.

"사실, 내용이야 뭐 이교수님이 늘 말씀하시던 것이지요."
도형은 눈이 축축해 오도록 그녀를 바라보고 있었다.
"안 그래요, 선생님?"
도형은 대답 대신 희연에게 술을 한 잔 따랐다.
"아아이, 조금만 주세요. 취하겠어요. 선생님 앞에서."
"말짱한데 뭘 그래?"
"그래요? 얼굴이 빨갛잖아요?"
"괜찮아. 보기 좋은데 뭘."
"아아이, 참 선생님도!"
희연이 계속하였다.
"그런데 정말 오늘 이상하게 술이 받네요."
"거 봐."
도형은 도무지 어투가 고쳐지지 않았다. 제자이긴 하지만 나이가 30이 넘었는데 말을 놓아서는 안 되는 처지였다. 그런데 다른 제자들과는 달리 희연에게는 자꾸만 반말이 되었다. 그것은 그녀의 뿌리와 연관된 잠재의식 때문인지 몰랐다. 그리고 또 그녀도 하나도 미안하지 않고 또 오히려 고맙게 생각하는 것이었다.
"결국 이분이 먼저 시작하였군!"
도형은 말을 하면서도 계속 페이지를 넘겨가며 닥치는 대로 속독을 하였다. 가끔 안면 근육통이 발작하는 것처럼 험상궂은 얼굴을 하기도 하고 고개를 끄덕거리기도 하고 입맛을 다시기도 하였다.
"왜 기선을 빼앗기신 것 같으세요?"
희연이 도형의 표정을 살피며 물었다.
"무슨 그런 말이 있어? 용기가 부럽다는 거지. 늘 얘기하던 것이지만 막상 터뜨리기가 쉽지 않았어."
"하선생님은 흰 머리가 다 벗어지고 목소리도 아주 작았어요. 힘겹게 둘러멘 가방 속에서 팜플렛을 꺼내서 이 사람 저 사람에게 읽어보라고 주는 것이었어요. 좀 위력 있는 매스컴이나 네트워크가 아니고 말이지요. 단상에서 그 팜플렛을 처음부터 읽어나가다가 시간이 절대적으로 모자라 결론부분부터 빠른 속도로 다시 읽어나갔지만 시계만 들여다보던 청중들이 지루하게 생각하여 채 말이 끝나기도 전에 박수를 쳐대었어요.”

희연이 어제 하박사의 발의 장면을 묘사해 보이었다.

“역시 그랬었군! 나라고 별 수가 있는 것도 아니지. 뭐 다른 방법이 없을까?”

도형은 책자를 덮어놓고 자신의 반백의 머리를 긁으면서 뒤로 넘기었다.

“소설을 써 보세요. 물론 베스트 셀러가 되어야겠지요. 호호호호……”

“웃지 말고 얘기해. 사활이 걸린 문제야.”

“훗훗훗훗…… 정말이에요. 소설이 좋을 것 같애요.”

“소설이야 내가 갑자기 어떻게 쓰겠나?”

“소설가만 소설 쓰는 게 아니예요. 소설을 잘 쓰면 되는 것 아녜요?”

“글쎄, 말이 되는 소리인지 모르겠군! 하긴 소설작법 강의를 듣긴 했지. 무영無影 선생이라고.”

“아, 『농민』의 작가지요.”

“맞아.”

“그러셨군요. 그러시면 소설을 한번 써 보세요.”

“사실 하나 써 둔 것도 있긴 한데.”

“그래요? 어떤 얘기인데요?”

“다른 얘기야. 좌우간 자신이 없어. 수필로 쓰면 어떨까?”

“뭐가 됐든 써 보세요. 그러나 그렇게 급히 서둘지는 마세요. 경고가 아니고 경종일 뿐이에요. 그것도 선생님 자신의 생각 아니세요?”

"꿈보다 해몽이 좋군! 그래 오늘 자네가 술 산다고 그랬지? 어서 계산하고 어디 조용한 데 가서 한 잔 더 하자고."

"기공식을 해야지요."

"그럼!"

시끄러운 곳에서 답을 건져 낸 것이다. 이제 조용한 곳에서 풀어나가야 될 것 같았다.

개골목을 빠져 나오는데 또 한 학생이 도형에게 "충성!" 하고 간이 떨어지게 인사를 한다. 그는 얼굴을 알 것 같은 학생과 악수를 하며 큰 소리로 응수하였다.

"단군!"

이번엔 학생이 펄쩍 놀란다.

"어디로 가실까요? 〈푸른 집〉에 가실까요?"

한 발 늦게 나오던 희연이 물어본다.

"좋지!"

그는 고개를 끄덕였다.

"자네는 어떻게 그렇게 내 마음을 잘 알지?"

"늘 말인가요? 호호호호……."

석박사과정 5년에 또 강사 몇 해 동안 자주 술자리를 같이하여 지도교수의 의중을 잘 꿰뚫고 있었던 것이다.

"북한에서는 말이야."

"왜 딴 말씀을 하세요?"

"다른 얘기가 아니야. 북한에서는 '단군!' 하고 인사를 한다고 그래."

"그래요? 그래서 그렇게 소리를 지르신 거예요? 저는 취하신 줄 알았어요. 정말 북한에서 그래요? 쇼킹한 얘기네요."

그랬다. 어떻든 길바닥에서도 도형은 계속 화두를 들켜쥐고 있었다. 〈푸른 집〉의 마담이 반갑게 맞아주었다. 마른안주에 맥주를 두 병

시키었다.
"목우는 자주 안 와요, 요즘?"
같은 대학 동료 교수이며 소설가인 목우木友 유림을 말하는 것이다. 여기서 같이 술을 자주 마시는 사이였다. 오늘 그를 만나 소설 강의를 듣고 싶었다.
"매일 오시지요. 요즘 뭐 그리 바빠서 못 오셨능기요?"
"예, 바쁜 것도 없이 그리 되었네요."
"자주 오이소 마."
늘씬한 키의 배우 출신 이용자 마담이 그의 옆으로 앉으며 술을 따랐다. 잔을 가득 채우고 건배를 하였다.
"조국과 민족을 위하여!"
셋이 이구동성으로 소리를 질렀다.
술을 몇 잔 안 마셔서 입구가 떠들썩하더니 목우가 나타나는 것이었다.
"참, 호랑이도 자기 말하면 온다더니, 점잖은 사람은 못 되는구만!"
목우는 벌써 술이 거나하여 갈짓자 걸음으로 비틀거리며 그들의 자리로 온다.
"호랑이 얘길 하고 있었다고?"
"호랑이 얘기가 아니고……"
"무슨 얘기야 그럼?"
목우는 술을 한 잔 들이키다 말고 희연을 발견하고 따진다.
"아니, 이 사람은 어떻게 볼 때마다 같이 있는 거야? 아직도 통과가 안 된 건가?"
두 사람을 번갈아 보며 따지는 것이었다. 그리고는 그녀의 옆으로 다가 앉는다.
"예, 그래요. 어떻게 좀 밀어주세요 교수님."

희연도 목우의 말대로 자주 마주치기도 하고 같이 술자리를 하기도 하여 친하게 되었고 그녀의 사정을 목우도 잘 알고 있었다.
희연이 얼른 목우에게 술을 한 잔 따른다.
"밀어 주긴 내가 뭘 어떻게 밀어주란 말이야. 내가 논문을 써 줄 수도 없고."
"논문이야 벌써 다 썼지요. 마음에 안 드시니까 문제지요."
"깐죽깐죽 교수들의 주장을 따지지 말고 고치라는 대로 고치고 하라는 대로 하라고. 우선 학위를 받고 봐야지. 안 그래요?"
"무조건 보려고도 하지 않는 걸요."
"그러면 술을 사야지."
"술도 많이 샀어요, 선생님."
"찔끔찔끔 시원찮게 사니까 그렇지. 그리고 술만 사서 되는 게 아니고 말이야."
"아아이 참, 선생님도 그럼 어떻게 하란 말씀이에요?"
"하하하하…… 그걸 여태 모른단 말인가? 그러니 헤매고 있는 거지."
"잘 가르친다! 아주 명교수구먼!."
도형은 얘기를 듣다 참지 못하고 말한다. 농담인 것은 알지만 더 들어줄 수가 없었다.
술을 따랐다.
"술은 내가 얼마든지 살 테니까 지도 좀 잘 해봐."
그러자 목우도 한 잔을 쭈욱 들이키고는 다시 따진다.
"그런데 왜 이교수가 사는 거야?"
"누가 사면 어때?"
"제자를 그렇게 끼고 도니까 힘드는 거 아냐?"
"술은 제가 살게요. 자 잔 받으세요."
희연은 듣고만 있을 수 없다는 듯이 상의를 벗어 옆 자리에 팽개치며 목우에게 술을 권하였다.

"됐어요. 진작 그럴 것이지. 하하하하……"

도형은 웃어대며 희연의 상반신을 이상한 눈으로 바라보았다.

"자, 어서 드세요. 맘껏 드세요. 호호호호…… 밤새도록 살 테니까, 통과만 되도록 해 주세요."

진심이었다. 방법을 가리켜 달라는 것이었다. 아니 그냥 해보는 소리였다. 열이 나서 상의를 벗은 것이었다. 흰 블라우스는 형광 물질이 섞이었는지 번쩍거렸다.

희연은 두 교수에게 자꾸 술을 따랐다. 그리고 그녀도 전과 달리 주는 술을 벌컥벌컥 마시었다. 두 사람은 그녀의 사정을 잘 알기 때문에 그냥 푸념을 하고 싶은 것이었다. 참으로 답답한 노릇이었다. 그녀의 논문은 몇 학기 째나 미루어지고 아예 안 된다는 것이었다. 논문제출 자격 심사인 실적평가서가 몇 번째나 툇자를 맞아 논문을 다 써놓고 중간 발표도 못하고 있는 것이다. 전공 교수들에게 사정사정 울고불고 하며 별별 소리를 다 하여도 소용이 없는 것이다. 도형이 거들어 줄려고 하면 더욱 꾀어 돌아갔다.

결국 도형 때문이었다. 지도교수인 도형과 너무 친하다는 데 문제가 있었다. 같은 얘기인지 모르지만 도형과 같은 주장을 하고 있는 데에 문제가 있는 것이었다. 신화의 단군이 아니고 역사적 인물로서의 단군의 실체를 주장하는 그녀의 논문 제출 자격을 차단하려는 것이었다. 단군을 신이 아니라 인간으로서 그리고 우리 나라를 연 국조國祖로서 접근하고자한 그녀의 순수한 의도는, 교수들이 인정을 하지 않으려는 『한단고기』 『규원사화』 『단기고사』 등에 근거한 논리라는 것이며, 그것은 또 재야 사학자들이 주장하고 있는 것이기도 하고, 북한 학자들의 주장과도 같다고 하였다. 특히 북한의 주장과 같다는데 강조를 하였다. 그리고 이도형의 주장과 같다는 것이었다. 그녀는 그런 이교수에게 배우기 위해 이 대학에 왔으며 다른 제자들과 달리 기존의 주장을 고수하려는 교수 학자들의 입장을 식민사관의 잔재이며 그것을 민족사학의 입장에서 신랄히 비판하는 논문을 학회와 학회지 대학신문 그리고 여기 저기 신문과 잡지 방송에 발표를 해왔던 것이다. 도형의 주장을 옹호할 뿐 아니라 그보다 훨씬 강도 높게 주장을 하여 많은 호응을 얻고 화제가 되기도 하였던 것이다.

"절대로 안 돼. 절대로. 나를 밀어내고 할려면 몰라도 그런 일은 절대로 없을 거야."

한 교수는 그녀의 서류와 연구실적물을 보지도 않고 비토하며 대놓고 얘기하기도 하였다.

정도의 차이는 있어도 지도교수 이외에는 다 그랬다. 표현만 다를 뿐이었다. 사실은 그런 논문이 아닌 것을 골라서 가령 학과의 〈사학논집〉에 발표한 논문-거기에는 그녀의 주장을 펼 수가 없었던 것이지만-을 제출하였는데도 보지 않는 것이었다.

"도대체 이럴 수가 있는 거예요? 소송을 할 수도 없고 사회에 호소할 수도 없고······."

희연은 술을 벌컥 벌컥 마시었다.

"그랬다간 정말로 안 되지."

도형이 그녀에게 잔을 주고 술을 조금 따라 준다. 그녀의 주량을 알기 때문이었다.

"소송을 하기보다는 미인계를 쓰는 것이 백 번 낫지. 맨 투 맨으로 가슴을 펼치고 술을 사 봐. 춤을 추든지."

목우가 무슨 비방이라도 되는 듯이 말하고 또 술을 따라 준다.

그러자 옆에서 듣고만 있던 이마담이 웃어대며 맞장구를 친다.

"호호호호······ 그럼요. 거기에 안 넘어가는 장사는 없어요."

"호호호호······ 이 정도 몸매 가지고 되겠어요?"

희연도 따라 웃으면서 말하고 마담에게 술을 따랐다.

"그럼요. 치마만 두르면 돼요. 안 되면 이리로 데리고 와요. 내가 다 녹여 놓을 테니까요. 호호호호……"
"자, 그럼 그 문제는 이마담에게 맡기고 주문이 하나 있는데……"
도형은 화제를 바꾸며 목우를 바라본다.
"나한테?"
목우가 믿어지지 않는다는 듯이 도형을 바라본다.
"술은 내 얼마든지 살게."
"도무지 누구 술을 먹어야 할지 모르겠군!"
"소설을 써볼까 하는데……"
"그래? 참 듣던 중 반가운 소리구만! 어서 써 봐요. 좋으면 내 데뷔 시켜 드릴 테니."
"정말이야?"
"그럼. 내가 언제 거짓말하는 것 봤어."
"그러긴 하지."

목우는 중견 소설가이다. 이제 중견을 넘어서 대가라고 할 수도 있다. 은사인 무영無影 선생의 영향을 받아 농민 농촌 제재의 소설을 많이 발표하였고 여러 가지 상도 많이 받았다. 그의 『땅』은 많은 사람들에게 읽혔고 불어 스웨덴어로 번역 출판되기도 하였다. 목우는 아호이자 필명으로 오래 전부터 그의 이름을 대신하고 있었다. 어떻든 그가 데뷔를 시켜준다는 것은 허풍이 아니었다. 그런 위치에 있었고, 평소에 술주정은 많이 하여도 허튼 소리는 하지 않았다. 학생 때부터 가까이 지나던 동기동창인 그들의 품성을 서로 잘 알고 있었다.

"소설이란 사랑의 이야기야. 가슴이 찡하고 눈물이 핑 도는 애틋한 로맨스가 없어서는 소설이 안 되지."

목우는 정말 소설론 강의를 하듯이 말하였다. 그리고 도형과 희연을 번갈아 보는 것이었다.

"그러시면서 왜 저를 보시지요?"
"그러게 말이야."

"하하하하…… 그렇게 되었는가, 정말? 하하하하……"
목우는 웃음으로 때우려 하는 것이었다. 그리고 계속 부연하였다.
"좌우간 뭐 소설이라는 게 사랑의 얘기라는 거지."
무엇을 이야기하려는 것이었는지 모르지만 목우는 도형의 사랑의 이야기를 기억하고 있었던 것이다. 여러 번 들려주었던 것이다.
"그런데 그런 로맨틱한 이야기가 아니고 우리의 뿌리에 대한 것인데 아무래도 좀 딱딱할 것 같애."
도형이 다시 이야기의 가닥을 그의 주문 사항으로 끌고 간다.
"그렇다고 꼭 딱딱하란 법은 없지. 알렉스 헤일리의 『뿌리』는 딱딱하던가?"
"민족의 뿌리를 찾는 얘기야."
"단군 아닌가?"
"그렇지!"
"민족 서정과 감동이 끓어넘치게 할 수도 있는 거지."
"글쎄 그런 건 잘 모르겠고 잃어버린 역사의 복원 말이야. 향수라고 해도 좋고……."
"무슨 얘긴지 알겠어. 논문으로 안 되니까 소설로 써 보겠다는 건데…… 역사도 좋지만 그것이 재미가 없고 감동을 주지 못하면 소설이 아니고 재미있는 소설이 되지 못하면 읽다가 집어던지는데야 아무리 큰 의미가 들어 있어 봐야 무슨 소용이 있느냐 말이야."
"목우는 무영 선생이 하던 얘기를 그대로 하고 있구먼."
도형은 이야기의 끈을 쥐고 따라 갔다.
"그야 뭐 문학원론이니까."
도형은 목우와 같이 무영 선생의 〈소설작법론〉 강의를 듣던 기억이 났다. 자그만 키에 근엄하고 그러면서 유머가 풍부한 중진 작가였다. 그는 우선 선생의 명성에 끌려 수강신청을 하였지만 그 강의로 하여 소설을 한 편 쓰게 되었던 것이다. 몇날 며칠 밤을 꼬박 새워서 자신의 이야기를 썼던 것이고 그리고 그것을 제일 먼저 제출하였던 것이다.

종강을 하던 날 문을 활짝 열고 들어온 여학생이 근엄하게 강의를 하고 있는 선생 앞에서 너무나 무안하여 문을 열어둔 채 앉고 말았다. 한참 강의를 하던 선생은 "나 같으면 문을 닫고 앉겠네." 하는 것이었다. 그 여학생은 홍당무가 되었고 다른 학생들은 웃음을 참을 수가 없었다. 그러나 정작 선생은 조금도 웃지 않았다.

선생은 그날 그의 작품에 대한 이야기를 하였다. 첫 사랑의 얘기였다. 한도 끝도 없이 빠져 들어가는 사랑의 짐을 벗어 팽개치고 골방 속에서 고시공부를 하다 전진戰塵 속으로 도피하는 방황과 좌절의 몸부림치는 영혼, 제목도 얘기하지 않고 작자도 얘기하지 않았다. 그러니 그 자신밖에 알 수 없는 이야기였다. "인생은 그렇게 쉽지가 않아. 치열한 자기와의 싸움이야. 처절한 고뇌와 몸부림이 있어야지. 소설이 아니면 문학도 아니고 예술도 아니고 아무 것도 아니야. 웅변일 뿐이지. 영혼의 울림이 있어야지. 감동적인 소설일 때 사랑의 의미, 전쟁의 의미도 발생되는 것이고." 그렇게 말하였다. 그것이 그날 강의 내용이었다. 그는 고개를 숙인 채 문을 활짝 열고 들어온 여학생보다도 더 얼굴이 붉어져 들 수가 없었다.

결국 그 「좌절의 시대」는 투고되지 않았고 그 뒤 한 두 번 뒤적여 보았지만 지금은 어디에 쳐박혀 있는지 감이 잡히지 않았다. 도형은 무영 선생의 얘기를 생각하며 목우의 웃고 있는 얼굴을 바라보았다.

"좌우간 뭐가 됐든 사랑을 등장시켜. 꼭 뭐 이성간의 로맨스가 아니라도 말이지."

목우가 계속 얘기했다.

"사랑! 그렇지, 사랑이지. 민족의 사랑, 평화… 평화는 어떤가? 통일이 평화 아닌가?"

도형은 갑자기 무슨 방법이 찾아진 것처럼 또는 스스로의 감탄이 그 문제의 핵심으로 연결되기라도 하는 것처럼 자아도취가 되어 큰 소리로 물어대었다.

"글쎄, 좋을 것 같은데."

목우가 그렇게 수긍을 하는 듯하자 도형은 더욱 기고만장이었다.

"맞아. 바로 그거야. 지금 북한하고 공감대가 이루어지고 있는 것이라고 할까, 거부감이 없는 것이 딱 세 가지가 있는데, 쌀하고 술 그리고 뭔지 알아요?"

"단군인가요?"

"그렇다니까."

희연과 도형의 말에 목우는 어리둥절하였다.

"글쎄……"

"글세-인세-는 소설을 써서 책을 찍어야 나오지. 안 그래?"

"그건 그렇지."

"단군은 늘 민족이 수난을 당하고 위기에 처할 때마다 민족의 단합을 요구하는 구심체 역할을 하여 왔다고."

"글쎄, 단군도 좋고 통일도 좋은데 소설이 되어야지. 감동을 주는 얘기라야 한다니까."

목우는 고개를 끄덕이다가 계속 글쎄 글세 타령이었다.

"책이 팔려야 글세를 받지."

"팔려. 염려 말아. 안 팔리고 못 배겨."

"억만장자 하나 생겼구먼!"

"요즘 억이 뭐 그리 대단한가요?"

희연이 듣고만 있다가 한 마디 하였다.

"돈이 문제가 아니지. 왜 방향이 그렇게 나갔지?"

"하하하하…… 글쎄 말이야."

"하하하하……"

도형은 목우를 따라 한바탕 호탕하게 웃어대었다.

"오늘 술 얼마나 있어요? 많이 갖다 놨어요?"

도형은 점점 기세 등등하여 술을 시키었다.
그러자 하품을 하고 앉았던 이마담이 새 불을 사른다.
"지가 소설 감 하나 드릴까요?"
"그래요?"
도형이 어리둥절하여 반문을 하였다.
"그건 이 작가한테 줘야지. 난 내 소설 쓸 일도 벅찬데."
그가 다시 말하자 목우가 묻는다.
"무슨 얘긴데요?"
"어디 얘기 좀 해보세요."
희연도 궁금한지 재촉을 하였다.
"그게 그렇게 쉽게야 안 되지요. 반평생을 겪은 한이 맺힌 이야긴데."
이마담은 또 그렇게 뺴었다.
"이용자 마담의 인생역정人生歷程이지. 맞지요?"
목우가 다시 묻자 마담은 한숨부터 푸욱 쉰다.
"뭐, 지 얘기라기보다도……"
"오늘 밤 만리장성을 하나 쌓읍시다."
목우는 마담에게 술을 철철 넘치게 따랐다. 그리고 이번에는 그가 술을 더 가져오라고 시키는 것이었다.
"그럽시다. 까짓 거, 죽으면 다 썩어문드러지고 말 것인데."
"우리는 가야겠네요."
희연은 도형에게 불쑥 그렇게 물었다.
"우리는 우리 소설을 써야지."
도형은 희연에게 잔을 주었다. 그러며 그녀를 물끄러미 바라보았다.
그날 소설을 쓰기 위해서였는지 만리장성을 쌓기 위하여였는지 코가 삐뚫어지게 술을 마셨다. 술값도 서로 내겠다고 하여 자꾸 추가를 하여 집에를 어떻게 찾아 들어갔는지도 알 수가 없었다. 어디를 어떻

이것이 아니다 · 49

게 헤매고 다녔는지 무슨 소리를 해대었는지 알 수가 없었다.
 필름이 완전히 끊겨 버린 것이다. 그 밤의 몇 시간 동안, 사실은 시간을 전혀 측정할 수가 없는 것이지만 그동안의 공백에 대한 알리바이를 댈 수가 없었던 것이다. 무슨 별 일이야 있었겠느냐 싶기도 하고 큰 실수를 하지 않았나 걱정이 되기도 하였다. 다른 사람과 달리 희연은 신경이 쓰이었다.
 좌우간 그것도 그가 의식이 들었을 때의 생각이었다. 아침에 느지막이 눈을 떴을 때 그의 집 천정의 무늬임을 낯설게 확인하였던 것이다. 그 이전의 일은 전혀 기억이 나지 않았다. 모처럼 발동이 걸렸던 것이다.
 도형은 멍하니 천정의 무늬를 바라보며 뻣뻣한 고개부터 움직여 보았다. 마치 녹슨 나사가 억지로 비틀어지듯 삐익 조금 돌아간다. 마실 때는 얼마든지 들어가는데 아침에 몸을 가눌 수가 없었고 일어날 수가 없었다. 뭘 한다는 것도 말뿐이지 생각대로 되지 않는다. 어저께 뭐라고 뭐라고 떠들어대었는데 잘 될지 모르겠다. 허풍도 아니고 허욕도 아니었다. 술이 들어가 용기가 생기었던 것이다. 아니 그렇게 열을 내었던 것은 역시 희연 때문이었던 것 같다.
 북어국을 끓여 놓고 그가 일어나기를 기다려 아침 식사를 같이 하는 아내는 그러나 그를 가만히 내버려 두지는 않았다.
 "도대체 누구랑 술을 마셨어요?"
 "뭐 술이 하루 이틀인가?"
 "누구랑 마셨느냐 말이에요?"
 따지는 것이 심상치 않았다.
 왜 그러는 것일까. 여자의 느낌이라는 것이 있는데 그런 것이리라 생각하였다. 그러면서도 그는 한 박자를 더 두었다.
 "왜? 무슨 일이 있었느냐고?"
 "글쎄, 어디서 누구랑 마셨어요?"

"글쎄?"
"전혀 기억이 안 난단 말이에요?"
"그게 아니고 '글세 타령'을 했었어."
"누구랑요?"
"목우하고……"
"그리고요?"
"글쎄, 또 누구더라…… 그런데 갑자기 왜 그렇게 따지는 거야? 숨이 넘어가는 것도 아니고."

그는 둘러댈 수도 있었지만 그렇게 잘 안 되었다.
아무래도 미리부터 거짓말을 하기가 주저되었던 것이다.
"누구 숨 넘어가는 것을 기다리는 거예요?"
"아니, 도대체 왜 그러는 거야?"
"정말 몰라서 물어요? 온통 와이셔츠에 루즈 자욱이잖아요?"
"그래?"

그는 움찔할 수밖에 없었다. 그러나 그 자신이 생각해도 이해가 안 되는 일이었다.
"루즈는 무슨? 고추장이겠지?"

그로서는 그 이상의 답변이 가능하지 않았다. 오리발을 내미는 것이 아니고 솔직히 더 떠오르는 것이 없었다.
"아니, 누굴 숙맥으로 알아요? 바보 천치로 알아요? 아무려면 그래 루즈 모르고 고추장 모를까봐 그래요? 나중에 딴 소리 말고 어서 봐요."

그러면서 그가 입고 잔 와이셔츠에 희미하게 묻은 핑크 색 자욱들을 손가락으로 쿡쿡 찔러 보인다. 갈비뼈가 들썩들썩 하였다.
"〈푸른 집〉에서 마셨는데, 여자들이 옆에 좀 앉았었던 같고, 뭐, 그 이상은 잘 모르겠어."

그는 그렇게 조금 물러서며 얼버무렸다. 아무래도 단계적으로 대응

할 수밖에 없는 것이다. 처음 겪는 것이 아니었던 것이다.
"아니 술을 마시면 그렇게 기억이 없어요? 옆에 앉은 사람도 모르고, 간을 다 **빼어가도** 모르겠네."
"간은 차고 왔으니 염려 말아요."
"무슨 술을 그렇게 마셔요?"
"모처럼 발동이 걸렸어."
"그래 목우 선생 하고만 마셨단 말이에요?"
그 정도로 넘어가나 했는데 새 차비로 또 걸고 들어온다.
"학교 앞에서 소주를 마시다 취한 것 같애. 빈 속에 매운 낚지볶음하고 먹었는데……"
그는 와이셔츠에 묻은 자욱을 내려다 보며 말하였다. 그렇게 뒤를 더 눌러두었다. 억지로 계획적으로 그런 것도 아니고 그런 생각이 순서대로 떠오른 것이었다. 그리고 아내는 여자라면 두드러기 반응을 일으키기 때문에 미리부터 고해바칠 필요는 없었다. 더구나 희연에 대해서는 아내가 이상하게 신경을 쓰는 것이어서 얘기하지 않았다. 그런데 루즈가 어떻게 돼서 그의 옷에 발려 있는지는 아무래도 알 수가 없었다.
"그 한양하고 마신 것은 아니지요?"
"아니야. 그건."
그렇게 또 넘어갔다. 참 여자의 예감이라는 것은 무서웠다. 그가 너무 둔감한 것인가.
아니, 너무 무방비 상태인지 모른다. 그리고 좀 벗어난 생각을 하고 있는지도 모른다. 다른 여자와 몸을 가눌 수 없을 정도로 술을 마신 것은 절도를 벗어난 것이었다. 가정의 절도를 벗어나기도 했지만 사제의 절도를 벗어난 것이었다. 좀이 아니라 많이. 아내가 그것에 대하여 그런 예감에 대하여 따진다는 것은 너무나 당연하고 그가 고맙게 생각하여야 할 일이지 탓해서는 안 될 일인지 몰랐다.

그러면서도 그는 또 하나의 그 나름대로의 생각을 갖고 있었다. 그가 추구하는 것에 대하여 그처럼 깊숙이 파고들어 시간과 장소를 초월해 논의할 수 있다는 것은 또 중요한 것이 아니냐. 그것을 가정의 잣대나 여자의 잣대 또는 일반 상식의 잣대로 잴 수가 있는 것이 아니지 않느냐. 그런 생각이었다. 그리고 그것은 그가 추구하여 온 몇십 년을 닦아온 길에의 진보를 논하고 있었던 것이 아닌가. 그런 그의 생각을 터놓고 얘기할 처지가 또 어디에 있단 말인가. 다른 동료하고도 불가능하고 아내와는 더구나 안 되는 얘기였다. 가끔 아내와도 얘기를 해 보지만, 중뿔나게 그러지 말고 그냥 조용히 지내라고 하였다. 그것은 아내뿐 아니라 친한 친구들도 대부분 그랬다.

"그냥 교수면 됐고 박사면 됐지, 그렇게 골치 아프게 살 것 없잖아? 속시원하게 뒤집지 못할 바에는 말이야."

"정말 뒤집을 수 있는 거야?"

인쇄소를 하는 곽사장이나 주간 신문사와 출판사를 하는 김사장은 그가 얘기할 때마다 그렇게 말하였다. 그러나 모래판에서 샅바를 쥐고 씨름을 하듯 그렇게 쉽게 뒤집을 수 있는 것도 아니었다. 하지만 그는 그들에게 늘 말하였다.

"학문이란 계속 뒤집는 거야. 기존의 연구를 거부하는 거지. 삶도 그런 거야."

창작創作이란 모든 전작前作의 부정否定이라고 하기도 하였다. 그의 책상 앞 벽에 써붙여 있던 말이었다.

뿌리와 날개

술이 덜 깬 듯한 멍청한 나날이 며칠 계속되었다. 그것을 소설로 쓸 것인가 다큐멘터리 형식으로 쓸 것인가 또는 수필로 쓸 것인가, 쓸 것인가 말 것인가를 정하지 못한 채, 자료들을 뒤적뒤적하면서 시간을 보냈다. 발동이 걸려서 열을 올릴 때와는 달리 방향이 잡히지 않고 자꾸 위축이 되는 것이었다.

며칠 말도 않고 책만 뒤적거리고 있는 도형에게 아내는 커피를 끓여다 들여 놓아 주기도 하고 사과를 깎아서 갖다 주기도 하며 말을 붙였다.

"소화되게 과일 좀 들어요."

월급을 갖다주는 남편에게 서비스를 한다기보다 말을 안 하니 답답하였던 것이다. 전에는 열 번이면 열 번 그가 못 참고 먼저 말을 붙이었지만 이번에는 그러지를 않은 것이었다. 하기야 뭐 싸운 것도 아니었다.

고추장이 됐든 루즈가 됐든 아내의 닦달이 심하여서 그런 것도 아니었다.

"과일을 먹으면 소화가 잘 되는가?"

"그럼요."

그는 사과를 한 쪽 들고는 도로 두었다.

"시어서."

"신 게 좋은 거예요."

"갈아서 먹으면 좋은데."
"믹서에 갈면 비타민이 다 파괴가 되는 것 몰라요?"
"그렇게 영양가만 따지지 말고."
그렇게 얘기를 몇 마디 하자 아내도 마음이 편한 것 같다.
아내는 사과를 갈아서 다시 가지고 왔다.
"하나만 해 왔어요?"
"나는 그냥 먹는 것이 좋아요."
그는 아내를 바라보며 사과 주스를 마셨다.
"술을 안 먹으니까 일이 없네. 고추장을 바르고 올 일도 없고."
"아직 그건 해명이 안 되었어요. 내가 전화 걸어볼 거예요."
괜히 병을 만들었다.
"그래. 당신이 전화번호 다 알잖아요?"
"그건 그렇고 당신 알지요?"
"뭘요?"
"30년이요."
그는 다시 아내를 바라보았다.
"좀 앉아요."
그는 거실의 소파로 가서 앉았다. 아내도 따라 앉았다.
"알고 있었어요?"
"그럼요."
아내는 먼저 알고 있었다. 그리고 대학신문사에서 인터뷰를 하자고 전화가 여러 번 왔었던 것이다.
"좀 착잡한 심정이오. 계속 이러고 있어야 하느냐, 결단을 내릴 때가 된 것 같소."
"여러 소리 말고 애들 결혼 다 시킬 때까지 가만히 있어요."
"그만둔다는 것이 아니라……"
"20년 때도 그러더니. 그래 그만 두고 뭘 하려고 그래요?"

대화가 되지 않았다. 딴 얘기가 되어버렸다.

"300프로예요. 딴 소리 하면 안 돼요."

"참 사람도!"

그는 아내를 흘겨보았다. 아내는 항상 그를 어린애 취급을 하였다. 그가 그렇게 만들었는지 몰랐다. 그는 그것을 뻥땅칠 생각을 하고 있었던 것이다. 여행이나 한 번 하려 하였던 것이다.

한 동료가 그것은 통장으로 넣지 않고 직접 봉투로 주더라고 귀띔을 해 주었던 것이다. 20년 때의 기억은 잘 안 난다. 사실 늘 온라인으로 입금이 되다보니 너무 투명하여 무엇보다 술값을 해결할 도리가 없었던 것이다. 술값이 문제가 아니라 도무지 자유가 없었던 것이다.

그리고 보니 아내가 전에 없이 똬리를 붙이는 것도 30년 근속 보너스를 잘 관리하기 위해서였는지 몰랐다. 용케도 그것을 유도해내었던 것이 아닌가. 개교기념일이 이틀 후로 다가와 있었던 것이다.

"내일이에요."

"모레가 아닌가?"

"식은 내일 하잖아요? 모레는 쉬는 날이고."

"아 참 그렇던가."

모레는 개교기념일이자 개천절이었다.

"여행이나 한 번 갑시다. 시간을 좀 빼어 볼 테니."

"안 돼요. 다 계획이 있어요. 세탁기도 하나 사고 냉장고도 개비해야 되고, 세상에 우리 같이 덜덜거리는 냉장고를 쓰는 사람은 없을 거예요."

"그래요?"

"정말 냉장고 산지가 30년이 넘었어요."

"등산이라도 한 번 합시다."

"그래요. 김밥 싸 가지고 가면 되지요 뭐."

"참! 사람하곤!"

그는 그의 방으로 들어왔다. 그리고 아무래도 결단을 내려야겠다고 마음먹었다. 무엇이 되었든 어떤 형태로든 변신을 해야 된다고 생각을 하였다. 그러지 않으면 정말 덜덜거리는 그의 집 냉장고 신세밖에 안 될지 모른다.

이윽고 다음 날 아침 10시 그의 대학 개교기념식이 치러지고 그 행사의 첫머리에 그는 단상에 올라가 표창을 받았다.

"위의 사람은 재임 30년간 성실히 소임을 다하여 근속하였으므로 그 꾸준한 노력을 치하하여 이에 표창하고 부상을 수여함."

재단 이사장이 수여하는 패를 받아들고 어깨가 축 처진 걸음으로 돌아 내려오다가 층계를 헛딛는 바람에 폭소를 연출하였다. 그에게는 그것이 비웃음으로 들렸다. 어깨가 더욱 쳐졌다.

그날 점심을 총장과 같이 하였다. 어제 그렇게 약속을 하였던 것이다. 이날 다른 약속이 있었지만 같은 학과 같은 전공 교수인 총장의 청을 받아들인 것이다.

그가 사겠다고 하였지만 총장이 예약한 곳으로 가서 거창하게 점심을 하였다. 입에 사르르 녹는 참치 회에다 따끈한 청주를 반주로 들었다.

"총장으로 가신 후 술 한 잔 못 샀습니다."

도형이 고개를 숙여 인사를 하며 말하였다.

"무슨 말씀이세요. 제가 자주 술을 사야지요. 그런데 도무지 시간이 나질 않았어요."

현총장도 깍듯하게 예를 갖춘다.

"그러시지요. 아무래도."

"학생들이 총장실을 점거하고 농성을 하고 있으니 마음도 편하지 않고 말이지요. 그런데도 면담을 하겠다는 분들이 출근하기도 전부터 주욱 열을 서고 있으니, 책은 고사하고 신문 볼 시간도 없어요."

"그래도 신문은 보셔야지요. 총장을 하시려면. 하하하하……"

"차 안에서 뉴스를 열심히 듣지요. 어디가 터졌나 하고 말이지요. 하하하하…… 그런데 무슨 일이 있으세요?"

현총장은 용건을 묻는 것이었다.

"모처럼 점심이나 한번 사고 싶었습니다."

"아닙니다. 점심은 제가 사겠습니다."

"사실은 어려운 부탁이 하나 있긴 합니다."

"말씀해 보세요."

"좀 쉬고 싶습니다."

그는 용기를 내어 마음먹은 대로 말하였다.

"쉬고 싶다면은?"

"안식년 있지 않습니까?"

"예에. 그래요?"

"꼭 부탁드립니다."

"쉬는 거야 어려울 것도 없지요."

사실 쉬겠다는데 그것이 그렇게 어려울 것은 없었다. 그러나 신청 인원의 한도가 있고 그것보다도 이미 내년 것은 결정이 되어 있을지 모른다.

"좀 쉬면서 그동안 펼쳐 놓은 것 정리를 좀 해야겠습니다."

"내년이라야 되겠어요?"

"예, 그랬으면 합니다."

"꼭 그러셔야 되겠어요?"

"부탁드립니다."

"이제 학장도 하시고 총장도 하셔야 되잖아요? 하하하하……"

"하하하하…… 좀 쉬었다 하지요 뭐."

이럴 때의 웃음은 참으로 편리하였다. 말의 액면을 흔들어 놓기 때문이었다.

"네에. 강의를 맡길 사람은 있는가요?"

드디어 실질적인 얘기로 되어갔다. 총장은 같은 전공이기 때문에 사정을 잘 알고 있었던 것이다.

"네. 저어…… 한희연 선생을 맡기면 될 것 같습니다."

"그래요? 반발이 없을까요?"

"총장님께서 좀 도와주시기 바랍니다."

"하하하하…… 역시 어려운 부탁이군요."

총장은 고개를 끄덕끄덕하면서 말하였지만 표정이 가볍지는 않았다. 총장도 그의 의견이랄까 사관史觀과 같지 않았던 것이다.

그러나 뭐 그의 부탁은 그렇게 여러 가지가 아니었다. 일단 1년을 쉬게 해 달라는 것이었다. 희연에게 그의 시간을 대강을 시키는 데는 처음 시간을 줄 때 이상으로 논란이 있을지 모른다. 그러나 요는 대강이 아니고 안식이다. 단계적으로 부딪치면 되는 것이다. 단군릉 답사에 대한 것과 북의 학자들과의 접촉 신청 등 신경이 쓰이는 문제는 꺼내지 않았다. 계획을 진척시키면서 대응을 해 나갈 생각이었다.

"좌우간 잘 부탁합니다."

그래 두었다. 모처럼의 부탁이었다. 말과 같이 그렇게 어려운 부탁도 아니요, 안 될 것도 없었다.

그 시간 이후의 계획을 세우기 시작했다. 다시 한 번 답사를 하여 확인도 하고 사진도 찍고 자료 보완을 해야겠다고 생각했다. 중국이나 해외 답사도 해야 했고 제일 어려운 지역이 북한이었다. 1년 가지고는 시간이 모자랄지도 모른다. 그러나 모자라면 모자라는 대로 추진해보는 것이고 연장을 하거나 또 비벼대어 보고 안 되면 휴직도 할 수 있는 것이다. 길이 선택되었으면 적극적으로 밀고 나갈 나이이다. 그동안 계속 머뭇거리지 않았는가. 언젠가는, 그렇게 오래지 않아 직이고 일이고 다 그만 두어야 할 텐데 어정거리고만 있을 수는 없는 것이었다.

그러기 위해서는 결재가 또 한 군데 필요하였다. 내무장관(?)에게였다. 거기서 틀면 아무 것도 안 되었다. 그것은 좀 더 분위기 있게 접근해야 될지 모른다. 와이셔츠에 루즈를 칠하지 말고 말이다. 어떻든 단계적으로 해결해 가야 될 문제들이었다.

이튿날은 개교기념일이자 개천절이었다. 느지막이 잠이 깨었다. 밤늦게까지 1년 동안의 스케줄도 짜고 아내를 녹일 궁리를 하였던 것이다. 잠자리에 들어서도 그 생각을 하였지만 묘안을 찾지는 못하였다. 눈을 뜨고도 궁리를 계속하고 있는데 전화가 왔다. 가까이 살고 있는 하부장에게서였다. 농대를 나와 식품회사의 기술역으로 있는 하명종을 입에 배어 그렇게 불렀다. 최근 들어 격의 없이 자주 만나는 사이였다. 주말농장의 밭을 같이 나누어서 지었고 같이 등산을 자주 했다. 사우나 이발도 같이 했다. 서로 훌떡 벗고 찜통 속에서 얘기하는 주제는 건강이었다. 그리고 마음 비우기였다. 서로 마음 가는 데가 같았다. 욕탕 속에서 하부장은 한 얼 한 알 사상을 얘기하곤 했다. 단전호흡을 하러 다니며 그에게 같이 가자고 권하고 있는 터이기도 했다.

"오늘 뭐 하실래요?"

"오늘같이 좋은 날 단전호흡을 하러 가자는 것은 아니지요?"

"그럼 농장엘 가든지."

"등산이 좋을 것 같은데."

"그럴까요?"

"단풍 구경도 하고, 내외 같이 가지요 뭐."

그는 아내를 바라보며 말하였다. 하부장보다 아내의 의견을 묻는 것이었다.

"좋지요."

"어디로 갈까요?"

그가 한 박자를 더 끌었다. 아내의 표정을 살피기 위해서였다. 별 이의가 없는 것 같다.

"뭐, 북한산이나 관악산이나 가지요."

"소요산도 좋고, 좌우간 준비하고 계세요. 한 술 뜨고 연락할게요."

 웬만하면 토를 다는 아내였지만 300퍼센트 보너스를 타온 남편의 의견을 존중하여 가만히 있는다.
 TV에서는 개천절 기념식이 거행되었다. 삼부요인이 참석하여 애국가 순국선열에 대한 묵념에 이어 국사편찬위원장이 나와 개국 기원에 관한 글을 읽어나가고 국무총리가 대통령의 경축사를 대독하고「개천절 노래」를 부르고 현정회 회장이 만세삼창을 하고…… 식은 늘 그런 순서로 진행되었다.
 그런 의례적인 행사에 그치는 것이었다.『삼국유사』의 단군 얘기를 바탕으로 해서 민족의 뿌리를 되새겨 보는 것이다. 그것을 소중히 간직하고 지키자는 것이다. 그러나 그는 이날 그런 의례적인 행사의 분위기와 문맥 속에서 한 가닥의 의미를 찾아낼 수 있었다. 전에 없이 이상한 계시가 그에게 와 닿았던 것이다.
 그는 서두르는 아침 식탁에서 몇 술 뜨다가 말고 TV 앞으로 가서 앉았다. 그리고 점점 그 계시에 빨려들었다.
 ─……이승휴가 지은 『제왕운기帝王韻紀』의 기록을 보면 천제 환인의 아들 환웅이 홍익인간의 큰 뜻을 품고 권위의 상징인 천부인을 지니고 태백산 마루의 신단수라는 나무 아래에 내려오셔서 신시神市라는 사회를 건설하여 다스렸고 그 아들 단군왕검은 다시 아사달에 도읍하여 조선을 개국하였는데 때는 요堯 임금시절이라 하였습니다. 또한 훗날에 신라, 고구려, 남북 옥저, 동북 부여, 예맥은 모두 이 단군의 자손이라 하였습니다.
 뭐 새로운 이야기는 아니었다. 새로운 이야기일 수도 없을지 모른다. 매년 한 번씩 돌리는 레코드 판이었다. 그러나 새로 바뀐 국사편찬위원장은 원고를 새로 써서 문맥이 달랐다.
 ─이러한 기록은 현대적인 시각으로 해석해 보면 스스로 태양의 아들이라 일컬으는 우수 부족 집단이 광명한 나라를 건설하여 인간을 널

뿌리와 날개 · 61

리 이익되게 한다는 명분 아래 이미 선착해 있는 토착 부족 집단들을 통합해 나가는 과정을 말하는 내용입니다.

그는 예년과는 달리 오늘은 조금 다른 자세로 듣고 있었다. 인정할 것은 인정하고 부정할 것은 부정하자는 것이었다. 연례적인 국가의 행사로 되풀이되는 현실을 어떻게 봐야 할 것인가, 하는 문제서부터 식전에서 의례적으로 낭독되는 글의 내용과 표현들이 하나 하나 해결해야 될 과제로 느껴지는 것이었다. 오늘 우리에게 단군은 누구인가, 단군은 무엇인가, 개천을 어떻게 해석해야 하는가, 그리고 토착민이 있었다면 그들은 누구인가, 단군은 우리 민족의 시조인가, 의문의 꼬투리들이 머리 속을 휘돌았다.

국사편찬위원장의 낭독은 계속되었다.

—그 영도자의 존칭이 단군왕검이었던 것은 제사장과 통치자를 겸직하고 있다는 뜻으로서 이는 종교와 정치가 분리되지 않은 4330년 전 고조선 당시의 시대상을 반영하고 있는 것입니다. 그러나 이 기록은 단순한 역사적 사실 이상으로 시사하는 바 크기 때문에 우리 민족에 길이 길이 소중한 교훈이 되어 오고 있습니다. 환웅께서 홍익인간의 이념으로 교화했다는 것은 그 후 우리나라 역사상 통치자들에게 인본주의와 인도주의를 깨우쳐 주고 있는 것이며 우리 민족 모두에게 순수한 인간애의 희생정신 그리고 인간존중의 평등사상을 호소하고 있습니다. 또 천신족이 나라를 세웠다고 하는 것은 우리 민족의 가슴마다 민족적인 긍지와 민주자존의식을 심어 주고 있는 것이며 민족 시조를 단일 계통으로 밝힌 것은 우리 민족을 하나로 묶어 만세의 일통을 계승시키고자 하는 염원이 담겨 있습니다.

이야기의 바탕이 어찌 되었든 간에 부분 부분 공감이 되고 있었다. 그리고 그것을 가지고 그는 여러 가지 상상을 펴고 있었다. 민족과 뿌리와 통일과 미래에 대한 그 나름대로의 시나리오를 펼치며 계속 듣고 있었다.

이 단군 고사는 고조선 당시로는 토착부족에 대한 우수 부족의 통치 이념과 정통성을 강조한 지배원리였다. 그 후로도 계속 우리 민족사의 기원으로 인식되어 왔다. 고사 자체에 함축된 의미는 시간이 흐를 수록 우리 민족 개개인의 일상생활에까지 깊이 내면화하여 민족의 얼이 되고 신념이 되었으며 민생의 관습과 풍속이 되고 규범이 되어 왔다. 우리 민족 개개인이 출생 때 치르던 통과의례도 환인 환웅 단군의 국조 삼신 사상에서 유래되었는가 하면 민족적인 자아 실현도 단군 고사와 결합된 초제醮祭라는 제천의식을 통하여 기대했던 것이다.

단군 고사의 신비로운 내용과 초월주의적인 사상은 일찍이 신라의 풍류사상과 화랑정신에 연결되었을 뿐 아니라 우리 나라 도교사상에 근원으로 인식되어 왔다.

또한 이 개국고사는 우리 민족이 외세의 압력에 시달릴 때마다 국난 극복의 정신적 지주 역할을 하여 왔다. 몽고제국의 침략을 받은 고려 때에는 이 내용이 『삼국유사』를 비롯하여 우리 역사책에 기록됨으로써 우리 민족으로 하여금 천자天子의 나라로서의 자부심과 대동의식을 갖게 하였다. 15세기 초에 이르러 동북 아세아 국제 질서가 원元 명明의 교체와 조선의 건국이라는 새로운 국면을 맞게 되자 한 중 양국간에는 영토 문제를 둘러싸고 미묘한 갈등과 긴장이 계속되었다. 이 무렵의 우리 민족의 단군 숭배 사상은 과거 어느 때보다도 고양되었다.

태종 때의 유신 변계량은 우리 동방은 단군이 시조로서 하늘로부터 내려왔으므로 중국의 천자가 분봉한 것이 아니라고 하여 중국과 대등한 천자의 나라임을 자부하였고 세종 때에는 평양에 새로운 단군 사당을 마련하였다. 그리고 세조 때에는 단군을 조선 시조로 격상시켰으며 그 후 명나라 사신을 단군 사당에 반드시 참배하도록 하였다. 또한 황해도 구월산에 있는 환인 환웅 단군을 모신 삼성사三聖祠를 국가에서 제사를 올렸을 뿐만 아니라 숙종 때에는 평안도 강동의 황제묘를 단군묘로 지정하고 역시 국가에서 이를 관리하였다.

열강의 풍운이 몰아치던 한말의 시련기에 고종황제가 대한제국을 선포하고 원구제圓丘祭를 올리던 것도 단군기원의 그 정신적인 뿌리를 두었던 것이며 민족 존망의 위기를 맞았던 일본제국주의 통치하에서는 단군정신으로 민족을 지키자는 종교적 결사운동이 일어나 마침내 대종교大倧教가 중광重光되었다. 한민족 독립운동의 요람 중의 하나였던 대종교는 일제로부터의 신사 참배 강요 등 온갖 시련하에서도 단군 탄생을 기념하는 음력 10월 3일에 개천일 행사를 거행해 왔다. 이 때 중국 상해의 대한민국 임시정부에서도 개천절 행사를 공식적으로 거행하여 일본제국주의의 민족 말살 정책에 결연히 맞서 나갔다. 광복 후 대한민국은 이처럼 숭고한 단군의 역사와 그 개국 이념을 길이 되새기고자 단군기원에 관한 여러 학설 가운데서 『동국통감東國通鑑』의 당요唐堯 무진년설에 따라 서력기원 전 2333년을 단군기원으로 정하고 양력 10월 3일을 개천절로 하여 이를 경축해 오고 있다.

우리 나라 개국 기원에 관하여 그리고 개천절의 유래를 말한 국사편찬위원장은 4330주년 10월 3일 개천절이라고 연월일을 밝히고 있다.

끝에 묘하게 연결하여 이날이 4330주년이 되는 개천절이라는 것을 밝혔을 뿐 결국 연호를 쓰지 않았다. 그것도 개천절 날 국사편찬위원장마저도 단기 몇 년이라고 쓰지를 못한 것이다. 뒤이어서 있은 국무총리의 경축사 끝에도 그랬던 것이다. 단기다 서기다 하지 않고 "감사합니다" 라는 인사말로 대신할 뿐이었다. 다만 이날 개천절날만은 식사 끝에 서기 몇 년 몇 월 며칠이라고 쓰는 서식을 쓰지 않았던 것이다. 쓰기는 쓰고 읽지만 않았는지도 모른다.

4330년은 단기 연호이다. 서기 1997년에 해당한다. 이 이야기의 취재 시점이다. 여러 번 다시 고쳐 쓰면서 수없이 등장하는 연호들 시간 계산의 혼란을 피하여 대부분 최초의 시점 그대로 두었음을 밝힌다.

법이 그렇게 되어 있는 것이다. 서기, 서력기원을 쓰기로 법령을 정하였으니 어쩌는 도리가 없었는지 모른다. 대통령이나 국무총리나 역사학자라 하더라도 법이라고 할까 관례를 어길 수는 없었던 것이다. 그것을 탓할 수도 없다. 그러나 이날 개천절 날 만이라고 융통성을 발휘할 수는 없나 하는 아쉬움이 있는 것이다. 늘 느끼는 감정이었다.

그러나 그러면서도 이날은 이상하게 그 문맥들이 그를 잡아끌고 있었다. 아니, 그런 의례적인 문맥 속에서도 그의 소설은 씌어지고 있었던 것이다. 통일의 비전, 일체감의 모티프였다. 지금 이 시점에서의 단군의 의미가 자꾸만 확대되어지는 것이었다. 단군은 국난을 당할 때마다 등장하였고 그것이 구심점의 고리 역할을 했었다.

하부장에게서 전화가 다시 걸려왔다. 어떻게 되느냐는 것이었다. 한 술 뜨는 대로 연락한다고 준비하고 있으라고 해 놓고 그러고 있는 것이었다. 하부장은 등산복을 입고 배낭을 메고 있다고 하였다.

"아, 그래요? TV 보던 것 좀 마저 보고 갔으면 좋겠는데."

"뭐, 좋은 거 나와요?"

"개천절 기념식이오."

그는 솔직하게 얘기했다. 둘러 댈 이유도 없었다. 그래가지고 핀잔을 듣고 말았다.

"앗다, 누가 역사 선생 아니랄까봐 그래요? 애국가는 끝났고 뭐 개천절 노래 배우려고 그래요?"

하부장은 웃지도 않고 해댄다. 그리고 갈려면 빨리 가자고 한다.

"알았어요."

"그런데 어디로 갈까요?"

"우리 좀 멀리 갈까요?"

"멀리 어디요?"

"마니산이나 태백산이나, 태백산이 좋을 것 같은데……"

"뭐요? 늦어서 어떻게 오려고 그래요? 그럴려면 진작 출발을 했어야지요."

"좌우간 곧 다시 전화할게요."

그러면서도 그는 한쪽 귀와 눈은 TV 쪽에서 떼지 못하였다.
―……오늘 뜻깊은 개천절을 맞으면서 다짐해야 할 것은 우리 겨레는 단군 성조의 한 핏줄 한 자손이며 따라서 하나로 뭉쳐야 한다는 사실입니다. 남북의 동포 모두가 자유와 번영을 누리는 통일조국을 건설하는 것이야말로 완전한 광복, 진정한 광복을 이루는 것입니다. 남북간에 가로놓인 불신과 반목의 벽을 허물고 온 겨레가 하나 되어 살아가는 민족공동체를 건설하여 이를 후대에 물려주는 일은 우리 세대에게 부여된 역사적 사명입니다.……
번드레한 문장 수사의 경축사도 그냥 지나쳐지지 않았다. 개천절, 단군, 남과 북, 민족, 7천만 겨레로 연결하고 세계화 정보화 시대를 맞아 국경 없는 무한 경쟁이 전개되고 있는 상황 속에서 우리만이 민족간의 불신과 대결로 민족적 역량을 소모하고 있는 현실의 안타까움을 공감시키고 있었다. 그러나 이제 북한은 시대의 변화를 인식하고 남북간의 화해와 협력을 이룰 수 있는 실질적인 태도 변화를 보임으로써 우리와 함께 민족 공존 공영의 터전을 가꾸어 나가야 한다는 제안은 무척 허황되게 들리었다.
〈그러면 너의 대안은 무엇이냐?〉
그는 자신에게 물었다.
"아니, 또 전화 오겠네요. 갈 거예요? 말 거예요?"
아내도 엉거주춤하고 있으면서 짜증을 낸다.
"정말 뭘 하고 있어요? 어서 옷을 갈아입지 않고 나는 모자만 쓰면 돼요."
그가 갑자기 서둘러대었다.
"양말은 안 신고요?"
"글쎄 내 걱정은 말고 어서 준비해요. 저어 그리고 좀 멀리 갈지 모르겠으니까, 다른 것은 다 그만 두고 옷이나 단단히 챙겨 입어요."
"아니, 멀리 어디로 가는데 인제 말을 하는 거예요. 당신은 항상 그런 식이에요. 난 안 갈래요."

"정말, 왜 그래? 하부장 내외가 다 준비하고 있는데, 여러 소리 말고 그냥 대략 싸 들고 가요."

"어떻게 그냥 대략 되나요?"

아내의 말은 맞는 말이고 그가 무리한 요구를 하는 것이었다. 그러나 조금 전에야 태백산에 가고 싶은 충동을 받았으니 어쩌는 도리가 없었다. 마니산의 참성단이나 태백산의 천제단에를 가고 싶었다. 이왕이면 가보지 않은 태백산 쪽을 택하고 싶었다. 그러잖아도 한 번 기회 봐서 갈려고 지도를 봐 놨었던 것이다. 하부장이 탐탁스럽지 않게 생각하면 그 혼자만이라도 가고 싶었다. 좀 미안한 일이긴 하지만 그만 일은 충분히 이해할 처지인 것이다.

그는 가끔 그렇게 갑작스런 충동으로 길을 떠날 때가 있었다. 어디 온천엘 간다든가, 설경을 보기 위해 대관령을 넘는다든가 벚꽃을 보기 위해 진해를 간다든가……. 그런 것이 하나도 어려울 것이 없었다. 밤중이고 새벽이고 차를 끌고 달려가면 되는 것이다. 가다가 가락국수나 햄버거라도 사 먹으면 되고 민박이라도 하면 된다. 그러나 아내는 그럴 때마다 당혹스럽게 생각하고 난색을 표하였다. 특히 하루 밤이라도 자고 와야 하는 경우는 신경을 여간 쓰는 것이 아니었다. 잠옷이다 속옷이다 화장품이다 뭐다 가방에다 잔뜩 챙겨 넣으면서 시간을 끌기도 하고 절대로 안 된다고 하였다. 이날은 다른 사람까지 동행이 되어 더욱 신경을 곤두세우는 것이었다.

"늦게라도 오면 되니까 그냥 가요."

"이렇게 갑자기 얘기하면 어떡하란 말이에요?"

아내는 이것저것 챙기면서도 짜증을 낸다.

안 간다 못 간다 소리는 하지 않는 것이 다행이었다. 그는 「개천절 노래」를 콧노래로 따라 부르며 등산복을 입고 모자를 쓰고 카메라 수통 전등 등산용 칼 등을 챙긴 배낭을 짊어졌다. 그리고 전화를 걸어서 자신의 차로 갈 거니까 큰길 가에 나와 있으라고 하였다. 그러고도 아내는 한 참 시간을 끌고야 차비를 하고 나서는 것이었다.
 하부장은 부인과 같이 길목에서 기다리고 있다가 그가 몰고 간 소형 승용차에 올라탔다. 하부장의 차가 큼직하여 편안할 것이지만 그런 요구까지 하기가 미안하였던 것이다.
 "그래 어디로 갈라고요?"
 하부장은 타자마자 따지듯이 물었다. 길바닥에서도 한참을 기다리게 하였던 것이다.
 "기다리게 해서 미안해요. 술 살게요."
 도형은 그렇게 인사를 닦고는 아까 부르던 콧노래를 불렀다.
 "아니 뭐 그렇게 혼자 신이 나서 그래요?"
 하부장은 다시 퉁명스럽게 묻는다.
 그러자 분위기를 맞추기라도 하듯 하부장의 부인이 웃어대고 도형의 아내도 같이 따라 웃었다.
 도형은 이번에는 노랫말을 넣어서 노래를 불렀다.
 "우리가 물이라면 새암이 있고 / 우리가 나무라면 뿌리가 있다"
 노래로 분위기를 유도해 나가려는 것이었다.
 "이 노래 몰라요?"
 "많이 듣던 노래 같은데……그런데 그게 어쨌다는 거지요?"
 하부장은 전혀 감을 잡지 못하고 있었다.
 "태백산엘 가자는 겁니다."
 도형은 시간을 더 끌지 않고 얘기하였다.
 "백두산엔 갈 수가 없고 말이지요."
 "왜 갑자기 백두산이고 태백산이지요?"
 "글쎄 누가 아니래요!"
 그의 아내가 하부장의 편을 들어준다.
 "단풍 구경도 하고 말이지요. 생각이 없으시면 청계산 입구에 내려

드릴게요. 관악산이나 도봉산을 가시려면 그쪽으로 연결해 드리고요."

그는 설명을 하거나 양해를 구하는 대신 그렇게 잘라서 말하였다.

"글쎄…… 얘기가 그렇게 되는 건가요?"

"오후에 무슨 일이 있어요?"

그는 다시 그렇게 물었다.

"일은 무슨 일."

"그러면 바람이나 쐽시다."

"그럴까?"

"그러시지요, 뭐."

하부장의 부인이 동의를 한다. 그러자 또 그의 아내가 또 튼다.

"참, 왜 그렇게 억지로 움직이려고 그래요?"

"결정하세요. 우린 어차피 갈 거예요."

그가 다시 재촉하듯이 말하였다. 우리란 말할 것도 없이 그와 아내를 가리키는 것이다.

"허허 참, 결정하기 어렵네!"

"그래요? 그러면 제가 결정하여 드리지요."

"어떻게요?"

"그냥 가는 겁니다."

"좋을 대로 해 봐요, 그럼."

그는 차의 속도를 내기 시작했다. 계속 방향은 그의 생각대로 잡고 있었던 것이다.

"그런데, 갔다가 밤중에 올지 내일 올지 몰라요."

고속도로에 들어서면서 그가 또 그렇게 말하였다.

"나도 몰라요. 잠도 재워주고 먹여주고 해요. 하하하하……"

하부장은 그렇게 통과가 되었는데 부인이 난색을 표한다.

"아무 준비도 없이 나왔는데요."

"누가 아니래요. 자고 오는 건 안 돼요. 돈도 안 가지고 왔어요."
아내는 또 하부장 부인 편을 든다.
"언젠가는 아무 준비도 없이 떠나는 거예요."
"아니 무슨 소릴 하고 있는지 모르겠네."
하부장이 계속 웃으면서 말한다.
"죽어서 떠날 때, 돈 얼마 가지고 가는 줄 알아요?"
"얼마를 가지고 가지요?"
하부장 부인이 묻는다.
"30원 가지고 가는 겁니다."
"30원?"
이번에는 세 사람이 이구동성으로 묻는 것이었다.
"염을 할 때 말이지요, 삼베 수의壽衣를 입혀서 전신을 묶고 제일 나중에 입에다 쌀 세 수푼을 넣고 동전 세 닢으로 덮어서 싸잖아요? 쌀을 한 수푼씩 떠 넣으면서 천 석이요 이천 석이요 삼천 석이요 하고는 동전을 한 닢씩 덮으면서 천 양이요 이천 양이요 삼천 양이요 하지요. 결국 쌀 한 줌 하고 동전 세 닢 가지고 가는 거예요."
두 여성이 고개를 끄덕이며 진지하게 얘기를 듣는다. 그러나 하부장은 다시 토를 단다.
"이박사는 참 아는 것도 많네. 뭐 그런 것도 가르쳐요?"
"그러니까 말이지요, 뭐 그렇게 아등바등 살 것이 없다 이겁니다."
"오늘 낮도깨비한테 홀린 것 같애요. 그런데 지금 가면 태백산이고 소백산이고 올라갈 수는 있는 건가요?"
"지금이 열 한 시지요? 서너 시간 달려가면 되니까 ……"
"좀 어려울 것 같은데……"
"좌우간 가보는 겁니다. 못 가면 돌아오면 되잖아요?"
"그래야지요 뭐."
"가다가 딴 소리 하면 안 돼요?"

도형은 그리고 다시 콧노래를 부르기 시작했다. 그러자 이번에는 두 여성이 노래를 따라 하였다.

백두산 높은 터에 부자요 부부 / 성인의 자취 따라 하늘이 텄다 / 이 날이 시월 상달 초사흘이니 / 이 날이 시월 상달 초사흘이니

정인보 작사 김성태 작곡의 「개천절 노래」 2절이었다. 하부장도 같이 따라 불렀다. 노래방에도 가끔 같이 가지만 노래라면 지려고 하지 않는 하부장이었다. 1절부터 다시 불렀다. 차 안은 노래방이 되었다. 다른 흘러간 노래도 불렀다. 영동고속도로로 접어들자 울긋불긋 물들기 시작한 단풍이 연방 탄성을 발하게 하였고 황금색으로 변한 들판이 마음을 푸근하게 만들어주었다.

가남 휴게소에 들러 가락국수를 하나씩 사서 들고 계속 달렸다. 길이 잘 빠졌다. 원주, 남원주로 해서 새로 닦은 중앙고속국도로 제천까지 단숨에 달려갔다. 거기서 영월 정선, 사북 고한으로 해서 싸리재를 넘었다. 두문동재라고도 하였다. 함백산 등산로 입구이고 태백으로 넘어가는 고개이다. 해발 1,268미터, 차로 넘을 수 있는 고개로는 제일 높다고 하였다.

거기서 숨을 좀 돌렸다. '아리랑의 고장 정선'으로 넘어가는 길임을 돌에 새겨놓았다. 그 길을 넘는 것이다.

그리로 어디로 가면 두문동 72현賢이 고결하게 생을 마친 골짜기가 있나보다. 어느 해인가, 영월의 장릉과 단종의 유배지인 청령포를 둘러서 정선으로 넘어간 적이 있었다. 하늘재라고 했다. 그 때 한참 터널공사를 하고 있었다. 일명 비행기재인 그 고개는 정말 비행기로나 모를까 차로 넘기도 숨이 찬 고개였다. 그런데 그 고개보다 높다는 것이고 대관령 한계령보다 더 높았다.

하늘재에서처럼 표지판을 넣어 사진을 한 장 찍었다. 함백산은 태백산보다 더 높은 것으로 해발 표시가 되어 있었다.

"오늘 그러니까 산을 두 개 오르는 거네."

하부장이 마음에 드는 소리를 하였다.

"그렇지. 산도 보통 산들인가."

도형은 먼저 차에 오르며 말하였다.

시간이 넉넉지가 못하였다. 영월에서 정선 고한 쪽으로 들어가는 것이 아니고 상동 쪽으로 **빠져야 빠른데** 둘러 가는 바람에 시간이 더 걸렸던 것이다.

"사실 내가 뭐 이박사 고집으로 가는 것이 아니고……"

하부장이 그제서야 속을 털어놓는다. 그러자 부인이 웃으며 말한다.

"내가 가자니까 가는 거지요 뭐. 호호호호……"

"맞아요."

모두들 같이 웃었다.

높은 지대에 올라 그런지 모두 고기압이 되었다.

"그것도 그렇지만 나도 태백산 꼭대기엘 한 번 가보고 싶었어요. 거기 가면 먼 태고가 보일 것 같고 단군 할아버지를 만날 수 있을 같고 해서."

"진작 그러실 거지요. 그래야 내가 좀 **빼는** 건데."

"그럴 줄 알고 얘기 안 했지요. 하하하하……"

다시 한 번 웃음이 터졌다.

하부장이 밭에서나 사우나탕에서 늘 얘기하던 한 알 한 얼 사상이라고 할까 논리가 떠올랐다. 사실은 그래서 같이 가자는 얘기를 한 것이기도 했던 것이다. 그런데 하부장이 그렇게 말하자 마음이 가벼워지면서도 또 한 편으로는 걱정이 되기 시작하였다. 그도 큰 소리를 치기는 하였지만 초행길이라 불안한 것이 사실이었다.

좌우간 정신없이 네 시간을 달려 온 것이었다. 곧 태백시를 통과하였고 태백산 중턱 유일사柳一寺 입구까지 올라가 차를 대었다. 거기서 김밥과 간식 음료 등과 술도 좀 사서 배낭에 넣고는 서둘러 올라갔다.

산에 오르기 전에 다시 한 번 논란이 있었다. 3시가 다 됐는데 1,567

미터의 정상까지는 무리라는 것이었다. 전문가라고 할 수는 없지만 그만하면 등산을 자주 다닌 편들이었다. 올라가느냐 돌아가느냐 냉정하게 결정을 하자는 것이었다. 도형도 이 시점에서는 흰소리만 할 수는 없었다. 그가 고집스레 이까지 끌고 온 부대이므로 책임이 느껴졌던 것이다. 가더라도 자의로 가도록 하고 싶기도 했다.

여러가지 방법이 있었다. 유일사까지만이라도 다녀갈 수 있는 것이고 올라가는 데까지 갔다 돌아올 수도 있는 것이었다. 뭐 정말 다 산 것도 아니고 죽기 살기로 올라갈 필요가 없었다. 오르는 것만이 능사가 아니었다. 여유 있게 생각을 좀 하고 주변 경관도 충분히 음미를 하면서 등반을 할 필요가 있었다. 오늘 갑작스런 충동으로 허위허위 달려오긴 했지만 늘 가보려고 벼르던 곳이 아닌가.

그리고 정상의 천제단이 아니면 당골로 들어가 단군성전을 들러갈 수도 있는 것이다. 태백시 쪽으로 내려가다가 올라가면 되는 곳이다. 이쪽으로 정상을 등반하였다가 내려가는 길에 들리는 코스이다.

도형은 사전 조사가 되어 있었다. 문제는 어중간한 시간이다. 그 혼자만 같으면 아내와 둘이라 하더라도 문제가 아닌데 남의 식구라 어려웠다. 그의 아내는 투덜거리긴 해도 대개 그의 고집을 따라주었던 것이다. 슬슬 올라가면서 그런 얘기를 다 하였다. 민주적으로 결정하자는 것이었다.

도형의 생각은 어느 편이냐 하면 최근에 건물을 짓고 단군의 화상을 봉안해 놓은 단군성전보다 어떻게든 정상의 천제단에를 올라갔다가 내려오고 싶었고 내려와서 밤 12시까지라도 달려가서 그의 책임을 면하고 싶었다. 그의 조사에 의하면 두 시간이면 올라가고 한 시간 반이면 내려온다고 되어 있었다. 그것을 여기서도 확인하였던 것이다. 서둘면 가능할 것 같았다. 1,567미터라고 하지만 태백시 자체가 해발 650미터이고 여기는 670미터가 넘는 곳이니까 정상까지 900미터가 안 되었다. 또 정상에서 당골 쪽으로 조금 내려오다가 망경사望鏡寺라는 절이 있고 만일 못 내려갈 사정이 되면 거기서 대피를 해도 되는 것이다.
"여기만 해도 관악산 청계산보다 높은 곳이니까 단풍구경이나 하고 가든지."
그가 그렇게 떠보았다. 속이 들여다 보이는 말이었다.
"도대체 뭐요, 사람 마음만 달궈 놓고."
하부장이 다시 퉁명스럽게 말하였다.
그는 다시 여자들을 바라보았다.
"어떡할까요? 계속 올라갈까요? 돌아갈까요?"
여자들은 나서지도 대꾸하지도 않고 얼굴만 서로 바라본다.
"그럼 올라가는 데까지 가 보는 겁니다."
"몰라요. 이까지 끌고 온 사람이 결정해요."
결국 그에게 일임을 하는 것이었다. 아내였다.
"그래요, 까짓거. 잎에서 못 자면 땅바닥에서 자고 땅에서도 못 자면 돌에서 자는 거지요 뭐."
기다렸다는 듯이 그가 앞장을 서면서 말하였다.
"말이 틀렸네요. 꽃에서 못 자면이지 왜 잎에서부터 깁니까?"
"어차피 오늘은 꽃에서 자긴 글른 것 같지 않아요?"
"하하하하…… 참 신세가 가련하게 되었군요."
모두들 따라 웃었다. 다 동의하는 웃음이었다. 여자들 특히 하부장 부인이 뭐가 어찌 되었든 이의가 없었고 그러는 바람에 그의 아내도 딴 소리를 않고 남편의 체면을 지켜주는 것이었다.
그는 그러고도 한 번 더 다짐을 하였다. 가는 데까지 가 보는 것이다, 빨리 가면 가능한 시간이다, 그에게 전지도 있다, 그러다가 하부장에게 핀잔을 듣고 말았다.
"앗다, 뭐, 박사 아니랄까봐 정말 되게 따지네. 지금 논문 쓰고 있어요?"
"하하하하…… 잘 못했습니다."

모두들 또 같이 웃었다.

그런데 하부장의 의도는 딴 데에 있었다.

"아니 금강산도 식후경인데 쫄 쫄 굶겨가지고 자꾸 끌고 올라가기만 할거요? 배도 배지만 목을 좀 축여 가지고 갑시다."

모두들 폭소를 터뜨렸다.

"그럴까요? 어디 괜찮은 곳에 가서 하지요? 뭘 먹으면 올라가기가 힘드는데."

그도 동의를 하면서 또 한 박자를 넣자, 하부장은 따라 올라갈 테니까 염려 말라고 하며 목을 축이자고 하였다.

아닌게아니라 목이 컬컬하였다. 이제 부담도 없이 가벼운 마음이어서 도형도 생각은 간절하였다. 그러나 이까지 와서 길바닥에 앉아서 뭘 들 수는 없었다. 조금 더 올라가자 차가 다닐 수 있는 넓은 길이 끝나고 유일사로 내려가는 길과 정상으로 가는 갈림길이 나왔다. 거기서 조금 올라가 절이 내려다보이는 바위 위에 자리를 잡고 앉았다.

단풍이 든 나무 잎사귀를 따서 만든 잔에 술을 한잔씩 하자 온 산이 붉게 보이었다. 병풍처럼 둘러쳐진 바위들이 다 부처 모양을 하고 있었다.

목을 축이자던 하부장은 사진을 찍기에 정신이 없었다. 모든 절이 다 그렇지만 우선 그 경치에 매료되고 말았다. 위에서 내려다보는 경치보다 아래서 위로 보는 경치가 더 좋을 것 같았다. 시간이 많으면 유일사를 내려갔다가 가고 싶었지만 그럴 수는 없었다.

조금 쉬면서 간식을 안주로 해서 술을 한 잔씩 들고 다시 오르기 시작했다. 역시 그가 앞장을 섰다. 하부장이 계속 사진을 찍어대고 풍경을 더 감상하자고 했지만 그는 앞장서서 강행군을 하였다. 그러며 『삼국유사』에서 읽은 이야기를 하였다.

자장慈藏이 태백산 갈반지에서 문수文殊를 만나기로 하고 기다리고 있는데 노거사老居士 한 사람이 누더기 가사를 입고 칡삼태기에 죽은 개 한 마리를 담아 들고 와서는 자장을 보러 왔다고 하였다. 자장은 그 행색을 보고 미친 사람이라 하여 내쫓았다. 노거사는 "자장이 해탈의 경지에 든 사람인 줄 알고 찾아왔는데 아직도 그 경지에 들지를 못하였구나. 사람을 잘못 보고 왔으니 돌아가겠다." 하고 삼태기를 땅에 내려놓았다. 그러자 죽은 개가 사자가 되어 이를 타고 빛을 내면서 가버렸다. 자장이 이 말을 듣고 빛을 쫓아 남령南靈에까지 올라갔으나 끝내 만나지 못하였다.

신라시대의 고승 자장법사와 불교의 대승보살 가운데 하나인 문수보살에 얽힌 전설은 많이 있었지만 문수보살이 머물러 있다는 오대산 청량산을 비롯한 태백산맥의 줄기들에 대하여는 그 구체적인 곳을 가름할 도리는 없었다. 또 태백산은 지금의 백두산을 지칭하기도 한다는 지식이 떠올랐다. 그런 대로 여기는 태백산맥의 종주이자 모산母山이고 그런 역사와 혼돈의 유서가 얽힌 풍광을 딛고 올라가는 발에 기운이 실렸다.

"아, 그래요?"

하부장은 그의 이야기에 관심을 표명하며 통도사니 화엄경이니 자장과 관련된 이야기를 끌어왔다. 명문대학을 나온 사람답게 교양이 넓었다. 무슨 이야기를 해도 통하였다. 특히 그가 생각하는 것과 통하는 것이 많았다. 여기까지 동행하게 된 것도 우연이 아니고 가끔 나눈 대화에서 뿌리의 공통점을 느꼈던 것이었다.

"참 좋네! 어째 이런 생각을 했지? 무릉도원이 따로 없네. 이런 데 살면 신선이 될 것 같애. 당신 오늘 참 맘에 드네."

하부장이 탄성을 발하기 시작했다. 그를 두고 하는 소리였다. 하부장의 부인도 희색이 만면이었다. 남편이 즐거워하는 것이 마음 흐뭇하였고 그녀 자신 신령한 산의 정기에 취하여 있었던 것이다.

그의 아내도 얼굴이 단풍 빛이 들어 있었다. 이제 힘들다 어렵다 하는 얘기들은 다들 쏙 들어가고 오직 정상이 나타나기만을 고대하며 걸어 올라갔다.

 몇 번을 쉬어서 땀을 닦으며 강행군을 하여 향나무 고사목 들이 늘어선 능선에 도달하였다. 수령을 짐작할 수 없을 정도로 거대한 뿌리를 가진 나무들, 반쯤 죽어 있는 나무들이 헤아릴 수가 없고 죽어서 흰 동체를 뻗친 채 몇백 년을 서 있었을 고목들도 많았다. 생기가 넘치는 나무들 못지 않게 고사목 군群들이 또한 자연의 신비를 느끼게 했다. 생명이 끊어진 것이 아니라 그 밑뿌리를 땅에 대고 죽은 가지를 하늘에 벌리고 서서 기도를 하고 있는 모습 같았다.

 고사목들과 긴 세월의 대화를 나누며 한 동안을 걷자 억새꽃 벌판이 나왔고 거센 바람이 휘몰아쳐 왔다. 정상이 가까와진 것 같았다. 힘이 솟았다. 여기서부터는 고사목만 드문드문 보이는 풀밭이었다. 모자가 날아갈 듯 바람이 마구 몰아쳐 왔다. 그리고 얼마 걷지 않아 돌로 쌓은 제단이 저만치 보이었다.

 "야! 보인다!"

 "정말이네요!"

 "정상이다!"

 "히야! 다 왔다!"

 감격에 찬 환호가 터져 나왔다. 그러면서 그들은 계속 걸었다. 아니, 달려갔다. 사실 이까지 강행군으로 끌고 온 것은 순전히 도형의 순간적인 충동 때문이라고 할 수 있지만 다른 사람도 혼에 쐬인 듯이 흥이 솟았다. 다들 산의 정기에 취하고 그뿐만이 아니라 어떤 태고의 정령에 흠뻑 젖어 있었던 것 같다. 한 발 한 발 다가서는 돌로 쌓은 제단이 신비롭게 생각되고 마치 그것이 오래 전부터 꿈꾸어오던 궁성의 탑처럼 보였던 것이다.

 마구 환호성을 지르며 그곳으로 달려갔다. 그리고 마치 볼을 골인이라도 시키듯이 흐느적거리는 체구를 이끌고 돌계단 위 태백산 후토신 后土神 비 앞에 올라가 숨을 몰아쉬며 퍼질고 앉는 순간이었다. 다시 저만치에 돌무더기가 바라보이는 것이었다.

"아니?"

봉우리가 하나 더 있었던 것이다. 정상은 그쪽이었고 더 높은 제단이 거기 하나 더 있었다.

그들은 숨을 채 돌리기도 전에 도로 일어나 그쪽으로 달려갔다. 모두들 한 마음이었다. 해가 떨어지기 전에 빨리 그곳엘 가고 싶었다.

얼마나 또 숨을 헐떡거리며 달려갔을까, 이윽고 더 이상의 높은 곳이 없는 정상에 도달하였다. 돌로 담을 쌓고 계단을 만든 그 위에 촛대와 향로와 제단이 마련되어 있었다. 하늘을 향해 먼 태고를 향해 제를 올리는 성소였다. 천왕단이었다.

천제단은 태백산 정상부인 이 천왕단을 중심으로 북쪽에 장군단 남쪽에 하단으로 구성되어 신역神域을 이루고 있었다.

개천절 행사를 치르는 곳이다. 한배검이라고 새긴 비석 주위에 태극기와 함께 칠성기七星旗 천기天旗 수기宿旗가 펄럭이고 있었다. 천기는 천신교기天神敎旗의 약칭으로 푸른색의 원 안에 노란색의 4각 도형 또 그 안에 빨간색 삼각의 도형이 중첩된 삼색기이다. 한인 한웅 단군 삼위일체의 성신 한얼님을 숭앙하는 대종교를 상징하는 깃발인 것이다.

지상이라고 할까, 방금 그들이 떠나온 일상의 땅, 현실의 거리에서는 느낄 수 없는 천상의 분위기에 젖을 수 있었다. 깃발들 때문이리라. 현실을 떠난 먼 시간 저쪽의 그리고 먼 하늘 저편의 시간공간에 타임머신을 타고 착륙한 것 같았다. 신시神市였다. 하늘과 대좌하는 공간이며 민족역사 시원의 처녀지이다.

그가 그런 낯선 시공에 이끌리며 사방팔방을 둘러보고 있는데 옆에서 큰 소리로 말한다.

"아니, 한얼님이 어디 계신가 했더니 여기에 계셨구먼!"

하부장은 누구보다도 감격하며 그에게 악수를 청하고 있었다. 감사를 표하는 것이다.

"참, 이박사 고맙소. 오늘 정말 맘에 드네요."

힘차게 악수를 하고는 또 만세를 부르는 것이었다.

사실 말을 안 해서 그렇지 그도 같은 심정이었다. 그러나 그는 인솔자답게 계속 무게를 잡았다.

"그럼 이제 제를 올려야지요."

그가 말하자 일행은 모두 어리둥절하였다. 특히 기독교 신자인 아내의 얼굴은 굳어지기 시작한다.

촛불은 바람에 남아나질 않았다. 향로에는 누가 불을 붙인 것인지 향이 타고 있었다.

그는 백 속에서 헐지 않은 술병을 하나 꺼내어 한 잔 가득 술을 부었다.

"자, 절을 할 사람은 하고."

그러며 도형은 절을 두 번 세 번 네 번 하였다. 기도를 할 사람은 기도를 하든지 묵념을 하든지 가만히 있든지 하라는 것이었다. 크리스천인 그의 아내를 생각해서 한 말이었다.

"절을 해야지요. 이건 기독교다 불교다 유교다 그런 차원이 아니고 우리의 조상에게 인사를 드리는 것 아닌가요?"

하부장도 절을 하며 말하였다.

그랬다. 이것은 우리 고유의 종교인 대종교나 유교의 교리를 따르는 것도 아니고 아버지 할아버지에게 인사하듯 정월 초하룻날 세배를 하듯 절을 하는 것이다. 크리스천인 아내는 아버지 묘에 가서도 뻣뻣하게 서서 기도를 하고 절은 하지 않았다. 어떻게 한갓 농부였던 아버지가 우상이라는 것인지 아무리 그의 사전적인 지식을 늘어놔 봐야 소용이 없었다. 우상에게 절하지 말라는 계명 때문이다. 기독교가 들어올 때에 한국식 풍속이나 절차를 무시하고 빠뜨린 것이다. 왜 구교인 가톨릭에서는 우리의 풍속을 받아들이는데 신교가 더 폐쇄적이냐고 따져 봐도 소용이 없었다. 아이들도 다 교회를 나갔고 그 문제로 하여 아버지 어머니의 눈치를 보았다.

"진작 찾아 뵙지 못하여 죄송합니다. 그동안 어디를 헤매고 다녔던지 모르겠습니다."

도형은 계속 엎드리고 앉아서 속으로 중얼거리었다.

"한얼님, 계신 곳을 알았으니 이제 자주 찾아 뵙겠습니다."

하부장은 큰 소리로 말하는 것이었다. 그리고 그가 따라 놓은 잔을 비우고 다시 한 잔 가득 술을 따랐다.

"난 이 생각도 못하고 술을 다 마셨는데 이박사가 여축을 해 놨었군요."

"또 맘에 든다고 해야지요."

하부장 부인이 옆에서 웃으며 말하는 것이었다.

그러자 또 한 바탕 웃었다. 하하하하…… 호호호호…… 정상에서 하늘을 쳐다보고 호쾌하게 웃어대었다.

그럴 즈음 붉은 태양이 지평선 저 너머로 떨어지며 손짓을 하고 있었다. 그동안 그들은 다른 경치나 하늘이나 해를 쳐다볼 겨를도 없었던 것이다. 그러다 하마터면 일몰의 순간도 놓칠 뻔하였다. 마지막 해가 꼴딱 넘어가도록 산 꼭대기 천제단을 향하여 뭣에 씌인 듯이 헐떡거리며 달려 올라가기만 했던 것이다.

"히이야!"

"햐아아!"

누구랄 것도 없이 마구 환성이 터졌다. 천지가 온통 붉은 노을로 뒤덮여 있었다. 산인지 하늘인지 바다인지 땅인지 분간을 할 수가 없었다. 단풍의 바다요, 노을의 바다였다. 어떤 섬에 온 듯하기도 하고 파도 속에서 일엽편주를 타고 있는 듯하기도 했다. 구름 속을 걸어가고 있는 듯하기도 했다.

몸이 나는 구름을 따르니 / 학을 탔는가 의심되고 / 길은 높은 비탈에 달려 / 하늘에 오르는 듯하구나 (身逐飛雲疑駕鶴 路懸危磴似梯天)

고려시대 「죽계별곡」을 썼던 안축安軸이 태백산을 소재로 쓴 시의 한 대목이다. 앞 뒤를 다 연결하지 못하는 대로 학을 타고 나르는 듯한 기분이 되었다. 도형의 고향에 '가학루' 라는 누각이 있다. 그야말로 날아갈 듯이 높다랗게 세워놓은 누각에는 시문이 많이 걸려 있었다. 학을 타고 바람을 몬다(駕鶴御風流)는 귀절이 들어있는 이원李原의 시라든지. 좌우간 그래서 떠오른 이 싯귀가 바로 그의 심정을 대변해주고 있었다.

해가 떨어지고 있는 노을의 바다는 하늘과 땅에 걸려 있었다. 그는 헤엄을 치듯 날개짓을 하며 혼돈의 시간 속을 날고 있었다.

그는 자신의 어깻죽지를 만지작거리며 붉은 운해를 바라보았다.

〈저 태양은 어디로 가고 있는 것인가. 빛의 근원은 어디인가. 저리로 자꾸 가면 어디인가.〉

그는 갑자기 저능아가 된 듯 어리석은 질문을 해대었다. 그리고 다시 자신에게로 우문을 던졌다.

〈나는 누구인가. 나는 어디서 왔는가. 그리고 어디로 가고 있는가.〉

어리석은 질문이 아니라 너무나 어려운 질문인가, 도무지 아무 것도 대답할 수가 없었다.

"아니 무슨 염불을 하는 겁니까?"

하부장도 한참 감탄스런 경관에 함몰되어 말을 잃고 있다가 도형에게 웃으며 물었다.

"아니 여기가 무슨 절입니까? 염불을 하게."

"하하하하…… 그런가요? 그런데 이 어데 절이 있다고 그랬지요?"

하부장은 왜인지 다시 그렇게 물었다.

"그래요. 망경사라고. 당골 쪽으로 내려가다 보면 있어요."

그는 가 본 것처럼 말하였다. 실은 그렇게 조사된 것이다. 올라오기 전에도 확인을 하였던 것이다.

"그러면 말이지요, 오늘 거기서 자고 내일 새벽 일출을 보고 갑시다."

 하부장은 참 이상한 말을 하였다. 정말 의외였다. 두 여자들이 안 된 다고 야단들이었지만, 이까지 와서 일몰만 보고 갈 수가 있느냐는 것이었다. 삼수갑산엘 갈 망정 여기서 태양이 뻘겋게 떠오르는 것을 한번 보고 가자고 우겼다. 막무가내였다. 일이 참 묘하게 되었다. 수업이니 출근이니 그런 것이 뭐 그리 중요하냐는 것이었다. 신시, 신역神域의 논리였다.

 그도 내심 절대적으로 환영이었지만 못 이기는 척하고 따르기로 하였다. 그리고 설친 잠을 다시 부르듯이 날개짓을 계속하였다. 그러면서 그는 또 하나의 시를 축지법의 주문을 외듯이 외고 있었다.

 천 길 땅 속, 뻗은 뿌리에 / 싹은 터라 // 내 / 날고 싶구나 / 짧은 한쪽 다리를 어루만져 / 내 날고 싶구나 // 날개 돋칠 두 어깨에 / 힘은 솟아라

 그의 대학 캠퍼스 김용호金容浩시비에 새겨진 시「날개」의 한 대목(뒷 부분)이다. 아침저녁으로 보며 지나는 시 구절이었다.

 그리고 그는 괴성을 질렀다.

 "날자! 날자! 날자! 날자꾸나! 날아보자꾸나!"

 소설「날개」의 주인공이 된 듯 착각을 일으키며 팔을 벌렸다. 그리고 몸의 균형을 잃은 채 계속 소리를 질러대었다.

 "난다! 난다! 난다! 난다아!"

 그는 그렇게 정말 날고 있었던 것이다. 땅짚고 헤엄을 친 것이다. 아니 정말 날았던 것이다.

먼 시간 속으로

훨훨 날았다. 산 위와 바다 위와 하늘을 날아 무한한 시공 속으로 들어갔다.
하늘 속으로 하늘 속으로 시간 속으로 시간 속으로 날아갔다. 하늘이 열리던 때를 찾아서 뿌리로 뿌리로 내려갔다. 먼 태고 태초의 시원으로 거슬러 올라가는 것이다.
하늘이란 무엇인가. 지평선에서 지평선까지 그리고 수평선까지 아득히 멀고 끝없이 넓고 높은 푸른 공간을 말한다. 궁륭상穹隆狀을 이루고 있다고 하지만 궁륭이란 하늘 모양을 이르는 말이다. 궁창穹蒼이란 말도 높고 푸른 하늘을 말하는 것이다. 하늘이 그렇게 생겼다는 것이다. 그러나 하늘이 그렇게 생겼는지 어떻게 생겼는지 알 수가 없는 것이다. 아무도 그 하늘의 끝까지 가 본 사람이 없기 때문이다. 누구도 그 끝없는 공간의 벽을 가서 만져 본 사람이 없는 것이다. 어떤 비행기나 로켓으로도 갈 수가 없었고 우주선을 타고 달에까지 착륙하고 우주 유영을 하고 하였지만 하늘의 끝을 가보지는 못하였다. 어떠한 독수리나 봉황이나, 날개 길이가 3천 리요 한 번 날면 9만 리를 간다는 붕새라 하더라도 가 볼 도리가 없는 것이다.
끝이 없는 것이다. 아무리 가도 몇천 년 만 년이 아니고 몇억 광년이라도 똑바로만 가면 끝이 나오지 않는 것이다. 그렇게 많은 시간을 직선으로만 곧게 갈 수도 없는 것이겠지만. 세상에 그런 공간이 있을 수 있는가. 아니 상상할 수가 없는 것이다.

좌우간 그것이 하늘이다. 하늘을 누가 어떻게 만들었는지 모르겠으되 아무도 그 끝을 모른다. 그러면 하늘은 있는 것인가 없는 것인가. 시작은 있는가. 하늘은 언제 열린 것인가.

"태초에 하나님이 천지를 창조하시니라."

이렇게 시작되는 『성경聖經』의 「창세기」에 보면 첫째 날 빛을 만든 하나님이 둘째 날 궁창을 만들고 하늘이라 칭하였다고 기록하고 있다. 하늘이 이 때 열린 것인가. 이 때는 언제인가. '태초에'라 하였다. 태초太初란 천지가 개벽한 처음을 말한다. 영어로는 시작beginning, 세상의 시작the beginning of the world이라고 되어 있다. 그러면 그 때가 언제란 말인가. 또 "태초에 말씀이 계시니라." 하였다. 그 말씀 말 로고스 logos라 하였지만, 그것은 그 시작의 때부터 있었고 이 말씀이 하나님과 함께 있었으니 이는 곧 하나님이라고 하였다.

그러면 다시 하나님은 언제부터 계셨으며 하나님은 하늘에 계신 존재인가. 하늘은 어디인가.

몽롱한 의식으로 우문을 계속하였다. 그러나 대답 대신 천벌인가, 불개미가 그의 허벅지로 기어오른다.

꼼지락꼼지락 우둔한 손이 개미를 잡았다. 개미는 그의 손을 또 물었다. 따끔하였다. 반가우면서 죽이는 것이 뭐냐고 하였다. 어릴 때 시골에서의 수수께끼였다. 이蝨였다. 이란 놈을 발견하면 엄지손가락의 두 손톱으로 으깨어 죽이었다. 또 하나의 수수께끼가 있었다. 만만하고 버거운 것이 뭐냐고 하였다. 뭐더라? 뭐더라? 알았었는데……. 생각나지가 않았다. 손가락 끝이 개미 허리에 닿는다. 그러자 이내 사타구니로 기어 오른다. 그러나 손가락이 움직이지 않는다.

사람이었다. 사람. 사람이란 무엇인가. 다시 우문이 계속되었다. 더욱 어려운 문제였다. 사람은 하늘에 사는 존재가 아니고 땅을 딛고 걸어다니며 사는 유한한 생명체로서 만물의 영장이며… 거기서 더 나아가지 못하고 꽉 막힌다. 막상 이야기를 하려니 하늘보다 정작 사람을 더 모르겠다.

다시 하늘을 향해 우러렀다. 무한대의 공간이 도열하였다. 그의 머리 속에 입력된 하늘들이 하나 하나 튀어나왔다.

우리 나라의 가장 오래된 경전이라고 하는 『삼일신고三一神誥』의 「천훈天訓」에 있는 말이다.

"임금님께서 말씀하시기를…… 푸르고 푸른 것이 하늘이 아니며 아득하고 아득한 것이 하늘이 아니니라. 하늘은 형상도 질량質量도 없으며 서로 맞닿은 곳도 없으며 아래 위 동서남북도 없이 텅 비어 있으며 어디에나 있지 않는 곳이 없고 감싸지 않는 것이 없느니라."

여기서 임금이란 제帝를 옮긴 말인데 제를 한배검[神]이라 옮기기도 하였다. 『삼일신고三一神誥』의 '삼일'은 한인 한웅 단군 삼신일체三神一體, '신고'는 신명神明한 글로 남겨 전하신 말씀이라는 뜻이라 한다. 『삼일신고』와 『천부경天符經』을 만들고 그것을 가르치고 현실 세계를 천국으로 만들고자 하였던 신시시대神市時代의 가르침인 것이다.

또 「신훈神訓」에는, 신이 그 위로는 아무도 없는 가장 높은 자리에 있으면서 큰 덕과 큰 지혜 큰 힘을 지녀 하늘의 이치를 내고 무수한 세계를 주관하고 만물을 창조하였으되 티끌만치도 빠뜨림이 없었으니, 그 밝고도 신령함은 감히 헤아릴 길이 없느니라, 하였다.

그리고 「천궁훈天宮訓」에는, 하늘은 하느님의 나라이니 하늘 궁전이 있어서 온갖 착함으로써 궁전에 오르는 계단을 삼고 온갖 덕으로써 궁전에 들어가는 문을 삼았느니라. 하느님이 계신 곳에는 뭇 신령과 모든 밝은 이들이 모시고 있으며 그곳은 크게 복되고 상서로운 곳이며 지극히 빛나는 곳이라, 하였다.

신은 하나님 하느님 한울님 한얼님을 말하고 하늘은 신국神國, 천국天國을 말한다. 그곳은 착함과 덕으로써 갈 수 있는 나라라는 것이다. 그러면 신은 무엇이며 하느님은 무엇이며 하늘은 무엇이며 천국은 무엇인가.

우문은 다시 제자리로 돌아왔다.

불개미가 그의 손 등으로 기어오른다. 개미란 무엇인가. 이란 무엇이며. 더 더욱 어려워진다.

현답을 찾아보자. 다시 하늘을 우러른다.

하기락은 『조선철학사』를 「천지개벽」부터 쓰고 있다. 『삼일신고』의 설명으로 시작하여 그에 대한 불가사의한 의문을 독일의 철학자 칸트로 하여금 대답하게 하고 있다.

"생각하면 생각할수록 더욱 더 놀라움과 두려움으로 감탄해 마지않게 하는 두 가지가 있다." 칸트는 수수께끼처럼 말하고 있다. "나의 머리 위에 별빛 총총한 밤하늘과 나의 가슴 속에 맥박치는 도덕적 법칙이다."

2천억 이상의 별들로 구성된 은하계와 또 수십억의 외부 은하계의 무변광대한 밤하늘은 신비롭다고밖에는 표현할 도리가 없는 것이다. 1광년은 매초 30만 킬로의 속도로 1년을 달려가는 거리를 말하는데 이 우주는 반경이 50억 광년이 넘는다고 하며 은하계 외부에 흩어져 수십억의 별들로 이루어진 은하들인 나상성운螺狀星雲은 100만 광년의 먼 거리에 있다고 한다. 그러나 그것은 추산이고 그 밖으로 얼마나 뻗쳐 있는지 알 수가 없는 것이다. 시작도 끝도 없는 우주공간이었다.

―……너희는 가이없이 펼쳐진 저 별들을 보라. 그 수가 무진하여 크고 작고 밝고 어둡고 고통스럽고 즐거운 것이 모두 같지 아니하니라. 한 신이 여러 세계를 만들고 그 가운데서 태양계를 맡은 자에게 7백여 개 세계를 거느리게 하시니, 너희들의 땅덩이가 스스로 큰 듯하나 그 많은 세계의 하나일 뿐이고 그 가운데서 불이 울려 터져서 바다로 변하고 육지가 되어 지금의 모양을 이룬 것이니라. 하나님께서 기운을 불어넣어 밑바닥까지 햇빛으로 비추고 색과 열을 내시니 걸어다니고 날아다니고 탈바꿈하고 헤엄치고 흙에 심어지고 하는 만물이 자랐느니라.

하늘과 땅이 새로 열리는 천지개벽을 얘기하고 있는 글이다.『삼일신고』의 '세계' 대목이다. 그렇게 해서 하늘이 열리고 이 땅덩어리가 생겨났음을 말하고 있는 것이다.

그러면 이 때는 언제인가. 신이 빛과 어둠을 창조하고 하늘과 땅을 갈라놓고 만물과 인간을 창조했다고 '창세기'에 적고 있는 그 때인가. 거리로는 50광년 100광년을 가야 하는, 도저히 인간으로는 가볼 수 없는 거리라고 하였는데 시간은 언제인가. 하늘이 열린 때는 언제이며 우주의 시계는 언제부터 돌아가기 시작했는가.

그의 우문은 한없는 의문의 꼬리를 달았다. 그것은 계속 신비로운 수수께끼인 것인가. 불개미는 다시 종아리로 발등으로 기어내려간다. 의식이 조금씩 들면서 하늘의 수수께끼는 땅으로 내려오기 시작했다.

지질학 고고학은 약 45억 년 전까지 거슬러 올라가고 있다. 그 무변광대한 태양계의 한 구석-아니 한 가운데인지 모르지만-의 한 구성원인 지구가 처음 생겨난 것을 대략 그렇게 잡고 있다. 그 이전에는 아무런 생물이 존재하지 않았다는 것이다.

생물들이 발붙이고 뿌리내릴 수 있는 흙 한 줌 물 한 모금도 없는 삭막한 바위 덩어리였다는 것이다. 그것도 용암 덩어리였다는 것이다. 그러면 그 용암은 언제 어느 화산이 터진 것이며 언제부터 냉각되었던 바위덩어리였단 말인가.

그것은 또 알 수가 없는 것이다. 역시 이 천지를 창조한 분만이 알 수 있는 것이지만 그것에 대하여 아무 데도 말씀하여 놓은 데가 없는 것이다. 좌우간 그런 용암의 상태의 10억 년간의 무생대암無生代岩 시대, 지구의 별 시대를 이루고 있다가 약 35억 년 전부터 시생대始生代 원생대原生代 고생대古生代 중생대中生代 신생대新生代를 거치면서 생물이 발을 붙이기 시작하는 것이다. 전 캠브리아 시대인 시생대 원생대부터 하등 조류藻類 은화隱花 식물 수초들이 서식하기 시작하여 고생대의 캠브리아기紀 오도비스기 사일류리아기 데본기 석탄기 페름기 중생대의 드라이 아스기 주라기 백악기 그리고 신생대인 제3기 제4기의 장구한 시간 동안 삼엽충三葉蟲 어류 양서류兩棲類 나자裸子식물 파충류 현화顯花식물 포유류 시대 등 생물진화의 역정歷程을 거쳐 인류의 시대로 연결되고 있다. 제4기 인류의 시대는 250만 년 전으로 거슬러 올라간다.

 천연의 지층을 조사 탐구하여 이렇게 밝히고 있는 지질학자들의 견해는 천지 창조와 천지개벽의 신비를 깨뜨리고 어두운 흑암 속의 혼돈의 베일을 어느 정도 벗겨 보이면서 '하나님' '한얼님'의 말씀을 부정하고 있고 의문을 더해주고 있다. 하늘이 열리고 땅이 생겨난 것은 사람이 생겨나고 생물이 생겨나고 한 시기와 다르다는 것이고 그것도 10억 년 40여억 년이나 시간 차이가 난다는 것이다.

 고생물의 화석化石을 가지고 측정하는 것에는 오차가 있을 수 있는 것이다. 서로 격리된 지층이라 하더라도 같은 종류의 화석이 나오면 거의 같은 시대에 속한다는 고생물학적 연구는 많은 화석들이 남아 있는 시대에 앞서는 시대에 형성된 지층에 대해서는 적용할 수가 없고 시대별 절대 연대를 확정할 수는 없다는 것이다. 다만 암석 속의 우라늄이나 칼륨 같은 방사선 원소의 자연적 붕괴현상을 가지고 암석의 연대를 측정하는 방법을 개발하였고 450만 년이라는 계산도 그에 의하여 이루어진 것이다.

 그리고 인류의 시대라고 하지만 원인猿人 원인原人 구인舊人 신인新人 등의 단계를 200만 년이나 겪고 있다. 제4기는 홍적세洪績世의 빌라프랑카기, 귄츠 빙기, 제1간 빙기, 민델 빙기, 제2간 빙기, 리스빙 빙기, 제3간 빙기, 뷔름 빙기, 충적세沖積世의 후 빙기(후 우기)로 나누고 있는데 신인은 홍적세 후기인 뷔름 빙기(감불 우기)부터 등장하고 있다.

 그 시기는 1만 년 전으로 내려온다. 신생대의 시작부터만 따져도 6천5백만 년까지가 된다. 그러면 그 때부터인가. 인류의 삶이 그 이후 어느 때부터 시작된 것인가. 그런 고고학이 하나도 실감은 나지 않는 대로 그의 지식 속에 살아서 숨쉬고 있는 것이었다.

만만하고 버거운 것은 사람이라고 하였다. 반가우면서 죽이는 것은 이라고 하였다. 불개미는 아래로부터 다시 올라오기 시작하였다. 그의 손은 자라지가 않고 발을 꼼지락거리었다.

진화론은 다시 말하고 있다. 인류는 꼬리 달린 원숭이에서 꼬리 없는 원숭이로 그리고 두 다리로 서서 걸어다니는 원인猿人 라마피데쿠스로 다시 치아 형태와 두뇌 용적이 사람에 가까운 아우스트랄로피테쿠스로 진화하였고 약 100만 년 전부터 인류와 아주 비슷한 호모 에렉투스로 갈라져 나왔다. 자바인 북경인이 이에 속한다. 참다운 인류인 호모 사피엔스는 약 50만 년 전부터 호모 엘렉투스와 같이 30만 년을 살면서 생존경쟁을 벌인 끝에 영장류靈長類의 패권을 차지하고 말 그대로 만물의 영장이 된 것이다. 또 인류학과 고고학에서는 원숭이의 조상은 2천5백만 년 전, 사람은 약 5백만 년 전에 이 지구상에 모습을 드러냈다고 말하고 있다.

홍적세는 대홍수의 시대이다. 그리고 얼어붙은 빙하의 시대이다. 거기에서 인류가 발을 붙이고 산 것이었다. 홍적세 말기에는 지구상의 인종들이 다 등장하고 있다. 이 홍적세 인류 신인을 몽골로이드(황색) 니그로이드(흑색) 코카소이드(백색) 오스트랄로이드(회색)를 4대 인종이라고 한다. 피부의 색깔로 구분하고 있는데 오스트랄로이드는 그 세 색깔에 속하지 않는 회색이라고 할 수 있고 몽골로이드는 동시베리아에 분포되어 살던 퉁구스족 그리고 조선족도 여기에 속한다. 조선족……

그는 열심히 기어올라와 성기를 물어 뜯는 개미를 나꿔채었다. 그리고 엄지의 손톱으로 눌렀다. 딱 소리가 났다.

"살생을 하셨군요."

젊은 여승이 웃으면서 말하였다. 승방이었다.

"네?"

그는 살생의 놀라움과 함께 자신의 성기를 보여준 듯한 부끄러움이 느껴지며 정신이 들었다. 눈을 떴다.

어둠이 가시고 날이 훤히 밝았다. 망경사의 요사채였다.

실족을 한 것이었다. 천 길 나락이었다. 날자 날자 하고 하늘은 날다가… 천만 다행으로 죽은 나무 가지에 걸리어 거꾸로 매달리었다. 의식을 잃었었다. 몽롱한 의식으로 천지를 헤맨 것이었다.

그는 죽음 속에서 도망치듯 자신의 몸을 마구 꼬집고 비틀고 하면서 몸을 일으켰다. 그리고 해가 떠오르고 있는 마당으로 뛰쳐 나왔다.

거기서 날이 밝아 의사가 올라오기를 기다리고 (전화를 걸었던 것이다) 서성거리며 떠오르고 있는 해를 바라보고 있는 아내와 하부장 내외와 만나 같이 뒤뚱 뒤뚱 걸어 내려왔다.

도형은 동해 일출, 그 장관의 순간은 놓쳤지만 무사히, 어떻든 무사히, 하산을 하게 되었다.

의식을 잃었던 도형은 참으로 먼 여행을 하고 온 것이다. 죽음의 다리를 되돌아온 것이었다. 지금도 하늘을 나르고 있는 것 같다.

떠들며 농을 하던 것도 쑥 들어가고 경치에 대한 감탄도 사라졌다. 그저 묵직한 발걸음을 아침 이슬을 헤치며 떼어놓았다.

"오늘 출근을 못하게 해서 미안합니다."

그를 부축하고 있는 하부장에게 말하였다.

"아니, 지금 출근이 문젭니까?"

하부장은 정색을 하고 퉁명스럽게 대꾸를 한다.

"그럼 뭐가 문제지요?"

그가 다시 물었지만 하부장은 대답을 하지 못하였다. 그러다가 그의 질문을 뒤집어 하는 것이었다.

"정말 이교수는 오늘 강의가 없어요?"

그는 한참을 묵묵히 걷다가 혼자말처럼 말하였다.

"출근이 문제가 아니고 강의가 문제가 아니지요."

그리고 그는 계속 중얼거렸다.

"사는 게 문제지요. 어떻게 사느냐가 문제지요."

아직 나락에서 헤어 나오지 못한 것 같다. 아직 하늘에 훨 훨 날고 있는 것 같다.

일찍 서둘러 올라가려 하였지만 한없이 늘어졌다. 그날 오후 집으로 돌아온 이후 계속해서 먼 시간 공간 속을 헤매었다. 역사의 시공이었다. 시간의 연속성을 가지기도 하고 종횡으로 뛰어넘기도 하고 기록을 뒤지기도 하고 공상의 날개를 한없이 펼치기도 하였다. 혼자 중얼거리며 투덜거리기도 하고 넋두리를 하기도 하였다. 정신이 나간 것 같기도 하고 제 정신이 든 것 같기도 하고 도무지 분간을 할 수가 없었다. 죽다가 살아난 후유증인가.

수십 수백억 광년의 저쪽 무변광대한 우주에서 유영을 하던 그는 태고의 우리 하늘 아래 높은 지점으로 착륙하였다. 태백산이었다. 아니 백두산이었다.

우리 한桓 나라의 건국은 세상에서 가장 오랜 옛날이었다. 사백력斯白力 시베리아의 하늘 아래에서 홀로 되어진 한 신이 밝은 빛으로 온 누리를 비추어 주었고 그 권능은 만물을 생겨나게 하였다.

『삼성기』에 기록된 우리 겨레 역사의 출발이다.

－오래 오래 살며 멀리 내다보며 언제나 즐거워하고 지극한 기운을 타고 노닐어 묘하게도 자연의 이치에 합치되었다. 모습이 없어도 뚫어보며 일삼아 하지 않으면서도 다 이루고 말없이 행하였다. 어느 날 동녀동남童女童男 800이 흑수黑水(흑룡강)와 백산白山(백두산)의 땅에 내려왔는데 이에 한인桓因(한님, 하느님)은 감군監群으로서 천계에 있으면서 돌을 쳐서 불을 일으켜 날음식 익혀 먹는 것을 처음으로 가르치셨다. 이를 일러 한국桓國이라 하고 그를 가리켜 천제天帝 한인씨桓因氏라 하며 또한 안파견安巴堅(아버지)이라 부르기도 하였다. 7세를 전하였는데 그 후대는 알 수가 없다.

『삼성기』 상편은 이렇게 써 내려가고 있었다.

하늘이 열리고 우리 민족의 삶이 열리는 대목을 서술하고 있는 것이다. 그렇게 우리의 역사가 시작된 것이고 거기서부터 우리 삶의 물줄기가 흘러 내려오기 시작한 것이었다. 우리의 출발점인 것이다. 노래에 쓴 대로, 우리가 물이라면 새암이 있고 우리가 나무라면 뿌리가 있다고 할 때 거기가 바로 우리의 물 근원인 샘이요, 우리의 뿌리인 것이다.

"맞아. 거기야. 그랬어."

도형은 책을 뒤적뒤적하면서 중얼거렸다. 그리고 먼 태고의 우리 땅의 지도를 밟고 광대하게 뻗어나가는 환상에 젖는다.

어릴 때, 활동사진 구경을 면사무소의 창고로 갔었다. 제목도 기억은 나지 않는다. 창고 속에는 구경 온 사람들이 입추의 여지도 없이 꽉 들어차 있었다. 불도 없이 캄캄하였다. 무성영화 같았다. 어른들과 큰 아이들 틈에서 키가 작은 그는 숨이 막히었지만 활동사진의 상영 시간을 기다렸다. 이윽고 영사기 소리가 나고 번쩍번쩍 어둠 속에서 빛이 비치었다. 그 빛은 천정과 벽을 타고 휙휙 돌아가고 있었다. 그저 그것이 그가 처음 활동사진을 본 것이었다. 번쩍거리는 빛을 보았을 뿐 아무런 그림을 붙들지 못하였다. 몇 살 때던가, 아주 어릴 때 시골 고향에서였다.

그런 기억과 함께 태고의 파노라마는 번쩍거리며 휙휙 돌아가기만 했지 아무 것도 보이는 것이 없었다. 답답하고 도무지 어림을 잡을 수가 없었다. 그 때는 언제인가. 오한건국최고吾桓建國最古라고 한 최고를 가장 오랜 옛날이라 번역하였지만 그 때가 언제쯤을 말하는 것인가. 그리고 이 기록은 어떻게 확인할 수 있는가.

태고 때부터 구전되어온 이야기 고대문자로 기록된 우리 겨레의 내력을 먼 후세 사람들이 한자로 옮겨 전하고 있는 것이다. 전하는 사람 기록하는 사람마다 자신들의 해석이 첨부되었다. 그러나 수 없는 세월의 수레바퀴가 지나간 지금에 와서 어디까지가 사실인지는 알 수가 없다. 여러 기록들에서 일치되는 부분을 붙들고 가닥을 잡아 맥락을 좇아보는 것이다.

『삼성기』하편에는 우리 민족의 기원과 옛땅에 대하여 상편과는 달리 기록하고 있다.

─인류의 조상을 나반那般이라 한다. 처음 아만阿曼과 서로 만난 곳은 아이사타阿耳斯陀이다. 꿈에 천신天神의 가르침을 받아서 스스로 혼례를 이루었으니 구한九桓의 씨족이 다 그의 후손이다.

나반과 아만은 누구인가. 그들이 인류 최초의 남녀이며 우리의 조상인가.

아담과 이브와는 어떻게 되는가. 아이사타(또는 아이시타 사타려아)는 어디인가.

아사달 혹은 바이칼 호수 근처의 지명으로 추정들 하고 있다. 옛날 광활한 영토 시베리아 바이칼 호로 그어지는 옛땅의 지도가 떠오른다. 구한은 우리의 옛 조상을 가리키는 말이다. 중국의 『이십오사二十五史』에 구이九夷라고 쓰고 있는 민족이다.

그런데 인류의 조상에 대해서 자꾸만 고개가 갸웃해진다. 나반과 아만 아담과 이브…… 아무래도 전자는 생소하고 후자가 익숙하다. 시쳇말로 그렇게 길들여져서인지 모른다. 아무리 우리 것이고 아무리 훌륭하다 하더라도 알려져 있지 않았으니 알 도리가 없는 것이 아닌가.

『삼성기』가 수록된 『한단고기』를 처음 번역한 일본의 가시마 노보루는 나반과 아만을 아담과 이브일 것이라고 해석하고 아이사타를 노아의 방주로 관련지어 아라랏다 산일 것이라고 추정하고 있다. 그렇게 되면 한국은 일본도 마찬가지이고 히브리 바빌론 아카드 역사의 우산 속으로 들어가 그들의 후손이 된다는 것이다. 아무래도 말이 안 되는 것 같다.

소설 『다물』 『단군』의 작가 김태영은 『한단고기』라는 이름으로 쓴 소설에서, 함경도 사투리에서는 아버지를 아바이로 어머니를 어마이라고 하는데 나반은 수많은 세월이 흐르는 동안 나바이로 다시 아바이로 변하고 아만은 어마이로 변하지 않았나 생각되고 할아버지를 북한 사투리로 한아반 한아버지로도 부르는 것을 보면 나반의 어원을 짐작할 수 있다고 쓰고 있다.

이 추정에도 어학적인 검증이 필요하겠지만, 어떻든 인류의 조상이라고 하는 아담과 이브 그리고 나반과 아만의 이름도 어쩌면 그렇게 비슷하게 느껴진다. 다만 그곳이 에덴 동산이 아니고 바이칼 호수라고 했을 때 콩이냐 팥이냐는 구분지어지는 것인데 고고 인류학은 인류의 발상지를 중앙아프리카에서 중앙아시아로 그리고 최근에는 시베리아 북부 바이칼 호수 부근으로 옮겨가고 있다. 그 학설이 맞는다고 하면 답은 분명해지는 것이다. 어떤 종교를 믿듯이 고고학이나 인류학을 인정하고 믿는다면 말이다. 그런데 그러면 아사달은 어디인가. 어느 때인가. 단군의 도읍지 아사달, 단군시대는 어디에 속하는 시간 공간인가. 도무지 맞출 수가 없다. 우리의 조상, 우리의 뿌리는 거기서 얼마를 더 거슬러 올라가는 것인가.

위의 기록을 조금 더 읽어내려가 보았다. 지도가 점점 넓어져 갔다. 보다 분명해지는 것 같기도 했다.

―고기古記에 말하기를 파나류산波奈留山 아래 한인씨의 나라가 있다. 천해天海 동쪽의 땅이다. 파나류의 나라라고도 한다. 땅이 넓어 남북이 5만 리요, 동서가 2만여 리이다. 통털어서 말하면 한국桓國이요, 갈라서 말하면 비리국卑離國 양운국養雲國 구막한국寇莫汗國 구다천국句茶川國 일군국一群國 우루국虞婁國(혹은 필나국) 구모액국句牟額國 매구여국賣句餘國(또는 직구다국) 사납아국斯納阿國 선비국鮮稗國(혹은 축위국 또는 통고사국) 수밀이국須密爾國이다. 합해서 12국이다. 천해를 지금은 북해北海라 한다. 7세를 전하여 역년歷年은 모두 3,301년 혹은 63,182년이라고 하는데 어느 것이 맞는지 알 수가 없다.

『삼성기』 상하편의 첫머리들을 조금씩 본 것이다. 상편에서는, 7세를 전하였는데 그 연대는 알 수 없다고 하였고 하편에서는, 7세를 전하여 역년이 3,301년 혹은 63,182년이라고 하고 어느 것이 맞는지 알 수 없다고 하였다. 같은 하편에 연대가 둘인데다가 그것이 무려 6만 년이나 차이가 나고 상편에는 그 연대는 알 수가 없다고 하였다. 기록한 사람도 어느 것이 맞는가를 알 수가 없다고 하였으니 지금 와서 어떻게 알 도리가 있단 말인가. 참 너무나 막연한 기록이요, 도무지 떠오르지 않는 그림이었다. 가까이 다가가는 듯하다가 멀어지는 것 같다. 어릴 때 그 활동사진을 보던 때보다도 더 답답한 그림이었다.

도형은 커피를 벌써 몇 잔 째를 손수 끓여다 마시면서 이 사람 저 사람들이 써 놓은 책들과 기록들 해석들을 뒤져보지만 다 그게 그것이고 막연하기는 일반이었다. 이리 저리 상상을 해보지만 그것이 그런 답답한 마음을 채워주지 못하였다. 밤이 깊어갔다. 오늘이 며칠이며 내일이 며칠인지도 기억이 안 난다. 어제가 오늘 같고 오늘이 또 어제 같기도 했다. 시계의 시침이 5를 가리키고 있었는데 그것이 새벽 다섯 시인지 저녁 다섯 시인지 분간이 안 갔다. 오로지 그 태고의 지도를 밟아 올라가는 데만 모든 생각이 열려 있었다. 아니 끝까지 올라가서 밟아 내려오는 것이었다. 그런데 거기, 지금 서 있는 곳이 어디인지, 어느 때인지를 알 수가 없는 것이다.

"아니 잠 안 자고 뭘 하는 거예요?"

아내가 등 뒤에서 얘기하는 소리에 도형은 깜짝 놀랐다. 어깨가 덜썩하였다.

"아니 왜 그렇게 놀라요?"

무슨 죄를 졌느냐는 것이다.

"다른 생각을 하고 있었어요."

"무슨 생각을 그렇게 잠도 안 자고 해요?"

"다른 여자 생각은 아니니까, 염려 말아요."

잠옷 바람의 아내는 책상과 방바닥에 잔뜩 늘어놓은 자료들을 보며 보다 큰 소리로 말한다.

"낮엔 뭘 하고 왜 밤에 이 야단이에요? 몽유병자처럼."

"내 곧 갈게요."

그는 필름이 끊어질까봐 다른 소리는 하지 않았다. 커피를 한 잔 더 끓여다 마시며 활동사진을 다시 돌리기 시작하였다. 파나류 산 천해 북해의 지도들이 펼쳐진다. 막막한 광야, 망망대해가 펼쳐진다. 여기는 도대체 어디인가. 언제인가. 옛 지도를 펼쳐 놓고 낯선 옛 땅들을 따라 올라가 본다. 그리고 사서들을 뒤적여 본다.

중국 『이십오사二十五史』의 하나인 『진서晉書』 「사이전四夷傳」에는, 숙신씨肅愼氏는 일명 읍루邑婁인데 불함산不咸山 북쪽에 있다고 기록하고 있다.

숙신은 쥬신의 이두식吏頭式 표기로서 중국어에서는 쑤우신이라고 발음하고 있고 쥬신은 조선朝鮮의 원음이다. 『산해경山海經』 「대황북경大荒北經」에도 "대황 중에 불함산이 있고 그곳에 숙신이라는 나라가 있다"고 되어 있다. 불함산은 백두산 또는 하르빈 남쪽의 완달산完達山을 가리킨다.

『후한서後漢書』 「읍루전」에서는 읍루는 옛 숙신이라고 적고 있고 『구당서舊唐書』 「말갈전靺鞨傳」에는, 말갈은 모두 숙신의 땅이라고 하였다. 『위지魏志』 「물길전勿吉傳」에도 물길은 원래 숙신 땅이라고 적고 있다.

숙신 쑤우신 쥬신은 조선이며 『삼성기』의 숙신씨 나라는 파나류의 나라인 한국桓國을 가리키고 있는 것이다.

『청태조실록淸太祖實錄』에는 "우리 나라는 원래 만주에 있었는데 때로 주신珠申이라기도 하였다" 고 기록하고 있고, 퉁구스계 부족 금金나라 청淸나라를 세운 여진女眞의 본이름은 주리진朱里眞인데 번어화飜語化하여 여진이 되었다는 기록이 있고 중국어로 뉴유신이라 발음하고 있는 것이다. 주리진은 또 다른 이두식 표기이기도 하다.

선비국은 퉁구스를 가리키고 있는 것으로도 입증이 된다. 구다천국은 캄차카를 가리킨다. 그런데 수밀이국은 슈메르를 가리키는 것인가. 세계 최고의 도시 문명을 메소포타미아에서 꽃피운 슈메르 어족을 뜻하는 것인가. 그러면 슈메르인이 메스포타미아의 원주민이 아니란 말인가.

이 대목에서 도형은 도무지 답답하여 견딜 수가 없었다. 무언가 잠이 덜 깬 듯도 하고 정말 몽유병에나 걸린 것처럼 뛰쳐나가고 싶었다. 누굴 만나서 따져보고 싶고 확인해보고 싶었다. 이 사람 저 사람에게 전화를 걸고 싶었다.

그러나 정말 병자 취급을 받기 전에 자제를 한다. 식은 커피를 쭈욱 들여 마시며 눈을 감고 머리를 의자의 등에 기대었다.

시간을 다투고 분초를 다투는 문제가 아니었다. 그렇게 성급하게 날뛰어서 가려질 문제들이 아니었다.

다시 눈을 크게 뜨고 파나류 산과 천해와 북해를 찾아본다.

파나류 산은 파밀 고원, 천해는 바이칼 호수라고 되어 있다. 여러 군데 자료에 그렇게 되어 있다. 그런데 바이칼 호는 북해라고 하였고 북해는 다시 바이칼 호라 하고 있다.

그리고 북해는 대서양에 부속된 바다로 영국 벨기에 네델란드 독일 덴마크 노르웨이를 둘러싸고 있는 바다를 말하기도 하는데 여기를 말하는 것인가.

그는 다시 벌떡 일어났다. 방 안을 왔다 갔다 하면서 이것 저것 자료를 뒤지었지만 무엇이 찾아지지는 않았다. 도무지 그동안 한 가지도 똑똑히 아는 것이 없었고 무엇 하나 자신 있는 것이 없었다.

그런 대로 우리의 조상이 파미르 고원으로부터 시베리아로 그리고 바이칼 호에 이르는 광대한 땅에서 출발한 한국의 나라들은 여러 갈래로 퍼져서 북해 대서양 쪽으로, 동북으로 오츠크 해와 베링 해의 캄차

카로, 동쪽 끝 사할린 일본 열도 쪽으로, 서쪽으로는 티그리스 유프라테스 유역의 바빌로니아까지 뻗어나간 지도가 그려졌다. 그리고 불함산, 완달산은 접어두고 백두산으로만 치더라도, 그 남쪽으로 장백산맥 태백산맥을 타고 내려간 산하와 그 북쪽의 광활한 강역으로 쭉 쭉 뻗어 올라간, 수 없는 갈래의 길로 말을 타고 달리는 태고의 선인들이 떠올랐다. 갈래 갈래 그들을 따라가 본다. 태고로 태고로 최초의 두 남녀가 남을 때까지 거슬러 올라가 본다.

그림은 다시 희미해지고 활동사진은 빛만 휙 휙 지나간다. 그가 며칠 종횡으로 연결해 본 줄거리는 우리의 조상이 인류의 조상이라는 것이다. 한국 조선의 뿌리가 세계의 뿌리가 된다는 것이다. 아니 정말 그러냐는 것이다. 좌우간 우리의 아버지의 아버지의 아버지의……할아버지의 할아버지의 할아버지는 나반과 아만이며 그들이 만난 곳은 바이칼 호 근처라고 하고 그런데 그 때가 언제인가. 아담과 이브가 바로 그들인가. 그 때는 언제인가. 아담과 이브도 나반과 아만의 이야기처럼 그렇게 희미한 존재인가.

그는 그것을 규명하라는 지상명령을 받기라도 한 듯이, 마치 그가 그런 절대명제를 스스로 해결하겠다는 각오를 하기라도 한 듯이 모든 뇌파를 다 발산하고 있었다. 여러 가지로 방향을 잡아보았다.

7세를 전하였다고 하고 3,301년 혹은 63,182년이라고 그 햇수를 정확하게 써놓고 있으면서 어느 것이 맞는지 모른다고 하였다. 이것을 어떻게 해석해야 할 것인가. 계속 거기서 맴돌고 있었다. 이 시간을 뚫고 나가야 한다.

『조선철학사』의 「한국시대桓國時代」 대목에서 하기락은, 적은 쪽을 잡아 3,301년이라 하더라도 1세 당 470여 년인데 이것은 고대인이 아무리 장수를 하였다 치더라도 한 사람의 자연 연령으로 계산된 치세治世라고는 도저히 생각할 수 없는 너무 긴 세월이라 하지 않을 수 없으므로, 이 7세는 12국으로 열거된 각각 독립된 씨족 공동체들 중에서 비교적 중심적 역할을 담당한 우세한 공동체가 일곱 번 교체된 세대라고 해석을 하고 있다. 그리고 63,182년이라고 한 연대수는 지금으로부터 약 7만 년이 소급되는 제4뷔름 빙기에 해당한다고 하였다.

이 시기는 또 후기 구석기시대가 시작된 때이며 구인舊人에서 신인新人으로 인류의 진화 과정이 진행되고 있던 시기라고 역년을 추정하면서 기록을 바탕으로 상상을 펼쳐 나갔다.

이 때로부터 우리 겨레의 원시적 씨족 공동체들이 시베리아의 대설원大雪原 여기 저기에서 흩어져 등장했을 것이다. 이 설원에서는 곰이나 호랑이와 같은 동물들도 모두 백색이었다. 설원의 주민에게 있어서 가장 은혜로운 것은 무엇보다도 태양에서 방사되는 따뜻한 온기와 밝은 광선이 아닐 수 없었을 것이다. 하나의 신은 바로 태양 그것이다. 태양은 누가 지어서 된 것이 아니다. 그것은 스스로 된[獨化] 하나의 본질[神]이다. 그 빛과 광명은 우주를 비춰주고 그 권능은 만물을 발생시킨 생명의 원천이다. 그리고 지상에서 이 본질을 대표하는 자는 곧 인류의 지도자 한님[天帝桓因]이다. 원시 씨족원들이 그를 받들어 아버지[安巴堅]라고 불렀다.

태양, 신, 하느님, 아버지의 현세적 존재의 논리를 펼치고 있다. 우주의 원리를 자연적인 자기 원인의 결과로서 이해하려고 하는 우주 기원의 풀이다.

또 역년을 3,301년으로 잡은 것은 약 1만 년 전인데 이 무렵에는 제4비름 빙기가 끝난 후빙기로서, 살기 좋은 환경 투쟁보다는 공동 협력의 삶이 시작된 시기로 보고 있다.

하기락은 『삼성기』의 우리 민족의 기원을 그의 상고시대 조선의 역사 첫 페이지에 주저 없이 올려놓고 있다.

지금으로부터 약 7만 년 전부터 이러한 연대적 인간 사회가 실현되어 가고 있었다고 한다면, 그것은 너무도 당연한 일일 것이다.

참으로 단호하였다.

도형은 고개를 끄덕끄덕하였다. 허연 머리를 날리며 끈 달린 가방 속에서 팜플렛을 나누어주고 다니는 하교수의 행색을 떠올려 보았다. 그러며 자신의 입장을 되돌아보았다. 그는 어느 편인가 하면 말로는 그렇게 주장하고 있으면서도 자신의 저서에 그렇게 강하게 제시하지 못하고 있는 것이다. 소신이 없는 것인가. 자신이 없는 것인가. 모든 학자들이 정설로 내세우지 않고 있을 뿐 아니라 그렇게 정설로 된 자료 기록 저서 들 외에는 사갈시하고 있는 현실에 위축되고 있는 것이다. 그러면 안 된다고 생각하면서도 적극적인 용기를 내지 못하고 있는 것이다. 실천을 못하고 있는 것이다.

그는 계속 고개를 끄덕거리다가 갑자기 쏟아지는 졸음을 이기지 못하고 소파에 고개를 벌렁 젖히고 눈을 붙였다. 아내에게로 곧 가겠다는 약속은 지키지를 못하고 금방 코를 드르릉 드르릉 골았다.

얼마나 그렇게 코를 골고 있을 때 아내가 흔들어 깨우며 전화 수화기를 들려준다. 학교에서 온 전화였다.

"선생님 수업이 있는데 안 나오세요?"

"아 그렇던가?"

그는 그제서야 요일과 날짜가 생각이 되었다. 오늘 그의 전공 강의가 있는 날이었다. 조교가 전화를 건 것이었다. 시계를 보았다.

이미 시간이 좀 지났다. 어떻게 할까 망설였다. 아직 세수도 하지 않은 것이다.

"어떻게 할까?"

누구에게라기보다 자신에게 물어보고 있는데 조교가 다시 말한다.

"지난 시간에도 학생들이 기다리다 갔었어요."

"그래애?"

며칠을 두문불출하고 자료들과 씨름을 한 일들이 한꺼번에 생각이 되어졌다. 훨 훨 하늘을 날던 생각도 나고 실족을 하고 의식을 잃었던 생각도 났다.

"네."
"그랬던가, 참!"
"어떻게 할까요?"
이번에는 그쪽에서 그렇게 묻고 있었다.
"내가 금방 나갈 테니 좀 기다리라고 해요."
도형은 그렇게 말하고는 대답을 듣지도 않고 전화를 끊었다. 그것이 가능한지 따져보지도 않고 빨리 나가야겠다는 생각이 앞섰던 것이다. 그리고 이를 닦다 면도를 하다 세수를 하다 넥타이를 매다 이리 저리 설치면서 아내에게 따졌다. 도대체 왜 여태까지 그를 내버려 두었느냐고 해대었다. 그러나 그것을 따지고 있을 사이도 없었고 아내는 뭘 좀 뜨고 가라고 우유와 훌훌 마실 수 있는 죽을 대령할 뿐이었다. 왜 그러고 있느냐고 한 번 두 번 이야기한 것이 아니었기 때문이다.
그는 대략 가방을 챙겨 가지고 물 한 모금 마시지 않고 밖으로 나와 차의 시동을 걸고 예열도 하지 않고 몰았다.
학생들이 일부 기다리고 있었다. 두 시간 짜리 강의 한 시간 이상을 기다린 것이다. 물론 온다고 기다리라니까 기다린 것이지만 그가 생각해도 너무 심하다고 생각이 되었고 다는 아니지만 학생들이 기다려 준 것이 고마왔다.
강의를 시작하자 학생들이 하나 둘 더 들어오기 시작했다. 〈한국고대사〉, 그의 주전공 강의였다. 여러 명이 되는 타과 수강생들은 보이지 않고 사학과 학생들만 기다리고 있었던 것이다.
도형은 진도에 따라 신라의 삼국통일에 관해 강의하였다. 지난 시간에 시작한 단원이었다. 시간을 의식한 나머지 결론부터 얘기하였다.
"신라의 통일은 진정한 통일이 아니었다. 당나라를 업고 외세에 의해 동족을 분열시킨 것이 어찌 통일이라 할 수 있는가. 국토를 통일한 것도 아니고 민족을 통일한 것도 아니었다."
한참 목청을 높여 열강을 하다가 아주 작은 목소리로 말하였다. 강조할 때 쓰는 화법이다.

"신라통일이다 삼국통일이다 하는 것은 제목부터 잘 못 된 것이며 해석이 잘 못 된 것이다. 김춘추는 나당연합군을 만들어 고구려와 백제를 멸망시킨 것이고 왕권이라는 허상을 차지하였을 뿐이다."

그의 저서인 『한국고대사신론』에서 추상적으로 기술한 대목을 구체적으로 설명하는 것이었다. 그에 대하여는 다른 학자들과 의견이 다르기도 하고 또 고등학교 교과서를 배운 지식으로는 소화가 되지 않아 그 부분에 대하여 밑줄을 그어 놓은 학생들이 많았다.

그러나 그에 대하여 질문을 하기보다는 서로 쳐다보며 고개를 갸웃거리고 있었다.

결국 그가 이야기하고 있는 것은, 신라의 삼국통일이라는 것이 그 앞의 광개토대왕이나 을지문덕 장군의 업적, 그 광활한 땅을 갖다버린 그런 역사에 대한 불만인 것이다.

어떻든 이 강의의 핵심 중의 하나인데 잘 전달되지 않은 것 같다. 갑론을박, 충분한 논의의 과정을 거쳐야 하는 대목이었다. 도형은 다음 시간에 계속할 생각으로 결론을 추가하기보다 여담을 하였다.

"미안하게 되었네. 뭘 좀 골똘히 생각하다가 시간 가는 것을 잊고 있었네."

변명이라기보다 솔직한 사정 이야기를 하고 싶었다. 그 바람에 신라통일 논의에 대하여 질의 토론으로 이어지지 못하였다. 물론 이날 종강을 하는 것은 아니고 또 시간이 있었지만.

학생들은 무슨 생각을 그렇게 하였느냐고 묻는다. 지난 시간도 빠지면서 골똘히 생각하였다는 것이 무엇이었느냐는 것이다. 그것이 궁금하고 알고 싶었는지 또는 전공 교수에 대한 예의였는지 몰랐다.

"얘기를 좀 할까?"

모두들 그렇게 말하는 도형을 쳐다보았다.

그는 학생들의 표정을 읽을 수가 없었다. 그러한 채로 그 이야기를 시작하였다. 그렇게 되어 한 시간이나 기다리게 한 강의, 그것도 지난 주에는 예고도 없이 결강을 한 강의는 다시 덮어두고 딴 이야기를 시작하였던 것이다.

그러나 딴 이야기도 아니었다. 늘 하던 이야기였다. 강의 벽두부터 몇 시간을 한 이야기다. 상고사의 복원에 관한 문제다.

"고대사도 좋고 삼국시대사도 중요하지만 그 이전에 2천 년을 덮어두고 무슨 역사 연구가 되느냐 말이야. 우리의 역사들은 멀쩡하게 신화로 만들어 놓고, 말이 안 되잖어? 말이 된다고 생각하는가?"

그는 역사를 그렇게 만든 장본인이 바로 그 학생들이기나 한 것처럼 말했다. 그들에게 따지는 투였다.

한 학생이 듣고 있다가 불쑥 질문을 하였다.

"시간 가는 줄도 모르고 골똘히 생각하셨다는 것이 바로 그것입니까?"

그러자 학생들이 와와 웃는 것이었다.

"왜 그것이 그렇게 생각할 가치가 없다는 건가요?"

도형이 어투를 바꾸어 다시 말하자 갑자기 조용해졌다. 학생들은 입을 다물고 교수를 바라보았다. 눈을 감는 학생도 있었다.

첫 시간부터 하는 말이었고 말끝마다 하는 말이다. 사실 도형의 말이나 이론 또는 학설이 맞는 것이며 옳은 것이며 객관성이 있는지 없는지 모른다. 그러나 현재로서의 그의 신념이며 또 일관된 것이기도 했다. 그것에 대하여 논리적이며 조직적으로 설명해 보여주기보다는 솔직하게 속뜻을 들어내어 보인 것이다. 어쩌면 며칠 동안 도깨비에 홀린 듯이 헤매고 아내의 표현대로 몽유병 환자처럼 밤을 헤맨 것을 결국은 이 강의실에까지 끌고 와 보인 것이었다. 그것이 또 그로서도 못마땅하고 어설프게 생각되어 좀 미끈하게 덧붙이려고 하는데 맨 앞에 앉은 여학생이 가로막는다.

"선생님!"

학생은 그를 불러놓고는 말을 하는 대신 웃고 있었다.

"말을 해 봐. 무슨 얘긴가? 내 얘기가 옳지 않은가?"

그러나 그 학생은 말을 못하고 얼굴이 빨갛게 되어 웃기만 한다. 다른 학생들도 다 따라 웃는다. 그러자 그 여학생 바로 옆에 앉은 남학생이 대신 말한다.

"그게 아니고 말입니다. 대문이 열려 있습니다."

학생들이 다시 와악 웃었다.

"뭐라고?"

그러나 그는 얼른 말뜻을 못 알아듣고 정작 알아차렸을 때도 얼른 그의 바지 지퍼를 끌어올리기보다는 심각한 어조로 이야기를 다시 시작하였다.

"지금 통일을 하여야 하는데, 좌우간 아직도 우리 민족은 해매기만 하고 있지 않았는가?"

그러나 그의 이야기는 더 이어질 수가 없었다. 시간이 지난 것이다. 앉아 있는 학생들도 자꾸만 시계만 들여다보고 있었지만 밖에서 떠들어대어 이야기를 진행할 수가 없었던 것이다. 이미 다음 강의가 시작될 시간인데 앞의 강의가 끝나지 않았으니 그럴 수밖에 없었던 것이다. 그러니 어쩌는 도리가 없었다. 아쉽고 미진하고 찜찜한 대로 서둘러 강의를 마쳤다. 그러고 보니 출석도 부르지 못하였다. 아닌게 아니라 출석을 따지는 학생이 있었다. 출석을 하기 위해서 기다리고 자리를 지킨 학생이었다. 그는 나가면서 버럭 소리를 질렀다.

"아니 출석이 문제인가?"

학생들이 들어오고 나오고 하는 어수선한 가운데 다시 웃음이 터졌다.

"아닙니다. 통일이 문젭니다."

저 뒷 자리에서 나오던 한 학생이 그가 던진 말을 받기라도 하듯이 그렇게 말하였기 때문이었다.

웃음소리는 그를 비웃는 것 같기도 하고 그를 인정하는 것 같기도 하고, 이날은 도무지 판단이 서지 않았다. 그러면서 이상하게 소외감 같은 것에 자꾸 매달리며 무엇이 꽉 누르는 것 같고 울적해 지는 것이었다.

터덜터덜 연구실로 올라가는 길에 화장실에 들렀다가 수도꼭지에 입을 대고 냉수를 벌컥벌컥 들여마셨다. 목이 탔다. 현기증과 함께 허기를 느꼈다.

천지 개벽

 연구실에 와서는 의자에 앉는 대로 등을 뒤로 젖히고 눈을 감았다. 내가 왜 이러나 생각하다가 한 가지 기억을 떠올렸다. 안식년에 대한 것이었다. 아직 신청도 하지 않고 있는데 그는 안식년이라고 생각하고 있는 것 같았다. 총장에게 운만 떼었을 뿐인 것이었다. 아직 미지수이고 시작이 안 된 것이었다. 그러나 그렇게 할 것이고 그런 준비를 하여야 한다고 마음을 먹는다.
 5교시를 마친 것이었다. 4, 5교시 강의였다. 목우에게 구내전화를 걸었다. 식사를 안 했으면 같이 하고 싶었다.
 "나도 이제 강의를 마치고 나왔어요."
 "그래요? 잘 되었네요. 또 강의가 있어요?"
 도형이 묻자 목우는 얼른 말 뜻을 알아차렸다.
 "끝에 하나 붙어 있어요. 밖으로 나가실까요?"
 "그래요."
 "바로 현관 앞으로 나오시지요."
 "그럴게요."
 척척 죽이 맞았다. 가끔 서로 전화를 하여 구내식당에서 같이 늦은 점심을 들긴 했었는데 오늘도 마침 시간이 맞았던 것이다. 지난 번 술집에서 만난 이후 처음이었다.
 목우는 만나자 마자 책을 한 권 주는 것이었다. 마치 그 책을 주기 위해서 만난 것처럼. 호랑이가 한반도 지도를 그리고 서 있는 표지의

『다시 찾은 한국』이었다. 웬 책이냐고 묻자 목우는 소설 잘 되느냐고 되묻는다.

"소설이라니?"

"소설 쓴다고 그랬잖아요?"

"그랬던가?"

기억이 없는 것이 아니고 어쩌면 그렇게 쪽집게같이 그의 생각을 적출해 내는 동료가 너무도 고마와서 그렇게 음미하며 확인하고 있는 것이었다.

"술 먹고 한 소릴 가지고 뭘."

"술 먹고 그렇게 허튼 소리만 해요?"

햇볕이 따스하게 느껴지는 캠퍼스를 천천히 걸어 내려가며 목우가 말하였다.

"술 먹고 하는 소리가 진짜지."

그렇게 단정적으로 말하기도 하였다.

도형은 그것을 굳이 부정하고 싶지도 않았다. 사실이 아닌 것도 아니었다.

"복 어때요?"

"그건 안 좋겠는데."

가끔 같이 가는 복집이 있었다. 식성도 서로 잘 안다. 그런데 목우가 딴 소리를 하는 것이었다.

"왜요?"

"복을 하면 술을 해야잖아요?"

"조금만 하지요 뭐."

"대낮에 안 되지."

"앗다, 언제부터 그렇게 술시를 따졌어요?"

술시란 해가 지는 때인 유시酉時를 말하는 것이다. 오후 5시부터 7시 사이. 그런 얘기를 어디서 듣고 목우가 가끔 했었다. 유자酉字가 술병

모양이라고 하였다. 그런데 이날은 또 하나의 문자를 쓰는 것이었다.
"하루의 골치 덩어리는 낮술이고 1년의 골치 덩어리는 가죽신이고……"
"가죽신이라니?"
"신이 발에 맞지 않으면 골치 아프지 않아요?"
"그런가?"
"그리고 평생의 골치 덩어리는 뭔지 알아요?"
"글쎄. 뭐 모자를 잘 못 사는 건가요?"
"하하하하…… 모자라? 비슷하네요 뭐."
"뭔데 그래요?"
"마누라요."
"마누라를 잘 못 얻으면 평생 골치다? 하하하하…… 정말 그럴 일이네요."
"이규보의 「백운소설白雲小說」에 나오는 얘기지요."
목우는 이야기에 권위를 갖다 붙이는 것이었다.
"좌우간 낮술이란 거기에 비하면 별 것이 아니구만요. 하하하하……"
그날 점심의 반주는 무척 뜸을 들인 만큼 수월찮이 하였다. 오후 끝 시간에 강의가 있다고 하고 그리고 낮술이 어떻고 하면서 사양을 하였지만 단골인 복집 아주머니가 복 껍질을 자꾸 갖다 주는 것을 퇴할 수가 없었다.
"참 오래도 하십니다."
도형이 주인 아주머니에게 인사를 하며 고맙다고 하였다.
"그러게 말이에요. 30년도 넘지요?"
"그렇지요. 학생 때부터 다녔으니… 그렇게 늙었다는 얘기가 되겠지요?"
"아직 얼굴이 쌩쌩들 하신데 뭘 그래요. 저야 할망구가 다 됐지만."

"아이구 뭐 시집이라도 가겠는데 뭘 그래요?"

옆에서 목우가 말하자 별명이 두꺼비 아줌마인 주인 아주머니는 웃음꽃을 피우며 자꾸 거울을 본다. 그리고 뭘 자꾸 갖다 준다. 상어알을 갖다주기도 하고 복 이리를 매운탕 속에 갖다 넣어주기도 하고. 늦은 시간이라 한가하였다.

"우리 외상값은 없던가요?"

목우가 다시 물었다.

"모르겠어요. 있는지 없는지. 옛날 장부들은 다 없애버렸으니까요."

"참 많이 마셨지요. 한 번 계산을 해 보니까 얼마가 되는고 하니……"

목우가 다시 괴상한 얘길 한다.

"아니 그걸 어떻게 계산을 하지요? 술집마다 장부를 볼 수도 없고."

그가 물으며 웃었다. 참 한가한 얘기였다. 그러나 이날 뭔가 울적하고 머리를 쉬고 싶은 날 그에게는 참 어울리는 얘기인지 모른다. 목우는 그런 얘기의 줄을 대고 있었다.

"뭐 대략 계산하는 거예요. 40년을 먹었다 치고 365일 중에 300일만 치고 이틀에 2홉들이 1병만 먹었다 치자고. 그러면 하루 1홉씩, 삼사 십이, 만 이천 홉인데 만 홉만 치는 거야. 만 홉이면 열 가마, 다섯 섬이야. 에누리를 많이 한 거지요?"

"그러네요. 에누리를 시원스럽게 하시는군요. 그러고도 그렇게 많이 들어 부으셨으니 참!"

아주머니가 맞장구를 친다.

"참 언제 계산을 그렇게 하면서 마셨지? 좌우간 쌀 썩은 물을 엄청나게도 들어부었구만!"

도형은 스스로 생각해도 참으로 실감 나는 계산이었다. 드럼 통으로 다섯 통이었다. 어떻게 계산을 해도 그 이상이면 이상이었지 이하는 아닐 것 같았다. 그도 맞장구를 치면서 그가 마신 잔을 목우에게 내밀면서 술을 따랐다.

"자꾸 하면 안 되는데……"

목우는 주저하면서 잔을 받는다.

"이무영 선생의 「ㄷ씨 행장기」라는 소설의 모델이기도 한데 애류涯 溜 권덕규權悳奎(국문학자)선생이 매일 술을 마시다가 어느날 빚으로 집이 넘어가자, 내가 네 속에 살았는데 드디어 네가 내 속으로 들어왔구나! 하였다는 거지."

"하하하하…… 집이 배 속으로 다 들어가 버렸군요. 이러다 정말 낮술에 취하겠는데."

목우가 그의 잔에 술을 붓는다.

"이제 식사하세요."

주인 아주머니가 찌개 냄비에 불을 붙이고 밥을 두 식기 갖다가 대령하며 말한다.

그러나 두 사람은 얼른 밥 뚜껑을 열지 않는다.

도형이 아까 받은 책을 펼쳐보며 묻는다.

"이 사람이 누구지요?"

작자 소개도 없었고 처음 보는 이름이었다. 김부식의 역사 조작, 뒤집힌 역사, 가야사의 비밀, 광개토대왕 비문의 조작 등 목차들이 눈을 끌었다.

"경영대학원에 다니는데 우리 잃어버린 옛땅을 찾겠다는 집념을 쏟고 있어요. 시를 쓰는 동문을 통해서 한 번 읽어봐 달라는 청을 받고 지금 보고 있는 중인데 한 번 읽어보세요. 사실은 괜찮으면 이박사의 추천을 받아주려고 했었어요."

"고토古土 경영인가요? 먼저 보셔야지요."

"전 천천히 보지요 뭐."

"소설인가요?"

"여러 가지 형식으로 썼어요."

"재주가 많군요. 그런데 어떻게 한국을 다시 찾는다는 거지요?"

"뒤집혀진 역사를 바로 놓아 세운다는 거지요."

"그래요?"

"읽어보시고 평을 좀 해 주세요."

"한 번 읽어보겠습니다."

도형은 고개를 끄덕거리면서 책장을 넘겨보았다.

-영락 22년, 영락대왕은 마지막으로 북부여를 통합하고자 하였다. 고구려의 시조 고주몽의 아버지가 살았던 곳!

-22년 왕이 죽었다. 호를 광개토왕이라 하였다. (『삼국사기』 제18권 「고려본기高麗本紀」)

-그 분이 넓힌 땅은 잃었던 땅을 되찾은 것뿐이었고 오히려 더 찾지는 못했던 것입니다.

-영락대왕 비에는 그분의 호를 이렇게 전하고 있습니다. 국강상광개토경평안호태왕國罡上廣開土境平安好太王, 땅을 넓히고 개간하며 평화롭게 다스리기를 좋아했던 위대한 왕으로서 나라의 큰 별이 되었다는 뜻입니다. 김부식의 축소 조작으로 대부분의 사람들이 영락대왕의 존호를 잘 못 쓰고 있습니다. 앞으로는 올바른 존호를 써야 할 것입니다. 저는 국강상광개토경평안호태왕 비문에서 조금이나마 겨우 잃었던 역사를 되찾을 수 있었습니다.

"식사를 하세요."

목우가 말은 그렇게 하면서 잔을 건넨다.

도형은 잔을 받으며 앞 쪽으로 다시 넘겨 보았다.

-우리가 배우는 고대 역사들은 거의가 『삼국사기』와 『삼국유사』에서 비롯되었습니다. 그러나 『삼국사기』가 엄청나게 조작된 위서라

면…… 그리고 그 뒤에 씌어진 『삼국유사』가 역시 조작되었으며, 『삼국사기』를 바탕으로 약간의 민간설화를 적은 역사 동화책에 불과하다면 우리의 역사는 어떻게 되나요?

－전 젊고 역사에 대한 지식이 부족하므로 이것을 추리 역사 시나리오라고 하겠습니다.

－저의 글을 보고 다소 국수주의적인 경향이 있다고 느끼실지 모르시겠지만 개의치 않고 제 방식대로 역사에 접근할 것입니다.

－앞으로 우리나라는 미래의 세계를 이끌어갈 선두주자가 될 것입니다. 그러한 뛰어난 자질과 자격을 가진 나라, 그것이 한국이라고 저는 말할 수 있습니다. 이것을 과대망상이라고 생각하시는 분은 역사를 모르기 때문입니다.

"패기가 대단하군요."

"그런 것 같애요."

"역사 공부를 좀 하라고 하지요."

"그럴까요?"

그는 목우에게 잔을 건네었다.

아닌게 아니라 그러고 보니 낮술이 길었다.

"강의 지장 없겠어요?"

"왜 그럴 거 같애요?"

"얼굴색은 변하지 않는 분이니까……"

그러자 다시 목우의 잔이 넘어온다.

"분명히 말해요. 하하하하……"

"하하하하……그만 식사합시다."

"지난 번에 수업을 들어갔더니 갑작스럽게 야외 수업을 하자고 우기는 바람에 억지로 잔디밭으로 끌려 나가서 수업을 했어요. 커피를 한 잔씩 빼어 들고 말이지요. 그랬더니 참 분위기가 좋더군요."

"그랬겠군요. 그런데 진도가 잘 나가던가요?"

"진도가 문젭니까?"

"하하하하…… 분위기가 문젭니까?"

"분위기가 무르익은 다음에 한 마디 하려 했지요. 소설이란 무엇이냐? 그런데 내 얘기가 필요 없이 답이 술술 나오는 거야. 내가 쓴 책을 딸딸 외고 있더구만."

"강의할 필요 없네요."

옆에서 주인 아주머니가 끼어든다. 그녀는 더운 밥으로 바꿔다 놓고 있었던 것이다.

"그러나 내가 할 말이 없을 것 같애요?"

"뭐라고 그러셨어요?"

"그것은 내 얘기다. 나의 실패담이다. 자네들은 자네들의 얘기를 해야지."

"그래 뭐라고 그러던가요?"

"그렇게 휘 저어 놓는 거지. 뭐."

"서당개 3년이면 풍월한다고 하는데 30년이 지났는데도 난 도대체 무슨 소린지 모르겠네요."

아주머니는 괜히 얘기에 끼여들었다는 듯이 그러고는 자리를 뜬다.

"오늘은 술집에서 강의를 하자고 그러지. 그러면 더 잘 될 텐데."

"그래도 될까요? 하하하하……"

"안 될 것도 없지요, 뭐. 한 잔 사시면 되니까."

"내가 사는 것은 문제가 아닌데, 요즘은 술 사겠다는 학생도 없고 차를 한 잔 사는 학생도 없어요. 강의가 시원찮아서 그런지 교수가 시원찮아서 그런지."

"작품이 시원찮아서 그런 것 아닐까요? 하하하하……"

"그런지도 모르겠네요. 논문을 쓰다 작품을 쓰다 하니까 한 가지도 제대로 되지가 않아요."

그의 농담을 목우는 진지하게 받아들인다.

"도무지 팔리지도 않고."

"팔리는 거에 대하여 뭘 그렇게 신경을 써요?"

"신경을 쓰는 것이 아니라 팔리지가 않으니까 출판이 되지 않고 출판이 된 것도 자꾸 절판이 되는 거예요."

목우는 다시 그에게 잔을 권하며 술을 한 병 더 시킨다. 도형이 걱정을 하자 한 잔만 더 하고 싶다고 했다. 그리고 이번에는 그가 학생들을 끌고 나오겠다고 했다. 술집은 아니고 한강 고수부지 푸른 잔디밭으로 강가에서 강의를 하겠다고 했다. 인생이 무엇이냐, 사랑이 무엇이냐를 얘기하겠다고 하였다.

"사랑이 무엇이냐?"

"어때요? 괜찮겠어요?"

"좋겠네요. 술이 들어갔으니 얘기가 술술 잘 풀리겠네요."

도형은 그러면서 그제서야 자신의 얘길 하였다. 오늘 강의와 지난 번 빠졌던 거와 또 하늘을 나르던 얘기를 하였다.

얘기를 털어놓자 무언가 꽉 눌려 있던 것 같은 마음이 가벼워지는 것이었다. 늦게-그것도 보통 늦은 것인가-들어가 가지고 그의 주장만 늘어놓다가 밀려나온 것이 비교가 되면서 그런 아쉬움과 소외감 같은 것에서 해방시켜 주는 것이었다.

"이 세상을 움직이는 것이 뭐라고 생각해요?"

목우는 또 그런 질문을 불쑥 하는 것이었다. 도형의 얘기 끝에 무슨 얘기를 또 하려는 것인지 알 수가 없었다.

"뭐 세상을 움직이는 것은 돈이다, 그런 얘기는 아닌 것 같고, 세상을 움직이는 것은 여자다, 라는 것인가?"

"사랑이 아닐까요?"

결국 그런 얘기로 연결을 하려는 것이었다.

"오늘 학생들에게 할 야외 강의의 리허설을 하시려는 거구만요."

"강의가 문제가 아니고 말이지요……"

"사랑이 문젠가요?"

"사랑이 무엇인가, 그것이 역시 우리의 최대의 가치인가, 하는 거예요."

"저한테 물으시는 건가요?"

그는 종잡을 수가 없는 대로 흥미 있는 대화 거리라고 생각하였다. 토론이라고 해야 할지 모르지만 사랑이란 언제나 싫증이 나지 않는 테마였다. 좌우간 오늘 참 우연찮게 만나 점심도 길고 얘기도 길었다.

"논어에 보면 인仁에 대한 얘기가 105번이 나오는데……"

도형은 또 묵직한 목소리로 이야기를 끌어다 붙이었다.

"아니 그걸 일일이 헤아려 보셨어요?"

"뭐 그렇다고 그래요. 그런데 그것의 해석이 다 달라요. 그만큼 다양하여 한 마디로 얘기할 수 없다는 거지요."

"그렇군요. 그런데 인이나 자비나 다 사랑이라고 하고, 사랑 그 이상의 가치는 없는 건가, 하는 거예요? 그것을 뛰어넘어서 뭐가 없을까요? 몇천 년 동안 그런 가치관을 뛰어넘지 못하고 있는 건가요? 뭔가 있지 않을까요?"

"글쎄요. 우선 그것을 올바로 이해하고 실천하고 하는 것이 순서가 아닐까요?"

"그러다가는 늙어죽도록 해석만 하고 사는 것 아닐까요?"

"그동안 뭐 생각한 것이 있어요? 한 번 발표를 해보시지요."

"그것을 묻는 겁니다."

"우선 제목을 드릴게요. 「사랑을 넘어서」, 어때요?"

"좋으네요. 정말 좋으네요."

목우는 무릎을 쳤다. 그리고 술을 잔에 가득 따르는 것이었다. 그리고는 그 잔을 도형에게 건네주며 말하는 것이었다.

"한 번 써보세요."

"나보고 쓰라고요? 술을 먹기야 어렵지 않지만, 쓰긴 작가가 써야지."

"같이 써 봅시다. 제목이야 또 더 좋은 것이 떠오를 수가 있으니까."

"글쎄요."

"시오노 나나미의 『로마인 이야기』 읽어보셨지요? 역사를 오락 게임같이 보고 있어요. 이선생 소설은 잘 되어가는가요?"

그는 고개를 끄덕이다가 저었다. 어느 대답을 할 줄을 모르겠어서 그냥 술잔을 들었다. 그의 소설 얘기를 두 번째 묻고 있었다. 뭐라고 대답을 하여야 했다. 그런데 목우는 또 하나의 물음을 보태는 것이었다.

"그 미스 한은 어떻게 되는 거예요? 잘 안 되는 거예요?"

그 질문들이 무슨 관련이 있는 것 같이 한꺼번에 묻고 있는 것이었다.

"뭐가요?"

"뭐는 뭐예요?"

"학위는 시간이 가면 되겠지요 뭐. 그리고 대강代講을 좀 시키려고 하는데……"

"그렇게 싸고 돌지 말고…."

"싸고 도는 것 같아요?"

"그래서 안 되는 거예요. 알았어요?"

"글쎄요."

"그런데 정말 어떻게 되는 거예요?"

"뭐가요?"

똑 같은 질문과 되물음이 다시 한 바퀴 돌아왔다.

"그날 저녁도 보니까 그냥 헤어질 것 같지 않던데."

"뭐요?"

"하하하하…… 왜 그렇게 놀라요?"

"난 또 무슨 얘긴가 했더니."

그런 얘기였다. 그날 저녁 기억이 아렴풋이 떠오른다. 그 이튿날 생각나지 않던 장면들도 몇 커트 떠오른다. 아무래도 좀 지나친 것 같다. 사제간 치고는 말이다. 좀이 아니라 많이 지나친 것 같다. 참으로 가까운 후배 동료지만 보여줘서는 안 될 장면들 같았다. 그러나 도대체 어떻게 되었다는 건지 스스로도 잘 알 수가 없는 데 문제가 있었다.

"논문을 쓰는 거예요? 소설을 쓰는 거예요?"

"논문을 쓰는 거지요."

"소설을 쓰는 것 같애요."

"예?"

도형은 목우가 도대체 무슨 말을 하는지 알 수가 없었다.

"그런 게 소설이에요. 그러면 어떤 것이 소설인 줄 알았어요?"

"그런 거라니요?"

"현실을 뛰어넘는 거예요."

"그런 얘기예요?"

"인제 알겠어요?"

"유선생 소설은 어때요?"

도형은 대답 대신 또 그렇게 물어보았다.

"내가 요즘 소설 못 쓰는 이유를 알겠지요? 사랑이 안 되기 때문이에요. 사랑이 말라비틀어진 거지요."

목우는 얘기를 척 알아차리고 대답을 했다.

"그러면 나보고 어쩌란 말인가요?"

도형은 다시 목우에게 따지듯이 물었다.

"소설을 잘 써 봐요. 인이다, 사랑이다, 105가지만 되겠어요? 그거야 4천 년 전의 얘기이고 누구나 자기마다 사랑의 방식을 갖고 있는 것 아니겠어요?"

목우의 대답은 여전히 소설적이었다.

"무슨 얘기를 자꾸 하고 있는지 모르겠네요."

도형은 그렇게 얘기의 깊이에서 빠져나가려 하였다. 정색을 하고 목소리도 바꾸었다.

"정말 못 알아듣겠어요?"

목우가 또 그렇게 물었다. 다시 처음부터 설명하려는 투였다.

"뭐 얘기를 못 알아듣는다기보다……"

거기서도 빠져 나오려 하였다.

도형은 우선 일어서서 밖으로 나왔다. 바깥 바람도 좀 쐬고 몸무게도 좀 줄였다.

그리고 다시 들어와서는 화제를 바꾸었다. 바꾸기보다 끝내려고 하였다.

"식사를 합시다. 술은 그만 하고."

그러면서 먼저 그가 밥그릇 뚜껑을 열고 밥술을 뜨기 시작하였다.

"강의도 하셔야 되고 말이지요. 그래 야외 수업을 하실 건가요?"

"그러려고 했는데 주제가 끊겨버렸잖아요?"

목우는 들었던 잔을 내려놓으며 말하였다.

"결론은 선생님이 내리셔야지요? 안 그래요?"

도형이 기선을 잡으려는 듯이 큰 소리로 말하였다.

"과정이 중요한 거지요. 결론은 얘기하지 않아도 돼요. 결론은 말이지요 관 뚜껑을 덮을 때 스스로 내려지는 거예요."

목우는 식기의 뚜껑을 열며 대답하는 것이었다.

"그럴까요? 좌우간 그 뚜껑끼리 연결이 되는군요."

점심 식사 시간에 술도 많이 하고 이야기도 많이 하였다. 목우는 줄곧 소설 이야기를 하였다. 그에게 소설을 쓰느냐고 물었다. 소설을 쓰고 있는 것 같다고 하였다. 또 소설을 잘 써보라고 하였다. 아닌게 아니라 그는 무언가 쓰기 시작했던 것이다.

하늘이 열리고부터 이땅의 역사와 민족의 이야기를 엮어보고 있는 것이다. 그것이 뭐가 될지는 모르지만 모든 일을 젖혀놓고 거기에 빠져 있었던 것이다. 그가 목우에게 얘기했듯이 출판이 문제가 아니고 팔리는 것이 문제가 아니었다. 그런 것은 나중의 일들이고 생각해보지도 않았다. 우선 쓰는 것이 중요하였던 것이다. 아니 쓰기 전에 엮어보는 것이었다.

그 동안의 주장을 논문으로 써 왔고 강의로 하였는데 형식을 바꾸어 보는 것이다. 이제 논전을 벌이고 시비를 가리고 토론을 하고 하는 단계는 어느 정도 거친 것이고 이제 그 결론을 이야기하는 것이다. 중간 결론이 될 것이다. 결론이 아니라 질문이 될지도 모른다. 좌우간 그의 생각을 지금까지와는 다른 방법으로 펼쳐보는 것이다. 그것이 소설이었다. 소설이라는 것이었다. 정말 그것이 소설일지 논문일지 또는 죽도 밥도 아닐지 모르지만 무엇이 되었든 써야 한다는 사명감 어떤 소명의식을 갖고 있는 것이었다.

오래 전의 약속을 이제서야 지키고자 하는 것이다. 어떤 기한이 다 가오기라도 하는 것처럼. "바로 너다." 애원하듯 간곡히 그를 바라보던 석선생의 얼굴이 떠오른다. 줄기차게 보내던 시선이 떠오른다. 소설을 잘 써보라고 하는 목우의 표정이 떠오른다. 그는 희연과 소설을 쓰고 있는 것 같다고 하였다. 흔들려서는 안 된다. 뭐가 됐든 흔들려서는 안 되는 것이었다.

도형은 목우와 헤어져 집으로 가다가 희연에게 전화를 걸었다. 집에 없었다. 전할 말을 녹음해 달라고 하였다. 학교에 있다고 전화해 달라고 하고는 연구실로 다시 올라갔다.

그녀에 대하여 생각해 보았다. 너무 가까이 지나는 것 같았다. 목우의 말대로 너무 감싸고 있는 것 같았다. 그건 그녀를 도와주는 것이 아니었다. 그러나 안식년 동안 그의 강의를 맡길 사람이 떠오르지 않는다. 출강하는 여러 제자들이 있고 또 동료들이 있었지만 그의 주전공 강의를 대강시킨다는 것이 주저되었다. 마치 그의 주장을 포기하는 것과 같은 느낌이 들고 희연의 얼굴만이 떠오르는 것이었다.

참 묘한 인연이었다. 그녀가 연희의 딸이라는 것을 안 순간 그는 소리를 지를 뻔하였다. 그는 와락 끌어안고 싶은 충동을 억지로 참고 물었다.

"어떻게 여길 오게 되었지요?"

"어머니와 고향이 같으신 이교수님께 배우고 싶었어요."

"그래요? 그래 뭘 연구하고 싶은 거지?"

"우선 이교수님 스터디를 하려고 해요."

"나를요? 왜요?"

"그러기로 했어요."

"그 다음에는?"

"뿌리를 찾고 싶어요."

"그래요?"

말하는 것도 그렇게 마음에 들 수가 없었다.

얼굴은 연희의 모습을 그대로 빼어 꽂았다. 착각을 할 정도였다. 그러나 뜯어볼 수록 연희보다 승한 인물이었다.

그의 연희에 대한 죄책감을 따지기 위해서 지하에서 솟아난 마녀 같기도 하고 못다한 그녀와의 사랑을 위해서 천상에서 내려온 천사 같기도 하였다. 너무 가까이 해도 안 될 것 같고 너무 멀리 해서도 안 된다고 생각하며 감정을 억제하면서도 강의실에 그녀만 있으면 마구 열강이 되곤 하였다. 강의가 노래로 되어나오기도 하고 마구 춤을 추며 강의를 하기도 하였다. 무한한 상상력이 펼쳐지고 신랄한 비평안이 번득이었다.

그녀도 그와 같았을까. 그가 그녀로 하여금 신이 들리듯이 그녀는 또 그로 하여금 신명이 난 것이었을까. 그녀는 그의 주장과 논지를 너무도 정확히 이해를 하고 정곡을 찌르는 질문으로 그를 꼼짝을 못하게 하였다. 결국은 모든 것을 솔직히 털어놓고 고백하게 하였다. 리포트는 그의 이론을 능가하였고 논문은 항상 그를 포함한 기존의 주장을 뒤엎고 있었다. 그에게 있어서 그 이상의 제자가 없었다. 그의 지도를 받겠다고 들어와 상고사의 문제점을 파헤친 그녀는 그 분야의 예리한 논문을 그보다도 더 많이 발표하였다. 학계에서 대단히 좋은 평가를 받기도 하였다. 혜성과 같은 존재였다.

그런데 교내에서는 도무지 인정을 받지 못하였다. 그녀의 논문을 인정하려 들지를 않았고 그녀에게 강의를 주려고 하지 않았고 학위를 주려고 하지 않았다. 바다 위의 혜성과 같은 존재를 연못 아니 우물 속에서는 그 존재를 인정하려 들지 않았다. 그의 큰 짐이며 숙제였다. 목우의 얘기도 일리가 있었다. 그러나 이제 도형이 그녀와 거리를 갖는다고 해서 해결될 문제도 아닌 것 같았다.

어떻게 해야 하나? 얼른 방법이 떠오르지 않는다. 현명하고 둘 다 살고 원원하는 방법이 있을 것이다.

우선 그녀를 만나야 했다. 다시 전화를 하였다. 아직 들어오지 않았다. 다시 같은 말을 녹음하였다.

도형은 연구실 소파에 등을 파묻은 채 한참 눈을 감고 누웠다가 일어나 다시 자료들을 뒤지었다. 그리고 앞에 늘어놓은 얘기들과의 연결고리를 찾아보았다.

어디까지 올라갔더라? 아니 어디까지 내려왔더라? 아득한 옛날 그 시기를 알 수 없는 먼 태고, 태초의 시기였었지.

―아득한 옛날 음양이 갈라지지 않고, 땅과 하늘도 갈라지지 않은 채 오래 닫혀 있었다. 하늘과 땅은 혼돈하여 아직 나누어지지 않았고, 귀신도 매우 슬퍼하고, 해와 달과 별들도 잡것에 싸여 질서가 없었다. 바다도 흐리고 깊어 생물들의 자취를 찾을 길 없었고, 우주는 단지 흑암의 덩어리였다. 물과 불은 잠시도 쉬지 않고 서로 밀치며 움직이기를 수백만 년이나 했다.

처음으로 하늘이 열리고 하늘과 땅이 미분未分 상태에서 나뉘어지는 얘기를 담고 있는「조판기肇判記」이다.『규원사화揆園史話』의 첫머리이다.

이 때는 언제쯤인가? 태고를 아득한 옛날이라고 옮긴 것인데 이 태고의 때는 언제인지 알 수는 없다. 다만 이 우주가 흑암의 덩어리였다는 지질학의 학설과 일치하고 있는 부분이 눈길을 끌며 신비롭게 느껴지는 것이었다. 그런데 그리고 또 수백만 년을 흐른 저쪽의 시간은 언제인가?

그런 베일은 벗겨지지 않는다. 아무리 뒤져도 그런 얘기는 없다. 좌우간 아득한 옛날이었다. 태고 태초 때였다. 하늘의 넓이가 끝이 없듯이 그 하늘이 열린 때는 끝없이 아득하기만 하였다. 하늘, 그것은 참으로 아득한 시간 공간이었다.

『규원사화』는 300여 년 전인 4008(1675)년에 이름을 감추고 북애노인北崖老人이라는 호로 우리 나라 상고사 이야기를 쓴 책이다. 저자는 전국 방방곡곡을 누비며 40여권의 사서를 참고하여 이 책을 썼다. 그 중에서도 고려 공민왕 때 학자인 이명李茗이『조대기朝代記』를 보고 썼다고 하는『진역유기震域遺記』가 큰 바탕이 되었다. 그러한 사정을 역주자가 밝히고 있다.

저자의 말이 참으로 애절하였다.

-여러 해 동안 방랑하여 이 나라 구석구석 발길이 닿지 않는 곳 없이 다니면서 때로는 물에 빠져 죽을까 하는 슬픈 생각에 잠기기도 했다. 때마침 양란(병자호란과 임진왜란)을 겪은 후라서 나라 안 어디에나 슬픔에 잠겨 있었고 울분에 들끓었다. 이 때 북애자는 남쪽 김해로부터 경주 부여 공주 서울을 거쳐서 예맥濊貊의 옛 도읍지를 밟았다. 거기서 북으로 금강산 비로봉에 올라 1만2천 봉을 굽어보니 가파른 봉우리들이 빽빽히 줄지어 있었다. 이어 동해의 해돋는 모습을 바라보며 눈물을 흘리고 멀리 만 길 폭포를 바라보니 슬퍼져서 세속을 떠나고자

하는 마음이 있었다. 다시 서쪽을 향해 구월산에 이르러 당장평唐莊坪을 돌아 삼성사에서 감격하여 눈물을 흘렸다.

삼성사는 한인 한웅 단군의 삼성신三聖神을 모신 신묘神廟를 말하는 것이다.

―평양을 거쳐 용만龍灣(압록강 하구에 있는 만의 옛 이름)에 이르러 통군정統軍亭에 올라 북쪽을 향해 요동 평야를 바라보니 나무와 구름은 부르면 대답할 만큼 가까운 거리에서 어른거렸다. 만약 한 줄기 강물인 압록강을 넘어서기만 하면 거기는 이미 우리 땅이 아니다.

거기는 누구 땅인가? 누구의 땅이었던가?

서문은 비애에 젖어 있었다.

―슬프다! 우리 조상이 살던 옛 강토가 남의 손에 넘어간 지 이미 천 년이나 되어 그 해독害毒이 날로 깊어가니 지난 일을 돌이켜 생각해보면 슬픔을 금할 길이 없다.

북애는 평양으로 돌아오다 을지문덕 장군의 사당을 세운다는 얘기를 듣는다. 을지문덕은 수나라 군사 100여만을 무찌른 고구려의 장수가 아닌가. 옛 땅은 다 빼앗기고 행차 뒤의 나팔을 부는 격이었다. 북애는 그렇게 떠돌다가 아내가 죽었다는 소식을 듣고 집에 돌아와 옛집의 남쪽에 있는 북악산 양지바른 곳에 규원서옥揆園書屋을 짓고 여러 대가들의 책을 널리 모아 연구하여 『규원사화』를 쓰기 시작한 것이다. 또 이런 말도 하였다.

―내가 말하고 싶은 것은 조선에 국사國史가 없다는 것이 가장 큰 걱정이다. 『춘추春秋』를 지어 명분을 바로 세우고 『강목綱目(通鑑綱目)』을 써서 정윤正閏(正統과 閏統)이 나뉘었는데 『춘추』와 『강목』은 중국의 선비의 힘으로 쓰여졌다. 우리나라의 옛 경서와 사서들은 여러 번 병화를 입어 다 흩어지고 없어졌다. 후세에 고루한 자들이 중국 책에 빠져서 주周나라를 높이는 사대주의만 옳은 것이라 하고, 내 나라 근본을 굳건히 세워 그것을 밝게 빛낼 줄 몰랐다. 이는 등나무나 칡덩굴이

곧게 뻗어갈 줄을 모르고 얽어매기만 하는 것과 같으니 어떻게 천하다 하자 않을 수가 있는가. 고려 때부터 조공 바치는 사신을 수백 년 동안 북쪽에 보내면서도 이를 한스럽게 여기지 않다가 졸지에 만주를 피맺힌 원수로 여기는 것은 무슨 까닭인가.

청나라인 만주는 단군조선 고구려로 이어지는 우리 땅이요 우리 겨레가 아닌가. 통일해야 될 우리 땅이며 우리 민족인 것이다.

-아! 슬프다. 효종에게 10년만 더 살 수 있게 했다면 군대를 요심遼瀋(만주 遼寧省 瀋陽, 遼東 遼西가 포함되는 우리의 옛 영토)으로 보내고 배를 등래登萊(山東半島의 文登 蓬萊 또는 萊州로 추정)로 달리게 했을 것이다. 비록 패하더라도 시기만 놓치지 않았다면 근세에 보기 드문 통쾌한 일이 되었을 것이다.

역사에는 가정이 있을 수 없는 것이고 아무 소용은 없는 일인지 모르지만… 북애노인은 『진역유기』 중에서 삼국 이전의 옛 기록을 얻을 수 있었다. 그것이 간략하여 자세하지 않으나 항간에서 전해지고 있는 구역질 나는 것들에 비하면 오히려 힘이 있고 기세가 드높다. 여기에다 옛부터 전해 내려오는 중국 역사서에서 참고할 만한 것들을 발췌하여 사화를 만들게 되었다고 쓰고 있다.

끝내 이름을 밝히지 않고 있다. 그저 북애노인이 규원초당에서 서문을 쓰노라고 하였다. 밝히지 않은 것이 아니라 못한 것이리라.

목숨을 걸지 않으면 쓰지 못할 글이었는지 모른다. '힘으로 사람을 복종시키려고 하는 자는 힘이 다하면 배반당하게 되고' '고루한 자들' '어떻게 천하다 하지 않을 수 있는가' '구역질나는 것들' 등 세속과 비리를 질타하고 권력 앞에 의연히 맞서 하고 싶은 말을 하고 있는 것이었다. 대단한 용기와 의기가 있어야 할 수 있는 일이었다.

그것은 조선시대의 주류를 형성하고 있던 흐름에 대해 반기를 든 것이었다. 정통 성리학자의 비자주적 존화尊華의식과 역사의식을 통렬히 비판하고 있는 것이다. 개인적인 안일이나 명예에 대해 초연하지 않으면 또 할 수 없는 의거義擧였다. 모든 것을 버리고 오로지 잃어버린 옛 역사와 옛 땅을 찾고 민족의 뿌리를 찾겠다고 하는 일념으로 황량한 북악산 기슭에서 외롭게 붓과 씨름하여 그런 이야기를 만들어냈던 것이다. 거기에 모든 생을 걸고 모든 것을 버렸던 것이다.

도형은 몇 번째 뒤져보고 되새겨보는 대목이지만 고개가 수그러지고 마음이 숙연해지는 것이었다. 내용에 있어서는 문제가 없는 것이 아니었다. 과장이 아니면 지나치게 국수주의적인 면이 있고 문헌자료나 고고학적 자료로 입증이 되지 않는 대목이 많이 있다. 상고사의 역사 자료로서 가치를 지니기보다 한국문화의 저류를 이어온 민속적 역사인식의 한 모습을 보여주는 것이고 일종의 민족 고유신앙의 종교사화라고 보는 시각도 있다. 그런 시각만 있는 것은 물론 아니다.

어떻든 모든 경우를 다 뛰어넘어서 순수한 저자의 그 속고갱이의 마음으로 돌아가 본다고 했을 때, 그리고 그 내용의 진 위 여부를 떠나서 그 비장한 생애를 바라볼 때, 왜 거기에 목숨을 건 것이었을까? 왜 안일과 명예와 가정을 버리고 방랑을 하였으며 산기슭에 숨어 들어앉아 옛 이야기를 쓰고 있었던 것인가? 서문의 마지막 문장처럼 '후세에 만일 이 책을 잡고 우는 사람이 있다면 내 죽은 넋이라도 한없이 기뻐하리라.' 단지 그런 생각에서 글을 쓰고 있었던 것인가?

그 자신 아직도 이 책을 뒤적뒤적하며 이리 재어보고 저리 재어보고 하며 눈물을 흘리지 못하고 있는 것은 왜일까? 자신도 그런 상황과 현실에 대해 공감을 하면서도 그리고 그렇게 주장을 하면서도 마음 속으로 인정을 하려 들지 않고 있는 것은 무엇일까? 자신의 이중적인 성격 때문인가? 어쩌면 그것이 학문적인 자세이며 바람직한 접근의 자세는 아닐까?

그렇게 저렇게 생각을 해본다. 좌우간 그는 눈물을 흘리지는 않았다. 눈물이 나오지 않는 것이었다. 눈물이야 가장 솔직한 것이 아닌가.

아버지가 돌아가셨을 때 그는 눈물이 나오지 않았었다. 곡을 할 때도 어이 어이 하고 곡조만 맞추었을 뿐 울지는 않았다. 그러다 하관을 할 때 마구 눈물이 쏟아지고 통곡을 하고 하였지만. 왜 그랬던지 몰랐다. 너무 막막하여서였던가. 불효를 감당할 도리가 없어서였던가. 어떻든 눈물을 억지로 흘릴 수는 없는 일이었다.

지금 그의 처지는 어쩌면 대단히 냉담하고 느긋한 것인지 몰랐다. 자료도 많이 있었고 그것에 대하여 여러 사람들이 평가를 해놓았다. 그의 연구실에나 또 집에도 자료들이 쌓여 있었고, 그의 대학 도서관은 동양 유수의 규모를 가지고 있었다. 그래도 못 찾고 없는 자료는 다른 대학 도서관이나 국립도서관 국회도서관에 가면 된다. 일본의 동양 문고나 미국 하바드대학의 옌칭(燕京)도서관의 자료를 뒤지기도 한다. 인터넷으로 다 연결되어 있기도 하다.

그 때의 현실에 비하면 하늘과 땅 차이였다. 그리고 상황은 어떤가. 얼마든지 비판할 수 있는 학문의 자유가 있었다. 다만 체재를 비판하고 이적행위를 하면 안 된다. 그런 일로 감옥에 들어앉아 세월을 보내고 있는 사람이 많이 있다. 감옥에 가면 한복을 입고 성경책이나 국사책을 주로 읽는다고 한다. 양복을 입다가 한복을 입는다는 것은 무엇인가. 국사책을 본다는 것은 무엇인가. 죄를 짓고는 한국인이 된다는 것인가.

오래 전의 일이다. 한번은 통금 위반으로 경찰서 구치소에 갇힌 적이 있었다. 술을 마시다 통금으로 이어졌던 것이다. 솔직하게 말을 못 하고 그날이 제삿날이어서 어떻게든 집엘 갈려고 했다고 하자 판사는, 제삿날 술을 마셨어요? 하고 구류 2일의 선고를 내렸던 것이다. 구치소는 바나나 모양으로 경찰관이 한 눈에 볼 수 있도록 만들어 놓았다. 그리고 철창 앞에 표찰을 붙여놓았다. 경범, 파렴치범, 잡범…… 제일 끝으로 한복을 입고 근엄하게 책을 보고 있는 방 앞에는 사상범이라고 붙여져 있었다. 경범인가 잡범 속에 있던 그는 부끄러워 얼굴을 못 들었다. 오래 전의 일이었다.

사상이 어떻다는 것인가. 사상이 나쁘다는 것인가. 한쪽에서 주창하는 이념과 사상이 한쪽에서는 악이 되고 죄가 되었다. 이적행위라는 것이다. 적이란 누구인가. 북한이 적이며 북한을 이롭게 하면 이적행위가 되는 것이다. 그것이 국가보안법이라는 것이다. 그것은 꼼짝을 할 수가 없다. 그러니 언론의 자유다 학문의 자유다 하는 것이 결국 무엇이었던가. 따지고 보면 참으로 불행한 시대에 살고 있는 것이다. 그러나 과거에 대해서는 얼마든지 따지고 비판할 수가 있는 것이다. 그것이 그 때와 다른 것이고 발전(?)한 것이었다.

그러니 상황이 어느 쪽이 나은지 모르겠다. 그 때는 그래도 한반도만이라도 한 나라가 되어 경주로 부여로 금강산으로 구월산으로 평양으로 압록강으로 괴나리봇짐을 지고 짚신을 신었을 망정 우리 땅을 밟으며 훨훨 다닐 수가 있었는데 지금은 미끄러지는 듯 달리는 승용차를 타고도 가고 오지 못하는 곳이 있다. 철조망을 쳐놓고 길도 폭파하여 끊어 놓았다. 우리 땅이 아니고 남의 땅이었다. 이것을 존화의식이란 말 대신 뭐라고 할까.

어떻든 그 때로서는 대단한 의기 용기가 없어서는 쓸 수 없는 글이었다. 그는 눈물도 의기도 없는 위인이다. 용기도 소신도 없고 신념도 없는지 모른다. 그런 것을 무엇보다 소중히 여기며 살아왔었는데 이룬 것이라곤 아무 것도 없는 것 같다. 다만 그런 것이 조금이라도 있다면 지금부터라도 무언가 시작해보려는 의지였다. 그런 의식에 부대끼고 있는 것이었다.

때가 있는지 모른다. 때가 이른 것인지 모른다. 뭐가 됐든 써보는 것이다. 북애노인에 비하면 굉장히 호사스러운 시작인지 모른다. 손끝만 움직이는 일인지 모른다. 아내도 피둥피둥 살아 있고 애제자까지 있지 않은가. 얼마나 똘똘한 제자이며 동지인가. 가속이 붙고 신바람이 날지 모른다.

한동안 『규원사화』의 서문을 들여다보며 생각에 잠겼다가 다시 「조판기」를 읽어 내려갔다.

하늘에는 한 큰 주신主神이 있었다. 환인이라 하였다. 그는 온 세상을 다스리는 많은 지혜와 능력을 가지고 있었으나 그 형체를 나타내지 않고 가장 높은 하늘에 자리하고 있었다. 그가 있는 곳은 수만 리나 떨어진 곳에 있었지만 언제나 환하게 빛났고 그 아래로 수많은 작은 신들을 거느리고 있었다.

환인-한인으로 읽는 것이 옳다는 의견도 있다-은 곧 하느님이었다. 이어지는 기록을 보면 그것을 알 수 있다.

'환'이란 환하게 빛나는 광명을 말하는 것이고 '인'은 본원本源이다. 만물이 이로 말미암아 생겨나는 것을 의미한다. 한인으로 읽는 경우, '한인' 곧 '하느님' 이라기도 하였다.

이윽고 큰 주신이 두 손을 마주 잡고 묵상을 하다가 스스로 물었다.

"우주라는 큰 덩어리가 어둡게 닫힌 지 이미 오래 되었다. 이제 혼원混元한 기운에 쌓여 낳고 길러지기를 바라니 때를 맞추어 열지 않으면 어찌 헤아릴 수 없는 공덕을 이룰 수 있겠느냐?"

혼원한 혼돈의 기운, 카오스, 그것은 개벽의 기운이다. 드디어 개벽의 때가 이른 것이다.

이에 대주신 한인 천제天帝는 한웅 천왕을 불러 우주를 열도록 명한다.

명을 받은 한웅 천왕은 그곳을 떠나 여러 신들을 독려하여 각자 크게 신통함을 나타내게 하였다. 다만 바람과 구름이 어둡고 검푸르고 깊으며 번개가 번쩍이고 우뢰와 벼락치는 것만을 보이게 했다. 그러자 옥녀玉女가 실색하고 모든 귀신들이 도망쳤다. 이때에 아득한 기운이 갈라져 조판천지肇判天地, 하늘과 땅이 처음으로 나뉘어지게 되었다.

천지 개벽이 된 것이다. 하늘이 열리고 땅이 솟아나고 이 땅의 삶이 열리기 시작한 것이다. 땅의 역사는 그렇게 비롯되었다. 거대한 흑암의 덩어리는 헤아릴 수 없는 혼돈의 시공 속에 잠들어 있다가 하늘과 땅으로 갈라지는 천지개벽으로 땅의 모습을 들어내었고 우주의 형체를 들어내었다. 암흑과 혼돈의 역사에서 밝고 환한 질서의 역사로 바뀌고 하늘의 시간에서 땅의 시간으로 바뀌었던 것이다. 세상이 열리었다. 땅이 울리고 하늘이 진동하며 꿈틀꿈틀 기지개를 펴기 시작하였다.

열린 하늘과 땅은 너무 넓어 그 끝을 알 수가 없었다. 이에 해와 달에게 명하여 바퀴처럼 서로 구르고 돌아 고운 빛을 하늘에서 땅으로 비치게 하였다. 해가 돌아 낮이 되게 하고 달이 돌아 밤이 되게 했다. 또 별들에게 명하여 창궁을 돌게 하였다. 사철을 정하고 햇수와 날짜를 정하였다.

이 때는 언제인가. 시간은 만들어 놓고 돌리기 시작하였는데 그것을 잴 수 있는 것은 아무 것도 없었다. 아득한 옛날에, 태초에 태고 때에…… 그런 막연한 기록뿐이었다. 그것도 인간의 역사가 시작되고 얼마나 많은 시간이 흐른 뒤의 기록일 뿐이었다. 지질학 고고학의 추정은 더욱 아득하게 느껴졌다.

전화벨이 울리었다. 아득한 시공 저쪽에서 울리는 소리 같았다.

"저예요."

낭랑한 여인의 음성이 수화기에서 흘러나왔다.

"누구세요?"

먼 시공 저쪽과 이쪽을 넘나들고 있었으므로 얼떨떨한 상태였다.

"저예요, 선생님."

"어, 어쩐 일이에요?"

"저 한희연이에요."

"그래, 알아요."

"녹음이 되어 있어서요……"

"아, 그랬었지, 참!"

"ㄱ대학에 강의가 있었어요. 무슨 일이 있으세요?"

"지금이 몇 신가?"

사방은 어둠에 쌓여 있었다.

"시간 가는 줄도 모르고 계세요? 차나 한 잔 하시지요. 지금 나갈게요. 〈카오스〉로 나오시지요 뭐."

"〈카오스〉라고?"

"왜 안 좋으세요?"

"아니, 지금 그 부분을 뒤적이고 있던 참이야."

"「조판기」를 보고 계셨군요."

"그래요."

그의 마음을 너무도 잘 꿰뚫고 있는 희연이었다.

"저도 그랬거든요. 나오실 거지요?"

"그래요."

전화를 끊고 불을 켰다. 어둠이 묻어오는 줄도 모르고 미분의 시간을 산책하고 있었던 것이다. 책을 덮다가 좀 더 읽어 내려갔다.

이미 하늘과 땅은 나뉘어지고 해와 달은 돌아갔으나 땅에는 물과 불이 제 자리를 잡지 못했고 바다는 혼돈하여 쌓인 기운이 퍼져나가지 못하였다.

큰 주신이 두 번째로 한웅 천왕에게 명하여 크게 법력을 나타내게 하였다. 그러자 물이 돌아나가고 육지의 모습을 나타내었다. 비로소 땅과 바다가 정해졌다. 불의 화기는 땅 속으로 들어가고 물은 움직여 만물이 자라기 시작했다. 지상에 풀과 나무가 뿌리를 내리고 벌레와 물고기와 새와 짐승들이 번식하였다.

삼계三界는 하늘과 땅이 나뉘어진 조판의 때로부터 또 10만 년의 세월이 흘렀다.

큰 주신은 다시 여러 신들을 모아놓고 말하였다.

"이제 번잡하던 우주 자연의 운회運會가 너희들의 힘으로 하늘과 땅을 나누고 만물이 생겨나게 하니 그 공이 매우 크다. 다만 천지 사이에 만물의 어른을 두는데 그 이름은 사람이다. 사람은 하늘과 땅과 더

불어 삼재三才가 되고 만물의 주인이 되게 한다."

그리하여 이 땅에는 인간의 역사가 탄생하게 된다. 하늘과 땅과 인간, 천지인天地人 삼계의 시대를 연 것이다. 천제는 이어서 그 연유를 말하였다.

"원래 하늘과 땅에 쌓인 기氣가 흩어져 만물이 되게 하였다. 그런데 신령하고 곧고 밝은 기를 모으고 받기는 하였으나 나타나지는 아니 하였다. 이제 신령하고 빼어난 것을 이끌어 내게 하고 곧고 밝은 것을 들어내게 하여 생물들의 무리 중에 사람을 낳게 하므로 그가 스스로 주인 노릇을 해야 한다."

그런데 이 일은 반드시 먼저 자격을 갖춘 뒤에 하여야 한다고 하였다. 사람을 만들어 낸 뒤에 시행하라는 것이었다.

이에 천제는 한웅 천왕에게 세 번째 명을 내렸다. 천왕이 분부를 받들어 계획대로 시행하였다. 한웅 천왕은 하늘에 가득 찬 별들을 불러 하늘 위의 모든 일을 나누어 맡아보도록 하였다. 주신이 거느리는 무수한 작은 신들도 아래 세상에 내려 가 산과 내 바다 그리고 언덕과 벌판 마을의 일들을 엄정하게 다스리게 하였다. 그런 뒤에 천지의 신성하고 빼어난 성性과 곧고 밝은 기氣를 분별하여 많은 사람들을 만들어 내도록 하였다.

큰 주신은 한웅 천왕에게 네 번째 명을 내린다.

"이제 사람과 그 밖의 만물을 다 만들었다. 너는 애써 만든 것들을 아끼지 말고, 무리를 이끌고 인간 세상에 내려가 하늘을 이어받아 가르침을 세우고 만세토록 후세의 모범이 되게 하여라."

그리고 천부인天符印 세 개를 주며 마지막 명을 내리었다.

"이것을 가지고 가서 천하에 펴거라."

한웅 천왕은 기쁘게 명을 받고 천부인 세 개와 풍백風伯 우사雨師 운사雲師 등 3천 명의 무리를 거느리고 태백산의 박달나무 아래로 내려왔다. 태백산은 곧 백두산이다.

모든 무리들이 천왕을 임금[君長]으로 추대하니 이 분이 신시씨神市氏이다.

초목이 돋아나고 금수가 생기고 자라고 한 때로부터 또 10만 년이 지났다.

「조판기」는 그렇게 기록하고 있다.

신시씨는 한웅 천왕을 말하는 것이다. 천왕이 처음 도읍한 곳이 신시神市이고 그런 연유로 후세에 신시씨라고 한 것이라고 한다. 장소의 인물화라고 할 수 있겠는데, 마니산에서 지난 어천절 때 만난 도인 풍모의 권남權湳 선생은 신시가 아니고 신불이라고 하였다. 저자 시市가 아니고 미륵 불市이라는 것이다. 장소가 아니라 인물이며 객체가 아니라 주체가 뒤바뀌는 것이다. 그렇게 되면 『삼국유사』의 해석은 달라진다. 180도로 달라진다고 하였다. 몇 도로 달라지는 것은 어떻게 되었든 아직 정설로 등장하지는 못하고 있었다. 너무나 아득한 시간 저쪽의 일이라 그 자체가 미분 상태인 것인가. 『삼성기』 하편에 덧붙여져 있는 「신시 역대기」에는 배달 한웅은 천하를 평정한 분의 이름이며 도읍한 곳을 신시라 했다. 주객이 또 한 번 바뀌어서 제 자리로 왔다.

이 기록이 맞는 것이라면 신시개천神市開天의 주인공은 단군이 아니고 한웅인 것이다. 개천절의 주인공도 한웅인 것이다. 이 때는 아직 단군은 태어나지도 않았다. 단군왕검이 태어나기까지는 1,565년을 기다려야 하는 것이다. 일테면 고조할아버지를 증조할아버지라고 부르는 무식함을 온 백성이 대대로 저지르고 있는 것이다.

지난 번 개천절 행사 이야기를 하였지만 국사편찬위원장도 다를 바가 없다.

그런데 고조부와 증조부 한 대 할아버지의 착오만이 아니다. 신시시대, 배달나라 제1세 한웅 천황 또는 거발한居發桓에서부터 제18세 거불단居弗檀 한웅 또는 단웅檀雄까지 18세대 또는 18왕조의 차이인 것이다.

그나 그뿐이 아니고 한국시대 7왕조 3,301년이 또 있지 않은가. 한인

천황(안파견) 원년인 한국기원桓國紀元, 한기桓紀 원년부터 따지면 4,866년을 훌쩍 뛰어 넘는 것이다.

그건 그렇고, 좌우간 이 기록의 진위를 따져서 믿지 않는 사람이 있다면 『삼국유사』를 가지고 얘기해도 주인공은 변함이 없이 한인(환인) 한웅(환웅)이 된다. 桓을 우리말로 옮기면서 한으로 쓰기도 하고 환으로 쓰기도 하였다. 출전에 있는 대로 인용을 하지만 같은 말이다.

-환인은 천부인 세 개를 환웅에게 주어 인간의 세계를 다스리게 했다. 환웅은 무리 3천을 거느리고 태백산 마루턱에 있는 신단수神檀樹 밑에 내려왔다. 이곳을 신시라 하고 이분을 환웅 천왕이라고 이른다.

『삼국유사』「기이紀異」편 「고조선古朝鮮 왕검조선王儉朝鮮」의 한 대목이다. 단군신화가 아닌가. 이에 대하여도 여러 가지 다른 의견들이 있지만 실증주의자들이 더 이상 파고 들어갈 수 없는 가장 깊은 우리의 뿌리이다. 그 이상 또 무엇이 있는가. 신화가 됐든 역사가 됐든 그 이상 올라갈 수가 없다. 단군교 대종교의 교도가 아니라 하더라도 우리 민족의 최고의 경전인 이 단군의 기록조차 해석을 잘 못 하고 있는 것이다.

신주 개 물려보낸다는 말을 하였었는데, 온 백성이 도매금으로 신주 개 물려보낸 격이 되고 말았다. 그것의 옳고 그름을 가려 얘기를 하면 겸허하게 듣고 고칠 것은 고쳐나가야 하겠건만, 까짓 것 좀 틀리면 대순가 하고 지내는 사람들이 많다.

생각이 가지를 벋었다. 그러니까 그 하늘과 땅이 진동하며 천지 개벽이 된 때가 언제인가. 10만 년에서 또 10만 년이 지나고 하였는데 그 시간 계산은 어떻게 한 것인가. 그리고 「삼성기」하편의 한인桓因의 나라 한국桓國의 역년 3,301년 또는 63,182년, 그 때서부터 이어져 오는 가시화된 시간이 그에게는 도무지 실감이 나지 않았다.

셈을 어떻게 한 것인지 도무지 막연하기만 하였다. 뭘 조금 알 듯하다가 깜깜하게 막히는 것이었다. 『규원사화』의 「태시기太始記」를 들여다보다가 다시 안개 구름 속으로 빠져들었다.

―신시씨가 임금이 되자 신으로써 가르침을 세우고 타고난 떳떳한 성품이 있어 백성들을 두루 보살펴 배불리 먹였다. 그 번성함을 듣고 천하의 백성과 만물들은 더욱 왕성하여졌다. 개벽이 멀지 않은 때였다. 가는 곳마다 초목이 거칠게 우거지고 새와 짐승이 섞여 있어 사람들이 견뎌내기가 어려웠다. 또한 사나운 짐승과 독한 벌레는 불시에 달려들어 사람들에게 피해가 적지 않았다.

「태시기」는 이렇게 또 시작되고 있었다. 그런데 여기에서의 개벽은 언제인가. 앞의 시간서부터 멀지 않은 것인지 뒤의 시간으로 멀지 않은 것인지 알 수가 없었다.

그러나 조금 더 내려가자 또 한 번의 개벽이라는 것을 알 수 있었다. 그것은 천지가 깨어지고 갈라져 열리고 마구 진동을 하고 터지고 솟아나고 하는 그런 혼돈의 우주 개벽이 아니고 땅의 질서를 바꿔놓고 다스리는 땅의 울림이었다.

―신시씨는 치우씨蚩尤氏에게 명을 내려 이를 다스리도록 했다. 치우씨는 실로 만고에 뛰어난 강하고 용감한 조상이 되었다. 치우씨는 하늘을 빙빙 돌게 하는 힘과 바람과 번개와 구름과 안개를 부리는 능력이 있었다. 또한 칼 창 큰활 큰도끼 긴창을 만들어 초목과 날짐승 길짐승 벌레 고기 등을 다스렸다. 이리하여 초목이 제대로 자라고 금수와 벌레와 물고기가 깊은 산이나 큰 못으로 피해 살게 되어 다시는 백성을 해치지 못했다. 이로써 치우씨가 병기를 만드는 일을 맡아 늘 적을 쳐서 나라를 지키는 일에 조금도 게을리 하지 않았다.

치우씨는 치우 천왕을 말한다. 배달나라 제14대 자오지慈烏支 한웅으로 B.D. 374년에 즉위하여 109년간 통치를 하였다. 배달나라 역대 임금 중 가장 재위 기간이 길기도 하였다.

B.D.(before Dankoon)는 단군기원 전을 가리키는 약자로 썼다. B.C.(before Christ)를 서력기원 전의 약자로 쓰는 것과 같이. 그러나

B.C.만 쓰고 B.D.는 표기하지 않은 것, 둘 다 표기하지 않은 것이 있음을 밝힌다. 그리고 A.D.(Anno Domini 서력기원 After Dankoon 단군기원)는 표기하지 않고 숫자만 썼으며 단기를 먼저 쓰고 괄호 안에 서기를 썼다.

좌우간 그런데 이때는 또 제1대 한웅이 즉위한 지 1,190년이 경과한 시기로서 그런 시간이 지난 때에 또 한 번의 개벽을 하였다는 것이다. 그런데 태시란 무엇인가 태초와 태고와 또 어떻게 다른가. 그 때부터 사람의 삶이 시작되었다는 것인가. 그 전엔 짐승과 벌레, 풀과 나무가 다투며 사는 동물의 시대 식물의 시대였단 말인가.

혼돈

다시 그런 안개와 구름 속을 헤매고 있는데 또 전화가 왔다. 희연에게서이다.
"아니 여태 뭘 하고 계신 거예요?"
"벌써 나왔어요?"
"벌써가 뭐예요?"
"아, 미안해요. 곧 갈게요."
그는 책들을 펼쳐 둔 채로 급히 밖으로 나왔다. 비가 쏟아지고 마구 천둥이 쳐대고 있었다. 캄캄한 흑암의 칠야漆夜였다.
이상하였다. 도무지 앞 뒤 분간이 안 갔다. 과거인지 현재인지 미래인지 알 수가 없었다. 혼돈의 시공이었다.
승용차의 시동을 걸자마자 예열도 하지 않고 달렸다. 빗속을 질주하여 카페 〈카오스〉로 갔다. 가끔 가는 집이었다. 온통 낙서로 가득한 술집이었다. 단골로 다니는 사람들이 술이 취해 한 마디씩 써 갈겨놓은 낙서들인데 취중 진담이라고 그럴 듯한 글귀들이 많았다.
희연이 술을 한 잔 따라놓고 있다가 반갑게 그를 맞는다.
"전화 여러 번 했었어요. 연구실로요."
"아 그랬어요?"
"그동안 별 일 없으셨어요?"
희연은 그러며 새로 가져온 잔에 맥주를 한 잔 따라 준다. 그리고 안주를 뭘로 시킬까를 묻는다.

도형은 안주를 하나 시키고 희연의 잔에 술을 채워 잔을 부딪었다. 조국과 민족을 위하여! 이구동성으로 말하며 마주 바라보았다.
"일이 많이 있었지."
"그래요?"
"태백산엘 갔었고."
"거기는 저랑 같이 가기로 했었잖아요?"
"그랬던가?"
얼마 전 같이 술을 많이 마시던 저녁이 떠오른다. 어렴풋이 그런 약속을 했던 것이 기억난다. 그러면서 그날 있었던 일들이 궁금하게 생각되었다.
"좌우간 그날 어떻게 된 건지 모르겠어."
"몰라요. 저도."
그녀는 고개를 숙이며 술을 든다.
그녀에게 술을 따랐다.
"무슨 일이 있었어요?"
그녀도 잔을 비우고 술을 따른다.
"전혀 기억이 안 나세요? 그렇게 넘어가시려고 하시는 거예요?"
"조금 기억이 나는 것 같기도 하고."
"그럼 제 입으로 하는 얘기로 무엇을 확인하시려는 거예요? 아니면 아무 것도 몰랐다는 얘기를 저에게 해주시려는 건가요?"
"그러니까 더 모르겠는데."
"저희 집에 오셨던 것은 기억하시지요?"
"뭐라고?"
도형은 잔을 들다 내려놓고 되물었다. 아닌게 아니라 그런 기억이 어렴풋이 난다. 너무나 많이 마셨던 것 같다. 오랜만에 발동이 걸렸던 것이다. 그 소설 얘기 때문이었다. 쓴 것도 아니고 쓰겠다는 기공식을 그렇게 야단스럽게 한 것이었다. 앞뒤를 분간하지 못할 정도로 마신 것이다. 그녀의 침실 구조가 떠오르는 것이었다. 침대가 작은 방을 다 차지한 옆으로 화장대가 있었다.

"아니 그렇게 취했었나?"

도형은 다시 술잔을 희연에게 주며 술을 가득 따랐다.

"정말 아무 일 없었어요?"

"아니 무슨 일이 일어났기를 바라는 거예요?"

희연이 그를 바라보며 말한다. 그렇게 밝은 표정은 아니다. 나오다가 비를 만났는지 머리가 비에 다 젖고 그래서 그런지 몸을 웅크리고 있었다.

"그 반대지. 하하하하……"

그러자 그녀도 따라 웃었다.

다시 술을 따랐다. 아무래도 그날 희연의 집까지 가서 추태를 부린 것 같다. 거실이자 침실인 작은 공간에서 있었던 일이 기억의 언저리를 맴돌고 있다. 필름이 끊긴 것이다.

술이 몇 순배 돌았다. 빈 속이라 속이 찌르르하며 취기가 올랐다. 더 캐묻지 않았다.

"미안해요. 내 오늘 술 살게."

"저녁 식사는 하셨어요?"

"자네는?"

"저는 괜찮아요."

"자리를 옮길까?"

그가 물었다.

"비가 오는데요, 뭘."

"그러면 여기서 그냥 할까?"

"그래요. 낙지볶음 하시면 되잖아요?"

"낙지볶음?"

"왜 싫으세요?"

"아, 아니."

그날 개골목에서 낙지볶음을 먹었었다. 그리고 와이셔츠에 묻은 것이 고추장이냐 루즈냐를 가지고 아내와 실랑이를 하였었다. 그런 생각이 났던 것이다. 이 집에는 낙지를 볶아 국수를 비벼 먹게 하는 것이 있었다. 식사를 겸할 수 있는 안주였다.

"매운 거 좋아하시잖아요?"

"그래요. 좋아요."

도형은 술을 다시 한 잔 따르면서 화제를 바꾸었다.

"다음 학기에 말이야. 내 강의를 좀 해줘야 되겠어요."

"안식년이 결정되셨어요?"

희연은 금방 말귀를 알아들었다.

"아직 결정된 것은 아니지만 그렇게 될 거예요."

"그래요? 그런데 저에게 너무 신경 쓰지 마세요. 제 일은 제가 알아서 할게요."

"내 일을 도와 달라는 거야."

"강의 할 사람이야 많은데 꼭 제가 할 필요가 있을까요? 괜히 선생님 입장만 곤란해지면 어떻게 해요?"

얘기를 안 해서 그렇지 그녀도 알 것은 다 알고 있었다. 그것을 감출 것도 없고 감쌀 것도 없었다.

"여러 말 할 것 없어. 내 강의를 자네 말고는 할 사람이 없어. 다른 교양과목은 몰라도 전공은 자네가 해줘야 되겠어. 아직까지는 나의 고유 권한이니까 여러 얘기 말고 미리 준비를 하고 있으라고."

그는 톤을 높여서 말하였다. 그것이 벌써 그 반대적 상황을 얘기해 주는 듯하여 다시 낮게 말하였다.

"말도 안 되는 쪽으로 몰아부치는 사람들의 얘기를 들을 필요는 없어요. 옳은 것은 밀고 나가야지 밀려서는 안 돼요."

"말씀만 들어도 고마와요 선생님. 그러나 현실은 그렇지 않은 걸요.

저에 대해서 너무 부담 갖지 마세요. 학위 못 받으면 말지요 뭐. 꼭 박사라야 되는 것도 아니고 교수라야 되는 것도 아니잖아요?"

"아니 거 무슨 소릴 그렇게 하고 있어? 마음 단단히 먹어야 돼. 왜 무슨 죄를 졌어? 뭘 잘 못 했어? 그런데 왜 피해를 봐야 되는 거지?"

"예, 선생님의 마음 제가 잘 알아요. 그리고 선생님의 말씀이 옳아요. 저는 선생님이 인정해 주는 것으로 족해요. 학위 같은 것보다도 전 그게 더 중요해요. 그리고요……"

희연은 그를 바라보며 술을 따르고 무척 어려운 부탁이라도 하듯이 말을 꺼내는 것이었다.

"오늘 ㄱ대학의 강의가 있어 갔다가 교수님들과 점심을 같이 했어요."

"또 보신탕을 했군."

"그랬어요."

거기는 보신탕들을 무척 즐겼다. 그도 거기서 학위를 하여 잘 알고 있었다.

"그런데 무슨 얘기가 있어요?"

"네, 그래요. 오교수님께서 제 얘기를 듣더니, 거기 와서 한 학기만 등록을 하고 논문을 내라는 거예요. 다른 교수님들도 그럴 수가 있느냐고 진작 얘기하지 그랬느냐고 하면서 그쪽에 와서 하라는 거예요."

"그래?"

그럴 수도 있는 것이었다. 그런 생각은 그러나 한 번도 해보지 못한 것이었다. 그래서 좋은 생각이다 싶기도 하고 아무래도 석연찮은 것 같기도 하고 그리고 아직은 보신탕에 낮술을 마시면서 한 얘기들이기도 하고 하여 뭐라고 판단하기가 어려웠다.

"글쎄에."

"저는 마음을 결정했어요. 아무래도 그러는 것이 좋을 것 같애요."

"자네 마음대로 그렇게 결정을 했단 말야?"

도형은 다시 큰 소리로 말하였다.

그러자 희연은 또 찔끔하여 고개를 조아린다.

"이렇게 지금 상의를 드리고 있는 것 아녜요?"

"안 돼. 왜 뭣 때문에 자네가 그리로 쫓겨가야 되나? 그러면 끝까지 밀리는 거야."

"더 밀릴 게 뭐가 있어요?"

"무슨 소리를 하고 있는 거야? 아직 중요한 일이 많이 남아 있어."

"조금 후퇴를 하는 것도 방법이에요. 문제의 논문을 발표하고 그 논문이 대대적인 선풍을 일으키게 되고 그러면 상황이 달라질 거예요."

"자네는 뭐 논문이 무슨 소설인 줄 아나?"

"호호호호…… 말하자면 말이에요."

"자 술 들어. 좌우간 그것은 최악의 방법이고, 최선을 다 해보자고 조급하게 굴지 말고 인내심을 가지고 버텨야 돼. 버티기만 하지 말고 인간관계를 잘 갖도록 노력해봐."

둘이 잔을 들고 다시 한 번 부딪었다. 얘기들을 하느라고 낙지볶음 갖다놓은 것은 손도 대지 않고 있었다.

"노력하겠어요. 그런데 소설은 어떻게 되어가세요?"

희연은 이제 그에게 묻는 것이었다.

"무슨 얘기야?"

"쓰신다고 했잖아요? 아직 시작 안 하셨어요?"

그녀는 그러며 웃고 있었다. 술을 따라주고 있었.

어느 사이 꽤 거나하였다. 오늘은 희연이 사양도 하지 않고 술을 받고 연방 그에게 따르는 것이었다. 그가 먼저 취한지 모르겠다.

"글쎄, 좌우간 뭔가 시작을 했어. 요즘 두문불출이야. 오늘 모처럼 나왔어."

"그래요? 얼마나 쓰셨어요? 어떻게 시작되는 거지요?"

혼돈 · 141

희연은 물어대는 것이었다. 그녀 자신의 일처럼 흥분이 되어 있었다.
"한 번 얘기를 해보세요. 서두가 제일 궁금해요."
"서두를 어떻게 하면 좋을까?"
"아니 무슨 말씀이세요?"
"하늘이 열리고 땅이 솟아나고 바다와 육지가 갈라지고 그런 천지개벽의 얘기서부터 시작되는 거야. 태초에, 태고 때에, 아득한 옛날에, 그렇게 시작되는 거야."
"그럼 아직 안 쓰신 거예요?"
"좌우간 매일 뒤적거리며 얘기를 얽어나가고 있어. 아니 그 얘기의 바다 속을 헤엄치고 있다고 할까."
"태초의 하늘을 훨훨 날고 계신 거지요?"
"그래 맞아. 바로 그거야. 훨훨 날다가 떨어졌어."
"떨어져요?"
"떨어졌으니까 내가 여기 와서 술을 마시고 있지?"
"호호호호…… 그러네요. 이상의 「날개」 주인공은 빌딩의 옥상에 올라갔다가 도로 걸어 내려오지요. 날자! 날자! 날자꾸나! 하지만 인간은 날개가 없으니 날 수가 없었지요."
희연이 다시 그의 잔에 술을 따른다.
"그랬지. 그런데 빌딩 위에서가 아니고 태백산 꼭대기에서였어."
"네?"
"태백산엘 갔었다고 했잖아?"
"그랬었지요. 그런데 정말 떨어지기도 하고 날기도 하신 거예요?"
"그랬지. 왜 믿어지지 않아?"
"아니 그렇다기보다도……"
"뭐라는 거야?"
"어디까지가 사실이고 어디까지가 픽션인지 잘 모르겠네요."
"그래? 그런 건 아닌데, 사실 나도 요즘 그런 착각 속에 살고 있어.

태백산과 백두산을 혼동하게 되고 태고와 현재를 혼동하고 있는 거야. 과거와 현재가 자꾸 뒤섞이고, 하루에도 몇 번씩 그런 시공 속을 넘나들곤 하지. 오늘도 그 「조판기」의 혼돈 상황을 읽다가 〈카오스〉에서 만나기로 약속을 하고 또 마구 천둥과 소낙비 속을 빠져 나오면서 착각을 하고 있는 거야."

"그러시군요. 상당히 진행이 됐군요."

"글쎄 그것이 무엇이 되는지 모르지만 그렇게 여러 밤을 꼴딱 새우며 하늘에서 치는 전보를 받아 마구 워드로 쳐대기도 하고 이리 저리 기록을 끌어다 붙이기도 하고……"

"네에."

"도대체 뭘 하는지 모르겠어. 뭔가 마구 끌려가는 것 같애."

"좋은 작품이 될 것 같으네요."

"뭘 보니까 그래?"

도형은 듣기 싫지는 않았다. 그녀에게 술을 가득 따랐다.

"선생님 얼굴에 그렇게 씌어 있어요."

"농담을 하는 게 아니야."

"정말이에요. 표정이 생기에 차 있고 이야기에 상상력이 넘치는 것 같애요."

"난 그런 것 같지 않은데, 취한 것 아냐?"

역시 듣기가 괜찮았다. 정말이라고 믿어지지는 않으면서도 불쾌하지 않았다. 그녀가 태우는 비행기를 타고 나르는 것이었다. 그가 취한 것인지도 모른다. 혼미 상태인지 모른다.

"네. 취했을 거예요. 취중진담이라는 말 모르세요? 그러나 많이 취하진 않았어요. 혀가 꼬부라지지도 않았잖아요? 좌우간 그동안 소설을 많이 쓰셨군요."

"소설이라고?"

도형은 아까와 똑 같은 반문을 하며 희연을 똑 바로 바라보았다. 목우의 얼굴이 떠오르고 그가 하던 말이 다시 떠올랐기 때문이다. 아까도 그랬었다.
"왜 그런 눈으로 바라보시지요?"
"아, 아니야. 사실은 아직 시작도 못하고 있어. 변죽만 울리고 있는 거야."
"아니예요. 선생님 소설은 이미 시작되었어요. 많이 쓰신 거예요."
"그래?"
"오늘 만나는 일만 해도 그렇고 지금 이야기를 하는 것도 다 소설이에요."
"그럼 자네하고 나하고는 지금 소설을 쓰고 있는 건가?"
"그렇지요. 지금 차를 마시고 술을 마시고 연구실을 찾아가고 또 연구실에서 이리로 오시고 학위에 대한 얘기를 하고 누구는 그것을 안 줄려고 하고 또 선생님은 주겠다고 하고 이런 얘기들이 다 그 단군의 얘기이고, 뿌리를 어디까지 찾아 들어가고 그것을 인정하고 인정하지 않고 하는 것과 자연스럽게 연결이 되고 있지 않아요?"
"그건 그렇지."
"그리고 말이지요."
"그리고?"
"그런 문제를 놓고 지금 따지고 있는 것은 또 뭐예요?"
"소설이라는 얘긴가?"
두 사람의 시선이 정면으로 부딪쳤다. 반짝 빛난다.
희연은 시선을 떨군다. 그녀도 목우가 말한 소설의 또 다른 의미를 캐치하고 있는 것 같다. 눈빛으로 그것을 알 수 있었다.
"물론 쓰시는 거야 선생님이 밤을 새우고 산고를 겪으며 **뼈**를 깎고 피를 말리는 노력이 또 필요한 것이겠지요."
희연은 그런 말로 돌리고 있었다. 그것도 물론 맞는 말이다. 그러나 그런 문제를 기다리기 전에 벌써 그들의 소설 속으로 깊숙이 들어가 있었다. 가령 조금씩 조금씩 끊긴 필름이 이어지고 있는 며칠 전날 밤의 사건만 해도, 그가 더 늦기 전에 있는 대로 다 털어놓고 밝히겠다고 하는 이야기 줄거리와 연결이 되며 그것은 목우의 말이 아니라 하더라도 논문이 아니고 소설이었던 것이다.

벽에 걸린 희미한 사진이 떠오른다. 그녀의 오피스텔, 조그만 방이었다. 침대로 꽉 찬 방이었다. 거기에 털썩 드러누웠다. 실은 침대에 발이 걸려 넘어진 것이었다. 그녀와 어깨를 걸고 비틀비틀 방으로 들어가다가였다. 너무 많이 취하였던 것이다. 같이 넘어진 채 끌어안고……. 그러다 액자 속의 여인과 눈이 마주쳤다. 연희였다. 아아, 정말 오랜만에 대하는 기억 속의 얼굴이었다.

그는 벌떡 일어나 사진 옆으로 갔다. 가까이 가자 더욱 희미하게 보이는 것이었다. 마치 정신대에 끌려갔던 여인들의 눈을 가린 얼굴과 같이 희미한 흑백 사진, 아쉬운 모습이었다. 그리고 그 이후는 또 통 기억이 안 난다. 그것도 희연을 만나고부터 생각이 나기 시작한 것이었다. 소설 얘기를 하고부터였던 것 같다.

"그래 맞아."

도형은 이번에는 혼자 중얼거렸다. 지금 논문을 쓰고 있는 것이 아니고 소설을 쓰고 있는 것이었다. 소설이 어떻게 씌어질지 전혀 미지수이다. 잘 써야 할텐데, 통속적으로 끌고 가지 말고 우아하고 순수하게 멋지게 연출을 해야 되는데 초반부터 엉기고 있는 것이다. 취하던 술이 깨는 것 같다.

"잘 써보세요."

희연은 의미심장한 웃음을 던지고 있었다.

"잘 부탁하네."

손을 내밀고 악수를 청하였다. 그러나 그 자신 무엇을 요구하고 있는지 잘 알 수가 없었다.

그의 잔에 다시 가득 술이 따라진다. 오늘도 또 취해서 필름이 끊기는 것이 아닌가, 하는 생각이 든다. 필름이 끊기는 것이 문제가 아니고 그 필름에다 무슨 그림을 담느냐 하는 것이 문제다. 그 자신 그것을 느끼지 못하고 있었다. 목우의 얘기를 듣고도 그냥 그런가보다 하였는데, 아무래도 지나친 것 같다. 스승과 제자 사이가 그래서는 안 되는 것이다. 스승과 제자라는 것에 대하여 그는 늘 실감을 하지 못하고 있었다. 스승의 날에나 설에나 술을 사들고 찾아와 인사를 하고 세배를 하고 또 밤늦게 학문이다 인생이다 얘기를 하며 지내는 졸업생들이 여러 명 있었다. 그 중에서 특히 몇 명은 더 가까이 지나고 자주 만나기도 하였다. 교정을 부탁하기도 하고 젊은 감각을 위하여 의견을 듣기도 하고 또 일이 있을 때마다 불러내기도 하고 식사도 같이 하고 술도 마시고, 그의 의견이라고 할까 학설을 찬동하고 지지하는 사람뿐 아니라 그것을 비판하고 반대하는 사람도 일부러 만나고 있었다. 그는 어떤 편인가 하면 동료 교수나 학자들의 의견에는 배타적이었지만 제자들이라고 할까 학생들의 의견은 겸허하게 받아들이고 있었던 것이다.

그러나 어떻든 제자라는 것이 실감이 나지 않고 스승이라는 것이 머리가 허옇게 쉬어도 쑥스럽게만 생각이 되는 것이었다. 그래도 사제의 정을, 여러 가지 면에서, 실감을 할 수 있는 사람은 희연이라고 할 수 있다. 한희연. 그녀 외에도 몇 사람을 꼽을 수 있지만 그의 연구에 대하여 그녀처럼 깊이 파고 든 사람이 없으며 밀착된 적이 없었다. 좌우간 그런 사제간의 입장을 생각해서 좀 자제했어야 했다. 또 사제간의 입장만 있는 것도 아니었다. 사랑하던 여인 그러나 사랑을 이루지 못한 여인 연희의 딸이었다.

그런데 도무지 그 필름은 완전히 풀리지가 않는다. 침대와 연희의 사진만 떠오르는 것이었다. 그냥 얼버무리고 지나가서는 안 될 것 같다. 시간이 간다고 해결될 일도 아닌 것 같았다. 아무래도 그녀에게 물어볼 수밖에 없었다.

그는 더 취하기 전에 다시 물어보았다.

"그날 저녁 얘길 좀 더 해봐."
"정말 기억이 안 나시는 거예요?"

희연은 금방 그의 말 뜻을 알아들었다. 그리고 처음 얘기할 때보다 훨씬 부드럽게 대하는 것이었다. 아까는 마구 따져대었던 것이다. 술을 더 마신 때문인지 몰랐다.

"벽에 사진이 걸렸던 것이 기억나."

그는 침대 얘기는 할 수 없고 사진 이야기만 하였다.

"사진을 보고 금방 알아보셨어요?"
"그럼."
"언제 본 것이 마지막이었지요?"

언제 헤어졌나를 묻고 있는 것이었다.

"전쟁통이었어. 전쟁 중이었어."
"그러셨어요?"

희연은 고개를 약간 옆으로 기울이고 시간 계산을 하고 있었다. 도형의 나이와 그녀의 나이를 생각하고 있는 것이다. 그리고 그를 물끄러미 바라보는 것이었다.

도형이 연희와 헤어진 것은 그 훨씬 뒤였다. 그는 그녀와 처음 헤어진 것을 얘기하고 있었던 것이다. 그녀와 다시 만나서 지낸 얘기들은 할 수가 없었다. 가급적이면 그 시간을 멀리로 뒷걸음질쳐 벌려 놓고 싶었는지 모른다.

"왜 헤어지셨지요?"

희연은 고개를 반대쪽으로 기울이며 다시 물었다.

"그야 뭐……"
"운명이었던가요?"

희연은 그 때 연희와 똑 같은 물음을 그에게 던지고 있었던 것이다. "왜 헤어져야 하지요?" "운명이야." "운명은 누가 만드는 거지요?" "그야 뭐……" "신이 만드는 것이겠지요?" 그는 대답을 하

혼돈 · 147

지 못했었다. 그것을 희연이 다시 묻고 있는 것이다.

"그렇지."

그는 고개를 숙이고 말하였다. 그 풀지 못하고 남겨두었던 숙제, 도저히 그 자신이 풀 수 없었던 숙제를 지금에 와서 다시 풀어야 하는 운명이었다. 연희에 대한 짐은 아직 벗지 못하고 있는 것이었다. 그것은 벗을 수 있는 짐이 아닌지 몰랐다.

"그 때 이야기를 더 들려주세요."

희연은 그것을 자꾸 파헤치려는 것이었다.

"아니야. 그 이상은 없어."

그는 간단히 잘라 말하였다. '몰라'가 아니라 '없어'였다. 그리고 술은 그만 마시자고 하였다. 일어나자고 하였다.

"왜 그 얘기는 자꾸 피하시지요?"

"자네는 다 좋은데 그렇게 따지는 것이 싫어. 하하하하······."

도형은 그렇게 넘기려 하였다.

그날 저녁의 일을 물어보다가 다시 그 이야기의 꼬리를 잡히게 되었다. 가끔 취할 때마다 잡히는 꼬리였다. 그의 첫사랑 연희에 대한 이야기는 그렇게 간단히 할 수 있는 것이 아니었다. 기회가 되면 조용히 이야기할 수 있을 것이다. 그러나 아직 그런 단계는 아닌지 모른다.

그 이야기를 한 보따리 써놓은 것이 어디에 틀어박혀 있을 텐데 그것을 보여줄 수도 있을 것이다. 이사 다닐 때마다 아내 몰래 벽장 속에 깊이 간직하고 있는 원고 뭉치가 있었다.

소설로 써 본 것이었다. 미완성이지만. 그러고 보면 소설이 처음은 아닌 것이었다. 소설이 무언지 아느냐던 목우의 얘기가 다시 생각난다. 소설은 사랑의 이야기라는 것이었다. 좌우간 그 이야기를 완성시키지 못한 것은 다른 무엇보다도 사랑을 이룰 수가 없었기 때문인지 몰랐다.

〈그것을 희연을 통해서 완성할 수 있는 것은 아닐까.〉

도형은 고개를 젓고 있었다. 어느 것에 대하여 고개를 젓는지 몰랐다. 자신이 없다는 것인지도 모르겠다. 그래서는 안 된다는 것인지도 모른다.

그날도 적게 마신 것은 아니었고 피차 꽤 취하였다. 더 취하기 전에 일어나야 했다. 그가 일어나 계산대로 가자 술값은 이미 희연이 다 내었다는 것이다. 그녀가 뒤따라 나오며 말하였다.

"2차는 선생님이 사세요."

"취했는데 뭘 더 하자고 그래?"

그가 약간 비틀거리는 희연을 부축하며 말하였다.

"그러세요 그럼. 들어가세요."

그녀는 얼른 그렇게 말하는 것이었다.

"더 하면 안 될텐데."

"그러세요. 차는 여기 두고 택시 타고 들어가세요."

비가 여전히 오고 있었다. 천둥은 그쳤고 바람도 사라지고 추적추적 비가 내렸다.

"자네가 먼저 타고 가."

"아아이, 그런 법이 어디 있어요? 선생님이 먼저 타고 가셔야지요."

"나는 괜찮아."

"저도 괜찮아요."

"그래? 그럼 한 잔 더 할까?"

"그래요."

희연은 그의 팔을 잡고 걸었다. 그러다 그녀의 팔을 그의 팔 속에 넣고 팔짱을 끼었다.

"〈푸른 집〉으로 갈까?"

비를 맞으면서 걷다가 그가 물었다.

"너무 늦었어요."

11시가 넘은 시각이었다.

"늦으면 어때? 상관없어요."

12시가 넘어도 문을 안으로 걸어 잠그고 마시면 되는 것이었다. 그렇게 많이 하였었다.

"소문 나요."

"소문?"

"저야 상관없지만 선생님은 안 되지요."

"그래?"

"그럼요."

"나는 괜찮아. 자네가 문제지."

"제가 무슨 문제예요?"

"혼인 길 막히지."

"상관없어요. 막히면 말지요 뭐."

"그러면 안 돼."

"안 되긴 뭐가 안 돼요?"

"그러면 나는 자네를 만날 수가 없어."

"오히려 그 반대 아니예요?"

"뭐야? 무슨 소릴 하고 있는 거야?"

"호호호호……"

희연은 호들갑스럽게 웃었다.

옷이 젖는 줄도 모르고 한참 걷다가 길 가의 포장집으로 들어갔다. 누가 그쪽으로 끌었다기보다 서로의 발길이 그렇게 닿았던 것이다.

"같은 걸로 할까?"

그가 맥주를 시키면서 물었다.

"아니지요."

"왜?"

"비를 맞고 무슨 맥주예요?"

"그런가?"

소주를 시켰다. 대합을 굽는 동안 멍게를 조금 시켰다. 그러나 두 사람은 안주는 먹지 않고 술만 들었다. 연방 잔을 바꾸어서 술을 따랐다.
"웬 일이야, 오늘. 정말 괜찮겠어?"
"예, 이상하게 자꾸 들어가네요. 염려 마세요. 택시 타고 가면 돼요."
희연은 그러고 자작을 하고 있는 도형에게 다시 말하였다.
"선생님도 주법을 어길 때가 있어요?"
"아무래도 자네가 과한 것 같애."
"괜찮다니까요."
말과는 달리 혀는 꼬부라져 있었다. 그러며 잔을 내어 도형에게 준다.
"자네가 오늘 보신탕을 먹고 오더니 힘이 생긴 모양이구먼."
"그런가봐요. 히히히히……"
그것은 결국 학위에 대한 얘기였다. 그쪽으로도 열려 있었던 것이다. 그녀는 학부는 ㄱ대학에서 하였다. 도형도 대학원은 거기서 했다. 박사과정을 이수하며 강의를 맡았었는데 그 때 거기서 만났던 것이다. 제일 앞에서 열심히 노트를 하고 계속 고개를 끄덕이며 눈을 반짝이고 있던 여학생, 그리고 그가 꼼짝 없이 손을 들어야 하는 질문을 하였다. 신시씨는 사람인가요, 국가인가요, 도시인가요? 환인은 신인가요, 인간인가요? 이 땅의 첫번째 태어난 사람은 누구지요? 질문은 복도에까지 이어졌다.

그리고 축제 때였다. 그 대학의 축제인 것도 모르고 갔다가 허탕을 치고 내려오는데였다. 그녀는 축제 마당의 귀퉁이에서 키가 껑충한 파트너와 어정거리다가 깜짝 놀라며 달려와 길을 막는 것이었다.

그리고는 학생들이 하는 포장마차로 그를 끌고 들어가는 것이었다. 술을 한 잔 대접하겠다는 것이었다. 목련꽃이 뚝 뚝 떨어지고 있었다. 그날 얼마를 취했던지 2차 3차를 갔었다. 물론 그녀의 파트너도 같이였다.
"그 친구는 지금도 만나나?"
도형은 밑도 끝도 없이 그렇게 물었다.
그 뒤에도 자주 그 친구와 같이 있는 것을 보았었다.
"어떤 친구 말인가요?"
"그럼 그 친구 말고 또 많이 있어?"
"친구야 하나 둘이 아니지요."
"남자친구 말이야."
"글쎄 말이에요."
그녀는 얘기를 다 알아들으면서 어깃장을 놓고 있었던 것이다.
"그 꺽다리를 두고 하시는 말씀 같은데 이 밤중에 왜 그 친구가 생각나셨지요?"
"하하하하…… 글쎄 나도 모르겠어. 자네와 처음 그 축제 마당에서 만나던 생각이 떠올랐어. 벌써 여러 해 전이네."
"그러네요. 그 때는 참 열강을 하셨었지요. 마구 춤을 추고 노래를 부르며 강의를 하셨어요. 저는 그 전이나 후나 그런 강의를 들어본 적이 없어요."
"그래? 그건 자네 때문인 것 같앴어."
"아니 정말이세요? 저 때문에요? 왜요?"
그녀는 숨을 몰아쉬며 물어대었다.
"그건 나도 몰라."
"호호호호…… 그런 말씀이 어디 있어요?"
"어디 있긴 어디 있어? 여기 있지. 나는 거짓말은 안 해."
"저는 거짓말하는 것 보셨어요?"
그녀는 그러며 술을 쭈욱 마시고 그에게 따르는 것이었다.
"이제 그만 해."
"얘기가 안 끝났잖아요?"

"안 끝나긴 뭘 안 끝나?"
"저에게 질문하셨잖아요? 그냥 둘까요?"
"그래 얘기해봐."
"그 친구 결혼했어요."
"그래? 언제?"

그는 희연 쪽으로 다가앉으며 말하였다. 물어보길 잘 하였다는 생각이 들었다.

"아니 왜 그렇게 놀라시지요? 술이나 받으세요."

새로 가지고 온 술병으로 그의 잔을 가득 채운다. 그리고 계속했다.

"몇 년 되었어요."
"얼마 전에도 같이 걷는 걸 봤는데."

불과 한 두 달 전에도 팔장을 끼고 걷는 것을 보았던 것이다. 그동안 두 사람이 같이 있는 것을 한 두 번 목격한 것이 아니었다. 어떤 때는 그와 약속한 장소에서 한 발 앞서 만나는 것을 보기도 하였다. 다른 사람 보는 앞에서 키스를 하며 헤어지는 것을 볼 때도 있었다. 그럴 때마다 미묘한 감정이었다.

어떤 때는 노처녀인 희연의 남자가 참으로 듬직해 보이며 흐뭇하기도 하고 어떤 때는 그의 한 부분을 침범당하는 것 같이 불안하고 불쾌하기도 하였다. 솔직히 말해서 질투의 감정 같은 것이었다.

"그러셨어요? 보시기에 어떠셨어요?"
"어떻기는 뭐. 보기 좋더군."
"정말이세요? 솔직히 말씀해 보세요?"

그녀는 이상하게 그의 마음을 계속 꿰뚫고 있는 듯이 물었다.

"아니 솔직하고 안 하고가 어디 있어? 보기 좋으면 좋은 거지."

희연을 그렇게 말하는 그의 표정을 파보며 웃고 있었다.

"그런데 말이지요. 닥터 배가 이혼을 하였다는 거예요."
"닥터 배라니?"

"누군 누구예요? 그 꺽다리 말이에요."

"그렇지 참."

그에게 인사를 시켜주기도 했던 것이다. 그 때 ㄱ대학 의료원의 인턴이었었다. 정신신경과라고 했었던 것 같다.

"뭐가 어떻게 된 건지 도무지 알아들을 수가 없네."

"뭘 못 알아들으세요? 서로 뜻이 맞으면 만나는 것이고 뜻이 안 맞으면 헤어지는 것 아녜요?"

"그러면 자네하고는 뜻이 맞아서 다시 만난다는 건가?"

"아, 얘기가 그렇게 되나요? 호호호호……"

희연은 다시 주욱 술을 들이키고는 그에게 잔을 권한다.

그러는데 포장마차의 주인이 끝내는 시간이 되었다고 말한다. 그러고 보니 손님은 그들 둘밖에 없었던 것이다. 12시가 넘은 것이다.

희연이 일어서며 다시 말하였다.

"선생님이 보셨다니까 다른 말을 할 수가 없군요. 졸라대기에 그냥 몇 번 만나줬어요. 결혼하기 전에도 그랬으니까요."

"만나기만 하는 거야?"

"호호호호……만나지 말까요 선생님?"

그러는데 다시 시간 재촉을 한다.

같이 일어섰다. 포장을 열고 밖으로 나왔다.

밖에는 비가 여전히 내리고 있었고 두 사람은 이제 서로의 부축이 필요했다.

택시를 잡았다. 둘이 같이 탔다. 도형은 희연을 먼저 내려주고 가리라 생각했다. 그러나 그것이 잘 안 되었다. 희연은 도형의 집으로 먼저 방향을 잡았다. 그의 집 앞에서 내리라고 하였다. 그는 또 고집을 부리고 희연의 집으로 먼저 가자고 하였다.

얼마를 돌아서 희연의 오피스텔 앞에 차가 이르렀을 때 그는 잠이 들어 있었고 운전기사는 더 가려 하지도 않았다.

도형은 그날 다시 희연의 방으로 갔다. 침대가 방을 다 차지한 공간이었다. 불을 켜지 않았으므로 아무 것도 보이지 않았다. 희연의 얼굴도 보이지 않고 연희의 사진도 보이지 않았다.

처음에는 술이 취하고 졸리는 상태였지만 얼마 후 상황 파악을 하였을 때는 이미 스스로의 의식을 자제할 수가 없었다. 도형도 그랬지만 희연도 그랬다. 카오스였다. 혼돈의 수렁이었다.

하루 종일 밤새도록 혼돈 속을 헤매었다. 꿈인지 생시인지 책 속인지 그림 속인지 그리고 상상인지 실제인지 알 수가 없었다. 의식이 곤두박질을 치다 물구나무를 섰다.

전화를 받고 헐레벌떡 달려나와 두 시간 늦게 강의실에 들어가서 열을 올리다가 죽을 쑤고 식당에서 낮술을 마시고 연구실에서 천지개벽의 기록 속으로 빠져들고 비 속으로 카페 〈카오스〉에 가서 마셔대고 비 속을 걷다가 포장집으로 가고 거기서 속을 홀랑 까뒤집어 보이고 그리고 희연의 침대 위에서……。

그런 현실을 인식한 것은 화장실의 물 내리는 소리를 듣고서였다.

물구나무를 섰던 그의 의식이 벌떡 일어났다. 그는 주섬주섬 옷을 찾아 걸치는 대로 밖으로 나왔다. 아무 말도 할 수 없었다. 그리고 아무 소리도 듣지 못하였다. 다만 문 닫히는 소리가 쾅 들릴 뿐이었다. 그 소리가 그의 뒤죽박죽이던 머리통 속을 흔들어 놓아 방향을 찾게 하였다.

아직 미명이었다. 도무지 칠흑 속이었다. 여전히 앞 뒤가 분간이 안 갔다. 큼직한 택시가 그의 앞에 와서 섰다. 마치 그를 데리러 온 저승 사자 같다.

"타시지요"

시커먼 차의 위엄 있는 제복 제모에 잔뜩 수염을 달고 있는 기사가 명령을 하듯이 말하였다.

"어디로 가는 겁니까?"

"어서 타세요."

그는 무슨 마력에 끌리듯이 차에 올라탔다.

"천당으로 갑니까? 지옥으로 갑니까?"

"좌우간 하늘로 가지 않고 땅으로 갑니다."

늙수그레한 털보 기사는 퉁명스럽게 말하였다.

"몇 시쯤이나 됐지요?"

"방향부터 먼저 말씀하셔야지요."

"강남이에요."

"시계는 차고 계신 것 같은데 보시면 되잖아요? 날이 새려면 조금 더 있어야 돼요."

기사는 속력을 내었다. 차는 막힘이 없이 질주할 수 있었다.

"천당에서 오시나보지요?"

"예?"

긴장이 풀리다가 다시 바짝 감기는 것이었다.

"천당 얘기를 먼저 하시지 않았어요? 하하하하……"

"아, 예에. 지옥에서 오는 겁니다."

"얘기가 안 맞네요."

"예?"

"다들 술집은 천국이고 집은 지옥이라고 하던데요."

털보 기사는 알고 보니 꽤 농담을 좋아하였다. 그럴 듯한 말이었다. 그러나 그는 버럭 소리를 질렀다.

"아니 무슨 그런 소리가 있어요?"

"잘 못했습니다. 하하하하……"

기사는 차 안이 떠나가도록 너털거렸다. 그리고 속력을 있는 대로 내었다. 그는 차의 진동으로 엉덩방아를 찧었다. 좀 멋쩍어서 다시 말을 붙이었다.

"아니 그래 잠도 안 자고 돈을 버십니까?"

화제를 바꾸었다.

"낮에는 속타서 못 다녀요."

"왜 그래요?"

"아니 정말 딴 나라에서 오신 양반인가? 낮에야 길이 막혀서 기름만 태우니 속이 안 타요?"

그런 얘기였다.

"정말 그렇군요."

"낮엔 지겨워요. 지옥이지요."

"하하하하……천국을 달리는 거네요 지금."

이번엔 그가 웃음을 터뜨렸다.

"나르는 거지요 뭐."

기사는 신나게 밟아대다가 고가도로 위로 올라서는 것이었다. 비행기가 활주로를 달리듯이 바퀴가 튀었다. 하늘을 나르는 것 같았다.

집이 가까워지자 정신이 좀 드는 것이었다. 여기가 하늘인지 땅인지도 알게 되고 방금 어디서 오는지 또 지금 어디로 가고 있으며 어디쯤 가고 있는지도 알게 되었다. 정말 지옥에서 빠져 나온 것 같았다. 아니 지옥으로 들어가고 있는 것 같았다. 수문장의 얼굴이 떠올랐다. 절에 들어갈 때 양쪽으로 포진하고 있는 사천왕의 얼굴이 떠올랐다.

그는 우선 그의 옷차림을 살피었다. 옷은 온통 다 구겨져 있고 단추와 지퍼는 다 열려 있었다. 넥타이는 그냥 목에 걸쳐만 있었다. 기사가 농담을 하던 것이 무리가 아니었다. 단추를 잠그고 지퍼를 올리고 넥타이를 매어보았지만 양쪽 깃이 어긋났다. 그런 대로 차가 그의 집 앞에 멎었다.

열쇠가 있었기 때문에 그의 서재로 바로 들어갈 수가 있었다. 세상이 온통 코를 골며 자고 있었다. 그도 의자에 덜퍽 앉았다가 등을 기대고 코를 골았다. 그러다 신문 넣는 소리에 잠이 깨었다. 밤을 꼴딱 새우며 무엇을 할 때에 철석하고 문 밑으로 신문을 집어넣는 소리에 잠이 깨곤 했던 것이다.

밝은 불 밑에서 보는 그의 몰골은 엉망이었다. 모든 단추들이 잘 못 끼워져 있었다. 첫 단추를 잘 못 끼웠기 때문이었다. 단추가 문제가 아니었다. 비를 맞은 데다가 이리저리 구겨진 옷에 그의 행적을 다 써놓은 듯 했다.

옷을 훌훌 벗어서 걸고 목욕탕으로 갔다. 머리는 또 봉두난발이었다. 참 그래가지고 어떻게 입성을 하였는지 아찔하였다. 머리를 감고 온통 뱀에 감긴 듯한 자욱들을 씻었다.

그리고 책상 앞에 앉았다. 구세주 앞에 앉은 것 같다. 잠이 다 달아났다. 소설을 잘 못 쓰고 있는 것 같다. 비틀거리고 있다. 그래서는 안 된다. 그것을 그 자신이 인식하고 있다는 것으로 자위를 하였다.

"그래. 맞아."

그러나 또 하나의 그는 그것을 동의하지 않았다.

"도대체 뭘 어쩌겠다는 것이냐? 그러면 도대체 앞으로 어떻게 되는 것이냐?"

힐문하고 있었다.

"……"

대답할 수가 없었다.

그것은 그도 모른다. 어떻게 해야 할지 어떻게 될 건지 알 수가 없었다. 소설은 시작도 하기 전에 끝이 난 것이 아닌가.

그러면서 서로가 솔직하게 다 털어놓고 다 보여준 것이 아닌가. 절도가 없고 맺고 끊는 데가 없이 비틀거린 것이 죄이긴 하지만 그것이 의도적인 것도 아니고 불순한 동기가 있었던 것도 아니지 않은가.

그렇게 또 자위를 하였다. 또 그의 잘 못인 것 같기도 하고 그녀의 잘 못인 것 같기도 하고 둘 다 잘 못인 것 같기도 하고, 머리가 다시 뒤죽박죽이 되었다. 책상에 앉아 무엇을 들여다 보지만 자꾸만 그 생각에 매달렸다. 소설이 잘 나가는 건지 죽을 쑤는 건지 알 수가 없었다.

하늘에서 땅으로

　다시 먼 태고의 시공 속으로 들어가 때를 잃고 헤매게 된 것은, 그 벗어놓은 옷으로 하여 한 바탕 전쟁을 치르고 나서였다. 비를 맞고 술을 마신 것 외에는 다른 아무 것도 얘기할 수가 없었고 다른 것은 다 기억이 안 난다고 하였다. 어떻게 집에를 왔는지도 모른다고 하였다. 오리발을 내밀었다. 거짓말을 한 것이다. 그것이 편하기 때문이었다. 아내를 위해서였다. 가정을 위해서였고 또 그녀를 위해서였다. 소설을 쓴 것이다. 잘 못 쓴 것인지 모른다. 마구 꼬집히고 윽박지름을 당하고 거짓말쟁이 대신에 기억상실증 환자 취급을 받고야 해방이 되었다. 그것도 다 큰 아이들이 지켜보는 가운데서였다.
　그는 그 정도로 풀어주는 것을 다행으로 알고 다시 두문불출하였다. 아내가 제일 두려워하는 것은 가정을 지키는 것이 아니고 직장을 지키는 것이었다. 가정을 버리는 것이 아니고 직장을 버리는 것이었다. 결국 같은 것인지 모르지만 출근을 하지 않는 것 또는 출근을 못하는 것을 제일 겁을 내었다. 출근을 못하면 당장 밥줄이 끊어지는 줄로 아는 것이었다. 그가 명예퇴직을 하겠다고 할 때도 한사코 말리고 있는 것이었다. 나머지 임기의 월급을 반을 받고 미리 그만 두는 것이었다. 후진에게 자리를 넘겨주는 것이다. 그리고 마음놓고 돌아다니며 답사를 하고 그야말로 두문불출을 하면서 쓰고 싶은 것을 쓰겠다는 것이다. 그런데 그게 아니라는 것이었다. 월급이 반도 되지도 않고 아이들 교육이 다 끝나지도 않았는데 그런 것도 있고 보다 중요한 것은 일찍 그만 두면 일찍 늙는다는 것이었다. 어쩌면 그가 그만큼이라도 자유가 허용되고 석연치 않은 것들이 용인되고 있는 것도 그가 그런 아내의 의견을 받아들이고 있기 때문인지도 몰랐다.

그런 아내에게 시위를 한다는 것은 좀 안쓰러운 데가 있었다. 비겁하기도 했다. 그러나 또 그게 아니었다. 거기에는 그가 그렇게 불만을 나타냄으로써 오히려 안심이 되는 복잡한 끄나풀이 달려 있는 것이었다. 그리고 그것은 불만표출로 끝나는 것이 아니고 그가 지금으로서는 무엇과도 바꿀 수 없는 필생의 작업이 되고 있는 것이었다. 그 두 가지가 발이 맞고 있는 것이었다.

어떻든 이날 문을 안으로 걸어 잠그고 기록을 뒤지다가 졸리면 눈을 붙였다. 어떻게 된 건지 자꾸만 잠이 쏟아졌다. 눈이 떠질 때마다 펼쳐둔 기록을 들여다보았다.

『규원사화』의 「태시기」를 다시 보았다. 농사를 처음 짓기 시작하고 불을 쓰기 시작하고 문자를 쓰기 시작한 인류 문화 시원始原의 대목이다.

―신시씨는 사람들이 거처할 수 있게 하고 움직이는 생물들이 각기 자리를 잡은 것을 본 후에 고시씨高矢氏에게 먹여 살리는 일을 맡아보게 하였다. 그러나 아직 곡식을 심고 농사를 지어 거두는 방법을 제대로 알지 못하였다. 또 불씨가 없어서 백성들은 모두 풀과 채소를 그냥 먹고 나무 열매를 따먹고 날고기와 생피를 빨아먹으며 살았다. 날것을 그냥 먹자니 무척 고통스러웠다. 고시씨는 점차 농사 짓고 수확하는 방법을 가르쳤다. 그러나 불이 없어 근심하였다. 하루는 우연히 깊은 산중에 들어가게 되었다. 때마침 큰 나무들이 잎이 떨어져 줄기와 가지가 뼈만 남아 서로 어지럽게 엇갈려 있는 것을 보았다. 한동안 선 채로 묵묵히 생각에 잠겨 있는데 갑자기 거센 바람이 불어닥쳐 고목이 서로 마찰되며 불꽃이 일어나 번쩍거리다가 꺼지고 다시 불꽃이 일어나는 것을 보게 되었다. 고시씨는 그것을 보고 문득 깨달았다. "맞다.

이것이야말로 불을 얻는 방법이다." 돌아와 마른 괴목 가지를 서로 마찰시켜보았지만 아직 완전한 불은 얻지는 못하였다. 고시씨는 다음 날 다시 그 숲 속으로 가서 서성거리며 생각에 잠겨 있었다. 그러는데 갑자기 한 마리의 범이 으르렁거리며 달려왔다. 고시씨는 큰 소리로 꾸짖으며 범을 향해 돌을 세 개를 던졌으나 맞지 않고 바위 모서리에 맞았다. 그 때 번쩍 불이 일어났다. 고시씨는 너무 기뻐 집에 돌아와 다시 돌끼리 쳐서 불을 얻었다. 이때부터 백성들은 익혀 먹게 되었다. 뿐만 아니라 쇠를 달구어 연장을 만드는 기술도 생기게 되었으며 기술은 점점 발전하였다.

농사를 시작하고 불을 발견 발명한 먼 태고의 기록이다.

그럼 또 이 시대는 언제쯤인가. 중국의 태고시대 삼황오제三皇五帝의 삼황, 복희伏羲 신농神農 수인燧人 시대와는 어떻게 되는가.『맹자孟子』에 보이는 전설적인 제왕 신농씨는 농업의 시조라고 되어 있고『제왕세기帝王世紀』에는 농업의 신이라고 되어 있다. 또 수인씨는 나무를 마찰시켜 불을 얻고 식물食物을 조리하는 것을 백성에게 가르쳤다고 되어 있다. 둘 다 설화적인 인물이다. 좌우간 이 때는 언제인가. 삼황오제를 복희 신농 황제黃帝 요堯 순舜을 가리키기도 하는데 요임금은 전설적인 존재이며 상상의 인물로서 B.D. 34년 경 산서성山西省 평양平陽에 도읍하였다고 되어 있다. 요임금의 두 딸을 아내로 맞이하고 제왕의 자리를 양위 받은 순임금도 전설적인 인물이다. 고시씨는 그 이전의 인물인가? 신농씨와 수인씨가 합쳐진 인물인 고시씨는 실제 인물인가? 신시씨는 어떤가? 그리고 또 신지씨神誌氏는 어떤가?

－신지씨에게는 글자를 만들게 하였다. 신지씨는 주로 세상에 명령하는 일을 맡아 천황의 명을 내리고 거두는 대변자 노릇을 했다. 그런데 글자가 없어 적을 방법이 없었다. 신지씨가 하루는 사냥을 갖다가 갑자기 놀라 달아나는 한 마리의 암사슴을 발견하고 활을 쏘려고 했으나 놓치고 말았다. 사방을 헤매며 찾다가 산과 들을 지나 편편한 모래

사장에 이르렀다. 여기서 비로소 사슴의 발자욱을 발견하고 도망간 방향을 알게 되었다. 신지씨는 고개를 끄덕이며 깊이 생각에 잠겼다가 말하였다. "적는 방법은 이 방법밖에 없겠구나." 그날 사냥을 마치고 집에 돌아와 생각을 반복하고 널리 세상 만상을 살핀 후 얼마 안 있어 문자 만드는 법을 터득하게 되었다. 이것이 옛 글자의 시작이었다. 다만 세월이 오래 되어 후세에 옛 글자가 없어진 것은 그 짜임새가 완전하지 못했기 때문이 아닌가 생각된다. 그런데 내가 들으니 육진六鎭 땅과 선춘先春 밖 지방의 바위 사이에서 간혹 그 글자가 발견된다고 한다. 그 글자는 바위를 다듬고 새긴 글자로 범자梵字도 전자篆字도 아닌, 사람이 쉽게 깨달을 수 없는 글자라고 한다. 그것이 신지씨가 만든 옛 글자인 것이다.

북애노인의 이 단정에는 비약이 있다. 그리고 다만 그런 얘기를 들었다는 것이다. 그 외 아무 근거가 없는 것이다. 그 때 그 글자는 지금 그곳에 있을 것인가. 다 지워지고 없을 것인가.

그 쉽게 깨달을 수 없는 글자, 그것은 우리의 고대 문자라고 하는 가림토문加臨土文인가? 녹도문鹿圖文인가? 그리고 『단군세기檀君世紀』에 나오는 가림토문과는 어떻게 다른가?

그는 『단군세기』의 제3세 단군 가륵嘉勒 대목을 들추어 보았다.

─아직 풍속이 하나 같지 않았다. 지방마다 말이 서로 틀리고 형상으로 나타내는 진서眞書가 있다 해도 열 집 사는 마을에도 말이 통하지 않는 경우가 많고 백리 되는 땅의 나라에서도 글을 서로 이해하기 어려웠다. 이에 삼랑三郞 을보륵乙普勒에게 명하여 정음正音 38자를 만들어 가림토라 하였다. 그 글은 다음과 같았다. ·ㅣㅡㅏㅓㅜㅗㅑㅕㅛㅠ……

가륵 2(152, B.C. 2181)년의 일을 기록한 것이다. 38자 가운데는 위에서 보는 바와 같은 모양의 글자, ㅇㄱㄴㄹㅁㅈㅊㅋㅍ 모양의 글자, ㅒ ㅖ 모양의 글자, ㅿㆆ과 같은 모양의 글자도 보였다.

그 바위에 새겨 있다는 신지의 글자를 볼 수가 없으니 비교해서 그같고 다름을 알 수는 없는 것이다. 어떻든 그 신지씨의 시대로부터 또 천 년도 넘는 긴 세월이 지난 뒤의 일이었다. 물론 바위에 새겨진 글자와 천 년이고 만 년이고 갈 수도 있을 것이다. 그러나 과연 이것이 그것인가를 확인할 수 있는 자료라고는 아무 것도 없다. 먹이 됐든 종이가 됐든 분명한 문자로 어디에 잘 기록을 해 놓았었다 하더라도 지금에 이르도록 남아 있을 도리가 없을 것이다. 그 바위를 찾아 나설 도리밖에 없다. 그러나 육진은 북에 있는 땅이다. 조선조 세종 때 북쪽 변방을 지키기 위해 세운 여섯 개의 진鎭으로 경원慶源 경흥慶興 부령富寧 온성穩城 종성鐘城 회령會寧 지방이다.

상형문자 중에서 가장 오래된 슈메르 문자의 자극에 의하여 만들어졌다고 하는 에집트 문자가 쓰여진 B.C. 3000년 경보다 앞서는 시기이다. 중국의 갑골문자가 쓰여진 B.C. 1300년 경과는 비교가 안 되는 시기이다. 그러니 과연 이 기록은 맞는 것인가?

사실 그는 밖으로라고 할까 다른 사람들-동료라든지 같은 전공의 학자라든지-에게는 그러한 책들, 『한단고기』 『규원사화』 등의 진위眞僞에 대한 논의에서나 위서 논쟁에서 적극적으로 옹호를 하고 있는 입장이지만 그러나 안으로 스스로는 많은 의문과 회의를 가지고 있었다. 혼자서는 과연 그런 것인가에 대한 판단에 인색하였고 스스로 늘 비판을 하였던 것이다. 기록의 신빙성에 대해서도 그 스스로는 항상 회의적이었다. 단정을 유보하고 늘 가설로 얽어두었다.

지금도 그랬다. 다시 1,000년 1,500년을 지난 가득의 시대로 내려와서 본다고 하더라도 과연 그런 것인가, 다시 고개가 갸웃해졌던 것이다. 그러면 그런 모양의 글자는 어디에 쓰어 있었으며, 아니 어느 바위에라도 새겨진 것이 없었단 말인가? 그리고 세종대왕이 창제하였다고 하는 훈민정음과는 또 어떻게 되는 것인가?

너무도 그 모양이 닮았던 것이다. 어느 쪽을 닮은 것인지 서로 일치하는 글자가 많았다.

―『세종실록』계해癸亥 25년 12월 조에 十月上 親製諺文二十八字 其字傍古篆이라 하였으니, 10월 초 친히 말 글 28자를 정하시니 그 글자는 옛 전자를 모방하였다는 뜻이다. 여기서의 고전古篆이라는 표현이 반드시 상형문자의 전篆인지 의심이 간다. 혹시 여기서 말하는 38자를 말하고 있는 것은 아닌지?

『단군세기』가 수록된『한단고기』를 번역 주해한 임승국의 의견이다.

도형도 그 이상으로 가림토문을 옹호할 수는 없었다. 그렇게 되었을 때 훈민정음의 해석도 다시 해야 되는데 그러면 그 이전에는 도대체 왜 그토록 쓰지를 않았단 말인가. 왜 우리의 그토록 앞선 문자의 사용은 밖으로는 전혀 알려지지 않았었단 말인가. 교류가 없었던가. 문자로서의 가치가 떨어졌던 것인가. 북애노인의 생각대로 짜임새가 완전하지 못했기 때문이었던가. 여러 기록에 나오는 대로 정말 어려워서였던가.

『단전요의檀典要義』라는 책에 보면, 태백산에 단군의 전비篆碑가 있는데 해독하기 어려워서 고운孤雲이 번역하였다고 되어 있다. 문자로만 전해오고 말은 전해오지 않았단 말인가. 설총薛聰이 이두문자吏讀文字를 만들 때는 이 글자와 말이 전혀 연결이 안 되고 있었던가.

물음만 늘어놓았다. 여러 책들에 답들이 있었지만 연결하지 못하였다.

한참 신지의 문자의 창제, 문자 사용의 시작, 문화의 시작 언저리에 머물며 앞 뒤의 기록을 뒤지다가 쏟아지는 물음들을 감당하지 못하고 있는데 또 하나의 커다란 의문이 추가되었다. 그것은 의문이 아니라 막힘이었다.

가륵 3(153, B.C. 2180)년, 신지神誌인 고글[高契]에게 명하여『배달유기倍達留記』를 편수케 하였다고 되어 있다.

신지는 여기서는 인물이 아니고 벼슬의 이름으로 되어 있는 것이다.

아무래도 신지씨의 이름에서 유래하였다고 보기는 어려울 것 같았다. 그러면 신지와 신지씨는 무슨 관계가 있는가.

다시 깜깜해지는 것이었다. 신지씨뿐 아니라 신시씨 고시씨 치우씨까지도 다 안개 속으로 들어가는 것이었다. 그 앞과 뒤가 연결이 안 되고 막연해지기 시작하는 것이었다.

신시와 신시씨가 이해가 안 되듯이 신지와 신시씨가 떨어져 나가고 하나 둘 가능한 해석의 고리들이 빠져나가는 것이었다.

커피를 끓여 마시면서 생각을 가라앉혔다. 뿌리를 찾는 것이었다. 다 지워진 글씨의 바위를 찾는 것이다. 이미 뿌리는 말라비틀어지고 없는지 모른다. 죽은 나무에 꽃 피우기인지 몰랐다.

"그래? 안 그래?"

그는 스스로에게 물었다.

얼른 대답하지 못하였다. 희연이 질문하였을 때도 대답을 못했었다.

"그러냐 안 그러냐 말이야?"

큰 소리로 다시 물었다. 방이 떠나갈 듯한 소리였다. 그것은 강요였다.

"그래. 맞아."

그는 고개를 끄덕이며 말하였다. 그것이 강요가 아니라는 것을 스스로 인정할 때까지 그는 고개를 끄덕였다.

그렇게 애써 찾아놓은 것을 부인하는 것은 경솔한 일이다. 목숨을 걸고 생애를 걸고 무언가 후세를 위하여 나라와 민족을 위하여 자신의 삶을 초개같이 버리고 기록해 놓은 것들이 아닌가. 입신양명을 위해 자신의 한 몸의 안일을 위하여 얼마나 비열한 삶을 산 사람들이 많은가. 그런 사람들에 비하여 얼마나 고귀한 존재들인가. 애국이란 무엇인가. 자기의 분야에서 애국을 할 수 있는 길이란 어떤 것인가.

다시 자신에게 물음을 퍼부었다. 이번의 물음은 좀 차분하고 그러나 대단히 심각한 것이었다. 자신이 그동안 쌓아올린 탑이 무너지느냐 올라가느냐 하는 것이었다. 그러나 또 자신의 탑을 위해서 견강부회를 하는 것이어서는 안 되었다. 과감히 허물 것은 허물고 다시 시작해야 할 것이었다. 어떤 것인가. 자신의 자세를 위한 아집은 아닌가. 정말 시대를 위하고 나라를 위한 것인가. 인류를 위한 것인가.

여태 그런 식으로 생각해보지는 않았던 것 같다. 자신의 자세와 입장만을 위해 열을 올렸던 것 같다. 자신의 자리와 자신이 이룩해 놓은 업적들을 보호하고 그것이 손상되지 않게 하기 위하여 급급하였던 생애인 것 같았다.

그것을 뒤집어보고 있는 것이 요즘의 그의 행동이라 할 수 있었다. 전환기의 진통인지 몰랐다. 늦었지만 그의 결단은 의미가 있는 것인지 모른다. 이제 시작이었다. 그동안의 노선을 밀고 나가느냐 포기하느냐가 아니라 어떤 것이 의미가 있느냐를 따지는 것이다. 아니 어떻게 의미를 살리느냐가 문제인 것이었다.

그는 그런 자세를 가다듬기 위하여 다시 이 책 저 책을 뒤지다가 『단기고사』를 읽어보았다. 이 책도 위서로 매도하는 학자들이 많지만, 늘 그의 귀감이 되고 채찍이 되는 글이었다. 발해의 대야발大野勃이 천통 31년 3060(727)년에 쓴 것을 광복 후 출간할 때 단재丹齋 신채호申采浩의 중간서重刊序를 실었다.

― 천하의 성덕과 대업이 누가 애국자보다 더한 이가 있으리오. 참된 애국자는 국사國事 이외에는 뜻을 둘 것이 없기 때문에 국사를 버리고는 즐기고 좋아할 것이 없고 희망할 것도 없고 우환도 없고 경쟁도 없고 환희도 없고 분노도 없도다. 참된 애국자는 나라 일을 할 때에 어렵고 곤란할 것도 없고 위험하다 할 것도 없고 성공했다 할 것도 없고 실패했다 할 것도 없고 지금 그만두자 할 것도 없는 것이다. 또 참된 애국자는 그 애국하는 방법이 같지 않으니 혹은 혀로 하고 혹은 피로써 하며 혹은 붓으로 하며 혹은 검으로 하고 혹은 기계로써 하되 앞에서 부르면 뒤에서 따르는 도다. 활을 잘 쏘는 자는 서로 모순은 있을지라

도 그 향하는 과녁은 마침내 하나의 목적으로 합하지 아니함이 없을 것이다.

처음 읽는 것은 아니다. 그는 읽을 때마다 단재가 이 서문에서 쓴 것과 같은 심정에 있음을 절감하곤 한다. 너무나 늦은 깨달음인가. 그것은 『조선상고사朝鮮上古史』 『조선사연구초朝鮮史硏究抄』 같은 책을 통해 보여준 투철한 민족사관과 올곧은 학자 선비 지식인의 자세를 실천한 선각자에 대한 흠모의 정을 갖고 있어 구구절절 그의 폐부를 찔렀다.

국사와 애국의 얘기로 시작한 서문은 어떤 사학자도 말하지 못하던 사실을 용기 있게 지적하고 있다.

—대개 동서의 국가와 고금의 민족이 수천 수백이 되지만 영특하게 이를 보전하는 자는 백에 불과하도다. 저를 고취鼓吹하며 주성鑄成하며 체결締結하며 장엄莊嚴하며 노래하고 춤을 추는 것을 누가 감복하지 않으리오. 애국자가 심혈과 뇌력腦力과 필검筆劍으로써 활동한 것은 우리 나라 건국이래 반만 년 역사상 가히 노래할만하며 울만하며 즐거워할 만한 사실이 수만 번에 그치지 않고, 애국의 영웅호걸과 충의열사가 수천을 넘는다. 그러나 단기사적檀奇史蹟에 대하여는 역년歷年이 자세하지 않다 하고, 주周나라 무왕武王이 기자箕子를 조선에 봉封하였다 하며, 김부식金富軾 같은 썩은 선비는 이夷에 관한 일은 상고할 수 없고 항간巷間의 말은 그 뜻을 모른다고 하였다. 저 중화인中華人의 많은 글에는 자기만 높이고 남을 업신여기며, 동족은 찬양하고 외족은 좋지 않게 말하며, 자기 나라 이외에는 모두 야만스러운 오랑캐라 하였으니, 그런 서적은 아무리 많을지라도 우리 역사의 바른 자취[實蹟]로 참고하기는 어려우니, 정말 이같은 일을 생각할 때 책을 덮고 통탄하지 않을 수 없도다.

비분강개悲憤慷慨하여 쓴 글이었다. 단재는 또 서문을 쓰게 된 내력을 다음과 같이 쓰고 있다.

—임자壬子년에 내가 안동현에 이르렀을 때에 뜻을 같이 한 화사華史

하늘에서 땅으로 · 167

이관구李觀求 동지가 한 권의 고사를 가지고 와서 장차 출간할 마음으로 나에게 머릿말을 써줄 것을 청하기에 몹시 이상히 여겨 그 책을 받아 두 세 번 읽어보니 발해의 반안군왕盤安郡王 야발野勃이 편찬한 것인데 발해의 대문인 황조복皇祚福이 다시 발간[重刊]한 책이었다. 책 모양은 비록 오래 되어 헐었으나 진본임이 의심할 여지가 없기에 그 유래를 물었다.

임자년이라면 단재가 4269(1936)년에 46세를 일기로 세상을 뜨기 14년 전의 일이다. 혈기왕성하고 의기충천하던 32세 때의 일이었다. 20여 세로 성균관 박사를 지낸 단재는 학자적 자존심을 걸고 이 책이 진본임을 확인하였던 것이다. 화사는 석학인 문인 유응두柳應斗가 일찍이 중국의 여러 곳을 돌아다니다가 우연히 한 서점에서 이 책을 사 가지고 문하인 이윤규李允珪(이관구의 아버지) 등에게 수십 권을 베껴 쓰게 하여 장차 다시 출간할 예정이라 하였다. 단재는 감탄하였다.

─오호라! 나 또한 생각하기를, 단기檀奇 2천 년사가 반드시 실사實史가 있을 터인데 아직 상고할 데가 없는 것은, 여러 번 병화兵火를 겪으면서 역사를 보존하지 못하였기 때문이므로 어찌 통탄하지 않으리오 하였더니, 밝은 하늘은 사실로써 헛되이 돌아가게 아니 하심으로 유柳씨로 하여금 이 원본을 얻어 세상에 드러나게 하였다.

실사가 나타난 것이다. 그것이 세상에 밝혀지게 된 것이다. 백 마디 천 마디 말보다 실물이 나타남으로써 웅변으로 증명하고 있는 것이다. 그런데 그것이 위서라는 것이다. 『한단고기』『규원사화』와 함께 서기 1910년대 이후 단군 신앙을 가진 민족주의자의 위작僞作으로 보는 견해가 많았다. 한일 합방 이후 말이다. 그 말이 맞는지 틀리는지 더 따져봐야 되겠지만 그렇게 되면 단재의 이 감탄과 수사修辭는 어디로 가야 하는가. 그리고 유응두가 서점에서 이 책을 보고 천금을 얻은 것 같은 감동은 어디로 가는가. 그런 것이 문제가 아니고 그보다 앞서 대야발이 13년을 노력해 고적을 박람하고 역사를 참고하여 정선 편찬하였고 100여 년 후 황조복이 다시 펴내었는데 그 공이야 어디로 갔던지 간에, 이것이 사실인지 아닌지조차 가리질 못하고 있는 것이다.

말만 하였고 의분만 토로하였지 그것을 뒷받침할 아무런 자료를 찾지 못하고 있는 것이다. 부끄러운 일이다. 그 점에서 보면 그가 한 것이 아무 것도 없는 것이다. 연구란 무엇이고 학문이란 무엇인가. 삶이란 무엇인가. 무엇 때문에 무엇을 위해서 사는 것인가. 그런 것을 생각해보지 않고 무작정 그래야만 하는 것처럼 구색을 맞추고만 있었던 것이다. 남이 장에 가니까 거름을 지고 따라간다는 말이 기억난다. 그 격이었다. 어릴 때에 그 말이 무슨 뜻인지 몰랐었는데 그것이 바로 그런 말이었다. 논문이다 저서다 학위다 직위다 하는 것들을 생각 없이 거친 것이다. 학회의 회장을 할 때에 마치 거기에 사생결단의 운명이 걸리기라도 한 듯 이 사람 저 사람들에게 구원을 요청하고 마음에 안 들고 뜻을 같이 할 수 없는 사람들에게까지 추파를 던지고 교언영색으로 접근하여 욕망을 채웠던 것이다. 학위를 하기 위해 또 얼마나 많은 시간을 허비하며 위장이 뚫어질 지경으로 술을 마셔야 했던 것이다. 그것이 없으면 금방 쓰러지기라도 하는 듯이 열을 올렸던 것이다. 그런 것은 있으나 마나한 장식품과 같은 것이다.

어떻든 『단기고사』는 불타버린 책이었다. 당나라의 장군 소정방蘇定方 설인귀薛仁貴는 백제와 고구려를 침입할 때 국서고國書庫를 부수고 『단기고사』와 고구려 백제사를 전부 불태웠던 것이다. 그것을 대야발이 여러 의견과 사기史記를 참고하여 그 윤곽을 잡았던 것이다. 「전 단군조선」「후 단군조선」「기자奇子조선」 등 3편으로 썼다. 단기檀奇라는 것은 단군조선과 기자조선을 말하는 것이고 기자도 주나라 무왕이 봉한 왕이 아니다. 기자의 성은 환桓이고 이름은 서여西余이다. 전 단군조선 19세 단제檀帝 종년縱年의 아우인 청아왕菁莪王 종선縱善의 증손이다. 『단군세기』에는 서우여西于餘라 하였다. 서로 전혀 근본이 다른 인물이다. 우리 땅의 인물이었다.

그러면 어떻게 기자奇子와 기자箕子 이름도 헷갈리게 해놓고 두 인물을 바꿔치기를 하였는지, 그것도 산부인과 병원에서 태어난 갓난아기라면 또 모르지만 왕이 뒤바뀐다는 것은 이해하기가 어렵다. 화사가 밝힌 출간 경로를 보면 통탄할 만한 사정과 배경이 어느 정도 짐작되긴 한다.

―지금으로부터 1천 3백여 년 전 고구려가 나당군에게 패망한 후 국서고國書庫까지 타버렸으나, 영걸스런 옛 신하 대조영大祚榮 장군이 30년 후에 고구려의 옛땅에 발해국을 세우고 왕이 되었다. 그 후 타버린 단기고사를 문호 대야발[王弟]에게 다시 편찬하게 하여 수백 년 간 전해 내려왔다. 고려조에 이르러 모화慕華 선비 김부식과 일연一然 등이 단기고사와 삼국사 등 119권을 5권으로 축소하여, 우리나라가 영광될 만한 사실은 전부 지워버리고 중화에 예속국이 될만한 문구만 추려 내어 좋지 않게 역사를 기록하였다. 그후 오늘까지 우리 국민은 시조부터 정치 문화 산업 경제 등 각 방면에 중화보다 낙오된 약소국으로만 지내왔다고 잘 못 인식하게 되었으며, 성조聖祖의 실사까지 알지 못하게 되었으니, 통탄하지 않을 수 없다. 다행히 하늘이 도와 우리 성조의 역사를 바로잡기 위하여 깊이 감추어 두었던 야발의 역사가 천만 뜻밖에 출현되어 대한광무大韓光武시대 학부學部에서 하려다가 일본의 내정간섭으로 간행하지 못하고, 그 후 신채호 이관구가 중국지방에서 출간하려다가 역시 간행되지 못했다. 또 해방 후 김두화金斗和 등이 번역 출간하려다가 역시 펴내지 못하고 이번에 유지 한재용韓在龍씨의 찬조로 펴내게 되었다.

4282(1949)년에 이 책을 번역 출판하면서 해암海菴(김두화)과 화사가 밝히고 있는 내용이다. 해암은 불교의 학승으로 화사가 일본 경찰을 피해 그의 암자에 숨어 있으면서 가까워져 『단기고사』를 함께 번역하고 출판하기에 이른 것이다. 해암은 광복 후, 함께 독립운동을 했던 동지 김재형의 집에 1년여 동안 충북 청원군 강내에 머물 때에 끼니를

제대로 잇지도 못하는 어려움을 겪다가 어느날 고서가 많이 들어 있는 궤를 지고 충북 영동 쪽으로 떠난 후 소식이 없다는 것이다.

그 궤 속에는 한문본 『단기고사』가 들어 있었고 그것을 신주처럼 보물단지처럼 끌어 안고 어디까지 가다가 어떻게 되었는지 알 수가 없는 것이다. 영동, 어디 쯤인가. 궤짝을 지고 가는 해암의 뒷 모습이 떠오른다. 그 책이 무엇이라고 또 우리의 뿌리를 찾는 것이 또 무엇이라고 거기에 목숨을 걸었던 것이다. 여순旅順 감옥에서 10년 동안 복역하다가 옥사한 단재의 모습과 함께 떠오르는 것이다.

단재는 4264(1931)년 조선일보에 「조선상고사」를 연재하였다. 그 총론의 한 대목만 봐도 단재가 어떤 생각을 하며 살았는지 알 수가 있다.

―어쩌다 너댓 명의 친구들과 압록강의 집안현 곧 제2의 환도성丸都城을 잠깐이나마 보게 된 것은 나의 일생에 기념할만한 장관이었다. 노자가 모자라 능묘가 모두 몇인지 세어 볼 여유조차 없었으나 대충 능이라고 할 수 있는 것이 수백이요, 묘가 1만 장 내외라는 것을 추측할 수 있었다. 그곳 촌사람이 파는 대나무를 그린 금재[金尺]와 일본인이 박아 파는 광개토대왕 비문의 가격만 물어보았을 뿐이다. 수백의 왕릉 가운데에 천행으로 남아있는 8층 석탑과 사면팔방의 광개토대왕릉과 그 오른 쪽에 있는 제천단祭天壇을 대강 붓으로 그려 사진을 대신하였고 왕릉의 높이를 발로 밟으며 몸으로 견주어 측량에 대신하였을 뿐이다. 수백 원이 있으면 묘 한 장을 파볼 것이요, 수천 원이나 수만 원이 있으면 능 한 개를 파볼 것이다. 그렇게만 하면 수천 년 전 고구려 생활의 산 사진을 볼 수 있을 터인데, 하는 꿈만 꾸었다. 슬프도다. 이와 같은 천장비사天藏秘史의 보고를 만난들 내게 무슨 소득이 있으리오 인재와 물력이 없으니 아무리 재료가 옆에 있은들 내 것이 아니구나!

단재는 그렇게 만주 등지를 다니다 일경에 체포되어 여순 감옥으로 끌려가게 되었던 것이다.

어떻든 『단기고사』가 이땅에서 햇빛을 보게 된 다음 해에는 또 6.25

라는 한국전쟁, 동족상잔의 동란動亂이 발생하였다.

『단기고사』제1편은 「전 단군조선」이다. 거기에는 「단전檀典」이라는 또 하나의 제목이 붙어있다.

－환씨전桓氏典에, 동방에 부여족이 태백산 부근에 흩어져 살았는데, 그 중 환인은 관대하고 도량이 커서 가옥의 건축과 의복 제도를 시작하고 아들 환웅을 낳으니 그 뛰어난 모습을 호걸이라 했다.

환국桓國시대의 상황을 처음으로 얘기하고 있는 대목이다. 우리 나라 최초의 국가인 환국을 열고 있었다. 환인은 환웅천왕의 신시 개천 이전 7대, 3,301년간(B.C. 7197~B.C. 3897)의 환국을 세운 임금이다.

－아버지의 분부를 받들어 사람을 널리 구제하시니 풍백風伯과 운사雲師와 뇌공雷公 등을 거느리고 천평天坪(吉林 동쪽 백두산과 연관된 신성한 곳)에 이르러 음식 절차와 혼인 규례를 창설하시고 천부경天符經을 설교하시니 사방 사람들이 구름같이 모여드는 자가 많았다. 환웅이 아들 환검桓儉을 낳으니 곧 단군왕검이시다. 장성하여 비서갑非西岬(만주 하얼빈 근처)에서 하백河伯의 딸을 아내로 삼고 아들 부루夫婁를 낳으니 이분이 부여족의 시조가 되었다.

이렇게 단군의 시대로 연결하고 있다. 단군! 그런데 단군은 한 사람이 아니고 1세 단군왕검에서부터 47세의 왕이 도열하고 있다. 『단기고사』,『규원사화』,『한단고기』에 다 그렇게 되어 있다. 구분이 조금 다르고 기록에 다소 차이를 보이고 있으나 일단 단군이 한 사람이 아니라는 점에서는 같다.

단군은 한 사람의 임금이 아니고 단국檀國의 임금을 통털어 말하는 것이라고 보기도 한다. 단군을 고유명사가 아니라 보통명사(일반명사)로 보는 것이다. 단군에 대하여 『삼국사기』에는 기록도 없고 『삼국유사』에 쓰어 있는 대로 1,500년 동안 나라를 다스리다 산신이 되어 1,908세까지 침묵의 시간을 짊어지고 있었던 한 사람의 단군이 아니고 서로 각기 이름이 다르고 치적이 다르고 역사가 다른 왕조들로 꽉 채워져 있는 것이다. 신화가 아니고 실사로 말이다.

한단 또는 환단의 한, 환은 한국 환국의 세기를 말하는 것이고 단은 단군세기를 말하는 것이다. 그러니까 단군의 시대 이전에 그보다 더 많은 시간의 역사가 또 자리하고 있는 것이다. 3,301년 또는 63,182년 간이라고 했다. 한인의 시대 한국의 7대에 걸친 왕들, 그 이름이 익숙치는 않다.

제1세 한인 안파견安巴堅
제2세 혁서赫胥
제3세 고시리古是利
제4세 주우양朱于襄
제5세 석제임釋提壬
제6세 구을리邱乙利
제7세 지위리智爲利 단인檀仁

『삼국유사』에서 환인을 제석帝釋이라고 주해하고 있는데 상제上帝, 하늘의 임금, 즉 하느님을 가리킨 말이다. 이는 실제 인물이 아니라는 이야기이다. 그러나 다시 『삼성기』 하편에 보면 환인을 역대 제왕으로 설명하고 있다.

－옛날에 환국이 있었는데 백성들은 모두 부유하였고 또 많았다. 처음 환인께서 천산天山에 올라 도道를 얻어 오래 오래 사셨으니 몸에는 병도 없었다. 하늘을 대신하여 늘 교화하시니 사람들로 하여금 군대를 동원하여 싸울 일도 없게 하였으며 누구나 힘껏 일하여 주리고 추위에 떠는 일이 없게 하였다.

환인은 하늘이 아니고 천산에 살았다. 천산은 어디인가. 하늘에 닿아 있는 산인가. 천산산맥 동쪽의 기련산祁連山 설산雪山이라기도 한다. 이 기록에 의하면 환인은 신이 아니라 신선이었다. 고대 씨족의 대표이자 우리 나라에 처음 등장하는 국가의 제왕으로 신선의 도를 닦고 있는 것으로 되어 있다.

조선시대 숙종 때 우의정을 지낸 허목許穆의 『동사東事』에도, 상고上古 구이九夷의 초창기에 환인씨가 있었다. 환인에게서 신시가 생겨서 민생의 다스림을 가르치니 민심이 모두 신시씨에게 돌아갔다. 신시에서 단군이 태어나서 박달나무 아래 살았다 하여 이름을 단군이라 하였다고 쓰고 있다. 환인을 씨족으로 표현하고 있다. 여기에는 그런 여러 왕들이 등장하고 있지는 않지만 환인 환웅 단군을 신화에서 역사로 편입시키고 있는 것이다.

또 『장자莊子』 외편 9장에 보면, 상고의 혁서 제왕 시대에는 백성들은 편안하기만 해서 집에 있어도 무엇을 해야 좋을지 그 할 바를 알지 못했으며, 먹을 것을 입에 물고 즐기고 배불리 먹고는 배를 두드려가며 근심 걱정 없이 평화로운 생활을 하였다고 되어 있고 10편에는 당신은 지상至上이 행해졌던 시대를 알지 못하는가라는 물음으로 시작하여 혁서 환인은 중국 삼황오제인 복희 신농 황제 헌원 등과 같이 씨족의 지도자 또는 제왕으로 군림君臨하고 있음을 말해주고 있다.

한국桓國을 이어 신시의 하늘을 열었다. 신시 개천이다. 한웅 천왕의 신시시대가 시작된 것이다. 이것이 곧 배달나라이다. 『삼성기』 하편의 「신시역대기」에는 18분의 왕에 대해 자세히 기록해놓고 있다.

배달 한웅은 천하를 평정하여 차지한 왕의 이름이다. 그 도읍한 곳을 신시라고 한다. 뒤에 청구국靑邱國으로 옮겨 18세 1,565년(B.C. 3898~B.C. 2333)을 통치하였다. 한인의 시대보다 조금 더 구체적이었다.

제1세는 한웅 천황 또는 거발한居發桓으로 재위 기간은 94년, 120세를 살았다. 이하 같은 순서로 기록하고 서술은 생략한다.

제2세 거불리居佛理 한웅 재위 86년, 102세

제3세 우야고右耶古 한웅 재위 99년, 102세

제4세 모사라慕士羅 한웅 재위 107년, 129세

제5세 태우의太虞儀 한웅 재위 93년, 115세

제6세 다의발多儀發 한웅 재위 98년, 110세

제7세 거련居連 한웅 재위 81년, 140세

제8세 안부련安夫連 한웅 재위 73년, 94세

제9세 양운養雲 한웅 재위 96년, 139세

제10세 갈고葛古 한웅 또는 독로한瀆盧韓 재위 100년, 125세

제11세 거야발居耶發 한웅 재위 9년, 149세

제12세는 주무신州武愼 한웅 재위 105년, 123세

제13세 사와라斯瓦羅 한웅 재위 67년, 100세

제14세는 자오지慈烏支 한웅 세칭 치우蚩尤천왕 청구국으로 도읍을 옮겨서 재위 109년, 151세

제15세 치액특蚩額特 한웅 재위 89년, 118세

제16세 축다리祝多利 한웅 재위 56년, 99세

제17세 혁다세赫多世 한웅 재위 72년, 97세

제18세 거불단居弗檀 한웅 또는 단웅檀雄 재위 48년, 82세

한인의 시대 한국시대桓國時代보다 한웅의 시대 신시시대의 역년은 짧으나 왕의 수는 배 이상으로 많다. 그런데 참으로 재임기간도 길고 수명이 길었다. 그러니 한국시대는 왕들이 몇백 년씩을 살았다는 것인지 그리고 백성들은 또 얼마나 살았다는 것인지 알 수가 없다. 알 수 없는 것은 한 두 가지가 아니었다.

천지개벽이 되어 하늘이 열리고 땅이 울리며 새로운 광명의 천지가 열리었다. 신들의 시대에서 인간들의 시대로 하늘의 시대에서 땅의 시대로 바뀌어 갔던 것이다. 그렇게 단군의 세기에 이르게 되었다. 이 땅에 단군이 던져지게 된 것이다.

단군은 누구인가.

뿌리에 대하여 다시 생각해 본다. 우리 민족의 뿌리는 단군이 아니다. 그 위로 한 참 더 올라가는 것이다. 올라가는 것이 아니고 내려가는 것인가. 그렇게 두 세기의 여러 왕조가 존재하고 있었던 것이다. 그 것을 땅 속에 묻어놓고 있었던 것이다. 아니 하늘 저쪽으로 밀어내었

던 것이다. 누가 밀어내었는가. 왜 그랬는가. 그런 이야기들을 많이 하였다. 논문도 많이 썼다. 그런 이야기도 차차 하기로 하고, 다시 뿌리 얘기로 돌아가 보자.

커피를 다시 한 잔 하기 위해서 밖으로 나왔다. 몇 잔 째의 커피를 들고 있는 것이다. 커피는 스스로 끓여먹었다. 두문불출할 때는 그랬다. 화장실에 들락거리는 일 커피를 마시는 일, 그리고 냉장고 문 위쪽에 놓여 있는 날계란을 양쪽의 구멍을 뚫어 마시는 것이 고작이었다.

식탁에는 아침 식사가 끝나가고 있었다. 어머니와 아내 그리고 큰 아이가 이상한 몰골의 그를 쳐다본다. 여러 번 아침을 먹자는 얘기를 들었었다. 먼 동굴 속의 기억처럼 떠오르는 것이었다. 막내인 딸 아이의 목소리도 있었던 것 같다. 대답을 하지 않은 것이다. 너무 깊이 자신의 동굴 속으로 들어가 있었던 것이다.

"진지 드셔야지요?"

큰 아이가 수저를 놓으며 말한다. 휴학을 하고 군에 갔다 와서 지금 쉬고 있었다. 다른 아이들은 이미 학교에 가고 없었다.

그는 그냥 지나치려다가 식탁에 잠깐 앉았다. 아내에게는 그가 마음 내키는 대로 행동할 수 있었지만 아이들에게는 그렇게 못하였다. 어릴 때는 대단히 무섭고 권위 있는 아버지였고 가장이었지만 어느 사이 그렇지 못하게 되었다. 학과도 마음대로 선택을 하고 휴학도 마음대로 하고 그가 할 수 있는 역할이라고는 아무 것도 없었다. 학비를 대어주는 일뿐.

그의 밥은 차려져 있었다. 아이도 아이었지만 식탁 안쪽 벽 밑으로 화석처럼 붙어 앉아서 우물우물 음식을 씹고 있는 95세의 어머니 앞에서 금방 일어날 수가 없었다. 어머니도 한 때에는 대단히 무서운 존재였다. 아버지에 비하면 댈 것도 아니었지만 그래도 결정적인 순간에는 너무나 무서운 존재였다. 한번은 보리밭에서였다. 어머니와 같이 보리를 베다가였다. 그는 학교에 다니지 말고 농사나 지었으면 좋겠다고 말하였다. 아버지에게는 도저히 말할 수 없는 것이었고 어머니에게 운을 떼어보는 것이었다. 초등학교 3학년 때인가 4학년 때인가, 왜 그런지 공부가 하기 싫고 학교에 가기 싫었던 것이다.

그 때, 어머니는 그렇게 부드럽고 만만하던 얼굴은 뒤로 감추고 대단히 준엄한 표정을 하고는, 무슨 소리를 하고 있느냐고 고래고래 소리를 질러대었다. "무슨 말도 안 되는 소리를 하고 있는 기여? 정신이 있는 기여, 없는 기여?" 그는 여태 그렇게 무서운 어머니의 얼굴을 본 적이 없었다. 그는 그 자리에서 잘 못했다고 싹싹 빌고 당장 밭에서 퇴장을 당하였다. 학교로 가라는 것이었고 또 무엇이 되었든 빨리 가서 공부를 하라는 것이었다.

그런데 지금의 어머니는 아들 며느리의 눈치만 보는 존재가 되었고 아무런 권위가 없게 되었다. 밥을 먹고 화장실엘 가고 잠을 자는 일 외 다른 것은 대화가 없다. 며칠마다 변비 때문에 소동을 피우곤 하였다. 그리고 아내는 그런 어머니를 볼모로 여러 가지를 요구하고 있었다. 걸핏하면 이사를 가자기도 했고 술친구를 데리고 오지도 말라고 하고 9시 이후에 들어올 때는 밥을 찾아 먹으라고도 하고. 사실 따지고 보면 그의 두문불출과 같은 시위도 한계가 있는 것이었다. 좌우간 그는 어머니와는 물론 차이가 있었지만 권위가 전혀 없는 존재가 되어버렸다는 것이다.

일어서려고 하는데 아내가 찌개를 새로 데워다 준다. 어머니가 밥도 안 먹고 뭘 하느냐고 나무란다. 일어설 수가 없다. 조금 뜨는 척을 하였다. 속에서 받지도 않았다.

수저를 놓고 두문불출의 방으로 들어가려고 하자 오늘은 강의가 없느냐고 묻는다. 그렇게 붙들린 것이다. 아내는 경고를 하듯이 말한다.

"오늘 또 전화를 받고야 나가려고 그래요?"

할 말이 없다. 그는 대답 대신 일어나서 방으로 들어갔다.

책상에 다시 앉았다. 단군의 시대에 자료가 펼쳐져 있었다. 시계를 보았다. 강의 시간이 다가오고 있었다. 몸이 부서질 것 같고 골치가 아프고 속이 불편하였지만 그런 이유 가지고 휴강은 할 수가 없었다. 다른 어떤 이유라 하더라도 그는 강의를 빼고 무슨 다른 일을 하지는 않았다. 요일은 다르지만, 전 주일에는 빠지고 어제는 늦게 가고 하였는데 여태까지 모르고는 몰라도 일부러는 그러지를 않았던 것이다. 또 빠지게 되면 어김 없이 보강을 하였다.

요즘 가끔 착각이 일고 있는데 분명히 아직 안식년은 시작된 것이 아니고 방학은 조금 있어야 되었고 다른 아무 강의를 빠질 만한 이유가 있는 것도 아니었다. 그는 자료들을 주섬 주섬 챙겨 넣은 가방을 들고 서둘렀다. 교양과목 〈한국사〉 시간이었다. 100여명이 넘는 여러 과의 학생들이 수강을 하고 있어 강의가 조금이라도 부실하면 뒷문으로 들랑날랑 하는 것이었다. 아무 교재 준비도 없었고 강의 준비도 없었다. 진도도 몰랐다.

도무지 질서가 없는 생활이었다. 계속 하늘을 나르고 있는 것 같기도 하고 땅 속으로 땅 속으로 들어가는 것 같기도 하고 술이 덜 깬 것 같기도 하였다. 그러나 뿌리부터 흔들리는 것은 아니었다. 무엇이 되었던 학생들을 꽉 붙들고 한 시간이고 두 시간이고 얘기할 수는 있었다. 요즘 생각하고 있는 이야기를 하면 된다. 단군의 이야기를 해도 되는 것이었다.

어떻든 집에서 나오는 것도 하나의 방법인 것 같았다. 연구실에 앉아 있는 것이 오히려 나을 것 같았다. 자꾸 잦아들고 있는 자신을 방지하기 위해서 말이다. 차를 몰고 가며 그런 생각을 하였다.

길이 오늘따라 무척 막히었다. 차들로 꽉 들어찬 길바닥은 도무지 움직일 줄을 몰랐다. 적당한 시기에 시골로 내려가 옛 집터 에 집을 짓고 거기서 조용히 명상에 잠기고 생각을 가다듬고 미루어 오던 책-소설이래도 좋고-을 쓰겠다고 계획하고 있었다. 그런데 늘 말뿐이고 마음뿐이었다. 명예퇴직의 제도가 마련되어 그런 길을 틔워놓았는데도 그러고 있는 것이었다. 아내의 의견, 그것은 어쩔 수 없는 현실이 되었고, 그것을 벗어나지 못하고 있는 것이다.

시골 고향으로의 길이 그를 계속 기다려 주고 저작이 그를 계속 기다리고 있을지 모르겠다. 『서구의 몰락』 『역사란 무엇인가』 또는 『잃어버린 시간을 찾아서』 『뿌리』와 같은 저술을 옛집에 틀어박혀 쓰고 그것이 출판되고 또 선풍을 일으키고, 그런 것도 물거품 같은 꿈인지도 모른다. 바람과 같은 것인지 모른다. 그저 지금의 상태대로 연구실이 되었던 집의 서재가 되었던 몇 줄씩이라도 써서 보태므로 해서 하나의 장을 이루고 편을 이루고 권을 이룰지 모른다. 아니 강의한 것을 모아서 편집을 하면 책이 될 수도 있을 것이다. 물론 열강을 한 것이라야 되겠지. 언젠가 들은 얘기인데, 출판이냐 실패냐, 하는 얘기가 있었다. 미국의 경우인데, 그 학기 강의한 것이 출판이 되면 그 강의는 성공한 것이고 아니면 실패한 것이라는 얘기였다.

얼마 전에 시각 장애를 가진 학생이 맨 앞자리에 앉아서 강의를 들은 적이 있었다. 그 학생은 조그만 녹음기를 가지고 그의 강의를 처음부터 끝까지 녹음을 하고 있었다. 그것을 집에 가지고 가서 되풀어 점자로 찍는다는 것이다. 그럴 일이었다. 아무래도 점자로 쓰는 것은 속도를 맞출 수가 없나보다. 그는 처음에는 녹음이 된다는 것에 대하여 신경이 쓰이기도 하였지만 생각을 달리 하였다. 학생에게 녹음을 잘해서 그에게도 한 벌을 복사해 달라고 하였다. 그리고 강의도 좀 더 신경을 썼다. 저서를 집필하는 자세로. 그리고 강의를 마치고 그 학생이 복사한 여러 개의 테이프를 가지고 왔을 때 공 테이프를 여러 개 사 주며 다음 강의도 녹음을 해달라고 하였다. 그 학생은 그 뒤 한 두 번 더 그의 강의를 녹음하였었다. 그러나 그 테이프는 아직 풀지 못하고 있었다.

율려律呂

 현기증이 일고 있었다. 물체가 둘로 보였다 하나로 보였다 했다. 차를 몰 수가 없었다. 운전대가 흔들리고 속이 메스꺼웠다. 빌딩들이 춤을 추었다.
 차가 조금 빠지기 시작하자 괜찮아졌다. 도무지 달릴 수가 없어서 강의시간에 10여분이 지나서야 도착하였을 때 한 학생이 칠판 가운데에 휴강이라고 쓰고 있었다. 그가 들어서자 와악 웃음을 터뜨렸다.
 아까 일었던 현기증이 다시 이는 것이었다. 그러나 그런 대로 가방을 열고 책들을 꺼내었다. 이 시간의 교재는 가지고 오지 않았다. 그 대신 서재에서 들여다보던 자료들을 있는 대로 다 꺼내어 펼쳐놓았다. 단군시대였다.
 "단군에 대하여 어떻게들 생각하지요?"
 그는 밑도 끝도 없이 그렇게 말하였다.
 말의 뜻을 잘 모르는 학생들은 그의 얼굴만 쳐다보고 있다.
 "단군이 신화적인 인물이냐 역사적인 인물이냐 하는 얘기예요."
 그는 이야기의 방향을 제시하였다. 그것은 이미 이 강의의 서두 부분에 이야기를 하였었다. 그가 집필한 교재 『한국사의 재인식』에서도 써놓고 있는 것이다. 그런데 강의 후반부에 와서 다시 얘기를 꺼낸 것이다.
 "한 민족의 이야기가 햇빛을 쪼이면 역사가 되고 달빛에 젖으면 신화가 된다고 하였는데, 무슨 뜻인가요?"

한 여학생이 그렇게 말하자 모두들 와아 하고 웃으며 그쪽으로 시선을 주었다. 가끔 정곡을 찌르는 질문을 하는 학생이었다.

그는 그 발언에 의지하여 얘기를 하였다. 그가 인용하기도 했다.

"좋아요. 좋은 이야기를 끌어다 주었어요. 단군은 아직 햇빛을 받지 못하고 있는 거예요. 단군의 얘기는 아직 동굴 속에 있는 거지요."

"그러면 어떻게 동굴 속에서 끌어낼 수 있는 겁니까? 또 그럴 필요가 있는 겁니까?"

이번에는 아까 휴강이라고 칠판에 썼던 남학생이었다.

다시 와아 하고 웃음을 터뜨렸다.

"맞아요. 바로 그거예요. 동굴 속을 조명하면 되는 거지요."

학생들은 더 큰 소리로 웃음을 터뜨렸다.

"그것이 결코 쉬운 일은 아니지만 밤의 역사를 낮의 역사로 바꿔야지요. 동물의 이야기에서 인간의 얘기로 회복을 시켜야지요."

그는 계속 진지하게 말하였다.

학생들은 이번에도 웃음을 터뜨리는 대신, 그것이 어떻게 가능하냐고 얘기하였다. 단군이라는 화두를 그렇게 자연스럽게 풀어나가고 있었다. 얘기가 가닥을 잡기 시작하자 학생들은 모두들 책을 덮고 그 토론에 이목을 집중, 질문을 하고 반론을 펴고 하였다. 결국은 『삼국유사』의 기록을 믿느냐 그 뒤에 나온 책의 기록들을 믿느냐 하는 얘기로 초점이 맞추어지고 있었다.

"햇빛을 본다는 것은 다른 것이 아니고 우리가 연구하고 그 흑백을 가리는 일이지요. 강의를 하고 논의를 하는 이 자체가 조명작업이라고 할 수 있잖아요? 문제는 얼마나 깊이가 있고 또 얼마나 정확하게 논의하느냐 하는 것이고 그래서 얼마나 위력 있게 확산되느냐이겠지요."

그는 그렇게 이야기를 하다가 좀 늦은 대로 강의의 주제를 정하였다. 「단군의 재조명, 그 당위성과 방법」이라고. 진도도 맞지 않고 또 늘 강의에 삽입하여 하는 얘기였지만 그것을 주제로 특강을 하는 것이었다. 어떻든 강의를 맡은 사람이 하고 싶은 대로 이야기를 끌고 갈 수밖에 없는 것이다. 성공을 할 것이냐 죽을 쑬 것이냐는 그 다음의 일이었다.

그는 우선 『부도지符都誌』라는 책에 대하여 설명하였다. 신라 눌지왕 때의 충신인 충열공忠烈公 박제상朴堤上이 저술한 책으로 우리 나라에서 가장 오래된 역사 서적이다.

"『부도지』는 한국사 시원始原의 책이요, 인류의 창세기創世記예요. 한국의 철학과 종교와 정치와 문화의 상고사가 수록된 오늘날 인류의 근원과 고대문화의 뿌리를 밝혀 두고 있는 책이지요. 이 책에 의하면 인류 역사의 주인공이 바로 한국 민족이라는 것이에요."

파밀고원에서 단군까지의 역사이며 박朴 석昔 김金의 신라사로서 박제상이 보문전寶文殿 태학사太學士로 재직 당시 열람할 수 있었던 자료와 가전家傳의 비서秘書를 정리하여 저술한 『징심록澄心錄』 15지誌 중의 제1지이다. 한국에서 기록연대가 가장 오래된 역사 서적이다. 『삼국유사』의 간행연대로 추정되는 고려 충열왕 8(3615, 1282)년 전 후보다 적어도 800여 년 전의 기록인 것이다. 삼국유사에 김제상으로 씌어있는 박제상이 작고한 연대인 2749(416)년으로만 따져도 865년 전이 되는 것이다.

도형은 그런 서지학적인 설명 끝에 몇 가지의 중요한 문제를 끌어내었다.

"부도란 그럼 무엇이냐? 하늘의 뜻에 부합되는 나라, 또는 그 나라의 수도라는 뜻으로 곧 단군의 나라를 말하는 것이에요. 부도란 단군의 나라, 우리 나라를 말하는 것이고 여기가 인류문화의 발상지라는 거예요. 그리고 여러 면으로 검토해 본 결과 『한단고기』『단기고사』『규원사화』 등의 자료와 일치되는 것이 많이 있다는 거예요."

그의 얘기는 결국 이 책이 『삼국유사』보다 앞선 기록이라는 것이고 여기의 기록들이 그 훨씬 뒤에 나온 사서들, 위서로 평가 받고 있기도 한 책들과 일치되는 것이 많이 있다는 것이었다.

"그럼 그 책은 원본이 있습니까?"

아까 그 여학생의 질문이었다. 참으로 중요한 지적이었다.

"원본이야 물론 있지요. 그런데 그것이 전하지 않고 있는 것이지요."

도형은 그렇게 말하고 이번엔 그가 웃었다. 그리고 학생들을 한 번 훑어보았다.

모두들 따라 웃지도 않고 그를 바라보고 있다.

"『징심록』은 상교上敎 중교中敎 하교下敎로 나누어 각각 5지誌 씩『부도지』를 비롯하여『음신지音信誌』『역시지曆時誌』『성진지星辰誌』『사해지四海誌』『물명지物名誌』『가악지歌樂誌』『의약지醫藥誌』『농상지農桑誌』등 15지로 되어 있고, 후에 박제상의 아들 백결百結이『금척지金尺誌』를 지어 뒤에 같이 매고 또 김시습金時習이『징심록추기澄心錄追記』를 써서 보태어 모두 17편으로 된 책인데 지금 그 원문은 전하지 않고 있어요."

"원문이 없는데 어떻게 그 책을 보셨지요?"

또 그렇게 질문하였다.

"지금 전하고 있는『부도지』는 김시습의 손에 의하여 영해박씨寧海朴氏 문중으로 옮겨져 금강산의 운와雲窩 선생댁에서 함경도 문천文川 운림산運林山 속으로, 그리고 거기서 몇백 년간 삼신궤三神櫃 밑바닥에 감추어져 있다가 박금朴錦 선생 대代까지 전하여 졌다고 해요. 그 분은 그것을 두고 월남하여 울산으로 피난을 하였고 거기서 과거의『징심록』을 번역하고 연구한 바 있던 때의 기억을 되살려 원문에 가깝게 재생했다는 거지요."

도형은 그렇게 설명을 하였다. 구차스런 변명같이 되었다. 그러나 그것은 그의 얘기가 아니라 책에 써 있는 대로였다.

첫 질문을 한 여학생은 더 묻지는 않았지만 만족스럽지 못한 표정이었다.

"그 보물을 두고 삼팔선을 넘어와 한이 맺혔다는 거지요. 어떻게 그렇게 한 권의 책 내용을 다 기억(암기)할 수 있었느냐, 하는 것을 그렇게밖에 설명할 수 없어요. 박금 선생은 한이 맺혀 영원히 사장될 전문화前文化시대의 기록을 재생시킨 것이지요. 그것을 어떤 눈으로 보느냐 하는 문제는 있어요."

도형은 조금 더 부연을 하였다.

"평상시 우리는 뇌파를 얼마나 사용하느냐, 어느 무당에게 들은 이야기인데, 수치는 정확하지 않지만 일반 사람들은 대개 뇌파를 150만 개 정도 사용을 하는데 능력을 많이 발휘하는 사람들은 180만 200만 개를 사용하기도 하고 그 이상을 사용하는 사람도 있고, 초능력자들은 400만 450만 개를 사용한다는 거예요. 초능력을 발휘하는 사람들 있지요? 그 왜 TV 같은 데서도 보여주잖아요? 무당이 사람들의 과거와 미래를 꿰뚫어 볼 수 있는 것도 뇌파를 많이 사용함으로써 가능하다는 거지요. 그러니까 초능력이라는 것이 다른 게 아니고 일반 사람들보다 뇌파를 많이 사용한다는 거라는 얘기예요."

좌우간 그 정도만 해도 그가 어떤 시각을 갖고 있느냐를 충분히 설명한 것이었다. 그러나 그것을 학생들에게 강요할 수는 없었다. 고개를 끄덕이는 학생도 있고 그냥 무반응인 학생도 있고 일단 다른 의견을 내놓는 학생은 없었다. 그가 그런 방향으로 얘기하고 있는 데다가 대고 뭐라고 할 수가 없는지 모른다. 거기에다가 도형은 한 마디 더 하였다.

"거기에 무엇이 있다고 생각하고 찾아보면 있고 아무 것도 없다고 보면 없는 것이에요. 신이 있다고 생각하는 사람에게는 신은 살아서 역사하는 존재이고, 신이 죽었다고 생각하는 사람에게는 신은 아무런 의미가 없고 하나의 작대기에 불과한 것이나 마찬가지지요. 그렇다고 아무런 근거도 없는 것을 인정하라는 것은 아니고 가능한 데까지 인정을 해보자 이거지요."

 도형은 모든 면에서 그런 것은 아니지만 우리 민족의 뿌리에 대하여 그렇게 긍정적인 자세를 취하고 있었다. 이 학교서 그런 속성이 가장 강하다고 볼 수 있었고 그것이 문제가 되기도 하였다. 그러나 시간이 가고 나이가 들 수록 좀 더 냉정해지고 객관적 태도를 갖게 되고 솔직히 시인할 것은 하게 되었다.

 사실『부도지』에 대해서 그도 그렇게 설명은 하였지만 그리고 그렇게 믿고 싶긴 하였지만 아무래도 원본이 없고 원문이 없는 상태에서 그것을 전적으로 신뢰하고 있지는 않았다. 그러나 그것이 좀 꾸며지고 과장되고 또 더러 정확치 않은 부분이 있다고 하더라도 그 이상의 자료가 없는 한 가치가 있는 것이 아니겠느냐. 그에 대한 어떤 자료가 나타날 때까지라도 말이다. 그런 이야기도 하였다. 단군에 대한 이야기를 최초로 비치고 있는『삼국유사』보다 8, 9세기 전에 이미 씌어진 책이다. 그런 가설이 성립된다면 이에 대하여 우리는 성실하게 접근을 해가야 될 것이다. 미리부터 그것을 부정할 필요는 없지 않느냐. 그런 이야기였다.

 박제상의 일본 목도木島(또는 竹島)에서 장열하게 죽은 이야기를『삼국사기』와『삼국유사』에서 다 기록하고 있었다. 그러나『부도지』 얘기는 없었다.

 고구려에 볼모로 잡혀간 왕(눌지왕)의 동생 보해寶海(또는 卜好)를 구하려고 변복을 하고 가서, 같이 탈출하여 무사히 귀국한 박제상(또는 김제상)은 다시 일본에 볼모로 잡혀가 있는 왕의 동생 미해美海(또는 未斯欣)를 구하려 가서, 신라를 도망해 왔다고 하며 왕의 신임을 얻은 후에 미해를 탈출시키고 자신은 붙잡혔다. 일본 왕이 문초를 하고 설득을 하였지만 박제상은 듣지 않았다.

 "차라리 계림鷄林의 개나 돼지가 될지언정 왜국의 신하는 되지 않겠다. 그리고 차라리 계림의 벌을 받을지언정 왜국의 벼슬을 하며 녹을 먹지 않겠다."

박제상은 그렇게 죽어도 계림 사람이 될 것임을 굽히지 않다가 발바닥의 껍질을 다 벗기운 채 불타 죽었다.

이것은 박제상의 사실史實을 중심으로 기술된 것이고 박제상 부인의 애절한 설화가 같이 수록되어 있다.

박제상의 부인은 고구려에서 돌아온 남편이 집에 들르지도 않고 집을 떠나자 몸부림쳐 울었고 일본에 건너간 남편을 경주 남쪽 14킬로미터 지점 치술령鵄述嶺에 올라가 그리워 하다 치술령 신모神母가 되었다. 부인은 일본에 간 남편이 돌아오기를 기다리며 통곡하다가 지쳐 쓰러져 죽어서 망부석望夫石이 되었다.

박제상의 이야기를 하다가 그런 설화까지 이야기하게 되었다. 요는 박제상이라고 하는 잘 알려진 인물에 대한 얘기였고 그것을 기록한 책 『삼국사기』 『삼국유사』보다 『부도지』는 훨씬 앞선 기록이라는 것이었다.

그 얘기가 길었다. 진도도 아닌 엉뚱한 내용을 가지고 시간을 많이 잡아먹었다. 그러나 본론을 이야기하여야 했다.

"이 책에 의하면 우리의 역사의 시작은 파밀고원의 마고성麻姑城에서 출발하였다는 거지요. 여기는 태백산 신단수 아래라고 하는 『삼국유사』의 출발지점보다 장구한 세월이 앞선 시공간인 거지요. 선천先天시대입니다. 그리고 짐세朕世, 후천後天시대로 이어지고 단군시대는 아직 까마득한 후세가 되는 겁니다."

그러면서 그는 『부도지』의 첫머리를 인용하였다.

─마고성은 지상에서 가장 높은 성이다. 천부天符를 봉수奉守하여 선천을 계승하였다. 성 중의 사방에 네 명의 천인이 있어 관官을 쌓아 놓고 음音을 만드니 첫째는 황궁黃穹씨요 둘째는 백소白巢씨요 셋째는 청궁靑穹씨요 넷째는 흑소黑巢씨였다. 두 궁씨의 어머니는 궁희穹姬씨요, 두 소씨의 어머니는 소희巢姬씨였다. 궁희와 소희는 모두 마고의 딸이

었다. 마고는 짐세에서 태어나 희노喜怒의 감정이 없으므로 선천을 남자로 하고 후천을 여자로 하여 배우자가 없이 궁희와 소희를 낳았다. 궁희와 소희도 역시 선천과 후천의 정을 받아, 결혼하지 아니하고, 두 천인天人과 두 천녀天女를 낳았다. 합하여 네 천인과 네 천녀였다.

마구 질문이 쏟아졌다. 선천은 무엇이며 후천은 무엇이고 짐세는 무엇이냐. 마고성은 어떻게 해서 파밀고원이냐. 그리고 무엇보다도 이것은 기독교 『성경』과 비슷한 데가 있는데 『성경』을 보고 만든 것이 아니냐고 묻기도 하였다.

그는 『성경』 얘기부터 먼저 하였다.

"어느 것이 먼저인지를 따져봐야지요. 우선 『성경』은 그 전부터 있었던 이야기라는 것이지만 예수가 죽은 후, 그러니까 『구약성경』은 서기 90년 경에, 『신약성경』은 그 300년 뒤인 서기 393년 그리고 397년에 정경으로 채택되어 전하여 오고 있다고 되어 있는데, 학생들이 질문한 것은 결혼하지 아니하고 천인과 천녀를 낳았다고 하는 대목인가요? 동정녀 마리아가 성령으로 잉태하여 예수를 낳았다고 하는 「마태복음」「누가복음」의 이야기 말이지요."

학생들은 그렇다고 하였다.

"그런데 4,300여 년 전부터 열린 단군시대부터만 따져도 얼마나 뒤의 이야기가 되는 거예요? 2,333년 하고도 397년 뒤의 이야기이고, 그런데 여기서 말하는 선천시대 짐세는 단군시대보다 훨씬 거슬러 올라간다는 거지요. 단군세기 이전에 한웅세기 한인세기가 있음은 앞에서 말하였었고, 여기서는 그 위에 유인有因세기 황궁세기 궁희세기가 있다는 거지요. 이 기간이 얼마이며 이 때가 언제인가 하는 숫자는 밝혀놓지 않고 있지만 이 마고성 천산天山시대에서 적석산積石山시대 태백산시대 청구靑邱시대를 거쳐 만주로 들어오기까지 적어도 여러 세기를 거친 거지요."

다시 그런 것이 기록으로 실증으로 나타나 있어야 되지 않느냐고 질문들을 하였다. 원점으로 다시 돌아왔다. 요는 원본이 없지 않느냐는 것이었다.

"물론 원본이 있어서 그것을 고증한 결과를 가지고 얘기해야지요. 그러나 불행하게도 그렇지를 못한 실정이에요. 그러나 또 학문이라는 것이 원본에만 집착을 하다보면 발전이 없지요. 기록에만 얽매여 한 발자국도 더 나가지를 못하고 계속 제자리걸음을 해야지요."

그랬다. 그러나 그 원본 원문이 없다는 이유로 얼마나 긴 세월 동안 우리의 역사를 흙 속에 땅 속에 묻어두고 있었느냐. 앞으로도 계속 그런 이유로 우리의 역사를 신화로 돌리거나 옛날 이야기로 돌려버리고 우리의 뿌리를 포기할 것이냐. 그렇게 톤을 높여 말하였다.

그러자 모두들 숙연하게 듣고 있다.

이것은 원본은 아니지만 원본의 뿌리에 닿는 여러 가지 근거가 있다. 이『부도지』뿐만이 아니다. 그런 근거가 여러 군데서 나타나고 있다. 그것을 만들기 위해서 얼마나 한이 맺히고 또 목숨을 걸었는가. 그것을 우리는 소중히 받아들이고 신중히 검토하여야 한다. 위서僞書다, 가짜다, 하는 판정을 내리는 것은 급하지 않다. 나중에 그것이 아니라고 주장이 뒤집어지고 사실로서 밝혀질 때 그 때는 얼마나 민족적인 역사적인 죄를 짓는 결과가 되는 것인가. 그 자신도 그것을 무조건 인정하거나 부정하기보다는 계속 검토 중에 있는 것이다. 다만 그 판정이라고 할까 답을 유보하고 있는 것이다. 내친 김에 그렇게 몇 마디 더 솔직한 심정을 첨부하기도 했다.

그렇게 가설을 다시 세워놓고『부도지』에 기록된 태고의 세기들을 이야기해 나갔다. 질문들에 대한 설명이기도 하였다.

후천이 열리기 전에 짐세가 있었다. 그러니까 짐세는 선천시대와 후천시대의 중간에 해당하는 중천시대인 셈이다. 짐朕은 내[我]의 뜻으로 한 발 가까이 다가온 아세我世를 말하는 것인 듯하다. 이 때는 언제쯤인가. 선천은 언제이며 후천은 언제인가. 이 때는 언제쯤인가. 홍대용

洪大容의 『의산문답醫山問答』 김시습金時習의 『매월당집梅月堂集』 이능화 李能和의 『조선도교사』, 홍만종洪萬宗의 『해동이적海東異蹟』 등에 선천수 先天數 후천수後天數 우주력宇宙曆 지구력地球曆에 대한 설명이 있다. 우주의 1개월을 지구력으로 10,800년이라고 할 때 우주력 1년은 지구력 129,600년으로 산출되었다. 이 중에서 사람이 살 수 없었던 빙하기 29,600년을 빼면 10만 년 전후가 되고 따라서 선천시대가 5만 년 후천시대가 5만 년이라는 계산이 나왔다.

선천시대 짐세 후천시대의 연대를 그렇게 추정하게 되자 학생들은 열심히 계산을 하였고 다른 것보다도 우선 그 수치에 최면이 걸린 듯 고개를 갸웃거리다 끄덕거리다 하였다.

짐세 이전에 율려律呂가 몇 번 부활하여 별[星辰]들이 출현하였고, 짐세가 몇 번 종말을 맞이할 무렵에 마고가 궁희와 소희를 낳았다고 하였다. 선천 개벽의 시대 짐세 그리고 후천 개벽의 시대에 대한 정확한 연대를 추정할 길이 당장은 없는 것이다. 다시 『삼성기』 하편으로 가서 연결을 해보는 수밖에 없다. 수없이 그래 본 터이다. 그것도 물론 원본 원문을 따져야 하겠지만 아직 그런 것은 나타나지 않고 있다.

『삼성기』 하편에 일곱 분의 한인 임금의 한국桓國시대가 3,301년, 열여덟 분의 한웅 임금의 신시神市시대가 1,565년이라고 하여 4,866년의 역사시대가 있었음을 말하고 있다. 3,301년을 63,182년이라고도 하였다. 수 없이 얘기한 것이다. 근거를 대지는 않았지만 구체적으로 그 역년수를 밝히었다. 그러니까 서기 2000년은 한국기원으로 작게 잡은 것으로만 따져도 9199년이요, 신시 개천부터 따져도 5898년이 되는 것이다. 그러니까 단군기원 전 4866년이며 서력기원 전 7199년이다. 그러나 이런 우리의 뿌리를 찾지 못하고 있음은 물론 단군기원인 4333년(취재 당시)도 찾아 쓰지 못하고 있다. 애써 찾아 놓은 것까지 사용하지 않고 있는 것이다. 그것을 어떻게 찾은 것인데 왜 그러고 있는 것인가.

좌우간 이런 숫자는 결국 허수虛數인 것인가. 이런 것을 따지는 것은 아무 의미가 없는 일이며 아무 짝에도 소용이 없는 일인가. 9천여 년의 시간을 묻어두고 버려두어야 하는가. 그것이 과연 옳은 일인가.

이번에는 고개를 끄덕거리지는 않고 그냥 담담하게 그를 바라보고만 있었다. 그런 학생들을 향하여 계속 구름 잡는 이야기를 하였다.

마고성은 지상에서 가장 높은 성이었다고 하였다.『부도지』 8장에 보면, 청궁씨는 권속을 이끌고 동쪽 사이의 문을 나가 운해주雲海州로 가고 백소씨는 권속을 이끌고 서쪽 사이의 문을 나가 월식주月息州로 가고 흑소씨는 권속을 이끌고 남쪽 사이의 문을 나가 성생주星生州로 가고 황궁씨는 권속을 이끌고 북쪽 사이의 문을 나가 천산주天山州로 갔다고 하였다. 운해주는 파밀고원의 동쪽 중원 지역이고, 월식주는 달이 지는 곳 파밀고원의 서쪽 중근동中近東 지역이며, 성생주는 별이 뜨는 곳 파밀고원의 남쪽 인도 및 동남아 지역이고, 천산주는 파밀고원의 북동쪽 천산산맥 지역이 된다.

파밀고원은 동북으로 천산산맥을 통하여 알타이산맥으로 이어지고, 동남으로는 곤륜산맥과 히말라야산맥을 넘어 중국과 인도 대륙에 접하고, 서남으로는 술라이만산맥과 이란고원으로 해서 메소포타미아에 연결되고, 북쪽으로는 아랄해 발라시호 카스피해와 키르키즈 초원에 연하여 있는 세계의 지붕이다. 마고성은 이 파밀고원에 위치하고 있는 지상에서 가장 높은 성이었다. 여기에서 천부天符를 받들어 선천先天을 이어받은 것이다. 전문화前文化를 계승한 것이다. 마고성은 또 후천後天의 동서 고대문명을 열어 펼친 것이다. 마고성을 고대 4대 문명을 열어준 정치의 중심지요 종교의 메카였다고 해석하고 있다. 과연 그런 것인가. 마고성과 신시와 태백산은 어떻게 이어지고 있는가. 그러나 아직 이 때는 시작일 뿐, 아무런 후세의 결과를 말하지는 않고 있다.

새로운 천지개벽이었다.

—후천의 운運이 열렸다. 율려가 다시 부활하여 곧 향상響象을 이루니, 성聲과 음音이 섞인 것이었다. 마고가 실달대성實達大城을 끌어당겨

천수天水의 지역에 떨어뜨리니 실달대성의 기운이 상승하여 수운水雲의 위를 덮고 실달의 몸체가 평평하게 열려 물 가운데에 땅이 생겼다. 육해陸海가 병렬하고 산천이 넓게 뻗혔다. 이에 천수의 지역이 변하여 육지가 되고, 또 여러 차례 변하여 수역水域과 지계地界의 상하가 바뀌며 돌므로 비로소 역수曆數가 시작되었다.

『부도지』 3장의 앞부분이다.

그렇게 후천이 새로 열리었다. 물과 땅이 갈리고 천수가 육지가 되고 그것이 또 뒤바뀌어 돌아 새로운 천지의 신기원을 이루고 있다. 율려, 그 음과 성이 섞인 향상은 만물의 본음本音이며 태초의 음성이다. 태초에 율려가 있었다. 천지창조의 교향악이었다. 『부도지』 2장에는 실달성 허달성虛達城 마고성 그리고 마고가 모두 이 음에서 나왔으며 이것이 짐세라고 하였다.

『회남자淮南子』 「천문훈天文訓」에 율력律曆의 수數는 천지의 도道라고 하였다. 피타고라스는 자연에는 하모니가 있다고 하였다. 그리고 천체의 운행을 음악의 음정과 관련시켜 계산해 낼 수 있다(J.브로노브스키 『인간의 역사』, 삼성문화문고 79,pp.119~147)고도 하였지만, 소리가 천지를 창조하였다는 설은 『부도지』가 처음이다.

다시 4장을 보자.

－마고의 명에 따라 네 천인과 네 천녀가 결혼하여 각각 3남 3녀를 낳았다. 이가 이 땅[地界]에 처음으로 나타난 인조人祖였다. 그 남녀가 서로 결혼하여 몇 대를 지내는 사이에 족속이 불어나 각각 3,000명이 되었다. 이로부터 12인의 시조는 각각 성문을 지키고 그 나머지 자손은 향상을 나눠서 관리하고 수증修證하여 비로소 역수가 조절되었다.

세월이 흘러 인구가 증가하고 식량의 부족 등으로 동서남북으로 나뉘어 퍼져가게 되었다.

－황궁씨는 북쪽의 천산주로 가게 된다. 천산주는 매우 춥고 대단히 위험한 땅이었다. 이는 황궁씨가 스스로 떠나 복본의 고통을 이겨내고

자 하는 맹세였다. (忍苦複本之盟誓)

8장의 끝 부분이다.

복본은 본토 회복의 뜻이다. 잃었던 낙원을 다시 찾는 것이다. 『부도지』를 역해譯解한 김은수金殷洙는, 이 대목을 『성경』의 「창세기」와 비교하여 특이한 해석을 하고 있다.

고대 한민족의 발상지는 파밀고원의 낙원 마고성이다. 그들은 인구의 증가 때문에 오미五味의 화禍를 일으키고 사방으로 분산하였다. 『부도지』 1장에서 8장까지의 기록은 그 골격이 「창세기」와 거의 일치된다.

여호와 하나님은 7일만에 천지 창조를 마쳤다. (한국에서는 아이를 낳으면 일곱 이레, 49일간을 가린다.) 하나님은 동방의 에덴에 동산을 창설하고, 흙으로 빚어 만든 사람을 거기에 살게 하였다. 동산에는 과일 나무가 많이 있었다. 생명과生命果(永生果)와 선악과善惡果(지혜과智慧果)도 있었다.

에덴 동산은 네 강의 발원지였다. 하나님은 사람에게 생명과와 선악과는 먹지 못하게 명령하였다. 하나님은 아담의 갈빗대 하나를 취하여 여자를 만들었다. 여자가 선악과를 따 먹고 남편에게 주었다. 하나님이 뱀과 여자와 남자에게 벌을 내렸다. 생명과를 지키기 위하여 에덴 동산에서 추방하였다.

『부도지』와 「창세기」는 적어도 아래 5가지 점에서 일치하고 있다.

1. 낙원이 설정되어 있다.
2. 포도와 선악과가 있었다.
3. 두 곳에 다 물이 있었다. 마고성의 축성재築城材는 물과 돌이었다.
4. 『부도지』의 4천녀는 겨드랑이를 열고 각각 3남 3녀를 낳았다. 아담의 갈빗대가 여자가 되었다.
5. 사람들이 낙원에서 추방당하였다.(失樂園) 『부도지』는 「창세기」의 원형이다.

이러한 역해자의 주장은, 『성경』을 보고 만든 것이 아니냐는 질문에 대한 또 하나의 답이 되었다. 그러나 학생들은 그것에 대하여 신뢰를 하지 않고 인정을 하려 들지 않았다. 질문이 쏟아졌다.

그는 질문한 학생에게 얘기해 보라고 하였다. 그러나 어느 학생도 명쾌한 설명을 할 수가 없었고 무슨 근거를 댈 수는 없었다. 여러 가지로 설명을 하다가 아무래도 『성경』이 원형인 것 같다고 말하였다. 그런 학생이 많았다.

도형은 얘기의 방향을 바꾸었다. 학생들의 의견에 굴복하는 것은 아니고 보조를 맞추는 것이었다. 작전상 한 발 후퇴하는 것이었다.

"사실 그 점에 있어서는 나도 마찬가지예요. 아무래도 이쪽이 생소하고 엉성한 것 같고 뭔가 그쪽이 세련되어 있는 것같이 느껴지는 것이 솔직한 심정이에요. 그러나 우리가 오랜 동안 그렇게 알고 있었기 때문에 그런 것은 아닐까요? 여러 분은 이 책에 대한 얘기를 처음 듣는 거지요?"

그렇게 말하여 보았다.

그런데 한 학생이 반란을 일으킨다.

"아닙니다."

"뭐예요, 그럼?"

도형은 큰 소리로 되물었다. 자신도 모르게 언성이 높아졌다.

그런데 학생의 의견은 참으로 어이없는 것이었다.

"두 번째 듣는 것입니다."

까르르 웃음이 터졌다. 그에 대한 야유 같기도 하였다.

"세 번 들은 사람도 있어요?"

그가 참고 응수를 하였다.

"네."

또 웃음이 터졌다.

도형은 더 묻지 않고 시계를 보았다. 마칠 시간이 되었다. 중간에 쉬는 시간도 없이 속강을 하였다. 그는 아무런 내색도 하지 않고 아까 하던 말을 계속하였다.

"이스라엘을 갔었어요. 성지 순례단에 끼어서 베들레헴이다, 겟세마네 동산이다, 골고다 언덕이다, 가이드의 성경 지리학 설명을 들으며 둘러보았어요. 그러다 무슨 박물관이던가 옛날 『성경』이 보관되어 있는 건물엘 갔어요. 그 건물 지하에 여러 가지 『성경』의 원본들이 전시되어 있었는데, 양피지에 쓴 것도 있고 나무 껍질 같은 데에 써 놓은 것도 있고, 히브리어로 깨알만하게 필사한 『성경』의 두루말이들을 감탄을 연발하며 보았어요. 사진도 찍지 못하게 하여 그냥 눈으로 보고만 왔지요. 그러니까 『성경』의 원본이라는 것을 본 셈이지요."

좀 색다른 얘기에다 원본 얘기에 다시 학생들은 조용히 그를 주목하여 듣고 있었다.

"동굴 속에서 찾아내었다는 것입니다. 원본이라고 하지만 여러 가지 이본 사본들이었어요. 그것을 지하실의 희미한 조명으로 보여주고 있었던 것이지요. 진작에 햇빛을 본 『성경』의 원본들이지요. 기록된 문서라는 의미의 비블리아 즉 성경은 그렇게 동굴 속에서 전시실로 나와 있었던 것이에요. 그것은 민족적 의지의 징표라고 할 수 있고 이스라엘 사람들이 나라를 잃고 떠돌면서도 그런 민족주의 시오니즘으로 하여 세계 곳곳에서 두각을 나타내고 독립을 할 수 있었던 거지요. 그건 그렇고 지하실을 나와서 가이드가 우리에게 수수께끼처럼 묻는 것이었어요. 그 박물관 건물이 상징하고 있는 모양이 무엇인지 아느냐는 것이었어요. 건물 모양이 무엇을 닮았느냐는 것이에요. 그것을 맞히는 사람이 아무도 없었어요. 어떤 사람이 볼링 핀 같다고 하였지만 그런 것일 수가 없었지요. 단지, 독이라는 것이었어요. 내가 그것을 맞혔지요. 왜 그렇게 만들어 놓은지 아시겠어요?"

학생들이 대답을 하지 못하였다. 아무 말도 않고 있었다. 그가 지명을 하였다.

"아까 동굴 속에서 끌어낼 필요가 있느냐고 하던 학생이 한 번 얘기해 봐요."

그 학생은 엎드려서 자고 있었다. 들어올 때 휴강이라고 썼던 학생이었다. 깨우지 않았다. 다른 학생들을 바라보며 말하였다.

"답이 나오면 수업을 마칠게요."

그러나 아무도 답을 내놓지 못한다.

"단지 속에 그『성경』의 필사본들을 보관하여 왔다는 것이지요. 보물 단지였어요."

그리고 한 마디 더 하였다. 학생들이 맞힌 것이 아니고 그가 말하였기 때문이었다.

"그러나 말이지요. 그것은 이스라엘 사람들이 쓴 소설이라는 인상을 받았어요. 오랜 옛 이야기를 필사하면서 민족적 이상을 거기에 추가해 갔던 것이 아니겠느냐, 하는 거지요. 그런 우리 민중의 의지, 민족의 이상을 반영한 소설이라는 거지요.『삼국사기』나『삼국유사』도 그런 점에서는 큰 차이가 없다고 봐요."

"그러면『성경』도 소설이고『삼국유사』도 소설이란 말씀이신가요?"

처음 질문한 여학생이 다시 그것을 따지는 것이었다.

학생들이 술렁거렸다. 이미 시간이 지나고 다음 시간 강의를 듣는 학생들이 자꾸 문을 열어보고 있었던 것이다. 그런 분위기에서는 더 얘기를 할 수가 없었다.

"설화라고 하면 이해가 되겠어요?"

도형은 그렇게 되묻는 것으로 강의를 마쳤다. 사실은 그것이 대답이 될 수가 없었다. 정답이냐 오답이냐를 떠나서 그의 의도는 그런 것이 아니었던 것이다. 한 단계 설명이 더 필요하였던 것이다.『성경』이나『삼국유사』가 소설이라는 얘기는 아니고 역사적 사실이나 기록은 기자記者, 기록자에 의하여 많이 좌우된다는 것이었다. 덧붙이고 빼고 꾸미

율려律呂 · 195

고 또 상상력이 발휘된다는 것이다. 어떻든 민중의 의지가 담긴다는 것이다. 사실 풀러스 마이너스 알파가 소설이라는 것이다. 그것도 마음에 드는 설명은 되지 못하였지만 대략 그런 얘기였다. 그런 말을 쫓기는 시간에 다 할 수가 없었다. 결국 결론을 내리지 못하였다. 그리하여 엉뚱하게 삽입한 특강은 제대로 되지 못하였다.

등골에 땀이 잔뜩 배었다. 이마에도 땀이 흘렀다. 손에는 분필가루가 잔뜩 묻어 수건을 꺼내어 땀을 닦을 수도 없었다.
터덜터덜 복도를 걸어가 연구실 문을 여는데 한 학생이 뒤에서 인기척을 낸다. 아까부터 뒤따라 온 것이다.
"시간이 있으십니까?"
얼굴을 붉히며 묻는 것이었다. 아까 그 여학생이었다. 질문을 더 하겠다는 것이었다.
도형은 고개를 끄덕거렸다.
"피로하시면 다음에 찾아뵙고요."
"아니, 그렇지 않아요. 들어가요."
말하기도 귀찮을 정도로 피로한 것은 사실이지만 대단히 반가왔던 것이다. 그는 왼 팔에 끌어안고 온 책들을 내려놓고 화장실에 가서 손을 씻고 왔다.
도형은 커피 포트에 물을 붓고 풀러그를 꽂았다. 차를 같이 하려는 것이다. 학생에게 차를 끓여 주는 일은 흔하지 않았다. 물이 끓는 동안 학생에게 어쩐 일이냐고 물었다. 아까 얘기가 미흡해서 온 것을 그는 알고 있었다.
"다음 시간 강의가 없으십니까?"
학생은 다시 그것을 확인하려는 것이었다. 예의가 발랐다.
"그래요. 두어 시간 비어 있어요."
"식사 하셔야지요."

"상관없어요. 천천히 해도 돼요. 무슨 얘기인지 말해 봐요."

그제서야 학생은 얘기를 꺼내는 것이었다. 물도 끓어서 그는 자스민 차를 넣은 다기에 물을 붓고 울어나기를 기다리며 찻잔을 미리 갖다 놓았다.

"아까 수업시간에 하고 싶은 질문이었는데 시간이 끝나서 찾아온 것입니다."

역시 그랬다.

"내 방에 처음이던가?"

"예, 처음입니다."

그는 차의 첫물을 조금씩 잔에 따랐다.

"자. 들어요. 그리고 얘기해봐요."

"예, 고맙습니다."

아주 깍듯했다. 그러나 질문은 그렇지가 않았다.

"대단히 죄송한 말씀인데요, 저로서는 교수님의 강의가 황당무계한 것 같애요. 너무 국수주의자 같으시기도 하고요."

첫마디부터가 곱지가 않았다. 그런데 무엇을 묻고자 하는지를 모르겠다.

그는 차를 조금 따르며 가만히 다음 이야기를 기다리고 있었다.

"처음엔 대단히 호감이 갔고 기대도 많이 하였는데 결국 『한단고기』『규원사화』『단기고사』『부도지』 같은 책만 가지고 설명을 하시는 것 같애서 어떤 한계를 느끼게 됩니다."

"왜 그런 책들은 인정을 할 수가 없다는 건가?"

그는 가만히 있기만도 부자연스러워 그렇게 물어보았다.

"그것은 다 위서라고 판명이 나 있지 않습니까?"

"거기에 문제가 있었구만."

"교수님은 그럼 그런 책들을 전적으로 인정하시는 겁니까?"

그는 고개를 끄덕끄덕하며 학생을 바라보았다. 학생의 물음에 대하여 그렇다고 대답한 것은 아니었다. 그저 아니라는 말대신 그런 몸짓을 보인 것 뿐이었다. 당돌한 질문에 대한 방어자세였다.

"나도 솔직히 말해서 그 책들을 전적으로 인정하지는 않아요. 의문점이 많고 신뢰할 수 없는 부분이 있어요. 그러나 나는 그런 점에 있어서는 『삼국사기』나 『삼국유사』도 마찬가지이고 아까 수업시간에도 질문이 있었는데 『성경』도 마찬가지라고 생각해요. 거꾸로 말하면 『한단고기』나 『규원사화』 같은 책들이 갖는 의미도 있다는 거지요. 『부도지』도 그렇고. 우리가 굳이 그런 장점과 이점을 버리고 단점이나 약점만 가지고 성급하게 가위표를 칠 필요가 있겠느냐, 하는 거예요."

"그러니까 결국 인정을 하신다 그런 말씀이 아니신가요?"

"그렇지 않아요. 조금 더 검토해 보자는 거예요. 충분히 검토해 보고 판정을 내리자는 거지요."

"아직 판정을 내리지 못 하셨는가요?"

"그래요. 아직. 그러나 아까 학생의 질문처럼 원본이 있느냐 없느냐, 하는 것으로 판정할 수는 없을 것 같아요. 원본이 어디서 나오면야 말할 것도 없겠지만, 죽은 나무에 싹이 돋아나기를 기다리듯 그것만 기대할 수는 없고, 여러 가지로 해석 방법을 찾고 있어요. 사실은 내 나름대로 해석을 해보고 있는데 그것을 책으로 내보려고 해요."

그는 소설을 쓴다는 얘기는 하지 않았다. 자신이 없는 이야기였다. 그런데 학생이 소설 얘기를 꺼내는 것이었다.

"결국 소설이다, 그런 말씀이신가요? 아까도 그런 말씀을 하셨었지요."

참으로 예리한 학생이었다. 그의 의중을 너무도 잘 알아차리고 있었다.

그러나 따지고 보면 그런 것도 아니었다. 아직 그런 결론을 내리지는 못하고 있는 것이었다. 그런데 그는 그것을 학생들에게 너무도 솔직하게 이야기하였다. 이 여학생에게도 마찬가지였다. 연일 골똘히 생각하고 있던 것을 기회 있을 때마다 다 쏟아놓은 것이었다 강의도 그랬고 토론도 그랬고 대화도 그랬고 그의 속을 있는 대로 다 털어 보이었다. 어떤 검증을 받으려는 듯이.

그런데 학생은 거기에서 꼬투리를 잡기라도 한 듯이 바로 그 부분을 다시 묻고 있었다. 학생은 결국 묻고 싶은 것이 『성경』이 과연 소설이냐는 것이었다. 그것에 대한 좀 분명하고 확실한 대답을 듣고 싶다는 것이었다.

도형은 키가 자그마한 여학생의 갸름한 얼굴을 정면으로 바라보았다. 학생은 얼굴을 붉히며 고개를 숙인다.

"무슨 과이지."

"종교철학과입니다."

"그래?"

그는 의외라는 듯이 다시 바라보았다.

"저도 성서주의자는 아닙니다. 실은 신에 대한 회의에 빠져 있습니다."

그는 그 여학생의 표정에서 희연의 얼굴을 떠올렸다. 희연의 표정은 뭔가 밝고 의지에 차 있었다. 결국 그의 이야기를 신뢰하고 있느냐 그렇지 않느냐의 차이였다. 그는 물론 누구라 하더라도 무조건의 신뢰를 요구할 수는 없는 것이다.

"직관直觀이라는 것이 있어요. 어떤 계시 같은…"

"그런 것을 논문으로 쓰신 것은 없으신가요?"

학생은 그것을 물으러 온 것이다. 그 근거를 찾으러 온 것이었다.

도형은 학생을 다시 바라보다가 웃으면서 말하였다.

"논문이라고 할까 에세이라고 할까."

"어디다 쓰셨지요?"

"여기 저기 잡지에도 쓰고 신문에도 쓰고, 우리 대학 신문에도 썼었지."

"그러세요? 제가 입학하기 전인가보지요?"
"그런가?"
그런 얘기를 나누고 있는데 목우에게서 전화가 왔다. 같이 식사나 하자고 했다. 지난 번 느지막한 점심을 산 답례이기도 하고 용건이 있었던 것이다. 그날 얘기한 『다시 찾은 한국』이라는 책을 쓴 학생이 와 있다는 것이다.

도형은 사양을 하는 대신 그 학생을 보내라고 하였다. 그에게 서평을 써 달라는 주문이 딸려 있었는데, 어떻든 움직이기가 싫었고 반주가 따르는 식사를 한다는 것이 부담스러웠던 것이다. 어제 너무 과음을 한 데다가 잠도 못 자고 도무지 몸이 부서질 것 같았던 것이다. 그저 이렇게 얘기를 하면서 앉았다가 눈을 조금 붙이고 우유나 한 잔 하든지 그러고 싶었다.

학생이 얘기를 듣고는 일어서려고 하였다. 괜찮다고 그냥 있으라고 하였다. 사실 그대로 눈을 감고 쉬고 싶기는 하였지만 움직이지 않고 그냥 얘기만 하는 것이라면 상관없었다. 솔직하게 양해를 구하기도 하였다. 밤을 새워서 그러니 눈이 좀 감기더라도 이해를 하라고 그리고 이야기를 하라고 시키었다. 그렇게 미진한 상태로 그냥 돌려보내기가 싫었던 것이다.

희연도 처음에 질문 공세로부터 시작하였다. 그녀의 경우는 너무 마음에 드는 질문만 하였다. 그가 설명하려다가 빠뜨린 것, 이야기를 하려다가 기회를 놓쳐버린 것을 들고 나왔다. 강의의 주제가 겉돌고 있는 것을 바로잡아주기도 하고 재미 없는 강의에 활력을 불어넣어주기도 하였다. 그리고는 어느날 그의 고향을 묻기 위해서 연구실로 찾아왔었던 것이다.

그리고 너무나 가까운 사이가 되었던 것이다. 그것은 참으로 보통의 인연이 넘었다. 너무도 운명적으로 만나게 되었으며 너무도 연희를 닮았던 것이다. 연희가 되살아 온 것이었다. 아니 연희가 대신 희연의 탈을 쓰고 그에게로 왔던 것이다.

　공통점이라고는 다만 여학생이라는 것 밖에 없는데 그녀를 연상시켰고 잠시 동안이지만 어제 밤의 장면이 그의 시야를 가리는 것이었다. 뭔가 그녀에게 수긍이 가는 얘기를 들려서 보내고 싶었다.

　"논리를 떠나서 말이에요, 원문이나 원본 또는 어떤 근거를 떠나서 말이에요, 우리의 조상이 누구냐고 하는 것은 분명히 존재해야 하지 않아요? 우리의 조상이 누구라고 생각하느냐 하는 거예요. 우리의 조상은 단군이고 단군의 조상은 아담인가요? 어디까지가 역사이고 어디까지가 신화이고 설화인지, 그것은 그저 상징적인 의미만 있는 것인지, 그것을 논문이 아니고 에세이로라도 소설로라도 밝히는 사람이 있어야 될 것이 아니겠어요? 우리는 중국의 역사만 못한 민족이며 이스라엘 백성만 못한 백성이고 소위 그 선민選民이 못 되며, 『사기史記』는 믿어지고 『성경』은 믿어지는데 우리의 『고기古記』는 믿어지지 않고, 『천부경天符經』은 마음에 안 들고, 그런 것은 말이 안 되잖아요? 그것이 정말 위서라고 한다면 그것은 동시에 소설인 것이고 그랬을 때 소설은 누구를 향해서 썼으며 왜 썼으며 그런 것을 따져봐야지요."

　여학생은 고개를 끄덕거리고 있었다. 그러다가 『성경』이 소설일 가능성에 대하여 다시 묻는 것이었다. 거기에 대해서도 수긍이 갈 만한 얘기를 듣고 싶다는 것이다.

　"『성경』이 역사라고 생각해요? 설화라고 생각해요?"

　"설화가 많이 있지요. 특히 『구약』에는 말이지요."

　어느 사이 여학생은 그렇게 말하고 있었다.

　"설화란 무엇이냐. 한 마디로 신화나 전설 등을 줄거리로 한 옛날 이야기라고 할 수 있는 것 아니예요? 이야기, 옛날 이야기란 또 뭐지요?"

　"소설인가요?"

　여학생은 웃으면서 그렇게 되묻는 것이었다. 그런 결정적인 순간에 노크를 하는 것이었다. 목우가 보낸 학생이었다. 키가 땅딸막하고 얼굴은 아직 애티를 가시지 않은 홍안의 청년이었다.

도형은 그 학생을 여학생 옆에 앉으라고 하여 이야기를 계속 하려고 하였다. 공감대를 더 추가하고자 한 것이었다. 그러나 그런 분위기로 연결되지는 않았다.

이야기 이콜 소설은 아니다. 설화가 소설이 아니고 신화가 소설이 아니듯이 옛날 이야기가 소설은 아니다. 그리고 이야기 이콜 역사가 아니며 옛날 이야기가 역사의 기록은 아닌 것이다. 그렇지만 거기에는 민중들의 역사적 의지가 담겨 있다.

열심히 설명을 한다고 했지만 결국 소설 얘기는 더 발전하지 못하였다. 그런 대로 여학생은 상당히 전열을 누그러뜨려가지고 돌아갔다. 논리와 근거는 제시하지 못하고 설득만 하였는지 모른다.

이제 청년과 얘기할 차례였다. 그러나 시간이 없었다. 아닌게아니라 점심 식사도 해야 되었고 그러나 그러기 보다는 조금 자고 싶었다. 잠보다도 가끔 그러는 것처럼 소파에 고개를 뒤로 젖히고 잠깐이라고 눈을 붙이는 것이다. 청년도 식사를 안 하셨으면 대접을 하고 싶다고 하였지만 역시 사양을 하였다. 시간이 되면 저녁 때 만나든가 다음 언제 다시 연락을 하라고 하였다. 서평은 시간이 되는 대로 써보겠다고 하였다. 다른 데는 모르지만 우리 대학 신문에는 실어줄 거라고도 하였다.

"그것이면 저로서는 더 바랄 것이 없습니다. 그러나 그것보다 교수님의 진정한 평을 들어보고 싶습니다. 그래서 찾아온 것입니다."

청년은 그렇게 말하였다. 목우의 부탁도 그런 것이었던지 몰랐다. 그가 지레 짐작을 하고 말을 해 버린 것이었다. 뭔가 세밀하게 조준이 되지 않고 있었다.

"참 애를 많이 썼어요. 전공도 아닌데 자료도 많이 뒤졌고 책을 많이 읽었어요. 주장의 논리를 좀 더 세웠으면 싶고 너무 국수주의적으로 끌고 가고 있는 것 같은데, 아직 다 못 읽었어요. 더 읽어 볼게요."

그는 그러며 웃었다. 스스로도 우스웠다. 방금 여학생이 자신에게 한 말을 이 학생에게 하고 있었던 것이다.

말하자면 청년은 그자신보다 훨씬 긍정적이랄까 적극적인 시각을 가지고 있었던 것이다. 그는 그 중간쯤 된다고 할까. 자신을 보는 듯하고 자신에게 말하는 듯한 심정이었다. 그런 면에서 참으로 냉정하고 신중하게 평을 하고 써야 할 것 같았다. 너무 자신감을 주어도 안 될 것 같았다. 학문적으로는 기본이 갖추어지지 않았으며 그 주장하고 있는 것들에 대해서도 더 생각해 봐야 되었다. 그래서 그는 아직 다 읽지 못하였다는 구실로 미루어 두었다.

단군 시대

 좌우간 그렇게 해서 두 학생을 돌려보내고 다음 시간 강의 준비도 않은 상태에서 조금 눈을 붙이었다. 점심도 하지 못 하고 생각대로 우유 한 잔도 마시지 않고 다음 강의실로 들어갔다. 대학원의 〈한국 고대사 연습〉 시간이었다.
 10여 명의 남녀 학생들이 기다리고 있다가 날씨도 좋고 하니 야외 수업을 하자고 했다. 한 학기에 한 번쯤 밖으로 유인하는 그런 차례가 온 것이다.
 대개 야외 수업이라는 것은 야외, 캠퍼스 내의 숲 속이나 잔디 밭 또는 좀 떨어진 강변이나 계곡으로 가서 시원한 바람을 쏘이며 수업을 하자는 것이기도 하지만 대개는 다방이나 음식점에서 차나 술을 마시면서 부드럽게 수업을 하자는 것이다. 어떻게 보면 수업을 빼어 먹는 방법이고 적당히 넘어가자는 것이지만 강의실에서는 전달되지 않는 요체들이 뛰쳐나올 때가 있어 그야말로 열린 강의가 되기도 하였다.
 도형은 자신의 생각을 말하지 않고 학생들의 의견에 따랐다. 다만 어디 가서이거나 수업은 수업대로 하자고 하였다.
 한 학생이 강변이 어떠냐고 하였다. 한강 고수부지에 한 번 간 적이 있었는데 주위가 산만한 대로 캠퍼스 안보다는 사뭇 다른 분위기가 연출되었다. 가는 데 시간이 걸리고 수업보다는 피크닉의 효과가 크다고 할 수 있었다.
 "날씨는 좋군요."

그는 날씨 얘기를 하였다. 날씨가 좋지 않으면 야외 수업은 가능하지 않기 때문이었다.

모두들 박수를 쳤다.

몇 명의 학생들이 가지고 온 차에 분승을 하고 다리를 건너고 곧 한강 고수부지에 도착을 하였다. 강물을 바라보면 누구나 마음이 부드러워진다. 한동안 모두들 강을 바라보며 상쾌한 이야기들을 나누다가 강물이 출렁거리는 옆으로 잘 가꾸어진 잔디밭에 둥그렇게 앉았다.

자리가 마련되자 과대표가 묻는다.

"교수님! 오늘 풀로 다 하실 겁니까?"

시간을 다 채워서 강의를 하실 거냐고 묻는 것이었다. 학생들이 모두들 그의 또 한 번의 하회(?)를 기다리고 있었다.

강의의 주제를 학생들에게 분담시켰고 각자 연구해 온 것을 돌아가면서 발표하고 토론하는 세미나 형식의 강의인데 그것을 좀 줄여서 하든지 생략을 하든지 하지 않겠냐는 것이었다. 벌써 세 시간 중 한 시간 가까이 지나 있었다. 이미 시간은 다 채울 수가 없었다.

"발표할 사람은 다 왔고 준비를 다 하였겠지요?"

도형은 그 대답이나 되는 것처럼 그렇게 물었다.

세 사람이 손을 들어보이며 그렇다고 대답을 하였다. 그러나 제대로 해오지 못하였다고 말하였다.

"그러면 내가 다시 물어볼게요. 시간이 3분의 1이 지났는데 두 사람만 발표하는 걸로 할까요, 셋이 다 간략하게 하는 것으로 할까요?"

그러자 아무 반응들이 없고 과대표가 다시 요청을 한다. 어찌 되었든 발표는 한 사람만 하자고 한다.

"하는 데까지 해보지요 뭐. 미리부터 그렇게 못을 박지 말고."

역시 호응이 없는 대로 그렇게 시작을 하였다.

세 학생이 준비한 유인물을 돌렸다. A4용지로 10페이지가 넘게 복사를 한 것이다. 이 시간의 주제는 고조선에 대한 고찰이었다.

도형은 발표에 앞서 서론적인 얘기를 좀 하였다.

"고고학은 신화에서 출발하였어요. 현대 고고학의 아버지라고 할 수 있는 독일의 하인리히 슐리만은 호머의 『일리아드』 『오딧세이』의 무대인 트로이의 유적을 발굴하여 호머가 서사시로 쓴 신화를 역사로 입증한 것이지요. 우리는 아직 우리 민족 최고의 단군신화는 역사적으로 입증을 못하고 있는데, 북한에서 단군릉을 발굴하여 공개한 유골과 전시물에 대하여 면밀한 검증이 있어야겠고, 만일 그런 것이 사실로 입증된다면 단군릉의 문제는 참으로 획기적인 사건이 아닐 수 없는 것이지요. 역사를 다시 써야 하는. 좌우간 우리의 사서들이 고려말과 조선시대 이후에 쐬어진 것이 많고 또 그 내용을 전부 진실로 믿기가 어려운 것이 많이 있는 것도 사실인데, 거기에 흐르고 있는 맥은 민족의 의지라고 생각해요. 이 시대의 연구 자료에 대하여 너무나 부정적으로 보고 있는 것이 현실이고, 오늘 오전의 학부 강의에서도 얘기했지만 고고학적인 입증을 할 수 없는 한 우리의 상대 역사는 버려진 채로 그냥 두어야 하느냐 하는 겁니다. 그러나 어디까지나 이것은 결론이 아니고 서론이에요."

그는 그렇게 말하고는 한 마디 더 덧붙였다.

"아무튼 진지한 발표와 토론이 있기 바랍니다. 이왕 출석을 했으니 시간에 구애 없이 얘기들을 해 봐요. 집에만 자꾸 갈려고 하지 말고."

그 말에는 모두들 웃었다. 그것에 대하여 토를 달지는 않았지만 혹을 떼려다가 붙인 표정들이었다. 특히 여학생들은 차단할 수 없는 햇볕을 가리기에 찌푸린 눈빛이 안 고왔다.

이번 〈한국 고대사 연습〉은 한국 상고사의 특수연구로서, 신화시대 역사의 복원을 주제로 강의와 연구 발표를 계속 해오고 있었던 것이다.

이날 먼저 '배달국의 건국과 문화'라는 논제로 박사 과정 김영준이 발표를 시작하였다. 유인물을 읽어나가지 않고 요약 발췌해서 말하였다.

"지금 교수님도 말씀하신 대로 이 시기에 대해 연구하기 위한 기록들의 진실 여부를 가릴 길이 없고 위서라고 하는 책들도 있지만 달리는 논의할 도리가 없기 때문에 다 자료로 삼았습니다. 그런데 대부분의 논자들 학자들도 이런 전제를 하고 단순한 논의만 하고 있을 뿐이고 거기에 대한 어떤 주장은 유보하고 있는 실정입니다. 그 점에 있어서는 이교수님도 예외는 아니었습니다."

그러자 모두들 도형을 바라보며 웃어대었다.

사실이 그랬는지 모른다. 그러나 도형은 스스로 생각해도 그 이상인 것 같았는데 학생들 눈에는 그렇게 비치고 있는 것이었다. 그는 거기에다 대고 무엇이라고 변명을 하느니 그냥 같이 따라 웃고 만다. 얘기를 한다고 해도 발표가 끝나고 나서 해야 되는 것이었다.

학생이라고 하지만 김영준도 여기 저기 대학에 출강을 하고 있는 교수였다. 나이도 40이 다 되었다. 대학 1학년 때부터 그의 강의를 열심히 들은 제자이기도 하였다. 도형이 지정해 준 논제를 두 말 없이 연구해 가지고 온 것이었다.

김영준은 참고 자료들에 대한 논란을 유보하는 것을 전제로 하여 배달국의 시대적인 개관을 하였다.

여러 사서들의 기록에 따르면 우리 민족이 최초로 국가활동을 시작한 시기는 1만 년 또는 6, 7만 년이 된다. 파밀고원에서 마고성의 시대를 열었다. 지금 마고는 마고전설로 남아 있다. 고인돌과 마고할미의 이야기는 서북西北지방에 잘 알려진 전설이다. 지방에 따라 조금씩 달리 윤색되어 전해지고 있지만, 평안남도 양덕군 화촌면 문흥리 사람들은 마고할미는 장수로서 자신이 그 큰 돌을 가지고 와서 건조한 것이라 하였고, 평안북도 맹산군 맹산읍 사람들은 마고 할미가 대단히 인자한 이라 빈한한 사람에게 저고리를 벗어주고 치마를 벗어주고 고의도 벗어주고 나중에는 속옷까지 벗어주었으므로 발가벗은 몸(赤身)으로 부끄러워 다닐 수가 없어 지석支石을 만들고 그 속에 앉아서 살았다

[蹲居]고 전한다. 강동江東지방 사람들은 지석묘가 마고할미를 위해서 장수들이 만들어준 것이라고 전한다(孫晉泰, 『한국민족설화의 연구』). 또 황해도 봉산지방에서는 마고할미가 그 넓고 평평한 돌을 한 장은 머리에 이고 두 장은 양쪽 겨드랑이에 한 장씩 끼고 한 장은 잔등에 지고 와서 건조한 것이라고 전한다(朴容淑, 『한국고대미술문화사론』).

우연하게도 오전 강의 내용의 연속이었다. 물론 도형에 해당되는 얘기지만.

파밀고원의 마고성 시대에서 황궁씨와 유인씨有因氏의 천산주天山州 시대, 환인씨의 적석산 시대, 환웅의 태백산 시대를 거쳐 단군의 시대에 이른다. 『단서대강檀書大綱』은 환인의 환국 역년을 7세世 4,320년이라고 하였다. 환웅 천왕이 개천하여 배달국을 세운 것이 B.D.1565(B.C. 3898)년 10월 3일이다. 우리가 지금 국경일로 지키고 있는 개천절은 그 날짜만을 찾아 지키고 있는 것이다. 음력을 양력으로 바꾼 것이다.

어떻든 단군기원 1,565년 전에 환웅이 개천을 한 것이다. 천지가 개벽되고 하늘이 열린 것은 또 그보다 훨씬 전이다. 선천과 짐세, 후천의 하늘이 이미 열려 있었던 것이고 환웅은 개토開土와 개인開人, 땅을 열고 사람을 열었던 것이다. 천리天理에 따라 생명을 확인한 것이었다. 배달국은 단군왕검이 조선국을 개국할 때까지의 18대 1,565년간, B.C. 2333년 단군기원 때까지의 통치 기간을 말한다.

시대적인 개관에 이어 문화에 대한 얘기로 넘어갔다.

땅과 사람이 열린 배달국의 시대에는 문화가 급격하게 발전하였다. 문자의 창제, 농업의 발전, 혼취법婚娶法의 제정, 군사제도의 확립, 병기의 제작, 역법曆法의 제정 등 눈부신 문화 발전을 보였다. 복희伏羲와 자부紫府 선생은 천문 역학易學 윤리 종교의 이론을 펼쳐 사회 발전에 공헌한 이름 있는 학자였다.

역학은 이 시대 학문의 시초였다. 천체의 운행에 따른 계절과 일기의 변화는 고대인의 수렵 목축 농업 항해 등 생업에 직결되었다. 자연의 변화는 인간의 생활을 좌우하고 있다는 것을 터득하고 이에 대한 깊은 궁리를 하였다. 그런 결과 삼신오제三神五帝의 사상을 정립하게 되었다.

삼신 사상의 골격은 환국시대에 이루어진 『천부경』에 요약되어 있다. 우주의 원리를 하나의 본체로 파악하려 한 철학으로서 역학 수학 음악의 기본 이론도 여기서 나온 것이다. 이러한 사상과 이념이 가장 잘 나타난 것이 삼신사상이며 그 경전이 바로 『천부경』인 것이다. 그리고 『삼일신고三一神誥』이며 『참전계경參佺戒經』이다.

『천부경』은 신시시대 환웅 천왕이 산에 갈 때 풍백이 거울에 새겨 들고 갔다고 기록되어 있다. 이 『천부경』은 우리 고대 문화와 동양문화 나아가서는 인류의 고대문화 원류를 이해하는 관건이 된다고 할 수 있는데 뜻이 너무나 깊고 오묘한 우주의 비밀을 담고 있어서 아직까지 완벽하게 해석하지 못하고 있다.

―하나가 시작하기를 무無에서 했고, 비롯한 하나를 셋으로 나누니 무가 다 본本이다. 천天의 일一은 일이요, 지地의 일은 이二요, 인人의 일은 삼三이라. 일이 쌓여서 십이 된다. 이것이 그 무를 다듬어 형태를 빚은 것이니, 삼천三天은 이二요, 삼지는 이요, 삼인은 이니, 삼대三大가 삼합三合하여 육이라. 칠과 팔과 구를 낳고 삼을 돌리면 넷이 이루어져 다섯을 둘러쌈이라. 칠일七一이 묘하게 불어남이로다. 만 가지가 가고 오더라도 쓰임〔用〕은 변하되 본은 움직이지 않는다. 본심은 본래 태양의 밝음이요, 사람 가운데 하늘과 땅이 하나이리니, 하나가 끝나고 무도 끝나기를 하나[一]에 한다.

봉우鳳宇 권태훈權泰勳의 번역이다.

일, 즉 하나로 시작하여 하나로 끝나는 81자로 된 『천부경』은 얼른 그 뜻을 알기가 어렵다.

―도道란 하나일 따름이다. 하나란 천하의 큰 근본이며 큰 근본은 다함이 없느니라. 도는 하나이되 하늘에 있으면 천도가 되고 땅에 있으

면 지도가 되고 사람에게 있으면 인도가 되나니 나누면 삼극이 되고 합치면 한 근본이 되느니라. 마음의 근본은 곧 도의 하나이라. 하늘과 땅과 사람은 하나이라. 도란 하나일 따름이라. 그러므로 하나로 마치되 하나에서 마침이 없느니라. 공자가 이르기를 나의 도는 하나로서 뚫는다(吾道一以貫之) 하였고, 석씨(석가모니)는 이르기를 만 가지 법이 하나로 돌아간다(萬法歸一) 하였고, 노자는 그 하나를 얻으면 만사는 끝난다(得其一萬事畢) 하였으니 그 정밀하고 미묘함을 다시 어찌 이에서 더 하랴.

노주蘆洲 김영의金永毅의 풀이를 발췌해 본 것이다.

김영준은 『천부경』을 소개하고는 결론처럼 말하였다.

"앞에서 살펴본 대로 마고 이래로 국가 활동을 한 무대가 파밀고원, 천산, 적석산, 태백산이었고 『태백일사』의 「삼신오제 본기」에 천해天海와 금악金岳과 삼위三危와 태백太白은 구환九桓에 속한 것이라고 한 기록 등으로 보면 중원 대륙이 우리 민족의 옛 땅이 되는 것이지요. 그리고 단군은 우리 민족의 시조가 아니라 적어도 아세아의 시조이고 인류의 시조라고 볼 수 있는데 그 입증 자료들에 대하여 학계에서 인정하지 않는 것이 있습니다. 우리가 잃어버린 옛 땅을 찾기 위해서는 지질학 고고학의 연구를 보다 적극적으로 하여 아닌 게 아니라 단군 능을 찾아 세우듯이 마고의 능을 찾아내든가 위서라고 하는 책들을 입증할 자료를 찾아내든가 하여 상고사上古史를 복원하여야 할 것인데 아득하기만 합니다."

그리고 김영준은 앞서의 도형에 대한 비판이 걸리는지 한 마디 더 하는 것을 잊지 않았다.

"아까 이교수님에 대해서도 말씀드렸습니다만, 우리에게 지금 독도와 같은 조그만 점으로 나타나는 오늘의 영토도 지켜야 됩니다. 그러나 과거의 대륙의 영토, 옛땅도 지켜야 되지 않습니까? 이교수님은 누구보다도 이 분야 연구를 많이 하시고 계신데, 발표를 마치며 그 방법을 듣고자 합니다."

박수들을 쳤다. 발표 뒤에 인사로 박수를 치는 것이지만 모두들 웃으면서 열렬한 찬사를 보냈다.

도형도 같이 따라 웃었다. 자신에 대해서 결국은 또 한 번 비판을 하는 것이었는데 얼굴 표정이 붉으락 푸르락해지는 것을 어쩌지는 못했고 학생들은 그것을 함께 읽으면서 박수를 쳐 대었던 것이다.

"좌우간 내 얘기를 포함해서 기탄 없이 의견들을 나누어 봐요."

도형이 그렇게 말하자 모두들 다시 한 번 웃어대었다.

"여러 분들의 냉철하고 솔직한 논의가 필요해요. 김영준은 참 중요한 지적을 하였어요."

한 마디 더 하였다. 아무래도 그냥 웃고 넘기기엔 아쉬움이 있었다. 칭찬이 아니고 사실 그대로를 얘기한 것이었다. 깊이는 없었고 자료를 정리한 정도였지만 솔직하게 자신의 의견을 발표한 것이었고 용기도 있었다.

그런데 그가 말을 잘 못 끌고 간 것인지, 아무도 의견을 말하지 않았다. 질문이라고 할까 지적이라고 할까, 생각과 견해가 다를 수도 있는데, 뭐가 됐든 모두들 약속이나 한 듯이 입을 꽉 닫고 있는 것이었다. 완벽한 발표가 되어서 그런 것인가. 그 반대라는 것인가.

도형은 거기에다 자신의 얘기를 더 하고 싶지 않았다. 그럴 때에 방법이 있었다. 다음 발표를 계속 시키는 것이었다.

발표가 계속되었다. 단군의 세기, 단군의 시대로 넘어왔다.

석사과정 박희숙의 '『단군기檀君記』와 『단군세기檀君世紀』의 대비연구' 같은 석사과정 장경식의 '전 단군조선과 후 단군조선의 열왕列王 고찰'이었다. 역시 복사한 것을 이미 다 돌렸던 것이다.

좀 쉬었다 하자고 한다. 사실 시간도 얼마 남지 않았다. 그만 하자는 의견이기도 했다. 그러나 그럴 수는 없었다. 한 사람만이라도 더 발표를 시켜야 했다. 시간이 없으니 박희숙의 것만 하자고 했다.

조금 쉬는 시간을 가졌다. 화장실도 멀리 있고 하여 꽤 시간이 걸렸다. 돌아오는 길에 음료수들을 하나씩 들고 왔다. 그에게도 하나를 갖다 놓는다.

박희숙은 부속고등학교 교사로 근무하면서 한 시간도 빠짐 없이 출석을 하고 맨 앞 줄에 앉아서 눈을 반짝이며 강의를 들었다. 그녀는 쉬는 시간에 원고를 발췌하여 밑줄을 그어놓은 것을 빠른 속도로 읽어나갔다. 그 자신이 빨리 끝내야 강의가 끝난다고 판단한 것이다. 두뇌 회전이 빠르고 센스 있는 여학생이었다. 그러나 물론 그냥 넘어가서는 안 될 부분은 잘 알고 있었다.

우선『단군기』와『단군세기』의 저자에 대한 고찰이었다.

『단군기』는 북애노인이 쓴『규원사화』속의 한 장이고『단군세기』는 홍행촌수紅杏村叟가 강화도 해운당에서 썼다고 되어 있는데『한단고기』에 수록되어 있다. 홍행촌수는 고려의 문신 행촌杏村 이암李喦으로 알려졌다. 이암은 17세에 문과에 급제하고 찬성사贊成事를 거쳐 좌정승에 올랐고 3692(1359)년 홍건적이 침입하자 수문시하중守門下侍中으로서 서북면 도원수都元帥가 되었다. 이암에 대한 행적이『태백일사』의「고려국 본기」에 씌어 있다.

행촌 이시중李侍中 이암은 일찌기 권신의 무리가 국호를 폐하려 하자 이를 말리고 상소하였다.

"하늘 아래 사람들은 각각 자기의 나라를 가지고 나라를 삼고 또 각각 그 풍속을 가지고 풍속을 삼는다. 국계國界를 허물지 말라. 민속 역시 섞지 말라. 하물며 우리 나라를 한단桓檀 이래로 모두 천제天帝의 아들을 칭하고 제천을 행하는 일이 있어, 절로 분봉分封의 제후와는 근본이 서로 같지 않다. 지금 일시로 다른 사람의 발 밑에 있기는 하나 이미 혼과 정신과 피와 살이 있어 한 근원의 조상을 갖게 되었으니, 이는 신시 개천으로부터 삼한관경三韓管境의 크고 이름난 나라를 하늘 아래 만세에 만들게 된 연고이다."

그리고 신랄하게 조목별로 써나갔다.

"우리나라가 작다고 하지만 국호을 어찌 폐하려 하는가? 세력이 비록 약하다 한들 위호位號를 어째서 깎고 낮추려 하는가? 이제 이러한 행동거지는 모두 간사한 소인배의 포도逋途(죄 짓고 도망감)에서 나온 바요 국민이 아닌 자의 공언일 뿐, 마땅히 도당都堂(당상관)에 청하여 그 죄를 엄히 다스릴진저."

이것으로만 봐도 이암의 국가관 민족관이 얼마나 투철한지를 알 수 있다. 「고려국 본기」에는 또, 행촌 시중은 저서가 세 가지가 있다고 하였다. 『단군세기』는 원시국가의 체통을 밝힌 바 현저하고 『태백진훈太白眞訓』은 도학심법道學心法을 소개한 것이고 『농상집요農桑集要』는 경세실무經世實務의 학문이다. 이 책에 대하여 목은牧隱 이색李穡이 서문을 썼다.

"무릇 의식衣食으로 말미암아 족하게 되고 재물을 쫓아서 풍부해지는 것, 그리고 자식 후손들이 의지하여 두루 갖춰야 할 것에 이르기까지 문을 가르고 비슷한 것을 모아 자세하게 나누어 밝히고 비추지 않음이 없다고 하겠으니 참으로 이치를 살리는 좋은 책이다."

특별한 내용을 담고 있지는 않았지만 이색이 서문을 썼다는 그 자체가 하나의 평가라고 할 수 있다.

그러나 그 책은 역시 볼 수가 없고 『태백일사』의 기록을 가지고 이야기하는 것이다. 일십당주인一十堂主人 이맥李陌이 쓴 것이다. 이암의 현손玄孫이다. 할아버지의 할아버지에 대한 기록이 얼마나 객관적일 수 있겠느냐고 할지 모르겠다. 이맥은 3831(1498)년 44세에 문과에 등과하여 벼슬이 사헌부司憲府 장령掌令에 이르렀는데 연산군의 미움을 받아 유배되었다가 중종 때에 소환되어 1520년에 찬수관纂修官이 됨으로써 내각의 많은 비장 서적을 접할 수 있었다. 귀양시절에 읽은 책의 내용과 들은 이야기들을 이 때에 비교하면서 차례로 엮은 책이 『태백일사』

이다. 그렇지만 감히 세상에 내놓지 못하고 이를 비장하였기 때문에 문밖에 나서지를 못했던 글들이다.

그런 연유로 이 책은 알려지지 않은 것이고 그 책에 대하여 400년이 지난 뒤에 논의를 하는 것에 대한 여러 가지 의견이 있을 수 있는 것이다. 좌우간 이암은 시중 벼슬을 그만 두고 강도江都(江華)의 홍행촌으로 퇴거하여 스스로를 홍행촌 늙은이라 부르며 홍행촌 삼서三書를 써서 집에 간직하였다고 되어 있다.

"한웅은 우두머리로서 서물庶物에 나오셔서 길을 천원天源에 얻으시고 가르침을 태백에 세웠다. 신시 개천의 뜻을 처음으로 크게 세상에 밝혔다. 지금 우리들 곧 글로 도를 구하고 참전參佺해야 계戒를 받는다. 나의 가르침을 높이는 일도 아직 이루지 못했다. 또 듣는 일은 백 가지이나 하나 만나기 어렵고, 나이 들어 백발은 어느 덧 발치에 이르렀으니 한스럽기 짝이 없다."

이암이 벼슬자리에서 물러나 『단군세기』를 집필하게 된 동기이다. 그런 저자의 심정은 『단군세기』의 서序에도 잘 나타나 있다.

－나라를 바로 세우는 길에 선비의 기세보다 먼저인 것이 없고 역사를 정확히 아는 것보다 급한 것이 없으니 이것이 무슨 까닭인가? 역사가 밝혀지지 않으면 선비의 기세가 펼쳐질 수 없고 선비의 기세가 펼쳐지지 못하면 나라의 뿌리가 흔들리고 다스림이 법도에 맞지 않는다. 무릇 올바른 역사학은 나쁜 것은 나쁘다 하고 좋은 것은 좋다고 하며 사람을 저울질하고 세상을 이야기하니 이 모든 것이 세상에 표준이 되는 것이다. 나라와 역사는 나란히 이어지며 사람과 다스림도 따로 나누어말할 수 없는 것이다.

－나라에 모습이 있고 역사에 얼이 깃들어 있을 진대, 어찌 얼을 잃고 모습만으로 우쭐댈 수 있다고 할까?

서문의 앞부분을 발췌한 것이다.

박희숙의 발표는 다른 의견이 비집고 들어갈 말미도 주지않고 빠른 속도로 줄줄 읽어나가는 것이었다.

시간은 이미 다 되었는데 서론적인 부분을 가지고 얘기하고 있는 것이었다. 학생들이 흘금흘금 도형을 바라보았다. 그러나 그는 고개를 끄떡끄떡하기만 하였다.

박희숙은 또 유인물만 들여다보고 읽어나갔다. 『단군세기』 서문의 계속이었다.

─슬프다. 부여는 부여 스스로의 길을 잃었으니 그 뒤에는 한족漢族이 부여에 쳐들어와서 점령해 버렸고, 고려는 고려대로의 길을 잃었으니 몽고가 쳐들어와서 차지해버렸다. 만약 그 때에 부여에 부여다움이 고스란히 있었다면 한인漢人은 자기 나라로 돌아갔을 것이며, 고려에 고려다움이 있었다면 몽고 사람들은 몽고로 돌아갔을 것이다.

─지금 다른 나라 사람들이 간섭하는 정치는 갈 수록 심해져서 임금을 바꾸고 다시 앉히기도 하며 대신을 마음대로 임명하기도 하고 멋대로 설쳐대어도 나와 같은 신하들은 그 대책이 없다. 무슨 까닭인가. 나라에 역사가 없으니 모습은 있어도 그 얼이 없어졌기 때문이다.

─신시에 하늘을 여니 이로부터 나라의 계통이 이어지게 되었고 나라의 계통이 이어짐에 나라가 바로 서게 되었으며, 백성도 다스리는 계통이 있음으로써 모여들게 되었으니 역사가 어찌 중요하지 않겠는가. 이런 까닭에 기쁘게 단군님의 역사를 쓰기 시작한다.

박희숙은 유인물의 줄친 부분을 그렇게 읽어내려와서는 고개를 들고 조금 부연을 하였다.

"제가 이 대목을 읽고 있는 이유는 같이 느끼시리라고 믿지만, 어쩌면 이 이야기가 오늘의 우리가 처한 현실과 같다고 생각되어서입니다. 역사라는 것이 반복되는 것이긴 하지만 이 홍행촌수의 역사의식을 우리 역사 학도는 물론 이 시대의 모든 사람들이 가져야 할 것입니다. 이 서문 속의 단군의 역사를 쓰겠다는 저자의 의지와 함께 민족정신이란 무엇이냐 역사란 무엇이냐 하는 저자의 사관을 음미하는 것은 의미 있는 일인 것 같습니다."

발표자의 의견을 모두들 진지하게 듣고 있었다.

"우리의 역사를 지키고 얼을 지키기 위해서는 먼저 우리의 역사를 찾고 우리의 얼을 찾아야 될 것입니다. 뿌리를 찾아야 될 것입니다. 이 것은 그런 얘기이고 거기에 생을 건다는 얘기입니다. 그리고 단군왕검에서부터 마흔 일곱 분의 단군에 대한 역사를 써나가고 있습니다. 문제는 이 기록들에 대한 신뢰인데…… 우선 내용부터 먼저 보겠습니다."

박희숙의 발표는 그렇게 계속되었고 새 차비로 읽어나가기 시작하였다.

―『고기古記』에 이르기를, 왕검王儉의 아버지는 단웅檀雄이고 어머니는 웅熊씨의 왕녀이며 신묘辛卯(B.D. 37년, B.C. 2370년) 5월 2일 인시寅時에 박달나무 밑에서 태어났다. 신인神人의 덕이 있어 원근遠近이 존경하고 따랐다. 14세 되던 갑진甲辰(B.D. 24년, B.C. 2357년) 웅씨 왕이 그가 신성하다는 말을 듣고 받들어 신왕神王으로 삼아 대읍大邑의 국사를 섭행攝行토록 하였다. 무진戊辰(B.D. 1년, B.C. 2333년) 제요도당帝堯陶唐 때에 단국으로부터 아사달의 단목檀木의 터에 이르르자 나라 사람들이 천제의 아들로 추대하여 모시게 되었다. 그리하여 구한九桓이 하나로 뭉쳐서 신화神化(敎化)가 멀리까지 퍼졌다. 이를 단군왕검이라 하였다. 왕검이 비왕裨王(副將을 뜻함)의 자리에 24년, 제위帝位에 93년 있었고 103세까지 사셨다.

『단군세기』첫머리이다. 단군의 뿌리와 단군기원의 시작을 기록하고 있는 대목이다. 이 땅의 역사의 새로운 시작이며 새로운 세기의 출발을 알리고 있었다. 산신이 되고 나이가 1,908세까지 살았다고 되어 있는 신화적인 단군이 아니라 역사적인 1세 단군의 실체를 그려 보여주고 있는 것이었다. 여기서부터 47세 단군의 역사를 전개해 나가고 있는 것이었다.

그러면 『고기』란 무엇인가. 여기서는 『단군고기檀君古記』를 말하는 것이다. 단군본기檀君本記라고도 한다. 그러면 『단군고기』는 어떤 책인가. 이 책은 단군신화나 고조선의 개국 사실을 알려주는 것으로, 현전하는 가장 오래된 기록이다. 『삼국유사』권1 「고조선」에서도 이 『고기』를 인용하여 쓰고 있다. 최초로 단군에 대한 이야기를 하고 있는 『삼국유사』의 근거가 이 『고기』인 것이다. 『제왕운기帝王韻記』『응제시주應製詩註』『세종실록』「지리지地理誌」에도 이 『고기』가 비슷하게 인용되어 있다.

이 『고기』를 보고 일연이 『삼국유사』에 인용한 것과는 다른 시각으로, 그러니까 홍행촌수의 사관으로 『단군세기』에 인용해 쓰고 있는 것이다. 예를 든 책들의 근거가 되고 있는 『고기』에 대하여는 이론이 있을 수는 없다. 다만 그것을 어떻게 보았느냐 하는 것이고 얼마나 정확히 썼느냐 하는 것이다. 또 어쩌면 『단군세기』에 인용된 『고기』는 고유명사가 아닌 일반명사로서 옛 기록을 통털어 일컫는 것인지도 모른다.

박희숙이 그까지 읽어나갔을 때 과대표가 손을 들어 의견을 내놓았다.

"숨을 좀 돌려서 얘기합시다."

모두들 따라 웃었다. 동감을 표시한 것이다.

"숨차지 않으세요? 뭐 그렇게 빨리 발표를 해치워야 될 필요가 있는 것도 아니고, 아직 해도 많이 남아있는데 숨을 좀 돌려가면서 하지요."

과대표의 이야기는 전혀 어폐가 없었다. 이제 모두들 웃는 대신 교수의 얼굴을 바라보았다.

"그러니까 어떻게 하라는 이야기지요?"

발표자는 또 과대표를 바라본다.

"숨을 돌렸으니 또 시작을 하시지요, 뭐."

학생들이 다시 웃었다. 그러면서 또 도형을 바라보았다. 도형도 같이 따라 웃었다.
"그래요. 천천히 얘기해요. 뭐 그렇게 바쁠 것이 없잖아요?"
또 한 번 웃어대었다. 이번은 어이가 없는 웃음이었다.
도형도 물론 그런 웃음의 색깔을 모르는 것이 아니었다. 이대로 그냥 마치자고 할 수도 있었다. 그러나 그는 다른 재주는 없고 시간을 채우는 뚝심밖에는 없었다. 그것은 너무나 당연한 것인지도 모르지만. 그런데 이날은 그런 것이라기보다는 강의 또는 발표 그 자체에 호감이 갔고 빨려들어갔다. 두 사람의 발표가 참으로 진지했다. 아직 발표를 하지 않은 학생 것도 훑어보았는데 내용이 알찼다. 교수의 강의나 진배 없었다. 그가 하는 것보다 못할 것이 없었다. 오히려 더 충실하게 자료를 조사하였고 그것을 전달하려고 애를 썼다. 어쩌면 그가 전달하는 것보다 학생들을 통하여 전달하는 것이 설득력이 있을 것도 같았다. 전달이 문제가 아니고 공감이 문제인 것이었다.
박희숙은 아닌게아니라 좀 숨을 돌려서 발표를 계속하였다. 그러나 아까와 같이 줄줄 읽어나가는 것을 피하고 유인물을 보면서 이야기를 간추렸다.
"내용을 좀 생략하고 건너 뛰겠습니다. 『단군세기』의 내용에 대해서는 유인물을 보아주시고, 다음으로 『단군기』에 대하여 조금 말씀드리고 결론으로 가겠습니다."
그러면서 또 도형의 반응을 보는 것이었다. 무반응이었다.
그렇게 하여 다시 발표자는 새로운 이야기를 시작하는 것이었다.
강바람이 모래 먼지를 안고 휘익 지나갔다.
"『단군기』가 수록된 『규원사화』의 저자인 북애노인北崖老人에 대해서는 알 길이 없고 다만 이명李茗이 쓴 『진역유기震域遺記』가 바탕이 되었다고 밝히고 있습니다. 이명은 고려말 춘천의 청평산淸平山에서 살았던 은사隱士로서 이암, 범장范樟과 함께 천보산 태소암에 숨겨져 있던 고서를 보고 사서를 썼던 것입니다. 이명은 『진역유기』를 쓰고 이암은 『단군세기』와 『태백진훈』을 쓰고 범장은 『북부여기北夫餘記』를 썼습니다. 이명은 『조대기朝代記』를 인용하여 『진역유기』를 썼고 북애노인은 『진역유기』를 인용하여 『규원사화』를 쓴 것입니다. 『조대기』는 고구려를 이어 나라를 세운 발해의 비장서秘藏書입니다. 『단기고사』도 발해 비장서의 하나라고 되어있지요. 그런데 『조대기』는 지금 전하지는 않으나 조선 세조 때의 수서목修書目에 기록되어 있습니다. 좌우간 『단군기』는 앞에서 일연이 지은 『삼국유사』와는 큰 차이가 있으며 그 중에는 선가仙家의 말이 많이 있다고 쓰고 있습니다. 그리고 또 이렇게 쓰고 있습니다. 역사를 말할 때에 반고班固나 사마천司馬遷이 쓴 글만 비교하면서 언제까지 꼼짝도 못하고 그것에 눌려 있겠는가. 한漢나라는 한나라이고 우리 나라는 우리 나라인데 당당한 진역을 어찌 한나라와 비교해봐야 직성이 풀린단 말인가. 이러한 사관을 가지고 북애노인은 『단군기』를 썼던 것입니다. 진역은 우리 나라를 이르는 또 다른 이름이지요. 진단震檀이라고도 합니다. 앞에서도 말씀드렸습니다만, 우리 국사는 여러 번 전쟁을 겪으면서 없어지고 이제 겨우 남아있는 것은 단지 도가道家와 승려들이 적어서 전한 것뿐인데, 다행히 바위굴에서 찾아 보존해 왔다고도 쓰고 있습니다. 수서목록에만 있고 전하지 못하는 이유와 그런 책들만 전하는 이유를 알 듯합니다."

박희숙은 그리고 단군시대의 출발에 대하여 『단군세기』와 비교해 보이기 위해 인용을 하였다.

－환웅천왕이 세상을 다스린 지 벌써 궐천세이다. 이분이 곧 신시씨이다. 쑥대 정자와 버드나무 대궐에 살며 자연으로 되는 이치를 널리 펴서 나라를 세운 지 만세나 되었다. 천황의 말년에는 공들인 일들이 모두 완성되고 사람과 사물이 즐겁게 사는 것을 보고 하늘로 올라갔다. 천부인 세 개를 연못 가 박달나무 아래 돌 위에 두고 신선이 되어 구름을 타고 하늘로 올라갔다. 그 못을 조천지朝天池라 한다. 고시씨와 여러

사람들이 천부인 세 개를 받들고 그 아들 한검신인桓儉神人을 군장君長
으로 삼았다. 이분이 곧 임금王儉이다. 임검이란 군장이란 뜻이다. 신라
의 이사금尼師今도 이와 같은 뜻이다. 지금부터 거슬러 올라가 계산해
보면 약 4천 년이나 된다. 연대로 보아 당요唐堯와 같은 시대이므로 세
상에서 소위 요堯와 함께 있었다고 이르는 것이 이로 인해서이다.

"단군왕검의 출발 과정이나 호칭이 조금 다르다는 것을 볼 수 있지
요. 조천의 못은 백두산 천지天池를 말하는 것 같은데 천지는 환웅 천
왕이 하늘로 올라간 못이라는 뜻입니다."

박희숙은 말을 하면서 도형을 바라보았다. 그 말이 맞는지를 물어보
는 것이었다. 도형은 계속 고개를 끄덕끄덕하고만 있었다.

"단군이란 박달 임금을 한자로 써서 檀君입니다. 신시씨가 박달나
무檀木 아래에 내려오고 한검 신인이 박달나무 아래에서 임금 자리를
이어받았기 때문에 박달나무〔檀〕로써 나라 이름을 삼은 것입니다.
단군이란 단국의 임금이란 뜻입니다. 그러니까 박달朴達 백달白達의 나
라, 배달의 나라의 임금이란 일반적인 호칭이 고유한 왕의 이름으로
쓰이게 된 것이지요. 나라의 이름이 왕의 이름으로 쓰이게 된 것입니
다. 그것도 마흔 일곱 분의 왕이 하나의 왕으로 잘 못 전해지게 된 것
입니다. 우리 말과 글이 있었는데 그것을 한자로 기록한 때문이었고
한자를 잘 못 번역하였기 때문입니다. 그 잘 못 된 것을 몇천 년을 그
대로 두고 있으며 그것을 밝힌 책들은 선가의 말이다, 위서이다, 해서
백안시하고 있습니다."

박희숙은 시계를 보면서 말하였다. 이미 시간은 다 지났고 다른 사
람들도 모두들 시계만 들여다 보고 있었다. 그녀는 얼굴을 붉히면서
다시 말하였다.

"솔직히 말해서 뭐라고 말씀드릴 수 있는 연구는 하지 못했고 자료
의 접근에 그쳤는지 모르지만 만일 그러한 기록들이 사실 그대로라고
하면 정말 우리는 너무나도 주체성이 없으며 조상도 모르고 뿌리도 모

르는 한심한 후손들이 되고 있는 것입니다. 저는 우선 이 부분을 무엇 보다도 먼저 연구를 해야 하고 역사학에 있어서 그것이 제일 첫번 째 의 과제가 되어야 된다고 생각합니다. 그런 것을 전재로 해서 저의 원래 주제인 『단군세기』 『단군기』의 구조 분석은 시간 관계상 유인물로 대신하고, 결론을 내리어볼까 합니다."

그리고 박희숙은 다음 몇 가지의 문제점을 제시하였다.

첫째 『고기』 즉 『단군고기』를 보면 한국桓國 시대, 신시 개천 시대, 단군 시대의 3단계의 기사로 되어 있다. 한인의 시대, 한웅의 시대, 단군의 시대이다. 그 중에서도 한국 시대 신시 시대 한인 한웅의 기사가 많이 실려 있으며 단군 시대 단군의 이야기는 간략하게 압축되어 있다. 그런데 그것을 인용하여 쓴 『삼국유사』를 비롯한 『제왕운기』 『응제시주』 등 여러 책들에서는 그것이 뒤바뀌어 단군의 기사가 주축을 이루고 있고 그것도 곰의 이야기로만 해석하고 있다. 정작 우리의 뿌리는 외면하고 있고 그러한 신화적이며 우화적인 기사로 오랜 정사의 기록을 안개 속에 묻어버리고 있다.

둘째 왜 『단군세기』나 『단군기』가 수록된 『규원사화』나 민족의 뿌리를 올바로 찾아서 쓰겠다고 하여 관직을 버리고 생애를 바쳐서 쓴 것을 세상에 내놓지 못하고 감추어두었으며 저자의 이름을 숨기고 익명으로 쓸 수밖에 없었는가. 또 책 이름만 전하고 책은 왜 전하지 않고 있는가. 왜 팔도 관찰사에게 수압령收押令을 내려 책을 거두어 들였는가. 3754(1421)년 세조가 팔도 관찰사에게 수압령을 내렸던 책 이름들이 열거되어 있고 그 가운데 이 시대의 역사를 기록한 『삼성기』 『단군세기』 등이 들어 있다. 그리고 왜 지금도 그런 책들이 위서로 판정을 받고 있는가. 이러한 일련의 문제들을 지적만 하였다. 객관적인 연구와 면밀한 분석이 요망된다.

셋째 중국과의 사대주의적인 것, 그리고 일본과의 친일적인 것과 관련한 문제는 생략을 하지만 아직도 그런 시각에 얽매여 있는 문제들이 해결되지 않고 있는 것은 답답한 일이며 지금도 커다란 장벽이 있다. 북한이다. 북한의 연구에 대해서 또 의견에 대해서 우리는 겸허히 받아들일 뿐 아니라 연구의 교류가 있어야 할 것이다. 현재의 문제가 아니고 과거의 문제 그것도 역사의 출발을 가지고 논의하는 것이야 어려움이 없을 것으로 사료된다.

박희숙은 그런 결론이라고 할까 문제 제기를 하면서 다시 결론적으로 한 마디 하였다.

"앞의 발표와 같이 연구의 한계를 느낍니다. 사료의 한계가 있고 인력의 한계를 느낍니다. 하나의 방법으로써 이 시대를 집체적으로 공동연구를 하는 것이 어떻겠는가, 우리 대학의 단위로 할 수도 있고 역사학뿐 아니라 사회학 철학 문학 등이 공동으로 접근할 수도 있고 또 범대학적으로 범민족적으로 남북한이 같이 한 자리에 앉아서 연구를 할 수도 있어야 될 것입니다."

발표는 그렇게 끝났다. 시간이 많이 지나고 지루한 발표이기는 했지만 대단히 진지한 발표였고 나름대로 대단히 거창한 결론을 내리어 모두들 무거운 마음으로 박수들을 쳤다.

"질문들 하세요."

도형이 발표 끝에 말하였지만 모두들 박수들만 계속 쳤다.

"완벽한 발표인 것 같습니다."

도형이 다시 말하자 다시 박수들을 쳤다. 그리고 웃어대었다. 도형은 거기에다 대고 어떤 설명을 할 수가 없었다. 다음 시간에 하여도 되고 또 분위기가 이루어질 때 얘기하면 되었다. 오랜 경험으로 그런 정도의 감각은 갖고 있었던 것이다.

"시간이 지난 것 같으니까, 한 사람은 다음에 할까요?"

도형이 다시 그렇게 묻자 학생들은 다시 박수를 쳤다. 박수의 연속이었다.

"일단 유인물을 나누어 주었으니까, 읽어들 보고 다음 시간에 논의를 하는 것으로 하지요."

나누어 준 「전 단군조선과 후 단군군 조선의 열왕 고찰」에 대한 얘기였다.

"그리고 오늘 발표한 것도 다음 시간에 논의를 더 하지요. 나도 얘기할 것이 많이 있어요."

도형은 유인물들을 가방 속에 집어넣으면서 말하였다. 그렇게 해서 이날의 야외 수업은 마치게 되었다. 그러나 그것으로 끝난 것은 아니고 그 시간부터는 땅콩과 오징어 깡통 맥주, 팩에 담긴 소주가 돌려졌다. 그 시간부터는 교수가 아니라 학생, 과대표가 주도를 하였다. 그리고 물론 강의와 관련된 것이기는 하지만 이 시간에 발표한 내용에 국한하지 않고 전체적인 범위로 확대하여 얘기하는 것이었다. 그런데 우선 각자 생각나는 대로 얘기를 주고 받고 권커니 자커니 술판이 되어 버렸다.

도형은 우선 컬컬한 목을 맥주로 축이고 자꾸만 권하는 대로 이 술 저 술 받아마셨다. 빈 속이라 속이 찌르르하였다. 그제서야 피로가 엄습하여 오기도 하였다.

강의와 관련하여 다른 얘기는 없었다. 이런 분위기에서는 무슨 얘기를 하고 싶지 않았다. 그러면서도 일어나기 전에 한 마디 하는 것을 잊지 않았다.

"저 자신 연구의 한계를 느낍니다. 그리고 우리 학교만이라도 집체 연구 같은 것을 할 수 있을 것입니다. 사실 지금 발표를 분담하여 하도록 한 것도 그런 맥락이긴 합니다만 아직 논문집이라든지 출판으로의 연결, 그런 단계는 미치지 못하고 있는 거지요. 보다 적극성을 가졌으면 좋겠겠어요. 북한 학자 중국 연변의 학자들과도 오래 전부터 프로젝트를 추진중에 있는데 아닌게아니라 도무지 진전이 없어요. 저 나름대로는 지금 안식년을 신청하여 놓고 한 1년 이상의 계획으로 그런 문제들을 추진해 보려고 합니다."

도형은 그렇게 얘기하고는 한 마디 더 하였다.
"처음 하는 얘기가 아니지만 우리의 뿌리가 어디까지 거슬러 올라가는가 하는 것에 대하여 아직 정설이 없어요. 자신의 할아버지가 누구인지를 모르고 있다는 것은 보통 문제가 아니지요. 보통 무식한 후손이 아니며 보통 무식한 민족이 아닌 것이지요. 우리의 조상은 단군인가, 한웅인가, 한인인가, 그런 문제들이 규명이 되지 못하고 있고 그 뿌리를 찾는 작업이나 업적에 대하여 오히려 사갈시하고 있기도 한데, 그것을 생각하면 참으로 답답합니다. 물론 지금도 마찬가지입니다만 주변국의 힘의 논리, 힘에 의한 처사들에 대해서는 인정을 해야지요. 그런데 그것은 과거이고, 시간이 바뀌고 상황이 바뀐 현재에도 똑바로 얘기를 못할 것이 무엇인가요? 지금 중국이 우리에게 무엇이고 몽고가 무엇이며 일본이 우리에게 무엇인가요? 지금도 우리가 그들의 눈치를 봐야 하고 그들을 섬겨야 할 이유가 있는가요? 저는 이 문제에 대하여 얘기할만큼 했습니다. 그러느라고 곤란한 입장에 처하기도 하고 백안시 당하기도 하고, 그런데 그런 것을 여러분들의 세대에서도 반복되게 하고 싶지는 않습니다. 그래서는 안 된다고 생각합니다."

모두들 잔을 들고 도형의 이야기가 끝나기를 기다리고 있었다.
과대표가 일어섰다.
"선생님 말씀 잘 알겠습니다."
그렇게 말하고는 자신의 잔을 쳐들며 외쳤다.
"교수님의 안식년을 위하여!"
그런 선창에 따라 모두들 잔을 높이 들고 따라 하였다.
"위하여!"
"위하야!"
그 시간 이후 강의는 되지 않았다. 술을 자꾸 사 날랐고 노래를 불렀고 같이 일어서서 춤을 추기도 하였다.
도형은 처음에는 한 옆으로 비껴 앉아 구경만 하기도 하고 또 살짝 일어나 빠져 나가려고도 하였지만 결국은 일으켜 세워지고 붙들리어 같이 어울릴 수밖에 없었다. 그리고 몇 몇 사람들끼리 떨어져 또 술집으로 갔다.

도형은 강의만이 강의가 아니라고 생각하며 술도 마시고 노래도 부르고 춤도 추고 또 열변을 토하기도 하였다.

결국 〈푸른 집〉에도 갔다. 모두들 돌아가면서 술을 내어 그도 한 잔 내기 위해 이리로 온 것이었다. 거기는 외상이 얼마든지 가능하였던 것이다. 또 늦게까지 문을 닫아놓고 노래를 부를 수도 있었다.

주로 나이가 들고 교직에 있는 학생들이 남았다. 오늘 발표를 한 김영준 박희숙 다음에 발표할 장경식 그리고 과대표인 김삼수도 따라왔다.

"자넨 가서 살림 해야잖아?"

그가 끝까지 따라오는 박희숙에게 말하였다.

"저를 떼어버리고 싶으세요?"

"그게 아니고 걱정이 되어 그래."

"염려 마세요. 점수만 많이 주시면 돼요. 빨리 마쳐야지요."

"그러면 술을 사야지. 하하하하……"

"그래서 이렇게 남아 있잖아요."

"여긴 내 단골집인데."

"선생님 단골집에서 한 번 사고 싶어요."

"그건 안 돼. 여기서는 내가 사야 돼."

그러며 지하의 술집 안으로 들어서는데 목우와 희연이 스탠드에 같이 앉아서 술을 마시고 있었다. 오후에 희연이 연구실로 전화를 하였다가 받지 않자 이 술집으로 와 본 것이고 거기서 목우를 만나 술을 마시고 있는 것이었다.

"거 봐. 내가 온다고 하지 않았어."

목우가 껄껄껄 큰 소리로 웃으며 그들을 맞고 있었었다.

"아니?"

"야! 정말 어떻게 된 겁니까?"

학생들이 눈을 휘둥그렇게 뜨고 한희연을 바라보았다.

서로가 참으로 반가웠다. 그러나 동시에 입장이 곤란하였다. 특히 희연의 경우 더욱 그랬다. 심야에 술집에서 교수를 기다리고 있었다는 것을 뭐라고 설명을 해야 될지. 조금 선배일 뿐이 아닌가. 신임을 더 받고 인정을 더 받고 있는 것으로 설명할 수 있을 것인가.

희연을 오라고 하여 같은 자리에 앉게 하였다. 목우도 물론 합석을 하자고 하였지만 따로 앉아 독작을 하였고 마담과 이야기를 나누었다. 맥주를 두 병 보내는 도리밖에 없었다.

"나 만나러 온 건가?"

도형이 희연에게 능청스럽게 물었다.

"아아니요. 후배들 만나려고 기다리고 있었지요. 남자 후배 말예요."

희연은 더욱 능청을 떨었다. 이미 술도 꽤 올라 있었다.

새 술을 잔에 가득들 따르고 건배를 하였다.

"조국과 민족을 위하여!"

"개나발을 위하여!"

개나발은 개인과 나라의 발전을 위하여라는 뜻이라는 건데 그는 번번이 그것을 잊어버려서 신경이 렸다.

그렇게 시작하여 다시 찬 맥주를 마셔대기 시작하였다. 청하지 않은 노래를 부르기도 하고 뿌리가 어떻고 단군이 어떻고 강의를 하기도 하였다. 학생들은 또 두 사람-이도형과 한희연-은 어떤 사이냐고 묻기도 하였다. 말도 죽이 안 맞고 행동도 흐트러졌다.

"자꾸 나보고 질문을 하는데 자네가 좀 설명을 좀 해 봐."

도형은 이야기를 듣기만 하고 있을 수가 없어서 그렇게 희연에게 떠넘기었다. 그러자 희연은 홍당무가 되어서 우물쭈물하는 대신 노래를 한 곡조 뽑는 것이었다. 「사랑」, 이은상 시 가사의 의미보다도 그 유창한 노래 솜씨에 압도되어 합창이 되어버렸고 웃음바다가 되어버렸다. 희연이 다른 아무런 설명 없이 노래만 부르고 앉자 도형에게 또 노래를 시키는 것이었다.

도형은 앉은 채로 「아리랑」을 불렀다. 의도적인 곡의 선택이었는지 모르지만 역시 사랑의 노래였다. 후렴은 역시 합창이 되었다. 그러다 몇 절인가……

울너머 담너머 님 숨겨 놓고오
호박잎만 너울너울 춤을 춘다아
그렇게 먹이는 것이었다.

누가 그것이 무슨 뜻이냐고 물어, 사랑하는 여인이 밀애를 하다가 남편이 돌아오자 호박 덩굴 속에 남자를 숨겼는데 두근거리는 가슴으로 하여 호박잎이 너울너울 춤을 춘다는 얘기라고, 도형이 설명을 하였다.

"그래서요?"

누가 또 그렇게 물었다.

"그래서는 뭘 그래서야. 그것이 사랑이라는 거지."

모두들 웃으면서 후렴을 같이 불렀다.

아리랑 아리랑 아라리요오
아리랑 고개로 넘어간다아

술들이 취하고 밤이 늦어져 12시가 넘자 하나 둘 빠져나가고 결국 도형과 희연만 남았다. 그녀도 그것을 알고 일어서려 하였지만 그가 붙들었다. 어느 사이 목우도 가고 없었다.

"가시지요, 밤이 늦었는데."

희연이 그렇게 말하였다.

"이왕 이렇게 되었으니 얘기 좀 하다 가요."

희연도 사실은 얘기를 좀 하려고 여태 기다린 것이었다. 그러나 밤이 늦었으니 다음날 만나자고 하였다. 그러나 도형에게 잡힌 손이 놓여지지 않았다.

"미안해."

희연은 도형을 물끄러미 바라보았다.

"어제도 그렇고."

오늘도 그렇다는 것이다. 여러 사람들 앞에 입장을 곤란하게 하여 미안하다는 것이다.

"그래 뭘 어쩌실 작정이세요?"

희연은 거기에다 한 단계를 앞질러서 말하는 것이었다.

도형은 대답 대신 그녀를 바라보았다. 그러자 희연은 고개를 숙이었다.

두 잔에 술을 가득 따랐다.

그녀는 또 아무 말 없이 술을 마시었다.

"아무 작정도 없었어. 실수라면 실수고······."

"또 뭐지요?"

그는 잔을 들고 술을 한 모금 마시었다. 그동안 마신 술은 다 어디로 가고 말짱해졌다. 희연 앞에 서자 심각한 관계가 의식되어서인가, 진지한 자세가 되는 것이었다.

"잠재의식이라면 잠재의식이고······."

"잠재의식이 어쨌다는 거지요?"

"자꾸 말을 끊지 말고 들어봐요."

"········."

"사실은 나도 잘 모르겠어요. 뭐가 뭔지 잘 판단이 안 서요. 대단히 심각한 것도 같고, 뭐 자연스러운 몸짓이었던 것도 같고······ 다만 이것은 나의 생각이고 한선생의 생각은 아니지요."

말투도 바꾸었다. 그러자 더 어색한 것도 같고 무언가 거리감을 갖게 하는 것 같기도 했다. 물론 일부러 그런 것은 아니었다.

그는 자신의 술을 마시고 그 잔에다 그녀에게 따라주었다. 그러며 다시 말하였다.

"좌우간 미안해요."

희연은 무표정하게 응하면서 그가 따라준 술을 마시었다.

"알아요. 선생님 말씀 안 하셔도."

"우리 잘 해 봐요."

"어떻게 하는 것이 잘 하는 거지요?"

"멋지게 말이야."

"그래요. 뭔지 모르겠지만 그래야 되겠지요."

"결론은 나 있는 거예요. 더티 풀레이를 하지 말고 멋진……"

"멋진 뭐예요?"

"좌우간 무엇이 되었든 멋이 있어야지."

그는 그렇게 또 얼버무렸다.

"그래요. 오늘의 결론은 그것으로 해요."

그녀는 자신의 잔을 들고 부딪치자고 했다.

도형은 잔을 들고 부딪쳤다.

"조국과 민족을 위하여!"

"그리고 우리의 멋진……"

"미래를 위하여!"

서로 마주 쳐다보며 웃었다. 결국 두 사람 다 중요한 한 마디를 절제하였다. 사제지간에 절도가 있어야 했고 그러나 이미 그 선을 넘고 있었다. 그랬을 때 더욱 절도가 필요했던 것이다.

"우리의 뿌리를 위하여! "

"좋지! "

이번엔 그녀가 선창을 하여 또 한 번 건배를 하였다. 그런데 그 말 끝에 희연은 이상한 토를 달았다.

"저의 뿌리는 선생님이에요."

단군 시대 · 229

"아니 그게 무슨 말이야?"
"그렇게 생각되어요."
"아니야. 그건 그렇지 않아. 얘기했잖아?"
"예감이 있어요. 아니 직감이에요."
"생각이야 자유이지만 사실과 추론은 구별을 해야지."
"좌우간 전 그 뿌리를 찾겠어요."
"그래요. 같이 노력해요."

민족의 뿌리를 캐려는 이도형과 자신의 뿌리를 찾으려는 한희연의 생각은 같은 것이면서도 참으로 먼 거리가 있는지 모른다. 그러나 그것이 결국은 서로 만나게 되는 뿌리일지도 모른다. 대과거와 소과거일 뿐 같은 줄기의 뿌리일지 모른다. 하나는 뿌리고 하나는 잎일지도 모른다. 어떻든 그 도달점을 향해 가고 있는 것이다. 언젠가는 가게 될 것이다. 너무 서둘고 있는지도 모른다. 노력이 부족한지도 모른다.

"그래요. 잘 부탁드려요."

희연이 같은 어조로 말하였다. 여기서의 노력이니 부탁이니 하는 것은 학점이나 학위 같은 것은 아니었다. 사랑, 그러니까 구애(求愛)도 아니었다. 그 먼 길의 길동무로서 동행자로서 또는 동반자로서의 페어플레이를 요구하는 것이었다.

어제 밤 취할 대로 다 취하여 희연의 침대에 올랐고 오늘은 또 자정이 넘도록 둘이 술잔을 앞에 놓고 하는 약속인 것이다. 그러나 서로 그런 이야기는 건너뛰고, 미안하다, 노력하자, 부탁한다는 얘기를 하고 있는 것이다.

이날 두 사람은 심야의 밀실에서 바로 일어서지 못하였다. 마담도 앉아 있다 들어가고 뿌리를 뽑으려는지 계속 건배를 하였다. 어제 밤의 더티 플레이를 반성이라도 하듯이 주도를 지키며.

이야기는 다시 단군세기로 돌아갔다. 낮에 발표를 하지 않은 장경식의 유인물을 끄내 가지고 또 얘기하다가 그것에 대한 문제점을 지적해

보라고 하였다. 그리고 끝 없이 뿌리를 캐어 들어갔다.

 그리고 새로운 시작을 하였다. 그날 밤 늦게까지 얘기한 것에다 도형이 그동안 주무르고 있던 노트와 발표한 논문들 에세이들 잡문들 그리고 희연이 발표한 논문들에서 지적한 것 대학원 학생들이 발표한 것 그리고 문제 제기를 한 것들을 다 모아서 단군의 이야기를 쓰기 시작하였다. 쓰기에 앞서서 구성을 하였다. 단군의 시대를 재구성해 보는 것이었다. 그 시대만이라도 자료를 정리하고 비판하고 쟁점을 해결하고 그 전의 시대와 그 후의 시대로 연결해보자는 것이었다. 그 시대부터라도 정리를 해보고 싶은 것이었다. 공동 작업이며 집체 연구에 대한 의견을 즉각 받아들인 것이었다. 그것을 출판으로 연결하는 것이고 다른 여러 학자들 연구자들 비판론자들 누구의 의견이라 하더라도 굴절 없이 펼치고 북의 의견이나 주장도 여과 없이 적용하였다.

 물론 『단군고기』나 몇 가지 논란이 되고 있는 『규원사화』 『단기고사』 『한단고기』 등의 자료들도 다 동원하였다. 그로 하여 한계와 문제점을 여전히 지니고 있는 것이지만 모든 가능성을 다 열어보고자 하는 것이다. 가장 객관적이며 가장 솔직한 현 단계의 보고서인 것이었다.

 그 작업에 모든 시간을 다 투입하였다. 정리한 것을 검토하고 삽입하고 평가하고 빼어내고 해석을 하고 다시 해석을 바꾸고, 그러기 위해 거의 매일 희연과 만났다. 전화로 얘기하기도 했지만 연구실로 나오라고 했고 다방이나 술집으로 나오라기도 하였다. 학생들도, 학부 대학원 석 박사 과정 할 것 없이 많이 동원하였다. 하루 종일 연구실에 있었고 도서관 그의 작은 공간인 캐롤에 틀어박혀 밤 10시까지 자료를 뒤적거렸다. 국회도서관 국립도서관 규장각 도서관 여러 대학 도서관의 자료를 뒤지고 복사하고 인터넷을 이용하여 외국 대학의 도서관의 자료를 끌어내기도 하고……. 비용도 적잖이 들었다. 필요한 대로 마이너스 통장으로 꺼내어 적지도 않고 썼다. 그것은 아내도 모르는 그의 개인적인 빚이었다. 희연도 계산 없이 비용을 많이 썼다.

열왕기列王記

안식년이 시작되기 전에 계획의 일부를 진행시킨 것이다. 도형과 희연 그리고 학생들의 집체작「단군 열왕기」였다. 소설인지 논문인지 아니 자료인지 세미나인지, 그 어느 것도 아닌 잡문 같기도 하고 장르를 해체한 파격적인 무엇인 것 같기도 하고, 아무 것도 분명한 것이 없이 문제 투성이인 대로 출발되었다. 그 대목 대목을 편년체로 소개하면서 같이 생각을 덧붙이었다.

『구약성경』에「열왕기」가 있다. 다윗의 통치가 끝나고 솔로몬의 즉위에서 시작하여 남북조의 붕괴까지 왕들에 대한 이야기를 기록하고 있다. 이스라엘의 역사이다. 예를 들면 솔로몬의 지혜, 통치의 특징, 성전의 건축, 외교적인 업적, 부와 명성, 타락, 하나님의 진노 등이 기록되어 있다. 솔로몬의 사후부터 분열 왕국시대로 접어들어 여로보암1세의 반란에서 사마리아의 함락까지, 바벨론의 통치로 인해 정치적 독립이 종결될 때까지, 유다의 왕 히스기야의 개혁, 바벨론에 의한 예루살렘의 파괴와 바벨론으로의 추방등을 기록하고 있다.

『단군세기』『단군기』 등은 마흔 일곱 분의 왕의 치세에 대하여 간지를 밝히고 중국의 역사와 종적縱的 수평적인 관계선상에서 기술하고 있다. 다만 왕들을 중심으로 한 역사라고 하는 점에서 제목을「…열왕기」라고 붙여본 것이었다.

왕들의 역사였다. 단군의 역사였다. 단군이 한 사람의 단군이 아니고 47명이다. 기라성같이 도열한 왕들이 그 자리를 지키고 있는 역사의 시대를 펼치고 있는 것이다. 그런 점에 있어서는 그 몇 가지 자료들, 『한단고기』 『규원사화』 『단기고사』 등이 공통된다. 조금씩 뿌리가 다르고 모양새가 다르긴 하지만 왕들의 행진은 같다.

『단군세기』는 『고기』를 인용하여 조선의 첫 임금인 단군 왕검의 부모, 출생과 즉위 그리고 93년간 재위에 있었으며 130수를 누렸다고 쓴 다음 첫 왕정의 모습을 그려보이고 있다.

『삼국유사』에서 단군이 즉위하여 1,500년을 다스리고 산신이 되어 나이가 1,908세였다고 한 것에 비하면 큰 차이를 보이고 있다. 93년과 1,500년 130세와 1,908세…… 실화와 설화의 거리 같다. 그리고 408년 동안은 산신이 되어 아사달에 숨어서 살았다는 것이다. 우리 역사의 출발을 너무나 막연하게 만들어 놓고 있었던 것이다. 이야기라면 너무나 막연하고 역사라면 참으로 답답하다. 그것을 누가 바꿔놓을 수 있을 것인가. 사실이 아니면 소설이다. 사실이라면 엄숙히 받아들이고 소설이라면 보다 재미있게 만들어야 한다. 사실과 소설이 섞인 것인가. 뒤바뀐 것인가. 섞임과 뒤바뀜을 몇 번 되풀이한 것이 아닌가.

단군의 즉위부터 다시 보자. 『단군세기』 둘째 대목이다.

－무진(戊辰) 단군왕검 원년(B.C. 2333년), 처음 신시의 치세가 시작되었을 때 사방에서 모여든 백성이 산과 골짜기에 두루 퍼져 살았는데 풀잎으로 옷을 해 입고 맨발로 다녔다. 개천 1565년 상달[上月, 10월] 3일에 이르러 신인 왕검이 오가五加(부족을 말함)의 지도자로서 무리 800을 이끌고 박달나무 아래로 와서 자리를 잡고, 무리와 더불어 삼신三神께 제사를 올렸다. 지극한 신의 덕과 성인의 어진 마음을 갖추어 능히 하늘의 뜻을 이어 받들어 높고 크고 열렬하여 구한九桓의 백성이 다 기뻐하고 정성으로 따랐다. 이에 천제天帝의 화신으로 추대하여 제왕으로 삼아 단군왕검이라 하였다. 신시의 옛 규칙을 도로 찾고 아사달에 도읍을 정하여 나라를 세워 조선이라 이름하였다.

단군의 첫 시정 모습 백성들의 원초적 삶의 모습을 잘 보여주고 있다. 민족의 서사시이다. 풀잎으로 해 입은 옷을 입고 맨발로 다니는 조상들의 얼굴이 떠올랐다.

"『단기고사』를 위서로 보는 사람이 많지 않아요? 그러면 거기 서문을 쓴 단재 신채호는 어떻게 되는 거예요?"

도형의 연구실에서 『단군세기』의 첫머리 부분을 논의하다가 희연이 그에게 물었다.

"이제 자꾸 나한테 묻지 말고 답을 찾아내 봐요."

도형은 연구실로 불러낸 희연에게 짜증을 내었다.

"그래 가지고 무슨 박사가 될 수 있나?"

"논문이 통과되어야 박사가 되지요."

"박사가 되기 위해선 그런 의문들을 스스로 해결할 수 있어야지."

도형의 연구실 벽에 걸려 있는 박학심문博學審問이라는 편액을 올려다 보며 희연이 말하였다.

"좌우간 말이지요. 『단기고사』가 위서라면 『단군세기』도 그렇고 다른 것도 다 위서라는 얘기가 된다는 거지요. 어느 하나가 진서眞書라면 다른 것도 마찬가지이지요. 단군 시대의 기록만 가지고 말하면 그래요. 다 사실이거나 다 허위라는 거지요. 사실이거나 어느 하나를 보고 모방한 것이 되는 거지요."

그 말이 맞는 것 같기도 하고 엉성한 논리 같기도 하였다.

"그렇다고 그렇게 쉽게 답을 내놓으면 안 되지."

희연은 도무지 종잡을 수가 없는 것이다. 그러나 웃으면서 대답을 하였다.

"알겠습니다."

"논의할 만큼 했으니까 결론을 다듬어봐요. 중간 결론을 내어보자는 거지."

"좋아요. 전 박사학위 같은 거보다 선생님과 같이 책을 내는 것이 더 의미가 있어요."

"수필이 아니야."
"논문이지요."
"소설이야."
"참 그런가요?"
"정말 무엇인지 모르겠네."
"거 봐요."
그렇게 다시 시작하였다.
단군왕검의 시대가 열리고 법이 만들어졌다. 왕의 말이 곧 법이었다.
— 하늘의 법칙은 하나일 뿐이니 그 문은 둘이 아니다. 너희들은 오로지 순수하게 정성을 다할지니 이로써 너희 마음은 곧 하늘을 보게 되리라.
왕은 가르침을 내려 말하였다.
— 하늘의 법은 한결 같고 사람의 마음도 마찬가지이다. 그러므로 자기 마음을 미루어 남의 마음에 미치게 하면 남의 마음을 교화하여 하늘의 법칙에도 합하여 지고, 이로써 만방에 통용될 것이다.
박달나무 아래 또는 산상의 수훈들은 이 땅을 다스리는 통치철학이었다.
— 너희들 열 손가락을 깨물어보라. 크건 작건 아프지 않은 것이 없느니라. 너희가 서로 사랑할지언정 헐뜯지 말고 서로 도울지언정 서로 해치지 말지니라. 그러면 집안도 나라도 흥할 것이다.
구구 절절 옳은 말씀이다. 너무도 당연한 그런 법과 질서들이 지금은 지켜지지 않고 있지만 그 때는 참으로 평화롭게 잘 지켜지고 있었던 것이다. 10월 제천 때는 백성들이 모두 기쁨에 넘쳐서 환호하며 저마다 즐겼다.
단군 왕검의 가르침은 순수한 진리 그 자체였다. 시대가 변하고 수없이 세월이 바뀌고 세기가 바뀌고 하였지만 진리는 하얀 정한 보자기 속에 그대로 싸여 있었던 것이다. 4천 년이 지난 시점에서 되새겨볼 때 참으로 소박하였다. 지극히 순수함을 느낄 수 있었다. 정확히는 2333년에다 1997년을 합하면 4330년 전이며 후이다. 그 순수함을 맛보기 위해서는 그 수 없는 세월 동안 길들여진 선입관, 때문은 사고를 철저히 버리지 않으면 안 된다.

다시 반복하여 말하지만 단기 1997년은 취재당시 연호이다. 시점의 혼란을 피하기 위해 고치지 않는다. 10년 20년 그 이상 생각하고 다듬었다고 이해해도 좋다. 한자는 몇 번이고 반복하여 병기하는 것이 있다. 지면을 늘리기 위해서가 아님을 이해할 줄 안다.

가르침의 덕목들을 되새겨보자.

-너희는 부모로부터 태어났고 부모는 하늘로부터 내려왔으니 너희 부모를 존경함은 곧 하늘을 존경함이 되고 그 마음이 나라에까지 미칠 것이니 이것이 곧 충효이다. 너희가 이 길을 잘 체득하면 하늘이 무너져도 반드시 먼저 화를 면할 것이다. 새나 짐승에게도 쌍이 있고 헤어진 신발에도 짝이 있는 것이다. 너희들 사내와 계집은 서로 화목하여 원망함도 질투함도 음란함도 없어야 한다.

-소나 말을 보라. 서로 먹이를 나누어 먹지 않더냐. 너희가 서로 양보하고 빼앗지 않고 함께 일하며 도적질하지 않는다면 나라가 융성할 것이다. 호랑이를 보라. 힘만 세고 난폭하여 신령스럽지 못하더니 비천한 것이 되었다. 너희가 사람다운 성품을 잃어 난폭하게 되지 않는다면 남을 다치게 하는 일이 없고 항상 하늘의 법칙을 지켜 만물을 사랑하여야 한다. 너희는 기우는 것을 붙들지언정 약자를 능욕하지 말 것이며 남을 돕고 불쌍히 여길지언정 낮은 자를 모욕하지 말아야 한다. 너희가 이 법칙을 어기면 영원히 하늘의 보살핌을 얻을 수 없어 일신과 일가가 망해버릴 것이다. 너희가 만일 논에 불을 질러 곡식이 다 타버리게 한다면 하늘과 사람이 노할 것이다. 너희가 아무리 감싼다 할지라도 그 냄새가 반드시 새어날 것이다. 항상 바른 성품을 공경스럽게 지녀서 사악한 마음을 품지 말 것이며 나쁜 짓을 감추지 말 것이며

재앙스런 마음을 간직하지 말 것이다. 하늘을 공경하고 백성을 가까이 하라. 그러면 너희들의 복록이 무궁할 것이다. 너희 오가의 무리들아 이 뜻을 따르라.

백성들에게 일상생활에서 지켜야 할 도덕적 규범을 가르친 교훈들이다. 사람들이 지키고 행할 질서들이 다 들어 있는 것이다. 이 시대에는 이러한 질서들을 거역할 줄 모르고 그야말로 하늘의 법으로 알고 따르고 지키었다. 그러므로 해서 곰과 호랑이와 더불어 노닐며 소와 염소가 크는 것을 보며 백성들은 물자가 넉넉하여 쓰고 남는 것을 나라 살림에 보태었다.

평화스러운 때였다. 평화스러운 땅이었다. 모든 것이 잘 돌아가기 시작하였다.

─팽우彭虞에게 명하여 토지를 개척하게 하고 성조成造에게 궁실宮室을 짓게 하고 고시高矢에게는 농사를 장려하도록 맡기고 신지臣智에게 명하여 글자를 만들게 하고 기성奇省에게는 의약을 베풀게 하고 나을那乙에게는 호적을 관장케 하고 희羲에게는 점치는 일을 맡기고 우尤에게는 병마兵馬를 맡게 하고, 비서갑斐西岬 하백河伯의 딸을 맞아들여 왕후로 삼고 누에 치는 일을 맡게 하니 순박하고 후덕한 다스림이 온 세상에 두루 미쳐 태평치세를 이루었다.

단군왕검은 이렇게 단군 세기를 열었다.

『단기고사』의 「전 단군조선」편에는 이 부분에 대하여 이름과 내용 등을 조금 달리 기록하고 있다.

─신우神祐에게 명하여 백성에게 오륜을 가르치며 관후寬厚와 박애를 명심하라 하고, 고시에게는 사농관司農官이 되어 농민에게 농사를 가르쳐 온갖 곡식을 심어 추수하게 하되 때를 놓치지 말라 하고, 신지神誌에게는 사악司樂이 되어 백성들에게 음악을 가르쳐서 마음과 정신을 화창하게 하라고 하고, 해월海月에게는 사공관司工官이 되어 모든 공인工人(匠人)들에게 각기 기능에 따라 기구를 제조하게 하여 날마다 생

열왕기列王記 · 237

활에 쓰이는 물건을 공급하게 하라 하였다. 또 운목雲牧에게 명하여 감시관監時官이 되어 춘하추동 4계절과 72후侯(24節)를 정하여 농업에 때를 놓치는 일이 없도록 하라고 하고, 마옥磨玉에게는 미술관美術官이 되어 미술 발명품에 전력을 다하라 하였다. 팽오彭吳에게는 개척관이 되어 치산치수에 전력을 다하고 침수와 도로가 막히는 일이 없도록 하여 백성이 살아가는데 안전하도록 하라고 하고, 원보元輔 팽우彭虞에게는 신을 섬기는 일을 맡아서 백성을 가르치라 하였다.

그리고 그 가르침의 실체를 제시하였다.

-하늘은 형체가 없고, 위 아래 사방도 없고, 아무 것도 없이 비어 있으며, 어디에나 없는 데가 없으신 으뜸 가는 신이 큰 덕과 큰 지혜와 큰 능력이 있어 수 없이 많은 세계를 주관하시며 만물을 창조하셨다. 우주는 무한한 대권大圈이요, 하늘의 도道는 무한한 정권正圈이요, 사람의 도는 무한한 정축正軸이요……

그렇게 우주 자연의 철학을 교시하면서, 오직 정精하고 오직 하나 되어 중추를 잡아야 그 정正을 잃지 않는다고 하였다.

단군 왕검은 그에 앞서 종교를 창립하여 삼일신고三一神誥를 천하에 널리 알리고 366사事의 신정神政으로 교훈하였다고 하였는데 이러한 교시도 『삼일신고』를 바탕으로 하고 있다.

『삼일신고』는 한국桓國시대부터 있었던 것으로 『천부경』과 함께 지금까지 전해지고 있는 우리 민족 고유의 이대二大 경전이다. 교화경敎化經이라고도 하고, 천훈天訓 신훈神訓 천궁훈天宮訓 세계훈世界訓 진리훈眞理訓의 다섯 부분으로 되어 있다.

-푸르고 푸른 것이 하늘이 아니며 아득하고 아득한 것도 하늘이 아니니라. 하늘은 형태와 바탕됨이 없고, 끝도 없으며, 위와 아래 동서남북의 사방도 없으며, 텅 비었으되 어디에나 있지 않은 곳이 없고, 무엇이나 포용하지 않은 것이 없느니라.

하늘에 대한 가르침이다.

—하느님은 위 없는 첫 자리에 계시사 큰 덕과 큰 지혜와 큰 힘을 지니시어 하늘의 이치를 내시고, 무수한 세계를 주관하시며, 만물을 창조하시되 티끌만한 것도 빠뜨림이 없으며, 밝고도 신령하시어 감히 이름지어 헤아릴 수가 없느니라. 소리와 기운으로 원하고 빌면 반드시 친히 모습을 드러내시니, 저마다 지닌 본성에서 씨알을 구하라. 너희 머리 속에 내려와 계시느니라.

일신一神, 하느님에 대한 가르침이다.

—하늘은 하느님의 나라이니, 하늘 궁전이 있어서 온갖 착함으로써 궁전으로 오르는 섬돌을 삼고, 온갖 덕으로써 들어가는 문을 삼느니라. 하느님이 계신 곳에는 뭇 신령과 모든 밝은 이들이 모시고 있으며, 그곳은 크게 복되고 성스러운 곳이요, 지극히 빛나는 곳이라. 오로지 자성自性을 통하고 모든 공적을 이룬 사람이라야 이 하늘 궁전에 나아가서 영원히 쾌락을 얻을지니라.

천궁天宮, 하늘 궁전에 대한 가르침이다.

—총총히 널린 저 별들을 보라. 그 수가 다함이 없으며, 크고 작고 밝고 어둡고 괴롭고 즐거움이 같지 않느니라. 한 분이신 하느님께서 모든 누리를 만드시고, 그 가운데 해누리를 맡은 사자使者를 시켜 칠백 누리를 거느리게 하시니, 너희 땅이 스스로 큰 듯이 보이나 작은 한 알의 누리이니라. 땅덩어리의 중심에서 불이 울리고 흔들리며 솟아올라 바다로 변하고 육지가 되어, 마침내 지금의 모양을 이루었느니라. 하느님께서 기氣를 불어넣어 바닥까지 감싸시고 햇빛과 열로 빛[色]을 내시니, 기고 날고 탈바꿈하고 헤엄치고 땅에 뿌리 내려 사는 동물과 식물들이 많이 불었느니라.

세계, 우주에 대한 가르침이다.

그리고 인물, 진리에 대한 가르침이다.

—사람과 만물이 다 같이 세 가지 참함을 받나니, 이는 성품과 목숨과 정기라. 사람은 그것을 온전히 받으나 만물은 치우치게 받느니라.

이 인물에 대한 가르침은 동양학의 근본이 되고 있다.

－참성품[眞性]은 착함도 악함도 없으니 이는 상철上哲로서 두루 통하며, 참목숨[眞命]은 맑음도 흐림도 없으니 중철中哲로서 다 알며, 참정기[眞精]는 두텁고 얇은 것이 없으니 하철下哲로서 잘 보전하니 참함을 돌이키면 다 같이 하느님이 될지니라.

－사람들은 아득한 땅[迷地]에 태어나면서부터 세 가지 망령됨이 뿌리 박나니, 이는 마음과 기운과 몸이니라. 마음은 성품에 의지한 것으로서 착함과 악함이 있으니, 착하면 복되고 악하면 화가 되며, 기운은 목숨에 의지한 것으로서 맑고 흐림이 있으니 맑으면 오래 살고 흐리면 일찍 죽으며, 몸은 정기에 의존한 것으로서 두텁고 엷음이 있으니, 후하면 귀하고 박하면 천하게 되느니라.

－참함과 망령됨이 서로 맞서 세 길[途]을 지으니, 이는 느낌[感]과 숨쉼[息]과 부딪침[觸]이다. 이것이 굴러 열 여덟 경계를 이루나니라. 느낌에는 기쁨 두려움 슬픔 성냄 탐냄 싫음이요, 숨쉼에는 향내 술내 추위 더위 마름 축축함이요, 부딪침에는 소리 빛깔 냄새 맛 음탕 닿음이니라.

－사람들은 착하고 악함과 맑고 흐림과 두텁고 엷음을 서로 섞어서 경계의 길을 따라 함부로 달리다가 나고 자라고 병들고 죽는 괴로움에 떨어지고 말지마는 밝은 이는 느낌을 그치고, 숨쉬는 것을 고르게 하며, 부딪침을 금하여 한뜻으로 되어가서 망령됨을 돌이키니, 곧 참이라. 크게 하나님의 기틀을 발하나니 성을 통달[性通]하고 공적을 완전히 이룸[功完]이 바로 이것이니라.

『삼일신고』를 연구하여 태극의 원리 등으로 도해圖解한 최동환은 성통性通은 『천부경』의 일시무시一始無始에서 일종무종一終無終까지의 과정이며 공완功完 일종무종에서 일시무시까지의 과정이라고 설명하고 이 부분은 현묘지도玄妙之道의 문을 여는 첫번째 열쇠라고 하였다. 공완의 뜻은 홍익인간의 정신이며 지상에 천국을 건설하려는 이상이라고도 하였다.

　도통道通의 경지를 말하는 것이다. 대부분의 종교는 이것을 최종 목표로 삼고 있다. 그러나 『삼일신고』는 이를 하나의 과정으로 규정하고 있고, 성통을 하고 공완을 한 자라야 천궁에서 영원한 쾌락을 누릴 수 있다고 밝히고 있다.

　단군 왕검은 또 366사事의 신정神政을 베풀었다고 하였는데 「참전계경參佺戒經」이 그것이다. 「팔리훈八理訓」이라고도 한다. 고구려 고국천왕 때의 국상國相 을파소乙巴素에 의하여 전한 것이라고 『태백일사』(「고구려 본기」 5)에 쓰고 있다. 을파소는 일찍이 백운산에 들어가 하늘에 기도하고 이 천서天書를 얻었다고 하였다.

　서문에 366사事의 내용을 설명하고 있다.

　－대시大始에 철인은 위에 계시사 인간의 360여 사事를 주재하시었다. 그 강령에 8조가 있나니 성誠 신信 애愛 제濟 화禍 복福 보報 응應이라 한다.

　그리고 여덟 줄기로 나눈 체계와 조목을 설명하였다.

　－성은 충심이 발하는 곳으로 진실에서 나오는 정성을 관장하는 곳으로 6체體와 47용用이 있다. 신은 천리天理의 필합必合으로서 인사人事의 필성必成으로 5단團 35부部가 있다. 애는 자심慈心의 자연으로 인성仁誠의 본질이라. 6범範 43위圍가 있다. 제는 덕德의 겸선兼善으로서 도가 잘 미치는 것이다. 4규規 32모模가 있다. 화는 악이 부르는 것으로 6조條 42목目이 있다. 복은 선의 여경餘慶이다. 6문門 45호戶가 있다. 보는 천신天神이 하는 것으로 악인에 보하는 데 있어서는 화로써 하고 선인에 보하는 데 있어서는 복으로써 한다. 6계階 30급及이 있다. 응은 악은 악보惡報를 받고 선은 선보善報를 받음이라. 6과果 39형形이 있다.

　을파소는 여기에 덧붙여 언급하였다.

　"신시이화神市理化의 세상은 8훈訓으로서 경經을 삼고 5사事를 위緯로 삼아 교화가 크게 행해져 홍익제물弘益濟物하였으니 참전參佺이 이루어지지 않은 곳이 없었다. 지금의 사람들은 이 전계佺戒에 의해 더욱 더 스스로에 힘쓴다면 백성들을 잘 살게 하는 일이 어찌 어려운 일로 될까보냐?"

이 말에서 우리는 두 가지 사실을 알 수 있다. 이 『참전계경』이 이미 신시시대부터 전해져 온 것이라는 사실과 그로부터 2,500년 후인 고구려 시대만 해도 그러한 덕목들을 더욱 더 힘써 지킴으로써 백성들이 잘 살게 할 수 있다는 생각을 읽을 수 있는 것이다. 그로부터 1,800년이 지난 지금은 어떠한가. 그러한 생각들은 다 바래어지고 만 것은 아닌가.

어떻든 『삼일신고』 『참전계경』 그리고 『천부경』에 담긴 이상적인 참된 덕목들을 통하여 그 당시 국가 사회의 구조, 이상적이고 평화스러운 생활 모습들을 떠올려볼 수 있었다.

－나라는 태평하고 백성은 안락하며, 비와 바람이 알맞으며 병이 없고 장수하며 산에 도적이 없고 집에 곡식이 많이 남으니, 밤에 문을 닫지 않고 길에 떨어진 물건을 줍지 않으며 노인은 영가詠歌를 부르고 아이들은 춤을 추었다.

－사람마다 임금에 충성하고 나라를 사랑하는 마음이 있어 집집마다 천단天壇을 만들고 새벽마다 경배하니, 이 때부터 하느님을 공경하는 사상이 확고하였다.

『단기고사』(「단군 왕검」)에 그렇게 그 시대를 그려보이고 있다. 『규원사화』(『단군기』)에도 그렇게 평화스러운 국가의 모습을 그리고 있다.

－단군은 새로 자리 잡은 이곳에서 하늘에 제사를 지냈으며 성을 쌓고 궁궐을 세웠다. 밭과 도랑을 파고 밭두둑을 만들어 농사와 누에치기를 권장하고 고기잡이와 사냥을 하게 했다. 모든 백성들에게 쓰고 남은 물건을 바치게 하여 나라 살림에 보태니 백성이 모두 화합하고 즐거워했다.

그리하여 단군 왕검 51년 무오戊午에는 운사雲師인 배달신倍達臣에게 명하여 혈구穴口(지금의 강화도)에 삼랑성三郞城을 짓고 제천祭天의 단을 마리산摩璃山(摩尼山을 말함)에 쌓게 하였으니 지금의 참성단塹城壇이 그것이다.

이러한 『단군세기』의 기록과는 달리 『단기고사』에서는, 세째 아들 부우扶虞를 강화에 보내 전등산傳燈山에 삼랑성을 쌓게 하며 제천단을 마니산에 쌓고 하느님께 제사지내니, 동방민족이 하느님께 제사지내는 풍속은 시조 단제때부터 시작되었다고 하였다. 『규원사화』에는, 단군이 궁궐을 떠나 남해에 이르러 갑비고차甲比古次(지금의 강화도, 穴口 또는 江都라고도 함)에 있는 산에 올라가 단을 쌓고 하늘에 제사 지냈다고 되어 있다. 세 기록이 일치하고 있음을 알 수 있다.

삼랑성과 참성단은 지금도 강화에 남아 있고 그 때 단군이 참성단에서 하늘에 제사를 지냈던 것처럼 지금도 그곳에 제단이 보존되어 있으며 하늘에 제사를 지내고 있다. 어떤 의미에서인지 매년 전국 체전體典 때 성화를 채화하여 봉송하는 성소聖所로 되어 있다.

삼랑성은 경기도 강화군 길상면 온수리에 있는 1,000미터 둘레의 산성으로, 축성 연대는 기록되지 않아 정확히 알지 못하고 있다. 단군의 세 아들 삼랑三郞이 성을 쌓았다는 전설로 해서 삼랑성이라고 한다. 앞의 기록들을 뒷받침해주고 있는 실물들이다. 일명 정족산성鼎足山城이라고도 하는데 정족이란 세 개 달린 솥의 발 3의 의미와 관계되는 것 같다. 그러나 그것은 전설로만 전하여지는 것이고 일반적으로는 삼국시대의 산성으로 알고 있다. 성곽의 축조는 거친 할석割石으로 되어 있으며 성 안도 할석으로 채워 안팎을 겹으로 쌓은 보은의 삼년산성三年山城 경주의 명활산성明活山城과 같이 삼국시대의 석성 구조를 보이고 있기 때문이다. 여기에 사고史庫를 설치하여 조선왕조실록을 보관하고, 왕실의 족보를 보관하는 선원보각璿源譜閣을 건립하였었는데 현재에는 전등사만 남아 있다. 마니산 참성단과 함께 단군시대의 숨결이 가장 많이 남아 있는 곳이다. 남한에서 따질 때 그런 것이다.

열왕기列王記 · 243

해석이 엇갈리고는 있지만 단군이 나라를 세우고 교화를 베푼 태백산(백두산), 환인 환웅 단군을 모신 황해도 구월산의 삼성사, 단군의 능과 사당 숭령전崇靈殿 등이 다 북한 지역에 위치하고 있다. 평양시 강동군 강동읍 대박산大朴山 기슭에 1994년 10월 11일 높이 22미터 둘레 200미터의 단군릉을 개건改建해 놓았고 또 삼성사는 일본이 한국을 침탈한 다음 해인 1911년 강제 철거하고 부지는 공매하여버림으로써 흔적도 없애버렸던 것을 다시 복원해 놓았다.

그러나 단군릉에 대하여는 정확한 객관적, 표현이 어떨는지 모르지만, 고증을 필요로 하고 있다. 단군릉은 어느 단군의 무덤인가 하는 것이다. 1세 단군 왕검의 무덤은 아니라는 것이다. 5세 단군 구을丘乙의 능이라는 설에 대하여 신중히 접근해 가고 있는 중이고 단군릉에서 발굴된 남자의 뼈 여자의 뼈에 대하여도 연구를 필요로 하고 있다. 남자는 단군이고 여자는 단군의 아내라고 하고 있다. 호칭이야 어떻게 되었든, 일사불란한 북한의 주장에 대하여 아직 고고학적考古學的 고증이 안 되고 있는 실정이다.

좌우간 참성단은 남쪽에서 만날 수 있는 가장 뚜렷한 단군의 자취이며 4천3백 년의 선명한 뿌리가 만져지는 곳이다.

김교헌金敎獻의 『신단실기神檀實記』 「제천단祭天壇」을 보면, 단壇은 17자인데 돌로 쌓아서 위는 모나게 아래는 둥글게 만들어 사방이 각각 6자 6치 아래는 각각 15자로 둘려 있다고 하였다. 그리고 기록들을 인용하여 말하였다. 마니산은 강과 바다의 모퉁이로서 땅이 한적하고 깨끗하고 조용하고 깊어서 신명神明한 자리이다. 그런 때문에 제사지내는 자리를 만들어서 상제上帝께 제사지낸다. 하늘은 음陰을 좋아하고 땅은 양陽을 좋아하기 때문에 단을 반드시 물 가운데 있는 산에 설치했고 위가 모지고 아래가 둥근 것은 땅과 하늘의 의리이다.

『동사東史』 『수산집修山集』을 인용하여 쓰고 있다.

연대가 하도 오래 되어 바람에 닳고 비에 씻겨서 서쪽과 북쪽 두 면이 절반이나 헐어 무너졌고 동쪽 가의 돌층계 또한 많이 기울여졌다고 하였다. 그러나 그것도 벌써 오래된 이야기이고 지금은 그 원형을 그대로 갖고 있지는 않다. 그렇다 하더라도 참성단에 올라 황해 바다가 임진강과 합류하여 들어오는 한강물을 바라보고 있으면 단군 할아버지가 첨벙 첨벙 걸어오시는 것을 맞이할 수가 있다. 우리의 할아버지에 대하여 자랑스럽게 생각하는 사람에게는, 적어도 옷깃을 여미고 뿌리를 찾고자 하는 사람에게는 그런 맥박을 꽂아줄 할아버지와 만나게 될 것이다.

　　단군 할아버지가 걸어오신다
　　첨벙 첨벙 첨벙 첨벙, 첨벙 첨벙 첨벙
　　단군 할아버지가 저 맑고 푸른 한강물 속을
　　첨벙 첨벙 첨벙 걸어오신다

홍윤기洪潤基의 시 「한강에 서면」이다.

　　아득한 저 옛날, 바람님, 비님, 구름님 거느리고
　　아사달 도읍을 여시었던 단군 할아버지가
　　반만 년 기나긴 나날을 두고
　　조국의 산하를 뜨겁게 더 뜨겁게 어루만지시더니
　　오늘 한강물 속에 첨벙 첨벙 첨벙 걸어오신다
　　첨벙 첨벙 첨벙……

　　당당하신 그 모습 앞에서 뉘라서 절로 고개 숙이지 않으랴
　　첨벙 첨벙 첨벙 강토에 울려퍼지는 발자국 소리에
　　겨레는 저마다 가슴 설렌다
　　민족 웅성의 터전 그 한복판을 갈라헤치며

줄기차게 흐르는 생명의 빛부신 물줄기를
우리 모두에게 담겨서 꽈악 껴안게 해주신 단군할아버지가
오늘 첨벙 첨벙 한강물 속을 걸어오신다

너희는 모두 가슴에 손을 얹어라
너희는 오늘까지 과연 무엇을 하였는가
나라와 겨레를 위하여
너희는 떳떳하게 나를 맞이할 수 있느냐
영광을 누릴수록 그만큼 더 깨닫고
기쁨이 큰 터전에서 다시금 슬픔을 되씹어보는
각고의 뉘우침 속에서 참으로 소중한 자아를
찾아내야만 할
겨레의 목숨줄기 한강이여!
그리하여 마침내 떳떳하고 자랑스럽게
우리 모두 한강을 걸어야만 하지 않겠으랴
첨벙 첨벙 첨벙, 첨벙 첨벙 첨벙

우리들의 거룩한 단군 할아버지가 걸어오시는,
오늘을 보아라!
그 뒤를 이어서 떼지어 걸어오시는
우리 모두의 할아버지들, 할아버지들이시여
첨벙 첨벙 첨벙, 첨벙 첨벙 첨벙……
여기 겨레의 도도한 숨소리, 우렁찬 한강이여

첨벙 첨벙 첨벙, 첨벙 첨벙 첨벙
세계 속에 울려퍼지는 한국인들의 당당한 발자국 소리
가슴 딱 벌리고 행진하는 겨레의 쩌렁쩌렁한 목소리

영원 속에 울려퍼질 민족의 맥박이여!

4325(1992)년 10월 3일 대전고등학교 대강당에서의 「남북통일 개천대제開天大祭」 때 헌시로 낭송된 시이다. 옷깃을 여미고 가슴에 손을 얹고 먼 뿌리를 아프게 느끼게 한다. 너희는 무엇을 하였느냐 너는 무엇을 하고 있느냐, 민족 앞에 역사 앞에 숙연히 묻는다.

단군시대로 다시 돌아가자.

－경자庚子 단군 왕검 93(B.C.2241)년, 단군의 교화는 온 누리를 가득 덮어 멀리 탐랑耽浪에까지 미쳤다. 가르침은 점차로 널리 퍼져갔다.

탐랑은 어디인가. 탐라耽羅와 낙랑樂浪이라는 설이 있는데, 탐라는 제주도를 말하는 것이고 낙랑은 북경지방을 가리키는 것이다. 일본이나 그 외의 어떤 변방을 가리키는 것인지도 모른다.

좌우간 이때 천하의 땅을 새로 갈라서 삼한三韓으로 나누어 다스렸다. 삼한은 모두 오가 64족族을 포함하였다.

－이해 3월 15일 단군 왕검은 왕명을 다하였다. 봉정蓬亭에서 붕어崩御하시니 교외로 10리쯤 떨어진 땅에 장사지냈다. 백성들은 마치 부모님 돌아가신 듯 단군의 깃발을 받들어 모시고 아침 저녁으로 함께 앉아 경배하며 생각하여 마음 속에서 잊지 못하였다. 이에 태자 부루扶婁가 새로 단군이 되었다.

백악산 아사달로 옮겨 1,500년 간 나라를 다스리고 장당경으로 옮겼다가 아사달로 돌아와 산신이 되어 1908년을 살았다는 『삼국유사』의 얘기와는 다르다. 봉정은 어디인가. 거기서 10리 떨어진 곳, 장사를 지내었다는 땅은 평양 대박산과는 다른 곳인가. 고증할 방법은 없다. 다른 자료가 없기 때문이다.

－150년에 임금께서 세상을 뜨시니 왕위王位에 계신 지 57년이며 제위帝位는 93년이다. 백성들이 부모상을 당한 것처럼 사해四海가 다 음악을 그치고, 집집마다 시조 단제檀帝의 신위를 세우고 아침 저녁으로

경배하였다. 태자 부루가 제위에 오르니 제2세 단제시다.
 기록마다 조금씩 달랐다. 왕위와 제위를 구별하기도 하였다. 또 다른 기록(「단군기」)이다.
 −단군은 임금 자리에 있은 지 90여 년 동안 천하는 하도 넓고 일은 많아 즐거움을 잊고 살 수밖에 없었다. 그러다가 부루에게 임금 자리를 이어받게 하며 말하였다. "하늘의 도가 밝히 네 마음에 내려와 있으니 오직 네 마음을 잡고 모든 백성을 사랑하는 일에 지성을 다하라." 그리고 당장唐莊에 가서 아사달에 들어가 10월에 신이 되어 하늘로 올라갔다. 세상에 있은 지 210년, 임금 자리에 있은 지는 93년이다. 이리하여 부루가 모든 가加와 제후를 거느리고 하늘로 올라간 자리에 제사 지내고 신축辛丑(93, B.C. 2240)년에 평양에서 보위에 오르니 곧 2세 단군이다.
 하늘로 올라갔다고 하였다. 『삼국유사』와 비슷하지만 같지 않았다. 조금씩 다르게 되어 있는 1세 단군 왕검의 시대가 끝나고 2세 단군 부루의 시대로 이어짐을 알리고 있다.

 도형은 자료들을 연결해 부루의 새 시대로 넘어가다가 진행을 멈추었다. 짙은 안개가 드리우기 때문이었다. 그냥 넘어가지지가 않았다. 여러 가지 이해가 되지 않는 부분이 많았다.
 희연을 불러내어야 했다. 연구실로 오라고 하였다. 희연은 〈카오스〉로 나오라고 하였다.
 "카오스?"
 "왜 싫으세요?"
 그가 반문을 하자 희연이 다시 그렇게 묻는다.
 "뭐 싫다기보다도 다시 혼돈 속으로 빠져 들어가는 것이 아닌가 하고."
 "그러면 어떡할까요? 연구실은 그렇고, 〈푸른 집〉보다는 나을 것 같은데요."

그 말은 맞았다. 〈푸른 집〉은 이름과는 달리 칙칙한 지하실이며 조명도 희미하고 술냄새에 절어 있는 공간인 것이다. 그녀가 또 연구실에 오지 않으려는 것도 이해가 되었다. 잠깐 들르는 것이야 상관이 없지만 장시간 같이 붙어 앉아 머리를 맞대고 얘기한다는 것은 아무래도 부자연스러웠다. 남 보기에 말이다. 얘기가 간단히 끝나지가 않았다.

"그래요. 그럼 거기서 해요."

도형은 그렇게 말하고 자료들을 가방 속에 다 챙겼다. 손으로 드는 책가방에 잔뜩 쑤셔 넣었고 멜빵이 달린 천으로 된 가방도 자크를 잠글 수 없을 정도였다. 매일 그렇게 끌고 다니는 자료들이긴 하였다.

6시, 점심을 먹었는지 아침을 먹었는지 기억도 없다.

층층대를 걸어 내려오는데 머리가 핑 돈다. 물체가 둘로 보이기도 하고 흔들이었다. 며칠 전에도 그랬었는데…… 좀 불안하였다. 불안한 것이 문제가 아니라 걸음을 걸 수가 없었다.

층계를 손잡이를 의지하여 천천히 다 내려와서 저만치 흘러가고 있는 한강을 바라보았다. 그 저쪽 너머로 보이는 관악산 청계산을 맥없이 바라보며 기도를 하는 심정으로 서 있었다. 얼마나 그러고 있었을까, 물체가 둘로 보이고 흔들리는 것이 멎었다.

병원에 가봐야 되겠다고 생각하며 차 있는 데로 갔다. 차에 올라서도 머리를 뒤로 젖히고 한동안 눈을 감고 누워 있다가 출발하였다.

희연은 먼저 와서 기다리고 있었다. 그녀도 잔뜩 자료들을 보자기에 싸들고 왔다. 그것부터 보였다. 참으로 고맙고 믿음직스런 제자다. 그 이상이었다.

"어떤 부분이 문제예요?"

희연이 차를 들면서 묻는다.

"도무지 안개 속이야."

도형은 찬 맥주를 가져오라고 하여 한 잔을 쭈욱 마신다.

"왜 또 그러세요?"

"다시 회의가 일기 시작하는 거야."

"인제 선생님이 그러시는군요."

"솔직한 심정이야."

"솔직하신 건 좋은데 흔들리시면 안 되지요."

정말 얘기가 거꾸로 되었다. 그러나 도형이 약해진 것은 아니다. 다만 안개 속 같은 터널에서 헤어 나오고 싶은 심정이었다. 그런데 이 때 이 시기를 연결할 수 있는 자료가 없다. 전부 위서라는 책들뿐이다. 그래서 머뭇거려지고 고개가 갸웃거려지는 것이었고 그것을 그냥 지나칠 수가 없었던 것이다. 그러나 그의 마음은 이미 『삼국유사』에서는 떠나 있었다. 동화가 아니고 설화가 아니고 실화로서 재구성을 하려는 것이었다. 그런데 스스로 생각해도 실감이 나지 않았다. 신뢰감이 자꾸 떨어졌다.

"우선 말이야. 단군은 정말 한 사람이 아니었을까?"

"아니 정말 무슨 말씀을 하시는 거예요? 마흔 일곱 분으로 되어 있지 않아요? 아닌 것 같으세요?"

"글쎄 그것은 아닌데, 왜 다 따로 따로 고유한 이름이 있는데 1세 단군은 이름이 없느냐 이거야?"

"왜 없어요. 단군 왕검이잖아요?"

"왕검은 무엇이지 무슨 뜻이지? 아니 단군은 무엇이지?"

도형은 그렇게 쉬운 것에서 막히었다. 원점에서 한 발도 나가지 못한 것이었다.

희연은 그런 지도교수를 웃으면서 바라보다가 동정 어린 시선으로 바꾸면서 말하였다.

"그렇게 말씀하시니까 저도 어리둥절하군요. 그러나 그렇게 따지면 앞으로 나아가지지가 않지요."

"그건 그래. 그러나 또 나가기만 하는 것이 목적은 아니잖아요?"

"자꾸 그러시지 말고 일단 나가는 거예요. 이미 선생님 나름 대로 해석을 다 내렸잖아요?"

"그러긴 했지.『신단실기』를 뒤지다보니까, 단군의 세상에는 백성들이 단檀을 배달倍達이라 불렀는데 배는 조상이며 달은 빛난다는 뜻이니 천조天祖의 빛이 천하에 비친다는 뜻이라고 했고, 지금 왕王을 임금이라고 하는데 단군을 가리켜 임검王儉이라 하는 것이 그것이라고 하였어요. 임王자와 왕王자가 글자 모양이 비슷해서 잘 못 전해졌다는 거지요. 또 단檀은 국호이기 때문에 그 자손들을 모두 단군이라고 한다고 하고 있어요. 그러면 단군 왕검은 단군의 나라의 임금이라는 것인가? 그런 보통 명사일 뿐인가, 하는 거지요."

"무당 또는 하늘을 뜻하는 몽고어 텡그리tngri라는 말과 단군이란 말이 통한다고도 하지요. 단군은 정치적 군장君長이며 제사장이었어요."

"그러니까 단군은 고유명사가 아니라는 것이지요. 왕王+검儉으로 보는 경우, 검에 대하여 양주동梁柱東은 곰은 감 검 곰 금 등으로 호전互轉되는 신의 고어라고 하였지. 감은 알타이어 계통에서 신과 임금 사람의 뜻을 동시에 가지고 있는 말로서 우리 곰과 일치하고, 동북 시베리아에서는 무당을 캄 감 등으로 부르고 있고, 터키 몽고 신라에서는 감 일본에서는 가미라는 말로 신을 나타내지. 그리고 왕검王儉을 전차음으로 해석하는 경우로, 최남선崔南善은 단군을 대인大人 신성인神聖人의 뜻으로 보았고, 정인보鄭寅譜는 왕검을 향찰鄕札로 임검이라고 읽으면서 순수한 우리 말 뜻으로 보았으며 신채호도 그렇게 보았지. 역대 제왕의 칭호를 뜻한다는 거지. 또 최근에는 알타이어 계통의 언어분석을 통하여 왕검은 Nimgam으로 발음하여 상신上神 또는 상무上巫라고 해석하고 있기도 하고. 그러니까 큰 신 큰 임금을 나타내는 일반적인 칭호라는 거야."

도형의 설명을 들으며 희연은 가져온 책들을 뒤적거리다가 하나의 새로운 해석을 내놓는 것이었다.

"혹시 이런 것은 아닌지 모르겠어요. 단군 왕검은 고조선을 건국한 우리 민족의 시조로서 큰 임금이라는 것이지요. 2세부터 47세까지 다른 임금들은 그냥 임금들이고 1세 단군은 그들의 아버지 할아버지 민족의 할아버지로서 큰 임금이다 이겁니다. 어떠세요?"

그럴듯한 해석이었다. 그런 근거는 제시하지 않았지만 뭔가 답답함을 풀어주고 있었다. 안개가 걷히는 것 같았다.

"그런가…… 그럴까……"

도형은 희연을 바라보다가 김이 다 빠져나간 술을 마셨다. 다시 술을 시켰다.

"그것 가지고는 안 되겠지요?"

겸손한 희연의 자세가 참으로 마음에 들었다. 도형은 그런 희연에게 다시 물었다.

"한배검도 그런 뜻이겠지?"

"그렇지요. 대조신大祖神을 한배검이라고 하잖아요?"

좌우간 오늘은 완전히 거꾸로 되었다. 그가 묻고 그녀가 대답하고 있었고 그것을 그는 또 고개를 끄덕이며 공감하고 있었다.

희연과 이야기를 나눈 후 다시 단군세기를 연결해 나갔다. 그 시대에 대한 의문은 한 두 가지가 아니었다. 그녀와의 대화로 그런 의문들이 다 풀린 것이 아니었다. 쉽게 풀릴 수가 없는 의문들이라는 것을 알았을 뿐이다. 그러나 어떻게든 풀어야 한다는 생각도 하였다.

"제가 이리 저리 풀어볼 테니까 선생님은 계속 직진을 하세요. 아시겠어요?"

희연이 애교 섞인 어조로 그렇게 말하였다. 정말 너무도 마음에 들었다.

"정말 그래주는 거지?"

"그것이 염려되세요?"

"아니, 그건 아니야. 미안해서 그래."

"미안해 하실 건 없어요. 제 일이기도 하니까요."

도형은 희연을 물끄러미 바라보았다.

"그래. 같이 해보자고. 나와 공저자이니까."

"그런 때문은 아니예요. 또 그럴 필요도 없어요."

희연은 자신의 잔에 술을 따른다. 도형이 그것을 보고 술병을 빼앗아 들고 마저 따랐다.

"전에도 말씀드렸지만 저는 선생님과 같이 일을 하고 이렇게 같이 있는 것만으로 족해요. 행복해요."

도형은 그가 마신 잔을 그녀에게 건네며 술을 또 따랐다.

"그것이 나에게는 부담스러운데."

도형은 웃으면서 또 그렇게 말하였다.

"진심으로 말씀하세요."

"지원을 받고 싶은 건 사실이야. 그런데 내가 한선생의 짐이 되고 싶지는 않아."

"그런 부담은 가지실 필요는 없어요. 이제 와서 무슨 그런 말씀을 자꾸 하시는 거에요?"

"좌우간 공저야. 우린 공동 저자야."

"공범자는 아닌지 모르겠어요."

"공범자라니?"

"아니예요. 좌우간 선생님은 하늘이고 저는 땅이에요. 제가 선생님에게 조금이라도 힘이 된다면 그 이상 바랄 것이 없어요."

"하하하하…… 하늘과 땅은 원래 하나였어."

"선생님과 한 하늘 아래 있는 것만으로도 저는 행운이에요. 한 지붕 아래서 차를 마시고 술잔을 기울이고 있는 것은 축복이에요."

"그건 나도 그래."

"정말이세요?"

희연이 눈을 반짝거리며 되물었다.
"그래. 그런 제자와 함께 있다는 것이 행복이 아니고 무언가?"
"호호호호…… 그렇게 둘러대시기예요?"
"눈빛을 가지고 말하자고."
그녀는 다시 눈을 반짝 뜨고 그를 바라보았다.
그날 늦게까지 술을 마시었다. 그러나 포장집을 가거나 또 그녀의 집으로 동행하지는 않았다. 계란을 헤아리는 격이긴 하지만 두 사람은 공동의 저자이며 공동의 연구자였던 것이다. 공범자인지도 몰랐다. 남의 지적 소유권을 마음대로 갖다가 헤집어 놓고 또 무책임하게 유포하고 있는 악을 저지르고 있는지도 모른다. 그런 것 같지는 않지만, 사제의 도를 넘고 있고 보편적 가치를 전도시키고 있는지도 모른다. 아직 자료의 연결에 불과하지만, 도형은 같이 나란히 필자가 되자는 것이고 희연은 보조자가 되는 것만으로 족하다는 것이다. 그것이 서로의 신뢰에서 오는 감정이며 서로 양보하는 그 자체가 믿음이었고 그 이상이었던지 모른다. 희연이 그것을 사양하는 이유 중에는 같이 이름이 나가므로 해서 도형에게 미치게 될 문제에 대하여, 학교나 도형의 가정이나 또 여러 가지 측면에서, 생각을 하고 있었던 것이며 그것은 사제의 감정 이상의 무엇이었던 것인지도 모른다.
술이 취하여 두 사람은 갈림길에서 비틀거리며 한참 악수를 나누었다. 도형은 그녀의 손을 꽉 쥐고 있었다.
"미안해."
"고마워요, 선생님."
그녀는 아픈 손을 뽑는 대신 흔들고 있었다.
그는 자제력을 발휘하여 자신의 차를 버려둔 채 먼저 택시를 잡아타고 손을 흔들었다.
"내일 또 만나."
집에 와서는 찬물로 샤워를 하였다. 술을 깨기 위하여서이기도 하지만 희연의 체취를 씻어버리려는 것이었다. 가장으로의 변신이었다. 그는 거울 속에 비치는 자신의 남성을 한동안 바라보다가 스스로 생각해도 너무 위험한 곡예를 하고 있는 듯한 자신과의 대면을 피하였다. 욕실에서 나와 안방으로 가지 않고 서재로 들어갔다. 책으로 꽉 들어차고 그가 앉을 자리밖에 없는 공간이었다.

"저녁은 어떡하셨어요?"

아내가 TV연속극을 보면서 말을 던지는 것이었다.

그러고 보니 정말 술만 마신 것 같다. 도무지 발을 땅에 붙이지 못하고 붕 떠 있는 생활이었다.

"토스트 한 쪽만 만들어줘요. 커피를 좀 끓여주고."

그리고 그는 아내의 옆 자리로 가서 앉는 대신 그의 방에 틀어박혔다.

보던 자료 속으로 다시 들어갔다. 단제檀帝, 제2세 단군의 나라 임금 부루夫婁의 치적治績이었다.

-어질면서 다복하셔서 재물을 저장하니 크게 풍부하였으며 백성과 더불어 함께 산업을 다스리시니 한 사람도 배고픔과 추위에 시달리는 자가 없었다. 봄 가을로 나라 안을 두루 살펴보시고는 하늘에 제를 올려 예를 다 하였다. 여러 왕[諸汗]들의 잘잘못을 살피시고 상벌을 신중히 하였으며 도랑을 파기도 하고 고치기도 하며 농사 짓고 뽕나무 심기를 권장하였다. 또 기숙사를 설치하여 학문을 일으키니 문화는 크게 진보하여 그 명성이 날로 떨쳐졌다.

최고 통치자들에 대한 기록이란 그렇게 찬양 칭송 일변도로만 되어 있다. 「용비어천가龍飛御天歌」 같다. 좋은 이야기만 왕에게로만 조명이 되어 있다. 하기야 그 때 까마득한 옛날에 있었던 볼썽 사나운 이야기를 다 써놓아서 뭘 하겠느냐고 할지 모른다.

-신시 이래로 하늘에 제사 지낼 때마다 나라 안의 사람들이 크게 모여 함께 노래 부르고 큰 덕을 찬양하며 서로 화목을 다졌다. 어아가

於阿歌를 부르며 조상에 대해 고마워하였으며 신인神人이 이 사방을 다 화합하는 식을 올리니 이게 곧 참전의 계가 되었다.

어아 어아
우리 조상님네 크신 은혜 높은 공덕
배달나라 우리들 누구라도 잊지 마세
어아 어아
착한 마음 큰 활이고 나쁜 마음 과녁이라
우리들 누구라도 사람마다 큰 활이니
착한 마음 곧은 화살 한맘으로 똑 같아라
어아 어아
우리들 누구라도 사람마다 큰 활 되어 과녁마다 뚫고지고
끓는 마음 착한 마음 눈과 같은 악한 마음
어아 어아
우리들 누구라도 사람마다 큰 활이라
굳게 뭉친 같은 마음 배달나라 영광일세
천 년 만 년 크신 은덕, 한배검이시어 한배검이시어

「어아가」에 그것이 잘 나타나 있다. 어아 어아……를 아리랑 아리랑……으로 또 어화 어화……로 연결시켜보았다. 이쪽 끝과 그쪽 끝이 잘 닿지 않는 대로 그 소리의 뿌리에 빠져들게 되었다. 그리고 다른 여러 가지 의미를 떠나서 한 마음으로 굳게 뭉쳐 살자고 하는 희망의 소리가 메아리가 되어 오는 것이었다.
"그래! 그거야! 바로 그거야!"
도형은 속으로 부르짖으며 자료를 들여다 보았다.
─무술戊戌 단제 부루 58(150, B.C. 2183)년, 제2세 단군이 붕어하시는 날은 대낮이 캄캄하였다. 일식日蝕이 있었고, 산짐승도 무리를 지어

미친 듯 산 위에서 소리를 질렀으며, 백성들은 심하게 통곡하였다.

위의 150은 단기 150년이다. 단기는 연수만 쓰고 뒤에 서기를 병기하였다. 단기 서기 몇 년 다 쓰기도 하고 숫자만 쓰기도 하고 그 때 그 때 문맥에 따랐지만 앞에 단기를 쓰고 뒤에 서기를 썼다.

부루의 치적을 조금 더 살펴보았다.

－제순유우帝舜有虞가 유주幽州 영주營州 두 고을을 남국藍國의 이웃에 두었었는데 단제가 병사를 보내어 이를 정벌하고 그 왕들을 다 쫓아내었다. 그리고 동무東武와 도라道羅 등을 그 땅의 제후로 봉하여 그 공을 표창하였다.

제순유우는 중국 삼황 오제의 한 사람이라고 주를 달았는데 확인할 수는 없었다. 제순은 순임금, 유우는 우국虞國을 말한다. 남국은 흔히 연燕나라를 말하기도 하는데 구이九夷 가운데 남이藍夷가 있다. 『후한서後漢書』「동이전東夷傳」에, 중정 때 남이가 반란을 일으켰다(至于仲丁藍夷作寇)는 기록이 보인다. 중정 때는 단기 765~773(서기전 1568~1558)년으로, 단기 100~150(서기전 2233~2183)년의 순임금 연대와 맞지가 않는다. 그러나 부루의 재임기간 단기 93~151(서기전 2240~2182)년과 순임금의 연대는 같은 것으로 되어 있다.

『단기고사』에서는 부루에 대하여 쓰면서, 중신重臣 고시高矢의 친형인 고수高叟의 아들 순舜이 단조檀朝에서 벼슬을 하지 않고 당요조唐堯朝(堯임금 때를 말함)에서 벼슬을 하였고 당요가 신임하여 왕의 자리를 물려주었다고 하였다. 순임금은 단군의 나라 사람이라는 것이었다. 순이 중화中華의 왕이 되어 바르고 문명한 정치를 하였고 그 아들 상균商均은 다시 고국에 돌아와 단조에서 일을 맡아 관직이 사도司徒에 이르렀다고 하였다.

그 내력은 또 이러하였다.

순이 우禹(순임금을 이은 夏나라 임금)의 아버지를 우산羽山에서 목을 쳐 간악한 무리를 내쫓았다. 이 때문에 한족漢族이 순을 꺼리고 우의 덕망이 날로 높아지더니, 순이 왕위에 오른 지 61년만에 창오蒼梧들에 행차하다가 한족에게 해를 당하여 승하하였다. 그러자 순의 아내 아황여영娥皇女英이 원한이 사무쳐 수상강瀟湘江에 빠져 죽고 아들 상균은 고국으로 돌아온 것이다.

중국의 신화적인 삼황오제 중에서도 가장 많이 입에 오르내리고 있는 성천자聖天子 순임금이다. 요순시대라고 하면 가장 이상적인 시대의 대명사로 되어 있지 않은가. 순은 부모에 효성스럽고 형제간에 우애가 있어 그 효덕孝德은 천하에 알려졌다. 요임금의 둘째 딸을 아내로 맞이하여 요의 사후에 천자가 된 순은 유가사상儒家思想의 대표적 인물이다. 그 실제 생존여부에 회의를 갖기도 하는 전설상의 인물이기도 하다. 그가 바로 단국인檀國人이었다는 것이다.

요순을 이상적 성군聖君으로 추앙한 공자와 같은 성인도 지나인支那人들이 동이東夷라 호칭한 고조선古朝鮮을 가리켜, 여기야 말로 제대로 도가 행하여지고 있는 군자君子의 나라라고 부러워하였다.

하기락河岐洛은 『조선철학사』에서 『논어』의 공치장公治長 술이述而 자한子罕 편을 인용하여 그런 의미로 해석해 보이고 있다.

소련小連과 대련大連은 상喪을 잘 치루어 이름난 효자였다. 그에 대한 이야기를 『예기禮記』에도 쓰고 있다. 상을 당한 지 사흘 동안을 게을리 하지 않았고 석 달 동안을 느슨하지 않았고 한 해가 지날 때까지 슬퍼하고 애통해 하였으며 삼년 동안 슬픔에 젖어 있었다.

대련 소련도 단국인이었다. 단제 부루는 왕위에 오르면서 이 두 효자를 불러 다스림의 길을 물었다. 이때로부터 풍속이 바뀌어 상을 치룸에 있어서 다섯 달로 멈추던 것을 오래될 수록 영광인 것으로 여기게 되었다.

이에 대하여 『단군세기』는 다음과 같이 기록하고 있다.

─이 어찌 천하의 성인이라 하지 않을 것이며 덕으로 교화하면 백성이 이를 따름이 우편말의 빠름과 같다고 하지 않을 것인가. 대련과 소

련은 이렇듯 효로써 알려졌으니 공자도 이를 칭찬하고 있음을 볼 수 있다. 무릇 부모에게 효도함은 사람을 사랑하고 이익되게 하는 근본이니, 온 세상에 두루 알려 표준으로 삼게 되었다.

여기서도 우리의 진한 뿌리를 만나게 된다. 감탄스러웠다. 의문스럽기도 하였다.

도형은 그렇게 감탄을 하면서 의문을 품고 반신반의하면서 자료들을 연결해 나갔다.

그리고 단군세기를 전개한 1세 단군부터 47세 단군까지 훑어본다. 왕대, 단군 이름, 즉위년의 단군기원, 서력기원, 재위년의 순으로 연표를 적어 연결해 보는 것이다.

 1세 왕검王儉 단기 1년 서기전 2333년 93년
 2세 부루夫婁 단기 93년 서기전 2240년 58년
 3세 가륵加勒 단기 151년 서기전 2182년 45년
 4세 오사구烏斯丘 단기 196년 서기전 2137년 38년
 5세 구을丘乙 단기 234년 서기전 2099년 16년
 6세 달문達門 단기 250년 서기전 2083년 36년
 7세 한율翰栗 단기 286년 서기전 2047년 54년
 8세 우서한于西翰 단기 340년 서기전 1993년 8년
 9세 아술阿述 단기 348년 서기전 1985년 35년
10세 노을魯乙 단기 383년 서기전 1950년 59년
11세 도해道奚 단기 442년 서기전 1891년 57년
12세 아한阿漢 단기 499년 서기전 1834년 52년
13세 흘달屹達 단기 551년 서기전 1782년 61년
14세 고불古弗 단기 612년 서기전 1721년 60년
15세 대음代音 단기 672년 서기전 1661년 51년
16세 위방尉邦 단기 723년 서기전 1610년 58년
17세 여을余乙 단기 781년 서기전 1552년 68년

18세 동엄冬奄　단기 849년　서기전 1484년　49년
19세 구모소緱牟蘇　단기 898년　서기전 1435년　55년
20세 고홀固忽　단기 953년　서기전 1380년　43년
21세 소태蘇台　단기 996년　서기전 1337년　52년
22세 색불루索弗婁　단기 1048년 서기전 1285년　48년
23세 아홀阿忽　단기 1096년　서기전 1237년　76년
24세 연나延那　단기 1172년　서기전 1161년　11년
25세 솔나率那　단기 1183년　서기전 1150년　88년
26세 추노鄒魯　단기 1271년　서기전 1062년　65년
27세 두밀豆密　단기 1336년　서기전 997년　26년
28세 해모奚牟 단기 1362년　서기전 971년　28년
29세 마휴摩休 단기 1390년 서기전 943년　34년
30세 나휴奈休　단기 1424년 서기전 909년　35년
31세 등올登屼　단기 1459년 서기전 874년　25년
32세 추밀鄒密　단기 1484년 서기전 849년　30년
33세 감물甘勿　단기 1514년 서기전 819년　24년
34세 오루문奧婁門)　단기 1538년 서기전 795년　23년
35세 사벌沙伐　단기 1561년 서기전 772년　68년
36세 매륵買勒　단기 1629년 서기전 704년　58년
37세 마물麻勿　단기 1687년 서기전 646년　56년
38세 다물多勿　단기 1743년 서기전 590년　45년
39세 두홀豆忽　단기 1788년 서기전 545년　36년
40세 달음達音　단기 1824년 서기전 509년　18년
41세 음차音次　단기 1842년 서기전 491년　20년
42세 을우지乙于支 단기 1862년 서기전 471년　10년
43세 물리勿理　단기 1872년 서기전 461년　36년
44세 구홀丘忽　단기 1908년 서기전 425년　29년

45세 여루余婁 단기 1937년 서기전 376년 55년

46세 보을普乙 단기 1992년 서기전 341년 46년

47세 고열가高列加 단기 2038년 서기전 295년 58년

단군기원 1년서부터 2096년까지의 장구하고 거대한 세기가 담겨 있는 열왕의 면면들이다. 그러나 어쩌면 그렇게 생소한 것일까. 땅 속에 묻혀 있었던 것인가. 굴 속에 들어 있었던가. 갑작스레 솟아난 임금들이 당혹스럽다. 그가 처음 대할 때의 느낌이 바뀌지 않는다. 그것을 긍정을 했다가 부정을 했다가 다시 긍정을 하고 있는 입장이었다. 깊은 동굴 속에서 신기한 종유석을 바라보는 심정이었다. 안개 속에 촛불빛으로 보는 것 같다.

『한단고기』에 기록된 것을 보았다.『규원사화』『단기고사』등의 자료에는, 4세 오사구는 오사로 되어 있기도 하고, 13세 홀달은 음달音達, 15세 대음은 후홀달後忽達, 19세 구모소는 종년從年으로 되어 있기도 하다. 25세까지를 전단군조선 26세부터를 후단군조선으로 쓰기도 하였다.

단제 부루 사후에 백성들은 집집마다 제단을 설치하였다. 집 안에 땅을 골라 단을 만들고 흙그릇에 곡식을 담아 그 위에 올려놓았다. 이를 부루단지라고 부르고 업신業神으로 삼은 것이다. 업주가리라고도 불렀다. 사람과 업이 함께 전한다는 신앙이며 그 속에 조상의 혼령이 담겨 있다고 믿었던 것이다. 민간에서 조상단지 세존단지 시조단지로 전해져 내려오는 부루단지에서 단군의 뿌리를 연결해 본다.

2세 단군 부루의 태자 가륵이 왕위를 이어받아 덕과 의의 정치를 새로 펼치기 시작하였다.

기해己亥 가륵 1(151, B.C. 2182)년 5월, 단제는 삼랑三郎 을보륵乙普勒을 불러 신왕종전神王倧佺의 도道를 물었다. 신시神市의 왕도王道를 계승하고자 하는 뜻이다. 조정에는 다스림의 신, 종훈倧訓이 있고 백성들에게는 또 그들의 신, 전계佺戒가 있었다. 신의 가르침과 계율, 그것은 그

시대의 지표였던 것이다.

을보륵은 대례를 올리고 왕에게 아뢰었다.

"만물을 생겨나게 하고 각자 제 성품을 다하게 하심에 신의 깊은 뜻이 있어 백성들은 모두 의지하고 빕니다. 그 덕과 의로써 세상을 다스려 각각 그 삶을 편안하게 함에 왕의 바른 다스림이 있으니 백성들 모두가 따르게 되는 것입니다. 바른 다스림은 나라가 선택하는 것이며 완전함은 백성이 바라는 것입니다. 모두가 7일을 기한으로 삼신三神님께 나아가 세 번을 빌어 온전하게 되기를 다짐하면 구환九桓이 바로 다스려지게 됩니다. 그 도道는, 아비 되려 하는 자는 곧 아비 답게 하고 임금 노릇 하고자 하는 이는 곧 임금 답게 하며 스승이 되고자 하는 이는 곧 스승답게 하고 아들이 되고자 하고 신하 되고자 하며 제자 되고자 하는 이도 역시 아들 답고 신하답고 제자답게 합니다. 그러므로 신시 개천의 도는 역시 신으로써 가르침을 베푼 것이니, 나를 알고 홀로 있기를 구하며 나를 비게 한 다음 물건이 있게 함으로써 복을 세상에 미치게 할 뿐입니다. 천신天神을 대신하여 세상에서 왕이 되어 도를 넓혀 무리를 이롭게 하고 한 사람이라도 본성을 잃는 일이 없게 하고, 만왕萬王을 대신하여 인간을 주관하며 병을 제거하고 원망을 풀며 물건 하나라도 그 생겨난 바를 해치는 일 없게 하고, 나라 안 사람들로 하여금 망령됨을 고쳐 참에 이르름을 알게 하는 것입니다."

신의 정치, 신정神政이었다. 그것은 만민의 법이며 홍익인간의 철리哲理였던 것이다. 왕은 그것을 엄숙하게 베풀었다. 3·7일을 기한으로 모든 사람이 모여 계戒를 지켰다. 왕은 종훈을 베풀고 백성들은 전계를 받들므로 우주의 정기가 온 누리에 내리고 삼광오정三光五精, 해와 달 별 그리고 오행의 정령이 모든 사람들의 머리에 응어리져 신묘하게 저절로 서로 돕게 되었던 것이다. 이를 거발한居發桓이라고 하며 구한九桓에 두루 베풀어져 구한의 백성들이 모두 따르고 교화되어 하나로 뭉치었다.

거발한 또는 커발한은 신시시대를 연 1세 한웅으로 신시 신정을 대표하는 신의 이름이다.

가륵 2년에 왕은 다시 삼랑 을보륵에게 명하여 38자의 가림토 문자를 만들었다.

우리 나라 최초의 문자라고 하는 가림토문으로 기록된 문헌은 하나도 전하는 것이 없다. 글자를 만들었다는 기록만 있고 그 글자로 쓴 글은 보이지 않는 것이다. 이에 대한 이야기는 앞에서도 하였지만 의문은 여전하다. 글자의 모양도 훈민정음의 글자와 같은 것이 많고 또 훈민정음이 이 가림토문을 모방한 것인지도 모른다는 견해에 가서는 더욱 고개가 갸웃둥해진다. 모든 가능성을 열어두고 생각해 본다. 가륵 3년에 『배달유기倍達遺記』를 편수했다고 하였지만 그 책도 전하여지지 않고 있는 것이다.

결국 어느 민족보다 앞서서 우리의 문자를 만들었으나 그것을 지키지 못하고 한漢나라 글자인 한문 한자에 의존하여 전하고 있는 것이다. 글은 없고 문자만 있다니 공허할 뿐이다. 안개 속에 잠겨 있는 그림들이다. 그림으로 치면 아름다운 동양화 수채화가 될 수도 있겠지만 이것은 역사이다.

몇 년 전 중국 계림桂林에 갔었다. 상해上海에서의 국제학술회의에 참가하는 길에 들렀었다. 비행기가 계림 근처에 이르렀을 때 모두들 창가에 붙어서 감탄을 연발하였다. 야아! 햐아아! 비행기를 내리자 마자 일행들은 사진을 찍기에 정신이 없었다. 멀리서 보는 산들의 모습들이 전부 다 작품들이었다. 동양화 산수화의 원본이 바로 거기에 있었던 것이다. 멀리서 보면 멀리서 보는 대로 가까이서 보면 가까이서 보는 대로 그야말로 감탄 그 자체였다. 정작 가까이 다가갔을 때는 비가 내렸다. 수채화가 되었다. 더 아름다운 그림이라고들 하였다.

가려진 역사가 더 아름다울 수는 없었다. 다만 소설로 상상력을 추가할 수가 있는 가능성이 더 많다고 할 수는 있을 것이다.

"계속 직진을 하세요. 아시겠어요?"

희연의 모습이 떠오른다. 의문은 그녀가 풀어나가고 있다.

"그래요. 고마워요."

그는 혼자 중얼거렸다. 그리고 다 식은 커피를 들고 마셨다. 아내가 끓여다 놓은 것이다. 토스트와 과일도 옆에 있었다. 사과를 한쪽 깨물면서 가륵의 시대로 다시 돌아갔다.

가륵 6년, 열양列陽(황하 북쪽)의 욕살褥薩(지방 장관격임) 색정索靖에게 명하여 약수弱水(흑룡강)로 옮기게 하고 종신토록 갇혀 있도록 하였다. 뒤에 이를 용서하여 그 땅에 봉하였다. 그가 흉노족匈奴族의 조상이 되었다.

가륵 8년, 강거康居가 반란을 일으키자 왕은 이를 지백특支伯特(티벳 지방 추정)에서 정벌하였다. 가륵 10년에는 두지주斗只州 예읍濊邑의 반란을 여수기余守己에게 명하여 평정하였다.

추장 소시모리素尸毛犂의 목을 베게 하였던 것이다. 그리고 그 땅을 이때부터 소시모리라고 하였다. 그 뒤 음이 바뀌어 우수국牛首國이 되었다. 그 후손에 협야노陜野奴(일명 陜野侯 裵幣命)라고 있었는데 바다로 도망쳐 삼도三島에 웅거하며 스스로 천왕이라 칭했다.

두지주나 소시모리 우수국은 삭주朔州(평안북도 서북부) 또는 춘천春川이라는 설이 있고 옛날의 맥국貊國이라는 설도 있으나 확실치 않다. 예읍은 종족의 이름이 아니라 지명으로 보기도 하고 예는 예수穢水 지역에 살았던 맥족이라는 설도 있다. 한자 표기 우수牛首는 우리 말로 소머리 쇠머리가 되는데 거기가 지금의 어디쯤인지 알 수가 없다.

도형의 시골 고향에 우두령牛頭嶺이 있다. 그는 얼핏 그 곳이 떠올랐다. 황소고개라고도 하였다. 황간黃澗에서 추풍령秋風嶺으로 넘는 고개가 있고 안으로 돌아서 괘방령掛榜嶺으로 넘어가는 고개가 있다. 또 더 안골짜기로 넘어가는 우두령이 있다. 충청도에서 경상도로 넘어가는 세 고개길이다. 괘방령과 우두령은 그가 태어나 살던 마을로 해서 길이 나 있다. 우두령을 넘어서 그의 집안 사람들은 매년 가을 묘사를 다니었다.

그러나 상고사의 지명은 한반도 안에서보다 중국 대륙에서 찾아야 한다는 설이 또 있다. 예족은 한반도 중북부와 송화강 길림 눈강嫩江 지역 등에 살았고 맥족은 산동 요동 발해만 연안 등에 살았다고 하는 설과는 무관한 것인가. 그리고 삼도는 일본열도를 가리키는 말이 맞는 것인가.

여전히 안개 속에서 구름을 잡는 것 같은 대로, 황하에서 흑룡강 티벳까지 그리고 일본 열도까지 그어지는 옛 지도를 그려본다. 도형은 그 지도 속에서 팔을 쭈욱 벌리고 일어섰다. 거대한 옛땅이 가슴에 뿌듯하게 안기어왔다. 실감이 나는 땅의 면적이었다. 거기서 농사 짓고 누에치고 말 달리며 활 쏘고 반란을 평정하고 홍익인간 이세치화의 신정을 베푸는 단군인의 모습이 지도 위에서 서부 활극의 장면처럼 움직였다. 그냥 말로 할 때는 말을 하는 그 자신도 실감이 나지 않았지만 자료를 펼쳐놓고 바라보면 고지도의 옛 지형들이 꿈틀꿈틀 되살아나는 것이었다. 석선생의 모습이 떠올랐다.

"바로 너다. 너야."

애원하듯 간곡한 석선생의 목소리가 들리는 것이었다.

"제가 풀어볼테니까 선생님은 계속 직진하세요."

희연의 목소리가 들렸다. 생기가 돋았다.

다시 앉아서 자료들을 들여다 보았다.

가륵 45년 9월 단제는 명을 다하여 태자 오사구烏斯丘가 4세 단제로 즉위했다.

왕은 그해 동생 오사달烏斯達을 몽고리한蒙古里汗으로 봉하였다. 오사구 5년에는 구멍이 뚫린 조개모양의 돈을 만들어 유통시키고 7년에는 배 만드는 곳, 조선소를 살수薩水 상류에 설치하였다.

몽고리한이란 무엇인가. 한汗은 임금, 왕이라는 말이고 몽고리는 몽골이란 말인가.『단군세기』에 "어떤 사람은 지금의 몽고족이 바로 그의 후손이라고 한다" 고 쓰고 있다. 여기서 지금이라는 것은 고려말엽이 된다. 저자인 행촌 이암의 생존 연대(3629~3697, 1296~1364)가 그렇기 때문이다. 그 때 이미 몽골은 몽골 고원을 중심으로 만주와 중국 북부 지역에 걸쳐 살던 여러 유목민족을 통일하고 테무진이 한으로 추대되어 대몽골국을 세운 이후이다. 세력을 확장하는 과정에서 고려에도 침입하여 80여 년 동안 정치에 간섭을 하였던 것이다.

하기야 뭐 어디 몽골뿐인가. 구한九桓의 무대였던 중국은 그 훨씬 이전부터 훨씬 뒤까지 우리 민족을 지배하려 하였으며 또 우리 스스로 얼마나 중국을 사모하고 사대주의적인 행태를 남겼던가.『단군세기』같은 글을 숨어서 썼던 이유도 그런 데에 있었던 것이 아닌가.

그런데 어떻든 그 몽고리가 몽골이라고 할 때 아까 그려보았던 지도보다도 훨씬 넓게 그려지는 것이었다. 말할 수 없이 넓었다. 황하와 흑룡강에서 끝없이 뒷걸음쳐 나가는 것이었다. 팔을 벌리고 계속 뒷걸음질쳤다.

단제 오사구 19년에는 하夏나라를 정벌하였다. 하왕夏王 상相이 덕을 잃어 단제는 식달息達에게 명하여 남藍 진眞 변弁 세 부족을 이끌고 가서 평정한 것이다. 천하가 이를 듣고는 모두 복종하게 되었다.

『단기고사』에는 오사구 20년에 평양성을 쌓고 소나벌蘇奈伐이 왕에게 진언한 것이 기록되어 있다.

"천하를 다스리는 데는 풍속을 바르게 하며 어진 인재를 얻는 것을 으뜸으로 삼고 나라의 재정을 넉넉하게 하며 병력을 강하게 하는 것이 요긴한 일입니다. 문무文武를 함께 쓰는 일은 나라를 장구하게 보전하는 방법입니다."

다만 문文으로만 다스려 은혜를 베풀면 이것은 냄새나는 고기에 파리가 모여드는 것과 같아서 끝내는 정치가 부패하게 되고, 무武로써 위엄만으로 다스리면 찬 서리가 땅을 덮는 것과 같아서 정치 기능에 활력이 없어지게 된다고 하였다. 왕은 소나벌의 이야기를 전적으로 받아들이고 그를 상장上將으로 앉히었다.

참으로 옳은 말이었다. 그러나 그것은 실천이 되지 못하였다. 그 진언대로 만대를 이어 쇠약하지 않는 신성국神聖國을 만들지 못한 것이 아닌가.

태자 구을丘乙이 5세 단군으로 즉위하여 태백산에 제단을 쌓았다. 4년에 처음으로 육십갑자六十甲子를 사용하여 책력 만들고 16년에는 삼신의 단을 봉축하고 온 누리에 한화桓花를 심었다. 한화는 하늘꽃이다. 무궁화로 추정된다.

무궁화였다. 그렇게 써 있기도 하였다. 『단기고사』에는, 단제 구을 16(249, B.C. 2084)년, 고역산古歷山에 행차하여 제천단祭天壇을 쌓으며 주변에 근수槿樹를 많이 심었다고 되어 있다.

그리고 그해 7월 단제 구을은 비류강沸流江을 지나 강동江東에서 병으로 인해 붕어하여 그곳에서 장사를 지냈다고 하였다. 7월은 같고, 남쪽을 순수巡狩하다 풍류강風流江을 지나 송양松壤에 이르러 병을 얻어 곧 붕어하여 대박산大博山에 묻혔다고 쓰기도 하였다.(『단군세기』) 또 보위에 오른지 16년이 아니고 35년에 세상을 떴다고 쓴 곳도 있다.(『규원사화』)

5세 단군 구을이 대박산에 묻혔다는 것이다. 붕어하고 장사를 지냈다는 기록은 있지만 어디에 묻혔다고 한 것은 47분 중 유일하게 묘지 아니 능의 위치를 밝히고 있다. 그리고 강동과 대박산은 결국 같은 지역이라는 것이다. 지금 평양의 단군릉이 위치한 곳이다. 평양시 강동군 강동읍 대박산大朴山의 동남쪽 산기슭. 그것을 얼른 비류강과 풍류강으로 연결해 볼 수는 없지만, 능의 앞에는 넓은 벌이 있고 그 맞은 편에 산들이 연하여 있다. 벌의 중심부에서 수정천이 동쪽에서 서쪽으로 흘러 대동강으로 들어간다.

그래서 강동인데 송양은 평양과 어떻게 되는지. 능에서 서쪽으로 얼마 멀지 않은 곳에 단군호檀君湖라 불리는 호수가 있고 그 호수가 있는 마을을 얼마 전까지만 해도 단군동檀君洞이라고 불렀다고 한다. 그리고 그 동쪽 마을을 아달동阿達洞이라고 한다고 하였다.

도형은 강동과 대박산의 관계를 찾다가 단군릉 발굴 학술보고서에서 그러한 사실들을 발견하고 무릎을 쳤다.

"그러면 그렇지! "

정말 대발견이라도 한 듯이 신이 났다. 꽉 끼었던 안개가 걷히고 앞이 훤히 트이는 것 같았다. 뭔가 뜬 구름을 잡는 듯하던 단군의 실체가 손에 잡힐 듯이 느껴지는 것이었다. 단군의 모습이 그려지기 시작하는 것이었다. 얼굴이 나타나기 시작하는 것이었다.

"그래 맞았어. 그거야."

그는 눈을 감고 허공을 향하여 소리를 질렀다. 그가 신이 들리는 것은 보일듯 보일듯하는 단군의 모습뿐이 아니었다. 그것을 실감으로 느끼는 것뿐이 아니었다. 그 속에서 또 하나의 새로운 가능성을 발견했기 때문이었다.

결론적으로 말해서 평양의 단군릉이 5세 단군 구을왕의 능이라는 것이다. 1세 단군 왕검의 능이 아니라는 것이다. 그것은 물론 더 고증을 해봐야 알겠지만 강동의 대박산에 묻혔다고 하는 구을 16년의 기록은 그것을 증명해주고 있는 것이다.

그 기록을 처음 본 것도 아니었다. 수없이 들여다보고 수 없이 지나쳤지만 그렇게 연결을 하지 못한 것이었다.

자료도 바로 그의 옆에 있는 것이었다.

그 기록들을 어떻게 믿을 수 있느냐, 그 기록들의 사실 여부를 어떻게 확인할 수 있느냐 하는 것이 그 다음에 오는 답답한 단계였다. 또 언제나 결론은 그쪽으로 빠져버리는 것이었다. 그 자신도 그 점에 대하여는 예외가 아니었다. 그러다 희연의 계속 직진을 하라고 하는 얘기의 힘에 의해서 겨우 다시 진행을 시키는 정도였다. 의지가 약하다면 약하고 너무도 당연한 일인지도 몰랐다. 결정적인 어떤 끄나풀, 가능성의 끈을 잡지 못해서 그런지도 모른다. 그 자신 아무리 긍정적으로 해석을 하고 의미를 붙이고 자위를 한다고 해도 논리를 세우지 못하면 허무러지기 일쑤였던 것이다.

그런데 그런 의문을 해결해 놓은 자료가 제시된 것이었다. 단군의 실체를 보여준 것이었다. 무덤을 찾아낸 것이고 그 속에서 유골을 찾아낸 것이다. 그 이상 무엇을 더 찾아낼 수 있단 말인가. 그것이 북한에 의해서 이루어진 것이다. 단군의 무대가 그 지역이다 보니 그것은 당연한 것이고, 또 남북이 가로 막혀 가지도 오지도 못하는 실정이니 여기서 어떻게 해볼 도리는 없었던 것이기는 하지만, 아무래도 전적으로 믿어지지는 않았다. 100 퍼센트 신뢰감은 없었다.

학문이란 과학이요 논리가 서야 하는 것이다. 정치가 아니고 선전이 아니었다. 그런데 의례건, 위대한 수령 김일성 동지께서는 다음과 같이 교시하시었다, 친해하는 지도자 김정일 동지께서는 다음과 같이 지적하시었다, 이렇게 시작되는 발표에서 도대체 뭘 어디까지 믿어야 할지 황당해지는 것이 사실이었다.

그런 얘기를 목우와 나눈 적이 있었다. 그 점에 대하여는 동감이었지만 목우는 이렇게 말하였다.

"그래도 끝까지 한 번 읽어봐요. 앞대가리에 붙여놓은 것은 장식품에 불과하니까. 알맹이가 중요한 것 아니예요? 마음을 열어봐요."

문학에서도 그렇다는 것이다. 비평이나 논문에서는 꼭 그 위대한 교시부터 시작한다는 것이었다.

"마음을 열라?"

겉모양은 다르지만 속마음은 같을지도 모른다고 하였다.

도형은 북한에서 발굴하여 전시하고 있는 단군릉의 유골 그리고 유물들 금동 왕관 등을 들여다보며 고개를 갸웃거리었다.

우선 이 무덤부터 따져 봐야 할 것 같았다.

단군의 무덤

단군의 무덤이 존재한다고 하는 것은 단군의 실체가 존재한다는 것을 의미하는 것이다. 그 너무도 당연한 논리를 곁에 두고 먼 데서 헤매었던 것이다. 결국 단군은 신화적인 존재 전설상의 인물이 아니고 실존의 역사적 인물이라는 것이 아니고 무엇인가.

좀 성급한 결론이 될지 모른다. 논리의 비약인지 모르겠다. 무덤만 있지 시대는 없다고 할지도 모르고 또 무덤의 주인도 어떻게 확인할 수 있느냐고 얘기할지 모른다. 그러나 그렇게 말하기에는 너무도 분명한 사실의 기록들이 뒷받침을 해 주고 있는 것이다.

숙종 때 우의정을 지낸 허목許穆은 『미수기언眉叟記言』에서, 송양 서쪽에 단군릉이 있다고 했다. 송양은 지금의 강동현이라고 주를 달았다.

옳거니, 그러면 송양은 또 해결이 되었다. 대동강 동쪽에 위치한 평안남도 강동군을 말하는 것이니, 잘 꿰어 맞춰지는 것이다.

또, 영조의 어명으로 홍봉환洪鳳漢 등이 편찬한 『동국문헌비고東國文獻備考』에도, 단군묘는 평안도 강동현 서쪽 3리에 있고 둘레가 410척이라고 쓰고 있다.

노사신盧思愼 등이 성종의 어명으로 편찬한 『동국여지승람東國與地勝覽』에는, 속전俗傳에 단군묘가 강동에 있다고 하였다.

그리고 『신단실기』의 「강동능변江東陵辨」에서 참으로 중요한 확인을 해주고 있다.

─대개 단군이 신인神人으로서 세상에 내려왔다가 다시 신이 되셨으

니 어찌 능이 있겠는가? 단군이라는 칭호는 단국 임금의 칭호이기 때문에 그 계승하는 임금을 모두 단군이라 일컬은 것이니, 강동의 능은 그 아드님의 능이 아니겠는가? 처음 내려온 단군의 능이 아니라는 것이 분명하다.

수수께끼를 풀어주고 있다. 그러나 그와 동시에 또 하나의 수수께끼는 여전히 안개 속에 묻혀 있다. 강동에 단군의 무덤이 있다, 그것은 시조 단군의 무덤일 수는 없다, 신이 된 단군의 무덤이 있을 리 없기 때문이다, 그러므로 그의 아들의 무덤이라는 것이다.

아들 누구인가. 부루인가. 단국과 단군, 신인과 신에 대한 관계는 여전히 안개 속이다. 단군은 역시 한 분이 아닌가. 5세 단군 구을이 강동의 대박산에 묻혔다는 것만으로 그 무덤의 주인임을 단정할 수 있는가. 그는 시조 단군의 아들의 아들의 아들…… 5세손이 되는 것이지만 다른 왕들의 무덤은 하나같이 어디로 갔단 말인가. 아버지의 아버지의 아버지의…… 선왕을 따라 하늘로 올라갔단 말인가. 우리의 왕들을 누가 다 없애버리었단 말인가. 일제의 단군 말살 정책 때문인가. 우리들 스스로의 무지함 때문인가.

6세 7세 8세 단군 달문達門 한율翰栗 우서한于西翰…… 열왕의 초상들을 떠올려 보며 그들의 행방을 생각해 보았다. 아술阿述 노을魯乙 도해道奚…… 다 어디로 가고 단지 하나의 무덤이 남아 전한단 말인가.

『신증동국여지승람新增東國輿地勝覽』 55권 평안도 강동현 고적의 대목을 보면, 강동현에 2기基의 큰 무덤이 있다고 하였는데, 그 하나는 현의 서쪽 3리에 있으며 둘레가 410척이고 민간에서 단군묘로 전한다고 씌어 있다.

그 또 하나의 큰 무덤은 누구의 것인가. 47분의 단군 중 또 한 분의 무덤은 아닌가. 좌우간 그 단군묘를 발굴하여 4327(1994)년 10월, 현대의 단군릉으로 개건改建한 것이다. 이 땅에 단군이 다시 태어난 것이다. 단군이 부활한 것이다. 그 광활한 북쪽의 강토를 다 버리고 반도의 허리마저 잘라놓은 삼팔선, 아니 휴전선의 철조망을 쳐 놓은 채 북한의 새로운 신으로 되돌아온 단군을 우리는 어떻게 맞이해야 될 것인가. 사회주의가 됐든 공산주의가 됐든 그리고 주체사상이 되었든 이념의 문제로 하여, 좌우간 그런 문제로 하여 우리의 뿌리를 갈라놓을 수는 없을 것이다. 단군릉에서 그 잃어버린 뿌리를 복원해야 할 것이다.

도형은 그런 생각을 하며 자신은 무슨 주의자이며 무슨 사상의 소유자인가를 생각해 보았다. 자본주의자인가. 민주주의자인가. 그런 것이 아닌 것 같았다. 그러면 공산주의자인가. 사회주의자인가. 그것은 더욱 아닌 것 같았다. 솔직히 말해서 잘 알 수가 없었다. 미국을 믿지 말고 소련에 속지 마라, 일본이 일어난다, 그런 대중 국수주의자인가. 그가 무슨 사상을 갖고 있는지, 그런 것들이 서로 어떻게 대칭되는 것이며 상대적인 것인지 알 수가 없었다. 그런 것이 사상인지도 잘 모르겠다. 그의 사관史觀도 있었는데 잘 모르겠다. 갑자기 미로에서 길을 잃은 것 같다. 그냥 살아왔다. 이랬다 저랬다 한 것은 아니라고 할 수 있고, 바람 부는 대로 물결 치는 대로 자신을 내 맡긴 것도 아니었다. 신념은 있었다. 그것이 어떤 빛깔인지 어느 방향인지 스스로도 잘 분간을 못할 때가 있었지만 어떤 것은 마음에 들고 어떤 것은 마음에 안 들고 하는 흐름이 분명히 있었던 것이다.

"그것이 뭐예요, 그러니까."

희연이 그렇게 따지고 물었었다. 그 자신도 잊고 있던 생일날을 기억하고는 선물을 사 가지고 오고, 그것을 전달하기 위해 술까지 사는 자리에서였다. 늘 먹던 소주나 맥주가 아니고 입에 짝 들어붙는 토속주를 시키었다. 안주는 참치 얼린 것을 기름 소금에 녹여 먹는 것이었다. 그녀가 마음 먹고 시킨 것이었다. 그 마음이 입 안에 사르르 녹았다. 번번이 대학의 강의 시간을 배정하도록 한 그의 배려에 대한 답례이긴 하지만 참으로 고마웠다.

"한 번 규정을 지어봐요. 그동안 지켜 본 결과를 가지고 이름을 한 번 붙여봐요."

"제가 붙여주는 대로 하시겠어요?"

희연이 그렇게 다짐은 받았지만 얘기하지 않았다. 아니 못했는지도 몰랐다. 입에 짝 짝 들어붙는 술을 몇 잔 더 하고 그가 말하였다.

"이자사상이야."

"그게 뭐지요?"

"이자李子 몰라? 오얏 잇자, 아들 잣자, 이럴 때 자는……"

"이자가 누구지요? 이퇴계 선생인가요? 아니면 이율곡 선생인가?"

희연이 알 수 없다는 듯이 되물었다.

"어허, 참! 요즘은 사람 없어요?"

"요즘요?"

"어흠, 어허흠."

"아니? 선생님도 참!"

희연은 참으로 어이가 없는 대로 다름 아닌 이도형 선생이 바로 이자李子님임을 알게 된다.

"허허허허…… 허허허허……"

도형은 또 그것이 대견스러워 너털웃음을 웃어대었다.

웃어넘기기 위한 말이었다. 그러나 너무도 술맛이 좋고 기분이 좋아 나온 얘기였다. 희연은 도대체 어떻게 그런 발상을 하게 되었느냐고 감탄을 하는 것이었다. 좌우간 그의 잠재의식 속에는 그런 꿈이 서식하고 있었는지 모른다.

그는 늘 무언가 이루고자 하면 이루었다. 기자가 되고 싶어서 몇 년 동안 머리를 싸매고 어학공부를 하고 피나는 노력을 하여 결국 신문기자가 되었다. 또 교수가 되고 싶어서 다시 대학 그것도 모교의 교수가 되었다. 그것을 위해서는 13년을 줄을 서서 기다려야 했다. 학회의 회장이 되고 싶어서 몇 번을 떨어지고 양보하며 기다렸다가 할 수 있었다. 그런 것뿐이 아니었다. 백두산을 가고 싶어서 천신만고 끝에 결국 다녀오게 되었다. 그가 갈 때는 여간 어렵지 않았다. 미국으로 가서 거기 학회의 회원이 되고 답사팀에 끼어 중국을 거쳐서 우리의 땅 백두산을 갈 수 있었다. 그와 같은 방법으로 북한도 갔던 것이다. 단군릉을 답사하기 위해서였다. 북한에 들어가기 위해서는 몇 년을 기다려 미국 영주권을 얻고 교환교수로 간 미국 자매대학의 교수 연구원으로 끼어 여러 번 쇼를 하므로 해서 가능하였던 것이다. 학교에서는 양다리를 걸치고 있다고 구설수에 오르기도 하면서. 얘기하자면 많았다. 그는 가까운 제자들이 주례를 서 달라고 하여 몇 번을 사양하다 설 때면 그런 얘길 하곤 한다. 열 번 찍어 안 넘어가는 나무가 없다고 하는데 왜 열 번만 찍느냐, 백 번 천 번을 찍어봐라, 세상에 안 넘어갈 나무가 있느냐, 하며 그의 실례를 들었다. 그러나 그에게도 이루어지지 않은 것이 많이 있었고 정작 가장 중요한 것은 이루지 못하고 있다고 할 수 있다.

   그런 데다가 공자 맹자와 같은 성현聖賢의 자리를 꿈꾼다는 것은 참 달을 따고 별을 따겠다는 것처럼 허황된 꿈이고 망발일는지 모른다. 그가 또 공자의 유적이 있는 공림孔林을 가보고자 몇 삼년을 노력하여 그것도 무척 힘들여 곡부曲阜를 다녀온 적이 있는데, 그런 일 같다면야 또 모르지만, 하기야 하늘의 별따기라는 말도 있는 것이다.

   "참 꿈도 야무지시네요. 호호호호……"
   "좌우간 나도 뭔가 나의 사상이 정립될 때가 되잖았어요?"
   "그거야 충분히 정립이 돼 있지요."
   "그게 무엇이냐 말이요?"
   "그거야 느끼는 것 아니예요?"
   "수필을 쓰지 말고 논문을 써 봐요."
   "소설이 아니고요?"
   "뭐요? 하하하하……"
   "호호호호……"
   두 사람은 큰 소리로 웃어대었다. 느끼기만 하고 말할 수는 없었는지 몰랐다. 아니 진정한 그의 사상은 정말 이 소설이 완성된 뒤에 정립이 되어 있을지 모른다. 웃음 끝에 희연이 눈을 알로 뜨며 물었다.

"맘에 드셔요?"

"그래요. 오늘 정말 마음에 쏙 드는구만!"

"술 말이에요?"」

"술? 응! 합환주合歡酒보다 더 맛이 있네. 정말이야."

"누가 거짓말이라고 했어요? 호호호호……」

"하하하하……"

하하하하…… 그는 그런 생각을 하며 큰 소리로 웃어대다가 다시 단군의 무덤에 대한 사료들을 뒤적거렸다. 졸음이 달아난 것이다. 단군릉에 대한 기록들이 적지 않았다.

『조선왕조실록』에도 여러 군데 나왔다. 「숙종실록肅宗實錄」 31권 숙종 23(4030, 1697)년 7월 14일 조에 보면, 숙종왕이 강동의 단군묘와 평양의 동명왕 묘를 해마다 수리할 것을 상주上奏한 이인엽李仁燁의 제의를 승인하였다고 적혀 있다. 「영조실록英祖實錄」 49권 영조 15(4072, 1739)년 5월 23일 조와 101권 영조 39년 4월 22일 조에는, 영조 왕이 평양 감사에게 단군릉을 수리하고 제사를 지내도록 지시한 내용이 씌어 있다.

단군릉의 실체가 여기저기에 담겨 있었다. 이런 기록들이야 누가 부인할 수 있을 것인가. 그리고 무덤은 무엇을 말하는가. 그 속의 유골까지 파내어 놓지 않았는가.

흥분이 되기 시작하였다. 도형은 커피를 마시고 싶어서 밖으로 나왔다. 주방으로 가서 커피포트에 물을 올려놓고 가스 불을 켰다. 물이 끓는 동안 응접실을 서성거리다가 안방에 불이 켜 있는 것을 보았다. 아내가 TV를 보고 있었다.

"커피 끓여 드려요?"

아내가 묻는다.

단군의 무덤 · 275

"물 올려놨어요."

이불이 펴져 있었다. 베개는 둘이 놓여 있었다.

"재미 있어요?"

도형이 물었다. 보고 있는 외국 영화의 내용을 묻는 것이었다.

"잠이 안 와서 보는 거예요."

아내가 맥없이 얘기하고는 TV의 전원을 끄고 커피를 타주기 위해서 밖으로 나간다.

같이 잠자리를 해 본 지 오래였다. 심야나 새벽에 들어와 옆 자리에 누워 혼자 늦잠을 자든가 서재의 등의자에서 눈을 붙이기가 일쑤였다.

도형은 화장실로 가서 이를 닦고 세수를 하고 와서 자리에 누웠다. 다른 여인의 체취를 지우기 위해서이다.

"미안해요."

"미안할 일을 했어요?"

"아니, 그런 것은 아니지만."

그는 아내를 끌어안았다.

그가 옷을 벗기자 아내는 불을 끄라고 하였다. 그리고는 자꾸 콧김을 들여마시며 그의 몸에 묻은 낯선 체취를 감지해 내고 있었다. 참으로 여자의 감각이란 예민하였다. 그는 성욕마저 위축감을 느끼었지만 한 동안 성감대를 조율하여 격렬하게 정사를 시작하였다. 그러나 일만 벌려놓고 코를 골며 마구 쏟아지는 잠에 떨어지고 아내의 투정도 받지 못하였다.

새벽에 눈이 떠졌을 때 그는 곤히 자고 있는 아내를 흔들어 깨워 줄이 다 풀어진 바이올린 같은 둔한 여체를 향해 그가 할 수 있는 노력을 다 하였다. 그것으로 그의 의무를 다 하기라도 하려는 듯이.

그리고 다시 그의 서재로 갔다. 몽유병자와 같았다. 새벽마다 사랑하는 이의 무덤을 찾아가 파헤치듯이 옛 무덤을 뒤적거렸다. 단군의 무덤이었다. 어디까지 봤더라? 그렇지!『조선왕조실록』이 펼쳐져 있었다.

「정조실록正祖實錄」 22권 정조 10(4119, 1786)년 8월 9일 조이다. 정조왕이 평양 감사에게 단군묘를 순시한 다음 부근의 백성들로 묘지기를 정하고 봄과 가을에 묘를 돌아보는 것을 제도화하도록 지시한 내용을 적고 있다.

단군의 무덤을 지키기 위한 총호塚戶를 두었다. 이해 8월에 승지 서형수徐瀅修가 단군은 우리 나라의 으뜸 가는 성인으로서 편발개수編髮蓋首의 제도와 조선 상하의 분分, 음식, 거처의 예禮가 모두 그의 창조라 하였다. 그리고 자신이 강동 현령으로 있을 때 현의 서쪽 3리에 둘레가 410척이나 되는 무덤을 보았는데, 그곳 고로故老들이 단군의 무덤이라 하였고, 또 유형원柳馨遠의 『여지지輿地誌』에도 실려 있으니 그 허실과 진위를 막론하고라도 초목樵牧을 마음대로 할 수 없는 것이라 하였다. 단군이 아사달에 들어가서 신이 되었다 하여 무덤이 있음을 믿지 않지만 어찌 교산지석喬山之舄과 공동지총崆洞之塚이 있겠는가. 하물며 단군 사당이 평양에 있는데 이 무덤에 아직 격식이 갖추어지지 않은 것은 잘 못 된 일이라 하였다.

잠이 덜 깨어서인가. 여기서의 기록은, 단군의 존재와 무덤에 대한 연결을 다시 안개 속으로 끌고 들어가는 것 같았다. 그러나 다시 생각하면 조선 왕조들이 강동의 단군 무덤을 중시하고 국가적인 관심 속에 보존 관리하고 있었음을 보여주고 있는 것이고 단군릉의 존재를 말하고 있는 것이라 할 수 있다. 단군릉이 존재한다는 것은 단군의 실체가 존재한다는 얘기이다. 사람이 없는데 어떻게 무덤이 있을 수 있으며 왕이 없는데 어떻게 능이 있을 수 있단 말인가. 단군릉은 단군의 삶과 죽음을 웅변으로 증명하는 것이 아닌가.

가묘假墓인가. 아니 가릉假陵인가. 그의 아버지의 묘 옆에 조그만 공간이 있어 가묘를 쓰자고 하였었다. 오랜 객지의 병석에서 눈을 감은 아버지를 고향으로 모시고 갈 엄치도 없고 형편도 안 되어 가까운 공동묘지에 모셨는데 시간이 갈수록 주위가 무덤으로 꽉 들어차 그 옆으로 어머니의 묘를 쓸 수가 없을 것 같았다. 그래서 나온 의견이었다. 그러나 기회를 놓쳐 그 옆 작은 공간에도 다른 사람의 무덤이 들어섰던 것이다. 가묘는 앞으로 묘를 쓸 것을 전제로 임시로 존재하는 묘이다. 그런데 한 민간의 집안도 아니고 한 나라의 왕인데 가묘 가릉이 있을 수 있는가. 그리고 그 속에서 유골까지 나오지 않았는가. 그것이 가짜인지 진짜인지, 참 불경한 생각이지만, 그것을 따지는 일만 남아 있는 것이다.

도형은 발굴되기 전의 단군릉의 여러 사진 자료들을 펼쳐 놓고 들여다 보았다. 돌로 쌓은 고구려 양식의 돌칸흙무덤[石室封土墳]이다. 죽음칸의 크기가 대단하다.

이 무덤은 해방 전에 일제에 의해 도굴되었었다.

여기서의 많은 유물들을 일제가 빼돌린 것이다. 중요한 유물은 일제가 갖고 있는 것이다. 그 분명한 고고학적 자료를 들켜 쥐고도 자료가 부족하다는 구실로, 「조선사」를 편찬함에 있어서 단군조선을 빼어버린 것이다. 『삼국사기』에서 빼어 놓고 『삼국유사』에서 신화를 만든 단군의 실체를 일제가 다시 말살해 버린 것이다.

열이 오르기 시작한다. 거실로 나가 불을 켜고 집안을 둘러보았다. 모두들 곤히 자고 있다. 어머니의 방 문을 열어보았다. 숨소리가 들리지 않아 가슴에 손을 대어보았다. 숨이 고르지 않아 한동안 숨을 멈췄다가 가쁘게 내쉬는 것이었다. 가끔 있는 일이다. 돌아가시면 아버지와 합장을 하든가 고향으로 함께 모셔야 한다는 생각을 하며 그의 방으로 왔다.

자료들 틈 사이에 놓여 있는 찻잔의 식은 커피를 마셨다. 아내가 끓여다 놓았던 커피이다. 커피 속에 계란이 들어 있었다. 눈치도 없게 그는 그것을 놓아둔 채 합방을 하였던 것이다. 모처럼 그의 욕구를 받아주던, 실은 그녀의 욕구를 채워주려던 것이었지만, 아내의 모습이 떠오른다. 그와 동시에 그의 몸에서 다른 여인의 체취를 맡고 있던 무서운 여인의 센스가 떠오른다. 희연이 떠오른다. 그녀와의 관계가 떠오른다. 아내에게 정말 미안하였다. 그의 삶이 비틀거리고 있는 것 같다. 아내는 그런 자신을 어른처럼 어루만지고 있는 것 같다. 사랑인지 몰랐다. 사랑의 잔재인지 몰랐다. 사랑의 족쇄인지 몰랐다. 그는 머리를 흔들며 생각의 방향을 다시 무덤 안으로 돌리었다.

반지하에 만들어 놓은 무덤 칸은 주검캔[玄室]과 무덤 안길[羨室]로 이루어진 외칸 무덤이고 그 방향은 서쪽으로 약간 치우친 남향이다. 주검칸의 크기는 동서 273미터, 남북 276센티, 바닥에서 천정 고임 1단까지의 높이는 160센티미터이다. 주검칸의 천정에는 3개의 단으로 삼각고임[抹角天井]을 하고 그 위에 뚜껑을 덮은 것이다. 무덤 안길은 주검칸 남벽의 한 가운데에 내고 그 입구에 막돌을 쌓아 막았다.

거대한 시조 단군의 무덤을 일제가 도굴하여 4326(1993)년 단군릉 발굴에서는 유물이 얼마나 나온 것일까. 그런데 일제는 중요한 유물들만 챙겨갔지 뼈를 추려갈 생각은 하지 못한 것이다. 여기에서 두 사람분의 뼈가 발굴된 것이다.

이 무덤에서 뼈가 모두 86개가 나왔다. 주로 팔 다리 뼈와 골반 뼈들이다. 그 중 하나의 개체는 남자 뼈이고 다른 개체는 여자 뼈이다. 남녀 성별의 뼈 감정은 골반 뼈에 기초하여 진행하였다. 골반 뼈에서 성별 차이는 10살 때부터 나타나기 시작하여 성성숙기性成熟期에 가장 뚜렷해지는데, 무덤에서 드러난 한 쌍의 골반 뼈는 남자 뼈의 특징이 두드러지게 나타났으며, 다른 개체의 뼈에는 골반 뼈가 없으나 그 밖의 여러 뼈에는 여자 뼈의 섬약한 특징이 잘 나타나 있다. 남자 뼈는 주인공의 뼈이고 여자 뼈는 주인공과 함께 묻힌 아내의 뼈로 추정된다.

북한에서 발굴 조사하여 공개한 자료이다. 5,011년 전 것이라는 연대 측정도 해내었다.

골반 뼈를 통하여 나이도 감정되었다. 골반 뼈의 귀 모양면의 치골 결합면은 나이에 따라 예민하게 변해 간다. 이런 감정법에 따르면 남자는 오래 산 장수였다고 인정되며 여자는 젊은 나이로 추정되고 있다. 역시 위의 북한 자료에 의한 추론이다.

　남자의 뼈들은 길고 상당히 굵으며 키는 170센티미터 이상 정도였던 것으로 되어 있다. 사람의 키는 시대가 이를 수록 작고 현시대로 내려올 수록 커지는 것이 일반적이라는 기준으로 보면 단군의 시대 사람으로는 키가 상당히 크고 체격이 대단히 크다고 할 수 있다.

　단군은 현대 과학의 실증을 통하여 그 신화의 베일을 벗고 발가벗기운 채 누워 있었다. 수많은 세월 동안 땅 속에서 잠을 자다 깨어 유골로 출현한 것이다. 우리에게, 참으로 불학무식한 후손들에게, 그렇게라도 모습을 들어내지 않을 수 없었던 계시였다. 그는 그 자신에게로 향한 메아리 같은 질문을 몸 속으로 받으며 뼈에 사무치는 통한에 시달리었다. 그러다 되뇌이었다.

　"그래, 간다. 갑니다. 가오이다."

　무슨 소리를 하는 것인가. 이 새벽에 어디론가 떠나려는 자세로 안간힘을 쓰며 다짐을 하였다. 산을 넘고 물을 건너고 바위벽을 넘어 어떤 높은 장벽을 넘어서라도 도달해야 하고 이루어야 하는 것이다. 그 길을 지금 가고 있는 것이라고 하였다. 거기가 어디인지 어떻게 가야 하는지는 잘 몰라도 가고 있는 것이 분명하고 가야되는 것이 분명하였다. 그의 신명을 다 바쳐 그 뿌리를 캐겠다는 것이었다. 아니 뿌리는 뽑히어 전시되고 있었다. 그것을 확인하려 하는 것이었다. 나의 뿌리를 찾고 어루만지고 입맞추고 춤을 추고 그리고 훨훨 나는 것이었다. 땅과 하늘, 하늘과 땅이 만나는 것이다. 합환合歡을 하는 것이다. 날자, 날자, 뿌리여! 뿌리여, 날자, 날자꾸나!

　귀신에 홀린 듯이 두 팔을 벌리고 덩실덩실 춤을 추다가 거대한 뿌리를 끌어 안고 포옹을 하다가 또 하늘로 하늘로 땅 속으로 땅 속으로 날다가 기다가 그리고 이리 저리 무한한 시공을 끌려 다니다가 등골에 흥건히 땀이 배인 채 잠이 들었다.

등의자에 고개를 젖히고 눈을 붙였던 것이다. 그러다 골방에서 바로 강의실로 부스스한 머리를 한 채로 헐레벌떡 시간을 대어가 정신없이 강의를 하고 나와 숨을 돌리는데 연희가 찾아왔다. 강의가 있어서 왔다가 가는 길에 들렸다고 했다. 무슨 용건이 있는 것인가.
 물을 끓여 자스민 차를 우렸다.
 "그러잖아도 연락을 하고 싶었는데……"
 "그래서 제가 왔잖아요."
 그는 참으로 반갑고 고마왔다. 같이 차를 나누는 것만으로도 마음이 흐뭇한 제자였다. 너무도 그의 마음을 잘 아는 동지였다. 아니 하루만 안 만나도 아쉬운 사이가 되었다.
 목우에게서 또 전화가 왔다. 3박자가 맞았다. 셋이서 〈푸른 집〉으로 갔다. 찬 맥주를 시켰다. 희연의 의사는 물어보지도 않고 합석을 한 것이다. 그렇게 깊은 생각이 있었던 것은 아니지만 다시 〈카오스〉로 가고 또 심야에 비틀거리고 싶지가 않았던 것이다. 어제 밤 아내와의 잠자리가 작용한 것인지도 몰랐다.
 그녀를 불러 이야기를 하고 싶었다. 물론 그들의 프로젝트의 진도를 나가기 위해서이긴 하였지만. 목우와 같이 소설을 만들고 싶었던 것이다. 단군릉에 대하여도 같이 이야기하고 싶은 것이 많았다. 24시간 같이 토의하고 분석하고 하였으면 좋을 것 같았다. 그러나 그것이 가능하지 않았다. 아니 그런 생각에 문제가 있는 것인지도 몰랐다. 이성으로서의 그녀와 만나는 것이 아니고 사제간의 관계로 만나는 것이라 하더라도 절도가 있어야 되고 이목이 있는 것이었다. 좌우간 목우의 전화가 온 것이고 이리로 온 것이었다.
 "소설이 잘 됩니까?"
 목우가 두 사람을 보며 물었다. 역시 그 얘기부터 하는 것이었다.
 "어느 소설을 얘기하는지 모르겠네요."
 "어느 소설이라니요?"

목우는 그가 한 말을 잊어버린 모양이었다. 단군의 이야기를 하면서 희연과의 소설을 이야기하였던 것이다.

"하하하하…… 잘 돼 갑니다."

그는 웃으면서 말하였다.

"그래요? 하하하하……"

목우도 그제서야 생각이 난 모양이었다.

"박사학위는 어떻게 되어가는 거지요?"

"되거나 말거나 하겠지요 뭐."

희연이 목우에게 술을 권하며 쉽게 말하였다.

"누구 빽을 믿고 그렇게 태평이에요?"

"유교수님이요."

목우를 바라보며 말하는 것이었다. 같이 웃었다. 호호호호…… 하하하하……

도형은 술이 한 순배 돌기를 기다려 다시 이야기 보따리를 끌러놓았다.

"단군의 연대가 과학적으로 밝혀지고 있어요. 현대 물리학의 첨단기술의 하나인 전자상자성공명법電子常磁性共鳴法을 적용하여 단군릉에서 나온 남자 뼈를 측정한 결과 5,011년이라는 연대가 나왔어요."

"몇 년 전에 들은 얘기 같은데에."

목우가 술을 도형에게 따르며 말하였다.

"4326(1993)년의 얘기예요. 연대가 엇비슷하게 나온 거지요."

"북한의 두 개의 연구기관에서 24회, 30회씩 각각 측정한 데 의한 것이에요."

희연과 도형이 설명하자 목우가 다시 물었다.

"그거 믿을 수 있는 건가요?"

목우의 질문에 두 사람은 대답을 하는 대신 서로 바라보았다.

"믿고 싶기는 하지만 믿어지지 않는 것 같아요. 너무 속단인가요?"

목우는 다시 진지하게 말하는 것이었다. 질문과 대답을 스스로 하고 있는 것이었다.

"그래요."

"어느 것이 그렇다는 건가요?"

희연이 도형의 대답을 가지고 따졌다. 목우의 말에는 두 가지 세 가지의 뜻이 담겨 있었던 것이다.

도형은 목우에게 반배를 하고 희연의 잔에 술을 따르며 계속했다.

"솔직히 말해서 저도 반신반의예요. 직접 가서 본 입장도 그래요. 제가 만나본 연변의 학자들 러시아의 학자들도 고개를 갸웃거리며 끄덕이고 있었어요. 그러나 과학이라는 거야 부인할 수 없잖겠어요?"

"사람의 뼈가 그렇게 오랫동안 보존이 되는 건가요?"

목우가 다시 물었다.

술좌석이 아니라 토론장이었다. 도형이 계속해서 말했다.

"단군의 유골이 기나긴 기간 삭아서 없어지지 않고 보존될 수 있었던 것은 유리한 지층에 묻혀 있었기 때문일 것이라고 해요. 유골은 석회암 지대에 매장되어 있었고 매장되어 있던 지점의 토양은 뼈를 삭히지 않는 특성을 가지고 있었다는 거지요. 석회암 지대에서는 토양 가운데 석회암이 녹아서 형성된 수용성 광물질이 많기 때문에 뼈가 화석화될 수 있는 가능성이 많고 단군의 유골에서도 화석화되어가고 있는 경향이 나타나고 있었다는 거지요."

"그것이 사실이냐 이거지요."

믿어지지 않기는 희연도 마찬가지였다. 줄곧 긍정적인 시각을 가져 보지만 그것을 채워주는 물증이 아쉽다.

"수천 년 전의 오랜 무덤에서 뼈가 보존되어 온 실례는 드물기는 하지만 여러 군데서 나타났다고 해요. 함경북도 회령시 남산리 검은개봉 유적에서 나온 뼈는 그런 실례의 하나라는 거지요."

"도대체 지금 어느 방송을 틀고 있는 건가요?"

목우가 다시 말하였다. 생각보다도 상당히 민감하였다.

"염려 마세요. 그건. 중심은 잘 잡고 있으니까. 하하하하……"

도형은 목우에게 잔을 내밀고 술을 따랐다. 희연의 잔에도 술을 따랐다.

"아니, 제 잔은 뭐 퇴주 잔이에요?"

희연은 따른 잔을 얼른 마시고 도형에게 따랐다. 물론 웃으면서 한 말이었다.

목우가 자신의 잔을 비우고 희연에게 가득 따른다.

"좌우간 믿어질 때까지 믿어보자는 것이에요. 애써 찾아놓은 것을 아니라고 부정을 하는 것이 그리 급한 것은 아니잖아요? 우선 물 위로 떠 오른 사실을 가지고 이해해 보자는 것이지요."

도형은 그리고 자기 앞의 잔을 조금씩 마시면서 단군릉에 관한 사항들을 강의를 하듯이 늘어놓았다.

무덤에서는 사람의 뼈 이외에 금동왕관 앞면의 세움장식과 돌림띠 조각이 각각 1개씩 나왔다. 세움장식은 두껍게 금金 도금鍍金을 한 청동판靑銅板으로 제작되었다. 윗부분은 복숭아씨 모양으로 생겼고 그 가운데에 구멍이 있다. 아래 부분의 양쪽은 곧게 되어 있다. 돌림띠는 역시 두껍게 도금한 청동판으로 제작되었다. 좁고 길쭉한 모양을 하고 있다. 무덤에서는 금동띠의 패쪽[佩飾] 1개도 나왔다. 장방형의 청동판으로 한쪽에 치우쳐 작은 구멍이 2개 뚫려 있다. 금 도금을 하였던 것이 대부분 벗겨지고 그 흔적만 남아 있다. 이 무덤의 주검칸에서는 또 여러 개의 토기 조각과 관에 박았던 관못 6개 분이 나왔다.

이야기는 출토품에 관한 것에서 무덤의 양식에 관한 것으로 옮겨갔다. 단군의 무덤이 고구려 무덤 양식으로 되어 있는데 그것은 고구려 때에 이 무덤을 개축하였다는 것을 말해준다. 고구려 사람들은 자기들의 시조인 동명왕東明王과 함께 단군을 숭배하였다.『삼국유사』의「왕력王曆」편에, 고구려 시조 고주몽高朱蒙이 단군의 아들이라고 기록되어 있다. 『제왕운기』에도 고구려 사람들을 단군의 후손이라고 쓰고 있다. 고구려 사람들은 고조선의 계승자로 자처하였고 그러기 때문에 단군릉을 그들의 양식으로 개축, 개건하였던 것으로 보인다.

그리고 『강동지江東誌』 「고적」 조(4268, 1935)에 보면 대박산 남쪽 기슭의 단군릉 위치와 정조의 명에 의해 봄 가을로 감사가 직접 묘를 돌아보도록 한 사실을 쓰고, 갑오경장(4227, 1894) 이후로 단군릉의 수호가 해이해져서 애석하게 여기고 있던 중 강동군 유림儒林에서 담장[墻垣]을 쌓고 수호회를 조직하여 각처에서의 헌금을 받아 능 앞의 석물을 마련하고 수호전守護殿 건축을 진행중에 있다고 적고 있다.

그런 결과, 다음 해인 4269(1936)년에 이 공사가 끝났다. 무덤의 바로 앞에는 단군릉檀君陵이라고 표식비를 세우고 그 앞에는 큰 화강석 상돌을 설치하였다. 무덤 좌우에는 돌사자를 각각 1개씩 세웠다. 상돌에서 8미터 앞에 수호전인 정자각丁字閣을 짓고 그 동쪽으로 단군의 기적비記蹟碑를 세웠다.

도형의 설명을 듣고 있던 목우는 무슨 얘기가 그렇게 장황하냐고 하고 도대체 언제 얘기를 하고 있느냐고 물었다. 도형은 북한에 가서 직접 보고 온 이야기에다 그동안 뒤진 자료들에 대한 이야기를 보태어 헷갈리게 했다.

"술 안 마시고 얘기만 할 거요?"

목우는 그렇게 따지기도 하였다. 잔이 도형에게 다 몰려 있었던 것이다.

"조금만 더 들어봐요. 이제부터 정말 중요한 얘기를 할 테니까."

그러며 도형은 목우에게 술을 따랐다. 그리고 희연에게는 왜 목우에게 술을 권하지 않고 뭘 하느냐고 따지었다.

"술이 문제가 아니고요, 얘기가 문제예요."

"글쎄 말이야. 재미가 있어야지."

희연이 대꾸를 하자 목우가 맞장구를 쳤다.
"얘기가 어떻게 그렇게 재미 있을 수만 있는 거냐고. 소설도 아니고 말이야."
도형이 푸념을 하듯이 말하였다.
"소설을 쓰라고 했잖아요? 소설을 쓴다고 했잖아요?"
"이건 소설이 아니란 말이에요."
"영 말을 못 알아 들으시는구만."
목우가 답답하다는 듯이 말하였다. 그가 도형의 이야기를 한 귀로 흘릴 수 없는 이유가 거기 있었던 것이다. 도형은 역사 강의를 하고 있었지만 목우는 소설 강의를 하고 있었던 것이다.
계속 헷갈렸다. 목우에게 또 한 잔의 술을 따르며 좌우간 뭐가 됐든 이야기를 조금 더 들어보라고 하였다. 그러며 단군릉 기적비 비문 복사한 것을 가방에서 꺼내어 술상 위에 펼쳐 놓고 연극 연습을 할 때 처럼 감정을 넣어 읽어나갔다.
―…세상을 크게 교화한 거룩한 성인이 나왔지만 그 성인에게 작위를 봉할 줄 몰랐다. 거룩한 성인의 혜택은 하늘 땅에 닿고 만대에 뻗쳐 끊기지 않았으니 그 분은 곧 우리 나라 시조 단군이다. 단군은 천제天帝의 신손神孫으로서 백성을 걱정하여 천지개벽 후 갑자년에 … 태백산 박달나무 아래 내려와 천제의 지시를 선포하였다. 무진년에 임금으로 추대되어 나라를 세우고 국호를 조선이라 하였다.
일제시에 세운 단군릉 기적비 비문이었다. 드문 드문 알아볼 수 없는 글자를 띄어 놓고 번역한 글을 중간 중간 발췌하여 읽어본 것이다. 누가 듣는지 마는지, 아랑곳 않고 계속해서 읊어나갔다.
―하늘 같은 단군이여. 정녕 단군이 아니라면 우리는 금수의 신세를 면치 못하였을 것이다. 우리나라를 예의지국으로 부르는 것은 전적으로 단군이 준 혜택이다. 수염은 더듬을 수 없지만 구슬은 오늘날까지도 흩어지지 않고 있으니 관리를 두어 능을 받드는 예법이 없어서야

되겠는가. 대체로 우리 역대 왕조 재야의 사대부와 백성들이 겨를을 내지 못하여 그런 것도 아니고 성의가 없어 그런 것도 아니었다. 오직 거룩한 신인의 지극히 큰 덕을 이름지어 부르기 어렵기 때문이었다. … 사람들의 지향이 이루어지고 거룩한 신인의 혜택이 더욱 새로워지리라 생각하면서 머리를 조아려 절하며 송가를 드린다. 훌륭하고 거룩한 분 태어나니 향기로워라. 그 덕은 하늘 땅 합친 것 같고 그 빛발은 해와 달 같아라. … 아달산은 무너지지도 이지러지지도 않아 전시대 성인의 혜택은 세월이 흐를 수록 더욱 뻗어만 가는구나. 뒤 사람들이 엎드려 절하며 이 글을 새겨 송가를 드리니 억만 년 길이 전하라.

조선건국기원 4269(1936)년 병자년 9월 초하루 조도사랑朝徒仕郞 전숭인전崇仁殿 참봉 홍대수洪大修가 글을 지었다고 하였다.

1.91미터 높이의 단군릉 기적비 앞면에는 한자로 단군의 업적을 찬양한 글이 새겨져 있고, 뒷면에는 국한 혼용으로 단군릉의 수축 경위, 양쪽 측면으로는 단군릉 수축기성회 역원役員 명단과 헌금액 등이 기록되어 있다.

"참 대단합니다."

목우는 도형이 기적비 뒷면의 글까지 읽기를 기다렸다가 말하였다.

"그래요. 정말 저도 놀랐어요."

도형이 목우가 내미는 잔을 받으며 되물었다.

"강의도 그렇게 하십니까?"

"그렇게 하지요."

"그래도 아이들이 다 듣고 앉았어요? 들락날락하지 않아요?"

"그런 거 상관하다가는 강의 못하지요."

"요는 말이지요……"

희연이 듣다 못하여 끼어 들었다. 도형은 목우의 이야기를 도무지 알아듣지 못하고 있는 것 같았다.

"소설은 그래 가지고는 안 된다는 거예요. 아시겠어요?"

"뭐요?"

"강의야 억지로라도 듣지만 소설은 재미가 없으면 팽개쳐 버리지요."

도형은 두 사람을 멍청히 바라보았다. 그제서야 자신이 목우의 소설 강의를 받고 있다는 사실을 알았는지 몰랐는지 따지듯이 말하였다.

"소설을 쓰듯이 강의합니까?"

두 사람에게 묻는 것이었다.

"하하 참, 지금 강의 이야기를 하는 것이 아니고 소설 이야기를 하는 것 아닙니까?"

목우가 다시 말하였다.

도형은 목우에게 잔을 따랐다.

"도무지 헷갈려서 원!"

"하하하하……"

"호호호호……"

목우는 늘어만 놓지 말고 눈물이 핑 돌도록 얘기를 만들어보라고 하였다. 그리고 도형은 어떻게 모든 이야기가 눈물이 핑 돌 수가 있느냐고 따지었다. 목우는 구슬이 서 말이라도 꿰어야 보배라고 하였다. 도형은 지금 보배 얘기가 아니고 구슬 얘기라고 하였다. 배우는 사람이 뭐 그렇게 말이 많으냐고 희연이 말하였다. 다시 한 바탕 웃어대었다.

"잘 써봐요. 버럭만 치지 말고 금쪽을 떼어내야지요. 좋은 광맥을 잡은 것 같애요. 노두광상露頭鑛床을 타고 앉아 있는 거예요. 잘 파 보세요."

칭찬인지 나무람인지 알 수가 없었다. 도형이 적절한 대답을 궁리하고 있는데 목우는 자신의 임무를 다 하기라도 한 듯이 일어선다.

"수업료를 드려야지요."

"멀리 안 갑니다. 저는 제 소설을 써야지요."

목우는 그러고 바깥 쪽으로 위치한 스탠드 바로 가서 마담을 마주

보고 앉는다.
 도형과 희연은 서로 쳐다보고 웃다가 그들의 소설을 생각하였다. 희연이 물끄러미 그를 바라본다. 얼굴이 확대된다.
 도형에게 목우가 하던 일련의 말들이 한꺼번에 다가왔다. 말끝마다 소설이 되어야 한다는 것이었다. 단군의 얘기도 소설이 되어야 하고 희연과의 관계도 소설이 되어야 한다는 것이었다.
 소설가인 목우가 말하는 소설은 감동을 주어야 한다는 것이다. 이야기도 그렇고 강의도 그렇고 사랑도 그렇고 무엇이 되었던 감동을 주지 못하면 의미가 없다는 것이다. 감동적인 표현과 수용이라는 문학 이론을 펼친 것이고 상상력을 뛰어넘는 사고와 행동을 강조하고 있는 것이다. 그것은 목우의 문학이론이며 문학사상이라기보다 문학 원론인 것이다. 한 때 문단의 각광을 받았고 인기도 누렸던 목우는 이제 그런 것을 보여주지 못하므로 쓰지 않고 교수로 머물고 있다는 것이다. 교수도 그러면 안 되므로 술집에 주저 앉아 있다는 것이었다. 또 인생도 그래서는 안 되므로…… 안 되므로…… 말을 잇지 못하였다.
 좌우간 희연과 소설을 쓰고 있는 것 같다고 하였다. 투시경으로 그들의 내부를 들여다보고 있는 것 같았다. 도형은 그런 생각을 하며 희연을 바라보았다. 그녀도 같은 생각을 한 것일까, 눈을 떨구며 말하였다.
 "잘 써보세요."
 "뭐야?"
 "딴 생각 하지 마시고요."
 "뭐라고?"
 "딴 말씀 하지 마시고요. 호호호호……"
 "우린 합작을 하고 있는 거야."
 "공범이고요. 제가 먼저 일어설까요?"
 희연이 그에게 잔을 건네주며 술을 따랐다. 그리고 정말 일어서려 하였다.
　도형이 그녀의 손을 붙들었다. 그리고 술을 따랐다.
　"알았어요. 안 갈게요."
　"하하하하…… 고마워요. 그럼 얘길 계속해볼까?"
　도형은 술을 다시 시키고 아까 하던 단군릉 이야기를 계속하였다.
　"그러니까 단군릉 수축 공사는 4254(1921)년부터 제기되어 4269(1936)년에 완공을 한 것이에요."
　"왜 이 때에 그런 문제가 제기되었는가 하는 것이 중요한 거예요."
　"그렇지!"
　"3.1운동이 일어난 다음, 민족의식의 재결집이 필요했던 것 아니겠어요?"
　"그래요. 맞아요. 바로 그거예요."
　희연은 정말 너무나 중요한 의견을 내놓고 있는 것이었다. 그것을 모르고 있었던 것은 아니지만 이 순간 참으로 값진 연결을 해주고 있었던 것이다. 감탄스러울 정도였다. 그것이 목우가 말한 소설적 요체이기라도 하듯이 도형의 무릎을 치게 했다.
　"국가의 위기를 맞을 때마다 단군이 등장하였던 것 같아요. 우리 민족이 외세의 압력에 시달릴 때마다 단군은 정신적 지주로서 구심점이 되어왔어요. 몽고의 침략을 계속 받아오던 고려 때에는 단군이 『삼국유사』를 비롯하여 우리 역사책에 기록됨으로써 민족의 자부심과 대동의식을 갖게 하였고, 원元(몽골)이 물러가고 조선이 건국된 후 명明과 영토 문제로 긴장이 고조될 때 단군 숭배 사상이 고양되었어요."
　"그래요. 맞아요. 그리고 총칼로 나라를 송두리째 빼앗으려는 일제 앞에 우리는 단군의 정신으로 무장하여 국난을 극복해 보려고 했던 것이지요. 그런데 4326(1993)년 9월 단군릉을 발굴하고 4327년 능을 거대한 돌무덤으로 개건한 것도 같은 맥락으로 봐야 하겠지요?"

도형은 희연의 의견에 전적으로 동감을 표시하며 그렇게 이야기하였다. 그의 의견이기도 하지만 다시 희연에게 묻는 것이었다. 확인하고 싶었던 것이다.

"그렇게 봐야 되겠지요. 4328(1995)년 김일성은 다시 남침하여 통일을 하려고 했었다니까 말이에요."

"정말 그랬었지."

도형은 이번에는 무릎 대신 탁자를 쳤다. 정말 희연은 오늘 너무도 마음에 들었다. 정곡을 찌르고 있었고 자신의 이야기를 그녀가 대신 해주고 있는 것이었다. 그의 생각을 그녀가 말로 하고 있는 것이었다.

"이게 바로 소설이야!"

기고만장이었다. 소설의 플롯이 그렇게 짜여져야 한다는 것이었다. 그러나 다음 이야기는 그의 머리를 휘저어 놓았다.

"그러나 말이지요, 과거에 단군을 내세웠던 것과는 의미가 다르지요. 몽고나 중국 그리고 일본과의 대결 앞에서 우리 민족의 당당한 자부심과 대동단결을 보여줄 필요가 있었겠지만 같은 민족끼리 맞서서 싸우면서 그런 것이 필요했을까요?"

"뭐라고? 결국 같은 이야기 아니야?"

그런 것 같기도 하고 아닌 것 같기도 하고 갑자기 분간이 가지 않으며 그녀 의견의 노예가 되어버리는 것이었다.

"아니지요. 다르지요. 길일성이 죽고 김일성이 생각하는 통일은 이루어지지 않았지만 결국 단군정신을 내세워 같은 단군의 자손을 치겠다고 한다면 그런 단군의 정신이 무슨 소용이 있는 것이겠습니까?"

"얘기가 또 그렇게 되나?"

도형은 감탄만 하고 있었다. 그러며 희연을 바라보고 있는데 목우가 마담을 데리고 다시 그들의 자리로 와서 혀가 꼬부라진 소리로 그들의 토론에 끼어들었다.

도형은 희연의 의견을 목우에게도 물어보았다. 그녀의 얘기가 옳다고 하였다.

"이제 뭐가 되어가는 것 같구만!"

반가운 얘기였다. 그러나 도형의 머리 속에는 다시 안개가 끼기 시작하는 것이었다.

"그러면 지금 단군릉의 의미는 무엇이라는 거지?"

목우는 두 사람의 얼굴을 번갈아보기만 하였다. 희연이 나설 법도 한데 그녀도 주춤하고 있다. 도형이 다시 이야기할 수밖에 없었다.

"거대한 능을 만들어 놨어요. 4326(1993)년 12월 21일자 〈로동신문〉에 9월 27일 김일성이 단군릉 발굴 현장을 답사하고 능의 개건에 대한 지시가 있은 후 12월 17일 단군릉 개건 모임을 현지에서 갖고 결정한 사항을 보도하고 있는데 4327년 10월 단군릉을 준공하였어요. 능의 높이가 22미터 둘레가 200미터의 웅장한 돌무덤을 건축하고 그 주위에 돌 조각상과 기념비를 건립하였어요. 1년도 채 안 되는 동안에 그 거대한 공사를 하느라고 모든 국력을 거기에 다 쏟아 부었어요. 현대판 피라미드예요. 좌우간 그렇게 웅장할 수가 없었어요."

"가 보신 것 처럼 말씀하시네요."

마담이 말꼬투리를 잡는다.

"그럼. 내 눈으로 똑똑히 보았지요."

"조꼼 취하셨네요. 호호호호……"

"그래요? 하하하하……"

목우와 희연은 따라 웃지 않았다. 그리고 도형의 사정을 알고 있는 그들은 그냥 듣고만 있다.

"네 모서리에는 비파형 청동 단검이 세워져 있어 섬뜩하였어요. 4326년 10월 단군릉을 발굴하고 평양 인민대회당에서 〈단군 및 고조선에 관한 1차 학술발표대회〉를 개최하고 4327년 10월 단군릉 준공과 함께 〈단군 및 고조선에 관한 2차 학술발표회〉를 개최하였지요. 발표자들은 단군릉의 발굴 상황과 거기서 나온 사람 뼈의 인류학적 특징, 그에 대한 연대 측정 결과 등에 대하여 발표하였는데 2차 발표의 논문 중에서 「단군릉의 개건과 그 의의」(박영해)를 보면……"
　이제야 본론이 나왔다. 그러나 아무도 듣지 않았다. 희연은 몇 번 들어 다 알고 있는 내용이었다.
　기념비적 역사 건축물로서 단군릉의 우수성은 우선 단군조선 시기의 역사적 내용을 풍부하고 생동하게 담고 있다. 단군릉의 묘실 안에 보존되어 있는 단군 유골이야 말로 단군이 기원 전 3000년을 전후한 시기에 생존한 실제한 건국 시조이며 단군릉은 그의 무덤이라는 것을 보여주는 유물이며 이 능의 핵이라고 말할 수 있다. 무덤의 네 귀에 세워진 고조선 문화를 상징하는 비파형 단검탑은 단군조선의 위력과 문화의 선진성을 보여주고 있다. 계단식 돌무덤으로 쌓은 것은 고구려의 무덤 형식을 살린 것으로 우리 나라 고대 풍습에 그 연원을 두고 있다. 단군릉은 시조릉으로서 장중성과 웅대성도 잘 보장되어 있다.
　북한 학자의 생각이었다. 이념이었다. 체재의 이념인가. 민족의 이념인가. 개건의 역사적 의의에 대하여 또 세 가지로 쓰고 있다. 찬사 일색이었다.
　첫째로 수령님과 지도자 동지의 영도의 위대성과 애국애족의 숭고성에 대한 일대 과시이다. 둘째로 조선민족의 단일혈통의 시원을 명백히 보여줌으로써 7천만 온 겨레의 민족적 대단합에 이바지하게 된다. 단군이 신화적 존재가 아니라 실재한 인물이라는 것이 확증됨으로써 우리 조선민족은 단군의 핏줄을 이은 단일민족이라는 것이 명백하게 되었다. 셋째로 민족의 유구성, 단일성, 민족적 긍지와 자부심……
　목우는 도형의 얘기가 끝나기를 기다리지 못하고 마담과 스탠드 바 앞으로 나가서 춤을 춘다. 그것을 멍청히 바라보는 도형을 희연이 끌고 나가 춤에 합류한다.
　디스코를 추다가 람바다를 추다가 부르스를 추었다. 희연의 허리를 잡고 도형은 발이 맞지 않는 대로 좁은 공간을 돌았다. 도형에 비하면 희연은 발놀림이 유연하였다.

희연과 디스코를 한 두 번 추어본 적은 있어도 부르스는 처음이었다. 그것을 도형이 의식적으로 피하고 있었던 것이다. 이날도 목우가 먼저 취하여 충동을 한 데다가 희연에게 끌리어 나온 것이고 그렇게 한 데 싸잡히어 돌고 있었지만 자연스럽지가 않았다. 희연의 날렵한 육체가 그의 성감대에 와 스치는 것이었다.

장시간 강의실처럼 토론을 벌이다가 갑작스레 참 이상한 분위기로 몰고 간 것이었다. 무덤 속에서 나와 도깨비 춤을 추는 것 같았다.

춤은 희연이 리드하고 있었다. 그런데 도형은 자꾸만 그녀의 발등을 밟고 있었다. 아직도 그는 한 발을 무덤 속에서 빼놓지 못하고 있는지도 모른다.

"화로 가에 엿 붙여났어요?"

"뭐야?"

"뭐가 그리 급하세요? 서서히 하시지요. 기차가 떠나가는 것도 아니고 말이에요."

희연이 한쪽 구석으로 도형을 끌고 가 가지고 말하였다.

"춤이 서툴러 그래요? 하하하하……"

또 한 번 그녀의 발등을 밟고는 도형이 말하였다.

"호호호호……춤을 얘기하는 게 아니에요. 춤이야 아무려면 어때요?"

"그럼 뭘 말하는 거지요?"

"뭐는 뭐예요? 선생님에게 딴 것이 뭐가 있어요?"

도형은 그제서야 희연의 말귀를 알아차리었다.

"논문은 연구실에서나 쓰시지 뭐 술집에 와서까지 쓰셔야 돼요? 호호호호……"

"아 논문이 아니고 소설이잖아? 하하하하……"

"아 참 그렇던가요? 정말 헷갈리네요. 호호호호…… 그래도 그렇지 뭐가 그리 급하냐 말이에요? 술도 들어가면서 춤도 추어가면서 쓰세요."
"알았어요. 고마와요. 그런데 이 자체가 소설이라니까."
소설인 면에서는 둘 다 마찬가지로 헷갈리고 우열이 뒤바뀌었다. 희연이 위로 갔다 도형이 위로 갔다 하였다.
"그걸 다 쓰는 거예요?"
"좌우간 한선생이랑 같이 써야 잘 써진단 말이에요."
"그래요? 그거 큰 일이네요. 호호호호……"
"맞아요. 하하하하……"
술좌석으로 돌아온 희연은 그제서야 이날 도형을 찾아온 용건을 이야기한다. 중요한 용건이 있었던 것이다. 그의 방으로 찾아왔을 때 그것을 느껴야 했었다. 박사학위 건이다. 이 대학에서 안 된다고 하자 ㄱ 대학에서 학위를 주겠다고 한 학기 등록을 하라고 해서 지도교수에게 허락을 받으려는 것이다. 그는 안 된다고 하였다.
목우가 그 말을 듣고 총장에게 얘기해보겠다고 한다. 그런 사정을 다 얘기하겠다는 것이다. 그리고 그 조건부이기나 한 듯이 희연과 춤을 추자고 한다. 희연이 응하여 앞으로 나가 디스코를 춘다.
마담이 같이 나가 춤을 추자고 하였지만 도형은 술이나 마시자고 하였다. 춤에 자신도 없었고 신이 나지도 않았다.
"뭐 골치 아픈 일이 있어요?"
마담이 술을 따라 주며 묻는다.
"뭐 그렇다고 보면 그렇고."
"안 그렇다고 보면 안 그렇고, 세상 일이 다 그래요."
도형은 마담에게 술을 따라 주었다.
"이럭 저럭 이 집에 들랑거린지도 20년이 넘었네요."
"그렇네요. 참 세월 빠르지요?"
마담은 미소를 지으면서 그의 얼굴을 파본다. 눈자위라든지 구석구석에 숨겨진 주름살을 찾아내기라도 하듯이. 그리고 그의 손을 만지기도 한다.
 "그래 아직도 이혼이 안 되었어요?"
 "왜 기다렸어요?"
 "기다렸지요. 호호호호……"
 늘 이혼이 다 되어간다고 하고 심야에 그녀를 끌고 나갔던 것이다. 문패가 밖으로 달린 사람도 있고 안으로 달린 사람도 있고 호적에 달린 사람도 있다고 하였다. 그리고 서로가 유리한 쪽으로 해석을 하였고 또 번번이 그것이 뒤바뀌었다. 목우도 그 한 패거리였다.
 "인제는 정말 다 되어가는데, 하하하하……"
 그가 웃으며 마담의 등 뒤로 손을 밀어넣었다.
 "이교수님은요, 이혼을 못할 분이에요."
 "왜요?"
 "두고 보세요."
 "그래요? 연애나 할 사람인가요?"
 "그럼요. 호호호호……"
 목우와 희연이 그들의 자리로 왔다.
 "대단한 실력가야."
 목우는 희연의 춤 실력을 그렇게 칭찬하였다. 그리고 어떻게든 총장이 작용을 하도록 하겠다고 장담을 하였다.
 같은 사학과 소속인 총장도 희연의 이야기를 잘 알고 있었다. 옆에서 객관적으로 사정을 이야기한다는 것이 어느 정도 효과가 있을지는 미지수였다. 목우는 그 쪽의 등록은 일단 보류하라고 하였지만 그렇게 간단하지가 않았다. 내일이 마감이라는 것이다. 참으로 부담이 되었다. 결정을 하기가 어려웠다.
 술을 몇 잔씩 더 하고 목우는 다시 마담을 데리고 나가 춤을 추었다. 희연이 가겠다고 하여 도형도 같이 일어섰다.

술집에서 나와 도형은 택시를 잡는 대신 희연과 밤거리를 걸었다. 희연이 도형의 팔짱을 끼었다. 발걸음이 휘청거렸다.
　춤을 희연이 리드하였듯이 심야의 산책도 그녀가 리드하였다. 그녀가 팔짱을 낀 채 이리 저리 끄는 대로 끌려갔다. 큰 길을 횡단보도도 무시하고 가로질러 건너기도 하고 골목으로 들어서 길을 휩쓸고 지나가기도 하고 길 가의 벤치에 앉아서 하늘의 별을 우러러 바라보기도 하였다. 널찍한 잔디밭에 벌렁 뒤로 눕기도 하였다.
　밤공기가 찼지만 술만 들어 붓던 속의 열기를 식히기엔 모자랐다. 잔디밭에 한없이 들어누워 있고 싶었다. 도형뿐 아니라 희연도 그랬다.
　"야 참! 별도 많다!"
　희연은 그러고는 한숨을 푸욱 내쉬기도 하였다. 그 별들의 숫자처럼 그의 가슴에 수심도 많았다.
　"야 참! 달도 밝다!"
　도형도 같은 장단으로 말하고는 큰댓자로 누워서 뒹굴었다. 희연은 도형보다 더 빠른 동작으로 저만치 굴러가버린다. 그가 또 그쪽으로 굴러가보지만 어느 새 바람처럼 이쪽으로 굴러와 있다. 바람보다 먼저 눕고 먼저 일어난다고 했던가, 그런 풀과 같은 몸짓이었다. 희연은 깔깔거리고 웃어댄다.
　"그래, 그래, 알았어."
　도형은 혼자 중얼거렸다.
　"그래, 너는 연희가 아니고 희연이야."
　그러며 달을 바라보았다. 그 속에 연희가 나타나고 있었다. 해맑은 얼굴 수척한 모습을 하늘에 걸어놓고 있을 뿐, 아무 말도 없고 아무 표정도 없다. 다만 그녀가 지금의 희연과 같은 아니 그보다 더 애띤 모습임을 보여주고 있을 뿐이었다. 그녀를 복제複製한 희연을 그에게 보낸 것이다. 연희를 바꾸어 희연으로 이름을 지은 이유는 무엇이었을까. 대개 이름을 지을 때 부모로서의 희망과 의지를 담고자 한다. 천석이 만

석이 하는 것은 천석꾼 만석꾼이 되라는 뜻이고 복녀 순자는 복되고 순하라는 뜻이다. 도형은 길이 빛나라는 뜻이겠다. 아들아, 일생 가는 길에 빛이 있으라! 그는 사내아이는 학렬자를 따서 재혁在爀이 재빈在彬이라고 짓고 딸 아이는 빛나라고 한글로 지었다. 다 빛이 들어 있다. 빛이 비치는 길로 걸어가라는 뜻이다. 그런데 연희의 의지는 무엇이었을까. 다만 그녀의 대신으로 이 세상에 던져놓겠다는 것이었는가. 그녀가 하지 못한 일을 딸에게 시키고 싶었던 것인가. 그녀와 반대로 사라고 이름을 거꾸로 붙인 것인가.

희연이 그의 옆에 누워 하늘을 쳐다보고 있다. 그녀도 달을 보고 어머니를 생각하고 있는지 모른다.

"우린 전생에 무엇이었을까?"

그가 하늘을 보며 물었다.

"왕족이었는지도 모르지요?"

"단군이나 또는……"

"오로지 단군뿐이세요?"

"하하하하…… 그렇군! 어쩌면 우린……"

"호호호호…… 우린 뭐요?"

"아니야."

얘기가 엉뚱한 방향으로 흘러가려고 하였다.

"알 수 없지요. 제가 남자고 선생님은 여자였었는지도 모르지요."

"왜 여자라는 것이 불만이에요?"

"뭐 그렇다는 것이 아니고……어쩌면 지렁이나 거머리 같은 미물이었을지도 모르지요. 찰거머리 말이에요."

"예쁜 꽃이었는지도 모르지. 꽃이었다면 무슨 꽃이었을까?"

"실거리꽃 아세요?"

"어떤 꽃인데?"

"「실거리꽃」이라는 소설이 있어요."

"또 소설이야?"

"오영수의 소설이에요. 여자가 걸고 넘어지지요."

희연은 무슨 얘기를 더 하려다가 그만 둔다. 그리고 도형이 포옹을 하려다 말고 팔을 양쪽으로 쭉 내뻗는다.

도형은 희연의 팔을 끌어당겨 팔베개를 한다.

"여기 이렇게 누어 있고 싶어."

"하늘을 이불 삼고 땅을 요를 삼고……"

"달을 애인 삼고 별을 벗 삼고, 참 좋지 않아요?"

"그럼 저는 필요 없네요, 뭐. 호호호호……"

"그렇게 되나? 아니지. 베개가 있어야지. 하하하하……"

도형은 희연의 팔을 더욱 밭게 베며 웃어대었다.

얼마나 하늘을 바라보고 누어 있다가 팔을 **빼고** 풀밭을 뒹굴었다.

"들어가셔야지요."

희연이 일어났다. 그리고 또 같이 걸었다.

"ㄱ대학 등록 문제는 그냥 두도록 해요. 어떻든 이쪽에서 하도록 해야지."

도형은 다시 현실로 돌아왔다. 그도 자신이 있는 얘기는 아니었지만 다른 말은 할 수가 없었다.

"그 문제는 제가 알아서 할게요."

희연이 간단히 말하였다.

결국 그 문제는 결론이 내리지 못한 셈이었다.

택시가 그들 앞에 섰다. 서로 먼저 타라고 실랑이를 하는데 또 한 대의 택시가 서는 바람에 각자 타고 헤어졌다.

화두

 도형은 집에 돌아오는 대로 샤워를 하고 찬 물을 한 바가지는 들이켰다. 시간도 알 수 없고 의식도 몽롱하였지만 아내가 요를 깔아놓은 침실로 가는 대신 무덤 속 같은 서재로 들어갔다.
 잔뜩 자료들을 펼쳐놓은 책상 앞에 앉았다. 지도와 책들 사진 자료들을 뒤적뒤적하면서 아까 생각하던 끄나풀을 잡아끌고 있었다. 단군 및 고조선에 관한 학술발표대회 얘기였었다. 그 내용들을 들추었다.
 대개 북한 사회과학원 역사연구소 고고학연구소의 소장 실장 연구사 그리고 대학의 역사학부 교원 연구사들이 발표한 논문들이다. 직접 가지고 온 것도 있고 여러 경로를 통하여 어렵게 입수된 자료들이다. 이에 대한 신뢰는, 여러 차 도마 위에 올려놓았었지만, 과학이다 역사다 고고학이다 하는 이름 아래 박사이며 교수 학자들의 발표라고 하는 것을 믿고자 하는 것이다. 일단 한번 믿어보자는 것이다. 그러나 체제를 떠나서 설득력이라든지 공감대라는 것은 인위적으로 좌우할 수 없는 것이다. 어떻든 그는 그것을 무슨 암호 난수표亂數表를 해독하듯이 모든 사람들이 깊이 잠든 밤중에 혼자 부시럭거리고 있는 것이다.
 「단군릉의 발굴 정형에 대하여」(박진욱)는 단군릉의 기본적인 구도를 잘 말해주고 있다.
 평양시 강동군 강동읍에서 서북쪽으로 좀 떨어진 대박산에서 동남쪽 경사면 기슭에 자리잡고 있는 단군릉 동북쪽에는 아달산이 있다. 대박산은 단군을 상징하는 박달산 또는 배달산에서 유래된 것으로 인정되며 아달산은 『삼국유사』에 단군이 도읍을 정하였다는 아사달과 관련하여 나온 이름이다.

무덤이 있는 곳은 그 이전 해방전에도 단군동이라고 불리워지고 있었다. 단군릉은 돌로 무덤칸을 만들고 그 위에 흙무지를 쌓은 돌칸무덤(석실봉토분)이며 주검칸(현실) 무덤 안길(연도)로 이루어진 외칸 무덤이다.

논문은 무덤을 만들던 때의 지표면에서 약 1미터 파고 내려가서 무덤칸을 만들었고 서남향의 좌향, 평면의 남북 길이(276센티) 동서길이(273센티) 바닥에서 천정 삼각고임 1단까지의 높이(160센티) 등의 규격을 정확히 적고 있다. 고고학자, 사회과학원 고고학연구소 연구사, 박사 부교수인 발표자는 섬세하게 실측을 해 보여주고 있다. 그 공정과 형태에 대해서도 여실히 묘사해 보이고 있다.

주검칸 바닥은 약 20센티 깊이로 파고 거기에 돌을 깔고 흙을 덮어 다졌으며 그 위에 회죽을 발랐다. 바닥에는 3개의 관대를 남북 방향으로 나란히 설치하였는데 막돌로 쌓고 그 위에 회를 발랐다. 무덤칸 벽채는 막돌 또는 대충 다듬은 돌로 차곡차곡 쌓아졌고 위로 올라갈 수록 약간 좁아들었다. 벽면에는 본래 회죽을 두껍게 발랐었으나 발굴 당시에는 대부분 벗겨져서 바닥에 떨어져 있었다. 이 무덤에는 본래 벽화가 그려져 있었다.

몇 번을 훑어본 것인데 몇 가지 의문들을 해결하기 위해 다시 들쳐보고 있는 것이다. 심야에 그것도 무덤에 대한 자료를 들여다보고 있는 모습은 마치 무덤 속에서 나온 유골과 같았다. 밤마다 무덤 속 행각을 하는 몽유병자나 흡혈귀의 몰골이었다.

도형은 그것도 모르고 들여다보던 벽화의 대목에 계속 눈을 주었다. 『위암문고韋庵文稿』에는 일본의 고고학자들이 이 무덤은 팠는데 무덤칸을 돌로 쌓았으며 네 벽에는 옛 선인과 신기한 장수가 그려져 있었다고 씌어 있다. 여기서 말하는 옛 선인과 신기한 장수가 단군이었을 것을 짐작하기 어렵지 않다. 『삼국사기』에서도 단군을 선인왕검이라고 하였는데 그것과 옛 선인과 통하기 때문이다.

발굴과정에서 확인된 자료에 의하면 이 무덤은 그 이후에도 몇 번 일본 제국주의자들에 의하여 파괴 도굴당하였는데 그 과정에 단군을 묘사한 그 귀중한 벽화가 모조리 없어지고 말았다.

도형은 그런 야비한 행위가 저주스러웠다. 어떻게 학자의 양심을 달고 그런 짓을 했단 말인가. 그것도 역사학자 고고학자들의 짓이라고 했을 때 살인 청부 하수인만도 못한 학자들의 양식에 구역질이 나왔다. 그는 일어나서 방 안을 서성거리다가 밖으로 나와 주방으로 갔다. 냉장고에서 냉수를 꺼내어 한 컵 마셨다. 그리고는 물을 끓여 커피를 진하게 타 가지고 방으로 왔다.

다시 자료들이 늘려 있는 책상 앞에 앉아 커피를 식혀가며 마셨다. 목에 칼이 들어와도 그런 짓을 해서는 안 된다. 그도 참 용기가 없는 축에 속하는 사람이다. 한 번도 앞장을 서 보지 못하였다. 4.19 혁명 때 6.3 사태 때 늘 뒷 줄에서 서성거렸다. 지식인 교수들 시국선언 때도 모른 척하고 있거나 파장에 가서 이름을 올리곤 하였다. 그러나 도적질은 하지 않았고 양심은 팔지 않고 살았다. 학자와 교수를 안 하면 안 했지 그런 반역사적인 하수인 노릇은 하지 않을 것이다. 그런 생각을 하며 그 논문의 내용을 다시 발췌하며 음미해 보았다.

정리를 해 보면, 단군릉은 이미 일제에 의해 혹심하게 파괴 도굴되었기 때문에 이번의 발굴에서 유물이 많이 나오지 않았다. 그러나 그 가운데에는 매우 주목되는 것이 있다. 첫째로 두 사람분의 사람 뼈가 나왔고, 둘째로 금동 왕관 앞면의 세움장식과 돌림띠의 조각이 각각 1개씩 나왔으며, 셋째로 여러 개의 패쪽을 연결하여 만든 금동띠의 한 개 패쪽이 나왔다. 단군릉의 구조형식과 거기에서 나온 유물로 보아 고구려 양식의 무덤인 것이 명백하다. 그렇다고 한다.

그것이 사실이라고 한다면, 그것은 무엇을 의미하는가. 또 거기에는 명백하게 이것이 무엇이다, 하고 표시를 해놓고 있지 않은가.

　무덤 앞에는 단군릉 수호회가 설치한 묘역 시설이 있다. 무덤 바로 앞에는 한자로 檀君陵이라고 새겨진 무덤 표식비가 있고 상돌 앞에는 수호전이라고 불리운 정자각이 있으며 그 동쪽에는 단군의 기적비가 있다. 몇 번이고 읽고 얘기하고 하였던 내용들이다. 귀에 딱쟁이가 앉겠다. 조금 전 술집에서도 그 얘기를 하였었다. 그가 어느 방송을 틀고 있느냐는 말을 듣기도 하였다. 그는 소신이 없이 들은 대로 읽은 대로 펼쳐놓은 것이다. 그것은 그냥 자료일 뿐이고 소재일 뿐이며, 구슬이 서말이라도 꿰지를 못한 것인가. 늘어만 놓고 틀어만 놨지 보배를 만들지 못하고 소설 타령만 하였다. 소설이 되지 못하므로 감동을 주지 못하고 그러므로 전달이 되지 못하고 그런 것은 버럭일 뿐이라는 것이다. 공해일 뿐이다. 학문의 공해, 예술의 공해일 뿐이다. 참 그런 공해가 또 얼마나 많은가. 그라는 존재 자체가 이 시대의 공해는 아닌가. 버럭더미는 아닌가.

　도형은 몸을 부르르 떨며 눈을 비비었다. 선입관을 버리고, 걸리적거리는 시선들을 잘라버리고, 학문이다 예술이다 거창하고 고상한 시각도 접고, 아주 단순하고 소박하게 생각을 해보았다.

　우선 단군릉은 북한이 또는 김일성이 조작한 것이냐는 것이다. 김일성의 정체나 그의 부모의 업적을 미화하고 생가-만경대이던가-를 성역화할 수는 있을지 모르지만 그리고 그런 부분에 대하여는 어떻게 되었든 그냥 지나갈 수 있을지 모르지만 한 민족의 시조를 인위적으로 좌우할 수는 없는 것이다. 일제가 아무리 단군을 빼돌리려고 하고 왜곡시키려고 하였지만 그럴 수가 없었던 것처럼. 여러 사료들의 근거가 버티고 있기 때문이었다.

　차근차근 다시 뜯어 보자 정리가 되기 시작하는 것이었다.

　이 무덤은 오랜 옛날부터 단군의 무덤으로 전해져 내려온 무덤이며 『신증동국여지승람』『강동지』『이조실록』에도 명백히 단군묘로 기록되어 있는 무덤이다. 그것이 이번 발굴에서 인정되었다. 그런데 단군릉에서 나온 뼈가 단군의 뼈가 맞는가. 새삼스럽게 이 문제가 제기되는 것은 그 무덤이 고구려 양식으로 되어 있기 때문이다. 고조선의 시조인 단군의 유골이 어떻게 되어 고구려 양식의 무덤에서 나왔는가 하는 문제가 제기되는 것이다.

단군릉이 고구려 무덤 양식으로 된 것은 고구려 때에 그 무덤을 개축한 사정과 관련된다. 고구려 사람들은 자기들을 고조선의 계승자로 자처하고 있었고 그러므로 허물어진 단군릉을 자기들의 무덤 양식으로 개건하였던 것이다.

강동에 단군릉이 있다는 사실은 단군이 죽은 곳이 평양이라는 것을 말해준다. 무덤을 고구려 때에 개축하였다 하여도 본래의 단군릉이 평양 부근에 있었던 것은 의심할 바 없다. 『삼국사기』의 「고구려본기高句麗本紀」 「동천왕東川王」에 "평양은 본시 선인 왕검이 살던 곳 혹은 왕의 도읍터 왕검이라고 이른다." 라고 씌어 있는데 선인 왕검이 단군을 가리키는 것임은 잘 알려져 있는 사실이다. 단군이 살던 곳이 평양이고 단군의 도읍터가 평양이었으며 그가 죽은 곳도 평양이었으니 지금의 그 위치에 단군의 무덤이 있었던 것은 당연한 일이라 하겠다.

도형은 북한 사회과학원에서 발표한 논문과 사진들을 들여다보면서 고개를 끄덕거리다가 갸웃거리다가 하였다. 그에 대한 고고학적 반론들이 많이 있었던 것이다. 실증과 해석의 양면성이 있었다. 그것도 당연한 일이다. 그럼에도 불구하고 북한의 주장은 너무도 단호하였다.

―……단군릉의 발굴과 단군의 유골 발견은 우리 고고학의 승리이며 나아가서 조선 민족의 큰 승리로 된다. 단군이 실재한 인물로 밝혀지고 단군조선 이래 조선 민족이 단일한 민족으로 문화를 발전시키면서 꿋꿋이 살아온 사실이 확증됨으로써 단군의 후예로서의 우리 민족의 긍지와 자부심은 더욱 더 높아지고 한 핏줄을 이은 7천만 동포들이 조국 통일의 성업을 이룩하는 길에서 더욱 굳게 뭉쳐 싸울 수 있게 되

었다. 우리 민족의 운명을 우려하는 북과 남, 해외의 모든 동포들을 정견과 신앙, 재산 유무의 차이를 초월하여 단군을 조상으로 하는 같은 민족이라는 물보다 진한 피의 동질성을 우선시하면서 외세에 의해 이 지구상에서 우리 민족만이 겪고 있는 분단의 비극을 조선 민족의 넋, 민족의 폭넓은 도량으로 끝장 내는 데 중요한 기여를 하게 될 것이다.……

4326(1993)년 10월 2일 북한사회과학원에서 발표한 「단군릉 발굴 보고」의 결론적인 부분이다. 한 핏줄 민족의 넋은 무엇이고 싸우고 끝장내는 것은 무엇인지 앞뒤가 맞지 않고 다시 머리가 혼란스러워지는 것이었다.

희연과도 얘기했지만 같은 민족이라는 동질성은 좋은데 아무래도 민족의 결집으로 외세에 대응한 역사와 같은 맥락으로 보여지지 않는 것이었다. 이상하였다. 뭔가 혼동이 되고…… 그것이 아닌 것 같았다.

머리가 복잡해졌다. 머리를 조금 식히기 위해 이것 저것 다른 자료를 뒤졌다.

서울대학교 종교문제연구소에서 단군의 연구와 자료를 모아놓은 책을 뒤적이다가 단군 관련 구전설화(口傳說話)에 머물렀다. 혼란스러운 뇌장을 씻기라도 하려는 듯이 읽어 내려갔다. 제목이 「단군」이다.

큰아부지가 해준 이야긴데요, 단군 이야기를 하갔시다. 옛날에 옛적에 사람이 밥 낭구서 밥 따서 먹구 옷 낭구서 옷을 따서 입구 살던 시절 말이에요. 그 시절에 단군 하라부지가 어떻게 탄생했느냐며는 하늘에서 떨어졌다고 할 수가 있갔지요.

인간이 하나 하눌서 떨어졌지요. 어디에 떨어졌는지는 몰라요. 떨어져 가지구 어디다가 의지해야(어떤 상대와 결합하여) 인간을 낳넌지 몰랐어요. 그 양반이 어떻게 생겼냐믄 이 양반으 신[男根]이 컸대요. 여순 닷 발이나 됐대요. 남정네덜 그거 큰 거 보고 예순 댓 발 수죄기 좆 겉다 왜 그런 말 하지 않아요. 그런 말 생긴 건 이 양반으 그것이 커서 생긴 말이래요. 어쨌든 이 양반으 그거이 컸넌데 어디다 지접을 해야 인간을 탄생시키갔구나 하구 예순 댓 발 수죄기 좆을 내둘렀대요. 내 두르넌데 호랑이도 마다 돼지도 마다 사슴도 마다 온갖 짐성이 다 마다드래요. 그런데 곰은 굴 속에 있다가 그 신을 받아들였대요. 그래서 난 거이 단군하라부지래요. 그리구 그담에 여우가 이거를 받아들였넌데 여우가 난 거이 기자래요. 그래서 단군 천 년 기자 천이천 년이라구 하넌 거여요.
곰이 난 거는 남자구 여우가 난 거는 여자래요. 남자는 곰이 났기 때문에 미런하대요. 왜 곰은 미런한 거라구 안 그래요? 여우는 깜찍하지 않습니까? 그래서 여우가 난 여자는 깜찍하구 여간만 여우질 잘 하지 안 해요. 그래서 남자는 미런하구 여자는 깜찍하게 생겼다넌 거여요. 여우는 그것이 무척 컸대요. 인간이 나올 적에는 거기서 서서 어적어적 걸어서 나왔대요.

4320(1987)년 2월 황해도 평산군 안성면 자암리 장보패張寶貝씨가 들려준 것이다. 임석재任晳宰의 『한국구전설화』 3 황해도편에 실려 있는 것을 옮겨놓은 것이다. 민속학을 전공하는 같은 대학 국문학과의 강교수가 그런 이야기를 어디서 읽었다고 술자리서 얘기했었는데 그것이 여기 있었던 것이다.

웃음이 터져 나왔다. 우습기만 한 것이 아니라 시사하는 바가 많았다. 사실과 맞고 틀리고 간에, 상징적인 의미소가 많이 담겨 있었다. 『삼국유사』에 인용된 『고기』(단군고기)를 읽는 것 같은 느낌이었다. 계속 배꼽을 쥐고 웃어대었다.

언제부턴가 그의 그런 모습을 서서 지켜보고 있는 사람이 있었다. 잠옷을 입고 있는 아내였다. 부스스한 모습으로 눈을 비비면서 그의 이상한 행동을 걱정스레 바라보던 아내는 도형의 책상 앞에 펼쳐진 무덤의 그림 유골의 사진들을 보고는 실색을 하여 부르짖는다.

"아니 당신 도대체 왜 이러는 거예요?"

그도 놀란다. 도굴을 하다 들킨 사람 같다.

"잠을 안 자고 있었오?"

"자다가 덜거럭거리는 소리에 깨었어요. 그런데 정말 왜 잠을 자지 않고 이러는 거예요? 도대체 이 그림과 사진들은 뭐예요?"

아내는 눈을 이상하게 뜨고 따지는 것이었다.

"아니 뭐가 어때서 그래요? 뭐가 잘 못 됐어요?"

도형은 그렇게 되물으면서 자신을 돌아보았다.

도무지 무덤 속에서 유골을 파내 놓은 듯한 자료들을 세상이 다 잠든 밤중에 혼자 들여다보고 고개를 끄덕거리고 있는 것에 대하여 얘기하는 것이었다. 아내가 놀랄 만도 하였다. 마구 어지럽게 펼쳐 놓은 책자와 팜플렛 스크랩 등 자료들이 책상과 방바닥에 두 켜 세 켜 쌓여 있었다. 책의 케이스들을 한 쪽 구석으로 잔뜩 밀어놓기도 하고 천정에 달린 형광등과 책상의 스탠드를 있는대로 다 밝혀 놓은 것도 모자라 손전등 렌턴까지 켜 들고 있다. 그러나 그 자체가 이상하고 정상적이 아닐지는 모르지만 거의 매일 있는 일이고 아내가 모처럼 심야에 그의 방을 들어와 본 것에 불과한 것이다. 황해도 구전설화를 보지 않기 다행이었다.

"하하하하…… 왜 잠이나 자지, 공부하는데 방해를 해요?"

도형은 웃으면서 불안한 자세로 서 있는 아내를 위로하였다.

"왜 대낮에는 뭘하고 초저녁에는 뭘하고 밤중에 이 야단이에요?"

"야단은 무슨 야단, 내 일이 그런 것 아니오? 낮에는 강의하고 저녁에는 토론하고, 밤에 말고 시간이 어디 있어요?"

그가 오히려 따졌다. 뭐 사실이 아닌 것도 아니지만 꼭 그래야 되는 것도 아니었다. 시간도 모르는 이 심야에 아무래도 정상은 아닌 것 같다.

"토론 좋아하시네. 술은 안 마시고요?"

"술을 안 마시면 토론이 되나!"

"여자는 어쩌고요?"

"그 얘기가 먼저 나와야지. 좌우간 나 떠메 가는 사람 없으니까 걱정 말고 가서 잠이나 자요."

"그래 잠은 언제 자요?"

"그게 문제요."

그 말에는 아내도 더 할 말이 없다. 거기에다 대고 그만 가서 같이 자자고 할 염치는 없다. 그 대신 커피를 더 끓여줄까 묻는다. 그리고 그냥 두라고 하였지만 꿀차를 타 가지고 갖다주고 간다. 그의 몸에는 술내가 풀풀 나고 있었던 것이다.

아내가 돌아가고 다시 책상에 앉았다. 왕조실록들을 뒤지기도 하고 원고를 쓰기도 하였다. 펜을 멈추고 구상을 하기도 하였다. 서서 자료들을 들여다 보기도 하고 책상에 앉아서 노트에 메모를 하다 원고로 연결하여 써나가기도 하였다. 원고는 연번호를 매겨 나가고, 고리만 만들면 들어갈 수 있도록 이야기를 구성하였다. 그것이 정말 소설이 될지 뭐가 될지는 모르지만 그런 대로 플롯이 짜여져 가는 것 같았다. 여러 가지로 펼친 의견들을 정리를 하는 것이다.

우선 북의 4326(1993)년의 단군릉의 발굴이나 4327년의 개건과 성역화가 어떤 의도에서였건 간에 능 그 자체가 조작된 것은 아니라는 것이다. 없던 것을 만들어낸 것이 아니라 그들의 말대로 개건하였던 것이다. 다시 세웠든지 어쨌든지. 글쎄 그런 표현이 북에서는 그슬릴지 모르지만 이상한 시각으로 보는 사람이 많은 것이 사실이다. 왕릉을 조작한 것으로 생각하는 사람들이 많았다. 그러나 왕릉이 갑자기 하늘에서 떨어져 내려온 것도 아니고 땅에서 솟아난 것도 아니었다. 단군릉은 원래 그 자리에 그대로 있었던 것이다. 적어도 일제 강점기인 4269(1936)년 수축공사를 할 때까지나 그것을 논의하기 시작한 4254(1921)년까지만 해도 그 자리에 있었고, 4119(1786)년 정조왕이 단군 묘를 봄 가을로 돌아보는 것을 제도화하도록 지시한 때도 그 자리에 있었으며, 그 이전 영조왕이 2차에 걸쳐 단군릉을 수리하고 제사 지내도록 평양감사에게 지시한 때도 물론 단군릉은 그 자리에 있었다. 그런 사실이 「정조실록」 「영조실록」에 기록되어 있는 것이다. 그 이전에 어떤 경로로 그것이 밝혀졌던 간에 그 기록은 우리가 신뢰할 수 있는 것이다. 그러면 단군릉의 주인공은 누구인가. 마흔 일곱 분의 단군 중 어느 분인가. 단군 왕검인가.

5세 단군 구을이 대박산에 묻혔다고 하였을 뿐인데, 거기에 대하여는 아무런 언급이 없다. 그것은 시조인 단군 왕검의 무덤이라고 하는 얘기이거나 단군이 한 분이라고 생각하고 있다는 얘기가 된다. 그러나 단군이 한 분이라고 생각하지 않고 있는 것은 그쪽(북한) 학자들의 논문을 보아서도 잘 알 수 있다.

사회과학원 역사연구소 고대사연구실장 강인숙(박사, 부교수)의 「고조선의 건국연대와 단군조선의 존재기간」의 말미를 보자.

－단군관계 비사들에서는 단군조선에 존재한 왕대를 47대로 전한다. 『규원사화』를 한 편으로 하고 『단기고사』 『단군세기』를 다른 편으로 하여 단군왕조의 역사를 서로 달리 전하고 있지만 47대 왕 이름만은 똑같이 전한 것은 이 두 부류의 사서들의 저본底本으로 된 사료 자체에 그렇게 되어 있었기 때문이었을 것이다. 이것은 47대 왕들에 대한 자료가 오랜 전승에 기초한 것임을 시사하여 준다. 실제로 『규원사화』에 의하면 47대 왕에 관한 자료가 발해 때 씌여진 『조대기』에 볼 수 있고 『조대기』 역시 조상 대대로 전해 내려온 자료들에 근거하였을 것임은 십분 추정할 수 있다. 그러므로 47대 왕은 단군조선에 실재한 왕들로 볼 수 있다.

〈단군 및 고조선에 관한 2차 학술발표〉 논문에서 밝히고 있다. 『한단고기』의 『단군세기』 『규원사화』 『단기고사』 등을 인정하고 있는 것이다. 위서로 보지 않고 있다는 것이다.

강인숙은 이러한 논리로 '단군은 실재한 인물이었다' 라는 논문을

〈통일일보〉(4326.7.3.)에 발표한 바도 있다. 그는 거기에서 한 발 더 나아가 실재로 있었던 왕대는 더 많았을 것으로 보고 있다.

-단군왕조에 47대 왕만이 있었다고 단정할 수는 없다. 그것은 이 왕조의 존속 기간에 47대 왕들만 있었다면 한 왕의 통치년간이 너무나도 길기 때문이다.

사회과학원 언어학연구소 연구사 유열(박사, 교수)의 〈단군 및 고조선에 관한 1차 학술발표〉 논문「우리 민족은 고조선 시기부터 고유한 민족문화를 가진 슬기로운 민족」에서도 이맥의『태백일사』북애자가 쓴『규원사화』를 인용하여 단군시기의 신시(신지) 글자는 우리 민족의 고유한 글자라고 입증하고 신지 글자와 훈민정음과의 관계를 풀고 있다. 역시 그러한 사서들이 인정되고 있음을 보여주고 있다.

단군릉을 도굴하고 단군 말살정책에 혈안이 되었던 일본에서 먼저 번역하여 화제가 되었던 것(『한단고기』)을 우리나라 학자들이 위서 운운하며 외면하는 것을 어떻게 봐야 할 것인가. 좌우간 단군릉의 주인은 누구란 말인가.

거기에 대하여는 분명히 밝히지 않고 있다.『단군세기』에 5세 단군 구을이 "붕어하시니 대박산에 묻혔다"고 하였고『단기고사』에 "강동에서 승하하시니 거기에 장사하였다"고 한 기록을 보지 못 하였을 리는 없지 않은가. 그리고 다른 어디에도 단군의 묘에 대한 기록은 찾아볼 수가 없지 않은가. 그럼에도 불구하고 그것을 무시하고 있는 것이다. 실제의 사항과 희망 사항을 희석하여 그냥 단군으로 한 것인가. 단군을 크게 부각할 의도가 있었다고 한다면 시각을 47 왕으로 분산시킬 필요가 없이 하나의 뚜렷한 단군이고자 했던 것인가. 또 단군릉이 여럿이 있으면 모르지만 우연히도 하나가 있는 데다가 유골을 가지고 연대 측정은 할 수 있다고 하더라도 그 주인을 찾을 수는 없지 않았겠는가. 의문의 안개는 가라앉지 않았다. 안개는 산 아래로 내려와 깔리었다. 정리한다는 것이 자꾸 펼치고 있었다. 그런 의도에 대하여 여러 가지 그림이 그려지는 것이었다. 남북이 분단되어 있고 단군릉은 거기의 수도 평양에 있어서 발굴을 한 것이고 거기의 정권을 잡고 있는 사람들이 개건을 하였다. 거대한 흰 돌무덤으로 단군릉을 부활시켰다. 역대 어느 왕보다 웅장하고 화려하게 능을 수축하였다. 어느 왕보다 앞선 시조의 능이다 보니 어느 능보다 크고 웅장할 필요가 있는 것이다. 단군은 평양에서 출생하여 이곳에서 나라를 세우고 나라를 다스리다가 승하하여 대박산 기슭에 묻혔다고 보는 것이 합당하다는 논리를 펴고 볼 때 더욱 그러하다. 「주체 방법론을 지침으로 하여 단군조선 역사를 체계화하는 데서 나서는 몇 가지 문제」를 〈단군 및 고조선에 관한 2차 학술발표〉의 서두에 제시한 사회과학원 원장 김석형의 논리이다. 경성제대 사학과를 졸업하고 경성사대(지금의 서울대학교 사범대학) 교수로 있다가 넘어가 김일성종합대학 역사학부 교수를 지낸 학자이다. 역시 무덤의 주인을 적시敵視하지는 못하였다. 안 하였다. 그는 단군과 고조선에 관한 기성 문헌기록의 대부분은 그릇된 사관에 의하여 씌어진 것이며 기성 견해들은 대체로 이러한 자료에 기초한 것이라고 하고 단군과 고조선의 역사를 주체적으로 체계화하기 위해서는 첫째 고조선의 건국연대와 왕조들을 바로 정해야 하고 둘째 단군의 출생지와 수도의 위치를 밝히는 것이며 셋째 고조선의 영역을 바로 확정하는 것이라고 하였다.

그리고 그것은 해내외 동포들 속에서 민족사 발전 과정을 옳게 인식하게 하고 전민족의 대단합을 이룩하며 조국통일을 촉진시키는 데 큰 의의를 가진다고 하였다. 그리고 이렇게 끝을 맺고 있다.

―우리는 주체의 역사관으로 더욱 튼튼히 무장하고 고조선의 역사를 풍부한 자료를 가지고 과학적으로 체계화함으로써 우리 민족의 유구성 단일성 선진성을 천재적으로 밝혀주신 어버이 수령님의 불멸의 업적을 빛내이며 우리의 위대한 령도자 김정일 장군님께 크나큰 기쁨을 드려야 할 것이다.

공을 누구에게 돌리고 표현을 어떻게 하였든 그것은 겉치레인 것이고 속을 꿰뚫어야 한다. 도형도 이제 그런 부분에 대하여 익숙해졌다. 냉정하게 핀세트로 그 핵심을 뽑아내면 된다. 알맹이 말이다.

그는 북에 갔을 때 김일성 뺏지를 단 학자들과의 대화를 떠올려보았다. 한 방에서 잔 학자들이었다.

"도대체 그게 뭐하는 거예요?"

"왜 어때서 그럽네까? 좋아보이지 않습네까?"

"좋아보이면 됐습니다."

모두들 그를 쳐다보고 있어서 우선 그렇게 임기응변을 하였다. 그러나 그는 아무래도 그들의 정서에 동의할 수가 없었다.

"그것을 따지기 전에 위대한 민족의 태양이시며 이 땅을 구원하신 어버이이시니 인민들의 가슴마다 그 빛을 달고 다니는 것은 당연한 일이 아닙네까?"

한마디 더 하였다가 그런 설명을 듣게 되었다.

"그렇게 생각되지 않으십네까?"

계속 그에게 묻고 있었다. 늘 같은 자리에 앉고 얘기를 많이 한 고대사 전공의 정국일 교수였다.

도형은 그들의 사정 심정을 이해하려고 노력하였다. 같은 동포인데 이해하지 못할 것이 무엇인가 싶었다. 기독교 신자들이 예수나 하느님을 섬기는 것과 같다고 보면 되었다. 그것이 그들의 풍속이었다. 다만 그것이 진심이며 자발적인 것이냐 하는 의문을 가지기는 했지만 산소를 마시고 살아야 하듯이 풍속과 현실을 딛고 살아야 하는 것이었다. 그러자 마음이 편하고 가슴이 열리었다. 알맹이가 중요한 것이었다. 정 교수는 또 말했다.

"3.8선이다 휴전선이다 하는 것은 껍데기이고 단군이다 민족이다 하는 것은 알맹이가 아니겠습네까?"

"네, 맞아요. 그래요."

"제 한아바지(할아버지)를 몰라보고 제 원 뿌리를 다 캐다 버려도 내 몰라라 하고 있는 것은 개도야지만도 못한 불학무식한 쌍놈들이 하는 짓거리디요."

"예 그렇고 말고요."

그는 고개를 끄덕거리며 얼굴을 돌리었다.

알맹이란 무엇인가. 핵심이란 무엇인가. 전민족의 대단합을 이룩하며 조국통일을 촉진시키는 것이다. 김석형의 논문에서는 '해내외 동포' 와 '전민족' 이라는 말을 구분해서 쓰고 있다. 해내海內란 나라(북한) 안을 말하는 것이고 전민족全民族이란 누구를 말하는 것인가. 남북 동포를 말하는 것이다. 남북 동포의 대단합이란 무엇을 말하는가. 그것은 조국의 통일을 말하는 것이다. 바로 그것이다. 그런데 뭐가 어떻게 되어 그게 아니라고 한다. 이제 동포가 아니고 적이라고 한다.

오랜 화두였다. 전민족의 해묵은 구호였다. 한맺힌 노래가 되고 꿈에도 그리는 우리 모두의 소원이었다. 그것을 가능하도록 해야 했다. 그 시나리오를 만들어야 했다.

아내가 서 있던 자리에 희연이 나타난다. 아내가 현실이라면 그녀는 환상이다. 집은 현실의 공간이고 술집은 환상의 공간이다.

현실의 공간과 의식의 공간이다. 소설의 공간이다. 희연의 얼굴이 그 공간에 확대되며 다가온다. 그녀와 소설을 쓰고 있는 것 같다고 하였다. 목우의 안목이다. 현실을 뛰어넘는 것이 소설이라고 하였다.

도형은 구상을 하며 쓰다 말고 그녀의 환영에 사로잡힌다. 희연의 존재는 그에게 무엇인가. 왜 이 자리에 그녀의 모습이 걸리는가. 아내와 대칭이라도 되는 것처럼.

그가 희연과 가까이 지나고 다른 사람이 염려를 할 정도로 자주 만나고 있는 것은 사실이다. 누구에게 내놓고 말할 수는 없었다. 취중의 실수라고는 하지만 그녀의 방, 그녀의 침대에까지 갔다. 거기서 어떻게 하였는가. 격의 없이 벽을 허물고 세속적인 시선을 초월해서 만나고 있었던 것이다. 공감을 살 수 있는 일인가. 그가 지금 희연에게 빠져 있는 것인가. 그가 흔들리고 있는 것인가. 그것은 아닌 것 같았다. 좌우간 의도적인 것은 아니었다. 술이 취하면 비틀거리는 것이다.

도형은 그녀의 환영을 지워버리려고 고개를 휘휘 내저었다. 하던 일을 계속 하여야 했다. 가던 길을 계속 가야 했다. 자료를 들추고 그것을 뜯어보고 또 원고지에 쓰기도 하였다. 그러나 자꾸만 그녀의 모습이 떠오르고 또 그에게 말을 걸어오고 있었다.

"죄송해요. 미안해요."

웃고 있다. 웃으면서 그를 끌고 어디론가 갔다.

"어디로 가는 거야?"

"호호호호…… 따라와 보세요. 호호호호……"

그녀는 웃으면서 자꾸만 끌고 갔다. 호젓한 풀밭이었다. 갈대꽃이 바람에 흔들리고 있었다. 그 너머 언덕을 달렸다. 숨이 찼다.

풀밭에 누웠다. 아까처럼 냉기와 이슬이 있는 풀밭이 아니고 포근하고 아늑한 풀밭이었다.

"호호호호……"

그녀가 웃으면서 옆에 누웠다.

이윽고 같이 뒹굴었다. 현실의 공간이 아니었다.

멀리 멀리 자꾸만 끌고 갔다. 아주 낯선 길이었다. 옛날 잃어버린 길 같기도 했다. 구름을 타고 바람을 타고 들을 가로지르고 내를 건너고 산을 넘고 끝없이 한없이 달려갔다.

도형은 마치 그녀에게 혼을 다 빼앗긴 것처럼 그녀가 끄는 대로 따라갔다. 얼마나 그녀의 손목에 잡혀 따라갔을까, 패랭이꽃이 언덕을 꽉 메운 동산이었다. 거기에서 또 하나의 희연이 걸어나오고 있었다. 너무도 꼭 같이 닮은 여인이었다. 그녀의 원본이 거기 있었다. 연희였다. 그는 이미 얼굴을 잃어버린 옛사람을 보듯 넋을 잃고 바라보고 있었다. 그 여인이 그에게로 다가오고 있었다. 그의 가슴 앞에 섰다.

도형은 깊은 설합 속에서 누렇게 색이 바래고 모서리가 다 부서진 원고 뭉치를 꺼내었다. 연희의 이야기를 쓴 것이었다. 소설이었다. 소설이라고 써본 것이다.
　희연 연희 두 여인이 그의 시야를 가로 막으며 번갈아 떠오르고 있었다. 두 소설의 주인공이었다. 피와 살과 바람이 모이고 흩어지는 삼각형이 그려지는 것이었다. 그 꼭지점에 그가 서 있었다.
　가랑잎 같은 종이에 잉크 색이 희미하게 그 형체를 유지하고 있는 원고를 뒤적뒤적하였다. 첫사랑의 기록이었다. 인생의 첫 시련을 담고 있었다. 연희와의 사랑과 좌절이었다. 연희는 그의 첫사랑이며 마지막 사랑이었다. 사랑이 무엇인지 모를 때의 이야기다. 그러나 그 뒤에 어떤 사랑도 존재하지 않았다. 계산만 있었고 현실만 있었다. 사랑이라고 할 수 있다면 오직 그녀뿐이었다. 희연은 그와의 관계를 추적하고 있는 것이다. 그녀에게 그것을 다 얘기해야 한다. 그것이 그녀와의 거리를 유지할 수 있는 방법이었다.
　그러기 위해서는 이 소설을 빨리 완성해야 한다. 아직 미완성이다. 원고를 한 장 한 장 넘기며 읽어본다. 이것을 희연에게 그냥 보여줄까. 그러나 이대로 보여줄 수는 없다. 너무 칙칙한 그림이다. 너무 치졸하게, 아니 허무하게 끝난 사랑이다. 다시 써야 한다.
　어느 것을 먼저 써야 할지 모르겠다. 지금 쓰고 있는, 라기보다 엮어나가고 있는 이야기를 위해서는 희연의 협력이 필요하고 그러기 위해서 이것을 먼저 완성시켜 보여주어야 하는데 그것이 가능하지 않았다. 아니 그 두 가지 다를 동시에 진행시키고 완성시켜 나가야 할 것 같았다. 그런 생각을 하면서 다시 그 화두와 시나리오로 돌아온다.
　그는 가까이 있는 목우를 불러내었다. 마치 그가 프로젝트를 맡은 책임 연구자인 것처럼 안案을 구체화하려 하였다. 아니 그 시나리오의 프로듀서처럼 출연자를 불러내고 콘티를 짜고 토론을 하였다. 남북학술회의를 해야 한다, 그러자면 남북접촉 신청을 내야 하고, 또 그러자면 요로에 줄을 대야 하고, 누구를 만나야 되고……. 어려운 문제들에 부딪쳤다. 설왕설래하다가 목우는 그 과정을 소설로 쓰라고 한다. 그것이 가장 쉽고 효과적인 방법이 아니겠느냐고 했다. 남북이 만나기는 어렵지 않으냐, 그 이전에 많은 사람들의 가슴에 감동을 안겨주는 드라마를 연출을 하라고 한다.

"지금까지의 이야기만으로도 충분해요."

처음 얘기하는 것은 아니지만 목우는 그를 이상하게 흥분시켰다.

"글쎄, 그럴까요? 그런데 도무지 자신이 없어요."

"이미 시작을 했잖아요?"

"그거야, 뭐 자료를 엮어놓은 것에 불과하지요."

"그거면 되는 거예요."

도형은 전화로 얘기하다가 만나자고 하였다. 여기 저기 전화를 걸어 물어보고 얘기하다가 목우와 의기투합이 된 것이다.

교수 식당에서 만났다. 저녁까지 기다릴 수가 없었다. 강의가 계속 있는 목우를 잠깐 불러내는 방법이었다.

"유교수가 써보면 어떨까? 쓰는 것이 문제가 아니고 감동을 주는 것이 문제가 아니겠어요?"

목우가 하던 말을 도로 돌려주며 도형이 말을 꺼냈다.

"시간이 많지 않으니까 음식부터 시키고 이야기합시다."

한 시간이 비고 계속 강의가 있었던 것이다. 설렁탕을 시켰다.

"그래 어떻게 하시겠습니까?"

"좌우간 좋은 얘기인데, 나는 내용을 잘 모르지 않아요?"

"얘기는 내가 해대면 되지 않아요?"

얘기가 그런 방향으로 나갔다. 사실 꼭 그런 것이 의도는 아니었는데 어떻게든 빨리 쓰고 싶었던 것이다.

"둘이 합작을 하자는 건가요?"

"정리한 노트와 자료들을 다 넘겨드릴게요. 필요한 것을 수시로 공급해드리고 토론도 하고……"
"플롯도 짜주시지."
"그러지요 뭐."
"그러느니 혼자 쓰는 게 낫잖아요?"
"글쎄 그러려고 하지만 자신이 없고 아무래도 잘될 것 같지 않아요."
"한선생이랑 합작을 해서 쓰면 되잖아요?"
"지금 그러고 있는 셈인데……"
"그러면 됐어요. 이교수가 쓰셔야지요."
이야기가 원점으로 돌아온 것이다. 목우의 제안으로 그동안 도형은 그 소설에 열을 올리고 있었고 희연을 거기에 자꾸 끌어넣었던 것이다.
"쓰는 거야 누가 쓰면 어때요?"
"그래요? 내가 써보고 싶은 욕망이 없어요?"
"나의 욕망은 그런 국가 사회의 실현입니다."
"물론 제가 써볼 수도 있습니다. 그러나 지금은 다른 것을 쓰고 있어요."
"유교수는 지금 우리에게 제일 급한 것이 무엇이라고 생각하십니까?"
"작가는 소방수가 아니에요."
목우는 어투가 이상했던지 다시 말했다.
"급한 불을 끄듯이 여기저기 호스를 들이대는 작가들도 있지요. 세 치짜리 고기 잡아다 달라면 세 치짜리 잡아다 주고 다섯 치짜리 잡아다 달라면 다섯 치짜리 잡아다 주고. 그러나 각자 자기가 쓰고 싶은 것이 있어요. 저도 별 건 아닌지 모르지만 제가 쓰고 싶은 것을 못 쓰고 미뤄 놓은 것이 많이 있어요. 해는 서산에 걸리고."
"아, 예."
도형은 거기에다 다른 말을 할 수가 없었다. 그가 너무 떼를 쓴 것 같기도 하고 면박을 당한 것 같기도 했다.

좌우간 얘기가 이상하게 발전되었다. 그가 바라는 것은 대필을 해달라는 것도 아니고 누가 대신 써주기를 바라는 것도 아니었다. 그가 쓰고 싶은 욕망이 없는 것도 아니었다. 꼭 무엇을 요구하는 것이 아니고 방법을 찾아보자는 것이었다. 목우의 방법이 그중 좋은 것 같아 그것을 확인하기 위해 불러낸 것이었다.

제일 먼저 희연에게 전화를 걸었지만, 여기 저기 전화로 얘기하던 가운데는 남북 학자들 그리고 세계 여러 나라에 박혀 있는 학자들의 글을 받아 책을 내라는 의견도 있었다. 『단군』『단군의 신화와 역사』『단군을 찾아서』등 북의 학자들 그리고 중국의 학자들의 논문을 실은 책도 있지 않느냐고. 그랬다. 그도 그 책들을 여러 번 인용하였고 매일 들여다보고 있기도 하였다. 좋은 의견이었다. 그러나 그것이 쉬운 일은 아니었다. 책을 내기도 쉽지 않지만 글을 받기가 쉬운 일이 아니었다. 국내도 아니고 외국의 학자들, 북한의 학자들의 글을 받는다는 것이 결코 쉬운 일이 아니다. 같은 동포인 북한은 세계 어느 나라 학자들보다 만나기도 어렵고 이야기하기도 어렵고 기록으로 남기는 글을 받기란 더욱 어려운 일이었다.

설렁탕이 다 식었다. 목우는 그의 표정을 살피면서 결론처럼 빨리 쓰라고 하였다. 잘 쓰는 것이 문제였다. 감동을 주는 것이 문제였다. 한희연과 같이 쓰라고도 하였다. 그녀의 보조를 받으라고 하였다.

"같이 쓰면 되잖아요? 집체작이라고 북에서는 많이 행해지고 있지요. 대학원 학생들도 참여시키고."

"그래요?"

도형이 되물었다. 묻는 것이 아니고 확인하는 것이었다. 합작이라는 말보다 호감이 갔다. 집체작.

확인을 다시 한 번 한 셈이었다.

"좌우간 알았어요. 다 써가지고 보여줄게요. 감동이 철철 흐르게 흔을 불어 넣어주세요."

"결국 그러면 집체작이 되는 건데, 하하하하……"

그렇게 다시 쓰기 시작하였다.

단군릉에서, 단군릉의 능침에 기대어서 단군의 의미를 생각한다. 지금 우리에게 단군이란 무엇인가. 남북의 공통분모는 무엇인가. 거기에 어떻게 다가갈 것인가.

거기서부터 출발하였다.

그 답을 내놓지는 않았다. 그것은 아직 찾지 못하였다. 단군릉에 기대어 그런 여러 가지 방법을 생각해보는 것이다. 그런 그림을 그려본 것이었다. 표지만 만들어 본 것이었다.

4천3백 년이 지난 뒤에 유골로 나타난 단군, 확실하지 않고 그 가능성만이라도 우리 앞에 떠오른 것은 우리를 깊은 잠에서 깨우는 계시인지 모른다. 여기가 아니고 북에서 말이다. 어떤 음모가 깃들여 있는지도 모르지만 그 걸 껍데기를 떠나 속 알맹이만 가지고 이야기를 하여야 할 것이다.

역시 답은 아니고 방법이며 수단이다. 답이 생각나는 대로 끼워 넣어도 될 것이다. 답은 저 뒤에 얘기를 마칠 때쯤에 나와도 될 것이다.

우선 그렇게 시작하여 천지개벽 단군세기 열왕기 등으로 이어나가는 것이다. 그런 이야기들은 그동안 늘어놓은 자료 일화들에 고리를 만들어 걸고 꿰미를 만들어 집어넣으면 되는 것이다. 앞으로 보내고 뒤로 보내고 빼어버리고 끼워넣고 하는 정리와 구성이 물론 앞서야 할 것이다. 또 혼을 사로잡는 문체, 문장력으로 점철되어야 할 것이다. 하지만 아직 쓰지 않은 이야기, 해석하지 못한 자료, 찾지 못한 자료, 확인되지 않은 자료들이 더 많았다. 그 작업이 선행되어야 할 것이다. 혼들림 없는 집념을 가지고 혼신의 힘을 다하면 어느 순간 그 모든 것들이 다 채워질지도 모른다. 그런 신기루 같은 신앙을 그는 믿고 있었다.

속 열왕기

묻혀진 왕들의 이야기를 어디까지 끄집어 내었던가. 단군릉에 대한 이야기를 하느라고 「열왕기」는 이어지지 못하였던 것이다. 5세 단군 구을의 붕어 대목에서 단군릉의 이야기로 빠졌던 것이다.

기록으로 보면 평양의 단군릉은 5대 구을의 능이다. 그러나 그것을 똑바로 밝혀 세우지 못하고, 아니 그러지 않고 있는 것이 현실다. 구을이 단군 중의 한 분이니 단군릉이 아닌 것은 아니다. 하나의 단군이 필요했던 것이다. 왜인가. 그것은 앞에서도 얘기했지만 또 더 밝혀 삽입하기로 하고 우선 단군 임금, 왕들의 역사를 다시 연결해 보자.

왕들의 이야기만 써놓은 것이 상고사의 줄거리다. 백성들은 풀이고 왕들은 거기에 그늘을 잔뜩 드리운 큰 느티나무였다. 아름드리 박달나무였다.

6세 단군 달문達門 7세 단군 한율翰栗 8세 단군 우서한于西翰……그렇게 단군세기 왕들의 행진이 이어지는데, 임자壬子 달문 35(284, B.C. 2049)년에 모든 한汗(임금)들을 모아놓고 한국桓國의 오훈五訓 신시神市의 오사五事를 통치 이념으로 펼치고 있다. 우리 사상의 뿌리이다.

한국에 오훈이 있고 신시에는 오사가 있다고『태백일사』「한국본기桓國本記」에서 말하고 있다.

오훈은 첫째 성실하고 믿음으로써 거짓이 없고, 둘째 공경 근면함으로써 게으르지 않으며, 셋째 효도 순종하여 어김이 없고, 네째 염치와 의리가 있고 음란치 않으며, 다섯째 겸손 화목하여 다투지 않는다는 것이었다.

그리고 오사의 우가牛加는 농사를 주관하고 마가馬加는 목숨을 주관하고 구가狗加는 형벌을 주관하며 저가猪加는 병을 주관하며 양가羊加(혹은 鷄加)는 선악을 관장하였다.

고조선의 벼슬 이름에 여섯 가축의 이름이 있어 중국인들이 괴이쩍게 생각한 고사가 있다. 그 내력은 잘 알 수 없으나 우리의 독특한 명명법命名法이었다. 어떻든 만조 백관이 자리한 가운데 왕은 옛부터 전하는 우리의 풍속을 따르라 하였다. 그것으로써 나라를 다스리는 기틀을 삼았고 만방의 백성은 이를 믿고 따랐던 것이다. 달문뿐이 아니겠지만 왕의 통치 철학은 전대 왕들의 신비스러운 전통을 지키는 것이었다.

오가의 무리는 모두 어려움을 참고 부지런하여 잘 배워 지닌 끝에 마음의 빛을 얻어 상서로운 일을 만들고 즐거움을 얻었다. 그것은 신앙이며 철학이었다.

천운이 가까왔음을 알았음인지 달문은 그것을 다짐하고자 하였던 것이다.

"대저 나와 함께 이를 약속하는 사람은 한국의 오훈 신시의 오사를 가지고 끝없이 지켜나갈 일로 삼는도다. 하늘에 제사하는 의식은 사람을 근본으로 삼고, 나라를 이루는 길은 먹는 것을 우선으로 하나니, 농사는 사람 사는 모든 일의 근본이요, 제사는 다섯 가르침의 근원이 되는 것이라."

왕은 또 모든 한汗들을 상춘常春에 모이게 하여 삼신을 구월산에 제사케 하였다. 상춘은 장춘長春이라는 설이 있다. 왕은 신지인 발리發理로 하여금 「서효사誓效詞」를 짓게 하여 위대한 왕업들을 글로 남기기도 하였다.

— 아침 해를 먼저 받는 동녘의 땅에 삼신께서 밝히 세상에 임하셨네. 한님께서 먼저 모습을 드러내시고 덕을 심으시니 넓고 깊게 하시

니라. 뭇 신들이 한웅을 보내고자 의논하니 조서를 받으사 처음으로 개천하셨네. 치우蚩尤는 청구에 우뚝 서 만고에 무력으로 명성을 떨치니, 회대淮岱 지방이 치우 천왕에게로 돌아오더라. 이에 천하는 능히 넘볼 수 없었더라. 왕검은 대명을 받아, 그의 환성懽聲은 구한九桓을 움직이더라. 어수魚水의 백성은 이에 되살아나고 바람결에 풀잎이 한결같이 나부끼듯 덕화德化는 새롭기만 하더라. 원한 있는 자 먼저 원한 풀고 병 있는 자 먼저 제거하며 한 마음으로 오직 어질고 효도함에 마음을 두시니, 사해四海는 모두 남김 없이 광명이 있어라. 진한眞韓은 나라 안을 진압하고 길을 다스리니 모든 것이 유신維新되리라. 모한慕韓은 왼쪽을 보필하고 번한番韓은 그 남쪽에 대비하여 험준한 바윗돌이 사방의 벽을 에워쌈과 같으니라. 성스러운 단군님께서 신경新京에 나아가심은 마치 저울 추 저울 그릇과 같음이라. 저울 그릇은 백아강白牙岡이요 저울 대는 소밀랑蘇密郞이라. 저울 추는 안덕향安德鄕이니 앞 뒤가 균형이 잡혀 평균을 유지하니라. 정사를 하매 70국을 항복시키고 길이 삼한三韓의 뜻을 간직하니라. 왕업은 일어났다가는 망하는 법, 홍폐를 함부로 말하지 말찌니라. 정성은 오직 천신을 섬기는 일이 있나니라.

「서효사」는 신라의 이두나 향찰 이전, 그보다 훨씬 앞선 시기인데 이렇듯 세련된 문맥이 어떻게 전승되었을까. 돌에 새겨져 전하는 것도 아니고, 신지 글[神誌文]이 있었다고 하지만 전하지 않는데, 다만 신지인 발리가 지었다고 하였다(神誌發理作). 이 글을 전하는 『단군세기』는 고려시대에 쎠어졌으므로 그동안 많은 곡절을 거쳐 전하여졌으리라 생각된다.

진한 번한 모한은 신한辰韓 번한番韓 막한莫韓 또는 말한[馬韓]이라고도 하는데 나래[韓]가 아니고 임금[汗]을 가리키는 것으로 그 중에 진한이 가장 격이 높은 상황上皇이었다. 신경은 장춘, 백아강은 하르빈 남쪽에 있는 완달산完達山의 아사달, 소밀랑은 길림성吉林省 영길현永吉縣 서남 발해국의 중경中京 현덕부치顯德府治, 안덕향安德鄕은 산동성山東省

능현陵縣의 안덕으로 추정되고 있다. 당시 강역의 지도를 그려놓고 있다.

물에 사는 물고기가 물을 따르듯, 풀이 바람 따라 나부끼듯, 서로 위하고 화합하여 겸손하게 자기를 낮추는 것으로 스스로의 힘을 길렀다. 어진 삶의 본이 여기 있었다. 우리의 뿌리는 이렇게 어질고 효성스러운 한마음이었다.

6세 단군 달문에 이어 양가羊加인 한율翰栗이 즉위했고 9세 단군 아술阿述에 이어 우가牛加인 노을魯乙이 10세 단군으로 즉위하였다. 또 그 태자인 도해道奚가 11세 단군으로 즉위하였다. 왕업을 잇는 것도 물 흐르듯 순리를 따랐다.

단제 도해는 경인庚寅 442(B.C. 1891)년 왕위에 오르자 오가에 명하여 장려壯麗한 대시전大始殿을 짓게 하였다. 거기에 한웅 천왕의 모습을 받들어 모셨다. 박달나무 밑 한화桓花 무궁화꽃 위에 앉아 있는 한웅은 영원한 불사신不死身이었다. 우주의 태양과 같았다.

단제 도해는 그보다 앞서 열 두 명산의 가장 뛰어난 곳을 골라 국선國仙의 소도蘇塗를 설치케 하였다. 그리고 그 둘레에 박달나무를 많이 심고 가장 큰 나무를 골라 한웅 천왕의 상像으로 모시고 제사를 지내며 웅상雄常이라고 이름하였다.

국선은 신라 때 화랑의 전국 사령관을 말하는 것으로, 이 때부터 화랑이 있었고 국선이 있었다는 얘기가 된다. 소도는 화랑이 모이는 곳 또는 회의 장소이다. 『삼국지三國志』「위지 동이전魏志東夷傳」에 소도에 대한 얘기가 나온다.

무리를 지어 노래하며 춤추며 술마시기를 밤낮 쉴 사이 없이 한다. 그 춤은 수십 인이 함께 일어나 서로 따르며 땅을 구르며 몸을 낮췄다 높였다 하며 손발이 서로 장단을 맞춘다. 절주節奏는 중국의 탁무鐸舞와 비슷한 데가 있다. 시월 농사일이 끝나면 역시 그렇게 한다. 귀신을 믿으며 국읍國邑으로 각각 한 사람씩을 세워 천신에 제사지내는 것을 주관케 한다. 이를 이름하여 천군天君이라 한다. 또 여러 나라에 각각 특별한 마을이 있는데 이를 소도라 한다. 큰 나무를 세우고 방울 북을 매어 달고 귀신을 섬긴다. 모든 도망자가 그 속에 들어가면 돌려주지 않는다. 침략을 즐기며 그 소도를 세우는 뜻은 부도와 비슷하니 행하는 바 선악에 차이가 있을 뿐이다.

그 특별한 마을 별읍別邑이 소도(수두, 솟대)이다. 특별구역이며 성역聖域이었다. 각종 의식의 거행은 이 신성지역에서 이루어졌던 것이다. 여기서의 천군은 국선이 아닌가 싶다. 국선의 지휘를 받는 화랑의 군무群舞를 상상해 본다. 가을 축제, 우리 신명의 옛 뿌리이다. 추수를 하고 농사의 풍작을 하늘에 감사하여 제사지내는 농경의례農耕儀禮였다. 이러한 제천祭天 의식은 농경문화의 정착 이래로 토착사회에서 이어져 내려오던 전통적인 습속이었다.

소도에서 보낸 작년 가을의 일이 떠오른다. 오늘의 소도를 만들어 놓은 삼성궁三聖宮에 갔었다. 단풍이 붉게 물든 두류산(지리산) 남쪽 기슭 삼신봉 아래, 경남 하동군 청암면 묵계리 청학동 텃골이었다. 구월산에 삼성사가 있었는데 그것은 일제에 의하여 뜯기어졌고 여기에 삼성궁을 만들어 놓았던 것이다. 매년 10월, '열린 하늘 큰 마당' 행사로 '청학단풍제' '개천대제'를 열고 있었다.

도형은 거기서의 기억을 떠올리다 다시 자료로 시선을 돌리었다.

12세 단군 아한阿漢 2년 무자戊子 500(B.C. 1833)년 가을 왕이 나라 안을 두루 순시하였는데 요하遼河의 남쪽에 이르자 순수관경巡狩管境의 비를 세워 역대 제왕의 이름을 새겨 이를 전하게 하였다.

14세 단군 고불古弗 6년 을유乙酉 617(B.C. 1716)년 큰 가뭄이 있어 왕이 몸소 하늘에 기도하자 큰 비가 수천리에 삼대처럼 내렸다.

고불의 기도는 참으로 간곡하기도 하였지만 하늘과 땅의 철리哲理를 꿰뚫고 있었다.

"하늘이 크다 하나 백성이 없으면 무엇에게 베풀 것이며 비는 기름지다 하나 곡식이 없으면 어찌 귀하리오. 백성이 하늘처럼 여기는 것은 곡식이며 하늘이 마음처럼 여기는 것은 사람이니 하늘과 사람은 일체일진대 하늘은 어찌하여 백성을 버리시나이까. 이제 비는 곡식을 기름지게 할지며 때 맞춰 구제하게 하소서."

하늘이라 한들 백성을 버릴 권리가 있지 않은 만큼 이를 거부할 수가 없었다. 즉각 비를 보내었다.

고불 56년 을해乙亥 673(B.C. 1660)년 관리를 사방에 보내어 호구戶口를 조사하니 총계 1억 8천만 구口였다.

"히야!"

그는 감탄의 소리를 질렀다. 숫자도 대단하지만 그것을 전하고 있는 기록이 정말 대견스러웠다. 조선 반도, 만주 지역, 지나 대륙에 분포되어 있는 인구의 총계가 그렇게 된다는 것 같은데 당시의 우리 국토의 넓이를 추정하게 하는 기록이다. 3656년 전의 인구가 지금 인구 7천만의 배도 넘는다.

과연 그런 것일까?

너무나 분명한 숫자의 기록에 오히려 의구심을 갖게 되었다. 기록 자체에 대한 불신이 이는 것이었다. 그러나 그것을 따질 것이 못 되었다. 그 넓은 땅덩어리를 남에게 다 내어준 것까지도 좋은데 조선 반도도 반으로 갈라 살고 있지 않은가. 산으로 가른 것도 아니고 강으로 가른 것도 아니었다. 그냥 씨줄[緯線]에 맞추어 금을 그어놓았다가 다시 피를 흘리며 싸우다 만 곳에 철조망을 쳐놓고 있는 것이다.

16세 단군 위나尉那 28년 무술戊戌 750(B.C. 1583)년 구한九桓의 한汗(王)들을 영고탑寧古塔에 모이게 하여 삼신상제三神上帝께 제사 지내고 한인 한웅 치우 왕검을 배향配享하였다. 닷새 동안 크게 백성과 더불어 잔치를 베풀었다. 불을 밝혀 경을 외우고 마당밟기를 하였다. 한쪽은 횃불을 나란히 하고 또 한쪽은 둥글게 모여 서로 춤을 추며 애한愛桓의 노래를 불렀다. 애한은 옛날 신에게 올리는 노래이다.

20세 단군 고홀固忽 11년 신미辛未 963(B.C. 1370)년 가을 하얀 태양이 무지개를 뚫었다.

무지개는 태양의 반대편에 걸리는 것인데, 참으로 기이하여 기록한 것 같다.

고홀 36년 병신丙申 988(B.C. 1345)년 영고탑을 개축하고 별궁을 지었다.

영고탑 얘기가 다시 나온다. 영고탑은 중국 길림성吉林省 영안현寧安縣에 위치하고 있다. 역시 당시의 강역을 읽을 수 있다.

고홀 40년 경자庚子 992(B.C. 1341)년에는 공공共工(직명)인 공홀工忽이 구한의 지도를 만들어 바쳤다.

지금 이 지도는 전해지지 않고 있다. 만일 이것이 전해진다면 우리 영토의 넓이를 말해 주는 지도가 되었을 테지만 그러나 그 자취를 찾을 수가 없다. 발해渤海 때 오경五京의 하나로 발해 유물의 보고寶庫인 영고탑이 우리의 땅임은 물론이고 바이칼 호수 동쪽의 전지역과 그 아래 남쪽으로는 양자강까지 그리고 북쪽으로는 티벳까지가 다 우리의 영토로 구한의 지도에 그려져 있었을 것이었다. 참으로 거대한 땅이며 무한히 넓은 강역이 아닌가.

21세 단군 소태蘇台 52년 을미乙未 1050(B.C. 1286)년 손자 색불루索弗婁를 우현왕右賢王에 임명하고 단제는 나라 안을 돌아보다가 남쪽에 있는 해성海城에 이르러 부로父老들을 모두 불러모아 하늘에 제를 지내고 노래와 춤을 즐겼다.

가무歌舞를 무척 즐긴 민족이었다. 그 가락과 춤 사위를 강강수월래나 쾌지나칭칭나네로 연결해 본다. 그건 그렇고 해성은 또 만주 요녕성遼寧省 안산鞍山의 서남에 현존하는 지역이다. 그런데 거기를 남쪽에 있는 곳이라고 하였다. 그 북쪽 위치를 생각해 볼 수 있다. 단군조선 강역의 지도는 중국대륙과 만주대륙을 달리고 있다.

아! 달려라 요동 칠백리 / 아! 뛰어라 오만리 벌판 / 형제여, 유토遺土

를 찾자 / 이것은 누구의 한숨인가……

삼성궁에서 읊던 싯귀가 생각난다. 작자도 잘 모르겠지만 그의 마음의 저 밑바닥에서 깔아앉아 꿈틀대고 있는 안개 같이 느껴지고 있었다.

어찌하여 / 우리는 뿌리를 잃고 여러 천 년을 방황하여 왔는가……

「겨레의 노래」라 했다. 옛 땅을 찾고 옛 뿌리를 찾자. 얼마나 가슴 설레는 글발인가.

〈그런데 그것을 어떻게 찾을 수가 있을까. 독도가 우리 땅이기 때문에 우리가 지키는 것처럼, 발해가 우리 땅이었으므로 우리가 지켜야겠다, 광개토왕릉비가 세워져 있는 만주벌을 우리가 찾겠다, 그럴 수가 없는가.〉

도형은 창문을 열었다. 그러나 눈을 지그시 감고 물어 보았다. 스스로에게 묻는 것이었다.

〈뭐가 어디서부터 잘 못 되기 시작한 것일까. 어디서부터 가닥을 잡아야 하는 것일까.〉

편년체로 엮어지는 단군시대의 전개와 함께 통일시대의 그림을 그리고 있었다. 얼마 전인가. 만주협약에 대해 집회를 갖고 모금을 하며 자료를 한 보따리씩 들고 다니던 지인들 투사들 생각이 난다. 「만주는 우리 땅이다」라는 책을 내고 강연을 하고 다니던 지인 얼굴도 떠오른다. 흐릿한 시야 저쪽으로 남녘 땅의 단풍제, 개천제, '열린 하늘 큰 마당' 이 떠오른다.

삼성궁이었다. 몇만 분의 1의 지도처럼 그 때의 광대한 강역을 축소하여 만들어놓았다. 그 지도를 따라가며 안내자가 설명을 하였다.

땅 가운데에 연못을 파 놓은 곳이 있었다. 거기에 걸쳐놓은 나무 다리를 타고 건너가게 되어 있었다.

"이것은 자유의 다리입니다. 그리고 저 위쪽은 만주 벌판으로 이어집니다."

머리를 길게 땋아 늘이고 도복道服을 입은 청년이 말하였다. 유도나

태권도 또는 검도의 복장 같은 것도 아니고 적절한 표현이 생각이 안 나지만 도인道人의 차림이었다. 그 옷차림이나 몸차림이 정말 고조선시대의 것인지 모른다.

도형이 우선 그것부터 궁금하여 물어보았다. 그러나 청년은 대답 대신, 여기서는 말을 하면 안 된다고 하였다. 신성한 지역이기 때문이라고 했다. 사진도 찍어서는 안 된다고 하였다.

말을 하지 말라니 그저 고개를 끄덕거릴 수밖에 없었다. 뒤에 안 일이지만 이 지도 모형의 땅 그리고 한인 한웅 단군 삼성을 모신 사당을 돌아 나가면 이야기도 할 수 있고 사진을 찍을 수도 있다는 것이다. 그리고 그 도인복 같은 옷-그 이름을 물어보지 못하였다-을 사진을 찍게 빌려주기도 한다는 것이었다.

도형은 고개를 끄덕거리면서 아기자기하게 꾸며 놓은 단군시대의 축도를 밟아나갔다. 마치 그것이 유토遺土를 찾는 의식이기라도 한 듯이. 만감이 교차하였다. 거기서 그렇게라도 우리 옛 땅을 밟아보게 되는 것이 다행이라고 생각하였다. 한숨을 짓고 지으며.

단군세기로 다시 돌아왔다.

23세 단군 아홀阿忽 원년 갑신甲申 1096(B.C. 1237)년 숙부인 고불가固弗加에게 명하여 이 낙랑골[樂浪忽]을 통치하도록 하였다. 다음 해에는 남국藍國의 임금 금달今達이 청구靑邱의 임금 구려句麗의 임금과 회합하고 몽고리蒙古里의 병력을 합쳐 가는 곳마다 은殷나라의 성책을 부수고 깊숙이 오지로 들어가 회대淮岱의 땅을 평정하고 포고씨蒲古氏를 엄淹에 영고씨寧古氏를 서徐에 방고씨邦古氏를 회淮에 각각 책봉하니 은나라 사람들이 우리의 위세를 바라보며 두려워하여 감히 접근하지 못하였다.

몽고리는 몽골, 엄은 산동성山東省 곡부曲阜, 서는 안휘성安徽省 사현泗縣의 북쪽 지역 또는 강소성江蘇省 동산현銅山縣을 말한다. 곡부는 공자의 고향이다. 그러면 공자도 단국인인가. 백이伯夷와 숙제叔齊 형제도 동해의 해변가에 와서 밭갈고 씨뿌리며 살지 않았던가. 21세 단제 소태 52년에였다. 거기서의 동해빈東海濱은 발해만이나 요동만을 가리키는 것이지만, 그렇다 하더라도 단군의 땅이 아닌가.

은나라 말에서 주周나라 초기의 중국의 성인聖人 백이 숙제는 고죽국孤竹國(지금의 河北省)의 왕자였다. 부왕이 죽으면서 유언으로 아우인 숙제에게 왕위를 물리겠다고 하였다. 숙제는 형 백이를 두고 왕이 될 수 없다고 하였다. 형은 또 부왕의 유지를 어길 수 없기 때문에 왕이 될 수 없다고 하였다. 서로 사양하던 끝에 형제는 고국을 떠나 주나라 문왕文王을 찾았으나 그는 이미 죽었고 그의 아들 무왕武王은 선왕의 위패를 싣고 은나라 왕을 치려 하였다. 이것을 본 백이 숙제는 무왕이 도덕에 어긋난다는 것을 설명하였으나 듣지 아니하였다. 백이와 숙제는 주왕에게 녹을 먹는 것은 부끄러운 일이라 하여 수양산首陽山(현재의 산서성)으로 들어갔다. 그 나라 땅에서 나는 곡식도 먹기 싫어 산 속에서 고사리를 캐어먹다가 굶어서 죽었다.

공자와 사마천이 전하는 이야기이다. 이 이야기에서는 약간의 시공간의 차이가 발견된다. 주나라 초기를 1233(B.C. 1100)년 경으로 볼 때 21세 단군 소태 52년 을미乙未 1047(B.C. 1286)년과 시간상으로 거리가 있으며 하북성의 동해 가와 산서성의 수양산은 지리상으로 거리가 벌어진다. 그러나 『단군세기』의 저자는 백이와 숙제가 동해 가에 와서 살았다고 쓰고 있다. 『단기고사』도 소태 13년에, 동해빈東海濱에 역사力士가 있었는데 키가 아홉자나 되고 천 사람의 힘을 가졌다 하여 임금께서 사람을 시켜 불러다가 수변장守邊將을 삼으니 그 이름을 절인적絶人跡이라 불렀다고 하였는데, 동해 가[東海濱]라는 지역이 여기서도 등장하고 있고, 그곳은 국내 영토라는 얘기가 되는 것이다. 그렇게 볼 때, 백이 숙제는 자신들의 나라 안에서 나는 것을 먹지 않고 국경을 넘어와 단군의 땅, 조선 땅에서 스스로 땅을 일구어 연명을 하였던 것이고 뒷날 성삼문成三問은, 수양산 바라보며 이제夷齊를 한하노라……하고,

백이 숙제보다 굳은 절개로 수양대군首陽大君을 거부하였던 것이다.

25세 단군 솔나率那 47년 정유丁酉 1229(B.C. 1104)년 단제는 상소도上蘇塗에서 머물면서 예로부터 전하여 오는 의례를 강론하다가 대신들에게 물었다.

"영신佞臣과 직신直臣을 어떻게 구분하는고?"

삼랑三郞 홍운성洪雲性이 나서며 아뢰었다.

"이치를 지켜 굽히지 않는 자는 직신이옵고 위세를 두려워하여 굽혀 복종하는 자는 영신이옵니다. 임금은 근원이요 신하는 흘러가는 물입니다. 근원이 이미 흐렸으면 그 흐름이 맑기를 구하여도 안 되는 일이므로 임금이 성인으로 된 후라야 신하가 바른 법입니다."

"옳은 말인지고."

단제 솔라는 고개를 끄덕이었다.

백이 숙제 같은 성인을 생각하여서인가.

〈이 땅에 성인이 있는가. 성군이 있고 직신이 있는가. 백이 숙제 같은 사람은 없다 하더라도 성삼문 같은 사람은 없다 하더라도 만인이 추앙하는 반듯한 사람이 있는가. 과거에나 있고 역사에나 있는 것인가. 임금이란 요즘의 대통령인가. 신하란 요즘의 누구인가. 나는 누구인가. 우리는 누구인가.〉

도형은 이야기를 엮어나가다가 혼자 중얼거렸다. 흐릿해진 안경에 낀 김을 닦았다.

단풍에 물든 소도 사진이 책장에 세워져 있다. 지난 해 청학동 삼성궁에서 찍은 것이다.

"먼 옛날 소도를 복원한 배달민족의 본향本鄕입니다."

머리를 길게 뒤로 늘어뜨리고 아직 까만 턱수염을 길게 기른 선사가 굵은 알의 염주를 만지작거리면서 말하였다.

곳곳에 돌무더기를 쌓아올리고 그 위에 고사목이나 깎아 세운 돌, 여러 가지 동물 모양을 한 돌을 올려놓거나 흙으로 빚은 병과 단지를 얹어놓았다. 긴 장대 꼭대기에 세 갈래로 된 나뭇가지 위에 새를 조각하여 올려놓은 것도 있고 용이나 봉황을 그리거나 새겨서 붉은 칠을 한 것도 있다. 각가지 모양의 소도들에서 느낄 수 있는 것은 신성함이었다. 성역聖域을 느끼게 해주었다. 그랬다. 성역에 성인이 살고 있는지 몰랐다.

"단풍나무는 지조와 절개를 상징하는 나무지요. 배달국 시대에 치우蚩尤천왕이 중원으로 들어가 화산족과 대전을 일으킬 때 그의 동생 치우시가 적왕 헌원軒遠에게 붙잡혀 청을 거절하고 절개를 지키다가 죽어 단풍나무가 되었다고 하지요."

선사가 다시 설명하였다.

단풍나무 잎이 붉은 빛을 토해내고 있었다.

26세 단군 추로鄒魯 원년 기묘己卯 1271(B.C. 1062)년 가을 백악산 계곡에 흰 사슴 200마리가 무리 지어 와서 뛰놀았다.

27세 단군 두밀豆密 원년 갑신甲申 1336(B.C. 997)년 천해天海의 물이 넘쳐 아란산阿蘭山이 무너졌다.

28세 단군 해모奚牟 11년 경신庚申 1372(B.C. 961)년 4월 태풍이 크게 일어 폭우가 내리니 땅 위에 물고기가 쏟아져 내렸다.

29세 단군 마휴摩休 8년 을유乙酉 1397(B.C. 936)년 여름 지진이 일었다.

31세 단군 등올登屼 16년 임인壬寅 1474(B.C. 859)년 봉황이 백악에서 울고 기린이 상원上苑에서 노닐었다.

이변들 속에 환상적인 낙원의 그림이 그려졌다.

백악산을 달리는 흰 사슴의 무리, 기린이 노닐고 있는 상원, 그 원시의 계곡과 초야가 그려지고 봉황이 훨 훨 날아다니다 오색이 찬란한 날개를 접고 오음五音의 소리로 노래부르고 있는 모습이 떠오른다.

봉황의 생김새는 문헌에 따라 조금씩 다르게 묘사되어 있다. 『설문해자說文解字』에는 봉의 앞 부분은 기러기, 뒤는 기린, 뱀의 목, 물고기의 꼬리, 황새의 이마, 원앙새의 깃, 용의 무늬, 호랑이의 등, 제비의 턱, 닭의 부리를 가졌으며 오색五色을 갖추고 있다고 하였다.『악집도樂汁圖』에는 닭의 머리와 제비의 부리, 뱀의 머리와 용의 몸, 기린의 날개와 물고기의 꼬리를 가진 동물이라고 하였고『주서周書』에는 봉의 형체가 닭과 비슷하고 뱀의 머리에 물고기의 꼬리를 가졌다고 하였다.

수컷은 봉이며 암컷은 황이다. 그래 봉황인 것이다. 봉황은 동방 군자의 나라에 나와서 사해四海의 밖을 날며, 이 새가 세상에 나타났다 하면 천하가 크게 안녕하다고 하였다. 그래서 봉황은 성천자聖天子의 상징이었다. 한유韓愈의 「송하견서送何堅序」에는 "내가 듣기로 새 중에 봉황이라는 것이 있는데 항상 도道가 있는 나라에 출현한다." 고 했다. 그도 봉황을 보지는 못 하였던 것이다. 우리 나라에도 봉황은 성군聖君의 덕치德治를 상징하는 의미로 인식되었다. 윤회尹淮의 「봉황음鳳凰吟」은 조선 왕가王家의 태평을 기원하는 송축가頌祝歌이며 「세종실록」에 실린 봉래의鳳來儀는 궁중무용으로서 조선왕조의 궁중에서 「용비어천가龍飛御天歌」를 부르며 추던 춤이었다.

노래와 춤 만 있었지 봉황은 나타나지 않았던 것이다. 지금까지 가령 대통령이 앉은 뒤 배경이라든가 의자의 등받이의 그림으로 존재하고 있을 뿐이며 봉황의 문양文樣이 건축 공예 등에 쓰이고 있을 뿐이다. 성군이 나타나지 않았던 것이다.

그 때 정말 봉황이 백악에 날개를 접고 내렸던 것인가.

글쎄 어떻든 백악은 백악산 아사달이며 천해는 바이칼 호수라고 했다.

그는 신비로운 생각에 젖으며 다시 기록으로 연결하였다.

32세 단군 추밀鄒密 12년 계해癸亥 1495(B.C. 838)년에 초楚나라 대부 이문기李文起가 조정에 들어와 벼슬을 하였다.

33세 단군 감물甘勿 2년 계미癸未 1515(B.C. 818)년 주나라 사람이 와서 호랑이와 코끼리 가죽을 바쳤다.

단군시대 배달국의 위상을 엿볼 수 있는 대목들이었다. 29세 단군 마휴 원년 무인戊寅 1390(B.C. 943)에도 주나라 사람이 공물貢物을 바쳤다고 하였고, 주변국에서 공물을 바친 기록이 그 이전부터 많이 있었다.

28세 단군 해모 18년 정묘丁卯 1379(B.C. 954)년에 빙해氷海의 여러 왕[諸汗]들이 공물을 바쳤다.

30세 단군 내휴奈休 5년 병진丙辰 1428(B.C. 905)년 흉노凶奴가 공물을 바쳤다.

32세 단군 추밀鄒密 3년 갑인甲寅 1486(B.C. 847)년 선비산鮮卑山의 추장 문고們古가 공물을 바쳤다.

선비산은 선비족의 발상지이며 선비족은 터키족이라는 설이 있다. 동호족東胡族의 후예이다. 흉노족과 흥망을 같이 하였다. 빙해는 어디인가. 어떻든 당시의 국제 외교관계에 있어서의 입지를 잘 이야기해 주고 있다.

36세 단군 매륵買勒 52년 무진戊辰 1680(B.C. 653)년에는 병력을 보내어 수유須臾의 군대와 함께 연燕나라를 정벌케 하였다. 이에 연나라 사람이 제齊나라에 위급함을 알리다 제나라 사람들이 크게 일어나 고죽孤竹에 쳐들어왔는데 우리의 복병에 걸려서 싸워보았지만 이기지 못하고 화해를 구걸하고 물러갔다.

수유는 기자조선箕子朝鮮을 가리킨다. 옛 사람들은 기자조선을 수유라고 표현해 왔다. 잠간 있은 나라라는 뜻인가. 우월한 군사력 국력을 말해주는 기록도 많이 있다. 그 전후의 기록을 조금 더 보자.

33세 단군 감물甘勿 때의 공물 이야기를 했었지만, 감물 7년 무자戊子 1510(B.C. 823)년에는 영고탑 서문밖 감물산甘勿山 밑에 한인 한웅 단군을 모시는 삼성사를 짓고 제사를 지내며 맹세의 글을 올리었다.

―삼성의 존귀하심은 신과 더불어 그 공이 같으며 삼신의 덕은 성인에 의해 더욱 크시어라. 빈 것과 큰 것은 한 몸이고 하나는 또 모두와

한 가지로 같음이라. 지혜와 삶을 함께 닦고 모습과 얼을 함께 넓힌다면 참된 가르침이 이에 서고 믿음이 오래 갈 것을 보이는 이치라……
하나를 잡으면 셋을 포함하고 셋을 합쳐서 하나로 돌아오네. 크게 하늘 가르침을 펴시고 영세토록 법으로 삼으리라.

34세 단군 오루문奧婁門 원년 병오丙午 1538(B.C. 795)년 가을의 일이다. 오곡이 풍성하게 익었다. 백성들 모두 기뻐하며 도리가兜里歌를 불렀다.

하늘에는 아침해 / 맑은 빛 내려비추고 / 나라엔 어진 이 / 큰 가르침 널리 내려와 / 큰나라 배달나라 / 사람마다 마음 편하고 / 밝고 밝은 노래 속에 / 끝없이 태평하라

태평성대太平聖代였다. 삼성三聖과 삼신三神이 공존하는 제정帝政일치 시대의 덕德과 법法, 그 때의 춤과 신명 속에 나라를 다스리는 왕의 모습이 떠오른다. 왕은 신이었다. 그에게 충성을 하기 위해 가슴에 뺏지 같은 것을 달지 않아도 되었으며 요란한 경호가 필요한 것도 아니었다. 그것을 날개 달린 기린이나 오색의 봉황이 지켜주었던 것이다. 봉황이 상상으로가 아니고 현실일 때의 이야기였다.

백성 중에 남의 물건을 훔친 사람이 있었다. 응가鷹加가 그를 다스리며 왕께 아뢰었다.

"작은 뱀이 바닷물 전체를 쉽게 흐리게 할 수 있듯이 지금 사람을 가르치지 않으면 세상의 덕이 쇠퇴하고 나라가 어지러워질 것입니다."

단군 오루문이 이 말을 듣고 말하였다.

"백성의 행실은 물이 흐르는 것과 같아서 윗물이 맑아야 아랫물도 맑아지는 법인데 이는 내 덕이 모자라기 때문이니라. 우리 황조께서 나라의 기틀을 잡은 지 천 년이 지나는 동안 나라에 큰 어려움이 없었으며 백성 또한 큰 원망이 없었거늘, 지금 이런 범법이 있으니 내가 선조들의 대업을 무너뜨릴까 두렵도다."

오루문은 선군善君의 덕德을 크게 닦았다. 이렇게 되니 범법하는 자가 감화되어 죄에 물드는 자가 없었다.

『단군기』 오루문 대목에 쓰고 있다.

덕이란 무엇인가. 도형은 이날 이때까지 덕의 의미를 확실히 알지 못하고 있다. 큰 덕, 덕 덕이라고 되어 있는 한자의 뜻을 잘 알지도 못할 뿐 아니라 그 외에 아는 것이 없다. 학생들이 물을 때 가령 도道를 행하여 체득한 품성이라느니, 고상한 정신도덕적 품성이라느니 하고 설명을 하기도 하였지만 그것은 자신도 잘 모르고 한 말이었다. 가끔 주례를 설 때 그는 말한다. 덕이 전무한 소생이…… 과연 그에게 덕이 있는가. 요즘 시대에 덕이 있는가. 임금은 오늘날의 대통령인가. 국민 인민은 백성인가. 나는 백성인가. 백성의 도리를 다하고 있는가.

자꾸만 현실로 돌아왔다. 다시 기록으로 눈을 돌린다. 『단군세기』이다.

오루문 10년 을묘乙卯 1547(B.C. 786)년 두 개의 태양이 나란히 뜨더니 마침내 누런 안개가 사방에 그득했다.

두개의 태양이 하늘에 걸리었다. 태양은 물론 하나가 아니고 수없이 많다. 많은 태양계와 은하계가 있다. 그러나 한 하늘에 두 개의 태양이 걸리는 것은 천체의 이변이 아닐 수 없었다. 그래, 도리가를 지어 부른 것인가. 신라 경덕왕 19년 4월에도 해가 둘이 떠서 월명사月明師가「도솔가兜率歌」를 지어 불렀다고 되어 있다.

「도솔가」를 지어 부르자 하늘에 태양이 둘 나타난 괴변이 없어졌다고 하였다.

오늘 이에 산화 불러(今日此矣散花唱良) / 뿌린 꽃이여 너는(巴寶白乎隱花良汝隱) / 곧은 마음의 명 받아(直等隱心音矣命叱使以惡只) / 미륵 좌주 되셔라(彌勒座主陪立羅良)

이 노래를 김동욱金東旭은 미륵청불彌勒請佛의 불교가요로 보고, 김열규金烈圭는 구지가龜旨歌와 같은 주사呪詞 양식으로 보았다.

「도리가」와 「도솔가」는 어떤 연관을 갖는 것일까. 그러면 그 때 오루문 시대에도 「도리가」를 불러 변괴를 물리친 것인가. 그에 대한 기록은 없으니 알 수가 없고 신라 경덕왕 때의 기록으로 미루어 짐작해 본다. 두 개의 태양을 천상계와 인간계의 대응관념으로 보았을 때, 해는 곧 왕에 대응되고, 하늘의 두 해 중 하나는 왕에 도전할 세력의 출현을 예보해 주는 것이라 할 수 있으며, 왕권에 도전하려는 세력들에 의한 사회적 혼란을 조정하기 위하여 불려진 노래가 「도솔가」였던 것이다. 불교적 의식인 산화공덕散花功德의 노래로의 연결이 어렵다면 월명사의 「도솔가」 훨씬 이전의 신라 유리왕 때 작자 미상의 「도솔가」로 연결해 볼 수도 있을 것이다.

어떻든 아직은 왕권이 건재하고 승승장구의 행진을 계속하고 있었지만 두 개의 태양이 예보하는 위기가 동시에 다가오고 있었는지 모른다.

35세 단군 사벌沙伐 50년 무오戊午 1610(B.C. 723)년 왕은 언파불합彦波弗哈 장군을 보내어 바다의 웅습熊襲을 평정하였다.

36세 단군 매륵買勒 38년 갑인甲寅 1666(B.C. 667)년 협야후배반명陜野候裵幋命을 보내어 바다의 도적을 토벌케 하였다. 12월 삼도三島가 모두 평정되었다.

언파불합은 『일본서기日本書紀』에 보이는 우가야후끼[鵜茸草茸] 아헤즈노미꼬또[不合尊]이다. 신무천왕神武天王의 아버지이다. 협야후배반명은 니기하야히노미꼬도를 말하는데 진국과 부여의 조상에 해당된다. 3세 단군 가륵 때에 협야노陜野奴(일명 협야후배반명)라는 자가 바다로 도망쳐 삼도에 웅거하며 스스로 왕이라 칭했다는 기록이 있는데 무대는 같고 시대의 차이가 있다. 웅습은 '구마'로 규우슈 지방의 이름이다. 삼도는 일본 열도를 가리키는 것이다. 이러한 사실들은 우리 조상들이 일본으로 건너가 나라를 평정하고 그들의 조상이 되었다는 얘기를 해주고 있는 것이다.

43세 단군 물리勿理 36년 을묘乙卯 1907(B.C. 426)년 장당경藏唐京(지금의 티벳)을 점령하였다.

44세 단군 구물丘勿 원년 병진丙辰 1908(B.C. 425)년 장당경에서 대승리를 한 구물이 즉위하였다.

나라 이름을 대부여大夫餘라고 바꾸고 해성海城을 개축하여 평양이라 불렀다.

해성은 중국 요녕성에 있다. 여기서의 평양도 요녕성 해성에 위치하고 있음을 말하고 있다.

국호를 대부여라 함과 동시에 삼한三韓을 삼조선三朝鮮이라고 하였다. 이로부터 삼조선은 단군을 받들어 모시고 통치를 받기는 했지만 전쟁의 권한[和戰之權]은 단군 한 사람에게만 있지 않았다. 왕권이 흔들리고 있었다. 예보가 현실이 되고 있었다.

45세 단군 여루余婁 원년 을유乙酉 1937(B.C. 396)년 장령長嶺의 낭산浪山(중국 길림성 영길현 동쪽 산)에 성을 쌓았다.

여루 54년 무인戊寅 1990(B.C. 343)년 연나라가 해마다 침범해 오더니 사신을 보내 화해를 청하므로 받아들이고 조양造陽(만주 열하성 凌源縣 大凌河의 서북쪽)으로 서쪽 경계를 삼았다.

역시 당시 강토의 지도를 그려 보여주고 있었다. 그런 대목이 한 두 군데가 아니었지만, 고조선의 강역은 중국 대륙 곳곳으로 뻗어 있었다. 말을 달려 활을 쏘는 데까지 영토가 되었다. 그러나 계속 그렇게 뻗어 나갈 수만은 없었고 많은 도전과 분쟁이 있었다.

46세 단군 보을普乙 원년 경진庚辰 1992(B.C. 341)년 번조선番朝鮮 왕 해인解仁이 연나라가 보낸 자객에게 시해 당하자 오가가 다투어 일어났다.

보을 19년 무술戊戌 2010(B.C. 323)년 읍차邑借(관명) 기후箕詡가 병력을 이끌고 입궁하여 스스로 번조선 왕이라 하고 사람을 보내어 윤허를 구하므로 단제는 이를 허락하고 연나라를 굳게 방비하도록 하였다.

보을 46년 을축乙丑 2037년(B.C. 296)년 한개韓介가 수유의 군대를 이끌고 궁궐을 침범하여 스스로 왕이 되려 하여 상장上將 고열가高列加가 의병을 일으켜 이를 격파하였다.

부침이 심하고 정정政情이 혼미해졌다. 단제의 세력은 날로 쇠퇴하여 국권이 흔들리고 국세國勢가 매우 약해져 힘을 쓸 수가 없었다. 그런 상황에서 명을 다한 보을은 후사後嗣도 없었다.

고열가는 43세 단군 물리의 현손이었다. 민중의 사랑을 받고 있기도 하였다. 또 큰 공도 세웠다. 그리하여 병인丙寅 2038(B.C. 295)년 47세 단군으로 추대되기에 이르렀다.

왕손의 혈통도 중요했다. 그러나 민중의 사랑이 있어야 했고 강한 힘으로 물리친 전공戰功이 주효했던 것이다. 힘이 있어야 했다. 왕들의 역사는 힘의 역사였다. 벌들의 세계, 여왕봉과 같았다.

도형은 단군세기 왕들의 면면들을 되새겨보면서 생각하였다.

〈시대가 바뀌고 세기가 바뀌어 가고 있는 것이다.〉

펄펄 나는 힘에 의해서 왕권을 잡기는 했지만 무언가 한 세기가 바뀌어감을 예고하고 있었다.

14년 동안 왕업을 착실히 닦은 고열가는 기묘己卯 2051(B.C. 282)년 단군왕검檀君王儉의 묘廟를 백악산에 세우고 유사有司에게 명을 내려 사철 제를 지내게 하였다. 그리고 왕도 1년에 한 번 친히 제사를 지냈다.

묘는 사당으로 조상의 신주를 모신 곳이다. 단군왕검묘에 대한 얘기는 또 처음 등장한 것이다. 마지막 단군 때에 와서. 백악산은 아사달과 같이 등장하는 산이다. 아사달은 평양, 백두산, 하얼빈의 완달산 등으로 보고 있고.

고열가 57년 임술壬戌 2094(B.C. 239)년 해모수解慕漱가 웅심산熊心山을 내려와 군대를 일으켰다. 그의 선조는 고리국藁離國 사람이었다.

고리국은 현재 몽고 내륙, 부여국의 모체가 되는 나라이다. 몽고과학원 어문학연구소 연구원 베 수미야바아타르(전 단국대 교수)는 그의 『

몽고와 한국 민족의 기원과 언어관계 연구』에 쓰고 있다.

『삼국유사』의 북부여 건국 장소로 되어 있는 흘승골訖昇骨은 몽고의 할힌골 강이며 고구려 건국기에 나오는 비류沸流는 몽골의 브이르 호수를 나타낸 말이다. 몽골족의 한 파인 부리아트 사람들은 지금도 그들 스스로를 코리라고 부르고 있다. 부여는 북위 43~45도 동경 115~120도 지역에 걸친 현재의 몽골 지역에 건설되고 그보다 먼저의 코리 역시 몽골에서 건설된 나라이다.

광개토대왕 비문에도 북부여가 몽고 지역에서 건국했다는 사실이 확인된다.

몽골의 동북부 시베리아의 치타와 바이칼 호 사이에 브리아트 자치공화국이 있고 브리아트 코리족이 살고 있다. 그 중의 대다수가 코리족이다.

흥안령 산맥 서부지역으로 흘러내려가는 할힌골(할하)강과 흘승골의 연결, 비류와 브이르 호의 연결은 무리이며 부여와 브이르의 연결이 오히려 설득력이 있다는 주장도 있다.

코리, 고리는 몽골에 건설된 나라였다. 해모수의 선조의 나라 고리는 어느 나라인가. 몽고인가. 한국인가.

어떻든 예고된 날이 닥치었다. 세력이 날로 위축되어가고 나라가 쇠퇴 일로를 걷던 고열가 58년 계해癸亥 2096(B.C. 238)년 3월이었다.

하늘에 제사를 지내고 단제 고열가는 오가들 앞에서 말하였다.

"이제 왕도는 쇠미하고 여러 왕들이 힘을 다투고 있도다. 어진 이를 불러서 무마시킬 방책도 없고 백성들도 흩어지니, 그대들은 어질고 좋은 사람을 찾아 추대하도록 하라."

그리고 단제 고열가는 옥문을 열어 죄수들을 돌려보내도록 한 후 왕위를 버리고 산으로 들어갔다. 입산수도하여 신선이 되었다.

마지막 단군의 모습이다. 하늘에서 내려왔다가 다시 하늘로 올라간 것인가. 아사달에 숨어서 산신이 되었다는 단군, 나이가 1908년이었다는 단군을 보다 현실적으로 끌어내린 것인가. 한 분의 단군과 47분의 단군의 모습을 차례로 떠올려 본다.

왕이 없이 오가들이 나라를 다스리기를 6년을 하는 동안 해모수는 수유와 밀약, 옛 서울 백악산을 습격하여 점령하고 천왕랑天王郎이라 하였다. 수유후須臾侯 기비箕丕를 권하여 번조선 왕을 삼고 나아가 상하의 운장雲障을 지키게 하였다.

북부여가 이렇게 일어난 것이다. 해모수가 태어난 생향生鄕이므로 고구려라 칭하기도 하였다.

〈그러면 고리와 고구려는 어떻게 되는가.〉

도형은 허공을 향해 물었다.

핏줄

한 세기의 기록을 넘기었다.

타임 머신을 타고 무한한 시공으로 되돌아갔다 온 사람처럼 현실감각이 둔해지고 얼떨떨한 상태가 되었다. 여기서의 세기는 100년 단위가 아니었다. 단군시대 2000년이 넘는 긴 시간 여행이었다. 2333년에 1997년을 합한 4330년 전부터 2096년에 걸친 아득한 이야기였다.

『단군세기』의 끝에 저자는, 단군기원 원년 무진戊辰(B.C. 2333년)부터 금상폐하今上陛下의 천조踐祚(임금의 자리를 이음) 후 계묘癸卯(3696년, 1363년)에 이르기까지 3696년이라고 하고, 이해 10월 3일 홍행촌수가 강화도의 해운당에서 쓴다고 하였다.

금상폐하는 고려 31대 공민왕을 말하는 것이고 따라서 저자는 고려 말 사람임을 알 수 있다.

숙종 2년 을묘乙卯(4009년, 1676년) 3월 상순 북애노인이 규원초당에서 서문을 쓴 것으로 되어 있는 『단군기』의 끝 부분에는 또 이렇게 쓰고 있다.

―이렇게 되어 나라는 없어지고 말았다. 이 때가 재위한 지 30년이니 단군신인檀君神人이 나라를 처음 세운 후 47세를 이었으며 역년은 1195년이다. 단군 고열가 임금이 아사달에서 살게 되자 오히려 백성들은 그를 추앙하여 존경했으며 제후 또한 감히 괴롭히는 자가 없었다. 혹 말하기를 박朴씨 백白씨가 그의 먼 후손이며 혁거세赫居世 역시 단군의 먼 후손이라고 한다. 지금 문헌으로는 밝힐 수 없어 그것이 확실

한지는 알지 못하겠다.

일끈 왕들의 역사를 구체적으로 써 놓고는 연막으로 덮어버린다. 안개를 헤치고 나와서 다시 안개 속으로 들어가는 것이다. 그건 그렇고 역년을 1195년이라 했지만 역대 임금의 재위 기간을 따져보면 1205년이 된다. 합산을 잘 못하였거나 어느 임금의 재위 기간을 잘 못 기록하였거나 한 것일텐데 10년 차이이다. 『단기고사』의 2097년 『단군세기』의 2085년과 900년 차이가 나는 것에 비하면 아무 것도 아닐 수 있다. 재위 기간이 서로 들쑥날쑥하였다. 마지막 단군 고열가의 경우만 해도 58년과 30년으로 배에 가까운 차이를 보이고 있다. 그러나 47세에 이르는 임금들은 대체로 같게 되어 있다. 그리고 대야발이 쓴 『단기고사』에는 전단군조선 1222년 후단군조선 875년으로 갈라서 기술하긴 하였지만 모두 2096년으로 역년이 비슷하게 맞고 있다.

죄받을 소리인지는 몰라도 어느 것이 모작模作이거나 전부가 그렇거나 서로 참고를 하였거나 그런 것이 아니라면 사실과의 일치를 얘기하는 것이라 볼 수 있다. 사실이거나 사실이 아니거나 그 중의 하나라는 얘기도 된다. 싱거운 사람! 그게 단군의 땅, 단군의 나라에 대한 결론이란 말인가. 죄받을 소리만 하고 있다. 그는 무슨 뜻인지 고개를 좌우로 흔들어 대었다.

조선의 개국, 제정祭政일치의 성대聖代들, 가림토문자 제정, 천력과 지도 제작 그리고 광대한 강역, 주변 종족들과의 끊임없는 분쟁들……그동안의 주요한 기록들이 파노라마처럼 스치고 간다.

파노라마 끝에 새 그림이 이어진다. 새 시대 신세기가 펼쳐지며 다시 그를 안개의 나라로 몰고 들어간다. 안개 속에 잠긴 섬과 같다. 안개에 휩싸인 그 위로 산봉우리가 보인다. 빙산의 꼭대기같이. 도형은 그 위에서 위태로운 곡예를 하고 있었다.

아무 확신도 없이 주어섬기고 있는 것이다. 그것이 지금 그의 행각이 아닌가. 어지러움을 느끼고 제 자리로 돌아와 서 있는 도형은 다시

자료를 훌훌 넘기다가 한 편의 시에 머물렀다. 양촌陽村 권근權近이 쓴
「단군」이다.

말 들으니 태고적에 / 단군께서 나무 옆에 내리셨네. / 동쪽 나라 땅
에 임하여 자리 잡았고 / 때는 바로 요堯와 같았네 / 세상에 전한 것이
얼마인지 모르겠으나 / 해를 지난 것이 일찍이 천 년을 넘었네 / 뒤에
온 기자箕子 때에 / 다 같이 이름을 조선이라 했네

고리 고구려와는 점점 멀어졌다. 기자조선箕子朝鮮이 등장하고 있고
또 시간도 막연하게 되어 있다. 어차피 막연할 수밖에 없는 것은 그 때
나 지금이나 마찬가지인가. 그러면 『단기고사』의 기자조선奇子朝鮮은
또 어떻게 되는가. 천왕랑 해모수는 어디로 가야 하며 주몽이 어떻게
단군의 아들이 되고 있는가.

의문은 끝이 없었다. 이리 저리 뒤져보았다. 답을 적어 놓은 데가 있
었다.

－단檀은 국호이기 때문에 그 자손들을 모두 단군이라고 한다. 『후
한서後漢書』「예전濊傳」에 말하기를 "낙랑樂浪은 단궁檀弓이 그 땅에서
났다" 했으니, 단檀은 활을 만들 수 있는 나무가 아니고 곧 나라 이름
으로 부르던 것이 흘러 전해진 것이다.

'단국'에 대한 설명이었다. 『동사강목東史綱目』을 인용하여 『신단
실기』의 「단군변檀君辨」에 써놓았다. 「부루변夫婁辨」을 또 보자.

－『삼국유사』「왕력」편에 "주몽은 단군의 아들이다" 했으니, 이는
해모수를 단군이라고 한 것이다. 그러니 여기서 말한 단군은 처음 내
려온 단군을 말한 것이 아니고, 단檀으로 나라를 세웠으니 그 자손이
이것으로 이름을 지어 모두 단군이라 한 것이다. 그렇다면 소위 해모
수란 역시 처음 내려온 단군의 자손이며 또 그 아들을 부루夫婁라고 이
름 지은 것은 간심竿心을 다시 회왕懷王이라고 일컬은 것과 같은 일이
다. 대체로 부루는 이제 두 사람으로 따져서 여기에 기록하는 바이다.

자꾸 물을 탔다.

『삼국유사』의 「기이」편 「고구려」의 다음과 같은 기록을 앞세워 내린 결론이다.

―『단군기檀君記』에, "단군이 서하西河의 하백河伯의 딸과 친하여 아들을 낳아 이름을 부루라고 했다"고 하였다. 지금 이 기록을 상고해 보면 해모수가 하백의 딸과 정을 통해 주몽을 낳았다고 했고,『단군기』에, "아들을 낳아 이름을 부루라 했다" 하였으니 부루와 주몽은 배가 다른 형제일 것이다.

해모수는 고구려의 시조 주몽의 아버지이다. 결국 고리는 고구려 고려로 연결되는 나라였다. 그렇게 혈맥이 이어지고 있었다.

해모수의 태어난 고향은 고리국이라고 했다. 그는 북부여에 나라를 세우고 부루를 낳았다. 부루는 북부여의 왕이 되었다. 그리고 해모수는 다시 주몽을 낳았고 그는 고구려의 왕이 되었다.

『삼국유사』의 「기이」「고구려」를 다시 보자.

―고구려는 곧 졸본부여卒本扶餘이다. …… 졸본부여는 요동遼東의 경계에 있었다.『국사國史』「고려본기」에는 또 이렇게 말했다. "시조始祖 동명성제東明聖帝의 성은 고高씨요, 이름은 주몽朱蒙이다."

이에 대한 내력을 다음과 같이 적고 있다.

북부여의 왕 해부루解夫婁가 이미 동부여로 피해 가고 부루가 죽자 금와金蛙가 왕위를 이었다. 이 때 금와는 태백산太伯山 남쪽 우발수優澱水에서 한 여자를 만났다. 그 여자가 말하였다.

"나는 하백의 딸로서 이름을 유화柳化라고 합니다. 여러 동생들과 함께 물 밖으로 나와서 노는데 남자 하나가 오더니, 자기는 천제天帝의 아들 해모수라고 하면서 나를 웅신산熊神山 밑 압록강 가의 집 속으로 유인하여 남몰래 정을 통하고 가더니 돌아오지 않았습니다. 부모는 내가 중매도 없이 혼인한 것을 꾸짖어서 드디어 이곳으로 귀양보냈습니다."

금와는 이상히 여겨 그녀를 방 속에 가두어 두었더니 햇빛이 방 속으로 비쳐 오는데, 그녀가 몸을 피하면 햇빛은 다시 쫓아와서 비쳤다. 이로 해서 태기가 있어……

그 아이가 주몽이었다. 빛, 햇빛의 소산이었다. 유화는 큰 알을 낳았고 알의 껍질을 깨고 아이가 나왔는데 골격과 외모가 영특하고 기이했다. 나라 풍속에 활 잘 쏘는 사람을 주몽이라 하므로 그 아이를 주몽이라 이름하였다. 어려서부터 스스로 활과 화살을 만들어 쏘았으며 백 번 쏘면 백 번 다 맞혔다.

왕의 여러 아들과 신하들이 주몽을 죽일 계획을 하고 있었다. 그것을 알고 유화가 아들에게 말하였다.

"지금 나라 안 사람들이 너를 해치려고 하니 빨리 이곳을 떠나라."

주몽은 바로 그곳을 떠나 졸본주卒本州(현토군玄兎郡과의 경계)에 이르러 도읍을 정했다. 국호를 고구려라 하고 고高로 씨氏를 삼았다. 본성은 해解였으나 천제의 아들을 햇빛을 받아 낳았다 하여 고씨로 한 것이다.

알에서 나온 주몽은 물고기와 자라가 다리를 만들어 주어 도망을 쳐 12세에 왕에 즉위하였다. 고구려의 시작이었다.

그런데, 휴애거사休崖居士 범장范樟이 찬술한『북부여기』에는 해모수로부터 이어지는 여러 왕들이 도열하고 있다.

휴애거사는 현전現傳하는『북부여기』상 하,『가섭원부여기迦葉原夫餘記』외에『동방연원록東方緣源錄』을 썼다. 목은牧隱 이색李穡과 함께『천부경』주해서를 썼다고도 전한다.

그『북부여기』에는 해모수를 '시조 단군 해모수' 라고 쓰고 있다. 단군의 시대가 계속되고 있었다. 다시 새로운 시대의 단군 세기가 전개되고 있다. 한 분의 단군에서 47분의 단군으로 그리고 계속 이어지는 단군 시대의 개념에 대해 정작 상고사를 전공하는 도형도 도무지 얼떨떨하기만 하다. 시조 단군 해모수 원년 임술壬戌 2094(B.C. 239)년부터 6세 단군 고무서高無胥 2년 계해癸亥 2275(B.C. 58)년까지 181년의 짧지 않은 역년의 나라 북부여.

47세 단군 고열가가 제위를 버리고 입산 수도하여 등선登仙을 하고 고리국 후예 해모수가 실권을 잡아 오가五加의 지도자로 등장하였다. 나이 23세, 까마귀 깃털로 만든 모자를 쓰고 용광龍光의 칼을 차고 오룡五龍의 수레를 탄 천왕랑天王郞 해모수는 아침에 정사를 듣고 저녁에는 하늘로 오르고 하다가 왕으로 즉위하였다. 왕은 무리들을 이끌고 옛 도읍 오가의 뜻을 회유하여 공화의 정치를 철폐하고 만백성들이 추대하여 단군이 되었다.

새 단군이 된 해모수는 백악산 아사달에서 하늘에 제사지내는 것을 빠뜨리지 않았다. 태자인 모수리慕漱離가 대를 이어 2세 단군이 되고 다시 태자 고해사高奚斯가 3세 단군으로, 태자 고우루高于婁(또는 解于婁)가 4세 단군이 되었다. 고우루는 통하通河의 물가 가섭迦葉의 들판으로 도읍을 옮겨 가섭원 부여 또는 동부여가 되었다.

북부여가 쇠약해지고 도둑들이 왕성해지자 5세 단군 고두막高豆莫(또는 고막루高莫婁)이 졸본에서 즉위하고 스스로를 동명東明이라 하였다. 47세 단군 고열가의 후손이라고도 하였다. 왕이 군대를 이끌고 구려하九黎河를 건너 요동의 서안평西安平에 이르렀다. 옛 고리국 땅이었다. 태자 고무서가 6세 단군의 대를 잇고 사위인 주몽에게 대통을 이어 준다.

기록을 따라가다 보면 두 사람의 동명과 주몽을 만나게 된다. 핏줄의 맥락을 이을 수가 없다. 부여 5세 단군 고두막 임금인 동명, 6세 단군 고무서의 사위 주몽과 해모수 또는 고모수高慕漱와 유화의 아들 주몽이 동일인일 수가 없다. 동명의 부여 건국 설화와 주몽의 고구려 건국 설화가 똑 같은 구조를 가지고 있어서인가. 동명이인인가. 주몽의 이복 형제라고 한 부루도 둘이었다.

도형은 다시 하늘을 바라본다. 무수한 별들의 강 은하수를 건너오는 고주몽의 얼굴이 크게 걸린다.

얼굴은 계속 커져서는 푸른 물이 된다. 물결이 출렁거리는 깊은 강이 된다. 도저히 건널 수 없는 강이었다. 그 강가에 주몽이 서 있다.

"나는 천제의 아들이요 하백의 외손이다. 오늘 난을 피하는데 쫓는 자가 다가오니 어찌 한단 말이냐?"

부여를 탈출하여 달아나던 주몽이 강을 바라보고 말하였다.

그러자 물고기와 자라가 떠올라서 다리를 이루었다가 주몽이 건너가자 다리가 풀어져서 쫓던 자는 따르지 못했다.

이러한 주몽의 기적, 주몽의 동화적인 이야기는 『삼국사기』 「고구려본기」에 기록되어 있고 『삼국유사』 「기이」 「고구려」에 또 이것을 인용해 놓았다. 『단군세기』 『북부여기』 『신단실기』 등 여러 책에도 기록돼 있다. 그런데 건국 연대도 차이를 보이고 동명과 주몽이 혼란을 주고 있다.

『삼국사기』에서 단군을 빼어놓은 김부식金富軾은 또 다시 부여사를 건너뛰었다.

—선시先時……

이렇게 시작하여 부여, 동부여, 해부루, 금와, 해모수 등의 나라 이름 왕의 이름만 들먹거리고 고구려 전사前史를 옛 이야기로 만들어놓았다.

일연一然이 『삼국유사』에서 단군을 동화로 만들어 놓았고 김부식은 『삼국사기』에서 부여를 동화의 나라로 만들어 놓았던 것이다. 그리하여 단군의 역사는 옛날 옛적의 이야기 주머니 속으로 들어가 버렸다. 지금 그것을 뒤집어 볼 수가 있는가. 답답한 노릇이다.

김부식이 『삼국사기』를 쓰기 시작한 것은 고려 인종 23년, 3478(1145)년의 일이다. 그 때 천 년 전 일이나 지금 2천 년 전 일이나 아득하고 안개 속이기는 마찬가지였을까.

새로운 단군의 시대 단군의 나라 북부여에 이어 동부여 또는 가섭원 부여는 시조 해부루解夫婁 2세 금와金蛙 3세 대소帶素로 이어지는 왕조가 있다. 여기서부터는 단군의 칭호를 쓰지 않았다.

3세 대소 28년 임오壬午(2355년, 22년) 고구려의 침범을 받고 투항하여 3대 47년만에 동부여는 망하고 고구려에 편입되었다. 부여의 시대가 끝나고 고구려의 시대로 합류한 것이다.

『단기고사』는 제1편「전단군조선前檀君朝鮮」제2편「후단군조선後檀君朝鮮」에 이어 제3편「기자조선奇子朝鮮」에서 역년 1222년, 875년, 1093년, 도합 3190년에 걸친 고조선古朝鮮 왕조의 역사를 기록하고 있다. 이 중에 기자조선에 관한 것은 어디에도 전하지 않는다. 당나라 군사들이 백제와 고구려를 멸망시킬 때에 다 불태워버렸기 때문이라고 했다. 단군조선에 관한 것은 왕의 이름과 내용 기록이 차이가 나는 대로『한단고기』나『규원사화』에 씌어 있는 것과 기본 틀이 같다고 할 수 있는데, 기자조선은 새로운 돌출이었다. 이 책이 발견되기 전까지는 전혀 모르는 왕국이었다. 기자箕子가 아니고 기자奇子이다. 기자동래설箕子東來說, 주周나라 호왕虎王(武王을 말함)이 기자를 조선의 제후에 봉하였다고 하는 설을 완전히 뒤엎고 있는 책이다.

그동안 기자조선箕子朝鮮은 단군조선에 이어 단기 1233(B.C. 1100)년경 건국된 고조선의 하나로 2183(B.C. 150)년 위만衛滿에 의해 멸망될 때까지 900년간 존속한 나라로 알려져 있었다.『삼국유사』에서는 단군조선과 구분하지 않고 고조선이라는 이름 속에 포함시켜 놓았으며『제왕운기』에서는 후조선이라고 표현하고 있다. 고려 숙종 때 평양에 축조한 기자릉箕子陵에 대한 제사도 거국적으로 거행되었다. 그러나『단기고사』는 기자奇子로 부터 시작하는 전혀 다른 고조선사를 펼쳐 보이고 있다. 어느 것이 맞는가는 알 수가 없는 일이다. 그것을 인정하거나 부정할 아무런 자료가 없다. 그러나 분명한 것은 둘 중에 하나는 틀린다는 사실이다.

기자奇子의 성은 한桓이며 이름은 서여西余이다. 19세 단군 종년從年의 아우인 청아왕菁莪王 종선縱鮮의 증손이다.

기자조선의 서여 임금은 정전법井田法을 제정하고 대학을 세웠다. 5세 단군(구을)의 능을 강동에 개축하고 국조단군전國祖檀君殿을 평양에 세워 단군의 화상을 모셨다.

61년간 시조의 위업을 다한 서여는 맏아들 아락阿洛에게 2세 기자의 왕위를 물려주고 아락은 맏아들 솔귀率歸에게 3세 기자의 왕위를 물려주었다. 단군이 아니고 기자이다. 기자라는 뜻은 태양의 아들이며 황손皇孫이라고 하였는데 여기서는 제왕의 뜻이었다. 4세 기자 임나任那 5세 기자 노단魯丹 6세 기자 마밀馬密 7세 기자 모불牟弗…… 그렇게 이어져 42세 기자 마한馬韓까지 역년이 1093년이다. 마한은 아들 기준奇準을 태자로 삼았다.

마한 25년 연燕나라 위만이 동쪽으로 호복胡服을 입고 건너와 망명을 청하여 허락하고 박사로 삼고 서쪽 변방 100리 땅을 주어 살게 하였다. 그러나 위만은 기자조선이 허약한 것을 엿보고 사람을 보내어, 한漢나라 병사들이 갑자기 들어오니, 임금님을 안전하게 모시겠다고 급히 아뢰게 하고 연나라 망명자 수천 명을 거느리고 와서 습격하였다.

마한 임금은 불의의 변을 막을 길이 없어 궁인宮人과 좌우 신하를 거느리고 배를 타고 피신하여 목지국目支國(마지, 지금의 稷山) 금마군金馬郡으로 갔다. 거기에 머물며 나라 이름을 마한馬韓이라 하였다.

나라는 위만에게 빼앗겨 위만조선과 갈리었다. 위만조선의 다른 기록들을 보면 단기 2139(B.C. 194)년 고조선의 마지막 왕인 준왕을 내쫓고 왕노릇을 하며 왕검성에 도읍을 정하였다. 국호를 조선이라고 한 것으로 보아 조선인 계통의 자손으로 보인다. 이병도李秉道는 위만이 연나라 사람이라고 하지만 그가 상투를 틀고 오랑캐 옷을 입었다고 하는 기사로 보아 요동지방에 살던 조선인일 것이라고 하였다.

몇 군데 기록의 차이를 보인다. 『단기고사』는 거기서 끝나고 있다. 그러나 『태백일사太白逸史』「삼한관경본기三韓管境本紀」의 「마한세가馬韓世家」「번한세가番韓世家」에 단군의 관경, 진한眞韓 마한 번한의 세기가 숨쉬고 있었다.

『태백일사』는 일십당주인一十堂主人 이맥李陌이 편찬한 것으로 「삼신오제 본기」부터 「고려국 본기」까지 8권으로 이루어져 있다. 이맥은 『단군세기』를 쓴 이암의 현손이다.

단군왕검은 천하를 평정하더니 삼한으로 나누어 관경을 만들고 웅백다를 봉하여 마한이라 하였다.

이렇게 다시 단군 성제聖帝의 시대로 연결하여 3세 단군 가륵에서부터 22세 단군 색불루에 이르는 치적과 다시 고열가까지의 기록을 연결해나가면서 마한의 1세 웅백다熊伯多 임금에서부터 35세 맹남孟男 임금까지, 번한의 1세 치두남蚩頭男 임금에서부터 74세 기준箕準 임금까지 왕들의 행진을 펼쳐보이고 있다.

웅백다가 재위 55년에 죽으니 아들 노덕리盧德利가 즉위하였다. 노덕리가 죽으니 그의 아들 불여래弗如來가 즉위하였다.……

죽고 즉위하고 죽고 즉위하고…… 마한에 이어 번한 왕들의 행진이 전개되었다.

기후가 죽자 아들 기욱이 즉위했다. 기욱이 죽고 아들 기석이 즉위했다. 기석이 죽고 아들 기윤이 즉위하고 기윤이 죽가 아들 기비가 즉위했다. 기비는 종실의 해모수 몰래 약속하여 제위帝位를 찬탈하려 했고 명령을 받들어 보좌했다. 해모수가 대권을 쥐게 된 것은 기비 때문이었다.

고구려 시조 주몽의 아버지 해모수로 연결이 되고 있다. 그리고 위만으로 연결된다.

기비가 죽고 아들 기준이 즉위했는데 떠돌이 도적 위만衛滿의 꾀임에 빠져 패하고 바다로 들어간 후 돌아오지 않았다.

고조선의 마지막 모습이다.

단군조선 고조선의 왕들의 역사 왕들의 행진은 그렇게 끝이 났다. 고조선이 막을 내림과 동시에 단군의 시대는 끝난다. 그러나 단군의 나라는 계속 이어진다. 국호를 바꾸고 도읍을 옮겨 다시 무수한 왕과 그 후예들이 흥망성쇠를 거듭하며 나라와 종족을 발전시켜 나갔다. 나라는 없어졌지만 민족을 그대로 퍼져나간 것이다.

그러면 왕들은 왕들이고 그 민족의 뿌리는 어떻게 뻗혀 있는가. 아니 그 줄기와 가지가 어떻게 벌어나갔는가.『신단실기』에 족통원류族統源流를 따져서 밝혀 놓았다.

단군의 자손을 배달종족이라고 한다. 나뉘어서 5파가 되었다. 첫째는 조선족朝鮮族 둘째는 북부여족北扶餘族 세째는 예맥족濊貊族 네째는 옥저족沃沮族 다섯째는 숙신족肅愼族이다.

『신단실기』는 앞에서도 인용을 했지만 한말 성균관 대사성大司成을 지낸 김교헌金敎獻이 지은 것으로『고기古記』『고사古史』등의 옛 기록을 근거로『신단민사神檀民史』『단기고사檀記故事』와 함께 단군에 대한 기록을 엮어 놓은 책이다. 민족의 뿌리와 가지를 계속 훑어보자.

조선족은 부루夫婁의 후손이다. 조선이 한족韓族에게 전했고, 한韓이 반배달半倍達과 합하여 두 가지로 나뉘었다. 하나는 진한족辰韓族이며 하나는 변한족弁韓族이다.

진한은 신라족에게 전했고 신라는 고려족에게 전했고 고려는 지금의 조선족에게 전했다. 변한은 가락족駕洛族에게 전했고 가락은 신라족으로 들어갔다.

반배달은 일명 후조선으로 기자箕子의 후손이다. 반배달이 마한馬韓에게 전했고 마한이 한족과 합하여 세 가지로 나뉘었다. 하나는 백제와 합하고 하나는 고구려와 합해서 정안족定安族에게 전했고 하나는 탐라족耽羅族이 되었다.

부여족은 다섯 갈래로 나뉘었다. 하나는 동부여족에게 전했고 하나는 고구려족에게 전했고 하나는 백제족에게 전했고 하나는 규봉족圭封族과 합하고 하나는 선비족鮮卑族이 되었다.

동부여는 고구려족으로 들어간다. 고구려는 또 둘로 나뉘어서 하나는 신라와 합하고 하나는 발해족渤海族에게 전하고 발해는 여진족女眞族에게 전하고 여진은 금족金族에게 전하고 금은 후금족에게 전하였다. 지금의 만주족이다.

　백제는 신라와 합해서 고려족으로 들어갔다. 규봉은 부여족으로 들어갔다. 선비는 거란족契丹族에게 전했고 거란은 발해와 합해서 요족遼族에게 전했고 요는 여진족으로 들어갔다.

　족통族統은 예맥 옥저 숙신족으로 이어졌다.

　도형은 자신의 계통의 뿌리로 연결해 보았다. 아버지의 아버지의 아버지의……할아버지의 할아버지의……

　까마득한 하늘 저쪽으로 그의 조부들이 주욱 열을 서 있는 것이 보였다. 하늘 저 끝까지 까마득히 늘어서 있는 얼굴 얼굴들…… 저 뒤쪽으로는 조그만 점으로 이어지고 있었다. 잘 보이지도 않는 점이었다. 점철된 선이었다. 보이지 않는 선이었다. 이름도 알 수 없고 모습도 알 수 없고 대수도 알 수 없고 그러나 그 점과 선이 그에게로 연결되어 있었다. 무지개처럼 은하수처럼……

　창문을 열고 한동안 허공을 바라보던 도형은 그 핏줄을 연결해 볼 도리가 없을까 궁리해 보았다. 그렇게 위에서부터 따져 내려오고 나에서부터 따져 올라가면 닿는 것이 아니겠느냐고 생각해 보았다. 무지개를 탄 것 같았다.

　위에서부터 더 따져 내려와 보자. 「족통 원류」예맥부터 다시 본다.

　예맥족은 두 종족을 합쳐서 이르는 것이다. 예濊와 맥貊이다. 이들은 모두 고구려족으로 들어갔다.

　옥저족도 둘로 나뉜다. 하나는 예맥과 합하고 하나는 발해족으로 들어갔다.

　숙신족은 읍루족挹婁族에게 전했도 읍루는 물길족勿吉族에게 전했고 물길은 말갈족靺鞨族에게 전했고 말갈은 발해족에게 합쳤다.

　이렇게 족통의 원류를 밝혀놓은 김교헌은 우리에게 혈통을 안겨주며 묻고 있다.

　중동中東의 역사를 상고해보면, 백산白山 남북의 조선과 만주 민족이 단군의 혈통이라는 것이 분명하다. 그러나 그 세대世代가 멀고 세상이 비뀌어서 각각 저절로 소가족이 되어서 이씨李氏라 하고 김씨金氏라 하여 만 가지 성이 되었다. 이리하여 가종家宗의 세대만 기록하고 국조國祖의 원류를 거슬러 생각하지 않았다. 다만 문족門族의 계파가 생기고 종족의 가지가 나뉘인 것을 분별하지 못하여, 심지어 나는 당唐나라 종족이라는 자까지 있으니, 잘 모르겠지만 소위 당나라 종족이라는 자가 동방東方으로 흘러들어와서 대대로 당나라 종족과 결혼하여 대를 전했단 말인가. 그렇지 않다면 단군의 혈통이 아닌 자가 없을 것이다.

　좀 막연하긴 한대로 그에게까지 와 닿는 핏줄을 느낄 수 있었다. 그는 손등에 튀어나온 핏줄을 들여다 보았다.

　"결국 자꾸 올라가다 보면 이선생님과 저와 핏줄이 닿게 되겠지요?"

　희연이 그의 손을 보며 물었었다. 어느 술좌석이던가. 심야의 포장집이었던 것 같다.

　"그렇지. 그것은 분명한 거야."

　"그게 어디쯤일까요?"

　"글쎄. 계속 올라가 봐야지. 의외로 빨리 만나게 될지도 몰라."

　그는 두 사람의 손등을 번갈아보았다. 술이 올라서인가, 실핏줄까지 다 들여다 보였다.

　"그래요?"

　"올라가는 데까지 올라가 보자고."

　"자꾸 올라가다가 떨어지는 것 아녜요?"

　"떨어지면 다시 올라가는 거야. 가는 데까지 올라가보자고."

　그 며칠 뒤였다. 그날도 술집에서였다. 마치 그들은 형제이기나 한 듯이 남매이기나 한 듯이 또는 더 가까운 혈연관계이기나 한 듯이 전날의 대화를 연결하며 이야기하였다.
"이스라엘에 갔을 때의 일이야. YMCA에서 민속 춤 공연하는 것을 보다가 와 닿는 것이 있었어. 그 노래 말이 이런 것이었어. 형제가 연합하여 동거함이……"
"어찌 그리 선하고 아름다운고……"
거기서부터는 희연도 같이 읊었다. 이구동성이 되었다.
"알아?"
"「시편詩篇」 몇장이던가?"
"그래? 그런 것까지 알고 있었어?"
"무슨 말씀을 그렇게 하시지요? 제가 뭐 단군교 교도인줄로만 아셨어요?"
"미안해요. 좌우간 그것을 작곡하여 만든 민속춤인데 세계 각지에서 모인 관광객들이 같이 어울려 춤을 추면서, 아! 이것이다 이것이 기독교다 그리고 키부츠다 하는 것을 느꼈어. 골고다 언덕이니 예수의 무덤이니 갈릴리 호수니 오병이어五餠二魚 교회니 하는 데서는 받지 못한 감동을 마지막날 그 발라드댄스에서 전류처럼 흐르는 것을 느꼈어. 그야말로 가슴이 찡했어."
"소설과 시의 차이였던가보지요?"
"맞아. 맞아. 그런 것이었던지도 몰라."
"다윗의 시예요. 소설이 아니고 시로 한 번 써 보시지요."
"아니 그게 아니고……"
'형제가 동거함'을 말하는 것이었다. 그 낯선 사람들 얼굴 색과 눈빛이 다른 사람들이 다 한 혈육처럼 한 가족처럼 느껴졌던 것이다. 그 때 그는 이국의 밤하늘 아래서 남과 북을 생각했었다. 반목과 질시와 살의를 품고 총을 겨누고 있는 동족을. 그리고 희연을 보자 그 생각이 되살아난 것이다. 희연은 그 전쟁의 절망과 좌절의 의미로 이끌어다 준다. 한없는 비극의 구렁으로 수렁으로 끌고 간다.
 희연은 그러나 한 떨기 흑장미와 같다. 그녀는 멀고 먼 혈육보다 더 가까운 핏줄을 확인하려고 한다.
 "어머니 얘길 좀 더 들려주세요."
 "뭐라고?"
 "왜 그렇게 놀라세요?"
 "주제를 흐리게 하지 말아요."
 "결국 같은 주제가 아닐까요?"
 "뭐가 그렇다는 거야? 좌우간 어떻든……"
 "얘기해 주실 거지요?"
 "언젠가 해야지."
 도형은 술이 화악 깨었다. 화제를 바꾸었다.
 단군세기 왕들의 역사에 대해 그리고 기자조선에 대하여 위만조선에 대하여 족통원류에 대하여 민족의 분포에 대하여. 그러다 학교서 만나자고 약속을 하고 억지로 헤어졌다.
 이럭저럭 학기말이 되었다.
 아직 강의를 더 할 수 있는 시간은 있었다. 두 번 빠지기도 하여 보강을 좀 하고 싶었다. 한 두어 시간은 그가 넋두리처럼 진도도 아닌 내용을 가지고 열을 내었었다. 학생들이 강의 평가를 어떻게 하든 그런 것은 관심이 없었다. 다만 그가 해야 될 의무라고 할까, 할 일은 해야 했다. 그래야 마음이 편했다.
 그런데도 학생들이 종강을 하자고 한다. 그것은 교수의 재량이라고는 하지만 학생들의 의견도 무시할 수 없었다. 신념이랄까 소신만 있으면 그런 것을 무시하여도 되었다. 그러나 또 자신이 물넘은 생선 장수 취급을 받고 싶지는 않았다. 분명한 결손을 채워주겠다고 하는데 그것을 원하지 않는 것이었다. 날도 춥고 다른 과목들도 그렇게 했고 또 뭐가 어떻고 하는 의견이 많았다. 다수결의 원칙, 민주주의를 말하는 것 같다.
　도형은 핏대를 올리기보다는 그렇게 하기로 하였다. 그러나 스스로의 명분은 있어야 했다. 한 반은 당기고 한 반은 늦추었다. 다시 그의 강의를 들을 기회가 있는 학생들 반은 종강을 하고 4학년 학생들이 듣는 전공학과의 반은 두 주일 강의를 더 하기로 했다.
　그렇게 결정을 하고 나서야 내년에 안식년을 신청한 것이 생각났다. 그것을 깜빡 잊고 있었다. 그러나 또 내후년이 있지 않은가.
　"민주주의라는 것은 숫자만 가지고 결정하는 것이 아니에요. 가치 있는 일을 가지고 결정하는 것이지요."
　못 알아듣는 사람은 할 수가 없는 것이다. 긍정을 하지 않으려는 사람도 할 수가 없는 것이다. 그것이 그의 방법이기도 하였다.
　두 번 째 시간에 종강을 미루고 시간을 꽉 채워서 강의를 하였다.
　족통 원류를 가지고 고증을 하였다. 『신단실기』의 이야기를 확인하려는 것이었다. 그것이 잘 되지는 않았다. 중국의 『이십오사二十五史』 『만주지滿洲志』 같은 전적으로 상당 부분 맞춰 보았지만 또 상당 부분이 고증이 안 되었다. 도형 자신 그 작업을 아직 끝내지 못하고 있는 것이다. 솔직히 고백을 하면서 학생들에게 한 민족 한 종족씩 고증하여 오도록 과제를 내어주었다.
　한 학생이 불만스러운 투로 질문을 한다.
　"그러면 모든 민족이 다 단군의 자손인가요?"
　『신단실기』 족통원류에는 그런 질문의 여지가 있었다.
　"거꾸로 한 번 해 봐요."
　그는 우리 민족이 단군의 자손임을 먼저 입증하여보라고 하였다.
　또 한 학생이 시험은 어떻게 보겠느냐고 묻는다. 족통 원류에 대해서 내느냐고 묻는 것이다.
　"우리는 어디서 왔으며 우리는 무엇이며 우리는 어디로 가고 있는가?……"

"〈서양미술사〉시간으로 잘 못 알고 계신 것 아닙니까?"
그의 말이 끝나기도 전에 한 학생이 질문을 한다. 「우리는…」은 고갱의 그림 제목이었던 것이다.
"고갱의 얘기를 하라는 것이 아니예요. 우리의 뿌리, 나의 뿌리에 대하여 주제를 각자 정하여 봐요."
학생들은 어이가 없다는 듯이 서로 바라본다.
거기에 대하여 또 질문을 하라고 했다. 구체적으로 얘기해 달라고 한다. 단군에 대하여 각자가 쓸 수 있는 주제를 정하고 개요를 만들어 보라고 하였다. 그에게 묻지 말고 각자 출제를 한 번 해보라고 하였다. 학생들은 다시 서로들 바라본다.
그것이 그의 스타일이기도 하였다. 강태공이 곧은 낚시를 드리우고 때를 기다리듯이 인재를 기다리며 횡설수설하고 있는 것이다. 백 번 천 번 얘기해도 못 알아듣는 사람은 못 알아들었다. 그러나 그 중에 더러 걸리었다. 한희연 같은 경우가 그 예였다. 그녀는 한 마디 얘기하면 열 마디 스무 마디 알아들었다. 가끔 그런 학생이 있었다.
강의를 마치고 연구실로 오는데 지난번 따라와 질문을 하던 여학생이 기다리고 있다.
또 질문을 하였다. 『바로잡은 삼국사기』라는 책을 들고 있었다. 알고 보니 그 책은 목우가 보여주었던 『다시 찾은 한국』이라는 책을 제목을 바꾸어 재판한 것이다. 여학생은 거기에서 광개토대왕에 대한 기록을 가지고 질문을 한다. 책을 많이 보는 학생이었다. 그리고 보는 눈이 예리하였다. 그녀가 의문을 갖는 대목은 다 잘 못 표기된 것이었다. 그가 읽으며 표시를 해놓았던 것을 보여주었다.
"됐습니다 그러면."
"그뿐인가?"
"다음엔 더 어려운 것을 가지고 오겠습니다."
생글생글 웃으면서 말한다.

"좀 더 거슬러 올라가 봐요."
"예?"
"그 이전으로 말이에요.』
"예에."
삼국에서 고조선으로 올라가보라는 얘기를 금방 알아듣는다.
그날 총장을 만났다. 안식년에 대한 부탁도 있고 학기말도 되고 하여 인사차 찾아간 것이다. 총장은 목우에게 얘기 들었다고 하며 희연의 얘기를 한다. 과 교수들이 비토하고 있는 학위논문 심사 문제였다.
"잘 처리하였으면 좋겠어요."
"ㄱ대학에서 하게 내버려둘까 합니다."
"한선생은 제 제자이기도 합니다."
"그러면……"
"의견을 잘 좁혀 보세요. 제가 회의에 들어갈테니까 얘기를 꺼내세요."
목우가 단단히 얘기한 모양이다.
"고맙습니다. 그리고 저는 쉰다기보다 답사를 좀 하려고 합니다. 옛 땅을 한 번 휘 돌아보고 북한 접촉 신청도 하여 다녀오고 싶습니다."
"한 번 다녀오시지 않았습니까? "
"아 예, 그거야 가짜로 다녀온 거지요."
신분을 위장해서 다녀왔다는 것이었다.
"부럽습니다."
"제가 이 대학에 퇴직하기 전까지 단군의 시대적 명제를 찾아 정립해 놓겠습니다."
ㄷ대학의 설립취지가 그런 것이기도 하였다. 항일 독립투쟁을 하던 북로군정서北路軍政署 등에 군자금 모금 활동을 한 설립자의 명명命名이기도 하였던 것이다.
"진정 그렇게 하실 거지요? 잘 부탁합니다."

연구실로 돌아오는 대로 목우에게 전화를 걸었다. 감사의 뜻을 전하려는 것이다. 현총장은 저녁 식사를 한다든지 술이라도 한 잔 하자고 하였지만 약속이 있다고 하여 그냥 나왔다. 회의에 참석할 테니 그가 얘길 끄내라고 하는데 더 다른 말이 필요 없기도 하였다. 그 대신 목우에게 술을 사고 싶었다.

목우는 그의 방에 물이 끓고 있다고 오라고 하였다. 가끔 그 방에서 자스민 차를 마시곤 하였다. 안톤 쉬나크 얘기를 하면서.

목우 유림 교수의 연구실은 같은 층 제일 끝 방이다. 석양빛이 소파에 비치고 있었다. 창 너머로 뒷산의 나무들이 잎을 다 떨군 채 바람에 흔들리는 것이 내려다 보였다. 운동장을 바라보고 있는 그의 방에 비해 운치가 있었다.

"총장을 만나고 오는 길이에요. 유교수가 얘기를 단단히 하였더군요."

"그래 뭐라고 하던가요?"

"방법을 찾아보기로 했어요."

"해주겠다고 했는데……"

"그러나 총장이 학위를 주는 것은 아니지요."

"며칠 전 코가 삐뚤어지게 술을 마셨어요. 뭐가 어찌 되었던 염려 마라고 하였는데…."

목우는 확신하는 투로 말하는 것이었다.

그날 따라 유난히 붉은 태양이 넘어가는 것을 바라보며 자스민 차를 몇 번 울려 음미하고는 대포집으로 갔다.

도형이 술을 샀다. 고마움의 표시였다. 그런데 다시 목우가 사겠다고 하여 2차를 갔고 또 그러고만 말 수가 없었다. <푸른 집>으로 갔다. 3차는 희연과 같이 하였다. 목우가 불러내라고 하였던 것이다.

아직 아무 것도 해결은 안 되었고 어쩌면 다시 원점으로 돌아간 것에 불과하지만 뭔가 다 된 것처럼 떠들면서 술을 마셨다. 희연은 또 술은 얼마든지 사겠다고 하였다. 서로 몸을 가누지 못할 정도로 취하였다.

도형은 희연의 부축을 받으며 비틀거리다 그녀의 오피스텔로 갔다. 침대가 방을 다 차지한 공간에 털썩 드러누웠다. 그녀가 옆으로 또 털썩 눕는다.

그 순간 정신이 펄쩍 들며 술이 확 깨는 것이었다.

"안 돼. 안 돼."

"왜 이지요?"

그녀가 오히려 그것을 따지며 묻는다.

"절대로 안 돼."

"저희 어머니와는 어떻게 된 거예요?"

"아니야."

"정말 저희 어머니와는 무슨 관계예요?"

희연은 그것을 확인하려는 듯이 대답을 하라고 강요하였다.

"아무 관계도 없었던 것은 아니지."

"뭐예요? 도대체 뭐가 어떻게 되었다는 거예요?"

그녀가 따지었다.

"다음에 얘기해 줄께."

"그러시지 말고 간단히 한 마디로 얘기해보세요."

애원을 하였다. 협박을 하기도 했다.

"대답 안 하시면 안 보내드릴 거예요."

"이러지 말아. 이러면 안 돼."

그는 벌떡 일어났다.

침대에 남은 그녀의 체중이 털렁 스프링의 반동으로 탄력을 받아 일어난다.

"다음에 얘기할 기회를 만들어볼게."

"오늘은 안 되겠어요?"

"다음에…."

그는 옷이 다 구겨지고 열려진 채로 그녀의 오피스텔을 탈출하였다.

며칠 후 도형은, 전화도 하지 않고 있다가, 카오스로 희연을 불러내었다. 약속대로 얘기할 기회를 만든 것이다. 그러나 그는 얘기를 하는 대신 낡은 원고 뭉치를 하나 내놓았다. 미숙하고 미완성인 대로 연희와의 관계가 녹음되어 있는 소설이었다.

그가 한 보따리인 원고뭉치를 차탁에 올려놓았다.

"한번 읽어 봐."

차를 한 잔 마시고 서둘러 일어서려 하는데 희연이 붙들어 앉힌다. 희연은 차도 들지 않고 원고의 앞 부분을 훌훌 읽어본다. 그리고 중간과 뒤의 부분 부분 속독을 하다가 말하였다.

"역시 그랬군요. 그러면 저와는 혈연관계를 갖고 있네요."

"아니야."

"아니라고요?"

"피가 아니고 살이야."

"살이 끼었나요?"

"살이 섞인 것이지."

"살이 섞이다니요?"

"연희와 나와는 살을 섞었어. 그리고 연희는 자네 어머니야."

"그러니까 선생님과 저와의 관계가 어떻게 된다는 거예요?"

희연은 그에게로 다가 앉으며 따지고 물었다. 눈빛이 곱지 않았다.

"어떻게 되기는……첫 사랑, 사랑하던 사람의 딸이지."

"그럼 저희 아버지는 누구예요?"

"자네 아버지는 자네가 찾아야지."

"여기 있어요?"

"뭐가?"

희연은 잔뜩 얼굴을 구겨가지고 따지었다. 그를 노려보는 대신 원고

핏줄 · 361

뭉치를 쏘아본다.

여기 이 원고 속에 아버지가 있느냐고 묻는 것이었다.

"잘 읽어 봐."

"얘기로 해 보세요. 무슨 얘기든지 좋으니까요."

"읽어봐."

도형은 식은 차를 저어서 희연의 앞으로 밀어주며 원고를 풀어놨던 보자기를 다시 싸서 옆의 의자로 옮겨놓았다.

희연은 무언가 기대가 무너진 듯 절망의 표정을 지으며 눈을 감는다.

"뭐 공연히 상한 갈대를 꺾는 거와 같은 일인지 모르겠어. 실은 까맣게 잊고 있던 이야기야. 자네가 그 이야기를 들려달라니까 가져온 것인데 다시 읽어보지도 않고 먼지가 묻은 채 그냥 가지고 온 거야. 말로는 도저히 할 수가 없었어. 참으로 바보 같고 어리석은 곡예들이 마음에 안 들지 몰라. 그러나 그것은 있는 그대로를 쓴 것이야. 빠진 것은 많이 있을지 몰라도 조금도 보탠 것은 없어. 마음에 안 들면 자네가 고쳐 써 봐."

"저 보고 소설을 쓰라는 얘기인가요?"

"마음에 안 들면 불태워버리든지."

"불태워요?"

"이 많은 것을 찢어버리기도 힘들잖아?"

"호호호호……자신이 있는 이야기인가보지요."

"그 반대야. 솔직히 말해서 이 짐을 자네에게 떠 넘기게 되어 홀가분한 심정이야. 하하하하……"

웃음까지 보이며 말하였다. 이날은 술을 마시지 않으려고 하였는데 희연이 청하여 한 잔 두 잔 마시기 시작하였다. 희연은 보자기를 끌러서 성급하게 읽을려고 하지 않고 술만 마시었다.

"절망과 좌절의 시대야. 육이오 한국전쟁, 단군시대만이 우리의 역사가 아니잖아?"

"그런 이야기예요?"

"그 시대에 묻힌 이야기야."

도형은 그 이야기 보따리를 넘겨주기까지 많이 망서렸다. 그의 알몸을 다 벗겨서 보여주는 거와 같고 잊혀진 과거의 망령을 들추는 이 원고의 의미는 무엇일까. 운명적으로 그에게 다시 나타난 사랑의 분신 앞에 솔직히 고백함으로써 사죄하고 싶은 것이었다. 그것이 또 한 번의 시행착오를 되풀이하지 않는 길이 될 것 같았다. 첫사랑의 분신으로 되살아난 망령 앞에 계속 비틀거릴 수만은 없었던 것이다. 그리고 이제 그의 삶과 학문을 정리해 가야 하는 마당에 그 뒤틀린 시작의 그림자를 안고만 있어서는 안 될 것 같았다.

"「한 사학도의 젊은 시절」…… 뭐 이런 이야기이겠군요. 「첫사랑」이 더 어울릴까요?"

"그러나 치기 어린 이야기야."

"분명히 그랬을 거예요."

"그것을 어떻게 알아?"

"지금도 그러시잖아요. 호호호호……"

"하하하하……뭐야?"

이날도 꽤 마셨다. 과거와 현재가 뒤벅이 되고 혼돈을 일으켰다. 카오스에 올 때마다 그랬다. 그러나 이날은 비틀거리며 그녀의 오피스텔까지 가지는 않았다. 그리고 헤어지며 등 뒤로 던지었다.

"돌려줄 필요는 없어요."

보고 버리리라는 것이었다.

2부
우리 다시 만나리

피와 살

「좌절의 시대」였다. 제목을 「부표浮標」라도 했다가 바꾸었다. 그것이 소설인지 모르겠다. 한 자 덧붙인 것도 없고 뺀 것도 없다. 갈색으로 변한 원고지가 가랑잎처럼 만지면 부스러질 것 같고 잉크 색도 다 바래어져 있는 그대로였다. 거기에 개칠을 하고 싶지도 않았고 그래봐야 그것은 아무 의미가 없을 것이었다. 시간을 되돌릴 수는 없기 때문이었다.

 치기稚氣가 어려 있고 도무지 논리도 안 서고 그리고 얘기도 안 되는 부분이 많지만 그것은 지금의 시점에서의 생각이고 그 때는 그랬던 것이다. 그 때 시간으로 돌아가서 이해를 해야 될 사항이었다. 억지인지 모르지만. 그 때의 의식과 행동을 그대로 녹음해 놓은 것이다. 그 때의 일기와 같은 것이었다.

 좌우간 일기장을 뜯어고치고 다시 쓰는 사람이 있는가. 문제는 그것을 희연에게 넘겨 준 데 있었다. 그것도 그냥 조건 없이 준 것이 아니고 하나의 편지 답장과 같이 읽어보라고 준 것이었다.

 그것이 그녀의 물음에 대한 답이 되지 않는 것은 아니지만 그것으로 그녀의 의문을 해소시켜줄 수는 없었다. 그것은 일기가 아니라 소설이라고 하였기 때문이다. 그리고 지금의 시점에서 볼 때 도무지 모순 투성이었다. 그는 글씨가 다 바래어지고 종이가 다 사그라진 지금에 와서 그 모순을 한 칸이라도 메꿀 자신이 전혀 없었던 것이다. 생각할수록 난감하였다.

아무래도 원고를 보라고 준 것이 잘못이었다. 그는 자신의 경망을 무척 후회하였다. 그러나 이제 소용없는 일이었다. 그것이 여러 날 그를 괴롭혔다. 그리고 그것을 잊어버리고 원고를 준 사실도 모르고 있던 어느 날 희연에게서 전화가 걸려 왔다.

올 것이 온 것이었다. 그 소설 아니 낡은 원고를 다 읽었다는 것이었다.

도형은 그동안 안식년을 맞아 연구 교수로 서재에 틀어박혀 있었고 밖에서 그를 만날 수 없는 희연이 집으로 전화를 걸 수밖에 없었던 것이다. 그는 그동안 고조선을 소설화하는 작업을 계속하고 있었다. 여러 군데의 답사여행을 준비하고 있었으며 북한학자들과의 접촉신청도 해놓고 있었다.

나른한 봄날 오후였다. 책상 가득 자료들을 늘어놓고 원고를 쓰느라고 난초가 꽃을 피우고 있는 줄도 몰랐다. 늦게나마 난 향을 느끼고 난초를 들여다보고 그 흐뭇한 향기에 취해 있는데 전화가 왔다.

"논문 다 썼어요?"

그는 아내를 의식하며 말하였다.

"차나 한 잔 할까요?"

"어디로 할까요, 선생님?"

"글쎄에. 학교 근처로 하지 뭐."

"학교 나가실 일은 없잖아요?"

그것은 그녀도 잘 알고 있는 사실이었다. 그러니 어디 다방을 정하라고 한다. 술집으로 나오라고 하고 싶었지만 아내도 듣고 있는 것이 되어 조심스러웠다.
 자꾸만 아내가 의식되는 것이었다. 다른 사람은 어떤 여자가 됐든 그렇지 않은데 희연에게만은 그렇지 않았다. 아내가 신경 쓰이기 때문에 그랬다. 물론 아내는 희연과의 관계를 그 반에 반도 모르고 있는 것이지만 남다른 예감을 갖고 있는 것도 사실이었다. 어떻든 그래서 그도 술집 얘기를 꺼내지 않았던 것이다. 전화를 같이 듣고 있을 것을 예상하고 있었다.
 "도서관에 갈 일이 있어요."
 해가 질 무렵이었다. 맞지 않는 말을 하고 있었다.
 "제가 책을 찾아다 드리지요. 뭘 보시려고 하는데요?"
 "가시마 노보루가 번역한 「한단고기」 초판본을 좀 봤으면 좋겠는데……"
 그 책이 필요한 것은 사실이었다. 그가 가지고 있는 것은 개정 3판이고 초판과 차이가 있었던 것이다.
 "그건 ㄱ대학 도서관에 있어요. 제가 대출해 가지고 나갈게요. 카오스로 나오세요."
 "그러면 그래요."
 다방이 그렇게 결정되었다.
 희연은 ㄱ대학에서 받아들여 1학기만 등록을 하고 졸업논문을 쓰기로 하여 거의 도서관에서 살았던 것이다. 전화도 거기서 걸었던 것이다. 그가 현총장과의 약속도 있고 하여 이쪽, 그가 있는 ㄷ대학에서 마치게 하려 했는데 그녀 자신이 그렇게 선택한 것이었다.
 다방 카오스에 희연이 먼저 와서 기다리고 있었다. 소설 보따리가 다탁 위에 올려져 있고 전화로 말한 책을 대령하였다. 두껍고 큰 책이었다. 그리고 의자에는 또 하나의 보따리가 있었다. 그녀가 쓰고 있는 박사학위 논문이었다.
 어둠이 내리기 시작한 오후, 창 밖으로는 아직도 저녁노을이 비치고 있다. 다방은 한가하고 그래서 늘 그들이 앉는 창가의 자리를 차지할 수 있었다.

희연은 그가 앉자마자 읽은 소설에 대하여 말한다. 잘 읽었다느니 재미있다느니 그런 재질이 있는 줄은 몰랐다느니 하고 그를 추켜세웠다.

오랜만이다. 그동안 그녀가 소설을 다 읽고 연락할 때까지 그도 연락을 하지 않았던 것이다.

"차부터 한 잔 해야지."

술도 같이 파는 카페였다. 유시酉時가 되었다. 그 때가 돼야 술이 들어간다고 하였다. 그러나 그는 차를 하자고 하였다.

소설 보따리와 논문 보따리를 앞에 놓고 술부터 마시기 시작하는 것도 아닌 것 같았다. 희연이 그에게는 쌍화차를 한 잔 시키고 자신은 커피를 시킨다.

"책을 빨리 구했군 그래."

말이 떨어지자 마자 재까닥 찾아 가지고 온 것이었다. 희연은 원래 그랬다. 무슨 말이 떨어지기가 무섭게 척척 해결을 해 주었던 것이다. 그래서 그에게 절대적인 인정을 받은 것이기도 하지만 학문적으로나 어떤 성실성 같은 것을 떠나서 그를 항상 감동시켜주었던 것이다.

차가 날라져 왔다. 그는 희연이 도서관에서 빌려온 책을 받아들고 앞은 보지도 않고 제일 뒷장 판권 난을 펼쳐보았다.

"맞아. 바로 이거야."

그는 또 한 번 감탄하였다.

"무엇인데 그러시지요?"

희연이 넘겨다 보며 물었다.

"이걸 보라고. 여기에 대한민족사라고 씌어 있잖아?"

가시마 노보루가 번역한 『한단고기』의 초판본의 판권에 桓檀古記라고 쓴 옆으로 大韓民族史라고 덧붙여 써 놓았다. 그러니까 한단고기는 대한민족사라는 것이다.

"아니 그것이 뭐가 어쨌다는 것이지요? 이상할 것도 없고 그렇게 감탄하실 것도 없잖아요?"

『한단고기』가 대한민족사라는 것이 이상한 것이 아니었다. 그것은 너무나 당연한 것이었다. 그런데 그렇지가 않았다. 문제는 그것이 아니었다.

"그런데 말이야 그 책의 재판 3판에서는 그 부제목을 빼어버린 거야."

"그래요? 왜 그랬을까요?"

"왜 그랬느냐? 그러니까 『한단고기』는 대한민족사가 아니라는 거지."

"그러면 어느 민족사라는 건가요? 일본민족사라는 건가요?"

"그런 얘기가 되는 것 아니겠어?"

"그게 말이나 됩니까?"

"그런데 왜 넣었다가 뺐느냐, 이거지. 그뿐이 아니야."

"엄청난 음모가 있어."

"그래요? 좌우간 그건 그렇고, 그 얘기는 조금 있다 듣기로 하고요, 그 소설 얘기부터 해요. 우선 차부터 드세요. 차가 다 식었네요."

희연이 화제를 바꾸려 하였다.

참으로 엄청난 얘기인 것 같았다. 도형이 하는 얘기는 듣던 중 가장 위력이 있는 것 같았다. 그것은 지금 희연이 써 가지고 들고 나온 논문에도 중대한 영향을 미칠 수 있는 내용이 될 것 같았다. 그러나 그보다 더 중요한 것이 있었다. 그 소설에 관한 것이었다. 학문보다도 박사학위보다도 자신에 관한 것을 알고 싶었다. 자신의 뿌리에 대하여 자신의 존재의 근원에 대하여 먼저 알고 싶었던 것이다.

그래 화제를 바꾸었다. 쌍화차 속의 계란을 저어 주며 도형을 쳐다보았다. 하지만 또 그것부터 물을 수가 없었던 것이다.

"그런데 어떻게 법이 아니고 역사 공부를 하시게 되었지요? 그리고 사학과 교수가 되신 거지요?"

희연은 그녀 자신에 대해서가 아니라 도형에 대하여 먼저 물었다. 읽은 소설에 대하여 묻고 있는 것이었다. 우선 변죽을 울리는 것이라고 할까, 서론적인 얘기라고 할까, 좌우간 결론부터 물을 수가 없던 것이다. 그것도 무척 뜸을 들인 것이다. 소설을 읽는 대로 바로 오지 않고 논문을 대략 읽어가지고 그 얘기도 같이 한다는 명분을 만들어 가지고 온 것이다.

그런데 도형은 그 대답을 얼른 하지 못하였다. 화제를 바꾸고 싶지 않아서인가. 그 얘기를 하고 싶지 않아서인가.

"석선생님은 어떻게 되셨는가요? 그리고 수영씨는 또 어떻게 되었지요?"

그가 대답을 하지 않자 그 소설의 후일담後日譚을 계속 물었다. 희연은 소설과 사실을 구분하지 못하고 있었다. 객관화를 시켜 이해하지 못하고 있었다. 일부러 그러는지도 몰랐다.

물론 정작 묻고 싶은 것은 또 그들이 아니었다. 역시 변죽을 울리는 것이었다. 그러나 도형에게 있어서 다른 어떤 부분 못지 않게 그 대목이 참으로 중요하다고 할까, 설명하기가 어려웠던 것이다. 정곡을 찌른 것이었다.

"결국…… 뭐라고 할까…… 그러니까……"

도형은 한참 더듬거리다가 얼굴이 뻘겋게 되어 가지고 다음과 같이 말하는 것이었다.

"석선생님에 대한 그리고 수영에 대한 사죄의 길을 택한 것이라고 할 수 있지."

그런 얘기였다. 희연은 얼른 그 얘기를 알아들었다. 그러나 도형은 그 설명을 계속하였다.

그는 지팡이를 짚고 있는 수영을 먼발치로 바라볼 뿐 도저히 만날 수가 없었다. 석선생을 만날 수 없었던 것처럼. 면목이 없고 염치가 없었던 것이다. 하지만 그것으로 끝나는 문제가 아니었다. 그가 시골에 틀어박혀 농사를 짓느냐, 대학을 계속하고 고시 공부를 계속하느냐, 선택을 하여야 했다.

"나도 그렇지만 미스터 리는 법과생이 아니야? 범법자를 처결할 법관이 될 사람이야. 마지막으로 말해두는데…… 좌우간 사명감을 가지고 용단을 내려주기 바라네!" 하고 정중하게 경고하던 수영 앞에 나타나는 대신 법과를 포기하고 그리고 "역사학과를 지망하지는 않았겠지?" 하고 묻던 석선생 그리고 그가 법과를 갔다고 하자 무척 실망의 빛을 보이던 석선생의 뜻을 따라 사학과로 진로를 바꾸었던 것이다.

"양심과 신념을 바꾼 것이라고 할까. 좌우간 어떻게 설명해야 될지……"

"알았어요."

계속 얼굴을 붉혀 가지고 끙끙거리며 설명하고 있는 도형의 말을 가로질렀다. 그만 설명을 해도 알겠다고 하는 것이다.

그러나 도형은 손을 저으며 계속해서 설명을 하는 것이었다.

"나는 도저히 법관이 될 수는 없다고, 수영의 말대로 용단이라고 할까 결단을 내린 거야. 아마 수영을 만났더라면 나에게 그렇게 가혹한 형벌을 주지는 않았을는지도 몰라. 좌우간 운명이었지. 공부를 새로 시작하였고 고시 공부를 하는 것의 몇 배의 노력으로 동서양 사서를 탐독을 하였지."

"그러셨군요. 그런데……"

"석선생님의 뜻을 따르는 것은 또 아버지의 뜻을 거역하는 것이었지."

도형은 희연의 얘기를 듣지 않고 계속했다.

"학비도 대주지 않았고 나를 아들이 아니라고 극언을 하였으며 종내에는 심화心火를 끄지 못하고 몸져 누웠다가 일어나지를 못하셨지.

남은 땅은 다 팔아서 이 아들한테 주는 대신 병원 의사한테 다 갖다 바치고……"

그런 말을 하는 도형은 목이 메고 동공이 축축이 젖어 있었다.

"쉽게 바꾼 것이 아니군요."

"그래요."

"한이 맺히셨군요."

"아버지의 한을 풀어드리지 못했지. 그러나 결국 아버지의 한이라는 것이 무엇이겠어요?"

"그래 그 뒤에 두 분은 어떻게 되었는가요?"

희연은 재차 그 두 엑스트라에 대하여 물었다.

도형은 창밖으로 시선을 돌리며 말하였다.

"수영은 왼쪽 허벅지 총상으로 절뚝 절뚝 지팽이에 의지하는 불운을 딛고 양과 고시를 패스하여 판사가 되었고, 요직을 두루 거치고 지금 어디 지법원장이던가 그렇지. 경훈은 고시에 실패하고 신문사에 들어갔는데 월남전에 종군기자로 자원하여 갔다가 전사하고."

"그랬군요. 그러면 바로 그 유명한 박판사가……"

"맞아요."

"그런데 도대체 연-연희-과는 어떻게 된 거예요?"

비로소 히로인에 대하여 물었다.

두 여인이 오버랩 된다. 연희와 희연의 관계는 여전히 수수께끼로 남아 있다. 연과 규헌의 관계도 추상화이다.

도무지 안개 속이다. 안개구름이 끼어 있다. 소설 속의 규헌과 연 그리고 석선생과의 관계는 참으로 모호하였다. 다른 사람-놈팡이-들과는 관계를 하면서 그들과는 관계를 하지 않았다는 말인가. 그게 말이나 되는가. 성관계를 가졌느냐 하는 것을 가지고 따지는 것이 아니라 결국 혈연관계가 어떻게 되느냐 하는 것이었다. 그녀-희연-는 어떻게 되느냐 하는 것이었다.

피와 살 · 371

사실 그것이 가장 궁금했던 것이고 그것을 도형에게 물었을 때 그 대답을 소설로 해 준 것이었는데 여전히 베일을 벗겨주지는 않은 것이다. 어떻든 그것을 묻기 위해 그동안 서론적인 것을 묻고 있었던 것이다.

"사실 그대로인가요?"

희연은 도로 후퇴를 하여 묻고 있는 것이다.

도형은 계속 어물어물할 수만은 없었다. 그러나 사실을 얘기하기는 더욱 어려웠다. 그래서 읽어보라고 준 것이고 그렇게 한 칸의 사다리를 건너뛰고자 한 것인데 처음과 마찬가지 상황이 되어버렸다. 그의 비밀 창고를 다 열어 보였는데 다시 뒤집어 보여 달라는 것이었다.

그는 식은 차를 주욱 들이켰다. 그리고 웃으면서 말하였다.

"그것은……"

"상상에 맡기겠다는 말씀이신가요?"

그녀는 그의 웃음에 동조하지 않고 아주 심각한 얼굴을 하고 따지었다.

"그래요."

"그럼 어디까지가 사실이지요?"

"그것을 꼭 밝혀야 되는 거야?"

"그럼 그 소설을 왜 저에게 주셨지요? 그 의도가 무어예요? 도대체 저보고 어떻게 하라는 거예요? 저 보고도 소설을 쓰라는 거예요? 그 속에서 숨은 그림을 찾아내라는 거예요?"

그녀는 마구 따져대었다.

"그러니까 거기서 답을 찾으라는 거지. 그것을 잘 읽어 봐. 그 이상도 아니고 그 이하도 아니야."

"잘 읽어봤어요. 하루 밤이면 읽을 수 있는 이야기를 그 겨울 내내 읽었어요. 그런데 궁금증이 풀린 것보다는 더욱 의문에 쌓이게 되었어요. 솔직히 말씀 드리면, 이제 더 상상만 하고 소설을 쓰기보다는 직접 속시원히 듣고 싶어요. 얘기해 주세요."

상황에서는 탈출이 되었지만 아직 소설 속에서 나오지 못하였다. 거기에서 다시 탈출을 해야 되었다.

"어디 가서 대포나 한 잔 하지."

도형이 일어나며 찻값을 내었다.

거기서 술을 시켜도 되었다. 맥주도 있고 양주도 있고, 마른안주 대신 매운 낙지볶음이나 골뱅이무침에 국수를 비벼서 먹는 진 안주도 있었다. 두부김치도 있고. 그러나 장소를 바꾸고 싶었고 시끄러운 대폿집에 가서 얘기하고 싶었다.

연희라고 하는 상황에서 탈출을 하였듯이 이제 다시 희연의 상황에서 탈출을 해야 되는 것이었다. 얼굴도 모양 생김생김이 너무나 같아 착각을 할 정도인데다가 이름이 또한 혼동을 하게 했다. 연희蓮喜와 희연囍娟, 이름을 뒤집어 놓은 것이었다. 연희는 그녀의 2세에게 자신의 삶을 뒤집어 놓고 싶었는지 모른다. 자신의 잘 못 된 삶을 바르게 가게 해주고 싶은… 아니 그 반대였는지도 모른다. 가령 기쁨이라면 그것을 배로 쌍으로 해주고 싶은 욕망이 담겨 있는 그것을 무엇이라고 할까, 그러니까 희연은 연희였고 연희는 희연으로 그에게 다시 환생한 것이었다. 그리하여 다시 그의 상황 속으로 들어온 것이었다. 소설의 상황이 아니라 현실의 상황이었다.

"어디로 가실까요?"

희연이 그를 다그치고 있다.

"글쎄, 어디가 좋을까?"

"어디 조용한 데로 가실까요?"

"글쎄에……"

희연은 도형의 심정을 알면서 떠 보았다. 그것이 아니라는 것이었다.

"개골목으로 가실까요?"

"그럴까?"

"그러시지요, 뭐."

두 사람은 학교 앞 시끄러운 술집 골목으로 갔다. 학군 밖으로 나갔다가 다시 들어가는 것이었다. 학생들과 샐러리 맨들이 정신없이 마셔대며 팔뚝을 걷어붙이고 떠들어대는 골목, 그리로 가서 어쩌자는 것인가.

희연은 도형의 그런 심정을 읽은 것이다. 핵심을 피하자는 것이었다. 아니 핵심 속으로 들어가겠다는 것인지도 모른다.

지난 가을 희연과 같이 갔던 집으로 들어갔다. 그것은 그녀와 처음 만났을 때 갔던 술집이기도 했다. 언제나 시끄럽고 고기 굽는 연기 담배 연기가 자욱하고 마구 웃음과 분노를 터뜨려대는 공간이었다.

"뭘 하실까요?"

"글쎄 뭘 할까?"

도형은 계속 그런 식으로 되물었다.

희연은 도형의 취향을 잘 알았다. 가리는 것이 없었다. 우선 술부터 시켰다.

곁들이 안주에 소주를 한 잔 하면서 안주를 시켰다. 벽에 써붙여놓은 파전과 주물럭을 시켰다. 그러느라고 건배도 하지 않고 술을 들었다.

안주가 왔을 때 희연이 잔을 높이 들었다.

"조국과 민족을 위하여!"

도형이 잔을 부딪쳤다.

"그래 그것이 가장 좋은 구호이고 화두야. 그리고 자네의 논문을 위하여!"

"선생님의 소설을 위하여!"

희연이 다시 말하며 잔을 부딪는다.

"그래요. 소설을 위하여!"

도형은 희연을 바라보며 잔을 쭈욱 들고 그녀에게 따뤄 주었다.

"그래 논문을 다 썼어요?"

"예. 대략 얽었어요. 주제를 바꾸었어요."

희연이 반배를 하며 말하였다. 새로 쓰느라고 시간이 걸렸다는 것이었다. 그리고 그것을 대략 끝을 내어 가지고 이렇게 보따리에 싸들고 나온 것이었다. 보따리가 둘이었다.

"그래? 주제를 뭘로 하였는데?"

"지난번에 상의 드렸잖아요? 방향과 범위를 바꾸고 북한의 자료를 추가하였어요."

"논제를 어떻게 하였어요?"

"논제는 전과 비슷해요. 「한국 상고사의 허상虛像과 실체實體」, 선생님의 주장을 바탕으로 하였어요."

"그러면 안 되지."

"그러면 안 되는 거예요?"

희연이 배시시 웃으며 묻는다.

"그래 가지고는 통과가 안 되지."

"선생님을 심사위원에 넣는다고 했는걸요?"

박사학위 심사위원은 그 대학에서 3명 외부 대학에서 2명 교수로 구성하도록 되어 있기 때문에 그것이 가능하였다. 그리고 그 분야의 전공으로 몇 사람을 손꼽을 수가 있을 정도였고 어쩌면 도형이 가장 적격자인지도 모른다. 권위자 말이다. 친분이 문제인데 대개들 그렇게 하였다. 요는 제1조인 학자적 양심을 달고 있느냐인 것이다. 그래서 오히려 당연하고 자연스러운 결과로 그렇게 낙착이 될지도 모른다. 하지만 그는 고개를 크게 저었다.

"그러면 권위가 없지. 그리고 내가 들어가면 더구나 안 되지."

"왜요?"

"왜라니?"

"염려 놓으세요. 선생님의 논문을 조목조목 비판을 하였으니까요."

"그래? 정말이야?"

도형은 술잔을 놓고 희연을 바라보았다. 그의 눈이 번득였다.

"제가 선생님께 거짓말을 할 수 있어요?"

"어디 좀 보자고."

도형은 그제서야 논문 보따리를 끌러서 보자는 것이었다. 그래서 희연의 말을 당장 확인하려 드는 것이었다.

그러나 희연은 술상 위에 논문 뭉치를 올려놓는 대신 술잔을 내미는 것이었다.

"너무 신경 쓰지 마세요. 제가 선생님 입장을 곤란하게 하지는 않았으니까요. 천천히 그리고 자세히 좀 봐 주세요."

"새 자료가 나왔어?"

도형은 잔을 받으며 물었다.

그녀의 얘기가 맞았다. 이 시끄럽고 연기가 풀풀 나는 불판 위로 논문을 펼쳐놓고 보겠다는 것은 말이 안 되었다.

"새로 찾아낸 자료는 많지 않고요, 해석을 저 나름대로 해 보았어요. 몇 가지 뒤집은 것도 있어요."

"그래? 대표적인 것을 예를 좀 들어봐요."

도형은 희연에게 반배를 하며 다시 물었다. 아무래도 자신을 어떻게 비판하고 있는지 그것이 궁금하고 신경이 쓰이었다.

"집에 가지고 가셔서 보세요. 그리고 이 보따리부터 먼저 해결을 해요."

희연은 소설 보따리를 들먹거리며 말하였다. 그녀의 옆자리 빈 의자에 논문과 소설 두 보따리가 놓여 있었던 것이다. 다방에서는 탁자 위에 올려놓았던 것인데 여기서는 의자로 내려간 것이었다.

그녀는 소설 보따리를 위로 올려놓았다. 그것을 먼저 얘기하자는 것이었다. 그것을 위해서 논문을 들고 나온 것이고 논문이 얽어질 때까지 기다린 것이었다.
 애기를 어떻게 하자는 것인가. 무슨 판결을 내리자는 것인가.
 도형은 불안한 생각이 들었다. 마치 청문회의 증인으로 불려나와 앉아 있는 것 같다.
 그는 술을 한 병 더 시켰다. 그리고 자신의 잔을 비우고 새 병의 술을 희연에게 따루어 주었다. 그러며 당부하였다.
 "다시 말하지마는 그 소설, 소설인지 뭔지 모르지만, 그것으로 한선생의 물음에 대한 답이 된 거예요."
 분위기가 갑자기 무거워졌다. 어투부터가 아주 딱딱하였다.
 "알았지요?"
 "아니오."
 희연이 고개를 흔들었다.
 "이건 선생님의 문제가 아니고 제 문제예요. 선생님은 자꾸 빠져나가시려고만 하는데 그럴 문제가 아니예요."
 도형은 가만히 있었다. 상황이 그 때와 같은 것 같다. 연희에게 탈출하려고 하였듯이 희연에게 탈출하려고 하고 있는 것이었다.
 "도무지 그 소설은 의문 투성이예요. 제가 다시 쓸 수도 없고 말이지요. 그럼 그 뒤에 입대를 하신 거예요? 그리고 연을 만난 거예요? 석선생도 만나고요? 그리고…"
 희연이 자꾸 따지고 묻는다.
 "그 뒤부터는 한선생이 써봐요."
 도형은 그렇게 얘기하였다. 그러나 그렇게 어물어물 넘어 가지지가 않았다.
 "아니 정말 왜 그러세요? 제가 뭘 가지고 쓰란 말이예요? 무슨 뼈대가 있어야 쓸 수 있는 것 아니예요?"
 희연을 화를 내며 말하였다. 그리고 술을 한꺼번에 주욱 들이키고는 그에게 철철 넘어가게 따뤄주는 것이었다.

"소설을 쓰는 사람이 뼈대도 만드는 거지 뭐. 안 그래요? 목우가 오면 얘기가 잘 될 텐데……"

술집 주인이 그 소리를 듣고 목우 선생은 어제 다녀갔다고 말한다. 그렇다고 오늘 오지 말란 법은 없었다.

"얘기를 어떻게 하느냐가 문제가 아니고 무슨 얘기를 하느냐가 문제 아니예요? 문체가 문제가 아니고 행동이 문제예요."

역시 희연은 예리하였다. 소설과 사실을 혼동하고 헷갈리는 듯하였지만 그 의식의 끈을 똑 바로 잡고 있었다.

"소설가가 해결할 문제가 아니예요. 바로 선생님이 해결할 문제예요."

그러니까 목우가 와서 될 일이 아니라는 것이었다. 그녀에게는 작품이 문제가 아니고 답이 문제인 것이다. 그런데 도형은 자꾸만 물을 타고 있는 것이었다.

"자네가 해결해 봐."

도형은 자꾸 같은 소리만 하고 있었다. 어투만 바꾸었다.

"정말 선생님, 문제가 있구만요."

"그래 문제가 많아."

도형은 고개를 숙이고 술을 들었다.

"하나만 묻겠어요. 선생님은 성불구자인가요?"

"뭐야?"

도형은 희연을 노려보았다.

"호호호호…… 아니신 모양이군요. 호호호호……"

희연은 자신이 돌발적으로 괴상한 질문을 한 것을 웃음으로 무마하려 하였다.

"아니 도대체 무슨 소리를 하는 거야?"

"죄송해요. 불구자가 아닌 다음에는……"

희연이 말을 잇지 못하고 머뭇거린다.

"그런데?"
"아이가 있을 것 아니예요?"
"아이라니?"
"아이 참! 그만 두세요."

희연은 그리고 술을 들이킨다. 그렇게 못 알아들을 수가 없다. 얘기 방법이 틀린 것인가. 너무 지독한 표현인지 몰랐다. 좀 재미있게 물어본다는 것이 그렇게 되었다. 그러나 달리 더 얘기하고 싶지가 않았다.

"저기 말이야. 무엇을 묻는지 모르겠지만 연은 그 뒤에 만나지 못했어. 그리고 석선생도 만나지 못했어. 그 뒤 행방을 모르고 있어. 나를 찾아올 수는 있었겠는데, 그러지를 않은 것이지. 연도 그렇지만 석선생도 나타나지 않았던 것이지. 정말 만나려고 무진 애를 썼는데 그러지를 못했어. 사실은 나는 자네를 만날 때부터 아니 자네에게 어머니에 대한 얘기를 듣고부터 소식을 묻고 싶었어. 자네가 얘기해 주기를 바라고 있는 거야."

도형의 얘기는 또 그랬다. 왜 그랬는지는 지금 이제 와서 따져봐야 소용이 없는 것이고 그렇게 되어 희연의 궁금증을 풀어줄 수 없는 사정은 조금 이해가 될 것 같았다. 그러나 희연은 도무지 그의 태도가 못마땅하기만 했다.

"그게 무슨 차이가 있어요?"
"그건 또 무슨 이야기야?"
"선생님이 물어보시는 것하고 제가 얘기하는 것하고 말이에요."
"그런 얘기야? 글쎄, 그것을 따진다면 할 말은 없는데 왠지 그렇게 되었어. 좌우간 나의 얘기는 그것이 소설인지 일기인지 참회록인지 모르지만 그 속에 있는 것이 전부야. 자네를 주었으니 다시 잘 써봐. 그리고 이제부터 물어볼 사람은 나이고 얘기할 사람은 자네야."

희연은 대꾸를 못하였다. 묻고 싶은 말들을 다 잊어버렸다. 두 사람의 관계 그리고 그녀의 존재, 그 존재의 뿌리를 찾기란 어려울 것 같았다. 그것은 도형의 말대로 그녀가 찾아야 될 문제인지도 몰랐다.
 도형은 희연을 축축한 눈으로 바라보며 잔을 들었다. 연희가 떠오른다.
 자리를 옮겼다.
 맥줏집 〈푸른 집〉으로 갔다. 술은 그렇게 많이 취한 상태는 아니었다. 취하지가 않았다. 거기서는 정말 얘기를 다 하지 않을 수 없었다. 그런데도 도형은 이마담을 합석시킨다. 아니 마담이 와 앉는 것을 그냥 받아들인 것이지만. 이마담은 와이당을 늘어놓았다.
 "사랑하는 젊은 남녀가 한 방에 자게 되었는데, 여자가 금을 그어 놓고 거기를 넘어오면 짐승이라고 하여 남자는 곱게 잤대요. 이튿날 아침 여자는 남자보고 짐승만도 못한 사람이라고 하였다는 거지요. 호호호호……"
 도형은 배창자를 쥐고 웃으면서 말하는 마담을 따라 웃으며 희연에게도 한 마디 하라고 하였다. 그녀는 명령에 복종이라도 하듯이 얘기를 하였다.
 "소꿉장난을 하다가 세 살 짜리 사내애가 두 살 짜리 계집애를 건드렸는데, 계집애가 책임을 치라고 하자 사내애가 말했어요. 그래. 알았어. 내가 뭐 나이가 한 두 살이냐."
 세 살이라는 것이다. 까르르 웃었다.
 "하나 더 할까요?"
 희연이 웃지도 않고 명령자에게 묻는다.
 도형은 그만 하자고 하였다. 뭔가 희연의 것이 그의 가슴을 찌르고 있었다.
 희연이 고개를 숙이고 술만 마시었다. 마담이 일어서 자리를 비켜주었다.
 그녀의 출생의 비밀에 대하여 도형은 이야기할 수가 없었다. 그래서 그동안 이야기를 빙빙 돌린 것이고 써 놓았던 소설을 읽게 하였던 것인데 그것에 대하여 결국은 대답을 해야 했다. 그녀에게 소설을 쓰라고 하였지만 무책임한 처사였다.

희연은 규헌의 딸이 아니다. 따라서 도형의 딸이 아니다. 될 수가 없었다. 무엇보다도 다른 것을 다 떠나서 그와 헤어진 시기하고 희연의 나이하고 맞지가 않는다. 석선생의 딸일 수는 있다. 그러나 확실히 그런 것을 증명할 수 있는 근거는 없다.

기다리다 못해 희연이 말한다.

어머니는 아주 어릴 때 기억밖에 없다. 어디 멀리로 떠났다고 했다. 거기가 어디인지 몰랐다. 아버지는 누군지 모르고 그녀는 외할머니 집에서 자랐다.

할머니가 돌아가시고 외삼촌을 따라 대전으로 왔고 외삼촌이 죽자 외숙모는 재가再嫁해 또 그리로 따라가 얼마나 눈칫밥을 먹고 있다가 나왔고 그 뒤 외숙모의 새 남편-글세 호칭을 뭐라고 할까, 그 아저씨-에게 성폭행을 피하여 뛰쳐나왔고…

희연은 이야기를 계속하지 못하고 김이 나간 맥주만 들었다.

그는 연, 그러니까 연희만 버린 것이 아니고 희연도 버린 것이었다. 버렸다기보다… 좌우간 희연에게 고통이 따랐던 역정에 대하여 자신의 책임으로 안겨지는 것이었다. 지금 이 순간도 마찬가지인 것이다. 그녀-연희-가 어디에 살고 있는 것인지 죽었는지 살았는지도 모르고 있는 것이다. 아무 것도 모르고 있는 것이다. 그저 희연이 얘기하는 것을 듣고 있을 뿐인 것이었다.

희연은 그 뒤의 얘기를 계속하는 대신 그에게 따지는 것이었다.

"아니 도대체…"

그를 뚫어지게 바라본다. 누구에 대해 묻고 있는 것인지 몰랐다. 연희에 대한 것인지 희연 자신에 대한 것인지. 그 둘은 결국 둘이 아니었다. 하나였다.

그는 희연에게 술을 따랐다. 그녀는 사양하지 않고 술을 가득 받는다.
"과거는 깡그리 다 잊고 싶었던가보지요?"
그녀는 그렇게 또 따지는 것이었다.
그는 희연을 바라보지 못하였다. 그냥 술을 마시면서 넋두리처럼 늘어놓았다.
"나의 첫사랑인 것만은 틀림없어. 그런데 정말 거짓말처럼 잊고 살았어. 너무도 바쁘게 뛰었어. 왜 뭐가 그렇게 바빴던지 몰라. 박사학위를 안 하면 쓰러지는 줄 알고 허겁지겁 그것을 했고 유학을 안 가면 또 안 되는 줄 알고 몇 년을 다녀왔고, 논문을 안 쓰고 책을 안 내면 밀려나는 줄 알고 기를 쓰고 답사를 다니며 글을 쓰고 책을 내었고, 번역서가 없으면 또 어떻게 되는 줄 알고 죽기 살기로 번역을 하고, 또 무슨 학회장이다 이사다 평의원이다를 못하면 사람 취급을 못 받기라도 하는 것처럼 이것 저것 걸터드렸지. 그러다 보니 머리가 다 썩고 세어버렸어. 그까짓 것들이 뭐 그렇게 대단한 거라고, 이제 와서야 내가 정말 뭘 해야 되는지 알 것 같애. 그리고 내가 뭘 버리고 있었는지도……."
"그것이 무엇인데요?"
희연이 또 물었다.
도형은 대답을 하지 않고 술을 마시었다.
그의 변명 같은 말들이 희연에게는 실감이 났다. 그것을 눈으로 보고 있었기 때문인지 몰랐다. 그녀도 그런 면이 있었기 때문인지 몰랐다.
"그건 저도 그랬던 것 같애요. 그동안 제 위치를 가지고 싶었어요. 교수나 박사 같은 것으로 제 위치를 지키려고 했던 것 같애요. 그러느라고 저의 뿌리를 잊고 있었던 것 같애요."
도형은 희연을 연민의 정을 가지고 바라보았다. 그녀야말로 그대로 소설이었다. 그러나 그는 그녀에게 소설을 써보라는 얘기를 하고 싶지는 않았다. 어떻든 격돌은 피하였다. 그는 다시 물을 탔다.

"남자 주인공-그것은 바로 그를 가리키는 것이었지만-행동이 이해가 안 가지?"

그 소설 얘기였다. 갑자기 그렇게 묻고 싶어졌던 것이다.

"물론 안 가지요."

희연은 웃으면서 말하였다. 분위기가 바뀌었다.

"물론?"

"너무 시골뜨기 같아요."

"그래. 그렇지? 행동도 그렇고 사고방식도 그렇고."

"네."

그녀는 머뭇거리다가 말한다.

"솔직히 말씀드려서 지금도 그런 시골뜨기 같은 면이 있어요."

그리고 웃어대는 것이었다.

"그래?"

"요즘 같은 세상에 그것이 매력일 수도 있지요."

"뭐야?"

"그런데 연은 그렇다 치고 규헌은 어떻게 된 거예요? 이름 말이에요?"

"글쎄 말이야. 하하하하…… 우리 외가에 그런 항열자가 있었어. 법이라는 거지 뭐. 법 규揆자, 법 헌憲자, 이름이야 좋았지. 하하하하……."

그는 웃으며 희연을 바라보다가 다시 그녀의 얘기를 물었다.

"그래 그 뒤에 어떻게 되었어요?"

희연은 한숨부터 푹 쉬고는 간단히 말하였다.

"그 뒤 얘기는 길어요. 그리고 다 얘기할 수도 없고요. 좌우간 정신없이 살았어요. 그저 사는 그 자체가 목적인 것처럼. 그리고 공부가 인생의 다인 것처럼 죽기 살기로 했어요."

도형은 얘기를 하고 있는 희연을 정면으로 바라볼 수 없어 지그시 눈을 감았다.
"그런데 언젠가부터 자신의 문제 나의 존재의 뿌리가 궁금해졌고 그것을 알고 싶어졌어요. 선생님을 찾은 것은 그 때문이었지요."
"그러면 어머니는?"
도형은 얘기를 다 듣고 있을 수가 없었다. 그도 이제 가면을 벗었다.
"그것을 저에게 물어야 해요?"
희연은 그를 똑 바로 보며 날카롭게 되묻는다.
"미안해요."
"좌우간 저도 몰라요."
"생사는?"
"그것을 저도 모르고 있어요."
희연은 고개를 숙이었다. 소리도 풀이 죽었다.
참 이상한 일이었다. 그로서도 어쩌면 그렇게 잊고 있었던지. 생사도 모르고 있었다니, 정말 면목이 없는 것이다. 그런데 그녀도 그것을 모르고 있다는 것이었다. 도무지 이해가 안 갔고, 묘한 착각이 일기도 하는 것이었다. 어쩌면 두 사람이 그렇게 똑 같은가 말이다.
그러나 그것은 사실이었다. 어느 한 쪽의 노력으로는 힘들지도 모른다. 두 사람의 노력을 다 동원해야 할지도 모른다. 잘 하면 그것을 찾는 경로가 있을 것 같기도 했다. 석선생을 찾는 경로도 있을지 모른다.
아직 그 때의 상황은 끝나지 않은 것인지도 모른다. 다만 잊고 있었고 그 때처럼 딴 길을 갔을 뿐 상황은 변한 것이 없는지 모른다. 그것을 일깨워주는 촉매자로서 희연이 나탄난 것인지도 모른다. 모른다. 모른다.
그런 생각을 하는 순간 앞에 앉은 희연이 마치 무슨 유령 같기도 하였다.
도형은 희연에게 술을 따르며 그녀의 눈 속을 파고 들었다.
"한선생!"

"네."
"술을 들어요."
"네. 그런데 호칭이 마음에 안 들어요."
"그래? 그럼 한교수!"
"그게 아니고요……"
"그럼?"
"연이라고 불러주세요."
"아니 뭐야?"
 연이 환생한 것이다. 연희 그녀는 연이었다.
"제 이름이잖아요?"
 실색을 하는 그에게 희연이 태연히 되뇌인다.
 그의 과민반응이었는지도 모른다. 그녀의 이름은 희연이고 줄여서 연이었다. 그가 연희의 애칭을 연이라고 썼듯이 희연의 애칭을 연이라고 쓰고 있는지 몰랐다. 그냥 희연을 줄여서 연이라고 하고 있는지도 몰랐다. 그러니까 연은 연희의 전유물이 아닌지도 모른다. 원래 공동으로 사용하라고 그렇게 이름을 헷갈리게 지었는지도 모른다.
"아! 그런가?"
 그렇지 않은지도 모른다. 그의 착각이 맞았던지도 모른다. 어떻든 좋게 해석하기로 하였다. 지금 그런 것을 따지고 있을 필요가 없는 것이었다.
 참 도형 아니 규헌도 너무하였다. 그녀-연-와 헤어진 후 오랜 동안 불면증에 시달리고 계속 달려가야 한다고 생각했지만 한 번 정한 원칙이 무슨 계시라도 되듯 물로든 불로든 갔던 것이다. 그러고 잊고 만 것이었다. 희연을 만나기 전까지만 해도 까맣게 잊고 살았던 것이다.
 희연과의 만남은 그가 그동안 연구해 오고 있던 전공의 전말을 소설화하는 계기가 되었고 또 그 쾌쾌 묵은 그의 소설을 들추게 되는 계기가 되었다. 그것이 정말 소설이고 또 소설을 쓸 수 있을지, 쓴다 하더라도 그것이 소설이 될지 어떨지 모르지만 그가 소설을 쓰겠다고 생심을 하게 된 것은 물론 소설이라고 하여 써봤던 경험에서 연유하는 것이었다. 앞엣 것은 그 자신의 소설이고 뒤엣 것은 우리 민족의 소설이다. 그런데 그 자신의 것이 해결이 안 된 상태에서 무슨 민족이고 소설이고가 있겠는가. 그런 생각이 그를 짓누르고 있었다. 새로운 숙제를 떠안은 것이다. 희연은 그에게 두 가지 큰 짐을 지워준 것이었다.

"같이 찾아보자고. 혹시 남동생 말고 여동이 있지 않았었나? 아니 그 여동생을 알고 있나?"

도형은 희연에게 술을 따랐다.

"네? 여동생이라면?"

희연이 눈을 반짝거리며 기억을 떠올렸다.

"맞아요. 있었어요. 이모가 있어요."

"그래. 연순이던가?"

"만나보셨어요?"

"한 동네였으니까. 내 동생과 같은 또래였지."

"그래요? 그런데 정말 도숙씨는 어떻게 되었어요?"

"거기 써 있잖아."

"행방불명이라고 돼 있는데, 지금도인가요?"

그는 대답을 하지 않았다. 대답을 할 수가 없었다. 도숙이는 정말 그 자신 때문에 희생된 것이고 아직도 그의 가슴에 큰 못으로 박혀 있는 것이다. 오랜만에 녹쓴 그 못을 건드린 것이다. 그는 결려서 말을 할 수 없었다.

"어딘가 살아 있을 것 같은 예감이 들어요."

희연이 말한다.

"그래? 똑 같은 말을 하는군!"

연, 연희도 그랬었다.

"북한에 말이에요."

"그래."

그녀의 생각은 어쩌면 그와 그렇게도 같은지 모르겠다. 그도 가끔 그런 상상을 하고 있었다. 둘의 생각이 같았다. 셋의 생각이 같았다.

"다른 데가 아니면 그렇게 연락이 안 될 수가 없지."

아무 근거도 없이 살아 있다는 것을 가정해서 하는 말이지만, 통하지 않는 나라가 북한밖에 더 있는가. 소련-이제 여러 나라로 독립을 하였으니 러시아가 됐든 우즈베키스탄이나 알마타가 됐든-중국 어디라 하더라도 못 가고 오는 데가 없었다.

"연은 어떻게 된 걸까?"

"어머니도 이 세상 어딘가에 살고 있을 것 같애요."

"그래. 어느 바람 속에라도."

그도 그렇게 믿고 싶었다. 정말 그랬으면 좋겠다. 그러면 우선 그녀에게 가서 무릎을 꿇고 빌리라. 멀리 떠나겠다고 했다. 약속해 주겠느냐고 물었다. 자살하지 않겠다고. 그녀의 길을 가겠다고 하였다. 도형은 그녀를 믿었다. 어느 하늘 아래 어느 바람 속에서라도, 언제 어디서 무엇이 되어서라도 살아 있어야 되었다. 그리고 만나야 되었다. 그런데 도무지 그것이 상상이 되지 않았다.

"그런데 정말 북한도 아니고 왜 연락이 끊긴 것인가. 왜 끊은 것인가."

"저도 그것이 궁금해요. 혹시 선생님 때문은 아닐까요?"

"뭐라고?"

"호호호호……."

희연은 다시 그가 실색을 하는 것을 보고 웃는다.

"그것은 말이 안 되지. 나 때문에 자네와 인연을 끊을 필요가 없는 거지."

"그러면 누구 때문일까요?"

"뭐라고?"

그는 멍청하게 똑 같은 되물음을 하고 있었다.
"호호호호…… 뭘 그렇게 놀라세요?"
"허허허허……"
그의 상상력은 희연을 따를 수가 없었다. 경주를 한다면 희연을 따라갈 수가 없는 것과 마찬가지인지 모른다. 희연의 말대로일지도 모른다. 그러나 그에게는 왜일까. 아무래도 어디에도 살아 있지 않을 것 같은 생각이 자꾸 드는 것이었다. 아니다. 아니다. 그래서는 안 된다. 안 된다. 안 된다.
희연은 논문이 통과되고 나면 그것을 추적하겠다고 하였다. 그렇게 생각하고 있었다고 하였다.
"빨리 쓰라고."
그가 잔을 들었다.
희연도 잔을 들었다.
"잘 부탁드려요."
두 사람은 건배를 하였다. 그것은 같이 연을 찾자는 약속이기도 했다.
"그 이모라는 분이 가끔 잊을만 하면 전화를 하곤 했어요. 지금 생각하니까 그래요. 저는 얼굴도 몰라요."
"그쪽에서야 자네 얼굴을 알겠지? 자네를 늘 보고 있는지도 몰라."
"그건 모르지요."
"어머니 얼굴은 알아?"
"몰라요. 희미한 베일에 싸여 있는 얼굴이 떠오를 뿐이에요. 그것도 희미한 사진을 통한 기억이지요."
"좌우간 그 이모가 열쇠가 될지도 모르겠네. 연순이……"
그도 그 희미한 연희의 동생 얼굴을 더듬어보았다.
"글쎄요. 그런데 어떻게 찾지요?"

"찾아보자고."
"어디 집히는 데가 있는가 보지요?"
"아니, 그건 아니야. 그러나 무슨 방법이 있을 거야."
"정말 선생님과 같이 풀면 풀릴 것 같은 예감이 들어요. 그리고 이미 풀린 것 같애요."
"그래. 나도 그런데."
"뭔가 통하는 것이 있는 것 같애요."
"피와 살의 의미를 이제 알겠어?"
"모르겠어요."

도형과 연희는 살을 섞은 것이다. 희연은 연희의 핏줄이다. 그와 희연은 살이 섞인 것이다.

그의 고모부 넷이 다 재취를 하였다. 제일 큰 고모의 경우는 일찍 죽어서 소생이 없고 움고모-새 고모-의 소생만 있는데, 외사촌 외사촌하며 자주 왕래를 하였었다. 그의 고종 사촌이라는 것이다. 그러나 따지고 보면 그들은 고모의 피가 한 방울도 섞인 것이 아니다. 고모와 살을 섞은 고모부가 새 고모와 피를 섞어 낳은 것이다. 그러니까 고모와는 살이 섞인 분신들이다.

그런 설명을 듣고 희연은 그녀의 죽은 외삼촌, 외숙모의 새 남편 그 새 외삼촌-아니 그 아저씨-에 대해서 얘기를 하다가 묻는다.

"그러면 우리의 관계는 뭐라는 거예요?"

그가 대답 대신 희연을 물끄러미 바라보고 있는데 마담이 다시 옆에 와 앉으며 말한다.

"애인 관계."

아무도 대꾸를 않자 마담은 술을 더 시키고 술을 석 잔을 가득 따라 가지고 부라보! 하고 부딪으며 웃어대었다. 그러는데 목우가 술에 잔뜩 취해 들어와서는 그들 옆에 또 앉았다. 그 때서부터는 아무 말도 않고 술만 마셔대었다.

안식년

 옛땅을 찾기에 앞서 우선 현재의 나를 찾아야 할 것 같았다. 어딘지도 모르고 가고 있었다. 브레이크가 고장난 화물차와 같이 계속 달려갔다. 속도가 자꾸 가속이 되면서 정신을 차릴 수가 없이 그냥 휩쓸리었다. 물인지 불인지 모르고 누구 장단인지도 모르고 춤을 추었다.
 그동안 어떻게 살았는지 무엇을 연구하고 발표하고 가르쳤는지 도무지 알 수가 없다. 그것이 정말 중요한 것이었는지 가치가 있는 것이었는지 그것도 알 수가 없다. 잘은 모르지만 도무지 그런 것 같지가 않다. 아무 것도 아닌 것에 매달린 것 같다. 그런데 거기에 정력을 다 쏟고 시간을 다 보낸 것이다.
 참으로 많이 늦긴 하였지만 지금부터라도 길을 제대로 찾아서 제 길을 가야 될 것이었다. 얼마 많이 남지 않은 것 같았다. 길도 그렇고 시간도 그렇고 조금 남은 것이 보이는 것 같았다. 그러나 얼마가 되었든 단 몇 미터 몇 분이 되었든 제대로 걷다가 설 곳에 서 있어야 할 것이었다. 가지는 못한다 하더라도 방향이라도 제대로 잡아야 할 것이었다. 방향을 못 잡으면 생각이라도 똑바로 하고 있어야 할 것이었다.
 그런 자신에 대한 회의에서 조금 해방되기로 한 것이었다. 안식년이라기도 하고 연구년이라기도 하는데 물론 두 가지 목적이 다 있는 것이었다. 쉬기도 하고 그동안 산발적으로 발표한 것을 체계를 세워 정리를 하려는 것이다. 「근원을 찾아서」 그렇게 가제를 정하기도 했지만 아직 아무 것도 결론은 내려지지 않은 상태였다. 또 그것을 소설로 써

보라고 해서 그렇게 할 생각도 가지고 있는 것이다. 일부에 해당하는 것이지만 조금 써보기도 하였던 것이다.

그러나 우선 연구와 발표도 중요하지만 자신에 대한 정리를 하여야 했다. 한 해를 쉬는 안식년 동안 틀에 얽매이지 않고 각박하지 않게 그러나 그동안 하지 못한 것을 해보려는 것이다. 그의 학문에 대한 연구년이라기보다 그 자신의 삶에 대한 연구년이 되고자 하는 것이다. 자신에 대해서 너무나 무관심하고 버려두고 있었던 것이다. 과거에 대하여 첫사랑에 대하여 사랑에 대하여, 뭐 꼭 그런 것 뿐 아니고 그동안 앞으로만 갔지 뒤는 돌아보지 못했던 것이다. 1년 동안에 거는 기대는 참으로 많았다.

그 안식년 연구년이 벌써 한 달이 지났다. 두문불출을 하고 있었다. 책을 보면서 답사 여행 계획을 세우는 것이기도 하였다. 우선 일정에 매이지 않는 여행을 하고 싶었다. 어디서부터 시작할까.

그러고 있던 차에 하나의 일정日程이 떠올라 채비를 하였다. 간편한 등산 차림이었다. 아침 이른 시간이었다.

12시에 강화도 마니산 꼭대기에서 열리는 어천절御天節 행사에 참가하기로 되어 있었던 것이다. 어천절은 단군이 승천한 날이다. 이날 대종교大倧教 단군교를 비롯한 단군학회 배달학회 개천학회 등 학술 연구 단체 동호인들이 모여 하늘에 제를 올리는 것이다. 개천절과 같이 관 주도의 행사가 아니고 자발적으로 이루어지는 민간 행사인 것이다.

매년 이 행사에 참석을 하였었다. 수업이 있으면 휴강을 하거나 다른 날로 돌리고 학생들도 데리고 가곤 했었는데 이번에는 아무 일정이 없어 홀가분하였다. 새벽에야 날짜 기억이 난 것이다.

전철을 타고 가다 시청 앞에 내려서 집결장소로 갔다. 거기 마니산으로 가는 버스가 붕붕거리며 기다리고 있었다. 한 발 늦었으면 못 탈 뻔하였다. 언제나 그는 그 정한 시간에 빠듯하게 당도하거나 지각을 하였다. 해묵은 천성이었다.

서둘렀는데도 몇 분 지각이었다. 매년 그렇게 헐레벌떡 시간을 대어 왔다. 차를 놓친 적도 있었다.

여러 해 전, 백령도에 갈 때였다. 그 때 배가 보름에 한 번씩 다닐 땐데 심청전의 무대가 되는 임당수를 답사하고 휴전선 북쪽 깊숙히 위치한 그곳의 정황을 보기위하여 방송작가들의 해병부대 위문단에 끼어 가는 것이었다. 해군의 구축함을 인천에서 타기 위해 광화문에서 떠나는 해군 버스를 타야 했다. 그런데 그 버스를 놓친 것이다. 그는 버스가 떠난 자리에 멍하니 서 있다가 단골 다방에 가서 커피를 한 잔 하였다. 그냥 돌아가기는 아까운 기회였다. 전화를 걸어보았다. 국방일보의 편집실장이 같이 가기로 돼 있는 것을 알고 그 쪽으로 물어보았다. 어디에서 몇 시에 출발하느냐고. 인천 연안부두에서 출발하고 시간은 얼마 남지 않았다고 하였다. 거기서 커피들을 마시고 갔다며 마담은 빨리 가보라도 재촉을 하였지만 커피를 다 마시고 택시를 잡아탔다. 물론 시간에 대어갈 자신도 없고 넓은 부두 어디쯤에서 배가 떠나는지 막연하여 포기할까 하다가 헛걸음을 각오하고 가는 데까지 가보기로 하였다. 그가 탄 차가 연안부두 터미널 광장에 도착하였을 때 해군 헌병이 물었다. 이교수가 아니냐고. 그렇다고 하자 어서 타라고 하였다. 큰 버스를 대기시켜놓고 있었다. 어떻게 나인지를 알았느냐고 묻자, 서울 넘버가 붙은 차는 무조건 물어보고 있었다고 하였다. 여러 군데에 많은 헌병을 배치해 놓았었다고 하였다. 그는 참으로 미안하여 얼굴을 들지 못하고, 아직 배가 안 떠났느냐고 묻는 말에는 대답을 않았다. 이윽고 큰 군함 앞에 버스가 서고 그가 내렸을 때 해군 소장이던가 전투모에 별이 눈부신 함장이 악수를 하며 어서 타라고 하였다. 그 큰 배에 탄 사람들이 모두들 갑판에 나와 내려다 보고 있었다. 참으로 기종奇種의 상판을 구경하기 위해서였다. 뒤에 안 일이지만 국방일보에서 그쪽으로 전화를 한 것이고 방위성금으로 미국에서 사들인 그 배가 진수한 이래 1분 이상을 연발한 적이 없었는데 이날 20분을 늦게 출항하였다고 하였다.

　기록을 깨어도 많이 깬 것이었다. 그는 어디에 지각을 특히 많이 할 때면 그 얘기를 꺼내곤 하였다. 그러면 모두들 참 엔간하다고 웃어넘기었다. 그렇게 안 넘어갈 때는 또 하나의 비방이 있다. 막말이다. "이러다 무덤에까지 지각하지 않으려는지 몰라." 그러면 누구나 웃지 않고는 못 배긴다. 뭐 사기를 치자는 것도 아니고 최면을 거는 것도 아니었다. 아슬아슬하게 살얼음을 딛고 사는 방법이었다. 하루 하루 곡예를 하였다.

　버스 안에는 여러 사학자들 단군학회 회원들 지인들 행사를 주최하는 대종교 임직원들이 타고 있다. 그는 죄송하다는 뜻으로 허리를 90도 각도로 굽혀 절을 하였다. 좌중의 여러 사람들에게 하는 애교 있는 사죄였다.

　"오늘은 놓치지 않으셨으니 큰절을 해야지."

　저 뒤에서 누가 답례를 한다. ㄱ대학의 오영식 교수이다.

　그 옆자리가 비어 있어서 들어가는데 인사들을 한다.

　"재미 좋지요?"

　"별 일 없지요?"

　"아, 네. 별 일이 좀 있을려고 그럽니다."

　모두들 웃어댄다. 그는 모자를 벗어서 뒤통수를 쓰다듬으며 오교수 옆으로 갔다. 그가 앉는데 앞과 뒤에서 악수를 청하는 손이 들어온다.

　"아니 뭐가 그리 바빠서 얼굴을 볼 수가 없어요?"

　"오랜만이올시다."

　정신문화연구원에 있는 박교수와 연변에서 온 최소장이다. 매년 이 모임이나 다른 세미나 장소에서 가끔 만나는 인사들이다.

　"아, 예. 별 일 없지요? 건강하시지요?"

　"별 일이 많아요."

　도형이 인사를 하며 손을 흔들자 최소장이 또 그렇게 말하여 모두들 또 한 번 웃었다. 연변 민족문화연구소 최영일 소장은 정말 반가왔다.
"그래 이교수는 무슨 좋은 일이 있는 가보지요?"
오교수가 옆에 앉자 또 묻는다.
"기다려 봐요."
버스는 계속 붕붕거리다가 도형이 의자에 앉자 마자 출발을 하는 것이었다. 언제나 그가 오면 다 오는 것이었다.
그러는데 저만큼 가던 버스가 덜컥 서고 문이 열리며 또 한 사람이 타는 것이었다. 숨을 헐떡거리며 홍당무가 되어 올라탄 여인은 희연이었다. 그의 재판再版이었다.
희연도 늘 이 모임에 참여를 하는 편이었다. 대개는 도형과 연락이 되어서 같이 가게 되었다. 중간에서 만나서 함께 버스에 오르곤 했었다. 지각을 해가지고. 그런데 이날은 정말 의외였다. 서로 연락도 없었고 그도 오늘 갑자기 생각이 나서 나온 것이다. 또 그녀와는 며칠 전 만난 이후 전화도 없었던 터였다.
"죄송합니다. 정말 죄송합니다."
얼굴은 손으로 가린 채 희연이 사죄를 하였다.
그러자 차안에 탄 사람들이 약속이나 한 듯이 일제히 박수를 쳐대는 것이었다.
희연은 더욱 미안하여 여전히 얼굴을 못 들고 제일 뒷자리로 앉는다. 그의 뒷자리 최소장의 옆이었다.
"뭘 기다려보라는가 했더니······"
옆의 오교수가 웃으면서 말한다.
"무슨 소리를 하고 있는 거요?"
도형이 오교수의 말이 이상하게 들려 따져서 설명하려는데, 그 소리를 뒤에서 듣고 희연이 어떻게 알아들었는지.
"아아이, 죄송하다고 그랬잖아요, 선생님."
그렇게 척 갖다 붙이는 것이었다.

곤란할 것까지야 없었지만 이상하게 되었다. 오교수는 바로 희연이 강의를 하고 있으며 박사학위를 옮겨 가지고 가서 제출하려고 하는 ㄱ 대학의 사학과의 고대사 전공이었던 것이다. 어쩌면 희연이 그쪽으로 옮아가게 된 데에는 오교수의 역할이 컸고 또 그렇게 된 데에는 이런 모임이라든지 뜻을 같이하는 장소에서 자주 만나 의기투합이 되었기 때문이었던 것이다. 그것은 결국 도형의 역할이라고 할 수 있었지만.

"저는 말이에요, 아무 연락이 없으시길래 먼저 만나서 가던 다방으로 갔었지요. 안 가실 리는 없고 해서 말이에요. 그래 조금만 더 기다려 본다 한 것인데…."

그랬다는 것이다. 매년 이날 만나서 가기 위해 차를 마시던 다방이 있었다.

"아, 그래요? 미안하게 되었군요."

도형은 희연을 돌아보며 말하였다. 그리고 웃어 보였다. 그러나 그의 마음은 좀 무거웠다.

희연도 전화를 할 수 없었던 것이다. 그래서 약속도 하지 않은 다방에서 기다리고 있었던 것이다. 거기서 이심전심으로 자연스럽게 만나서 가고 싶었던 것이다.

"어쩌면 그런 것까지 그렇게 닮아요."

"그러게 말입니다."

최소장도 오교수의 말에 동의를 하였다. 두 사람의 지각에 대한 얘기였다.

"사전자전이지."

앞에서 또 누가 한 마디 하였다. 스승과 제자가 꼭 같다는 말이다. 그만큼 도형이나 희연에 대해 관심들이 있었다.

버스는 어느 사이 시내를 통과하고 김포를 지나 바다 위의 연육교를 지나고 있었다. 다리만 건너면 강화도였다.

바다라고 하지만 한강과 임진강이 만나 서해 바다로 흘러들어가는 곳이다. 다리 이쪽 저쪽에는 해병대가 삼엄한 경계 태세를 취하고 있기도 했다.

다리를 건너서도 한참 차가 달렸다. 강화 시내의 네거리를 몇 번 지나고 여러 갈림길에서 갈라져 산 속 길을 달리었다.

"여기는 벌써 공기 냄새부터가 달라."

오교수가 창문을 열고 바람을 받아들이며 말하였다.

"어떻게 다르지요?"

최소장이 물었다.

"짭조름하고 쌉쌀한 것이 해초 맛에다 알싸한 해송 냄새가 섞여서 말이지요."

"오징어 냄새는 안 나요?"

옆에서 또 누가 얘기하는 말 때문인가, 모두들 까르르 웃었다. 그러면서 모두들 차창을 열고 해풍에 묻어오는 솔바람을 들여 마시었다.

도형도 심호흡을 하며 공기를 갈아넣었다. 머리가 맑아지고 며칠 전부터의 숙취가 해소되는 것 같았다.

차가 마니산 밑 광장에 닿았다. 모두들 내려서도 심호흡을 하고 기지개를 펴다가 친한 사람들끼리 삼삼오오 짝을 지어 이야기를 나누며 산으로 오르기 시작하였다.

도형은 오랜만에 대하는 얼굴들이 많았다. 일일이 그가 찾아 악수를 하며 인사를 나누고 가게로 가서 소주를 두 병 사서 배낭에 넣었다.

"그것 가지고 되겠어요?"

오교수가 웃으며 말한다.

"더 살 테니까 넣고 가실래요?"

"그만두겠어요."

오교수는 손을 흔든다. 실은 그의 배낭 속에 한 병이 들어 있는 것이다.

"오징어는 제가 살게요."

희연이 옆의 가게에서 마른 오징어를 몇 마리 사서 넣으며 말하자 모두들 웃었다. 버스 안에서부터의 분위기가 계속되었던 것이다. 좌우간 그녀도 도형처럼 아무 준비가 없이 잔 자리에 나온 것이다.

등산로는 마니산 정상을 향해 나 있었다. 한동안 평탄한 길이었다. 길옆으로 산벚꽃들이 활짝 피었다. 꽃길이었다. 공기나 산소의 문제가 아니라 향기에 취하여 모두들 말을 잊었다.

약수터가 있는 곳에서 물을 한 바가지씩 마시고 숨을 돌려서 수없이 많은 층층대로 연결된 길을 오르기 시작했다.

참으로 힘겨운 길이었다. 숨이 차고 다리가 시큰거렸다. 얼마나 그런 지옥훈련 같은 강행군을 계속하다가 쉬는 곳에서 뒤를 돌아보았다.

바다가 환히 내려다 보였다. 북쪽 땅도 눈에 들어왔다.

숨이 턱에 닿고 온통 땀으로 등허리를 다 적시고야 산꼭대기에 오를 수 있었다. 마니산 정상이다. 마니산을 마리산이라고도 한다. 마리는 머리의 뜻이다. 동물을 헤아릴 때 한 마리 두 마리 하는 것은 그 머리의 수를 말하는 것이다.

산 정상에는 하늘에 제사를 지내는 제단이 있다. 참성단塹星壇이다. 그 위에 올라서자 온 천지가 다 보이는 듯 했다. 맑은 날씨에 시정視程이 무한히 펼쳐졌다. 인천 앞바다에서 저 중국 연안까지 그리고 저쪽 송악산 너머 개성으로 연하여 있는 북녘 땅으로.

참성단에서 백두산 천지와 한라산 백록담까지의 거리가 같다. 단군왕검이 하늘에 제사를 지내기 위해 마련했다는 이 참성단(사적 136호)은 원시형태의 제단이다. 높이가 5미터를 넘으며 자연석을 쌓은 것이다. 기단의 지름은 4.5미터, 상단은 사방 2미터의 방方형으로 되어 있고 아래는 원圓형으로 4.5미터의 규모이다.

이 제단의 축조연대는 확실한 것은 아니지만 4천 년을 넘는 유물로 추정되고 있어 단군시대까지 연결되고 있다. 고구려 유리왕 19(2333, B.C. 1)년에 사슴과 돼지를 잡아 제사를 지내게 하였고 백제 비류왕

10(2646, B.C. 313)년에는 왕이 몸소 이곳에 찾아와 제사를 주재하였으며 신라 왕실에서는 해마다 흰밥과 흰떡 과일 등을 받쳐 제사를 지냈다는 기록이 전하고 있다. 고려 때에는 역대 임금이 정성을 들여 제사를 올렸고 근세에는 융희년간 황제가 춘추에 제사지냈다. 고려 원종 17년, 조선 인조 17년, 숙종 26년에 각각 수축한 바 있고, 현재에는 강화 군수가 제주가 되어 천제를 올리고 있다. 그리고 군내에서 뽑힌 칠선녀에 의해서 태양열로 점화된 성화를 전국체전全國體典 식장에 리레이로 봉송하고 있다. 그 원점이다. 거기에 서 있는 것이다.

음력으로 삼월 보름, 단군왕검이 승하한 어천절御天節이다. 한배검 한얼의 본 자리로 되돌아간 날이다. 아득한 옛날 상원갑자上元甲子 상달 상날-10월 3일-에 태백산에 내림으로써 하늘 문을 열고, 개천開天 124년 재주갑자再周甲子 무진戊辰에 임금으로 추대됨으로써 개국開國하여 백성들을 교화하고 정통 윤리를 펴다가 개천 217년(93년, B.C. 2240년) 삼월 보름날 아사달에서 한얼의 본 자리로 되돌아간 것이다. 이날을 홍익인간弘益人間 이화세계理化世界를 이루기 위하여 개천 개국하고 교화敎化 치화治化한 단군 한배검의 거룩한 신공성덕神功聖德을 기리고 추앙하는 어천절로 지키는 것이다. 식전에서 그러한 내용의 방송이 되고 있었다.

정오가 되자 행사에 참가하는 사람들이 거의 다 올라왔다. 제단에는 제물이 진설돼 있고 천제를 지낼 준비가 완료되었다. 모두들 하던 이야기를 멈추고 제단을 향해 경건한 자세로 둘러섰다.

이윽고 제단으로 오르는 돌층대 위 평퍼짐한 자리에서 대종교의 천제 선의식이 거행되었다.

"선의식을 엽니다."

도식導式이 홀기笏記를 들고 소리를 가다듬어 부름으로 개의식開儀式을 하였다.

전의典儀가 읍揖하여 주사主祀와 모든 예원과 참사하는 사람들을 인도하고 여러 사람은 모두 전의를 향하여 읍하고 제 자리에 바로 선다.

참령식參靈式으로 이어져 주사는 신상神牀 앞에 꿇어앉고, 전의가 읍하고 봉향奉香을 인도하여 주사의 오른쪽에 꿇어앉고, 봉향은 천향天香을 받들고 주사는 천향을 피우고 제 자리로 물러서고, 주사로부터 참사하는 사람들이 모두 네 번 절한다.

전폐식奠幣式에서는 세 가지 신폐神幣를 드린다. 전의가 읍하고 봉지奉贄들을 인도하여 곡지穀贄 사지絲贄 화지貨贄를 주사에게 전하고, 주사는 그것을 받들어서 곡지는 신상 셋째 열 가운데에, 사지는 그 오른쪽에, 화지는 그 오른쪽에 드린다. 봉지들은 신폐의 뚜껑을 열어놓고, 봉향은 천향을 받들고 주사는 천향을 피우고 세 번 절한다.

한배검께 올리는 폐백식幣帛式이다. 곡지는 다섯 가지 곡식 조 보리 수수 콩 벼, 사지는 세 가지 옷감 명주 무명 삼베 3자 3치, 화지는 새 돈을 삼삼수三三數로 330원 또는 3,300원을 드리는 것이다.

다음 진찬식進餐式은 여러 가지 천찬天餐을 드리는 순서였다. 전의가 읍하고 봉찬奉餐들을 인도하여 천수天水(정화수)는 신상 첫째 열 가운데에, 천래天萊(밀)는 그 왼쪽에, 천과天果(배)는 그 오른쪽에 드리고, 천반天飯(백반)은 신상 둘째 열 가운데에, 천탕天湯(미역국)은 그 왼쪽에, 천채天菜(고사리나물)는 그 오른쪽에 드린다.

땅에서 난 것들이지만 하늘의 이름을 붙이었다. 여기는 허공에 걸려 있는 하늘의 땅이었다. 그리고 모두들 하늘의 아들天子 하늘의 자손天孫들이었다.

주사는 천향을 피우고 네 번 절하고 꿇어앉고, 참사하는 사람들이 모두 꿇어앉는다.

선의식은 주유식奏由式 주악식奏樂式 원도식願禱式 사령식辭靈式의 순서로 이어졌다.

"주유식을 행합니다."

도식이 엎드린다.

전의도 같이 엎드렸다가 일어나 읍하고 주유를 신상 앞으로 인도하여 주사 왼편에 꿇어앉는다. 주사로부터 참사하는 사람들이 모두 엎드린다.

주유문奏由文을 앞자리에 있던 이영재李榮載 총전교總典敎가 낭독하였다.

"오늘은 개천 4454년 정축 3월 15일, 한배검께옵서 이신화인以神化人하시어 백두산에 나리사, 한얼의 대도는 삼진귀일三眞歸一이요, 사람의 도는 홍익인간 이화세계의 큰 이상을 구현하는 것이라고 본을 세워 가르치시고 다스림을 베푸신 뒤, 다시 아사달 빛구름을 타시고 한얼의 본 자리로 오르신 지 4237년 째 되는 어천절이옵니다. 이 거룩한 날을 맞아 한배검의 신공성덕을 기리기 위해 대종교 총전교 이영재는 칠 천 만 겨레와 인류를 대표한 내외귀빈과 교우 형제 자매님들과 함께 거룩하옵신 한배검 전에 선의의 제례를 받들어 아뢰옵나니 굽어 살피시옵소서."

인류의 제전이었다. 단군은 세계 인류 위에 우뚝하게 서 있었다.

지구의 중심인 태백산 남북종南北宗에 나라를 세우고 신명神明이 노니는 마니산 정상에 신인합일神人合一을 상징하는 삼묘三妙의 제단을 쌓게 하여 경천敬天 조숭祖崇 애인愛人으로 충효와 애합종족愛合種族의 사상을 심어주고 은혜에 보답하고 근본을 갚는 민족 고유의 정통 윤리를 전수하여 준 단군 한배검의 공덕을 밝히고, 이 마니산 정상에서의 제천의식은 하늘이 응하고 땅이 느끼고 사람의 정성이 하나가 되어 천지인天地人이 함께 감응하는 신령함을 말한 다음 우리의 뜻을 낱낱이 고하였다. 총전교의 주유는 당면한 사회 현실의 문제로 발전하고 보다 고조된 어조로 계속되었다.

"나라의 정치는 안정을 잃고, 경제는 위기에 직면하고, 서로가 서로를 믿지 못하고, 계층간의 갈등과 이기주의와 과소비는 마음의 태양을 잃고, 찰나의 불빛을 찾아 모여드는 가엾은 하루살이와 같이 혼란이 거듭되어 사회의 버팀목인 윤리와 도덕마저 무너져 가고 있어, 총체적 위기라는 목소리가 높아지니, 내일을 염려하는 저희 천손들에게 먹구름이 드리우는 것 같사옵니다."

참석한 모든 하늘의 아들 딸들이 일제히 고개를 숙이었다. 그리고 같이 고뇌하며 간원하였다.

몽매한 무리들에게 깨달음을 주고, 불신과 이기와 사치에서 벗어나 홍익정신을 오늘에 되살리고, 헐벗고 굶주리는 동포를 위하여 영양실조로 죽어 가는 인류를 위하여 혼란의 와중에서 방향을 잃은 세계를 위하여 한배검의 대도의 성화聖火가 되게 하여 달라고. 그리고 홍익정신으로 민족이 하나로 융합하여 80억 인류와 더불어 이 땅 위에 이화세계를 이룩하게 해 달라고.

그렇게 주유가 끝나고 주악식에는 전의가 읍하고 주악을 인도하여 한풍류[天樂] 세 가락을 아뢰었다.

한울길 열으사 열달 사흘
한배님 나리사 세검 한몸
거룩한 큰 빛은 두루 쪼여 골잘해
저 한울 나라여 넓고 넓어

한풍류 1절이었다. 참석자 모두가 합창을 하였다. 이 천악 한풍류는 3절까지로 1절은 하늘 2절은 땅 3절은 사람에 대한 엷을 노래하고 있다.

"원도를 드립니다."

원도식은 전의가 읍하고 예원을 신상 앞으로 인도하여 주사의 오른편에 꿇어앉고, 참사하는 사람들이 모두 엎드려서 깨닫는 말[覺辭]을 세 번 읽는다.

세검 한 몸이신 우리 한 배검이시어

가마히 위에 계시사 한으로 듣고 보시며
나 살리시고 늘 나려주소서
(神靈在上 天示天聽 生我活我 萬萬歲降衷)
이어서 예원이 원도를 드리었다.

"온 누리를 창생하시고 기르시고 완성하시어 통일시키는 하늘의 하늘이신 한얼 한배검이시어! 7천만 한민족의 조상이시고 스승이시고 임금이신 성조 단군께서 신앙하시고 가르치신 대로 온 누리를 주관 주장하시는 한얼님이 우리 모두의 머리골 안에 나려 계심을 굳게 믿나이다."

이재룡李在龍 전리典理는 땅에 엎드려 한얼님께 소원을 빌었다.

"근원 없는 물이 어찌 오래 흐를 수 있으며 뿌리 없는 나무가 어찌 크게 자랄 수 있겠습니까? 이 근원을 저버린 어리석은 겨레를 용서하옵소서. 내 것을 모르고 남의 것을 찾아 방황하는 죄를 용서하시옵소서. 교단과 종파, 교조와 교리를 내세워 나누어진 민망한 이제까지의 모습이 아니라 서로 용서하고 사랑하여 한 마음 한 몸으로 느끼는 민족이 되도록 허락해 주시옵소서. 남북의 칠천만 배달 겨레가 단군을 주체로 한 동질성을 회복하고 겨레의 공감대를 이루어 통일과 평화의 시대를 이끌게 하소서. 우리 이 한겨레의 모습과 한 마음이 온 세계 전 인류의 한 마음 한 몸 되게 하는 시범 민족임을 드러내게 하여주시옵소서. 간절히 원도 드리옵니다. 민족의 숙원과 철천지한을 풀어주시옵소서. 거룩하고 웅검하옵신 한얼님이시어!"

간절하고 애절하였다. 우리의 원과 한은 다름 아닌 한 겨레 한 나라의 통일이었다. 그것은 또 인류평화의 갈망으로 뻗어갔다.

"거룩하고 웅검하옵신 한얼님이시어! 인류는 한얼 속에 한울 안에 한알입니다. 국가와 민족, 사상과 종교, 언어와 문화를 뛰어 넘어 모두가 하나 되게 하소서. 홍익인간 이화세계 정신을 바탕으로 우주와 인류가 하나 되고 상생相生 공존하는 새로운 인류공동체를 이룩하게 하소서. 이제 다시 새로운 하늘 새로운 땅 새로운 사람이 열리게 하소서."

봉향은 천향을 받들고 주사는 천향을 피운다. 주사로부터 참사하는 모든 사람들이 모두 네 번 절하고, 봉지와 봉찬이 모든 제기의 뚜껑을 덮고 전문을 닫음으로써 사령식을 행하고 폐의식을 하였다.

"선의식을 마쳤습니다."

도식이 선언하자, 전의가 읍하여 주사로부터 차례로 물러가게 인도한다.

그렇게 참성단에서의 장중한 어천절 행사가 막을 내리자 모두들 약속이나 한 듯이 빤히 지호지간指呼之間의 북녘 땅을 바라보았다. 소원을 빌고 하늘에 고할 때와는 달리 가슴이 답답해왔다. 다시 삼삼오오 가까운 사람들끼리 그룹을 이루어 주유와 원도에 등장한 민족의 현안들에 대하여 이야기들을 하며 하산하였다. 사 가지고 올라간 술을 펼 칠 분위기는 아니었다.

"이야기를 더 하고 갑시다."

도형은 산 아래로 내려와 대기하고 있는 버스를 타지 않고 오교수 최소장 그리고 희연과 함께 떨어진다. 택시를 하나 잡아타고 바닷가 밴댕이 회를 파는 술집으로 들어가 술을 마시며 얘기를 계속한다. 잔들을 부딪으며 조국과 민족을 읊었다.

"조국과 민족을 위하여!"

도형이 선창을 하자 모두들 한마디씩 하였다.

"남북 통일을 위하여!"

"한 겨레를 위하여!"

최소장과 희연에 이어 오교수가 잔을 높이 들며 말하였다.

"한박사를 위하여!"

그리고는 빈 잔을 희연에게 돌린다.

"아아이 선생님도 잘 좀 부탁드려요."

희연은 갑자기 홍당무가 되어 어쩔줄을 모르다가 잔을 얼른 비우고 일어나서 오교수에게 잔을 주며 술을 따루었다.
"앉아요. 왜 일어나고 그래요?"
그것을 보고 최소장이 몰랐다는 듯이 희연에게 축하의 잔을 보낸다.
"그러시군요. 언제 또 박사를 따셨지요? 축하해요."
희연은 더욱 몸둘 바를 모르고 얼굴은 붉다 못해 검어졌다.
"그게 아니예요. 아직 멀었어요."
희연은 그러며 다시 최소장에게 반배를 하였다.
"아직 통과된 것은 아니예요. 논문을 다 썼어요."
도형이 분위기가 이상해지기 전에 교통정리를 하였다. 그리고 오교수에게 잔을 주었다.
"잘 부탁합니다."
"좀 더 좋은 술을 살 수 없어요?"
오교수가 웃으면서 잔을 받았다.
도형은 알았다는 듯이 밴댕이를 한 접시 더 시켰다.
조금 철이 지난 대로 밴댕이 회가 먹을만했다. 술집 아주머니는 그들이 보는 앞에서 손가락 두 개 크기의 희끄무레한 밴댕이를 빠른 손놀림으로 뼈를 발라내고 한 접시 수북히 담아다 준다. 아주 연하고 달았다. 값도 비싸지 않았다. 그래서 강화도에 봄철에 왔다 하면 이 밴댕이를 실컷 먹고 가곤 했다.
"참 밴댕이 속 같다더니!"
최소장은 세 사람 얘기의 갈피를 잡을 수 없는 대로 이 자리가 더없이 푸근하고 고마웠다. 청산리 전투 봉오동 전투 지역의 답사를 간 도형에게 안내를 하였던 최소장은 몇 번이고 도형의 술자리는 부담이 없었던 것이다.
"언제 또 한 번 안 오시겠오?"
최소장은 도형에게 잔을 가득 따뤄서 들려준다.

"가야지요. 그보다 오신 김에 답례를 해야 되겠는데, 김좌진 장군의 생가에 가 보셨는가요?"

최소장은 아니라고 가보고 싶다고 하였다. 화제가 갑자기 청산리 독립전쟁의 두 영웅 김좌진金佐鎭 홍범도洪範圖에 대한 이야기로 바뀌었다.

"참 이해할 수 없는 것이 하나 있어요. 청산리 대첩의 두 영웅인 김좌진과 홍범도에 대하여 북쪽과 남쪽의 시각이 전혀 다르다 이 말입니다. 독립기념관에 가 봐도 그렇고 도무지 여기는 김좌진만 추켜세웠지 홍범도 얘기는 쬐끔 비칠 뿐이에요. 그 까닭이 뭔지 아시오?"

최소장은 웃옷을 벗어서 의자에 걸고 팔까지 걷어붙이며 말하는 것이었다. 뭔가 못마땅하고 답답하다는 투였다. 그 이유를 이 자리서 규명을 하겠다는 것인가. 좌우간 그 때 얘기다.

"여기는 현대사가 아니고 고대사예요."

희연이 너무 흥분된 어조의 최소장에게 웃으며 말하였다. 전공을 말하는 것이었다.

"아니 고대고 현대고 간에 말이 안 되잖아요? 말이 됩니까?"

연변의 자신의 집에 민족문화연구소라는 간판을 걸고 있는 최소장도 따지고 보면 고대사 전공이었다. 황해 서쪽에 백제군이 있다고 「한단고기」에서 찾아서 주장하고 있는 사람 중의 하나인데 그런 발표를 북과 남에서 하였던 것이다.

"그건 말이 안 되지요. 그럼 북에서는 홍범도를 추켜세우고 김좌진은 존재가 없는가요?"

화제를 바꾸려는 희연에게 술을 따르며 오교수가 관심을 표명하였다.

"그렇다니까요."

"정말 말이 안 되네요."

희연은 얼른 말귀를 알아차리고 잔을 최소장에게로 주며 말하였다.

"답을 알고 계신 것 같은데 말씀해보시지요. 홍범도는 출신이 북이고 김좌진은 출신이 남이기 때문이 아닐까요?"

"홍장군은 평양서 태어났고 김장군은 홍성에서 태어났지요. 그러나 그것 때문이 아닙니다."

그러나 최소장은 곧 그 이유를 얘기하지 않고 술만 마시고 있다.

"그럼 왜 그럴까요?"

"사상 때문이지요. 홍범도는 공산주의자였고 김좌진은 뭐랄까……"

도형이 말했다. 연변에 갔을 때에도 최소장과 그런 얘기를 나누었었다.

"자유주의자인가요?"

희연이 거들기 위해 물었다.

"좌우간 김좌진은 공산당을 반대했었지요. 그리고 공산당에게 총을 맞아 죽었고……"

"김좌진은 우리 동족에게 총살당하고, 홍범도는 우리 동족에게 소외당하고, 그런 얘기군요."

"그렇지 않아요?"

최소장의 되물음에 모두들 숙연해졌다.

"결국 말이지요. 이제 우리 민족끼리 그만 싸워야 합니다. 저는 단군이 그것을 해결할 것으로 봅니다. 이제 믿을 곳은 그 할아버지밖에 없습니다. 아시겠소?"

최소장은 그것도 이 자리서 담판을 지우려는 듯이 묻고 있었다. 분위기가 어색할 정도로 따가운 물음이었다.

"좋은 얘기인데요, 어떻게 그것이 현실적으로 가능할까요?"

희연이 되물었다. 다른 사람이 말을 않고 있기도 했지만 그런 분위기를 해소하는 차원에서 묻는 것이었다.

"가만히 앉아서는 안 됩니다. 싼타클로스 할아버지가 선물을 갖다

주듯이 통일을 누가 갖다주는 것이 아닙니다. 우리 스스로 노력해야 합니다."

최소장은 무슨 구체적인 방안을 이 술상 위에 올려놓지는 못하였다. 그러나 그러는 그 자신을 안타까워하며 계속해서 주장을 펴고 있었다.

"미국이나 러시아나 중국이 우리를 통일시켜 준다고 생각하면 큰 착각입니다. 심지어는 일본까지 자꾸 끌어들이고 있는데 그게 말이나 됩니까? 일본이 우리를 어떻게 했습니까? 중국은 어떻게 했습니까? 미국은 뭐고 소련은 뭡니까? 누가 이 땅을 갈라놓았나요? 깝데기는 가라는 시도 있지 않습니까?"

"깝데기가 아니고 껍데기입니다."

희연은 웃음을 참지 못하고 정정하여 주었다. 그러자 최소장은 더욱 큰 소리로 말하였다.

"그게 그거 아닙니까? 그런 것이 뭐가 대단합니까? 이제 우리가 해결해야 한다 이 말입니다. 김좌진 장군이 일본군에게 총맞아 죽은 것이 아니고 우리 동족에게 총맞아 죽었다 이 말입니다. 지금도 똑 같은 상황이 벌어지고 있습니다."

최소장의 너무 목소리가 커서 주위 사람들이 다 돌아보았다. 또 이런 말도 하였다.

"기독교 가지고 안 됩니다. 불교 가지고도 안 됩니다. 유교는 또 무엇입니까? 여태까지 우리는 남의 장단만 맞추고 있었습니다."

최소장은 결국 단군 단군사상 단군신앙이라야 된다는 것이었다. 그리고 결론을 내리듯이 말하였다.

"마니산과 대박산이 연결되어야 하고 태백산과 묘향산, 백두산과 한라산이 연결되어야 합니다. 설사 한쪽에서 좀 굽히면 어떻습니까? 총맞아 죽는 것보다 백번 낫지 않습니까?"

동의는 하나 아무도 대답은 하지 않았다. 최소장은 답답하다는 듯이 북쪽 땅이 가까이 보이는 곳으로 가자고 하였다. 거기 가서 자신이 한 잔 사겠다고 하였다. 그 말에는 모두들 좋다고 하며 일어섰다.
 택시를 타고 배터로 갔다. 거기서 교동喬桐 가는 배를 타고 북한 땅이 지척으로 보이는 인사리仁士里로 갔다. '반전 평화'라고 써놓은 선전 간판이 보이고 확성기를 통한 대남 방송이 들린다. 계속 얘기를 하며 오던 최소장은 목이 메어 말문을 열지 못한다.
 휴전선 바로 남쪽에 있는 교동의 북부 해안선은 휴전선의 남방 한계선이었고 서북쪽은 휴전선 너머로 북쪽 땅과 마주보고 있었다. 연백이 빤히 바라보였다. 그러나 물 건너서의 확성기 소리는 울려서 잘 들리지 않았다.
 망향대가 있는 쪽으로 갔다. 거기에는 재이북부조지단在以北父祖之壇이라는 제단이 있었다. 최소장은 약속대로 술을 사들고 왔다. 막소주에다 북어포였다. 최소장은 제단에 넙죽 업드려 잔을 부어놓고 절을 하자고 하였다.
 "부모님이 거기 계신가요?"
 희연이 아까 사 넣은 오징어를 꺼내 놓으며 물어보았다.
 선뜻 같이 절을 하지 않고 섰는 입장을 그녀가 대변하고 있는 것이다. 그녀는 계속 분위기를 조절하고 있는 것이다.
 "아, 예. 아버지 할아버지는 아니고 증조할아버지 위로는 거기 있지요. 함경도 땅에 선대 조상들이 다 묻혀 있어요. 그러나 묫자리도 다 잊어버렸어요. 지난번에 갔다가 못 찾고 왔어요."
 "아 그러시면 망배를 하셔야 되겠네요."
 오교수가 고개를 끄덕이며 말하고는 그냥 서 있었다. 다른 사람도 그랬다. 그러나 최소장은 기어이 모두에게 절을 시키고 만다.
 "아 거기에 단군 할아버지도 계시잖아요. 어디 단군 할아버지뿐인가요?"
 10대 20대 아니 100대도 넘는 할아버지들이 아니냐는 것이었다. 절만이 아니고 음복을 억지로 하게 하였다. 소주를 따라대어 모두들 낮술에 깝빡 취하였다. 최소장은 그가 사온 술에 취한 것을 무척 흐뭇해 하였다.

거기 실향민들이 세운 망향대라고 새긴 비가 있었다.

─천만 실향민, 우리가 얻은 38선의 교훈은 누구도 대신할 수 없는 분단의 설움과 실향의 아픔은 우리 스스로가 서로 달래고 나누며 하나로 뭉쳐야 살 수 있다는 역사적 교훈을 우리 모두 가슴 깊이 새겨주었다.…… 무릎 꿇고 엎드려 조상의 넋을 위로하고 영광된 겨레의 역사 창건에 온갖 힘을 다 할 것을 굳게 다짐하며 후손에게 이를 남긴다.

비에 새긴 말들이었다. 또 망향의 한을 시로 새겨놓기도 하였다.

와룡지 너른 들에 / 뜸북새 지새 울고 / 북신당 맑은 샘물 / 솟구쳐 흐르는지 / 그리움 구름 되어 / 비봉을 찾아드니 / 한서린 안개 피어 / 눈 앞을 가리누나

앞의 1연이다. 지은이도 없다.

"무슨 수를 써서라도 겨레가 합쳐야 됩니다. 이 지구상에 왜 우리만이 바보같이 분단의 비극을 짊어지고 살아야 합니까?"

이날은 오나 가나 최소장의 연설장이었다.

최소장은 취하여 기어이 노래까지 부른다.

땅 누리 열으사 세 즘 떼
저자에 모이듯이 아홉 겨레
우뚝한 큰 터는 홀로서 골잘 해
저 한울 뫼이여 높고 높아

한풍류 2절이었다. 주머니에서 아까 마니산에서 나눠준 유인물의 노랫말을 보고 불렀다. 곡조는 맞지 않고 땅과 겨레와 한울의 의미를 새기고 있었다. 앞에 한 얘기들과 관련하여 참으로 깊은 의미가 있는 것 같기도 하고 술취한 넋두리 같기도 하였다. 최소장은 술을 더 사오겠

다고 하였다.
 도형은 등에 걸머진 쌕 속에서 술을 꺼내다가 이제 그만 가자고 하였다. 해도 다 되어 가고 있었다.
 "그런데 골잘 해가 뭐지요?"
 최소장은 해를 보면서 말하였다. 그 물음으로 술 사 오는 것을 대신하기라도 하는 듯이.
 도형과 오교수는 희연을 바라보았다. 저번 언젠가 가사에 대해 누가 묻는 것을 그녀가 자세히 설명을 한 적이 있었다.
 "골은 만萬이고 잘은 억億이에요. 그러니까 골잘 해는 만 년 억 년, 억만 해의 긴 세월을 얘기하는 거지요."
 "아하, 참 그렇군요!"
 최소장은 고개를 끄덕거리며 감탄을 하는 것이었다. 노랫말의 의미, 희연의 설명을 두고 하는 말이었다.
 "세 즘 떼는 뭔지 아세요?"
 희연은 자신의 얼굴을 바라보며 계속 고개를 끄덕거리고 있는 최소장을 바라보고 웃으며 물었다.
 "그건 무슨 뜻이지요?"
 역시 잘 모르고 있었다.
 "온은 백이고 즈믄은 천이잖아요? 세 즘 떼는 3천 부락이에요. 세 즈믄, 떼는 무리를 말하지요."
 최소장은 고개를 더욱 크게 끄덕이며 말하였다.
 "역시 박사 자격이 충분하시구만!"
 그래서 모두들 한 바탕 웃었다.
 해질녘 배터로 와서 아까 타고 왔던 배를 타고 다시 강화도로 향하였다. 술들이 취하여 휘청거렸다. 배를 따라 갈매기들이 떼를 지어 날아온다. 붉은 석양빛의 낙조는 술취한 사람들의 얼굴을 더욱 붉게 만들었다. 갈매기들이 계속 따라왔다. 먹을 것을 사람들이 뿌려주기 때문이었다. 먹던 과자 같은 것들을 장관의 쇼를 펼치고 있는 갈매기 떼들에게 던져 주었다.
"새들은 바다를 자유로이 건너다니는데 우리는 새만도 못해요."
최소장의 말에 모두들 한마디씩 한다.
"그러네요." "맞아요." "물고기만도 못해요."
다시 택시를 타고 버스 터미널에 와서 서울행 버스를 탔다. 버스는 길이 막혀 한없이 느렸다.

원색 세미나

한 발 한 발 굴뚝 속으로 들어가는 것이었다. 매연에 쌓인 도심으로 들어오자 숨이 막히고 짜증이 나기 시작했다. 그 속에서 살 때는 모르지만 이 굴속을 빠져나갔다 다시 들어 올 때마다 느끼곤 하는 것이다. 목이 아리고 뒷골이 지근거리고 허리가 쑤시었다. 그럼에도 불구하고 늘 이곳을 운명으로 생각하고 떠나지를 못하는 것이었다.
어머니와 같이 시골 고향 집터에 초가집을 짓고 단 며칠이라도 거기 머물며 글도 쓰고 무엇을 쓰기에 앞서 생각을 좀 깊이 하고, 그러겠다고 몇 몇 년째 마음을 먹고 있지만 실현이 안 되었다. 한 번은 책의 인세를 받은 것으로 눈을 딱 감고 그곳 집터를 샀다. 원래 집은 그들의 것이었지만 집터는 주인이 따로 있었던 것이다. 늘 터 도조를 내었고 감나무에 열린 탐스런 감을 다 따갔던 것이다. 땅바닥에 덜퍽 덜퍽 떨어지는 홍시나 주어 먹고 따다가 떨어져 깨진 감을 주는 대로 차지할 수 있는 그의 어두운 기억은 어머니에게는 한이 되어 있었던 것이다. 그 땅을 샀다고 했을 때 어머니는 대고 눈물을 흘리며 기뻐하였던 것이다. 그런 어머니에게 그 곳에 옛날 집 그대로 짓겠다고 하였다. 집 안에 소 마굿간이 있었다. 안방 부엌과 사랑방 쇠죽을 쓰는 가마솥이 걸린 아궁이 안쪽으로 곳간이 있었고 마굿간이 있었던 것이다. 좌우간 소는 없는 대로 구유를 만들고 그곳을 거실로 꾸미고 싶었다. 그래 무슨 예수나 되는 것처럼, 아니지 예수는 아기였지, 좌우간 구유를 바라보며 소 여물을 씹듯 인생을 반추하고 싶었던 것이다. 거기서 어머니

팔순八旬을 하겠다, 미수米壽를 하겠다, 구순九旬을 하겠다 잔치 약속을 한 것이 다 빈말이 되었다. 당장이라도 마음만 먹으면 가능한 일이지만 그저 그러고 있는 것이다.

"뭘 그렇게 골똘하게 생각을 하십니까?"

옆에 앉은 최소장이 묻는다.

내릴 때가 가까웠던 것이다. 그는 별 것이 아니라고 하다가 불쑥 물어보았다.

"연변 동포들도 소 마구간을 집 안에다 만들었던가요?"

너무 엉뚱한 물음에 최소장은 어리둥절하였지만 천천히 얘기를 하는 것이었다.

"연변 조선족들이 누굽니까? 다 조선 땅에서 못 살아서 괴나리봇짐을 지고 온 사람들 아닙니까?"

그 속에 답이 들어 있었던 것이다. 더 얘기를 하고 싶었지만 차를 내려야 했다. 뒤에 앉았던 오교수와 희연이 먼저 자리에서 일어서서 그가 일어나기를 기다리고 있다.

최소장과는 며칠 후 홍성에 같이 가기로 하고 오교수와 희연 셋이 떨어져 광화문 골목안 아는 집으로 갔다. 거기서 다시 새 불을 살라 잔을 주고 받으며 희연의 논문 이야기를 하였다.

사양을 하는 오교수를 도형이 억지로 끌고 왔다. 술도 덜 깨었고 무척 피로하였던 것이다. 그러나 오교수와는 아무래도 얘기를 더 해야 할 것 같았다. 강화에서 계속 돈을 썼고 또 이야기를 하는 데 불편할지도 몰라서 희연은 들여보내려고 하였지만 말을 듣지 않고 따라와서 동석을 하였다.

가끔 가는 골목 안의 조그만 술집 〈작은 공간〉이었다. 희연이 더 좋은 집으로 가자고 하였지만 도형이 그가 살 생각으로 이리 데리고 온 것이었다. 벽과 공간이 온통 기고만장의 낙서 투성이었다. 욕지거리를 써놓은 것도 있고 김시습이나 김삿갓처럼 세상을 비웃는 시도 있었다.

시인들이 많이 드나들기도 하였다. 그래서 기생의 치마폭에 술값 대신 시를 한 수 써 주고 가듯이 벽에다가 개발 세발 한 마디씩 써서 보탠 것이었다.

처음에는 술을 서로 사양하였지만 술집 분위기가 그랬고 옆에서들 떠들어대는 바람에 다시 여러 잔을 하였다. 좌우간 큰 짐을 떠맡긴 것이어서 오교수에게 마음을 주고 싶었다.

"자, 뭐 좋은 술은 못 되지만 많이 드시오."

도형이 오교수에게 벌써 몇 잔 째 맥주를 가득 따라 권하였다.

낮에는 꼭 최소장 때문만은 아니었지만 주위가 산만하여 하고 싶은 이야기를 못하였던 것이다.

"아 좋은 술을 좀 사지 그래요."

오교수는 웃으며 잔을 받는다. 낮에도 그런 농을 하였다. 농담 속에 진담이 들어 있는 것인가.

"알았어요. 술은 얼마든지 살테니까, 결론을 잘 내려봐요."

희연의 학위논문에 대한 것이었다. 사실 염치는 없었다. 대학원을 이수한 그의 대학에서 해결을 못하고 소문만 잔뜩 내었다. 그리고 학부만 다닌 오교수의 대학에 떠넘긴 것이었다. 물론 도형이 그렇게 한 것은 아니었다. 희연이 그렇게 만든 것이었다. 그녀의 부탁이나 수완에 의해서라기보다 그만큼 인정을 받고 있기 때문이었던 것이다. 따지고 보면 민족사학 쪽의 목소리가 큰 ㄱ대학의 입지 때문이었던 것이다. 오교수도 그 중의 하나였던 것이고 도형으로서는 좋은 제자 좋은 사람을 하나 빼앗기는 느낌도 없지 않았다. 그러나 그런 저런 얘기는 할 수가 없었다.

"사실은 그럴려고 하지 않았는데, 이상하게 되었어요. 아무래도 그 대학이 더 나은가봐요."

"어디서 하건, 논문만 잘 쓰면 되지요, 뭐."

오교수는 다른 얘기는 않고 점잖게 말하며 도형에게 반배를 한다.

"학계를 깜짝 놀라게 할 논문을 써 봐요."

이번에는 또 희연에게 반배를 하며 말하였다. 잔이 오교수에게 다 몰려 있었던 것이다.

"그럴 자신은 없는데요."

"그러면 힘들지도 모르지요."

오교수가 웃으며 말하자 도형과 희연이 따라 웃었다.

"큰 일 났네요. 소문만 요란하게 나고 말이에요."

한참 웃고 나서 희연이 말하였다. 그리고 오교수의 표정을 살피다가 두 손으로 잔을 받치며 말하였다.

"술로는 안 될까요?"

오교수는 희연을 딱하다는 듯이 바라보며 뜸을 들이다가 말하였다.

"술만 가지고는 안 되겠는데요."

오교수는 너무 분위기가 딱딱하다고 느꼈는지 소리를 내어 웃는 것이었다.

"그러면 어떻게 해야지요? 좌우간 하시라는 대로 하겠어요."

희연이 그렇게 말하여 더 큰 소리로 웃어대었다. 그러나 말뿐이었다. 술자리는 그 웃음이 끝나는 것을 신호로 하여 끝이 났다.

세 사람은 큰길로 나왔다. 희연이 1차를 더 사겠다고 하였지만 오교수가 사양하였다. 도형만이라도 한 잔 더 하자고 하였지만 역시 그만하자고 했다. 서로 각자의 방향으로 택시를 타고 헤어졌다. 그것이 모양도 좋았지만 도형은 그녀와 단 둘이서 얘기할 준비가 되어 있지 않았던 것이다.

도형은 그러나 바로 집으로 들어가지 않고 <푸른 집>으로 갔다. 목우가 와 있었다. 오랜만에 만난 것이다. 같이 앉았다. 마담도 옆에 와 앉았다.

"그래 소설은 어떻게 잘 되어 가는 거지요?"

목우가 그 얘기부터 묻는다.

"예, 그저 그런 대로."
도형은 편하게 대답하였다.
"어디까지 썼어요?"
목우는 그냥 넘겨주지 않고 구체적으로 묻고 있었다.
그는 갑자기 혼동을 일으켰다. 소설이 둘이었던 것이다. 이미 써놓았던 「좌절의 시대」가 있었고 또 지금 쓰고 있는 「바람의 뿌리(가제)」가 있었다. 물론 목우가 얘기하는 것은 뒤엣 것을 말하는 것이지만 그는 지금 그 앞엣 것과 관련하여 풀 수 없는 고민에 빠져 있었다. 목우는 어쩌면 그 전체를 묻고 있는 것인지도 몰랐다.
"사실은 잘 안 되고 있어요."
그는 그렇게 고쳐 말하였다.
"얘길 해보라니까요. 내가 방법을 얘기해 줄게요. 미스 한은 어떻게 되었어요?"
"왜 오늘은 혼자 오셨어요?"
목우와 마담이 물었다.
그런데 그 말이 떨어지기도 전에 희연이 문을 열고 들어온다. 이심 전심으로 그녀도 이리로 온 것이었다.
그날 희연과는 목우와 마담과 합석으로 술만 마시었다. 뭐라고 그들의 고민을 말할 수가 없었던 것이다. 희연의 눈은 그에게 계속 묻고 있는 것이었다. 이 밤중까지 숨바꼭질을 하며 도형을 찾아온 것이고 심야까지 술을 마시고 있는 것이었다. 말은 하고 있지 않았다. 오늘 꼭 얘기해야 되는 것은 아니었다. 어떻게 대답을 하는 것이냐가 문제였다. 도형이 답을 모르는 것이 아니었다. 어떻게 얘기하느냐가 문제였다. 솔직히 정확히 얘기하느냐, 꾸미고 만들어서 얘기하느냐, 어느 것이 방법인지를 알 수가 없었던 것이었다.
그냥 대답으로 끝나는 것이 아니고 얘기로 끝나는 것이 아니기 때문이었다. 거기서부터 다시 시작하여야 하기 때문이었다. 그것이 도형의 고민이었다. 박사학위가 문제가 아니고 그 논문이 문제가 아니고 그보다 훨씬 어려운 문제가 두 사람 사이에 가로놓여 있었던 것이다.
 생각하면 공연히 그 소설을 희연에게 준 것 같았다. 그것으로 그 질문에 대한 대답이 될 줄 알았었는데 오히려 복잡해지고 어려워진 것이었다. 언젠가 곪아서 터질 것이었는지도 모른다. 그것은 어차피 그의 몫의 인생이었고 그것을 피할 수는 없는 것이었는지도 모른다. 그의 치기 어린 미완성 소설은 끝이 나지 않았고 대를 이어 계속되고 있었다. 주인공이 바뀌었을 뿐이었다.
 소설가 앞에서 그 소설의 두 주인공은 술만 마시었다. 목우도 술이 취하였다. 그러나 그가 취하지 않았다 하더라도 그것은 목우가 상상하고 쓰는 소설일 뿐 그들의 소설은 아니었다. 희연이 계속 그를 바라본다. 그가 말하였다.
 "논문을 잘 써봐요."
 "써서 드렸잖아요."
 "아, 그렇던가 참!"
 희연은 왜 여태 안 읽어봤느냐고 하는 대신 원망의 시선을 던진다. 또 소설 얘기를 끄내려는 것이다. 그는 독작을 하였다.
 그렇게 술만 마시다가 몸을 가누지 못할 정도가 되어 헤어졌다. 이 날 다시 버벅거릴 수는 없었다. 뿔뿔히 택시를 잡아탔다.
 이튿날 늦게까지 잤다. 아이들도 다 나가고 기다리고 있던 아내와 점심에 가까운 늦은 아침식사를 하며 여행을 떠나겠다고 양해를 구하였다.
 아내가 참 답답하다는 듯이 몇 가지 심각한 문제를 보고한다. 큰 아이가 유학을 가겠다고 한다는 것, 작은아이는 결혼을 하겠다고 조른다는 것, 그리고 어머니의 치매가 날로 더 심하다는 것, 특히 어머니는 화장실을 찾지 못하고 헤매어서 교대로 지키고 있어야 되겠다고 한다. 어느 하나 심각하지 않은 것이 없었다.

다 그가 해결해야 되는 문제들이었다. 돈이 필요하고 대화를 해야 하고 또 몸으로 때워야 하는 일들이었다. 거기에 매달리다 보면 시간은 또 다 간다. 어떻게 해야 할 것인가.

그의 생각은 늘 실행된 것은 아니었다. 용기가 없고 추진력이 없기도 하였지만 늘 어떤 상황에 밀리고 거기에 따르게 된 것이 많았다. 이번 안식년만 해도, 안식년을 신청하고 결정이 되어 쉬고 있는 것이기는 하지만, 그렇게 몸을 빼기까지 참으로 많은 생각을 하였고 이리 저리 얽힌 고리들을 끊는 데 무척 힘들었다. 사실은 아직도 몇 가지 걸린 것들이 있었다. ㅅ대학의 대학원에 출강을 하기로 약속한 것이 있고, 학회의 세미나 주제발표를 하기로 했고, 관계하고 있는 국민문화연구소 50주년 기념 행사의 하나로 간행되는 책의 원고를 쓰는 것이 있고, 주례를 맡은 것도 둘이 있고, 하나도 떠넘기기가 어려웠다. 대학원 출강은 제자가 몇 번 청을 한 것인데 꼭 그가 아니면 안 될 것은 없고 글을 쓰는 것은 밖에서 써서 보내어도 될지 모른다. 그러나 주례는 1년 전부터 부탁한 것인데 절대로 그가 아니면 안 된다는 것이었다. 다시 사정을 알아보아야 하겠다. 제자도 중요하고 결혼도 중요하지만 그의 안식, 그 자신의 소설도 중요한 것이었다. 말이 되는지 몰랐다.

좌우간 국외에 나가는 것이 문제였다. 중국 집안과 연변 북경에서 학술회의가 있었다. 주제 발표와 토론자로 참가하는 것이다. 북한도 가려는 것이다. 북한도 국외였다.

어느 나라보다도 가기가 어려운 나라였다. 세계 어떤 나라도 다 갈 수가 있는데 가장 가까운 우리 땅의 반쪽 그리고 같은 배달의 겨레 동족이 살고 있는 북한만은 갈 수가 없는 것이다. 허락이 안 되고 있는 것이었다. 참 답답한 노릇이 아닐 수 없다. 어느 쪽이 더 낫고 힘이 세고 중뿔나든 간에 같은 동포 형제끼리 싸우고 있다는 것은 바보 같은 짓거리이다. 세상에 그런 나라가 어디 있는가. 국제 망신인 것이었다. 우리 민족을 말살하려고 가진 악독한 짓을 다 하며 핍박하던 일제에 맞서서 같이 싸운 동족이 그 식민통치 36년보다 긴 세월 동안 계속 서로 헐뜯기만 하고 서로 망하기만 바라고 있는 것이다. 총부리를 겨누고, 어디 총만인가.

왕래를 하자, 편지 교환을 하자, 생사만이라도 알자, 그런 것도 안 되고 같은 조상에 대한 얘기, 단군에 대한 얘기를 하자는 데도 안 된다는 것이었다. 당국의 허락도 받아야 했다. 북한 동포 접촉신청을 오래 전에 해놓고 있었다.

허락이 될지 안 될지 모르겠다. 안 되면 북경 연변 집안에서의 학술회의에 참가할 때 북의 학자들과 접촉하는 것이다. 그것까지는 계획이 되어 있었다. 그러나 그것이 목적이 아니고 남북 공동학술회의 개최를 추진하고자 하는 것이었다. 규모가 어떻게 되든 그들과 우선 한 자리에 앉는 것이었다. 그것에 대하여 최소장과 상의를 해야 했다. 그와 홍성을 다녀오며 안을 세워보리라 마음먹는다.

서제로 와서 생각을 정리며 일정을 짰다. 그동안 쓴 얘기들을 뒤적이며. 그의 소설은 이제 2단계로 들어가는 것이다.

아내의 얘기가 일정을 가로막았다. 아이들을 만나봐야 했다. 일단 조금 연기를 해야 될 것 같았다. 어머니는 어떻게 하는가. 북한 접촉 신청을 한 것도 알아봐야 되겠다. 모든 것이 아직 미지수다.

통일부에 전화를 한 번 해 보았다. 아직 그러고 있다고 하였다. 보류된 채 그대로 있는 것이다.

번번히 중도에서 부결이 되었던 것이다. 도대체 학술회의, 그것도 정치 경제 회담도 아니고 역사, 역사랄 것도 없고 자기 조상 자기 할아버지에 대한 얘기를 하자는 데 뭐가 안 될 것이 있느냐고 따졌지만, 결재가 안 난다는 것이었다. 한 번은 그 결재하는 사람을 만나게 해달라고 하자 담당자는 참 딱도 하다는 듯이, 직접 결재를 하라는 것이었다. 그리고 우리가 가고자 해도-결재가 나고 허락을 해서 말이다-그쪽에서 안 받아주는 데야 무슨 소용이 있느냐는 것이었다. 아니 그것을 왜 이제 얘길 하느냐, 그래 듣고만 있었느냐, 따져도 보고 사정도 해보고 아무리 얘기해봐야 입만 아팠다.

한 해 두 해가 아니었다. 그는 하는 수 없이 서류를 어떻게 어떻게 만들고 자매대학의 교환교수로 가서 그 대학 부설 한미문화연구소의 연구원 자격으로 미국 방북단에 끼어 갔었다. 여러 해 전 일이었다. 답답한 놈이 우물 판다고 하였다. 그 때 사정이 그래서 제대로 답사도 못하고 토론 질문 같은 것도 하지 못 하였다. 그 뒤 개천절 남북공동행사로 갔을 때도 그랬다. 남북단군학술회의 얘기는 꺼내지도 못하였다. 다시 가서 사학자들을 만나보고 단군 연구학자들을 만나서 얘기하려는 것이다. 물어보고 확인하고 싶은 것이 많았다.

무엇보다 남북 단군학술회의를 추진하려 하는 것이다. 최소장과도 만나 숙의하려고 하였다.

어머니가 그의 방문을 열고 들어와 더듬거렸다. 책장과 벽을 잡고 무엇을 찾고 있었다. 화장실을 찾는 것이다. 잘 보이지도 않고 걸음은 비실비실 쓰러지려 하였다. 방향 감각이 없었다. 하루하루 상태가 달라졌다.

도형은 어머니를 화장실로 데리고 가서 변기에 앉혔다. 그런데 이미 옷이 축축하게 젖어 있었다. 옷을 벗기었다. 어머니는 아무 부끄러운 것도 모르고 하반신을 그에게 내맡기었다. 오히려 그가 시선을 딴 곳으로 돌리며 내의와 팬티를 벗기었다. 그 일은 아내보다는 그가 해야 될 것 같았다. 그의 똥 오줌을 가려주고 진자리 마른자리 갈아 뉘어주던 어머니에게 이제 그가 그렇게 해주어야 하는 것이었다. 이제부터라도 갚아야 하는 것이었다. 왜 그렇게 걸음을 못 걷나 했더니 너무 말라서 두 다리가 버티어주지를 못하였던 것이다. 시골에 집을 지어 같이 가서 살자고 하던 말도 소용이 없을 것 같았다. 그것을 물어보았다. 같이 가시겠느냐고. 어머니는 어떻게 알아들었는지 모르겠다고 하였다.

최소장에게서 전화가 왔다.

"어떻게 오늘 시간이 있으신가요?"

그는 아내에게 우선 하루의 여행을 허가 받았다. 아까 발목을 걸던 문제들에 대해서는 저녁이나 내일 얘기를 하자고 했다.

그의 승용차로 최소장과 함께 홍성으로 떠났다. 홍성읍 고암리 큰길 가의 청산리 전투를 지휘하는 털모자의 김좌진 장군 동상을 거쳐 갈산면 행산리 생가를 찾아갔다. 초가집 바깥 마당에 큰 말이 매어 있었다.

모형으로 된 것이지만 제일 먼저 눈을 끌게 하는 군마軍馬는 김좌진 장군의 생애를 연상시켜주고 있었다. 넓은 부지에 외양간 양쪽으로 문간채 행랑채가 정겹게 세워져 있고 우물 장독대 등이 장군의 어린 시절을 이야기해주고 있었다.

"고맙습니다. 이렇게 시간을 내어주셔서."

최소장은 다시 한 번 그에게 인사를 한다. 차 안에서도 몇 번이나 그런 말을 하였었다.

"꼭 한 번 와보고 싶었습니다."

"잘 되었군요. 청산리 골짜기를 돌아다니며 전적지를 설명해주신 고마움을 갚을 길이 없었는데……"

"그것은 이것 가지고야 안 되지요. 하하하하……"

"하하하하…… 그렇군요."

청산리와 봉오동을 안내한 것이 최소장 혼자서만은 아니었지만 그리고 도형 혼자에게만은 아니고 청산리 답사 팀이 여럿 되었지만, 이렇게 뜨르륵 왔다 가는 그런 노력이나 시간 가지고는 비교가 안 되었다. 여러날 동안 백두산 너머 죽음의 골짜기의 길도 없는 험로를 헤매었던 것이다.

"고생 많이 하셨지요."

"그러나 장군의 고초에 비하면 아무 것도 아니지요. 조족지혈이지요."

최소장은 도형의 치사致謝를 그렇게 받아들인다.

"좌우간 피를 많이들 흘리셨지요."

그는 최소장의 표현이 썩 마음에 와 닿지 않으면서도 그 뜻을 잘 알고 있기 때문에 그 피의 의미를 격전지 청산리에서 이곳 장군의 출생지로 연결해보려 하였다.

문간채의 기둥과 문 위에 써 붙여 놓은 편액들을 뜻을 새기어 읽어보며 집안을 둘러보다 상량문을 읽어보았다.

―나라의 발걸음이 절름발이 되어 교활한 도적들이 북쇠질치고 안으로 오적이 날뛰며 갖가지 간악한 짓만 일삼으니 험악한 외세에 허약한 우리로서 대적할 수 없는지라. 백야白冶 장군께서 이 혼란기에 나셨으니 지명은 행산杏山이지만 역적과 오랑캐들의 만행 때문에 향기는 맛볼 수 없고 무장한 오랑캐들만 날뛰고 있는지라. 상투가 풀리도록 심상하고 비통하도다. 어려서부터 강한 오랑캐를 물리치리라 각오하시고 커서는 불쌍한 우리 동포 돕고자 고향을 떠나 무술을 연마하고 칼을 갈며 동지들을 모아 죽기를 맹세하시어 청산리 전투에서 단번에 왜군 수천 명을 무찌르니 그 함성은 일본 왕의 가슴을 찌르고 전공戰功의 빛이 이 나라 하늘을 덮었으니……

백야는 김좌진 장군의 아호이다. 한문으로 씌어진 글을 옮겨본 것이었다. 이상선李商善 군수의 이름으로 되어 있다. 두 사람은 대들보를 우러러 고개를 쳐들고 서서 조금 더 읽어보았다.

―졸연한 흉탄에 산화하시어 조국 광복도 보지 못하셨으니 오호라 장렬하심이여, 통곡할 일이로다. 장군의 혼령께서 항시 음우하사 국권을 다시 찾았건만 태어나신 집은 쓰러져 없어진지 오랜지라 황량하기 그지없도다……

그래서 지나는 사람마다 걱정을 하고 뜻 있는 애국지사들이 개탄하여 오다가 도비를 지원받고 군민의 뜻을 모아 4324(1991)년 7월 19일에 상량을 한 것이라고 하였다. 태극기와 단도短刀를 함께 상량 보에 봉안하여 구국정신을 흠모하면서 기둥을 세우고 대들보를 올린다고 하였다.

최소장과 이 방 저 방 돌아보다가 김좌진 장군의 애국시가 걸려 있는 앞에 발을 멈추었다.

砲聲鳴送萬邦春
大地靑丘物色新
山營月下磨刀客
鐵塞風前抹馬人
旌旗蔽日連千里
鼓角掀天動西隣
十載臥薪嘗膽志
東浮玄海灘腥塵

(대포소리 울려 퍼져 만방에 봄이 오니 / 청구 우리 땅에도 물색이 새롭구나 / 산영 달빛 아래 칼을 가는 나그네 / 철새 바람 앞에 말고삐 잡고 섰네 / 하늘에 가린 정기 천리나 뻗쳤는데 / 진동하는 군악소리 사방으로 퍼져가네 / 섶에 누어 쓸개 빨며 십 년을 벼르던 뜻 / 현해탄 건너가서 원수를 무찔러야겠네)

두만강을 건너 만주로 가기 전에 쓴 것 같다. 우국충정이 끓어 넘치는 시였다. 시재詩才도 상당하다고 느껴진다. 그 옆에는 「단장지통斷腸之痛」 같은 시도 걸려 있었다. 청산리에서의 진중시陣中詩이다.

생가를 한 바퀴 돌아 나와 군마 앞에서 사진을 찍으며 최소장에게 물었다.

"묘소도 가보셔야지요?"

의향을 물어보는 것이 아니고 그렇게 일정을 예고하는 것이었다. 그런데 최소장이 펄쩍 뛰는 것이었다.

원색 세미나 · 423

"아니 무슨 말씀을 하시는 거예요? 묘가 어디에 있는데 그래요?"
"가보시면 알지요 뭐."
"그래요?"

두 사람은 점심때가 지났지만 그리로 먼저 갔다. 보령군 청소면 재정리 산 51번지에 김좌진 장군의 묘가 자리 잡고 있었다. 원래 만주에 있던 것을 미망인이 방물장사를 위장하고 일경 몰래 유골을 옮겨와 밀장했다가 여기에 다시 쓴 것이다.

"저는 그것을 전혀 모르고 있었군요. 여태 빈 묘에다 절을 하였네요."

"빈 묘라면?"

도형이 최소장에게 물었다.

"왜 같이 가시지 않았던가요? 해림海林에 있는 김장군의 묘에 말입니다."

"그랬었지요. 산시山市에 있는……"

최소장이 안내해서 중국 흑룡강성 목단강牧丹江역 다음 다음 역인 산시에서 도보로 10분 거리에 위치한 김좌진의 묘를 찾아간 적이 있었던 것이다. 그 때만 해도 그것이 허묘虛墓인 것을 그도 몰랐던 것이다. 목단강시 동일조로東一條路 2층 11호에 살고 있는 김좌진의 숨어 살았던 딸 김강석金剛石(당시 60세)여사를 삐걱거리는 조그만 아파트로 찾아가서 같이 데리고 가 참배를 하였고 마지막으로 김좌진이 살던 산시진山市鎭 동광촌東光村의 집은 주인 장씨가 대문을 열어주지 않아 그냥 돌아왔었던 것이다. 어떻든 그런 고생을 끼쳤던 최소장에게 김좌진의 실묘實墓를 안내하는 것에 스스로 흐뭇한 마음이었다.

최소장은 현판의 기록을 보면서 고개를 끄덕끄덕하였다. 1940년 미망인 오숙근吳淑根여사가 유해를 이곳으로 파다가 홍성군 서부면 이호리에 밀장했다가 1965년 오여사의 사망에 따라 이곳으로 옮겨 합장을 한 것이라고 씌어 있었다. 도대체 그 장대한 장군의 유골을 어떻게 운반을 하였다는 말인가. 방물장사를 가장하였다고 하였는데 그 머리에 인 장사 보통이를 상상하여 보았다.
"참 그 장군에 그 부인이군요!"
"그래요."
그가 동감을 표시하였다.
그리고 장군의 부인들을 떠올려보았다. 첫 부인이며 본처인 오여사는 남편의 유골이라도 찾으려고 목숨을 걸었으며 그러므로 해서 다른 세 부인과는 달리 나란히 묻혀 있는 것이다. 또 하나의 부인 김영숙金英淑여사는 공산당과 맞서서 투쟁을 하다 당원에게 총맞아 죽은 장군 때문에 숨어서 살 수밖에 없었고 그래서 알려지지 않았던 것인데 그 딸 김강석 여사가 묘를 지키고 있었다. 그리고 가장 늦게까지 같이 살았던 나혜국羅惠國(1992년 타계)여사의 집에는 포상 훈장이 걸려 있다. 그리고 또 하나의 부인 김계월金桂月여사는 '장군의 아들' 김두한金斗漢을 낳았다. 이에 대하여는 다른 얘기가 있다지만 좌우간, 다 중요한 명목을 하나씩 차지하고 있었다.
"다른 세 부인에게 정을 빼앗기고 몸을 빼앗긴 것을 탓하지 않고 시신이나마 거두어 영원한 남편으로 모시고 있는 거지요."
"여자인데 전혀 시기와 질투가 없었겠어요?"
그가 웃기 위해 물었다.
"그랬겠지요. 좌우간 사람은 살아서보다 죽어서 더 많은 세월을 사는 거지요."
최소장은 따라서 웃지 않고 근엄하게 말한다. 그리고 한참 걸어나가서 술을 사다가 묘 앞에 잔을 부었다.
두 사람은 말없이 큰절을 두 번씩하고 묘역을 돌아 나왔다.
"점심때가 많이 지났네요."
그가 차에 시동을 걸면서 말하였다.
"점심 한 끼가 문제가 아니지요."

여전히 최소장은 근엄하였다. 차안에서 최소장은 계속 김좌진 장군의 이야기를 하였다. 최후의 장면을 떠올린다. 만주의 시골 방앗간에서 동족인 두 공산청년당원에게 총을 맞아 피를 흘리고 쓰러져 죽는 모습, 물론 들은 이야기 읽은 이야기를 한다. 그 주의가 뭐고 당은 뭣이며 사상과 이데올로기가 도대체 뭐가 그리 대단한 것이냐고, 그리고 지금도 꼭 같은 형세가 아니냐고 하였다. 이어서 청산리전투 장면, 백두산 너머 청산리 골짜기 협곡에 일군을 몰아넣고 몰살시키는 청산리 대첩에 대한 얘기를 한다. 그리고 그해 경신庚申(4253, 1920)년 조선인을 씨도 없이 다 불태워 죽이는 경신참변을 되새긴다. 그런 것들이 한 끼니 건너뛰는 것이 문제가 아니라는 이유인 것처럼.

"『한단고기』의 편찬자로 되어 있는 계연수桂延壽가 경신년에 만주에서 독립운동을 하다가 사망하였다고 한 것을 알고 계신가요?"

도형이 화제를 바꾸었다.

"저도 그렇게 들어 알고 있어요."

"그런데 계연수가 만주 어디에서 어떻게 죽었는지도 알고 계신가요?"

"그건 알아보지 못 하였는데요. 그런데 그건 왜 그러시지요?"

"방금 경신참변 얘기를 하시니 생각이 났어요. 계연수는 묘향산 단굴암에서 『한단고기』를 필사한 뒤 인쇄하였는데 제자인 이유립李裕岦에게 그 책을 다음 경신년(1980년)에 세상에 공개하라고 하였다지 않아요?"

"그렇게 되어 있지요. 일본이 물러갈 때를 기다리라 한 것 아니겠어요?"

"그런데 그 책은 일본에서 먼저 냈지요."

"그러게 말입니다."

홍성 장터에 있는 건복집으로 가서 매운탕을 시켜 늦은 점심을 하였다. 3시가 되었다. 그는 아침도 설친 터라 무척 시장하였지만 한 두 번 들린 적이 있는 얼큰한 그 미각을 찾아서 온 것이었다. 역시 최소장은 처음 맛보는 마른 복의 매운탕에 감탄을 하였다. 반주도 한 잔 곁들였다. 아까 하던 얘기를 계속 하였다.

"묘향산 단군굴檀君窟엘 가보셨는가요?"

그가 다시 물었다.

"제게 사진 찍은 것이 있어요."

"그러시고요, 제가 중요한 임무를 하나 드리지요."

도형이 갑자기 근엄한 어조로 말하였다.

"무슨 간첩 접선 지령을 내리는 것 같습니다. 하하하하……"

"맞습니다. 그런 겁니다. 참으로 중차대한 임무입니다."

도형은 최소장을 따라 웃지 않고 계속 근엄하게 말하였다.

"말씀해 보세요."

"남과 북이 한 자리에서 단군 학술회의를 갖도록 주선해보세요."

"중국에서는 가능하지요."

"한국에서는 안 될까요?"

그는 최소장이 마치 담당 사무관이라도 되는 듯이, 그 결재자라도 되는 듯이 물어보았다. 부탁이었다. 최소장은 그저 직원도 없는 연구소의 소장일 뿐이었다.

"글쎄요. 그거야 뭐 부딪쳐 봐야지요."

대답은 뻔하였다. 안 될 때 안 되더라도 미리부터 안 된다는 얘기를 할 필요는 없었던 것이다. 이 쪽 사정이야 그가 잘 알고 북의 사정은 그 쪽을 몇 번 드나들었던 최소장이 잘 알며 그 절차도 잘 알았다.

그러나 아무래도 어려운 일일 것 같은 것이, 그런 예가 없었던 것이다. 그저 연변에 있는 조선족 학자들이 북한에 들어가 회의를 하거나 중국 가령 북경이나 하얼빈 심양 연길 등지에서 회의를 한 적이 있었고 그도 그 회의에는 참석을 한 바가 있다. 금년에도 집안에서 상고사 학술세미나가 있어서 가려는 것이다. 조중朝中 또는 중조 역사관계 학술회의에는 대개 최소장이 참가를 하거나 간여를 하고 있는 편이었다. 관심이 그렇기 때문이기도 하였지만 민족문화 독립운동 등의 사료를 모아 저술하려는 계획으로 여러 해째 취재를 하고 있는 것이다.『광개토대왕 비문 전말』『청산리 독립전쟁』『항일무장투쟁사』 등의 책을 연변인민출판사에서 낸 바 있었다. 사료 위주로 되어 있는 그의 저술들을 중국에는 물론이고 북한 한국 러시아 등에 보급하기 위해 출입이 잦은 것이다. 원고료 인세 책 판매 수입 등 돈도 돈이지만 독립운동가 유족인 최소장은 지금도 독립운동을 하는 마음으로 생업을 버리고 아니 그것을 생업으로 여기고 독립운동 관계 학술회의 세미나, 유족 모임, 남북 관계 행사 회의 모임 등에 큼지막한 가방을 들고 감초처럼 출현을 하고 있는 것이다.

"좌우간 제가 도울 일이 있으면 발 벗고 나서겠습니다."

그것은 빈말이 아니었다. 어느 정도 도움이 될지는 모르지만 최선을 다 할 각오였다.

돌아오는 길에 윤봉길의 사당과 생가를 들러 덕산 온천장으로 갔다. 최소장은 계속 고맙다고 사례를 하였다. 그것도 최소장에게는 큰 대접이었다.

뜨거운 온천 사우나탕 안에서도 주제는 이어졌다.

"처음 얘기하는 것은 아니지만 독립운동에 대한 것만 해도 홍범도와 김좌진에 대하여 생각이 서로 다른데 단군에 대하여는 전혀 그렇지 않잖아요?"

"그렇다니까요."

"그래서 얘기인데 꼭 남북학자들뿐이 아니고 다른 나라 학자들을 초청 국제학술회의를 한 번 해봤으면 해요. 제가 거기에 따르는 경비라든지 다 책임을 지겠습니다."

그가 본론으로 끌고 갔다.

서로 발가벗은 알몸으로 원색의 쾌적한 세미나를 하였다.

"그것을 어떻게 책임을 지겠다는 겁니까?"

"저희 학교도 있고 제가 관계하는 단체들도 있고 어떻게 될 겁니다."

"그래요오?"

최소장은 눈을 지긋이 감고 고개를 끄덕였다.

"정말 그래 보세요. 이쪽은 염려 말고."

말은 그렇게 했지만 그것이 그렇게 쉬운 일은 아니다. 장소야 뭐 그의 학교에서 해도 되지만 호텔이라든지 좀 괜찮은 데를 정하는 데에는 돈이 많이 들고 초청자의 여비 체류비 사례비 그리고 파티 비용 등 행사 비용이 엄청나게 든다. 국제회의를 몇 번 치뤄 봐서 잘 안다. 그러나 그것은 어떻게든 하면 된다. 기업이라든지 단체들의 협찬을 받을 수도 있고 동창 제자들의 후원을 받을 수도 있고 그의 학교에서 전적으로 주관을 해서 할 수도 있다. 그렇지 않아도 그의 대학에서 개교70주년 기념으로 국제학술회의를 추진하기로 하였고 그것을 그가 제의를 해놓고 있는 것이었다. 그는 단군을 주제로 하려는 것이다. 그런 필요성에 대해서 공감대가 형성돼 있었다. 사정에 맞게 대처할 수 있다는 말이다. 문제는 북의 학자를 참가시킬 수 있느냐 하는 것이고 참가를 해주겠느냐 하는 것이었다. 안 되면 그가 가서 참가하는 것이고 그가 끌고 올라가는 것인데 그것 역시 허락이 되느냐 하는 것이 문제였다. 양쪽에서 말이다. 저쪽에서도 그렇지만 이쪽에서도 그랬다.

스스로도 어렵게만 생각이 되는 것이었다. 그것이 물론 최소장과 상의로 끝나는 것도 아니었다. 우선 가까운 데서부터 접근을 하는 것이고 사실은 이미 상당 부분 진척이 되어 있는 것이다.

"여러 나라 학자들과의 전화와 서신으로 연락을 하고 있고 주제를 압축시켜 놓고 있어서 초청만 하면 되도록 하여놓았어요."

"그래요오?"

최소장은 계속 감탄스럽게 되묻고 있었다. 그러나 북을 끌어내기도 어렵고 북으로 끌고 들어가기도 어려운 일이었다. 여간 어려운 일이 아니었다. 그런 예가 없었기 때문이다.

"이 귀한 대접을 잊지 않겠습니다."

온천 사우나를 말하는 것이었다. 최소장의 말은 뜻이 깊었다.

냉탕으로 갔다가 찜통 속으로 들어갔다가 열탕으로 들어갔다가 하였다. 최소장은 그가 하는 대로 따라 하였다.

저녁 식사는 그의 집 근처에 와서 마음 놓고 술을 마시며 하였다. 그는 그 남북회의 단군회의에 대한 것을 계속 부탁하기도 하고 방법을 찾아보았다.

밤이 늦어서 집에 들어온 그는 술이 취한 대로 가족회의를 소집하였다. 둘째놈은 아직 들어오지 않았고 큰아이와 딸 그리고 아내와 오랜만에 한 자리에 앉았다.

큰아이 재혁에게 이야기를 먼저 하게 했다. 갑작스레 유학을 가겠다고 하는 이유를 들어보려는 것이다. 역사학이나 국문학을 하라고 무척 권하였지만 말을 듣지 않고 전자공학과를 다니고 있고 졸업을 하고 군에 가라고 하였지만 말을 듣지 않고 군복무부터 하고 왔는데 이제 또 유학을 가겠다고 고집을 부리는 것이다.

"꼭 유학이라기보다 어학연수를 좀 다녀오고 싶어요. 졸업부터 하는 것보다 그것이 취직에도 도움이 될 것 같아요."

"취직 걱정은 조금 있다가 하고 우선 공부부터 하라고."

그는 화가 나는 것을 억지로 참고 말하였다.

"돈이 문제라면 제가 벌어서 하겠어요."

"돈이 문제가 아니야."

그의 생각은 착실히 공부를 하여 대학원을 가서 석박사를 하고 학문을 계속하는 것을 원하고 있지만 녀석의 생각은 달랐던 것이다. 졸업을 하자마자 취직을 하고 싶은 것이었다. 군대도 그래서 먼저 갔다 온 것이었다.

"저는 이미 결정했어요."

재혁은 그리고는 입을 딱 다문다.

"너는 어째 매번 네 혼자 결정을 하는 거냐?"

아무리 따져야 소용이 없었다. 그러고 있는데 둘째 재빈이가 들어왔다. 12시가 넘은 시간이다.

"이리 앉거라."

재빈이 앉자 재혁은 일어선다.

"앉아."

그가 소리를 질렀다.

"넌 도대체 어떻게 하겠다는 거냐?"

재빈은 그의 말을 조금 듣는 편이어서 국문학을 전공하는 것은 좋았는데 졸업도 하기 전에 형을 앞질러 결혼을 하겠다는 것이었다. 물론 군에도 아직 가지 않았다. 형과 바꿔되었으면 좋겠는데, 형은 또 동생 때문에 국외로 나가겠다는 것 같았다.

아내가 딸애 빛나를 들어가서 공부를 하라고 하였다. 고3을 붙들고 있으면 어쩌냐고 그를 나무랐다. 그러나 빛나는 항의하듯이 말하였다.

"이런 상황에서 공부가 돼요?"

"네 생각에는 어쨌으면 좋겠느냐?"

"꼭 어떻게 해야 된다는 법은 없잖아요? 사정대로 해야지요."

그럼 뭐라는 얘기인가. 그날 밤늦게까지 얘기를 하였으나 아무 결론을 내리지 못하였다. 아니 그가 아이들의 생각을 바꿀 수가 없었다.

서재로 건너왔다. 어머니 문제는 꺼내지도 못하였다. 읽다 둔 희연의 논문을 읽었다. 집안 사정도 그렇지만 무엇보다 그 논문 때문에 자리를 뜨기가 힘들 것 같다. 그런 대로 남은 안식년의 계획을 세워보았다.

나를 찾아서

 우선 며칠 여행을 떠나기로 하였다. 몇십 년을 몸도 마음도 뺄 수가 없었던 것이다. 늙어죽도록 그런 족쇄에 묶여 관 속으로 들어갈 때나 해방이 될지 모른다. 그가 해결해야 할 문제들을 버려 둔 채로 길을 떠났다. 내버려둔다는 것도 말이 안 되고 집행을 얼마 동안 유예하는 것이다. 딸애의 말마따나 꼭 어떻게 해야 되는 법이 있는 것도 아니었다. 되어 가는 대로 내버려두어서는 안 되지만 억지로 끌고 갈 수도 없는 것이다.
 하지만 그렇게 철저한 생각을 하고 만반의 준비를 한 것이 아니었다. 그저 등산을 가듯이 배낭을 하나 메고 떠나는 것이다. 어머니의 문제도 참으로 심각하였다. 일단 간병인을 하나 두기로 하였으나 그 돈을 댈 자신이 없었다. 당번을 정하고 시간 배당을 하였는데 잘 될지 모르겠다. 결국 자신이 똥빨래는 다 해야 된다는 것이었다. 아내의 말이었다. 그가 다 하겠다고 하였다. 그래놓고 집을 떠나는 것이다. 말이 안 되었지만 할 수가 없었다.
 고향에를 다녀오려는 것이다. 그것은 물론 어머니의 문제와 무관하지 않았다. 그것을 아내에게 강조하였다. 아내의 양해가 중요한 것이 아니라 좌우간 아내에게 다 맡기어야 했다.
 혼자 있고 싶었다. 단 며칠이라도 혼자 생각을 하고 싶었다. 고향으로 가는 길은 언제가 가슴이 설레었다. 승용차를 두고 기차를 탔다. 경부선의 한 가운데 있는 곳이다. 완행열차로 여섯 시간 일곱 시간 걸렸었는데 이제 두 세 시간 달려가면 되는 것이다.

　일부러 서울역으로 가서 탔다. 종착역에서 다시 떠나보는 것이다. 그 소설 속에서 빠져나가는 연습이기도 했다. 역광장에서 배웅을 하던 연희가 떠오른다. 희연의 침실에 걸린 희미한 사진이 떠오르고 희연의 모습이 거기에 오버랩 된다.

　차창에 그녀의 모습이 따라온다. 눈을 감고 그녀의 논문의 내용을 떠올려 본다. 논문이 탄탄하였다. 그의 허점들을 신랄하게 비판하였다. 참으로 당찬 여성 제자이다. 그러나 역시 문제점은 많이 있었다. 빨리 끝내도록 해야 될텐데 잘 될지 모르겠다. 그것을 몰라라 하고 나갈 수는 없다. 좌우간 그 생각도 좀 덮어두기로 하였다.

　차에서 내려 버스를 타고 고향 마을에 도착을 하였다. 옛 친구들 집안 사람들이 반겨준다. 옛 집터를 둘러보고 지을 집을 설계해 보았다.

　전에 살던 그의 집터였다. 할아버지 대에 이곳으로 집을 지어 옮겨 왔다고 했다. 그 집을 뜯어서 옮겨지었기 때문에 기둥에 중방을 끼우기 위해 끌로 판 자욱이 잘 못 맞추어진 채로 있었다. 옮겨서 짓자니 구멍들이 제대로 맞을 리 없었다. 어릴 때는 그것도 모르고 마루에서 그 기둥의 구멍을 타고 올라가곤 했었다.

　그런 생각이 여기 옛 집터에 서자 떠오르는 것이다. 참 그렇게 나무가 많은 고장인데 그 보기가 좋을 리 없는 끌 자욱이 있는 재목을 그대로 쓰다니, 매일 자고 나면 바라보는 방문 앞 청마루의 기둥 모양은 따질 필요가 없었던 것인가. 그렇게 감각이 무디었다는 것인가. 가난으로밖에는 해석이 되지 않았다.

　몇십 년이고 잊고 있던 옛 기억들이 떠올랐다. 기역자 집이었다. 마당이 넓지 않은 대로 있었고 사랑방 소 마굿간 곳간 부엌 큰방 건넌방의 순으로 지어져 있었다. 안방과 건넌방 앞으로 마루가 놓여 있었다. 사랑방 앞에도 마루가 있었고 뒤안에도 좁은 툇마루가 안방 건넌방으로 연결되어 있었다. 뒤안으로 돌아가서 광이 있었고 그 앞으로는 우물, 그 옆으로 장고방이 있었다.

역시 그런 그림도 여기 와서야 떠오르는 것이었다. 그대로 복원을 해보려는 것이었다. 과일나무도 그대로 심을 수 있을 것이다. 사립문 옆에 조홍감나무가 한 그루 있었고 앞마당엔 사과나무 그리고 사랑 옆으로 배나무 벽오동나무 석류나무 밤나무가 있었고 뒤안에는 큰 무동시 감나무가 있어서 지붕을 덮고 있었다. 그렇게 큰 나무야 안 되지만 웬만큼 큰 나무는 이식이 가능할 것이다.

그런 이야기를 10여촌 되는 조카에게 말하자 그 때 나무가 지금도 있지 않느냐고 가리킨다. 아닌게아니라 조홍감나무와 밤나무가 그 때 그 자리에 서 있었다. 그 때 기억이 다시 났다. 큰 감나무의 감은 땅주인이 다 따가고 그들이 심은 조홍감만을 따먹을 수 있었던 것이다. 밤나무를 심어 첫 열매는 섬을 밑에 놓고 따던 생각도 났다. 그래야 많이 열린다고 했다.

화단도 그 때의 꽃으로 가꿀 수 있을 것이다. 매화나무 목단 나리 그리고 또 뭐더라⋯⋯

"언제 지을 티라요?"

조카가 묻는다.

"이제 시작을 해야겠어. 준비를 좀 해 줘."

그는 계획도 없이 그렇게 말하였다.

그 조카가 미장이였기 때문이었다. 이 마을에 여러 채의 집을 맡아서 지었던 것이다.

"그래 초가로 지을 티라요?"

"그래야지."

조카에게 몇 번 얘기했었다.

"그라만 금년에도 못 지어요."

그의 얘기를 신뢰하지 않는 것이었다. 현실성이 느껴지지 않았던 것이다.

그날 조카를 데리고 등산을 하였다. 꽤 높은 마을 앞산을 올랐다. 늘 그러는 것처럼 집안 사람들이나 옛친구들과 막걸리나 몇 사발 나누고 돌아오고 싶지가 않았던 것이다. 집도 집이고 말이다. 귀향에 대하여 진정으로 생각해보기 위해서였다.

정상에 올라 많은 산봉우리들을 내려다보았다. 건천산 근천산 근처 이산이라고 했었는데 알고 보니 곤천산坤天山이었다. 땅이 하늘에 닿았다는 뜻인가. 땅과 하늘이 어쨌다는 것인가. 아니 하늘과 땅이었다. 아! 그랬다. 그가 몇 몇 해를 헤매며 찾고 있는 뿌리의 얼굴이 바로 여기 있었던 것이다. 그럴 일이었다. 고향에 뿌리가 있었다. 땅과 하늘, 하늘과 땅, 땅과 하늘과 하늘과 땅과…… 하늘에 그의 얼굴이 커다랗게 걸리었다.

곤천산 뒤의 직지사直指寺를 에워싸고 있는 황학산黃鶴山 정상(1,111미터)에서 뻗은 줄기와 만나 두 겹으로 된 산으로 마을의 앞을 가리고 있는 산이다. 천덕산千德山이라고도 한다. 늘 바라만 보았지 처음 올라와 보는 것이었다. 그 세 가지 산 이름과 산줄기의 구분도 처음으로 확인한 셈이다. 그동안 그렇게 바쁘고 시간이 없었던가, 마음이 없었던가. 그런 생각을 한 번도 하지 못한 것이었다.

저 안쪽으로 삼도봉三道峰-충청북도 전라북도 경상북도 3도의 접경이 되는 봉우리-이 보이고 민주지산 각호산 석기봉이 그 옆에 있었다. 멀리 가야산도 보이고 지리산 자락도 희미하게 보이었다. 시정이 좋은 날씨였다.

아래를 내려다보았다. 그의 마을이 한 눈에 들어왔다. 소인국처럼 마을의 사람들이 움직이는 것이 보였다. 골짜기마다 마을들이 자리잡고 있었다. 그가 손가락질을 하며 마을 이름들을 대기도 하고 묻기도 하였다.

"뭐 천엽에 똥 쌔이듯 했어여."

조카가 같이 내려다보며 말했다.

"그게 무슨 뜻이지?"

"마을이 수도 없이 많아여."

그런 얘기였다.

"자네는 더러 여기 올라와 봤는가?"

그가 조카에게 물어보았다.

"저 아래까지 불끄러 한 번 오고 여기까지는 처음이라여."

"그랬구만."

"저 쪽으로 가다 보면 천인대千人臺가 있는데······"

"그래?"

조카가 가리키는 곳을 바라보다가 그쪽으로 내려갔다. 말로만 듣던 대로 천인대에 올랐다. 임진왜란 때 이곳에서 천여 명이 피난을 하여 덕을 입었다고 하여 천인대, 천덕산이라고 한다고 했다.

"육이오 때 이리로 올 걸 그랬어."

"어데로 갔었는데요?"

"미역뱅이 금굴 속에 있었지."

"거기서 뭐 금 캤어여?"

"뭐라고?"

금을 캤느냐고 하였다. 의미가 있는 말이었다.

"그랬지."

그 때의 생각이 떠올랐다. 그 소설이 여기에 고스란히 잠자고 있었다. 숨소리가 들리는 것 같았다.

산을 내려와 내친 김에 마을 뒤로 넘어가는 산골짜기 미역뱅이로 가서 성묘를 하였다. 앞 뒤 높은 산을 한꺼번에 오른 것이다. 아무 계획도 없이 강행군을 한 것이다.

할아버지 할머니 증조 할아버지의 묘가 떼가 다 벗어진 채 그를 기다리고 있었다. 자주 못 오고 조카에게 벌초 값만 보내곤 하였던 것이다. 조카랑 같이 가지 않으면 묘도 찾을 수 없었다.

"내가 이러고도 잘 되길 바랄 수가 없지!"

사죄하듯 말하자 조카는 그를 위로하였다.

"다 그라는 걸요, 뭐."

서로 지치기도 하고 날이 저물어 금굴을 찾는 것은 뒤로 미루고 하산하였다.

동구 앞에는 늙은 정자나무가 그대로 버티고 있었다. 그 앞에 서 보았다. 속은 다 비어 흙으로 채워져 있는 동구나무, 그 위에 올라가기가 참으로 힘들었었는데, 이제 늙어 꼬부라져 나지막하였다. 나무 둘레로 동제를 지냈던 금줄이 그대로 쳐져 있다.

그 앞 대석에 마을 노인들이 앉아서 얘기를 하고 있다가 낯선 내방자를 수상쩍게 바라본다. 노인들에게 아버지의 이름을 대고 자신을 소개하며 인사를 하였다. 아 그러냐고 바로 자네냐고 참으로 성공을 하였다고 알아보는 사람도 있고 전혀 알아듣지를 못하여 설명을 하다가 말기도 했다.

조카의 집에서 묵었다. 한 살 아래의 조카 재수는 그의 말벗이 되었고 술벗이 되어 주었다. 열촌이 넘지만 갈 때마다 거기부터 먼저 들렸지만 잠을 자지는 않았었다.

밤에는 족보를 펴놓고 계보를 거슬러 올라가 보았다. 아버지 할아버지 증조 할아버지 고조할아버지……

주욱 계통이 이어져 있다. 중간에 파가 몇 갈래로 갈리고 몇 분의 중시조中始祖가 자리하고 있었다. 그리고 그 위로 올라가자 세세한 기록이 없고 훌쩍 건너 뛰어 시조始祖로 연결해 놓았다. 알평謁平 할아버지다. 신라 사로斯盧 육촌六村 중의 하나인 알천양산촌閼川楊山村의 촌장이었다.

—진한辰韓 땅에는 옛날에 여섯 촌이 있었다. 1은 알천 양산촌이니 그 남쪽은 지금의 담엄사曇嚴寺이다. 촌장은 알평이다. 처음에 하늘에서 표암봉瓢巖峰에 내려왔으니 이가 급량부及梁部 이씨의 조상이 되었다.

『삼국유사』의 「기이」 제1 「신라 시조 혁거세왕赫居世王」 대목 첫머리를 인용하여 설명하고 있다. 그들 이씨의 시원始原이요 근원根源이었다. 그의 뿌리였다.

담엄사는 경주의 탑리塔里 오릉五陵 남쪽에 있던 절이다. 알천 양산촌은 경주 남천 이남, 남산 서북 일대에 위치하였으며 급량부는 신라의 국가형성에 주도적 역할을 한 부락이다. 그는 족보의 제일 꼭대기까지 올라가 멈춰서 눈을 감고 하늘에서 강림하는 시조의 모습을 상상해보았다.

그러니 그 할아버지와 단군 할아버지와는 어떻게 되는 것인가. 처음에 하늘에서 내려왔다고 하였는데 하늘 어디서 왔단 말인가. 단군의 아버지 한웅이 내려온 그 하늘인가. 생각이 거기서 막혀버리는 것이었다. 그는 시조의 묘가 있는 경주를 가보리라 생각하며 다시 족보로 돌아온다.

알평 할아버지는 신라 좌명공신으로 관직은 아찬阿餐이며 자字는 천서天瑞 호는 표암瓢巖 시호는 문선은열왕文宣恩烈王이다.

거기서부터 다시 그의 대까지 내려와 보았다. 그는 40세 손이었다. 대개 1세대를 30년으로 친다. 삼사는 십이, 천이백 년이 된다. 참으로 먼 시간이었다. 그는 그의 뿌리를 들여다보며 마을 앞 동구나무의 수령을 상상해보았다. 이 마을은 그 때 어떤 모습을 하고 있었을까. 분명 그 할아버지의 씨가 여기까지 퍼진 것인가.

내 몸에 정말 그 할아버지의 피가 지금 흐르고 있는 것인가. 천 년을 넘고 40대를 내려오면서 그 핏줄기가 연면히 흐르고 있었단 말인가.

그것이 믿어지지 않는다기보다 그것이 의문스럽고 의심이 간다기보다 너무나 아득하고 희미하게 느껴지는 것이었다.

『삼국사기』의 첫머리에도 알천 양산촌이 나오고 있다. 그 촌장, 알평 할아버지, 그 할아버지의 아버지 할아버지는 누구란 말인가. 거기서 더는 거슬러 올라가지지가 않았다.

그나마 이 고향에 와서야 그런 분위기에 젖을 수가 있었던 것이다. 족보를 처음 보는 것도 아니요 그런 기록을 모르고 있는 것도 아니지만 여기 옛 마을 그가 태어난 곳에 와서야 그 뿌리와 연결이 되어졌던 것이다.

일단 이 족보가 그의 근원이요 뿌리였던 것이다. 그것을 여기 덮어둔 채 허둥지둥 뛰어다녔던 것이다.

재수의 부인, 질부가 단술을 했다고 하면서 한 대접 쟁반을 받쳐 가지고 왔다. 참으로 고맙고 미안하였다.

"이걸 오늘 한 거라고?"

"예, 그런데 맛이 있을랑가 모르겠네요."

"쓴술은 없어요?"

이날 저녁은 또 하루 종일 빨아 말려서 새로 꾸민 요를 방바닥에 깔아주기도 하는 것이었다. 그가 뭐 그리 대단한 손님이라고 그런 대접을 받기가 너무나 황송하였던 것이다. 그러나 그는 그렇게 말하는 대신 농을 하였다.

"술은 금방 안 되지요"

질부는 농을 받을 줄 몰랐다. 어려워서 그런 것인가.

재수가 술을 받아오겠다고 하는 것을 말리었다. 그가 술값을 주면 되는 것이지만 더욱 미안하게 될 것 같았다. 저녁상에 반주도 하였던 것이다. 조카는 또 그의 뜻을 순순히 받아들이면서 말하는 것이었다.

"속 아픈데 그냥 주무시지요 뭐."

"그래. 그러자고."

이튿날은 면으로 가서 호적을 뒤져보았다. 아버지 대까지밖에 거슬러 올라가지를 못하였다. 할아버지의 성명과 할머니의 성씨만 아버지의 부모 난에 적혀 있을 뿐이었다. 6.25때 소실되어 청주지방법원의 것을 복제하였다고 되어 있다.

참으로 답답한 일이었다. 그 전의 것은 어디서도 알 도리가 없었다.

아버지가 향교鄕校에 다녔다는 명단을 본 것이 고작이었다. 그래도 거슬러 올라갈 수 있는 것은 족보밖에 없었다.

족보를 펼치고 중시조부터 다시 보았다.

17세손 국당공菊堂公 이천李蒨은 고려 충렬왕 때 삼중대장첨의三重大匠僉議 정승 예문관 대제학 문하시중 동평장사同平章事 월성부원군月城府院君을 역임하였다. 시호는 문효공文孝公.「역옹패설櫟翁稗說」을 쓴 익재공益齋公 이제현李齊賢과 파가 갈리었다.

37세손 국당공파 성로聖老 종만鍾萬 종천鍾千 형제와 종은鍾殷 기로箕老 등이 157년 전부터 지례智禮에, 38세손 인우仁雨 화우華雨 형제가 127년 전부터 청산靑山에 살기 시작하여 노천老川파를 이루었고 120년 전에 작고한 덕일德一부터 노천 뒷산 미역뱅이에 묘를 쓰고 있는 것으로 되어 있다. 햇수는 간지干支 가지고 대략 맞춰본 것이다. 덕일은 그의 종중조부, 증조할아버지 덕병德秉의 형이다. 그리고 그는 40세 손이 된다. 국당공의 13세손이며 그 때서부터, 국당공이 타계한 3672(1349)년부터 648년이 흘렀다. 여기서부터는 좀 더 실감이 나고 핏줄이 진하게 느껴졌다.

그는 면에 가서 부탁을 하여 족보의 직계만 복사하였다. 그 족보 한 권도 그는 갖지를 못하고 살았던 것이다. 뿌리가 없는 가지와 이파리에 앉아 원숭이처럼 곡예사처럼 살았던 것이다. 그것을 전혀 의식하지도 못한 채.

호병계장으로 있는 후배가 복사비를 안 받겠다고 하여 면사무소 직원 전체에게 커피를 한 잔씩 샀다. 참 너무도 근본이 없이 살다 온 나 그네의 체면을 그렇게라도 세우지 않을 수 없었다.

다시 미역뱅이로 가보았다. 전날 너무 서둔 것 같았다. 급할 것이 아무 것도 없는데 처삼촌 벌초하듯 다녀온 것 같았다. 그의 뿌리가 묻힌 곳이었다. 뒷산을 넘어서 두겹의 산을 다시 넘어간 골짜기이다. 거기에 그의 종중 묘들이 빼곡이 들어차 있다. 그의 할아버지 증조할아버지의 묘가 거기에 있었다. 묘비도 세우지를 못하고 매년 오지 않아 찾기도 힘들었다. 그 윗대의 묘는 지례知禮, 지금은 행정구역이 바뀌었지만, 우두령 너머에 있었다.

역시 재수와 같이 갔다. 또 다른 생각도 있어서였다. 6.25때 숨어서 살던 금굴을 찾아 나선 것이다. 골짜기를 몇 바퀴를 돌며 오르내리느라고 지칠 대로 지쳐서야 폐광이 된 굴을 찾을 수 있었다. 속은 막혀 몇 발 들어갈 수가 없었다. 그러나 거기를 돌아 나오다가 도숙의 기억을 되살릴 수 있었다. 굴 속에 있는 그를 찾아왔다 행방불명이 된 누이동생, 까맣게 잊고 있던 생각이 떠올랐다. 인민군들에게 끌려 간 것이다. 참으로 오랫동안 잊고 있었던 것이다.

저 아래 쪽으로 황간 철교가 내려다 보이었다. 그쪽 냇물 건너에서 포를 쏘아대었다. 그 때-4283(1950)년 7월 하순-냇물을 경계로 해서 치열한 공방전을 벌였던 것이다. 냇물 양쪽 강변과 언덕 산비탈은 이쪽 저쪽 군인들의 시체로 뒤덮여 있었던 것이다. 그곳이 직선 거리로 얼마 안 되었다. 북쪽의 군대와 남쪽 군대가 서로 포를 쏘고 총을 쏘아대었다. 어느 쪽이라 하더라도 동족이 동족을 향해 쏜 것이다.

겨누는 것은 / 분명 적이라는데 / 적이 아니라 / 그것은 나다 // 포탄은 / 터져 날라갔는데 / 적의 심장을 뚫었다는데 // 죽은 놈도 / 자빠진 놈도 / 그것은 나다

안장현安章鉉의 「전쟁」이라는 시이다. 그도 어디엔가 그런 답답함에 대하여 쓴 적이 있다.

우리 민족은 참 바보 같은 싸움을 하고 있는 것이다. 왜 우리끼리 무엇을 얻겠다고 그렇게 지독한 싸움을 하였단 말인가. 그렇게 극악한 동족간 살상을 하고도 뭐가 모자라고 성이 덜 차 아직도 그러고 있단 말인가. 일본의 압제 밑에 그토록 핍박을 받고도 정신을 못 차리고 우리 동족끼리 합치지를 못하고 이 세계에서 유일하게 동족과 전쟁을 하는 나라로 남아 있는 것이다. 답답하기 짝이 없는 일이다. 종래에는 소

총알 대포알도 다 떨어지고 육박전肉薄戰을 치렀던 것이다.
 그 위쪽이지만, 냇가로 친구들을 불러내어 천렵을 하였다. 초등학교 동기들이 몇 명 이 마을에 남아 있었다. 대개 농사를 지었고 약방을 하는 친구 공직에 있던 친구도 있었다. 재수를 시켜서 다 동원을 하도록 하였다. 물론 투망으로 고기를 잘 잡는 재수가 다른 것은 다 준비를 하였다. 돈이 드는 것은 그가 대었던 것이고.
 바쁘지 않으면 새참이나 같이 하자는 그의 제안을 받아들여 동기들이 다 모였다. 한전에 근무하는 현근이는 낚싯대를 있는 대로 다 가져오기도 했다.
 "준비도 없이 바쁜데 오라고 해서 미안해야."
 그는 이 마을 어투로 말하였다. 그것으로 미안한 것은 통과가 되었다.
 "미안한 줄 알면 됐어여."
 "그리여."
 고기를 잡아 한 냄비 졸여 놓고 막걸리를 양조장에서 한 통 배달해 와서 따르기 시작했다.
 "이 사람 아주 큰 통으로 노네."
 모두들 흐뭇해하였다.
 금방 옛날 이야기를 하여 석선생 연희 얘기도 했다. 물론 그와의 관계를 아는 사람은 없다.
 사실을 얘기한다면 그는 아마 추방이 될지도 모른다. 석선생이나 연희나 이곳 사람들 특히 그와 동기생들에게는 우상이었으며 신델레라 같은 존재였던 것이다.
 "자넨 역시 석선생의 말대로 역사가가 되었고 교수가 되었네."
 현근이가 그래도 밖의 물을 먹어서 제일 사정을 잘 알았던 것이다.
 "그리여. 제일 출세했어."
 "한 턱 낼만 해야."

면서기로 있던 상곤이 군 의원을 지낸 춘호가 그를 치켜세우자 모두들 맞다고 하였다.

"맞아. 그리여."

"그리여. 맞아여."

"막걸리 가지고 안 되야."

"그럼!"

"암만!"

이번에는 마을의 이장을 여러 번 한 재길이 한 마디 하자 또 모두들 웃어대며 맞장구를 쳤다.

그는 그렇다고 할 수도 없고 아니라고 얘기할 수도 없었다. 어찌 됐든 간에, 그럼 무슨 술을 사야 되겠느냐고 묻자, 소주를 사라고 하였다. 그리고 맥주를 사라고 했다. 소주와 맥주를 10병씩 가져오게 했다. 그러고 있는데 약방을 하는 상태가 무슨 약인지 비닐봉지에 한 박스 자전거에 싣고 왔다.

"오래 사니께 정말 별 일을 다 보겠네."

상태가 그의 손을 덥석 잡고 흔든다.

"아니 그런데 좋은 약은 혼자 다 먹었나?"

그가 상태의 대머리를 보고 웃으며 물었다.

"그랬지."

상태는 없는 머리를 쓰다듬으며 웃었다.

모두들 따라 웃었다.

족대로 풀 속을 훑고 그물을 계속 던져 피라미와 모래무지를 잡는 대로 배를 따 와서 초고추장 그릇에 담았다. 어면魚麵도 끓이기 시작했다. 동기생들이 하나 둘 더 왔다. 참 그 때부터 줄곧 농사일만 하다가 허리가 다 꼬부라지고 얼굴이 다 찌든 친구들도 몇 명 되었다. 밖으로 다 나가버리고 남은 친구들이었다. 이미 죽은 동기도 많았다.

도형이 고향 마을에 처음 온 것은 아니었다. 어쩌다 잠깐 들러 시간에 쫓겨가곤 했던 것이다. 이렇게 자리를 만들기를 참 잘 했다고 생각하였다. 열심히 고기를 잡아주고 술을 기분 좋게 먹어주는 친구들이 참 고마웠다. 그가 바쁜 농사일을 미뤄두고 온 친구들에게 재차 삼차 미안하다고 하자, 젠장 사람이 몇백 년을 사느냐고, 자꾸 그러지 마라고 하는 것이었다.

서로 사는 얘기, 힘든 얘기, 지난 얘기 들을 하다가 석선생의 얘기를 하였다. 재길이 한 번 만났다고 하였다.

"그래애? 어디에서? 언제?"

그는 너무도 의외여서 벌떡 일어나서 물어대었다.

"아니, 이 사람 갑자기 왜 이래야?"

재길은 웃으면서 앉으라고 한다.

"정말이여?"

"이 사람 보게. 사람을 어디다 취직을 시키는 거여? 나 그럼 얘기 안 해."

왜 사람을 못 믿느냐는 것이었다. 공연히 뜸을 들이는 것이었다. 도형과 석선생의 관계를 너무도 잘 알기 때문이었다. 또 그렇게 총애를 하던 석선생을 못 만나고 있었다는 데 대한 나름대로의 의사표시였던 것이다. 공연히가 아닌 것이었다. 그러나 석선생은 모든 동문들의 관심사였던 것이다.

"애길 해봐. 그러지 말고."

"잘 못 했지?"

"그래, 잘 못 했어. 자네들 앞에 진심으로 사죄할게."

뭘 정말 알고서인가, 재길은 그런 항복을 받고야 얘기하는 것이었다.

"강원도 속초에서 버스를 타고 가는데 길 가에 석일경 선생님이 걸어가잖아? 그래서 마구 불러보았지만 못 알아 듣고 지나쳤어. 틀림 없는 석선생님이었어."

그런 얘기였다. 왜 버스를 세우지 그랬느냐고, 이번에는 도형이 따졌지만, 달리기 시작한 고속버스를 세울 수가 없었다고 하였다. 그것은 재길이 잘 못했다고 하였다.

연희의 얘기가 또 나왔다. 모두들 참으로 아까운 여자라고 하였다. 그러나 그녀의 행방을 아는 사람은 없었다. 도형이 모르면 누가 알겠느냐고 하였다.

"동생이 하나 있었지?"

"동생은 죽었지 아마."

"그래?"

그가 물었다. 그러나 더 물을 수가 없었다.

잘 생긴 그녀의 딸이 다녀갔다는 얘기도 한다.

책가방을 들고 왔었는데 무슨 대학 학생이라던가 교수라던가. 도형에 대해서 묻더라는 얘기도 하였다. 그러나 그 이상 아는 사람은 없었다. 그런 얘기 끝에 몇 가지 연희에 대한 가능성을 들었다. 요즘은 주민등록을 추적하면 금방 소재를 알 수 있다는 것이고 그녀의 동생 연순의 후일담이 많았다. 여기 오니 금방 얘기들이 나오는 것이었다. 얘기의 가닥이 잡히기 시작하였다. 어떻거나 자꾸 그 얘기만 할 수는 없었다. 아니 묻기만 하지 말할 수는 없었다. 아마 그가 사실을 조금이라도 말한다면 이 고향을 다시 찾아오지 못할 것이다. 모든 동문의 우상을 파괴한 그는 추방당하여 마땅한 존재인 것이다.

그날 술을 많이 하여 노래를 부르기도 하고 울기도 하였다. 그는 왜 그런지 눈물이 자꾸 났다. 연희의 생각을 하여서인가. 그의 아버지를 생각하여서인가. 아버지는 그가 고명한 법관이나 유명한 의사가 되어 금의환향하기를 기대하였었는데 결국 그 기대를 채워주지 못하였다. 꼭 그렇게 이름이 나지는 않더라도 판검사나 변호사나 의사가 되어 돈의 한을 풀려고 하였었는지 몰랐다. 그러나 그 아무 것도 되지를 못하고 딴 길로 가다가 자리를 잡기도 전에 세상을 떠났던 것이다. 지금 다른 친구들은 그를 제일 출세를 하였다고들 하였다. 교수에 박사에, 자주 신문에 이름이 오르내리었다. 이 마을 출신으로는 초유의 교수요 박사였다. 명사였다. 그로서는 전혀 실감이 나지 않았지만 좌우간 그런 대로라도 아버지가 기다려주었다면 얼마나 좋았을까.

"자네 어른은 어디 계시나?"

누가 그렇게 물었던 것이다. 생사를 모르는 것이 아니었다. 소재를 모르는 것도 아니었다. 이리로 모셔와야 되지 않느냐는 얘기였다.

"그래. 알았어."

그 말을 하면서 왜 그렇게 눈물이 나던지 몰랐다. 마구 뜨거운 눈물이 흘러내렸다.

농투성이 옛친구가 하는 그 속 깊은 말에서인가. 너무나 고향도 잊고 아버지도 잊고 그렇듯 그리던 연희도 잊고 또 모든 것을 잊고 잃고 살았던 때문인가. 종내에는 엉엉 울고 말았다.

그는 그날 저녁 술이 취한 채 재수와 상의를 하였다. 빨리 집을 지어 어머니를 모셔와서 살며 아버지의 묘를 미역뱅이 선산으로 이장을 하겠다고 하였다. 조카는 그러라고 하면서도 도무지 믿어지지 않는다는 표정이었다.

"그라만사 좋지요!"

"자리를 잘 봐 놔."

"야."

다음날은 앞산 곤천산 황학산 너머에 있는 직지사를 갔다. 추풍령과 우두령 사이의 쾌방령을 넘으면 되었다. 시간이 있는 친구들을 데리고 갔다.

돌아오는 길에는 건너 마을인 오리실에 들렀다. 거기에 살던 큰할아버지의 집을 어렵지 않게 찾을 수 있었다. 마을 가운데에 있는 흙집인데 그의 할아버지의 형인 종조부가 살았다고 하였다. 호를 죽사竹史라고 하였고 글이 좋아 훈장을 하였다고 하였는데 할머니가 너무나 성질이 괴팍하여 가정이 유지가 안 되었고 결국 객사를 하였다고 하였다.

그 손은 없고 양자 양자로 이어져 오고 있는데, 그 옛집에는 전혀 다른 사람이 살고 있었다. 집의 뒷편 길 가 쪽으로 보이는 흙벽은 옛날 그대로라고 하였다. 대들보 석가래도 옛날 그대로인 것 같았다. 얼마나 된 것일까. 백 년은 넘은 벽채였다. 여러 사람들의 증언으로 큰할아버지가 살던 집은 확실하나 그 한 쪽 벽밖에는 만질 수 있는 것이 없었다. 좌우간 그렇게라도 그의 뿌리를 거슬러 올라갈 수 있는 최상한이었던 것이다. 그것을 전에 언제 한번 찾다가 가고 이날 뿌리를 뽑은 것이었다. 형편이 되면 사 두고 싶었다.

  그 다음날은 우두령을 넘어 선대 묘를 찾아가 보았다. 미역뱅이에 있는 할아버지들의 윗대 묘들이 거기에 있었던 것이다. 그것은 같이 간 재수도 확실히는 모르고 대충 아는 것 같았다. 10대조 누구, 12대조 누구, 한성좌윤 군자감정 통정대부 누구 누구, 그 정부인 누구 숙부인 누구…… 얘기하는 대로 고개를 끄덕거리며 성묘를 하였다. 묘비들이 이끼에 덮혀 있기도 하고 상석이 놓인 곳도 있었다. 해마다 묘사를 지나는 곳이라 하였다. 그런데 10대조부터 15대조 묘까지는 찾아뵈었는데 정작 그 아랫 대의 5대조 6대조 7대조의 묘는 저쪽 산 고개 너머와 또 이쪽 골짜기 산 속에 있다고 하였다. 거기는 우두령에서 내려와야 한다고 하였다. 길이 그렇게 되어 있다고 하였다. 힘이 드는 대로 여기서 넘어가도 안 되는 것은 아니었다. 그가 열이 나는 이마를 짚으며 난감하게 두 산줄기를 바라보고 있자, 조카가 다시 또 오자고 하였다. 그는 못이기는 척하고 그러기로 하였다. 다음에 와도 되고 내일 와도 되었다. 어떻든 다시 오기로 하였다.

  또 다음날은 난계蘭溪 사당 영국사寧國寺 마총馬塚 양산 팔경陽山八景 등을 둘러보았다. 그러다 경주慶州, 그의 시조가 있는 곳을 가 보고 싶은 충동을 느끼게 되었다. 알천 양산촌이 떠올랐던 것이다. 그 양산과 이 양산이 다른 곳이었지만.

  그의 조카도 한번 못 가보았다고 하였다.

땅 끝에서

그는 갑작스런 충동으로 이튿날 재수와 함께 기차를 타고 경주로 갔다.
돈이 떨어져 아내에게 전화를 걸어 통장에 입금을 좀 해달라고 하였다. 카드로 마이너스로 쓸 수 있는 한도를 초과하였던 것이다. 아내는 군소리를 하는 대신 어머니는 어떻게 할 거냐고 묻는 것이었다. 그가 내려오면서 이번 여행에서 그 대책을 세워보겠다고 약속을 하였던 것이다.
"아, 그것은 염려 말아요. 조카와 상의를 하였으니까."
그는 쉽게 대답하였다. 조카도 옆에서 듣고 있었지만 상의를 다시 해 봐야 했다. 아내의 속셈에 대한 그의 대응 방법이기도 하였다.
조카는 기차의 좌석에 앉고 나서 그 얘기를 했다. 어떻게 치매 노인 혼자 내려오는 것이 가능하냐고 묻는 것이었다.
"나와 같이 내려와야지."
"정말이라요?"
재수는 그것이 믿어지지 않는 것이었다. 미장이인 조카는 목조에 초가로 그것도 현실성도 없이 옛날 그대로의 집을 짓겠다고 하는 것과 같이 어렵게 생각하는 것이었다. 그는 아직 완전히 내려올 수는 없고 1주일에 2, 3일 정도 글이나 쓰고 명상이나 하면서 오르내리는 것을 생각하고 있었다.
"좌우간 내려오기만 해요. 여기 일은 저한테 다 맡기고요."

"고마워. 그런데 이거 여러 날 손재가 많네."

"아니라요, 저도 한 번 가보고 싶었시요."

대구를 지나고 넉넉한 조선 기와집의 경주역에 내렸다.

택시를 타고 큰 무덤 들이 몰려 있는 대릉원大陵苑으로 가서 높이가 127미터나 되는 엄청나게 큰 천마총天馬塚부터 왕릉들, 첨성대 김유신 장군의 동상 등을 들러보았다. 온통 거대한 무덤의 도시였다.

"저기는 누구의 능인가요?"

일하는 사람에게 물어보았다.

"개능이구마."

"개가 묻혀 있는가요?"

이름 없는 능-원래야 이름이 없을 수야 없겠지만-주인을 찾지 못한 능은 그냥 개능이라고 한다고 하였다.

그는 고개를 끄덕이며 거대한 무덤 속에서 나온 천마의 그림과 금관을 떠올려보았다. 금관을 쓴 왕의 모습, 말을 타고 훨훨 하늘을 나르는 모습을 상상해보았다. 먼 시간 속으로 날아올라갔다.

신라에 와 있었다. 그 때의 시간 속으로 온 듯이 착각을 하게 하였다. 황남동 고분군 일대를 산책하다가 들어간 식당 안에는 모조품 금관과 요패 팔지 목걸이 그리고 마구馬具 장식품들을 늘어놓았고 벽에는 환두대도鐶頭大刀가 걸려 있었다.

법주를 반주로 하여 느긋한 저녁식사를 하였다.

이튿날은 그의 시조 표암공 알평 할아버지의 묘를 찾아갔다. 바위였다. 경주시 동천동東川洞 산 16번지 산언덕에 덩그러니 표암을 모셔놓았다.

시조 알평이 처음으로 강림한 곳이다. 육부 촌장들이 알천 언덕 위인 이곳 박바위[瓢巖]에서 회의를 하여 박혁거세를 초대 왕으로 추대하고 신라를 건국한 화백和白 회의 장소인 성지이며 민주주의의 발상지다.

그렇게 소개하고 있었다.

알평 할아버지는 이 박바위로 초강初降한 후 수도촌장首都村長인 양산楊山 촌장으로 건국회의를 주재하고 박혁거세왕을 참정 보필하였으며 수壽는 거의 200세 하였다(幾二百歲). 유리왕 9(단기2365, 서기32)년에 양산촌을 급량부로 개칭하고 이씨로 사성賜姓하였다.

그렇게 또 씌어 있었다.

주과포酒果脯를 펼쳐 놓고 잔을 부었다. 그와 조카인 재수와 엎드려 절을 올렸다. 참 진작 한 번 와 봤어야 할 곳이었다. 여기가 그의 뿌리가 되는 곳이었다. 여기서부터 뻗어내려온 뿌리와 줄기와 가지와 잎사귀를 생각하며 음복을 하였다. 그가 40세손이며 조카는 41세손이 되는 것이었다. 족보를 복사한 것을 주머니에서 꺼내어 잔디 위에 펼쳐놓고 계보를 거슬러 올라가 보았다. 잔을 한 잔 더 부었다. 그리고 물어보았다.

"정말 당신이 맞습니까?"

바위에게였다. 그리고 허공을 바라보았다. 하늘을 향해 또 물어보았다.

"맞습니까? 당신은 하늘 어디에서 오셨습니까? 지금은 어디에 계십니까? 하늘에 계십니까? 지하에 계십니까?"

무슨 대답이 있을 리 없었다. 하늘과 땅 사이에 허공이 있을 뿐이었다. 아니 바람이 있었다. 미풍이 스치고 갔다. 뭐라고 얘기하는 것 같았다. 그러나 알아들을 수가 없었다.

대답을 듣고자 하는 것이 아니었다. 그들의 원뿌리 본향에 와 있는 그의 마음은 너무도 설레었던 것이다. 마치 어떤 세계의 중심에 와 있는 것 같은 감격이었다. 불란서 노트르담 사원 앞이던가, 세계의 중심이라는 지점이 있었다. 여행 가이드의 설명을 듣고 모두들 그 지점에 발을 올려놓고 사진을 찍었다.

박바위 외에는 아무 것도 그 때의 흔적이 남아 있는 것이라고는 없었다. 표암봉 아래 여기 저기에 비를 해 세우고 비각을 짓고 사당을 세워 놓았을 뿐이었다. 시조의 신위를 모신 악강묘嶽降廟, 재실 표암재瓢巖齋, 시조의 최초 강림지 박바위를 보호하기 위해 세운 광림대光臨臺, 유허비각遺墟碑閣, 돌 제단, 경모비景慕碑 등. 악강묘와 광림대는 국가에서 4304(1971)년과 4318(1985)년에 건립하였고 비각과 경모비는 4139(1806)년과 4312(1979)년 후손들이 세운 것이다.

산은 높지 않으나 감히 우러러 보지 않을 수 없고 바위는 오래 되었으나 감히 공경하지 않을 수 없다(山高而不敢不仰也 巖雖古而不敢不敬也).

비각 중수기에 있는 한 구절이다. 표암봉과 박바위를 두고 쓴 것이다. 그리고 자손이 많은 것은 비록 천만인이 된다고 하더라도 그 근본은 하나니 그 근본을 찾아서 가면 천년 만년이라도 하나이고 천인 만인이라도 또한 한 사람의 한 몸이다. 라고 선유先儒의 말을 인용해 쓰기도 하였다.

그랬다. 결국 하나의 뿌리로 올라가 하나가 되는 것이고 한 몸이 되는 것이었다. 그가 바로 알평이었다. 묘도 없었다. 금오산金鰲山 기슭 어느 곳에 시조의 묘로 보이는 묘가 있었지만 연대가 오래 되고 문헌도 징빙徵憑할 바가 없어서 실전失傳하고 말았다고 하였다.

정말 여기인가. 이분인가. 이분이 나의 뿌리인가. 나의 할아버지인가. 할아버지만 있고 할머니는 없는가. 그 할아버지의 아버지는 누구인가. 하늘인가. 하느님인가. 단군할아버지와는 어떻게 되는가.

여기 본향, 더 갈 수 없는 뿌리의 끝에 와서도 가슴만 설렐 뿐 의문은 하나도 풀리지 않는다.

민족사적인 입장에서 고찰한다면 당시 단군조선의 중심지였던 북부지방에는 중국 쪽에서 밀려오는 한족漢族들의 침략과 노략질이 점점 심하여 일반 국민은 물론이요 왕족이나 귀족들도 이들을 피하여 무리를 지어 남하하게 되었고 이들을 근간으로 삼한의 건국이 태동하던 때이라 이 때의 남하 왕족이나 남하 귀족 중에서 나타난 특출한 인물의 한 분이 아닌가 추리하여 볼 수 있을 뿐이다.

시조에 대하여 민족사적으로 연결해 보이고 있다. 족보에는 또 이렇게 설화를 현실로 끌어내려 추측 기사를 쓰고 있다.

종일 그 묘역에서 시간을 보내다가 오는 길에 나정蘿井에 들렀다. 박혁거세가 알에서 태어난 곳이다. 다시 설화로 돌아온 것이다.

경주시 탑동, 소나무 숲 속의 조그만 시조유허비각이 있고 그 옆에 박혁거세의 탄강誕降전설이 깃든 우물, 나정이 있었다.

『삼국사기』「신라본기」1「시조 혁거세 거서간居西干(임금)」대목에 있는 기록이다.

조선의 유민들은 이곳에 와서 여섯 마을을 이루고 살았는데 1은 알천閼川 양산촌楊山村 2는 돌산突山 고허촌高墟村 3은 취산嘴山 진지촌珍支村(혹은 干珍村) 4는 무산茂山 대수촌大樹村 5는 금산金山 가리촌加利村 6은 명활산明活山 고야촌高野村으로 이를 진한의 육부라고 한다. 어느날 고허촌장 소벌공蘇伐公이 양산 기슭을 바라보니 나정 곁의 숲 사이에 한 말이 무릎을 꿇고 울고 있어 그곳으로 찾아가 보니 갑자기 말은 보이지 아니하고 다만 큰 알이 있을 뿐이었다. 이를 갈라보니 그 속에서 한 어린 아이가 나왔다. 소벌공은 그 아이를 거둬 가지고 돌아와 잘 길렀는데 10여 세가 되자 유달리 숙성하였다. 육부(육촌) 사람들은 그 아이의 출생이 신기하므로 모두 우러러 받들게 되었는데 이 때에 이르러 그를 임금으로 뽑아 세우게 된 것이다.

그 때는 전한 효제前漢孝帝 원년 단기 2276(B.C. 57)년이었다. 그 알의 모양이 표주박과 같이 생겼으므로 성을 박朴이라 하고 빛으로 세상을 다스린다는 뜻으로 이름을 혁거세赫居世라 하였다. 나이는 13세, 이가 신라의 시조이며 경주 박씨의 시조이다.

『삼국유사』「기이」제1「신라시조 혁거세왕」대목에는 흰 말과 자줏

빛 혹은 푸른 빛 알이라는 색채가 있고 말이 길게 울고 하늘로 올라갔다고 하였다. 그리고 사량리沙梁里에 있는 알영정閼英井(또는 娥利英井)에 계룡鷄龍이 나타나서 계집아이를 낳았는데 그 여자로 왕후를 삼았다고 하였다. 그리고 나라를 다스린 지 61년 되던 해 어느날 왕은 하늘로 올라갔는데 7일 뒤에 그 죽은 몸뚱이가 땅에 흩어져 떨어졌다고 하였고, 머리 두 손 두 발 오체五體체를 장사 지내어 오릉五陵을 만들었다고 하였다.

그는 1킬로 정도 거리의 오릉을 바라보았다. 우물과 무덤, 현실과 설화 사이에서 오락가락 혼동을 하고 있었다. 말이 하늘로 올라갔다고 하였는데 그럼 그 말은 하늘에서 내려온 것일까. 그는 박바위로 연결해 보았다. 우물 속으로 들어갈 수는 없고, 이제 끝이었다. 여기서 더 거슬러 올라가기 위해서는 하늘로 가야 하는 것이다. 다시 허공을 바라보았다. 잔뜩 흐려 있었다.

다음으로 불국사를 찾았다. 청운교 백운교는 막아놓고 둘러서 들어가게 하였다. 석가탑 다보탑 앞에서 조카와 같이 여러 장의 사진을 찍으면서 생각하였다.

탑이란 무엇인가. 진신사리를 보관하기 위한 조형물이라고는 하지만 높은 첨탑은 하늘을 우러르고 있는 것은 아닐까. 하늘, 그 끝간 데 없는 근원을 바라보며 그의 뿌리를 생각해 보았다.

곧 이어서 토함산 석굴암 본존불 앞에 섰다.

"정말 참 대단하네요!"

초행인 재수가 석굴암을 보고 감탄을 하였다.

"우리 나라 최고의 미술품이지."

"그래 이것도 김대성이 만들었다는 기라요?"

건축 일을 하고 있는 재수의 생각은 역시 그런 직업의식에 관심이 있었던 것이다. 불국사와 함께 이 걸작을 빚은 건축가의 꿈을 생각하고 있는 것일까.

토함산에서 내려오다 저 멀리 동해 바다를 바라보았다. 일출을 보던 장소였다. 저쪽 땅끝으로 바다가 연하여 하늘에 닿았다. 그는 거기서 팔을 벌리고 하늘을 우러러 보았다. 이제 더 갈 데가 없는 벼랑 끝에 선 듯 허망하였다. 현기증이 일었다. 표암봉의, 나정의, 설화 속의 날개가 퍼득이고 있었다. 무덤 속에서 나온 천마였다.

"아재씨!"

재수가 그를 부축하고 있었다.

"뭐 하는 기라요 지금?"

"어? 어, 어."

도형은 몸을 가누었다. 태백산에서의 실족이 상기되며 천길 낭떠러지 지옥이 어른거린다. 저 아래로 가물가물 보이는 바닷가 마을이 있었다. 포구였다. 아! 그랬다. 감포였다. 그는 부르르 몸을 떨며 손을 들었다.

"택시!"

그리로 택시를 타고 갔다.

바다 끝에 섰다. 정말 인제 더 갈 데가 없었다. 배가 있었다. 배를 탔다. 수중릉 관광선이었다.

문무대왕릉 대왕암을 배로 돌아보았다. 삼국통일을 한 신라 30대 왕의 능이다. 수중릉.

배에서 내려 근처에 숙소를 정하였다.

어둠이 밀물하여 오는 바닷가를 걸었다. 끝없이 철썩이는 바다 속 수중능을 바라보며 다시 그 화두가 마치 낚시에 걸리듯이 걸리는 것이었다. 사실 무덤을 보러 이곳까지 달려온 것은 아니었다. 그저 이쪽 끝까지 와보고 싶었던 것이다. 하늘로 길이 열리지 않아 바다로 와 본 것이다. 그러나 여기에 거대한 왕릉이 기다리고 있었다. 신라의 대왕大王이었다. 고구려의 광개토대왕에 비길 수 있을까. 삼국통일을 한 왕이었다. 통일을 하였다. 통일! 그러고는 아직 통일을 못하고 있지 않은가.

낚시에 걸린 고기가 살아서 펄펄 뛴다. 통일! 그래! 그래! 정말 여기는 의미 있는 땅이었다. 바다였다. 하늘이었다. 하늘과 바다가 맞닿은 땅 끝이었다.

경북 월성군 양북면 봉길리 앞 바다, 대왕암大王岩 저쪽에서부터 거친 파도가 소리를 지르며 밀물하여 왔다. 파도가 부서지며 물방울이 마구 날려왔다.

어둠이 묻어오는 바다 저쪽 끝을 바라보다가 석굴암이 위치한 토함산 쪽을 바라보았다. 어둠이 휩싸여 산의 선이 잘 보이지 않았다. 늘 이쪽을 내려다보기만 하다가 생각나는 대로 달려온 것이다. 고향에 한 번 들리고 싶어서 달려온 것처럼 또 거기서 이 본향에 와보고 싶은 충동으로 내려왔던 것처럼 일출을 보던 그곳에서 해가 뜨는 이곳까지 내려와 본 것이었다.

꿈에서 깬 것 같다. 한참을 돌아서 왔지만 마치 토함산 정상에서 케이블카를 타고 내려온 듯이 느껴지는 것이었다. 이번 여행은 혼에 씐 듯이 생각나는 대로 이끌리어 다니는 것이었다. 그러나 여기서 이제 더 갈 수가 없었다. 동쪽의 끝이었다.

여기 땅끝에서 그냥 되돌아가기보다는 하루라도 묵고 가고 싶었다. 발밑에 파도가 철썩거리는 목노집으로 가서 멍게와 해삼을 시키고 바닷물에 담갔다 꺼낸 소주를 따서 한 잔 씩 따루었다.

"자, 오늘은 이제 그만 여기서 쉬자고."

그가 잔을 들고 재수의 잔에 부딪었다.

"하루 종일 쉬었는데 쉴 것이 뭐가 있시요?"

"그래? 그러면 내일의 여정을 위하여!"

다시 잔을 부딪었다.

"그런데 여긴 뭘 하러 오신 기라요?"

조카는 또 여태 같이 구경을 하고 그렇게 묻는다.

"써 붙여 놓은 것들 못 봤어?"

안내판 소개의 글을 보지 않았느냐 하는 것이었다.
그는 조카에게 술을 또 한 잔 건네었다. 공부를 많이 하지는 않았지만 그것도 모를 리는 없었다. 대왕암에 대해서 얘기를 하였다.
신라 문무왕은 백제와 고구려를 평정하고 삼국통일을 해 위대한 업적을 남긴 대왕이다. 왕의 유언에 따라 여기에 장사를 지냈다. 불교 법식대로 화장한 뒤 동해에 묻으면 용이 되어 이리로 침입하는 왜구를 막겠다는 것이었다. 죽어서도 나라를 지키겠다는 것이었다.
"그런데 그걸 보러 이까지 오신 기라요?"
재수는 다시 그렇게 묻는다. 그것을 모르는 것이 아니고 그 빈 무덤이 뭐 볼 게 있느냐는 것이었다.
그는 어두운 하늘을 바라보았다.
"내일 일출을 보자고."
"일출을 볼라고 오신 기라요? 그럼 잘 못 왔시오. 도로 올라가야지요."
조카의 말은 틀린 것이 없었다. 일출 명승지인 토함산으로 도로 가야 한다는 것이었다. 그 정도의 지식은 상식이었다. 그 확실한 사항을 잡고 조카는 말하는 것이었다.
"자, 뭐가 됐든 우선 한 잔 해. 이번엔 통일을 위하여!"
그는 조카와 잔을 부딪고 들이킨 뒤 다시 술을 두 잔 가득 따랐다. 바다는 하늘과 함께 어둠에 휩싸이고 있었다. 조카의 말대로 그 돌무덤 아니 물무덤을 보러 이까지 온 것인가. 그것도 바닷물에 흔적도 없이 다 씻겨지고 없는 이 포구, 이제는 그나마 다 어둠 속에 묻히고 보이지 않는다.
"그래. 맞아. 그냥 한번 와보고 싶었어. 바쁜데 밤차로라도 올라갈 걸 그랬지."
"애해. 그기 아니고요, 아재씨의 시갯줄-스케줄-이 하도 종잡을 수가 없어서 하는 소리라요. 까짓거 며칠 쉰다고 뭐 세상이 뒤집어지는 것도 아니고 요즘은 일도 없시요. 저는 아재씨의 술벗이 되어주는 것만으로 더 바랄 것이 없시요."

조카는 반배를 하며 말한다. 재수의 얘기는 무슨 불평인 것도 아니고 비꼬는 것도 아니고 그저 너무도 엉뚱한 이 여로의 한 종막에 대하여 어떤 감회가 됐든 없을 수가 없었던 것이다. 그의 즉흥적이고 우발적인 일정의 의도를 조카인 재수가 짐작이라도 할 도리는 없는 것이 아니겠는가. 그리고 조카는, 그도 마찬가지지만, 바다가 없는 도의 산골에서 태어난 터여서 툭 트인 바다만 보아도 가슴이 설레었던 것이다.

"고마웨. 내가 무슨 왕이라도 된 것 같네."

"그건 또 무슨 말씀이라요?"

"아, 술 벗 데리고 다니는 나그네를 보았는가?"

"그런데 말이라요, 도무지 코끼리 비스켓 같으네요."

"뭐여?"

조카는 금방 그의 말귀를 알아듣는데 그는 한 박자 뒤에 알아듣고 맥주 컵을 달라고 해서 술을 가득 따라주었다.

"아재씨도 이걸로 해요."

"그럴까?"

그도 조카와 보조를 맞추기 위해 컵에다 술을 받았다. 그러나 조금만 받고 다시 건배를 하였다. 인생에 대하여 죽음에 대하여 다시 영원한 삶에 대하여 떠들어대었다. 그리고 잘 못 된 신라통일에 대하여 또 지금 우리의 통일에 대하여 밤 늦도록 이야기하였다.

"신라통일이 뭐가 잘 못 되었시요?"

"이 반도만 통일하고 광활한 시베리아와 만주 땅을 내주고 말았지. 바보 같은 짓거리가 아니고 뭔가?"

"그런기라요?"

"그 넓은 땅 덩어리를 당나라에다 바치고 반도 안만 가지고 통일이라니, 말이 안 되잖아? 안 그래?"

"정말 그런 기라요?"

"그런데 지금 그 반도를 또 갈라 가지고 싸우고 있으니 얼마나 답답한 노릇인가 말이여."

"그건 그래요."

조카는 그런 대로 말 벗 술 벗이 되었다. 술은 오히려 조카가 박사였다.

돌아오는 길 차 안에서 집을 짓는 문제, 어머니 문제, 아버지 이장移葬 문제를 재수와 의논하다 결론이 안 나 다시 고향에 들렀다. 그러나 결론은 다시 내려와 의논하자고 하였다. 그리고 연희의 행적을 찾기 위해 조금 더 머물렀다.

연희의 동생 연숙의 행방도 찾아보았다. 그러나 아무것도 찾을 수가 없었다. 다만 연희의 호적이 붉은 가위표가 쳐져 있지 않음을 확인했을 뿐, 그것은 살아 있다는 얘기인가. 그것을 알아보기는 정말 힘들었다.

"이 사람 짝사랑을 한 모양이구만!"

그렇게 말하는 친구들에게는 더 물을 수가 없었다. 조카를 더 끌고 다닐 수도 없고 혼자 돌아다니다 왔다. 다시 내려와서 시간을 갖고 찾으리라, 찾는 방법을 찾으리라, 생각하였다.

상행 열차를 탔다.

기차는 들판을 열심히 달리고 있었다. 차창에 아버지의 얼굴이 걸리었다. 그 때 하숙집으로 왔다 헛걸음을 하고 돌아가는 모습이 무성 영화의 장면처럼 떠오른다. 편지 구절이 들린다. 연희의 모습 석선생의 모습이 겹쳐진다. 반항하는 도숙의 몸짓 얼굴이 또 겹친다. 착종된 화면은 차에서 내릴 때까지 지워지지 않았다.

서울역에 도착하였다. 역광장에서 한참 서 있었다.

며칠 잊고 있던 현실이 되살아나면서 다시 초조해진다. 상황이 그 때와는 너무나 다른데도 그 때와 꼭같이 불안하고 불확실하였다. 미래도 그렇고 당장 어떻게 해야 될지를 모르겠다. 어디로 가야될지 방향도 잃어버린 것 같고 패닉 상태인 것 같다. 사실 아무 것도 변한 것은 없고 그저 여유 있는 시간을 얻고 있는 실정이고 다만 한가한 여행을 다녀오는 길인 것인데 왜 갑자기 이렇게 탈진이 되었는지 모르겠다. 몸이 흐느적거리고 의욕이 하나도 없고 방향 감각도 없고 착시 현상까지 일고 있었다. 물체가 흔들리고 땅이 흔들리었다.

얼마 전에 병원에를 간 적이 있었다. 안과를 가야 되는 것인지 내과를 가야 되는 것인지 분간할 수가 없었다. 그래 우선 자주 가는 윤내과에를 갔다. 새벽에 속이 쓰리거나 밤새 위통을 견디다 못해 가는 병원이다. 새파랗게 젊은 의사보다 연륜이 있으면서 겸손하고 친절한 윤박사에게 호감이 갔던 것이다. 주로 위궤양을 치료하는 것이었고 조금만 덜 하면 안 가다가 견디지 못할 때 찾곤 하였다. 술을 계속 드시느냐고 물을 때 지금도 술자리에 가는 길이라고 솔직히 말하여도 아무 소리 않다가 처방을 하면서 술을 조금씩이라도 줄이라고 하였다. 줄이는 만큼 빨리 낫는다고 하였다. 그러면서 가끔 그를 안심시켜주었었다. 큰 병 같지는 않다고, 뭐 암이라든지 그런 것을 말하는 모양이지만 그 말 한 마디에 힘을 얻어 계속 마시었던 것이다. 그런데 땅이 흔들린다고 했을 때는 대단히 심각하게 문진을 하는 것이었다. 언제서부터 그러냐, 하루에 몇 번씩 그러냐, 몇 분 간격으로 그러냐, 무슨 다른 약을 먹는 것이 있느냐, 좌우간 안과의 질환은 아니었던 것이다. 여러 가지 사진을 다 찍어보자고 하여 몇 차례에 걸쳐 찍어놓고는 아직 그 결과도 물어보지 않아 모르고 있는 것이었다.

밤이 늦어 집으로 돌아왔을 때 치매의 어머니로 하여 난리를 치는 바람에 정신이 들었다. 어머니는 변을 온통 벽에다 발라 놓았고 냄새가 온 집안에 왕동하며 코를 찔렀다. 처음 있는 일은 아니었지만 차츰 그 정도가 심하여지고 있었고 이날은 한밤중에 소동인 것이었다.

그는 다른 식구들은 다 들여보내고 팬티만 걸친 채 어머니의 방을 닦고 목욕을 시키었다. 어머니는 부끄러움도 모르고 몸을 그에게 맡긴 채 그가 하는 대로 가만히 있었다. 옷을 벗기고 비누칠을 하고 문지르고 하며 그는 어릴 때 어머니가 그를 씻겨주던 생각을 하였다. 아랫도리를 내려다보는 대신 그의 얼굴을 바라보고 눈웃음을 치며 뽀드득 뽀드득 씻겨주던 기억이 생생하다.

그 생각을 하며 어머니의 하반신을 비누칠을 하며 씻기었다. 완전히 거꾸로 된 것이었다. 어머니가 그를 씻겨주었었는데 그가 어머니를 씻기고 있었다. 그런데 어머니의 얼굴을 보며 눈웃음이 쳐지지 않았다.

뽀드득 뽀드득 살을 문지르고 있는 그를 무표정으로 바라보는 어머니에게 물었다.

"비누질을 한 번 더 할까요?"

"몰라."

"지금 왜 이러는 줄 알아요?"

"몰라."

어머니는 고개까지 흔들며 모른다고 하는 것이었다.

아무 것도 모르는 것이다. 그러나 뭘 묻고 있는 것은 알고 있었다. 답을 모르고 있을 뿐이었다.

그는 비누질을 하려다 물을 끼얹었다. 아마, 그래 한 번 더 씻어다오, 하였더라면 몇 번이고 더 씻어주었을 것이다. 밤 새도록이라도 씻고 있었을 것이다.

수건으로 닦고 머리는 빗질을 하고, 뒤뚱거리는 어머니를 부축하며 방으로 들어갔다. 어머니는 그의 손을 놓칠 세라 꼭 쥐고 걸음을 떼어 놓았다.

방안에는 냄새가 여전히 코를 찔렀다. 그는 다시 한번 걸레를 빨아다가 벽과 방바닥을 닦았다.

"앉혀 줘."

어머니는 앉아 있으면서 앉혀달라고 하였다.
베개를 찾아 뒤로 뉘었다. 이불을 덮어주었다. 그리고 안방으로 가자 아내가 기겁을 하며 그를 밖으로 내어보낸다. 그의 몸엔 아직도 냄새가 가시지 않고 있었다.
그는 다시 화장실 목욕탕으로 가서 샤워를 하고 손을 비누로 씻었다. 손톱 사이에서 계속 냄새가 나서 몇 번이고 씻었다. 그러고 다시 갔지만 아내는 받아들이지를 않았다. 도저히 한 이불에서 잘 수가 없다는 것이었다.
아내가 엄살을 부린 것이 아니었다. 그의 후각으로도 악취가 계속 났다. 냄새뿐만이 아니라 심한 짜증이 났다. 좌우간 여러 날 여행에서 돌아온 그였지만 입방入房이 되지 않고 추방을 당한 것이다.
이날따라 졸리고 피로하여 서재에서 무얼 드려다보는 대신 의자에 앉아 눈을 붙이고 있다가 화장실을 가는데 어머니가 오라고 하였다.
"이리와 봐."
그가 옆으로 가자 그의 손을 꼭 쥐는 것이었다. 표현이 뭣하지만 꼭 찰거머리 같다. 사람이 옆에 가기만 하면 붙들고 놔주지를 않는 것이었다. 물을 좀 달라고 한다. 컵에 물을 조금 따라주었다. 물을 조금만 주라는 아내의 그동안의 신경질적인 주의가 떠올라서였다. 오줌을 조절하지 못하기 때문에 하는 말이었다. 그가 오줌을 쌌을 때 그의 머리에 키를 둘러 씌워서 내쫓는 어머니는 그렇게 무서울 수가 없었다. 소금을 왜 꾸러 가는지 알지도 못한 채 그 지엄한 명령을 따르지 않으면 안 되었다. "존직에 빨리 안 갔다 오고 뭘 그리 어정거리는 거여?" 벽력 같은 소리를 질렀다. 좋은 적에라는 것은 더 화나기 전에라는 뜻이었다. 화가 더 나면 그 정도로 그치지 않는다는 것이었다. 부지깽이로 마구 두들겨 팰 때도 있었던 것이다. 다른 때는 그렇게 부드럽고 인정이 많고 늘 그를 추어 주는 어머니였지만 그가 무엇을 잘 못했을 때는 가차없이 징벌을 가했던 것이다.

한 번은 또 이런 적이 있었다. 변을 보는 시간이라는 것이 아침이라야 좋고 저녁이래도 좋은 것인데 그런 시간이 아니고 대낮에 망녕을 부리는 일이 자주 생기어 그 양방良方으로서 자고 있는 닭 앞에 가서 빌라는 것이었다. 제발 아침 일찍이나 자기 전의 시간에 변을 보게 해 주시옵소사 하고. 닭이 새벽에 우는 것하고 관계가 있었던가 보았다. 어머니가 시킨 것이었다. 그런데 자다가 놀래어 가지고 소리를 지르고 날뛰는 닭을 잡아서 주저앉히다가 온 집안을 다 깨우고 말았었다.

좌우간 어머니는 아무런 위엄이나 위력이 없이 지천꾸러기가 되어 가족의 눈치만 보고 있었다. 소리를 질러서 화를 내거나 나무랄 수 있는 입장은 그 때와 정반대로 되어 있는 것이었다. 그러나 똥 오줌을 가리지 못 한다는 이유로 혼을 내고 야단을 맞던 그는 지금 어머니에게 그와 비슷한 아무런 자세도 취할 수가 없는 것이었다. 아내가 대하는 것이 못마땅한 대로 안스러워하고만 있을 뿐이었던 것이다.

안방에서 쫓겨난 그는 어머니와 같이 잤다. 잠은 오지 않았다. 냄새도 냄새지만 어머니는 그를 붙잡고 놓아주려 하지 않았다. 잃었던 아들을 찾은 것처럼. 아니면 다시는 놓치지 않으려는 것처럼. 그러면서 자꾸만 말을 시켰다. 그의 몸을 더듬다가 여기 저기 있는 흉터에 머물러 이것은 언제 다친 것이라고 말하였다. 옛날 기억들은 정확하게 입력이 되어 있었던 것이다.

뿌리는 멀리 있었던 것이 아니라 집 안에 있었던 것이다. 땅 끝까지 자신의 뿌리를 찾아서 헤매다 오는 길이지만 바로 옆에 가장 확실한 그의 내력을 만든 장본인이 누워 있었다. 그는 그 어머니를 통해서 이 세상에 던져진 것이었다. 어머니의 뱃속을 통해서 그리고 성기를 통해서 그는 생산된 것이다. 너무도 당연한 일인지 모르지만 그는 그것을 잊고 있었던 것이다. 오늘 목욕을 시킬 때 이미 부끄러움-치부라고 하지 않는가도 없는 어머니의 음부를 씻으면서 그것도 생전 처음이기도 하였지만 정말 오랜만에 그 자신의 출신에 대해 생각을 하였던 것이다.

그는 거기서부터 온 것이었다.

　어머니와 한 이불 속에 잔 지도 참으로 오래였다. 얼마 자랐다는 이유로, 컸다는 이유로 그리고 그가 고추를 달았다는 이유도 있었던가, 한 이불 속에 어머니의 품에 안겨서 자 본 것은 까마득히 오랜 일로 기억조차 나지 않았던 것이다.

　"어머니! 죄송해요."

　그는 어머니를 안고 울었다. 참회의 눈물이고 자신의 너무도 어리석음에 대한 눈물이었다.

　무슨 영문인지도 모르는 어머니는 그를 쥐고 놔주지 않으면서 여기 저기 흉터를 더듬고 있었다.

　"요것은 보리를 베다가 낫에 빈 거여. 뼈가 허옇게 드러났었지."

　그의 왼손의 인지에 있는 흉터를 만지면서 어머니는 기억을 살려주었다. 사실은 그도 잊고 있었던 것이다. 그 손가락 안쪽으로는 사실 여러 개의 줄이 가 있는 흉터가 있었다. 나무를 하다가 낫에 찍힌 것도 있고 보리나 벼를 베다가 베인 것도 있고, 꼭 그 손가락만 다치게 되었다. 어느 것이나 다칠 때는 보통 심각한 것이 아니었다. 피가 철철 감당도 못하게 흐르고 사람은 없고 병원이란 것은 생각도 못했고, 지금 어머니가 얘기하는 것만 해도 손가락이 잘려나가는 줄 알았었다. 한 손으로 지혈을 하고 있다 떼자 뼈가 훤히 드러나고 손등으로 연결되는 부분이 되어 옷을 찢은 천을 잡아맬 도리가 없었던 것이다. 얼마나 당황을 하고 또 고생을 했던지 말할 수가 없었다. 어머니는 민간요법의 약도 해 주었지만 몇 달을 물에 닿지 못하게 하고 딱지를 떼지 못하게 하며 불구가 되지 않도록 지켜보고 있었던 것이다.

　"그랬었던가요."

　"하마."

　그는 어릴 때 자랄 때의 일들을 이것 저것 물어보았다. 그들이 붙이던 논 밭의 위치, 그 때 그가 알고 있는 집으로 이사 오기 전에 살던 집에 대하여 어머니는 설명해 주었다. 그리고 큰할아버지가 노망을 하여 자꾸 변을 벽에 발랐으며 큰할머니는 괴팍하여 같이 살지 못하고 물 건너 마을에 따로 살았다는 얘기도 하였다. 그런 것은 고향마을에 가서도 들을 수 없는 영원히 묻힐 뻔한 얘기들이었다.

"우리가 왜 그 집으로 이사를 오게 되었지요?"

그는 살던 집에 대해서 물어보았다.

"장마가 져서 집이 물에 잠긴 거여. 몇 번 엉기를 먹고 집을 뜯어가지고 옮겼다는 거여."

"그럼 어머니가 시집 오기 전인가요?"

"그렇지. 할머니한테 들었으니께."

"원래는 어디였었는데요?"

"바로 뒷집 옆집이라. 지금 저어 거시기네가 살지."

그 이름을 객관식으로 물어보았다. 서너 사람 이름을 대어보자 금방 맞히었다. 어머니의 옛날 기억은 정확하였다. 그러나 현재의 사항에 대해서는 모르는 것 투성이었다. 나이도 몰랐다. 과거만 살아 있는 것이다.

여기 저기 구멍이 나 있던 기둥, 또 구멍을 타고 올라가 제비집 안을 들여다보던 기억들, 그 기둥들은 할아버지의 손때가 묻었던 것이고 그는 거기에 또 손때를 묻혔었다. 그 집은 지금 없고 어머니의 기억으로 재구성한 그의 기억만이 살아 있는 것이다.

"제가 옛날 그대로 집을 지을 테니까요, 거기 가서 같이 살까요?"

"몰라."

그가 애써 얘기한 것을 어머니는 모른다고 한다. 무슨 뜻인지도 모르고 그것이 좋은지 나쁜지를 모르는 것이다. 어머니를 모시고 내려갔을 때도 그렇게 현재에 대하여는 무감각일지 모르겠다. 아니 그랬을 때 감각이 복구될지 모르겠다.

다시 과거로 기억을 돌려보았다.

"저어 연희라고 중간뜸에 살던 애를 아시겠어요?"
 기억을 테스트하는 것은 아니고 그런 과거 속에서 뭔가를 더듬고 있었다.
 "그 지저바는 왜?"
 "기억이 나세요?"
 "그럼 안 나? 고거 참 예뻤지. 우리 집에 자주 와서 내가 못 오게 했었어."
 "그랬어요?"
 역시 그랬었구나! 그는 정말 의외의 사실을 알게 된 것이었다. 어머니는 그녀의 어머니가 술장사를 했었다는 사실도 기억하고 있었다. 밀주를 집에서 담아 팔았었다고 했다. 어머니는 그래서 오지 못하게 하였는지도 몰랐다.
 "지금 보면 알겠어요?"
 "알지 그럼."
 "그래요? 지금 빛나 엄마랑 비교하면 어때요?"
 "몰라."
 고향으로 본향으로 돌아온 그는 밤 가는 줄 모르고 어머니와 이야기를 하였다. 치매 어머니의 기억 속에서 잃었던 나와 뿌리를 이날로 다 찾으려는 듯이.

 날을 받아 아버지의 묘를 고향으로 이장을 하였다. 어머니의 죽음에 대비하는 것이었고 고향으로 모시기 위한 수순이었다. 또 그런 것에 앞서서 자신에 대한 정리였던 것이다. 고향 친구들과의 약속을 지키는 것이었고.
 그리고 이번에는 좀 더 먼 곳 낯선 땅으로 여행을 하였다.
 참으로 먼 곳이었다. 갈 수 없는 땅이었다. 이 유리알같이 투명한 세상에 지구 땅덩어리 어느 구석구석 가지 못할 곳이 없다. 돈만 있고 시간만 있으면 얼마든지 갈 수도 있고 올 수도 있는 것이다. 그러나 그러지 못하는 데가 있다. 가장 가까운 거리의 우리 반쪽의 땅 북한이다. 철조망을 치고 지뢰밭을 만들어놓고 가지도 오지도 못하게 하며 서로 총칼을 맞대고 있는 것이다. 전화 한 통화 할 수가 없고 편지 한 장 보낼 수도 없고 받을 수도 없는 참으로 한심스럽고 답답한 우리 동포들이다. 갈매기만도 못하고 물고기만도 못한 처지를 한탄하며 강화도 북단에서 그 서러운 땅을 바라다보다 오기도 하였지만 누구나 별 도리가 없는 것이다. 무슨 회담이다 협상이다 하여 정치 군사적인 만남과 대화도 하였었고 정경을 분리하여 경제 인사의 접촉도 하였었지만 상황은 또 원점으로 돌아갔다.

그와 같은 경우 갈 수 있는 아무런 방법이 없었다. 그래 조금 편법을 쓸 수밖에 없었다. 전에 말이다. 얘기했었다. 다시 방북을 하기 위해 접촉신청을 해 놓았지만 아직 아무런 소식이 없었다. 백년하청이었다.

답답한 마음에서 다른 길을 택하였다. 좌우간 그 쪽으로 떠나는 것이었다. 이미 없어지거나 희미해진 기억과 흔적을 찾아 떠나는 여행이었다. 영혼의 여행인 것이다. 무슨 새 따먹는 소리냐고 할지 모르지만 다른 길은 열리지 않으니 혼魂이라도 영靈이라도 갈 수밖에.

묘향산의 단군굴 구월산의 삼성사, 단군의 자취와 흔적을 찾는 것이다.

충북 보은 속리산의 삼신사三神祠 수련원 조자용趙子庸 원장을 찾아갔다가 밤새도록 도깨비춤을 추며 들은 이야기, 그리고 아침에 보여준 빙허憑虛 현진건玄鎭健의 『단군성적순례檀君聖跡巡禮』에 매혹되었다. 도깨비에 홀린 것이다.

도깨비춤에 대해서 먼저 얘기를 해야 하겠다. 지난 해 개천절 전야였다. 보은 속리산 법주사 입구의 정이품 소나무가 있는 데서 조금 개울을 따라 올라간 산밑에 세워놓은 삼신사 수련원에 갔다가 그 마당에 모닥불을 피우고 추는 도깨비춤에 합류를 하게 되었던 것이다. 제가끔 도깨비의 집에서 탈과 옷을 골라서 착용하고 소고小鼓나 꽹과리 또는 징이나 큰북을 하나씩 집어들고 그 춤의 대열에 끼어들었던 것이다. 그 옆에는 도깨비 물(막걸리) 동이가 있어서 한 바가지씩 퍼 마셔가며 제멋대로 장단을 치고 생긴 대로 춤을 추었다. 껑청한 키에 흰 턱수염을 달고 함께 춤을 추며 연방 도깨비 물을 같이 마셔대는 조원장은 일흔 나이에 숨도 안 찬지 꽝 꽝 징을 쳐대며 춤을 추다가 또 사이 사이 가슴에 걸고 있는 카메라로 사진을 찍었다.
"이게 우리 신명이고 가락이에요."
아무 형식도 없이 흥이 나는 대로 두들겨대고 흔들어대는 몸짓과 소리, 이것이 우리 장단이요 멋이 아니고 뭐냐는 것이었다.
"우리는 남의 장단에 춤을 추고 있었어요."
"그랬군요."
그도 결국 그 흥풀이 속에 휘말려 기고만장이 되었다.
연례행사로 참가한 민학회民學會 삼신학회三神學會 등의 회원들 가족들 또는 그와 같이 처음으로 온 사람들이 이 삼신사 수련장에 모여 합숙을 하며 우리의 삶 얼 멋에 젖은 것이었다. 1년 동안 빠져나간 기氣를 그렇게 충전을 하여 가는 것이었다.
"이제 세계가 우리 장단에 춤을 추고 있어요. 우리 문화 중에서 세계적인 것을 발견하였을 때 그것들은 문화의 피상에서 날뛰는 권위문화가 아니라 오랜 세월 짚신짝 밑에 깔렸던 민문화民文化라는 것을 깨달았어요. 지금 잃어버린 남근제男根祭를 준비하고 있어요. 그 축제를 올리면서 결판지게 통일 축원 도깨비춤 한마당을 펼쳐보려고 해요."
"그래요?"
그는 우리 민속문화에 대한 집념이 참으로 놀라운 원장을 축축한 눈으로 바라보며 말하였다.
"세 분의 성인을 모셔 놓았더군요."
낮에 둘러보았던 사당祠堂이 떠올랐던 것이다. 한인 한웅 한검桓儉

(단군) 세 우리 조상을 모신 삼신사는 구월산에 있었던 삼성사三聖祠를 여기에 복원해 놓은 것이었다.

"하하하하…… 그래요. 뿌리를 찾다 보니까 결국 삼성 삼신에게로 돌아온 거예요. 우리 모두 삼신 할머니가 점지하여 태어나지 않았습니까?"

그러며 조원장은 그 단군 성적 순례 얘기를 해 준 것이다.

"그 삼성사가 어떻게 없어진 지 모르시지요?"

4240(1910)년에 한일 합방이 되지 않았느냐, 그 다음해인 4241(1911)년에 삼성사를 철거한다, 일본이 한국을 빼앗은 다음 제일 먼저 한 일이 우리의 세 조상을 모신 삼성사를 때려부순 것이다, 그것은 무엇을 말하는가, 그런 이야기였다. 일제의 단군 말살 정책은 거기서부터 시작한 것이었다. 민속 얘기를 하다가 민족 얘기를 하는 것이었다.

"무슨 말씀인지 알겠습니다."

흔적 순례

너무나 충격적인 이야기였다.

『단군성적순례』는 그 때의 생생한 사실을 취재하여 기록하고 있다.

거기에 편승便乘하여 재구성한 노정路程이라고 할까, 타임머신을 타고 과거로 거슬러 올라갔다.

4265(1932)년 7월 9일, 기차로 안주 평야를 달려서 신안주新安州역에 내렸다. 묘향산으로 가려는 것이다.

어제 밤 10시 40분 경의선을 밤새 달려 아침 8시에 내린 것이다.

묘향산 가는 차편이 12시 경에 있다고 하여 구안주 읍에 들르기로 했다. 경철輕鐵로 30분이 걸렸다.

안주의 옛이름은 식주息州 밀성密城이다. 서방의 대읍이요 변방의 요지이다. 중국 대륙에서 조선 땅으로 들어오자면 압록강 의주를 거쳐 이곳을 지나게 된다.

남으로 백학산白鶴山 서로는 기산岐山 북으로는 청천강淸川江을 밀어내면서 평야를 이룬 곳이다. 고구려 을지문덕 장군이 백만 수隋나라 군사를 무찔러 세계 전사상 그 유례를 찾아볼 수 없는 살수대첩薩水大捷을 치른 감회 깊은 곳이다.

역에서 읍으로 들어가는 길 옆에는 오랜 옛 절 칠불사七佛寺가 있다. 수나라 병사가 청천강에 다다랐을 때 물이 깊은지 얕은지 알지 못해 건너지 못하고 주춤거리고 있는 판에 일곱 승려가 나타나 물 위를 가볍게 지쳐가매 수나라 병사도 그 뒤를 따라 건너다가 다 빠져죽었고 시체가 강에 가득히 떠내려갔던 것이다. 그 영묘한 기적을 기념하기 위해 칠석七石으로 칠승七僧을 새겨 세운 절이다. 그러나 칠불사에 칠불은 보이지 않았다.

칠불사에서 얼마 떨어지지 않은 곳 평야 가운데 조그만 언덕을 이룬 곳에 나를 듯이 서 있는 정자가 있었다. 백상루百祥樓이다.

백상루에서 청천강을 향해 바라보면 저만치 오도탄誤渡灘이 들어온다. 그리고 강이 두 갈래로 갈라졌다가 다시 합류되며 편편한 삼각형 섬을 이룬 곳은 골적도骨積島이다. 오도탄은 수나라 병사가 멋 모르고 칠불의 뒤를 따라 건너다가 전몰한 유역, 그러니까 잘못 건넌 여울이다. 그리고 그 때 죽은 적병의 백골을 쌓아두었다고 골적도라는 이름을 지은 것이다.

기록에 의하면 당시 수장隋將 우문술宇文述 등이 인솔한 군대만도 30만 5천 명이었는데 살수에서 다 참몰 당하였고 혼이 빠져서 안주에서 압록강까지 4백 50리를 하루 밤에 줄달음쳐 살아남은 자는 3천에 불과했다.

백상루에서 평야를 바라보며 기자는 풍요로운 들판을 또 이렇게 묘사하고 있다.

-안계眼界는 끝 없이 넓어지는데 한창 무성한 전곡田穀들이 벽파碧波인양 굼실거리며 멀리 멀리 운산雲山의 기슭으로 사라진다.

그랬는데 그 풍성한 전곡들은 다 어디로 가고 동포(북한)들은 굶주리고 있단 말인가. 나그네는 참으로 답답하게 생각되었다.

지나支那를 호령하던 을지문덕 같은 위대한 명장도 없고 동족을 향해 총부리를 겨누는 동안-75년이 아닌가-기름진 땅들도 다 황폐되어 식량마저 대지를 못하고 있는 것이다.

을지문덕 장군의 전적은 그야말로 공전절후空前絶後의 대 승리였다. 장군이 아니었으면 어떻게 되었을 것인가. 정말 아찔하였다.

당시 수나라 양제煬帝는 욱일승천하는 기세로 남북 정벌에 적이 없어, 지나 전토全土를 손아귀 안에 넣고 대 고구려국과 자웅을 겨르고자 천하의 병마를 모아 에누리 없는 백만 대병을 몰고 내려온 것이었다. 승승장구한 맹장과 정병들이 파죽지세로 요동遼東을 거쳐 물밀듯이 쳐 내려와 압록강과 묘향산은 이미 고구려 땅이 아니었으며 국도인 평양의 위기는 계란을 쌓아놓은 것 같았다. 만일 이 때 밀렸으면 고구려국이 멸망한 것은 말할 것도 없고 우리 조선 민족이 그 때 벌써 고기 밥이 되고 도탄에 빠져 이 지구상에서 그 형체가 사라지고 그림자조차 찾아볼 수가 없이 되었을 것이다. 아마 호족胡族이 되어 있을지도 모른다. 을지문덕 장군은 그 민족의 죽음에서 건져내고 치욕에서 광영光榮으로 이끌어 내어 역사의 수레바퀴를 전환시킨 민족의 큰 은인이었다.

그러나 그것은 과거였다. 먼 옛날의 영화였을 뿐이다. 백상루에서 눈길이 닿는 데까지 자랑스런 역사의 유적지를 감회에 젖어 바라보다가 돌층계를 내려와서 본 광경은 참으로 안타까왔다. 정문 들어오는 좌편에 장군의 깨어진 석상石像과 돌비석이 다 깨어진 채 땅바닥에 뒹굴고 있었다. 산산조각이 난 옛 영화이며 광영에서 치욕으로 되돌려진 꼴이었다.

석상은 깨어진 것 전체가 5척이 될까 말까 하였고 투구와 머리를 새긴 듯한 돌은 두 조각으로 깨어진 채 동체 위에 올려져 있고 동체의 아랫도리는 끊어져 달아났다.

우거진 잡초를 헤치고 떨어져 나가고 남은 문자들을 주어 모아 읽어 보는 먼 후손의 민족 감정은 너무도 절통하고 부끄럽다.

우리 단족檀族을 위태로움에서 편안하게 하고 망함에서 흥하게 한 이 산, 이 강, 이 장소에서 장군의 석상은 안주安住의 곳을 찾지 못하고 구르고 구르다가 필경엔 머리와 몸과 팔다리가 셋으로 나뉘어 즐풍목우櫛風沐雨하고 있단 말이냐. 그 대조對照의 참慘이여! 기구한 겁운劫運이여!

낙조에 피로 물든 석상은 안개 가린 누안淚眼에 셋도 되고 넷도 되고 다시 하나가 되어 어마어마하게 커지며 나를 꾸짖는 듯이 대지르기도 하고 또는 산산이 부서져 가물가물 사라지기도 한다.

순례자는 현진건 기자이다. 작가이기도 했다. 「단군성적순례」를 동아일보에 50회에 걸쳐 연재하며 32세 패기에 찬 작가정신 민족정신을 쏟아부었다. 그 뒤 소설 「흑치상지黑齒常之」를 연재하다가 일제의 검열로 중단 당하는 고초를 치르기도 하였다.

순례자는 참담한 마음을 추스르며 단군의 성스러운 흔적을 찾아 발길을 옮기었다. 나그네는 그 그림자가 되어 동행한다. 순례자와 화자話者인 나그네는 2인 3각, 순례기巡禮記의 문맥에 따른다. 풍부한 어휘에 명문장이지만 한자어 한문투가 많고 90년 이쪽 저쪽의 갭을 줄여야 했다. 축약 부연, 어투 표현도 더러 바꾸고, 불쑥 객쩍은 물음을 던지기도 하였다.

묘막渺邈한 반만 년 동방문화의 연원이며 생생화육生生化育 2천 3백만-그 때 남북 합한 인구가 그랬었다-단족檀族의 영과 육의 모태이며 흑룡강의 남, 황하의 북, 동해의 서, 망망한 5천여 리에 개척한 신공성적神功聖跡을 남겼으니 이 광범한 문화권을 거슬러 올라가 참고하고 방대한 지역원地域圓을 받들어 살피자면 정말 까마득한 노릇이다.

1년은 커녕 10년은 커녕 일생을 두고 성과 열 그리고 힘을 다 쏟아 기울인다 하더라도 이 원념願念의 만분의 하나 만만분의 하나나 달할까 말까.

단군의 성스러운 자취를 찾아가자면 이러한 원념을 가져야 한다. 그러한 민족 감정과 원대한 꿈도 가져야 한다. 나그네는 숙연히 그런 다짐을 하며 길을 따라 나섰다. 10일, 2일째 여행이다.

신안주에서 월림月林까지 차로 2백리, 월림에서 묘향산까지 걸어서 15리 장정이었다. 개천价川을 넘어서자 청천강을 끼고 도는 길이 되었다. 수나라 병사를 통으로 삼킨 살수이다.

월림月林에 도착한 것은 오후 5시경이었다. 청천강을 배로 건너 50

리, 묘향산 입구에 닿았다. 거기서 청천강 상류 향천강香川江을 끼고 오른편으로 들어가는 것이다. 외사항外獅項 내사항內獅項으로 들어서자 물은 더욱 맑아지고 돌은 더욱 희어지며 물가에 병풍같이 늘어진 층암을 발치로 잡목이 울창한 군만群巒은 빼어난 경치였다.

묘향산의 옛이름은 태백산이다. 백두산의 직계 정맥正脈이 동으로 동으로 빠르게 달려와서 비할 데 없이 큰 천견지비天樫地秘를 이루었다. 그 구역은 압록강의 남에서 평양의 북까지 퍼져 가슴에 조선을 포옹하고 있다.

영변 희천 덕천 개천 순천 강동 자산 안주 숙천 순안 영유 평양 강서 용강 삼화 함종 중산 등 17개 읍의 경계가 여기서 나누어지며 관서에 비껴 흐르는 살수와 패수浿水(대동강) 양대 하류의 물을 흘려보내기 시작하는 근원이 되고 있다.

외산外山을 지나 내산內山으로 들어서면 유현幽玄하고 신비한 별천지가 열린다. 묘향산 비로봉은 해발 1,909미터로 백두산 다음 가는 고봉-북쪽에서-의 옥좌를 차지하고 있고 그 다음이 수봉秀峰인 향로봉香爐峰에 오르면 동해의 일출을 볼 수 있는 절경이다.

성지와 영역靈域에서 제1보를 내디뎠다. 단군굴 참배의 길에 오른 것이다.

찾는 사람이 많지 않아 길이 소삽하고 갈림길이 나설 때마다 어느쪽으로 가야 되는지 자신이 없었다. 1년 전 혹은 수년 전에 다녀온 이로 안내자를 삼았고 인도승引導僧 두 분이 같이 갔다.

보현사普賢寺를 지나 4,5 마장 올라가는데 길 옆에 커다란 바위가 입을 벌리고 있는 석굴이 나타난다. 아직 단군굴은 아니다.

"이것은 국진굴國盡窟이라고 하지요."

인도승이 말한다. 그리고 그 유래를 설명한다.

"영변읍지寧邊邑誌에 보면, 아득한 옛날 행인倖人이 태백산 아래 나라를 세우니 신라 시조 박혁거세와 병립竝立이라고 기록하고 있어요.

고구려 동명왕 6년에 여장麗將 노이부개노努伊扶芥努가 공격하여 행인왕은 이 석굴 속에 숨어 있다가 잡혔지요."

개울을 건너 조금 더 가다가 옛날 빈발암賓鉢庵 터에 오르자 탁기봉卓欺峰 중허리에 높이 치솟아 있는 천주석天柱石이 눈앞을 가리었다. 그 이름대로 하늘을 받친 기둥인양 2백여척이나 되는 큰 바위였다.

"단군굴에 올라서면 저 천주석이 바로 정면으로 보이는데 단군님께서 굴에서 화살을 쏘시면 그 화살은 십리나 날아 저 바위를 맞히고 여력으로 그 화살은 뒷걸음질을 치며 다시 단군님께로 날아왔답니다. 그러기에 단군님께서는 화살 하나로 무예를 강습하셨지요."

나이가 좀 더 든 인도승은 자신이 직접 본 듯이 천주석을 가리키며 말하는 것이었다.

그들은 그 단군굴에 그 때 단군이 지금 기다리고 있기라도 한 듯이 기운이 솟았다.

빈봉賓峰에서부터는 길은 다 끊어지고 밭이 나왔다. 콩과 조가 자라고 있었다. 그리로 해서 다시 개울을 건너자 다시 천주석이 바라보이었다. 빈봉의 동편으로 얼마쯤 꺾어 들어간 곳에 석굴이 또 하나 있었지만 거기는 가단군굴假檀君窟이라고 했다.

"옛날 평안감사나 영변부사가 부임을 하면 의례 체면 치례로 단군굴을 근참覲參하는 법인데 그냥 와도 어려운 길을 남여籃輿를 타고 행차를 하여 죽어나는 것은 승려들이었지요."

이번에는 조금 젊은 인도승이 설명하였다. 그래서 고지식하게 땀을 빼며 단군굴까지 가는 대신 여기를 단군굴이라고 속여 배례를 시켰다고 하였다. 아닌게 아니라 모모한 평양감사가 다녀가며 새긴 각자刻字가 뚜렷이 남아 후세인의 비웃음을 사고 있었다.

그만큼 어렵고 힘든 길이었다. 일행이 천신만고 끝에 당도한 단굴굴에는 단군할아버지를 대신하여 남무환인천왕지위南無桓因天王之位 남무단군천신지위南無檀君天神之位 남무환웅천왕지위南無桓雄天王之位라 쓴 위패가 기다리고 있었다.

　큰 석굴이었다. 이것은 굴窟이라기보다 궁穹이었다. 궁은 하늘 형상이다. 창궁蒼穹이라 하지 않는가. 높고 크고 넓은 하늘이었다.

　사방이 확 틔었다. 굴 앞에 서서 올라온 길을 내려다보았다. 길도 없고 인적도 없는 오르막을 타잔처럼 타고 올라온 것이었다. 숨이 턱에 닿아 한 길이 넘는 억새풀 속으로 얼굴이 다 할퀴어진 채 기를 쓰고 올라왔다. 얼마를 더 오르자 흙은 밟을 수가 없고 낙엽의 바다가 되었다. 거기서 또 얼마나 허우적거리며 건너고 칡덩굴 머루덩굴 다래덩굴이 허리를 감는 비탈을 빠져나왔다. 하늘은 무시로 뇌성벽력을 치며 비를 쏟았다. 이미 땀으로 옷은 다 젖은 터였지만 걸음을 걷기가 갈수록 힘이 들었다. 다시 수해樹海가 더욱 깊어지고 초림草林이 더욱 우거진 골짜기를 죽을 판 살 판 기어올랐다. 지옥훈련은 끝이 났다.

　"자 여기가 단군굴이오."

　젊은 인도승이 말하였다.

　천국이었다. 모두들 지옥에 떨어지지 않은 것만으로도 행운을 느끼며 옷깃을 여미고 숙연히 굴 안을 돌아보았다.

　높이는 네 길이 넘고 정면의 넓이는 50척 깊이는 35척 가량, 굉걸宏傑한 전각이었다. 하늘을 넉넉히 들여앉힐 만하였다. 석질은 아름다운 화강석으로 녹색 백색 무늬가 각양각색의 선을 둘렀다.

　청풍이 몰려와 일시에 더위를 식힌 데다가 파란 이끼가 덮인 동편 돌 틈으로 흘러내리는 달고 시원한 물을 손으로 받아 마시자 오히려 몸이 떨리었다.

　일행은 서편 그윽한 석石벼레 위에 정면 남향으로 모셔놓은 환인 환웅 단군 세 분의 위패 앞에 무릎을 꿇고 엎드렸다. 약자弱者로 잔손殘孫으로 어버이 앞에 엎드린 것이다. 무안하고 부끄럽고 그래서 고개를 들 수가 없는 것이다. 나그네도 같이 꿇어 엎드려 눈물을 닦으며 목이 맨 채 단군의 초라한 위패를 바라보았다.

"무슨 염치 무슨 낯으로 무슨 주제로 여기 다시 올꼬."

물적物的 유산은 그만 두고, 그 위대한 고구려 신라의 찬란한 문화적 유업 정신적 소산의 큰 열매를 맺으려 할 중대한 시기에 그것을 간직하지 못하고 조잔凋殘과 영락零落에 맡기었으니 얼마나 황공한 일이냐. 이런 잔손은 어느 시대 어느 나라에도 그 예를 찾아볼 수가 없으리라.

순례자는 그래서 이 어른을 찾아뵈러 왔다고 하였다.

"네에."

그의 목이 조금 트이었다.

"모든 것을 다 지니신 한배님이 아니시오. 그 뼈가 내 뼈여든 뼈인들 아니 저리시며, 그 피가 내 피어든 핏줄인들 아니 당기시랴. 역정도 나시지만 그래도 눌러 보시고 괘씸도 하시지만 그래도 거두어 주시고 밉기도 하시지만 그래도 엇들고 받들어 주시리라 믿소. 두 팔을 벌리시고 오라 오라, 부르신지 오래인지 모르지요. 마음을 조리시며 왜 아니 오나 왜 아니 오나, 바라신 지 오래인지 모르지요. 억만겁을 윤회輪廻한들 임 주신 뼈와 피야 가실 줄이 있으랴."

"네에. 네에."

나그네는 자신의 뼈를 만지작거리고 힘줄이 튀어나온 손등을 바라보았다. 그의 피의 근원이 여기에 있었다고 느껴지기도 했다.

이윽고 성조聖祖의 영궁靈宮에서 나와 단군봉을 넘고 다시 풀 속의 썩은 가랑잎의 골짜기 바위 절벽과 낭떠러지의 길을 얼마를 걸었을 때, 어마어마하게 큰 흑암黑巖 위로 은류銀流가 나르고 있는 것을 볼 수 있었다. 아! 만폭동萬瀑洞이었다. 하늘 위로 폭포가 나르고 있었다.

참으로 장엄한 광경이었다. 단군굴을 오르며 겪은 모든 고초를 일시에 씻어주는 절경이었다. 물 떨어지는 데마다 반석이 되고 그 반석을 지나면 비폭飛瀑이 되어 밑으로 떨어졌다. 크고 긴 폭포가 4층과 3층, 모두 7층을 이루었는데 80길이 넘는다고 했다. 뇌성 벽력과도 같은 땅이 떠나갈 듯한 소리와 비류飛流 난무亂舞하는 물의 축제는 신비의 극치였다.

거기서 점심을 하였다. 절경을 바라보며 식사를 하는 것은 더 바랄 것이 없는 것이다. 젓가락은 박달나무 가지를 꺾어 만들었다. 오는 길 곳곳에서 단목檀木을 보았다. 둥글고 갸름한 취엽과 정수한 가지를 늘어뜨린 단목을 발견할 때마다 단군 할아버지의 편영片影을 보는 듯 하였다. 그리고 여기 저기 큰 단목이 넘어진채 썩어가고 있는 것도 볼 수 있었다. 단군봉을 넘을 때 인도승이 설명했다.

"옛날에는 울창한 단목이 하늘을 덮었지요. 그런데 을묘년 탕수蕩水에 다 결단이 났어요. 그러니까 18년 전이 되나요? 갑오년 동학 난리에 이 근방 사람들이 전부 이 산으로 피난을 하였지요. 호수戶數로 천 호가 넘고 사람 수가 만명도 넘었어요. 그 많은 사람들이 산림에 불을 지르고 논과 밭을 일구어 벗겨 먹었지요. 이 단군봉에서 닭을 삶고 개를 끄시르고 갖은 부정한 짓을 다 하였으니 천벌을 받지 않을 도리가 있겠어요? 성지를 몰라보다니 안 될 말이지요. 갑오년에서 을묘년까지 20여 년 잘 해 먹은 것도 하느님의 덕이요 부처님의 자비지요. 산을 발가숭이로 만들어놓았으니 어찌 사태가 나지 않을 수가 있겠오. 천벌이 내렸어요. 집채 만큼씩한 바위가 마구 굴러 떨어지고 폭포로 내지르는 물이 골짜기마다 바다를 이루어 순식간에 다 떠내려가고 말았지요. 수백 명이 죽었어요. 아비규환이었어요. 절도 떠내려가고. 그뿐인가요. 그 때부터 이 산을 주관하는 보현사와 백성들 사이에 분쟁이 끊이지 않았고 소요와 참극을 연출하였지요. 소름 끼치는 일이지요."

"부끄러운 일이오"

나이 든 인도승의 얘기를 듣고 순례자가 말하였다. 단목 가지로 식사를 하고 그 폭포물을 마시었다. 그 물에 발을 담그고 머리를 감고 몸을 풍덩 집어넣기도 하여 속진俗塵을 씻었다. 어느 편이나 추워서 이를 덜덜 떨어야 했다.

거기서 20리 거리의 내원암內院庵을 넘고 기암절벽에 우뚝 솟은 강선대降仙臺에 올랐다. 신선의 자취는 찾을 길이 없었지만 사향노루의 똥이 군데군데 흘러 속세가 아님을 말해주었다. 거기서 한 시간 반을 더 걸어 금강굴金剛窟에 닿은 것은 8시. 몸들도 지쳤지만 해가 떨어져 더 갈 수가 없다. 주위 열 두 길이 넘는 개구리 모양의 큰 바위가 동편의 삼분의 일 가량만 땅을 디디고 삼면 십수 척은 공중에 떠 있는데 이 바위를 지붕으로 집을 들여앉힌 것이 금강굴이다. 4간間 정도의 넓이다. 서산대사西山大師가 수도를 하던 곳이었다.

석간수로 속장俗腸을 말끔히 씻어내고 마음을 비웠다. 산사의 여름 밤은 운무를 걷어내고 달이 모습을 들어내면서부터 운치를 더 하였다. 맑은 물소리가 달빛에 젖고 산허리의 안개는 엷게 풀어지며 새하얀 빛을 띄고 이 봉우리에서 저 봉우리로 하늘하늘 아늘아늘 푸른 산의 속살을 보였다가 감췄다가 하였다.

진념塵念과 속사俗思가 가뭇없이 사라지며 몸과 마음이 날개를 달아 신선이 된 듯 가벼워졌다.

"아!"

인생이 무엇인가. 영겁이란 무엇인가. 백일몽과 같은 지난 삶이 영롱하고 투명한 안개 속에 실리며 부질없이 느껴지는 것이었다.

"아! 이 산! 이 밤! 이 달! 이 안개!"

모든 것이 시詩였다.

다음날 13일 아침 7시. 일찍 여정에 올랐다. 생각 같아서는 비로봉을 오르고 싶었지만 왕복 4일이나 걸리는 길이고 비도 오락가락하여 발길을 되돌렸다.

다시 내원암 무너진 곳을 굽어보고 삼성봉三聖峰을 지점指點하면서 나한굴羅漢窟에 잠간 들르고 무릉폭武陵瀑 입구인 대향大香 두참에서 좀 쉬었다. 복숭아 나무들이 반기었다. 그야말로 무릉도원이었다.

만폭동의 규모를 따르지는 못하였지만 수십 길의 물이 나르며 상하 2층으로 나누어 떨어지는 폭포를 바라보며 수충사酬忠祠에 이른 것은 오전 10시. 수충사는 임진왜란 당시 휴정休靜 서산대사의 위훈을 표창하기 위해 조선 정조 18년(서기 1794년)에 창건하고 사액賜額까지 내린 것이다. 광대하던 건물은 없고 영각影閣만 군데 군데 파열된 채 남아 있었다.

보현사 우측을 돌아 천년고찰 안심사安心寺를 둘러보고 금강폭金剛瀑 학소대鶴巢臺 대하폭臺下瀑 인호대引虎臺 용연폭龍淵瀑 법왕봉法王峰 천심폭天心瀑 상원암上元庵 등을 거치는 동안 해는 서쪽으로 기울었다.

오후 4시경 불영대佛影臺에 오르자 단군굴이 정면으로 보였다. 단군이 여기 내려와 연무演武하였다는 전설을 인도승이 전한다.

불영사 맞은 편에 새로 세운 12층 탑이 서 있었다. 석가세존의 금사리를 모신 사리각이 탕수에 쓰러져 여기로 옮길 계획이고 이 사리각의 유래를 설명한 휴정의 석비도 옮겨놓았다.

이 사리는 본래 양산 통도사에 모셨던 것으로 임진란에 남도가 위험하자 승대장僧大將 유정惟靜(四溟堂)이 이 사리를 모시고 묘향산으로 옮겨온 것이다.

동방에 군장君長이 없었는데 신인단군神人檀君이 태백산 신단수 아래에서 일어나 시조왕이 되었다고 시작하여 애국 애족의 열혈熱血이 뭉친 휴정 84세의 필치가 역력하게 새겨져 있다.

휴정은 나라가 위태로운 지경에 이르자 가사를 벗어던지고 장검하산杖劒下山하여 왜군과 맞서 의승병義僧兵을 지휘하였던 것이다.

"휴정대사는 뒤에 군권을 제자인 유정 사명당에게 맡기고 묘향산에서 여생을 마치셨지요. 왕(선조)은 국일도대선사 선교도섭 부종수교 보제등계존자國一都大禪師禪敎都攝扶宗樹敎普濟登階尊者라는 긴 칭호를 하사하셨지요."

인도승은 그 긴 명칭을 술술 외었다.

다시 보현사에 들른 것은 오후 7시. 이 주찰主刹의 순례를 뒤로 미뤄놓았던 것이다. 보현사는 관서關西의 거찰로 고려 광종 19년(서기 968

년)에 탐밀조사探密祖師가 창건한 승려 3천의 정토왕국을 이루었던 절이다. 지금은 본찰 외에 수개의 암자가 있을 뿐이었다.

　대웅전 명부전 심검당尋劒堂으로 해서 만세루萬歲樓의 천육백 근이나 된다는 대종大鐘과 서산대사가 축조하였다는 19층 여래탑如來塔을 경탄을 연발하며 둘러보고 대장전大藏殿에 들어서 산적山積한 불경과 명승名僧들의 문집을 훑어보았다. 그리고 사무실에 들러 사보寺寶인 나옹懶翁 서산 사명 세 대사의 유물도 열람하였다. 성승聖僧 나옹대사는 이 절의 주지였었다.

　해는 이미 꼴딱 지고 향산여관에 돌아온 것은 오후 9시였다.

　다음날 14일은 9시에 출발하였다. 월림月林에서 구장球場까지 차를 타고 종일 달렸다. 구장까지 왔다가 동룡굴蝀龍窟을 그냥 지나칠 수가 없었다. 오후 5시 우중을 무릅쓰고 예외로 편의를 얻어 동굴 구경에 나섰다.

　동룡굴이 발견된 것은 기록에 남은 것만으로도 1300년이 넘었다. 고구려 보장왕 26년 신라 문무왕 7(단기3000, 서기667)년에 신라가 대군을 이끌고 고구려를 쳐들어오자 보장왕이 대경실색하여 당시 명승 적조선사寂照禪師를 불러 불상 경전 패물들을 먼저 피신하여 봉안하고 향전香典을 끊지 말라고 분부하였다. 어명을 받은 선사는 묘향산의 지맥 용문산 아래에 이르러 골짜기 어구에서 큰 석굴을 발견하고 들어가보려는 찰라 무지개가 동굴 속에서 일어나 하늘에 뻗히며 오색 영롱한 신룡神龍이 무지개를 따라 내려 선사를 옹호하는 것이었다.

　그래서 동룡굴인 것이었다.

　반월형의 대혈大穴이었다. 높이가 5척은 되고 넓이는 10척이 넘는 것 같다. 지옥의 문처럼 흉물스런 아가리를 크게 벌리고 있는 입구를 통과하여 굴 안으로 들어서자 습습한 음기陰氣가 섬뜩하게 몸과 마음을 휩싸며 외계와는 유명幽明을 갈라놓았다.

　굵은 철사로 여러 번 꼬아놓은 철삭鐵索을 붙잡고 간신히 몸을 지탱

하면서 한 걸음 두 걸음 솜뭉치에 석유를 적셔 불을 당긴 횃불을 든 인도인引導人을 따라 걸어들어갔다. 불빛에 물고인 누런 길바닥이 들어났다. 황천길이 연상되었다.

한 40간통이나 걸어 들어갔을 때 눈앞에 여러 길 되는 낭떠러지가 나타났다. 거기서부터 밑으로 내려가야 했다. 이 여름에도 손이 시린 쇠사다리를 잡고 아래로 아래로 내려갔다. 사다리가 끝난 곳은 지옥이 아닌 세심동洗心洞이라 이르는 곳이었다. 상하좌우가 굴 속 답지 않게 활짝 열리며 종유동鐘乳洞의 특이한 광경이 전개되었다. 동洞은 사는 동네 마을이며 지방행정 단위의 하나인 부락이라고만 알았는데 동굴이라는 말도 되었다.

돌이 자라고 있었다. 그것도 밑으로부터 위로 향하여 자라는 지상의 법칙을 깨뜨리고 위에서부터 밑으로 거꾸로 자라는 것이었다. 괴기한 일이었다. 그러한 돌들이 하나 둘이 아니었다. 열 스물도 아니요 만이요 억이요, 천하와 지상에 뿌리를 박고 묘상妙相과 이취異趣를 갖춘 모습은 형용할 길이 없었다. 녹각과 같은 또 상아와도 같은 돌 고드름과 석순의 숲을 지나는 모퉁이와 굽이마다 감탄과 전율과 황홀이 연출되었다.

절호의 피난지 안면동安眠洞, 옥 같은 나무들의 숲을 이룬 종성동鐘聲洞, 기괴한 봉우리가 거꾸로 매어 달린 종유동, 수천 명을 들여세울 만한 광활한 연병장, 간신히 몸뚱아리 하나 운신할만한 석계동石溪洞, 층층 점토粘土의 편복동蝙蝠洞 등의 숨가쁜 재를 넘고 까마득한 천정의 끝간데를 모를 벽천동碧天洞으로 내려가니 일행의 발자욱 소리가 메아리를 지어 천둥소리처럼 들리었다. 참으로 장하고 빼어난 성불령成佛嶺, 다기다괴多奇多怪한 다불동多佛洞, 십대왕十大王 무사탑武士塔의 의젓한 불좌와 인형들, 낙타석 사자암의 완연한 물상物相과 귀면鬼面들, 절벽과 석반이 갈라진 구멍에 창해蒼海와 통했다고 하는 심추深湫, 작은 배를 저어 건넌다는 대지大池, 그리고 폭포가 굽이치는 은파동銀波洞,

천 가지 구슬 꽃송이를 피우고 있는 등화동藤花洞…… 동굴 하나 하나가 별천지였다.

생동하는 조각의 잔치였다. 사람의 힘으로는 도저히 흉내도 낼 수 없는 신비로운 황홀경이었다. 초등학교 때 무슨 과목인지 교과서에서 동룡굴에 관한 단원이 있었다. 그 때 그는 그 설명이 그렇게 어렵고 도무지 재미가 없었다.

조국이니 민족이니 아니 남과 북의 땅덩어리에 대한 인식이 자라지 못한 그가 평북 영변의 땅 속 이야기에 관심이 쏠리지 못하였던 것이다.

그러나 그것보다 훨씬 앞서서 이러한 경탄의 글을 써놓았던 것이고 그는 또 단양의 고수동굴 제주도의 만장굴 삼척의 환선굴 등 여러 번 동굴들을 들어가 보았던 체험으로 순례자의 감탄에 무릎을 같이 칠 수 있었던 것이다.

단순한 경치에 대한 것이 아니라 지금은 갈 수 없는 땅의 녹음된 비경을 틀어보는 것이다. 단군의 성적을 찾는 길에 들르게 된 동룡굴은 단군굴에서 단군릉으로 가는 하나의 징검다리였던 것이다. 창궁에서 산릉으로 위패에서 무덤으로의 도중에 요지경과 별천지를 통과한 것이었다. 기괴한 석조명부石造冥府를 들른 것이었다.

다음날 15일 아침 10시, 다시 단군 성적 순례의 길에 올랐다. 구장을 출발하여 신안주를 거쳐 평양에 이르자 밤 11시가 되었다. 그리고 이튿날 정오 동아일보 강동江東지국 총무의 인도로 강동에 도착하였다. 거기에는 소설 「운수 좋은 날」「B사감과 러브레터」『조선의 얼굴』 등의 작가이며 동아일보 사회부(부장) 현진건 기자를 기다리고 있던 여러 유지들이 반겨주었다. 그들과 같이 대박산大朴山 단군릉을 찾아갔다.

임경대臨鏡臺의 애상崖上에 대박산에서 건너 뛰셨다는 단군의 발자욱을 보고 푸른 소나무가 빽빽이 들어선 아달산阿達山의 작은 봉우리를 돌아 단군전檀君殿이란 동리와 제천祭天 골을 가리키며 대박산릉에 올랐다. 창창한 송림을 뒤로 두고 경사가 완만한 산록에 주위 4백10여 척의 일대릉一大陵이 정남으로 자리잡고 있었다. 산은 비록 높지 않으나 좌우에는 장류長流를 끼고 앞으로는 멀리 운산雲山 자락에 강동군 전체가 싸이어 있었다. 강동읍지에는 이렇게 기록되어 있었다.

단군묘재현서삼리檀君墓在縣西三里 대박산하大朴山下 위사백십척圍四百十尺 언전단군묘諺傳檀君墓……

그리고 이조 말엽까지 숭앙의 제전祭典과 봉심奉審이 국령으로 거행되었음을 기록하고 있다.

"여말麗末에 어떤 수령이 이 능을 파보았더니 지하로부터 황옥관黃玉棺이 드러나 두려워서 발굴을 중지하였다고 해요."

동행한 한 부로父老가 들은 이야기를 전하였다. 그리고 이 고을 유지들의 발기로 단군릉 보존회를 조직하고 능의 수축과 수호각 등 여러 가지로 성적 보존을 구체적으로 강구하고 있고 가을에는 자진 성금의 대대적인 모집에 착수하리라고 하였다. 빙허의 순례는 그런 바람을 일으켰다.

"조선 팔도에 단군릉으로 구전口傳이나마 되는 것은 여기뿐이지요. 그 진부眞否를 의심하는 것부터가 황송한 일이니 성릉聖陵을 모시게 된 것만으로 무쌍의 은총을 드리우신 것입니다."

한 유지의 말에 모두들 숙연히 동감을 표시하였다. 어찌 이 고을 사람뿐이겠는가. 우리 민족 성조聖祖에 관한 일이니 민족적 성원이 있어야 할 일이었다.

17일 오전 평양으로 돌아왔다. 오후에 동아일보 평양지국 총무를 불러내어 같이 대성산大成山으로 향하였다.

모란봉 굽이를 돌아 펼쳐진 대동강은 연일 내린 큰 비로 탁한 물결이 넘쳐 흘렀지만 능라도의 늘어진 버들가지에는 물놀이를 하던 옛 풍정이 하늘거렸다.

자동차로 10리 남짓을 달리자 고구려왕궁지高句麗王宮址라는 표석이 서 있었다. 거기서부터는 걸어야 했다. 진흙물에 발이 빠지며 얼마를 들어가자 구송舊松의 언덕을 끌어 안은 채로 돌기한 풀언덕이 널직한 사각의 형태를 지은 모양으로 보아 궁성의 자취였다. 이곳은 안학궁安鶴宮 옛터로 고국원왕故國原王 시대의 왕궁이라는 설도 있었다.

이 왕궁의 뒷산이 오늘날 대성산大成山이지만 옛날 이름은 대성산大聖山이었다. 정상에 오르자 규모는 작으나 백두산 천지를 연상케 하는 못물이 어른거렸다. 최고봉의 선왕당仙王堂에 이르자 옛날 사당은 다 기울어지고 함석 지붕의 조그만 치성당이 그들을 맞이하였다. 그 앞으로 풀이 잔뜩 우거진 속에 신당神堂의 내력을 기록한 사적비가 있었다.

이튿날은 폭우가 그친 오후 2시에 자동차를 몰아 동명성왕릉으로 향하였다. 광활하게 펼쳐지는 대동大同벌과 중화中和벌을 지나 채석리採石里에서 차를 내려 걸었다. 중화지국에서 알선한 인도자를 따라 우후의 진흙길을 한 시간 남짓 걸었다. 실개울을 여러 번 건너 뛰고 애기산의 골짜기를 돌아드니 완만한 산록에 큰 봉군이 솟았다. 능의 뒷산과 좌우에는 울울창창한 적송赤松이 하늘을 가리우고 정면의 안계眼界는 훤하게 터져 있었다.

능을 걸음으로 재어보니 28보 평방이나 되었다. 정제整齊한 장군석將軍石과 석인石人 석마石馬들, 새로 단청한 사적을 새긴 비각과 제당 등 전려典麗한 건물들, 고대 동양에 가장 강력한 국가를 건설한 성왕의 능다운 위의威儀를 갖추었다. 너무도 황량하고 퇴폐한 고적만 보다가 이 능을 보자 마음이 든든하였다. 조선시대에 와서도 향화香火와 제전祭典이 그치지 않고 중수와 능의 보살핌이 거듭되어왔음이 비문에 기록되어 있었다.

고구려의 시조 주몽, 동명성왕의 무덤이었다. 묘향산 폭포의 절경이나 동룡굴의 별천지와 같은 비경들에서 느낀 감동과는 다른 진한 민족적 감정이 끓어오르는 걷잡을 수 없는 설렘과 감동이었다.

"아! 왕이시어! 성왕이시어! 당신은 분명 거기 계십니까?"
복받치는 감회는 뜨거운 눈물이 되어 쏟아졌다. 그는 눈물을 손등으로 닦으면서 물었다.
"그런데 당신은 나의 누구이십니까? 저의 몇 대 할아버지이며 아니 할아버지는 맞습니까?"
왕릉은 그것은 너 자신에게 물어보라는 듯 아무 말이 없었다.
일전 신라의 시조 박혁거세왕이 탄생했다는 경주 나정을 다녀왔고 거기서 왕의 오체五體를 묻어놓은 오릉을 바라보던 모습이 떠올랐다. 왕비 알영의 무덤과 나란히 있는 거대한 무덤들이 동명왕의 무덤에 겹쳐지는 것이었다.
둘 다 알에서 나왔다. 핏줄을 따라 올라가다보면 그 알 속으로 들어가야 한다. 알이란 무엇인가. 우주인가. 근원인가.
천제의 아들이며 해모수가 하백의 딸 유화를 만나 정을 통하고 하백은 유화를 우발수로 귀양을 보낸다. 이 때 부여왕 금와가 우발수에서 유화를 만나 이야기를 듣고 이상히 여겨 방 속에 가두었는데 햇빛이 따라다니며 비치었고 태기가 있어 큰 알을 하나 낳았다. 이 알에서 한 사내아이가 껍데기를 깨뜨리고 나왔다. 골격과 생김새가 영특하고 기이하였다. 7세에 스스로 활과 살을 만들어 쏘았는데 백발백중이었다. 이름을 주몽朱蒙이라 하였다. 활을 잘 쏘는 사람이라는 뜻이다. 주몽은 뒤에 졸본卒本에 도읍을 정하고 고구려국을 세운다. 2319(B.C. 19)년 9월에 왕이 죽자 용산龍山에 장사 지내고 시호를 동명성왕東明聖王이라 하였다. 태자 유리類利가 왕위를 이었다.
『삼국사기』와 『삼국유사』의 기록을 간추려 본 것이지만 빙허는 이 건국신화를 영이靈異와 시취詩趣와 인간미를 미묘하게 혼합한 것이라고 하였다. 사실적 실감도 풍부하다고 하였다. 해모수와 유화의 사랑은 참으로 목가적이고 낭만적이었다. 다른 것은 어찌되었든 신라의 건국신화보다 훨씬 사실적이라 느껴졌다. 박혁거세나 주몽이 다 알에서 나왔지만 주몽의 경우는 어머니가 존재하며 아버지가 존재하였던 것이다. 아버지는 해모수이고 어머니는 유화이다. 할아버지는 천제天帝이다. 외할아버지는 하백이다. 수신水神으로 물 속의 궁전에 살았다. 하백을 해발 즉 고대어의 태양의 광명이라는 음차音借의 의미로 보아 태양신이라는 견해도 있다. 그렇게 볼 때 그 알은 하늘에서 온 것이요 태양에서 온 것이었다. 빛이 유화를 계속 비치지 않았는가. 하늘의 아들이었다. 태양의 아들이었다. 물의 아들이었다. 아니 그 손자였다.
"그러면 단군 할아버지와는 어떻게 되는 것입니까?"
물음만 있고 답은 없었다. 그 답을 얘기해야 하는 사람은 바로 그 자신일 수밖에 없었다. 그런데 답이 무엇이냐가 문제가 아니고 거기에 만족하느냐가 문제였다. 어떻든 신라의 시조 고구려의 시조 왕릉 앞에서 한 발 단군에게 가까이 다가서 있음을 느낄 수 있었다. 백제 시조 온조왕릉을 찾아갈 수가 있다면 한 발 더 다가가는 것일지 모르는데 능은 듣지 못했고 온조왕을 제향祭享하기 위한 사당이 경기도 광주(남한산성 안)와 충남 직산 두 군데에 있다. 곧 거기에 한 번 가 보리라.
19일은 아침 일찍 기림리箕林里에 있는 숭령전崇靈殿을 근참覲參하였다. 단군과 동명왕을 모신 신묘神廟이다. 고려 때에는 성제사聖帝祠 조선조에는 단군묘檀君廟라는 이름으로 불리웠다고 한다. 좌우 감실龕室에, 전조선단군지위前朝鮮檀君之位 고구려시조 동명왕지위東明王之位, 두 분의 위패가 나란히 모셔져 있었다. 어쨌거나 그 두 왕으로 어떤 질서를 평정하고 있는 듯한 권위가 느껴지며 위안이 되는 것이었다.
강서江西행 차를 탔다. 강서 삼고분三古墳을 보기 위해서이다. 오른편으로 오석산烏石山 왼편으로 무학산舞鶴山을 끼고 있는 질펀한 평야 한복판에 조그만 산처럼 솟아 있는 묘이다. 묘라면 산허리나 기슭에 쓰는 것인데 들판 가운데에 있는 것부터 특이하였다. 하기야 경주의 왕릉들도 들판-지금이야 시가가 되었지만-에 있기는 했었다.
이 세 무덤은 강서읍지에 장군묘 또는 제왕총帝王塚이라고 적혀 있을 뿐 그 연대와 묘의 주인에 대하여는 자세한 것이 없었다. 일본의 세끼노關野박사의 감정으로는 1350년 전의 고총이 분명하다고 하였다. 고구려 당년의 무덤인 것이다. 묘는 이미 도굴이 된 상태로 그 속에 있는 보물은 다 도적맞고 없었다.

대총大塚 중총中塚 소총小塚을 둘러보고 대총의 현실玄室로 들어가보았다. 사방이 석벽이다. 단청이 어른어른 보이며 꿈틀거리는 것 같았다. 현무玄武 청룡 백호를 그린 벽화가 뚜렷이 보였다. 선명한 채색과 생동하는 선, 고구려의 미술이 살아 숨쉬고 있었다.

위를 올려다보았다. 한 층 두 층 층층이 좁아들며 마지막엔 조그만 정방형 천장을 완성하고 만다. 층층마다 화초롤 아로새긴 선을 둘렀고 형형색의 그림이 가득 가득 실리었다.

아침 햇발이 바야흐로 밝고 붉은 별을 던질 때 불로초 그늘 속으로 노루와 사슴이 넘논다. 봉황이 찬란한 날개를 활짝 펴고 너울너울 날아가는데 요요夭夭히 붉은 천도天桃를 따려는 선녀들. 일각一角 호미虎尾 녹신鹿身 마족馬足 기린麒麟 등. 이 모든 그림들이 어느 것 하나 생동하지 않은 것이 없지마는 그 중에도 나를 황홀케 하는 것은 피리부는 4선녀. 연화蓮花의 화관 같은 맨발로 고이고이 구름을 헤치며 허공을 둥둥 도는 그 모양이야!

참 그림도 그림이지만 그 묘사 또한 감탄스럽다. 천 몇백 년 뒤에 이렇게 알뜰하게 감상할 작가를 위하여 고분의 벽화는 잠을 깨고 있었던 것이다.

황홀히 넋을 잃고 홀리고 말 것 같은 생생한 묘출에 또 한 번 탄복을 하였다. 빙허의 기행문 「석굴암」을 읽을 때 정말 그립고 그리던 임을 만난 것 같은 여인의 묘사를 다시 한 번 보는 듯하였다. 그 미술사학의 안목, 여실한 감성.

"신라인은 돌에 새기고 고구려인은 돌에 그렸다. 여기 생각나는 것은 동서 양 조선의 문명의 차이다."

그랬다. 그런 것 같았다. 강서 삼고분 순례를 마치고 이튿날 20일은 평양으로 돌아와 경의선京義線을 타고 사리원으로 갔다. 거기서 경철을 갈아타고 신천信川으로 갔다. 구월산 삼성사三聖祠를 가려는 것이다.

일망무제의 황해평야를 달려 신천온천역에 내린 것은 오후 5시. 신천은 고구려 시대 승산군升山郡으로 그 일부는 백악白嶽 구월산에 연접한 고명古名 문화군文化郡이다. 이곳 문화는 단군이 두 번 도읍하고 마지막에는 구월산의 최고봉인 사황봉思皇峰 위에서 화신어천化身御天한 성지聖地이다.

온천에서 일박하고 21일 신천 지국장과 함께 구월산 등정에 올랐다. 문화면을 지나서자 폭우로 군데 군데 무너지고 개울물이 불어 차가 갈팡질팡하였다. 조그만 개울을 건너면 큰 개울이 가로막고 운전 기사가 차를 연방 떼밀며 올라갔다. 문무면文武面 사리고개 밑에서는 결국 자동차를 버리고 걸었다.

사리고개를 넘자 장엄한 구월산 연봉이 다갈색 구름 아래 거대한 병풍처럼 펼쳐졌다. 그 그림 같은 풍광 안에 패엽사貝葉寺, 그 우측 석산石山 절벽 위에 단군대檀君臺가 기다리고 있었다. 거기 바위에 앉아 내려다보며 민거民居를 점치시던 단군의 모습이 떠오른다.

위로 위로 뽑은 석벽 위에 사람 두엇이 겨우 걸터앉을 만한 석상石床이 있었고 그 위로 다시 지붕처럼 내어 민 바위가 비를 들이치지 않게 하였다. 순례자는 그 석상 위에 위태위태하게 앉아본다. 그리고 되뇌었다.

"이 돌! 이 자리! 까마득한 반만 년 옛날에 성조聖祖께서 앉으셨던가!"

경건한 정과 감격의 심회心懷가 다시금 새로웠다.

"이 바위, 이 석벽은 분명히 성조께서 뵈었으련만! 아무 말씀도 없으시니 끼치신 성적聖跡이 어디 어디임을 누구에게 물으랴?"

까마득한 옛날 이 바위에 앉아 아래를 내려다보고 있었을 단군 할아버지는 그 때처럼 지금도 그 자리에 앉아 있는 것 같았다. 다만 말이 없었고 만져지지 않는 것이 아닌가, 나그네는 생각을 추가해본다.

만 길이나 되는 듯한 절벽 위에 영이靈異하게 내어민 석상에 올라앉으니 황해 전폭全幅이 한 눈에 걸을 수 있었다. 여기를 단군대라 하여 단군 성조를 우러러 공경하고 추모하는 지극한 정을 쏟게 한 것이다.

그 아래 여러 개의 봉우리와 구름 산들이 첩첩한 저쪽으로 사리원과 신천 평야가 질펀하게 펼쳐지고 그것이 끝나는 좌우로 안악安岳과 당장경唐莊京의 큰 내들이 가물가물 흘러가고 있었다.'

단군대에 좀 앉아서 쉬다가 발길을 옮겨 삼성사로 향하였다. 패엽사를 서쪽으로 두고 여러 개의 계곡을 건너고 꾸불꾸불한 길을 돌고 돌아 시오리 남짓을 내려오자 삼성리란 마을이 있었다. 거기를 자나서 전동殿洞이란 조그만 동네가 나왔다. 이 동네를 안을 듯이 솟아 오른 토산土山 봉우리가 삼성사를 모셨던 삼성봉三聖峰이라고 하였다. 그러나 삼성사는 거기에 있지 않다고 하였다.

환인 환웅 단군 세 성조를 모신 사당인 삼성사는 철훼撤毁되고 없었다. 그렇게 허망하고 답답할 데가 없었다.

일행은 삼성봉 아래에서 삼성사 철훼 당시에 문화면 면장이었던 김채형金彩瀅 노인을 찾아가 그 때의 이야기를 들을 수 있었다.

"삼성사는 명치明治 44년 곧 합방하던 이듬해에 별안간 철훼되고 말았습니다."

육순이 넘은 전 면장은 침통하게 말하였다. 명치 44년은 4244(1911)년이다.

일제의 간악한 침탈은 이 심산유곡 속의 우리 핏줄의 근원이며 정신적인 뿌리를 자르는 일부터 하였던 것이다.

"철훼하기 전 삼성사에는 전감殿監 1인 수복守僕 2인 감관監官 2인을 두어 달마다 초하루 보름에 봉심奉審을 하고 춘추 2회의 제향을 올렸지요. 봄에는 2월 가을에는 8월로 달은 정해 놓았고 날은 나라에서

택일하여 전물奠物을 내리었어요."

이 고을의 행정 책임자였던 김 전면장은 그 당시의 기억을 떠올려 자세하게 말하였다.

"최근의 중창重創은 60년 전 병자년으로 문화면 주민들이 물력物力을 들여 개수하였는데 당시 면유面有인 밭 17두락 논 16두락을 위토位土로 올려 제향에 보태어 쓰게 하였지요."

"그랬는데 어떻게 철훼되었다는 건가요?"

순례자는 답답하여 견딜 수가 없었다.

"군郡에서 삼성사 건물을 공매公賣에 부쳤습니다. 그 때의 군수는 장휴張烋이고 재무주임은 우에모리上森란 사람이었습니다."

"그랬군요."

"군에서 공매에 부쳤으니 차라리 우리 문화 주민이 낙찰을 시켜 보관하자는 의논도 있었으나 그때나 이때나 물자가 넉넉지 못한 탓에 주저주저하다가 천도교인 박관하朴寬河란 사람이 60원에 건물 4동을 사가지고 천도교구실天道敎區室을 짓고 말았습니다."

그렇게 생생한 기억을 말하고 있는 김 전면장의 노안에는 눈물이 괴어 있었다. 그러나 계속 이야기를 하였다. 왜 수백 년 아니 수천 년 내려오던 성조의 사당을 철훼를 하고 말았는가, 그 까닭을 이야기하려는 것이었다. 그것을 이까지 찾아온 기자에게 들려주고 싶은 것이었다. 참으로 충격적인 이야기였다.

"지금도 그 까닭을 잘 모릅니다마는 공매에 부친 전 해에 이런 일이 있었습니다. 전 해라면 경술년庚戌年이지요. 경술년 8월입니다. 나철羅喆 선생이 제자 일곱 분을 데리고 삼성사에 오셨습니다. 방 한 칸을 치우고 10여일 동안 공부를 하였는데 때가 그 때라 헌병들이 따라와서 같이 수직守直을 하고 있었습니다."

"나철 선생이라면?"

환인 환웅 환검 삼성三聖을 섬기는 대종교大倧敎의 지도자 홍암弘巖

나철 선생을 말하는 것이다. 일제 오적 암살단장도 한 독립운동가이다.

"8월 11일인가 봅니다. 나선생이 방 하나를 따로 치워 가지고 들어가시면서 제자들에게 이르시기를, 나는 며칠 동안 절식絶食 수도를 해야겠으니 내가 문을 열고 나오기 전에는 너희들이 먼저 들어오지 말라, 하더랍니다. 나선생은 방으로 들어가면서 방문을 안으로 걸어버렸습니다. 하루가 지났습니다. 이틀이 지났습니다. 사흘이 지나도 아무 기척이 없었습니다. 아무리 절식 수도를 하신다기로 전후 3일간이나 물 한 모금 자시지 않고 견딜 수 있을까, 아무리 나중에 꾸중을 뫼시는 한이 있더라도 문을 열어보자고 하여 급기야 문을 열고 보니…… 나선생은 돌아가신 뒤였습니다. 그 때 유서 12통이 있었는데 그 내용을 알 수도 없거니와 설령 안다 한들 어찌 이루 다 말할 수가 있겠습니까?"

노면장은 긴 한숨을 쉬면서 이야기를 마치었다.

그러나 일행은 노인의 얘기를 거기서 끝내게 하지 않았다.

"사당은 그렇게 철훼가 되었고 모셨던 위패는 어떻게 되었습니까?"

순례자가 물었다.

"위패는 우리가 보관해 두었습니다. 적당한 기회를 보아 다시 사당을 신축하고 봉안하려 한 것입니다. 그러나 그런 기회는 좀처럼 오지 않고 미룩미룩 지나는 동안에 대종교인大倧敎人 심근沈槿이란 이가 찾아왔습니다. 성신聖神의 위패를 이리 저리 굴리는 것이 도리가 아니니 차라리 나를 주면 대종교로써 봉안하겠다기에 내어주었습니다."

"그러셨군요."

순례자는 눈을 감았다. 너무도 통탄스러워 말이 나오지 않았다.

일행들이 질문을 계속하기도 했고 노인은 기억나는 것을 자꾸 보태었다. 마을 사람들도 생각나는 것을 옆에서 이야기하였다. 그러나 핵심은 다 이야기한 것이었다.

일제가 우리의 뿌리를 제거한 것이었다. 왜 그랬는가. 우리 역사에서 단군을 말살하려는 음모의 시작이었다. 유구한 우리 민족의 역사를 저들의 역사보다 뒤늦은 것으로 만들기 위해서였던 것이다. 뜻 있는 사람들이 그것을 막을 수도 있었지만 불가항력이었다. 큰 물줄기를 호미가 아니라 가래라 한들 어찌 막을 수가 있었겠는가. 그럴 수가 없었을 것이다. 그리고 역사에서 가정이란 무의미한 것이었다.

해가 지기 전에 일행은 허물어진 빈터의 삼성사나마 찾아볼 생각으로 안내를 부탁하였다. 반전반산半田半山의 구릉을 올라가자 인적이 그친 지 오래 된 길로 잡초와 잡목이 우거질 대로 우거져 걷기가 힘들었다. 마을 고로古老들과 힘든 행보를 얼마쯤 더 하였을 때 편편한 초원이 절정 위에 번뜩하게 열리었다.

"바로 여기요."

"여기가 삼성사 옛 터요."

고로들이 서글픈 어조로 고하였다.

참으로 황량한 광경이었다. 딸기 덩굴과 싸리 떼가 한데 어우러지고 나무처럼 자란 풀숲 위로 칡덩굴들이 잔뜩 뻗어 있었다. 둘러막았던 담들도 다 쓰러져 옛 삼성사의 흔적만 남겨놓고 있을 뿐이었다. 풀 속으로 발끝에 채는 돌덩이들은 헐어버린 사당의 주춧돌과 섬돌들임이 분명하였다. 삼성사는 존재하지 않았다. 전설과 기록으로만 남아 있고 그 이름만 남아 있을 뿐이었다.

「신단실기神檀實記」에 의하면 태종 때에 삼성사를 폐하고 평양 단군묘에 합치合致하자 황해도 내에 악질이 성하므로 성종 때에 이르러 단군신사檀君神祠의 봉이리허奉移理許를 조사하게 되었다. 황해도 관찰사 이예李芮의 계啓를 간추려보자.

구월산 사우祠宇가 패엽사 서쪽 대증산大甑山 임불찰臨佛刹 뒤쪽에 있었는데 그 뒤 절 아래의 소봉小峰으로 옮기고 또 소증산小甑山으로 옮겼다. 삼성사의 감실은 단인천왕檀因天王 남향이요 단웅천왕檀雄天王 남향이요 단군천왕檀君天王 동향으로 판위板位를 나란히 함께 모셨다. 다 오래된 목상木像이었는데 태종조의 하륜河崙이 건의하여 제사諸祠의 낡은 목상을 새로 바꾸도록 하였다.

단종 때 문화 사람인 경창부윤慶昌府尹 이광제李廣齊가 구월산의 삼성사를 폐하고 평양 숭령전에 단군과 동명왕을 합묘合廟하는데 분개하여 상소를 올린 기록이 있다.

이런 기록들로 볼 때 구월산 삼성사의 존재는 명백하고 삼신사를 폐한 것에 대한 불만과 후유증이 컸음을 알 수 있다. 그래서 삼성사의 봉심이 당시 면장의 말대로 계속되었던 것인데 일제는 우리 나라를 침략하면서 이 성지를 잘라낸 것이다. 좌우간 그런 기록을 떠올릴 수 있고 풀 속에서 옛 기억을 되살릴 수 있을 뿐 단군에 대한 자취를 아무 것도 만날 수가 없었다.

여기서 옛 삼성사의 흔적을 더듬는 것으로 멀고 험한 여정의 발길을 돌려야 했다. 그리고 아쉬운 대로 삼성사의 모습을 충북 보은 속리산 자락에 세워놓은 삼신사에서나 찾아볼 수 있고 또 경남 하동 청학동 지리산 자락에 세워놓은 삼성궁에서나 느낄 수 있을 것이다. 삼신사에는 환인 환웅 환검의 삼신위를 새긴 목상이 봉안되어 있고 개천절 어천절 때 봉심을 하고 있다. 삼성궁에는 고조선을 축소한 솟대의 별천지를 건설해놓고 환인 황웅 단군 삼성을 근참하게 하고 있었다.

8일에 떠난 단군 성적 순례는 23일 구월산을 내려와 문화를 지나고 문무면 건산리 동고개에 올라 바라보이는 평양촌 앞에 섰다. 이 평양촌의 옛 이름은 당장경, 단군이 평양으로부터 천도遷都한 곳이다. 대평야의 한 가운데에 위치한 성도聖都의 옛 터전이었다. 끝없는 상상의 날개를 펴게 하는 옛땅에서 백악-구월산-연봉을 쳐다보았다. 어천하였다는 사황봉 위 푸른 하늘 속에 단군의 거용巨容이 잠깐 보이었다.

일제에 침탈 당한 조국의 참상을 한탄하며 민족정기를 되살리려는 일념으로 쓴 빙허 현진건의 단군 성적 순례는 강화도, 전등사, 삼랑성, 마니산, 제천단으로 계속되었다.

4265(1932)년 7월부터 11월에 걸쳐 〈동아일보〉에 연재된 「단군 성적 순례」는 일제하에 출판을 못한 채 사학자 손진태孫晉泰가 비밀리에 보존하여 오던 원고를 해방이 되고 4281(1948)년 예문각에서 출판하였다. 문우이며 사돈인 소설가 월탄月灘 박종화朴鍾和는 서문에서 말하였다. '이 글을 펴내는 것은 그대의 아름다운 문장을 전하려 함이 아니라, 다만 혼돈된 이 세상에 그대의 정신을 전하려는 때문이다.'

혼으로 영으로 동행하며 흥분을 가라앉히지 못한 나그네가 얼마만큼 그 정신을 전하였는지 모르겠다. 그 때 답사 취재 때로부터 93년, 광복이 되어 출판한 때로부터 77년이 지난 이제 다시 이 얘기 이 문맥을 회자膾炙하게 되는 연유도 그 혼돈이 여전하고 더욱이 그것이 외부로부터가 아니라 내부로부터인데 절감하며 전하고자 한 것이다. 좌우간 거기까지는 빙허의 몫이었다. 그 다음부터는 우리의 몫이다. 아니 그의 몫인지 모른다. 그에게 있어 단군 성적 순례의 시간 여행은 우리 과거에 숨겨진 흔적이 아니라 오늘의 현실로 되살아난 분노의 체험이었다.

환상 열차

 참으로 먼 여행을 다녀온 것이었다. 고향으로 해서 그의 존재의 근원이라고 할 수 있는 시조의 본향을 다녀왔다. 그뿐 아니라 신라 시조의 태어난 곳과 무덤 그리고 옛 신라의 서울 경주를 돌아보고 땅으로는 더 갈 수 없는 동해의 끝까지 갔었다. 또 고구려 시조의 무덤과 고구려의 고도 평양, 묘향산의 단군굴, 구월산의 단군대 삼성사의 옛터를 돌아보았다. 먼 시공간 저쪽의 이야기인 대로 의식의 뿌리는 같은 것이었다. 무덤이 뭐 그리 대단한 것이냐고 할지 모르지만 그 자신의 근원을 찾는 과정에서 동화 같은 환상이 아니라 돌과 흙과 풀뿐이고 바람뿐인 거기서 어떤 실체를 느낄 수가 있었던 것이다.
 그림자 같은 것이었다. 바람 같은 것이었다. 그러나 거기서 말할 수 없는 절망을 뼈저리게 느꼈던 것이다. 더는 그슬러 올라갈 수 없는 한계를 느끼고 주저앉아야 했다. 모든 근원은 찾아 가다보면 하늘로 올라가야 되었다. 거기서 왔으며 그리로 갔다. 단군이 그랬고 박혁거세가 그랬고 주몽이 그랬다. 그의 시조 알평도 그랬다. 한 칸 두 칸 올라가다가 사다리 끝에서 까마득한 하늘을 향해 날갯짓만 하고는 도로 내려왔다. 김용호의 「날개」처럼. 그가 찾으려는 것은 지붕 위에 있는 것도 아니고 감나무에 매달린 홍시를 따는 일과 같은 것도 아니었다. 언젠가 덜퍽 소리를 내며 떨어지는 존재도 아니었다. 초등학교 때 한 번도 찾지 못한 보물찾기의 보물과 같은 것도 아니었다.
 그가 일생을 두고 찾아 헤매고 있는 연인 같은 그 무엇이었다. '나는 마치 일생을 두고 그리고 그리던 임을 만난것처럼, 그 팔뚝을 만지고, 손을 쓰다듬고, 가슴을 어루만지며, 어린 듯, 취한 듯, 언제까지나 차마 발길을 돌릴 수가 없었다.' 빙허의「석굴암」에서의 한 구절처럼. 너무 늦게서야 그것을 찾기 시작했는지 모른다. 아니 아무리 늦어도 시작하지 않는 것보다 나은지 모르겠다. 그것이 희망인지 모른다.

　상황의 확인이랄까 존재의 확인이었다. 어렵게 얘기할 것이 없이 이제야 감을 잡은 것이었다. 도무지 막연하고 동화 같고 신화 속에 젖어 있는 것이 우리의 역사였다. 동화와 신화를 탓하는 것이 아니었다. 너무나 왜곡되고 축소되고 그것도 지키지 못하고 빼앗기고 찢기고 피로 얼룩져 있었다. 또 그나마 갈라지고 쪼개져 있고 골이 갈수록 깊어지고 있었다.

　서러운 이 땅을 위해서 그가 한 일은 무엇인가, 일그러지고 짓밟힌 우리 역사를 위해 그가 한 일은 무엇인가, 어옹초부漁翁樵夫도 아니요 시정잡배나 정상배도 아니요 그래도 학문을 하고 뭘 가르친다는 사람으로서 부끄럽고 한심스런 자신을 되돌아본 여행이었다. 무엇을 위해 그렇듯 뛰어다녔는지, 너무나 치졸하고 이악한 자기앞 가림에 목을 매고 쓰잘 데 없는 명분에 급급하며 금쪽 같은 시간들을 다 허비하였던 것이다. 또 너무 이상적인 아니 허황한 꿈만 꾸고 있었던 것 같다.

　또 하나의 그런 모든 것을 제어할 중요한 여행을 앞두고 마음의 정리가 필요하였다. 안식년을 갖게 된 이유이기도 한 여행이었다.

　주변 정리가 필요하였다. 몇 가지 매듭을 풀어야 했다. 아이들 문제 어머니의 문제, 그런 코앞의 일부터 해결해야 했다. 그러지 않고는 발을 뺄 수가 없었다. 집을 빠져나갈 수가 없었다. 현실을 인정해야 했다.

　먼저 둘째 재빈을 불러 얘기를 하여 보았다.

　"그래 꼭 네가 먼저 결혼을 하여야겠느냐?"

　"왜 역혼을 하려는 거냐고 따지시는 건가요?"

　"그렇지. 잘 아는구나. 그러나 그것보다도 굳이 그래야 하는 이유가 무엇이냐."

"이유는 말할 수 없어요."

대화가 잘 안 되었다. 말할 수 없는 그 이유가 무엇인지 알아야 했다. 아니 이유야 어찌 되었든 넘어가서는 안 될 것 같았다. 그는 우선 사귀는 여자친구를 좀 만나자고 하였다. 그래서 얘기를 풀어나가야 될 것 같았다.

큰 아이 재혁의 유학 문제는 가부간 토플 시험을 보라고 하였다. 최소한 600점 이상이 나와야 고려하겠다고 하였다. 무리한 요구는 아니었다. 둘 다 그렇게 미루었지만 결국 받아들이겠다는 뜻을 비친 것이고 대책을 세워보자는 것이었다. 그러면서 될 수 있는 대로 연기를 시켜보는 것이었다.

어머니의 문제는 간병인을 두자고 했다. 말은 쉽지만 그것도 어려운 얘기였다.

"도대체 얼마를 줘야 하는지 알고 하시는 소린가요?"

"아무래도 월급보다는 적겠지 뭘 그래?"

"그렇게 막연하게 얘기하지 마세요. 여행비는 마련해 놨어요? 아이들 유학 보내고 장가 보낼 준비는 해 놨어요? 안식년에 월급이 줄어든 것은 아시지요?"

"그러니 어떡하란 말이오?"

서로 다투기만 할 뿐이었다. 결국 아내에게 모든 것을 부탁하는 수밖에 없었다. 그런데 아주 가까운 데서 방법이 나왔다. 딸아이 빛나가 아르바이트로 맡겠다는 것이었다. 딸은 가끔 아르바이트를 하여 용돈을 보태고 있었으며 무의탁 노인을 돌보는 자원봉사도 하고 있다고 하였다.

"그래?"

"그러나 아빠 여행기간 동안만이에요."

빛나가 웃으면서 말한다.

"그래, 알았다."
"그리고 말이에요."
"또 뭐냐?"
"어디까지나 엄마 아빠의 싸움을 말리는 차원에서 하는 일이에요. 아시겠어요?"
"그래 알았다. 정말 네가 제일 마음에 든다."
그는 딸을 안아 주었다. 어느새 다 컸다. 불룩한 가슴이 안겨진다.
아내의 눈이 곱지 않았다. 그와는 생각이 너무도 달랐다. 그 아이의 성적이 떨어지고 대학을 못 가면 누가 책임을 지냐는 것이었다.
"당신은 뭘 몰라도 너무 몰라요. 뭐가 중요한 것인지도 몰라요."
"정말 그런 걸까?"
"길을 막고 물어봐요."
그럴는지도 모른다. 아내의 말이 맞고 그것이 현실인지도 모른다. 그러나 그의 말도 맞고 현실만 따져서도 안 된다고 생각하였다. 그것이 그의 체질이었고 아내와는 너무나도 달랐다. 결국은 무승부였지만 가정의 현실은 아내에게 맡기고 부탁할 수밖에 없었다.
그리고도 걸린 것들이 많이 있었다. 다른 대학 대학원에 출강을 하기로 한 것 세미나 주제발표를 하기로 한 것 원고를 써주기로 한 것 주례 두 건, 미루기도 하고 백배 사죄를 하여 바꾸고 빼기도 하고 밤을 새워 해결하기도 했다. 주례가 문제였다. 한 사람은 현총장에게 부탁하는 것으로 해방이 되었는데 1년 전부터 부탁한 조군은 아무래도 그가 아니면 안 되겠다는 것이었다. 그리고 결혼을 연기하겠다고 하는 것이었다. 참으로 미안하기도 하고 황당하게 하였다.
"나 때문인가?"
"물론이지요."
"뭐 그럴 것까지야 있는가?"
"선생님은 저를 어떻게 생각하시는지 모르지만 저는 그럴 수가 없습니다. 급할 것도 없습니다. 선생님의 지도를 평생 받고자 합니다."

"느긋한 것은 좋은데, 부담스럽네."

"부담을 드리고 싶습니다."

아끼는 제자였다. 아닌게 아니라 얘기를 듣고 보니 서로는 보통의 관계가 아니었다. 그의 편에서 보면 교정이다 뭐다 일방적으로 일만 시킨 것 같다. 규수도 같은 반의 제자였다. 조군은 예비신부를 데리고 와서까지 그의 시간에 맞추겠다고 확인해 보이는 것이었다.

"미안해서 어쩌지."

"염려 말고 다녀오세요."

"좌우간 알았네. 그 대신 내가 한 잔 삼세."

"그러세요. 안주는 저희가 살게요."

그의 어법까지 배웠다. 그렇게 넘어갔다. 술을 마시면서 여행 중에 멋진 주례사를 써 올 것을 약속하였다.

"민족적으로 말이야."

"네. 선생님이야 그것 빼 놓으면 뭐 있습니까?"

"뭐야? 그게 어때서 그래?"

"영광이지요."

"전화위복이네요."

예비신부 신양도 활짝 웃었다. 조군도 웃어대었다.

"좌우간 웃으니 됐구만."

그 다음 문제는 희연의 문제였다. 그녀의 박사학위 심사를 지켜봐야 했다. 가장 어려운 것이었다. 그러나 희연은 자신의 힘으로 하게 내버려 달라고 하였다. 오히려 그가 신경을 쓰는 것을 거부하였다. 그녀 몰래 그쪽 대학 교수들에게 술을 사고 식사를 대접하고 하는 것을 알고 화를 내었다. 그러면 그와의 관계를 이상하게 본다는 것이었다. 그렇게까지 나오는 데는 참 곤란하였다.

"그래? 그런 것은 또 생각을 않았지."

"그러니 가만히 계세요. 그리고 어서 다녀오세요."

얘기가 그렇게 되었다. 그러나 그러고 말 수는 없었다.

그는 희연을 불러내었다. 〈푸른 집〉에서 술을 마시다가 나오라고 하였다. 전화로는 얘기가 안 되었던 것이다.

밤중에 불려나온 희연에게 자꾸 술을 따르다가 그가 말하였다.

"정말 이제 결혼을 해야지."

처음 하는 얘기는 아니지만, 그와의 관계를 이상하게 본다는 얘기를 그렇게 하였다.

"누구와요?"

"그 친구는 요즘 안 만나?"

닥터 배라고 했던가. 꼭 그 친구를 얘기하는 것도 아니었다. 상대가 누가 되었든 간에 결혼을 할 나이가 많이 지난 것이었다.

"제 문제부터 먼저 해결해야 될 것 같애요."

"학위 말인가?"

"아니오. 저의 뿌리를 확인하지 않고는 아무 것도 못 하겠어요."

"그것을 어떻게?"

"선생님이 푸셔야 돼요."

"내가?"

"여태 그걸 모르셨어요?"

"좌우간 같이 풀어보자고."

그러고 있었다. 연희의 행방에 대한 얘기를 했다. 약간의 실마리가 잡히었던 것이다. 그녀가 어디엔가 살아 있을 가능성이 있었다. 부평에 주민등록이 되어 있었고 국제결혼의 흔적이 발견되었다. 미국에 가 있는 것 같았다. 딸-희연-에게 계속 송금을 하다가 어느 시점부터 끊어진 것이다. 죽었는지 모른다.

그동안 두 사람의 추적으로 그까지 접근이 되었다. 희연이 몇 날 며칠을 뛰어다니며 미국 쪽 행방을 알아봤지만 그것을 알아내지는 못하었다.
"미국에 가서 찾아봐야겠어요."
"그 넓은 데 가서 어떻게 찾아?"
"광고를 낸다든지 여러 가지 방법을 생각해 봤어요."
"광고야 여기서 내도 되지."
"돈이 문제예요."
"그래?"
그는 상상을 할 수 없었지만 그로서는 도저히 감당을 할 수 없을 것 같았다. 그런 문제로 아내와 다투던 것이 떠올랐다. 어떻든 그녀는 자신의 근원과 존재를 확인한 다음 결혼하겠다고 한다. 그것이 언제가 되었든.
그런 얘기를 하고 있는데 목우가 나타난다. 이미 술이 거나하였다. 그들을 발견하고 옆으로 와 앉는다.
"도대체 이렇게 매일 취해 가지고 소설을 언제 써요?"
그가 잔을 따르며 물었다.
"작품이라는 거 많이 써야 되는 것이 아니예요. 정말로 남기고 싶은 거 한 편만 쓰면 되는 거지요 뭐."
"그런 걸 아직 못 쓰셨는가요?"
희연이 또 잔을 따랐다.
"멋진 연애를 해야 멋진 작품을 쓰는데……"
"그런데요?"
"이박사의 소설은 어떻게 돼 가는 거요?"
"들어보시겠어요?"
도형은 그가 앞으로 쓰려고 하는 내용인지 말하는 것이었다.
"일제 때는 나라를 빼앗더니 이제 우리 역사까지 빼앗아가고 있어요. 지금 우리가 식민지에 살고 있는가요?"
도형은 황당한 질문을 받고 얼떨떨해 하고 있는 목우의 대답을 기다리지 않고 말하였다.

일제는 우리나라를 침략하고 조선총독부에 조선사편찬위원회를 설치하여 이씨조선사를 편찬하면서, 일본 기원인 2,600년보다 훨씬 앞선 4,300년의 우리 단군조선사를 허사虛史인 신화로 만들고 고구려 신라 2000년사로 격하시켜놓았다. 그랬는데, 『한단고기』에 한단桓檀 7,200년의 실체가 나타나자 그것을 자기들의 역사로 만들기 위해서『일본서기日本書記』를 위서僞書라고 주장하고 있다. 우리는『한단고기』를 위서라고 하고 있는 것과 얼마나 대조적인가. 4325(1982)년 가시마 노보루가 우리보다 먼저 번역하여 출판한 『한단고기』에는 당시 일본 총리대신 나까소네 야스히로中曾根康弘를 위시해서 재일교포도 포함한 1040명의 후원 인사 명단을 실었고 한국내 주요 단체 기관 대학 개인 등 81개소에 배본을 하였다. 발매인도 대한민국재향군인회 일본지회장 이상태李相台 사단법인 한국원폭피해자협회 회장 신영말辛泳沫 등을 내세우고 있다. 도대체 왜 이랬을까. 정신이 나간 것일까. 참으로 답답한 것은 아직도 일제 식민사관에서 벗어나지 못하고 우리의 고대사를 신화에서 한 발짝도 더 나가지 못하게 하는 잠꼬대만 하고 있는 사람이 너무나 많다. 그러는 동안에 지금도 우리의 역사는 **빼앗겨** 가고 있다. 이것은 한 정신 나간 사람의 의견이 아니고 일본의 의견이며 한국의 동의를 얼버무리고 있는 것이다. 그런 주장을 아무 소리 않고 그냥 내버려두면 기정사실화 되는 것이다. 후원 인사와 배본처 발매인은 그런 뒷날을 위한 장치가 아니고 무엇인가. 조그만 바위섬 독도도 우리가 지켜야 하지만 우리의 옛 역사를 송두리째 **빼앗길** 수가 있는가. 역사가 없으면 땅도 없는 것이다.

도형은 마치 원고를 외어서 읽듯 웅변조로 말하고 목이 타는지 찬 맥주를 주욱 들이켰다.

희연은 고개만 끄덕끄덕하였고 목우는 술잔을 도형에게 건네면서 되물었다.

"도대체 지금 무슨 뚱딴지 같은 소릴 하고 있는 거요?"

"사실이에요. 믿어지지 않지요?"

도형은 그 대답도 듣지 않고 같은 톤으로 계속했다.

만주는 우리 땅이다. 만주는 빼앗긴 영토가 아닌 분단된 영토이다. 북한만이 분단된 영토가 아니다. 만주는 원래 우리 땅인데 신라가 통일하는 과정에서 한족漢族에 의해 고구려가 멸망되며 분단된 것이고 대진국大震國 발해渤海가 멸망하며 분단되었고 만주의 동북 시베리아를 러시아족이 한족에게 빼앗음으로 해서 다시 분단된 것이다. 그래서 시베리아도 우리 땅이다. 그 반에 반에 반쪽도 안 되는 땅도 지키지 못하고 있는 지금 우리는 그 땅을 찾기 위한 공소시효가 지난 것이다. 그것을 알고 있는가.

"글쎄 다 좋은데요. 그게 소설이냐 이거지요"

"아무래도 소설은 아닌 것 같애요."

목우가 토를 단 데에다 희연이 보태었다.

"강의를 하고 있는 것 같기도 하고요."

"강의가 소설보다 못하다는 얘기가 아니고 소설을 쓴다면 소설이 되어야 한다는 거지요. 소재들을 얘기한 것이긴 하지만 웅변이나 설교 같아요."

목우가 다시 담담한 어조로 말하였다.

도형도 그것을 솔직히 시인하였다.

"그래요? 꼭 소설을 쓰겠다는 것도 아니고 무엇이 됐든 그런 얘기를 쓰고 싶은 거예요. 강의라는 것은 일부 학생들만 대상으로 하는 것이므로 많은 사람들에게 얘기하고 싶은 것이지요. 우선 그런 자료와 생각을 모아놨어요."

"그 얘기만이 아니고 그것을 찾아 헤매고 다니는 행적도 같이 써야지요."

희연이 말하였다.

"그것은 한선생이 써 봐요. 날개를 달아봐요. 뿌리는 이박사가 캐고."

"뿌리와 날개네요."

"그렇지! 뿌리여, 날자!"

목우가 감탄을 하며 제목을 떠올리었다.

"소설이 되려면 재미가 있고 시적 감동이 넘쳐야지요. 그리고 멋진 로맨스가 돼야지요."

"혹시 대중작가를 만드시려는 것은 아닌가요? 호호호호……"

희연이 웃으면서 다시 말하였다.

"통속작가가 문제지 대중작가야 나무랄 것이 없지요. 독자가 없는 작가는 외로우니까요. 나처럼 말이에요. 하하하하……"

"로맨스를 한 번 잘 만들어보세요."

희연이 계속 웃으며 말하였다.

"그 점에 있어선 늘 죽을 쑤는 것 같아요."

그도 두 사람을 쳐다보며 웃었다. 서로 같이 웃었다.

"그리고 소설은 불가능한 것을 가능하게 하고 환상을 현실로 만드는 거지요."

"바로 그거예요."

그는 술을 벌컥벌컥 들이켰다. 그리고 흥분된 어조로 만주 땅을 찾는 논리를 세우기 시작했다.

다물多勿 정신을 갖고 다물 외교 정책을 펴며 거시적 안목을 가지고 부단히 통일을 추구해 간다면 가능할 것이다. 다물은 고구려말로 옛땅을 되찾고 되물려받자(麗語謂復古舊土爲多勿)라는 뜻이다. 『삼국사기』 「고구려본기」에 나오는 말이다. 다물정신을 가지고 광개토대왕은 옛 단군의 땅을 되찾아 거기에 거대한 비를 세워놓았던 것이다.

도형은 계속 늘어놓았다. 소설을 쓰기보다는 자기 소설에 도취되어 있는 것 같았다.

"그렇지요. 그런데 그것이 현실적으로 가능할까요?"

목우는 이번에는 그 논리를 가지고 따지었다. 안팎이 다 마음에 안 차는 모양이었다.

"당장에야 가능하지 않지요. 그러나 먼 미래에 가서는 가능할 거라는 얘기지요. 거대한 중국이 조그만 땅 홍콩을 돌려 받는데 몇 년이 걸렸어요? 우리의 광활한 옛땅을 찾는데 몇백 년이 걸리면 어떤가요?"

"그래요?"

목우는 그의 말을 시인하기 시작하였다. 그러나 마구 퍼부어지는 도형의 술 공세를 피하여 스탠드의 마담에게로 자리를 옮겨갔다.

희연과 대작을 해야 했다.

"집안集安은 언제 가시지요?"

그녀는 화제를 바꾸었다. 광개토왕비에 대한 고고학 세미나 일정이 가까웠던 것이다.

"대략 몸을 빼었는데 아무래도 한선생 문제가 걸려요."

"왜 또 그러세요? 제가 어린애인가요? 자꾸 그러시면 정말 화낼 거예요."

"한선생 마음은 알아요. 그런데 내 마음은 그렇지 않아요."

"잘 알아요. 그것으로 됐어요. 염려 말고 다녀오세요."

사실, 이날 그것 때문에 그녀를 나오라고 한 것이었다. 다른 얘기만 하고 있었던 것이다. 그런데 그 얘기는 꺼내지도 못하게 했다.

"선생님 안 떠나시면 저 논문 안 내겠어요."

표정도 하나 안 바꾸고 말하였다. 그렇게까지 나오는 데야 더 할 말이 없었다.

희연은 잘 다녀오라고 하며 다시 술을 따르고 말하였다.

"저의 학위는 로비를 하고 안 하고에 좌우되는 것이 아니고 우리 상고시대의 실사를 인정하느냐 안 하느냐에 달려 있는 거예요."

"그런가?"

환상 열차 · 505

"사실 저는 그런 이유라면 얼마든지 비토가 되고 싶어요. 그 자체에 의미가 있지 않겠어요?"

"뭐 꼭 그렇게 운동권 논리로 생각할 거야 없고, 여러 가지로 노력을 해야지. 우선 인간적인 면이 합격이 돼야 돼. 좌우간 논문은 그런대로 괜찮아요."

그는 가지고 온 그녀의 논문 보따리를 그제서야 건네어주며 말하였다.

"정말 괜찮아요? 선생님!"

희연은 눈을 크게 뜨며 소리를 질렀다.

"내 논문을 포함해서 너무 난도질을 하였는데… 틀린 얘기는 아니예요. 그러나 남을 비판할 때는 예의를 갖추고 인신공격은 삼가야지."

"알았어요. 죄송해요. 바로 고칠게요."

"제목을 모나지 않게 몇 가지를 생각해 봤는데 메모힌 것을 참고하고 『삼국유사』의 '한 마리의 곰과 한 마리의 범이 같은 굴에 살았다(一熊一虎同穴而居)'에서 곰과 범을 검은 머리의 웅족熊族 노랑 머리의 호족虎族 등 인종분류어라고 하였고 '사람으로 둔갑되기를 빌었다(願化爲人)'를 소도(솟대) 교육에서 참사람이 되기 위해 스스로 수련한다는 뜻이라고 하였는데, 이에 대한 김영돈金昤燉 선생의 『홍익인간과 한단고기』이외의 논거를 찾아봐요. 그리고 전거典據들이 너무 민족사학 일색으로 치우쳐 있어요. 오히려 반대의견을 내세워 한계를 인식하도록 하고 몇 군데 지적을 해 놨으니까 잘 보완해봐요."

여러 군데 연필로 메모를 한 희연의 논문을 돌려주며 말하였다.

"잘 알겠습니다. 선생님! 고맙습니다."

목우는 먼저 간 모양이었다.

포장집에 가서는 다시 그들의 소설로 돌아갔다. 이제 비밀은 없었다. 서로의 기억과 느낌을 다 동원하여 연희를 추적하는 일에 진력하는 일만 남았다.

"아셨지요? 꼭이에요."

그렇게 강하게 로비를 거부하던 희연은 비틀거리며 말하였다.

"저 같이 가면 안 돼요?"

"무슨 소리야?"

"집안에 말이에요?"

"정신이 있는 건가?"

"모르겠어요."

그도 같이 비틀거리면서 그녀를 오피스텔까지 데려다 주어야 했다. 그 며칠 후 최소장과 함께 출국을 하였다.

그동안 희연과 한 두 번 더 만났고 그녀 몰래 ㄱ대학의 오영식 교수를 불러내어 다시 술을 샀다. 그녀의 말이 걸려 부탁은 하지 않았다. 그저 제자를 떠넘겨 미안하다고 하였다. 그것은 진심이었다. 그가 아끼고 사랑하는 제자를 결국 졸업시키지 못하고 다른 대학으로 가게 만들고, 그녀 자신의 힘으로 해결을 해 가는 그 마지막 순간에 지도를 제대로 해주지 못하고 옆에 같이 있어주지 못하는 것이 가슴 아팠다.

정말 몇 번이나 망설였다. 그녀를 위하여 세미나를 포기하려고 하였다. 단순히 세미나뿐이 아니고 그의 대학 개교 70주년 기념 학술세미나에 북의 학자 초청 임무를 띠고 있고 것이 한 대학의 문제만이 아니고 민족의 문제라 한들 그녀의 일과 바꿀 수가 있는가. 그만큼 그의 마음 속에 그녀의 비중이 크게 차지하고 있었다. 그의 딸보다 아들보다 컸다. 아내보다도 컸다. 아니 우주보다도 크다면 컸다. 어떤 이유로든 삐끗하여 잘 안 되면 그의 책임이 되는 것 같았다. 그런데 그녀는 또 참으로 야무졌다. 논문도 마음에 들었지만 너무도 분명하고 반듯한 자세를 가지고 있었다. 그가 염려하여 가지 않고 있을려고 하자 그러면 정말 논문을 안 내겠다고 돌아서는 것이었다. 술김이 아니었던 것이다.

논문 심사까지는 아직 시간이 있었고 그에게 심사를 맡긴다면 그 때까지야 무슨 수를 써서라도 돌아올 것이지만 그 이전까지의 과정이 아무래도 불안하였다. 그것을 대비해서 오교수에게 곧 돌아오겠다고 그리고 자주 연락을 하겠다고 하였다. 그리고 떠난 것이다.

최소장은 배로 가자고 하였다. 시간에 관계 없으면 2, 3일 먼저 떠나자고 하였다. 여비도 좀 줄이고 가는 길에 들러갈 곳이 있다고 하였다.

"구름 속으로 가는 것보다 땅으로 가는 것이 좋지 않아요?"

그런 이야기였다. 비행기를 타고 하늘을 날아 구름 위를 날아가는 것보다 배를 타고 기차를 타고 우리의 옛땅을 밟으면서 가는 것이 의미가 있지 않느냐 하는 것이었다.

"좋지요. 그런데 우리의 땅으로 가는 길이 있단 말인가요?"

그것이 믿어지지 않았던 것이다.

"가 보시면 압니다."

"그래요?"

인천항에서 오후 4시에 위해威海로 떠나는 배를 타고 중국으로 향하였다. 국제여객선답게 배가 대단히 거창하고 절차도 복잡하였다. 출입국의 수속을 여러 날 한 그와는 달리 선상에서 비자 발급을 하는 사람들도 많았다. 그 때문에 출항이 한참 지연되었다.

여러 섬들을 지나서 무한대의 황해바다가 전개되었다. 저녁노을이 바다를 뒤덮었다. 바다 위에는 제각끔 자기 나라 국기를 단 외국 선박들이 많이 눈에 띄었다. 군함도 있고 상선도 있고 정박을 해 있기도 하고 어디론가 움직이고 있기도 하였다.

갑판 위로 올라갔다. 갈매기가 환송을 하듯 소리를 질러대며 따라왔다. 낙조에 뒤덮인 바다를 바라보며 최소장이 말하였다.

"이 길이 장보고가 다니던 길입니다."

"그렇군요."

"우리나라는 해상왕국이었지요."

"예."

"이쪽으로 오길 잘 하였지요?"

"예, 그래요."

그는 대답만 하였다. 실감이 안 나서가 아니었다. 너무도 잘 알고 당연한 이야기를 그 자신이 아니고 다른 사람 그리고 바깥에 있는 사람이 하고 있는 것이었다. 계면쩍기도 하고 부끄럽기도 하였다. 그리고 얼마 후 해가 질 무렵 북한 앞 바다를 지나면서는 아무래도 그냥 있을 수가 없어서 술을 사들고 갑판으로 올라갔다.

"정말 잘 생각하셨습니다."

그는 깡통 맥주를 따서 최소장에게 주고 그도 하나 따 가지고 서로 부딪었다. 잔 부딪는 소리는 안 나는 대로 참으로 설레는 대작이었다. 해가 넘어가면서 완전히 빨갛게 북녘 땅을 물들여놓는다.

두 사람은 아무 말은 않았지만 그 붉은 노을의 의미를 가슴에 가득 담아 마시었다.

"언제나 판문점을 통하여 다닐 수가 있을지요?"

"언젠가 그렇게 되지 않겠습니까?"

그가 묻자 최소장이 눈을 지긋이 감고 말하는 것이었다. 그 말을 믿어도 좋고 안 믿어도 좋았다.

해가 완전히 떨어지고 어둠이 묻어올 때까지 멀리 있는 북쪽 땅을 바라보며 서 있었다. 마치 그들이 서 있음으로 해서 남북의 문제가 해결되기라도 하는 듯이.

아침 공기를 가르며 위해항에 배가 닿았다.

위해 부두에 내리자 한국 사람들이 많았다. 조선족이라고 했다. 남의 나라 땅 같지가 않았다. 여관을 가겠느냐 딸라를 바꾸겠느냐 따라오며 붙임성 있게 접근을 하였다.

택시를 잡았다. 운전기사도 조선족이었다.

"석도진으로 갑시다."

차가 바닷가를 달리기 시작했다.

"장보고의 유적지를 좀 보셔야지요."

최소장은 그의 의사를 묻지도 않고 방향을 정한 것이다. 떠날 때부터 그런 계획이었던 것 같다.

"아, 예."

서울에서 인천 정도의 거리가 될까, 바닷가를 벗어나 달리다가 다시 바다가 보이는 길을 달리어 산동성山東省 영성시榮成市 석도진石島鎭에 도착하였다. 진이란 우리의 읍에 해당하는 행정구역 단위였다.

읍내를 조금 걷다가 길 가에 세워진 돌 표지판을 찾아내었다. 장가촌張家村이었다. 옛 신라방新羅坊 자리에 마을 사람들이 세운 것이다.

"야!"

그는 감탄의 소리를 질렀다. 그러나 그 돌 표지판만 가지고는 그리고 장씨 성만 가지고는 아직 장보고의 유적임을 확인할 수는 없었다. 그러나 곧 확실한 장보고의 유적을 볼 수 있는 곳으로 갔다.

거기서 얼마 떨어지지 않은 차서촌車西村 골짜기에 위치한 적산법화원赤山法華院 터였다. 바다가 한 눈에 들어오는 산 중턱이었다. 마을길을 따라 들어간 곳에 절이 그대로 남아 있었다. 조그만 절이지만 거기서 금방 장보고의 자취를 느낄 수가 있었다.

장보고의 초상화가 걸려 있고 큰 돌에 장보고의 행적을 기록해 놓고 있었다.

이 적산촌은 한반도와 가장 가까운 거리에 위치하고 있었다. 여기에는 구당신라소句當新羅所라는 자치기관이 있었고 그 책임자를 대사로 호칭하였다. 기록에 나타난 이 근방의 신라인 촌락만 해도 10여 곳이 넘었다. 장보고가 청해진 대사를 맡은 후 그의 각 방면의 세력이 증강되고 당나라에 거점을 설치할 수요가 있게 되어 적산법화원을 세운 것이었다.

그런 기록과 설명과는 달리 절 입구에는 일본 학계 언론계 대표들이 여기가 일승日僧 엔닌圓仁의 옛 절터라는 비석 등 16개의 석비를 세워 놓은 것을 볼 수 있었다. 이 절을 세운 장보고에 대한 이야기는 한 마디도 없이 말이다.

"아직도 이렇게 침략을 하고 있습니다."

최소장이 비석들을 가리키며 말하였다.

"네에."

그는 고개를 끄덕거리며 비석들을 훑어보았다. 얘기를 들어 알고 있는 일이긴 하지만 그 역사 왜곡의 현장에서 그것을 확인하게 된 것이었다.

참 기가 막히었다. 한국과 중국 일본 세 나라의 기록이 엄연히 존재하고 있는데 이전량하원인정사적梨畑凉下圓仁精舍跡이라는 비를 세워 엔닌의 옛 절터라는 표적을 해놓고 있는 것이다. 그것도 요란하게 돌비석 행렬을 만들어놓은 것이었다. 엔닌이 쓴 「입당구법순례행기入唐求法 巡禮行記」에 보면 적산에 장보고가 세운 법화원이 있다고 하였는데 어멀쩡하게 주객을 뒤바꾸어 놓고 있다.

한국의 학자들이 이를 항의하여 경내에 세운 것을 밖으로 밀어내었고 한글과 한문으로 장보고 대사 적산법화원기張保皐大使赤山法華院記의 비문을 세워 사실을 밝혀 놓았다.

이곳 영성시 석도진의 적산 법화원은 원래 장보고(?~846년)대사가 건립하였다. 장대사는 신라 완도 사람으로 일찍이 당에 건너가 무령군 소장을 역임했다. 귀국해서 완도에 청해진을 창설하고 신라 당나라 일본 간의 국제 해운무역을 경영하여 해상왕의 명성을 떨쳤다. 장대사는 그의 본원 사찰로서 석도의 적산 완도의 상왕봉 법화원을 창건하였다. 엔닌은 이 절의 손님으로 오래 머물며 갖가지 편의를 대접받았고 귀국할 때도 장대사의 도움을 받았다. 「입당구법…」에 씌어 있다.

한국의 장보고대사 해양경영사 연구회(회장 손보기)와 중앙대 동북아연구소(소장 김성훈)가 4323(1990)년에 세운 비석이다. 기념비 후면에는 기념 장보고 대사비기紀念張保皐大使碑記를 중국말로 번역, 사실을 밝혀놓은 것이다.

더 설명이 필요 없었다. 한동안 한반도 쪽으로 무한대로 연하여 있는 바다를 바라보다가 도형이 말하였다.
"배로 오길 잘 했습니다."
최소장의 땅으로 가자고 제의한 데 대한 인사였다.
"그러실 줄 알았습니다."
최소장은 다시 그를 데리고 얼마 떨어지지 않은 장가부張家埠를 들러 연태煙台로 갔다. 거기 높은 지형에 위치한 등대 같은 봉래각蓬萊閣에서 두 사람은 한동안 황해 연안을 내려다 보았다. 옛 등주登州 땅, 신라방新羅坊 신라인촌이다.
밤에 떠나는 배로 대련大連으로 와서 내리는 대로 연결되는 기차를 탔다. 차가 시내를 벗어나 벌판을 달리자 최소장이 말하였다.
"여기가 어디인지 아십니까?"
"지금 심양瀋陽으로 가는 길 아닙니까?"
"여기가요오, 옛날 우리 땅이 아닙니까?"
만주 땅에 대한 얘기를 하려는 것이다.
최소장은 그에게 강의를 하기로 작정을 한 것 같았다. 너무나도 생각의 방향이 같은 것이었다. 고대사를 전공하는 사람으로서 한반도에서 가장 가까운 산동성의 장보고 유적에 대한 답사가 한 번도 없었던 것이다. 부끄러운 일이었다.
거기뿐이 아니고 이 길도 마찬가지였다. 북경이다 상해다 백두산이다 비행기를 타고 몇 번씩 날아다녔고 회의다 답사다 여러번 왕래를 하였는데 이렇게 기차를 타고 가기는 처음이었다. 땅을 밟지 않고 하늘로 날아다닌 것이었다. 그런데 그 땅이 누구의 땅이냐는 것이었다. 우리의 땅이 아니냐는 것이었다.
"고맙습니다. 이 길로 안내를 해 주셔서."
도형은 우리 땅, 옛땅, 이 가슴 설레는 길로 안내를 한 최소장에게 감사하였다. 어제 하던 얘기가 생각 났다. 다시 허리를 굽혀 인사를 하였다.

"다행입니다. 오히려 제가 감사를 드려야지요. 홍성 김좌진 장군의 생가와 묘소에 같이 갔던 것도 그렇고 여러 가지로 고마웠습니다. 이번에 들어가서도 여러 분들을 만났습니다만 선생님처럼 따뜻한 분은 드물었습니다."

"제 손이 원래 따뜻합니다."

그는 최소장의 손을 악수를 하듯이 잡아 보였다. 누구에게나 그의 손은 따뜻하다는 얘기를 들었다.

"손이 문제가 아니고 마음이 문제지요."

최소장은 연방 비좁은 통로 사이를 비집고 음료와 식품을 싣고 왔다 갔다 하는 차내 매점에서 맥주와 마른 안주를 사는 것이었다.

"한 잔 하셔야지요?"

그것이 또한 대접인 듯이 묻는 것이었다. 배표를 사는 것도 그랬고 가차표를 사는 것도 도형이 다 부담한 데 대한 인사이기도 하였지만 최소장은 그의 의중을 너무나 잘 알고 있었다.

"아침도 아직 안 하셨잖아요?"

어제 밤 연태에서 배를 타기 전에 부둣가 만두 집에서 요기를 하고는 아침에 내리는 대로 차를 탔던 것이다. 표를 사기 위해 장사진을 치고 기다려야 했기 때문이다.

"해장부터 하셔야지요."

어제 배에서 술을 좀 하였던 것이다.

"그렇군요."

"여기가 우리 땅인 것을 인정하십니까?"

최소장은 그에게 다시 묻는 것이었다.

"예?"

그가 이번에는 한 박자 늦추었다. 자꾸만 착각이 일었다.

최소장이 따른 잔을 부딪는다.

"우선 이렇게 창 가에 앉아가게 된 것을 자축합시다."
"네. 그렇군요."
잘 못하면 이번 차를 못 탈 번 하였다. 줄이 반도 줄지 않았는데 표 파는 문이 닫히었다. 밤 새도록 자 누어가며 기다려도 표를 살지 말지였다. 결국 암표를 사야 했던 것이다.
"돈 아끼려다 더 들었습니다."
"그건 또 무슨 말이지요?"
"외국 관광객에게는 요금을 배로 받잖아요?"
그 표를 사는 것이 암표를 사는 것보다 나을 뻔하였다는 것이다.
"그 돈으로 가면서 맥주나 실컷 마시려고 했었는데……"
"맥주는 제가 얼마든지 사겠습니다. 염려 마시고 드세요."
"이박사는 무슨 억만장자나 됩니까?"
"그럼요. 철밥통이 있잖아요."
"참으로 부럽습니다."
여전히 그는 농담을 하고 최소장은 진담을 하고 있는 것 같았다. 그가 그렇게 여유가 있고 부자는 아니었지만 요리를 사는 것도 아니고 찻간에서 사는 맥주쯤이야 얼마든지 살 수 있을 것 같았다. 그러나 교통비를 그가 부담한 것은 조금 달랐다. 그가 동무해서 같이 가자고 하였고 중대한 소임을 맡기고 있는데 대한 성의 표시였던 것이다. 물론 그의 사비였다. 이번 회의 참가비도 그가 부담하려고 생각하였다.
"그건 그렇고……"
다시 하던 얘기로 돌아왔다.
"여기가 요동 땅이 아닙니까?"
"그렇지요. 어젯밤 산동반도에서 요동반도로 건너와서 요동땅을 달리고 있습니다. 동쪽은 황해이고 서쪽은 요동만 남쪽은 발해 해협, 여기가 어딥니까?"
또 다시 시간여행을 하고 있는 것 같았다. 옛땅을 달리고 있는 것이었다. 발해의 시대 광개토대왕 시대 그리고 고조선 시대의 강역을 달리고 있는 것이었다.

"고조선과 중국의 국경은 지금의 북경 근방의 난하灤河와 갈석산碣石山 지역이었었습니다. 우리 옛 영토가 서쪽은 난하, 북쪽은 어르구나하額爾古納河, 동쪽은 흑룡강黑龍江에 이르렀으며, 좌우간 지금의 요서遼西 요동遼東을 포함한 만주와 한반도 전 지역을 차지하고 있었던 것이지요. 하북성 동북부로부터 내몽고자치구 동부, 요녕성 전부, 길림성 전부, 흑룡강성 전부예요. 지도를 한 번 그려보세요. 참 대단하였지요."

그런 옛땅을 지금 달리고 있는 것이었다.

"그래요"

그는 그 고조선의 지도를 그리고 있었다. 그리고 또 하나의 희미하게 떠오르는 퇴색된 고조선의 지도, 그 강역으로 연결되었다. 초등학교 교실 칠판에 걸린 지도였다. 석선생이 손때 묻은 막대기로 경계선을 그어나가며 설명하고 있었다. 그동안 뭘 하고 이제야 그 지도를 그려보고 있는 것이었다. 도형은 석선생으로 착각을 일으키고 있는 최소장을 물끄러미 바라보았다.

"허황된 생각이라 할지 모르지만 우리 역사에 관심이 있는 사람이라면 생각되는 것 아닙니까? 아쉽고 절통할 일인 대로 고조선의 강역 지도가 그렇게 그려지고 있지 않습니까?"

그의 시선이 이상했던지, 최소장은 그렇게 한 발 뒤를 두는 것이었다. 같은 분야의 관심과 전문성에 대하여 허를 보이지 않기 위해서였는지도 모른다.

"그러지요"

그는 고개를 끄덕이며 대답하였다.

환상 열차 · 515

잃어버린 땅

8시에 떠난 차가 한 시간쯤 달렸을까. 삼십리보三十里堡라는 정거장을 통과하였다. 맥주를 한 잔씩 더 따루어 마시었다. 최소장은 이야기를 계속하였다.
"신라가 삼국통일을 했지요?"
"그랬지요. 김춘추, 그러니까 태종무열왕과 김유신장군, 왕의 아들이며 장군의 매부인 문무왕이 통일을 했지요."
"그래서 문무왕은 우리나라 역사상 참으로 위대한 왕이지요. 그러나 그것은 통일이 아니라 분단이 아닙니까? 우리 땅을 반쪽으로 만들어 놓은 것이 무슨 통일입니까?"
이랬다 저랬다 하는 최소장을 그가 아무 말 없이 바라보았다. 그는 그 말의 뜻을 알고 있었다. 알고 있었을 뿐 아니라 공감하고 있었다. 얼마 전, 잘 알아듣지 못하는 조카에게도 얘기하였지만.
"당나라에 우리 북쪽의 광활한 저 땅들을 다 갖다 버린 것이지요."
최소장은 밖으로 펼쳐지는 들판을 가리키며 말하였다. 옥수수와 수수가 잔뜩 심어져 무성하게 자라고 있었다. 그 들판 가운데로 보이는 모양과 크기가 일정한 집들이 사회주의 공산주의 나라임을 얘기해 주었다. 그 집들이 그런 것처럼 넓은 들도 공유共有였다. 한 두 역을 또 통과하였다. 전가田家라는 역이 지나갔다.
"수수술로 합시다."

그가 그 대답인 것처럼 말하였다. 고량주高粱酒로 하자는 것이었다.

"낮인데 괜찮으시겠어요?"

최소장이 그를 생각해서 하는 말이었다.

"뭐 가는 일밖에 더 있습니까?"

"그렇지요. 가는 거야 뭐 차만 타면 되는 것 아닙니까? 제가 경좌硬座 암표라도 사서 태워드릴 테니까 염려 마세요."

"경좌라면?"

"하하하하……이게 경좌아닙니까. 딱딱한 자리라는 것이지요."

"아, 네에."

그는 그들이 앉은 자리와 입석으로 서 있는 많은 사람들을 번갈아 보았다. 그리고 그 틈을 비집고 지나가는 차내 매점에서 신선 그림이 그려진 고량주 한 병과 곽밥(도시락)을 샀다. 곽밥은 야채로 된 반찬을 밥 한쪽에 같이 담은 것이어서 안주를 겸할 수 있었다. 그가 독한 술을 하자는 것은 최소장의 얘기에 공감을 표시하는 것이고 그 이야기를 더 하자는 것이었다. 최소장도 그렇게 알고 술을 받으면서 이야기를 계속하였다.

"고구려의 멸망으로 만주벌을 한족에게 내주게 된 것이지요. 우리는 그 잃은 땅은 생각 않고 신라가 통일한 것만 치켜세우고 있었던 것 아닙니까?"

"그렇지요."

"그동안 우리는 친신라親新羅 반고구려적反高句麗的인 역사연구를 해온 것입니다. 한족의 침략에 의해 잃은 땅에 대한 의식은 희미해지고 커진 신라의 정치세력에 따라 신라중심사관을 갖게 된 것이 사실 아닙니까? 그렇게 천 년이 지나고 1,300년이 지났습니다. 근세에 와서는 요동 땅은 청일전쟁의 싸움터로 일본군이 점령하였고 러시아 독일 불란서의 간섭으로 중국에 되돌려진 후 러시아의 조차지租借地가 되고 다시 러일전쟁의 전쟁터로 되어 결국 일본군이 점령하고 남만주철도

권과 여순旅順 대련 지방 조차권을 일본이 차지하였다가 2차대전 후 중국에 회수되었지요. 수난의 땅이었습니다."

"좀 드시면서 말씀하시지요."

도시락을 열어놓고 이야기만 하고 있는 최소장에게 그가 말하였다.

"자, 한 잔 하시지요."

최소장은 그제서야 잔을 비워서 그에게 따랐다. 독한 술이라 종이컵에 쬐끔 따랐다. 그리고 다시 말하였다.

"우리 민족의 발상지요 역사의 출발지인 이곳은 고구려 멸망 이후 계속 외적들에 의해 점령당하여왔습니다. 만주滿洲라는 이름도 참 우습게 지어졌습니다. 청나라 태종 혼태지[皇太極]가 여진女眞 또는 건주建州라는 명칭을 쓰는 것이 부끄럽다고 못 쓰게 하면서 만주라는 이름을 쓰게 된 것이라는데 우리민족사와는 아무 상관이 없는 이름이지요."

"만주에 대하여 집착이 강하시군요. 그런데 어떻게 생각하세요? 그 땅을 이제 와서 도로 찾을 수 있다고 생각하십니까?"

그가 물었다. 몰라서가 아니었다. 늘 그가 하던 말의 논리를 최소장을 통하여 세우게 하고 싶었던 것이다. 아니 그것을 그 현장에서 확인하고 싶었던 것이다.

"어떻게 생각하세요?"

그러나 최소장은 또 그에게 되묻는 것이었다. 자신이 없어서인가. 어쩌면 최소장도 그를 통하여 확인하고 싶었는지 모른다.

"얼마 전에 『만주는 우리 땅이다』를 쓴 안천安天 교수(서울교대)와 만나서 얘기를 하면서 우리의 잠재적 영토관, 거시적 통일론에 대하여 의견을 나누었어요."

"그러셨어요? 저도 그 책을 읽어봤습니다."

"안교수는 우선 만주의 이름부터 새로 만들어놓아야 한다는 것이었습니다. 만주라는 이름은 그들의 정신적 민족적 위신을 세우기 위한 것이고 만주라는 땅 이름, 부족 이름, 나라 이름은 다 여진족에 관련된 것이며 우리 민족과는 하등 관계가 없는 것이므로 만주의 옛이름 가운데서 좋은 이름을 찾자는 것이었습니다. 아사달이 좋겠다는 것입니다. 아사달은 해뜨는 아침의 성스러운 땅이라는 뜻입니다."

"좋군요."

"아사달은 우리 민족이 출발했던 성지를 뜻하는 이름이고, 그렇다고 어떤 특정 지역이나 나라 이름도 아니며, 북방 영토 자체를 가리키는 말이기 때문에 아주 순수한 이름이라는 것입니다. 정통 역사에도 확실한 기록이 되어 있고 우리의 개국신화와도 직결되어 있으니 참으로 뿌리가 분명한 이름인 데다가 북방정책을 추진하는 데 따른 국론통일에 있어서도 전혀 거부감이 없으며 구성원 모두가, 남과 북을 말할 것도 없이, 하나로 뭉칠 수 있는 공통의 정치적 신념을 가지고 있는 이상적인 땅 이름이라는 것입니다."

"이름은 그만하면 되었고 이제 찾기만 하면 되겠네요. 하하하하……."

"한반도부터 먼저 통일이 되어야지요."

"그렇긴 한데 참으로 꿈같은 이야깁니다. 너무 나가는 거 아닙니까."

"이스라엘처럼 시온, 예루살렘으로 돌아가자는 성지회복운동聖地恢復運動(Zionism, Zionist Movement)이 일어나야 되겠다는 거지요. 배달 겨레의 잃은 땅 되찾기 운동(Korean Irredentism) 말입니다."

"그게 다물정신 아닙니까? 그것은 고구려가 무너진 순간부터 불길같이 일어나 발해국을 탄생시키고 한족을 몰아내었지요. 고려 때에도 북방회복정책 조선왕조에도 북진정책 북벌이 계속되었지요. 지금 우리는 그것을 한동안 잊고 있습니다. 그래서 우리끼리 싸우고만 있는 것입니다. 큰 착각에 빠져 있는 거지요. 그 원인제공을 일본이 한 것입니다. 일제 식민통치로 정치적 무력화가 초래되었고 나라가 분단되었고 전쟁을 하고 있는 것이지요."

"그렇군요."

고량주를 한 병 더 샀다. 그가 술을 사자 최소장이 또 괜찮겠느냐고 묻는다.

"아 잃었던 나라를 찾는데 낮술 좀 취하면 어떻습니까? 하하하하……"

"하하하하……하긴 그렇지요."

그는 다시 곽밥을 샀다. 아침 도시락이 아니고 점심 도시락이었다.

넓은 옛땅을 몇 시간 더 달리는 동안 마치 기정사실처럼 된 만주 땅 회복에 대하여 열띤 토론을 벌였다. 너무 꿈같은 이야기인 것을 두 사람 다 알고 있었다.

오후 4시가 되어 심양북沈陽北역에 내렸다. 봉천奉天이다. 거기서 통화通化로 해서 집안으로 가면 된다. 그러나 회의 날짜가 여유가 있어 심양의 청나라 고궁과 박물관 북릉北陵등을 둘러보고 만주의 수도였던 장춘長春으로 가서 일제의 잔인무도한 생체실험의 현장을 둘러보았다.

곁길을 갔다가 역사 왜곡의 또 하나의 현장, 광개토왕비가 있는 집안에 왔다. 통구성通溝城에서 회의가 있었다.

거대한 돌비석 앞에 섰다. 비만 있고 땅은 없는, 나라는 없는 서글픈 왕국의 희망, 광개토왕비 앞에 서자 뜨거운 눈물이 쏟아졌다.

높이 6.39미터 너비 2미터의 거대한 광개토대왕비는 언젠가부터 유리벽이 설치되었고 출입문은 굳게 잠겨 있었다. 전에 왔을 때도 느낀 것이지만 참으로 불만스러웠다. 보호를 하고 보존을 하겠다는 중국 당국의 뜻을 탓해봐야 소용 없었다. 너무나 반가운 나머지 끌어안고 눈물을 흘리며 어루만지지도 못하게 하는 것이었다.

광개토대왕비는 길림성 집안현의 현청 소재지인 통구성에서 동북쪽으로 4,5킬로 떨어진 태왕촌太王村 대비가大碑街에 서 있고 거기서 서남쪽으로 300미터 지점에 대왕의 능으로 추정되는 태왕릉太王陵이 있다. 능에 대하여는 장군총설將軍塚說도 있지만 마을과 거리 이름이 광개토대왕릉비로 하여 지어진 것이다.

도형은 광개토대왕릉비를 참배하고 그 마을과 거리를 걸으며 고구려의 두 번째 수도인 국내성國內城의 옛 모습을 떠올려보았다. 국내성은 지금의 통구성으로 보는 것이 통설인데 이곳은 평양으로 수도를 옮긴 뒤에도 여전히 고구려의 정치적 군사적 중심지였다. 고구려 최고 귀족의 분묘로 여겨지는 고분이 이 일대에 집중 분포되어 있는 것은 국내성의 비중을 짐작하게 하고 고구려의 유적 유물들이 그 때의 영화를 말해주고 있었다.

국내성, 통구에서 압록강 건너 만포진滿浦鎭을 바라보았다. 그 강이 국경이 되어버리고 말았다. 보장왕 25(단기2999, 서기666)년 집권자인 연개소문淵蓋蘇文이 죽자 막리지莫離支(군사와 정치를 총리하던 벼슬)가 된 큰아들 남생男生이 동생 남건男建 남산男産과 싸우다가 밀리어 당나라에 투항해 버림으로써 이곳은 고구려의 영역에서 떨어져 나가고 고구려는 2년 뒤에 신라에 패하므로 나라도 부지하지 못하고 땅은 중국에 아주 빼앗기고 만 것이다. 그는 압록강 줄기를 따라 강 건너 산하를 바라보며 걸었다. 그 강을 건너서 바로 오지 못하고 뺑뺑 둘러서 이곳을 온 것이다. 참으로 답답하고 무언가 억울하고 분한 것 같았다. 이제 와서 그것을 누구에게 따져야 할 지 모르겠다.

한국과 북한 그리고 중국 일본 학자들이 모여 광개토왕릉비 연구의 재평가를 주제로 그동안 있어왔던 연구 결과에 대한 종합과 평가를 하는 회의의 앞자리에 가서 앉았다. 여기 회의에 두 번째 참석한 것이다. 지난번에는 주제발표를 했었다. 그 때 참석했던 사람들이 더러 눈에 띄었다. 한국에서도 아는 사람이 여럿 참가하였다.

첫날은 등록을 하고 방을 정하고 개회식을 하는 것이 일정이었다. 개회식이 끝나고는 대부분 대비가로 나와 왕릉비를 둘러보았다. 지난번 그와 같이 주제 발표를 한 북한의 김종수 교수도 나왔다.

"다시 만나게 되어 반갑습니다."

그가 악수를 청하며 인사를 하고 능비를 같이 둘러보았다.

그는 김교수의 일행들과도 인사를 나누었다. 최소장은 그들을 대부분 잘 알고 있었다. 그들과 같이 장군총을 둘러보고 대비가를 거닐다가 다시 광개토왕비의 비각 안으로 가서 비문을 훑어보았다.

옛날 추모왕이 나라를 세울 때 북부여에서 왔다. 천제의 아들이었고 어머니는 하백의 딸이었다. 알을 깨뜨리고 세상에 나왔는데(惟昔始祖鄒牟王之創基也出自北夫餘天帝之子母河伯女郎剖卵降世)……

비문은 그렇게 시작되고 있었다.

고구려의 시조 주몽의 출생부터의 건국신화로 시작되어 광개토대왕으로 연결하고 있었다.

대주류왕大朱留王(大武神王 또는 瑠璃王을 가리킴)이 왕업을 이어받고 17세손 국강상광개토경평안호태왕國罡上廣開土境平安好太王이 왕위에 올라 영락대왕永樂大王이라 일컬었다.

그리고 대왕의 정복활동과 토경순수土境巡狩 기사가 연대순으로 기술되어 있었다.

한참 비문을 훑어보다가 도형 혼자 남아 있는 것을 발견하고 밖으로 나와 일행이 있는 곳으로 갔다. 그는 술자리라도 마련하여 무슨 이야기든 나누고 싶었지만 그것이 잘 되지 않았다.

"뭐 말씀하실 것이 있으면 여기서 하시지요."

김교수가 정중히 말하는 것이었다.

"길거리에서보다 조용히 앉아서 이야기를 하고 싶습니다."

그러자 나이가 제일 많이 든 북한의 학자가 대신 말하는 것이었다.

"토론장에서 얘기하시면 되잖아요?"

그는 앞머리가 반은 벗어진 그 북한 학자의 얼굴을 마주 보았다. 회의에서 할 이야기가 있고 술자리서 할 이야기가 있는 것인데 그것을 모를 리는 없고 거부를 하는 것이었다.

"예에. 그러지요."

그는 그저 그렇게 말하며 김교수를 바라보았다. 김교수는 그의 말을 따라 한다.

"그러시지요."

"하하하하……그렇게 하시지요."

최소장이 웃으면서 말하자 모두들 같이 따라서 웃었다.

이튿날 아침 10시, 100여 명의 학자들이 참석한 가운데 광개토왕비에 대한 학술회의가 시작되었다. 프로그램의 순서대로 유인물을 나눠주고 주제발표를 하였다. 첫 주제는 일본 학자의 「광개토왕릉비 연구의 회고와 전망」이었다. 긴 유인물을 읽어나가는 발표를 마치고 토론으로 이어졌다. 지정 토론자의 질의 토론이 끝나고 사회자가 다른 의견이 없느냐고 물었다. 오전 순서를 끝내려는 순간이었다. 그 때 도형은 일어나서 발언권을 얻었다.

"대단히 외람된 말씀인지 모르지만 이 연구들은 계속 평행선을 가고 있습니다. 이제 서로 자기 나라의 입장만 대변하지 말고 진실에 접근해 가야 할 것입니다."

그렇게 까칠하게 시작을 하였다.

이번 회의는 그동안 연구의 종합평가를 하는 것이 주제인데 기존 연구에 대한 비판이 없이 종래의 주장을 되풀이하고 있었다. 지금까지 근 백여 년간 한국(북한도 포함하여) 중국 일본이 200여 편의 논문을 발표하였는데 그 중에는 앞뒤가 안 맞는 모순된 주장이 많이 있었다. 가장 대표적인 것이 일본이 '왜가 한반도에 침략하여 백제와 신라를 신민으로 삼았다'는 당시 역사적 상황과는 맞지 않는 견해를 주장하여, 그에 대하여 사실에 있어서나 한문漢文의 구조상에 있어서의 모순점을 누누이 지적하여 왔음에도 불구하고 같은 주장을 하고 있고 비문 변조에 대하여는 인정을 하지 않은 채 고대 동아시아 교섭사에 있어서 일본을 주도적으로 보려는 구설舊說을 합리화하고만 있다.

그런 이야기를 하였다. 하나마나한 이야기라고 할 지 모르겠다. 그러나 그로서는 용기를 내어 한 말이었다. 어떻든 일본 학자들의 시선이 곱지 않았고 분위기가 딱딱해졌다.

그런 분위기를 가시기라도 하려는 듯 또 한 사람이 뒤에서 같은 얘기를 하였다. 한국말의 여성이었다.

"저도 일본의 발표자에게 한 말씀 드리겠습니다. 계속 논란이 되고 있는 신묘년 기사 즉 이왜이신묘년내도해파백잔□□신라이위신민(而倭以辛卯年來渡海破百殘□□新羅以爲臣民)은 백제 정벌 및 신라 정토의 명분을 나타내는 전제문이며 고구려의 남진南進정책을 기술한 것으로, 왜倭를 주체로 하는 기사가 아니고 고구려를 주체로 하는 기사임은 분명한 것입니다. 그리고 바로 그 부분의 해海자를 비롯한 일부 문자가 변조되었다는 사실과, 뒤에 등장하는 왜의 위치와 비교를 하면 해석이 될 수 있는 사실을 피하고 있습니다. 지금쯤 그런 구설은 철회가 되어야 할 것입니다."

귀에 익은 목소리였다. 한희연이었다.

그는 목소리를 알고 있으므로 뒤를 돌아보지 않았다. 언제 여기를 왔단 말인가. 그를 지원하기 위해 날아온 것이다. 마치 짜고라도 얘기한 듯 도형의 추상적인 지적에 구체적인 사례를 적용하여 보인 것이었다.

분위기는 더욱 딱딱해지고 질의라고 할까 의견에 대한 답변은 제대로 이루어지지 못하였다. 희연이 부연을 한 것도 그렇고 얘기 방법이 매끄럽지 못하였던지 몰랐다. 따지고 보면 그런 것도 아닌 것 같은데, 냉정을 잃은 것도 아니고 사실을 말하지 않은 것도 아니고, 그런데 아무 반응이 없이 침묵을 하는 것이 답답하였다. 도형은 분위기를 그렇게 만든 데 대한 미안한 생각이 들었다. 그래서 다시 일어났다.

"이제 시대가 바뀌고 있습니다. 세기가 바뀌었습니다. 지난 세기에 우리들이 행한 과오들에 대하여 솔직히 인정할 것은 인정을 하고 사죄할 것은 사죄하고 과감하게 비판할 것은 비판을 함으로써 정리가 될 수 있습니다. 그냥 한 시대가 지나가는 것이 아니고 우리 스스로 한 시대에 대한 문제를 청산하겠다는 의지가 있어야 되고 거기 따르는 진통이 있어야 된다고 생각합니다. 이제 우리는 새로 시작해야 됩니다."

도형은 무표정한 참석자들을 향하여 다시 말하였다. 답답한 심정에서 다시 발언권을 얻어 무언가 중대한 발언을 하려고 하였지만 같은 이야기가 되고 말았다. 중언부언 길게 늘어놓고 싶지는 않았다. 하고 싶은 말만 하였다.

그런데 참으로 이상한 것은 여전히 가타부타 아무도 말이 없이 무반응이었다. 그의 얘기에 대하여 희연의 얘기를 포함해서 수긍을 하고 인정을 하는 것인지, 말이 안 된다는 것인지, 또는 예의를 벗어났다는 것인지, 감을 잡을 수가 없었다. 한국에서 참석한 다른 학자들이나 북한 학자들의 동의 표시라고 할까 그런 것도 없었다.

회의가 끝나고 나와서 여러 사람들이 그에게 좋은 이야기를 하였다고 하고 북한 학자들도 그에게 옳은 이야기라고 칭찬을 해주었다. 그는 그들에게 고맙다고 인사를 하고 일본의 발표자에게 다가가서 어떻든 미안하게 되었다고 예를 갖추었다. 악수를 나누었다. 그리고 희연에게 다가가 고맙다고 역시 악수를 하였다.

"그런데 도대체 어떻게 된 거요?"
"놀라셨지요?"
"그래요. 정말 여기 올 줄은 상상도 못했어요."
"됐어요. 그럼."

그녀는 마치 그것이 목적이기나 한 것처럼 웃으면서 그의 손을 잡고 흔드는 것이었다.

오후에는 북한 학자의 발표가 있었다. '일본의 한국사 왜곡과 고구려의 통일 의지'라는 주제로 4215(1882)년 일본군 중위 사카와(酒勻景信)에 의해 광개토왕릉비의 비문의 일부가 변조된 것을 증명하고 광개토왕릉비에 나타난 정복기사는 정토征土의 명분에서 결과에 이르기까지 고구려인의 국가의식과 대외의식 그리고 통일 의지를 밝힌 것이고 고구려의 정복대상은 백제와 신라 가라 동부여였으며 왜倭와 비려碑麗는 토멸의 대상이었음을 논증하였다.

그에 대한 일본 학자들의 질의를 통한 반박이 있었고 그 과정에서 오전에 있었던 그와 한희연의 발언에 대하여도 비판을 하였다.

밖에서는 남과 북이 한 나라임을 느끼게 하였다. 그날 오후 그가 다시 북한 학자들과 자리를 같이 하자고 요청을 하였을 때 그것이 받아들여졌다. 그 쪽에서는 일행이 다 나오고 이쪽에서는 그와 최소장과 희연이 나갔다. 저녁 식사 후 술을 한 잔 하며 얘기하는 것이었다. 처음에는 화기애애한 대화가 이루어졌다.

"이렇게 저의들의 청을 받아주셔서 감사합니다. 다른 뜻은 전혀 없고 같이 술이나 한잔 하자는 것이었습니다. 건배사를 누가 한 말씀 하시지요."

시킨 요리가 한 두 가지 들어오고 잔에 술이 따뤄지면서 그가 말하였다. 북한의 나이가 제일 많이 든 학자를 바라보면서 하는 말이었다.

그러나 그 학자는 못 알아듣는지 가만히 있고 그와 더러 대화를 한 김종수 교수가 나선다.

"그냥 리선생이 다 하시라요."

"그럴까요? 그럼 최소장님이 한 말씀하시지요?"

"하하하하…… 다시 뵙게 되어 반갑습니다. 우리 모두의 건강을 위해서 잔을 듭시다."

최소장은 호탕하게 웃으며 선뜻 그의 제의를 받아들여 말하는 것이었다. 북한 학자들도 잔을 든 채 건강을 축원한다고 말하였다.

"잔을 부딪쳐야지요."

그가 한 마디 더 하였다.

모두들 서로 바라보고 웃으며 잔을 부딪쳤다. 그 순간을 놓치지 않고 희연이 말하였다.

"조국과 민족을 위하여!"

술을 시작할 때에 그가 의례 하는 말을 희연이 이 자리에 와서 끼워 넣는 것이었다.

북한의 학자들은 너무도 의외의 소리, 아니 너무도 마음에 드는 소리를 여성이 제창하는 바람에 움찔 하는 것이었다. 어떤 사람은 안면 신경을 파르르 떨기까지 하는 것이었다.

그렇게 술이 시작되고 서로 권커니 자커니 잔을 주고받았다. 정말 아무 다른 얘기는 않았다. 그런데 김교수가 어떤 책임감을 느끼는지 말을 꺼내었다. 일제의 단군 말살 정책에 대하여 비판하는 것이었다.

"일제는 우리 대종교 교주와 신도들이 구월산의 단군 사당인 삼성사에서 진행한 단군에 대한 제사의식을 강제 해산시키고 삼성사를 폐쇄하였습니다. 그리고 단군신화론을 조작 유포하여 단군을 신화적 인물, 허황된 존재로 만들어 놓지 않았습니까?"

김교수는 낮에 있었던 일제의 역사 왜곡에 대하여 연결을 하고 있는 것이었다.

도형은 거기에 대해서 동의를 하면서 한 마디 하였다.

"좀 엉뚱한 얘기인지 모르겠습니다만, 침략 영토의 국제법상의 소유문제에 대하여 물어보겠습니다. 어떤 나라의 고유한 영토가 침략국가의 무단 강점에 의해 그 영토가 상실될 수가 있는가. 그리고 침략행위에 의한 영토의 취득시효가 존재할 수 있는가. 그에 대하여 어떻게 생각하십니까?"

북한 학자들은 모두들 어리둥절한 표정을 짓는 것이었다. 그러나 그것이 이 만주 땅에 대한 이야기임을 알고 표정을 바꾸는 것이었다.

얼마 후 한 북한의 학자가 응대하는 것이었다.

"말씀의 뜻은 알겠습니다. 무슨 좋은 방안이 있으면 먼저 말씀해 보시라요."

대단히 정중한 어조였다. 머리를 짧게 깎은 50대의 안경을 낀 사회과학원 교수이다. 박일준이라고 이름을 밝히었다.

다른 학자들도 박교수의 얘기에 동감인 듯이 고개를 끄덕거리며 그의 반응을 기다렸다.

"실질성이 있느냐 가능한 일이냐 하는 것에 대하여는 얘기를 더 나눠보고 연구를 더 해봐야 할 것입니다. 저도 무슨 결론을 가지고 있는 것은 아닙니다. 그래서 이런 기회에 북의 얘기도 좀 듣고 싶고 우리 생각도 얘기해 보고 싶었습니다. 그러나 언제까지나 그런 생각만 가지고 있어서 되느냐 하는 것입니다."

그의 얘기에 모두들 귀를 기울이고 있었다. 거기에다 최소장이 또 한 마디 거드는 것이었다.

"좋은 이야기인 것만은 분명한 것 같은데 뭘 좀 드시면서 이야기도 하고 들어보는 것이 좋지 않겠습니까? 금강산도 식후경이라 하지 않았습니까? 하하하하…… 우선 술을 더 드시지요."

최소장의 말에 따라 모두들 웃으면서 술도 들고 요리를 드는 것이었다. 박일준 교수는 최소장에게 술을 권하기도 하였다.

도형은 또 나이가 제일 많이 든 정박사라는 학자에게 술잔을 주고 따루었다. 정박사는 술을 못한다고 하며 인사로 한 방울만 받고 반배를 하는 것이었다.

이야기를 다시 시작하였다. 이야기의 분위기가 이루어진 것을 느낄 수가 있었던 것이다.

"제 이야기부터 먼저 한다면 만주는 역사상 3천 년 이상 우리의 강역이었습니다. 고조선과 부여 고구려로 이어오면서 우리 겨레가 살아온 우리 땅이라는 것은 아무도 부인할 수 없을 것입니다. 3001(668)년 당나라에 점령을 당한후 거란[契丹] 여진女眞 몽고 일본의 강제 침략에 의해 지배자가 바뀌는 상태에 놓여 있다가 1281년이 지난 4282(1949)년에 중국에 귀속되게 되었는데, 그렇다면 이게 결국 누구의 땅이냐 이겁니다. 한족이 침략하여 고구려를 차지하고 있었던 기간은 30년도 채 안 된다고 했을 때 연고권은 3000년과 30년으로 따져지는 것이 아니겠습니까?"

"그것은 다 알고 있는 사실이지요."

그의 얘기에 대하여 박일준 교수가 또 응대를 하였다. 그러나 그것을 어떻게 하자는 것이냐고 묻는 것이었다.

"만주는 북한과 남한처럼 분단되어 있을 뿐이라는 거지요."

이번에는 희연이 말하였다. 의외의 발언이었다. 내용도 가시가 있었다.

모두들 홍일점 한희연을 바라보았다.

도형은 펴던 논리를 한참 더 늘어놓았다.

잃어버린 우리 땅을 찾기 위해서 공동의 노력을 하자, 그러기 위해서는 남북이 빨리 통일을 해야 되겠다, 통일이 금방 되지 않는다 하더라도 서로의 힘을 기르고 국력을 키워나가야 되겠다, 학문적으로 과학적으로 정치 외교적으로 깊은 연구가 축적되어야 하겠다, 무엇보다도 7천만 민족이 인식을 같이 하고 보조를 같이 하고 목소리를 같이 내야 하겠다, 그런 얘기였다.

얘기를 하다보니 의외로 열변이 되었다. 그런데 그의 얘기는 그렇게 거부적인 느낌을 주지는 않은 것 같았다. 고개를 끄덕이는 사람도 있고 그의 얼굴을 빤히 바라보는 사람도 있었다. 그러나 아무도 말은 하지 않았다. 그러는데 최소장이 그의 팔을 살짝 꼬집는다. 너무 얘기를 많이 하지 말라는 신호인 것 같았다. 그러나 그는 분위기가 괜찮은 것 같아서 한 마디 더 하였다.

"남북이 같이 학술회의를 한 번 하면 좋겠어요."

도형이 다시 말하였다. 사실은 그것이 그의 본론이었다.

"왜 북남이 아니고 남북입니까?"

그렇게 따지듯이 묻는 사람이 있었다. 그중 제일 젊게 보이는 학자였다. 좌우간 그런 반응이 있을 뿐이었다.

"아 예. 그거야 아무래도 좋지만 남북이라고 하는 것이 어법에 맞는 것 아닙니까? 동서남북이라고 하지 않아요? 하하하하……"

그는 웃으면서 말하였다. 그러나 그것을 따지는 학자는 웃지도 않고 계속하였다.

"그런 말하고 다르지요. 북조선이 위쪽에 있고 남조선이 아래 쪽에 있는데 어째 북남이지 남북입니까? 까꾸로 된 말이지요."

"예, 좋습니다. 북남으로 하지요. 하하하하…… 북남 역사학자들이 모여 학술회의를 한 번 하십시다."

물론 어떤 호칭이 됐던 그의 마음대로 할 수 있는 것은 아니었다. 누구라 하더라도 그것은 마찬가지였다. 하나의 마음일 뿐이고 얘기일 뿐이었다. 어떻든 그가 일끈 그렇게 이야기하였는데도 냉담한 반응을 보일 뿐이었다.

북에서 먼저 하자고 한다. 들어오라고 한다.

아무 소용은 없는 얘기였다. 내려올 수도 없고 올라갈 수도 없다. 예상된 벽이다.

"다른 것은 다 안 되더라도 단군에 대한 것은 한 자리에서 논의할 수가 있지 않겠어요? 거기에 무슨 사회주의고 자본주의고 무슨 이념과 사상이 있을 수 없지 않아요?"

그가 다시 말하였다. 이번에는 정색을 하고 따지듯이 물었다.

"방법이 없는 것은 아닙니다."

정박사의 얘기였다.

"있습니까?"

"서로들 연구 발표한 론문들이 있지 않아요? 그것을 비판하고 론의하면 되지 않아요?"

"그런 얘깁니까?"

그는 잔의 남은 술을 마시었다.

최소장이 다시 신호를 보냈다.

여기서 이렇게 만났을 때 논의를 하면 되지 않느냐고 김종수 교수가 또 말하였다. 그리고 중국에서 이렇게 만나면 되지 않느냐고 하였다.

그건 그랬다. 월여 후에는 북경에서 학술대회가 있었다. 한중일(조중일) 개국신화의 사상에 대한 것으로 그도 참석을 하려는 것이다. 남북한에서는 단군으로 접근하는 주제여서 그의 관심사였던 것이다.

그러나 도형의 생각은 달랐다. 학술회의가 목적이 아니었다. 우선 만나자는 것이다. 서로 자리를 같이 하자는 것이고 자주 오가자는 것이었다. 단군의 깃발을 달아놓고, 할아버지 얘기를 한다고 하고 만나자는 것이다. 한 할아버지의 후손들이 만나는 그 자체에 의미가 있다는 것이다. 첨예한 이해관계가 상반되는 주제가 아니고 서로 전혀 거부감이 없는 주제인 단군에 대한 연구를 가지고 만나자는 것이다. 스포츠를 가지고 만나지 않았는가. 중국과 미국이 탁구로 인하여 해빙이 되었고 우리 남과 북이 체육회담을 하기 위해 만났듯이 단군, 우리 공동의 뿌리를 가지고 만나자는 것이다. 북경이나 집안이 아니고 서울과 평양에서 만나자는 것이다.

그래서 그가 먼저 초청을 할 테니 내려오고 또 그 쪽에서 초청을 해 보라고 하였다. 그 결재를 맡아보라고 하였다. 그리고 내친 걸음에 그의 대학에서 모든 여비와 체재비 그리고 발표자에게는 연구비를 부담하는 조건으로 초청을 하는 구체적인 일정과 계획을 제시하였다. 물론 그의 대학 명의가 아니고 다른 명의로 할 수도 있다고도 하였다.

도형이 진지하게 진심을 털어놓았다. 그러나 역시 공허한 얘기가 되고 말았다. 북의 학자들은 여전히 냉담했다. 솔직한 도형의 얘기에도 문제가 있었는지 모른다. 주로 그가 얘기한 것이었다. 술도 그가 산 것이었다. 그러나 어떻든 술은 취하여도 북의 학자들은 입을 열지 않았다. 그저 잘 해보자고만 하고 헤어졌다. 희연이 사진을 찍겠다고 하자 북의 학자들은 거절을 하였고 노래를 하자고 하며 그녀가 「금강산은 부른다」를 불렀지만 따라하지 않았다.

그날 저녁 늦어서 희연과 두 사람의 시간을 가질 수가 있었다. 하루 종일 서로 얘기도 할 수가 없었다.
"도대체 어떻게 된 거요? 학교는 어떡하고 왔어요?"
그녀에게 대강을 시키고 왔는데 그녀가 이리로 온 것이었다.
"염려 마세요. 바로 갈 거예요."
"바로 갈 걸 뭘 하러 왔어요?"
"그럼 어떡하란 말씀인가요?"
국내서 만날 때와 사뭇 다른 정감이었다.
술을 마시며 최소장과 만주와 고구려에 대한 이야기를 하다가 최소장이 어디로 가고 나타나지 않는다. 두 사람을 위해 자리를 피해 준 것 같다.
"그리고 지금 이렇게 와 있어서는 안 되잖아요?"
"왜요?"
"학위문제도 있고."
"그건 제가 알아서 할 테니 염려 마세요. 제가 뭐 어린애인가요?"
"그렇게 태평하고 있으면 안 되지."
"학위가 인생의 다는 아니지 않아요?"
"그럼 뭐가 인생의 다인가요?"
"여러 소리 말고 문제가 없는지 얘기해 봐요. 정말 어떻게 돼 가고 있어요?"
"가끔 선생님은 참으로 답답한 데가 있어요."
"그래요? 그게 매력은 아니던가요?"
도형은 자신의 딱딱한 표정을 의식하고 억지로 크게 웃으며 말하였다.
"그 반대지요. 호호호호……"
그녀도 웃으며 말하였다.
"그런데 이까지 왔는데 계속 그런 이야기만 하실 거예요?"

이번에는 그녀가 따지듯이 물었다.
"그건 그렇군! 어떻게 할까?"
"그것을 저한데 물으시는가요?"
그녀는 딱하다는 듯이 그를 바라보는 것이었다.
도형의 방이었다. 최소장과 같이 쓰고 있었다. 최소장은 아까부터 안 보였고 옷걸이에 모자만 걸려 있었다. 밤이 늦어 자정이 지난 시간이었다. 지하 나이트 클럽의 음악소리가 쿵쾅쿵쾅 들리었다.
"미안해요."
도형은 희연을 이상한 눈으로 보며 말하였다.
그녀는 눈을 아래로 깔았다.
"나갈까?"
도형은 그녀의 손을 잡으며 말하였다.
나이트클럽에서는 많은 사람들이 번쩍거리는 불빛 아래 춤을 추고 있었다. 두 사람은 그 춤 속으로 합류하였다. 한참 요란한 음악이 연주되다가 환상적인 부르스곡이 흘러나왔다. 희연이 그의 가슴에 안겼다.
"정말 이것이 꿈인지 생신지 모르겠네."
"좋으시다는 말씀인가요?"
"좌우간 여기까지 오다니! 무서운 여자야!"
"겁이 나세요?"
"하하하하…… 그래요."
"호호호호…… 그러신 거 같지 않은데요."
그녀의 감성이 짜릿하게 느껴졌다.
다시 요란한 음악이 나오면서 자리에 앉았다. 술을 마시었다. 찬 맥주가 자꾸 들어갔다.
"밤새도록 춤을 춰요."
한 발 물러서는 그녀가 참으로 귀여웠다.
"그럴까?"

"자, 다시 한 번 부딪쳐요."

그는 술이 가득 따라진 글라스를 쨍 소리가 나게 부딪는다.

"조국과 민족을 위하여!"

이구 동성으로 말하였다.

"옛 고구려의 밤을 위하여!"

그리고 희연은 의미를 보태는 것이었다. 그는 계속 수동적으로 끌려가고 있었다.

"그래. 우리의……"

그가 잔을 번쩍 들면서 희연을 바라보았다. 그녀의 눈이 반짝 빛난다. 그녀가 그 어느 때보다 마음에 들었다. 참으로 아름다웠다. 한 제자라든지 여인으로서보다 겨레의 숨결을 담은 고고한 꽃 이파리를 날리며 향기를 뿜고 있는 것 같았다.

"의미를 붙이면 의미가 탄생을 하지! 한선생이 여기에 같이 있으니 옛 고구려 만주 땅이 온통 우리 것 같애."

"그래요, 선생님! 정말 황홀해요."

"단군의 땅에 온 것 같애."

"그런데 좀 성급하셨어요."

"그래요?"

그는 다시 어투를 바꾸었다. 자제력을 가지고 줄곧 긴장을 하고 있는데 뭐가 그랬단 말인가. 그의 행동이 좀 지나쳤던가.

"그렇게 단번에 해결하려 들지 마세요. 시간을 두고 지속적으로 접근해 가야지요."

그런 얘기였다. 북한 학자들에 대한 얘기였다. 일본 학자들에 대한 것도 포함되었는지 몰랐다. 맞는 얘기였다. 조금 더 멋있게-근사하게, 그것도 적절한 말이 아닌 것 같고 좌우간 좀 더 마음에 드는 방법으로 -효과적으로 대응을 해야 되었던 것이다. 그가 희연의 센스 반만 가져도 될 것 같았다. 아니 둘이 합치면 더욱 좋을 것 같았다. 지나친 욕심이었다.

"그래 맞아요. 고마워요."

그는 고개를 끄덕거리며 희연을 바라보았다.

두 사람은 다시 일어나 춤을 추었다. 그녀의 방으로 가는 대신 계속 춤을 추는 것이었다. 옛 고구려의 밤은 샐 줄을 몰랐다.

다음날은 한국과 중국의 발표가 있었다. 저녁에는 칵텔파티의 리셉션이 있었다. 거기에는 중국과 북한의 고위급 인사도 많이 참석하였다. 그리고 그날로 희연은 떠났다. 그런 일정을 맞추어 온 것이었다.

그는 텅 빈 가슴으로 최소장과 다시 몇 군데 답사를 하였다. 먼저 고구려의 첫 도읍지 오녀산五女山에를 갔다. 고구려 왕조 건국 초기의 정치 경제 문화의 중심지이다. 2296(B.C. 37)년에 부여의 왕자 주몽이 탈주하여 현재의 환인현桓因縣 오녀산에 도읍을 정하고 유리왕 23년까지 40년 동안 이어온 고도이다. 깎아지른 듯한 절벽의 산세를 이용하여 쌓았던 오녀산성은 높이가 6,8미터 윗면의 너비가 3,4미터로 자동차도 다닐 수 있는 규모였다.

현의 이름으로 되어 있는 환인桓仁의 유래에 대하여 얼른 알 도리는 없었다. 환인桓因과는 어떻게 되는지.

최소장은 여러 가지 고증 자료를 짚어 보이며 여기가 고구려의 첫 출발의 터전임을 입증해 보이고 있었다. 그리고 말하였다.

"웅장한 산세지요. 마주 보이는 것이 패왕조霸王朝 산성이고 저쪽 너머로 흐르는 것이 훈강渾江입니다."

"네에."

그는 멀리 동쪽 벌판 너머 강을 바라보며 산 위의 거울 같이 맑은 천지를 굽어보았다. 장방형의 인공 돌둑을 쌓았는데 길이가 14미터 너비가 6미터 깊이는 평균 2미터라고 한다. 그 긴 세월을 내려오며 마르지 않고 원래의 수량을 계속 보전하고 있는 신비로운 하늘못이었다.

"여기서 국내성으로 도읍을 옮겼군요."

"그렇지요. 저기가 집안 아닙니까?"
최소장은 압록강 가의 통구通口 분지의 끝을 가리키며 말하였다.
"졸본卒本은 어딘가요?"
"여기가 바로 졸본입니다."
"『삼국유사』에 구구려를 졸본부여卒本夫餘라 하였고 『삼국사기』에는 졸본을 고구려 건국 도읍지라고 하였지요."
"동가강佟佳江 유역 환인桓仁이라 하지 않았던가요?"
"맞아요. 그래요."
도형은 그가 딸딸 외고 있는 『삼국사기』 「고구려 본기」에서 환인이 연결되는 순간 무릎이라도 탁 치고 싶었다. 그러나 그와 함께 또 하나의 의문이 피어나는 것이었다.
"국내성은 두 번째 도읍지가 되는데……"
"졸본은 집안集安의 옛말입니다. 졸본→줍안→집안이 된 겁니다. 전에는 輯案이라고 쓰지 않았습니까?"
"그건 그런데……"
"예, 맞습니다. 하하하하……"
최소장의 너털 웃음 속에 집안은 이 지역 전체의 광역廣域으로 확대되며 얼버무려지고 있었다.
잡혀질 듯하다가 놓쳐버린 것 같았다. 좌우간 여기는 오녀산성 국내성 옛터이며 집안이었던 것이다.
산성을 내려와 환인현 아하향雅河鄉 미창구촌米倉溝村의 새로 발굴되고 있는 장군묘를 둘러보았다. 거대한 봉토석실의 고구려 묘였다. 고구려 어느 장군의 묘가 분명한데 이미 도굴이 되어 아무 유품은 없고 희미한 벽화와 관을 올려놓았던 돌침대들만 남아 있었다. 석실로 들어가는 복도의 양쪽 석벽에는 임금 왕王자를 빈틈 없이 써놓았다. 권력의 무상함을 느끼게 하였다.
그의 요청으로 예정에 없는 환인현의 여기 저기를 둘러보았다. 거기서 환인 환웅 단군의 자취를 찾아보고자 하는 심사에서였다. 중조中朝 국경인 압록강과 불과 50리 떨어진 환인현 곳곳은 항일독립운동의 요충지였었다.

환인현 마권자馬圈子는 독립운동의 중심지였다. 4255(1922)년 8월 30일, 남만주에 있던 서로군정서 대한독립단 한교회 대한광복단 대한정의부 대한광복군총영 명북독판부 통군부 등 8개 단체의 대표 71명이 여기에 모여 통합회의를 하여 김동삼金東三을 총장으로 하는 통의부統義府를 조직하고 남만주지구의 군정통일의 독립정부 형태의 활동을 시작했다. 지금은 그런 흔적도 없고 조선족은 한 호밖에 살지 않았다. 마권자라는 지명도 향양향向陽鄕으로 바꾸었다. 향양향 정부 소재지가 옛 마권자였다.

대황구大荒溝는 환인현의 남부에 위치해 있는 곳으로 파보산爬寶山 회룡산回龍山과 훈강을 방어진지로 반일 조직과 독립군 동북항일연군의 전초기지 역할을 해왔던 곳이다. 여기도 이름이 바뀌어 화평촌和平村 납문촌拉門村이 되었다.

이붕전자二棚甸子에는 700여 명의 조선족이 살고 있었다. 하지만 4259(1926)년 참의부參義府의 본부가 이리로 옮겨와 활동했던 사실을 아는 사람은 찾아보기 힘들었다.

호로두胡蘆頭는 고산준령이었다. 조선족은 한 사람도 없었다. 이름도 바뀌어 사첨자진 영벽산촌 제9촌민 소조에 속하였다.

횡도천[恒道川]은 신민新民會의 반일운동 기지였으며 항일연합군의 전적지이지만 환인저수지에 다 잠겨버리었다. 지명은 옛날 그대로 간직하고 있었다.

환인현을 돌아다니면서 정작 고조선의 흔적은 찾지를 못하였다. 찾을 수도 없었다. 독립운동의 혼에 씌어서 헤매었던 것이다.

돌아오는 길에 한 조선족의 집 벽장 속에서 「단군의 노래」를 찾아내지 못했다면 참으로 허전할 뻔하였다.

잃어버린 땅 · 537

즐겁도다 상원갑자 10월 3일에
태백산 단목 아래 서기 두르니
거룩하고 신령하신 우리 태황조
천부 3인 잡으시고 강림하셨네
상제의 크신 사명 받으신 한 때
동국에서 방황하는 우리 자손들
널리 건져 살리려고 내리시던 날
천부 3인 잡으시고 강림하셨네

2절로 된 노랫말이었다. 그것을 조선족 노인들과 불러보았다. 마니산 꼭대기서 부르던 노래에 비해 곡조도 엉성한 것이지만 훨씬 단군의 나라에 가까이 온 듯 하였다.
　희연을 바로 보낸 것이 아쉬웠다. 보낸 것이 아니고 혼자 간 것이지만 그녀의 체취가 떠올랐다. 이 광야에서 같이 목놓아 노래를 부르고 싶었다.

막걸리

다시 새로운 코스의 여행을 떠났다. 계획된 답사 여행이었다. 고조선 단군의 나라, 그 강역의 끝끝을 찾아가 보자는 것이었다. 끝없는 여로였다.

이제 노자를 줄이기 위해 기차와 버스를 이용할 뿐 아니라 숙식도 급을 낮추었다. 반점이다 주점이다 하는 호텔은 끊고 아주 값싼 초대소, 여인숙 같은 데서 자고 노숙도 하고 길거리서 호떡이나 옥수수 죽을 사먹었다. 돈이 떨어진 것은 아니었다. 그리고 카드 한 장이면 어디서나 통하였다. 하지만 갈 길이 수만 리였다.

여전히 최소장과 동행이었다. 최소장도 그렇게 한가한 처지는 아니었고 도형이 여행비를 다 대어야 하기 때문에 부담이 되었지만 같이 동행을 하므로 해서 비용을 줄일 수도 있었다. 그러나 꼭 그런 계산에서 출발한 것은 아니고 최소장도 도형과의 답사 또는 여행에 매력과 의미를 가졌던 것이다. 서로 너무나도 추구하는 바가 같고 생각하는 방향이 같았던 것이고 그와의 학문적 대화 민족적 대화를 중단하기가 아쉬웠던 것이다.

"고구려나 만주가 아니라 고조선의 지도를 답사하는 것이 어떻겠습니까?"

"좋지요."

"실크로드가 아니고……"

"단군로드지요."

그렇게 의기투합이 되었던 것이다. 혼자서는 어려운 작업이며 두 사람의 힘을 합해야 되었던 것이다. 늘 술을 달고 다니며 시도 때도 없이, 조국과 민족을 위하여! 하고 건배를 하자고 하는 인간적인 매력, 아니 그 술에 끌렸는지도 몰랐다.

다음 달 북경에서의 학술대회까지 돌아다니려는 계획이었다. 그 동안 국내에 들어갔다 오는 대신 여행을 하자는 것이었다.

만주의 길림吉林 여기 저기 독립운동의 전적지를 더듬어 백두산을 넘고 두만강 흑룡강 건너 시베리아 바이칼호 동북쪽에서 양자강 이북의 호동강북胡東江北의 동서 2만리 길의 답사이다. 허풍이 아니고 가는 데까지 가자는 것이었다.

단군의 나라 강역, 단군의 땅이었다. 안함로安숨老가 지은 『삼성기』 상하편에, 우리 한桓나라 건국과 관련하여 사백력斯白力의 하늘과 흑수黑水 백산白山의 땅을 말하고 있는데 이는 시베리아와 흑룡강 백두산을 가리키고 있는 것이다. 또 한국桓國의 위치에 대하여 파내류산波奈留山 밑 천해天海 동쪽 땅이라고 하고 신인왕검神人王儉이 불함산不咸山의 박달나무 터에 내려오고 한인桓因이 천산天山에 올라 득도장생得道長生하였다고 했는데 파내류산 불함산은 하르빈 남쪽의 완달산完達山, 천해는 바이칼호 혹은 북해, 천산은 천산산맥 동쪽의 기련산祁連山(雪山)이다. 물론 여러 설이 있지만 거기를 가려는 것이다. 잃어버린 땅, 죽은 자의 숨결을 찾아 떠나는 행군이었다. 고행이었다.

떠나기 전에 일이 더 있었다. 북의 학자들과의 대화였다. 그날 저녁 회동 이후 한 번 더 만나 이야기할 기회가 있었다. 둘째날 회의를 마치고 있었던 리셉션에서 몇 사람들과 단군을 주제로 한 공동학술회의 개최에 대하여 의견을 나누었다. 학자들뿐 아니고 그 자리에 참석한 고위 간부들에게도 이야기를 하였다. 일단 다른 이야기는 다 재껴놓고 오로지 단군에 대한 연구를 내용으로 하여 만나자는 것이었다.

대단히 좋은 일이라고 환영하였다. 그러자고 하였다. 그러나 그것은 의견일 뿐 아무런 현실적 결론은 얻지는 못하였다. 술잔을 들고 얼굴이 불콰하여 악수를 나누며 서로의 명찰을 보고 가령 이름이 그는 이 아무개인데 그쪽은 리 아무개이고 또 그 이름 옆에 달려 있는 뺏지를 바라보면서 잘 해보자고 하였을 뿐이었다.

 꼭 그것 때문에 회의에 참석한 것이라고는 할 수 없었지만 그저 벽만 어루만지다 돌아서는 것 같은 느낌이었고 참으로 아쉽고 안타까운 밤이었다.

 "연변에 가면 또 통로가 있습니다. 서서히 다가갑시다."

 옆에서 그의 심정을 읽고 최소장이 귀띔을 해주는 것이었다. 그리고 김종수 교수가 축축한 눈길을 던지며 말하였다.

 "북경에서 또 만납시다."

 "그 때 답을 꼭 가져 오셔야 됩니다."

 그는 김교수와 굳게 악수를 나누며 말하였다.

 "호상간互相間에 노력합시다."

 "상호간相互間에 말이지요?"

 "예? 그건 까꾸로지요."

 "그런가요?"

 "하하하하…… 그렇지요. 호상간 노력을 많이 합시다."

 그도 결국 노력을 하자는 얘기밖에 할 수가 없었다. 가슴에 매달린 뺏지를 바라보고 있는 것이나 어순이 바뀐 말을 쓰는 것이 낯설고 위화감이 들었지만 진정한 마음이 다가서기를 바랄 뿐이었다.

 최소장과 동행을 한 데에는 그런 것을 해소해 보겠다는 의도가 있었다. 그리고 이번 답사여행에는 그런 기대를 더욱 강하게 붙들고 있었다. 원래는 집안 회의까지였지만 보다 끈끈한 관계를 갖기 위해 연장한 것이었다.

 먼저 간 곳은 청산리青山里였다. 지난 번 최소장과 갔던 곳이지만 빠뜨린 데가 많았고 연변사회과학원의 연구원인 강용권 선생도 함께 갈 수 있었다. 강선생은 독립운동의 발자취를 자전거로 몇 년 동안 답사하여 그 생생한 기록과 증언 『죽은 자의 숨결 산 자의 발길』을 서울에서 출간하여 알고 있었다.

청산리 대첩이라고 하는 독립군이 통쾌하게 일본군을 섬멸했던 격전지는 중국 길림성 화룡현 화룡진和龍鎭 부흥향復興鄕 소재지에서 서남향으로 12킬로 거리의 산간마을 백운평白雲坪 계곡에 직소直沼라 불리는 지점이다. 여기가 우리 독립운동사에서 가장 빛나는 승전의 전장이다.

"직소란 잉어령[英額嶺]에서 발원한 해란강이 커다란 암석 사이로 흘러내리다 곧게 떨어져 깊은 소沼가 이루어졌다는 데서 연원하는 것입니다. 청산리 전투란 백운평 전투를 말하는 것이고 백운평 전투란 이 직소 근처에서 벌어진 매복전을 이르는 것이지요."

강선생이 고증한 것을 바탕으로 설명하였다.

그 때, 4253(1920)년 당시는 현재의 화룡진을 중국인들은 충신장忠信莊이라고 불렀고 조선인들은 삼도구三道溝라 불렀다. 거기서 해란강 상류를 거슬러 직소까지 여러 마을들이 산재해 있었는데 지금은 그 때의 흔적을 찾을 길이 없고 기록으로나 들추어 볼 수 있다. 마을과 마을의 거리와 분포를 보면, 삼도구에서 부흥촌은 4킬로 20여호, 거기서 송화평은 2킬로 30여호, 녹수평은 1킬로 40여호, 송월은 2킬로 20여호, 라월은 3킬로 20여호, 십리평은 4킬로 7호, 청산리는 3킬로 30여호, 증봉리는 4킬로 10호, 백운평은 3킬로 23호, 직소는 2킬로, 사람은 살지 않았다. 송화평에는 소학교가 있었고 청산리는 평양촌이라고도 하였다. 삼도구에서 직소까지의 거리는 28킬로가 되고 그 골짜기에 170여호가 살고 있었다. 청산리전투 또는 백운평전투로 불리는 이 계곡의 전투에서 참패를 당한 일본군은 그 분풀이로 방화 학살 강음 등 천인공노할 아비규환의 '경신년 대참살'을 시작하였던 것이다.

여기는 중국 땅이고 이 골짜기에서 일어났던 옛일에 대하여 관심을 갖는 사람은 없었다. 백두산 가는 길, 한국의 관광객들이 조선족 2세 안내양이 저기가 그 유명한 청산리 싸움터라고 얘기하여, 차에서 내려서 먼발치로 사진을 찍고 지나는 정도였다. 청산리소학교의 간판에 靑山里라는 글자가 보일 뿐 아무데고 청산리라는 말을 찾아볼 수도 없었다.

도형은 죽음의 계곡들을 둘러보고 내려와 청산리에 해당하는 지점에 자리를 잡고 앉아서 식사를 하였다. 싸가지고 온 빵과 술이었다. 그 자리에서 강선생은 김좌진과 홍범도의 연합전선으로 청산리 전투를 마무리 짓는 어랑촌漁郞村 전투에서 대승을 할 수 있었다는 사실을 말해준다. 새로운 사실이었다.

"참으로 죄송합니다."

땀을 뻘뻘 흘리며 산골짜기를 돌아다니다 귀한 이야기를 들려주는 강선생에게 너무도 부실한 식사와 술대접을 하고 있음에 대하여 그가 미안한 뜻을 전하였다.

"무슨 그런 말씀을 하시오? 우리는 그 때를 생각하여 배를 곯으면서 살아야 해요. 주먹밥을 싸가지고 다니면서 통곡을 해야 돼요. 안 그렇습니까?"

강선생은 오히려 그렇게 따지듯이 말하고 그가 들은 노인들의 회고담을 더 들려준다.

"연길시 공원가의 유덕규(1911년생)노인은 어랑촌 북쪽으로 3리 가량 들어간 동화동東花洞에 살았는데 경신년 8월에 홍범도가 1백여명의 독립군을 이끌고 왔다고 했어요. 홍범도 부대가 오자 마을에서는 집을 비워두고 백성들은 한 집에서 몇 세간이 모여 살았답니다. 군복은 광목에 나무껍질 물을 들여 얼룩진 천으로 지어 입었고 모표에는 태극이 그려져 있었으며 휴식시간에는 초신을 삼아서 신고. 유노인은 당시 10살이었는데 독립군들의 밥을 짓는 어머니 옆에서 '우리는 이가 다 빠진 늙은이들이기에 감자장이나 해주시우 무른 감자가 좋수다.' 하던 독립군들의 말을 들려주었어요. 화룡현 부흥향 송림평에 살았던 박경남(1898년생)노인은, 청산리전투가 벌어지기 이틀 전에 김좌진의 북로군정서 군이 송림평(현 송월평)에 와 있었는데 마을 유지들이 독립군을 위로하기 위해 큰 소 한 마리를 잡아 한창 끓이고 있는데 김좌진이 검정말을 타고 들어오며 '당장 이곳을 떠나야 한다.' 고 하여 금방 다 떠나갔다고 하였어요. 고기국을 먹다가 거기서 왜군을 만나게 되면 백성들이 화를 입고 보복을 받을 것이므로 산 속으로 들어간 것이지요. 그러나 그 이튿날 청산리전투에서 참패를 당하여 상관의 주검을 메고 여기 저기 붕대를 감은 숱한 부상자들이 상한 다리를 질질 끌며 돌아갈 때는 그 보복을 백성들에게 하였어요."

강선생은 일제 토벌군이 조선족이 사는 부락에 덮쳐 닥치는 대로 죽이고 보이는 대로 불사르고 강간하고 한 만행이 중국민국당의 통계로 나온 것(연변 조선족자치주 당안국 편 『훈춘사건과 경신토벌』)을 가방에서 꺼내어 설명하였다. 거기에 의하면 당시 훈춘 연길 화룡 왕청에서 공격당한 마을 69 피살자 2,365 인질자 148 강간 76 불탄 집 2,507 불탄 학교 31 불탄 곡식 38,795석이었다.

주먹밥을 싸가지고 다니며 통곡해야 하는 이유가 거기 있었다. 술은 취하지도 않았다. 그저 숙연한 표정으로 강선생의 이야기를 듣다가 청산리 골짜기를 내려왔다. 저만치 백두산 자락이 들어와 안기었다.

그 다음으로 간 곳은 봉오동鳳梧洞 전투의 전적지였다. 두만강을 따라 가다가 북한의 온성과 남양의 건너편 중국 도문시에서 15킬로 정도의 거리에 위치한 산골짜기였다. 토성촌으로부터 남봉오동 북봉오동으로 가는 길이 갈리었다. 북봉오동의 상촌 중촌 하촌이 홍범도 최진동崔振東의 부대가 일본군을 대패시킨 전투로, 독립군의 사기를 크게 진작시키고 청산리전투로 이어지게 한 봉오동전투의 격전지였다. 지금은 그 입구가 저수지가 되어 있었다. 봉오동저수지 위로 저녁노을을 드리우며 해가 뉘엿뉘엿 지고 있었다.

홍범도는 명월구에서 왕청 대감자로 이동한 독립군 주력부대를 고국 땅과 가까운 봉오동으로 옮겨왔다. 해발 450미터의 고려령高麗嶺의 산줄기가 이루는 험한 산세는 진격하기는 어려우나 방어하기는 쉬운 천연요새로 두만강 북안의 전초기지로 적합한 골짜기였다. 봉오동에 부대를 주둔시킨 홍범도는 최진동이 지휘하는 도독부와 제휴하여 연합부대를 편성한 뒤에 군무도독부軍務都督府로 이름을 바꾸고 정일제일군征日第一軍사령부를 구성하였다. 홍범도 장군이 사령관으로 추대되었다.

4253(1920)년 5월 11일에는 봉오동에서 군무도독부 신민단 군정서 광복단 의군단 국민회 등 6개 독립무장단체의 지도자들이 모여 연합작전회의를 하였고 22일에는 안무安武가 이끄는 간도국민회군과 연합하여 대한북로독군부大韓北路督軍部를 편성하고 홍범도를 제1군사령관으로 임명하였다.

봉오동전투는 이러한 독립무장단체가 연합작전으로 삼툰자전투 후안산전투 봉오동전투 피파골전투로 이어지는 중국 연변 땅에서 일본군과 대항해 싸워 이긴 첫 저격전이었다.

6월 4일 아침 신민단 30여명의 독립군들이 화룡현 월신강月新江 삼둔자三屯子를 출발하여 두만강을 건너 종성군 강양동 국경초소를 습격하고 매복하였다가 추격하는 일군 60명을 사살하였다.

6월 7일 새벽 삼둔자로부터 독립군을 추적하여 온 일군을 피하여 후안산전투는 쌍방 사상자가 많지 않았다. 후안산에서 독립군의 종적을 찾지 못한 일군은 다시 봉오동 방향으로 추격하여 왔다. 야스가와 소좌가 이끄는 일본군 제19사단 보병 및 기관총대 1개 대대를 출동시켰고 아라요시 중위의 남양수비대가 공격해 온 것이다.

홍범도 장군은 2개 중대를 거느리고 독안에 든 쥐를 내려다 보는 듯한 서남산 중턱에서 작전지휘를 하였다. 제1중대는 상촌 서북단 제2중대는 동쪽 고지 제3중대는 서쪽 고지 제4중대는 서산남단 밀림 속에 매복하였다. 포위망 가운데로 일군은 들어왔고 홍범도의 명령에 따라 동서북 3면에서 협공을 하자 일군은 갈팡질팡하면서 쓰러졌다.

이 전투에서 일군은 157명의 전사자와 200여명의 부상자를 내었고 독립군은 4명의 전사자와 약간의 부상자를 내었다.

봉오동에서 참패당하고 돌아가던 패잔병과 야스가와의 1개 대대를 증원하기 위해 두만강을 건너오던 일군부대가 피파골에서 조우하여 서로 독립군으로 알고 다시 한 번 치열한 전투를 벌여 봉오동 전투의 막을 희극적으로 내려 주었다.

"봉오동전투, 청산리전투의 영웅인 홍장군은 말년을 아주 쓸쓸하게 이국 하늘 아래서 보냈지요. 우리 백성들은 원동遠東의 강제이주로 시작하는 고초와 죽음의 세월들을 보냈어요."

강선생의 서글픈 얼굴은 축축히 젖어 있었다.

도형과 최소장도 얼굴을 들지 못하였다. 그들 자신이 무슨 죄인이기라도 한 듯이.

"나라가 없었기 때문이지요. 제 나라를 빼앗기고 유랑민족이 되어 정처 없이 떠돌아다닐 수밖에 없었지요. 그 신출귀몰하던 전쟁영웅도 별 수가 없이 주저앉아 있어야 했지요."

강선생이 다시 부연하였다.

4370(1937)년 가을 소련으로 쫓겨가 살고 있는 우리 백성들은 너무도 어이없이 또 한 번 당하였다. 원동지구에 대한 일제의 침략 야심이 노골화되면서 일어난 일이었다. 일제 침략자들은 동부 아시아-조선 중국 소련 원동지구-를 침략하겠다는 야심을 품고 일군 주력부대를 소련의 우스리스크 울라지보스토크 이만 하바로브스크 등지로 출병시켜 원동지구를 날로 죄어오고 있었다. 소련 정부는 원동지구의 국세 안정의 필요성을 내세워 이곳에 거주하는 모든 조선인들을 무조건 중앙 아시아지역으로 강제 이주시킨 것이었다. 홍범도 장군도 수십만 조선 이주민들과 함께 정착해 살던 제2의 고향, 중국 소련 국경지대인 한까이

호수가를 떠나 카자흐스탄 공화국 서부지역으로 500킬로의 사막길 죽음의 이동을 하였던 것이다. 다만 69세의 고령인 홍범도 장군을 이주민 명단에서 빼어 크쥘오르다시에 머물게 하였을 뿐이다. 거기 조선인의 한을 무대에서 풀어놓던 '조선극장'의 수위로 일하며 지냈다. 연극 중에는 실화를 다룬 『홍범도』(태장춘 작 연출)도 있었다.

"우리 백성들은 국내서 활동을 못하고 중국 만주 땅에 와서 독립운동을 하다가 거기서도 쫓겨나 소련으로 갔고 거기서 다시 쫓겨가 살다가 죽은 것이지요."

얼마나 서러운 민족인가 하는 것을 이야기하고 있는 것이었다. 강선생의 이야기를 듣고 있던 도형은 화제를 바꾸기 위해 말하였다.

"동족에게 총 맞아 죽은 김좌진 장군보다 낫군요 뭐."

"날 것도 없었지요. 죽은 목숨이나 다름 없었어요."

"좌우간 거기도 우리 땅입니다. 시베리아 천산天山 바이칼호까지 원래 우리 땅이지요."

"얘기가 또 그렇게 되나요?"

"희망을 가집시다."

최소장이 옆에서 거들었다.

전기 『홍범도 장군』을 낸 바 있는 강용권 선생은 역시 홍범도에 대한 얘기를 많이 하였다. 그것은 최소장도 지적한 대로 북쪽에서는-여기를 북쪽이라고 할 수는 없지만-김좌진보다 홍범도가 더 부각되어 있는 것인지도 몰랐다. 그것을 탓하자는 것이 아니었다. 얼마나 서러운 땅 서러운 혼들이냐 말이다.

도형은 다시 화제를 바꾸었다. 경신년 참변으로 다시 돌아가서 일본인의 조선인 학살의 참상들을 조금 더 들었다. 패전하여 뒷걸음치던 일본군들이 마을을 덮쳐 남자라면 젖먹는 아이들까지 집안에 가두고 불을 질렀고 여자들은 강간을 하여 찢고 불 속에 집어넣고 기어 나오면 총창으로 다시 찍어 불 속에 집어넣고……

"그런데 말입니다.『한단고기』를 다음 경신년에 세상에 공개하라고 했다고 하는데 그 뜻은 뭘까요?"

도형이 엉뚱한 물음을 내놓았다. 편찬자인 계연수의 행방도 물어보았다. 단군의 이야기로 연결을 하고 있는 것이다. 이번에 이곳을 재차 답사하는 데는 그런 의문을 풀기 위한 의도가 있었던 것이다. 최소장에게도 물어본 것 같은데 현장에 와서 풀어 보고자 하는 것이었다.

봉오동전투의 전적지를 어둠 속에 돌아보고 도문으로 나와 두만강가의 음식점으로 옮겨와 이야기를 계속하였다. 주먹밥 얘기도 나왔지만 며칠 식사를 부실하게 하였었는데 매양 그럴 수는 없는 일이었다. 그것은 예의가 아니었다. 얼마나 여유가 있고 없고를 떠나서 동족으로서의 고마움을 저버려서는 안 되었던 것이다. 그가 또 그런 이야기를 하자 강선생은 펄펄 뛰고 최소장도 그게 무슨 소리냐고 정색을 하며 나무란다. 그래서 낙착된 곳이 조선족이 하는 실비 식당이었다. 우선 막걸리를 시키어 컬컬한 목을 축이었다.

"계연수가 만주에서 독립운동을 하였다고 하였는데 어디서 어떻게 한 것인지?"

그가 혼자말처럼 다시 말하였다.

두 사람은 그저 얼굴만 쳐다본다. 그러다 강선생이 말한다.

"저는 아직 미처 알아내지 못하였는데요. 제가 10여 년간 만주 각지의 항일독립운동 유적지를 자전거로 돌아다니며 조사하여 보았는데 빠진 것이 수없이 많습니다."

"참으로 고생 많이 하셨습니다. 그럼 계속 그 일을 하실 건가요?"

"목숨이 붙어 있는 날까지 해야지요."

"네에."

도형은 강선생에게 술을 잔에 가득 부어 주었다. 그는 숙연한 표정의 강선생을 바라보다가 다시 계연수와 『한단고기』 얘기를 하였다.

"평북 선천 출신의 계연수는 4244(1911)년에 『삼성기』『단군세기』

「북부여기」「태백일사太白逸史」네 책을 하나로 묶은 다음 스승인 이기 李沂에게 감수를 받아 묘향산 단굴암에서 필사한 뒤 인쇄를 하였고 만주로 가서 독립운동을 하다가 경신(4253, 1920)년에 죽었는데 제자인 이유립李裕岦에게 이 책을 다음 경신년에 공개하라고 하였다는 거지요. 계연수가 그 경신참변 때는 어디에 있었는지, 그리고 왜 다음 경신년을 얘기했는지……"

"다음 경신년이라면?"

강선생이 묻는다.

"4313(1980)년이 되는 거지요. 그 때 경신년의 정황으로 봐서 적어도 일제의 만행이 60년은 가리라 생각한 것 아닐까요?"

"먹구름짱 속 같은 암흑의 시대에 그런 각고의 작업이 세상의 등불이 된다 한들 그것이 어떻게 부지할 수가 있었겠어요?"

이번에는 최소장이 말하였다.

"좌우간 그래서 그런지, 『한단고기』는 4312(1979)년에 수십부가 영인된 뒤에 일본에서 번역 출판하여 역수입이 되므로 해서 세상에 알려지게 되었지요.』

"거기 보면 홍범도와 오동진吳東振의 두 벗이 돈을 내어 인쇄해 냈다고 하였는데, 도무지 연결이 잘 안 돼요."

"제가 더 찾아보지요. 다시 10년 계획으로 정말 뿌리를 한 번 뽑아볼려고 합니다. 기다려 주세요."

강선생의 얘기는 눈물 나도록 진지했다.

도형은 『한단고기』로 다시 돌아가 단군의 나라 옛 우리의 강역 지도를 그려보이었다.

흑룡강을 따라 시베리아 넓은 벌판과 바이칼 호 저쪽으로 선이 그어졌다. 한반도의 몇 배가 되는 광활한 땅이었다. 『한단고기』의 『삼성기』에 나타난 지명으로 연결해본 것이었다. 백산白山(백두산) 흑수黑水(흑룡강) 사백력斯白力(시베리아) 파내류산波奈留山(불함산, 완달산) 천해天

海(바이칼호, 북해) 천산天山(천산산맥, 기련산, 설산)……

"여길 정말 다 가보시렵니까?"

강선생이 묻는다. 대단하다는 듯이 아니면 믿어지지 않는 일이라는 듯이 그를 바라보는 것이었다. 자전거로는 도저히 상상할 수 없는 지리였던 것이다.

"잘 될지 모르겠습니다."

강선생에게 술을 따라주었다.

"네에……."

"그저 그 땅을 한 번 밟아보고 싶은 것입니다."

"상당히 낭만적이시구만요."

강선생은 그리고 웃었다. 그런 돈과 시간을 투입한다는 데 대하여 한편 부러우면서도 허황하게 느끼는 것 같았다. 그것을 참으로 점잖게 듣기 좋게 말하는 것 같았다.

"그렇게 보이십니까? 하하하하……."

"꿈이 대단히 크십니다."

"꿈이 크다는 것이 낭만적인 것이지요."

최소장이 술잔을 돌리며 말하였다. 강선생의 어감을 누그러뜨리고 싶었던 것이다.

"좌우간 그리고 말이지요. 1924년에 프랑스에서 발행한 지도인데요, 천주교 원산교구가 우수리강을 따라 하바로브스크로 해서 숭가리강으로 돌아 내려오는 만주 지역으로 되어 있어요. 4244(1911)년 로마교황청은 조선 교구를 경성과 대구 2교구로 나누고 4253(1920)년에는 경성 교구에서 함경북도와 간도지구를 분리하여 원산 교구를 설립하였는데 그 교구의 관할 영역을 표시한 지도를 만들었던 것이지요. 간도間島 지방의 옛 강토 회복의 운동과 한국민과 한국 정부의 의지를 꺾고 한국의 외교권을 빼앗은 일제는 만주 침략의 계책으로 철도 건설권을 얻기 위한 간도협약을 체결하였고 이로 인해 한국정부는 간도 길림

지역을 청나라에 양보할 수밖에 없었지요. 이를 알고 있는 바티칸 정청은 장구한 기간 한국민족이 거주해왔으며 대한제국의 영토임이 분명하므로 그렇게 표시한 것입니다."

"일본은 한국을 대신하여 강압적으로 행사한 그 시대의 모든 조약의 무효를 선언하지 않았습니까?"

최소장이 다시 거들었다.

"그랬지요. 4298(1965)년이던가요, 간도협약은 무효가 된 것입니다. 그러면 간도 만주는 누구의 땅인 것입니까?"

도형은 목청을 높이었다.

"리선생은 참, 진담을 하시는지 농담을 하시는지 모르겠군요."

강선생은 도형을 바라보고 웃으며 말하였다.

"아니 정말 무슨 말씀을 하시는 건가요? 제가 농담할 데가 없어서 이까지 와서 하겠습니까? 그렇게 제 말이 믿어지지 않습니까?"

그는 정색을 하고 말하였다.

"아니 그런 것은 아닙니다만, 너무나 낭만적이고 리상적인 말씀을 하셔서 도대체 어리둥절합니다."

"그러세요?"

"와서 보셨으니까 그런 것을 실감하셨겠지만, 여기는 중국 땅입니다. 우리 민족의 독립운동이다, 반일운동이다, 목숨을 걸고 피를 흘린 장소에 대하여 말뚝 하나 꽂아둔 곳이 없습니다. 하얼빈 역광장에서 안중근의 흔적을 보셨습니까? 상해 홍구虹口공원에 가서 윤봉길의 무슨 흔적을 보셨습니까?"

"노신魯迅의 동상만 보았습니다."

그가 대꾸를 하였다. 그 때 당시 얘기이다.

"맞습니다. 중국을 그리 만만히 보아서는 안 됩니다. 현실을 인정하셔야 합니다. 제가 독립운동 유적지를 돌아보고 느낀 것은 여기가 만주 땅이나 조선 땅이 아니고 중국 땅이라는 것입니다. 제 말은 믿어지십니까?"

"믿고 안 믿고가 중요한 것이 아니고 가능성이 있느냐 없느냐, 그것이 중요합니다. 결코 옛땅에 대한 미련을 버려서도 안 되지만 너무 환상에 사로잡혀서도 안 된다는 것입니다."

최소장은 계속 그렇게 중재를 하고 나섰다. 그러나 도형은 이번에는 최소장의 말에 동의를 하지 않았다.

"제가 허황된 꿈을 꾸고 있는지 모르겠습니다. 그러나 미련도 아니고 환상도 아니고 우리가 해결해야 될 화두인 것 같습니다. 참으로 어려운 것이지만."

막연한 얘기였다. 생각은 그렇지 않았지만 지금 단계로는 다른 더 구체적이고 정확한 얘기를 할 수는 없었다. 아니 자꾸 헛소리를 하여 신망을 잃을 필요는 없었다. 강선생은 참으로 현실주의자였다. 라기보다 사회주의자인지 몰랐다. 그 체재의 울타리를 한 발도 벗어날려고 하지 않듯이 발로 확인하지 않은 것에 대하여는 말하지 않았다. 어떻든 강선생은 중국의 현실을 얘기하는 것이었다. 그 뒤 노신공원(홍구공원)에 윤봉길 의사의 표적비가 세워지고 하얼빈 역에 안중근 의사 기념관이 들어서기까지 얼마나 많은 외교적 노력이 필요하였던 것인지 모른다.

그가 너무 낭만적이고 환상적인 생각을 하고 있다고 하였지만 고조선 지도의 답사는 흔들리지 않았다.

그날 밤 취한 채 연길 최소장의 집으로 갔다. 그리고 거기서 잤다. 아주 허술한 집이고 세간이 참으로 초라하였다. 민족문화연구소 간판이 달려있는 집이었다. 그의 책상에는 편지가 수 십통 와 쌓여 있었다. 원고를 써 달라는 것도 있고 회의에 참석해 달라는 것도 있고 책과 논문을 보낸 것이 잔뜩 쌓여 있었다.

밤중에 술을 내와라 안주를 내와라 또 인사를 하라고 자는 식구들을 다 깨워 소동을 부렸다.

그리고 그가 국제전화까지 걸었다. 그 때만 해도 우체국을 가지 않으면 전화를 걸 수가 없었던 것이다. 집이 어떻게 돌아가는지 몰랐다. 월급이 나왔고 또 인세가 정기적으로 들어오는 것이 조금 있었다. 자주 집으로 전화를 거는데 아직은 별 일이 없는 것 같았다. 빛나에게 잘 하고 있느냐고 물어보았다. 어머니(할머니)를 건사하는 일이었다. 아르바이트였다. 잘 하고 있다고 하였다. ㄱ대학이나 오교수에게도 전화를 하였다. 특별한 사항은 없었다. 전화를 자주 하겠다고 하였다.

다시 도문으로 왔다. 목단강 하얼빈으로 가는 기차를 타기 위해서였다. 8시에 출발하는 기차가 있었다. 표를 사기 위해서 새벽부터 줄을 서야 했다. 표를 사고 남는 시간에 두만강 철교 근처로 갔다. 북한 땅이 다리 건너였다.

다리가 시작하는 곳에 망대와 같은 강루江樓가 있었다. 도문구안圖們口岸이라는 현판이 붙여져 있었다. 거기에 올라가 보았다. 강건너 북한 땅이 가까이 보였다. 인공기가 내 걸린 건물들이 간간이 보이고 붉은 글씨로 써 붙인 구호들이 여기 저기 눈에 띄었다. 다리 위로는 화물차들이 검문을 받으며 오가고 걸어다니는 사람들도 더러 있었다.

그 다리의 가운데가 국경이었다. 다리 가운데에 페인트칠이 약간 차이가 나는 부분이 경계선이었다. 철교의 양쪽에서 칠을 해가다 보니 만나는 부분에 이색이 져 있는 것이다. 까만 색이나 하얀 색이나 또는 빨간 색이나 원색을 가지고 칠을 하면 몰라도 퍼르스름한 색을 택하다 보니 똑 같은 색깔을 낼 수가 없었던 것이다. 그까짓 색깔이 대단한 것도 아니고 이색진 것도 문제될 것이 없는지 모르지만 보는 사람에게마다 그 차이를 느끼게 해주고 있는 것이다. 나라가 다르기 때문이다.

강루를 내려오는 층계에 어설픈 글씨로 瑪克力이라고 씌어 있었다.

"무슨 뜻이지요?"

최소장에게 물었다.

"막걸리 아닙니까?"

"막걸리요!"

막걸리를 한 잔 하라는 것이었다. 북한 땅을 들어가지는 못하고 바라보기만 하고 돌아서는 한국 관광객들에게 막걸리를 한 사발 마시게 하는 상혼商魂은 참으로 약삭빠르다고만은 할 수가 없었다. 군인 짚차에 다섯 명씩 태워가지고 백두산 꼭대기까지 한국 관광객을 연속부절로 실어나르는 상혼을 누가 탓할 것인가. 장사진을 치고 차례만 기다리고 있을 뿐이었다.

그런데 막걸리를 파는 장사는 일러서 그런지 아직 보이지 않았다.

강루를 내려와 도문역 쪽으로 걷다가 인력거를 탔다. 자전거에 인력거를 매단 것이었다. 차시간이 급할 것도 없고 택시 값보다 쌌다. 돈보다 재미로 타 본 것이었다. 땀을 뻘뻘 흘리며 자전거 페달을 젓는 조선족을 뒤에 앉아 바라보는 마음이 편안치는 않았다.

치받이 길에서는 내려서 같이 걸었다. 길가에 조선족이 하는 난전이 즐비하였다. 국밥 백반 국수 메뉴도 옛날 것들이었다. 서로 잡아끌어 적당히 초입에 앉았다. 막걸리를 한 잔씩 시키었다. 잔술도 팔았다. 안주는 식탁에 몇 가지가 놓여 있었다. 콩나물 묻힌 것, 무생채, 호박을 새우젓에 볶은 것, 멸치와 풋고추를 볶은 것, 그것만 해도 충분하였다. 해장을 하면서 구수한 고향의 맛을 느끼었다. 먼 기억이 떠올랐다. 그의 마을에서도 괴나리봇짐을 지고 만주로 떠난 사람들이 있었다. 그의 아버지도 만주를 몇 번 다녀왔었다.

아버지는 만주에 갔다가 오랜만에 왔었다. 그가 아주 어릴 때였다. 어딜 갔다 왔는지 왜 무엇 때문에 갔다왔는지 알 수는 없었다. 땅 팔아가지고 만주에 가서 한 것이 뭐가 있느냐고, 어머니와 다툴 때는 의례 건 그 묵은 얘기를 끄집어내곤 하였다. 그러나 아버지는 거기에 대하여 이렇다 할 변명이나 설명이 없었고 그는 그 이야기를 한 번도 물어보지 못하였다. 불경스럽게 생각한 것이었던가, 좌우간 그것을 따져보지 못하였었는데 나중에야 아버지가 간 곳이 치치하르[齊齊哈爾]였었고 동양척식주식회사東洋拓殖株式會社에 의해 조선 농민들의 만주 축출 일본인의 조선 정착이 한창 기승을 부리던 때였다는 것을 알게 되었다. 공업도시이며 농업 임업 금광의 도시 치치하르의 당시 허허로운 벌판에 이주를 하기 위해 기웃거리고 있었던가, 금광에서 일확천금의 꿈을 꾸고 있었던가, 알 길이 없는 것이었다.

기차 시간을 맞추어 막걸리를 서너 잔 하였다. 술국에 밥을 말아 아침 식사도 하였다. 구수하고 걸직한 해장이었다. 술값하고 밥값만 받았다. 그것이 얼마 되지도 않고 돈을 따지는 것은 아니지만 다른 것은 다 그냥 따라오는 것이었다. 식탁 위에는 고추를 썰어 넣은 양념 간장과 김을 구어 부수어 묻혀 놓은 것 등 몇 가지 밑반찬이 놓여 있었다. 참으로 어수룩한 우리의 인정을 여기서 만날 수 있었다. 어쩌면 그 때 만주로 이민을 갈 때의 인정이 그대로 녹화되어 있는 것 같았다.

목단강으로 가는 기차를 탔다. 최소장이 목단강 출판사에 볼 일이 있다고 했고 해림海林에서 김좌진에 대한 세미나가 열리고 있었다. 최소장에게 초청장이 왔었다. 거기를 둘러서 가려는 것이다.

자유의 땅

하루 종일 달려가야 하는 거리였다. 가면서 최소장과 계속 이야기를 하였다. 왕청汪淸역을 지나면서 북로군정서北路軍政署 이야기를 그가 꺼내었다.

"예, 맞아요. 저쪽 왕청현 서대파西大坡 십리평十里坪 일대의 약 30리에 걸친 삼림지대에서 북로군정서가 결성되었지요. 북간도에 있던 대종교인들 중심의 중광단重光團이 3.1운동 이후 정의단正義團으로 확대 개편하고 무장독립운동을 하기 위하여 대한군정서大韓軍政署를 조직하고 신민회新民會 광복회 계열의 김좌진을 초빙하여 독립군의 조직과 훈련을 담당하게 하고 임시정부의 지시로 북로군정서로 개편하였지요."

최소장은 총재 서일徐一에 대한 이야기, 거기에 사관연성소士官練成所를 설립하고 신흥무관학교에 도움을 요청하여 교관 이범석李範奭과 졸업생 장교 여러 명과 각종 교재를 공급 받고 청년들을 뽑아 본격적인 군사훈련을 실시한 이야기를 하였다.

"북로군정서는 군사훈련 외에 러시아와 간도의 독립운동단체와 제휴하고 북만주 독립운동자의 연락 중심지가 되었어요."

최소장은 직접 보기라도 한 듯이 말하는 것이었다. 그의 『청산리 독립전쟁』『항일무장투쟁사』에 다 써놓은 이야기였다.

4253(1920)년 10월 일제는 만주에 있는 독립군 토벌을 하기 위해 대규모의 출병을 하였고 그에 앞서 중국군 연길영장延吉營長인 맹부덕孟

富德의 종용으로 독립군은 산간의 안전지대로 부대이동을 하였다. 북로군정서도 장백산을 향해 이동을 하였다. 이 때 북로군정서는 이미 기초훈련이 끝난 600명이 본격적인 군사훈련에 들어갔었고 1기 졸업생 298명을 연해주에서 구입한 무기로 무장을 해 독립군 대오에 편입시키었는데 청산리에서 보병 기병 야포병 공병 등의 혼성부대인 일본군 동지대東支隊 37여단 소속 1만명의 병력과 접전을 벌였다. 10월 20일부터 23일까지. 청산리전투였다.

"그 뒤 일제의 반격을 피하여 소만국경지대인 밀산密山으로 이동하였고 10여개 독립군부대와 통합하여 연해주로 건너가 대한독립군단을 조직하였으나 1922년 소련에 의하여 무장해제를 당하게 되지요."

"세 나라에 다 당하게 된 거지요."

그가 말하였다.

"맞아요. 참 답답한 노릇이었지요."

"밀산도 가보고 싶은데……"

거기는 생략하기로 한 것이다. 그 대신 흑하黑河를 가려는 것이다. 기차는 춘양春陽역을 지나고 다시 노송령老松嶺역을 지나고 있었다. 그가 곽밥과 조그만 병의 고량주를 사서 점심에 반주를 하였다. 이제 인사치례는 필요 없었다. 술기운이 돌자 최소장은 이상한 말을 꺼낸다.

"그 한선생 말이에요. 아무래도 보통 사이가 아닌 것 같애요."

희연에 대한 얘기였다.

그는 사실대로 이야기하였다. 여기 그의 가정이나 직장 그리고 모든 생활권에서 뚝 떨어져나온 곳인데 뭘 감추고 말고 할 것도 없었다. 여러날째 숙식을 같이 하고 있는 처지이기도 하고 다 털어놓고 묻고 싶기도 했다.

"어때요? 이상한 것 같애요?"

그의 되물음에 최소장은 웃으며 말하였다.

"참으로 아름다와 보입니다."

"정말이신가요?"

그가 재차 물었을 때는 최소장은 도리어 반문하였다.

"그렇지 않습니까?"

해질 무렵 목단강에 내려 목단강인민출판사에 들렀다. 거기서 최소장은 인세를 조금 받을 것이 있다고 하였다. 그리고 이번 답사기를 쓰겠다고 하고 선금을 조금이라도 받으려는 것이었다. 의외로 얘기가 잘 되어 계약을 하고 약간의 계약금을 받았다. 그리고 해림海林의 '김좌진의 재조명' 세미나에 같이 참석을 하였다.

해림에서 김좌진에 대한 연구 세미나는 2, 3년째 정기적으로 열리고 있었다. 김좌진은 그동안 많은 모함을 받아 왔었다. 그런 사실을 그만 모르고 있었던가.

세미나가 끝나갈 무렵에 회의장에 도착하여 뒷자리에 앉았다. 듣던 목소리다 했더니 강용권 선생이 발표를 하고 있는 것이었다. 바쁜 일이 있다고 하더니 여기에 오려고 했던가 보았다. 김좌진의 죽음에 대한 미궁의 실마리를 풀고 있었다.

"제가 독립운동 유적지를 답사하는 과정에서 양환준 선생을 만나 들은 증언을 공개하겠습니다. 양선생은 김좌진장군이 피살당할 무렵인 4263(1930)년 3월 고려공산청년회 만주총국 선전부장의 자리에 있었습니다."

강선생은 그 증언 내용을 읽어나갔다.

김좌진은 조선공산당 만주총국(화요파)의 지시로 공도진이 암살했다. 이 정보는 양선생이 조선공산당 만주총국 책임비서인 김백파와 어린 시절부터 같은 고향에서 자라나 익히 알고 있던 공도진에게 직접 들었다고 한다. 김백파는 본인이 김좌진 암살을 위해 공도진을 파견했다고 진술했으며 공도진은 4264(1931)년 초 양선생을 만나 이렇게 진술했다고 한다.

"총국에서 나에게 특수 임무를 내렸고 나는 김좌진의 정미소에서 1

년간 신분을 숨기고 일만 했다. 4262(1929)년 음력설을 앞두고 정미소를 시찰하는 김좌진을 명중시키고 도망쳐 나왔다."

김좌진을 화요파 총국에서 암살하게 된 이유에 대하여 또 설명하였다.

좀 얼떨떨하였다. 과연 그런 것인가. 그 증언을 뒤엎을 수 있는 길이 당장 떠오르지 않았다. 불가능할지도 몰랐다. 그런데 이 세미나는 반공 산당의 인물로 낙인이 찍혀 공산당 사회인 중국에서 매장될 수밖에 없었고 중공 문화혁명의 소용돌이 속에서 타도될 수밖에 없었던 독립운동의 영웅 김좌진 장군의 위상을 회복하자는 데 취지가 있었던 것은 틀림 없었다.

독립전쟁의 현장에 와서 김좌진 장군의 죽음의 비애를 안게 된 것이었다. 최소장이 앞으로 보낸 쪽지에 의해 그의 코멘트를 청하였지만 도형은 무슨 말을 할 수가 없었다. 그 대신 최소장이 그의 안내로 김좌진 장군의 무덤에를 다녀왔다고 하고 의견을 말했다. 김좌진 장군을 두 번 죽이는 것은 아닌가. 암살자는 밝혀졌지만 그 이유는 확연하지가 못하였다. 그럴 때 그 죽음에 대한 정당화가 되지 못하며 동시에 이 시점에서의 재조명도 되지도 못하였다. 확실히 중국이 달랐다. 그는 이 대륙을 떠나기 전에 김좌진 장군을 살려 가지고 가고 싶었다.

답답한 가슴을 안고 다시 하얼빈으로 향했다.

하얼빈 역에서 내렸다. 안중근이 이등박문을 쏘았던 자리에 서서 그 때의 장면들을 떠올려보았다. 2천만 조선동포를 대표하여 정의의 징벌을 안기고 조선독립 만세를 부르던 안 중근, 그리고 러시아 헌병에게 체포되는 희미한 모습들을 떠올려보았다.

눈에 선하였다. 4242(1909)년 10월 26일. 조선의 독립주권을 침탈한 원흉 이토히로부미[伊藤博文], 일본 추밀원樞密院 원장이며 일본식 민주주의자 대표의 탈을 쓰고 동양평화를 교란시키고 있었다. 턱 끝에 허연 수염을 날리며 특별열차를 타고 하얼빈 역에 도착하여 러시아 재무

대신 코코프체프와 열차회담을 25분 동안 하여 담판을 짓고 나오는 길이었다. 그 순간을 기다리고 있던 조선의 여덟 팔자 콧수염의 청년 안중근安重根이 쏜 총소리와 함께 노회한 신사의 미소는 일그러진 채 쓰러지고 다시 일어나지 못하였다. 흰 턱수염과 검은 콧수염의 민족적 대결이었다.

이토히로부미가 피를 흘리며 쓰러진 자리의 땅을 1미터 가량 파고 다시 땅 위로 1미터 높이로 유리 집을 지어놓고 그 안에 전등을 켜놓았다. 그 위대한 죽음에 대한 표적을 그렇게 권력으로 세워놓은 것이었다. 그러나 일본이 만주 땅에서 물러가면서 그 표적은 사라지고 지금은 그 흔적도 찾을 수가 없었다. 그뿐 아니라 안중근 의사의 피끓는 목숨을 바쳐 민족의 원흉을 징벌한 자리도 알 길이 없다. 그 넓은 하얼빈 역을 아무리 돌아보아도 그런 흔적은 하나도 없다. 그 때(취재 당시) 그랬다. 여기는 중국이기 때문에. 강선생이 하던 말이 기억났다.

흑룡강성 당사 연구소 하얼빈시 민족사무위원회의 노력으로 그 잊을 수 없는 장소를 찾을 수 있었다. 참으로 눈물겨운 역사의 지킴이었다. 현재 하얼빈 역 남쪽 정문에서 동쪽으로 10미터 거리의 지점이 이토히로부미가 총을 맞고 쓰러진 곳이었다. 그리고 거기에서 오른쪽으로 10미터 떨어진 대합실 정문의 동쪽 구석, 바로 거기가 안중근이 총을 쏜 자리라고 했다. 동양평화를 휘젓는 침략자를 대한의용군사령의 자격으로 응징한 역사의 장소인 것이다.

그리고 역전 광장 건너편에 있는 음식점, 그곳은 안중근이 당시 원동보遠東報 대동공보大東共報의 기사대로 이토히로부미가 탄 열차가 도착하길 기다리며 차를 마시던 러시아 찻집이 있던 자리다. 찻집은 다른 데에도 있었지만 남아 있는 곳은 거기뿐이었다.

거기서 조선독립만세를 세 번 외치고 러시아 헌병에 체포된 안중근은 비밀리에 일본측에 넘겨져 1주일간 갇혀 있던 곳, 일본총영사관 자리로 갔다. 남강구南崗區 화원가花園街 97호. 지하 1층 지상 3층 건물이었다. 건물의 기본 구조는 변하지 않고 칸을 많이 내어 여관으로 쓰고 있었다. 화원여관. 감옥으로 쓰던 지하실에서 그 때의 흔적이 그대로 남아 있었다. 벽에 박혀 있는 쇠고리, 특수감옥의 쇠가름열쇠 그리고 천정에도 작은 고리가 많았다. 취조할 때 쓸 물을 저장했을 물탱크도 그대로 있었다.

감옥에 들어온 듯 소름이 끼치었다. 하지만 거기서 일박을 하며 고문당하던 안의사를 생각하며 촛불을 켜놓고 밤을 지새었다.

이튿날은 흑하黑河로 가는 새벽 열차를 타야 하기 때문에 몇 시간만 보내면 되었다. 약속이나 한 듯 서로 술 얘기는 끄내지 않았다. 고난의 밤을 보내자는 것이었다. 그냥 서로의 발고랑내를 맡으면서 여기 어느 방에서 첫 심문을 받았던 안중근의 입장이 되고자 했다.

안중근은 이토히로부미의 죄상을 낱낱이 성토하였다. 15가지 죄목이었다.

"한국 민황후를 시해한 죄요, 한국 황제를 폐위시킨 죄요, 5조약과 7조약을 강제로 체결한 죄요, 무고한 한국인을 학살한 죄요, 철도 광산 삼림 천택川澤을 강제로 빼앗은 죄요, 군대를 해산시킨 죄요, 교육을 방해한 죄요, 한국민들의 외국유학을 금지시킨 죄요, 교과서를 압수하여 불태워버린 죄요, 한국인이 일본인의 보호를 받고자 했다고 세계에 거짓말을 퍼뜨린 죄요, 한국과 일본 사이에 경쟁이 쉬지 않고 살육이 끊이지 않는데 한국이 태평무사한 것처럼 천황을 속인 죄요, 동양평화를 깨뜨린 죄요, 일본 천황의 아버지 태황제를 죽인 죄요……."

안중근은 일반 살인죄로 취급하지 말고 전쟁포로로 취급하기를 주장하였지만 묵살되었다. 변론도 허락되지 안았다. 국내외에서 변호 모금운동이 일어났고 변호를 지원하는 인사들이 여순旅順으로 몰려왔지만 소용없었다. 일본인 변호사의 변호조차 허가되지 않았다. 그러나 안중근은 변호사 이상으로 유창하게 조목조목 단죄하고 규탄하였다. 목숨을 구걸하지 않고 언제든지 의를 위해 죽을 각오가 되어 있기 때문이었다.

"내가 죽거든 시체는 우리나라가 독립하기 전에는 반장返葬하지 말라. 대한독립의 소리가 천국에서 들려오면 나는 마땅히 춤을 추며 만세를 부를 것이다."

안중근의 유언은 비장하였다.

사형을 언도받고 동생들에게 한 말이었다.

서로 자료를 뒤지며 이야기를 하다 보니 새벽이 되었다. 날이 채 밝기도 전에 하얼빈 역으로 나갔다. 표를 사는 대로 요기를 하였다. 김이 무럭무럭 나는 만두를 사서 옥수수 죽과 같이 먹었다. 경좌 표를 한 장을 사고 한 장은 입석을 살 수밖에 없었다.

흑하로 가는 새벽 열차를 탔다. 참으로 먼 장거리 여행이었다. 계속 북쪽으로 막막한 들판을 가르고 올라가는 완행이었다. 지루하고 끝없는 여로였다.

자리를 두 개를 구하지 못하여 한 사람이 번갈아 일어서 있어야 했다. 최선생이 자꾸 일어서겠다고 하여 서 있었다.

최소장이 앉을 때는 다시 김좌진의 얘기를 하였다.

"백야白冶의 부인 김영숙도 암살 당한 사실을 알고 계신가요?"

"금시초문입니다."

최소장은 담담하게 얘기를 하였다. 김좌진의 새 부인 김영숙은 1928년 만삭이 되어 해림에서 산시로 가는 산길에서 해산을 하면서 잔인하게 살해되었다. 그 틈에서 살아난 핏덩이 여아를 팔로八老(김좌진의 참모 8인)들이 산조山鳥라 이름을 짓고 동냥젖으로 키웠다고, 언제던가 전에 같이 가 만났던 김강석 여사의 이야기를 하고 있었던 것이다. 그리고 그 전후 여러 가지 김좌진에 대한 얘기를 하였다.

흑하, 흑룡강성의 끝 흑룡강가에 밤중에 도착하였다. 비극의 흑하사변의 무대이다. 강건너는 구소련 땅이다. 저쪽 소련 쪽에서 총을 쏘아대어 독립군은 강으로 뛰어들 수밖에 없었고 이쪽 중국 쪽에서는 일본군이 헤엄쳐 오는 독립군을 향해 쏘아대어 흑룡강은 피바다가 되었었다. 그곳에 온 것이다.

비가 내리고 있었다. 검은 강을 바라보며 우선 강가의 노점에서 술부터 한 잔 한다.

어두워 잘 보이지도 않는 검은 강을 바라보며 술을 몇 잔 하였다. 이 강을 보기 위해 새벽부터 하루 종일 저녁 내내 기차를 타고 달려왔다. 그러니 곧바로 숙소로 가서 잠을 잘 수가 없었던 것이다.

이날도 고난의 시간을 보내기로 약속이나 한 듯 거친 식사에 값 싼 술을 들다가 새우잠을 잤다.

이튿날은 해장을 하는 대로 강으로 나가 유람선을 타고 흑룡강을 돌았다. 물 건너는 불라고베시첸스크, 여기를 자유시自由市라고 불렀다. 자유의 도시 자유의 땅이란 뜻인가. 흑하사변을 자유시사변이라고도 하였다.

이상하게도 계속 비가 질금거려 유람객들은 별로 많지 않았다. 「비는 사랑을 타고」라는 영화가 있었는데 비를 맞는 것도 즐거운 젊은 연인들이 몇 쌍 있었고 어디서 온 것인지 국적불명의 관광객들이 몇 명 있을 뿐이었다. 그래도 안내 방송은 계속 틀어대고 있었다.

최소장이 마이크를 통해 흘러나오는 안내를 통역해 주었다.

시베리아 남동부와 중국 북쪽 국경을 동쪽으로 흐르는 흑룡강은 흑하라고도 하고 러시아 사람들은 아무르강이라고 부른다. 강의 길이가 4,354킬로로 세계 8위의 장강長江이다. 큰 지류의 하나인 제야강의 합류점까지 약 1,500킬로는 수량이 많고 흐름이 완만하고 하바로프스크에서부터 그 하류가 배수가 잘 안 되어 소택沼澤 지대를 통과하며 니콜라이에프스크에서 바다로 흘러 들어간다. 아무르강에는 송화강 우수리강 등 200이상의 지류가 있다. 이 강과 큰 지류들은 얼어붙지 않는 5월 중순에서 10월 하순까지 시베리아 철도와 함께 소련 극동지방의 중요한 교통수단이 되고 있다. 건너편의 블라고베시첸스크는……

아무리 들어도 흑하사변 자유시사변의 얘기는 없다. 안내 방송이 끝나고 음악이 흘러나오는 사이 최소장이 말한다.
"독립군들이 참으로 어이없이 당한 비극의 강이지요. 4254(1921)년 6월 22일 러시아령 자유시에서 대한독립군단이 레닌의 적군赤軍과 총격전을 벌이다 패하여 총에 맞은 채 이 강으로 뒷걸음질쳐 빠지고 떠내려갔습니다."
봉오동전투 청산리전투의 여파였다. 일본군의 대대적인 반격작전을 피하여 독립군은 전략상 노령露嶺으로 이동을 하였다.
이동중 밀산에서 독립군을 통합, 재편성하여 새로운 대한독립군단을 탄생시켰다. 그러나 좀더 활동하기에 유리하고 일본군의 위협이 적은 곳을 찾아 국경을 넘어 연해주의 이만으로 들어갔다. 이 당시 연해주에서 활동하고 있던 대한국민회의 자유대대 등이 하바로프스크의 적군 제2군단본부에 교섭하여 연해주로 들어오는 독립군을 한 곳으로 집결할 수 있도록 군주둔지를 마련하고 독립군에 사람을 보내어 자유시로 합류하도록 인도하였다.
그리하여 만주와 시베리아에서 무장 활동을 하던 독립군부대들이 자유시에 속속 집결하였다. 대군단이 결성되고 군비확장의 기회가 마련되어 대지의 봄과 함께 무장독립투쟁의 새로운 활로가 열리는 듯했지만 각기 사정이 다른 여러 부대의 집결은 뜻하지 않은 분쟁을 가져왔다. 적군 제2군단 제6연대장으로 흑하지방 수비대장을 겸하고 있는 소련군 장교 오하묵과 적계 빨치산부대 니항군尼港軍을 이끌고 활동하던 박일이야의 군권 장악을 위한 암투였다. 한인군사위원회는 극동공화국정부 군부와 교섭하여 니항군을 사할린의용대로 개칭하고 모든 무장단체를 사할린의용대 관할 하에 두도록 명령하였으며 박일이야가 군정위원장에 임명되어 자유시 서북방 마사노프로 부대를 이동시켰다. 이에 불만을 품은 오하묵 등은 이르크츠크에 있는 국제공산당 동양비서부에 교섭하여 재로在盧한인무장군을 통괄할 수 있는 권한을 위임하여줄 것을 요청하여 고려혁명군정의회를 발족시켰고 오하묵은 부사령관이 되었다. 자유시에 도착한 군정회의는 무장군의 자유시 집결을 서둘렀으나 사할린의용대를 비롯한 마사노프에 주둔중인 한인군사위원회는 이를 거부하였다. 거기에 다시 합동민족군이 자유시에 도착하고 마사노프에 있던 홍범도군이 자유시로 합류하였다.

그 때 또 소련은 북경에서 일본과 캄차카반도 연안의 어업권 문제에 대한 조약을 체결하면서, 소련 영토 안에 일본에 유해한 한인혁명단체를 육성하는 것은 양국의 우호관계에 지장이 있다고 하는 일본의 의견을 받아들여 독립군의 무장 취소를 약속하였다.

무장해제 통지가 내려지자 이를 완강히 반대하는 의용대에 맞서 군정회의 측이 장갑차와 기관총을 앞세우고 공격하였다. 참 어처구니 없는 동족끼리의 싸움이었다. 전사 272명 포로 917명 행방불명 250명 익사자 31명…… 통계들이 서로 엇갈리고 전사자 속에 익사자가 포함된 것인지도 확실하지 않다. 좌우간 누구를 위한 싸움이었던가. 러시아를 위한 싸움이었던가. 일본을 위한 싸움이었던가.

자유시사변은 참으로 어처구니 없는 사건이었다. 안타까운 역사였다. 어째 그럴 수밖에 없었단 말인가. 김좌진의 죽음의 장면이 거기에 겹쳐진다. 도대체 정말 그럴 수밖에 없었단 말인가. 민족보다 역사보다 주도권이 그렇게 중요하였단 말인가.

유람선에서 내려서 러시아 영사관으로 갔다. 거기서 1일 비자를 발급받아 강건너 블라고베시첸스크로 갔다. 강행군이었다.

유람선을 타고 돌면서 하던 최소장의 얘기는 계속되었다.

"이 강을 건너면 러시아 땅입니다. 중국에서는 흑룡강성, 러시아에서는 아무르주, 양쪽 다 이 강 이름을 가지고 행정구역을 정하였지요. 니항尼港은 저 아래쪽 아무르강 어구의 니꼴라에프스크나아무레 항구를 말하는 것입니다. 중국 지명으로는 묘가廟街이지요."

최소장은 중국과 러시아 국경을 넘는 긴 다리 가운데를 지나며 말하였다. 강을 건너기까지 육로로 먼 길을 돌아 달려와야 했다.

"네에, 그렇군요."

그는 가리키는 방향을 바라보았다.

"당시 소련 정부는 세계 약소민족의 해방을 지지하였고 그 방침에 따라 조국의 광복과 독립, 민족의 자유와 해방을 쟁취하겠다고 목숨을 건 이곳 조선인들의 독립투쟁 활동의 자유를 보장해 주었던 것입니다. 그래서 조선인들은 블라고베시첸스크를 '자유시' 라고 불렀지요. 자유의 땅, 우리 민족의 가슴을 설레게 하였지요."

도형은 그 사정은 잘 알고 있었다.

"그런데 소련은 그것을 취소하였던 것이지요. 그런 이상적인 모토보다도 당장 코 앞의 현실적인 이익과 일본의 요구를 택하였던 것이에요. 혁명 후 국력이 쇠약해진 소련은 일본과의 불화가 결코 이롭지 못하다는 판단을 한 것이고 그래서 약소민족에게 약속한 자유는 휴지쪽이 되어버렸지요."

"힘이 없으면 자유를 누릴 수 없습니다."

최소장은 그것이 바로 역사의 진리이기나 한 듯이 단정적으로 말하였다.

"그런 것도 모르고 우리는 뭉칠 생각은 않고 쌈박질만 하고 있었지요. 도대체 나라와 민족이 나자빠지는 판에 적赤이면 뭘하고 청靑이면 뭘 한다는 것입니까? 이념이라는 것이 뭐가 그리 대단한 것입니까? 도대체 우리끼리 왜 싸워야 합니까? 지금도 다를 것이 하나도 없지 않습니까?"

최소장은 마치 그에게 책임이 있는 듯이 몰아세우는 것이었다.

"지금도요? 하하하하…… 그러게 말입니다."

블라고베시첸스크(알렉세예브스크라고 하기도 했다)를 여기 저기 둘러보았다. 그러나 거기에는 아무런 흔적도 없고 그 때 사실을 아는 사람은 만날 수 없었다. 다만 낮술에 취하여 알아듣지도 못하는 이방인들에게 떠들어댈 수밖에 다른 도리가 없었다. 도대체 얼마나 바보 짓거리를 하고 있었느냐 말이다. 이 자유의 땅에서 말이다. 자유! 자유! 자유 좋아하네!

그리고 다시 막차가 끊어지기 전에 흑하로 돌아와야 했다.

흑하로 돌아온 것은 또 캄캄한 밤중이었다. 다시 강가로 나왔다.

그 때를 조상하기라도 하는 듯 계속 부슬비가 내리고 있었다.

"일제를 피하여 만주로 왔다가 거기서도 발을 붙이기가 힘들어 러시아 땅으로 갔다가 거기서 다시 쫓겨 어디로 갈 수 있는가?"

그가 혼자 말처럼 중얼거렸다.

"어디로 갈 데가 없었지요. 전투가 시작된지 한 시간도 못 되어 흑룡강 가에 이르렀는데 서로 총맞아 죽기도 하고 이 강으로 뛰어들어 떠내려가기도 하고 포로가 되기도 하고 구사일생으로 겨우 강을 건넌 장병들은 다시 중국 동북땅 산간으로 피신을 하기도 하였고 이르크츠크로 수송되어 가는 도중 삼엄한 감시를 벗어나 도망을 치기도 하고, 임시정부의 항의로 이청천李靑天 장군은 석방되었지요. 좌우간 독립군의 투쟁력은 형편이 없이 되어버렸지요."

최소장이 다시 말하였다.」

그는 눈을 감았다. 이제 이 강가를 떠나고 싶었다.

다음 예정지로 가야 했다. 그런데 지구 끝까지라도 가고 싶던 생각은 일단 현실에 부딪쳤다. 하나는 시간적인 사정이고 또 하나는 소련, 독립국가연합(취재 당시)으로 가기 위한 비자가 없었던 것이다. 최소장이 백방으로 인맥을 동원하고 또 적지 않은 뒷돈을 들여서 비자를 만들었다. 몽고 비자도 만들었다. 그래서 우선 국경을 넘어 갈 수는 있었는데 북경에서의 회의 날짜가 넉넉하지 못하였다. 노자도 달리었다.

이래저래 무척 쫓기는 여행을 다시 시작하였다. 우선 바이칼호 천산산맥을 넘는 여행이었다. 주로 기차를 탔다. 어쩌면 무척 사치스러운 여행이었다. 강용권 선생의 말마따나 너무나 낭만적이었다. 옆에서 연속부절로 설명을 해 주었지만 최소장도 미답의 땅이었다. 기차표는 그가 샀지만 술은 최소장이 샀다. 끝없는 여로였다. 희연의 생각이 났다.

떠나기 전에 그녀와 통화를 하였다. 그쪽 사정을 듣기도 하고 그의 일정을 이야기하였다. 가는 곳마다 전화를 하였었다. 논문 심사에 대해서는 이야기를 흐리었다. 미뤘다기도 하고 아직 덜 되었다기도 하고 좌우간 염려하지 말라고 하였지만 걱정이 되었다. 그러나 차츰 그것도 잊어버렸다.

시베리아 횡단철도를 따라 환상적인 바이칼호반을 달렸다. 짙은 남색 물빛을 차창으로 보았다. 이르크츠크도 통과하였다. 아쉬운 대로 죽음의 골짜기와 그 옛날의 지도를 밟고 돌아오자는 것이었다.

옛땅을 도는 데도 한계가 있었다. 다만 우선 그렇게 돌아간다는 의미를 재차 다짐하였다. 희연과 다시 오리라 생각하기도 했다. 시간 여유와 여러 가지 여유를 가지고.

중앙아시아의 서시베리아를 횡단하고 파미르 고원을 거쳐 천산산맥天山山脈의 산줄기를 바라보고 돌아섰다. 그의 시선이 닿는 곳이 옛 국경이기라도 한 듯이 넋을 놓고 바라보았다. 기차로 버스로 승용차로 화물 트럭으로 때로는 우마차를 타고 돌았다. 옷도 헤어지고 신발도 떨어지고 머리도 감지 못하고 수염도 깎지 못하여 짐승 같은 모습들을 한 채였다.

돌아오는 길은 몽고로 잡았다. 몽고의 고비사막을 가로지르고 나타난 끝없는 초원에서 숨을 돌렸다. 정신없이 달려왔다. 거기서 북경까지는 기차로 2일이면 되었다. 이제 비행기는 엄두도 못 내었다.

초원의 계곡 물가에서 목욕을 하고 수염을 깎으며 그들 서로의 등짝에 찍혔던 몽고반점을 생각해 보았다. 왜 몽고반점이 나의 등허리에 찍혀 있은 것인가. 그는 그런 생각을 하며 몽고, 원나라와의 긴 항쟁을 생각해 보았다.

초원의 겔에서 하루밤을 보냈다. 몽고 전통의 가옥이라고 할까, 둥그런 지붕의 우리 원두막보다는 규모가 크고 탄탄한 유목민의 집이다. 특별손님의 대접으로 집을 내어 준 거기 겔에서 막걸리 색깔의 마유주 馬乳酒를 벌컥벌컥 마시고는 정신을 잃어 결례를 하기도 하였다.

울란바토르에서 국제특급열차를 타고 북경으로 향하였다. 차안에서 하루를 자며 30시간 여를 달려야 했다. 침대칸을 탔다. 술이 덜 깬 탓인가 서로 계속 잤다. 최소장을 대접해서 침대 하단을 쓰도록 하고 그는 상단으로 올라가 한없이 잤다.

자다가 일어나 보니 큰 일이 벌어졌다. 기차 바퀴를 다 빼어 놓고 다른 바퀴로 바꿔 달고 있었다. 몽고와 중국 철로의 넓이가 서로 다르기 때문이라고 하였다. 중·몽 국경을 지날 때마다 치르는 절차였다. 지금도 그러고 있는지 모르겠다.

한 시간도 더 걸리는 것 같았다. 역의 공작반원들이 총출동하여 한 조에서 차량 한 대씩을 맡았는지 몇 대씩을 맡았는지 땀을 뻘뻘 흘리며 작업을 하고 있었다. 손님이 탄 그대로 차체를 들어올려 쇠바퀴의 틀을 뜯어내고 그것을 한 쪽으로 밀어부쳐 놓는 곳에서 다른 쇠바퀴를 끌고 와 부착하는 것이었다. 작업등을 대낮같이 밝히고 설치는 모습들이 전쟁터를 방불케 했다. 공작조에는 젊은 여성 기능공도 끼어 있었다. 작업모를 푹 눌러쓰고 진기한 풍속사진을 찍듯이 플래시를 터뜨려대는 관광객들의 시선을 피하고 묵묵히 손을 놀리었다.

그는 신기한 광경을 오르락내리락하며 지켜보다가 잠이 다시 들었다. 중국 국경도시 이련[二連浩特]을 지나고 계속 침대에서 자다가 일어나 앉았다가 하는데 날이 새었다..

만리장성萬里長城이 멀리 산줄기를 타고 보이기 시작하였다.

그는 하단으로 내려와 최소장 옆에 앉으며 만리 장성을 감탄스레 바라보았다. 그리고 그제서야 생각난 듯이 말하였다.

"아니 그래, 옛날에는 어떻게 되었든, 두 나라가 똑같이 새 철도를 놓을 수 없을 정도인가요?"

"모르시는 말씀입니다."

어느 한 쪽이 레일의 폭을 맞추면 될텐데 왜 그 노릇을 하고 있느냐, 사정-경제적인-이 그렇게 어려웠냐는 것이지만 그게 아니라는 것이다.

"그게 아닙니다."

"역시 전쟁 때문인가요? 이용당하고 싶지 않다는 것이지요."

"어느 쪽에서 말인가요?"

그의 물음은 우문이 되고 말았다.

"저 장성을 누가 쌓은 것입니까?"

"진시황秦始皇이 쌓았지요."

그가 다시 말하였다.

거기에 답이 있었다. 그런데 최소장은 그에게 다시 놀라운 논리를 펴 보이고 있었다.

"만리장성이 어느 쪽을 향해 쌓은 것이라고 생각하십니까?"

최소장은 다시 그런 물음을 던지는 것이었다.

"몽고, 원나라, 아니 걸안인가요?"

"아니지요."

다시 틀리었다. 그 때는 그런 시대가 아니었다. 그런데 이번에는 그런 얘기를 하려는 것이 아니었다. 참으로 어려운 문제를 풀고 있었다.

"저 성을 언제 쌓았느냐 하면……"

최소장이 몰라서 묻는 것이 아니었다. 딸딸 다 외고 있었다. 도형에게 생각할 수 있는 시간을 주는 것이었다.

"진나라 시황제가 전국戰國들을 평정하고 중국 전체를 통일하지 않았습니까? 2112(B.C. 221)년이지요. 천하무적의 시황제는 그러나 북방족을 경계하여 산해관山海關에서 가욕관嘉峪關에 이르는 3,200킬로, 그야말로 만리나 되는 긴 성벽을 쌓았습니다. 고구려 건국이 2076(B.C. 37)년인데 그로부터 184년 전이 되지요. 그 때 북방족이란 누구이며 경계의 뜻이 무엇이겠습니까?"

그 북방족은 조선족이며 경계라는 것은 약자가 강자에게 취하는 자세가 아니냐는 것이었다.

그는 참으로 기묘한 최소장의 논리에 말문이 막혔다. 그런 그에게 웃으며 다시 묻는 것이었다.

"진시황제가 천 년 만 년 살겠다고 불노초를 캐러 보내지 않았습니까? 거기가 대체 어느 나라인지 모르시겠습니까?"

현대 토목기술로 보아도 불가사의한 거대한 만리장성을 구축한 진나라의 강력한 국력보다도 더 강대한 나라가 북방에 있어서 그것을 경계하기 위하여 만리나 장성을 쌓은 것이고 그 나라는 바로 조선이었다는 논리를 펴는 것이었다. 그게 사실이라고 하면 고구려 옛땅을 용케도 돌아온 것이 되었다. 그것을 웅변으로 말해 주는 만리장성은 광개토대왕릉비보다도 더 값진 거대한 비석이요 돌탑이 아닐 수 없었다. 최소장의 궤변인지 모르지만 그 한 가지만 가지고도 이번 잃어버린 옛 땅 국경 순례는 뜻이 있는 것 같았다.

그가 대단히 통쾌한 얼굴을 하고 고개를 끄덕이며 최소장을 바라보고 있는데 기차가 장가구張家口 역에 섰다. 바로 만리장성이 코앞에 보이는 북경의 관문이었다. 모두들 내려서 만리장성을 배경으로 사진을 찍었다. 그가 최소장을 찍어주며 그도 하나 찍어달라고 카메라를 주자 최소장은 다른 사람에게 카메라를 다시 주며 같이 찍어달라고 하였다. 아침 햇살이 두 얼굴에 가득 담기었다.

"좌우간 결론이 좋습니다. 귀한 이야기를 많이 들려주시고 참으로 값진 여행이 되었습니다."

그는 차에 올라서 최소장에게 인사를 하였다. 그것이 최소장의 물음의 답변이기나 한 것처럼.

"제가 할 소립니다. 너무 재산의 축을 내게 해서 죄송합니다."

최소장이 또 말한다.

"갈석산과 난하는 어디쯤 되지요?"

도형이 물었다.

"하하하하…… 뭘 그렇게 단번에 뿌리를 뽑을려고 하십니까? 지치지도 않으셨습니까?"

최소장이 웃으면서 말하였다.

"예, 힘이 납니다. 하하하하……"

고조선의 국경이었다. 난하 갈석산은 북경 근방이었다.

도형은 말을 하면서 생각해도 참으로 대견스러웠다. 고조선의 동쪽 끝 흑룡강 흑하에서 서쪽 끝 난하까지 종단을 한 것이었다. 그리고 북쪽 끝끝까지는 다 가지는 못했지만 시베리아 천산산맥까지…… 갔다오는 길이었다. 주마관산격이긴 하지만 참으로 엄청남 거리였던 것이다. 그는 그런 사실에 도취되어 말을 못 잊고 있었다.

"북경에 다 왔어요."

"그래요?"

국제열차는 북경 시내로 접어들고 있었다. 거기에 단군에 대한 학술회의가 기다리고 있었다.

신화냐 역사냐

회의장에 조금 늦게 도착하였다. 몰골이 괴상한 대로 회의에 조금이라도 일찍 참석하기 위해 헐레벌떡 달려갔다. 모두들 그들을 이상한 나라에서 온 사람처럼 바라보는 것이었다.

회의 주제는 '중한일中韓日 개국신화開國神話의 사상'이었다. 건국 개국 신화의 비교였다. 신화로의 접근이었다. 많은 기대를 갖고 이 회의에 대기 위해 수만리를 달려온 그는 맥이 쑥 빠져버렸다. 신화를 찾아다닌 것이 아니고 역사를 찾아다닌 것이었다. 허황된 역사인지 모르지만 그 실체를 찾아 북방을 헤매다 온 것이었는데 다시 신화를 향해 앉은 것이다. 그러나 그런 대로 거기에 단군 관계 연구자들이 다 와 있었다. 특히 북한의 상고시대 사학자들의 얼굴이 여럿 눈에 띄었다. 발표도 중국과 일본 한국 그리고 북한의 발표로 단군신화에 대한 것은 남북 양쪽에서 발표를 하도록 되어 있었다.

어떻든 북한의 학자들과 다시 접촉할 기회가 온 것이었다. 사실은 그것이 중요한 일이었다. 그것을 위해 여기 온 것이었다. 남북 단군 학술회의를 타진하고 추진하는 일, 그것을 접근시키기에 더 없이 좋은 기회였다. 그의 주제는 그것이었다. 그것을 순간적으로 잊고 있었던 것이다. 그 때문에 그가 이렇게 달려온 것이 아닌가.

거기에 대한 연구가 따로 필요하였다. 조직적이고 구조적인 접근이 필요하였다. 그의 힘만으로 되는 일이 아니기도 했다. 번번이 생각만 앞서고 감정만 달아오를 뿐 현실적인 거리를 좁히지는 못하였다. 그 문제 역시 너무 낭만적인 생각을 하고 있는 것인지 모른다.

그런 생각을 하며 중국과 한국 북한 일본 개국신화들을 들었다.

먼저 중국 측의 발표가 진행되고 있었다. 북경대 교수의 「중한中韓 개국신화의 비교연구」였다.

중국과 한국 개국의 군주는 신화상에서 다 같이 천신天神과 인황人皇의 이중 신분으로 나타난다. 중국 상고시대에 첫 번째로 중원을 통일한 개국 군주 헌원황제軒轅黃帝는 역사적 인물이면서 신화적 인물이다. 인간세상의 군주이자 하늘나라의 천신이었다. 황제는 원래 하늘의 뇌신雷神이었다. 가장 위력이 있는 천상 천국의 주신主神이면서 중국을 개국한 군주로서 중국 시조이다.

황제의 어머니 부보附寶가 들판에서 일을 하고 있을 때 한 불빛이 북두칠성을 휘감으며 들판을 비추자 감응을 받고 임신하여 24개월이 되어서 황제를 낳는다. 황제는 태어나자마자 신지도神芝圖라는 천서天書를 받고 뒤에 풍후風后 응룡應龍 여발女魃 등 신인神人들의 호위를 받으며 호랑이 표범 곰 등의 군대를 지휘하여 피가 강을 이루는 치열한 전투에서 염제炎帝(神農氏) 치우蚩尤를 이김으로써 중원 각 부족을 통일하고 유웅有熊에 건국한다.

중국 학자의 발표가 계속되었다.

헌원황제는 의식주와 상업 농업 방면의 창조와 개발로 중국 고대 신화상 최대의 문명적 영웅이 되었다.

한국의 단군신화 역시 단군의 천신天神 가계와 신비한 출생 그리고 문명적 창조의 내용을 담고 있다. 단군의 아버지는 천신 환인桓因의 아들로 인간 세상에 관심을 갖고 홍익인간弘益人間을 실현하기 위해 천부인天符印과 3천명의 무리를 거느리고 하늘에서 태백산 정상 신단수神檀樹 아래로 내려온다. 그가 환웅桓雄 천왕이다. 개천開天, 하늘을 연 것이다. 그는 곰이 변한 여자와 결혼하여 단군왕검檀君王儉을 낳고 평양에 수도를 세워 조선이라 부르기 시작한다. 환웅 단군 부자 양대에 걸쳐 개국을 완성하게 된다.

단군의 출생은 곰과 연관이 있고 황제의 경력도 곰과 관계가 있다. 황제의 아버지 소전少典은 유웅有熊 지방의 군주였고 황제가 도읍을 정한 곳도 유웅(지금의 하남성 新鄭 지방)이며 황제의 군대에 곰이 등장한다.

제지하도帝之下都라 한 황제의 궁궐이 있는 곤륜산崑崙山 위에 대 여섯 아름 되는 큰 나무 화목禾木이 있는데 이것은 환웅이 태백산 신단수 아래로 내려온 것과 유사하다. 황제가 용을 타고 하늘로 올라갔고 단군이 아사달에 산신이 되었다고 한 것도 유사하다.

그런 몇 가지 점으로 보아 중국과 한국은 문화적으로 상당히 밀접한 관계가 있고 민간신앙과 민속 등 문화의 패턴이 서로 비슷함을 알 수 있다.

발표를 듣고 있던 사람들이 고개를 끄덕거리었다. 중국과 한국 학자들에게 공감을 주는 발표였다. 곰의 연관을 끌어낸 것은 처음이라 생각되었다.

두 번째 발표로 이어졌다. 한국 ㄷ대학 교수의 「단군 삼대 신화의 성격」이었다. 그의 대학 국문학과 교수이다. 문학적 신화학적 접근을 하고 있는 것이었다. 그와 늘 학문적 대화를 하지만 결론은 달랐다. 신화와 역사의 차이였다고 할 수 있었다.

환인은 제석帝釋 상제上帝 천제天帝로 표현된 우주지배의 지고신至高神이다. 환웅은 천제의 아들이다. 천신天神임에도 인간계를 동경하여 하강한 반신반인半神半人으로 단군을 출산한다. 단군은 인대人代를 연 고조선 초대의 인왕人王이다. 뒤에 산신이 된다.

단군 3대의 신화는 천상天上으로 상징된 낙원을 떠나온 인간의 운명을 보여준다. 그런 면에서 환웅은 아담과 이브와 같은 계통의 인물이다. 그러나 환웅은 낙원에서 쫓겨난 것이 아니고 인간계를 스스로 선택한 것이다. 천상 낙원을 떠나온 환웅의 후예들은 하계에서 낙원의 향수를 안고 복락원復樂園을 희구하며 살아간다. 단군 3대의 신화는 이러한 우리 민족 또는 인류의 의식의 심층에 자리한 근원적 회복의 열망을 암시하고 있다.

단군의 이런 신화학적 연구에 대하여 밖에 나와서 새로운 인식을 갖게 되었다. 그와 전혀 접근방법이 다르고 포인트가 다른 결론에 대하여 새삼 공감을 하게 되었다.

다음은 북한 학자의 순서였다. 북한 사회과학원 교수의 「단군의 출생신화의 재해석」이었다.

단군신화의 뒷부분만을 놓고 보면 주인공은 곰이며 내용도 곰과 관련한 이야기로 이해되지만 전체를 통털어 놓고 보면 주인공 단군의 신비한 출생 경위를 전한 출생신화라고 할 수 있다. 여기서 곰과 범의 정체는 무엇일까.

우리의 원시시대에 분명히 씨족제도가 있었고 그 씨족의 이름이 동물숭배의 관념에서 출발하였던 만큼 우리와 인연이 깊은 동물인 곰과 범의 이름이 씨족명으로 되었음을 추정케 하는 근거들이 많이 있다. 이런 해석에 기초하여 볼 때 곰 한 마리와 범 한 마리가 한 굴에 살았다고 한 것은 하나의 곰씨족과 하나의 범씨족이 있었다는 사실을 말하고, 곰과 범이 한 굴에서 살았다는 것은 곰씨족과 범씨족이 한 개 종족을 이루고 같이 살았다는 사실을 말한다. 그리고 곰은 사람으로 될 수 있었으나 범은 사람으로 되지 못하였다고 한 것은 종족간에 곰씨족의 세력이 범씨족보다 우세하였던 사실을 말하는 것이다. 단군신화는 이러한 실제 사실들을 굴절 반영한 것이라고 볼 수 있다.

곰여자[熊女]가 신단수 아래에서 아이를 배게 해 달라고 빌어 웅[桓雄]이 사람으로 변한 뒤 그녀와 혼인하여 아들을 낳아 단군왕검이라 불렀다고 한 것은 단군의 출생신화에서 근본을 이루며 결론이 되고 있는 부분이다. 여기에서 곰여자는 곰씨족의 여자를 가리키는 것이고, 신단수는 천신을 숭배하는 웅 종족의 새로 정착한 지역을 카리키며, 그

곳에 가서 종족의 추장(웅)에게 청혼한 사실을 신화적으로 반영한 것이다.

그렇게 볼 때 단군의 출생신화는 고조선 발상지의 본고장에는 곰씨족과 범씨족으로 구성된 종족이 살고 있었고, 곰씨족의 세력이 우세하여 종족 수장首長을 곰씨족의 귀족들이 차지하였으며, 이 종족의 귀족들은 하늘신을 숭배한 웅이 거느린 이주민 종족과 연합하여 종족동맹을 형성하였다고 하는 역사적 사실을 반영하고 있다고 할 수 있다.

단군신화를 역사적으로 해석해 보이고 있었다. 그것을 인류학 고고학적으로 증명하기도 하고 원시시대 동물숭배 관념의 논리를 펴기도 하였다. 도형은 그런 내용이 담긴 발표자의 「단군신화와 역사」라는 논문도 입수하여 본 적이 있는데 아무래도 결론 부분, 역사적 사실을 반영하고 있다는 데에는 동의가 안 되었다.

남북한에 이어 일본 나라대奈良大 교수의 「일본 건국신화에 영향을 미친 중국과 한국의 사상」이라는 논제로 주제 발표를 하였다.

일본의 『고사기古事記』의 천손강림天孫降臨 신화와 『일본서기日本書紀』의 신무동정神武東征 설화를 먼저 소개하였다.

그동안 그는 북한 학자들 옆으로 가서 앉았다. 전에 만났던 학자들에게 인사를 하며 접근하여 남북회의 추진을 다시 시도하였다.

지난 번 집안에서 만난 학자도 몇 사람 되었다. 김종수 박일준 교수도 와 있었다.

"답을 좀 가지고 왔어요?"

도형이 김종수 교수에게 물었다. 제일 친하다고 생각해서였다.

"무슨 답 말인가요?"

시치미를 떼는 것인가. 잊고 있었던 것인가.

"남북 단군회의를 추진해보라고 하지 않았습니까?"

그는 정중하게 다시 말하였다.

"아, 네에. 그것이 우리 선에서 되는 게 아니지 않습니까?"

"그러나 우리 선에서 올라가야지요."

"남조선에서 먼저 시작해 보시라요."

"우리가 할 테니 오시겠느냐 하는 거지요. 지난 번에 얘기하지 않았습니까?"

"다시 얘기해 보지요."

얘기가 원점으로 돌아간 것 같았다. 발표가 끝나고 다른 사람에게 다시 얘기해 보리라 생각하며 그의 자리로 돌아왔다. 일본 학자의 발표가 계속되었다.

천상의 지고신至高神 고황산령대신高皇産靈大神과 태양여신太陽女神 천조대신天照大神의 두 신이 그들의 손孫인 호노니니 기노미코토를 지상의 왕으로 삼으려고 세 종류의 보기寶器 거울 칼 옥을 하사하여 중신中臣 기도忌都 경작鏡作 옥작玉作 원녀猨女의 오부五部 씨족의 조신祖神과 함께 남구주南九州 일향日向의 고천수봉高千穗峰에 내려보낸다. 이 천손강림 신화에서 오부의 신이 등장하는 것은 고구려의 오부 백제의 오부 오방五方 사상의 영향이라고 생각된다.

그리고 4대째 자손인 신무천황神武天皇과 3인의 형제들이 군병과 군선軍船을 이끌고 좋은 땅을 찾아 항해한 끝에 대판만안大阪灣岸의 하내河內에 상륙하여 토착 오랑캐들과 싸우다 형 한 사람을 잃고 남쪽의 웅야熊野에 상륙하여 앞바다에서 다시 형 둘을 잃는다. 신읍新邑에서는 이상한 곰이 나타나 전군이 실신하게 된다. 그러자 천상의 신이 영검靈劒을 던져 위기에서 구원하여 전군이 소생하고 신성한 까마귀의 인도로 험한 길을 넘어 대화大和에 들어간다. 대반大伴씨의 장군과 그 휘하의 군단 구미부久米部 군사들의 힘으로 토착민들을 진압하고 대화의 단원檀原에서 초대의 천황 신무神武가 즉위한다. 이러한 신무동정神武東征 설화에서 천황이 즉위한 후 조견산鳥見山에서 교사郊祀라고 하는 의례 의례儀禮를 행하였다고 기록되어 있는데 이것은 중국의 제사 제도인 율령제律令制의 영향이라고 생각된다.

발표가 끝나고 토론자들의 질의가 있었다.

도형은 김종수 교수에게 다시 가서 북의 대표적인 학자를 소개해 달라고 하였다. 그는 북의 학자들을 만나는데 신경이 곤두세워져 있었다. 그러는데 마침 그 북한의 대표적인 학자가 허연 머리를 날리며 질의를 하기 위해서 일어났고 김종수는 바로 저분이라고 하였다. 북의 사회과학원 원장이었다. 이정술이라고 했다. 지명 토론자는 아닌데 나가서 마이크를 잡고 전체 발표자에게 질의를 하겠다고 하는 것이었다.

"첫째로 중국 한국 일본 신화에 다 곰에 관한 기사가 등장하는데 그 연유와 까닭이 무엇이라고 생각하는가? 두 번째로 단군 신단수와 일본의 단원檀原과는 어떤 관계가 있다고 보는가? 세 번째로 신화는 역사와 어떤 관계가 있는 것인가? 그런 점을 배우고자 질문을 합니다."

그런데 너무 딱딱한 어조로 이야기를 하여서인가, 질문에 대하여 발표자 누구 하나 나서지 않고 서로 답변을 미루고 있는 사품에 이정술은 기다리기나 했던 듯이 스스로 자신의 견해를 밝히는 것이었다.

"우리나라에는 단군신화 이전에 곰설화가 있었다고 봅니다. 태고적부터 우리 조상들의 동물숭배 관념에 바탕을 두고 생겨난 곰설화는 '옛날에 곰이 쑥 한 타래와 마늘 스무 개를 먹고 굴 속에 들어가 백일 동안 햇빛을 보지 않고 지냈더니 사람으로 되었다.' 이러한 것이었다고 봅니다. 단군신화의 창조자들은 이러한 원래의 설화를 역사적 현실의 요구에 맞게 변형시켜 단군신화를 만들었다고 생각합니다. 신화와 전설들을 액면 그대로 믿기는 어려운 것입니다. 옛 사람들은 현실 생활에서는 도저히 실현할 수 없었던 요구와 염원을 초자연적인 힘의 도움으로 성취해보려는 생각에서 신화 전설을 꾸며냈던 것이기 때문에 그 뿌리를 깊이 파고 들어가 따져보면 그 시대 사람들의 요구와 염원, 생활의 실상을 알 수 있게 되는 것이라 생각합니다."

이정술은 그런 논리에서 단군신화는 이제 신화에 머물러서는 안 된다고 말하였다. 거기에 대하여도 모두들 아무 말을 않고 있었다. 질의 토론이라기보다 발표이며 주장이었던 것이다. 북한 측의 발표를 부연하고 두둔하는 주장이었다. 앞에 발표한 북한 학자의 주장과 같은 내용이었던 것이다.

그런 어색한 분위기의 틈을 타고 도형이 손을 들고 또 질의를 하겠다고 나섰다. 그는 조금 전만 해도 그럴 생각이 전혀 없었다. 그런데 그 북한 질의자인 사회과학원장과의 대화를 위해 손을 들고 일어서 의도적인 질문을 하기에 이른 것이다.

도형은 단군신화와 단군의 역사에 대한 관계 규명은 대단히 중요한 과제라고 전제하고 질의를 하였다. 그에게 보내는 시선들이 곱지가 않았다. 거기에는 지난 집안 회의에 참석한 사람들도 꽤 있었다. 하지만 그런 것은 상관할 바 아니었다. 목적이 따로 있었던 것이다.

일본의 발표자에게 묻는 것이었다.

"일본의 건국신화인 천손강림 신화가 한국의 오부 오방 사상의 영향을 받았다고 하는 것은 대단히 획기적인 해석이라고 생각됩니다. 단원에서 즉위한 신무동정의 건국설화가 실린 『일본서기』에 대하여도 감명 깊게 들었습니다. 그런데 일본의 『왜인흥망사倭人興亡史』를 쓴 가시마 노보루라고 하는 분이 『한단고기』의 번역서를 내면서 『일본서기』는 모략위서謀略僞書라고 하였는데 거기에 대하여 어떻게 생각하시는지, 그리고 그런 견해에 대하여 일본 학계의 의견은 어떠한지 알고 싶습니다."

그는 일부러 북한에서 질의한 '단원'을 관련지었다. 대화의 실마리를 만들기 위해서였다. 질문 자체가 그런 것이었다.

질문을 받은 일본 학자는 웬 일인지 답변을 회피하는 것이었다. 누구나 자유로운 자기 의견을 가질 수 있는 것이 아니겠느냐는 내용의 얘기를 웃음을 섞어 말하고 핵심은 피하여 버리는 것이었다.

그래서 그는 다시 자신의 의견을 보태었다. 북한의 질의자와 똑같은 식이 되어버렸다. 한국에서는 『한단고기』를 위서라고 하는 학자들이 있는데 일본에서는 그 『한단고기』를 인정하기 위하여 『일본서기』를 위서라고 하고 있다는 것은 참으로 이상한 일이 아닐 수 없다고 하였다.

그는 사실 한국의 배달학회에서 가시마 노보루를 초청하여 얘기를 듣는다는 연락을 받고 직접 그런 질문을 하려고 갔었다. 그러나 가시마는 그 자리에 없었다. 비행기 표가 없어서 몇 사람만 만나고 일찍 갔다는 것이었다. 사실이 그랬는지 공격을 피하여 간 것인지 알 수가 없는 대로 모인 사람들끼리 가시마가 번역한 『한단고기』를 가지고 얘기들을 많이 하였었다. 가시마는 왜족倭族을 한단족桓檀族으로, 왜사倭史를 한단사桓檀史와 연결하여 『한단고기』에 올려놓으려는 것이 아니냐고 하였었다. 그러나 여기서 그런 이야기는 할 수 없었다. 말은 그렇게 하지 않았지만 결국 그런 의도를 전한 것이었다.

그렇게 두 사람의 질의가 어색한 분위기 속에서 있은 후 다른 참석자들의 질의와 토론이 있었다.

회의가 끝나는 대로 도형은 김종수 박일준 두 북한 학자와 같이 이정술을 만났다.

"신화가 아닌 역사의 연구를 가지고 단군 학술회의를 가졌으면 합니다."

그는 이정술과 악수를 나누면서 다짜고짜자로 그 이야기부터 하였다. 그에 대한 반응은 짐작하고도 남았기 때문이었다.

"좋지요."

"남북 공동으로 말입니다."

"거 참 썩 좋은 생각이시오."

"그렇다면 실행으로 옮겨야지요."

"실행이라……"

예상대로 이정술의 반응은 좋았다. 질의자로 등장했던 효과가 있었다. 그에 대한 호감을 가지고 있었다. 1단계 작전은 성공이었.

학문적인 회의를 반대할 이유는 없었다. 그러나 그 실행방법에 대해서는 역시 문제가 있었던 것이다.
"한 번 거창하게 만납시다. 하하하하……"
그렇게 웃음으로 넘기려 하는 것이었다.
"한 번 들어오라니까요."
김종수가 옆에서 거들었다. 거기까지 얘기가 되었었던 것이다.
"그랬으면 좋겠는데 잘 안 되네요."
그가 답답하다는 듯이 말하였다.
"하하하하……"
별 뾰족한 수가 있는 것은 아니었다. 그 점에 있어서는 남이나 북이나 마찬가지이고 지위가 좀 있으나 없으나 마찬가지인 것 같았다. 그래도 사회과학원 원장이라고 하는 상당한 지위의 이정술은 흰머리를 펄펄 날리며 중요한 한 마디를 던지는 것이었다.
"단군 제향 행사를 공동으로 하는 것도 하나의 방법이 아닐까요?"
이번에는 웃음을 거두고 안면 신경을 파르르 떨면서 말하는 것이었다. 그를 바라보고 있었다.
"한 번 했었지요."
옆에서 최소장이 말하였다. 최소장은 그의 심정을 잘 알고 있는 것이었다. 고마왔다.
"그랬지요. 우리가 갔었잖아요?"
그랬었다. 개천절 남북공동행사를 단군릉에서 거행할 때 그도 참가를 했었다. 그리고 대종교 안호상 총전교와 김선적 전리가 단군릉을 참배하고 단군제 행사에 참가하고 와서 옥고를 치르지 않았던가.
"이번엔 그쪽에서 올 차례입니다. 한 번 오시지요."
그가 재빠르게 다시 말하였다.
"초대를 해봐요."
이정술이 또 웃으며 말하였다.

"정말이신가요?"

"그럼 여태 정말을 한 것이 아닌가요? 하하하하……"

최소장이 또 옆에서 말하였다. 최소장은 이정술을 알고 있는 처지였다.

더 좋은 방법이 나올 때까지는 그런 방향으로 추진해야 될 것 같았다. 어느 쪽이 됐든 또 감옥에 갈 준비만 되어 있으면 되는 것이었다.

이야기를 다시 신화와 역사의 문제로 끌고가려 하였다. 이정술의 호감을 추가하기 위해서다. 이정술의 역사주의에 동의를 보내기 위해서이기도 하지만 그에게 있어서도 관심사였던 것이다. 거기에 대해서는 최소장도 의견을 같이 하고 있었다. 그가 얘기를 하려 하자 최소장이 묻는 것이었다.

"누가 단군을 신화로 만든지 아십니까?"

"일연—然은 『삼국유사』에서 단군을 동화로 만들었지요."

"이승휴李承休의 『제왕운기』는 서사시敍事詩로 되어 있어요."

그와 북의 김종수가 말하였다.

"지금 그런 장르 얘기를 하자는 것이 아닙니다."

최소장은 답답하다는 듯이 이야기를 더 돌리지 않고 말하였다.

"단군을 신화로 만든 것은 일본입니다."

그런 이야기였다.

모두들 최소장을 바라보았다. 숙연한 표정들이었다. 최소장의 얘기가 새로운 것은 아니었다. 사람을 어리둥절하게 하였을 뿐이다. 일제의 조선사 왜곡에 대한 얘기였다.

"여기 서서들 이럴 게 아니고 우리 방으로 갑쉐다."

이정술은 일행을 그가 묵고 있는 호텔 방으로 가자고 했다. 예상대로 얘기가 이정술의 호감을 산 것이었다. 이견들이 없었다. 이정술은 다른 학자들에 비해 널찍하고 조용한 독방을 쓰고 있었다. 응접세트의 소파들이 여러 개였다. 거기에 주욱 둘러앉았다.

도형은 그의 방으로 달고 시원한 맥주를 좀 가져오게 하였다. 주인의 승낙도 없이 그게 무슨 경우냐고 이정술은 웃으며 나무랐지만 금방 분위기가 부드러워졌다. 참으로 자연스럽게 대화의 기회가 다시 마련된 것이었다.

"조국과 민족을 위하여!"

도형이 건배를 하며 외쳤다.

방의 주인은 이정술이지만 술의 주인은 그였던 것이다. 그가 늘 술을 마실 때마다 입버릇처럼 하는 말이 어느 때보다도 어울리는 분위기였다.

"뭐이라 했소?"

"아 조선말도 못 알아듣습네까?"

이정술의 반문을 도형이 상대방의 억양으로 되받아 치자 방안은 온통 웃음바다가 되었다.

"하하하하……"

"하하하하……"

최소장은 술을 한 잔 하고서 아까 얘기를 계속하였다.

"단군과 조선이란 말의 시원始原은 『삼국유사』에서 유래되지만 『삼국유사』나 『제왕운기』 어디에 신화란 말이 있습니까? 그 뒤 어느 기록의 구석지에도 단군신화란 말은 없습니다."

모두들 고개를 끄덕이는 바람에 최소장의 목소리는 점점 힘이 실리었다.

"단군신화란 말이 등장한 것은 1920년대의 일입니다. 1915(4248)년부터 조선총독부 중추원에 조선사편찬위원회라는 것을 조직하고 조직적인 조선사 위조를 하기 시작한 것이지요. 뒤에 조선사편수회라 하였는데 여기에서 우리의 역사는 신화로 둔갑을 한 것이에요."

"경성제국대학 교수이며 조선사편수회 위원이었던 이마니시(今西龍)는 1929(4262)년에 쓴 「단군고檀君考」에서 단군을 철저하게 부정하고 왜곡했지요."

김종수가 최소장의 얘기를 뒷받침하는 이마니시의 논문 내용을 소개하는 것이었다.

단군이란 도교적 칭호로서 평양 방면의 지신인 선인왕검에게 붙였던 것이다.

단군의 계통을 오래되게 하려는 의도를 가지고 조사한다면 선인왕검은 혹 낙랑, 대방의 한민족漢民族이 제사지내던 신의 계통을 끌어들인 것이라고도 생각되나 그렇지 않고 조선 북쪽에서 겨우 제사를 끊지 않던 해모수를 위해 제사지내기 위한 것이다. 본래 평양 지방의 한 지신에 불과한 것으로서 널리 행해지던 것은 아니지만 그 연기緣起의 구성이 민족 자존을 느끼게 된 시기의 사상이 우연히 부합되기 때문에 서적에도 게재되기에 이르고 그 이야기가 점차 돌아다녔는데 이조에 이르러 개국 신인神人이라고 관청에서 편찬한 역사서적 첫머리에 게재되기에 이르자, 그 이야기가 전국에 유포되어 역사적 신인으로서 움직이지 못할 자리를 차지하기에 이른 것이다. 그렇다고 해도 단군은 단군대로 자리를 잡은 데 지나지 않고 종교적 신앙이 일어난 것은 현대의 일이다.

단군은 본래 부여 고구려 만주 몽고 등을 포괄하는 퉁그스족 가운데 부여의 신인으로서 오늘 조선민족의 본줄기가 되는 한종족韓種族은 아니다.

"말이 됩니까? 속이 뒤집어지는 문맥들이에요."

김종수가 한참 이마니시의 논지를 연결하다가 말했다.

"문제는 오늘의 우리 역사학에 있는 것 아니겠습니까? 조선총독부의 식민통치에서 해방된 지 얼마나 되었습니까. 오늘에도 왜 이 일제 어용학자의 악의적인 잠꼬대를 그대로 수용하고 있느냐 말입니다."

"옳소!"

이정술은 그의 말에 큰 소리로 동감을 표시했다.

그의 의도는 적중이 되었다. 그런 분위기에서 다시 남북단군학술대회로 화제를 돌려 논의하였다. 어떻든 돌아가 최대한 노력해보고 안되면 연변에서라도 회의를 하자고 결론을 내리고 작별인사를 하였다.

또 하나의 작별을 해야 했다. 최소장과도 헤어져야 했다.

커피 한 잔 가지고는 그 동안의 정을 뗄 수가 없었다.

"남북 단군학술회의를 잘 주선해 보세요."

"그래야지요."

"참으로 많은 것을 배웠습니다. 쓰고 싶은 것이 너무나 많다고 하셨는데 원고가 되는 대로 보내주세요. 출판이 되도록 주선을 해보겠습니다."

"말만 들어도 고맙습니다. 부지런히 써보겠습니다."

그가 쓰는 것은 어떻게 되었는가. 오랜만에 그의 소설을 떠올려 보며 돌아왔다. 만신창이의 빈털터리가 되어 제 자리로 돌아온 것이었다.

일거리가 산더미처럼 쌓여 있었다. 그리고 어머니가 혼수상태였다. 하마터면 큰 불효를 할 뻔하였다. 혼이 빠진 채 그의 대학병원 응급실 중환자실에 입원을 시켰다. 며칠 링거 주사를 맞고 어머니는 회복이 되었다. 그는 정말 하늘에 감사하였다. 안도의 숨을 쉬며 희연에게 연락하였다. 바로 만났다.

희연의 학위에 대해서 물어보았다. 염려 마라고 한다. 이상해서 다시 물어보았다. 연기를 하였다고 한다.

"그게 무슨 말이야? 왜지?"

도무지 이해할 수가 없었다.

"자신이 없어요."

"아니 뭐요?"

그는 화를 버럭 내었다. 이제 와서 뭐가 어쨌다는 것인가. 얼굴이 일그러지고 목소리가 찢어졌다.

"똑바로 얘기해 봐요. 도대체 어떻게 되었다는 거예요?"

오랜만에 만나서 소리를 질러 대었다. 분위기가 험악하였다.

도형은 도무지 이해가 가지 않았다. 너무 무책임하게 돌아다니다 온 그에게 항의를 하고 시위를 하는 것 같다. 가는 곳마다 전화를 하였고 그럴 때마다 염려 마라고 하고 볼일이나 잘 보고 오라고 하였었다. 그것이 너무나 미안하고 죄스러워 오자마자 아니 숨을 돌리자마자 불러낸 것이다. 그가 없던 사이 일이 그르쳐지지 않았나 큰 걱정이었다. 그런데 아직 그러고 있는 것이어서 오히려 다행스럽게 생각을 하였는데 그런 감정을 펼칠 사이도 없이 맥빠진 소리를 하고 있었던 것이다.

"죄송해요."

"도대체 뭐가 문제지?"

"신화가 아니고 역사라고 하는 입증을 시키지 못하고 있어요."

그런 얘기였다.

"그래?"

참으로 어이가 없었다. 너무나 안타깝기도 하였다.

원점에 다시 선 것이었다.

"이번에 북경에서 한·중·일 개국신화에 대한 세미나가 있었지. 거기서 오는 길인데……"

"알고 있습니다. 새로 나온 게 좀 있어요?"

그가 자주 전화를 했었다.

"몇 가지 나왔어요. 내가 갖다 줄께."

"고맙습니다. 좌우간 말이지요, 재야 사학자들은 단군을 역사로 인정을 하고 있지만 대부분의 강단 사학자들, 대학의 사학과 교수들은 인정을 하지 않고 있어요."

"우선 내가 인정하고 있지 않아?"

"선생님도 그 근거를 철저히 대지는 못하고 있어요."

"그러니까 어쩌겠다는 거야?"

그의 언성이 거칠어졌다. 그것을 스스로 느끼고 다시 말하였다.

"그래서 신화 쪽으로 접근을 하겠다는 건가요?"

"아니 왜 그러세요, 정말."

이번에는 희연이 화를 버럭 내는 것이었다.

그것이 아니라는 얘기였다. 그렇게 자신을 모르느냐는 것이었다. 그녀도 다시 어조를 바꾼다.

"제가 선생님의 주장을 되풀이할 필요는 없는 것이 아니겠어요? 북한에서 주장하는 것을 그대로 인정하기도 그렇고, 『한단고기』라든지 『규원사화』 등은 다 위서라고 하고 있고, 결국 그런 위서들이라고 하는 책들을 인정하게 하는 방법밖에 없는데 그것이 쉽지가 않다는 얘기예요."

그것은 사실이었다. 강단사학자들은 거의 다 위서라고 하고 있었다. 거의 다 신화 쪽이었다. 그것이 왜 그럴까. 다 잠만 자고 있다는 말인가. 일제 어용 사학자들의 왜곡에 동조하고 있는 것인가. 무슨 생각을 하고 있는 것인가. 아무 생각도 없는 것인가. 도형이 북경에서 호기 있게 얘기하고 또 지지를 받던 것들이 여기서는 통하지 않고 있었다. 밖에서는 인정하는데 안에서는 인정을 하지 않고 있었다.

"하나 하나 부정적인 요소들을 부정해 가면서 다시 시작하고 있어요. 확인 작업을 하면서 다시 쓰고 있는 거예요."

"시간이 자꾸 가잖아?"

"시간이 문제가 아니지요."

"그럼 뭐가 문제인가?"

"참 선생님은 무슨 말씀을 하시는 거예요?"

전과 입장이 뒤바뀌었다. 그가 하던 소리를 희연이 하고 있었다. 천지 사방 돌아다니다 와서 생각이 어떻게 되어버린 것인가. 고조선을 일주하며 생각이 뒷걸음을 친 것인가.

"사실 선생님이 다녀오신 코스도 분명한 근거가 있는 것도 아니지 않아요?"

"무슨 소릴 자꾸 하고 있는 거야?"

그는 솔직히 사실을 시인하지 않고 오히려 화를 내고 있었다.

두 사람의 오랜만의 만남은 초장부터 울근불근하였다. 살풀이를 하는 것인가.

"호호호호……죄송합니다 선생님. 해본 소리예요."

희연은 또 그렇게 말을 바꾸었다. 그러나 그녀의 얘기는 사실이었다. 몇 몇 학자들은 그렇게 단군시대의 지도를 그리고 있지만 그가 다닌 코스는 어떤 의미에서는 뜬구름을 잡는 것같이 대단히 허황한 것이었다. 그러나 또 그렇게는 말할 수가 없었다.

"한선생이랑 같이 갔으면 좋을 뻔하였어요."

"선생님 강의는 어떡하고요?"

"그런가, 그것보다 사실은 학위 때문에 그랬는데."

"제가 붙들고 있는 거예요. 아무래도 이대로 내놓고 싶진 않아요. 획기적인, 아니 남북을 놀라게 하는 논문을 제출하고 싶어요."

"물론 그거야 좋은 생각이지."

정말 다행이었다. 이야기를 듣고 보니 희연의 생각이 깊었다. 무엇보다도 그의 이번 여행으로 말미암아 그녀의 중대한 일을 그르치게 하고 그녀를 서운하게 하는 결과를 가져오게 하지 않은 것이 천만 다행이었다. 그의 어머니가 살아서 기다려준 것만큼이나 감사한 일이었다. 하늘에 감사하고 모든 신들께, 무슨 신이 됐든, 감사를 하고 싶었다.

"그래 재미 있으셨어요?"

"재미라기보다도."

그는 무엇보다도 끝없는 기차여행, 이르크츠크 바이칼호를 지나는 환상적인 여정, 그리고 몽고의 초원의 낭만적인 그림에 희연을 넣어보았다.

"수확이 있으셨어요?"

"이제 정리를 해 봐야지. 어떻게 의미를 붙이느냐, 그것이 수확이라고 할 수 있겠지."

"그래요?"

희연은 자꾸 따진다. 어쩌면 그녀가 의미를 도출하고 부각시키고 있는지도 모른다.

"그래요."

"그러면 됐어요."

〈푸른 집〉으로 희연을 불러내었던 것이다. 거기서 또 영락없이 목우를 만난 것이고, 한 동안 학교의 동정을 듣고 그가 답사를 하고 돌아다닌 얘기를 하다가 그들의 소설 얘기를 하였던 것이다.

그의 소설도 정리를 해보야 했다. 목우에게 써보라고 한 그의 생각은 그동안 바뀌었다. 무엇이 됐든 그가 써야 하는 것이다. 거기에 의미가 있는 것이다. 그런데 아직 소설이 되어 있지 않은 것이다.

목우는 자리를 옮겨 마담과 음담패설을 늘어놓기 시작했다. 그는 목우와 동색이 되지 않기 위해서 진지한 이야기를 자꾸 끄집어내었다. 그러나 술이 취하여 의식의 끈은 자꾸만 풀리었다. 희연이 연희로 보이었다.

"그 친구는 어떡하고 있는 거야?"

닥터 배를 묻는 것이었다.

"그 얘기는 했잖아요?"

"그래? 뭐라고 했던가?"

"잊으셨으면 그만이지요, 뭐."

그녀는 새침하게 표정을 바꾼다.

떠나기 전에도 그렇게 물었던 것 같은데 뭐라고 했던지 대답은 떠오르지 않았다.

그녀에 대해서 미묘한 감정을 가질 때마다 그 닥터 배가 떠오르는 것이었다. 그의 의식 속에 잠재된 라이벌과 같은 존재였다. 서로 헤어졌다는 얘기를 듣고도 자꾸 그것을 확인하려 드는 것이었다. 어쩌면 그들이 불행해지기를 바라고 있는지도 몰랐다. 희연의 그런 멋쩍은 대답은 또 그에 대한 반동인지도 몰랐다.

술을 다시 마시기 시작했다. 문제를 풀 수 없을 때는 술을 마시는 것이었다. 술에 대한 책임을 지는 것도 아니었다. 얘기에 대한 책임을 지는 것도 아니었다.

"연의 추적은 어떻게 되었지?"

연희의 얘기를 꺼내었다.

"학위를 끝내고 전적으로 그 일에 뛰어들려고 하였는데 아직 그러고 있어요."

"광고를 낸다고 하였는데……"

"광고는 계속 내고 있어요. L.A. 있는 친구를 통해서 사람 찾는 광고를 내고 있는 거예요."

"아직 반응은 없고?"

"반응이 있으면 이러고 있을 리가 없지요."

"만날 준비를 하고 있어야 되겠네."

"그래요. 그런데 그렇게 가볍게 남의 일처럼 얘기하세요?"

"아 그렇게 보였어요?"

또 어정쩡한 어투가 되었다.

"힘이 필요해요."

"어떤 힘이지요?"

"여러 가지지요."

그는 자금 지원을 좀 해야겠다는 생각이 들었다. 광고료도 상당하리라 생각이 되었다. 퇴직금이 남아 있는데 그것도 많이 당겨 썼다. 이번 여행에서 빚도 많이 졌다. 여기 저기서 카드로 긁은 것이 막 날라올 판이었다. 다른 융자를 받을 수도 있었고 신용대출로도 가능하였다. 마이너스 통장을 두 개 갖고 있었다. 은행마다 하나씩 몇 개라도 더 만들 수는 있는 것이다. 이자 갚는 것이 문제였다.

"알았어요."

"뭐를 말이에요."

그는 그냥 바라보았다. 그리고 그녀의 잔에 술을 따랐다.

"찾을 수 있을 것 같은 예감이 들어요."

그가 한동안 희연의 얼굴에서 연희의 모습을 찾다가 말하였다. 사실은 생각과는 반대의 말을 하고 있는 것이었다. 위로를 하겠다는 것도 아니고 그런 희망을 말하고 있을 뿐이었다.

"찾지 않으면 안 돼요. 그러면 저는 다른 아무 일도 못할 것 같아요. 아마 미칠 거예요. 꼭 찾고야 말 거예요."

"같이 노력해봐요. 그러나 너무 절박하게 생각하진 말아요."

"저에겐 절박해요."

희연은 표정도 그렇게 짓고 있었다.

그는 더 말을 하지 않고 술을 권하였다.

말없이 또 한동안 술을 마시었다. 늘 그랬던 것처럼 귀국을 하여 모처럼 만난 그날도 시간 가는 줄 모르고 술잔을 앞에 놓고 있었다. 그것으로 무엇인가를 해결을 하려는 듯이.

"논문만 쓰지 말고 소설을 좀 똑똑히 써 봐요. 알았어요? 몰랐어요?"

목우가 취하여 소리를 질러 대었다. 누구에게 하는 소리인지 몰랐다.

"유선생님처럼 말인가요?"

희연이 따지듯이 되물었다.

"하하하하…… 한선생같이 너무 똑똑하면 소설을 못 써요."

"정말 그런 것 같아요?"

"그렇다면 그런 줄 알아요. 자꾸 따지지 말고."

"그럼 어떡해야 되는 거예요?"

희연은 얼굴을 붉히다가 한 마디 더 하였다.

"하하 참, 그거야 또 맨 입으로 안 되지."

목우는 너무 취하였다. 다 취하였다.

셋이 같이 택시를 탔다. 목우를 내려주고는 희연이 그의 집으로 데려다 준다. 그도 취하여 몸을 제대로 가눌 수가 없었다. 그러면서도 고집을 부려 그녀의 집엘 먼저 가자고 하였다.

먹이냐 파리똥이냐

그녀의 오피스텔로 갔다.
그는 사실은 집 앞까지 태워다 주기만 하려고 하였는데 같이 올라가게 된 것이었다. 그리고 침대에 털썩 누워버렸다.
금방 코를 골았다.
아침에 눈을 떴을 때 그녀는 화장대에 앉아 있었고 커피포트에 물이 끓고 있었다. 그리고 또 희미한 연희의 사진이 그를 주시하고 있었다.
옛 연인의 사진을 쳐다보며 차를 같이 마시었다.
"토스트 좀 해 드릴까요?"
"해장국은 안 될까?"
"그것은 집에 가서서 끓여 달라고 하세요."
"하하하하…… 무슨 염치로……"
"그런 염치도 없이 오셨어요? 호호호호……"
"해장술만이라도 안 될까?"
"강의가 있어 바로 나가봐야 돼요. 누구 강의인지 아시지요?"
안식년으로 쉬는 그의 강의를 하고 있는 것이었다.
같이 일어섰다. 저녁에 카오스에서 만나자고 하였다.
희연과 마치 같이 출근을 하듯이 나란히 나와서 서로 다른 버스를 탔다.
바로 집으로 가는 대신 사우나탕으로 가서 술내와 여자의 냄새를 말끔히 다 씻고 들어갔다.

아내에게 미안하다고 했다. 그 이유도 사정도 설명하지 않고 그냥 미안한 마음만 전했다. 아내는 또 그것을 물어보지도 않았다. 아무 말도 하지 않는 것이었다.

그 대신 아이들이 미뤄뒀던 요구를 한꺼번에 내놓고 있었다. 그가 돌아와서도 계속 미루기만 했던 것이다. 이날 따라 세 아이가 다 집에 있었다.

빛나에게는 어머니 간병을 그와 교대하기로 하였다. 그리고 그동안 아르바이트를 한 날짜와 시간을 계산하였다. 다만 월급날인 15일 주겠다고 하였다. 앞으로도 그가 요청하는 시간에 아르바이트를 하기로 하였다. 새끼손가락을 걸었다.

"좌우간 말이지요, 제 손엔 완전히 똥내가 배어서 빠지지가 않아요."

빛나는 목돈을 받아내는 것이 미안한지 눈살을 잔뜩 찌푸리고 그렇게 말하였다.

"그래 미안하다. 애 많이 썼다. 손톱을 짧게 깎고 비누로 씻어봐라. 그러면 나을 것이다. 그러나 내 일로는 그런 수고를 끼치지 않도록 하겠다."

"돈만 많이 주세요. 호호호호……"

"하하하하……"

빛나의 요구사항은 쉽게 해결되었다. 돈만 주면 되는 것이었다. 그러나 다른 아이의 문제는 그렇지가 않았다.

재혁의 이야기도 들어주는 방향으로 하였다. 유학은 허용하기로 하였다. 토플시험 600점을 조건으로 걸었지만 그 숫자만 가지고 따질 수가 없었다. 최선을 다하라고 하였다. 언제 가도 갈 거 맥이 다 빠지기 전에 보내겠다는 것이었다. 그것도 돈이 필요하였다. 빛나의 아르바이트 비용의 유가 아니었다. 그러나 어차피 당한 일이었다.

문제는 재빈이 결혼을 하겠다는 것이었다. 그것은 다시 미룰 수밖에 없었다. 아무래도 그 요구는 들어주기가 어려웠다. 역혼逆婚을 따지는 것이 아니고 그렇게 그의 집 개혼開婚을 하고 싶지 않았다. 일단 지금 당장 결혼은 안 된다. 그 대신 사귀는 여자친구를 집으로 데리고 와도 좋다. 우선 공식화시키고 결혼은 천천히 생각을 해서 하도록 하자. 그렇게 타협을 하였다. 그런 과정에서 또 하나의 난관이 등장하였다. 성은 뭐고 아버지는 뭘 하는 사람이고 고향은 어디고 묻는데 재빈이 자꾸 손을 비비며 뜸을 들이다가 하는 말이었다.
"아버지는 안 계세요."
"그게 무슨 소리냐?"
"그럴 수도 있는 것 아녜요?"
"뭐가 어째?"
아무래도 못마땅하게 생각되었다. 바깥사돈, 좌우간 그런 문제가 아니었다. 재빈이 솔직히 늘어놓는 말은 참으로 난감한 것이었다.
이야기를 한참 털어놓는 가운데 그 여자친구는 유복자라기도 하고 아버지는 죽은 것이 아니라 원래 없다기도 하고 어머니 혼자 산다기도 하였다. 그것도 결혼을 해도 좋다는 그의 약속을 몇 번 다짐을 받고 하는 말이었다. 말하자면 사생아라는 것이었다.
그는 아찔함을 느끼고 더 묻지 않았다.
"그게 뭐 그렇게 문제가 되는 건가요?"
너무도 황당한 얼굴을 하고 있는 그에게 재빈이 물었다.
"그럼 너는 이 애비의 존재가 아무 것도 아니라고 생각하는 거냐?"
그는 화를 버럭 내며 말하였다.
"그게 어째 그것하고 같은 얘기인가요?"
그는 또 대답할 수가 없었다. 더 큰 소리로 화를 낼 수가 없었기 때문이었다.
"저녁에 데리고 올게요."

그는 거기에 대하여는 가만히 있을 수가 없었다. 희연의 얼굴이 떠올랐다.
"저녁에는 약속이 있다."
"그럼 내일 데리고 올게요."
재빈은 다시 얘기하였다.
"좌우간 더 얘기 하자."
그는 아무 말도 하지 않고 있다가 대답 대신 그렇게 말하였다.
이미 약속은 한 것이었다. 언제 만나도 만나야 되었다. 재빈이 결혼을 서두는 것도 그런 이유 때문이었는지 몰랐다. 말은 그렇게 하지만 그의 생각을 잘 알고 있는지도 몰랐다. 어떻든 그의 허락을 기다리고 있었다. 아니 그의 의견은 아무 소용이 없는지도 몰랐다.
그가 너무 편협하게 생각하는 것일까. 그의 생각이 너무 고루한 것일까. 그의 자격지심일까. 아니 자신의… 좌우간 마음에 안 드는 조건이라기보다… 너무도 그의 심장을 뒤집고 있는 것이었다. 도무지 말이 안 나왔다. 얘기를 듣고 싶지도 않았고 만나보고 싶지도 않았다. 다만 그저 안 된다고 하고 싶은데 그럴 수도 없는 사정이었다.
그래도 상의를 할 수 있는 데가 아내밖에 없었다. 아침 그가 들어올 때부터 한 마디 말도 않고 안방에 문을 쳐닫고 있는 아내에게로 갔다. 역시 아내는 대꾸를 해주지 않았다. 그저 한 마디만 비수처럼 던질 뿐이었다.
"자업자득이지 뭐예요."
틀린 말은 아니었다. 그러나 인정할 수는 없었다. 그래서도 안 되었다.
"당신 생각을 얘기해봐요."
"내 생각을 따를 거예요?"
"얘기해봐요."
"진작 그러지요. 지금에야 와서 얘기가 무슨 소용이에요?"

"그럼 어떡해야 되겠어요?."

"어떡하긴 뭘 어떡해요? 난 모르니까 똑똑한 사람들하고 얘기해봐요."

더 얘기할 수가 없었다.

저녁이 되길 기다려 카오스로 갔다. 이제 희연에게 상의를 할 수밖에 없었다. 어떤 답을 얻고 못 얻고를 떠나서 털어놓고 얘기를 할 데가 달리 또 없었던 것이다.

희연은 약속 시간에 나타나 주었다. 술도 안 하겠다 하여 커피를 마시며 이야기를 하였다. 그녀의 논문에 대한 이야기를 먼저 꺼냈다. 자료를 한 보따리 준비해 가지고 간 것이다. 이번 여행에서 가지고 온 자료가 많았다. 실은 그의 논문에 먼저 사용할 것이었지만 희연에게 다 내어주는 것이었다.

그것이 그의 마음이었다. 중국에서 가져온 자료이다. 연변 조선족 학자들 그리고 북한 학자들의 논문이고 자료들이었다. 바로 그녀의 고민을 어느 정도 해결해 줄 수 있는 자료들이기도 했다.

희연은 몇 가지를 들추어보다가 고개를 크게 끄덕거리다 눈물을 글썽거리기까지 하였다. 감동이었다.

"정말 고마워요."

"다행이네요."

그리고 그는 어제 저녁의 일을 생각하고 말하였다.

"어제는 미안했어요. 술이 과했어요."

"아시면 됐어요."

그녀를 감동시킨 자료로 퉁을 친 것일까.

지금까지 그는 신화의 역사를 부정하고 사실의 역사를 주장하는 논문을 계속 발표하고 그런 주장을 여러 방법으로 내세웠다. 신문 잡지 방송 강의 강연 등. 정도의 차이는 있지만 그런 면에서는 희연도 마찬가지였다. 도형과 희연의 관계는 그런 입장에서 결속된 것이기도 하였다. 그의 주장을 적극적으로 뒷받침하고 자료를 찾아주었고 논리를 세워주었다. 학위논문도 그런 것이었다. 그런데 희연은 거기에서 벽을 느낀 것이었다. 제출하기 직전에 스스로 제동을 건 것이었다.

"정말 왜 그런 거야? 갑자기 회의를 느낀 거야? 어디서 걸린 거야?"

그가 그것을 다시 캐물었다. 만나자마자 얘기를 듣고 말하였지만 여전히 그것이 궁금하고 석연치 않았던 것이다.

"회의를 갖는다기보다 좀 분명한 고증이 필요한 것이 아니겠어요? 허황된 주장만 하고 있어서 되겠어요?"

그가 하던 말을 희연이 하고 있었다.

서로 입장이 바뀌었다. 그러나 그것은 사실이었다. 그들이 하던 주장은 다만 일제의 식민지 사관에서 벗어나자는 것이고 지금 목에 칼을 들이대고 있는 것도 아닌데 그들의 주장을 되풀이하고 있는 답답하고 말도 안 되는 학계의 행태에 대한 반동인 것이었는데 거기에도 분명한 논리가 서 있어야 하였던 것이다. 물론 논리가 전혀 없었던 것은 아니었지만 아무래도 미흡하였던 것 같다. 보다 확실하고 명백한 근거를 대어야 하는 것이었다. 위서라고 하는 책들을 근거로 논리를 세울 수만은 없었던 것이다. 거기서 벽을 느낀 것이었다. 그가 없는 동안 그 벽을 절감한 것이고 거기서 뛰쳐나온 것이었다. 어쩌면 그의 부재가 결과적으로 큰 힘을 주었는지 모른다.

"북한의 주장을 우리가 어디까지 받아들이느냐 하는 것도 문제예요."

"뭐가 문젠가요? 일본의 주장도 받아들이고 있었는데."

"다 근거가 있으니까 받아들인 것 아니겠어요?"

"뭐요?"

그는 화를 내며 또 소리를 질렀다.

"얘기를 잘 들어보세요."

"듣고 말고 할 것도 없어요."

"왜 그러세요?"

"왜 그러긴, 그걸 말이라고 하는 거요?"

그의 분기는 머리끝까지 치올랐다.

"결국 그 대학에 가서 그렇게 학위를 받겠다는 거요? 거기 때려치우고 도로 와요."

"저를 못 믿으세요?"

"믿고 안 믿고의 문제가 아니지요."

"저는 좀 똑똑한 제자가 되고 싶어요. 예를 들자면 선생님보다는 훨씬 나은 논문을 내놓고 싶어요. 그러면 됐어요?"

"그거야 좋지. 내 논문을 그만큼 난도질을 해놓고도 모자라서 그래요?"

"호호호호…… 그게 그렇게 섭섭하셨어요? 호호호호……"

희연은 마구 웃어대었다. 그의 입에서 웃음이 배어 나올 때까지. 눈싸움을 하는 것 같았다.

그는 희연에게 져 주어야겠다고 생각을 하고 따라 웃었다. 그가 이겨봐야 옹졸한 것밖에 안 되었던 것이다. 발목을 잡힌 것이었다.

"저는 말이지요, 선생님을 존경하고 또 선생님을 이 세상 누구보다도 위하고 싶지만 선생님의 아류가 되긴 싫어요. 이 세상에 선생님은 한 사람으로 족해요."

희연이 다시 말했다.

"알았어. 알았어."

오해가 풀렸다기보다 화가 가라앉은 것이다. 희연은 아양을 떤 것이 아니고 사실을 얘기한 것이었다. 그것을 알았다는 것이다. 결국 입장을 다시 확인을 한 것이었다.

도형은 보따리의 자료 중에서 하나를 꺼내놓았다. 북한의 자료를 입수한 것이다. 학술지에 발표된 것을 스크랩한 것이었다. 단군의 칭호에 대한 논문이었다.

같이 읽어보았다.

―단군이란 무엇인가. 신화에 의하면 하늘신 웅雄이 지상에 내린 곳이 신단수 아래이고 곰여자와 혼인한 곳도 신단수 아래로 되어 있는데 단군의 '단' 은 신단수의 '단' 자와 일치한다. 신단수의 '단' 자를 제단 단壇자로 쓴 기록은 단군壇君이라고 썼고 박달나무 단檀자로 쓴 기록들은 단군檀君이라고 쓰고 있다. 그렇게 단군의 칭호는 신단수에 전적으로 의존하고 있다. 그리고 단군의 '군' 은 임금을 표시하는 우리말의 한자 의역이다. 그러므로 단군의 의미를 복원해 보면 '단임금' '박달임금' 이 된다.

―그러면 박달임금이란 무엇을 가리킨 것인가. 박달의 '박' 은 태백산 백산 백악의 '백' 이며 백은 희다 밝다의 의미이고 '달' 은 산山의 고어이다. 또 박달의 '박' 이 밝달의 '밝' 과 통하며 '밝' 의 어원은 '불' 이다. 그래서 박달은 밝달이며 밝달은 불산이다.

―불산의 불은 무엇인가 종족의 이름이다. 웅이 거느린 종족의 본래의 이름이 불이다. '불' 은 또 고대 우리말에서 모음이 서로 통용되는 어습語習에 따라 '발' 로도 된다. 발조선 발족의 조선, 이것이 조선을 세운 기본 종족이 '발족' '불족' 임을 명시하는 뚜렷한 증거이다. 따라서 단군은 발족 임금을 가리키며 신화에서는 좀 변이된 의미로 박달임금으로 표현되었다. 박달임금의 이두식 표현이 단군이다.

"으흠."

같이 훑어보고 나서 도형이 희연을 바라보았다.

"얘기는 들었어요."

자료를 보지는 못하였다고 하였다. 희연은 스크랩의 앞뒤를 계속 뒤적거리며 말한다.

"그래, 어때요?"

"글쎄요. 비약이 심하군요."

"그래요. 그러나 결국 단군이 실제 인물이고 고조선이 실제의 국가 임을 고증해보이고 있는 거지요. 곰이 아니고 웅족이며 박달나무가 아니라 불산(박달)족 발산족이며 그 임금이 단군이라는 것인데……"

"글쎄요. 좀… 논리의 비약이 심하지 않아요?"

희연은 그의 의견을 대신 말하고 있었다. 그는 그러나 거기에 동의를 하기보다는 다른 이야기를 하였다.

"여기 그런 자료들이 많이 있어요. 잘 분석을 해봐요. 그런 경향이 물론 많이 있는데 신화의 무대를 역사의 무대로 철저히 옮겨놓고 있어요. 북한 학자들의 대체적인 주장을 보면 신시神市는 지역을 가리키는 것이 아니고 환웅을 가리키며 환웅은 원시사회 말기 공동체의 추장이며 단군은 당굴(무당) 텡그리(Tngri, 하늘 또는 祭天者) 천군天君이 아니고 추장도 아니며 국왕이다. 발족의 임금. 그리고 단군신화는 민족 공동의 신화가 아니다. 단군은 고조선의 건국 시조이다. 그런 거예요."

전에 희연도 그런 얘기를 하였었다.

"선생님은 어떤 의견이신가요?"

희연은 그의 얘기를 듣고자 하는 것이다.

그 자신의 얘기를 해야 했다.

"지난번에 들어갔을 때는 이런 자료들을 가져오지 않았었어요. 대충 판별을 해서 몇 가지만 복사를 해 왔었는데 이번에는 눈에 띄는 대로 다 가져와 봤어요. 그런 가설들에 대하여 논리를 우리가 세워볼 수도 있지 않겠느냐 하는 것이지요. 그 작업을 누가 하느냐가 중요한 것 아니겠어요?"

희연은 그를 바라보기만 한다. 너무 거창한 얘기를 하고 있는 것인가.

"필요하면 골라서 적용을 해봐요. 남은 것은 내가 해볼 테니. 단군에 관한 한 북한은 좌가 아니고 우이고 극우인 것 같애요. 단군의 뼈를 전시해 놓고 모든 것을 거기에 맞추려는 듯한 느낌도 없지 않지만 일제 어용학자들의 주장을 되풀이하고 있는 것보다는 훨씬 의미가 있는 거지요."

희연은 고개를 끄덕거리며 동의의 표시인가, 그의 이야기를 뒷받침해 주는 것이었다.

"일본의 이마니시에 앞서 신화설이 나왔어요. 시라토리(白鳥庫吉)의 「단군고檀君考」가 있었어요. 4227(1894)년이에요. 그는 단군사적을 불교설화에 근거하여 가공의 선담仙譚을 만든 것이라고 주장하고 있어요. 단군부정의 시작이지요."

술 대신 커피를 한 잔씩 더 시켰다.

"그건 다 알고 있는 사실이고."

"그 논문을 보셨어요?"

"보았느냐고?"

그가 되물었다. 물론 보았다. 한 번 훑어본 적이 있었다.

"선생님 논문이나 글에는 그에 대한 언급은 없으셨어요."

"그런데 지금 그것이 어쨌다는 거요?"

"그것을 반박할 수 있으면 반박을 해야지요. 글을 쓴 사람은 땅 속에 들어가 있지만 그 글이 출간된 책은 지금도 유통되고 있어요. 4227(1894)년의 〈학습원보인회잡지學習院輔仁會雜誌〉 28에 실렸던 「단군고」는 4303(1970)년에 암파서점岩波書店에서 나온 『시라토리전집』 제3권에 수록되어 서점이나 도서관에 가면 있는 거예요. 그것을 옛날의 일, 과거의 일이라고만 할 수 있어요?"

"그런가?"

"그럼요."

희연은 웃고 있다. 아까 그가 쏟아놓은 화를 다 주워담으라는 듯이. 도형은 식은 커피를 마시며 역시 다시 희연을 따라 웃었다.

"거 봐요."

"뭘?"

"호호호호……"

"왜 그래?"

"호호호호……"

그녀는 웃으면서 표정으로 말할 뿐이었다. 결국 그녀가 그렇게 밉지 않지 않느냐는 것이었다. 아니 뭣 때문에 그렇게 인상을 찌푸리고 지독하게 화를 냈느냐는 것이었다.

"하핫 참, 왜 그러는 거야?"

모르는 척 못 이기는 척 넘어갔다. 그러면서 보따리에서 한참 뒤지다가 또 하나의 스크랩을 꺼내놓았다.

"이것 좀 봐요."

희연이 그것을 읽어나갔다.

"친애하는 지도자……"

"소리내지 말고 읽어봐요."

—……동지께서는 다음과 같이 지적하시었다. 력사연구에서는 사료에 대한 고증을 잘 하여야 합니다.

"이게 뭐예요?"

"당연한 이야기를 하고 있는 거지요 뭐."

"그래요? 호호호호……"

"신경 쓸 것 없어요. 별 것 아니에요. 하하하하……"

의례건 논문이나 평설 앞에 붙이는 교시에 대하여 하는 말이었다.

단군의 건국 사실을 최초로 전한 『위서魏書』에 대한 고찰이었다. 그 글의 후반 부분을 보았다.

—이상과 같은 사실로 보아 일제 어용사가들이 단군 기사를 전한 『위서』를 일연一然의 조작이라고 떠벌인 것은 단군신화를 말살하기 위해서 늘어놓은 궤변에 지나지 않는다.

그 글은 그에 대한 이유를 계속해서 밝히고 있었다.

한 번 웃기 위해 내놓은 자료인데 그것이 그들이 논의하고 있는 화제와 연결되었던 것이다.

"그 뒤에 있는 것들은 소리 내어 읽어도 돼요. 허허허허……"

"후후후후…… 알았어요."

희연은 그러나 속으로 읽었다.

―단군과 고조선에 대한 중국 『위서』의 기록은 단군이 조선(고조선)을 건국하였던 력사적 사실을 전한 귀중한 자료로 인정된다. 『위서』에 고조선의 시조인 단군의 건국 기사가 실려 있다면 우리 나라에서 널리 알려졌던 단군의 이야기가 『위서』 편찬 시기보다 앞선 시기에 중국에까지 알려져 기록에 옮겨진 것이 분명하다. 우리 민족은 단군을 시조로 한 유구한 력사를 이어온 긍지를 품고 단군의 건국 사적을 전해왔다. 그런데 『위서』에서 고조선이 세워진 것이 '2천 년 전' '요堯임금과 같은 시대' 라고 하였는데 이것은 실제와 차이가 있다. 『위서』를 위魏나라 시대 력사를 대상으로 한 기록으로 보면 대체로 동진東晉 시대에 편찬된 것으로서 3세기 중엽부터 5세기 초에 해당되며 이 때부터 2천 년을 소급한 연대는 지금으로부터 3,500~3,700년 전에 해당된다. 이것은 단군릉에서 발굴된 단군의 유골 연대로 측정된 5,011±267년 전과 비교해 1,300~1,500년이나 차이가 난다. 그것은 「위서」에 자료를 제공한 우리 선조들이 단군의 시대로부터 상당히 긴 세월이 흐른 후세의 사람이었으므로 단군의 건국 연대를 정확히 알지 못하였고 다만 단군이 매우 오랜 옛적에 나라를 세웠다는 막연한 인식을 가졌던 것이며 그들은 단군의 건국 연대를 자기들이 알고 있던 가장 오랜 옛 임금에 비교하여 단군이 중국의 요임금과 같은 시대에 나라를 세웠다고 보고 2천 년 전 요임금과 같은 시대라고 표현한 것이라고 인정된다. 이와 같은 기록을 그대로 전한 것이 『위서』의 기사인 만큼 그 연대들은 믿을 것이 못 된다. 그러므로 그 연대는 응당 단군의 유골 측정 연대에 기준하여 수정되어야 한다.

"역시 그렇군요. 후후후후……"

희연이 대략 읽고는 아까처럼 웃었다. 전혀 다른 논리를 접하다보니 웃음의 색깔도 달라질 수밖에 없었던가. 그녀는 고개를 끄덕거리며 미묘한 표정을 지었다.

도형은 그 웃음과 표정에 담긴 의미를 읽을 수 있었다.

"단군의 유골은 어떻게 봐야 할까요?"

희연은 한 단계를 건너서 그렇게 물었다.

『위서』를 일연의 조작이라고 한 일제의 주장을 부정하고 다시 『위서』의 기록을 부정하고 단군릉에서 발굴한 단군 유골의 연대를 주장하고 있는 북한 학자의 학설을 또 어디까지 인정해야 하느냐 하는 문제인 것이었다. 그것을 넘어서는 논리가 필요했다. 논거가 필요했다.

"글쎄."

밤이 깊어가는 줄도 몰랐다. 다방에는 다른 사람은 없었다.

그리고 아까처럼 허허허허 후후후후 묘한 웃음을 웃어대며 자료에 대한 논의를 계속하였다.

"논문을 빨리 써볼게요."

희연이 결론처럼 말하였다.

"그래요."

"이제 제 혼자 해보겠어요. 시간이 좀 걸릴지도 모르겠어요."

도형은 아무 말도 않았다. 이제 사실 그가 도와주지 않아도 될 것 같았다. 그의 논리를 앞서고 있어었다. 심사과정에서나 도와주고 싶은데 그것은 사양하고 있다. 그의 도움 없이 해보고 싶은 것이었다. 그것이 바른 자세이긴 하지만. 좌우간 이제 말이 필요한 것이 아니었다. 마음으로 그가 할 수 있는 것을 하면 되는 것이었다.

일어나기 전에 그는 둘째 아이 재빈이가 하던 말을 꺼내놓았다.

그 얘기는 분위기를 이상하게 만들어놓았다. 재빈의 얘기가 그들의 얘기같이 생각되어지며 얼굴에 무거운 그림자를 드리우게 하는 것이었다.

"그래 만나 보셨어요?"
희연은 땅을 내려다보았다.
"아니, 아직."
"만나보셔야지요."
그것이 물음이요 대답이었다.
그 말 끝에 희연이 또 다른 분위기의 얘기를 내놓았다.
"사이코 드라마 구경을 한 번 안 가시겠어요?"
정신과 의사인 닥터 배의 병원에서 한 달에 한 번씩 갖는 환자들의 연극을 말하는 것이었다. 언젠가 그런 얘기를 들은 적이 있었다.
"매달 셋째 주 토요일 오후에 하고 있어요."
이번 주말이었다.
"그래요. 한 번 가요."
그는 선뜻 약속하였다.
"미국에서는 자주 정신과 병원에 들락거리지 않는 정신과 의사들은 알아주지 않는대요. 전에 들은 얘기예요."
얘기가 좀 어려웠다. 정신과 치료를 받는 정신과 의사를 알아준다는 얘기였다. 하물며 보통 사람들이야 말할 것이 없지 않느냐는 얘기 같았다. 좌우간 전에 들었다는 것을 분명히 하였다.
지금 옳은 정신인가, 그가 지금 제대로 가고 있는 것인가, 묻는 것 같기도 하였다.
그는 이번 학기에 논문을 끝내고 방학 때 같이 미국에 들어가서 힘을 합해 연희를 찾아보자고 하였다. 희연의 대답은 시원치가 않았다.
"그건 저에게 맡기세요."
밖으로 나와 스산한 밤길을 걷다가 길 모퉁이에서 따로 택시를 탔다.
집으로 돌아와 또 며칠 칩거를 하였다. 여행에서 돌아온 후 그대로 두었던 물건들도 꺼내어 놓고 자료들을 챙기고 필름들 녹음 테이프들

침들을 정리하였다. 그리고 여행중 이야기를 듣고 생각한 것들을 되새겨보았다.

그는 너무 귀가 얇아서 남의 얘기를 무조건 다 받아들인 것은 아닌가 하는 생각도 하면서 여행의 낙수落穗들을 메모하고 서술을 하기도 하며 정리하였다.

단군이 신화냐 역사냐 하는 문제에 대해서는 다른 생각을 하지 않았다. 결국 신화라는 것은 일본이 만든 것이다. 일제의 어용학자 시라토리, 이마니시의 「단군고」에서부터 우리 나라의 역사는 신화로 둔갑을 한 것이다. 그것을 대부분 그대로 받아들이고 오늘날까지도 우리 건국시조는 옛날 이야기로 머물고 있고 신화적으로만 접근을 하고 있다.

학문이란 하나의 점이 먹이냐 파리똥이냐 하는 것을 밝히는 작업이다. 국문학배경론을 강의하던 교수의 말이 기억난다. 국문학 자료만에 국한된 얘기는 아니겠지만 텍스트의 한 획이 먹으로 씌어진 점이냐 파리가 똥을 누어 점처럼 보이느냐, 그래서 그것이 ㅣ냐 ㅏ냐 ㅡ냐 ㅗ냐 하는 것을 규명하는 것이 연구라는 이야기였다. ㅏ를 ㆍ(아래 아)로 표기한 고서에서 ㆍ는 하나의 점인 것이었다. 그것이 무엇이냐. 그것을 밝히는 것이 학문이다. 한 마디도 한 획도 근거가 없는 말을 해서는 안 된다. 논해서는 안 된다. 그런 얘기였다. 의사가 사진을 찍어보지 않고 얘기하지 않는 거와 같다. 그래서 『삼국유사』에서 한 발짝도 발전을 못하는 것까지는 좋은데 민족을 말살하기 위해 왜곡하고 조작해 놓은 해석을 그대로 받아들인다는 것은 말이 안 된다. 좀 논리가 안 서더라도 덜 서더라도 그것이 어디 누구의 주장이라 하더라도 냉정하게 수용하고 우리의 역사를 찾아야 할 것이다. 찾아 놔야 역사를 바로 세우든지 거꾸로 세우든지 할 것이 아닌가.

그리고 또 잊어서는 안 된다. 백 년이 걸리고 천 년이 걸려도 좋으니 만주, 아사달 우리 땅을 찾는 계획을 세워야겠다. 독도를 물론 우리 땅으로 지켜야 하고 한 치의 땅도 우리 땅을 빼앗겨서는 안 되듯이 우리의 옛땅, 거대한 영토를 스스로 포기해서는 안 된다. 그러기 위해서 공부를 더 하고 문헌정리부터 하고 답사를 더 하고 우선 그런 꿈부터 갖자.

늘 생각하고 말하고 있는 것이다. 그래서 꿈이 크다 원대하다 소리를 듣기도 하고 참으로 이상적이라는 말도 듣고 있지만, 실천은 못하고 있다. 허황된 꿈인가.

다물정신이다. 옛땅을 회복한다 원래 상태로 회복한다는 뜻이다. 그 민족 역사와의 약속을 우리 후손들은 기필코 지켜야 한다. 그러기 위해 무엇부터 해야 될까. 우선 그쪽 여행부터 답사부터 한 번 더 하자. 열 번 스무 번 여행을 하는 것이야 뭐가 어려울 것인가. 한 번 더 갔다가는 집도 절도 없는 빈털털이가 될지 모르지만 다물, 그 넓은 땅을 찾기만 한다면 그런 꿈만으로도 얼마나 보람있는 일인가. 백 년 천 년 후에 내집 한 칸이 무슨 의미가 있을 것인가.

생각의 편린, 서술의 쪼가리들을 해당 파일에 찾아 넣었다.

날씨가 쌀쌀해졌다. 재혁은 미국으로 떠나고 겨울 방학이 다가 오고 있었다. 그의 안식년도 그 방학으로 끝이 나는 것이었다.

그동안 그의 소설이 될지 뭐가 될지 모르지만 써오던 이야기를 계속 연결하여 쓰며 자료를 보완하고 답사 때의 사진 녹음 서술 파일 들을 정리하고 바쁘게 지냈다. 3, 4일 나가 강의를 할 때보다 훨씬 더 바빴다. 사람들도 덜 만나고 시간 계획을 세워 새벽부터 밤중까지 움직였다. 여러 날 칩거를 하며 결론이라고 할까, 남에게 주어들은 이야기 말고 자신의 내부의 솔직한 생각을 새벽에 목욕재계沐浴齋戒하고 맑은 정신으로 쓰기도 하였다. 제목을 생각하고 서문을 쓰고 헌사獻辭를 이렇게 저렇게 써 보기도 하고 하였다. 그러나 아직 다 쓰지는 못하였다. 역시 클라이맥스가 없고 대단원이 없는 것이다. 그것을 만들어야 했다.

그것은 남북단군회의가 될 것이다. 아니 연희와의 만남이 될 것이다.

그 둘 다가 될 것이고 그것은 서로 같은 절정의 봉우리가 될 것이다. 그러나 그것이 이루어질는지는 미지수인 것이다. 산 꼭대기에서 야호 소리를 질러야 될텐데…… 그는 높은 산이든 얕은 산이든 꼭대기 끝끝까지 올라가 그 조그만 바위라도 하나 더 딛고 높은 곳에 올라서야 직성이 풀렸다. 그리고 그런 사진을 찍고자 했다. 그러나 등산을 하듯 정상에 서는 운명의 순간이 연출될지, 그것은 그의 노력으로만도 안 되고 신의 가호가 있어야 될지 모른다. 어떻든 매일 그 문제에 매달렸다. 잠시도 그 생각에서 해방된 적은 없었다.

하루도 거르지 않고 노심초사하며 그리로의 연결을 시도하고 추진하였다. 희연과 자주 만나 미국 쪽의 소식을 듣고 생각대로 광고비를 좀 전달하였다. 통일원에도 여러 차 가서 실무자를 만나고 차관도 만나 논의를 하고 방법을 찾았다. 계속 면담을 요청하여 잠깐 만나게 된 장관도 생각은 참 좋다고 하였다. 그러나 그런 원칙에서만 맴돌았다. 대종교의 이재룡 전리 개천민족회 이창구 사무총장과 같이 만나기도 하고 삼신사 수련원 조자용 원장과 같이 만나기도 하고 편지를 하기도 하고 전화를 하고 서류로 올리기도 하고 연변의 민족문화연구소의 최영일 소장에게 자주 편지와 전화를 하여 그쪽 사이드의 접속 관계를 또 줄곧 체크하였다. 최소장의 얘기는 어떻게든 되지 않겠느냐고 낙관을 하였다.

내년 어천절 행사를 목표로 하고 있었다. 학술회의가 안 되면 어천제御天祭를 같이 지내는 것이었다. 둘 중의 하나는 되지 않겠느냐, 되도록 해보겠다는 것이었다.

"정말이신가요?"
"하하하하 믿어봅시다. 나도 빽이 하나밖에 없어요?"
"누구지요?"
"누군 누구겠습니까? 한아바님이시지요."
"예? 단군할아버지 말씀이신가요?"

"잘 아시는구만요. 하하하하······"

최소장과는 자주 통화를 하였다. 한 번 더 들어오라고 하였지만 그럴 수는 없는 사정이고 그 여비를 보내겠다고 하였다. 그것은 진담이었다. 좌우간 적극적으로 추진해보라고 하였다. 그리고 꼭 그가 가야 될 일이면 백사를 젖혀놓고 가겠다고 하였다. 그럴 생각이었다.

재혁은 떠나고 재빈의 문제를 자꾸 미루고 있는데 또 하나의 심각한 이야기를 내놓는 것이었다. 그동안 재빈의 여자 친구를 집으로 오라고 하여 만났고 밖에서도 몇 번 만났다. 참으로 얌전하고 인물도 반반하였다. 생각이 깊고 예의도 발랐다. 다른 것은 나무랄 데가 없었다. 키가 남자보다 좀 큰 것이 흠이랄 것도 없었다. 그러나 그렇다 하더라도 그로서는 도저히 받아들여지지가 않았다. 그런데 이번에는 그런 성질의 것이 아니었다. 도무지 말이 안 되었다. 너무나 어처구니가 없었다. 그러나 그냥 넘어갈 수가 없었다. 넘어 가지지도 않았다. 아이를 가졌다는 것이었다. 그러니 빨리 결혼을 시켜 달라는 것이 아니고 하겠다는 것이었다.

"도대체 너 지금 무슨 소리를 하는 거냐?"

도형이 소리를 질렀지만 그런 한 마디로 주저앉혀지지가 않았다.

"어디 두 사람만 가서 혼인 서약을 하겠어요?"

"안 돼. 그렇게는 못해."

외국 영화에서나 본 대로 교회나 사원에서 두 사람이 결혼식을 하는 장면을 떠올려보았다. 참으로 마음에 안 들었다. 그렇게 개혼을 하고 싶지 않았다. 아이는 그 얘기도 하였다.

"아버지 체면만 생각하지 마시고 저의 입장을 잘 살펴 주세요."

잘 못했다는 말은 없고 한 단계를 뛰어넘는다.

"체면 문제가 아니야. 체통 문제야."

말씨름만 하다 말았다. 일단 또 미루었다. 이럴 수도 없고 저럴 수도 없었다.

그런 어느 날이었다. 희연을 만나 상의를 좀 해볼까 하고 나오라고 하였다. 그녀는 며칠 째 그의 전화를 기다리고 있었다. 그러다 전화를 하려고 하던 참이었다고 말하였다. 소식이 있다고 하였다.

"그래? 정말이야? 어디 있다는 거야?"

그는 흥분하여 한꺼번에 물었다.

만나서 얘기하자고 했다. 그러나 그녀가 내놓은 소식이란 하나의 단서였다. 그에게 송금을 하던 주소를 알아낸 것이었다. 당장 그곳을 찾아가 보겠다고 하였다. 그녀가 대강하던 과목을 도로 맡아달라고 하였다. 그러나 그가 말렸다. 겨울 방학에 가자고 하였다.

"서두르지 말아요. 나랑 같이 가야지요."

그러나 희연은 말을 듣지 않았다. 고개를 흔들었다.

"내게도 단서가 하나 있어서 그래요."

"그래요? 그게 뭔데요?"

"좌우간 그런 게 있어요."

"그래요?"

"그래요."

희연은 못 이긴 척 받아들인다.

희연의 마음을 달래기 위해 여행을 떠난다. 지리산 자락 삼성궁엘 갔다. 황금 들판을 지나서 단군 삼대를 모셔놓은 궁전에 다시 간 것이다.

산 속, 먼 옛날의 소도를 복원한 배달민족 역사의 이상향이다. 소개가 조금 낯설었지만 한배임(桓因) 한배웅(桓雄) 한배검(檀君) 국조삼성 國祖三聖을 모시고 역대 나라를 세운 태조와 각 성씨의 시조 그리고 현인과 무장을 모셔놓은 성역이다. 많은 시간을 거슬러 역사 속으로 신화 속으로 돌아앉은 신성한 공간이다.

그들은 마치 괴로운 현실의 세계에서 도피를 하듯이 이리로 달려온 것이었다. 희연의 강의가 없는 목요일 새벽에 출발하였다. 아침은 커피로 때우고 화개 장터에서 이른 점심을 하였다. 끝물의 단풍이 불타는 대낮이었다.

"정말 잘 왔어요. 별천지에 온 것 같애요."

경내에 들어서면서 희연이 말하였다.

별로 말이 없이 왔던 것이다. 단풍 구경도 하고 바람도 쐬고 애기도 좀 하려고 떠난 것인데 희연은 그저 들판만 바라보고 산만 바라보는 것이었다. 왜 그러냐고 묻지 않았다. 그 단서의 주소를 가지고 빨리 미국에 들어가 어머니 연희를 만나고 싶은데, 그래서 만날 수 있을지 없을지 모르고 살아 있을지 어떨지도 모르지만, 방학이 되도록 기다리자니 속이 타는 것이었다. 그리고 왜 그녀를 떠나 있어야 하는 것이었을까, 왜 핏줄을 끊어야 했던 것인가, 도형과도 왜 딱 끊어야 했던 것인가, 그런 수수께끼들이 풀리지 않았던 것이다.

도형이 같이 가자고 한 것은 꼭 강의 때문만도 아니었다. 아무래도 못 만날 것 같고 그냥 돌아올 것 같아 동행을 하고 싶은 것이었다. 그럴 때에 그가 대신 위로를 해주어야 될 것 같았다. 또 있었다. 그도 물론 만나고 싶고 찾는 것을 돕고 싶었던 것이다. 너무 성급하게 접근하여 영원히 그르치지 않게 하고 싶었다.

그런 생각들을 다 바람에 날려버리고 하늘로 향한 소도, 솟대 마을에 들어온 것이었다. 마침 거기서 전통 혼례가 치러지고 있었다. 두루마기를 입은 애띤 신랑이 연지 찍고 가마를 타고 온 수줍은 각시를 맞아 서로 절을 하고 있었다. 많지 않은 친지들 가운데 그들도 하객이 되어 활짝 웃어주었다. 그리고 그들 둘이 서로 마주 보고 다시 한번 활짝 웃었다.

별천지 같았다. 두 사람은 팔짱을 끼고 제천단祭天壇 한인전桓因殿 한웅전桓雄殿 단군전檀君殿을 참배하고 내려오다 경내의 전통찻집에 들렀다.

두충차를 시켰다. 두툼한 도자기에 차가 날러져 왔다.

차를 파는 사람은 도인복을 입고 있었다. 이 안에 있는 사람들은 다 도인복을 입고 있었고 방문객이라고 할까 참배객들도 도인복을 입으라고 준비해 놓았다. 희연을 바라보았다. 그녀는 고개를 끄덕였다. 서로 도인복을 입었다. 신랑과 각시 같다. 희연은 아까 그 신부보다 아름다웠다. 그가 넋을 잃고 바라보았다.

"왜 그러세요?"

"옛날 단군시대는 다 이렇게 아름다웠겠지요?"

"무슨 말씀이세요?"

"웅녀 같애요."

"뭐예요? 호호호호…… 앞뒤가 맞는 말씀을 하셔야지요."

"하하하하…… 착각이 아니었으면 좋겠어요."

"단군 시대의 도래를 꿈꾸세요?"

"그러면 좋겠지요."

"그런 것이 가능하다고 보세요?"

"노력해야지요. 그러나 시간을 거꾸로 돌리자는 것이 아니고 모두들 서로 사랑하는 거예요."

"아무나 다 사랑하면 안 되지요."

"그래요?"

"사랑해선 안 될 사람을 사랑하면 안 되지요. 호호호호……"

"모두 하나가 되는 겁니다. 하나의 민족이 되는 거예요."

통일을 말하는 것이었다. 그것이 바로 단군시대였다.

"정치가가 되실 걸 그랬어요."

"법률가가 될 뻔은 했지요. 정치가는 야심이 있어서 안 돼요. 그 야심 야욕을 버리지 못해서 통일이 이루어지지 못하고 있었던 거예요."

"그런가요?"

차를 마시고 일어나 삼성궁을 걸었다. 통일의 다리를 건너서 그 위쪽 땅을 걸었다. 개성 사리원 평양 신의주 그리고 원산 함흥 혜산 나진……

"여기서 판을 벌이는 것은 어떨까요?"

"뭘 어떻게요?"

"매년 여기서 개천대제를 거행하고 있는데 같이 행사를 치르면 좋겠네요."

그들이 하나씩 들고 있는 '열린 하늘 큰 마당' 팜플렛에 요 앞전 열었던 천제天祭의 순서가 있었다.

천례-함께(동서남북) 합장읍 3번씩

천수-제주

천축-제주

천향-제주

참알-함께 절 3번

고천-예원

독경-『천부경』『삼일신고』『참전계경』

해원-제주(소지 주력 함께)

기도-예원

밀고-예원

참배-함께 절 3번

천례-함께

아리랑 노래 삼창-함께아리랑 검법 시연

천지춤-수자

그리고 천징 21번으로 열고 닫았다.

제주를 맡아오고 있는 선사와 만나서 이야기도 나눠보았다.

"우리 배달의 아들 딸들이 함께 모여 민족혼의 숨쉼을 함께 나누어 가졌으면 합니다."

선사의 말이었다. 그러며 이런 말도 하였다. 제천권을 **빼앗긴다**는 것은 전쟁에서 제공권制空權을 **빼앗기는** 것 이상의 의미를 가진다고 싸우자는 것이 아니라 싸움을 멈추자는 것이었다. 그러나 과연 여기가 적절한 장소라는 결론은 내리지 못하였다. 속리산의 삼신사도 생각해 보았다. 강화 마니산도 좋을 것 같고.

만남의 공간을 압축해 가야 했다.

거기 서점에서 인사로 책을 여러 권 샀다.『배달전서』는 성경책처럼 까만 가죽 표지로 되어 있고 글씨도 금박으로 되어 있다. 배달겨레의 뿌리 배달전서라고 쓴 면지에는 배달겨레의 옛나라 땅 지도가 있고 뒤이어 태고사太古史에서부터 한국桓國 배달국 조선의 고사古史가 실려 있다.

옛나라 땅 지도를 보면서 그 넓은 옛땅에 다시 온 듯한 환상의 공간을 걸었다.

책을 펼쳐보았다. 푸른 색의 원 속에 노란 색의 사각형 그 속에 붉은 색의 삼각형을 그린 상징에다가 천부인이라 제목을 붙이고 홍익인간 이화세계라고 그 밑에 써 놓은 페이지를 한참 음미하다가 어어가於阿歌를 마니산 참성단 사진 위에 써놓은 페이지로 넘겼다.

어아 어아 우리 한배검님 큰 은덕

배달의 나라 우리 겨레 영원토록 잊지 마세

어아 어아……

2세 단군 부루의 시대부터 불려졌다고『한단고기』와『규원사화』에 씌어 있는 노래였다. 그 앞뒤로 백두산 천지와 단군왕검의 얼굴을 배치해 놓았다.

이 책의 역사편(우리의 먼 옛일)은「한 옛일」「한국桓國 옛일」「배달 옛일」「조선 옛일」로 나누어 앞의 책 등 여러 군데서 옮겨 아득한 우리의 역사를 정리해 놓았다. 그리고 배달나라 역대 단군[天皇] 72대까지의 연표를 써 놓았다. 여기서는 다른 책들과 달리 개천 성조 단군 한배검[檀市天皇 檀市開天]부터 계속해서 역대를 쓰고 있다. 그래서 단군왕검[王儉天皇 朝鮮開國]은 19대가 되고, 단군 고열가는 65대가 되며,

그 뒤에 오가에 의한 공화정치 기간 5년이 있고, 단군 해모수가 66대, 단군 고무서는 72대로 되어 있다. 그리고, 이상 72대에 걸쳐 3,840년간 단군 천황 시대가 이어지면서 배달나라의 본토 만주를 중심으로 동북아시아를 다스린 배달겨레의 황금시대였다고 설명을 덧붙여 놓았다.

여러 책들의 한국시대 신시시대 단군시대와 북부여의 역대를 연결해 놓은 것 같았다.

"단군시대를 최대한으로 설정해 놓았군요."

희연이 옆에서 같이 들여다 보며 얘기했다.

"재미 있지 않아요?"

"재미만 가지고야 안 되지요."

고증이 돼야 하지 않느냐는 것이었다. 언제부턴가 오히려 희연이 더 깐깐해졌다.

두 밤

여러 모양의 소도의 공간을 만들어 놓은 가장 마음에 드는 곳에 가서 앉았다. 앞에 호수가 펼쳐지고 뒤에는 거대한 솟대를 맷돌로 쌓아 놓았다. 그 앞에 나란히 앉아서 더 읽어보았다. 진리편(우리들의 한 말씀)의 「교화경」에 있는 '하늘에 대한 말씀'이었다.

-단군 한배검님께서 말씀하시기를, 저 푸른 것이 하늘이 아니며 저 까마득한 것이 하늘이 아니니라. 하늘은 허울도 바탕도 없고 시작도 끝도 없느니라. 하늘은 어디나 있지 않은 데가 없으며 무엇이나 싸지 않은 데가 없느니라, 하셨다.

그리고 '하느님에 대한 말씀'이었다.

-단군 한배검님께서 말씀하시기를, 하느님은 그 위에 더 없는 으뜸 자리에 계시사 큰 덕과 슬기와 큰 힘을 지니시고 하늘을 내시며 수 없는 누리를 주관하시느니라. 만물이 생겨남에 있어 티끌만한 것도 빠뜨리심이 없나니 밝고도 신령하시어 구태어 이름 지어 헤아리지 아니 하시느니라. 하느님은 소리나 기운으로 원하여 빌면 대할 수 없나니 스스로의 성품에서 씨알을 구하라. 그리하면 너희 머릿골에 내려와 계시느니라, 하셨다.

"정말 재미 있지 않아요?"

"경전과 같은 체재로 되어 있군요."

이것이 먼저냐 저것이 먼저냐 묻지는 않았다. 그것이 어떻고 이것이 어떻고 하는 얘기도 하지 않았다. 무엇이 어떻게 되었든 서로 비슷한 것이 사실이었다. 그리고 엉성하게 느껴지는 것도 사실이었다. 그러나 그것이 또 누구의 것이냐 우리의 것이 아니냐 하는 것을 인정해야 하였고 그래서 그 근거를 따져봐야 되겠지만 우선 있는 그대로 받아들이며 재미를 느끼고 있는 것이었다. 길가에서 재미로 점을 보듯이. 아니 그런 것이 아니었다. 믿고 안 믿고의 문제가 아니었다. 긍정과 부정의 문제였다. 우리 것을 인정하자는 것이 아니라 부정할 필요가 있는가 하는 것이었다.

좌우간 다음은 '누리에 대한 말씀' 이었다.

-단군 한배검님께서 말씀하시기를, 너희들은 총총히 널린 저 별들을 바라보라. 그 수가 다함이 없으며 크고 작고 밝고 어둡고 괴롭고 즐거워보임이 같지 않느니라. 하느님께서 모든 누리를 생겨나게 하시고 그 중에서 해누리를 맡은 시자를 시켜 7백 누리를 거느리게 하시었느니라. 너희가 살고 있는 땅이 제일 큰 것 같으나 작은 한 개의 덩어리로 된 세계이니라. 지진이 일어나고 화산이 터져 바다가 육지 되고 육지가 바다 되면서 마침내 모든 형상을 이루었느니라. 하느님께서 기운을 불어넣어 밑까지 싸시고 햇빛과 열을 쬐시니 기어다니고 날고 탈바꿈하고 헤엄치고 심는 온갖 동식물이 번성하게 되었느니라, 하셨다.

"『규원사화』의 「조판기肇判記」「태시기太始記」의 화자話者를 단군으로 바꾸어 놓았군요."

희연이 웃으면서 말하였다.

"우리의 창세기인 것이지."

이번에는 그가 오히려 진지한 표정이었다.

계속해서 '참에 대한 말씀' 을 읽어보았다. 중간부터이다.

-마음은 성품에 의지한 것으로서 착하고 악함이 있으니 착하면 복이 되고 악하면 화가 되며, 기운은 목숨에 의지한 것으로서 맑고 흐림이 있으니 맑으면 오래 살고 흐리면 일찍 죽으며, 몸은 정기에 의한 것으로서 후하고 박함이 있으니 후하면 귀하고 박하면 천하게 되느니라.

……밝은 사람은 느낌을 그치고 숨쉼을 고루하며 부딪침을 금하며 오직 한뜻만을 행함으로써 허망함을 돌이켜 참에 이르나니 신기가 크게 발하여 성품을 통하고 공적을 완수하게 되느니라.

이것은 또 『한단고기』의 『단군세기』에서 말하고 있는 감感 식息 촉觸의 이야기와 연결되고 있었다. 옆에 딱 붙어 앉아 읽던 희연이 조금 떨어져 앉으며 그를 보고 웃었다. 그가 마주 보고 웃다가 「치화경治化經」의 '사랑에 대한 말씀'을 펼쳤다.

—단군 한배검님께서 말씀하시기를, 사랑은 자비로운 마음에서 자연스럽게 우러나는 것으로서 어진 성품의 근본 바탕이니 여섯 가지 본보기와 마흔 세 가지 둘림이 있느니라, 하셨다.

사랑은 용서하는 것이고 용납하는 것이고 베푸는 것이고 기르는 것이고 가르치는 것이고 기다리는 것이라는 6장의 줄기에 43절의 금과옥조 같은 설명을 붙이었다.

한 가지 골라 보았다.

—모든 것은 옳은 것 같으면서 그르고 그른 것 같으면서 옳은 것이니 사랑은 만물을 감싸고 버리지 아니 하느니라. 하나에서 백이 가까울 수도 있고 다섯에서 열이 멀 수도 있나니 마땅히 가까이 하여 멀어짐을 막아야 하느니라.

"재미있지요?"

그가 다시 그렇게 물었다.

"묘하게 되어 있군요."

"어떻다는 얘긴가요?"

"뭔가 최면이 걸리는 것 같애요. 논리의 끈을 잃어버렸어요. 엉성한 것 같기도 하고 무척 권위가 있는 것 같기도 하고……"

이제는 웃지 않고 고개를 끄덕거리다가 갸웃거리다가 말하는 것이었다.

"그래요."

그도 고개를 끄덕거리며 계속 페이지를 넘겼다. 말씀편(우리들의 옛 말씀)에는 「명언」과 「격언」을 수록하여 놓았다. 그리고 책 뒤에는 앞에 있는 진리편의 한문본으로 된 부록이 있었다.

그 오묘한 책 속의 진리를 어찌 짧은 시간에 성급하게 이렇다 저렇다 말할 수 있겠는가. 그렇게 생각하면서도 뒤적 뒤적 책장을 넘기며 되씹혀지는 심정은 희연의 말대로 묘하였다.

숫대의 마을을 거닐다 나와 이웃한 청학동 상투를 틀고 사는 마을로 왔다. 도인道人들이 사는 마을이었다. 문설주나 벽에도 시[漢詩]를 많이 써 붙이어 시의 마을이기도 하였다. 꿀을 사고 빈대떡 파전에 동동주를 사 먹음으로써 그들의 생계를 도왔다. 갓을 쓴 도인을 합석시켜 이야기를 듣다가 갱정유도更定儒道의 긴 간판의 뜻을 물어보았다. 시운기화유불선동서학합일대도대명다경대길유도갱정교화일심時運氣和儒佛仙東西學合一大道大明多慶大吉儒道更定敎化一心이라고 써 붙인 성당聖堂이 마을 가운데 있었던 것이다. 유불선과 동서학을 합일하여 유도儒道의 근본정신을 다시 들어내 빛내며 제성諸聖 제불諸佛 제선諸仙 충효열忠孝烈 도덕선심道德善心을 인간에 해원解冤시켜 지상천국을 건설하고자 하는 도리가 담겨 있다고 하였다. 모든 덕목德目을 다 끌어안으려는 대단히 이상적인 교리였다. 도포에 갓을 쓰고 미투리를 신고 살 듯이 실천을 못할 것도 없으리라. 탕건 바람의 김덕준金德準 도인道人과 동동주를 나누다가 노래를 하나 들었다.

　기별기별 바쁜 기별
　단군천신檀君天神 오신 기별
　천의인심天意人心 도는 기별
　바삐 가세 바삐 가

「단군천신 기별 왔소」라는 노래의 앞 부분이었다. 갱정유도의 경전인 『부응경符應經』에 교리 해설과 함께 많은 노래가 수록되어 있었다.

"단군께서 대국을 건설한 해가 무진戊辰(단기1 서기전2333)년이고,

도조道祖 영신당迎新堂(姜大成)주님께서 수련을 시작한 것이 무진(단기 4261 서기1928)년입니다."

김도인은 그렇게 단군과 도조를 관련 지어 얘기하기도 하였다.

서당書堂을 들러서 만산홍엽의 별천지와 같은 골짜기를 빠져나왔다.

차를 조금 달려서 가는데 한 노인이 힘겹게 고개를 오르고 있었다. 들에서 귀가하는 농부 같았다. 차를 세우고 태워다 주겠다고 하였다. 농부는 고맙다고 하면서 뒷 자리로 올라앉아서 어디를 갖다 오는 길이냐고 묻는다. 청학동 도인촌에를 다녀오는 길이라고 하였다.

"도인들을 만나보셨던가요?"

일흔이나 되었을 농부는 거름 냄새를 풍기며 그들에게 물어보는 것이었다.

"몇 사람 만났어요."

"그래 점잖던가요?"

노인은 웃으며 다시 묻는 것이었다.

갓만 쓰고 다녔지, 결국 술장사나 하며 사는 것이 아니냐 하는 것이었다. 거기에 비하면 농사일을 하는 사람들이 훨씬 점잖고 양반들이 아니냐는 것인가.

"이 세상에 이상촌은 없는 거지요."

"머라카요?"

"도포만 입고 시만 읊으면서 살 수야 없는 거 아니겠어요? 호호호 호······."

농부는 그 말에는 대꾸를 않고 있다가 동구 앞에서 내려 달라고 하였다. 대나무가 많은 동네였다.

섬진강을 거슬러 차를 달렸다. 구례 화엄사를 대웅전 뜰만 밟고 다시 달려 지리산을 넘다가 노고단 어구의 성삼재에서 내려 쉬었다. 온 산하가 다 내려다보이었다. 저녁노을이 붉게 물들어 있었다.

남원에 들어오자 해가 다 저물었다. 광한루에서는 마당놀이 「춘향전

」리허설을 하고 있었다. 어느 중학교의 행사였다. 학생과 교사들의 관중들 틈에서 이별의 한 대목을 구경하였다. 춘향이 너무 애티가 나고 어려 보이었다.

"저 나이에 뭘 안다고, 하하하하……"
"원래 춘향이 그 나이 아니겠어요? 중3 나이 아니예요?"
"참, 그런가?"

오작교를 거닐며 춘향과 몽룡을 생각하였다. 그리고 목우의 얘기를 생각하였다. 소설이란 사랑의 얘기라는 것이었다. 소설을 쫌 똑똑히 써 보라고 하였다. 답사나 하듯이 취재를 하듯이 여길 온 것이다.

무대에서는 사랑가를 부르고 있었다.

<월매집>이라는 술집이 눈에 띄었다. 그리로 가서 술을 한 잔 시켰다.

"내일 강의가 있어요."

희연이 걱정을 하며 만류하였다.

"염려 말아요. 내일 10시까지 학교 문 앞까지 정확히 대령을 하도록 할 테니까."
"술을 드시고 어떻게 운전을 하시지요?"
"여기서 자고 가면 되잖아?"
"그러면 그렇게 안 되지요."
"염려 말아요. 약속을 분명히 지키는 사람이니까. 그것은 인정을 하지?"

도형을 그런 대답을 억지로 받아내었다. 그런 대신에 또 하나의 약속을 하였다. 내일 저녁에 닥터 배의 병원 사이코 드라마 구경을 가기로. 지난번은 그가 바람을 맞혔던 것이다.

그날 저녁 취하여 그녀의 무릎에 쓰러졌다.

분위기에 취하였고 단단히 착각을 하고 있었던 것이다. 그는 이몽룡이고 그녀는 성춘향으로 분扮한 연기자로 생각을 하다가 실제 인물인 것처럼 착각을 하게 되었던 것이다. 앞치마를 두르고 파전을 굽고 있는 주모에게 소리를 질러대었다.
"장모 장모"
옆에서들 모두 쳐다보았다.
"안 취하는 술 좀 없소?"
"조금만 드시면 되잖아요?"
그녀가 만류하였지만 자꾸 술을 내오게 했다.
그렇게 한 잔 두 잔 하다 깜박 취한 것이었다.
"이곳에 오면 모두들 착각을 하지요. 춘향이가 실제 인물인 것처럼 말이에요."
희연이 웃으면서 말하였다.
소설 속의 이야기인지 현실의 이야기인지 구분을 못하고 있다는 것이었다. 벽에 걸려 있는 춘향의 초상화가 그것을 더욱 혼동하게 하는 것이었다. 소설을 읽고 그린 이당以堂의 상상화이다. 그 이미테이션이다. 마주 앉아 웃으며 이야기를 하고 있는 희연은 또 다시 살아온 춘향 같다. 옛 연인 같다. 소녀로 되돌아온 연희 같다. 중학생 아니 초등학생 같다. 그녀가 하나로 보이기도 하고 둘로 보이기도 하였다. 그들 옆에 석선생이 앉아 있는 것 같기도 하였다. 그리고 또 그의 존재는 어디론가 사라지고 그 대신 석선생이 연희의 손을 쥐고 있었다.
참 묘한 도시 묘한 집이었다. 솟대의 마을에서 웅녀가 된 희연은 여기서는 16세 춘향이 되는 것이었다. 희연이 되었다가 연희가 되는 것이었다. 조곤 조곤 마신 술이 전신의 피를 타고 돌았다.
"시간을 초월할 수는 없을까?"
"꿈을 꾸고 계신 거예요?"
"우리는 시간에 얽매여 있는 거야. 명예고 지위고 또 뭐고 뭐고 다 그 시간 때문에 조급해지고 안절부절하고 있는 거라고. 인간은 시간의 노예야."

혀가 꼬부라지고 말이 흐트러졌다.

"시간을 벗어나면 낙원일까요?"

"그래. 맞아. 맞아."

그는 자꾸만 술을 마시며 그녀의 손을 만지고 옆으로 앉으며 혀꼬부라진 소리를 하는 것이었다.

"천국이 되는 거지."

"취하셨어요."

"아니야. 시간을 초월하였을 뿐이야. 공간을 초월하였을 뿐이야."

그러며 계속 술을 마시고 권하였다.

그러다 근처 여관으로 갔다. 그가 취하여 비틀거렸다.

그녀는 방을 따로 얻었다. 그러나 도형은 희연의 손을 놓아주지 않았다.

"왜 이러시는 거예요? 이러시면 어떡해요?"

여인이 파열음을 내었다. 그는 여인을 바라보기만 하였다. 소녀였다. 연희였다.

"자, 이리와. 우린 하나가 되는 거야."

그가 두 팔을 벌리고 섰다. 십자가와 같은 모습이었다.

"착각하지 마세요. 환상을 깨세요."

"착각이 아니야. 현실이야. 현실. 꿈이 아니야. 취했을 뿐이야."

그가 여체를 끌어 안고 말하였다.

"많이 취하셨어요. 이러시면 안 돼요."

많이 취한 것이다. 아니 너무 취한 것이다.

"정말 이러시면 안 돼요."

그녀가 떠 밀지만 밀리지가 않고 더욱 밀착이 되었다. 불덩이와 불덩이가 엉키었다.

"도대체 제가 어떡하란 말이에요?"

그녀는 울상이 되어 소리를 질렀다. 그녀는 술은 자제한다고 하였지만 몸을 가누지 못하였다. 하나의 동물이 되도록 몸을 잔뜩 달구어놓고 도대체 어쩌란 말인가.

그녀는 더는 참지 못하고 마구 우는 것이었다.

도형은 희연을 어스러지도록 끌어안았다 풀며 그도 소리를 내어 울었다.

"그래 우린 안 돼. 그렇지? 미안해. 정말 미안해."

"몰라요. 저도 모르겠어요."

그녀도 같이 끌어 안고 운다. 남녀는 부둥켜 안고 서서 몸부림을 쳤다.

"자꾸 흔들려. 만날 때마다 그래요."

그는 불길 속에서 헤어나오려고 안간힘을 쓰며 말하였다. 정신이 조금 드는 것 같았다.

"저를 착각하고 있는 거지요?"

"오락가락 하고 있는 거야."

그는 그러며 그녀를 끌어안고 드러눕는다. 여관방의 삐걱거리는 침대 위이다. 정신이 들다가 다시 혼미해졌다. 현실로 빠져나오다가 다시 환상 속으로 빨려들어 갔다. 아니 불길 속에서 아직 헤어나오지 못하고 신음하고 있었다.

"좌우간 말이지요. 어머니를 만날 때까지는 안 돼요. 아시겠어요?"

"그래, 알아."

"만난다 하더라도 달라질 것은 없지요."

"그러면 우린 안 되는 거네."

"그렇지요."

그녀의 말이 끝나기 전에 그가 다시 어스러지게 끌어안았다.

"저 내일이라도 당장 떠나겠어요."

"그래. 그렇게 해."

그러나 그 말은 두 사람 누구에게나 위력이 없었다. 분명한 길이 있고 논리가 있었지만 계속 헤매고 있었다.

두 사람은 끌어안은 채 잠이 들었다.

도형은 드르릉 드르릉 코를 곤다. 널부러진 채이다.

희연이 조금 눈을 붙이고 일어났다. 잠을 자서는 안 된다고 버텼었는데 잠이 든 것이었다. 잠을 자지 않고 새벽에 도형을 흔들어 깨워야 했던 것이다.

그녀는 환하게 대낮처럼 켜져 있는 전깃불을 껐다. 그리고 욕실로 가서 냉수로 샤워를 하였다. 타올로 앞을 가리고 다시 누웠다. 도형이 조금 더 코를 골도록 두기 위해서였다.

얼마나 그러고 있었을까. 그녀는 도형을 흔들어 깨웠다. 나무토막처럼 나동그라져 꿈쩍을 않고 코를 드르릉거리던 도형은 어느 사이 다시 억센 팔로 그녀를 끌어안는 것이었다. 얼마나 또 그렇게 계속되던 열기를 그녀가 차단시키고 차에 오르게 하였다.

새벽공기를 가르며 빈 들판을 달리었다. 운전은 그녀가 해야 했다. 그것을 예상하고 그녀는 술을 상 밑으로 쏟았던 것이다.

"미안해요. 정말 어떻게 된 건지."

그가 희연을 곁눈질하다가 말하였다.

희연은 아무 대꾸를 않고 창밖만 바라보았다. 올 때와 같이 다시 냉랭하였다.

"번번히 술만 취하면 하하하하……"

그렇게 넘어가려 하였다. 번번히 그렇게 넘기었던 것이다.

사실 따지고 보면 취한 때문만도 아니었다. 착시 현상을 일으키기 때문이었다. 희연의 얼굴 위에 연희의 얼굴이 덮씌워지기 때문이었다. 희연을 범하는 것이 아니었다. 연희를 만나는 것이었다. 희연 속에서 연희를 끌어내는 것이었다. 물론 취했을 때 일어나는 착각이었다.

그 반대인지도 모른다. 그것이 반대인지 무엇인지는 잘 모르지만. 희연을 연희로 만드는 것이었다. 희연 속에 연희를 집어넣는 것이었다. 그리고 섞어버리는 것이었다. 그를 그 속에 마구 섞어버리는 것이었다. 악취미도 아니고 죄악인지 모른다. 파멸을 자초하는 광기인지 모른다. 좌우간 그러나 그것이 그렇게 의도적인 것이 아니고 꽃향기 속에 빠지듯이 술에 취하듯이 잦아드는 것이고 어우러지는 것이었다. 엎으러지는 것이었다.

"정말 미안해요."

그는 진심으로 말하였다.

그러나 그런 사죄는 너무나 여러 번 반복되어 아무런 효력이 없었다.

학교 근방에서 차를 내리며 그녀가 처음으로 말하였다.

"저녁 약속은 그만 두겠어요."

"안 돼."

"저도 안 되겠어요."

"그럼 내 혼자라도 갈 거니까 알아서 해요."

희연은 아무 말도 하지 않고 돌아섰다. 그 일로 싸우고 싶지 않기도 했고 그럴 시간이 되지 않았던 것이다.

서로 답답한 일이었지만 하는 수가 없었다. 도형으로서는 지난번에 약속을 지키지 못하여 한 번 다시 가자는 것이었는데 이런 상태로 저녁에 다시 만나고 싶지 않다는 얘기였다. 도대체 밤새도록 어떻게 했는데 누굴 또 어떻게 만나자는 것이냐는 얘기였다. 그리고 그것을 그가 잡아 틀고 있었던 것이다. 하지만 어떻게 하겠다는 것인지 알 수가 없었다.

그날 저녁 도형은 닥터 배의 병원으로 갔다. 오후 6시, 사이코 드라마가 시작되고 있었다. 환자들이 나와서 연극을 하는 것이다. 흐트러진 동작 말이 안 되는 얘기인대로 진지하게 또는 기계적으로 연기를 하고 있는 것이었다. 남녀 환자들이 자기 순서에 맞추어 무대에 올라가 각본을 외어서 연기력을 발휘하기도 하고 그냥 줄줄 책 읽듯이 읽어대기도 하고 자기 멋대로 얘기를 늘어놓기도 하였다. 주로 자신이 여기 왜 들어와 있는가, 스스로 자기자신을 어떻게 생각하고 있는가, 하는 대답을 유도하고 있는 것이었다. 각본대로 연기를 할 때의 표정과 심리상태를 관찰하기도 하고 각본을 뛰어넘어 실제의 내부 이야기를 이끌어내기도 하는 것이 연극의 의도였다. 정말 어떤 환자는 그 본 줄기의 이야기는 제쳐놓고 마구 입에 담지도 못할 욕설을 쏟아놓았다. 마누라를 욕하기도 하고 불특정 다수를 다 싸잡아 욕을 해 붙이기도 하였다. 의사를 저주하기도 하였다. 도무지 질서가 없고 중구남방이었다. 드라마라기보다 폭소 경연대회 같았다. 적어도 구경꾼에게는 그랬다.

관객은 환자들이었다. 말이 안 되는 대목에서는 창자를 쥐고 깔깔거리며 웃어대었다. 보호자들도 같이 앉아 구경하였다. 보호자들은 웃기도 하였지만 무척 안타깝고 측은한 마음으로 한숨을 쉬기도 하고 눈물을 닦기도 하였다. 물론 의사와 인턴 간호원도 같이 구경을 하면서 웃어대기도 하고 직업적 지루함을 느끼기도 하였다.

닥터 배는 앞쪽에 앉아 수첩을 펼쳐들고 출연자들의 상태를 기록하고 있었다. 다른 사람이 봐도 무슨 말인지 모르게 하기 위해서인지 영어로 찍 찍 갈겨 쓰고 있었다.

그는 그 뒤에서 어느 환자의 보호자처럼 구경을 하고 있었다. 희연은 보이지 않았다. 그녀가 얘기한 대로 안 올지도 몰랐다.

드라마가 끝나고 불이 환하게 켜졌다. 환자들과 보호자들의 만남의 시간으로 이어졌다. 희연이 언제 왔는지 그의 뒤에 앉아 있었다. 조금 전에 온 것 같았다. 그제서야 그는 닥터 배와 인사를 하였다.

같이 병원을 나왔다. 닥터 배가 자기 방으로 가서 차를 한 잔 하자는데 희연이 마다하였던 것이다.

"저녁은 하셨어요? 저희 병원에 오셨는데 대접을 해야지요."

그렇게 따라 나가 결국 또 술을 하였다.
반주로 한 잔만 하자는 것이 술판이 되었다. 닥터 배가 소주를 자꾸 따라 대었다. 그리고 이상한 이야기를 쏟아놓았다. 결국 우리 모두가 환자라는 것이다. 자신도 환자라는 것이다.
"그러니 어떡하라는 거지요?"
희연이 따지듯이 말하였다.
"부단히 자기 치료를 하면서 살아야지요."
"어떻게요?"
"술을 마시는 것도 치료고……"
"연애를 하는 것도 치료고……"
"그럼요. 그게 제일 좋은 치료지요."
닥터 배는 도형의 얘기에 맞장구를 쳤다.
"하하하하…… 안 그래요?"
그러면서 희연에게 잔을 주었다.
희연은 마치 연애를 하다 들킨 사람처럼 얼굴이 빨갛게 되어 가지고 톡 쏘듯이 말하는 것이었다.
"실연을 당하는 것도 치료겠지요?"
"실연도 사랑이지요. 만나는 것만이 사랑이 아니고 헤어지는 것도 사랑이 아닙니까?"
"정말 그럴까요?"
도형이 고개를 갸웃둥하며 물었다. 그런 논리를 끌어들이고 싶은 것이었다.
"중증들이시네요."
"맞아요."
닥터 배는 이번에는 희연의 말에 맞장구를 쳤다. 솔직한 고백이기도 했다.
그들은 그날 자꾸 술을 마시며 자기들이 중증인 것을 자인하였다. 1

차를 더 하였다. 도형이 답례를 한 것이다.

　헤어질 때 희연은 닥터 배를 먼저 보내었다. 그리고 도형이 끄는 대로 1차를 또 더 하였다.

　"왜 나를 선택하였지?"

　도형은 참으로 고맙고 마음에 드는 희연에게 물었다.

　"누가 누구를 어떻게 선택하였다고 그러세요?"

　그녀는 화를 벌컥 내는 것이었다.

　"술 파트너로 말이요. 하하하하……"

　도형은 그러면서 닥터 배의 얘기를 하자 다시 화를 내는 것이었다. 왜 자꾸 그 친구 얘기를 꺼내느냐고, 또 오늘은 뭣 때문에 거길 가자고 했느냐고 따지었다. 한참 그러다가 그들의 얘기를 하자고 하는 것이었다.

　강의를 좀 일찍 마치고 가겠다고 하였다. 잘 생각했다고 그가 동의하였다. 그러며 주소를 알게 된 경로를 다시 물었다.

　"지금 얘기지만, 몇 년을 두고 어머니에 대한 행방을 추적하면서 부평을 오갔어요. 자꾸 그쪽으로 연결이 되었어요. 제가 주소를 추적하게 되자 송금이 끊기었고요."

　그녀는 그제서야 그렇게 털어놓는 것이었다.

　결국 전에 세 살던 집을 알아낸 것이었고 거기서 미국의 연락처를 알게 되었다. 그러나 그리로 연결은 되지 않았다.

　거기에 지금도 살고 있는지 어떤지가 문제였다. 그것이 궁금한 것이었다. 조금 늦게 가면 평생 한이 되는 실수를 저지를 것 같은 느낌이었다. 희연은 안절부절이었다.

　"좌우간 어디에고 살아 있기나 한지 모르겠어요."

　"너무 그렇게 비관적으로만 생각하지 말아요. 그동안 잘 참고 기다렸잖아요?"

　"이제는 정말 더 기다릴 수가 없어요."

"내가 먼저 가서 찾아보면 어떨까요?"
"안 돼요. 내가 들어가 보고 안 되면 어떡하든지. 일단 빨리 들어가 보는 것이 방법인 것 같애요."
"나랑 같이 들어가요."
"아니예요. 제 혼자 가겠어요."
그녀는 신경질을 부리며 얘기를 계속하였다.
어머니 연희는 부평 미군부대 근처에 있다가 오래 전에 미국으로 국제결혼을 하여 간 것이고 계속 딸에게 송금을 하였던 것이었다. 희연은 누구에겐 지도 모르는 돈을 계속 받았던 것이고 얼마 동안은 고맙기만 하다가 그것을 추적하게 되자 송금이 끊어지고 만 것이었다.
그는 누구보다도 그런 가능성에 대하여 잘 알고 이해할 수 있는 처지였다. 좌우간 무슨 일이 있어도 이번에 같이 들어가고 또 찾는 방법을 같이 강구하기로 마음먹었다.
그가 사태를 이렇게 만들어놓은 장본인이었다. 그가 원흉이었다. 그 모든 것을 그 자신이 해결하지 않으면 안 되었다. 그러나 몇십 년을 그것을 잊고 있는 것이다. 그뿐 아니라 희연까지 그 속에 뒤섞고 휘저어 놓고 있는 것이었다. 희연은 그에게 보낸 징벌의 사자였다. 깨우침의 천사였다. 그런데 과거의 수레바퀴 자국에 빠져 허덕이고 있는 것이었다. 아니 진구렁으로 자꾸 더 빠져 들어가고 있는 것이었다. 그래 이제 도저히 그냥 둘 수 없어 연희가 나타나는 것이었다. 그 때 그 소설은 하나도 발전을 하지 않고 답보를 하고 있는 것이다. 아니 퇴보에 퇴보를 거듭하고 있는 것이다.
"미안해요. 정말. 내가 해결을 해야 되는데……"
"선생님! 그것으로 될 문제가 아니지요."
"내가 어떡해야 될까?"
"저도 모르겠어요. 그건 선생님이 잘 아시겠지요."
"그래요. 잘 알아요. 그래요."

그날은 정말 희연에게 미안하고 죄스럽고 송구하여 몸 둘 바를 몰랐다. 진정 꿇어앉아 빌고 싶었다. 그러나 그러기보다는 그녀를 끌어안고 울었다. 눈물로 모든 것을 이야기하려는 듯이. 그리하여 희연도 마구 같이 복받히는 울음을 터뜨리게 하고야 만다.

그는 바로 미국여행을 떠나기 위한 준비를 하였다. 제일 먼저 필요한 것이 여비였는데 달리는 대책이 없어 퇴직금에서 대출을 하였다. 매달 월급에서 원금을 떼어 갚아나가야 하기 때문에 부담이 되었지만 하는 수 없었다. 그리고 결재라고 할까 아내의 허락이 필요했다. 재혁이를 좀 만나고 오겠다고 하였다. 의외로 좋은 구실이 되었다. 그렇게 설득을 한 것이다. 여러 가지 그런 필요성을 말하였다. 그것은 사실이었지만 그가 가기 위한 구실이었다. 문제는 재빈이에게 있었다. 결혼식을 올리겠다는 것이다. 또 전에 떼를 쓰던 것처럼 자기들 둘이 어디 가서 식을 올리고 오겠다고 하였다. 이제 자꾸 미루기만 할 수도 없었다.

"좌우간 그럼 내가 갔다온 후에 하면 안 되겠느냐?"

그가 재빈에게 물었다.

그것이 무엇을 해결해 주는 것도 아니지만 다른 도리도 없었다.

"그러면 허락하시는 건가요?"

재빈은 또 그렇게 다짐을 받으려 한다.

여태 그들의 결혼에 대해 허락을 않고 있었던 것이다. 정말 허락을 할 것인가. 그가 허락만 않는다고 하는 것이 무슨 의미가 있는가. 계속 밀리고만 있는 것이었다.

"허락? 글쎄, 어떻든 간에……"

그렇게 다시 미루긴 했지만 결국 재빈의 의사대로 다 따라 가는 것이었다.

희연이 2주를 앞당겨 종강을 하였다. 그가 비행기표를 샀다. 아내에게 결재는 났지만 몇 가지 문제가 남아 있었다. 우선 빛나에게 다시 아르바이트를 맡기기로 했다. 이번에는 선금을 주어야 했다.

그동안 어머니의 치매가 더 심하여져 밥도 떠 먹여줘야 했고 대소변도 받아내어야 했고 대변은 관장을 시켜야 했다. 기저귀를 채워야 했고 온 방바닥과 벽에 금칠갑을 하지 않는 것만으로 다행이었다. 간병인과 출장 간호사를 두어봤지만 돈도 상당하였고 24시간 붙어 있어 줄 사람이 없었다. 그래 그동안 그가 어머니 옆에 붙어 있으면서 거의 다 치다꺼리를 하였고 그가 외출을 할 때는 하는 수 없이 아내가 맡아야 했다. 아내는 그것을 탓하지는 않았다. 그러나 그가 1년에 두 번씩 해외를 나가겠다는 데에는 얘기가 달랐다.

어머니는 뼈만 앙상하게 남아 있었다. 삼시 식사는 그런 대로 하고 있었으므로 아직 얼마 동안은 명이 붙어 있어 아들을 기다려 줄 것으로 생각되었지만 그러나 90노인인데 밤새 안녕이었다. 조금만 이상하면 그가 달려 와야 하는 것이었다. 날아와야 하는 것이었다. 그런 감지는 역시 또 아내에게 부탁을 할 수밖에 없는 것이었다. 좌우간 이번 여행도 그의 참으로 중요한 부분을 유보하거나 상쇄해야 했다.

희연과 미국 LA로 떠나는 비행기를 탔다. 공항에는 아무도 나오지 않았다. 그는 미리 가족들과 작별을 하였고 다른 사람들에게는 아무에게도 알리지를 않았던 것이다.

안식년 기간 동안 마지막이 될 이번 여행은 사실 전공이나 학교와도 아무런 관련이 없었던 것이다.

비행기가 이륙하고 인천 상공을 날 때까지 아래를 내려다보면서부터 LA공항에 내릴 때까지 창에 그려지는 어렴풋한 연희의 얼굴을 떠올리며 말 한 마디 하지 않았다. 그러자 희연은 그를 창가로 앉게 자리를 바꿔주는 것이었다. 그의 얼굴에 다 써 있어서 뭘 그렇게 생각하고 있느냐고 물을 필요는 없었다.

희연이 알고 있는 주소 연락처에서 연은 살고 있지 않았다. 예상은 했었지만 막막하였다. 희연은 올림픽 가의 친구집으로 가고 그는 근처 모텔에 투숙하며 아침부터 만나 같이 찾는 방법을 숙의하였다.

가지고 간 주소에는 그런 사람이 없었기 때문이었다. 첫날부터 벽을 느껴야만 했다. 이사를 간 것도 아닌데 이상하였다. 뒤에 안 일이지만 연희는 그런 것까지 차단을 시켜놓은 것이었다. 그 고리를 찾기까지 무척 여러 날이 걸렸다.

또 하나의 방법이 있었다. 그에게도 단서가 하나 있다고 하지 않았던가. 그동안 희연에게도 얘기했지만 전날 연희는 인천 부평 미군기지(에스캄이라고 했다) 앞에서 미군 장교와 동거하였었다. 이름인지 성인지 데니라고 했고 연의 애칭은 한이었다. 그것을 안 사실 경로는 참 말하기가 어렵다. 여태까지도 물어온 것 얘기하지 않으려 한다. 물론 연을 위해서이지만. 좌우간 그 장교와 같이 미국에 들어간 것으로 안다. 단서라는 것은 거기까지였다. 그 때 1950 몇 년, 한국 부평 기지에 근무한 장교, 이름은 데니…… 그 정도 정보를 가지고 관련 기관에서 협조만 받을 수 있다면 추적이 가능하지 않을까. 압축이 가능하다는 것이었다. 살았는지 죽었는지, 연과 같이 있는지 아닌지…….

어떻든 그 방법도 가동을 하였다. 그의 지인들을 다 동원하고 그의 아들 재혁이에까지 아이디어를 구하였다. 이제 부끄럽고 체면 같은 것도 없었다. 그 어떤 것도 연을 대신할 수 없었고 희연을 앞설 수가 없었다.

낮과 밤이 없이 그 일에 매달려 물어보고 뛰어다녔다. 그러던 며칠 뒤였다.

"고민만 한다고 되는 일이 아니니까, 좀 바람이나 쏘이면서 생각을 해보지요."

희연의 친구는 한숨만 푹푹 쉬고 있는 그들에게 웃으면서 제안을 하는 것이었다. 여기 저기 구경을 다니자는 것이었다.

두 사람 다 그럴 심정이 아니었지만 다른 도리도 없었다. 친구는 구경을 하지 않은 곳이 어디냐고 물었다. 희연은 초행이었다.

우선 허리우드의 유니버살 스튜디오를 구경하자고 해서 갔다. 거기서 종일 다른 시름을 잊고 어린애들처럼 깔깔대고 웃으며 구경을 하였다. 아이스크림을 사서 들고 다니며 먹고 콜라를 마셔대며 어둡도록 구경을 하였다.

이튿날은 라스베가스를 갔다. 너댓 시간 고속도로를 달렸다. 가도 가도 끝없는 벌판이 전개되었다. 중간에 데스 벨리라는 계곡을 지났다. 물도 없고 풀 한 포기 없는 이름 그대로 죽음의 계곡이었다.

라스베가스에 가서는 서커스 구경을 하고 오락기기들에 매달려 노름을 하였다. 돈을 결국 잃게 마련이었다. 백 달러 이상씩을 날리고는 다시 서커스를 보면서 햄버거와 맥주를 마셨다.

한동안 그들은 이곳에 유람을 온 것으로 착각을 하였다. 동심에 젖기도 하고 돈을 따겠다는 사행심에 빠지기도 하고 술이 취할 때는 다시 희연과 친구를 번갈아 춤을 추기도 하였다.

그러다 그가 걱정을 하였다.

"아니 도대체 어떻게 된 걸까요?"

"글쎄 말이에요."

희연이 금방 울상이 되었다.

"이제 이틀 구경을 하였는데 뭘 그래요. 무슨 방법이 나올 거예요."

희연의 친구 미세스 노는 아주 태평이었다.

"내일은 그랜드 캐년을 가요. 아셨지요? 참 장관이에요."

친구는 그를 바라보며 말하는 것이었다.

그는 희연을 바라보았다.

"구경은 이제 그만 해요. 우리가 뭐 관광여행을 온 것도 아니고……"

"그럼요. 그래요."

그가 희연의 말에 동의하였다.

그러자 친구는 다시 말하는 것이었다.

"잘 아는 사람에게 알아보도록 부탁을 해 놨어요. 이교수님도 그만큼 했으면 됐어요. 이제 연락만 기다리면 되는 거예요."

사실 그도 이제 더 방법이 없었다.

"그러니까 가서 기다려야지."

"시간을 좀 달라고 하였어. 알았지? 그러니까 구경이나 하면서 기다리자고. 연락이 올 거야."

희연이 불안해 하자 친구가 다시 그녀를 안심을 시키는 것이었다.

"우리가 같이 다녀봐야 되는 것 아니야?"

그러나 희연은 발을 동동 구른다.

"글쎄 자꾸 그러지 말고 내 말을 들어요. 미국에 왔으면 미국 법을 따라야지."

"법은 또 무슨 법이야?"

"하 참, 말을 못 알아 듣는구먼. 에이전시에게 맡겼어. 신용조사 용역 팀이야. 흥신소 같은 곳인데, 지금 전미국을 뒤지고 있을 거야. 얘길 안 할려고 했는데……"

"그랬었군요!"

그가 고개를 끄덕거렸다. 희연이 그를 바라보다가 고개를 숙이고 그의 옆으로 기댄다.

"돈이 많이 들겠지?"

"글쎄 그런 염려는 붙들어 매고 시키는 대로나 해요."

친구의 말을 듣는 수밖에 없었다.

이튿날은 그랜드캐년으로 갔다. 다시 빈 들판을 몇 시간 달려가야 했다.

"아야!"

"와아!"

참 대단한 장관이었다. 그랜드캐년, 이름 그대로 거대한 협곡이었다. 하늘과 땅이 처음 열릴 때의 원시의 골짜기 같다.

그는 와 봤던 곳이다. 몇 번을 와도 감동적인 골짜기였다. 희연은 줄곧 시름을 떨쳐버리지 못하고 있으면서도 간간이 활짝 얼굴을 펴고 자연의 파노라마에 도취되어 감탄의 웃음을 던지었다.

거기서 정말 유람이라도 온 듯이 시름을 잊고 지냈다. 그 아래 낭떠러지 밑으로 원주민들이 사는 동네로 말을 타고 내려가서 그들과 토속적인 춤을 같이 추고 1박을 하면서 먼 하늘의 별들을 바라보았다.

여행은 그 정도로 끝내었다. 아무래도 그러고 있을 수가 없었다. 돌아와 소식을 기다리며 시간을 보내었다. 재혁을 다시 만나서 얘기를 하였다. 어학 공부를 하고 있는 것을 둘러보고 진로에 대해 얘기하였다. 그러나 같이 자지 않고 희연에게로 갔다. 희연은 호텔에 투숙하고 있었다. 친구 집에 너무 여러 날 기숙하기가 미안하였던 것이다.

같은 방을 썼다. 처음 희연은 당황을 하였지만 가만히 있었다. 그러나 남원에서와 같은 분위기는 아니었다. 침대가 둘이 있어 따로 잤다.

그 때, 옛날 연희와 밤을 보낼 때와 같은 상황이었다. 참 많은 시간이 지났는데도 감정은 같다. 고문을 받고 있는 기분이었다.

"사랑이란 무엇이지요?"

그가 물었다.

희연은 대답을 않는다.

"인생이란 무엇이지요?"

도형 혼자 계속 물었다.

"핏줄이란 무엇인가?"

불은 껐지만 희연은 자고 있지는 않았다. 그녀의 숨소리가 다 들리었다. 눈을 깜박거리는 소리도 들리는 것 같았다.

도형이 계속 묻고 있는 답은 서로 다른 것이 아니었다. 그 모두가 괴로움이며 고통이었다. 처음에는 그것이 기쁨이며 희열이었다. 그러나 어느 사이 사랑은 슬픔과 눈물이 되었고 인생은 뒤죽박죽이 되었다.

무엇이 옳고 또 무엇이 그른 것인지 그는 잘 안다. 그러나 번번이 그 분명한 선을 넘고 방향을 잃곤 한다. 아니 그렇지 않았다. 그런 것이 아니고 그로서는 최선을 다한 것은 아닐까. 신의 법을 따를 수도 없었고 인간의 법을 따를 수도 없었고 아버지의 뜻을 따를 수도 없었고 스승의 뜻을 따를 수도 없었고 사랑하는 사람을 따를 수도 없었다. 그 모든 법과 뜻과 길을 한꺼번에 택하려고 한 것이었다. 그것이 잘 못인가. 죄악인가.

그는 논문지도를 할 때, 늘 하는 말이 있다.

"쓰고 싶은 것을 쓰는 것이 아니고…"

"쓸 수 있는 것을 쓰는 것입니다."

학생들도 그가 하려는 말을 다 알았다. 그런 평범한 오류를 그 스스로가 저지른 것이다. 그것도 한 편의 단편 논문이 아니고 필생의 대작 논문 아니 소설에서 말이다.

이제 너무 늦은 것인가. 도대체 연희를 만날 수나 있는 것일까. 어떤 모습을 하고 있을 것인가. 그 때와 같은 모습으로 그에게 다시 다가 올 것인가. 그 때의 육체와 미모의 얼굴이 떠오르기도 하고 여러 가지 흉한 모습도 떠올랐다.

그러나 그것은 멀리 가물가물한 모습이고 가까이에 또 하나의 그녀가 숨소리를 내고 있다. 바로 옆 침대 손이 닿는 곳에 누워 있다.

그는 부시럭거리다가 일어나서 먹다 둔 술을 찾아 컵에 따랐다. 어느 사이 새어 들어온 달빛이 교교하다.

"어서 주무세요."

희연이 돌아누우며 처음으로 한 마디 한다.

"잠이 안 와요. 같이 좀 안 할래요?"

희연은 아무 말을 않는 채 그냥 누워 있었다.

다시 만남

그는 달빛에 앉아 혼자 술을 마셨다. 그러다 어떻게 되었는지 잠이 들고 모로 쓰러진 채 코를 골며 자고 있었던 것 같은데 연락이 왔다는 것이었다.

연희를 찾았다는 것이었다. 살아 있다는 것이었다. 찾아달라고 의뢰한 지 열흘만이었다.

두 사람은 헐레벌떡 연희가 있다는 곳으로 달려갔다. 병원이었다. 양로병원이었다. 거기 높직한 쇠 침대에 여러 노인들과 함께 연희가 누워 있었다.

말은 못하였다. 그를 바라만 본다. 한참 서서 환자를 바라보고 있던 희연이 울면서 말하였다.

"정말 당신이 내 어머니란 말이에요?"

희연이 마구 끌어안고 소리를 내어 울었다. 연희도 같이 운다.

"그런데 뭣 때문에 저를 버리고 이리로 오신 거예요? 말을 좀 해보세요."

희연이 더 큰 소리로 울면서 말하였지만 연희는 아무 말도 못한다. 말을 못 하기도 하였지만 뭐라고 말을 할 수가 없다. 울기만 한다. 그러다 연희는 필담을 하기 시작하였다. 펜으로 하고 싶은 말을 신문 광고란에 쓰고 있었다. 영어로 쓰다가 한글로 쓰다가……

이리로 올 수밖에 없었다. 너를 위해 멀리 떠날 수밖에 없었다. 떠나오기 전 너는 나를 못 봤지만 나는 너를 자주 보았다. 정말 너를 보고 싶어 미칠 지경이었다. 하지만 참고 살았다. 네가 어머니가 되면 내 심정을 이해할 수 있을 것이다. 그래 어떻게 결혼은 하였느냐. 아이는 낳았느냐.

그런 이야기였다.

반백의 머리가 다 흐트러져 있고 얼굴에는 주름살이 가득한 연, 연희였다.

희연은 고개를 흔들었다.

"저는 어머니를 만나기 전에는 아무 것도 할 수 없어요."

두 사람은 다시 끌어안고 한바탕 울어대어 방안을 울음바다를 만들었다. 도형도 희연의 등 뒤에서 소리를 내어 울었다.

아까부터 혼혈 처녀 아이가 옆에 서 있었다. 희연과 눈이 마주쳤다. 너의 동생이라고, 연희가 필담으로 알려주었다. 헬렌이라고 했다. 여기 와서 두 번 결혼하였다고 하였다. 한국에서 같이 온 사람하고는 바로 헤어졌다고 하였다. 몇 년 전 혈압이 터진 이후 이러고 있다고 하였다.

그리고 다시 우는 것이었다.

한동안 소리 내어 울고는 다시 그를 한동안 바라보다가 쓰는 것이었다.

당신을 무척 보고 싶었다고 하였다. 필담을 계속하였다. 잊으려고 무척 애를 썼다고 하였다.

그가 물었다. 우리가 하는 얘기는 알아듣느냐고. 고개를 크게 끄덕거렸다.

"나도 무척 보고 싶었어요. 진작 찾아오지 못해 미안해요. 용서해 줘요."

연희는 얘기를 듣고는 아니라고 쓰는 것이었다. 그가 잘 못한 것이 아니라는 것이었다. 그런 몰골로 다시 만나고 싶지 않았다고 하였다. 그 때 서울역 광장에서 만났던 것처럼 그렇게 만나고 싶지 않았다는 얘기인 것이다. 제대로 알아보지도 못하게 쓰는 토막 글의 뜻을 그는 다 알 수가 있었다. 그런 입장으로 그에게 다가갈 수도 없었고 같은 하늘 아래 살 수가 없었던 것이다.

"알아요. 다 알고 있었어요."

그는 고개를 끄덕끄덕하며 울면서 말하였다. 그러자 희연이 다시 눈물을 쏟는다.

그리고 서로 진한 해후를 할 수 있도록 자리를 피해준다.

다 밖으로 나가고 두 사람이 되자 그는 연희를 끌어안았다. 그리고 마구 소리내어 울었다.

"미안해요. 정말 미안해요."

얼마나 끌어안고 울다가 그가 말하였다.

"우리 다시 시작하면 안 될까?"

그녀는 고개를 가볍게 저었다.

"왜 그렇지? 왜 안 되지?"

이제 너무 늦었다고 하였다. 그렇게 신문 위에다 쓰는 것이었다.

"그렇지 않아. 얼마든지 가능해."

그가 그렇게 옛날 어투로 말하자 연희는 웃는 것이었다. 야유 같기도 하고 비소誹笑 같기도 한 웃음이었다. 그 때처럼 말이다. 그 때와 꼭 같은 상황 같기도 하였다. 번연히 안 되는 줄 알면서 된다는 것이었고 안 될 것이 뭐가 있느냐는 것이었다. 지금도 그랬다. 둘의 재결합은 이루어질 수 없는 상황이었다. 그 때보다 더 복잡하고 힘든 상황이었다. 그래도 가능은 할지 모른다. 아무리 복잡하고 어려운 난관이 있다고 하더라도 의지만 있으면 가능할지 모른다. 의지가 얼마나 강하냐의 문제인 것이었다. 그것이 사랑인지 몰랐다. 사랑이란 다른 것이 아니고 사랑하는 사람을 위한 강한 의지였다. 물 속으로든 불 속으로든 달려갈 수 있는 의지, 그것이 사랑이었다. 사랑한다 그립다 외롭다 그런 것은 다 껍데기에 불과한 것이고 지구 끝까지라도 따라 가겠다는 의지,

죽음까지라도 같이 하겠다는 의지가 사랑인 것이었다.

그는 사랑을 한 것이 아니라 계산만 한 것이었다. 아니 그렇지는 않다 하더라도 너무 소극적인 사랑을 한 것이었다. 그것은 사랑이 아니었다. 그것은 죄악이었다. 그 증거가 여기에 이렇게 기다리고 있었다.

"정말이에요."

그의 얘기는 스스로도 공허하게 들렸다.

그녀는 계속 웃고 있었다. 비소였다. 야유였다. 그 웃음 속에 또 하나의 비소가 딸려 나왔다. 무척 자학적인 웃음 같기도 하고 냉소적인 비소 같기도 한 웃음과 함께 무척 오랫동안 잊고 있던 얼굴이 떠올랐다.

"석선생님! 선생님은?"

그가 부르짖듯이 물었다.

연희는 그를 물끄러미 바라본다.

"살아 계신가요?"

그는 다그쳐 물었다.

"돌아가셨는가요?"

그러나 연희는 물끄러미 옛 연인을 바라볼 뿐이었다. 그리고 그에게 그 얘기는 끝내 함구하는 것이었다.

"죄송해요. 미안해요. 아니 우리 다시 시작해요. 이제는 잘 할 것 같애요. 정말이에요."

그가 사죄하듯이 애걸하듯이 말하였다.

그러나 연희는 고개를 흔들었다. 그의 사죄와 애걸 어느 것에 대한 것인지 알 수 없었다. 그러나 곧 그 답이 나왔다.

연희는 희연을 잘 부탁한다고 한다. 간곡히 부탁한다고 몇 번을 쓰며 그를 바라본다. 그것이 모든 답이 되고 결론이 되는 듯이.

그녀는 중요한 단계를 생략하고 있었다. 그 많은 시간 속에 묻힌 숱한 이야기들은 물론이고 어떻게 희연과 같이 여기에를 오게 되었는지 또 그들이 어떤 관계인지 묻지 않았다. 그런 것은 묻지 않았다. 그런 것은 무시하거나 다 알고 있는 것 같았다.

그러나 눈물이 잔뜩 고인 연희의 눈은 그를 계속 바라보고 있었다. 이 세상에서 이 우주 천지에서 당신 말고 더 믿을 수 있는 사람이 또 누가 있겠느냐는 시선이었다. 또 누구보다도 그녀의 시선과 표정을 잘 알 수 있는 그였다. 그런 그로서는 고문을 당하고 있는 것 같았다. 심판을 받고 있는 것이었다. 희연과 그와의 관계를 다 꿰뚫어보고 있는 것 같았다. 그는 연희 희연 2대에 걸쳐 한을 안겨주고 있는 것이었다. 아니 너무 소극적인 삶을 쏟아놓았던 것이다. 또 석선생에 대하여 그는 어떻게 대처하였던가. 과연 그는 최선을 다 하였다고 할 수 있는 것인가. 지금 그 최후의 심판대에 서 있는 것 같았다. 이제 그 시작인지 모른다. 그러나 중요한 것은 아직도 그는 답을 모르고 있었다.

"알았어요. 미안해요. 죄송해요. 용서해줘요."

그는 그런 얘기밖에 할 수가 없었다. 그리고 기어 들어가는 소리로 같은 소리를 되풀이하였다.

"우리 다시 시작해요. 아직도 늦지는 않았어요."

그리고 연희는 고개를 젓고 있었다. 이제 눈물도 다 말라버렸다.

희연이 들어왔다. 두 사람은 포옹을 풀고 좀 떨어졌다. 희연은 임무 교대라도 하듯이 그 앞으로 나서는 것이었다. 다시 따지는 것이었다.

"제 성은 뭐예요? 저의 아버지는 누구지요?"

연희는 다시 희연을 바라보기만 한다.

"이선생님이신가요? 석선생님이신가요?"

연희는 웃었다. 그 비소였다. 그를 향해 웃고 있는 것 같았다.

그는 창너머로 보이는 공원을 내려다보다가 밖으로 나왔다. 복도를 걷다가 나무 의자에 앉았다. 안에서의 말소리가 다 들렸다.

"한국인인가요? 미국인인가요? 중국인인가요?"

희연은 기어이 다시 울음을 터뜨리고 연희의 마지막 울음보도 찢어

놓고 만다.

"도대체 이제 와서 어떡하라고 왜 말을 않는 거예요? 말을 못 하는 거예요? 안 하는 거예요?"

희연은 그리고 마구 소리를 내어 우는 것이었다.

연희는 이제 울 기력도 없다. 실신까지 하여 아무 말도 못하였다.

희연에게는 그가 대신 답을 말해야 했다.

희연의 아버지는 여기에 없다. 한국에 있다. 그도 알 수는 없다. 그러나 만날 수는 있다. 그것은 그가 분명히 약속을 할 수 있다. 나를 믿을 수 있지 않느냐.

그가 희연을 떼어 놓으며 말하였다.

희연은 그 말을 믿지 못하겠다고 하며 또 마구 소리 내어 운다.

그럼 그는 돌아가겠다고 하였다. 그가 여기 있을 필요가 없다고 하면서 단호히 돌아서려 하였다. 아니 돌아섰다. 그러자 그녀는 알겠다고 믿겠다고 믿는다고 하였다. 그마저 없다면 여기서 정말 의지할 데가 없을 것 같이 생각되었던 것이다. 그 대신 그를 향하여 마구 따지었다.

"왜 그럼 거기서 말하지 않고 여기서 딴 소리를 하는 거지요? 당신은 누구예요? 당신을 믿지 못하면 나는 이 세상에 누구를 믿으란 말인가요? 정말 여기 와서까지 어물어물하고 있으면 저는 죽고 말겠어요."

"알았으니까, 진정해요."

도형은 그녀의 어깨를 두드리었다.

아까부터 그런 광경을 지켜보고 있던 헬렌이 서툰 우리말로 이제 그만 하라고 진정을 시킨다. 나이가 스물이 넘은 처녀아이는 모든 것을 다 아는 듯이 아주 어른스럽게 어머니에게 더 충격을 주어서는 안 된다고 하는 것이었다. 누구나 그 말을 듣지 않을 수 없었다.

연희는 곧 깨어나지 못하였다. 며칠이 지나서 겨우 의식을 차렸을 때도 필담을 다시 하여 수수께끼를 더 풀어주지는 않았다. 며칠이 다시 지나도 마찬가지였다. 그저 희연을 끌어안고 고개를 끄덕거리며 눈물을 흘리기도 하고 또 그녀 대신 도형을 끌어안고 눈물을 흘리기도 하며 고개를 젓기도 하였다. 그것이 고작이었다. 태엽이 다 풀린 시계처럼 그 이상은 무엇인가를 하지 못하였다.

그러던 어느 날이었다. 그도 더 이상 머물 수가 없는 상황이 되어 고민을 하며 재혁과 밤을 새우고 양로병원으로 연희를 찾아갔을 때 다시 필담을 하는 것이었다. 돌아가라고 하는 것이었다. 옆에 같이 있던 희연에게도 같은 말을 하는 것이었다. 그러나 그것은 단순한 권고가 아니었다. 비장한 선고였다. 만일 돌아가지 않고 여기 그녀 옆에 모습을 나타내고 있으면 자신은 혀를 깨물고 죽고 말겠다고 하였다. 더 찾을 것이 있으면 돌아가서 스스로 찾아보라고 하였다.

희연도 죽겠다고 하였었다. 그러나 그녀는 어머니 연희의 말을 듣지 않을 수 없었다. 그리고 거기서 더 찾을 것이 없다는 것을 깨닫고 있었다. 아니 그것은 몇 며칠 떼를 쓰고 나서의 일이었다. 어머니가 입을 열지 않는 한 사실 다른 도리가 없었다.

그렇게 돌아왔다. 그가 먼저 오려고 하였지만 희연이 같이 오겠다고 하였다. 거기 혼자 남아 있고 싶지가 않았던 것이다.

비행기 창가에 나란히 앉은 그들은 갈 때보다도 더 냉랭하였다.

돌아와서도 연락을 끊었다.

해가 바뀌고 계절이 바뀌었다.

도형은 1년 동안의 안식년 기간이 지나고 제자리에 복귀하기 전에 하나의 여행을 더 하였다. 계획에 없던 일인데 우연하게도 독일을 다녀오게 되었다. 신학기를 얼마 앞두지 않고였다. 남북 단군학술회의를 추진하고 있는 터에 참고가 되지 않겠느냐고, 목우가 남북 작가회의 초청장을 보여주며, 같이 가자고 하였다. 분단 국가 분단의 도시였던 베를린에서 열리는 것이었다. 회의보다도 베를린에 살고 있는 제자가 몇

해 전부터 한 번 다녀 가라고 하여 갔다 오려고 한다고 하였다. 체재비 걱정은 하지 말라기도 하고 필요하면 출판사에서 선금을 좀 받아줄 수가 있다고 하였다. 그는 몇 번 망설이고 미적거리다가 어정쩡한 상태로 동행하게 되었다. 분단의 장벽을 보고 싶었던 것이다. 허물어진 장벽 앞에 서 있다 오고 싶었다. 대단히 사치한 감정으로 떠났는지 몰랐지만 그 여행의 종막에 참으로 의미 있는 낙수落穗를 하나 줍게 되었다.

남북 작가회의에서도 느낀 것이 많았고 참고할 문제들이 많았다. 가장 중요한 참고사항은 결국 남북회담은 성사가 어려울 것 같고 성과도 기대할 수 없을 것 같은 실망감이었다. 느낌으로 끝나는 것이고 결단이 요구되었다. 북의 작가는 불참하고 이쪽의 작가들만 모인 반쪽 대회에서 민족이 어떻고 조국이 어떻고 말의 성찬만 벌이었었다. 그런데 민속학 연구를 하는 목우의 제자 임박사가 안내하는 베를린 씨티투어를 하면서 얻은 것이었다. 곰이었다. 곰 이야기였다.

분단의 장벽은 전시용으로 부분만 조금 남겨놓았다. 거기에 그 분단의 장벽이 허물어지기까지의 사진들을 전시해놓아 관광객들만 들끓고 있었다. 벽은 허물어져 없어지고 그 벽돌조각들을 관광 책자와 엽서에 붙여서 팔고 있었다. 또 동서독의 경계가 되었던 아스팔트 길 가운데 베를린 장벽 'BERLINER MAUER 1961-1989' 라고 금속에 새겨놓은 글씨 앞에서 관광객들이 사진을 찍고 있을 뿐이었다. 부란덴 부르그 문에는 차들이 질주하고 있었고, 분단의 장벽은 어디나 옛날 이야기가 되어 있었다.

"우리나라도 통일이 되면 철조망을 잘라서 팔지도 모르겠네요. 전 세계 관광객들에게 말이에요."

낙서를 잔뜩 해놓은 분단의 장벽을 한참 바라보다가 캔맥주를 하나씩 사서 마시며 건배를 하였다. 통일을 위하여! 조국과 민족을 위하여!

그러다가 그는 맥주 캔(깡통)에 그려진 곰을 보았다. '베른필스' 인가 하는 맥주인데 불곰이 맥주통을 들고 마시는 그림이었다.

"결국 여기 와서 곰을 만나는군요."

"개 눈에는 뭐만 보인다더니 참!"

"하하하하…… 그렇게 되나?"

"여기 곰이 많습니다."

임박사가 말하였다.

듣고 보니 그런 것 같았다. 여기 저기서 곰을 그린 앰블럼 상표들을 본 것 같았다.

"베를린의 유래를 아세요?"

그가 들고 있는 빈 맥주 캔을 보면서 임박사가 묻는 것이었다. 그리고 말하는 것이었다.

800년쯤 전 한 사내가 사냥을 하다가 큰 곰을 만나게 되었다. 사내는 곰을 잡으려고 용감하게 곰의 굴까지 쫓아갔다. 그러나 굴 안에는 어린 새끼 곰이 어미 곰이 돌아오기를 기다리고 있었다. 사내는 어미 곰을 포기하고 함께 간 사람에게 말했다. "나는 여기에 마을을 만들겠다. 그리고 이 마을의 이름을 새끼 곰의 이름을 따서 베를린이라고 하겠다."

"참으로 놀라운 사실이군요!"

그가 너무도 의외의 사실에 놀라움을 감추지 못하였다.

"그렇습니까?"

"정말 이상한 일이네요."

"뭐가 그렇게 이상하다는 거예요? 뭐 단군신화의 곰과 연결이라도 된다는 건가요?"

목우가 비꼬듯이 따졌다. 개 눈에는… 얘기와는 달리 그의 마음을 꿰뚫고 있었다.

"정말 그렇지 않아요? 분단의 나라 분단의 도시 이 베를린의 뿌리가 곰이라니!"

"그렇게 됩니까?"

임박사도 의외라는 듯이 되물었다.

"그렇지요! 결국 분단의 벽을 보러 왔다가 곰을 만났군요!"

그는 마치 그동안 풀리지 않은 답을 찾기라도 한 듯이 흥분하는 것이었다.

돌아오는 날까지 흥분을 가라앉히지 못하였다.

그러고 돌아오자 새 학기가 되었다. 강의에 회의에 원고 쓰기에 정신이 없이 바쁘고 앞뒤를 가릴 수 없는 상황 속으로 다시 휩쓸려 들어갔다. 그런 가운데 또 그가 벌인 일생일대의 대행사를 주선하기에 여념이 없었다.

개천절을 기해 남북단군학술회의를 여기서 열기로 했다. 음력으로 3월 15일인 어천절에 하기로 하였다가 그 쪽에서 바꾸는 바람에 혼란이 온 대로 D-200일을 설정하였다.

행사가 잘 이루어질지 어쩔지는 아직 미지수였다. 중간에서 역할을 하고 있는 최소장의 말을 듣고 추진하는 것이고 공식적인 절차는 아무 것도 이루어진 것이 없었다. 당국에서도 차일피일 발표를 미루고만 있었다. 그쪽 반응을 살피고 있는 것 같았다. 어쩌면 그 혼자만 들떠서 이리 뛰고 저리 뛰고 날뛰는지 몰랐다.

그건 그렇고, 미국에서 돌아온 후 그는 침통하고 우울한 나날을 보내어야 했고 죄책감에 괴로워하고 있었다. 연희를 생각하면 아무 것도 안 되었다. 연구도 안 되고 강의도 안 되고 단순한 일도 안 되었다.

그럴 때마다 희연을 불러내려 하였지만 그녀는 전과 달리 그가 필요할 때마다 응해주지 않았다. 그동안 박사학위 심사는 그도 모르게 진행이 되어 통과 되었다는 것이고 그 축하를 한 번 해 주려 해도 통 만나주지를 않았다. 그의 학교 강의가 있는 날도 강의만 하고 가버리었다. 메모를 남겨도 소용 없었다.

그래서 목우를 붙들고 이야기를 하였지만 그러면 더욱 괴롭고 답답하였다. 그러나 희연을 억지로 불러내고 싶지는 않았다. 목우가 연락하겠다고 하였지만 절대로 그러지 말도록 하였다.
"참! 그거야말로 소설이네요. 그 이상이네요."
연희를 만나고 온 이야기를 듣고 목우가 말하였다.
"먼저 소설은 시작일 뿐이었군요."
「좌절의 시대」 말이었다.
"어떻게 해야 되겠오?"
"주인공이 결정을 해야지요."
"목우 같으면 어떻게 하겠오?"
"인생에 있어서 가정은 필요없어요."
"그래요. 알아요."
어디까지나 그것은 그의 소설이고 그의 삶이었다. 소설이 문제가 아니었다.
"그냥 주저앉느냐 한 번 날개를 펴느냐."
"그냥 주저 앉는다면 아주 비열한 인간이 되는 거겠지요?"
"그렇겠지요. 그러나 해석은 한 가지만 있는 것이 아니지요."
"그러니 나는 어쩌면 좋지요?"
그는 비통한 얼굴로 목우를 바라보았다.
이제 와서 다시 써야 하는 소설이었다. 원래 미완성이기는 했지만 그것이 이제 와서 그를 이렇게 흔들어 놓을 줄은 몰랐다. 상황은 그 때나 지금이나 같았다. 그 때보다 지금이 훨씬 어려웠다. 갈수록 더 어려워질지 모른다. 그 때도 그는 거기에, 그러니까 사랑이라고 할까, 연희에게 최우선 순위를 두지 않았던 것이다. 학문이 우선이었고 진로가 우선이었다. 그리고 그녀보다는 아버지가 우선이었다. 아버지의 희원, 아버지의 시선을 먼저 의식하였던 것이다. 그러나 결국 그 어느 것에도 맞추지 못하고 아무 것도 이루어진 것이 없었던 것이다. 그의 지금의 상태를 가지고 뭐라고 얘기할 지 모른다. 고향의 친구들처럼 성공을 했느니 출세를 했느니 할지 모른다. 그러나 그것은 그의 겉모양 겉껍데기만 가지고 얘기하는 것이고-그것도 별 것이 아닌지 모르지만-그의 내부는 너무도 허무하였다. 거기에다 대고 목우는 늘어놓았다.

"극적인 반전이냐, 아니면……"

"그만 해요. 나도 방법은 알고 있어요. 그러나 안 되고 있을 뿐이에요."

"그래요. 생각대로 안 되는 것이 인생이지요."

그는 그 말에 자위를 하며 화제를 바꾸었다. 남북 단군학술회의에 대한 얘기를 하였다. 그러나 목우는 같은 얘기만 하였다.

"지금 그것이 급해요?"

목우가 소리를 뺙 질렀다.

"당장은 그것이 급해요."

"조국과 민족을 위해서 말이지요? 좋지요. 급하지요. 그러나 말이지요, 그런 거창한 명분을 따라 다니다가 정작 자신의 삶은 갯수렁에 자꾸 빠져들어간단 말이에요. 아시겠어요?"

"알아요."

"알아요?"

"그래요."

그런데 그는 지금도 그것을 한 발도 양보할 수가 없었다. 누가 뭐라고 해도 그는 또 그가 하는 일을 중단할 수가 없었다.

그것은 지금 그가 아니면 추진이 되지 않는 일이었다. 그렇게 생각이 되었다. 그 자신 그것이 가능할 지 반신반의하고 있지만 어떻든 그로 하여 출발이 된 남북 단군학술회의는 처음부터 끝까지 그가 듣지 않고는 안 되는 상황이었다. 그리고 지금 그 고비를 맞고 있었다. 그것이 중요하고 중요하지 않고 급하고 급하지 않고를 떠나서 손을 뗄 수가 없는 상황이었다.

발을 뺄 수가 없었다. 그것이 민족적이고 역사적이고 위신이고 체면이고 그런 것이 문제가 아니고 서로-남북 양쪽 말이다-의 입장을 너무도 곤란하게 하는 것이었다.

남북 단군학술회의는 여러 차례의 곡절 끝에 진척이 되고 있었다. 몇 번 엎치락 뒤치락 하였다. 앞에서 얘기한 대로 사실은 어천절에 오기로 하였는데 개천절에 오겠다는 것이다. 어천절에는 그쪽에서 오고 개천절에는 이쪽에서 가기로 한 것이었는데 어찌된 사정인지 개천절에 오겠다고 하였다. 다시 조금 뜸을 들이고 연기된 것이라고 볼 수도 있었다. 그럼 어천절에 이쪽에서 먼저 가면 어떨까 생각하였지만 오히려 잘 된 것 같기도 하였다. 여러 가지 준비가 아직 덜 되었던 것이다.

문제는 여기서의 정식 승낙이며 공식적인 지원인데 그것이 아직 이루어지지 않고 있었다. 계속 물밑으로 접근을 하며 발표를 유보하고 있었고 민간 주도라고 할까 그의 요구사항으로만 되어 있었다. 한 학회, 한 단체, 어쩌면 한 자연인 개인의 출원 사항으로 그 때 그 때의 상황에 따라 대처하려는 것이었다. 그러나 어떻든 잘 될 것 같이 생각되었다. 그런 예감이 들었다.

"염려 말아요. 이쪽에서 가겠다는다는 데에야 안 받아들이고 어쩌겠오?"

연변의 민족문화연구소 최영일 소장의 말이었다. 참으로 배짱이 대단하였다. 최소장이 말하는 이쪽은 북한을 말하는 것이었다.

"내깔려 둬 봐요. 얘기가 잘 안 되면 그냥 넘어오겠다고 할지도 몰라요."

최소장은 그런 말도 하였다.

그것을 가지고 이상한 정치적 공세를 취할지도 몰랐다. 그것이 걱정이었다.

"최소장은 어느 쪽입니까?"

그가 답답한 물음을 던졌다.

최소장은 어이가 없는지 너털웃음을 웃어대다가 묘한 대답을 하는 것이었다.

"민족이오. 민족. 어느 쪽인지 아직도 모르시겠습니까?"

그는 어리둥절한 시선으로 바라보았다.

민족의 동질성을 확인하기까지 두 사람은 참으로 여러 밤을 같이 보내었다. 독한 술 묽은 술 참 술도 많이 마시면서.

좌우간 그렇게라도 하지 않으면 한 자리에 모일 수가 없을지도 모른다는 생각도 들었다. 그가 자꾸 동화되고 말려들어가는 것도 같았다. 실정법을 어기고 있는 것 같기도 하였다. 감옥에 갈 각오도 하고 있었다. 무엇이 어떻게 되었든 그것이 민족을 위하고 역사를 위한 일이라고 생각하였다. 통일의 다리에 돌 하나라도 놓고 싶은 것이 그의 생각이었다.

그는 그런 사정을 털어놓았다.

목우는 더 참지 못하고 화난 소리로 말한다.

"내 얘길 못 알아 들으시는구만."

그는 미국에서 돌아오자 마자 그 학술회의 일로 뛰어다니느라고 연희에 대해 아무 것도 한 것이 없었다. 할 수 없었다. 그러다 거짓말처럼 잊고 있었던 것이다. 어쩌다 생각이 되었을 때 죄의식에 사로잡힌 채 고통을 느끼기는 하였지만 그저 그러고 있었을 뿐이었다. 그런데 그는 딴 소리를 하고 있었다. 그것이 변명으로 들릴 수밖에 없을 것이었다. 지금도 그것을 솔직하게 시인하지 않고 있었다. 그 순간 생각나는 것이 하나 있었다.

연희는 그들이 돌아가겠다고 말하였을 때 하얀 봉투를 하나 주었었다. 돌아가서 뜯어보라고 하였다. 그들은 그 약속을 지켰다. 비행기 안에서 봉투를 뜯어보았던 것이다.

석선생에 관한 사항이었다. 강원도 고성에 살고 있다고 하였다. 석선생이 그들보다 먼저 미국에를 다녀가서 보낸 편지였다. 거기서 고향인 북녘 땅을 바라보며 낙조의 해변을 서성거리고 있다고 하였다. 폐인이 되어 가지고. 벌써 10년 전의 편지였다. 석선생에 대한 물음을 그 편지로 대답한 것이었다.

그는 돌아오는 대로 그곳으로 바로 가려고 하였지만 여태 그러고 있는 것이었다. 석선생은 이미 살아 있지 않을 것이라는 생각에서이기도 하였지만 희연과 같이 가려는 것이 안 되고 있는 것이었다. 그녀는 그와의 모든 관계를 끊겠다는 듯이 도무지 만나주지를 않는 것이었다. 그 이유를 물어보고 싶어도 만나지를 못하였고 얘기를 못 하였던 것이었다.

목우에게 그런 얘기라도 털어놓지 않을 수 없었다. 얘기를 들은 목우는 거 보라는 듯이 말하였다.

"내 말이 틀렸오?"

"맞아요."

"석선생은 살아 있을지도 몰라요."

"그럴까요?"

"만나보고 싶군요. 저랑 같이 가보실까요?"

"그러시겠어요? 바다 바람도 한 번 쐬고 말이지요. 술은 살게요."

"그런 것보다도……"

"뭐지요?"

"아니예요."

목우는 실은 석선생이란 사람에 대하여 작가적 호기심이 생긴 것이었다. 그래 만나보고 싶은 것이었다. 그 말을 하기는 좀 뭣하였던 것이다.

두 사람이 희연을 불러내기 위해 여러 번 시도하였다. 아무래도 목우의 얘기를 자꾸 거절을 할 수가 없었던지 희연이 만나주었다. 그러나 고성엘 같이 가자는 목우의 제안에 대해 크게 반발을 하였다. 그렇게 야멸찰 수가 없었다.

"도대체 당신이 뭔데 끼어들어요? 뭣 때문에 남의 인생에 돌을 던지려고 그래요?"

"아, 예에, 저는 다만……"

"그것은 술안주나 할 얘기가 아니예요. 아시겠어요."

"그런 것이 아니고 그저 동행을 해 드리겠다는 겁니다."

"필요 없어요. 제 혼자 가겠어요. 다 필요 없어요."

희연은 마구 화를 내었다.

술집에서 만나는 것도 거절하고 연구실도 마다 하여 학교 앞 다방에서 만났는데 도형이 같이 나갔었다. 그가 억지로 대포집으로 끌고 가긴 했지만 그냥 앉아 있었다.

"술은 안 하겠어요."

그런 조건으로 간 것이기도 했다.

"안주라도 드세요."

목우가 그녀의 말꼬리를 잡고 웃으면서 말하였지만 그녀는 움직이지 않았다. 그러다 그가 실수처럼 한 말이 효력을 발휘하게 되었다.

"닥터 배랑 넷이 갑시다."

"아니 뭐요? 아니 정말 왜 자꾸 그러시는 거예요?"

희연은 화가 머리끝까지 치올라서 그를 노려보았다. 그러나 너무 지나쳤던지 그녀는 스스로 푸는 것이었다. 그 사람이 누군데 그렇게 화를 내느냐고, 이상한 눈으로 보는 목우의 시선 때문인지도 몰랐다.

도저히 자신의 운명을 감당할 수가 없었다고 하였다. 그렇게 만나고 싶던 어머니를 만난 후의 절망은 걷잡을 수가 없었고 아버지를 찾고 싶은 욕망도 상실하였다고 하였다. 진한 눈물을 뚝 뚝 흘리었다. 얼굴을 두 손으로 가리고 소리 내어 엉엉 울기도 하였다.

그리고 눈물로 다 씻어낸 것이었을까, 같이 가기로 했다. 목우도 동행이었다. 사실은 도형과 둘이 가고 싶지 않았다고 하였다.

강원도 고성 바닷가는 피서 철이 아니어서 한적하였다. 해금강이 바라보이고 「나무꾼과 선녀(금강산 처녀)」의 설화가 깃든 금강산 자락이 빤히 보이는 곳이었다.
 석선생은 거기서 저 금강산처녀 전설 바위를 바라보며 쓸쓸히 죽어 갔다고 노파가 말하였다. 북에서 피난을 온 여인이었다. 같이 동거를 하였다고 하였다. 석선생은 어디서 돈을 붙여오는 데가 있어서 매일 술만 마시다 망부석처럼 앉아서 죽었다고 하였다. 바로 얼마 전.
 세 사람이 쓸쓸히 해변을 거닐었다.
 "동물의 보은報恩, 금기禁忌의 파괴, 남편의 추적, 상봉, 지상으로의 귀환, 다시 금기의 파괴, 천상으로의 귀환 불능······"
 바다를 거닐다 전설의 바위를 바라보며 목우가 중얼거렸다.
 "그게 뭐라는 얘기지요?"
 도형이 물었다.
 희연도 목우를 바라보았다.
 "뭘 하시는 거지요?"
 "플롯이 그렇게 되어 있지 않습니까?"
 "소설 구상을 하고 있는 것입니까?"
 도형이 다시 항의를 하듯이 물었다.
 "전설 말입니다. 「금강산 처녀」라고도 하고 「백조 처녀」라고도 하지요. 그 「나무꾼과 선녀」 이야기 구조가 그렇게 되어 있습니다."
 "그런가요? 그런데 그게 어쨌다는 거지요?"
 그는 여전히 불만스러운 투로 따지었다.
 "석선생의 이야기도 그런 것 같지 않습니까?"
 "아, 예에······"
 그와 동시에 희연도 고개를 끄덕이고 있었다.
 그들은 그 전설의 그림을 떠올리고 있었다. 그리고 목우가 얘기해 보인 대로 그 지상과 천상을 상정하여 연출하고 있었다.
 나무꾼이 사냥꾼에게 쫓기는 사슴을 숨겨준다. 사슴은 그 보은으로 선녀들이 목욕하고 있는 곳을 알으켜 주며 깃옷을 감추라고 한다. 목욕이 끝난 다음 깃옷이 없어 하늘로 올라가지 못하고 있는 선녀를 데려다 아내로 삼는다. 어느 날 나무꾼이 깃옷을 보이자 그것을 입고 하늘로 올라간다. 사슴이 다시 나타나 시키는 대로 하늘에서 물을 길어 올리는 두레박을 타고 올라가 처자를 만난다. 거기서 다시 행복하게 살았으나 지상의 어머니가 그리워져 아내가 주선한 용마를 타고 내려온다. 아내는 용마에서 내리지 말라고 하였으나 내리게 되었고 용마만 하늘로 올라간다. 지상에 떨어져 홀로 남은 나무꾼은 언제나 하늘을 쳐다보며 슬퍼하다가 죽었다.

그렇게 생각해서 그런지 석선생이 꼭 그런 것 같았다. 사슴이 두 번 은혜를 갚는 것도 그렇고 절대로 깃옷을 보여주지 말고 용마에서 내리지 말라는 금기를 깨뜨린 것도 그렇고 운명적으로 떨어져 사는 것도 그렇고 그 설화가 이야기하려는 인간적 갈등과 이상세계에 대한 동경 그리고 운명적 현실의식이 꼭 석선생의 소설적 생의 드라마와 같이 생각되는 것이었다.

그런 생각들을 제가끔 하며 석선생의 묘를 찾아갔다. 하늘과 바다와 금강산을 바라보는 곳에 비명도 없이 허술한 무덤이었다.

잔을 부어 놓고 엎드려 우는 도형을 희연 목우 두 사람이 바라보며 말리지 않는다. 실컷 꺼이 꺼이 울었다. 모든 그의 죄를 다 쏟아놓으려는 듯이. 마구 눈물이 쏟아졌다. 참 이렇게 만날 수밖에 없다니 너무나 죄스럽고 허망하였다.

낙조의 해변을 거닐며 보름달이 뜰 때까지 석선생을 조상하고 있는 그를 양쪽에서 어깨동무해 주었다. 하나의 위안은 거기서 한 권의 시집 노트를 얻게 된 것이다. 주인의 이름도 없는 노트였다. 그 시 속에서 연희에 대한 많은 해답을 찾게 되었다.

바닷가를 거닐면서 그가 희연에게 말하였다.

"아버지가 누구냐고 물었었지요? 아버지는 여기 있어요."

"석선생님이신가요?"

희연이 그를 바라보지 않고 눈을 파도쳐 오는 물결을 바라보며 물었다. 그는 대답을 하지 않고 바람에 옷깃을 날리고 서 있다가 다시 말하였다.

"저 바람 속에 있어요."

희연은 얼굴을 찌푸리며 허공을 바라보았다.

"불러 봐요. 소리를 내서."

희연은 그가 시키는 대로 하는 대신 울음을 터뜨리는 것이었다.

그도 희연을 따라 꺼이 꺼이 소리를 내어 다시 울었다.

"당신은 바람의 딸이다아!"

목우가 울음을 그친 희연에게 말하였다. 마치 방금 파도 속을 헤치고 나온 해신海神의 목소리였다.

"나는 바람이다아아!"

그는 어조를 흉내내어 더욱 큰 소리로 외쳤다.

"나는 풍백風伯이다아아!"

그리고 이번에는 작은 소리로 속삭이듯이 말하였다.

"당신은 내 딸이야."

희연은 귀신들에게 홀린 듯이 눈을 휘둥그렇게 뜨고 물었다.

"정말이에요? 헷갈리게 최면 걸지 말고 어서 말해 보세요."

"내가 누구였으면 좋겠어요?"

"분명히 말해 보세요. 제 신경이 다 찢어지고 말기 전에 말이에요."

"그래요. 잘 들어요. 한선생은 나의 분신이지요. 우리가 모두 단군의 자손이고 풍백 우사雨師의 분신이듯이. 우리 모두 같은 핏줄이지요. 당신의 피 속에 분명 나와 같은 피가 흐르고 있어요."

"그럼 저는 유교수님의 딸도 되는 건가요?"

희연이 다시 물었다.

"그렇게 되나?"

목우는 웃으면서 자신 없는 대답을 하였다.

울상을 하고 있는 희연을 한동안 바라보고 있던 그는 이야기를 다시 뒤집었다.

"한선생은 분명히 내 딸은 아니야. 희연은 연희의 딸이고 이제 연희가 된 거야. 연희도 아니고 희연도 아니고 연이야. 연. 알겠어? 연!"

그는 그리고 그녀의 어깨 위에 손을 얹고 소리 내어 울었다.

희연도 같이 따라 운다.

"도숙씨도 저 바람 속에 있을 거예요."

어느새 희연은 연희가 된 것이었다. 연으로 돌아온 것이다.

"그래요. 살아 있다면 어느 바람 속에서라도 만날 수 있겠지요."

"그래요."

한없이 울고 나서 희연은 냉기를 벗어 던지고 활짝 웃음을 보이었다.

"그동안 미안했어요."

그러며 그녀는 그의 연인으로 돌아온 듯 두 팔을 벌리고 다가온다. 그는 소설가 목우 앞에서 힘껏 그녀를 끌어안는다. 소설의 장면처럼.

그제서야 박사학위 축하도 받아들인다. 바닷가 술집에서였다.

"건배! 축하해요."

"고마와요. 다 선생님 덕분이에요."

"마지막엔 내가 도움을 주지 못했어요."

"제게 그런 힘을 주신 거지요."

"저도 노력은 했습니다."

목우도 축배를 건네며 말하였다.

"그럼요. 잘 알고 있어요."

사실 목우는 희연이 이쪽 대학에서 학위를 받기를 바랐었다. 그래서 총장을 움직여 해결하려고도 하였던 것이다. 결국 그렇게 된 것은 아니었지만 어떻든 희연의 든든한 원군이 되어주었던 것이다.

"오히려 잘 된 것 같애요. 지지하지 않고 깨끗하게 말이지요."

"그래요. 고마웠어요."

그날 축하주는 목우가 샀다. 그의 대학 교수들의 소아병적인 의견 대립으로 제출한 논문이 통과되지 못하고 다른 대학에 가서 자력으로 해결한 희연이 측은하기도 하고 참으로 대견하기도 하였던 것이다. 그래 목우는, 편협한 교수들을 대표하여 사과한다고 하면서 잔뜩 산 바닷가의 싱싱한 회와 술로 희연의 앙금을 씻어내려 하였다.

좌우간 한껏 취하여 불만 불평을 있는 대로 다 털어놓고 또 실컷 울고서 희연은 그에게로 다시 돌아온 것이었다.

매듭 풀이

 희연은 도형을 도와 남북 학술회의의 새 아이디어를 짜내고 발벗고 뛰어 주었다.
 구체적인 진전이 눈에 보이었다. 그녀의 선후배를 다 동원하여 요로의 인물과 연결하고 닥터 배의 인맥도 끌어대어 여걸처럼 능력을 발휘하였다. 결국 장관과도 연결이 되었다. 닥터 배의 동창 부군이 되었던 것이다. 비서실장도 친하여 만나고 담당자를 만났다. 도형과 같이 만나기도 하고 닥터 배와 함께 만나기도 했다. 떼를 쓰기도 하고 호소를 하고 애원을 하기도 하였다.
 "저희는 말이지요. 무슨 청탁을 하는 것이 아닙니다. 어떤 이권을 요구하는 것이 아닙니다. 한 국민으로서 애원을 하는 것입니다. 한 민족의 일원으로서 통일의 다리를 놓자는 것입니다. 그 다리를 놓는데 돌 하나 작대기 하나라도 보태자는데 통일부에서 밀어주지 않으면 어떻게 되는 겁니까? 우리가 뭐 운동권도 아니고, 사회주의자도 아니고, 아나키스트들도 아니고 말입니다. 우리가 뭐 넘어갈 사람들도 아니고 물이 들 사람들도 아니고 말입니다. 이선생님도 말씀을 좀 해보세요. 그래요? 안 그래요?"
 도형에게 말을 하게 하여 논리를 세우게도 하였다.
 희연이 좌충우돌하며 미인계를 쓰고 있다면 그는 학술 연구 쪽으로 미스터배는 인맥을 들먹이며 접근하였다. 어느 쪽이 주효하였던 것인가. 그러다 종내에는 결정적인 답을 받아내었다. 문제는 장관이 의견을 올리었고 그 의견이 위에서 받아들여진 것이지만 좌우간 요지부동이던 사안들이 움직이기 시작하였다.

최소장이 그 때 중국에서 들어왔다. 그래 도형과 최소장 희연이 같이 머리를 맞대고 하루 20시간 이상 뛰었다. 그러나 아직까지도 겉으로 나타난 것은 없고 물밑으로만 접근을 하고 있는 것이었다.

어떻든 그가 모든 것을 밀어붙이고 있는 것이었다. 뜬 구름을 잡는 것 같기도 하고 몸살이 걸려 몸이 부웅 떠 있는 것 같기도 하였지만 하루 하루 진척되고 있었던 것이었다. 그런 가운데 북에 갈 때는 희연과 같이 가겠다고 신청을 하였다. 희연이 자원하였던 것이다. 그것은 또 일을 급진전시키는 계기가 되었다. 그것을 최소장이 저쪽에다 허가를 받아놓았다고 했다. 모두들 좌충우돌이었다. 제 정신들이 아니거나 무엇에 홀린 것이었다. 그것을 또 스스로들 인정하고 있었다.

"민족에 홀리고 역사에 홀린 것입니다. 그것이 뭐 문제될 것이 있겠습니까?"

최소장의 얘기였다.

"문제는 무슨 문제가 되겠습니까? 그런 것을 문제 삼는 사람들이 문제가 있는 것이지요."

도형이 더 흥분하였다.

"안 그래요?"

희연을 또 끌어들였다.

"왜 안 그래요."

그녀가 웃으며 말하였다.

"돈이나 명예에 홀린 것도 아니고 말입니다."

도형이 다시 말하였다.

"말도 안 되는 소리지요. 아니 그걸 말씀이라고 하고 계신 거예요?"

두 사람의 대화를 듣고 있던 최소장은 또 이상하게 끌고 간다.

"사랑에 홀린 것도 아니고 말입니다."

"아니 뭐예요?"

희연이 발끈하였지만 한바탕 웃음이 되어버렸다. 웃음이 끝나고 병 주고 약주듯이 최소장이 말을 고치었다.

"민족 통일 사랑 말입니다."

희연은 최소장을 경고하듯이 흘겨보며 웃었다.

"그래요."

좌우간 어디에 단단히들 홀린 것이었다. 감옥에 갈 각오도 하였다. 같은 대학의 동료가 간첩으로 몰려 신문 방송에 사진이 대문짝만하게 난 적이 있었다. 대단한 학자였고 특히 그와 과(전공)가 같아 친밀하게 지내며 술도 마시고 목욕도 같이 하였다. 비어 있는 시간 골치가 아프고 스트레스가 쌓일 때 가는 학교 근처의 대중 사우나탕 속에서 가끔 만났다. 찜통 속에서 민족이 어떻고 통일이 어떻고 얘기도 많이 하였었다. 그랬는데 참으로 의외였다.

감옥에 간다 하더라도 그 사람 신세보다 낫지 않겠느냐고 생각하였다.

드디어 연락이 왔다. 예정보다 미리 온다는 것이다. 북경으로 해서 비행기로 온다는 것이었다. 최소장을 통해서 온 연락이었다. 선수를 치는 것이었다.

판문점을 통하여 오겠다는 것을 이쪽에서 수용하지 않은 것이었다. 그쪽에서는 꼭 그곳으로만 와야 된다고 하였다. 그렇게 하지 않으면 안 온다고 하였다. 그 저의가 어디 있든 간에 대범하게 수용하면 되는 것인데 이쪽에서는 그것은 절대로 안 된다는 것이었다.

피장파장이었다. 그렇게 평가하고 말면 그뿐이지만 그런 지엽적인 것 때문에 계속 본 줄기가 불투명하게 되고 흔들리니 답답한 노릇이 아닐 수 없었다. 몇 번이나 얘기를 하였지만 절대로 안 된다고 하였다.

"그것이 뭣 때문에 안 되는 거지요? 안 될 것이 뭐가 있다는 거예요?"

따져봐야 소용이 없었다. 입만 아팠다.

오히려 말하는 사람을 답답하게 생각하는 것이었다. 여태 그런 것도 모르고 있었느냐는 투였다. 이해가 안 되었지만 참았다. 그동안 얼마를 참아왔는데 다 된 음식에 코를 빠뜨릴 필요가 없었다. 그러다 일을 졸지에 당한 것이었다.

그래 결국 그쪽에서 북경으로 해서 오기로 결정을 한 것이고 미리 온다는 것이었다. 그것도 기자회견을 통해 밝히었던 것이다. 참으로 의외의 일이었다. 다 최소장을 통해 협의를 한 것이고 또 그것은 이쪽에서 이미 협의를 한 것이었다. 그것은 또 그의 의견이기도 한 것이었지만 갑자기 발표를 하니 어리둥절할 수밖에 없었다. 뒤통수를 얻어맞은 것 같기도 하였다. 그만이 그런 것이 아니고 관계기관에서는 초긴장이 되어 도대체 어떻게 해서 이렇게 입장을 곤란하게 하느냐고 야단이었다. 그러다 받아들이지 않는 방향으로 끌고 가려는 것이었다.

"아니 뭐요? 그걸 말이라고 하는 거요? 참 도대체 어떻게……"

그는 너무나 어이가 없어서 따질 수도 없었다. 그러는 바람에 희연이 욕을 해 붙이고 말았다.

"밴댕이만도 못한 인간들 같으니라고! 국제망신을 얼마나 더 당하려고 그러는 거야?"

그런데 그런 것이 문제가 아니었다. 완전한 합의가 이루어지지 않은 것들을 기정사실인 것처럼 발표를 한 것이었다. 아직 협의 중으로 완전히 결정되지 않은 사항들이었다. 대체적으로 서울에서 학술회의를 하고 태백산 단군전이나 마니산 참성단에서 천제를 지내는 것으로 되어 있었고 아니면 속리산 삼신사에서 세미나와 대동굿을 하기로 하여 다 가능하도록 대비는 하여 놓았다. 그런데 도대체 어떻게 하겠다는 것인지 알 수가 없었다. 결국 그쪽 주도로 끌고 가겠다는 것이었다.

세계적인 뉴스였다. 남과 북의 해후가 이루어지는 드라마였다.

그동안 나라가 갈라진 이후 여러 차의 만남이 있었다. 김구金九 김규식金奎植 등에 의하여 추진된 남북 정치협상이 있었고 6.25 전쟁 이후 통일정부 수립 노력과 남북 이산가족 상봉을 비롯해서 남북조절위원회의 남북적십자회담 남북체육회담 남북경제회담 등이 있었다.

그런데 이번의 만남은 정치적인 색채를 띠지 않은 순수한 학술회의이며 학자들의 모임이라는 것이 여태까지 있었던 다른 만남과 성격이 달랐다. 그런 면에서 더욱 대대적으로 보도하였다. 전 세계의 통신들이 이 소식을 대단히 의미 있게 취급하고 있었다. 일본에서는 우리나라보다 더 크게 다루었다. 1면 톱으로 다루기도 했다.

그런데 갑자기 그쪽 주도로 하려는 것 같아 당황할 수밖에 없었다. 주객을 따질 필요가 없는 것이고 확대할수록 좋은 일이지만 아무래도 이상하게 생각되었다. 도형부터 그런 생각이 들었다. 솔직히 말해서 말려들어가는 것 같은 느낌이 없지 않았다. 그러나 어차피 벌어진 일이었다. 결과는 다를 것이 없었다.

"다른 것이야 뭐 있겠어요? 만나는 것, 얘기하는 것, 거기서 다시 만날 약속을 하는 것, 결국 그런 것이 아니겠어요?"

희연의 분석이었다.

그랬다. 남북 학자가 만나 단군을 주제로 역사문제 그것도 고대사 문제를 얘기하는 것이다. 정치 경제 군사적인 문제를 얘기하는 것이 아니고 민족이니 통일 얘기를 하는 것도 아니었다. 순수한 학술회의였다.

그러나 좌우간 초긴장 상태였다. 관계기관들이 초긴장이 되어 대책을 세우기에 부심하고 있는 가운데 만남의 시각이 째각째각 다가오고 있었다.

그런데 문제가 저쪽에서 다시 발생하였다. 북의 학자가 북경에서 기자 회견을 한 다음날 공항에서 비행기를 타려고 하는 찰라 그쪽 상부의 쪽지를 받은 것이었다. 돌아오라는 것이었다. 참으로 복잡하게 꼬이었다. 문제는 그것으로 끝나지 않고 더욱 묘하게 되어갔다. 북의 학자 중 한 사람이 결단을 내리고 비행기를 탄 것이다. 사회과학원 교수 박일준이었다. 안경을 끼고 머리를 짧게 깎은 모습이 떠올랐다. 대단히 깐깐한 50대였다. 나이가 더 많은 정두용 그리고 그와 친분이 있는 김종수 두 교수는 돌아섰다. 다 집안에서 도형과 희연도 같이 만났던 학자들이었다.

"모르겠오. 나는 가야겠오."

박일준은 순간적으로 상부의 명령을 어긴 것이다.

"그러면 곤란합니다."

북경 공항의 국민복을 입은 기관원 얘기를 뒤로 하고 비행기를 탔다. 탈출이었다.

참으로 급박한 상황이었다. 상상하기가 어려운 일이 발생한 것이다. 비행기가 떠서 도착할 때까지 참 도무지 어떻게 일이 그렇게 되어가나, 그런 일이 있을 수 있나 하는 놀람과 회의 그리고 당혹감을 감추지 못하였다. 무슨 대책이 떠오르지도 않았다. 그렇게 되었다는 연락을 받고 허겁지겁 공항으로 마중을 하기 위해 달려가는 차 속에서 도무지 일이 어떻게 되어 가는 것인지 도형 자신도 알 수가 없었다. 일을 추진하는 다른 팀들도 같은 상황인 것 같은 느낌이 들었다. 희연도 같은 생각이었다.

"참 일이 묘하게 돌아가네요. 그러나 한 사람이라도 오면 되는 것 아니겠어요? 계획대로 진행하면 되잖아요? 안 될 것도 없잖아요?"

"숫자가 문제는 아니지요."

"글쎄 말이에요. 이쪽에서 못 하게 하는 것은 아니겠지요?"

"밀어붙여 봐야지요 뭐."

그들, 관계기관 사람들도 그들의 의견만 가지고 되는 것은 아니라는 것을 잘 알고 있었다. 그래서 공항이 가까워질수록 불안이 고조되는 것이었다.

"어떻게 되겠지요 뭐."

오히려 희연이 위안을 주는 것이었다.

부딪쳐 보는 수밖에 다른 도리가 없었다.

인천국제공항에는 내 외신 기자들이 몰려와 있었다. 입국수속으로 한동안 시간을 끈 다음 귀빈실에 모습을 드러낸 북의 학자는 기자들에게 둘러싸였다.

"망명인가요?"

"아니지요. 나는 위대한 수령 동지의 지시에 앞서서 단군한아바님의 계시를 따르는 것이오. 일을 마치고 돌아가서 벌을 받을 일이면 받겠오."

박일준은 너무도 분명하고 당당하였다.

"그것이 가능하다고 보십니까?"

"솔직한 심정을 말해 보세요."

이쪽 저쪽 사정을 묻는 것이었다. TV카메라들이 찍어대고 있고 수많은 카메라의 플래시가 터졌다.

"7천만 민족이 지켜보고 있습니다. 잘 되리라고 믿습니다. 잘 부탁드립니다."

계속 질문이 이어졌지만 시종 당당하고 간단명료하게 답변을 하였다.

빅뉴스였다. 연일 화제가 되었다.

민족뿐 아니고 세계가 지켜보고 있었다. 국내 언론은 물론이고 세계 언론이 가지 각색으로 이 상황을 써 나갔다. 제4의 정부라고 하였던가. 그 언로言路를 벗어나기가 힘들어지고 시종 묘한 분위기에 이끌리어 남북 단군학술회의는 위태위태하게 진행이 되어가고 있었다.

어떻든 그가 모든 것을 추진하였다. 그와 최소장과 희연의 연출이었다. 통일원 당국에서도 뻔질나게 그를 찾아대었다. 그는 우리가 밀리면 안 된다고 계속 밀어붙이었다.

도무지 어떻게 시간이 갔는지도 몰랐다. 발에 바퀴가 달리고 팔에 날개가 달린 듯이 자신도 모르게 이리 저리 굴러가고 몸이 펄펄 날았다. 행사가 하나도 제대로 매끄럽게 진행되지는 않았다. 행사자체보다도 다른 여러 가지 정치적인 문제에 신경을 쓰느라고 대충 대충 넘어갔다.

학술회의라든지 부대행사에 여러 가지 제약이 많았다. 장소도 그랬고 모든 일정을 일일이 다 체크하려 들어 부자유스러운 대로 연일 신문 방송에 대서특필되는 행사가 이어졌다. 그 과정에서 그의 대학 행사로 하려던 것은 스스로 반납하고 여러 사람들의 의견을 들어 조금도 사적인 의견에 얽매이지 않고 대범하게 국가적인 행사로 끌고 갔다.

10월 1일 예정대로 프레스센터에서 개최된 단군학술회의에는 북한 학자는 한 사람이었지만 중국 연변의 최소장이 참석을 하였고 이쪽에서는 세 명이 참석을 하였는데 어떻든 이름 그대로 남북학술대회가 되었던 것이다. 수의 균형이 맞지가 않는다고 탓할 처지가 못 되었다. 세 명이 오려고 하였는데 다시 돌아간 것은 세상이 다 아는 일이기 때문이었다. 프로그램에는 여기 참석한 박일준 외에도 정두용 김종수의 발표도 넣어 놓았다. 주제발표문의 요지는 팩스로 보내와 책자에 수록되어 있었던 것이다. 그것을 최소장이 소개하는 형식을 취하였다. 회의 주선을 한 처지에서 불참의 경위를 자연스럽게 설명도 하였다.

회의 끝에 「조국통일 발의문」을 낭독을 하게 했다. 어떻게 되었든 그의 목적은 달성한 셈이었다. 한 자리에 앉아 논의를 하는 그 자체만으로 의의가 있었던 것이다. 숫자를 따질 것이며 모양을 따질 것인가.

새로운 주장은 나오지 않았다. 따라서 학술회의라고 하였지만 괄목할만한 연구결과는 보고되지 않았다. 획기적인 사항도 없었다. 그동안 주장하던 것들을 종합하고 확인하는 수준이었다. 다만 단군은 우리 민족의 뿌리이며 국조이다. 단군 할아버지를 구심점으로 하여 조국 통일을 조속히 성취하자는 대단히 추상적이지만 선명한 목소리를 내었다.

한 자리에 앉고 한 목소리를 내었다는 면에서는 성공이었다. 그리고 이제 단군의 연구는 신화의 연못에서 역사의 바다로 나와야 하며 동굴과 달빛의 전설에서 광장과 태양의 실사로 전환하여 그 근원과 뿌리를 연결하고 발전시키자는 인식을 함께 하였다.

그리고 다음과 같은 주장을 좀 엇갈리는 대로 이해를 같이 하였다.

단군신화에 나타난 사회발전단계가 고고학 자료에 의해서 조사된 사회발전 단계와 일치하고 있다. 이러한 사실은 단군신화가 고려 때 꾸며진 이야기가 아니라 실제의 역사이다. 『삼국유사』의 단군왕검 고조선의 기사에 나타난 인류사회 발전과정이 오늘날의 고고학 자료와 일치하도록 내용이 꾸며졌다는 것은 단군신화의 구성이 한민족이 성장하면서 체험했던 실제의 역사를 그들의 수호신 중심으로 구성하여 전하고 있음을 말해 주는 것이다. 단군의 역사를 신화로 규정하고 실제의 역사적 사실을 부인하고 있는 것은 일제가 조선사를 정책적으로 왜곡 축소 은폐한 식민정책을 오늘까지 연장시키고 있는 시대착오적인 망발이며 민족적 죄악이다.

그런 주장에 대하여 박수로 인정을 하였다. 북의 주장을 이쪽에서 받아들인 것이었다. 청중은 물론 한국 측만 있었던 것이다. 북한 측은 없었다는 것이다. 외국인 기자들과 전공학자(중국 1 일본 2 미국 1) 외 초청된 전국 전공분야의 학자들 기자들 그리고 뉴스를 보고 몰려든 사람들은 좌석이 허용되는 대로만 받아들여졌다. 예비로 동원한 ㄱ대학과 ㄷ대학 학생들도 선착순으로만 입실되었다. 예외는 신문을 보고 찾아온 하명종을 그의 빽으로 들여보낸 것뿐이다. 그를 보고 뭐가 그리 바빠 등산도 같이 못 가느냐고 하는 것이어서, 시간이 되면 태백산엘 한 번 더 가자고 하였다.

2일째 일정으로 태백산 단군성전과 천제단을 참배하고 3일째의 개천절날에는 속리산 삼신사에서 여는 국중대회에 참석을 하였다. 그것으로 그가 세운 계획을 대략 읽게 되었던 것이다. 계획은 합의한 것이었다.
 일련의 행사가 끝나고, 이왕 왔으니 며칠 더 있다 가라고, 그가 박일준에게 말하였다.
 "안 돼요. 가야지요."
 "가족 때문인가요?"
 "좌우간 안 돼요."
 "제가 허락을 받아볼게요."
 "어디에다가요? 아니요. 그럴 필요 없시오."
 박일준은 불안한 표정으로 고개를 저었다.
 그러며 박일준은 4일 떠날 날을 하루 앞두고 판문점을 구경하고 싶다고 하였다. 그는 임진각을 구경시키면 되겠지 하고 그렇게 하자고 하였다. 물론 모든 움직임은 여러 단계의 관계기관에 허락을 받음으로써 가능하였다.
 한강 임진강을 끼고 자유로를 달렸다. 그의 차에 희연과 최소장이 함께 탔다. 신문사 방송사 차들이 계속 따라왔다. 앞에서 찍기도 하고 옆으로 달려오며 찍기도 하고 연방 그들의 사진을 찍어대었다. 그도 잘 모르는 기관원들의 차가 또 앞에서 선도를 하였고 뒤에 따라오기도 하였다.
 "차가 늘 이렇게 많은가요?"
 박일준이 모처럼 솔직하게 물었다.
 자유로에 수많은 차들이 질주하였다. 가는 차 오는 차, 주로 승용차들이고 관광버스 소형 중형 승합차 그리고 화물차들이 줄을 이었다.
 "여기야 시원스럽게 빠지는 거지요. 시내는 정말 교통지옥이에요."
 희연이 대답하였다. 사실이 그랬다.
 "그러니까, 어디가 지상낙원인지 아시겠지요? 하하하하……"
 모두들 박일준을 따라 웃었다.

한참 웃고 나서 그가 물었다.

"통일 발의는 어땠어요?"

학술회의 끝에 하기락 교수가 전날 작성한 「조국통일 발의문」을 그 제자가 낭독하였다. 그런 상의는 원래 없었던 것이다.

―남북으로 대치된 수백만의 병력은 무엇을 위한 것인가. 동족의 고혈을 짜내어 동족을 살상하기 위한 병기와 병력이 상호간에 경쟁하기 위한 것이라면 천하에 이보다 더 어리석은 정신착란이 또 어디에 있을 것인가….

표현들이 신경이 쐬어 물어본 것이다.

"좌우간 느낀 것이 많습니다. 그것을 다 말하지 못하는 것이 안타깝습니다."

그 말에 대하여 모두들 숙연히 동의해 주었다.

임진각에 가서 북쪽을 바라보다 박일준은 다시 판문점엘 가보고 싶다고 간청을 하는 것이었다. 다시 허락을 받아야 했다. 안 된다고 하는 것이었지만 그가 백방으로 마지막 부탁을 하였다. 부탁을 하다 사정을 하다 간청을 하였다. 다 들어주었는데 그 소원 하나 못 들어줄 께 뭐 있느냐. 우리의 옹졸함을 보여줄 필요가 있느냐. 대범함을 보여주자. 국내외 기자들이 다 보고 있다. 얼마나 사정을 하고 기다려 보라고 시간을 끌다가 결국 허락이 되어 '돌아오지 않는 다리'를 건너 판문각엘 갔다. 장관의 **빽**도 연결되었는지 몰랐다. 그런데 거기서 박일준은 갑자기 태도를 돌변하여 북으로 넘어가겠다고 떼를 쓰는 것이었다.

각국 기자들이 그런 것을 예상하기라도 한 듯이 카메라를 들이대었다. 박일준은 막무가내였다. 가슴에 총맞을 각오를 하고 있었다. 그러나 카메라 앞에서 양쪽 군대 어느 쪽도 총을 쏘지 못하였다. 며칠 동안 국내외 뉴스의 화제가 되고 있는 인물이었던 것이다. 참 묘한 상황이었다. 북으로 넘어가겠다는데 그쪽 군대야 막을 일이 아니었지만 공동경비구역 한미 군인들도 보고만 있었던 것이다. 도무지 상상할 수 없는 돌발사태의 연속이었다. 정신을 차릴 수가 없었다.

박일준은 그런 해프닝을 하고 넘어갔다. 악수도 나누지 못하였다. 참 대단한 인물이라고밖에는 할 말이 없었다.

너무도 어처구니가 없었다. 줄곧 당하는 것이 아닌가 하는 느낌을 떨쳐버릴 수 없었는데 결국 지독하게 당하고 말았다. 그것을 배신이라고 해야 할지 당했다고 할지 그 상황이 분간되지 않았지만 박일준이 그렇게 돌아가지 않으면 안 되었던 사정은 충분히 이해할 것도 같았다. 몇 번 경험한 대로 박일준도 어쩔 수 없이 조선인민공화국 만세를 부르고 위대한 지도자에 대한 상투적인 충성을 맹세하고……. 그가 왜 그래야만 했는가를 생각해보면 알 일인지 몰랐다. 어떻든 그가 용기를 가지고 이쪽으로 와 약속을 지키고 단군학술회의 발표자로 앞자리에 앉아 있던 것만 해도 다행이 아닌가. 목적은 달성한 것이 아닌가. 그러나 결국 잔치가 끝난 상에 재를 뿌리고 침을 탁 뱉은 격이 되고 말았다. 뒤통수를 맞고 이마가 깨진 것 같다.

기자들이 그에게 카메라를 다시 들이대었다. 뭐라고 말을 해야 했다. 가만히 있을 수가 없었다.

"그것이 우리의 현실이 아니겠습니까?"

그는 간단히 말하였다.

"결국 양쪽 법을 다 어긴 것 아니겠습니까?"

계속 옆에 따라 다닌 기자가 그를 동정어린 눈으로 바라보며 묻는 것이었다. 누구를 두고 하는 말인지 모르지만 모두들 그를 쳐다보았다.

"그것을 어디에다 물어봐야 되겠습니까?"

그가 그렇게 반문하였다.

기자들도 더 묻지 않았다.

"단군할아버지에게나 물어봐야지요."

그는 웃으면서 한 마디 더 하였다.

모두들 웃었다. 어처구니가 없는 웃음이었다.

그의 말 한 마디 한 마디가 그날 보도의 제목으로 달렸다.

허탈감에 빠진 도형은 기어이 열병이 나고 말았다. 그리고 심한 열병이 끝나기도 전에 조사를 받아야 했다. 희연과 최소장도 같이였다. 그들의 얘기가 연일 톱 뉴스였다. 특히 그와 희연을 마치 부부간첩처럼 섬찟한 인상의 사진을 크게 찍어 나란히 내었다.

칭찬이 아니면 비판이었다. 실정법 위반과 국가보안법의 문제점과 관련하여 쓰기도 하고 또 희연의 박사학위 논문이 그와 때를 같이 하여 통신으로 보도되고 몇 신문에 연재가 되었다. 그것이 논리적으로 궤를 같이 하고 있었기 때문이었다.

검찰의 조사를 받으러 갈 때와 나올 때 기자들에 둘러 싸여 질문공세를 받았다. 할 말이 없다고 하자 무슨 얘기든 좋으니 얘기를 해보라고 하였다.

"좀 서둔 것 같아요. 죄를 받으라면 받아야지요."

솔직한 심정이었다. 그는 고개를 빳빳하게 세우고 당당하게 말하였다. 그러나 희연은 고개를 푹 숙이고 있었다. 플래시가 마구 터졌다.

"두 분이 같은 방이면 좋겠지요?"

짓궂은 기자 질문에 폭소가 터졌다.

그들은 국가보안법 위반으로 입건되었다. 바로 구속 기소가 되었고 재판이 진행되었다. 최소장은 중국 국적이어서 기소 유예로 풀려나는 대로 출국하였다. 그들뿐만이 아니라 고위 관리들의 책임도 물었다.

미결감으로 지법원장이 면회를 왔다. 다 벗어진 앞 머리를 옆 머리로 끌어 올린 박수영이다. 절뚝거리는 걸음으로 도형에게 다가와 악수를 청하였다. 오래 전에 어떤 회합에서 한 번 만났고 근래에는 만난 적이 없었다. 술을 들고 왔다.

"술은 위법이 아닌가?"

그가 너무나 반갑고 계면쩍어 말하였다.

"아는구만! 옛날 자네한테 진 빚이야."

다만 술빚을 갚겠다는 것이었다. 다른 것으로는 갚을 수가 없다는 얘기인가.

"그 때 그 여자 생각이 나는군!"

"자네가 무척 싫어하였지."

"뭐 그 여자가 싫어서라기보다 자네를 위하여서였어. 지금도 그것을 모르진 않겠지?"

"그 때의 상황이 아직 끝나지 않고 있네."

"그래? 정말 대단하네!"

수영은 그 때처럼 연민의 시선을 보낸다.

"같이 들어온 그 여자는 또 뭔가?"

"자네의 재판을 받지 않아 다행이군!"

"그래. 나도 그래. 그러나 불행하게도 결재는 내가 하게 되었네."

얼마 안 되어 선고유예로 풀려 나왔다. 도형의 경우 여러 가지 학계에 공헌한 것을 참작하여 죄는 인정하지만 형은 주지 않는다는 것이었다. 그들의 행동에 대한 사회적이고 국가적인 배려가 있었던 것이다. 주동자인 그가 풀려남으로 해서 같이 연루된 희연도 풀려나게 되었다. 정실은 아니고 법이 허락하는 데까지 관용을 베풀어준 것이었다. 기소유예라든가. 따지고 보면 죄랄 것이 없었던 것이다.

유난히 긴 겨울이었다. 초췌한 모습으로 코트 깃을 세우고 떨면서 구치소의 문을 나옴으로써 자유의 몸이 되었다. 그런 것을 예상하기도 했지만 어쩌면 중형을 구형 받고 선고받는 것이 아닌가 하는 절망감을 떨쳐버릴 수가 없었다. 어머니에게 불효를 하는 것이 너무나 괴로웠던 것이다.

석 달만이었다. 그러나 세기가 바뀌어 있었다. 서기로 따진 것이지만 새 천년이라는 것이었다. 천년 동안 갇혀 있다 나온 듯 맥이 쑥 **빠져** 있었다.

희연과 두 사람이 나란히 구치소의 문을 나왔다. 다시 두 사람의 큼지막한 사진이 도하 신문을 장식하였다.

　재빈이와 아직 식도 올리지 않은 며느리 수현이 마중을 나오고 빛나가 할머니 때문에 늦었다고 하면서 헐레벌떡 달려왔다. 그 대신 또 빛나가 어머니의 간병을 하고 있는 것이었다. 그가 이렇게 되어 이제 아르바이트도 아니었다. 아내는 얼굴을 보이지 않았다. 그리고 수현은 만삭이 되어 배를 잔뜩 끌어안고 있었다.

　"아르바이트 비가 많이 밀렸구나!"

　그가 빛나에게 말하였다.

　웃으려고 한 말인데 억양이 그래서 그런지 모두들 숙연히 받아들인다.

　"아니예요, 아빠. 언니도 많이 도와주세요."

　빛나가 울먹이며 말하였다. 언니란 재빈의 처 수현을 말하는 것이었다.

　도형이 그녀를 바라보았다. 그도 목이 메었다.

　"그랬어……"

　갇혀 있는 동안에 집에 대하여 참으로 미안하고 면목이 없었다. 그러나 무엇보다도 학교에 다시 강의를 못하게 되어 미안하였다. 안식년 끝에 다시 남북회의 주선 관계로 뛰어다니느라고 강의를 많이 빼먹었고 또 이렇게 묶여 있게 되어 그나마 얼굴을 낼 수가 없었던 것이다. 희연까지도 같은 사정이어서 대강도 못하고 휴강 상태인 것이었다.

　그 대신 두 사람의 책이 베스트 셀러가 되어 있어 강의대신 책들을 사 볼 수 있었다. 희연의 학위논문 『한국 상고사의 허상虛像과 실체實體』를 『신화냐 역사냐』로 제목으로 바꾸어 출판하였는데 베스트 셀러 1위였고 도형은 난데없이 작가가 되어 그의 『좌절의 시대』가 화제가 되어 있었다.

　목우의 책을 주로 내는 출판사였다. 목우가 그렇게 역할을 한 것 같았다. 내용을 많이 고치었다. 누가 손을 대었는지 알 수가 없었다. 고마 위해야 할지 원망을 해야 할지, 책이 계속 팔리고 있다는 것이었다. 그가 봐도 원래 것보다 훨씬 감동적인 구조로 되어 있었다. 책의 내용 때문이 아니고 저자가 매스컴을 타고 있기 때문인지 몰랐다. 그리고 그의 그동안의 저작들을 제목을 바꾸기도 하고 『단군은 살아 있다』『단군의 무덤』『한국상고사』 등 여러 책이 재출간되어 역시 화제가 되고 있었다.

집으로 돌아온 후 며칠 생각을 정리하며 안정을 취하고 있는데 이사장에게서 전화가 왔다. 좀 나오라고 하여 오랜만에 학교엘 갔다. 그러잖아도 나가려던 날이었다. 학교에서는 그가 완전히 스타가 되어 있었다. 학생들이 가는 곳마다 박수를 쳤고 교수들도 모두들 정월 초하룻날처럼 인사를 하고 악수를 청했다.

이사장은 점심을 하자고 하였다. 총장도 연락을 하여 합석을 하였다. 식사를 하면서 이사장과 총장은 그의 그동안의 남북 단군회의를 위한 노력과 그로 인해 겪은 고초에 대하여 치하와 위로를 하였다. 또 그로 하여 학교의 이름을 빛낸 것에 대하여 감사의 뜻을 표하였다.

그는 오히려 송구스러웠다. 말할 수가 없었다. 그것이 다 사실이라 하더라도 수사를 받고 희연과의 관계가 이상하게 비치고 있기도 하고 강의를 빼먹은 것이 미안하였다. 도무지 면목이 없었다.

"사실은 우리 대학 개교 70주년에 맞추어 하려고 하였는데 작전이 좀 빗나갔습니다."

"그게 무슨 상관이에요? 만일 우리 대학에서 행사를 치렀다면 이교수님의 존재가 그렇게 빛이 날 수가 없었겠지요."

"대 스타가 되었어요. 그것이 다 학교를 빛내는 일이 아니겠어요."

이사장과 총장이 그를 치켜올렸다.

"좌우간 남북 회담을 하느라고 수고가 많았어요."

이사장은 오늘 초대의 뜻을 그렇게 다시 말하는 것이었다.

"남북회담은 제가 처음은 아니지요."

"아, 그렇던가요?"

이사장은 남북체육회담 대표였던 것이다. 그 말을 얼른 알아차리는 것이었다.

식사 도중에 이사장은 희연을 초빙하겠다고 하였다. 참으로 의외였다. 아직 총장과도 상의하지 않은 것이었다. 그와 희연과의 스캔들을 앞지르는 인사를 단행하려는 것이었다. 그의 노고에 대한 배려였던 것이다. 전 총장인 이사장의 의견이어서라기보다 그런 차원에서 하는 얘기를 총장은 고개를 끄덕거리며 받아들이고 있었다.

참으로 고마운 일이었다. 당장 희연을 그리로 오라고 하였다. 그녀는 기다리고나 있었던 듯이 금방 달려왔다. 그런데 천만 뜻밖에도 희연은 특채를 사양하는 것이었다. ㄱ대학에서도 발령을 내겠다는 말을 들었다고 하였다.

"교수가 문제가 아니라 어느 대학이냐가 문제 아닙니까?"

이사장은 이쪽을 선택해 달라고 간곡히 다시 청하는 것이었다.

"여기서 학위 문제로 그만큼 곡절이 있었으니 명예회복도 되는 것이 아닙니까?"

총장도 그렇게 끄는 것이었다.

같은 학과의 교수인 총장은 그간의 사정을 잘 알고 있었던 것이다. 그 말은 맞았다. 그것을 이사장도 알게 되었다. 그러나 그래서 그녀는 저쪽 대학을 선택하고 싶었던 것이다.

그런데 그녀는 이사장의 간곡한 청을 결국 받아들이게 되었다. 그런 이유가 있었다. 두 가지였다.

하나는 도형을 견제하기 위해서였다. 신문 잡지에 여러 차 난 추측 기사들이 문제가 아니고 실제의 그들의 관계가 더 이상 발전되기를 원하지 않기 때문이었다. 그것을 그녀가 공개적으로 가로막겠다는 것이었다. 그러나 그런 말을 할 수는 없었다.

또 하나는 어머니 연희의 희망이었다. 그것이 그제서야 떠오른 것이었다. 이사장과 총장이 두 번 세 번 요청을 할 때, 참으로 호기 있게 사양을 하려는 결정적인 순간에 먼 기억이 되살아난 것이었다.

그것을 저녁 술자리에서 얘기하는 것이었다. 현총장에게 희연의 문제를 부탁한 바 있는 목우에게 사례를 하기 위해 〈푸른 집〉으로 불러내었고 목우는 오히려 축하한다고 술을 샀던 것이다. 물론 도형도 같이였다.

"그것은 어머니의 계시였어요."

두 사람은 희연을 바라보았다.

"그것이 어머니의 뜻인 것 같았어요. 사실은 제가 이 대학에 오게 된 것은 어머니의 지시였어요."

희연이 다시 설명하는 것이었다. 점점 더 모를 소리였다.

"그럼 그동안 어머니를 만났었다는 얘기인가?"

그가 물었다.

"그건 아니고요, 학비를 전달하는 분이 몇 번 그렇게 얘기했었던 것 같았어요. 그것을 전 못 알아들었던 거지요. 그래서 대학을 다른 데로 갔었고, 그런데 자꾸 그런 암시가 들어왔었어요. 알고 보니 그것은 어머니의 지시였던 거지요. 아니 희망이고 계시 같은 것이었어요. 이선생과 연결하기 위한……"

참 그것을 너무 늦게야 알게 된 것이었다. 그렇게 늦게라도 알게 된 것이 다행인지 몰랐다. 그 계시는 결국 도형과 희연을 사제간으로 만들었고 동료로 만든 것이었다. 자신의 분신을 옛 연인에게로 보낸 것이었다.

"소설은 이제부터군요."

목우는 자꾸만 술을 샀다. 그리고 계속 따라대었다. 오랜만에 또 인사불성이 되도록 취하였다.

그 며칠 후 연희의 비보가 날아왔다. 어쩌면 연희는 자신의 희망이 실현되는 것을 보고야 눈을 감았는지 모른다. 헬렌이 전화를 양쪽으로 하였다. 두 사람을 무척 보고 싶어했다고 하였다.
 그러나 그는 갈 수가 없었고 희연이 혼자 갔다. 어머니의 상태가 좋지 않았다. 사실은 어머니 때문이 아니고 아내 때문이었다. 어머니의 상태가 점점 나빠져 누가 옆에 꼭 붙어 있어야 하였는데 그럴 사람이 없었다. 그동안 간병을 해 오던 아내는 다른 사람을 돌볼 처지가 못 되었다. 언제부터인가 심한 정신질환에 시달리다 결국 입원을 하여야 했던 것이다. 정신과 병동에 들어가지 않으려고 발버둥을 치는 것을 억지로 밀어 넣었던 것이다. 철창 속에서 그는 나오고 아내를 대신 그 속에 감금시킨 것이었다.
 그가 신문 방송에 대서 특필되면서 드러난 희연과의 관계 때문이었고 소설『좌절의 시대』를 액면 그대로의 사실로 받아들인 때문이었다.
 닥터 배의 병원에 입원시킨 것이다. 닥터 배는 그에게 아내의 병력을 물었다. 그동안 아내에게 일어났던 일을 하나 하나 캐물었다. 부부관계 성관계까지도 샅샅이 다 얘기하여야 했다. 솔직히 얘기하지 않으면 치료를 할 수가 없다고 하였다. 부부싸움을 했던 것 외도를 했던 것도 캐물었다. 꼭 심문을 받고 문초를 받는 것 같았다.
 아는 병원이기 때문에 편리할 줄 알았는데 참으로 불편하고 곤란하였다. 결국 그의 가정의 구석구석을 다 보고해야 되었고 불만의 소지나 문제점을 스스로 다 찾아서 말해야 되었다. 어머니의 치매로 인한 문제, 재혁 재빈의 문제 등도 다 아내의 스트레스를 쌓이게 했고 병과 관련이 있다는 것이었다. 그러나 그와 희연의 관계, 소설에서 밝혀진 연희와의 관계가 아내로 하여금 피해망상증 편집증 등을 발작시키는 주범이 되었던 것이었다. 그런데 그것을 닥터 배가 묻고 있었고 그는 그것을 대답해야 했다. 그것을 모르고 그리로 간 것이었다. 참으로 운명적인 얽힘이었다. 그는 정직하게 다 얘기하였다. 아내를 위해서였다. 그러나 희연의 얘기는 다 할 수가 없었다.
 참 묘하였다. 퇴근 후에는 닥터 배와 술을 마시며 폐인처럼 또는 죄인처럼 지냈다. 닥터 배는 그가 술을 하자는 요청을 한 번도 거절하거나 사양하지 않고 돈도 늘 먼저 내었다. 그리고 가끔 그의 아내에 대하여 묻는 대신 희연에 대하여 물었다. 그것도 문진問診인지 몰랐다.
"왜 한희연 교수는 결혼을 안 하려고 하지요?"
한 번은 그렇게 묻는 것이었다.
"이제 하게 될 거예요. 이것저것 정리가 되고 있는 것 같애요."
서로 라이벌이다. 그는 그것을 느끼며 석선생 얘길 하였다. 석선생과 그와의 관계와 그와 닥터 배와의 삼각관계를 생각한 것일까.
"꿈속에 사신 분이군요."
"그래요. 현실을 초월해 사셨지요."
"선생님은 안 될 겁니다."
"왜지요?"
"사모님 때문에요."
"뭐라고요?"
"하하하하…… 그렇지 않아요?"
그는 닥터 배의 얘기에 수긍을 할 수밖에 없었다. 서로 우스개 소리나 농담을 하고 있는 것이 아니었다. 심각한 현실이었던 것이다.
그는 매일 병원으로 퇴근을 하여 아내를 면회하기도 하고 닥터 배와 술을 마시며 그런 현실을 확인하였다. 그런 아내를 철창 속에 밀어넣고 옛 애인에게, 그것도 이미 죽고, 장례도 끝난 여러 날 뒤에 갈 수가 없었다. 빛나도 그러고 재빈이도 그러고 수현도 어머니는 자기들에게 맡기고 가라고 하였지만 그러지 않았다. 희연을 먼저 가라고 하고 뒤따라가겠다고 하였었다. 그러나 그럴 수가 없었다. 연희에게보다도 희연에게 너무나 미안하였다.
그는 닥터 배에게 아내의 얘기를 하다가 희연 이야기를 하였다.
"희연 어머니와 저와는……"
"그 이야기는 하셨었지요."

"그랬던가요."

그의 모든 것을 닥터 배에게 다 얘기하였던 것이다. 그러나 희연에 대해서만은 더 깊이 얘기할 수가 없었다. 그 대신 물어보았다.

"왜 결혼을 않고 계시지요?"

그는 이번에는 닥터 배에게 그렇게 물었다.

"저는 실패했어요."

닥터 배가 말하였다.

"왜지요?"

닥터 배는 대답 대신 웃기만 했다.

며칠 후 희연이 흰 나무상자를 메고 돌아올 때 닥터 배와 같이 공항으로 배웅을 나갔다. 목우도 불렀다. 바로 고성으로 가려는 것이었다. 희연의 생각도 같았다.

검은 드레스를 입은 희연은 아무 말도 하지 않았다. 닥터 배가 나타난 것을 의외로 생각하였지만 역시 아무 말도 하지 않았다.

닥터 배는 너무도 침울한 분위기를 바꾸기 위해서인가, 말을 많이 했다. 금강산이 바라보이자 통일에 대한 처방을 내리기도 했다.

"김정일은 파라노이야 환자입니다. 김정은 어떤가요? 그에 의해서 깨닫게 하여 무슨 방법을 쓰든 간에 남한에 정신적으로 융합되도록 하여야 합니다. 온 가족 신분보장을 하여주고 통일 후에도 노동당 고위층 신분을 보장하고 아파트도 주고 자동차도 주고 한다면 생각이 달라지겠지요. 그러나 그동안 김일성이 좌회전시킨 머리를 우회전시키는 데는 시간이 필요해요. 좌우간 집단적 양가兩價감정으로 통일을 촉진시켜야 합니다. 통일을 빨리 하지 않으면 온 국민이 정신병에 걸립니다. 모두들 다 미쳐요. 아시겠어요?"

모두들 가만히 있었다. 금강산과 해금강을 바라보았다. 얼마 전 닥터 배가 정신분석정치학회에서 「민족통일에 대한 정신분석학적 접근」이라는 논문을 발표할 때 초청하여 가서 들었던 도형과 희연은 그 이야기가 더욱 실감 있게 들렸다.
"제비 한 두 마리가 오면 봄이 오듯이 몇 사람들의 노력으로 통일은 의외로 빨리 올 수도 있을지 몰라요."
닥터 배는 또 그렇게 희망적인 진단을 내리기도 하였다. 도형이나 희연의 이번 남북회의 노력도 그런 것이 아니겠느냐고 덧붙였다.
"맞아요. 그래요. 그렇게 생각합시다."
결론은 목우가 내렸다. 그리고 조금 머뭇거리다가 물음을 던진다.
"이 장례는 우리에게 뭘까요?"
그것을 도형이 말하도록 하고 싶었던 것 같다. 그러나 그는 눈을 감고 있었다.
해금강이 바라보이는 바닷가로 걸어내려갔다. 밀려오는 파도에 연희는 가지고 온 골분을 뿌렸다. 흰 가루는 바람에 흩날리고 희연과 도형 일행에게 날려온다. 석선생의 묘 옆에 나란히 묘를 쓸까 생각을 하였지만 연희는 그에 대한 유언을 남겼던 것이다. 고국의 산하에 뿌려 달라는 것이었다. 검은 드레스를 바람에 펄럭이며 희연은 상자 속의 뼛가루를 될 수 있는 대로 멀리 뿌리었다.
저쪽 산밑 해금강 바다가 남북의 경계였다. 물 속이라 경계 말뚝을 치지는 않았다. 칠 수가 없는 것이다.
바람이 세차게 휘몰아쳐 왔다. 두꺼운 옷을 입지 않은 데다가 속살까지 다 들어낸 희연의 몸은 얼어 있었다. 그런데다가 자꾸만 발이 물에 빠지는 데도 뼛가루를 멀리 뿌리려 하였다. 여기서는 배를 타는 것이 허용되지 않았던 것이다.
도형이 외투를 벗어서 희연에게 걸쳐주고 그녀의 목에 걸린 상자를 벗겨서 자신이 메었다.
석선생의 묘 있는 데로 가서 남은 것을 조금 꺼내어 뿌리었다. 양지 바른 곳이어서 따뜻한 햇살이 비치고 있었다.
"이 여인은 우리 모두가 죽였습니다."

도형은 목우의 물음에 대답하듯이 말하였다.

그러자 희연이 처음으로 한 마디 한다.

"국가나 민족에게 책임을 떠넘겨버리려는 건가요?"

"연희씨의 비극은 우리 모두의 슬픔입니다."

목우가 다시 결론을 내리듯이 말하였다.

그 때 다시 닥터 배가 진단을 내리듯이 처방을 내리듯이 말하였다.

"그래, 맞아요. 우리 같이 통곡해야 됩니다."

도형은 그 말 끝에 꺼이꺼이 통곡을 하였다. 희연도 따라 울었다.

그리고 함께 한 모두가 같이 큰 소리를 내며 슬피 울었다. 죽은 이의 한많은 영혼을 자신들의 눈물로 씻기기라도 하려는 듯이.

씻김굿이었다.

뒷북

그는 뼛가루를 조금 남기어 소중히 속주머니에 간직하였다. 그가 갖겠다고 하였다. 고향의 하천에 뿌리고 싶어서였다.

부둣가에서 쓴 술을 한 잔씩 하고 모두들 상주나 된 듯이 서로 값을 치르려고 하였다. 그가 돈을 내는 목우의 주머니에 손을 넣으며 같이 비행기를 타고 가라고 하였다. 그는 고향에를 들러서 가겠다고 하였다.

목우는 여기 온 김에 며칠 바다 바람을 쐬고 가겠다고 사양을 한다. 도형은 희연에게 닥터 배와 같이 비행기를 타고 가라는 소리를 못 하였다. 희연의 입장, 아니 닥터 배의 입장을 더 어렵게 할 것 같았다. 결국 희연이 그의 승용차에 탔다. 그렇게 어설프게 작별을 하였다.

차의 옆자리에서 그녀가 어깨를 기대고 의지한다.

그녀의 몸을 녹이기 위해 히터를 잔뜩 틀었다. 검은 드레스를 입은 희연은 마치 수녀와 같은 모습이다. 아무 말도 않는다. 도형은 무슨 말이든 해야 했다.

"목우가 왜 떨여졌는지 아세요?"

그녀는 여전히 말을 않는다.

좀 극적인 얘기를 해야 했다. 그런데 그런 것이 떠오르지 않는다. 소설을 써야 했다.

"목우는 말이지요. 석선생의 그림자를 밟고 있을지 몰라요. 석선생과 동거했다는 노파를 만나서 말이지요. 목우는 석선생에 대해서 관심을 많이 가지고 있어요. 시 노트도 보여 달래서 주었는데…… 소설을 쓰고 싶다고 그랬어요."
 마지막 얘기가 소설이었다. 역시 거기에 걸린 것이다. 침묵을 지키고 있던 희연이 소리를 질렀다.
 "지금 소설이 문제예요?"
 "………"
 이번에는 그가 침묵을 하였다.
 "우리가 소설을 쓴다고 했지만 결국 소설 재료밖에 되지 못한 모양이지요."
 "아니지요. 제가 지금 소설을 쓰고 있는 겁니다."
 "참 나 원!"
 그녀는 어처구니가 없는 모양이었다. 다시 말문을 닫았다.
 얼마나 달렸을까. 질펀한 고속도로를 달리었다. 앞쪽만을 주시하고 있던 희연이 전혀 다른 어조로 묻는다.
 "사모님은 좀 어떠세요?"
 참으로 엉뚱하였다. 그러나 대답을 해야 되었다.
 "모르겠어요. 닥터 배에게 맡겼으니까."
 그런 얘기를 자세히 할 사이가 없었다. 그러나 굳이 얘기하지 않아도 다 알았다. 그의 아내가 왜 정신과 병원에 입원을 하고 있어야 하는지, 생각해 보면 금방 답이 나오는 것이었다. 아내가 그렇게 되도록 원인을 제공한 것이 바로 희연 자신이라는 것도 알 수 있는 일이었다.
 그녀는 또 한 동안 말없이 앞만 바라보았다. 날이 저물어오고 있었다.
 "참 묘한 인연들이군요."
 다시 그녀가 말하였다. 혼자말처럼.
 "………"
 "저는 선생님 옆에 있고……"
 "………"

"사모님은 닥터 배와 같이 있으니……"

그랬다. 그의 아내는 닥터 배가 의사로 있는 병원에 입원을 하여 닥터 배와 말씨름을 하고 있으며 닥터 배가 그리워하는 희연은 멀리 땅끝까지 문상을 와준 사람을 매정하게 보내고 그의 옆에 앉아 어깨를 그에게 기대고 있는 것이었다. 참으로 묘한 인연이었다.

날이 완전히 어두워졌다. 눈발까지 조금씩 날리었다. 집으로 갔다가 내일 아침 출발해도 되는 것인데 바로 고향으로 향하는 것이었다. 옛 애인의 뼛가루를 몸에 품고 집으로 가기가 주저되었던 것이다. 길에서 자는 한이 있더라도 가는 데까지 가보자는 것이었다. 영혼과의 약속인 것이었다. 혼자 가려던 것이었는데 그런 심정을 헤아렸던 것인가, 희연이 자진해서 따라나선 것이었다. 닥터 배를 따라 가지 않고 이쪽을 택한 것이다. 육체의 길을 버리고 영혼의 길을 선택한 것인가.

눈발이 날리자 마음이 이상하게 설레었다. 그냥 지구 끝까지라도 달려가 보고 싶은 생각이 동하는 것이었다. 얼마 안 있어 방향 표지판이 길을 가로막았다. 대전과 서울의 갈림길이었다. 그는 애초의 생각대로 대전 쪽으로 향하였다. 앞만 바라보고 있던 희연도 가만히 있는다. 다시 한 번 노정을 확인한 것이었다. 눈이 더 많이 내렸다.

"아이들은 어떻게 되었어요?"

희연은 다시 아이들에 대해서 묻는다. 재혁이는 미국서 같이 만나봤었고 재빈이 문제를 묻는 것이었다.

"만삭이에요."

그 말로 대답이 다 되었다.

"빛나는?"

딸아이도 신경이 쓰였던 모양이다.

"걔는 입시 때문에 정신이 없어요."

희연은 다행이라는 듯이 더 묻지 않았다. 그리고는 또 입을 딱 다물었다. 얼마를 더 달리다가 휴게소에 들렀다. 금강 가였다. 뭘 좀 요기를 하자고 하였지만 희연은 고개를 흔들었다. 차에서 내리려고도 하지 않았다. 바람이나 좀 쐬자고 하였다. 여기는 이제부터 눈이 내리기 시작하였다. 눈이 바람에 날리었다. 강에서 마구 눈바람이 불어왔다. 캄캄한 밤이었다. 강가를 거닐다 호텔을 발견하였다. 그는 차마 희연을 그곳으로 가자고 할 수가 없었다. 어떻게 되었든 하루 종일 얼고 지금까지 떨고 있는 그녀를 따뜻한 방에 재우고 싶었다. 그의 체온으로 몸을 녹이고 영혼을 녹일 수 있으면 더욱 좋겠지만. 그가 가끔 지나치던 호텔 네온사인을 바라보고 있는데 희연이 그의 손을 잡고 끌었다.

"밤새도록 술이나 마셔요."

그녀가 한 단계를 뛰어 넘고 있었다.

"그럴까요?"

나이트 클럽이 있었다. 거기서 그녀의 말대로 술을 마셨다. 춤은 추지 않았다. 말도 하지 않았다. 상가에 가서 밤을 새우는 예를 갖추는 것 같았다. 사실 옛 연인의 죽음을 위하여 하루 밤이 아니라 열흘이고 보름이고 못 새울 것도 없었다.

눈은 밤새 그치었다. 해장국 국물을 조금 마시고 차 안에서 잠깐 눈을 붙이고 있는데 아침해가 떠올랐다.

아침나절에 고향 산하의 품에 안기었다. 냇가에 내려 연희의 분신을 뿌리고 뒷산 아버지의 묘로 올라갔다. 이장한 묘는 떼가 제법 살아 있었다. 그 옆으로 어머니의 못자리도 널찍하게 떼를 입혀 놓았다.

그가 절을 하는데 희연이 그를 따라 얌전히 절을 한다.

"고마워요."

"어머니 대신이에요."

"아버지는 연희를 싫어했었어요. 저는 아버지의 뜻을 한 번도 따르지를 못했지요."

"그러나 그건 행복이에요."

"그럴까요?"

그는 어리석은 되물음을 계속하였다. 아버지가 누구인지를 결국 찾지도 못하고 말게 된 희연의 심정을 이 세상에서 가장 잘 이해해야 될 사람이 누구인가.

그는 술을 따르며 아버지에게 연희와의 관계를 처음으로 낱낱이 고하였다. 소설의 줄거리를 이야기하듯이. 그리고 이 사람은…… 하고 희연을 가리키며 그의 첫사랑의 딸이며 우리들의 딸이라고 하였다. 그는 그녀의 동의를 기다리지도 않고 마지막으로 조금 남겨둔 연희의 분신을 묘역에 뿌리었다.

"죄송합니다. 어머님이 돌아가시면 이리로 모시고 오겠습니다."

그는 한동안 사죄를 하듯이 엎드려 작별 인사를 하였다.

돌아오는 길의 희연은 참으로 밝은 표정이었고 발길이 가벼웠다. 마치 자신의 아버지 할아버지를 여기 와서 찾은 듯, 드디어 자신의 뿌리를 찾은 듯한 느낌이었다.

내려오다 옛날 금굴, 폐금광을 발견한다. 거기서 그는 법전을 암송하고 있었다. 그리고 도숙이 거길 다녀가다가 인민군에게 붙들려 갔고 행방불명이 되었다.

굴속에 같이 들어가 본다. 터널이 깊었다. 터널을 나와서는 멀리 주마래미 앞 흘러가는 냇물과 강변을 바라보았다. 철교로 열차 지나가는 것이 보인다.

"도숙씨는 분명 북에 있을 거예요. 어머니처럼 만나게 될지도 몰라요. 우리 최후의 희망을 저버리지 않고 말이에요."

"우린 왜 명단조차도 교환을 못하고 있는지 몰라요. 한을 삭이지 못하고 다 죽은 다음에나 뭐가 될지 모르지요."

그는 그리고 말하였다.

"우리 남북 이산가족이 1000만명이라고 해요. 1년에 10만명이 만나면 100년이 걸린다는 거지요. 지금 남북 이산가족들이 만나는 것을 중단하고 있고 언제 재개될지도 모르지요. 말이 안 되잖아요. 말이 된다고 생각해요? 통일은 요원한 것 같아요."

"아니예요. 닥터 배의 말처럼 빨리 될지도 몰라요. 좌우간 저는 도숙씨보다는 행복한 측인 것 같아요."

"그래요? 참 다행이네요. 정말 여기 잘 오셨군요. 힘을 내세요. 처녀 귀신 하나는 무대 뒤에 그냥 남겨 둡시다. 제 몫으로."

"우리 모두의 몫이에요."

터널, 금굴 속에서 두 사람은 서로를 위로하는 포옹을 하였다. 언젯적인가, 연희와 치닫던 터널 끝이 보이었다.

올라오는 길은 하루가 더 지체되었다. 고향 친구들에게 붙들린 것이었다. 출세를 했다고 술을 받으라는 것이었다. 이번 출세는 지난 번 때보다 한 등급 높았다. 얼굴이 팔린 희연까지 붙들고 놔주지 않았다. 동창인 연희의 딸이라는 것은 말하지 않았다. 억수로 술을 마시었다. 희연과 또 다시 혼미의 밤이 되었다. 주막에서 마지막으로 둘이 남아 필름이 끊긴 채 쓰러져 잤다. 술집에서 곯아 떨어졌고 그냥 나뒹굴어 자다가 새벽에 잠이 깨어 도망치는데 덜미를 잡는 사람이 있었다. 조카였다.

어머니가 위독하다는 것이었다.

"뭐야?"

그는 이야기를 자세히 듣지도 못한 채 마구 정신없이 달려갔다. 술도 덜 깨었는데 속도를 있는 대로 다 내었다.

"조금 천천히 가세요."

희연이 옆에서 사색이 되어 경고하였다.

"지금 천천히 가게 됐오?"

"이러다 산 사람도 다 죽어요."

그러나 속도계는 계속 180을 넘었다.

닥터 배를 통해서 그의 행방을 알게 된 것이었다. 그러나 아내는 아직 올 수가 없는 상태였다. 그런 사실을 알리지도 않았다고 했다. 그

대신 만삭의 수현이 집을 지키고 있었다. 그가 험악한 얼굴을 하고 혼이 쑥 빠져 가지고 집에 도착하였을 때는 수현이 출산의 진통을 겪고 있었다.

어머니는 천행으로 그와의 마지막 작별을 기다려 주었다.

"어머니! 어머니이! 어머이! 어머어이이!……"

그가 애타게 불러대는 소리의 대답을 하듯 어머니는 영겁의 고개를 떨구었다.

그 순간이었다. 고고의 소리를 질러대며 아이가 태어났다. 재빈의 아들 그의 손자 어머니의 증손자였다.

할아버지의 할아버지의 할아버지의…… 할머니의 할머니의 할머니의…… 너는 알평의 몇 대손이며 단군의 몇 대손이란 말이냐. 집안이 떠나갈 듯 울어대는 아이의 핏줄기를 그려보며 그는 눈을 감고 꿇어앉았다.

어머니와 손자가 생명을 바꾸며 던지는 계시인가. 어디서 북소리가 들려왔다. 둥둥 두둥둥 둥 둥…… 목숨을 재촉하듯 혼신을 울리는 소리였다. 다시 시작하라는 신호였다.

부록

좌절의 시대

1

사람들은 무엇을 희망하면 그것을 결행할 수가 있다. 그러나 사람들은 그가 무엇을 희망하는가를 모르고 있다.

쇼펜 하우엘을 인용한 이런 프롤로그에 이어 4286(1953)년의 이야기를 쓰고 있다. 원고지가 누렇게 바래고 다 삭아서 만지면 부서져 떨어져나갔다. 제목이 둘이었다. 「부표浮標」를 「좌절의 시대」로 바꾸었던 것이다.

이 이야기는 그의 치부를 다 들어낸 일기와 다름이 없고 너무 치졸한 첫사랑, 사랑의 이름을 붙일 수도 없는 것이었다. 까맣게 잊어버리고 있던 이야기 다시 들추고 싶지 않은 이야기이다.

그럼에도 불구하고 희연이 찾고 있는 뿌리에 대하여 전하고자 한다. 말로는 할 수가 없기 때문이다.

서어우울 서어어우우울……

기차를 타고 종착역인 서울에 내렸다. 지금은 두 세 시간이면 올 수 있는 거리지만 6시간도 더 걸려 밤중에 도착한 것이다.

모든 것을 잊고 수복된 어수선한 서울로 올라온 것이다. 2년에 걸쳐 계속중인 전쟁이다. 꿈의 실현을 가로막고 이 땅을 뒤덮고 있는 전쟁이 참으로 원망스럽고 저주스러웠다. 전쟁을 피해 들어간 동굴, 그 포성으로 지축이 흔들리던 금굴 속에서도 법전法典을 외고 또 외고 한 자신이다.

대학을 나와 지게를 지는 것은 사치다. 천사가 손짓하는 학문의 정열을 묵살한 채 악마의 소굴과 같은 전장 속으로 뛰어든다는 것은 생의 포기를 의미하는 것이다. 포기, 그것은 사치한 것이다. 적어도 그것은 무책임하고 불성실한 행위이다. 싸르트르는 『실존주의는 휴머니즘이다』에서 말하였다.

"선택은 자유다. 네 마음대로 선택하라."

마을 친구들 거개의 전사통지서를 비정하게 접하였다. 그 평범한 친구들, 그들이 출정할 때는 서로 눈물을 나누며 도살장으로 끌려가는 순한 숫소처럼 눈물만 흘리었다. 원대한 포부, 소 팔고 땅 팔아 상아탑象牙塔이 아니라 우골탑牛骨塔을 쌓아가고 있던 가난한 농가의 삼대독자의 실낱 같은 기대를 저버리고 그 자신도 어쩔 수 없이 전사통지서만 받게 된다면…… 그런 것은 상상할 수 조차 없는 일이었다. 그것은 포기다. 사치한 거다. 비겁한 거다. 선택의 자유는 있을 것만 같다. 그러나 현실은 그렇지가 못하였다. 처참한 전황戰況 속에 아무런 이유가 있을 수 없었다.

모른다. 모른다. 그런대로 희망을 걸고 2년만에 다시 오는 서울…… 그동안 참 많은 전화戰禍가 휩쓸고 지나간 수도이다. 아직 환도還都도 하지 않은 도시가 어둠에 싸이고 있었다.

매서운 겨울 날씨다. 차에서 내린 많은 사람들과 마중을 나온 사람들이 제가끔 짝을 지어 썰물처럼 빠져나갔다.

규헌은 광장을 휘이 둘러보았다. 누구 마중 나온 사람이라도 찾듯이. 사실 그런 사람이 있을 리는 없다. 하도 삭막하여 착각을 일으킨 것인가. 그런데 착각을 하고 있는 사람이 또 있었다. 화사한 옷차림의 여인이 그에게로 바짝 다가서며 그의 손을 잡는다.

그는 여인의 손을 뿌리쳤다. 그러나 다음 순간 그가 뿌리치던 손은 굳어지고 말았다. 그의 손을 싸잡으며 뱅긋이 웃는 여인의 얼굴은……

그는 사실이 아니길 바랬다. 거기서 그는 돌아섰어야 했다. 그녀는 바로…… 그랬다. 연이었다.

근 2년반만에 처음 올라와 발을 딛는 역두이다. 전의 하숙이 폭격으로 잿더미가 되지 않았는지 의문인 대로 그 약도를 떠올릴 뿐 정처가 없던 그에게 그리고 그리던 여인이 나타난 것이다.

서로는 얼마동안 말을 잃었다. 그래도 먼저 말문을 연것은 연이다. 연은 한 발자욱 물러서는 그에게 다가서며 말하는 것이었다.

"언젠가는 이런 날이 올 줄 알았어요. 자……"

자, 어쩌자는 것인가. 그는 자기가 할 말을 뺏긴 것만 같아서 그리고 자신도 무엇인가를 말해야 할 것 같아서 머뭇거리다가 말하였다.

"정말 뜻밖입니다."

그는 말하고 나서도 연이 자신의 어투나 표정을 어떻게 받아들일까 걱정이었다. 그녀를 멀리하고 싶은 생각은 추호도 없었기 때문이다.

연은 이것은 소꿉장난이 아니고 희극의 무대장이라는 듯이 웃고 있었다. 무척 세련된 웃음 같기도 하고, 어쩌면 엄청난 냉소 같기도 했다.

"호호호…… 왜 불쾌하세요?"

"아니, 그런게 아니라……"

부정은 했지만 막상 그 간드러진 웃음 속에서 어떤 방법으로 위로를 해주어야 할지 생각되어지지가 않았다. 그가 계속 머뭇거리고 있는데 연이 아까보다 무척 서투른 손놀림으로 그의 손을 끈다. 그녀의 집으로 가자는 것이다.

"전……"

하숙으로 가봐야겠다고 해야겠는데 그 말이 도무지 되어지지가 않는다. 냉소가 섞인 연의 시선 앞에서 그는 아무 말 않고 달라는대로 한

쪽 손의 트렁크를 넘겨주었다.

그리고 또 한 쪽 손의 무거운 책이 든 보따리를 딴 손으로 바꿔 쥐고 그 역시 연이 하자는 대로 팔짱을 끼었다.

연은 한참 말이 없이 걷다가 깍듯하게 안부를 묻는 것이었다.

"전쟁통에 피해는 없으셨나요? 다들 안녕하시지요?"

그는 장갑 한짝을 연에게 벗어주었다. 연은 아직 따뜻한 그의 체온이 남아있는 장갑을 스스럼없이 받아 낀다.

"그래요. 다만 제 동생이……"

"숙이가요?"

"기억하세요? 마을을 떠난 지가 언제라고……"

연이 떠난 때를 말하는 것이었다. 그녀는 그것을 건너뛰며 말을 가로채었다.

"숙이가 어떻게 되었지요?"

"행방불명입니다. 집으로 쌀을 가질러 산에서 내려갔다가……"

그때 그는 뒷산 너머 미역뱅이 금굴 속에서 법전을 뒤적이고 있었다. 붉은 색연필로 줄을 주욱 주욱 그어 가며. 다른 모든 생각을 끊고 오로지 책만 팠다. 마치 노다지 광맥을 파고 들어가듯이. 자신의 땅파기 같은 행동에 말할 수 없는 가책을 느끼곤 했지만 이미 각오한 일이었다. 그런데 정말로 고집 센 사람은 바로 앞에 있었다.

연은 초등학교 동창이었다. 하지만 그녀와는 그런 우연한 관계뿐만은 아니었다. 그와 연은 계속 선두 다툼을 하였다. 당시 그들의 반은 두 사람의 무대였다. 지금에 와서는 아무 쓸모 없는 종이 쪽지가 되고 말았지만 둘 중의 하나는 언제나 일등이었다. 가끔 누가 내리 두번씩 최고득점을 할 때가 있었다. 그러면 그 중의 하나는 자살하고 싶도록 부끄러웠다. 그것이 연이었을 경우, 그녀는 밤잠을 안 자고 코피를 쏟으며 공부를 했다. 누구도 그것을 말릴 수가 없었다.

또 연은 소꿉친구이기도 했다. 부부가 되기도 했고 같이 자기도 했다. 그후 얼마나 지난 뒤였을까. 질투의 감정을 갖게 된 것은. 그녀에게 가 아니고 라이벌에게 말이다. 그에 비해 몇 배나 어른 같던 연의 모습 과 함께 떠오르는 얼굴이 있다. 아렴푸웃한 안경쓴 얼굴…… 하이얀 얼굴……

"참 석선생님은 어떻게 되셨어요?"

아까부터 떠오른 얼굴이었는데 이제야 묻게 된 것이다. 그런데 연의 반응은 기대와는 달랐다.

"왜요?"

연은 그렇게 되물었다.

대답이 아니라 따지는 것이었다.

그는 그 아렴풋한 그러나 이내 너무도 선명해진 석선생의 모습을 떠올리며 연을 따라 걸었다. 좁은 골목길이었다.

지옥촌이었다. 병목처럼 좁은 골목 안엔 10대의 펨프와 깡패들이 득시걸거리고 있었다. 참 깊은 골목이었다. 그는 정말 왜 이런 골목 속으로 따라섰는지 후회가 되었다. 지금이라도 늦지 않은 것을 잘 안다. 연의 거소에 다달아서는 이쯤에서나마 **빠져** 달아나지 못한 것을 더욱 후회할 것 같다. 하지만 그는 묵묵히 걸었다.

연은 게딱지처럼 다닥다닥 붙은 판자집 골목에서 자기 집도 잘 못찾는 듯 이리 저리 헤매다가 다시 샛길로 접어들었다.

규헌은 도저히 상상도 못할 지리였다. 뒷골목으로 접어들어서도 그 좁은 통을 얼마나 더 돌아 들어갔다.

얼마나 더 들어가서 연은 얄으마악한 빈지의 안으로 걸린 고리를 재껴 열고는 들어섰다. 방 안은 캄캄하고 잠잠하였다.

연은 스스로도 숨이 막히는지 자그만 나무창을 철컥 열고 석유 램프에 불을 당긴다. 올막졸막한 방안 풍경을 희미하게 비쳐준다. 저쪽 구석에 버티고 있는 사다리는 이 위에 또 한층이 있다는 것을 말해주고 있었다. 이 기형적인 건물의 설계도를 그는 아무리 애를 써도 그릴 수가 없었다.

"자, 뭘 그렇게 두리번거리세요? 쓰러지지 않으니까 염려 말고 앉으세요."

연은 계절에 어울리지 않는 화사한 치마저고리를 벗으며 말한다.

"먼길에 피곤하시겠어요. 정말 숙이가 안 됐네요. 도대체 어떻게 되었다는 거예요?"

오히려 그를 위로하고 있었다.

"얘기가 길어요."

"저쪽으로 넘어간 것 아녜요?"

연은 너무도 빨랐다. 어쩌면 그도 그럴지도 모른다는 생각을 조심스럽게 하고 있었다. 그런데 연은 대뜸 그렇게 말하는 것이었다. 그렇게 된 것인지도 모른다. 죽은 것보다 그것이 나을지 모른다. 좌우간 행방불명이었다.

"잘 모르겠어요."

"그런데 가만히 있으면 어떡해요?"

연은 벗은 옷을 아무데나 휙휙 집어던지며 말한다.

"무슨 방법이 있어야지요."

"그래도 그렇지요."

그녀는 냉소를 삼키며 답답한 듯이 한숨을 쉰다.

그는 옷을 입은 채로 넥타이를 조금 느슨하게 풀어 놓았다. 싸늘한 방이다. 밖에서보다 더 한기를 느끼게 했다. 그런데 연은 옷을 훌훌 다 벗고도 하나도 떨리지 않는 모양이다. 얇은 속옷만 걸치고도 하나도 부끄러운 기색도 없다.

어떻든 그는 인제 그만 두리번거려야 했다. 그러기 위해선 빨리 일어서야 한다.

그러나 생각과는 달리 선뜻 일어서지지는 않는다.

"저기는?……"

그는 저쪽 구석의 벽에 붙은 사다리 위를 바라보며 물었다. 각박한 의식을 숨쉬기 위해 던진 물음이었다.

"거긴 2층이에요."

"예에."

왜 그런 말을 물어보고 싶었는지 몰랐다. 왜 그쪽으로 눈이 자꾸 갔는지 몰랐다.

"아아이 뭘 그렇게 쳐다보세요? 거긴 선생님의 집이에요."

연은 부엌으로 가서 세수를 하며 말했다.

"씻으시겠어요?"

그리고 태연스레 다시 말하였다. 부엌의 개수대는 세면대를 겸하고 있었다.

그런데 선생님이면 누구인가. 석선생, 그랬다.

그 유유자적하던 석선생의 모습이 그리워졌다. 오랫동안 만나지 못하였다. 졸업하고 서로 헤어졌던 것이다. 전쟁이 가로 질러간 시간 저쪽에서 그의 우상이던 석선생이 천연덕스럽게 웃고 있다.

그런데 집이라니? 선생님의 방이 아니고 집이란다.

아무래도 그는 잘 못들은 것이려니 했다. 석선생이 이런 데 있을 것 같지가 않았다.

"아니 석선생님이 저기 계시단 말이지요?"

그는 너무나 어처구니가 없는 대로 그 사다리로 통하는 널빤지 위를 올려다 보며 맥빠진 소리를 하였다. 그것이 사실이 아니길 간절히 비는 심정에서다.

"아아이 뭘 그렇게 따지려고만 드시죠? 그 넥타이나 좀 풀어놓고 그 동안의 얘길 해봐요."

그동안 7년 아니 8년의 세월이 흘렀다. 그랬다.

"아, 예, 그런데 석선생님이 정말?"

그가 고추 먹은 소리를 하고 있는 동안 마치 그 대답이나 하듯이 널빤지가 삐걱거리었다. 그는 애를 써서 머리 위의 현실을 인정하지 않으려 했다.

학교시간이 끝나고 석선생은 냇가를 거닐다 뒷산으로 올라갔다. 가다가 무덤이 있는 곳에서는 앉아서 쉬었다. 그리고 무덤을 쓰다듬으며 말하는 것이었다.

"산다는 것은 죽는 연습을 하는 거야."

무슨 말인지 알아들을 수는 없었다. 혼자 말을 하다가 뒤따라간 그들, 그와 연에게 또 말하였다.

얼마나 값 있게 사느냐 하는 것은 얼마나 값 있게 죽느냐 하는 것과 같은 것이다. 그러니 삶과 죽음은 같은 것이라고 하였다.

정말 그들에게는 하나도 실감이 나지 않는 먼 나라의 이야기 같았다. 몸이 건강하지 못하고 하얀 얼굴을 하고 있기는 하였지만 오히려 그것이 매력이 아니었던가. 석선생이 선문답 같은 그런 어려운 얘기를 하는 제자는 반에서 그와 연, 둘뿐이었던 것같다.

어떻게 그것이 같으냐고 묻지 않고 고개를 끄덕였다.

그는 연보다 자기는 석선생의 총애를 덜 받는다고 여겨지던 때가 있었다. 그러나 지금은 그런 시간이 아니었다. 그후 오래도록 그는 자신의 소극을 원망하여 왔다. 왜 한마디도 마음의 소리를 못하고 자신의 추측으로 다 얼버무리고 말았는가. 연에게 말이다.

연은 빤히 쳐다보고 있는 그의 시선을 피한다. 그리고 훌훌 벗어던진 것을 하나씩 주어 걸친다.

지금 그녀의 옷을 다시 벗길 수도 있었다. 그리고 끌어안을 수도 있다. 끌어안고 뒹굴 수도 있다.

그러나 그는 아무런 행동도 하지 않고 그녀를 바라보기만 하다가 말하였다.

"전 가봐야겠어요."

그리고 일어섰다. 트렁크를 들었다.

연의 표정을 보지는 않았다. 연의 그 슬픈 냉소의 시선…… 그것을 짓밟고 이 방을 나가야 했다. 그것이 연에 대한 그리고 석선생에 대한 예의인 것도 같다. 그러나 그보다 그가 몇 날 밤을 세워서 생각한 신념의 노선路線을 첫날부터 그르쳐서는 안 될 것이다. 전쟁을 피해서 올라온 신념의 길을 가야 하는 것이다.

 그 복잡한 지리를 어떻게 빠져 나왔는지, 서울의 밤거리가 연결되었다.

 그제서야 그는 후 안도의 숨을 내쉬었다.

 저만큼 서울역의 커다란 시계가 보였다. 그는 버스를 두 번 세 번 갈아타고 신당동에서 내렸다. 사실 이까지 오긴 했지만 그가 거처하던 하숙집이 건재해 있는지는 의문이었다. 좌우간 그가 가야 할 곳은 떤 여관이나 여인숙이 아니고 그가 공부하던 하숙이었다.

 전쟁이 휩쓸고 지나간 하숙집 골목은 많이 변했다. 그런데 골목 끝의 그가 거처하던 하숙집은 금방 찾을 수가 있었다. 여전히 번잡하고 소란한 채 유지되고 있었다. 2년 전에 있던 토역인부들이 이 전화를 뒤집어 쓴 서울로 다시 올라 온 것이다.

 그가 들어서자 장기를 두는 데 둘러앉았던 토역인부들이 환성을 질렀다.

 "미스터 리!"

 "꽁생원!"

 모두들 박수로 그를 맞아주었다. 그들의 감탄사는 2년이라는 세월이 다리놓여진 그 공간 때문만은 아니었다. 서로 생사의 소식도 모르다가 이렇게 밤중에 풀쑥 나타난 것이다. 주인 아주머니도 자지 않고 있다가 그를 맞아주었다.

 "오오, 꽁생원! 살아있었구나!"

 그 중에서도 뒷방에서 튀어나오는 수영의 얼굴이야 말로 너무나 반가웠다. 꽁생원은 그 친구가 붙인 별명이었다.

"미스터 리, 그간 뭘했나? 부모님들 다 여전하시고 시스터도 잘 있겠지? 그런가?"

"그래 그래 여전하네."

그는 갑자기 자세한 이야기는 하고 싶지 않아 그렇게만 말하였다.

"그래, 이번 전쟁엔 참가 안 했던 모양이군, 낙동강을 건넜었나?"

"아니."

"하긴 꽁생원이니까, 인민군 놈들 등쌀에 학질을 뗐겠군! 어디 산속에 있었나? 굴속에 있었나?"

수영은 트렁크를 받아들고는 물어댄다. 우정이었다. 그를 너무나 속속들이 알고 있는 친구였다. 정말 수영을 만날 줄은 뜻밖이었다.

그는 연에게서 빠져나오길 잘 했다고 생각하며 사변 전에 수영과 같이 쓰던 뒷방으로 들어갔다. 발을 씻고 드러누웠다.

수영은 그동안 서울에 머물러 있으면서 학생들과 학원을 수비하기 위하여 투쟁하다가 부상을 입었는데 인제 거의 나아간다고 했다. 그제서야 수영이 한 쪽 짐만 받아들던 이유를 알았다. 수영은 삐익 돌아간 팔뚝을 보이며 이 손으로도 충분히 전쟁을 할 수가 있다고 하였다.

그는 낯이 뜨거웠다. 책보따리를 싸가지고 공부하겠다고 올라온 자신의 위치를 아무리 정당화시켜본다고 하지만 떳떳치가 못하였다. 수영의 그 흔한 웃음이 그의 목을 조르며 비웃는 것 같다. 그랬다. 연이 또 그렇게 웃는 것 같았다. 수영은 이 팔이 완치되는 대로 곧 전쟁에 참가하겠다고 한다. 그리고 그도 같이 가자는 것이다. 또 수영은 전황도戰況圖를 꺼내놓고 서부와 중동부의 상황을 얘기한다.

"맥아더라인(북위40도선)까지 진격하기 위하여 핵무기를 사용할 가능성도 있다고들 하는데, 히로시마 나가사끼의 비극이 한국에서 절대 일어나서는 안 된다고 봐. 통일 없는 휴전은 있을 수 없는 일이고"

그는 아무 말 않고 듣고만 있었다. 대꾸를 할 수가 없었다. 그런 생각을 해보지도 않았던 것이다. 그렇게까지 생각되어지지도 않았던 것이다. 은근히 휴전이 되기를 바라고 있는 그는 왜 그러냐고 따지고 싶었지만 역시 가만히 있어야 했다. 얼마 전부터 휴전에 대한 논의가 되고 있었고 상당한 진전을 보이는 것도 같았지만 수영은 그것을 절대 반대하고 있었다. 그 얘기를 꺼냈다가는 그 독설을 감당할 수가 없을 것이었다.

그래서 책만 들여다 보았다. 그쪽으로 열린 길만 생각하고 있었던 것이다. 그래서 그렇게 그리다 만난 첫사랑도 뿌리치고 나온 것이었다. 참 기적 같은 만남이었다.

연을 생각해 본다. 그리고 석선생을 생각해 본다. 거기서 뛰쳐나오던 순간의 상황을 최대한 선의로 생각해 본다. 선의로, 좋게 좋게 생각해 본다. 그런데 연을 따돌리고 온 그에게 수영이 나타난 것이다.

그들은 모두 그의 신념의 노선을 가로 막고 있는 것이었다.

"잘 모르겠어."

"몰라?"

"그래."

그는 수영의 눈을 바라볼 수가 없었다.

〈신념의 노선을 벗어나면 안된다. 그것을 포기해서는 절대로 안 된다. 흔들리면 안 된다.〉

그는 연을 외면하였듯이 수영을 외면하려는 것이다. 그럴 수밖에 없다.

그러나 외면할 수 없는 얼굴들이 있다.

그의 혈육들이 떠오른다. 흙빛 얼굴을 한 아버지, 흙의 노예였다. 얼굴이 다 찌들어 일그러진 어머니, 그들은 또 하나뿐인 자식의 노예였던 것이다. 누이들 누이동생들 특히 숙이, 그들은 그를 위해 철저히 희생을 당하고 있는 존재들이었다.

"너는 애시당초 농사에 발붙일 생각을랑 말아라. 등때기에 지게를 대는 날부터 고생길로 들어서는 게여."

아버지는 늘 입버릇처럼 말하였다. 기를 쓰고 공부를 하여 농사를 짓는 어리석고 바보 같은 존재가 되지 말라고 하는 말이었다. 판검사가 되라는 것이었다. 우선 공부를 끝까지 하라는 것이었다.

"내 나이가 몇 살인지 아나?"

어머니는 그 말라서 쭈그러진 장딴지에 그의 손을 끌어다 대며 물었었다. 그와 어머니는 끝나이가 같았다.

그들을 외면할 수는 없었다. 그들을 위하여 모든 것을 버려야 한다. 아니 그들을 위하는 길이기에 앞서 그 자신을 위하는 길인 것이다. 그것을 위해서 이 서울로 피해 올라온 것이다.

그런데 아무래도 잘 못 온 것 같다. 여기 모든 것을 잊고 공부하려고 찾아온 것인데…… 불안하고 가슴이 답답하여 왔다.

신념의 길은 그 첫날부터 벽에 부딪친다.

수영과 속까지 다 내보이며 토론을 하다가 자리에 누운 것이다. 잠이 오지 않았다. 수영은 전황도를 펼쳐놓은 채로 엎드려져 잔다. 옆방에서는 토역인부들의 코고는 소리가 집이 떠나갈 듯이 들린다.

밤중이다.

〈무조건?〉

수영의 말을 되뇌어본다. 수영의 삶의 방법을 되씹어본다. 좋은 말이었다. 참 굉장한 말을 수영은 가르쳐 준 것이다.

〈그래. 무조건.〉

수영을 돌아보았다. 그는 작달막한 체구에 어울리지 않게 풍덩한 잠옷을 입고 코를 곤다. 불을 껐다.

어둠 속에서 떠오르는 얼굴들이 있다. 연과 석선생과 혈육들이다. 뭐라고 뭐라고 말을 하였다. 마구 울려오는 소리였다. 야유와 하소연이었다. 질책이었다.

그리고 수영이었다. 그는 언제나 수영에게 모든 것을 다 털어놓았고, 그러면 마음이 후련해지곤 했다. 학우라고 할까, 같은 대학의 같은 전공 룸 메이트이다. 소매 자락이 한 번 스치는 것도 오백 전생의 인연이라고 하였는데 한 방에서 같이 먹고 자는 것은 보통 인연이 아니었다. 자주 밤을 새워 토론을 하기도 하였다.

그러나 이날 밤, 그는 자신의 마음을 수영에게 다 열어보일 수가 없었다. 거짓말을 할 수도 없었다.

"어차피 휴전이 될텐데, 그동안 생명 방천을 한다는 것이 결과적으로 무슨 의미가 있는 거냐 말여. 그보다 더 절박한 내심의 욕구에 성실해야 하는 것 아닐까?"

그는 결국 그렇게 말했다.

"그 내심의 욕구라는 것이 무어야? 어떤 거야?"

수영은 그것을 캐물었다. 정곡을 찌르는 것이었다.

그는 사실을 얘기할 수가 없었다.

"꽁생원!"

수영은 그리고 일장의 훈계를 하는 것이었다.

"그렇게 이유를 달지 말어. 따지면 따질수록 결론이란 재미 없게 마련인 거야. 모든 것을 행하고 나면 자연 이유가 달라붙게 되는거야. 자넨 태반 위에서도 이유를 찾아가지고 나왔나?"

그것으로 그치지 않았다. 수영은 논리가 갖추는 듯 싶자 마구 퍼붓는 것이었다.

"이유가 없는 이유처럼 훌륭한 이유는 없는 거야. 조국과 민족 앞에 무슨 이유가 있고 조건이 있단 말인가? 무조건이야. 그만큼 전쟁을 겪었으면 미스터 리도 알 것 아냐. 생각만 하다가는 아무 것도 못해."

여기서도 가만히 있을 수가 없었다. 그는 꽉 목이 달아매이는 심신으로 손을 내저었다.

"그만, 그만 해둬. 조국보다 나 자신이 문제야. 민족보다 내가 먼저야. 알겠나?"

"그건 이기주의자 기피자지."

"뭐라고?"

그는 치가 떨렸다.

그래 맞다. 그는 기피자이고 도피자였다. 이기주의자인지도 모른다. 언제부턴가 그는 도망을 치고 있었다.

시국 강연을 한다고 모이라고 하여 학교 강당에 갔었다. 인민의 해방을 위해 싸우자는 웅변의 결의를 다지는 것이 강연이었다. 강연이 끝나고 결의를 반대하는 사람들은 손을 들어보라고 하였다. 그는 손을 들지 못하였다. 아무도 손을 드는 사람은 없었다. 그러면 차에 타라고 하였다. 삼엄한 분위기였다. 따발총을 들고 도열한 인민군들이 시키는 대로 차에 올라탔다. 다 올라타자 차가 떠났다. 어디론가 달리기 시작했다.

얼마나 달려간 지점, 거기도 무슨 학교 같았다. 거기에서 목총을 가지고 달밤의 훈련을 시키는 대로 받고 나서 전선으로 배치가 되었다.

도망을 쳐야 했다. 도망칠 구멍을 계속 찾고 있었다. 그러나 도무지 그런 구멍이 보이지 않았다. 이동 전날 화장실에 가서 똥통의 밑으로 들어갔다. 무슨 구멍을 따질 계제가 아니었다. 사느냐 죽느냐였다. 그 때 나무로 짠 발판 아래로 몸뚱아리를 겨우 쑤셔 넣을 수가 있었다. 똥통 속에서 며칠을 견디고 있다가 산 속으로 산 속으로 도망을 쳤다. 밤으로 밤으로 행군을 하여 집에 당도할 수 있었다. 그래서 3대 독자 종손으로서의 자리로 돌아올 수가 있었다. 하늘이 내린 아들이라고 하였다. 그러나 그날 날이 새기 전 다시 산을 몇 개를 넘어 미역뱅이 그들의 선대 묘가 자리 잡고 있는 근처 산 속으로 숨었다. 금광 구덩이 금굴 속이었다. 전쟁이 나고 내려왔다가 이리로 들어가라고 해서 갔다가 가끔 밤에 내려갔었는데 죽을 고비를 넘기고 다시 온 것이었다. 이번에는 숙이와 같이였다. 그녀가 들랑거리며 보급을 해 주기 위해서였다. 역시 밤으로의 죽음을 각오한 길이었다. 아니나 다를까 숙이는 인민군들에게 붙잡혔고 끝내 그의 소재를 밝히지 않는 대신 얼굴을 끝내 보여주지 못하였다.

세상이 다시 한 번 뒤집어지고도 숙이의 소식을 알 수 없었다. 모든 젊은이들은 다 전쟁터로 갔다. 그리고 전쟁터에 나가자마자 전사통지서를 보내왔다. 삼대독자인 그에게도 영장이 날아올 것이었다. 그는 계속 미역뱅이 금굴 속에서 책을 읽고 있다가 상경을 한 것이다. 산 속에 굴 속에 피해 있었던 것이고 그리고 다시 이리로 온 것이었다. 계속 도망을 다니고 있는 것이었다.

"그래 나는 도망자이고 기피자인 것은 맞아. 하지만 나 자신을 피해 달아나는 것은 아니야. 나를 기피할 수는 없었어. 나는 나에게 걸린 기대를 저버리고 나의 상황을 그대로 내버려 둔 채로 전사한다는 것은 자기 도피인 것만 같아. 총알이 빗발치는 전장에서 살아온다는 행운은 상상할 수가 없기 때문이야……"

아무래도 변명일 수밖에 없는 말이다. 그러나 수영의 말도 누구의 시선도 따지고 갚지 말아야 한다. 자꾸만 자기 정당화를 시키지도 말자. 그것은 변명이 되고 오히려 비굴한 거다. 자신에게마저 비굴한 거다.

그런데 참 신기한 말이 튀어나왔다. 수영의 입에서였다.

"무조건이야. 미스터 리는 너무 이유가 많아. 무조건 행동부터 해보라구!"

"무조건?"

그래 무조건…… 아무런 이유가 없다. 그런 것은 따지지 말고 나의 길을 가자. 수영과 연과 석선생에게는 눈을 감는다. 조국과 민족과 전쟁과 사랑과 우정과 인정과 다 좋다. 그러나 신념의 길을 간다. 아무 데에도 얽매이지 않고 오로지 나의 길을 간다. 무조건 신념의 노선을 밀고 가자.

어떤 수모와 야유와 고통도 참고 견디는 자체가 자신에게 성실한 것이다. 모든 것에 충실하다간 한 가지도 못 찾게 될 것이다. 나를 잃고 말 것이다. 내일부터 책을 읽자. 날이 새기 전에 아버지에게 편지를 쓰자.

잠을 이루지 못하고 생각을 하였다.

2

날이 새었다.
꾸무레한 날씨가 사뭇 눈이 내릴 것 같았다.
수영은 주사 맞으러 가고, 옆방 토역인부들도 벌써 새벽에 일들을 가고 조용했다.

그는 집에서 보다가 가지고 온 『형사소송법』을 식전부터 펼쳐 들었으나 도무지 읽혀지지가 않았다. 유형무형의 수없는 사념들이 그를 비웃고 야유를 던진다. 무수한 탈을 쓴 얼굴들이 그를 예찬하고 그와 악수를 청한다. 연이다. 연이 웃는다. 연이 운다. 그리고 석선생이 천연덕스럽게 웃고 있다. 그는 석선생과 한참 극적인 해후를 한다. "호오! 이군!" "선생님!" 그리하여 감격의 눈물의 대화가 전개되고…… 그러다보면 읽던 페이지가 뒤섞이고 행行을 잃어버린다.

그는 몇 번이나 새 차비로 책을 펼치고 읽기 시작했다. 그러면 또 치열한 전장이 되고 아수라장이 되고 피보라가 친다. 그는 부르르 몸을 떨며 무익無益한 상념들을 떨어버렸다. 이런 때는 언제나 그러듯이 법전法典을 꺼내서 집히는대로 뒤적였다.

―모든 국민은 법률 앞에 평등이며, 성별 신앙 또는 사회적 신분에 의하여, 정치적 경제적 사회적 생활의 모든 영역에 있어서 차별을 받지 아니한다. 사회적 특수계급의 제도는 일체 인정하지 아니하며 여하한 형태로도 이를 창설하지 못한다. 훈장과 기타 영전의 수여는 오로지 그 받은 자에 한한 것이며 여하한 특전도 창설되지 아니한다.

특권을 인정하지 않는다고 하였다. 그러나 현실은 그렇지 않았다. 어느 때 어디서고 특권은 있어왔고 그것은 부인할 수 없는 현실인 것이었다.

그는 고개를 끄덕이다가 젓다가 하였다. 그는 특권을 누리고 싶은지 몰랐다. 특별한 지위를 갖고 싶은지 몰랐다. 자신을 위해서라기보다 그의 부모와 혈육을 위해서 말이다.

그의 보잘 것 없는 가문과 문벌과 지지리도 풀리지 않는 형편에 특별한 무엇을 뒤집어 써야 하는 것이다. 감투가 아니면 고깔이라도 써야 한다.

―국민의 자유와 권리를 제한하는 법률의 제정은 질서유지와 공공복리를 위하여 필요한 경우에 한한다.

―모든 국민은 법률의 정하는 바에 의하여 납세의 의무를 진다.

―모든 국민은 법률의 정하는 바에 의하여 국토방위의 의무를 진다.

점심때가 되었다. 낯선 할머니가 점심상을 수영이 것까지 들고 왔다. 머리가 세고 얼굴이 찌든 시골 노인이었다. 나이가 들어서 남의집살이를 하는구나 하는 생각과 함께 그의 어머니 생각을 하였다. 전쟁의 피해를 입은 할머니인가보다, 생각하며 밥상을 받았다. 할머니는 곧 무슨 말인가를 하려고 망서리다 간다. 얼마 후 할머니는 물그릇을 가지고 왔다. 할머니는 또 주저주저 하다가 말을 꺼냈다.

"학생요, 우리 집 좀 찾아주소 야."

집을 잃은 할머니였다.

그는 밥을 입에 넣은 채로 물었다.

"집이 어디신데요?"

"임기장터꺼정만 가만 찾아가니더. 제발 부탁좀 하입시더."

반 우는 소리로 할머니는 애원을 했다.

"임기가 어딘가요? 경부선을 타고 가는가요?"

"내사 그런 건 모르니더. 임기장터라고 모르능교? 냇갈이 있고 치도질깡이 있고……"

"그렇게 가지고는 모르겠는데요."

그러자 할머니는 울상이 된다.

"와 다들 모른다카노. 주재소 오포대도 있고 공골(콘크리트) 다리도 있고, 그리로 올라가면 임기장터인데……"

할머니는 쪽마루에 걸터앉으며 한숨을 짓다가 주르르 눈물을 흘린다.

말의 억양으로보면 경상북도 어디인것 같은데 임기라는 곳 장터의 지리를 통 알길이 없었다. 할머니는 아들들의 이야기를 늘어놓았다. 맏이는 나무장사를 하고 둘째 아들은 목수질을 하고 세째 막내는 토수질을 하였다고 했다. 그런데 세 며느리가 모두 시어머니인 자기를 싫어하고 서로 안 볼려고 하였다. 그러자 자연 아들들까지 에미를 이리 밀고 저리 밀고 하였는데 막내 아들만은 그러지 않고 지성으로 모실려고 하였다. 그 아들이 군대를 가서 죽었다고 했다. 그리고 세째 며느리를 따라 아들의 시체라도 찾겠다고 서울로 올라왔다는 것이고 서울 온 지 이틀도 안 되어서 며느리를 잃어버리고 혼자 떨어졌다는 것이다. 할머니는 막내 며느리도 길을 모를텐데 얼마나 고생을 하겠느냐고 걱정을 하는 것이었다.

"옆방 토역인부들이 경상도 사람들인데 그 사람들한테 물어보시지요."

그가 말하자 할머니는 고개를 혼들며 물어봤다고 한다. 뒤에 알았지만 할머니는 이 집에 온지 며칠 되었다는 것이다. 어떻게 해서 이까지 오게 된 것인지 모르지만 우선 입이라도 먹어야 사니까 여기서 심부름을 해주고 있는 것이고 그러면서 이 사람 저 사람에게 길을 묻고 있었던 것이다. 전쟁의 한을 안고 미아가 된 할머니였다. 할머니는 줄곧 그에게 매달리며 애원을 했다.

수영은 곧 오지 않았고 오후에는 그 할머니에게까지 붙들려 두 페이지도 제대로 못 읽었다. 대문소리가 삐걱거릴 때마다 연이 들어닥치는 것 같은 환영에 사로잡히었다. 여자 소리가 들릴 때마다 신경이 갈리었다. 석선생이 마구 달려와 그를 찾아내어 따질 것 같았다. 또 누군가가 와서 그를 연행해 갈 것 같았다.

시골의 금굴 속이 훨씬 나았다. 그의 신념의 길은 첫날부터 흔들렸다. 신념이 아니라 비열한 도피자의 특권의식일 뿐인 것 같고 그에 따른 불안이 고조되었다.

저녁 신문이 배달되었다. 전황 뉴스가 톱이었다.

　　철원서 장시간 백병전白兵戰

도형은 신문을 펼쳐들고 종합 전황을 읽기 시작했다. 그는 전황 뉴스를 볼 때마다 먼저 인명피해부터 보는 버릇이 있었다. 이날은 적 7명 살상이었다.

ㅡ어젯밤 철원서 북방으로 진출한 아 2개 수색대는 각각 적 중대병력과 3시간에 걸친 백병전이 전개되었다. 또한 오늘 미명未明 2차에 걸쳐 적 분대 병력과 단시간의 교전 끝에 적 7명을 살상하였다……

그러니까 적 7명은 오늘 새벽 단 시간의 교전 끝에 살상된 것이고 3시간의 백병전에서 생긴 다른 피해는 적혀있지 않은 것이었다. 전황 뉴스를 대할 때마다 저쪽 피해만 적히어 있었다. 그래 글자보다는 행간을 보며 적군 얼마의 병력이 파괴되면 아군 병력도 그만큼 피해를 입었거니, 추측을 하곤 하였다. 좌우간 그는 인명피해 상황을 보면서 그 살상 인명들과 그 자신과 관련을 맺으려 하였다. 누구를 위하여 그들은 목숨을 버린 것인가.

ㅡ어젯밤 연합군 경폭기대들은 희천熙川 부근의 적 보급소 및 원산 동남방의 적 요충지와 진남포 동북방의 적 병력 직결소 등을 각각 강타하면서 적호 39개소, 포진지 45개소, 건물 31동, 보급창고 14개소, 개

인호 103개소, 턴넬 1개소, 교량 2개소, 도로 및 철로 18개소, 교통호 537야드 등을 각각 격파하였으며 이날 공중전에서는 적 미그기 2대를 파괴시켰다.

그는 계속 읽지 못하고 신문을 접었다. 가책과 분노가 끓어오르는 것이었다. 뒷전에서 신문이나 읽고 있는, 아니 고시 공부를 하고 있는 자신에 대한 가책이었다. 그리고 한 민족의 자손들이 서로 총을 겨누고 쏘고 피를 토하는 전쟁에 대한 분노였다. 마구 부글부글 끓었다.

무수한 아들들, 형제들 형제들…… 그들과 나는 다른가. 그들은 누구인가. 총칼을 들고 죽음의 불더미 속으로 뛰어드는 젊은 혈기들과 내일의 안일을 위하여 고시 공부를 하고 있는 자신…… 과연 떳떳한 일인가. 떳떳한 길인가. 그의 신념의 노선은 위선이 아닌가. 비겁한 행보가 아닌가.

자신의 신념은 겉잡을 수 없이 수렁으로 빠져들고 있는 것 같다. 그는 몸부림을 치다 허우적거리며 머리를 쥐어뜯었다.

정말 위선인가. 정말 비겁한 것인가. 왜 번번히 도망쳐야 하는가. 먼저 그 인민군에 끌려가다 도망친 것은 절대적으로 잘한 것인가. 그 때 거기서도 민족을 내세우고 있었다. 조국을 위한다고 하지 않았던가.

흔들려서는 안 된다. 그런 것은 캐려 들지 말자. 정말 중요한 것은 내가 죽어서는 안 된다는 사실이다. 내가 죽고 없는데 무슨 의미가 있단 말인가. 사死의 대열에 줄을 선다는 것은 생生의 포기를 의미하는 것이다. 살고 싶다. 살아야 한다. 그것이 신념이다. 그 신념의 길을 주저 말고 가야 한다.

누가 뭐라든 상관 않는다. 형식적이고 아니 좌우간 외부적인 시선에 구애될 필요는 없다. 그것은 자유가 아니다. 나보다 나를 더 아는 사람은 없다. 내가 내 길을 간다. 그것이 신념이 아닌가.

또 하나의 그는 그렇게 항변하고 있었다.

그런데 턱이 하나 더 있다. 연이다. 연은 어떻게 하는가. 연이 그를 비웃고 있다. 질시하고 있다. 아니 애원하고 있다. 말로는 그러지 않고 물끄러미 바라만 보고 있다. 냉소하고 있다. 그리고 석선생은……

그것은 결코 외부의 시선이 아니다. 그의 깊은 속에서부터의 소리이다. 내출혈이다. 왜 뭣때문에 연의 시선을 외면하고 있는 것일까. 신념 때문인가. 정말 그런가. 그렇다면 너는 또 무엇인가. 입신양명을 위한 이기주의자다. 비열한 기피자이고 도망자이다.

생명의 공격을 당하고 있는 것보다 괴로웠다. 목이 달아매이고 속이 끓고 머리가 아팠다. 도무지 견딜 수가 없었다. 책장을 덮고 방을 뛰쳐나왔다. 어떻든 석선생을 만나봐야 했다. 석선생보다 연을 다시 찾아봐야 했다. 어떤 논리의 결론에서가 아니었다. 가책과 분노와 자가당착의 혼란과 과거와 현재의 잠재의식이 뒤얽힌 의식의 반동이었다.

집을 나섰다. 서울역 앞으로 왔다. 그러나 그 복잡한 미로의 지리를 찾기란 어려웠다. 불가능에 가까운 일이었다.

날은 벌써 어둑어둑하여 서로들 사람을 잡아 끌며 붙들고 늘어졌다. 전부 연 같기만 하다. 눈이 올 듯한 날씨였다. 빨강치마와 파랑치마들이 펄럭이는 판자집들 안으로 여기 저기 희미한 등불이 비치기 시작한다. 그는 소년 펨프를 데리고 턴넬 속같이 숨이 막히는 골목길을 요리조리 몇 번이나 오르내렸다.

얼마나 헤매다가 결국 연의 집, 아니 연의 방을 찾아내었다. 찾긴 찾았는데 그날 밤에 보던 구조와는 전혀 딴판인 것 같았다. 그리고 연은 없었다. 그럴 시간이었다.

그는 2층으로 올라가며 석선생을 불렀다. 석선생은 깊은 잠이 들었는지, 몇 번 흔들어 깨워서야 눈을 뜨는 모양이었다. 윗층은 더욱 캄캄한 데다가 천정이 낮았다. 겨우 앉아 있을 수 있는 높이였다. 몇번이나 머리를 받았다.

"선생님, 접니다. 규헌입니다."

그는 다시 더 큰 소리로 말하였다.

"선생님, 저 이규헌입니다. 제가 왔습니다."

석선생은 한참만에 정신을 차려 말한다.

"뭐 누구라고?"

혼자말처럼 반문을 하였다.

음산한 정적이 얼마나 흘렀을까.

"내려가세!"

석선생은 들창이 있는 쪽 벽에서 누런 방한복을 벗겨 걸치곤 한숨처럼 말한다.

그는 먼저 벌벌 기며 어설픈 사다리를 타고 내려왔다. 곧이어 석선생이 살살 미끄러지며 그의 뒤를 따라 내려왔다.

석선생은 그의 양쪽 팔목을 잡고 한참 동안 흔든다. 기쁨에서가 아니고 반가움에서가 아니고 놀람에서는 더구나 아니었다. 어떤 슬픔 같은 압력으로 석선생은 거칠게 악수를 한다.

그는 석선생의 그 슬픈 반가움의 얼굴에서 왈칵 울음을 터뜨릴 것만 같은 격정을 꾹 참았다. 그대신 그도 두손을 움켜 쥐고 석선생의 손을 흔들었다.

"어쩌다 이렇게 되었네!"

석선생은 군용 담요를 깐 방바닥에 앉으며 말했다. 어둠 속에 보는 석선행의 얼굴은 더욱 검었다. 석선생은 램프에 불을 켜고 다시 앉는다.

그도 석선생 옆으로 따라 앉았다. 무슨 말을 할 수는 없었다.

"이군! 그래 그동안 어떻게 지냈나?"

석선생은 그제서야 그의 안부를 묻는다. 인사가 거꾸로 되었다. 지난 일을 묻는 것이다. 그건 전쟁 기간 동안을 묻는 것이 아니다. 그는 그것을 직감적으로 느낄 수 있었다. 초등학교 졸업 얼마 후부터 쭉 헤어져서 소식도 모르고 살았던 것이다.

"전쟁 동안 말고는 쭈욱 학교를 다녔습니다."

그는 그렇게 간단하게 대답하였다.
"그럼 대학엘 들어갔겠군."
"네."
"오오, 놀랍군! 그런 형편이 됐던가?"
"근근히 들어간 거였지요."
석선생은 무엇인가를 한참 생각하다가 다시 묻는 것이었다.
"역사학과를 지망하지는 않았겠지?……"
왜 그렇게 부정적으로 물었는지 모른다. 그리고는 빤히 그를 파본다.
"……네에."
그는 석선생의 시선을 피하며 송구스러운 듯이 말하였다.
"법과를 갔습니다."
"그래애?"
"2학년 다니다 전쟁이 나서……."
"그랬군!…… 좌우간 열심히 하게."

석선생의 말꼬리는 어딘지 실망의 빛을 보이고 있었다. 그 때, 비록 어렸다고는 하지만 그래도 숱한 밤들을 같이 새우며 그의 진로에 대해 인생의 진로에 대해 얘기를 했었다. 그 때는 그런 것이 아니었었다. 나라의 뿌리를 찾아야 된다고 하였다. 뿌리를 찾아야 된다고 하였다. 그것이 꿈이라고 하였다. 그에게 기대를 건다고 하였다. 연에게보다 그에게 더 기대를 건다고 하였다. 알겠다고 하였다. 그러겠다고 하였다.

석선생의 얼굴은 무척 여위고 파리하였다. 그는 석선생이 폐를 앓던 것이 생각났다.

"선생님, 전에 앓으시던 가슴은 좀 어떠십니까?"

그는 기억을 더듬으며 그렇게 물었다. 괜한 물음인지 몰랐다.

"흐흥, 가슴이라고?"

석선생은 코웃음을 치며 되묻는다. 무척 자학적인 웃음 같기도 하고 연도 그랬었다.

좌절의 시대 · 713

"다 바렸네!"

그 말을 할 때는 오히려 대단히 가볍게 말하는 것이었다.

"네에……"

그는 더 묻고 싶은 것을 억지로 참았다.

"모든 것이 다 떠나버렸어."

그는 공연히 불을 켜게 했다고 후회했다. 희미한 불빛 뒤의 석선생은 차츰 검은 석상으로 변하는 것이었다.

다시 한동안 침묵이 흐른 뒤 석선생은 목이 메인 소리로 가느다랗게 말하였다.

"날 용서해주겠나? 모두가 지나간 것이지만……"

그에게 묻고 있는 것이었다. 석선생은 그리고 그를 다시 파보고 있다.

측은한 마음이 진흙처럼 덮어싼다. 그가 무슨 자격으로 어떻게 선생님을 용서해줄 수 있단 말인가. 오히려 이렇듯 얼이 빠져 있는 자신을 무척 나무라고 있는 것 같았다. 그것을 그렇게 우회적으로 말하고 있는 것 같다.

왜, 이 지옥으로 다시 찾아들어온 것인가. 그의 마음 속에 잠재되어 있는 예의나 염치 같은 것이 작용하였는지 모른다. 이렇게 찾아와 인사를 해야 하고 도망치지 말아야 한다고 하는 체질 때문인지 몰랐다. 그러나 이 정도로 인사치례는 마치고 인제 그만 나의 길을 가자.

"선생님 전 인제 가 봐야 겠습니다."

그것이 대답이나 되는 것처럼 그는 그렇게 말하고 일어서려 하였다. 그리고 덧붙이듯이 말하였다.

"조금 전 선생님께 말씀드린 제 진로에 대하여서는 다시 말씀드리겠습니다."

"그러겠나?"

석선생은 얼굴을 돌리고 그를 바라보며 묻는다.

검은 석상이 크로즈 업 되는 것이었다.
그는 그 이상의 대답을 하고 싶지 않았다. 할 수도 없었다.
"나를 찾아온 것을 후회하나?"
"아, 아닙니다. 왜 그런 말씀을……"
그는 손을 내두르고 고개를 저으며 아니라고 하였다.
석선생은 할 말을 다 하고 있었다. 거기에 비해서 그는 자꾸만 얼버무리고 있었다.
그러자 석선생은 검은 석상을 떨어뜨리며 말한다.
"기다렸다 만나보고 가게……"
석선생은 그리고 말로 하는 대신 손을 잡는다.
그 손을 뿌리칠 수가 없었다.
어둠보다 답답한 긴 침묵이 흐른다.
낡은 벽시계의 시계추 소리가 뚝딱뚝딱 둔탁하게 들린다.
"호호호… 처음이신가봐, 어서 벗으셔." 벽을 사이 한 옆 방 어디서 그런 소리가 들려온다. "총각이세요? 호호호호……"
석선생은 쭈그러진 담배에다 불을 붙여서는 뻑뻑 연기를 뿜어대었다.
그가 손을 부비며 일어서려고 엉덩이를 덜썩덜썩 하자 석선생은 다시 검은 얼굴로 그를 직시한다.
그는 고개를 떨구었다. 또 무거운 침묵이 흘렀다. 나는 왜 이렇게 일어나지 못하는 것일까. 무엇을 기대하고 있는 것인가. 자꾸만 어떤 함정으로 이끌려 들어가는 것을 발버둥만 치고 있다.
그러는데 무슨 구원의 종소리마냥 땅하고 벽시계가 종을 울린다. 한 번이었다.
그가 여기 온 지 그렇게 오래 되지 않은 것 같은데 시간이 벌써 그렇게 되었나. 믿어지지 않았다.
"이 시계 맞습니까?"

아무래도 믿어지지 않는 시간이어서 그가 물어보았다.
"그 시겐 나하고 상관없네. 제멋대로 가고 싶으면 가곤 하지."
"아 그러세요……"
"그까짓 듣기나 싫지, 맞지도 않는 걸 왜 자꾸 밥을 주는지 모르겠어."

그는 연이 오기 전에 떠나야 한다, 석선생도 잊어야 한다, 이미 옛날의 석선생은 아니다, 그런 생각을 하며 주먹을 쥐었다. 가자. 가자. 신념의 길을 가자. 눈을 감자. 석선생도 이렇게 만나지 않았는가.

"초조하게 살게 없는 거야. 참 많은 시간들을 초조와 불안 속에 다 보낸단 말야."

석선생은 연방 담배를 빨면서 말했다. 그리고는 빙그레 웃었다. 처음으로 보이는 웃음이었다.

"시간을 초월해서, 세월을 초월해서 살아볼 생각은 없나?"
"그게 어떻게 사는 거지요?"

시간을 빼어버리면 느긋해진다는 것이었다. 가령 마흔에 무엇이 돼도 좋고 쉰에 무엇이 돼도 좋고, 초조하게 생각하지 않는다는 것이다. 다른 사람 나이와 비교를 해서 늘 지지 않으려고 한다는 것이다. 누구와 견주지 않고 자신과의 끝없는 싸움이 있을 뿐이라고 하였다. 그래서 석선생은 자신의 이름에서 날짜를 빼어버렸다고 하였다. 석일경石日耕을 석경石耕으로. 돌밭을 갈고 있는 것인가.

"그러면 물욕이니 명예욕이니 다 잊어버리게 되지."
"명예욕을요?"
"왜? 그것이 걸리나?"
"아니 그런 건 아닙니다만……"

그는 물욕과 명예욕을 다 버린 결과가 이것이란 말이냐고 묻고 싶었다. 그러나 그렇게 말할 수는 없었다.

"저, 고시공부를 하고 있어요 선생님……"

그것이 석선생의 물음에 대한 답변이나 되는 듯이 그렇게 말하였다. 다음에 하려고 하던 말이다. 그러나 또 말끝을 잊지 못하였다.

석선생은 더욱 검은 얼굴을 하고 그를 물끄러미 바라본다.

그는 석선생의 제안이랄까 얘기에 대하여 다시 속으로 항변을 하며 고개를 젓고 있었다. 그럼 포부는? 희망은? 꿈은? 그건 파멸이다. 종막이다. 혈육들은? 나는? 생각할 수록 말이 안 되었다. 안 되었다.

땅, 땅, 땅……

시계가 또 종을 쳤다. 맞지 않는 시계라고는 하였지만 번번히 착각을 일으키며 일어서려 하였지만 그러지도 못하였다. 연을 기다리고 있었다. 들어오는 것을 마주치기만 하고 돌아가려 하였다. 그저 그러고만 싶었다. 그러면 더 만나지 않아도 될 것 같았다.

"목표를 정했으면 꿋꿋하게 밀고 나가야지. 열심히 해요, 너무 초조해 하진 말고."

석선생은 초조한 규헌의 몸짓을 바라보며 말한다. 그리고 한 마디 더 한다.

"뭘 하든 열심히 하게. 어떤 무엇보다도 인간이 중요한 거야."

그의 진로에 대하여 말하는 것 같다. 얼마나 실망을 한 것일까. 그러나 석선생은 이제 다른 얘기는 않는다. 지금 무슨 얘기를 한다고 해서 소용에 닿을까, 생각한 지도 모른다.

"네, 잘 알겠습니다."

그가 동의를 하기에는 너무 늦은 것 같았다. 말이 되고 안 되고를 떠나서 그의 뇌리와 마음 속에는 무조건 의식으로 꽉 차 있었으며 그 신념의 길을 달리고 있었던 것이다. 여전히 석선생의 얘기는 여려운 것 같았다. "하루 산다는 것은 하루 죽는 것이야." 궤변 같았다. 오늘의 예언이었던가.

그는 정말 이제 일어서려 하는데 살며시 문이 열리고 화사한 옷차림의 연이 들어선다.
"오오, 미스터 리! 정말 와 주셨군요! 오, 땡큐!"
연은 부엌이자 현관인 데서 오 땡큐를 연발한다. 그리곤 한참이나 고혹적인 시선으로 그를 바라보다가 무슨 입장식이나 하듯 천천히 스텝을 밟고 들어온다.
"늦으셨어요."
그는 일어서서 연을 맞았다.
"오! 예쓰"
연은 한 손을 내밀어 그에게 악수를 청한다. 그는 어색하게 연의 손을 잡았다. 제바람에 그의 손이 흔들어졌다. 연에게서는 물씬 술내가 풍겨왔다. 그러고 보니 혀가 조금 꼬부라지고 말이 흐트러지고 걸음도 비틀거렸다.
"늦었다고요? 오래 기다리셨군요. 정말 미안하게 됐네요. 그러니 어떻게 보상을 해야지요?"
"아니, 그게 아니고요……"
"셔럽!"
"……"
연이 이상한 소리를 꽥 지르는 바람에 그는 움찟하였다.
"저녁 안 잡수셨지요?"
연은 소리를 낮추어 부드럽게 웃으면서 그렇게 묻는다.
"먹고 왔습니다."
"안 먹고 왔을 게야. 벌써 언제 왔는데…"
석선생은 얼른 그의 말을 부정해주는 것이었다.
"선생님은요?"
연은 석선생을 아직도 선생님이라고 부른다.
석선생은 어깨가 찌그러지는 듯한 몸부림을 쳤다. 연은 눈쌀을 찌푸리며 석선생을 바라본다.

"벌써 떨어졌어요?"
"벌써가 뭐야. 그저께 사오곤 안 사왔는데……"
"오늘도 공쳤잖아요?"
"그럼 이대로 죽으란 말야?"
"할 수 없지요. 뭐, 성한 사람도 죽을 판인데……"
"하이구!"

석선생은 머리를 두 무릎 사이에 틀어박고 박박 문질러 댄다. 도무지 이해할 수 없는 말들을 또 자꾸 했다.

"그럼, 전……"
"아니, 왜 또 이러세요?"

연이 소리를 지르며 가로 막는다.

석선생이 그 검은 얼굴로 그를 올려다 본다.

"통금이 가까웠을 텐데……"

그는 연과 석선생을 번갈아 보면서 불안한 기색을 보였다. 그건 사실이던 것이다.

"안 돼요"

연은 벽 구석의 시계를 시계 주인다운 익숙한 눈으로 훑어 보면서 말한다.

그는 앉아 있는 석선생을 바라보았다. 실은 석선생이 하이구! 하고 머리를 쥐어뜯을 만큼 고통스러운 일이 무엇인지 궁금하였다. 알 듯도 하였다.

그러나 그는 시선을 획 돌리고 뛰쳐나가려고 하였다. 그때, 뚜우 하고 둔탁한 음향이 길게 들려 온다. 통금 싸이렌이다. 분명 첫번째 예령 싸이렌인데 연은 또 이번에는 둘째번 싸이렌이라고 우겨댄다. 그의 시계는 소용이 없었다.

"누추하지만 자고 가게. 지금 어떻게 간다고 그러나?"

석선생은 찢긴 음성으로 다시 나무란다.

연은 아직도 서성거리고 있는 그에게 따졌다.
"어릴 때 같으셔요. 고집이 세시지."
연은 회상에 잠기는 듯 한 순간 눈을 감았다가 뜬다.
그와 눈이 마주친다.
"그렇게 서성거리지만 마시고 앉으세요. 여기 하룻밤 자고 간들 어떻니까?"
연은 비웃듯이 다시 따졌다. 거만스럽게 그리고 애원조로 묻는 자세를 취하고 있던 연은 엉거주춤 하고 서 있는 그를 끌어앉힌다.
그러고 연은 덜컥 문을 열고 나가는 것이었다. 그는 이 강요당한 시간에 석선생이 그러고 있는 것처럼 어깨가 찌그러지는 것이었다. 최면을 건 것인가. 도무지 발이 떨어지지가 않는다. 얼른 일어나 이곳을 뛰쳐나가야 하였지만 그냥 주저 앉아 있었다. 연은 그를 어린애 취급하고 있는 것이었다. 어린 시절 세세한 면에까지 고집을 세워 이기려고 들었던 연이었다.
얼마 안 되어 연이 돌아왔다. 그녀가 들어서자 뚜우하고 두 번째 싸이렌이 울려왔다. 둔탁하고 모든 것을 휩쓸고 가는 소리였다.
"이제 가보실려면 가 보세요."
연은 헤죽히 웃는다. 그 웃음 속에 모든 의미가 담기어 있는 것 같다. 미안하다거나 고맙다거나, 고마울 거야 없지만, 또는…… 사실은 미안할 것도 없는 지도 모른다. 그녀의 맞지 않는 시계와 도무지 알 수 없는 언사들도 결국은 그를 붙들어 앉히고자 하는 요술 같았다. 그것이 연으로서는 최대한도의 체면 유지였는지 모른다.
"모든 사람들의 통행을 금한다는 신호예요. 도리가 없잖아요? 이 밤에 갈 수 있는 특권이라도 있으신가?"
"뭐라고요?"
"무슨 특권이 있느냐고요?"
그에겐 아무런 특권이 없다. 그것을 획득하기 위하여 발버둥치고 있을 뿐이다. 현실에 허덕이며 사는 평범인을 면하기 위하여, 대대로 유산처럼 물려받은 빈농의 굴레를 벗어던지기 위하여 안간힘을 쓰고 있는 것이다. 고시 사법시험을 합격해야 한다. 그래 모든 감정을 억누르고 정해진 노선을 밀고 가야 한다. 그런 시발점에 서 있는 것이다. 전환점에 서 있는 것이다. 그래서 빨리 가야 되는 것이고 앞으로는 오지 않을 것이다. 그만 하면 인간적인 도리는 한 것이 아니냐 말이다. 그는 그러나 그렇게 얘기하지는 못하였다. 반대로 얘기하였다.

"아니오."

"그 말 하기가 그렇게 어려워요?"

연은 괜한 것을 물었다는 듯이 그에게 웃음을 던진다. 비소誹笑였다. 그의 가슴에 꽂힌다.

그녀의 손에는 두개의 종이봉지가 들려 있었다. 군고구마와 군밤이었다. 소주도 몇 병 들어 있었다. 그리고 석선생에게는 길쭉한 담배를 두어 가치 쥐어주는 것이었다. 석선생은 벌벌 떨면서 그것을 받는다. 그러면서 일각도 지체함이 없이 불을 붙여 무는 것이었다.

연은 고구마껍질을 벗기기 시작한다.

"아니, 왜 이런 걸 사오십니까?"

그는 그런 인사를 하여야 했다. 이젠 연의 말대로 다른 도리가 없다고 생각되었다. 싸이렌소리는 초조와 불안을 다 앗아가고 말았던 것이다.

"이런 거밖에 없는 걸 어떡해요."

"아니 그런 뜻이 아니고……"

"식기전에 잡수세요."

연은 그의 말을 막고 아직도 김이 모락모락 나는 것을 하나 집어준다.

"어서 들게 시장할 텐데."

석선생도 권한다. 그리고는 담배를 뻑 뻑 피워대며 웃음을 지었다.

순간 석선생은 왠 일인지 얼굴빛이 환해진 것 같았다.
"술을 잘 하지?"
석선생은 그에게 담배는 못 권하고 술을 따르며 물었다.
"아니요. 못합니다."
그는 손을 저으며 사양하였다. 술을 끊었다고 하였다. 사실 그는 술을 웬만큼 하였지만 얼마전 단단히 결심을 하고 끊은 것이다. 목표를 이룰 때까지 술이고 담배고 다 금한 것이었다. 그러나 그러지 않았다 하더라도 이 자리에서 술까지 하고 싶지는 않았다.
"아아이, 학생보고 별걸 다 물으시네요."
연은 그의 말을 척 알아듣고 석선생에게 눈을 흘기었다.
"선생님도 조금만 잡수세요."
그리고 술병 뚜껑을 막는 것이었다. 그녀도 물론 먹지 않겠다는 것이었다.
셋이서 군고구마를 두어개씩 집어 먹었다. 그는 그것도 몇 번이나 사양하였지만 연이 껍질을 벗겨서까지 주는 것을 받지 않을 수 없었다. 그것은 한결 시장을 면하게 해주었다. 셋이는 또 군밤을 집어들고 까기 시작했다.
눈이 평평 오는 날 밤에 그들은 석선생의 방 질화로 가에 앉아서 토실토실한 군밤을 구어 먹으며 시간 가는 줄 모르고 얘기를 하였었다.
그럴 때 연은 누구는 밤껍질에 구멍을 내지 않고 굽다가 눈알이 빠졌다는 둥, 자기는 구은 밤보다 삶은 밤이 좋다는 둥, 생밤이 좋다는 둥, 배실배실 웃으며 얘기를 하였다. 그녀는 하나도 우습지 않은 일에도 호호호호…… 많이 웃었다.
발이 푹푹 빠지도록 눈이 쌓이면 무척 불안해하고 무서워하였다. 연의 옆에는 언제나 그가 있었다. 그가 집 앞까지 바라다 주었다.
오늘에서는 너무도 먼 일이 되고 말았다. 지금의 연은 그렇듯 불안해 하고 무서움을 타는 계집애가 아니었다. 오히려 그 반대가 되었다.

불안해 하고 무서워하는 것은 그였다.

석선생도 그 때 생각을 하고 있었다. 밤알을 씹으면서 두 사람을 번갈아보며 말하였다.

"참 둘은 이상할만큼 성적이 똑 같았지."

늘 톱이었다.

석선생은 그런 말을 꺼내며 웃는다.

"1점도 틀리지 않는 거야. 칠판에 썼던 것을 하나도 빠뜨리지 않고 다 기억하여 써놓으니 그럴 수밖에는. 점 하나도 차이가 없는 거야. 그래 하는 수 없이 교대로 석차를 1등으로 매겼었지. 그러다 너무 고의적인 것 같아서 한 사람에게 두 번씩 일등을 시켜주었더니, 참 굉장하더군! 그게 연이었을 경우엔 죽을까봐 겁이 났어. 그래 나중엔 연의 건강을 위해서 계속 1등을 주고 말았지만……"

"그랬어요, 정말?"

연은 베시시 웃으면서 고개를 숙인다. 정말 그런 줄은 몰랐었다. 너무도 운명적인 이 세 사람의 관계를 절감하게 하는 이야기가 아닐 수 없었다.

땅땅땅 시계종이 몇번 울린다.

"저건, 왜 자꾸 밥을 주누?"

석선생은 푸시시 일어선다. 그리곤 좁은 방가운데를 왔다갔다 한다. 석선생은 왕골속으로 만든 슬리퍼를 끌면서 실내를 왔다갔다 했었다. 그가 아니면 연에게 받은 질문은 그렇듯 심각히 숙고한 뒤에 대답을 주었다. 그러다 종이 울리면 쉬는 시간 전부를 할애하여 땀을 흘리며 설명해 주었었다. 왜냐 하면 그것이 바로 시험 문제였고 답이었기 때문이었다.

"자, 일찍들 자라고. 난 내집으로 가네."

석선생은 2층으로 오르는 사다리로 간다.

"아니 여기서 주무십시요, 제가 윗층으로 가겠습니다."

그가 후딱 몸을 일으키며 말했다. 서로를 위해서 그가 올라가야 했다.

그러나 석선생은 완강히 거절했다. 그놈의 시계소리 때문에 자꾸만 현실이 환기되어진다는 것이었다. 과거에 살고자 하는 것이었다.

그래 그가 같이 올라가려 하자 이번에는 함부로 남의 신성한 공간을 침범하지 말라는 것이다.

"어서들 자요."

석선생은 담배를 든 채 사다리를 타고 올라간다.

그는 아까부터 불길한 예감을 떨쳐버리지 못하였다. 그러나 아니길 빌었다. 아니, 아닐 것이다. 그는 그래서는 안 된다고 생각하며 그 쪽으로 시선을 떼지 못하였다.

널빤지 삐걱거리는 소리 들어눕는 소리 그리고 석선생이 읊조리는 소리도 들린다.

"아아, 연기된 시간이여!"

그는 고개를 떨구고 군밤을 까고 있는 연을 옆눈질해 보았다.

연은 계속 같은 자세로 군밤을 까서 놓는다. 그를 붙들던 때와는 달리 가만히 이쪽의 행동을 기다리고 있는 것이었다.

그는 계속 펼쳐지고 있는 정말 운명적인 상황들 앞에서 어릿광대처럼 멀뚱거리고만 있었다.

"선생님 지금도 시詩를 쓰시지요?"

그렇게 물어보았다. 석선생은 시를 썼었다. 시를 좋아하였고 그들에게 시를 많이 들려주었었다. 칠판 가득 시를 써 주었었다.

산 너머 언덕 너머 먼 하늘 밑 / 행복이 있다고 말들 하기에 / 아, 나도 남 따라 찾아갔다가 / 눈물만 머금고 돌아 왔네 / ··········

칼 붓쎄의 시라고 하던가. 아렴풋한 기억들이 떠오른다. 석선생은 그의 시골마을의 시인이고 철학자였다.

"시를 쓰느냐고요?"

연은 석선생이 들으라는 듯이 큰 소리로 되물었다. 그리고 그녀는 자신이 반문을 한 것도 잊은 듯이 혼잣말처럼 말한다.

"선생님은 시를 쓴다기보다 시처럼 살지요. 시를 꼭 써야 되는 건 아니잖아요?"

"네에, 그런가요?"

그는 멍청히 되묻고 연은 그에게 화살을 쏘아대는 것이었다. 그가 찾고 있는 기억과 명분을 짓밟고 있는 것이다. 연이 오기 전 석선생이 그에게 하던 말이 생각났다.

그녀는 석선생의 교도敎徒였던 것이다.

"선생님을 많이 닮으셨군요……"

"누가 누굴 닮은 것이 아니라, 모두 세월을 닮는 거겠지요."

"세월을요?……"

그는 계속 멍청히 되묻고만 있었다.

아렴풋한 의식에서 시계가 몇 번인가 땡땡 치는 소리를 듣고 그는 잠이 들었던 것 같다. 입속이 찝찔하고 목이 타왔다. 먼 기억처럼 느껴지는 연과 석선생과 있었던 일, 얘기들, 그리고 연이 자그마한 이불을 끌어당겨서 깔던 기억이 나는 것 같다. 그것이 착각이 아닌가도 생각해 보지만 이 창도 하나 없이 갑갑한 방, 나지막한 천정, 그것은 틀림없는 현실이었다. 그는 냉기 때문에 잠에서 깨었던 모양이다. 그는 눈을 끔벅거리며 두레두레 방안을 살펴보았다.

아까 출입하던 문짝이 어디 붙었는지 기억할 수가 없다.

참으로 멍청한 자신이었다. 어떻게 여기에서 자고 있단 말인가. 생각할수록 어처구니가 없는 심신을 몸부림쳤다. 그의 몸부림 속에 만져지는 체온이 있었다.

연, 연이었다. 그는 와락 끌어안고 싶은 충동을 느꼈다.

얼마나 그리워하던 사람인가. 그리워하던 나머지 미워하고 시기하고 질투도 하지 않았던가. 그런 장본인이 바로 자신의 옆에 누어 숨쉬고 있는 것이다. 꿈틀거리고 있는 것이다.

연은 자고 있는 것일까. 하나 밖에 없는 작은 이불 속엔 그와 연, 두 사람이 들어 있고 램프엔 희미하게 불이 켜져 있다. 희미한 그 등불이 갖는 의미는 무엇일까. 그의 귀 밑에서 연의 숨소리가 새액새액 들린다.

많은 밤들의 고독과 아쉬움은 연의 환상으로 채워져 있었다. 연은 그가 책을 읽다 그녀의 환영에 사로잡혀 있을 때에 나타나 줄 것만 같았다. 그리고 그가 먼 산 너머의 기적소리를 들으며 미래의 동경에 젖어 있을 때 그의 뒤로 살금 살금 와서 손으로 눈을 가릴 것만 같았다. 그러기를 간절히 바랐다. 그러나 그것은 오산이었다. 착각이었다. 그래야 할 사람은 그 자신이었다. 그랬어야 했다. 그의 동경이 사랑으로 싹트기도 전에 연과 석선생은 바람처럼 매화골을 떠나갔다. 그리고 나서도 그는 한 시도 연을 잊어본 적이 없었다. 그녀가 그리워 견딜 수가 없을 때마다 마구 증오하고 저주하고 하였지만 그럴 수록 더욱 절실한 아쉬움만 쌓이었다.

그 연이 지금 한 이불 속에 누어 있는 것이다. 환상이 아니고 소설도 아니고 현실의 그녀가 그의 옆에 숨 쉬고 있는 것이다.

그는 연의 옆으로 돌아눕고 싶은 충동을 억누르고 눈을 감았다. 그래서는 안 될 것 같았다. 숨이 막히고 피가 거꾸로 도는 것 같았다. 그것을 또 억지로 참으며 다짐하였다. 자자. 그러면 내일이 온다. 자자. 내일부터는 정말로 그의 길을 가야 한다. 무조건이다. 무조건.

하지만 생각과는 달리 눈이 감기지도 않고 잠도 오지 않았다.

결국 그는 연을 불러보았다.

"연……"

"……"

연은 말이 없다. 숨소리가 잠간 멎더니 다시 좀 낮은 소리로 새액새액 숨을 쉬는 것이었다.

그가 다음 얘기를 하기를 기다리는 것인가. 충분히 그럴 연이었다. 새삼 느껴지는 그녀의 아집이 느껴진다. 그는 무슨 말을 하려고 연을 부른 것은 아니다. 그렇게 몸부림친 것이었다. 그러지도 않고는 견딜 수가 없었던 것이다. 연의 숨소리가 들리는 쪽으로 살며시 고개를 돌려보았다.

연은 눈을 뜨고 있었다. 커다란 연의 눈동자가 딱 맞닥뜨려진다. 서로 외면하지 않는다. 원망의 눈길들이었다.

"여태 안 잤어요?"

결국 그가 먼저 말하였다. 너무도 무거운 침묵을 그가 깨뜨린 것이다.

"당췌 잠이 안 오는 구만요."

연은 단지 그렇게 말하는 것이었다. 그리고 하품을 하며 말한다.

"어서 자요."

"그래요."

그는 눈을 감았다. 그러나 그렇게 넘어가지지가 않았다. 그의 내부에서 마구 소리쳤다.

"위선자! 위선자!"

자신을 속이고 있었다. 하고 싶은 말을 하지 못하고 행동을 못 하고 있었다. 이 운명의 현장에 와서 마저 명분만 따지고 절실한 자신의 욕구는 무시하고 있었다. 위선자였다.

연을 돌려 뉘어야 했다. 그리고 끌어안아야 했다. 그런데 그는 그러지를 못하였다. 연은 그렇게 해주기를 바라고 있었다. 그는 이 순간에서 도망치려 하고 있는 것이었다.

연은 마지막으로 그를 이기기 위하여 5, 6학년 담임이었던 석선생과 마을을 떠났던 것이다. 까막 고무신에 단발머리의 연은 취직을 한다고 석선생을 따라갔다. 갓 중학교 모자를 쓴 그는 그때 기차 정거장까지 시오리 길을 석선생의 낡은 가죽가방을 들어다 주었다. "서울서 다시

좌절의 시대 · 727

만나세." "그래요." 연은 석선생의 말을 받아서 말하며 그를 미안한 눈으로 바라본 것이 마지막이었다. 그는 대답도 못 하였다.

그 때 붙들어 앉힐 수 없었던 것을 참으로 많이 후회하였다. 앉힐 수는 없었는지 몰랐지만 붙들 수는 있었을 것이다. 말이라도 전하고 뜻이라도 전할 수 있었던 것이 아니냐. 그런데도 그는 멍청히 닭 쫓던 개 지붕 쳐다보듯 그녀를 떠내 보냈던 것이다. 정말 세상이 캄캄했었다. 석선생이라면 하늘처럼 여겨오던 존재이고, 결국 둘 다를 잃은 것이었다.

시인 문학가이며 미술가이며 사학자이며 철학자이며 정말 만능의 교사였던 석선생이 떠난 후 왜 법률 공부를 하고 싶었는지 몰랐다. 역사 공부를 하라고 하였는데 그러지 않고 진로를 바꾼 것이다. 어떤 반발심에서였던지 몰랐다. 석선생을 훨씬 능가하는 대단히 권위 있는 존재가 되어 그들 앞에 나타나리라 생각한 것인가.

그런데 이제 와서 뭘 어쩌겠다는 것이냐. 과거와 현재를 구분짓지 못하고 있는 것이 아니냐. 지금 그가 연의 가슴을 헤치면 어떻게 되는 것이냐.

그는 논고를 하듯 구형을 하듯 자신에게 물었다.

질시와 조소가 각박한 시공에서 목을 조른다. 잠을 청한다. 이 모든 것을 감내하는 자체가 자기 감정에 오히려 성실한 것이다. 그리고 날이 샌다. 그는 마구 항변하였다.

그는 날이 채 새기도 전에 이 함정 같은 집을 나와 버렸다. 연은 늦게 이룬 잠에 **빠져** 있었고 석선생은 널빤지를 **삐걱거리며** 몸부림치고 있었다. 그 사이에 도망쳐 나온 것이다. 두 번째 **뺑소니**인 것이다.

상황탈출이었다. 그는 연의 가슴을 열 수도 없었고 끌어안을 수도 없었다. 포옹을 할 수는 더구나 없었다. 그가 할 수 있는 일이라고는 그 자리에서 도망치는 것뿐이었다.

3

다시 찾아가지 않았던 것만 못하였다.
연에 대한 연민의 정은 변함이 없다. 석선생의 몸부림이 무엇을 의미하고 있는지를 알 것 같은데 그것이 마음 아프고 걸리었다.
그러나 그는 이제 다 잊어야 된다고 굳게 마음을 먹었다. 그래야만 한다고 몇 번이고 다짐했다.
버스를 탔다.

중부전선 전차부대 맹위猛威

큼지막한 활자로 된 신문 기사의 표제였다. 옆 사람이 들고 있는 신문을 보았다.
그 즈음 전황은 소련 수상 스탈린과 인도대사 메논과의 한국 휴전 문제 토의가 있은 후 중서부에서는 탐색전이 치열하였다. 수없는 젊은 이들이 쌍방의 포화에 쓰러지고 있었다.
─어젯밤과 오늘 미명 양차에 걸쳐 고랑포 동북방 서북방, 문산 서북방으로 진출한 아군 수색대는……
그는 띄엄띄엄 읽어나가다가 인명피해부터 먼저 봤다. 35명 사살이었다. 그것은 이쪽에서 쏘아 죽인 적의 인명이다. 이쪽의 피해에 대해서는 언급이 없었다. 신문의 행간을 읽으며 짐작할 수밖에 없었다.
─160명 병력의 중공군은 27일 밤 5,600발의 야포 엄호 하에 서부전선 고산모高山帽 고지의 연합군 전초지에 대하여 무모한 공격을 가하여 왔으나 연합군의 폭격을 받고 둔주하였다. 서부전선 이외 지구에서는 연합군 및 공산군 간에 탐색전이 벌어졌는데 이 교전에서 공산군 약 35명이 사살되었다. 공산군은 한번 참패를 당하고 퇴각하였으나 공산

군이 연합군 배후의 진지로 우회 공격을 가하여 왔으므로 다른 전투가 재연되었다.
 다른 전투는 무엇인가. 심한 격전의 다른 표현인가. 그리고 먼저 기사 중에서 전날 24시간의 발포 적탄 총수 6,000발보다 1,900발을 증가하였다는 대목이 자꾸만 되풀이되어서 읽혀졌다. 그러면 7,900발의 적탄이 아군진지로 날아와 폭발되었다는 얘기이다. 그럼에도 피해는 말이 없는 것이다.
 그는 눈을 감고 전투의 장면을 떠올려보았다. 중부전선이 아니고 고향에서 있었던 전투였다. 재작년 여름이었다. 황악산 천덕산 삼도봉 등에서 흘러 내려오는 냇물이 덤들이를 지나 넓게 퍼지며 흐르는 황간 철교 위쪽 주마래미 강변을 저항선으로 삼고 마구 총알을 퍼부어 대었다. 양쪽 뒷산에서는 또 맹포격을 가하여 산과 내를 시뻘겋게 물들였다. 종내에는 서로 백병전白兵戰이 벌어졌다. 뒤에 안 일이지만 여기서 서로 실탄이 떨어졌고 강변과 냇물 속에서 육박전을 하였던 것이다.
 그가 피해 들어가 있던 미역뱅이 금굴 속에서 내려다보이었다. 필사의 백병전, 삶과 죽음의 최후 쟁탈전을 벌이었다.
 여동생 숙이는 여기서 무슨 책이 읽히고 공부가 되느냐고 감정도 없느냐고 따졌다. 식량을 보급하던 숙이는 그날 밤 내려가서는 돌아오지 못하였다. 행방불명이었다.
 그는 부르르 사지를 떨며 차창 밖을 내다보았다. 현실이란 하나같이 그의 노선과 대치하고 있었다. 마구 몸부림을 치며 기억을 떨어버렸다.
 그는 하숙집에 오는 대로 책을 펴들었다. 『민법총칙』이었다. 골이 띠잉하고 눈이 침침한 것이 글자들이 눈에 들어오지 않는 대로 강행군을 하였다.
 연의 냉소 비소가 앞을 가린다. 결국 달아나는 거냐고 묻는다. 집 잃은 할머니가 길가는 사람들을 붙들고 답답한 사정을 털어놓았다. 수영이 그의 신념을 야유하였다. 입영하자고 하였다. 숙이의 얼굴이 떠오른다. 연의 얼굴에 겹쳐졌다. 멀리서 그리고 조금 가까이서 대포소리가 울려왔다.

연일 아무 것도 할 수 없었다. 그는 계속 그런 환영幻影들을 마구 고개를 흔들어 지워버리며 눈을 부릅뜨고 『민법 총칙』을 읽어나갔다.

―법인法人은 신체를 안 가지고 있다. 즉 어떤 개인의 활동이 법인의 활동으로 취급받는 것이다. 그와 같이 개인의 활동이 법인의 활동으로 취급받을 때에 그 개인을 법인의 기관이라고 부르는 것이다……

줄곧 책을 붙들고 앉아 읽기는 해도 무슨 뜻인지 무슨 내용인지 머리 속에 들어오지 않았다. 그래서 몇 번씩이나 처음부터 다시 되풀이해 읽어나갔다.

그날도 몇 번이고 되풀이해서 다시 읽고 있는데 수영이 숨을 헐떡거리며 들어왔다.

수영은 며칠만에 집에 들어온 것이다. 늘 입고 있던 바바리 코트는 걸치지 않았고 머리는 마구 헝클어져 있다. 구겨진 신문을 들고 있을 뿐, 옆에 끼고 다니던 책도 어디다 두었는지 보이지 않았다.

수영은 사뭇 흥분이 되어 있었고 그를 대하는 눈길이 사나왔다. 닷자곧자로 따져대는 것이었다.

"이런 상황에서 뭐가 머리에 들어간다고 청승이야?"

수영은 그가 움켜쥐고 있는 책을 덮어버리려 하였다.

그는 책을 들고 나 앉으며 수영의 차림과 거동을 응시하였다.

"덮으라고 이 판에 무슨 법이야? 민법이고 형법이고 지금 그런 것이 무슨 소용이냐 말야? 신문도 못 봐?"

수영은 쥐고 있던 신문을 방바닥에 던진다.

주먹 같은 활자로 연결된 전황 뉴스가 펼쳐진다.

    판문점 동방서 격전
    펀치볼서는 16차 교전

적, 파상내습波狀來襲에 실패
지브랄탈 고지서 대접전

신문들마다 온통 전황 뉴스로 가득 차 있었다. 그는 눈이 가는 대로 기사를 읽어나갔다.

─미 보병들은 17일 조조早朝, 총검 개머리판 곤봉 및 돌을 사용한 8시간에 걸친 교전 중, 서부전선 소 지브랄탈 고지에 대하여 공격을 가하여 온 중공군……

그의 뇌리에는 처참하고 치열한 백병전의 전투장면으로 꽉 차는 것이었다. 마구 거꾸러지고 고함치고 비명 지르는 병사들의 모습이 영화의 장면처럼 떠오르고 황간전투의 장면이 오버랩 된다.

거기에서 아무리 그의 행위를 정당하고 신념에 차 있다 하더라도 설득력을 가질 수가 없었다. 아무래도 너무 안일한 것 같고 이기적인 것 같다. 빗발치는 적탄 속에 백병전을 하는 그들은 누구인가.

하지만 그는 수영의 말대로 지금 입영을 할 수는 없었다. 그런 마음을 먹기까지 많은 시간과 방황이 필요했던 것이다. 그는 총탄처럼 퍼부어지는 자책감에 시달리며 또 다른 명분을 찾고 있었다. 그 구부정한 허리의 아버지를 생각한다. 너는 아예 농사 지을 생각을 하지 마라. 고향에 돌아올 생각도 하지 마라. 아버지는 그렇게 말하였다. 의사가 되든가 변호사가 되라 하였다. 허가 낸 도둑놈들이라고 하면서 그 도둑놈의 길을 가라 하였다. 그대는 병든 이 민족을 불쌍히 여기느냐? 그렇다면 먼저 의사가 되라. 의사가 되지 못하겠거든 그대 자신의 병부터 고치라. 도산島山의 말이다. 아마도 아버지가 바라는 의사는 그런 의사는 아닐지 모른다. 돈을 억수로 많이 벌어서 돈 포원을 푸는 그런 의사인지 모른다.

어떻든 그는 의사가 되기보다는 법관이 되기를 지망하였지만 결국 아버지의 말을 따른 것이다. 나 자신의 병은 무엇인가. 이기심인가. 무감각인가. 무엇이라도 좋다. 그러나 어쨌든 자신을 포기한다는 것은 현실도피인 것이다. 자해행위인 것이며 결국 불성실한 것이었다. 그 나름대로의 논리를 또 펼친다.

휴전이 되어야 했다. 그는 이 전쟁이 누가 승리를 하고 누가 패배를 하는 그런 싸움 같지 않았다. 그에게도 명분은 있어야 했다.

좌우간 그런 그의 생각을 말하였다. 신문에서 읽은 것들을 주어 맞춘 논리였다.

"이것은 결코 나만을 위한 생각은 아니여."

"천만에! 천만에! 북진 통일만이 방법이야. 한 번 속았으면 정신을 차려야지."

수영은 아주 단호하였다. 항상 적극적이었고 나라와 시대를 혼자 걸머지고 있었다. 수영은 그를 흰눈으로 흘겨보며 대답을 기다리고 있었다.

"그러니까, 협정을 잘 해야지……"

"무슨 소릴 하는 거야? 6.25는 뭐 선전포고를 하고 쳐내려온 거야? 아니 오히려 남쪽에서 쳐 올라왔다고 하고 있잖아? 생떼를 쓰는 데야 협정이고 조약이 무슨 소용이 있냐 말야?"

"너무 부정적으로만 보지 말자고. UN이 있고 우방이 있잖아?"

"그들은 목적만이 문제야. 수단과 방법을 가리지 않아. 전쟁에 지면 어떻게 되는 건지 상상을 해 봤어? 자네 같은 사람이 존재할 수 있을까?"

"그러니까 전쟁을 멈춰야지."

"전쟁을 이기는 것만이 전쟁을 끝내는 방법이야. 뭘 믿고 있는 거야? 제발 인제 그런 고리타분한 사고방식은 버려. 그리고 단언하지만 휴전은 되지 않아. 돼도 골치 덩어리야. 싸움을 이기는 방법밖에 없어. 어서 책을 덮고 나가자고. 지금 이론이 필요한 것이 아니야. 행동만이 필요한 거야. 알겠나?"

수영은 성질대로 소리를 질러대지 않고 정중하게 말하고는 그의 어깨를 툭툭 친다.
"자, 미스터 리!"
지금 일어서 전장으로 가자는 것이다. 수영은 모든 마음의 준비가 되어 있다는 듯이 떠억 버티고 앉아서 그의 행동을 기다린다.
차에 타라고 명령하는 것이 아니고 어깨를 치는 것이다. 이탈하면 따발총을 쏘려고 들고 있는 삼엄한 분위기가 아니고 끈질기게 설득하고 있었다. 수영은 누구인가. 학우일 뿐이다. 룸 메이트일 뿐이다. 그보다 힘은 셀지 모른다. 그보다 훨씬 우월한 입지에 있는지도 모른다. 그러나 무모한 깡패는 아니다. 그가 타의에 의하여 진로를 선택한 데 비해 수영은 자의로 선택을 하였다고 하였다. 그처럼 자신과 혈육들의 미래를 위하여 전공-법학-을 선택한 것이 아니라 이 나라 사회의 정의를 세우기 위하여 스스로 선택한 것이라고 했다.
매사에 적극적이고 개방적이고 반듯하였다. 그 점에 늘 고개가 수그러졌었다. 그런 수영의 시선을 외면할 수가 없는 것이다. 그러나 선택은 할 수 있었다. 죽기보다 힘들지 모르지만 룸 메이트에게 지면 되는 것이다. 눈을 딱 감으면 되는 것이다. 또 명분을 찾아 맞설 수도 있을 것이다.
"정말 가야 한다고 생각하는 것이 수영의 진심이라면 나의 진심은 가고 싶지 않은 거야. 자기의 진심을 거역한다는 것은 위선이 아니야? 저……"
그는 모순인 듯 하나 그의 진심을 말한 것이었다. 그러나 그의 말이 끝나기도 전에 수영은 눈을 부릅뜨고 대어 들었다. 그러나 이내 동정 어린 시선을 알로 깔아버린다.
"넌 할 수 없구나!"
인제는 아주 구제불능이라는 투다. 질책과 동정의 시선을 보내고 있다.

"수영이!"

그는 소리를 질렀다. 따가운 수영의 시선에 말려들어 숨이 막혀 질식할 것 같았다. 자신을 그렇게 내버려둘 수만은 없었다.

"자넨 나를 오해하고 있어."

"오핼 해? 아주 뻔뻔하구만! 그래 그 갈보 하나를 뿌리치지 못해서 쩔쩔 매는 꼴불견을 이해하란 말인가? 아니면 아버지 어머니 핑계를 댈 건가?"

"뭐라고?"

그는 아까보다 큰 소리를 질렀다. 그러나 더 할말을 잃어버렸다. 수영에게 뭐라고 따질 수가 없었다. 왜 남의 일기를 훔쳐보느냐고밖에 할 말이 없었다.

밤이었다. 정말 어떻게 그 참을 수 없는 시선에서 풀려 나왔는지 모른다. 그는 정말 죽기보다 힘든 굴욕을 감내하며 얼굴을 떨구고만 있었고, 수영도 끝내 미안하다는 말은 하여주지 않는 것이었다. 결국 더 얘기해 본대야 그의 치부를 더 벗길 뿐이었다. 그런데 또 하나의 자신은 비굴감을 느끼는 대신 마음속에서부터 신념을 다짐하고 있었다.

표현이 어쨌든 간에 수영은 그에게 연의 짐을 지워준 것이었다. 그녀를 그냥 그렇게 버린다는 것은 정말 자신이 비굴한 것 같았다. 그것은 이 나라보다도 우주 땅덩어리보다도 훨씬 더 소중한 것 같았다. 그건 어떤 형식의 의무가 아니라 양심의 의무이고 마음 그 속 그 깊은 곳의 의무이다. 그것이 다름 아닌 신념인지 모른다.

오히려 그런 논리를 찾는 결과가 되었다. 어떻든 그는 이제 연도 포기할 수 없는 상황이 되었다. 그는 연을 구출할 수 있는 충분한 위치에 있는 것이다. 그냥 입영한다면 결국 연에게서 정말 도망가게 되는 것이다.

그는 수영의 질시와 험구險口를 정말 어떤 신념 같은 것으로 참고 침묵을 지키었다. 입을 다물고 눈을 감았다. 그리하여 수영은 제풀에 지쳐 쓰러지고 잠이 들었는가 했는데 다시 소리를 질러대는 것이었다.
"야 자식아, 그래 계집년 하나를 못 뿌리쳐?"
잠꼬대를 하였다. 악령이 되살아난 것이다.
"바보 같은 자식, 동정이야? 사랑에 빠진 거야?"
일기를 쓰고 있는데였다. 그는 수영을 흔들어 깨우고 싶지는 않았다. 가만히 듣고만 있었다. 한참 그의 생각을 정당화시키는 일기를 썼다. 그리고 읽다 둔 『민법 총칙』을 다시 펴들었다.
— 권리는 특정의 생활이익을 향수享受하기 위하여 특정인에게 부과된 법률상의 힘인데 그 힘이 미치는 대상은 권리의 객체라고 부른다.
이게 무슨 말인가. 객체? 객체에다 빨간 밑줄을 쳐놨다. 얼른 확연한 의미가 잡혀지지 않는다. 조금 더 읽어본다.
— 권리의 객체로서는 물物도 되고 사람도 되지만 사람은 권리의 객체만 되는 것이 아니라 오히려 권리의 주체로서 중요한 것이다. 물은 권리의 주체가 되지 못하고 오히려 권리의 객체로서 중요한 것이다.
그 말이 그 말인 것 같다. 한 구절도 욀 수가 없다. 그저 물과 사람과 주체와 객체가 아무런 연관 없이 머리 속을 맴돌 뿐이다. 그리고 어느 사이 연의 생각을 하고 있었다. 누구에겐가 항변을 하고 있었다.
그녀는 창녀가 아니다. 생활의 노예일 뿐이다. 아니 생활의 노예가 되지 않기 위해서 그러고 있는 것이다.
다시 책장을 덮었다. 수영은 참으로 정곡을 찌른 것이다. 아버지 때문에 혈육 때문에 아니 연 때문에 한 발도 움직일 수가 없는 것이다. 아니 실은 그런 것들은 다 구실이고 그 자신의 욕망 때문인지도 몰랐다.
수영의 말을 들으면 그것은 너무도 반듯한 정의의 길인 것 같다. 이론異論의 여지가 없다. 그의 생각은 그의 길은 꾸불텅꾸불텅한 논틀길 시골길 같다. 그 자신에게마저 솔직하지도 않고 확고하지도 않았다. 인간의 의무인가 하면 동정 같고 그런가 하면 사랑 같고, 뭐라고 이름 붙일 수 없는 자기 정당화인 것만 같다. 그러나 그의 마음은 움직이지 않았다.

이틀 후에 수영은 입영하였다.

수영은 떠나는 날 아침까지 잘 생각해서 같이 가자고 하였다. 그리고 계집이 됐든 부모가 됐든 학문이 됐든 그런 허울 좋은 명분의 함정에서 허덕이던 것을 분명 후회할 것이라고 하였다.

그러나 그는 끝까지 고개를 흔들었다.

"아니야. 무엇이 됐든 간에 난 지금 내 몸을 걸고 싸울 준비가 되어 있지 않아. 나는 역시 나의 상황을 피할 수가 없어. 난 역시 내 길을 가겠어. 자, 수영이! 미안하네. 나를 이해해 주고 내 몫을 싸워주기 바라네."

그는 손을 내밀고 악수를 청하였다. 수영은 참으로 끈기가 있었다. 그의 손을 잡고 흔들면서 다시 말하는 것이었다.

"나도 그렇지만 미스터 리는 법과생이 아니야? 범법자를 처결할 법관이 될 사람이야. 마지막으로 말해두는데……"

수영은 그러나 다 줄이고 정중하게 한 마디로 권고하는 것이었다.

"잘 판단하여 속히 용단을 내려주기 바라네!"

그리고 수영은 더 말하지 않았다.

수영은 마지막으로 다시 만날 날을 약속하고, 그때 서로의 승부를 논하기로 하고 갔지만 그는 아무래도 다시 살아오는 수영을 상상할 수가 없었다.

좌우간 수영은 갔다. 다친 팔이 채 완치도 덜 된 채였다. 어제 저녁에도 수영은 그 삐익 돌아간 팔뚝을 걷어붙이며 구멍가게에서 사온 깡소주를 마시자고 하였다.

"아직 술을 먹어서는 안 될 텐데……"

그는 자신보다 수영의 팔을 생각해서 하루라도 먹지 마라고 하였다. 그러나 수영은 이미 그의 말을 순순히 들을 만큼 친한 사이가 아니었다.

"내 염련 말어, 난 내일 전장으로 갈 놈이야. 한 줄이라도 더 읽고 외기 위해서 삼가겠다면 강요는 않을 테니까, 먹을 테면 먹고 말라면 말아."

"그렇게 말하지 말아. 그리고 나 자신도 결정하기가 힘들었어……"

"이젠 그런 변명은 듣고 싶지 않아. 같이 가겠느냐, 못 가겠느냐, 그것만 얘기만 해."

"자넨 결국 날 이해해주지 않는군."

"다른 얘기는 필요 없어. 정의냐 아니냐. 부정이라고는 말하지 않을 게."

수영은 술병을 끌어당겨 혼자 나팔을 불었다. 그에게 더 권하지도 않았다.

그리고 잔 자리에서 바로 떠났다. 그는 버스 타는 곳까지만 배웅을 하였고 집결장까지는 따라가지 않았다. 더 이상 통하지 않는 대화를 할 수가 없었던 것이다.

그날 저녁, 신문들은 수영과 같은 많은 젊은이들의 장도를 환송하는 행사를 대서특필하였다.

　학창에서 용약 군문으로
　각지에서 출정학도 장행회狀行會

그는 그런 표제에서 섬뜩함을 느끼었다. 내용은 도무지 읽을 수가 없었다. 활자들이 눈을 할퀴었다. 성스러운 조국의 부름, 피 끓는 젊은 학도, 애국심, 충용심 같은 말들이 의미 심장하게 그의 가슴을 쳤다. 마구 자신을 향해 꾸짖고 있는 것 같았다. 너는 누구냐. 너는 지금 무엇을 하고 있느냐. 조국과 민족을 위해서 무엇을 하고 있느냐.

신문을 덮었다. 자신은 이 시대의 대열에서 이탈된 것 같다.

그는 한 동안 멍청히 천정을 바라보다가 자신이 취할 길은 무엇인가를 생각하다가 그 자신의 길은 이미 정해져 있음을 깨닫는다. 흔들리지 말고 그가 가야 할 길을 한 시도 게을리 하지 말고 그리고 빨리 서둘러야 한다고 생각한다.

책을 다시 펼쳐 들었다. 빨간 색 밑줄을 그으면서 여러 번 되풀이해 읽던 『민법총칙』을 서론부터 다시 읽기 시작하였다. 네 번 다섯 번 읽혀지는 구절들이 되씹힌다. 그런 구절들을 책을 덮고 외어 본다. 밑줄을 치지 않을 곳에 친 것이 많다. 그는 정말 중요하다고 생각되는 것을 파란색으로 밑줄을 한 번 더 쳐가며 읽었다.

앞으로는 더욱 비장한 각오로 철저히 계획을 추진해 나가리라 생각하였다. 먼저 시간표를 짜고 기상시간 취침시간을 정하고 매일매일 읽을 과목, 진도 목표를 세웠다. 2학기 때면 부산으로 피난 갔던 학교들이 서울로 올라오고 그래서 그가 한발 앞서 올라온 것이기도 하지만, 등록을 하고 출석을 하고 학점을 따고 과정을 이수하고…… 한 치도 차질 없이 진행해야 하는 것이다.

그것이 그가 택한 길이었다. 말할 수 없는 수모를 뒤집어쓰고 선택을 한 것이다. 그에게 선택의 자유가 무제한 보장되어 있지 않다 하더라도 그래서 범법자가 된다 하더라도 위선자가 된다 하더라도…… 그는 그의 길을 가야 하는 것이다. 그것은 법의 문제가 아니라 양심 그 깊은 곳에서부터의 문제인지도 모른다.

자꾸만 자신을 합리화 시키고 정당화 해보지만, 아무래도 논리는 맞지 않는 것 같았다. 범법자 위선자가 되지 않으면 학업을 계속할 수 없고 자신의 길을 갈 수가 없다는 것이 아무래도 동의가 안 되었다. 마음에 걸리고 떳떳치 못한 것 같다. 그래서는 안 된다. 안 된다. 몇 번이고 되새기었다.

아니다. 이것은 학문을 위한 정열이다. 학구욕이다. 자신에게 충성하는 것이다.
　그러나 여전히 이상하다. 그야말로 위선인 것 같다. 그것은 차라리 공명심에 대한 욕망이라고 해야 맞는 설명인 것 같다. 아전인수이고 견강부회인 것 같다.
　중학교 때 공민을 가르치던 노교사가 떠오른다. 가끔 여담으로 들려주던 얘기였다. 선생이 법률을 배운 동기나 목적을 솔직하게 들려주었던 것이다.
　그저 법을 알고 범법을 하지 않기 위해서라고 했다. 인간과 인간들 사이 사회와 사회 사이를 조직하고 있는 규율을 잘 앎으로써 반듯하게 살 수 있는 것이 아니냐고 하였다.
　그저 그뿐이란 말인가. 그때 그는 그 교사가 그렇게 작게 보일 수가 없었다.
　어찌 한 생애의 욕망이 그토록 단순하단 말인가. 그러나 그런 불만이 또 그를 여기까지 끌고 왔는지도 모른다. 적어도 그는 그렇게 안주하고 싶지는 않았다. 좀 더 큰 꿈을 가지고 원대한 욕망을 실현하고 싶었다.
　그러나 이 순간 그 노교사의 평범한 삶이 참으로 여유가 있어 보이는 것이었다. 유유자적하는 삶 같았다. 하지만 그는 여전히 고개를 흔들었다. 정열이 없고 꿈이 없는 것이 아니냐.
　그런데 그런 생각과는 관계가 없이 지금 자신의 위치는 아무래도 공감을 살 수가 없을 것 같았다. 참으로 이기적이고 낯이 두껍고 도무지 논리가 서지 않았다. 수영의 비웃음이 그제서야 그의 가슴에 와 닿았다. 수영의 장행壯行이 참으로 부러웠다. 그때 함께 나설 걸. 아니 지금이라도 늦지는 않다.
　그러나 생각은 또 그렇게 하면서도 그것을 행동으로 옮기지 못하고 있었다. 그와는 다른 그의 길을 찾고 있었다. 연을 생각하였다. 그녀를 외면할 수는 없다. 그것은 비겁한 일이다.

그것이 그의 명분이었다. 그것은 무엇인가. 그것은 말로도 할 수 없는 것이다. 수영이 갈보라고 하던 연을 그의 아버지는 뭐라고 할까. 아마 아버지는 너무나 어처구니가 없어 말문이 막힐 것이다. 그저 네놈은 내 아들이 아니라고 할지 모른다.

언젠가 아주 어릴 때, 연과 같이 노는 것을 아버지나 어머니는 경계하였었다. 아비 없는 아이라는 것이 그 이유였다. 어쩌면 아버지 어머니는 연의 기억조차 잊었을 지 모른다. 좌우간 모든 것이 비뚤어지고 격에 어울리지 않는 자세였다. 아무리 맞춰보려고 해도 맞춰지지가 않았다.

다음 날은 10시가 넘어서야 일어났다. 계획대로 되지가 않았다.

봄날의 아침 햇살이 대낮같이 비치고 있었다. 하루 사이에 시간이 성큼 지나간 것 같다. 3월도 다 지났으니 바야흐로 봄이 짙어 있는 것이다.

그는 원망스러운 듯이 탁상시계를 보면서 이불을 걷어찼다. 수영이 있었으면 이렇게 늦잠을 자지는 않았을 것이다. 이 시각쯤 수영은 속성 훈련을 받고 있을 것이었다.

세수를 하고 할머니가 날라 온 밥상을 받았다. 길 잃은 할머니는 고향과 아들들을 그리워하던 나머지 쪽마루에 걸터앉아 우두망찰 먼 산을 바라본다. 먼 산너머서 대포 소리가 들려왔다.

서울까지 왔다가 며느리를 잃어버렸다고 하였다. 그 며느리 걱정을 하고 있는 할머니를 생각하면 참으로 딱하였다. 할머니는 여전히 같은 소리만 되풀고 있다.

그는 파출소에 한 번 가보라고 위치를 가르쳐 주었다. 할머니는 바짝 대어들며 바쁘지 않으면 같이 가자는 것이다. 같이 가서 자기의 얘기를 해달라는 것이다. 그는 내일 가자고 했다. 그는 모르고 있었지만 할머니는 며느리에게 버림을 당한 것이었다.

아침상을 물리고 신문을 뒤적여 보았다. 안 본다 안 본다, 모든 것을 잊자, 하면서도 자꾸만 들쳐지는 것을 어쩔 수가 없었다.

    연합군 서부서 반격전 전개
    불모고지不毛高地를 재탈환
    농무 속에 피아彼我 처참한 혈투

여태까지 전황 뉴스를 본 중에 피아, 서로의 피해를 밝힌 것은 처음 보았다. 쌓아 둔 신문들을 뒤적이며 표제만 훑어보았다.

    휴전 문제는 조속 해결
    부랏드 리드 장군 희망적 관측

리드는 미군 합동참모본부 의장이다. 반가운 뉴스이다. 그는 속으로 휴전이 성립되기를 기대하고 있었다. 휴전이 되면 휴전선에 금을 긋고 사는 것이다. 현재 단계로서는 무력통일도 불가능하지만 쉽사리 사상 통일이 될성 부르지도 않았다. 그러나 모든 것은 그 자신의 입장에서 자기 논에 물을 대고 있었다.
  그는 이 혈투의 언어들이 난무하고 있는 방안에서 책을 읽을 수가 없었다. 그는 신문을 있는 대로 뚤뚤 뭉쳐서 태우라고 부엌에 내다 주었다. 그리고도 시원치 않아서 그는 손수 활활 태워버리고 말았다. 붉은 선혈의 색깔을 한 불길이 그를 능욕한다. 수영이 비웃는다.
  방 안에는 또 많은 수영의 체취들이 그를 할퀸다. 우정의 망령이 마구 난무한다. 도무지 앉아 있을 수가 없다.
  그는 며칠 내버려둔 턱수염을 깎다가 문득 털보 생각이 났다. 같은 학과 학년의 김경훈은 서울 태생으로 항상 꺼멓게 턱수염을 기르고 다녔다. 생전 질문을 하는 일이 없고 발표하는 일도 없고 그리고 노트 하는 일도 없이 열심히 강의를 듣기만 했다. 수영의 반대형이라고나 할까.

 경훈은 그의 발표와 질문 남발을 촌스럽다고 지적해 주었고 그로 해서 친근해지게 되었다. 짧은 동안이지만 마음을 터놓고 지냈다. 심야 토론도 많이 하고 집에도 한번 갔었다. 좋은 책이 많았다. 마포 공덕동에서 살았었는데, 그동안 어떻게 되었는지 갑자기 궁금하여졌다. 그리고 경훈이라면 맘놓고 자신의 내부의 상황을 얘기할 수도 있을 것 같았다. 왜 진작 그 생각을 못 하였던가 싶었다.

 정말 계절은 완연한 봄이었다. 길거리 가로수들 파릇파릇 잎을 피우고 가지 끝까지 물이 올라 있었다.

 버스를 타고 가다가 광화문 근처서 내려야 했다. 중앙청 앞 광장으로부터 대대적인 집회를 하고 있었다. 휴전조항 관철 시민대회였다.

 앞서 정부가 요구한 정전 5개 조항을 관철해야 한다는 우국정신을 내외에 알리려 하는 것이었다. 구름처럼 모인 시민들은 프랑 카드를 들고 외쳐대었다.

 ① 중공군을 만주지대에서 철퇴하여야 한다.
 ② 북한 괴뢰군은 무장해제를 하여야 한다.
 ③ 유엔은 어떠한 제3국으로부터라도 북한 괴뢰에게 군사와 재정적인 및 기타 원조를 하지 말도록 해야 한다.
 ④ 미국 대표는 한국문제를 토의 또는 심의하는 여하한 회담에도 참석해야 한다.
 ⑤ 미국의 국가주권 및 영토적 보전에 배치되는 여하한 계획 또는 행동과정은 법적 효력을 보장치 않은 것으로 간주한다.

 발을 멈추고 외치는 조항들을 되새겨보았다. 사실 전부가 정당한 요구였다. 그러나 이런 요구조건들이 북측의 아량으로 받아들일 것 같지가 않았다. 어떻든 그는 그 대열에도 빠져 있었다. 그는 학생도 아니고 시민도 아니고 무엇인가. 방관자인가. 이방인인가.

 버스를 내려서 다시 타지 않고 걸었다.

서대문을 지나 마포쪽으로 전화를 입은 거리를 얼마나 걸었을까.

공덕동 경훈이 살던 동네는 전과 다름 없이 건재하였다. 금방 집을 찾을 수 있었다.

그는 그 느릿느릿한 동작과 말씨로 맞아줄 경훈을 여러 모습으로 상상하면서 낯익은 일각대문을 열었다. 그러나 친구의 얼굴은 찾아볼 수 없고 터엉 빈 집에는 경훈의 노모만이 부들부들 떨면서 그를 맞아주었다. 귀가 절벽이고 이가 다 빠진 노인의 말을 잘 알아들을 수가 없었고 또 그의 말을 이해시켜줄 수가 없었다.

경훈의 노모는 팔다리와 고개를 연방 흔들고 있는 데다가 흰 머리가 펄펄 날리는 핏기 없는 얼굴은 뭔가 쫓기는 듯 하였다. 순간 그는 이 노모를 두고 입영하지는 않았을 것 같은 예감이 들었다. 막연하게 그런 느낌이 들었다. 아니 그러기를 진심으로 바랐다. 그런 동류항同類項을 필요로 했던 것이다. 하지만 그것은 그의 생각일 뿐 노인과 한참 통하지 않는 대화를 하다가 지쳐서 돌아서는 수밖에 없었다.

그가 일각 대문을 밀고 나오기 전에 좁은 마당을 휘이 둘러보는 데였다. 부엌문을 삐죽이 열고 "꽁생원!" 하고 가느다랗게 소리를 보내는 사람이 있었다. 그의 별명인 꽁생원이 아니고 다른 소리였더라면 알아듣지 못할 뻔하였다. 그리고 그 목소리의 주인공을 알아보지도 못할 뻔하였다. 턱수염을 깎지 않아 진짜 털보가 되어 있는 데다가 햇볕을 생전 구경도 못한 사람같이 파리한 얼굴을 하고 있어 사람을 알아볼 수 없었지만 그 친구는 경훈이 틀림없었다. 한참 얼굴을 파보다가 그것을 확인하는 순간 미칠 듯이 반가왔다. 무덤 속에서 살아난 친구 같았다.

경훈은 그를 부엌 안으로 끌어들이고 소리를 지르려는 그를 손짓으로 제지하는 것이었다. 서로가 한동안 눈으로 말했다.

경훈은 연방 닫아 건 부엌 문 밖 동정을 살피며 낮은 소리로 말한다.

"어떻게 된 거냐. 넌?"

경훈은 반가움보다 원망이 앞서는 눈으로 그를 바라보며 따지었다. 그러나 그는 멍하니 서 있기만 하였다.

"말을 해봐. 넌 날 원망하고 있지?"

경훈은 그를 흔들어 대었다.

그는 그냥 고개만 저었다. 그는 경훈을 원망하지는 않고 있었던 것이다.

경훈은 다시 그를 흔들어대며 말하였다.

"네가 언제부터 이렇게 말이 없이 됐단 말이냐? 무슨 말을 좀 해봐."

"내가 물어보고 싶은 것을 자네가 말했기 때문이야……"

"그래?……"

경훈은 갑자기 무거운 표정을 짓고 그를 바라본다.

그리고 조금 있다가 그 말 대신 묻는다.

"그 비분강개파는 어떻게 됐어?"

수영을 말하는 것이었다.

"수영은 학원 수비대에 나가다가 얼마 전 지브랄탈 고지의 접전 뉴스에 충격을 받고 전장으로 갔어."

그는 그제서야 입을 열고 차근차근 얘기했다.

"자꾸만 나도 같이 가자는 것을 …… 나는……"

그리고 자신의 이야기를 하려 했다.

경훈은 한동안 침묵을 지키고는 말하였다.

"그랬을 거야. 걔는 사명감이 강하지…… 그런데 넌 어떻게 된 거야? 어떻게 하겠다는 거야?"

화살을 또 그에게로 돌리었다.

"못 갔어."

"못 간 거야? 안 간 거야?"

정말 곤란한 물음이었다. 그는 그 중 어느 한 가지를 말하면 될 것이지만 그 말을 할 수가 없었다. 그 어느 쪽이라 하더라도 도무지 자신의 자세가 어설프고, 그리고 금방 반격을 해 올 것이었다. 그러면 무엇을 어떻게 말해야 할 것인가? 부모를? 연을? 그것을 자신의 욕망을? 그러나 어느 무엇을 말해도 설득력이 있을 것 같지 않았다.

그는 경훈이 살아 있어서 만난다면 모든 것을 다 얘기하고 싶었는데, 그래서 혹시나 하고 찾아온 것인데, 그러나 역시 그의 속을 열 수는 없었다.

그런 대로 그는 무슨 말이라도 해야 했다.

"둘 다야."

그는 웃으면서 말하였다.

그러나 경훈은 아주 심각한 얼굴을 하고 따지었다.

"그런 대답이 어디 있나?"

그를 정면으로 바라보는 것이었다.

그는 거기서 더 참지 못하고 거짓말을 하였다.

"지금 어떻게 할까 생각하고 있는 중이야. 그래서 자네도 만나고 싶었던 거고……"

그는 그러나 더 이상은 말할 수가 없었다.

"그래?"

경훈은 부엌에서 방으로 들어가지 않고 독 뚜껑을 열고 그리로 통하는 지하실로 들어가서는 그를 내려오라고 하였다.

그는 영문을 알 수가 없었지만 경훈의 말대로 할 수밖에 없었다. 지하실은 캄캄하였으나 한참 분위기가 익숙해지자 주변이 보이기 시작했고 온통 나무 껍질과 나무 깎은 부스러기로 돼지우리 같은 것을 발견할 수 있었다. 지하실이라고 하였지만 땅굴을 판 것이었다. 그는 괴상한 실내 풍경에 어리둥절하여 사뭇 경훈의 거동만 살피고 있었다.

경훈은 나무토막이 쌓여 있는 안쪽으로 가서 토막들을 포개어 깔고 앉는다. 그 옆으로 기묘하게 빛과 공기가 통하는 환기창 밑으로 놓인 궤짝 위에는 표지가 다 헤어진 몇 권의 책들이 포개어져 있었다. 경훈은 불이 거의 다 꺼진 화로를 헤적이며 그를 앉으라고 하였다.

그는 도무지 풀리지 않는 공포감과 의아심에 사로 잡혀 두리번 두리번 주위만 살피고 서 있었다. 선다는 것이 물론 고개와 허리를 다 굽혀야 했지만.

경훈은 나무토막 너머로 다발 다발 쌓아놓은 것들을 들어 보이며 말하였다.

"이걸 만드는 거야. 호구지책이지."

그것은 음식점에서 쓰는 나무젓갈 같기도 하고 아이스 케키의 속대 같기도 하였다.

그는 그제서야 경훈이 미치지는 않았구나 하는 안도의 한숨을 쉬었다. 그리고 사변 전 청년 가장으로 생활과 학비 조달에 허덕이던 경훈을 회상하였다.

"다른 가족들은?"

아버지는 그 전에 병사하였고 누나들 동생들이 있었다고 기억되었다.

"좌우간 피난 가다가 다 헤어지고 어머니와 둘만 돌아왔어. 여기 있으면 찾아오리라 생각하고 기다리고 있지만 아무 소식이 없어."

그는 경훈의 사정을 차츰 알게 되었다. 그리고 그가 입영하지 못하고 두더지 생활을 하고 있는 인간성을. 그런 벽창호 같은 절벽의 노모를 버려두고 전쟁에 참가할 수는 없었던 것이다.

"사실은……"

그는 어둠 속에서 커진 동공으로 한참 경훈을 바라보며 생각하다가 그의 심경을 솔직히 털어놓았다.

경훈은 그의 말을 듣고 나서 천천히 물었다.

"앞으로는 그럼?"

"글쎄…… 정하지 못하고 있어."

그것은 진심이 아니었다. 사실이 아니었다. 사실은 그의 신념에 대한 명분을 찾고 있는 것이다.

스스로 택한 감옥과 같은 음산하고 각다분한 공간, 여기 경훈의 삶의 지옥에서 그는 모든 얘기를 했지만, 아니 다 하지는 못했지만, 더욱 답답하기만 했다. 지난날 모든 것을 토로하던 그들이었다.

경훈도 그를 따라 속을 털어놓았다.

"나도 누구만큼 정의에 살고 싶었고, 또 정도를 걷고 싶었지만, 이렇게 비뚤어진 행동을 하게 되었어. 나는 사실 싸르트르의 말을 저주하고 있는지도 몰라. 조국을 위하여 전쟁에 참가하느냐, 외로운 노모를 위하여 집에 머물러 있어야 하느냐, 청년이 싸르트르에게 찾아와 물었어."

"싸르트르는, 그것은 당신이 선택할 문제라고 말했지."

그가 대답을 하듯이 말하였다. 『실존주의는 휴머니즘이다』(싸르트르)에 씌어 있는 말이었다.

"자네도 읽었어? 그러면 자네도 그 말에 의지하고 있는 건 아닌지 모르겠군! 좌우간 싸르트르는 어느 쪽이라도 좋다고 했어. 나라를 택하든 노모를 택하든 자신이 선택할 일이지만 그에 따르는 책임도 자신이 져야 한다는 것이지. ……난 어머니를 택하기로 한 거야. 조금도 양심적 가책을 받지 않고 그러나 거기서 그쳐주지는 않았어. 이 어두운 땅속에서 묵살된 인간이 되어야 하고 매장된 인간이 되어야 했어."

경훈은 후 숨을 내 쉬며 그를 바라다보다가 말을 이었다. 처음부터 그랬지만, 아주 작은 소리로 말하였다. 간간히 그 환기창으로 동정을 살피기도 하였다.

"난 싸르트르를 저주하고 자네를 미워하지만 이해할 수는 있어. 내가 이런 말을 부탁할 자격이 있을 지 모르지만…… 자기 자신에게 비겁하지 않고 떳떳한 길을 가 주기 바라……. 서로 자기의 길을 가는 거야. 난 수영의 행동을 부러워 하긴 하지만 지금의 어머니를 두고 전장으로 갈 수는 없어. 꽁생원! 부탁이야. 더 이상 아무 것도 내게 물어보지 말고 내버려 둬 줘……"

그는 아무 대답 없이 경훈의 굴속을 나왔다. 거기서 무슨 답을 찾은 것 같기도 하고 더욱 미궁 속으로 빠진 것 같기도 했다. 어떻든 그는 더 확실한 답을 찾기 위해서이기라도 한 듯이 연을 찾아갔다. 연과 결별을 하기 위해서였는지 모른다. 그러나 거기서 어떻게 되었던가.

4

그는 자신의 무기력함을 저주할 밖에 없었다. 몇 번이나 망설거리다가 열게 된 연의 문, 그리고 그 눅진한 담요가 깔린 방, 거기서 그는 기어이 연의 그 '놀다가세요'의 장면을 보고 말았다. 그는 쾅 문을 닫아버렸지만, 그렇게 지워지고 말 장면이 아니었다. 스크린의 화면처럼 연의 나신이 마구 돌아가며 춤을 추고 있었다. 그는 밖으로 뛰쳐나와 멍하니 서 있었다. 화면이 계속 춤을 추고 모든 신념들이 곤두박질쳤다.

사실 그가 전혀 예상하지 못한 것은 아니었다. 연이 어떻게 사는지 하는 것을 모르고 있지는 않았다는 얘기이다. 그녀가 그렇게 살고 있는지를 이미 알고 있는 것이고 그렇다면 그렇게 놀랄 일고 아니지 않느냐는 얘기이다. 상상하던 것을 현실로 목격한 것 뿐이었다. 좌우간 그러나 너무나 허망하고 실망스런 장면 앞에 그는 할 말을 잃고 말았다.

판자문 앞에서 멍하니 서 있다가 터덜 터덜 걸었다.

"놀다 가세요"

"놀다 가세요. 끝내주는 여자 있어요."

소년 펨푸들이 길을 막았다.

좁고 깊은 골목을 얼마나 빠져 나왔을까.

길 모퉁이에 허름한 술집이 있었다.

그는 너불너불한 포장을 잿히고 들어갔다.

그런데 아! 분명 석선생이 거기 앉아 있었다. 석선생이 술잔을 앞에 놓고 멍하니 앉아 있는 것이 아닌가.

"선생님!"

그는 소리를 지르며 석선생 앞으로 가서 섰다.

석선생은 다시 들려고 하던 잔을 내려 놓으며 술을 같이 하자고 한다. 어떻게 왔느냐 어떻게 된 거냐 묻지도 않는다.

"앉게."

석선생은 앉으라고 하며 빈 사발을 그의 앞에 끌어다 놓는다.

그는 손으로 잔을 덮으면서 고개를 저어 거절하였다.

"왜?"

석선생은 주전자를 비딱하게 쳐들고는 묻는다.

"하고 싶지 않습니다."

그는 감정을 억제하며 목소리를 낮추어서 말하였다.

석선생은 슬픈 낯빛으로 주전자를 내려 놓는다.

그러는 석선생이 갑자기 측은해 보이는 것이었다. 그리고 기억이 옛날로 줄달음질쳤다. 밤을 세워 공동묘지를 걷던 일, 땀을 찰찰 흘리며 질문에 답하여 주던 시간들, 그리고 같이 밤참을 해먹으며 같은 반 학생들의 시험답안지를 채점하고 통신부를 대필해 주던 일들이 떠올랐다. 연도 함께였다. 그와 연의 것은 그들에게 맡기지 않았었다. 두 사람은 늘 동점이었으므로 석선생이 처리하지 않으면 안 되었다. 한참을 붙들고 있던 석선생은 연에게 1등을 많이 주었다. 그 연이 뭇 남성과 살덩이를 부벼대고 있는 순간 순간을 상상하면 석선생이 마귀같이만 여겨지다가도 그 흘러가 버린 시간들이 아쉬웠다.

석선생이 자작하는 주전자를 그가 받아들고 따랐다.

"좌우간 얘긴 간단하네. 모든 게 다 망가지고 말았어. 눈을 다 버리고 폐를 다 버리고 위도 다 버리고…… 나를 중독자라고 하는데 알고 보면 피차가 중독자야. 재물욕, 학구욕, 생명욕…… 모두들 중독되어 있지. 다만 나는 욕심 없는 중독자일 뿐이야."

그에게 하는 소리 같았다. 술김에 말이다. 석선생의 얘기는 그에게 면박을 주는 대신 깊은 생각을 하게 하였다.

그 자신도 중독자인가. 학문에 대한, 지위나 명예에 대한…… 그는 고개를 흔들다가 멈추었다. 그는 무슨 지푸라기를 잡고서라도 물에 빠질 수는 없었다. 전사할 수는 없었다. 그저 제 일 단계는 살아야 하는 것이었다. 그런 것이 생명욕인가. 그리고 중독인가. 학구욕도 중독인가. 중독자가 보면 모든 것이 중독이 아닐까. 아니 그것은 중독이라기보다는 하나의 욕망이며 꿈이 아닌가. 희망이 아닌가. 그는 알콜 중독자 아편 중독자 석선생에게서라도 자신의 삶의 논리를 찾고자 하였던 것이다.

그런데 석선생은 또 말하였다.

"그 욕망이란 것을 버리면 참 간단한 삶이 되네. 얘기를 들어보겠나?"

"그 얘기는 지난번에 하셨지요."

석선생은 술을 또 한 사발을 들이킨다.

지난 번에 시간을 빼어 버리는 얘기를 하였었다. 그 얘기가 그 얘기였다.

"이군! 쇼펜 하우엘은 역시 인간을 잘 봤어. 왜 풍덩 물에라도 빠져 죽지 않고 세상이 싫다 싫다고만 하였는가. 모순되고 자가당착인 것 같지만 알고 보면 제맘대로 죽어지지도 않는 거야. 마음대로 안 되는 게 인생이야."

또 그동안 한 얘기를 뒤집어버리기도 하였다.

"그러나 아예 내 말을 술주정뱅이 아편중독자의 허튼 소리로만 들어야 하네. 알겠나? 체념처럼 무서운 건 없으니까. 인생은 논리가 아니야. 그 모순 투성이 인간과 죽도록 싸우는 자체가 인생이니까……"
 석선생의 이야기는 종잡을 수가 없었다. 술이 취한 것인가.
 죽으려 해도 죽지 못한다는 것은 석선생의 현실인가. 다른 모든 사람들의 현실인가.
 그날 저녁 그는 석선생의 손목에 잡히어 그 지옥 같은 방으로 다시 따라 들어갔다. 그는 술에 취한 석선생을 뿌리치고 달아나려 하였지만 손목이 풀리지 않았다. 석선생은 비틀비틀하면서도 연방 이군! 이군! 불러대며 그가 생각하는 길과는 전혀 다른 방향으로 돌아서 연의 판자문을 열었다.
 연은 그 눅진한 담요 위에 누운 채 눈인사로 그들을 맞아주었다. 석선생은 들어서자 마자 연의 핸드백을 열고는 마구 뒤지기 시작하였다. 정신없이 핸드백 속의 물건들을 끄집어 내놓던 석선생은 누어있는 연을 보고 따지었다. 연은 사죄하듯이 말하였다.
 "피곤해서 나가지 못했어요. 하루 저녁만 참으세요."
 그러자 석선생은 연을 마구 잡아 일으키며 안 된다고 하였다.
 연은 알몸이었다. 석선생은 아랑곳하지 않고 연을 일으켜 세우며 말한다.
 "아니 무슨 소리를 하는 거야?"
 "오늘만 참아보세요. 부탁이에요."
 연은 담요를 끌어당겨 몸을 덮으며 애원쪼로 말하였다. 그러나 석선생은 막무가내였다. 다시 연을 잡아 일으켰다.
 "안 돼. 정말 이럴꺼야?"
 "알았어요."
 연은 알몸에 겉옷을 주섬주섬 주어 걸치고는 밖으로 나간다.
 순간 그는 괴력을 발휘하였다. 끓어오르는 분노를 더는 참을 수가 없었다. 그는 마구 방 안을 두리번거리다가 석선생의 손목을 잡아끌고 밖으로 나왔다. 조금 전 손목이 잡혀 올 때와는 정반대의 배역이 되었다.

"연! 연! 연이씨!"

큰 소리로 연을 불러대며 내려갔지만 연이 되돌아오지는 않았다. 그리고 연을 만나려는 것도 아니었다. 다만 약을 사올 필요가 없다는 것을 말하려고 한 것이었다.

그는 그 길로 밤길을 얼마나 헤매었는지 몰랐다. 따라오지 못하는 아니 끌려오지 않으려고 발버둥치는 석선생을 짐짝처럼 함부로 다루며 파출소로 경찰서로 병원으로 그리고 거기서 보낸 수용소로 얼마를 끌고 다니다가 유기遺棄하였다. 라기보다 그렇게 석선생을 연과 분리시키었다.

연을 위하여서였다. 연이 그렇게 희생되어서는 안 되었다. 그는 이 상황에서 벗어나고 싶었지만 그에 앞서 그냥 이대로 모든 것을 포기할 수는 없었다. 연을 그냥 방임하고 있을 수는 없었던 것이다.

하지만 그것은 동시에 석선생을 위하여서였던 것이다. 석선생의 욕망이 없는 과거의 생도 중요하겠지만 이대로 중독의 고리를 끊지 않으면 완전히 폐인이 되고 현재의 삶이 없어지는 것이다. 현재의 삶이 없이는 과거의 삶도 미래의 삶도 존재할 수 없는 것이었다.

적어도 결단코 말하지만 그 자신을 위한 것은 아니었다. 세 사람의 관계에서 자신이 더 유리한 입지를 가지기 위해서는 절대 아니었다.

그러나 과연 그런 것인가. 마구 발버둥치는 석선생을 격리 수용하고 돌아와 연을 끌어안고 뒹굴면서 다시 생각해 보았다. 그는 진정으로 연과 석선생을 위한 행동을 한 것인가. 자신의 욕망 때문은 아닌가. 석선생을 질투하는 것은 아닌가.

자신의 욕망을 채우기 위해서 한 패륜은 아닌가. 그는 연을 사랑하는가. 연의 어떤 무엇을 사랑하는가. 연의 과거를 사랑하는 것인가. 연의 현재를 사랑하는 것인가. 그녀의 육체를 사랑하는 것인가. 사랑? 아니 사랑이란 도대체 무엇인가.

너무나 갑작스럽고 난데없는 도깨비 논리를 펴는 것 같고 도무지 뭐가 뭔지 알 수가 없는 채 그 자신이 무척 미워지는 것이었다.

그는 연에게로 돌아와 그녀를 끌어안고 애무하였다. 마치 그것을 위하여 석선생을 격리시키기라도 한 듯이. 그러나 연은 가만히 아무 행동도 취하지 않고 그만 혼자 열을 올리고 있었다. 연은 반듯이 누어서 운명처럼 그를 맞고 있었다.

그는 얼마 뒤에야 그것을 발견하고 뒤로 벌렁 누어버렸다.

연에게서 석선생을 격리시키고 그 2층에서 기거하지 않게 함으로써 연을 구출시켜 준 것이다. 그러나 그는 오히려 더 깊은 함정 속으로 빠져들어 가게 되었다. 그는 성의 첫 경험에 대한 감회에 젖기 전에 그런 비분에 휩싸이고 있었다. 연의 무감각과 음산한 침울이 있을 뿐이었다.

연은 가만히 감고 있던 눈을 뜨며 말하였다.

"선생님은 참 좋은 분이었어요. 너무 좋은 분이었지요. 참 하늘과 같은 분을 제 욕심으로 끌어내렸지요. 천상에서 지상으로. 그러나 그것은 저의 생각일 뿐 선생님은 그러지 않으셨어요. 그랬는데…… 참 술과 그 약에만은 무참한 노예가 되고 말았어요……"

연은 석선생에 대한 애수를 늘어놓고 있었다. 그리고 석선생은 한 가지만은 지키었다는 사실을 말해주는 것이었다.

그것이 무엇인가. 낯이 뜨거워졌다. 정말 의외였다. 그것은 선생님에 대한 희망이었다.

혼자 얘기하던 연은 그저 그러고 있지만은 않았다.

"면횔 한번 가요."

연은 그를 축축한 눈으로 바라본다.

"글쎄요……"

그는 그런다고도 안 그런다고도 대답을 하지 못했다. 그러나 그가 그러고 있을 수만은 없었다.

"좀 참으세요. 마음이 아프긴 하지만 모두의 파멸을 보고 있을 수는 없는 거지요. 제 마음도 찢어질 것 같습니다."

그가 잘라서 말하였다.

"판결을 내리는 것 같군요."

연은 다시 그에게 비소를 흘려 보내는 것이었다. 질시와 냉소가 섞여 있었다.

"마음이 아프지만 기다리세요. 그렇게 오래 걸리지 않을지도 몰라요."

그는 그런 연을 격렬히 끌어안으며 말하였다.

"정말 그럴까요?"

"저를 믿으세요."

"그럴까요?"

그렇게 하여 혈거穴居가 시작되었다. 암혈暗穴 속의 한도 끝도 없는 동굴이었다. 바닥 없는 함정이었다.

과라국果羅國으로 가는 도중에 어두운 길이 있다. 암혈도暗穴道이다. 그는 밝은 길을 두고 중죄인들이 가는 그 어두운 길을 자청해서 걸었다. 속세를 떠나 깊은 산 속 바위굴 속에서 도를 닦는 암혈거사岩穴居士와는 정반대형이었다.

자신의 죄값에 대하여 스스로 유배를 시킨 것인지도 모른다. 그러나 그런 논리가 있었던 것도 아니었다. 아무런 논리가 없었다. 그저 물에 빠지듯이 연에게 빠진 것이었다. 인생은 논리가 아니라고 한 석선생의 말이 맞는지도 모른다. 좌우간 무엇인지도 모르는 길을 그는 열을 내어 치닫고 있었던 것이다.

그는 연의 육체의 노예가 되었던 것이다. 그는 연을 독점이라도 한 듯이 그의 욕구대로 끌고 갔다. 현재인지 과거인지 미래인지도 모르는 시간 속으로 빠져들어 간 것이다.

왜 그랬는지 모른다. 그가 뭐 때문에 멀쩡하게 빠져들어 가고 있었

좌절의 시대 · 755

는지 알 수가 없었다. 도저히 설명할 수가 없는 일이었다. 연에게는 이해가 될지 모르지만 석선생이나 수영이나 경훈이나 가장 그를 잘 아는 사람들이 그의 길을 이해할 것 같지가 않았다. 그의 부모는 어떨까. 아마 기절을 할지도 모른다. 그래도 그의 생각을 조금이라도 이해할 수 있는 사람이 있다면 경훈일 것 같다. 땅굴 속에서 이 난세를 피하여 살고 있는 논리로 말이다. 노모를 위한다는 명분을 가지고-그것을 구실로 삼는 것이 아니고-말이다. 그런데 그는 누구를 위하여서인가. 부모를 위하여서인가. 연을 위하여서인가. 석선생을 위하여서인가. 그 자신을 위하여서인가.

그러나 그것은 생각이고 논리이고 그런 것과는 관계가 없이 연과 밤낮을 같이 보내고 있었다. 며칠을 연을 끌어안고 애무를 하다가 그는 현실을 인지하게 되었다. 연을 이대로 여기에 머물게 할 수 있는가. 그러면 어떻게 해야 되는가.

차근차근히 생각을 해 보았다. 우선 최소한도의 생활을 할 수 있어야 하고 그 다음으로 연을 밝은 지역으로 나오게 하는 것이었다. 문제는 두 가지 다 경제적인 것이었다. 돈 문제였다.

그것이 쉬운 일은 아니었다. 오늘의 연과 그의 위치가 형성된 것도 결국 그것 때문이었다. 지금 이렇게 전혀 다른 처지-시혜자와 수혜자-로 만나게 된 것도 그랬다. 그도 결코 사정이 넉넉한 편은 못 되었다. 그 반대였다. 어머니는 동네 품을 다 팔았고 아버지는 허리가 구부정하게 굳어지도록 땅만 파고 있는 소농小農이었다. 이날 이때까지 막걸리 한 사발을 가슴 펴고 마시지 못한 농군이다. 그러나 그가 학문을 하겠다고 하고 있는 것은 그 아버지라는 지주支柱 때문에 가능한 것이었다.

연은 그러지 못하기 때문에 돈을 위해 생명을 바수고 있는 것이다. 그리고 지금 연을 구출하는 것도 그의 마음만 가지고 되는 것이 아니고 경제적인 사정이 따라야 하는 것이었다. 그것이 현실임을 인지하기에 여러 날이 걸린 것이다.
 아무런 계산이 없었던 것이다. 아무런 계획이 없었던 것이다. 그는 가장 쉬운 방법으로 같이 하숙을 하자고 했다. 현재 그의 하숙에는 수영이 입영한 뒤에 혼자 있는 것이고 당장이라도 들어가면 되는 것이었다. 주위 사람들에게 설명이야 필요하겠지만 그것이 그렇게 어려운 일은 아니었다. 좀 싱거운 학생이 되면 되는 것이다.
 "그렇게 하시지요."
 그는 그것으로 모든 문제가 해결된 듯이 선뜻 말하였다.
 그러나 연은 고개를 흔들었다.
 "왜지요?"
 "언제까지 그것이 가능하지요?"
 "되는 데까지 해보는 거지요 뭐."
 사실 자신은 없었다. 아버지의 송금에 의지하고 있는 그로서는 실질적으로 계산이 서지는 않는 일이었다.
 연은 그것을 다 내다보고 있었다. 곧 벽에 부딪친다는 것을 알고 있는 것이다.
 "그럴 필요 없어요."
 "그럼 어떡하게요?"
 "어떡하긴요. 그냥 있으면 되지요."
 "그렇게는 안 돼요."
 그러자 연은 눈을 감는다.
 그는 연을 움직일 수가 없었다. 그녀를 끌어안고 뒹굴 수는 있었지만 웃음을 머금게 할 수는 없었던 것처럼 그녀의 마음을 움직일 수는 없었다.
 "그냥 있겠어요."
 연은 눈을 감은 채 말하였다.
 아무리 얘기해도 소용없었다. 하는 수 없이 그는 우선 절충을 하기로 하였다. 그와만 있자고 하였다. 참으로 표현하기가 어려워 말로는 할 수가 없어 그냥 쉬라고 하였다.
 "그래요. 당분간 쉬겠어요."
 그녀는 얼른 말을 알아듣고 순순히 그의 제의를 받아들였다.
 "그러나 미스터 리는 이러고 있어서는 안 되지요. 가서 책을 보셔야지요."
 연은 그러며 그의 볼에 그녀의 입술을 맞추는 것이었다.
 "제가 가고 싶을 때 갈게요."
 그는 연의 마음을 이해하며 어스러지라고 그녀의 전신을 끌어안았다. 그런 그에게 연은 참으로 이상한 물음을 던지었다.
 "저를 사랑하세요?"
 다시 도깨비가 나타난 것이다.
 "사랑이요? 사랑이 뭐지요?"
 "말을 돌리지 마세요."
 "그게 아닌데요."
 그는 사실을 얘기하고 있었다. 사랑이 무엇인지 그가 정말 연을 사랑하고 있는 것인지 알 수가 없었던 것이다. 사랑을 하고 있는지 동정을 하고 있는지 육체의 노예가 되어 있는지 알 수가 없었던 것이다. 어딘가 가시가 있는 물음 같기도 하였다. 그는 뜻하지 않은 물음에 갑자기 대답할 수가 없었다. 사랑하지 않는다고 할 수도 사랑한다고 할 수도 없었다. 갑자기 사랑이란 말이 어려워졌다.
 사랑은 오래 참고 사랑은 온유하며 투기하는 자가 되지 아니하며 무례히 행치 아니하며 교만하지 아니하며 자기의 유익을 구치 아니하며 성내지 아니하며 악한 것을 생각지 아니하며 불의를 기뻐하지 아니하며 진리와 함께 기뻐하고 모든 것을 참으며 모든 것을 믿으며 모든 것을 바라며 모든 것을 견디느니라. 그런 성경 구절(고린도 전서 13장 4~7절)이 떠오르고 친구들 결혼식의 주례사들이 떠올랐다. 검은 머리

파뿌리가 되도록…… 그는 스스로에게 물어보았다. 그녀를 위하여 모든 것을 참으며 모든 것을 믿으며 모든 것을 바라며 모든 것을 견딜 수 있는가. 그에게 그와 같은 애정이 준비되어 있는가. 아니 그녀의 말마따나 말을 돌리지 말고 사랑하는가 말이다.

그 자신 얼마나 연을 아쉬워했던가. 밤마다 꿈마다 그녀를 그리워했다. 그것을 사랑이라고 해야 할지 동경이라고 해야 할지 확실치는 않았지만 수없는 나날을 그를 떠난 연으로 하여 가슴이 텅 비어 있었다. 그것이 사랑이 아니고 무엇인가. 사랑이었다. 그는 연을 사랑하고 있는 것이다. 지금 모든 것을 다 버리고 그녀를 사랑하고 있는 것이다.

그는 그렇게 말하였다. 표현이 잘 안 되는 대로 얼마를 머뭇거리다가 사랑한다고 말하였다.

"진정이세요?"

"그래요. 왜 자꾸 그것을 따지지요? 믿어지지 않으세요?"

연은 그를 울음을 터뜨릴 듯한 슬픈 시선으로 바라보다가 차악 눈을 깔아버리며 말한다.

"진정 절 사랑하신다면 저를 잊어주세요."

규헌은 어처구니가 없었다. 번번이 받아 오는 야유 같기도 했다. 그는 인내심을 가지고 참았다. 어린 시절처럼 지는 것이 아니고 참는 것이다. 견디는 것이다. 그는 연의 그런 몸부림을 이해할 수가 있었다. 그렇게 이겨보려는 연의 발돋음을 상상하여 보았다. 어쩌면 그것이 가장이 아니고 그녀의 진심인지 모른다. 시간이 흐를 수록 두 사람이 너무 먼 위치에 있음을 실감하고 있는 것이었다. 그는 그런 연을 끌어안고 흑흑 같이 느껴 울었다.

그의 넉넉지 않은 용돈으로 며칠 동안 연과 식당 음식을 사먹으면서 우선 그냥 그대로 있기로 하였다. 절충을 한 것이다. 얼마를 버틸지 모르지만 그의 하숙으로 같이 들어가지 않는 대신 그가 이쪽으로 와서 같이 있기로 한 것이다. 그리고 출근을 하듯이 아침에 왔다가 저녁에는 돌아가기로 하였다. 연이 그렇게 하지 않으면 안 된다고 하였다. 그를 위하여 그래야 된다고 하였다. 그녀 자신을 위하여도 그래야 된다고 하였다.

그것은 옳은 제안이었다. 뭐가 어쨌든 간에 24시간 줄곧 얼굴만 쳐다보고 있어 가지고 어쩌겠다는 것인가. 그가 할 일은 해야 되는 것이었다. 그런 길을 연이 열어주는 것이었다. 그래야 그녀의 마음이 편한 것이었다.

그렇게 하였다. 잘 자라고 문을 꼭꼭 닫아주고 가고 일찍 자라고 하였다. 그리고 가서 책을 보았다. 잘 읽히지는 않았지만 밤을 새우기도 하였다. 그리고 다시 연에게로 와서 자고 있는 연을 깨워가지고 아침을 같이 사먹고 차를 마시고 같이 잤다. 포옹을 하고 누워서는 잠이 들기도 하였다.

마구 남성이 발동하여 연의 전신을 애무하다가 끓어 넘치는 욕정을 마구 쏟기도 하였다. 그러나 그것은 응하지 않았다. 그녀 자신 욕정을 가누지 못하고 몸부림을 치고 안간힘을 쓰면서도 그 선을 생명처럼 고수하였다. 모든 부분을 그가 하는 대로 다 내 맡기면서도 한 번도 그것은 허락하지 않았다.

"그러지 말고 그냥 해요."

"왜지요?"

"그러고 싶어요."

그녀는 말은 그렇게 하였지만 아무리 사정을 해도 안 되고 완력을 써도 안 되었다. 열리지 않는 문을 억지로 열 수가 없었다. 연은 마지막 발판처럼 더는 손상되어서는 안 되는 명예심처럼 그것을 지키려고 하였다.

그는 그녀의 자존심을 지켜주었다. 말할 수 없이 고통스럽기도 하고 곤혹스럽기도 하였지만 그것을 참고 견디는 것을 사랑이라고 생각했다. 그러나 그가 참을 수 있었던 것은 그런 이유만으로가 아니었다. 다른 무슨 이유로도 참을 수가 없었을 것이다. 그런데 참으로 의외의 이야기를 듣고는 더 요구를 하지 못하였다.
"선생님도 그랬어요."
"그래요?"
"예."
연은 냉담하게 말하였다. 그리고 확인이라도 하듯이 다시 말하였다.
"예에."
그들 특별한 관계, 선생님과의 관계는 그래야 되지 않느냐는 것이었다.
"그런데 저와도 그래야 하는가요?"
"그래요."
연은 그에게 이기고자 하였던 것이다. 그에게 정복 당하고 싶지 않았던 것이다.
조금 뒤에야 안 일이지만 석선생과의 관계에서는 석선생이 그랬다는 것이다. 선생님도 그랬어요, 연이 그런 것이 아니라 석선생이 그런 것이다. 그 하나만이라도 지키고자 한 것이다. 앞에서 말했지만. 그런데 규헌과의 관계에 있어서는 그녀가 지키겠다는 것이다. 그것이 세 사람과의 인간적인 관계를 지키는 길인지 몰랐다.
"미안해요."
그녀의 말을 들어주고 참아주는 그와 눈이 마주칠 때마다 전라의 야윈 육체를 내맡기며 말하였다.
물론 연의 조건은 허무러뜨리지 않았다. 그리고 언젠가 이런 말도 하였다. 이 전쟁이 끝나고 그가 뜻을 이루고, 모든 상황이 해결된 뒤에야 사랑이든 무슨 관계든 될 수 있는 것이 아니냐고, 사랑의 관계 육체의 관계에 대하여 말하는 연은 그를 리드하고 있었다.
"알았어요."
"고마워요."

그리고 그를 어서 가라고 하였다. 가서 책을 보라고 하였다.

그는 그렇게 밤으로 책을 읽고 아침이면 연에게로 왔다. 석선생에 대해서 말할 수 없는 측은함과 가책을 느끼지만 그러나 서로를 위하여 어쩔 수 없었음을 인정하였다. 결코 연과 사랑의 도피를 위한 처사가 아니었고 연을 위해서였으며 또 석선생 자신을 위해서였다. 연의 생존을 위해서였고 석선생이 쇼펜 하우엘을 비웃으며 자살하지 않게 하기 위하여 감행한 그의 소신이었다. 그것도 신념이었다. 그래서 꾹 참고 견디며 찾아가서도 만나보는 대신 문제가 생기지 않도록 조처를 하였다. 인간적인 부탁을 하는 것이었다. 특별배려를 부탁하는 것이 아니라 최소한도의 현상유지를 부탁하였다. 그가 주머니를 털고 연이 미인계를 썼다.

그런데 그런 논리나 명분이 문제가 아니고 현실이 문제이고 실천하는 것이 문제였다. 하숙비를 제하고 난 용돈이 그렇게 여유가 없었다. 그러나 더 큰 문제는 연의 태도였다.

연은 여전히 그런 생활을 벗어나려고 하지 않고 있었다. 그를 이기고 그의 호의를 거부하겠다는 것인지 보아라는 듯이 몸을 팔고 있는 것이었다. 석선생과 그에게 지킨 정조를 몇 푼도 안 되는 돈을 받고 파는 것이었다.

연은 그를 이기고 싶어서 석선생을 독점하게 된 것이다. 석선생, 참 그 때 그들 모두의 우상을 쓰러뜨린 것이다. 연은 그토록 그를 이기고 싶었던 것이고 지금도 한 발짝도 그에게 지려고하지 않았다. 그녀가 석선생을 잃어서는 안 되는 이유도 그런 것이었다. 알코올 중독에 아편 중독에 염세주의에 빠져 있는 화석과 같은 존재지만 석선생은 그녀를 지켜주는 우상이었다. 그리고 그것이 무덤 속의 삶과 같은 그녀의 자세였던 것이다.

그것이 연의 생리라면 그것을 최대한 살려 주는 것이 그녀를 위하는 길일 것이다. 그렇다면 자신은 여기서 물러나는 것이 연을 위하는 길이라는 얘기가 된다. 그것은 또 어느 정도의 계산이 머리 속 한 구석에 진행되고 있었기 때문인지 몰랐다. 시골 촌뜨기 꽁생원의 옹졸하고 궁색한 의식이 작용을 하고 있었던 것이 아닌가. 책을 읽고 고시에 대비하는 시간 투입이라든지 씀씀이도 적지 않았다.

그러나 그는 고개를 젓고 있었다. 그래서는 안 된다고 생각하였다. 연을 위한 길을 생각해 보았다. 그러나 그날도 밤늦도록 연과 함께 있으면서 결론을 내리지 말자는 결론만 내리고 일어섰다.

연은 속옷도 제대로 챙겨 입지 않은 채 외투를 걸치고 한참을 걸어 나와 배웅을 해주었다.

헤어질 때 연이 말하였다.

"전 미스터 리의 동정을 바라고 싶지는 않아요. 아시겠어요?"

"동정이요?"

그는 그렇게 되묻고만 있었다.

정말 그는 연에게 애정을 느끼고 있지 않는지도 모른다. 의무감만 있는지도 모른다. 그렇지만 그것은 동정이라고만 할 수도 없는 것이다. 굳이 말하자면 애정과 동정이 합친 것이다. 그렇게 말하려고 하였다. 그러는데 또 연이 앞질러 말한다.

"저를 진정 사랑하신다면 저를 찾지 마세요. 더 이상 찾아온다면 절 괴롭히기 위해서나 그냥 여자 집엘 오시는 걸로 알겠어요. 그러면 제가 다 응할게요."

그는 더욱 어떻게 할 바를 몰랐다. 한 마디도 못하고 연의 그 슬픈 눈빛만 파보았다. 연도 그의 시선을 피하지 않으며 다가선다. 그리고 그의 입술로 그녀의 입술을 가져온다. 그는 얼른 연에게 열렬한 키스를 퍼부었다. 그녀의 외투 단추를 풀고 알몸의 연을 으스러지도록 끌어안았다. 그런 몸짓으로 모든 것을 말하려는 듯이. 연은 피하지 않고 그에게 매달려 몸을 하들 하들 떨며 올려다본다. 밤 공기가 차가왔다.

"안녕!"

서로 어색하게 몸을 풀고 나서 연은 외투의 단추를 끼우며 가냘프게 웃어 보인다. 그리고 언제나처럼 눈을 아래로 깔아버린다. 그리고는 고개 하나 까딱하지 않고 돌아선다. 이별의 선물인 것이었다. 규헌은 다시 접했던 연의 체온에서 그녀의 마력적인 호감을 어느 때보다 뼈저리게 느끼었다. 촌뜨기인 그에 비하여 너무나 세련되어 있었다. 진흙 속의 한 떨기 꽃이었다. 연꽃이었다.
 그녀는 진흙 속으로 흙탕물 속으로 걸어 들어가고 있었다.
 "연이! 연!"
 그는 얼이 빠진 채 비명처럼 그녀를 불렀다.
 연은 돌아보지도 않았다.
 "연!"
 역시 연은 묵묵히 걷는다. 연의 자세였다. 참 몇 번이고 절감하는 확인하는 연의 자세였다.
 그는 너무 무기력하고 이기적이고 그리고 누구보다 자신을 위한 행동만 해온 것 같다.
 그러나 그는 생각뿐이고 말뿐이고 행동으로 옮기지는 못하였다. 어떻게 해야 할지를 몰랐던 것이다. 아무 결론을 내리지 못하였던 것이다. 행동, 행동의 결과, 그 결과의 의미와 가치…… 모르겠다. 일단 그 정도로 해두고 싶기도 했다. 다만 한 가지 확실한 기억이나 느낌이 있다면 연의 감미로운 체온뿐이었다. 그는 고개를 젓다가 자신도 연을 조금 이겨보고 싶은 생각이 들었다.
 하숙에까지 와서도 그는 그녀에 대응할 방안을 찾지 못하였다. 그처럼 자기 자세를 지키려는 연을 이긴다는 것은 그녀를 위하는 방법이 아닌 것도 같았다.
 어떻게 할까. 어떻게 하느냐.
 책이 읽혀지지 않았고 책을 읽으려고 하는 욕구, 그 의도와 결과가 또 자꾸만 되짚어지는 것이었다. 도대체 그것이 무엇이냐. 그것이 사랑보다 죽음보다 가치 있는 것이냐. 인간보다 의미 있는 것이냐.

그는 읽지 않겠다던 신문을 다시 들춰보았다.

사망자만 54명

그는 아연하였다. 이렇게 피해를 선명하게 밝힌 기사는 읽어보질 못했기 때문이다. 그는 신문날짜를 보았다. 어제 것이었다. 그리고 오늘 것과 내일 날짜의 신문도 인쇄잉크 냄새를 풍기고 있었다.

신문 대금을 끊어주고 그만 넣어달라고 하였는데…… 배달하는 아이가 빈들빈들 웃으면서 가더니만 계속해 넣는 모양이다. 그는 다시 어제 것을 보았다.

포로 교환 협정 조인
판문점회담 급속도로 진전
조인후 10일내로 포로교환

격전, 인명 피해의 결과인가. 그동안 피비린내 나는 싸움을 계속하면서도 회담은 회담대로 하고 있었던 것이다. 참으로 다행한 일이라고 생각되었다. 그러나 제목만 그렇지 기사의 내용을 읽어 내려가면서 아직도 많은 단계가 남아 있음을 느끼게 되었다. 한 단계를 넘은 것이다. 좌우간 오랜만에 반가운 기사였다. 빨리 휴전이 되었으면 싶었다. 수영이 돌아오고 경훈이 땅굴 속에서 나오고 하여 전과 같이 열띤 토론을 벌이며 고시도 같이 치고 했으면 좋겠다.

그런 생각을 하며 신문을 뒤적거리다가 또 하나의 기사에 빨려 들어가고 있었다. 폭풍 피해 기사였다. 그것도 우연하게 54명 사망이었다. 국회 상공분과위원회 집계에 의하면 지난 3월 5일부터 4일 동안 포항, 구룡포, 대포, 양포, 청하, 송라, 감포, 한구 등지의 피해상황 가운데 인명피해가 54명이라는 것이었다. 그는 아비규환과 같은 농민 어민들의 죽음의 비명을 떠올려보았다. 격전지가 연상되었다. 마구 살점이 찢기고 선혈이 솟구치고 무수히 넘어지고 짓밟히고 쓰러지는 생명 생명들…… 그런 전장이 아니라도 사람들은 몰사죽음을 하고 있었다.

한 날 신문에 전쟁과 폭풍의 인명 피해가 우연히 54명씩 보도되고 있는 것을 접하면서 그 두 군데 비극의 충격이 2배 3배로 증폭되었다가 술에 물을 탄 듯, 아니 피에 물을 탄 듯 감정이 희석되는 것 같기도 했다. 생과 사의 갈림길은 사실 우연한 불행과 또 우연한 행운인 것이다. 54명, 그 하나 하나가 누구보다도 생에의 의욕 삶에의 애착이 강한 사람들일 것이다.

그는 신문을 접어서 밀쳐버리고 책상에 바싹 다가앉았다. 수건으로 머리를 싸매었다. 그의 자세는 이기적이고 자신 위주인 것만 같다. 늘 자신의 생명, 자신의 삶이 전재된 결론이 되고 있었던 것 같다. 연에 대해서도 그런 것 같다. 연의 문제도 그에게 있어서는 전쟁만큼이나 중대하고 피할 수없는 상황이지만 결론은 언제나 그의 입장에서 내리었다. 아니 결론을 내리지 못하고 있었다.

그는 다시 연의 생각을 하였다. 그녀의 웃음 체온 그리고 야윈 나신 裸身, 헤어질 때의 모습이 떠오른다.

그는 펜을 들고 아버지에게 편지를 썼다. 송금을 요구하는 내용이었다. 연을 밝은 지역으로 데리고 나와 함께 있기 위해서는 돈이 필요하였고 그것을 그의 아버지에게 부탁할 수밖에 없었다.

그는 그러나 솔직히 말할 수는 없었다. 책값 하숙비만 가지고는 안 되고 등록금을 보내라고 하여야 되었다. 가을 추수 때도 아니고 지금 그의 집 경제로서는 융통되기가 어려운 금원이었다. 그만한 액수를 갑자기 보내주기 위해서는 아버지는 땅을 파는 외에 별 도리가 없을지 모른다. 그런 사정을 잘 아는 그로서는 낯이 뜨겁고 가슴이 아팠다.

더욱 가슴이 아픈 것은 사실대로 얘기할 수가 없는 것이었다. 아버지가 돈을 청구하는 속사정을 다 안다면 송금이 문제가 아니고 노발대발할 것이다. 아니 기절을 하여 쓰러질 것이다. 물론 그래서도 얘기할 수가 없었지만 그는 부모에 대해서 그렇게 가책을 느끼지는 않고 있었다. 자신을 속이지 않는 행위이기 때문이다. 자신의 일을 아버지가 알게 되면, 당장 네 놈은 내 아들이 아니다라고 호령을 하겠지만, 그래서 아버지를 속이지만 그것은 아버지를 위해서인 것이다. 그 자신을 위하는 길은 동시에 아버지를 위하는 길이었던 것이다.

회신이 올 때까지 끈기 있는 자제력으로 연을 찾아가지 않았다. 그 동안의 연이 어떻게 지나고 있는지 궁금하고, 그녀의 체취가 아쉽고, 자신이 비굴한 것 같고…… 하지만 그는 연과의 보다 나은 관계를 위하여 참고 기다렸다. 그동안 석선생을 찾아가 그가 갖고 있는 나머지 용돈을 다 털어 사식私食을 들여놓고 왔다. 그에게 애걸복걸 매달리며 연에게로 보내달라고 하였지만 역시 석선생을 위하여 그리고 모두를 위하여 그냥 두고 왔다.

그동안 전황은 갈수록 치열하여 신문엔 연일 처참한 피비린내 나는 기사가 실렸다. 하루 동안 적 포탄 6,7만 발이 날아와 터지고 공산군의 연대 병력이 속속 내습하였다. 군 당국은 중대사태라고 경고하고 있었고 이승만 대통령은 현상휴전現狀休戰은 20일도 지속이 불가능하다고 하여 필요하면 한국군 단독으로라도 북진을 결행할 것임을 천명하였다. 사태는 계속 위기에 직면하고 있었다. 그런 가운데에서도 각 학교 단체 등에서 출정용사 장행회가 줄을 이었다.

아버지에게서는 여러 날이 되도록 아무런 회신이 없었다. 아버지가 그의 요구를 들어주기 위하여 이리 뛰고 저리 뛰고 하는 광경을 상상하는 것은 괴로웠다. 아버지의 회신을 하지 않는 것으로의 답변을 알고도 남았다. 그와 동시에 연의 생태가 떠오른다. 언제나 야유와 비소에 차 있는 연의 표정, 그러면서 서글픈 비분의 모습, 동정도 애정도 거부하는 연의 야유와 냉소…… 그 모두가 그를 향한 몸짓이었다.

그녀에게 가야 했다.

그러나 연을 그 어두운 골목 그 지옥과 같은 집에서 만난다는 것은 아무 의미가 없다. 어쩌면 만나주지도 않을지 모른다. 그런 상태에서 그녀를 움직일 수도 없는 것이다.

그는 그 며칠 동안 연을 상상하면서 그녀는 자신의 옹졸하고 비겁함을 비웃고 있을지 모른다는 생각이 들었다. 그의 신념의 길을 역시 비웃고 있는지도 모른다. 스스로 생각해도 자신의 자세가 도무지 마음에 들지 않았다. 아무리 자위를 하고 자기 정당화를 하여보아도 비뚤어진 것 같고 결맞지 않는 것 같다. 연일 처절한 전황 뉴스를 접하고 앉아서 책을 읽고 시험 준비를 하고 있는 것도 그렇고, 전쟁이라는 국민의 의무를 그의 목적을 위하여 쾌히 버릴 수가 있었지만 연이라는 상황 속의 인간의 책무를 눈감을 수가 없었다. 그러나 그의 길을 위해서는 연도 버려야 했는지 모른다. 연과는 그저 과거의 꿈만으로 그쳐야 했는지도 모른다. 그런데 그는 연을 버릴 수 없었다기보다 이기고 싶었던 지도 모른다.

역진力盡한 수영자가 부표浮標를 잃고 허덕이는 것이었다. 아무 데도 부표는 없다. 그가 방황하는 동안 떠내려가고만 것이다. 그는 점점 기진해 갈 뿐이다.

그러고도 며칠이 더 지나서야 아버지의 편지가 왔다. 구세주와 같은 편지였다.

이 규헌 압

아버지의 친필이다. 몇 번이나 일러드렸건만 여전히 '압' 이다. 그 꾸불텅꾸불텅한 필체에 아버지의 구부정한 모습이 떠올랐다.

봉투를 뜯었다. 아버지는 짤막한 안부와 함께 얼마의 금액을 동봉하였다. 발송 날짜를 몇 번이나 고쳐 쓴 편지 속에 싸인 것, 그는 눈물을 흘리면서 그것을 펼쳤다.

"죄송합니다. 정말 죄송합니다."

그는 눈을 감고 아버지와 어머니가 있는 남쪽 방향으로 앉아서 합장을 하고 중얼거렸다.

아버지 그리고 어머니를 위하는 길이 무엇인지 그는 잘 안다. 아버지는 그것을 철통같이 믿고 있었다. 그러나 그 아버지가 원하는 길을 가지 못하고 있는 것이다. 그의 길을 가고 있는 것이다. 그것이 부모를 위하는 길이라고 그는 생각하고 있었다.

그는 우체국을 들러서 환금을 하고 연에게로 향하였다. 연의 집을 가는 도중, 시청 앞에서 을지로 네거리 쪽으로 쏟아져나오는 군중의 물결로 하여 모든 찻길이 차단되었다. 버스 승객들은 기다리다 못하여 하차를 하여 웅성거리는 대열 속으로 들어간다.

그는 홀빈한 버스 의자에 걸터앉아서 차창으로 고개를 내밀고 군중의 물결을 바라보았다.

손에 손에 프랑카드와 피켓을 들고 시위를 하고 있었다.

휴전 결사 반대

통일 보장 없는 휴전 반대

메가폰의 소리 목쉰 소리의 구호들을 따라 군중이 불어났다. 시위대는 열도 없이 길을 꽉 메운 채 꼬리가 보이지 않았다.

참다 못해 폭발한 휴전 반대 시민 데모인 것이다.

"굴욕적이고 파괴적인 휴전은 절대 반대한다."

"유엔군은 우리의 자유와 통일을 보장하는 동시에……"

선창자를 따라서 소리소리 외치며 종로 쪽으로 접어든다. 남녀 시민과 학생들의 혼성 대열은 줄잡아 몇 만 명을 넘는 인파였다.

"조국의 통일과 재건이 보장되지 않는 한 어떠한 휴전 제의도 이를 한사코 반대한다."

"결사 반대한다."

그는 기다리다 못해 빈 버스를 내려서 인파를 비집고 충무로 입구 쪽으로 발걸음을 옮겨놓았다. 그는 시위대 옆을 지나며 자신도 모르게 주먹이 불끈불끈 쥐어지는 것이었지만 그 대열 속에 뛰어들지는 않았다. 착잡한 심경이었다. 길이 보이는 것 같기도 했다. 그러나 역시 그는 뒷걸음질쳐 대열을 벗어났다.

남대문에서 남산 쪽으로 꺾이어 올랐다. 다리 어구에서였다. 가죽 점퍼의 중절모가 그를 바라보며 손가락을 까딱까딱하여 오라고 한다. 그가 그냥 지나치려 하자 신분증을 보자고 한다.

그는 뒷주머니에서 패스포드를 꺼내 펼쳐 보였다.

중절모의 옆에서 섰던 스포츠형의 머리를 한 친구가 그의 패스포드를 펼쳐보더니 멸시하는 눈으로 그의 아래위를 훑어본다. 그러자 마주서서 손끝을 까딱거리던 중절모가 턱 채가서 보다가 역시 그런 눈으로 보다가 그에게 던진다.

그는 아무 말 않고 땅에 떨어질 뻔한 패스포드를 받아 넣고서는 걸음을 옮겼다. 자신의 신분이란 무엇이었던가. 학생증과 3대 독자를 증명하는 너덜거리는 종이쪽이었다.

그가 고개를 푹 숙인 채 연의 집 아니 그녀의 방을 찾아갔지만 연은 거기 없었다.

그는 조금만 기다린다고 한 것이 계속 기다리게 되었다. 어둠과 그 퀴퀴한 수면의 냄새가 나는 방에서 연이 돌아오기를 기다리고 있었다. 책 한 권 들고 오지 못했음을 후회하면서 반복해서 읽었던 것들을 암기하여 되새겨보았다. 그는 가끔 불이 없는 열차 칸을 탄다든지 할 때 법전의 조문들을 암기하곤 한다. 그는 상당한 부분을 줄줄 욀 수 있었다.

그러면 그는 책을 읽을 때보다 월등한 암기효과를 거두어 가끔 책을 덮고 외기 시작했다. 그러나 이 방이 음산한 분위기 그리고 오늘 그의 심경으로는 한 줄도 머리를 시험해볼 길이 없었다. 그 대신 그날 처음 발견한 것이지만 우중충한 벽에 그린 엉성항 춘화들을 훑어 보게 되었다. 성적 충동을 느끼기도 했지만 어쩐지 계면쩍고 송구스러운 생각이 드는 것을 어쩌지 못했다. 마치 연의 일기장이라도 꺼내본 것처럼.

통금 시간이 임박하여서 연은 잊지 않고 집을 찾아 들어왔다.

연은 입에서 술냄새를 풍기며 비틀비틀 그에게로 다가와서 한동안 그를 질시하는 것이었다. 왜 또 왔느냐는 듯이. 그것은 아까번 중절모가 그에게 보내던 눈길, 바로 그런 종류의 것이었다.

그는 연이 하는 대로 서서 마주 보고 있었다.

얼마나 그런 순간이 흘렀을까. 연이 팔을 벌려 그를 끌어 안는다. 포옹과 접순, 그리고…….

5

연의 아련한 옛 기억과 유연한 놀림의 육체가 출렁거렸다. 잔잔한 바닷물처럼 밀물하여 왔다. 그는 눈을 감고 응하는 연을 힘껏 마구 끌어안았다. 그리고는 마구 뒹굴면서 그녀의 가슴을 헤치고 거기에 마구 불길 같은 키스를 퍼부었다. 그녀 역시 마구 가쁜 숨을 몰아쉬면서 애무하였다. 그러나 어느 순간 그녀는 자세를 바꾸고 사르르 몸을 뺀다.

그는 더욱 힘껏 연을 껴안고 뒹굴었다.

"호호호호……"

연의 간드러진 웃음소리에 그도 그녀를 안고 있던 팔을 풀었다.

그녀는 일어나 앉으며 다시 한 번 간드러지게 웃고는 참으로 이상한 소리를 하는 것이었다.

"화대를 주셔야지요"

연은 흠칠 놀라는 그의 턱밑에 손을 내민다.

그는 정말 아연하였다. 연의 웃음의 의미를 그제서야 알아차렸다. 그녀가 하던 말이 떠오르고 지금 무엇을 이야기하고 있는지 알 것 같았다.

연은 여전히 웃으며 자신의 내민 손을 거두지 않고 있다.

그는 원망과 애원 그리고 말할 수 없이 착잡한 마음의 시선을 보내다가 속주머니에서 낮에 환금한 것을 그녀의 손에 쥐어주었다.

연은 의외의 금원에 저윽이 놀라며 다시 질시의 눈길을 보낸다.

"이건 너무 많아요. 동정은 싫어요."

연은 돈 봉투를 규헌에게 힘없이 돌려주며 말한다.

"아니예요. 전부 화대인데요."

"뭐라고요?"

그러자 연은 질시의 눈을 더욱 크게 뜨고 그를 훑어보다가 말하였다.

"한 장만 주세요."

그리고는 기다릴 것도 없이 그녀 자신이 지폐 한 장을 빼서 갖는다.

"호호호호……"

그리고 연은 불을 끈다. 부스럭거리며 어둠 속에서 옷을 다 벗어던진다.

그는 봉투를 쥔 채 멍하니 어둠에 갇혀 있었다. 지난 번 헤어질 때 하던 말이 다시 떠오른다. "더 이상 찾아오신다면……"

나녀裸女는 이불을 깔고 쿵 소리를 내고 드러누으며 팔을 벌린다.

"자, 어서 와요. 호호호호……"

그녀의 말도 그랬지만 그 교성에 소름이 끼쳤다. 그런 분위기에서 그는 연을 끌어안을 수가 없었다.

"연!"

그는 조용히 그러나 결연히 말했다.

"연! 저는 연을 사랑합니다."

"호호호호……"

연은 또 간드러지게 웃어대었다.

"사랑한다구요? 호호호호……"

"왜, 그런 표현이 싫으신가요?"

"표현이 문제가 아니고요……"

"그럼 믿어지지 않으시는가요?"

"농담은 그만 하시고 이리로 오세요. 호호호호……"

"농담이 아니고 진정입니다."

"호호호호…… 그러지 마시고 어서 이리 오시라니까요."

"정말 왜 자꾸 이러는 거예요? 전 진정으로 연을 사랑합니다. 연을 사랑하기 때문에……"

"현재의 저를 사랑하시는 거예요? 과거의 저를 사랑하시는 거예요?"

"……"

"과거의 저를 사랑하는군요? 그렇지요?"

규헌은 목이 꽉 막히어 갑자기 말을 할 수가 없었다.

그렇다고 할 수는 없었다. 그러나 그렇지 않다고 할 수도 없었다.

그와 동시에 그는 좀더 뚜렷한 존재가 되어 연의 가슴을 헤쳐야 할 것 같은 생각이 들었다. 그러나 자신의 위치는 무엇이란 말인가.

초라하기만 하였다. 다만 특별한 존재가 되려는 도상에 있다. 그리고 지금 그는 현실도피자인 것이다.

그렇다고 한다면 그의 입지는 연보다 나을 것이 하나도 없지 않은가. 생각이 거기에 미치자 열등의식까지 느껴지는 것이었다.

나녀는 부스럭거리며 일어난다. 발레리나처럼 방안을 휘이 돌며 그의 팔을 잡는다. 알몸의 연이 그의 가슴에 와 닿는다. 현재와 과거와 그리고 그런 의식으로의 연결일까, 아까 본 벽의 춘화가 떠오르며 서글픈 정감들이 안개처럼 걷히고 알싸아하고 향그웃한 연의 체취에 전신이 휘감기고 있었다. 그는 춤을 추기 시작하였다. 연은 그의 옷을 벗기고 그래 서로 알몸이 되었다.

서로는 서로를 껴안고 휘감았다. 그는 아무런 말도 하지 않았다. 다만 그녀의 교성이 쏟아지고 있을 뿐이었다. 호호호호……

그들의 감정의 흐름에는 이미 계산과 이유가 없었다. 사랑이니 진정이니 현재니 과거니 그런 말도 다 필요 없었다. 체온과 느낌으로 행동으로 다 얘기가 되었다. 그는 어느 사이 능동적으로 못 이기는 척하는 연을 이끌고 춤을 추고 있었다. 연은 어쩌면 그런 무언의 행동만을 바랐는지 모른다.

울다가 웃다가 춤을 추다가 뒹굴다가 포옹을 하다가 널부러져 자다가…… 얼마나 어둠 속의 시간이 흘렀을까, 기진맥진한 그에게 연이 말하였다.

"저를 정복하려 하지 말아요."
"알았어요."
"저를 사랑하려 하지 마세요. 아시겠어요?"
"알았어요."

그는 하는 수 없이 그 대답도 하였다.

이튿날 그는 연과 같이 다니며 규헌의 하숙 근처에 방을 하나 얻고 가재 도구를 마련하였다. 연이 살던 집은 그대로 못을 때려 쳐서 빈집을 만들고 환금한 것 중에서 연이 졌다는 빚을 갚았다. 그리고 연의 요구대로 거기에 쪽지를 하나 붙였다. 석선생이 찾아올 경우 연락이 되도록 한 것이다.

연은 이제 그 야유하는 듯한 말들은 하지 않았고 비소를 보내지 않았다. 순순히 그의 말을 들으며 그의 호의를 받아들였다. 저녁엔 작은 냄비에다 연이 밥을 짓고 찌개를 보글보글 끓여 단란한 부부처럼 식사를 하였다. 어둠이 내리면 불을 켜는 대신 서로 빙긋이 미소를 던지는 것을 신호로 하여 이불을 펴고 옷을 벗었다. 그리고 포옹을 하고 접순을 하고 몸이 달아오르면 마구 거친 숨을 몰아쉬며 속살을 부벼대었다.

그런 단순한 행동의 반복은 빠르게 정이 밀착되게 하였다. 그것이 사랑인지 몰랐다. 그러나 그런 말은 하지 않았다.

"그렇게만 해요."

연은 정복하려 하지 말고 사랑하려 하지 말라고 하였듯이 그렇게 애무만 하자고 했다. 다시 그녀의 위치를 지키려 하였겠다.

"그래요."

대답하기는 쉬워도 그렇게 하기는 정말 어려웠다.

"정말이에요."

"알았어요."

그것도 사랑인지 몰랐다.

연은 자신의 제지로 그가 한껏 발산하지 못하는 욕정으로 하여 몸부림을 칠 때면 꺼꾸로 돌아 누어 그의 팽배한 욕구를 여러 방법으로 처리해 주었다. 그리고 몸부림치는 그녀를 그가 또 애무해 주고 위로해 주었다.

"고마워요. 미안해요."

그가 연의 말을 들어준 것이다. 져 준 것이다. 그러나 그것이 그녀를 위하고 그녀만을 위한 요구였을까. 그것은 서로를 위한 고통이며 희망 고문이었다. 전쟁이 끝나고 그가 뜻을 다 이루고 그녀 또한 더 무너지지 않고 일어서게 될 때 그 때에 가서 모든 욕구를 한껏 펼치자는 것이었다. 그 때를 위하여 끓어넘치는 욕구를 억누르겠다는 그녀는 정말 눈물겨웠다. 존경스럽고 성聖스럽기까지 하였다. 성녀聖女였다. 너무나 어른 스런 연에게 그가 알았다고 행동으로 답했다. 그것이 사랑인지 몰랐다.

연이 되살아난 것이다. 생기가 있고 부드러워졌다. 그 사그락거리는 화사한 옷을 벗고 흰 바탕에 하늘색의 물 무늬가 있는 원피스를 입은 연은 참으로 행복해 보였다. 물이 오른 버들강아지 같았다. 사랑이 꽃 핀 나무였다. 한 마디로 너무나 이쁘고 사랑스러웠다. 그는 연의 요구에 따른 인내-그것을 정말 인내라고 해야 될지 모르지만-좌우간 말할 수 없는 고역에 대하여 자위하며 흥건한 사랑을 느끼었다.

꿀맛 같은 그야말로 밀월蜜月의 시간이 흐르고 있었다. 시간 관념도 없어져버렸다. 그러나 그 시간이 그렇게 길지는 않았다. 사랑을 느끼는 순간부터 그 반대쪽의 그림이 떠오르고 예감되기도 했다. 연의 사랑과 연과의 삶은 마치 이상과 현실처럼 언제까지나 일치될 수 없었다. 살얼음을 딛는 듯 불안하고 어떤 시한부의 상황이 째각 째각 다가오고 있는 것 같았다.

잠자던 의식이 깨어난다. 그의 내부에서의 흔들림을 어쩔 수가 없다. 모든 것을 믿으며 모든 것을 바라며 모든 것을 견뎌서 연을 사랑한다고 하자. 그러나 연과의 생활이 그의 모든 것일 수 있는가.

그럴 수는 없다. 그리고 이대로 그저 평범하고 초라한 도피자로는 안 된다. 좀 더 뚜렷한 존재가 되고 모든 면에서 당당한 자리에 서야 될 것이다. 지금은 아무 것도 아니다. 그저 그런 포부와 목표의 도상에 있을 뿐이다. 의지와 욕망만 있고 실체는 아무 것도 없는 허상일 뿐이었다. 이것은 연에게 철저히 지는 것이며 도저히 헤어나올 수 없는 수렁 속으로 빠져들어 가는 것이다.

자꾸 그런 그림자가 따라 붙는 것이었다. 그러나 그것은 그의 생각이고 고뇌일 뿐 말로는 할 수가 없었다. 그런 의식이 일깨워지면 어느 순간 그녀와의 유희로 몰고 가고 거기에 말려 들어갔다.

또 하나의 유희가 있었다. 영화 구경이었다. 영화라는 것이 거의가 애정 드라마였고 그들의 사랑을 대리 연출해 주었다. 그는 무료한 연을 위하여 자주 극장 행각을 하였다. 영화마다 스토리가 비슷비슷하였고 그들과 같은 관계를 다룬 것도 많았다. 대중소설이었다. 그들의 삶을 대중소설로 끌어내리는 것이었다. 서로 사랑하는 사람들이 만나지 못하고 바로 옆에서 길이 어긋나며 서로가 연연하며 그리다가 하나가 죽든가 멀리 떠나든가 동반자살을 하기도 하고 좌우간 하나같이 비극으로 끝이 났다. 그것이 무슨 사랑의 방식이며 생의 공식이나 되는 것처럼. 해피 앤딩으로 끝나는 것도 많았고, 그런 로맨스들은 여운이 없었다.

"명작이라고 이름 붙은 것은 대개 비극으로 끝나고 있어요. 왜 그럴까요?"

연은 그런 말을 하였다. 무슨 예감을 말하는 것인가. 모종의 자기정당화 같기도 하고.

"글쎄 왜 그럴까요?"

그도 그에 대한 답을 내놓을 수가 없었다. 학교 다닐 때 국어 시간, 문학 또는 소설을 얘기하는 시간에 들은 기억들을 되살려 보았다. 석 선생에게 들은 것도 있다.

서로 애타게 그리는 사람들끼리 만나게 되기를 간절히 희망하면서도 막상 그 만남이 이루어지면 퍼지게 된다. 결혼은 연애의 무덤이라고 하였다. 닿으려다 닿으려다 닿지 못하고, 갈등, 서로 엇갈리고 헤어지고 이루지 못하는 사랑, 죽음으로 끝나기도 하고…… 그런 사랑이 오래 여운을 남기고 한다. 그렇게 잘 이루어지지 않는 것이 사랑이며 인생이라는 것을 상징적으로 표현하고 있는 미학 말이다.

그러나 그런 무대 위에서와는 달리 실제의 삶에서는 안이한 방법들을 택하였다. 어떻든 그들은 그런 천편일률적인 영화의 스토리나 테마에 싫증을 느끼고 강으로 산으로 다니며 스스로 주인공이 되어 사랑의 장면들을 연출하기도 했다.

여름이 되었다. 하루하루 지열이 달아오르기 시작했다.

여름, 참 거창한 계절이다. 이 여름이 가기 전에 정말 무엇을 해야 하는 것이다. 가을 학기를 대비해야 했고, 그런데 연의 앞에서 책을 읽을 수가 없었고 읽혀지지가 않았다. 읽어도 머리에 들어오지가 않았다. 그래서는 정말 안 되었다.

얼마나 그러한 불안정한 나날들이 지나고 다시 하숙집으로 돌아와 자리를 잡았다. 자세를 가다듬고 책 읽을 계획을 세웠다. 이대로 여름이 다 가서는 안 되기 때문이다. 봄도 그냥 다 지내버린 것이다.

낮동안은 쭈욱 하숙방에서 책을 읽고 저녁 해가 떨어진 후부터 늦은 시간까지 연을 만나서 식사도 하고 잠도 같이 자고 옛날 얘기도 하였다. 현재나 미래보다는 과거의 얘기를 하였다. 같이 술을 마시며 끌어안고 애무를 하기도 했다. 주로 그의 요구에 따르는 것이었지만 그녀가 요구하기도 했다. 그러나 또 서로가 그의 계획을 위하여 삼갔다.

"그만 해요."
"그래요."

서로 자제를 하였다.

"더 할까요?"
"아니오. 됐어요."
"고마워요."

성적 유희는 연의 자제력으로 끝이 나곤 하였다.

좌우간 거기서 통금 예령이 울리는 것을 신호로 하여 연을 아쉽게 떼어놓고 도망치듯 물러 나왔고 밤을 새워 책을 읽었다. 낮에 잠깐 눈을 붙이고 또 해가 질 때까지 더위와 씨름을 하며 책에서 눈을 떼지 않았다. 그러나 그 시간도 온전히 보장되지가 않았다.

한 날은 연이 그의 하숙으로 찾아왔다. 한강에 나가 바람이나 쏘이자고 하였다. 그녀도 하루 종일 빈방을 지키고만 있을 수가 없었던 것이다.

"아니 그래 이 더위에 뭐가 머리에 들어간다고 그래요?"
"그래도 어떡해요."

그는 미안한 시선으로 연을 바라보았다.

"어서 일어서요."

그날은 아침부터 삶아대어 등에 찬물을 끼얹고 책을 읽고 있는 터였다. 하지만 연의 청을 물리칠 수가 없었다.

"알았어요."

그날 한강으로 나가 시간을 같이 보냈다. 김밥에 술 한 병 정도였지만 하루 종일 즐거운 시간을 가지고 많은 얘기를 하였다. 팔짱을 끼고 강가를 걷기도 하였다.

낙조를 한동안 바라보다 연은 의지한 팔을 사르르 풀면서 그를 바라본다.

"규헌씨!"

불안에 떠는 듯이 그를 부른다.

"절 버리지 말아주세요. 제가 아주 멀리 떠날 때까지 말이에요. 네?"

그는 섬뜩하였다. 그러면서 진한 연의 애정을 느꼈다. 처음 보이는 애원이었다.

"저는 연을 사랑합니다."

그는 연을 바라보며 말하였다. 연은 땀을 뻘뻘 흘리고 있었다. 어스러지도록 포옹을 하였다.

"왜 그런 쓸 데 없는 생각을 해요? 그리고 제가 이렇게 연을 사랑하고 있잖아요? 그것이 믿어지지 않으시는가요?"

연은 그의 시선을 피하며 강심을 바라본다.

"아니예요, 아니예요."

그는 연을 다시 끌어안았다.

해가 떨어지고는 또 같이 술을 마셨다.

"규헌씨, 절 버리지 말아주세요, 사랑하진 않아도 좋아요, 전, 전, 길을 잃었나봐요……"

연은 그를 끌어안으며 애원하였다.

오히려 길을 잃은 것은 그가 아닌가. 그는 연을 사랑한다. 연의 전부를 사랑한다. 그런데 그저 그러면 되는 것인가.

그는 또 그의 길이 있어야 했다. 연을 사랑하면서 그 자신 신념의 길을 가야하는 것이다.

신념이 흔들리고 있었다. 몇 번이고 그가 가야 될 길을 되새겨 본다. 하잘 것 없는 존재로 살아간다는 것은 그가 시골로 가서 농사를 지으며 사는 것이나 다름 없다. 아버지도 그것을 극구 반대하고 있는 것이지만 그것은 불효이고 허영이며 사치다. 그의 원대한 욕망을 포기하는 것은 개인적인 불행뿐 아니라 시대의 불행이며 국가의 손실이다…… 전사를 해서는 절대로 안 된다. 그것은 무책임한 처사일 뿐만 아니라…… 그런데 그것을 스스로도 실감하지 못하고 있었다. 연과 밀착된 삶에서 자꾸만 그것이 흐트러진다. 그녀와 얘기를 하다보면 자꾸만 설득력을 잃어가는 것 같았다.

"이봐요, 규헌씨! 왜 그렇게 외곬으로 사려고 그래요?"

연의 혀꼬부라진 소리이다. 그녀에게서는 언제나 달콤한 술냄새가 풍겼다.

"전 연을 사랑해요. 연도 인제 저를 좀 사랑해 줘야겠어요."

"절 사랑한다고요? 호호호호……저더러 사랑을 해달라고요?"

"네, 그래요."

"호호호호…… "

다시 원점에서 맴도는 것 같았다. 어두운 굴 속으로 빠져들어 가는 것 같았다.

그의 길을 잃어서는 안 되었다. 책을 읽어야 했다. 이대로 여름이 가고 또 시간이 다 가서는 안 되었다.

연을 얼마든지 마음만으로 사랑할 수가 있는 것이다. 프라토닉 러브니 뭐 그런 말이 아니고, 형식이 문제가 아니고 알맹이가 중요한 것이다. 말로는 표현이 잘 안 되었다.

내일부터는 정말 철저히 계획을 실천하자. 책을 읽고 시험에 대비하는 각오를 이를 악물고 다짐하였다. 몇 번이고 마음 속으로 부르짖었다.

그렇게 단단히 각오를 하고 새로운 시작을 하기 위한 계획을 세웠지만 연을 만나지 않을 수는 없었다. 그것은 비겁한 일인 것 같았다. 그래서는 안 될 것 같았다. 그래서는 연에게 지는 것 같았다. 뭐가 됐든 그것은 안 되고 좌우간 만남을 최소화하였다.

그런데 또 그런 그의 노력이 무망하게 되고 말았다. 연은 또 그 사이 그 터널 속으로 다시 들어가고 있었기 때문이다. 이미 한달 방세의 기한이 만료되기도 하였지만, 그러나 꼭 방세 때문이었는가. 방세는 지속 가능한 것이었을까. 그런 말은 한 마디도 없는 채였다.

"놀다 가세요."

"쉬었다 가요."

그는 책을 덮고 그 어두운 골목 속으로 연을 다시 찾아가지 않을 수 없었다.

너덜거리는 연의 빈지를 열고 들어갔을 때 연은 당연한 행동을 했다는 듯이 그를 맞아주었다. 가볍게 접순을 하며 말하는 것이었다.

"하루라도 외상으로 살고 싶지는 않았어요."

연은 당연한 행동을 하고 있는 듯 미소를 짓는 것이었다.

"그래 많은 성과를 거두셨어요?"

"네, 아니요."

"……"

연은 말을 하지 않고 바라본다.

"미안해요, 연!"

그는 그렇게 말하였다. 그리고 사정을 하였다.

"어서 돌아가요."

"안 돼요. 말했잖아요?"

"우리 하숙으로 가요. 같이 있어요."

"……"

연은 다시 서글픈 시선을 아래로 깐다.

아무래도 그래야 할 것 같았다. 연이 여기 머물러 있으면 또 다시 전날로 되돌아갈 것이 틀림없었다.

〈다시 연과 한 방에서 뒹굴자. 죽이 되든 밥이 되든…… 그러면 또 어떻게 되는 것인가. 신념의 노선은 그 암혈 속에 파묻히고 마는 것이 아닌가. 나의 신념에 연과의 사랑도 내포되어 있는가.〉

뭐가 어찌 되었든 연을 그대로 어둠의 골목 속에 둘 수는 없었다. 안 될 일이었다. 말이 안 되었다.

연과 같이 하숙으로 왔다. 연은 그의 말을 따랐다. 몇 번 고집을 부리기는 하였지만 결국 그의 팔에 안기었다. 다만 날이 저물기를 기다리자 했다.

"미안해요."

그는 연을 감싸며 애무해 주었다.

"정말 미안해요."

비가 계속 쏟아졌다. 장마철로 접어든 날씨는 그들의 몸을 가두었다.

그는 그날 저녁 하숙으로 돌아와 밤을 세워 『형사소송법』을 뒤적거렸다. 마구 비가 쏟아지고 연은 그의 옆에서 곤히 잠을 잤다.

전국戰局은 휴전협정 체결의 가능성이 보여지자 각축전으로 쌍방 포탄만이 작열灼熱하였으나 일진일퇴로 중동부는 연천 철원 김화까지 올라가는 반면 서부는 밀리기 시작하여 문산까지 내려와 있었다.

이 대통령은 통일 없는 휴전 반대 의사를 표명하고 국군 지휘권을 회수하여 단독으로 북진을 결행할 것이라는 강경한 태도였으나 주한 미8군 사령관 테일러장군은 "휴전은 종전이 아니고 교전의 중지만을 의미하는 것"이라고 협정성립의 의의를 밝히고 있고 차츰 미국과의 합의도 근접해지는 가운데 바야흐로 휴전의 조인은 절박하여졌다. 며칠째 휴전회담은 계속되었다.

그는 아버지에게 다시 편지를 썼다. 그때 송금을 받고 여태 회신도 못한 채 다시 송금을 요청하는 편지인 것이다. 이제 와서 뭐 긴 사연을 쓸 체면도 없어 안부만 묻고 용건을 썼다. 참 많은 말들이 그의 뇌리에는 들끓고 있었지만 한 마디도 표현하지 못할 성질의 것이었다. 아버지를 도저히 이해시킬 수 없는 말들이었다.

연은 그의 방 한쪽 벽에 장식품처럼 꽂혀 있는 성경을 꺼내서 뒤적이고 있었다.

"신을 믿으세요?"

그가 의외라는 듯이 물었다.

"믿고 안 믿고 통 읽혀져야지요."

연은 씽긋이 웃으며 말했다.

"밤낮 아브라함이 이삭을 낳고 이삭은 야곱을 낳고 야곱은 누구를 낳고, 낳고 낳고 거기만 읽다 마는 걸요……"

연은 그러며 다시 웃었다.

그도 같이 따라 웃었지만 사실 오십보 백보였다. 그 자신도 여러 번 읽어봤지만 아직 그 윤곽도 모르고 있다. 종교나 신앙을 떠나서도 만인을 깊이 이해해야 하는 지도자의 자질을 갖추기 위해 읽어봐야 한다고 생각을 했다. 그리고 절박할 때 신에 매달리며 호소하는 장면을 늘 상상해보곤 하였다. 하지만 성경을 차분히 읽어볼 시간을 가질 수가 없었다. 적당한 기회에 읽는다고 미뤄놓고 있는 것이었다. 언제나 손에 드는 것은 그의 현실을 해결하는 책이었다. 시험을 대비하는 형사소송법 민사소송법 민법총칙 국사 그리고 시간이 있으면 또 판례들을 뒤적이며 읽었다.

포탄이 작열하는 전쟁 속에서도 아직 절박함을 느끼지 못하고 있는 것이었다. 그러면서 문득 문득 생각하였다. 신은 믿는 사람에게는 있고 믿지 않는 사람에게는 없다. 우리는 인간으로 살다 죽는 것이고, 내세가 있다면 그 때 가서 후회하리라. 주자십회朱子十悔처럼. 술이 깬 후 술을 많이 먹은 것을 후회하지만 그렇게 또 살 듯이 살면 되리라. 그러나 살아 숨쉬던 목숨이 끊어지는 순간 모든 삶의 의미가 종막이 내리고 한 줌의 흙으로 돌아가는 것이라고 했을 때 얼마나 허망한 일인가. 그렇다고 믿어지지 않는 내세를 억지로 어떻게 믿을 수가 있는가. 모든 것을 성경에 기록된 대로 행하고 생의 일체를 거기에 의존한다는 것은 인간을 버리고 신에 예속되는 것이 아니냐. 다시 암흑시대로 돌아가는 것이 아니냐. 그것은 참 소극적인 삶 같고 진리의 형식이 시대에 따라서 변하듯이 성경이나 모든 경전도 시대에 따라 해석을 달리해야 될 것 같다.

그가 어째 그런 것을 생각하게 되었는지 몰랐다. 목숨에 대한 생각이 내세와 신에 대한 상념으로 발전한 것인지 모른다. 약해진 탓인가. 우연한 일이 아닌가.

이해할 수 없는 일이었지만 장마 속에서 그와 연은 그런 얘기를 많이 하였다. 그리고 「전도서」「고린도전서」 등을 읽기도 했다. 사랑에 대하여, 사랑과 죽음에 대하여, 삶의 허망함에 대하여. 헛되고 헛되며 헛되고 헛되니 모든 것이 헛되다고 하였다.

아버지는 한 달 하숙비와 얼마의 용돈을 송금하여 주었다. 아버지로서는 최대한의 노력을 다 한 것이라고 썼다. 아껴 쓰라는 말은 하지 않았다.

규헌은 편지를 읽다가 어린애처럼 왁 울음을 터뜨렸다. 천하의 불효 자식이었다. 아버지는 얼마나 보람을 느끼며 보낸 것이었을까. 그는 아버지에게 달려가 사죄라도 하고 싶었다. 그가 가면 울기부터 먼저 하는 어머니를 붙들고 한껏 울기라도 하고 싶었다.

"죄송해요. 공연히 저 때문에……"

연도 그 사정을 모를 수가 없었다. 그녀 때문이 아닌 것은 아니었다. 전부가 그런 것은 아니지만.

"다음부턴 그런 편질 내지 마세요."

그는 무표정으로 연을 바라보았다.

그리고 며칠이 지난 뒤였다.

연은 쪽지를 남기고 그의 하숙을 떠났다. 밤을 새워 책을 읽고 잠시 눈을 붙이는 사이 비 속을 뚫고 나간 것이다.

마구 물 번개가 번쩍이고 천둥이 울렸다. 그는 다시 한 번 연의 쪽지를 꺼내 읽어보았다.

길게 쓰지 않습니다. 아무런 이유가 없기 때문입니다. 저 갑니다. 더 이상 찾아주지 마세요. 그리고 서로 사랑해요.
연

연은 종일 돌아오지 않았다. 아니 연은 돌아오지 않을 것이다. 연은 자살을 할지 모른다는 생각도 드는 것이다. 멀리 떠날 때까지만 버리지 말아달라고 하였었다.

그러지는 않는다 할지라도 그냥 앉아 있을 수가 없었다.

비 속으로 뛰쳐나왔다. 연을 찾아야 했다. 그녀를 구해야 했다.

번쩍 하고 번개가 치더니 곧 이어 발에라도 떨어질듯이 벼락을 친다. 저쪽 길 건너 전선주의 트랜스가 뺑하고 화염을 토하며 터진다.

후유! 안도의 숨을 쉬고 그는 담벼락 밑으로 살살 기어 붙으며 걸었다. 계속해서 천둥이 일고 번개가 쳤다. 언제 어디서 떨어질지 모르는 벼락이다. 간간이 벼락맞아 죽는 사람이 있다. 그 어쩌다 더러 있는 사람, 그 사람이 그 자신이어서는 안 된다는 법칙은 없다. 그 법칙은 무엇인가. 누가 운영하는가. 신인가. 신의 섭리인가. 우연인가. 우연은 누가 조종하는가.

우르르 꽈광 쾅 꽈광……

이번에는 바로 뒤 어디 양철집이 박살나는 것 같다. 그는 자신이 붙어서 걷고 있는 처마 밑을 뛰쳐나와서 비가 쏟아지는 포도 위를 걸었다. 철벅철벅 땅을 가려밟지 않고 걷다가 빗줄기가 퍼언한 틈을 타서 마구 달렸다. 다시 앞이 캄캄하여지며 줄기찬 호우가 쏟아진다. 흠씬

좌절의 시대 · 785

다 젖은 옷이지만 그는 다시 처마 속으로 들어갔다.
"기도를 드리라구, 기도를……"
몇 발 앞에서 늙수그레한 걸인이 깡통에다 낙숫물을 받으며 말을 걸어온다.
"뭐요?"
"하날에 계신 우리 아버지…… 뜻이 하날에서 이룬 것같이 따에서도 이루어 지이다……"
걸인은 중얼중얼하며 그를 응시하는 것이었다.
"오늘날 우리에게 일용할 양식을 주옵시고…… 우리가 우리에게 죄지은 자를 사하여 준 것같이 우리 죄를 사하여 주옵시고……"
그는 정말 할 줄 모르는 기도라도 하고 싶었다. 연을 위하여. 연이 살아 숨쉬고 있기를 위하여. 그리고 또 그 자신의 생명의 부지를 위하여. 그러나 그는 그러고 있을 수만도 없었다. 빨리 연에게로 가야 했다. 연을 찾아 나서야 했다. 다시 호우 속으로 뛰어들어갔다. 둔탁한 중얼거림은 빗줄기와 천둥소리에 파묻혀 버린다.
참 연은 어쩔 수가 없는 존재이다. 어떻게든 같이 살아보는 것인데 그리고 무슨 출구가 생길 것이었는데 연은 그런 막연한 기대나 희망을 믿고 있을 수는 없었던 것인가. 어쩌면 그녀는 참으로 현실주의자인지 몰랐다. 믿는 것은 자기자신 몸뚱아리밖에 없었는지 몰랐다. 좌우간 연은 살아 있었다. 그 지궁스런 골목 속에서 그녀를 쉽게 만날 수 있었다. 그러나 그녀를 다시 끌어안을 수는 없었다.
비와 어둠에 싸인 연의 집 빈지의 문을 여는 순간 또 다시 보지 못할 장면을 보고 문을 도로 닫아야 했다. 그 우중충한 춘화들을 훔쳐보았을 때처럼 계면쩍고 서글픈 것이 아니고 누구에겐지 설분을 하고 싶은 감정이 끓어올랐다. 그러나 자위하였다.
〈그래 살아 있었구나! 자살하지 않고, 살아주었구나!〉
그것은 어쩌면 저주스런 삶에의 감탄인지 모른다. 그는 주먹을 움켜

쥐고 실성한 사람처럼 소리를 지르며 비틀거렸다.
 골목을 빠져서 마주 보이는 술집으로 들어갔다. 가끔 가던 집이었다. 큰 사발로 술을 마셨다. 몇 사발인지를 거푸 들이켰다. 사발은 이가 빠져 있었다. 이빠진 사발에 입술이 닿았다. 억누르고 있던 분노가 울컥 치밀어 올랐다. 사발을 목노판 위에 탕, 하고 깨지는가 싶게 메 부쳤다.
 "이게 뭐요? 돌아가면서 이가 빠졌으니……"
 그러자 개기름이 번들거리는 주인은 퉁명스럽게 응대를 한다.
 "허허허…… 우리 집 술맛이 도와서 전부들 그렇게 깨민다눈요."
 "안 깨물은 건 없냐 말요?"
 그는 눈을 부릅뜨며 다시 한번 탕 메 부쳤다.
 "거 왜 술맛 떨어지게 그 모양이야?"
 바로 앞에 앉은 사나이다. 꼭 알코올 중독자처럼 생긴 중년의 친구, 제가 이 집 사발을 다 깨물었다는 투다. 그는 왠지 누구와 드잡이라도 한번 해보고 싶었다.
 "아니 당신은 뭐요?"
 그는 주먹을 불끈 쥐고 눈을 부릅떴다.
 "뭐냐구? 어하하하…… 하하하……"
 어쩌면 그토록 호방한가. 깐깐한 세월이 마구 싸잡혀서 헐값으로 넘어가는 듯한 웃음, 그게 행여 그를 향한 야유는 아닌지 몰랐다.
 "이봐 동포, 뭐 그렇게 심각한 거야? 인생이란 그저 그런 거야. 욕되게 살게 뭐 있다구……"
 "왜 반말이요, 반말이, 누굴 어떻게 아는 거요?"
 그는 비에 다 젖은 웃옷을 벗었다. 그리고 술을 가져오라고 소리를 질렀다.
 "반말이라구? 흥, 자아."
 그 친구는 이빠진 사발을 규헌에게 내미는 것이었다.
 "거 구질구질한 거 훌훌 벗어던지라구!"

"아니 이 양반이······."

그리고 보니 그 친구가 앉은 자리는 전날 석선생이 앉았던 바로 그 자리다. 석선생이 쇼펜 하우엘을 탓하며 자기 정당화를 하고 술을 마시던 곳이었다. 그는 잔을 받고 있었다. 그것은 참 기막힌 매음행위인지 몰랐다. 그는 술을 벌컥벌컥 들이마시고 잔을 메 부쳤다. 주색은 절대로 금해야 하느니라······ 아버지의 말이 들리었다. 이것은 '주'이고 연은 '색'인가. 그러나 연이라는 이름의 색은 아버지가 생각하고 있는 개념과는 다른 것이다. 주는 어떤가. 이것도 다른가.

"거 같이 다니던 색시 참 예쁘던데······."

"아니 뭐요?"

그는 기겁하여 되물었다. 하지만 되물을 필요조차 없이 똑똑히 들은 것이다. 그 친구는 삐긋이 웃음을 흘리며 할 말을 다 하고 만다.

"그렇게 굴러먹을 내기가 아니던데, ㅎㅎㅎㅎ······."

"········."

사실 그렇게 놀랄 것이 하나도 없는 일이다. 그리고 그토록 어색해할 게 없는 것이다. 그도 연의 손님인지도 모른다. 그와 동류항인지도 모른다.

둘이는 술을 마셨다. 옆 사람들이 웃는다. 웃으면 어떠냐? 실컷 웃어라.

"그런데 어떻게 된 거야? 이렇게······."

그 사나이는 두어 잔 술을 들이키고는 새삼 신기한 낯빛으로 묻는다.

"우리 말을 맙시다."

"흥, 조오치!."

바깥에는 소낙비를 주룩주룩 따르고 있었다.

그는 내일을 위하여, 아니 오늘밤을 생각하여 술을 마실 생각은 아니었는데, 술집 목노판에 형편없이 늘어지고 만 것이다. 비는 그치지 않고 시간은 또 자꾸 가서 뚜우 통금 사이렌이 울리고 말았다. 예령이다. 본능적으로 가야 된다는 생각이 일어났다. 왜 그토록 취하여야 했던지, 말도 않고 독작을 하였던 것이다. 그리고 그 혼자 버려져 있었던 것이다.

비에 갇히고 술에 짓이겨져 얼마나 더 뭉그적대고 있다가 비틀거리며 비속으로 뛰어들었다.

다시 연의 집. 역시 손님이 계시다. 어느 사이 그는 이제 그런 장면에 대해서는 불감증이 되어버린 것인가. 기겁을 하고 달아나기보다는 방문을 흔들었다. 통금이 임박한 시간이다. 마구 문짝을 쥐고 흔들었다.

"긴 밤이야. 긴 밤."

굵직한 음성이 새어나온다. 그런데 귀설지 않은 반말 투다.

그는 마구 머리통을 쥐어뜯었다.

얼마나 시간이 지났을까.

숙취와 깊은 잠 속을 헤매다 눈을 떴을 때다.

의사는 청진기로 그의 가슴에 대고 크게 숨을 쉬어 보라 한다.

그는 크게 숨을 들이쉬고 내쉬고 하였다.

"장티브스인 것 같습니다."

"네?"

잘 못 알아들어서가 아니다. 그리고 장티브스의 의미를 몰라서가 아니다. 도무지 이해가 안 가서였다.

"틀림없는 것 같습니다."

젊은 의사는 근엄하게 말한다.

"설마 그럴 리가……"

그러면서 그는 죽음에 대한 공포에 목이 졸려서 더 무슨 말들을 할 수가 없다. 틀림없는 것은 무어고 같습니다는 또 무언가. 장티브스에 대한 지식과 기억들이 떠오른다. 무엇보다도 염병이란 말이 입가에 자꾸 맴도는 것이었다. 이번에는 벼락이 아니고 염병이란 말인가. 절망의 구렁텅이에 빠져들어 가는 것 같다. 그리고 치료하여 낫는다고 해도 머리가 다 빠지고 앙상한 꼴이 될 것이라는 상상이 천길 벼랑으로 떨어지게 하는 것이었다. 그는 있는 힘을 다하여 목청을 돋구어 보았다.

"어떻게 빨리 낫게 하는 방법이 없겠습니까?"

"어디 치료를 해보십시다."

결과는 치료를 해본 연후에나 판명이 난다는 것이다. 의사는 간호원에게 눈짓을 한다. 간호원은 규헌의 팔뚝을 걷어붙이고 달코옴한 알코올 냄새를 피우는 탈지면으로 문지르더니 주사기를 꽂는다.

도대체 어떻게 된 것인가. 병원은 뭐고 의사는 무엇인가. 도무지 경로와 동선이 떠오르지 않는다. 그는 곧 잠이 들었다. 얼마나 잤을까. 한없이 잔 것 같다. 눈이 떠졌다간 감긴다. 눈이 자꾸만 감긴다. 자꾸 감기는 눈을 억지로 뜨려 했다. 마치 단말마斷末魔에서 헤어나려고 발버둥치는 것처럼.

참으로 보드라운 손길이 그 땀에 찬 담요를 끌어올려 준다. 이마를 만지는 새하얀 손, 거푸 거푸 물수건을 추겨서 이마를 적셔준다. 그리고 주위는 일색으로 노오랗고 무수한 별들이 쑥쑥 지나간다. 아이! 여기는 천국인가보다. 천국, 이 별들, 천국! 그러나 나의 꿈은 이미 다하였나보다. 그러면 계속해서 생명은 붙어있는 것인가. 지옥과 천당이 있다고 했는데, 여기는 이 보드라운 손길의 여인은 천사임에 틀림없다. 오 나의 천사여! 도무지 혀에 침이 발라지지 않는다. 그는 안간힘을 쓰며 눈을 뜨려하였다.

"가만히 계세요."

그는 더욱 몸부림을 쳤다.

보드라운 손길이 몇 번이나 더 물수건을 갈아 주고 나서 그는 눈을 떴다.

"인제 좀 정신이 드세요?"

"당신은?"

잘 아는 얼굴 같았다. 꿈 속 같기도 하였다.

"이제 정신이 드세요?"

"아니."

"맞아요."

"아!"

그랬다. 연이었다. 천사처럼 보드랍고 순결을 간직한 듯한 여인, 그녀는 연이었다. 순간 그는 너무나 아름답고 고결한 여인 연을 끌어안지 못하였다.

날이 들면서 그도 일어났다. 거울 속에 비치는 자신의 모습은 딴 사람 같았다. 다행히 머리가 다 빠지고 꽁지 빠진 새와 같은 모습은 아니었다. 또 앞으로 알 수 없긴 하나 아무래도 의사의 오진인 것만 같다. 치료비도 얼마나 되었는지 모르지만 연이 부담하였다.

하숙집으로 돌아왔다. 그제서야 하숙비가 밀린 사실도 알게 되었다. 그는 다시 아버지에게 편지를 내는 도리밖에 없었다. 집에서 땅을 판다 하더라도 할 수 없는 것이다. 정말 다른 방도가 뭐가 있는가. 그러나 그것도 불투명하였다.

꿈과 포부와 그 신념의 노선이라는 것은 다 버리고, 아니 조금 미루어 두고, 먼저 옆방 토역인부들처럼 새벽부터 나가서 일을 해서 돈을 벌고 저녁에는 연과 신혼부부와 같은 생활을 계속할 수도 있는 것이다. 그녀의 말과 같이 우리의 삶은 어디로 빨리 가기만 하고 골인을 하기 위한 것이 아닐지도 모른다. 열심히 다 벗겨봐야 양파 껍질처럼 남는 것은 아무 것도 없는 것이고 그 벗기는 과정이 삶 자체인지도 모른다. 또 그러잖으면 연이고 포부고 다 버리고 전장으로 가서 민족의 대열에 참가할 수도 있는 것이다. 진작에 그랬어야 하는 것인지 모른다. 그러면 여태까지 고집해 온 자신의 자세란 무엇이란 말인가. 진구렁텅이에 빠져 허우적거리는 것이 된다. 어두운 굴 속에서 살며 목숨을 부지한 꼴이 된다. 함정 속에서 헤엄을 치다 SOS를 치고 있는 형세가 아닌가.
〈안 된다. 그래서는 안 된다. 정말 그래서는 안 된다.〉
그는 굴 속을 나와 마구 뛰었다. 포도를 질주하고 강을 건너고 산으로 달렸다. 산 위로 헐레벌떡 뛰어 올라갔다. 능선이었다. 벼랑이었다. 그 자신 까마득한 벼랑 위에 서 있는 것이었다.
광대처럼 그 벼랑 위에서 어설프게 다이빙의 포옴을 취해보지만 아찔한 현기증이 일었다. 한 발짝만 헛발을 내디디면 굴러 떨어져서 배가 갈라지든지 목이 부러질 것이었다. 아니 머리통이 사정없이 깨지고 말 것이다. 그러나 그러나 터덜터덜 다시 산을 내려왔다.
다시 어디로 갈 것인가. 그는 다시 길을 찾지 못하였다. 이 열병과 같은 긴 터널을 빠져 갈등의 골짜기를 탈출하기까지 한 동안 안개 속을 헤매어야 했다.

6

휴전이 되었다.
7월 25일, 휴전회담이 최종적 단계에 진입하여 정전선(停戰線)의 획정 劃定이 완료되고 중립국 감시단인 스위스, 스웨덴 양국대표도 내한한 것이다.
그리고 27일 상오 10시를 기해 전 전선의 전투를 중지하였다. 그리고 오후 1시 크라크 유엔군 총사령관은 문산의 유엔군 전진 사령부에서 최덕신 한국 대표 및 유엔 참전 16개국 대표들이 참석한 가운데 휴전협정에 조인하였다. 그리하여 한민족 동족상잔의 휴전이 이루어진 것이다. 크라크 유엔군 사령관은 오후 2시, 전 유엔군 장병에게 휴전 메시지를 발표하였다. 이어서 주한 유엔군 지상군 사령관 및 미8군 사령관 테일러는 다음과 같은 명령을 내렸다.

"1953년 7월 27일 22시, 본관은 본관 지휘 하의 모든 유엔군 장병 및 대한민국 장병들에게 전투행위가 정지되었음을 엄숙하게 선언하며 22시 정각을 기해 교전상태를 종결하도록 명령하는 바이다."

그 딱딱한 한 마디의 위력은 참으로 대단하여 이 땅에 거짓말 같이 총성이 일단 멎었다. 통일 없는 휴전의 결과는 한국을 제2의 중국으로 만들 것이라고 경고하며 휴전을 반대하던 이대통령도 휴전 조인에 성명을 발표하였다. 통일 목표는 기어코 성취되고야 말 것이라는 의지 표명으로 후퇴할 수밖에 없었다. 휴전협정 조인 12시간 후인 밤 10시부터 협정이 발효되므로 그야말로 휴전이 된 것이다. 전쟁이 끝난 것이다.

그는 대단히 반갑고 기쁜 생각과 함께 착잡한 심정으로 휴전 소식을 접하였다.

아무런 희비의 감정이 없이 다만 이대통령의 강경한 태도에 비해 의외에도 급속도로 성립되었다는데 대해 아쉬운 생각 서글픈 생각이 들었다. 그것은 혈거를 하고 있던 자신의 입지에서의 어떤 투사投射 현상인지도 모른다.

　　피로 연결된 천백이십팔일
　　통일 없는 휴전에 겨레의 가슴 암담

신문의 제목들도 맥이 빠졌다. 막상 휴전이 되고 보니 긴장이 화악 풀리고 의욕이 깔아 앉고 그저 삭막한 시간이 흘렀다. 이제 그 치열한 전장은 반목전 신경전으로 대치되어 작열하는 포격전과 육박전과 통계마저 낼 수 없던 인명피해가 중단된 것이다. 그리하여 그가 마구 갯벌에 빠져들어가는 것과 같은 가책과 거기에서 안간힘을 쓰며 자위하고 자기정당화를 시키고 의욕들이 곤두박질 치며 들끓던 상황에서 해방된 것이다. 그런데 어떻게 된 것인가, 도무지 기운을 낼 수가 없다. 신문을 뒤적뒤적하며 생각을 정리하려고 하나 도무지 방향이 잡히지 않는다.

―휴전은 마침내 성립되었다. 공산군이 남침을 개시한 지 3년과 또 1개월, 그리고 소련의 말리크가 휴전을 제안한 지 만 2개년과 11일, 참담하다면 그 유를 역사상에서 찾기 어렵고, 또 휴전 교섭으로서는 기록을 깨뜨리는 장세월을 허비한 전쟁은 이미 끝났고 우리 강산에서의 포성은 오늘로 거두게 되었다.

7월 28일자 〈동아일보〉의 사설이다.

―피아 쌍방의 인명 피해는 수백만으로 헤아리고 한국이 입은 물적 피해는 거의 국토를 초토화하다시피 하였던 것이니 이제 총화는 거두어지고 살륙의 비참이 그쳤다고 하는 데서 유혈의 경지를 다행으로 생각할 수도 있을 것이다. / 그러나 한 편으로 휴전은 우리 국토의 양단을 그대로 버려두고 응당히 징벌을 받아야 할 침략자를 유화하는 결과가 되고 만 것이니 우리 국민의 불만은 말할 것도 없고 또는 세계 인류의 자유 수호를 위하여 불행한 일인 것도 숨길 수 없는 사실이다. 진정한 평화의 수립이 과연 가능하느냐 하는 것은 공산 제국주의 근본 성격에 비추어 전도 다난을 의심하지 않을 수 없다.

신문을 보다 덮었다. 그 자신은 그런 논의에 끼어들 자격도 없는 것 같다. 그리고 『한국전쟁』(This Kind of War)의 저자인 펜 레바크의 말이다.

앞으로 이 세기가 끝날 때까지 사태는 호전될 것 같지 않고 악화될지 모르며 심한 방사능에 의해 인류를 전멸시킨다는 절망적인 언사는 결코 문제를 해결할 수 없다는 것을 보여주었다. 만일 자유국가들이 어떤 종류의 세계를 원한다면 그들은 용기와 돈과 외교와 군대를 갖고 세계를 위하여 싸우지 않으면 안 된다.

이러한 견해는 밀실에 들어 앉아 자신의 문제도 해결하지 못하고 있는 그로서는 먼 얘기인 것만 같기도 하였다.

그의 가슴을 때리는 말들이 난무하고 있어 책이 읽혀지지도 않고 뭐가 생각되어지지도 않았다.

아버지에게서는 아무런 회신이 없었다. 먼저는 많지 않은대로 가을 수확을 담보로 융통한 것이고, 이번은 아무래도 땅을 팔아야 할 것이었다. 그런데 아버지는 땅을 정말 팔까. 아니 땅을 팔게 돼야 할까.

그는 좀 더 나은 위치의 특별한 존재가 되어 아버지와 어머니를 만나야 했다. 이렇게 보잘 것 없는 몰골로 그것도 위선의 가면을 쓰고 이렇게 나타날 수는 없었다.

그러기 위해서는 아직 내려가서는 안 되었다. 그리고 여기서 버틸 수 있어야 했다. 그는 며칠 토역인부들과 함께 일을 따라 다녔다. 막일이었다. 하루 종일 벽돌을 져 나르고 시멘트 포대를 져 나르는 일이었다. 아침, 날이 새기도 전부터 해가 꼴딱 질 때까지 어떤 때는 밤중까지 고된 노동을 해야 되었다. 청부(돈내기라고 했다)를 맡아서 하는 일이 되어 쉬는 시간도 따로 없었다. 담배 피울 시간도 따로 없이 담배를 입에 물고 일을 했다. 일을 마치고 저녁 식사를 하고 나면 잠이 쏟아져 왔다.

누구에게 실컷 얻어맞은 것처럼 팔다리가 욱신거리고 목이 돌아가지 않았다. 말할 수 없이 고되고 힘들기도 하였지만 도무지 책 볼 시간이 없었다. 일을 나가면서 생각한 것이지만 그가 일만 하고 있어서는 안 된다는 것이었다. 그는 그의 신념 목표와 떠나서는 살 수 없는 생리가 되어 있었던 것이다. 그것을 무시하고 산다는 것은 죽음보다 더 괴로운 일이었다.

여전히 아버지에게서의 회신은 오지 않았다. 어쩌면 아버지의 회신은 오지 않을 지도 모른다.

다른 일자리를 찾을 수는 없었고 너무 고되어서 쉬는 날 비가 오는 날은 연에게 가기도 했다. 이제 그에게로 와서 같이 살자는 얘기는 아무런 위력이 없었다.

막일을 하며 같이 살자고 했을 때 연은 다른 어떤 제안보다 진지하게 받아들였었다. "그래 볼래요? 힘들지 않을까요?" 거부의 자세가 아니다. 그런데 지금 다시 그런 제안을 할 수 있는가.

연은 반갑게 맞아주었다. 진한 접순에서 풀릴 때 그가 말하였다.

"살아 있나 볼려고 왔어요."

연은 다시 입을 막고 긴 접순으로 대답했다.

그리고 같이 잤다. 서로가 요구하지 않으므로 두 팔을 벌리고 실컷 잤다. 같이 하루 종일 잤다. 몇 번이나 잠이 깨긴 했지만 잘 수록 더 곤하고 기운이 없어서 일어날 수가 없었다.

연은 이렇게 잠자다 죽고 싶지 않느냐고 했다. 사르르 아무런 고통도 없이, 아무런 삶에 대한 미련도 애착도 없이. 그렇게 자다가 죽을 것 같다고 말하기도 하였다.

그러나 그는 고개를 흔들었다. 살고 봐야 하는 것이다. 죽고 나면 아무런 의미가 없는 것이다. 아직 시작도 하지 않았는데 무엇을 왜 끝내야 하는가 말이다.

오후 해거름에 그가 일어나고 연이 따라 일어났다. 그도 기운이 없었지만 그녀도 비틀비틀하였다.

둘이는 역전으로 나가 아침 점심 겸 저녁식사를 하였다. 그리고 가끔 가는 역사 옆 〈여정〉 다방에 가서 한동안 지는 해를 바라보다가 연이 먼저 일어섰다. 그는 다방이 파할 때까지 앉아서 책을 읽었다.

연에게 다시 갔을 때 손님이 있었다. 그는 바깥에서 손님이 가기를 기다렸다. 손님이 또 '긴밤'이면 그는 바깥에서 계속 기다려야 하는 것이다. 연의 방을 거쳐서 위층으로 가면 되지만 차마 그 노릇을 할 수는 없었다. 손님과 그리고 연을 대하기가 얼마나 곤란할 것이냐 보다 그렇게 되면 완전히 석선생의 복제판이 되고 마는 것이다.

빈지 앞에서 서성거리는 수밖에는 다른 도리가 없었다. 놈팡이는 통금 예령 사이렌이 불자 툴툴 털고 나와 주었다.

연은 누은 채 눈으로 그를 맞아준다.

그는 위층으로 직행했다. 두번째 사이렌이 울었다.

그렇게 며칠을 지났다. 다방에 가서 하루 종일 밤 늦게까지 책을 읽을 수 있었다. 간간히 연이 나와 커피도 사고 밥도 샀다. 연에게 기생寄生하고 있었다. 바로 가려 하였지만 그렇게 안 되었다. 연이 가지 말라고 하기도 했다. 사정을 한 것은 아니었고, 자다가 죽고 싶다는, 죽을 것 같다는 말이 걸리기도 하였다.

아버지에게서는 소식이 없었다. 땅을 더 팔지는 않을 모양이다. 학교 들어올 때와 2학년 올라오면서 두 차례에 걸쳐서 아버지는 땅을 팔았다. 학비보다 하숙비가 더 들었다. 그리고 해마다 사는 교재와 다른 책값도 적지 않았다. 아버지는 땅을 있는 대로 다라도 팔아주겠으니 집 염려는 말고 열심히 공부하라고 하였다. 거기에는 빨리 판검사, 좌우간 법관이 되라는 뜻이 담겨 있었다. 어쩌면 땅의 매매가 안 되는 지도 모른다. 여태까지 용건만 쓴 편지를 낸 후 그러고 있는 것이다.

그는 좌우간 지금 정상이 아니었다. 이제 아버지의 편지를 더 기다지는 않았다. 팔다리가 조금 풀렸으니 다시 노동을 해야 했다. 더 이상 이러고 있어서는 안 되었다. 바닥 없는 함정으로 한 발 한 발 빠져 들어가는 것 같았다. 이런 기형적인 생활을 더 해 나갈 수는 없는 것이었다. 아무리 의미를 붙이려 해도 그것은 역시 아무 것도 아니었다. 연이나 석선생에게는 그 나름대로의 의미나 논리가 있었던지 모른다. 그러나 연은 또 의미를 캐지 말잔다. 잠자다가라도 죽고싶지 않으냐. 석선생에게서 배운 것인가. 그 반론인가. 좌우간 아니다. 말이 안 된다. 그래서는 안 된다. 그는 그런 연의 제의에 대하여 거부의 자세를 취하지 않으면 안 되었다.

이제 여기서 탈출해야 했다. 그는 어느 것이 진정한 도피이며 기피인지 잘 안다. 그러나 그것이 또 얼마나 비인간적인 선택이며 그 위선의 탈을 쓴 인간이라는 이름의 함정임을 그는 또 잘 안다. 다만 그날 저녁의 우연이 저주스러울 뿐이다. 어쩌면 그렇게 서로는 부닥쳤단 말인가. 그리고 그때 왜 서로 돌아서지 못했던가. 8년 동안이나 헤어져 있던 연이 그의 신념의 노선의 시발역에 나타나다니. 너무 순진해서였던가. 아니면 위선이었던 것인가.

다방 〈여정〉에서 연과 커피를 마시며 여러 가지 지나온 생각을 하였다. 말은 하지 않았다. 애무를 하거나 접순을 하고 싶은 생각은 서로 갖지 않았다. 다만 절대로 죽고 싶다든지 그런 생각은 하지 마라고 하였다. 연은 웃기만 하였다. 소리 내어 웃기도 하였다.

늦게까지 옆에 같이 앉았다가 그가 가겠다고 하자 연이 붙든다. 가야 한다고 다시 일어서자 하루만 더 있다 가라고 하였다. 다시 가겠다고 하자 손을 잡고 놓아주지 않았다.

다음 날은 그의 생일이었다. 그도 잊고 있었던 것이다. 정말 의외였다. 음력으로 따진 그의 생일을 연이 기억하고 있다는 것도 그랬지만 그걸 축하해주기 위해 그를 붙들었다는 것이 너무나 고맙다고 할까 눈물이 나왔다. 케익에 촛불을 켜고 노래까지 불러주었다.

그러니까 그가 세상에 나온 지 만 스물 네 해가 된 것이다. 스물 네 살이 되고도 아직은 그런 나이가 되지 않았으려니 하였지만 어제가 한국식 나이 계산법에 의한 유예기猶豫期가 만료된 것이다. 스물 네 살, 이 해는 그의 생애 플랜에 의하면 대학을 졸업하고 사회의 무대에 발을 내딛는 때인 것이다. 이미 사법행정 양과를 수석으로 패스하여 법관의 장도가 탄탄하게 펼쳐지고 그의 쌍견에 무겁게 지워지는 중차대한 임무를 감당해야 하는 시기인 것이고, 그런데 그런데 이렇게 허망한 상황 속에 처해 있는 것이다. 너무나 허망하고 안타까웠다.

하루 더 연과 같이 있다가 하숙집엘 들렀다. 하숙비도 못 내고 있는 처지였다.

아버지가 다녀갔다고 했다. 이틀 동안이나 기다리고 있다가 갔다는 것이다. 그러니까, 아들의 생일날에 맞추어 상경한 것이다. 주인아주머니가 아버지의 쪽지를 내준다.

'규헌 압'이라고 씌어 있다.

여전히 ㅍ과 ㅂ을 구별하지 못하는 아버지였다. 그는 그 철자에서 아버지의 얼굴을 보았다. 눈물이 왈칵 쏟아졌다.

예까지 와서 너를 못 보고 가자니 발이 떨어지지 않는다. 모든 것이 돈 때문이니 누구를 탓하리요마는 하숙도 못하고 여기저기 떠돌아다니는 자식에게 돈 한 입 못 주고 가는 애비 심정 말할 수 없구나. 너도 아다시피 종답 너 마지기 빠듯한 것을 아무리 생각해도 조상들이 내려다 뵈어 팔지를 못하였다. 하나 너를 여기서 중둥문이시킨다는 것도 말이 아니니 내려가는 대로 어떻게 해서든 주선해 보겠다. 조금만 참고 열심히 하여라……

그는 편지를 다 읽지도 않고 우체국으로 달려가 엽서를 썼다. 그런 주선은 절대 하시지 마라고 그럴 필요가 없으시다고.

아버지의 편지는 오지 않았다. 돈을 기다리는 것이 아니었다. 그런데 아버지의 편지 대신 다른 한 장의 편지가 와 있었다. 토역인부들과 매일 일을 나가 해가 꼴딱 지고 들어왔던 것이다.

수영에게서 온 편지였다. 수도 육군병원에 입원하여 있다는 것이다. 전쟁 동안의 얘기는 한마디도 없다.

〈아! 수영, 너는 용케 살아있었구나!〉

수영은 전쟁터에서 목숨을 걸고 싸우다 돌아온 것이다.

그는 당장 가서 수영을 끌어안고 통곡이라도 하고싶었다. 사죄 용서 그 자신을 위한 조상이었다. 하지만 그럴 수가 없었다.

정말 수영은 괜찮은 놈이다. 수영은 이긴 것이다. 그는 그 개선장군을 만날 수가 없었다. 아무 할 말이 없기 때문이었다.

그는 종내 수영에게 찾아갈 수가 없었다. 이런 초라한 모습으로 이런 상황에서 수영을 만난다는 것은 너무나 처참한 굴욕이었다. 그것은 말할 수 없는 치욕의 나락이었다. 야 자식아, 그래…… 같이 전쟁터로 가지 못하는 그를 비웃을 때의 치욕은 아무 것도 아니었다. 그는 아직 그 함정 속에서 허우적거리고 있는 것이다. 그는 더 이상 깊은 나락으로 떨어져서는 안 된다. 어떤 새로운 자세를 만들어야 한다. 새로운 진로를 반듯한 진로를…….

하하하하……

주위 사람들이 웃어댄다.

호호호호……

교성이 또 들린다.

그는 주위를 돌아다보았다. 아무도 없다.

하하하하…… 호호호호……

어디선가 또 웃는다. 마구 비웃는 웃음이다.

핫핫핫핫……

그것은 다른 누가 웃는 것이 아니었다. 그 자신의 입모양은 어쩌면 그렇게 웃고 있는 것이 아닌가. 분명 그는 그 자신의 무기력함을 웃고 있었다. 그리고 연이 웃고 있는 것이었다. 그는 웃음을 참았다.

그는 입영을 하기로 했다. 그것을 각오하고 연에게로 가서 알렸다. 며칠이고 책을 덮어놓고 다짐한 결심이다.

연은 도대체 그게 무슨 경우냐고 따진다. 휴전이 되었는데 전쟁터로 간다니, 정말 바보 멍충이 같은 행동이 아니냐고

"호호호호…… 도대체 뭘 위해서지요?"

그녀는 비웃으며 다그쳐 묻는다.

그것은 그도 잘 모른다. 과연 무엇을 위해선가. 누구를 위해선가.

"모든 것을 위해서 일 겁니다."

그는 자신 없는 어투로 말하였다.

"항상 '일 겁니다' 지요. 규현씨는 겸손하고 여유 있는 말투라고 생각할는지 몰라도 제가 듣기에는 아주 무기력하고 무책임하고 결단성이 없어요. 그리고 이제 와서 왜 뒷북을 치겠다는 거지요?"

그렇게 신랄할 수가 없었다. 비웃으며 따지고 있는 시선, 언제나 그랬지만 연의 말은 야유 쪼였다.

말투가 문제가 아니었다. 그 무기력한 가운데 어떻게든 새로운 길을 찾는다면 찾았다면 그것이 결단성일지 모른다. 그는 몸부림치듯이 말하였다.

"글쎄요. 아무래도 상관이 없어요. 어떻든 이렇게 무기력한 상태가 더 이상 지속되어서는 안 될 것 같애요."

"우리는 모든 것을 한꺼번에 사는 게 아니잖아요. 서서히 하나 하나 찾아가야지요. 이제 와서 너무 성급하게 굴지 말아요."

〈서서히⋯⋯ 이렇게⋯⋯ 죽어가란 말인가⋯⋯〉

그는 목이 졸려 왔다. 좌우간 더는 주저하여서는 안 될 상황이다.

"우리는 내용을 버려둔 채 순서만을 찾고 있었어요⋯⋯"

"모르겠어요. 이제 아무 것도 모르겠어요."

"인생이란 법률 조문처럼 그렇게 분명한 것이 아닌지도 모르지요."

"따지고 들어가면 한도 끝도 없어요."

"한도 없고 끝도 없는 것이 인생이란다면요? 그래도 그것을 포기하시겠어요?"

"이제 그만 해요. 좀 쉬고 싶어요. 시간이 필요해요. 어떤 정거장이 필요해요. 우린 여태 무찰無札로 여행한 것입니다. 여기서 그만 내립시다."

그리고 그는 아무 반응을 보이지 않는 연을 외면하며 한 마디 덧붙였다.

"그 정거장에서 좀 생각을 해 보고 가야겠어요. 거기서 우리는 깨닫게 될 겁니다."

그는 어투는 바꾸지 못하였다. 다만 자꾸 경어가 되었다. 여전히 단정을 못 하였지만 마음속 깊이 굳게 다짐하였다.

"그럼 전쟁터를 도피처로 삼으시는군요. 대단히 용기가 있으세요. 장하시네요."

"휴전이 되었어요."

"그렇군요. 휴전이 되었군요. 호호호호…… 하여튼 좋을 대로 하세요. 모든 것은 결국 자기 자신이 선택하는 거니까요. 그렇잖아요?"

"미안해요."

"아니, 미안한 건 이쪽이지요. 그동안 베풀어준 동정 고마웠어요."

"동정이라고요?"

그는 볼 멘 소리로 반문하였다.

연은 그 말의 응대라도 하듯 차가운 키스를 해준다. 어쩌면 그 동정의 보답인지도 모른다. 그것은 어느 때보다도 깊숙한 접순이었다. 여태까지 연과의 관계는 동정의 끄나풀로 묶인 몸짓이었던가.

그것은 위선의 몸부림이었던 지도 모른다. 지금이라도 이 감미로운 접순을 놓치지 않고 엎드려 구애求愛할 수도 있었다. 그리하여 진정한 사랑을 새로 시작할 수도 있었다. 그러나 그는 사르르 포옹했던 팔을 풀고 만다.

그러며 생각했다. 연을 사랑한다. 진정 연을 사랑한다. 연을 사랑하기 위해서 연을 떠나는 것이다.

규헌은 넋두리를 하며 발걸음을 옮긴다. 무겁고 치욕스런 발길이다. 그러나 이 자체가 결단성인지도 모른다. 결단성을 발휘하는 것은 연을 이기는 것도 같다. 이기는 것이 사랑인 것도 같고 잔인한 것도 같다. 연의 웃음이 들린다. 그냥 달려나온다. 연이 소리쳐 부른다. 퍼대고 앉아 우는 것도 같다. 연의 눈에는 두 줄기 눈물이 주르르 흐른다. 그러면서도 웃으면서 말한다.

"호호호호…… 눈물 같은 건 인제 다 말라버렸지요. 호호호……"
야유의 비소이다.
아직도 기회는 있다. 아직 늦은 것은 아닌지 모른다.
아무리 늦게 시작해도 너무 늦은 법은 없다. 아니, 아무리 일찍 시작해도 너무 이른 법은 없다이던가. 아무려나 다 잊자. 잊자.
그는 자제력을 발휘하여 다시 발걸음을 옮겨놓는다.
서울역을 향하고 있었다.
그는 마구 뛰어서 가다가 넓은 광장으로 들어섰다. 역전광장, 여기서 연을 만났었다. 다시 그 자리에 서서 광장을 휘이 둘러보았다.
연이 계속 만류한다. 아니 야유한다. 석선생이 또 있다. 늙은 목신牧神 같은 석선생이 말한다. "이보게 신념은 차차 자라는 거라구. 세월은 길어……" 그리고 수영이 전신을 붕대로 감고 포복하며 그에게로 온다. 수영은 그에게 무슨 말을 할지 상상하기조차 두렵다. 몸서리가 쳐진다.
넓은 역광장이다. 안개가 끼어 앞이 잘 안 보인다.
하하하하……
호호호호……
소리만 들린다. 볼륨이 점점 커진다.
그는 귀를 막고 안개 구름이 낀 속을 걸었다. 이를 악물었다.
곧 남행열차가 있었다. 그는 차표를 어디까지 끊어야 될지 생각도 하지 못하였다. 스스로 아무런 준비가 없음을 발견한다. 아무런 계산이나 계획이 없었다. 도무지 꿈 속 같은 길을 걷고 있는 것이었다. 어떻든 여기 이대로 있을 수는 없다. 더 이상 머물 수는 없다. 주머니 사정대로 표를 사기 위하여 길게 늘어선 대열의 끝에 섰다.
한없이 긴 줄이었다. 운임요정표를 들여다 보았다. 하지만 아무 것도 보이지 않았다. 검은 판과 흰 글자가 뒤범벅 된 회색으로 보일 뿐이었다.

개찰구 앞으로 또 빽빽이 사람들이 다투어 서서 문열기를 기다리고 있었다. 참 많은 여객들이다. 그 꼬리는 저쪽 역전광장까지 뻗혀 있었다. 아까 그가 광장으로 들어설 때 우글거리며 서 있던 대열, 그것이 바로 그가 대어서야 할 대열이었다. 밀고 밀리고, 새치기하는 그 뒤 맨 꼬리에 그가 가서 붙어 서야 했다. 그는 그 앞에 설 아무런 특권이 없었다. 평범한 보잘 것 없는 존재일 뿐이었다.

언제 왔는지 연이 그의 옆에 서 있었다. 그는 어디선가 만난 기억이 있는 사람처럼 의아한 눈으로 연을 바라보았다.

"이것을 빠뜨리고 가셨더군요."

연은 들고 온 그의 패스포드를 건네준다.

"아! 그랬던가요?"

그는 너무나 고맙고 미안하였다.

"정말 고마워요."

그는 패스포드를 받으며 연의 체온을 느낀다. 그녀의 사랑이었다.

"안녕!"

연은 고개를 숙인 채 돌아서며 인사를 던진다.

"연!"

그는 연을 불러 세웠다.

연이 돌아보지 않고 발을 멈춘다.

"약속해 주세요."

그는 자살하지 않겠다는 약속을 받고자 하였다. 그러나 그 말은 할 수가 없었다.

"염려 마세요."

이심전심인가. 연은 그의 말을 앞지르는 것이었다.

"전 저의 길을 갈 거예요."

연은 다시 걷기 시작한다.

"석선생님은?"

어떻게 하느냐고 연의 등뒤에 대고 물었다.
연은 다시 잠깐 멈추었다가 똑똑 하이힐 소리를 내며 광장을 걸어간다.
그것은 연에게 물어볼 성질의 것이 아니었다. 그가 결정을 하고 그가 대답을 해야 될 일이었다. 며칠 전 석선생을 만나기 위해 찾아갔었다. 그러나 그는 그냥 돌아왔다. 그는 수영을 만날 수 없었던 것처럼 석선생도 만날 수가 없었던 것이다. 무슨 할 말도 없었지만 그에게 퍼부어질 그 원망의 시선, 그리고 그가 감당할 수 없는 물음에 응할 수가 없었던 것이다. 다만 죄송하다는 쪽지를 남겼고 연에게는 수용소의 위치(주소 약도)를 적어 주었다. 연은 아무 말 없이 듣고만 있었던 것이다.
"연!"
그는 연을 더 불러보았지만 돌아보지 않았다. 등뒤로 신념, 배신, 절망, 좌절…… 그 같은 추상명사들을 야유하듯 집어던지며 똑똑똑 걸어가고 있었다.
〈미안해요. 나의 사랑! 나의 이브!〉
그는 고개를 떨구고 말았다. 그동안 아무 것도 이룬 것이 없었다. 모든 것을 다 허물어뜨리고 말았다. 다만 사랑의 의미를 간직하게 되었지만 그것마저 이렇게 알뜰히 팽개쳐 버리고 있는 것이다.
그의 뒤로 자꾸만 여객들이 와서 대어 선다. 그의 여장이라곤 아무 것도 없다. 긴 터널 속의 고뇌만이 그의 가방 속에 들어 있을 뿐이었다.
연이 그의 시야에서 살아질 때까지 멍하니 바라보고 있다가 줄에 대어섰다.
많은 사람들이 와서 그의 뒤에 서서 밀고 밀리고 있었다. 모두는 그 평범한 대열 속의 한 사람 한 사람이었다.
바야흐로 대열은 천천히 움직이기 시작한다.

〈평론〉

왜 단군 이야기인가

박 덕 규
소설가 문학평론가
단국대 명예교수

환인桓因의 아들 환웅桓雄이 신단수神檀樹 아사달阿斯達의 땅에 강림하였을 때, 환인이 환웅에게 천부인天符印과 함께 준 이념은 다음의 네 글자로 요약되는 것이었습니다. : 홍익인간弘益人間

위에 인용된 글은 '노자의 21세기'라는 제목의 텔레비전 강의로 지식계에 큰 반향을 일으킨 바 있는 김용옥 교수가 한 지면(중앙일보)에 기고한 그 마지막 강좌의 첫머리 내용이다. 여기서 환웅이 조선朝鮮의 시조始祖 단군왕검檀君王儉을 낳은 사람이며 조선이 처음 열릴 때의 건국 이념 '홍익인간'이 '인간세상을 널리 이롭게 한다'는 뜻이라는 것에 대해 모르는 사람이 드물 것이다. 즉 우리는 우리 나라가 왜, 누구에 의해서 건국되었는지를 대충 잘 알고 있는 셈이다. 한편으로는 단군왕검이 조선을 다스린 1500년 동안의 단군조선과 그 이후 기자라는 사람이 다스린 약 800년 동안의 기자조선으로 이어져온 사실에 대해 설명하는 사람도 많을 것이다. 5000년 역사와 그 역사를 이끌어 온 위대한 '홍익인간'의 정신! 그걸 생각하는 순간 가슴이 뿌듯해지는 느낌을 맛보지 않은 사람은 드물 것이다.

 그런데 그 뿌듯함은 우리의 진정한 자긍심이 되고 있었던가? 아마도 그렇다고 답하기는 쉽지 않을 것이다. 그 역사, 그 이념이 과연 실체로서 존재한 것일까? 그것이 실체로서 존재한 것이었다면, 단군조선 시대의 그 오랜 기간 동안을 『삼국유사』에 설명된 대로 단군왕검 혼자서 나라를 이끌고 나간 것으로 믿어야 할 것인가? 실은, 금세 떠올릴 만한 이런 질문을 스스로 외면해 옴으로써 우리는 민족 정체성에 대한 심각한 이해 혼란에 빠져 있었다고 볼 수 있다. 즉, 기원전 2333년 10월 3일 홍익인간의 이념으로 태어난 한 나라가 있긴 했는데, 과연 그 나라가 어떤 통치 내용으로 어떤 삶들을 경작하며 유지되어 온 나라인가에 대해서는 그 후손들인 우리는 아는 바 없는 편이었다. 그런 때문에, 우리는 단군을 알고 단군이 나라 세운 이념을 안다고 하면서도, 뚜렷하게 그 나라를 설명할 수 없고 그 유서깊은 나라의 터전에서 살고 있으면서도 홍익인간을 실천하면서 근거 있는 자긍심을 세워가지지 못하고 있다. 고조선의 역사 중에서 이 단군조선 시대를 제대로 설명할 수 있는 사람을 우리는 만날 수 없었다. 적어도 단군왕검이 1500년 동안 죽지 않고 나라를 다스렸다는 사실, 그것을 사실로 여겨도 좋은 건지 아니면 신화로 여기다가 고조선이라는 나라 전체를 신화 속의 나라라고 판단해 버리는 것이 좋은 건지 가름해 주는 사람조차 없었다. 반만년 유구한 역사를 버릇처럼 자랑삼는 사람은 무수히 봤어도 그 나라가 어떻게 유지된 나라인가를 조금이나마 구체적으로 설명하는 사람은 보지 못한 것이 우리의 실정이다. 우리의 민족적 자존심은 근거 없이 목청만 높은 우기기식 자존심이 되기 십상이고, 한편으로는 알 수 없는 민족 비하 논리가 우리 사이에 팽배해져 있는 현실도 목도되고 있다.

 사정이 이렇기 때문에, 고조선의 역사를 밝히거나 단군의 실체를 설명해 놓은 책이 있다면 일단은 누구나 호기심을 발동시킬 만할 것이다. 그것이 위서僞書라 해도 좋고, 기분 좋게 읽으라고 꾸민 픽션이라도 좋다. 단지 신화나 관념 속에서만 존재하고 있던 우리의 뿌리, 민족의 근원이 하나의 실체로 눈앞에 펼쳐질 수만 있다면 그 자체로도 일단은 의미깊은 일이 아니겠는가. 필자에게도 그런 순간이 십수년 전에 있었다. 지금은 대학 교수가 된 한 선배가 어느 날 내게 보여준 책이, 환인의 시대, 환웅의 시대, 단군의 시대를 각 시대별 통치자들의 이름과 그 치적으로 밝히고 있는 『환단고기』라는 책이었다. 이 책에는, 우리가 알고 있는 '단군'이나 '환웅'이라는 이름이 특정한 한 사람을 가리키는 말이 아니라 임금이나 제왕을 지칭하는 보통명사임이 밝혀져 있고, 따라서 역대 환웅 18대, 단군 47대 모두가 각각의 이름과 치적을 남기며 대를 이어가고 있어서, 무엇보다 당장 단군이 1500년 동안 나라를 다스렸다는 식의 신화를 일거에 무너뜨릴 수 있을 것 같아 보였다. 그 중에서 가장 기억에 남는 단군이 제3대 단군 가륵嘉勒이다. 기원전 2181년 가륵 2년에 새로 문자를 창제했다는 기록이 나오는데 그 새로운 문자가 바로 세종 때 만든 훈민정음訓民正音과 거의 같은 꼴을 하고 있었다. 말만 실사實史이지 우리 마음 속에 실제로는 신화로만 들어차 있던 2000년 이상의 고조선의 역사가 그 책 한 권으로 고스란히 실사로 자리잡는 것을 필자는 그 때 경험했다. 그 경험을 소설로 옮겨 「종족의 아침」이라는 제하의 중편소설까지 썼다. 필자는 그 때나 지금이나, 어쩌면 위서일지도 모를 『환단고기』 같은 책으로나마, 고조선의 역사를 실체화하려는 노력은 끝없이 되풀이 되어야 한다고 생각하는 사람이다.

이 책 역시도 그런 뜻에서 당장 확실한 근거를 확보하고 있는 소설이다. 이 소설에는 특별하게도, 필자가 만난 『환단고기』는 물론이고 그 외에 정사正史에서는 소외당해 온 『규원사화』 『단기고사』 등과 정사에서 인정하는 신라 때 박제상이 지은 『부도지』 고려 때 이승휴가 지은 『제왕운기』 등을 비롯한 무수한 역사책들이 깊이 있게 거론되고 있다. 이 중에서도 관심의 표적에 놓이는 것은 47대에 이르는 단군들의 이름과 그 활약상이다. 중화 이데올로기를 떠받들던 고려나 조선 시대에도, 일제 강점기에도, 사실이든 아니든 우리 민족의 굳건한 뿌리에 대해 실체적으로 설명하고 기록해 놓은 그 책들이 소외당해온 과정 또한 이 소설의 흥미로운 대목이 아닐 수 없다. 환상을 매개로 한 시공時空의 여행을 통해 '단군세기'의 시대며 그 실체적 강역을 답사하기도 하고, 또 오늘날 북한에서 주장하는 단군릉을 답사하기도 하면서 남북 통일의 명분을 '단군의 나라'로 대표되는 뿌리깊은 민족 동질성에서 확인시키고 있는 이 소설의 문학 작품으로서의 명분 또한 그만큼 확고한 것이다. 방대하고도 오랜 역사 답사 끝에 남과 북으로 갈린 사랑의 비극을 씻김을 통해 사랑의 화합으로 승화시키게 됨으로써 장장 원고지 삼천팔백장 가까운 이 커다란 장편소설이 통일을 향한 아주 근거 있는 정신적 좌표를 마련할 수 있게 되었다.

단군 이야기만 나오면 맹목적 국수주으로 몰아붙이는 사람들이 있다. 실제로 단군을 내세우는 민족주의 주창자들 중에는 현실성 없는 한민족 절대주의자들이 없지 않고, 그 때문에 단군을 실체로서보다 오히려 신화 속의 존재로 부각시키는 결과가 빚어지기도 한다. 일부에서는 종교적 갈등까지 낳아서 사회 문제로 비화된 상태다. 그러나 그렇다고 해서 우리의 뿌리가 어디에 있는지를 찾으려는 노력 자체를 부정해서는 곤란한 일이다. 이 소설에서 다루어지는 상당수의 역사책은 실제로 역사의 실체를 부여하고자 노력한 결과로 얻어진 산물이라는 사실을 부정하기는 어렵다. 홍익인간의 이념을 실천하면서 1500년간이나 나라를 잘 다스리고는 신선이 되어 2000년을 더 살았다는 단군을 마음 속에 간직하는 것이 좋은가, 아니면 1대 단군에서 47대 단군으로 통치자를 이어오면서 홍익인간의 이념을 실천하고 있었던 우리의 나라, 단군의 나라를 마음 속에 간직하는 것이 좋은가. 그 어느 쪽도 사실이 아니어서 부정돼도 좋지만, 우리는 우리의 현실과 미래를 위해 부지런히 우리 시대의 참다운 역사를 세워나가는 한편으로 단군찾기로 대표되는 뿌리 찾기에 대해 더욱 더 구체적으로 실제적인 노력을 기울여 가야 할 것이다.

고집스러운 민족 절대주의도 근거 없는 민족적 비하론도 함께 반성하면서, 우리는 더 겸허해져야 한다. 우리의 '개천절 노래'는 더욱 어김없이 더욱 의미심장하게 불려져야 한다. 우리는 왜 여기 있고, 우리는 왜 다시 하나가 되어야만 하는가를 그 어떤 사실보다 더 명백하게 알려줄 것이 바로 우리의 뿌리에 있기 때문이다.

이동희의 역작은 국수주의자의 단군 이야기가 아니라, 많은 사람들에게 우리의 뿌리에 대해 우리의 통일에 대해 숙고할 수 있는 계기를 마련하게 해 줄 뜻깊은 단군 이야기이다.

〈해설〉

두 뿌리의 만남

김 치 홍
문학평론가

1

　대하소설 『뿌리 끝에서 만나리』는 단군의 실체를 해명하는 과정을 추적하며 그 근원에서 우리 민족이 다시 만나는 비원悲願을 형상하고 있다.
　단군의 문학적 수용은 단군을 어떻게 인식하는가 하는 데서 출발한다. 단군의 실체를 구축하기 위해 부단한 노력을 시도하는 주인공 이도형은 광범위한 자료의 섭렵으로 단군을 해명하고 있다. 모든 단군의 모티브를 집합시켜 역사로서의 단군을 소환, 신화론을 주축으로 하는 식민사관을 극복하고 강단사학에서 매몰되어 있는 민족의 뿌리를 일구어 내고 있다.
　B.크로체는 역사는 과거의 사실들을 단순히 기록하는 것이 아니라 현재의 관점에서 재해석하는 것이라고 주장하고 있다. E.H.카도 역사가의 주요한 임무는 기록하는 것이 아니라 평가하는 것이라고 크로체의 견해에 동조하면서, 역사란 과거와 현재의 끊임없는 대화라고 말한다. 그리고 역사는 당대의 눈

을 통해 과거를 바라보는 의지이며 역사의 해석은 과거와 현재의 소통이라는 것이다.

소통을 배제한 해석은 국가 간 대립구도를 형성한다. 카의 논리대로 동북공정은 우리나라의 사실은 도외시하고 자국의 현재적 관점만을 일방적으로 부각시키고 있는 소통 부재의 결과이다. 일제 강점기 때 우리 역사왜곡의 신화론도 그런 것이었다.

단군의 실체를 찾으려고 하는 것은 실증주의적 관점에 근거하고 있다. 그러나 출처가 모호하여 한계에 부딪치게 된 이도형은 단군릉을 통해서 단군시대를 구축한다. 그리고 오래 된 문화적 전통으로 승계되고 있는 어천절에서 단군의 삶과 죽음을 입증하려고 한다.

2

단군을 추적하는 과정에서 단군신화의 기록에 집착하게 되는데 작중의 북경학술대회를 통하여 해명하고 있다. 인류학 고고학을 근거로, 단군의 출생신화는 현실 생활에서는 도저히 실현할 수 없었던 욕구와 염원을 초자연적인 힘의 논리로 성취해보려는 의도에서 비유화한 것이고 그러기 때문에 그 비유적 의미를 이해한다면 그 시대 사람들의 욕구와 염원을 알 수 있게 되는 것이라고 주장한다. 단군신화의 창조자들은 원래의 비유화 된 설화를 비현실적 역사라고 하여 신화론으로 둔갑시켜 역사를 왜곡했던 것이다. 그런 실증주의적 역사논리로 단군을 신화에 머물게 해서는 안 된다고 주장한다.

단군의 시원始原은 『삼국유사』에서 유래되지만 『삼국유사』 어디에도 신화란 말은 없다. 단군신화란 말이 등장한 것은

1920년대부터 조선총독부 조선사편수회에서 우리 역사를 날조하기 시작한 것인데 문제는 오늘의 우리 역사학에 그대로 남아 있는 것이다. 왜 지금도 일제강점기 어용학자들의 악의적인 행위를 그대로 수용하고 있느냐는 것이다.

조선총독부는 우리나라를 지배 통치하기 위해 식민사관에 입각한 『조선사』를 편찬, 역사를 왜곡하였다. 『삼국유사』와 『삼국사기』만 남겨둔 채 다른 사료史料는 수거收去 하여 40만 권의 옛 역사서를 모두 인멸湮滅하였다. 『한단고기』『규원사화』『단기고사』『부도지』 등 많은 역사서들의 출처를 찾을 수 없었던 이유가 바로 이러한 일제의 우리 역사서 말살 정책에 기인한 것이었다.

이런 반역사적 토양에서 단군릉은 신화론을 극복할 수 있는 증거가 되었던 것이다. 서장에서 직설적으로 말하고 있는 것처럼 단군은 죽었다. 단군의 무덤이 있다는 것은 단군이 죽었다는 것이고 죽었다면 살아있었다는 증거가 된다. 이보다 더 구체적이고 실증적인 자료가 있는가. 단군릉의 진위眞僞 논란에 앞서 조선조 실록에 여러 군데 단군릉을 언급한 것으로 보아 오랜 세월 동안 거기에 존재해 있었던 것을 알 수 있다. 역사의 기록을 왜곡할 수는 있지만 무덤을 왜곡하지는 못했던 것이다.

이 소설은 뿌리를 찾는 두 사람의 이야기이다. 민족의 뿌리를 찾는 사학과 교수인 이도형과 대학원 박사과정에서 같은 성향의 연구를 하며 의기투합된 한희연은 또 자신의 뿌리를 찾고 있다. 단군의 실체를 구명하는 것이 두 사람이 함께 매듭지어야 할 주제이고 그 둘 사이에서 싹 튼 애정의 문제는 병렬관계가 아니고 인과관계로 되어 있다. 희연의 어머니 연희와 이도형의 관계, 자신의 뿌리가 이도형일지도 모른다는 생각과 함께 찾을 수 없는 어머니를 도형과 함께 추적하고 있다.

단군의 기록인 사서史書나 역사적 징표徵標를 찾아 접근하는 것 외에 잃어버린 강역疆域과 지워진 상고시대 역사지도를 답사한다. 잃어버린 옛땅을 밟아보는 것이었다. 과거 한일합방 직후 짓밟힌 단군의 흔적을 순례하는 시간여행도 한다.

그는 안식년을 얻어 집안 북경 학술회의에 참석하기 위해 갔다가 고조선의 동쪽 끝 흑하에서 서쪽 끝 난하까지 그리고 북쪽 시베리아 바이칼호 천산산맥 골짜기까지 돌아온다.

안식년이 끝나고 추진하던 남북단군학술회의가 개최된다. 파행이 된 대로 북에서 약속한 사학자가 와서 발표를 하고 갈 때도 판문점으로 넘어간다고 물의를 빚긴 했지만 분단 이래 초유의 남북학술회의를 갖게 되었다. 거기에 겨레의 역운歷運과 현실을 딛고 우리는 어떻게 조국을 통일할 것인가 하는 「조국통일 발의문」을 채택하게 되고 세계의 이목을 집중시킨다. 세계 유일의 분단국가이기 때문이다.

희연의 어머니는 추적 끝에 미국에 생존해 있는 것을 찾아 만난다. 그러나 말도 못하고 필담筆談으로 얘기하며 울기만 할 뿐이었다. 얼마 후 숨을 거두고 희연은 어머니의 유골을 고성 앞바다에 뿌린다. 거기는 휴전선 어머니와 함께 했던 석선생이 고향을 바라보며 살던 곳이었다.

연희는 한국전쟁 때 미군 장교와 살았고 같이 미국에 들어가 다시 결혼 재혼하여 낳은 동생 헬렌이 병간호를 하고 있었다. 그 이야기는 또 이도형이 쓴 연희와의 풋사랑의 전말 「좌절의 시대」를 부록으로 싣고 있다. 소설 속의 소설이다.

한국전쟁 속의 이도형의 변모 그리고 그 전쟁으로 인한 연희의 삶의 궤적, 그와 연계된 희연의 생태 등으로 이어지는 두 개인사와 광복과 함께 분단된 채 전쟁을 하고 있는 현실을 배경으로 하고 있다. 여기서 무슨 이야기를 하려고 하는가.

3

이 소설은 두 뿌리 찾기에 대한 이야기이다.
하나는 민족의 뿌리이고 다른 하나는 개인적인 뿌리이다. 이도형은 자신의 뿌리를 찾아 6.25 때 불탄 옛집터와 마을 본향 경주 나정 박바위 등을 헤매고 다니었고 희연은 어머니 유골분을 고성 해금강 앞바다에 뿌린다. 함께한 이들은 이 여인의 슬픔은 우리 모두의 비극이라고 하며 통곡을 한다. 한국전쟁 후유의 편린이다.
이 전쟁은 아직 끝나지 않았다. 언제 끝날지 모른다. 분단의 골은 갈수록 더 깊어지고 심각하다. 민족이기를 포기하고 동포가 아니라고 하고 있다. 철조망 콘크리트로 담을 점점 높이고 있다.
이제 우리는 어찌해야 하는가. 내용에서 말하고 있는 대로 남과 북이 서로 거부반응이 없는 것이 있다. 쌀과 술이다. 그리고 단군이다. 단군사상은 뼈 속까지 피 속까지 일치한다. 생각이 같다. 이것은 기적에 가까운 민족의 자산이며 가능성이다.
단군은 아득한 과거이자 우리의 먼 미래이다. 단군을 뿌리 끝까지 추적하고 신화의 숲을 넘어 헤매고 다닌 이유도 여기에 있다. 단군은 낡은 주머니 속 옛날 이야기가 아니라 지금 발을 딛고 있는 현실 이야기이다. 우리가 지향해야 할 기대의 지평이다. 통일은 지금 우리 민족 이 시대의 최대 과제이기 때문이다.
긴 소설의 짧은 작품해설을 끝맺으며 절절한 작의作意가 실현되기를 빈다.

뿌리 끝에서 만나리

4358(2025)년 6월 10일 1쇄 인쇄
4358(2025)년 6월 20일 1쇄 발행

지은이 | 이동희
펴낸이 | 심보화
펴낸곳 | 도서출판 풀길

등록 | 제2002-160호
주소 | 03147 서울 종로구 삼일대로 461
　　　운현궁 SK허브 101동 1501호
전화 | (02) 567-9628
팩스 | (043) 742-5186
이메일 | nongminmk@naver.com

ISBN 978-89-86201-41-3 03800
값 30,000원

저자와의 협의에 의해 인지 생략
잘못된 책은 바꿔 드립니다